C
H
V

FRIEDRICH SCHLEGEL

DICHTUNGEN
UND AUFSÄTZE

CARL HANSER VERLAG
MÜNCHEN

Herausgegeben von Wolfdietrich Rasch

ISBN 3-446-13502-2

Gesetzt aus der Fotosatz-Bembo

Schutzumschlag: Christian Diener
Satz: Fotosatz Otto Gutfreund, Darmstadt
Druck und Bindung: Kösel, Kempten
Printed in Germany

INHALTSÜBERSICHT

DICHTUNGEN

AUFSÄTZE

DICHTUNGEN

LUCINDE

EIN ROMAN

PROLOG

Mit lächelnder Rührung überschaut und eröffnet Petrarca die Sammlung seiner ewigen Romanzen. Höflich und schmeichelnd redet der kluge Boccaz am Eingang und am Schluß seines reichen Buchs zu allen Damen. Und selbst der hohe Cervantes, auch als Greis und in der Agonie noch freundlich und voll von zartem Witz, bekleidet das bunte Schauspiel der lebensvollen Werke mit dem kostbaren Teppich einer Vorrede, die selbst schon ein schönes romantisches Gemälde ist.

Hebt eine herrliche Pflanze aus dem fruchtbaren mütterlichen Boden, und es wird sich manches liebevoll daran hängen, was nur einem Kargen überflüssig scheinen kann.

Aber was soll mein Geist seinem Sohne geben, der gleich ihm so arm an Poesie ist als reich an Liebe?

Nur ein Wort, ein Bild zum Abschiede: Nicht der königliche Adler allein darf das Gekrächz der Raben verachten; auch der Schwan ist stolz, und nimmt es nicht wahr. Ihn kümmert nichts, als daß der Glanz seiner weißen Fittiche rein bleibe. Er sinnt nur darauf, sich an den Schoß der Leda zu schmiegen, ohne ihn zu verletzen; und alles was sterblich ist an ihm, in Gesänge auszuhauchen.

BEKENNTNISSE
EINES
UNGESCHICKTEN

Julius an Lucinde

Die Menschen und was sie wollen und tun, erschienen mir, wenn ich mich daran erinnerte, wie aschgraue Figuren ohne Bewegung: aber in der heiligen Einsamkeit um mich her war alles Licht und Farbe und ein frischer warmer Hauch von Leben und Liebe wehte mich an und rauschte und regte sich in allen Zweigen des üppigen Hains. Ich schaute und ich genoß alles zugleich, das kräftige Grün, die weiße Blüte und die goldne Frucht. Und so sah ich auch mit dem Auge meines Geistes die Eine ewig und einzig Geliebte in vielen Gestalten, bald als kindliches Mädchen, bald als Frau in der vollen Blüte und Energie der Liebe und der Weiblichkeit und dann als würdige Mutter mit dem ernsten Knaben im Arm. Ich atmete Frühling, klar sah ich die ewige Jugend um mich und lächelnd sagte ich: Wenn die Welt auch eben nicht die beste oder die nützlichste sein mag, so weiß ich doch, sie ist die schönste. In diesem Gefühle oder Gedanken hätte mich auch nichts stören können, weder allgemeine Zweifel noch eigne Furcht. Denn ich glaubte einen tiefen Blick in das Verborgne der Natur zu tun; ich fühlte, daß alles ewig lebe und daß der Tod auch freundlich sei und nur eine Täuschung. Doch dachte ich daran eigentlich nicht sehr, wenigstens zum Gliedern und Zergliedern der Begriffe war ich nicht sonderlich gestimmt. Aber gern und tief verlor ich mich in alle die Vermischungen und Verschlingungen von Freude und Schmerz, aus denen die Würze des Lebens und die Blüte der Empfindung hervorgeht, die geistige Wollust wie die sinnliche Seligkeit. Ein feines Feuer strömte durch meine Adern; was ich träumte, war nicht etwa bloß ein Kuß, die Umschließung deiner Arme, es war nicht bloß der Wunsch, den quälenden Stachel der Sehnsucht zu brechen und die süße Glut in Hingebung zu kühlen; nicht nach deinen Lippen allein sehnte ich mich, oder nach deinen Augen, oder nach deinem Leibe: sondern es war eine romantische Verwirrung von allen diesen Dingen, ein wundersames Gemisch von den verschiedensten Erinnerungen und Sehnsuchten. Alle Mysterien des weiblichen und des männlichen Mutwillens schienen mich zu umschweben, als mich Einsamen plötzlich deine wahre Gegenwart und der Schimmer der blühenden Freude auf deinem

Gesichte vollends entzündete. Witz und Entzücken begonnen nun ihren Wechsel und waren der gemeinsame Puls unsers vereinten Lebens; wir umarmten uns mit eben so viel Ausgelassenheit als Religion. Ich bat sehr, du möchtest dich doch einmal der Wut ganz hingeben, und ich flehte dich an, du möchtest unersättlich sein. Dennoch lauschte ich mit kühler Besonnenheit auf jeden leisen Zug der Freude, damit mir auch nicht einer entschlüpfe und eine Lücke in der Harmonie bleibe. Ich genoß nicht bloß, sondern ich fühlte und genoß auch den Genuß.

Du bist so außerordentlich klug, liebste Lucinde, daß du wahrscheinlich schon längst auf die Vermutung geraten bist, dies alles sei nur ein schöner Traum. So ist es leider auch, und ich würde untröstlich darüber sein, wenn ich nicht hoffen dürfte, daß wir wenigstens einen Teil davon nächstens realisieren könnten. Das Wahre an der Sache ist, daß ich vorhin am Fenster stand; wie lange, das weiß ich nicht recht; denn mit den andern Regeln der Vernunft und der Sittlichkeit ist auch die Zeitrechnung dabei ganz von mir vergessen worden. Also ich stand am Fenster und sah ins Freie; der Morgen verdient allerdings schön genannt zu werden, die Luft ist still und warm genug, auch ist das Grün hier vor mir ganz frisch, und wie sich die weite Ebne bald hebt bald senket, so windet sich der ruhige, breite silberhelle Strom in großen Schwüngen und Bogen, bis er und die Fantasie des Liebenden, die sich gleich dem Schwane auf ihm wiegte, in die Ferne hinziehen und sich in das Unermeßliche langsam verlieren. Den Hain und sein südliches Kolorit verdankt meine Vision wahrscheinlich dem großen Blumenhaufen hier neben mir, unter denen sich eine beträchtliche Anzahl von Orangen befindet. Alles übrige läßt sich leicht aus der Psychologie erklären. Es war Illusion, liebe Freundin, alles Illusion, außer daß ich vorhin am Fenster stand und nichts tat, und daß ich jetzt hier sitze und etwas tue, was auch nur wenig mehr oder wohl gar noch etwas weniger als nichts tun ist.

So weit war an dich geschrieben, was ich mit mir gesprochen hatte, als mich mitten in meinen zarten Gedanken und sinnreichen Gefühlen über den eben so wunderbaren als verwickelten dramatischen Zusammenhang unsrer Umarmungen ein ungebildeter und ungefälliger Zufall unterbrach, da ich eben im Begriff war, die genaue und gediegne Historie unsers Leichtsinns und meiner Schwerfälligkeit in klaren und wahren Perioden vor dir aufzurollen, die von Stufe zu Stufe allmählig nach natürlichen Gesetzen fortschreitende Aufklärung unsrer den verborgenen Mittelpunkt des feinsten Daseins angreifenden Mißverständnisse zu entwickeln, und die mannichfachen Produkte meiner Ungeschicklichkeit darzustellen, nebst den Lehrjahren meiner Männlichkeit; welche ich im Ganzen und in ihren Teilen nie überschauen kann, ohne vieles Lächeln, einige Wehmut und hinlängliche Selbstzufriedenheit. Doch will ich als ein gebildeter Liebhaber und Schriftsteller versuchen, den rohen Zufall zu bilden und ihn zum Zwecke gestalten. Für mich und für diese Schrift, für meine Liebe zu ihr und für ihre Bildung in sich, ist aber kein Zweck zweckmäßiger, als der, daß ich gleich anfangs das was wir Ordnung nennen vernichte, weit von ihr entferne und mir das Recht einer reizenden Verwirrung deutlich zueigne und durch die Tat behaupte. Dies ist um so nötiger, da der Stoff, den unser Leben und Lieben meinem Geiste und meiner Feder gibt, so unaufhaltsam progressiv und so unbiegsam systematisch ist. Wäre es nun auch die Form, so würde dieser in seiner Art einzige Brief dadurch eine unerträgliche Einheit und Einerleiheit erhalten und nicht mehr können, was er doch will und soll: das schönste Chaos von erhabnen Harmonien und interessanten Genüssen nachbilden und ergänzen. Ich gebrauche also mein unbezweifeltes Verwirrungsrecht und setze oder stelle hier ganz an die unrechte Stelle eines von den vielen zerstreuten Blättern die ich aus Sehnsucht und Ungeduld, wenn ich dich nicht fand wo ich dich am gewissesten zu finden hoffte, in deinem Zimmer, auf unserm Sofa, mit der zuletzt von dir gebrauchten Feder, mit den ersten den besten Worten, so jene mir eingegeben, anfüllte oder verdarb, und die du Gute, ohne daß ich es wußte, sorgsam bewahrtest.

Die Auswahl wird mir nicht schwer. Denn da unter den Träumereien, die hier schon den ewigen Lettern und dir anvertrauet sind, die Erinnerung an die schönste Welt noch das gehaltvollste ist, und noch am ersten eine gewisse Art von Ähnlichkeit mit den sogenannten

Gedanken hat: so nehme ich vor allen andern die dithyrambische Fantasie über die schönste Situation. Denn wissen wir erst sicher, daß wir in der schönsten Welt leben: so ist es unstreitig das nächste Bedürfnis uns über die schönste Situation in dieser schönsten Welt durch andre oder durch uns selbst gründlich zu belehren.

Dithyrambische Fantasie über die schönste Situation

Eine große Träne fällt auf das heilige Blatt, welches ich hier statt deiner fand. Wie treu und wie einfach hast du ihn aufgezeichnet, den kühnen alten Gedanken zu meinem liebsten und geheimsten Vorhaben. In dir ist er groß geworden und in diesem Spiegel scheue ich mich nicht, mich selbst zu bewundern und zu lieben. Nur hier sehe ich mich ganz und harmonisch, oder vielmehr die volle ganze Menschheit in mir und in dir. Denn auch dein Geist steht bestimmt und vollendet vor mir; es sind nicht mehr Züge die erscheinen und zerfließen: sondern wie eine von den Gestalten, die ewig dauern, blickt er mich aus hohen Augen freudig an und öffnet die Arme, den meinigen zu umschließen. Die flüchtigsten und heiligsten von jenen zarten Zügen und Äußerungen der Seele, die dem, welcher das Höchste nicht kennt, allein schon Seligkeit scheinen, sind nur die gemeinschaftliche Atmosphäre unsers geistigen Atmens und Lebens.

Die Worte sind matt und trübe; auch würde ich in diesem Gedränge von Erscheinungen nur immer das eine unerschöpfliche Gefühl unsrer ursprünglichen Harmonie von neuem wiederholen müssen. Eine große Zukunft winkt mich eilends weiter ins Unermeßliche hinaus, jede Idee öffnet ihren Schoß und entfaltet sich in unzählige neue Geburten. Die äußersten Enden der zügellosen Lust und der stillen Ahndung leben zugleich in mir. Ich erinnere mich an alles, auch an die Schmerzen, und alle meine ehemaligen und künftigen Gedanken regen sich und stehen wider mich auf. In den geschwollnen Adern tobt das wilde Blut, der Mund durstet nach Vereinigung und unter den vielen Gestalten der Freude wählt und wechselt die Fantasie und findet keine, in der die Begierde sich endlich erfüllen und endlich Ruhe finden könnte. Und dann gedenke ich wieder plötzlich und rührend der dunkeln Zeit, da ich immer wartete, ohne zu hoffen, und heftig liebte, ohne daß ich es wußte; da mein innerstes Wesen sich ganz in unbestimmte Sehnsucht ergoß und sie nur selten in halb unterdrückten Seufzern aushauchte.

Ja! ich würde es für ein Märchen gehalten haben, daß es solche Freude gebe und solche Liebe, wie ich nun fühle, und eine solche Frau, die mir zugleich die zärtlichste Geliebte und die beste Gesellschaft wäre und auch eine vollkommene Freundin. Denn in der Freundschaft besonders suchte ich alles, was ich entbehrte und was ich in keinem weiblichen Wesen zu finden hoffte. In dir habe ich es alles gefunden und mehr als ich zu wünschen vermochte: aber du bist auch nicht wie die andern. Was Gewohnheit oder Eigensinn weiblich nennen, davon weißt du nichts. Außer den kleinen Eigenheiten besteht die Weiblichkeit deiner Seele bloß darin, daß Leben und Lieben für sie gleich viel bedeutet; du fühlst alles ganz und unendlich, du weißt von keinen Absonderungen, dein Wesen ist Eins und unteilbar. Darum bist du so ernst und so freudig: darum nimmst du alles so groß und so nachlässig, und darum liebst du mich auch ganz und überläßt keinen Teil von mir etwa dem Staate, der Nachwelt oder den männlichen Freunden. Es gehört dir alles und wir sind uns überall die nächsten und verstehn uns am besten. Durch alle Stufen der Menschheit gehst du mit mir von der ausgelassensten Sinnlichkeit bis zur geistigsten Geistigkeit und nur in dir sah ich wahren Stolz und wahre weibliche Demut.

Das äußerste Leiden, wenn es uns nur umgäbe, ohne uns zu trennen, würde mir nichts scheinen als ein reizender Gegensatz für den hohen Leichtsinn unsrer Ehe. Warum sollten wir nicht die herbeste Laune des Zufalls für schönen Witz und ausgelassene Willkür nehmen, da wir unsterblich sind wie die Liebe? Ich kann nicht mehr sagen, meine Liebe oder deine Liebe; beide sind sich gleich und vollkommen Eins, so viel Liebe als Gegenliebe. Es ist Ehe, ewige Einheit und Verbindung unsrer Geister, nicht bloß für das was wir diese oder jene Welt nennen, sondern für die eine wahre, unteilbare, namenlose, unendliche Welt, für unser ganzes ewiges

Sein und Leben. Darum würde ich auch, wenn es mir Zeit schiene, eben so froh und eben so leicht eine Tasse Kirschlorbeerwasser mit dir ausleeren, wie das letzte Glas Champagner, was wir zusammen tranken, mit den Worten von mir: »So laß uns den Rest unsers Lebens austrinken.« – So sprach und trank ich eilig, ehe der edelste Geist des Weins verschäumte; und so, das sage ich noch einmal, so laß uns leben und lieben. Ich weiß, auch du würdest mich nicht überleben wollen, du würdest dem voreiligen Gemahle auch im Sarge folgen, und aus Lust und Liebe in den flammenden Abgrund steigen, in den ein rasendes Gesetz die indischen Frauen zwingt und die zartesten Heiligtümer der Willkür durch grobe Absicht und Befehl entweiht und zerstört.

Dort wird dann vielleicht die Sehnsucht voller befriedigt. Ich bin oft darüber erstaunt: jeder Gedanke und was sonst gebildet in uns ist, scheint in sich selbst vollendet, einzeln und unteilbar wie eine Person; eines verdrängt das andre, und was eben ganz nah und gegenwärtig war, sinkt bald in Dunkel zurück. Und dann gibt es doch wieder Augenblicke plötzlicher, allgemeiner Klarheit, wo mehrere solche Geister der innern Welt durch wunderbare Vermählung völlig in Eins verschmelzen, und manches schon vergessene Stück unsers Ich in neuem Lichte strahlt und auch die Nacht der Zukunft mit seinem hellen Scheine öffnet. Wie im Kleinen so, glaube ich, ist es auch im Großen. Was wir ein Leben nennen, ist für den ganzen ewigen innern Menschen nur ein einziger Gedanke, ein unteilbares Gefühl. Auch für ihn gibts solche Augenblicke des tiefsten und vollsten Bewußtseins, wo ihm alle die Leben einfallen, sich anders mischen und trennen. Wir beide werden noch einst in Einem Geiste anschauen, daß wir Blüten Einer Pflanze oder Blätter Einer Blume sind, und mit Lächeln werden wir dann wissen, daß was wir jetzt nur Hoffnung nennen, eigentlich Erinnerung war.

Weißt du noch, wie der erste Keim dieses Gedankens vor dir in meiner Seele aufsproßte und auch gleich in der deinigen Wurzel faßte? – So schlingt die Religion der Liebe unsre Liebe immer inniger und stärker zusammen, wie das Kind die Lust der zärtlichen Eltern dem Echo gleich verdoppelt.

Nichts kann uns trennen und gewiß würde jede Entfernung mich nur gewaltsamer an dich reißen. Ich denke mir, wie ich bei der letzten Umarmung im Gedränge der heftigen Widersprüche zugleich in Tränen und in Lachen ausbreche. Dann würde ich still werden und in einer Art von Betäubung durchaus nicht glauben, daß ich von dir entfernt sei, bis die neuen Gegenstände um mich her mich wider Willen überzeugten. Aber dann würde auch meine Sehnsucht unaufhaltsam wachsen, bis ich auf ihren Flügeln in deine Arme sänke. Laß auch die Worte oder die Menschen ein Mißverständnis zwischen uns erregen! Der tiefe Schmerz würde flüchtig sein und sich bald in vollkommenere Harmonie auflösen. Ich würde ihn so wenig achten, wie die liebende Geliebte im Enthusiasmus der Wollust die kleine Verletzung achtet.

Wie könnte uns die Entfernung entfernen, da uns die Gegenwart selbst gleichsam zu gegenwärtig ist. Wir müssen ihre verzehrende Glut in Scherzen lindern und kühlen und so ist uns die witzigste unter den Gestalten und Situationen der Freude auch die schönste. Eine unter allen ist die witzigste und die schönste: wenn wir die Rollen vertauschen und mit kindicher Lust wetteifern, wer den andern täuschender nachäffen kann, ob dir die schonende Heftigkeit des Mannes besser gelingt, oder mir die anziehende Hingebung des Weibes. Aber weißt du wohl, daß dieses süße Spiel für mich noch ganz andre Reize hat als seine eignen? Es ist auch nicht bloß die Wollust der Ermattung oder das Vorgefühl der Rache. Ich sehe hier eine wunderbare sinnreich bedeutende Allegorie auf die Vollendung des Männlichen und Weiblichen zur vollen ganzen Menschheit. Es liegt viel darin, und was darin liegt, steht gewiß nicht so schnell auf wie ich, wenn ich dir unterliege.

Das war die dithyrambische Fantasie über die schönste Situation in der schönsten Welt! Ich weiß noch recht gut, wie du sie damals gefunden und genommen hast. Aber ich glaube auch eben so gut zu wissen, wie du sie hier finden und nehmen wirst; hier in diesem Büchelchen, von dem du mehr treue Geschichte, schlichte Wahrheit und ruhigen Verstand, ja sogar Moral, die liebenswürdige Moral der Liebe erwartest. »Wie kann man schreiben wollen, was kaum zu sagen erlaubt ist, was man nur fühlen sollte?« – Ich antworte: Fühlt man es, so muß man es sagen wollen, und was man sagen will, darf man auch schreiben können.

Ich wollte dir erst beweisen und begründen, es liege ursprünglich und wesentlich in der Natur des Mannes ein gewisser tölpelhafter Enthusiasmus, der gern mit allem Zarten und Heiligen herausplatzt, nicht selten über seinen eignen treuherzigen Eifer ungeschickterweise hinstürzt und mit einem Worte leicht bis zur Grobheit göttlich ist.

Durch diese Apologie wäre ich zwar gerettet, aber vielleicht nur auf Unkosten der Männlichkeit selbst: denn so viel ihr auch im einzelnen von dieser haltet, so habt ihr doch immer viel und vieles wider das Ganze der Gattung. Ich will indessen auf keinen Fall gemeine Sache mit einer solchen Race haben und verteidige oder entschuldige daher meine Freiheit und Frechheit lieber bloß mit dem Beispiele der unschuldigen kleinen Wilhelmine, da sie doch auch eine Dame ist, die ich überdem auf das zärtlichste liebe. Darum will ich sie auch gleich ein wenig charakterisieren.

Charakteristik der kleinen Wilhelmine

Betrachtet man das sonderbare Kind nicht mit Rücksicht auf eine einseitige Theorie, sondern wie es sich ziemt, im Großen und Ganzen: so darf man kühnlich von ihr sagen, und es ist vielleicht das beste was man überhaupt von ihr sagen kann: Sie ist die geistreichste Person ihrer Zeit oder ihres Alters. Und das ist nicht wenig gesagt: denn wie selten ist harmonische Ausbildung unter zweijährigen Menschen? Der stärkste unter vielen starken Beweisen für ihre innere Vollendung ist ihre heitere Selbstzufriedenheit. Wenn sie gegessen hat, pflegt sie beide Ärmchen auf den Tisch ausgebreitet ihren kleinen Kopf mit närrischem Ernst darauf zu stützen, macht die Augen groß und wirft schlaue Blicke im Kreise der ganzen Familie umher. Dann richtet sie sich auf mit dem lebhaftesten Ausdrucke von Ironie und lächelt über ihre eigne Schlauheit und unsre Inferiorität. Überhaupt hat sie viel Bouffonerie und viel Sinn für Bouffonerie. Mache ich ihre Gebärden nach, so macht sie mir gleich wieder mein Nachmachen nach; und so haben wir uns eine mimische Sprache gebildet und verständigen uns in den Hieroglyphen der darstellenden Kunst. Zur Poesie glaube ich hat sie weit mehr Neigung als zur Philosophie; so läßt sie sich auch lieber fahren und reiset nur im Notfall zu Fuß. Die harten Übelklänge unsrer nordischen Muttersprache verschmelzen auf ihrer Zunge in den weichen und süßen Wohllaut der italiänischen und indischen Mundart. Reime liebt sie besonders, wie alles Schöne; sie kann oft gar nicht müde werden, alle ihre Lieblingsbilder, gleichsam eine klassische Auswahl ihrer kleinen Genüsse, sich selbst unaufhörlich nacheinander zu sagen und zu singen. Die Blüten aller Dinge jeglicher Art flicht Poesie in einen leichten Kranz und so nennt und reimt auch Wilhelmine Gegenden, Zeiten, Begebenheiten, Personen, Spielwerke und Speisen, alles durcheinander in romantischer Verwirrung, so viel Worte so viel Bilder; und das ohne alle Nebenbestimmungen und künstlichen Übergänge, die am Ende doch nur dem Verstande frommen und jeden kühneren Schwung der Fantasie hemmen. Für die ihrige ist alles in der Natur belebt und beseelt; und ich erinnere mich noch oft mit Vergnügen daran, wie sie in einem Alter von nicht viel mehr als einem Jahre zum erstenmal eine Puppe sah und fühlte. Ein himmlisches Lächeln blühte auf ihrem kleinen Gesichte und sie drückte gleich einen herzlichen Kuß auf die gefärbten Lippen von Holz. Gewiß! es liegt tief in der Natur des Menschen, daß er alles essen will, was er liebt, und jede neue Erscheinung unmittelbar zum Munde führt, um sie da wo möglich in ihre ersten Bestandteile zu zergliedern. Die gesunde Wißbegierde wünscht ihren Gegenstand ganz zu fassen, bis in sein Innerstes zu durchdringen und zu zerbeißen. Das Betasten dagegen bleibt bei der äußerlichen Oberfläche allein stehn, und alles Begreifen gewährt eine unvollkommene nur mittelbare Erkenntnis. Indessen ist es doch schon ein interessantes Schauspiel, wenn ein geistreiches Kind ein Ebenbild von sich erblickt, es mit den Händen zu begreifen und sich durch diese ersten und letzten Fühlhörner der Vernunft zu orientieren strebt; schüchtern verkriecht und versteckt sich der Fremdling und emsig ist die kleine Philosophin hinterdrein, den Gegenstand ihrer angefangenen Untersuchung zu verfolgen. –

Aber freilich ist Geist, Witz und Originalität bei Kindern gerade so selten wie bei Erwachsenen. Doch alles dies und so vieles andre gehört nicht hieher und würde mich über die Grenzen meines Zweckes führen! Denn diese Charakteristik soll ja nichts darstellen als ein Ideal, welches ich mir stets vor Augen halten will, um in diesem kleinen Kunstwerke schöner und zierlicher Lebensweisheit nie von der zarten Linie des Schicklichen zu verirren, und dir, damit du alle die Freiheiten und Frechheiten, die ich mir noch zu nehmen denke, im voraus verzeihst, oder doch von einem höhern Standpunkte beurteilen und würdigen kannst.

Habe ich etwa unrecht, wenn ich die Sittlichkeit bei Kindern, Zartheit und Zierlichkeit in Gedanken und Worten vornehmlich beim weiblichen Geschlecht suche? –

Und nun sieh! diese liebenswürdige Wilhelmine findet nicht selten ein unaussprechliches Vergnügen darin, auf dem Rücken liegend mit den Beinchen in die Höhe zu gestikulieren, unbekümmert um ihren Rock und um das Urteil der Welt. Wenn das Wilhelmine tut, was darf ich nicht tun, da ich doch bei Gott! ein Mann bin, und nicht zarter zu sein brauche wie das zarteste weibliche Wesen?

O beneidenwürdige Freiheit von Vorurteilen! Wirf auch du sie von dir, liebe Freundin, alle die Reste von falscher Scham, wie ich oft die fatalen Kleider von dir riß und in schöner Anarchie umherstreute. Und sollte dir ja dieser kleine Roman meines Lebens zu wild scheinen: so denke dir, daß er ein Kind sei und ertrage seinen unschuldigen Mutwillen mit mütterlicher Langmut und laß dich von ihm liebkosen.

Wenn du es mit der Wahrscheinlichkeit und durchgängigen Bedeutsamkeit einer Allegorie nicht so gar strenge nehmen und dabei so viel Ungeschicklichkeit im Erzählen erwarten wolltest, als man von den Bekenntnissen eines Ungeschickten fodern muß, wenn das Costum nicht verletzt werden soll: so möchte ich dir hier einen der letzten meiner wachenden Träume erzählen, da er ein ähnliches Resultat gibt wie die Charakteristik der kleinen Wilhelmine.

Allegorie von der Frechheit

Sorglos stand ich in einem kunstreichen Garten an einem runden Beet, welches mit einem Chaos der herrlichsten Blumen, ausländischen und inländischen, prangte. Ich sog den würzigen Duft ein und ergötzte mich an den bunten Farben: aber plötzlich sprang ein häßliches Untier mitten aus den Blumen hervor. Es schien geschwollen von Gift, die durchsichtige Haut spielte in allen Farben und man sah die Eingeweide sich winden wie Gewürme. Es war groß genug, um Furcht einzuflößen; dabei öffnete es Krebsscheren nach allen Seiten rund um den ganzen Leib; bald hüpfte es wie ein Frosch, dann kroch es wieder mit ekelhafter Beweglichkeit auf einer unzähligen Menge kleiner Füße. Mit Entsetzen wandte ich mich weg: da es mich aber verfolgen wollte, faßte ich Mut, warf es mit einem kräftigen Stoß auf den Rücken, und sogleich schien es mir nichts als ein gemeiner Frosch. Ich erstaunte nicht wenig, und noch mehr, da plötzlich jemand ganz dicht hinter mir sagte: »Das ist die öffentliche Meinung, und ich bin der Witz; deine falschen Freunde, jene Blumen sind schon alle welk.« – Ich sah mich um und erblickte eine männliche Gestalt mittlerer Größe; die großen Formen des edlen Gesichts waren so ausgearbeitet und übertrieben, wie wir sie oft an römischen Brustbildern sehn. Ein freundliches Feuer strahlte aus den offnen lichten Augen, und zwei große Locken warfen und drängten sich sonderbar auf der kühnen Stirn. »Ich werde ein altes Schauspiel vor dir erneuern«, sprach er: »einige Jünglinge am Scheidewege. Ich selbst habe es der Mühe wert gehalten, sie in müßigen Stunden mit der göttlichen Fantasie zu erzeugen. Es sind die echten Romane, vier an der Zahl und unsterblich wie wir.« – Ich schaute wohin er winkte, und ein schöner Jüngling flog kaum bekleidet über die grüne Ebne. Schon war er fern und ich sah nur noch eben, daß er sich auf ein Roß schwang und davon eilte als wollte er den lauen Abendwind überflügeln und seiner Langsamkeit spotten. Auf dem Hügel zeigte sich ein Ritter in voller Rüstung, groß und hehr von Gestalt, beinah ein Riese: aber die genaue Richtigkeit seines Wuchses und seiner Bildung nebst der treuherzigen Freundlichkeit in seinen bedeutenden Blicken und umständlichen Gebärden gab ihm dennoch eine gewisse altväterische Zierlichkeit. Er neigte sich gegen die untergehende Sonne, ließ sich langsam auf ein Knie nieder und schien mit großer Inbrunst zu beten, die rechte Hand aufs Herz, die linke an der Stirn. Der Jüngling, der zuvor so schnell war, lag nun ganz ruhig am Abhange und sonnte sich in den letzten Strahlen; dann sprang er auf, entkleidete sich, stürzte in den Strom und spielte mit den Wellen, tauchte unter, kam wieder hervor und warf sich von neuem in die Flut. Fernab im Dunkel des Hains schwebte etwas in griechischem Gewande wie eine Gestalt: aber wenn es eine ist, dachte ich, so kann sie kaum der Erde angehören; so matt waren die Farben, so eingehüllt das Ganze in heiligen Nebel. Da ich länger und genauer hinsah, zeigte sich's, daß es auch ein Jüngling sei, aber von ganz entgegengesetzter Art. Haupt und Arme lehnte die hohe Gestalt an eine Urne; seine ernsten Blicke schienen bald ein verlornes Gut auf dem Boden zu suchen, bald die blassen Sterne, die schon zu schimmern begannen, etwas zu fragen; ein Seufzer öffnete die Lippen, um die ein sanftes Lächeln schwebte. –

Jener ernste sinnliche Jüngling war unterdessen der einsamen Leibesübungen überdrüssig geworden und eilte mit leichten Schritten gerade auf uns zu. Er war nun ganz bekleidet, fast wie ein Schäfer, aber sehr bunt und sonderbar. Er hätte so auf einer Maskerade erscheinen können, auch spielten die Finger seiner Linken mit den Fäden, an denen eine Maske hing. Man hätte den fantastischen Knaben eben so gut für ein mutwilliges Mädchen halten mögen, das sich aus Laune verkleidet. Bisher ging er in gerader Richtung, aber plötzlich wurde er unsicher; er ging erst auf die eine Seite, dann eilte er zurück nach der andern und lachte dabei über sich selbst. »Der junge Mensch weiß nicht, ob er sich zur Frechheit oder zur Delikatesse halten soll«, sagte mein Begleiter. Ich sah zur Linken eine Gesellschaft schöner Frauen und Mädchen; zur Rechten stand eine große allein, und da ich hinsehen wollte nach der gewaltigen Form, begegnete ihr Blick dem meinen so scharf und kühn, daß ich die Augen niederschlug. Mitten unter den Damen war ein junger Mann, den ich sogleich für einen Bruder der andern Romane erkannte. Einer von denen wie man sie gegenwärtig sieht, aber viel gebildeter; seine Gestalt und sein Gesicht war nicht schön, aber fein, sehr verständig und äußerst anziehend. Man hätte ihn eben so gut für einen Franzosen wie für einen Deutschen halten können; seine Kleidung und seine ganze Art war einfach, aber sorgfältig und völlig modern. Er unterhielt die Gesellschaft und schien sich für alle lebhaft zu interessieren. Die Mädchen waren sehr beweglich um die vornehmste Dame und schwatzten viel unter einander. »Ich habe doch noch mehr Gemüt wie du, liebe Sittlichkeit!« sagte die eine; »aber ich heiße auch Seele und zwar die schöne.« Die Sittlichkeit wurde etwas blaß und die Tränen schienen ihr nahe zu sein. »Ich war doch gestern so tugendhaft«, sagte sie, »und mache immer größere Fortschritte in der Anstrengung. Ich habe genug an meinen eignen Vorwürfen, warum muß ich noch welche von dir hören?« – Eine andre, die Bescheidenheit, war neidisch auf die welche sich die schöne Seele nannte und sprach: »Ich bin böse mit dir, du willst mich nur als Mittel brauchen.« – Die Dezenz, da sie die arme öffentliche Meinung so hülflos auf dem Rücken liegen sah, vergoß drittehalb Tränen und gebärdete sich dann auf eine interessante Weise, das Auge zu trocknen, welches aber gar nicht mehr naß war. – »Wundre dich nicht über diese Offenheit«, sagte der Witz; »sie ist weder gewöhnlich noch willkürlich. Die allmächtige Fantasie hat diese wesenlosen Schatten mit ihrem Zauberstabe berührt, damit sie ihr Inneres offenbaren. Du wirst gleich noch mehr hören. Aber die Frechheit redet von freien Stücken so.«

»Der junge Schwärmer da«, sagte die Delikatesse, »soll mich recht amüsieren; der wird immer schöne Verse auf mich machen. Ich werde ihn in der Ferne halten wie den Ritter. Der Ritter ist freilich schön, wenn er nur nicht so ernsthaft und feierlich aussähe. Der klügste von allen ist wohl der Elegant, der jetzt mit der Bescheidenheit spricht; ich glaube, er persifliert sie. Wenigstens hat er über die Sittlichkeit und ihr fades Gesicht viel Hübsches gesagt. Er hat doch mit mir am meisten gesprochen, und könnte mich wohl einmal verführen, wenn ich mich nicht anders besinne, oder wenn keiner erscheint, der noch mehr nach der Mode ist.« – Der Ritter hatte sich der Gesellschaft nun auch genähert; die linke Hand stützte sich auf den Griff des großen Schwertes, und mit der rechten bot er den Anwesenden höflichen Gruß. – »Ihr seid doch alle gewöhnlich und ich habe Langeweile«, sagte der moderne Mann, gähnte und ging fort. Ich sah nunmehr, daß die Frauen, die ich beim ersten Blick für schön gehalten hatte, eigentlich nur blühend und artig, übrigens aber unbedeutend waren. Sah man genau zu, so fanden sich sogar gemeine Züge und Spuren von Verderbtheit. Die Frechheit schien mir nun weniger hart, ich konnte sie dreist ansehen und mußte es mir mit Verwunderung gestehn, daß ihre Bildung groß und edel sei. Sie ging hastig auf die schöne Seele zu und griff ihr gerade ins Gesicht. »Das ist nur eine Maske«, sagte sie; »du bist nicht die schöne Seele, sondern höchstens die Zierlichkeit, oft auch die Koketterie.« – Dann wandte sie sich zum Witz mit den Worten: »Wenn du die gemacht hast, die man jetzt Romane nennt, so hättest du deine Zeit auch besser anwenden können. Kaum hie und da finde ich in den besten etwas von der leichten Poesie des flüchtigen Lebens: aber wohin ist sie entflohen, die kühne Musik des lieberasenden Herzens, sie die alles mit sich fortreißt, so daß der Wildeste zärtliche Tränen vergießt und die ewigen Felsen selber tanzen? Keiner ist so albern und keiner so nüchtern, der nicht von Liebe schwatzt; aber wer sie noch kennt, hat kein Herz und keinen Glauben, sie auszusprechen.« Der Witz lachte, der himmlische Jüngling winkte Beifall aus der Ferne, und sie fuhrt fort: »Wenn die, welche unvermögend am Geist sind, Kinder mit ihm zeugen wollen; wenn die, welche es gar nicht verstehn, zu leben wagen: das ist höchst unanständig, denn es ist höchst unnatürlich und höchst unschicklich. Aber daß der Wein schäumt und der Blitz zündet, ist ganz richtig und ganz schicklich.« – Der leichtfertige Roman hatte nun gewählt; er war bei diesen Worten schon um die Frechheit und schien ihr ganz ergeben. Sie eilte Arm in Arm mit ihm davon und sagte nur im Vorbeigehn zu dem Ritter: »Wir sehn uns wieder.« – »Das waren nur äußerliche Erscheinungen«, sprach mein Beschützer, »und du wirst gleich das Innere in dir schauen. Übrigens bin ich eine wahre Person und der wahre Witz; das schwöre ich dir bei mir selber, ohne den Arm in die Unendlichkeit auszustrecken.« Alles verschwand nun, und auch der Witz wuchs und dehnte sich, bis er nicht mehr war. Nicht mehr vor und außer mir, wohl aber in mir glaubte ich ihn wieder zu finden; ein Stück meines Selbst und doch verschieden von mir, in sich lebendig und selbständig. Ein neuer Sinn schien mir aufgetan; ich entdeckte in mir eine reine Masse von mildem Licht. Ich kehrte in mich selbst zurück und in den neuen Sinn, dessen Wunder ich schaute. Er sah so klar und bestimmt, wie ein geistiges nach Innen gerichtetes Auge: dabei waren aber seine Wahrnehmungen innig und leise wie die des Gehörs, und so unmittelbar wie die des Gefühls. Ich erkannte bald die Szene der äußern Welt wieder, aber reiner und verklärt, oben den blauen Mantel des Himmels, unten den grünen Teppich der reichen Erde, die bald von fröhlichen Gestalten wimmelte. Denn was ich nur im Innersten wünschte, lebte und drängte sich gleich hier, ehe ich selbst den Wunsch noch deutlich gedacht hatte. Und so sah ich denn bald bekannte und unbekannte liebe Gestalten in wunderlichen Masken, wie ein großes Karneval der Lust und Liebe. Innre Saturnalien, an seltsamer Mannichfaltigkeit und Zügellosigkeit der großen Vorwelt nicht unwürdig. Aber nicht lange schwärmte das geistige Bacchanal durch einander, so zerriß diese ganze innre Welt wie durch einen elektrischen Schlag und ich vernahm ich weiß nicht wie und woher die geflügelten Worte: »Vernichten und Schaffen, Eins und Alles; und so schwebe der ewige Geist ewig auf dem ewigen Weltstrome der Zeit und des Lebens und nehme jede kühnere Welle wahr, ehe sie zerfließt.« – Furchtbar schön und sehr fremd tönte diese Stimme der Fantasie, aber milder und mehr wie an mich gerichtet die folgenden Worte: »Die Zeit ist da, das innre Wesen der Gottheit kann offenbart und dargestellt werden, alle Mysterien dürfen sich enthüllen und die Furcht soll aufhören. Weihe dich selbst ein und verkündige es, daß die Natur allein ehrwürdig und die Gesundheit allein liebenswürdig ist.« – Bei den geheimnisvollen Worten, *die Zeit ist da,* fiel wie eine Flocke von himmlischem Feuer in meine Seele. Es brannte und zehrte in meinem Mark; es drängte und stürmte sich zu äußern. Ich griff nach Waffen, um mich in das Kriegsgetümmel der Leidenschaften, die mit Vorurteilen wie mit Waffen wüten, zu stürzen und für die Liebe und die Wahrheit zu kämpfen: aber es waren keine Waffen da. Ich öffnete den Mund, um sie in Gesang zu verkündigen, und ich dachte, alle Wesen müßten ihn vernehmen und die ganze

Welt sollte harmonisch wiederklingen: aber ich besann mich, daß meine Lippen die Kunst nicht gelernt hätten, die Gesänge des Geistes nachzubilden. – »Du mußt das unsterbliche Feuer nicht rein und roh mitteilen wollen«, sprach die bekannte Stimme meines freundlichen Begleiters. »Bilde, erfinde, verwandle und erhalte die Welt und ihre ewigen Gestalten im steten Wechsel neuer Trennungen und Vermählungen. Verhülle und binde den Geist im Buchstaben. Der echte Buchstabe ist allmächtig und der eigentliche Zauberstab. Er ist es, mit dem die unwiderstehliche Willkür der hohen Zauberin Fantasie das erhabene Chaos der vollen Natur berührt, und das unendliche Wort ans Licht ruft, welches ein Ebenbild und Spiegel des göttlichen Geistes ist, und welches die Sterblichen Universum nennen.«

Wie die weibliche Kleidung vor der männlichen, so hat auch der weibliche Geist vor dem männlichen den Vorzug, daß man sich da durch eine einzige kühne Kombination über alle Vorurteile der Kultur und bürgerlichen Konventionen wegsetzen und mit einemmale mitten im Stande der Unschuld und im Schoß der Natur befinden kann.

An wen sollte also wohl die Rhetorik der Liebe ihre Apologie der Natur und der Unschuld richten als an alle Frauen, in deren zarten Herzen das heilige Feuer der göttlichen Wollust tief verschlossen ruht, und nie ganz verlöschen kann, wenn es auch noch so sehr verwahrlost und verunreinigt wird? Nächstdem freilich auch an die Jünglinge, und an die Männer die noch Jünglinge geblieben sind. Bei diesen ist aber schon ein großer Unterschied zu machen. Man könnte alle Jünglinge einteilen in solche, die das haben, was Diderot die Empfindung des Fleisches nennt, und in solche die es nicht haben. Eine seltne Gabe! Viele Maler von Talent und Einsicht streben ihr ganzes Leben umsonst danach, und viele Virtuosen der Männlichkeit vollenden ihre Laufbahn, ohne eine Ahndung davon gehabt zu haben. Auf dem gemeinen Wege kommt man nicht dahin. Ein Libertin mag verstehen mit einer Art von Geschmack den Gürtel zu lösen. Aber jenen höhern Kunstsinn der Wollust, durch den die männliche Kraft erst zur Schönheit gebildet wird, lehrt nur die Liebe allein den Jüngling. Es ist Elektrizität des Gefühls, dabei aber im

Innern ein stilles leises Lauschen, im Äußern eine gewisse klare Durchsichtigkeit, wie in den hellen Stellen der Malerei, die ein reizbares Auge so deutlich fühlt. Es ist eine wunderbare Mischung und Harmonie aller Sinne: so gibt es auch in der Musik ganz kunstlose, reine, tiefe Akzente, die das Ohr nicht zu hören, sondern wirklich zu trinken scheint, wenn das Gemüt nach Liebe durstet. Übrigens aber möchte sich die Empfindung des Fleisches nicht weiter definieren lassen. Das ist auch unnötig. Genug sie ist für Jünglinge der erste Grad der Liebeskunst und eine angeborne Gabe der Frauen, durch deren Gunst und Huld allein sie jenen mitgeteilt, und angebildet werden kann. Mit den Unglücklichen, die sie nicht kennen, muß man nicht von Liebe reden: denn von Natur ist in dem Manne zwar ein Bedürfnis aber kein Vorgefühl derselben. Der zweite Grad hat schon etwas Mystisches, und könnte leicht vernunftwidrig scheinen wie jedes Ideal. Ein Mann der das innere Verlangen seiner Geliebten nicht ganz füllen und befriedigen kann, versteht es gar nicht zu sein, was er doch ist und sein soll. Er ist eigentlich unvermögend, und kann keine gültige Ehe schließen. Zwar verschwindet auch die höchste endliche Größe vor dem Unendlichen, und durch bloße Kraft läßt sich also das Problem auch bei dem bestem Willen nicht auflösen. Aber wer Fantasie hat, kann auch Fantasie mitteilen, und wo die ist, entbehren die Liebenden gern, um zu verschwenden; ihr Weg geht nach Innen, ihr Ziel ist intensive Unendlichkeit, Unzertrennlichkeit ohne Zahl und Maß; und eigentlich brauchen sie nie zu entbehren, weil jener Zauber alles zu ersetzen vermag. Aber still von diesen Geheimnissen! Der dritte und höchste Grad ist das bleibende Gefühl von harmonischer Wärme. Welcher Jüngling das hat, der liebt nicht mehr bloß wie ein Mann, sondern zugleich auch wie ein Weib. In ihm ist die Menschheit vollendet, und er hat den Gipfel des Lebens erstiegen. Denn gewiß ist es, daß Männer von Natur bloß heiß oder kalt sind: zur Wärme müssen sie erst gebildet werden. Aber die Frauen sind von Natur sinnlich und geistig warm und haben Sinn für Wärme jeder Art.

Wenn dieses tolle kleine Buch einmal gefunden, vielleicht gedruckt, und gar gelesen wird, so muß es auf alle glücklichen

Jünglinge ungefähr den gleichen Eindruck machen. Nur verschieden nach den verschiedenen Stufen ihrer Ausbildung. Denen vom ersten Grad wird es die Empfindung des Fleisches erregen; die vom zweiten kann es ganz befriedigen; und denen vom dritten soll bloß warm dabei werden.

Ganz anders würde es mit den Frauen sein. Unter ihnen gibt es keine Ungeweihten; denn jede hat die Liebe schon ganz in sich, von deren unerschöpflichem Wesen wir Jünglinge nur immer ein wenig mehr lernen und begreifen. Schon entfaltet, oder noch im Keime, das ist gleichviel. Auch das Mädchen weiß in ihrer naiven Unwissenheit doch schon alles, noch ehe der Blitz der Liebe in ihrem zarten Schoß gezündet, und die verschloßne Knospe zum vollen Blumenkelch der Lust entfaltet hat. Und wenn eine Knospe Gefühl hätte, würde nicht das Vorgefühl der Blume deutlicher in ihr sein, als das Bewußtsein ihrer selbst? –

Darum gibt es in der weiblichen Liebe keine Grade und Stufen der Bildung, überhaupt nichts allgemeines; sondern so viel Individuen, so viel eigentümliche Arten. Kein Linné kann uns alle diese schönen Gewächse und Pflanzen im großen Garten des Lebens klassifizieren und verderben; und nur der eingeweihte Liebling der Götter versteht ihre wunderbare Botanik; die göttliche Kunst, ihre verhüllten Kräfte und Schönheiten zu erraten und zu erkennen, wann die Zeit ihrer Blüte sei und welches Erdreich sie bedürfen. Da wo der Anfang der Welt oder doch der Anfang der Menschen ist, da ist auch der eigentliche Mittelpunkt der Originalität, und kein Weiser hat die Weiblichkeit ergründet.

Eines zwar scheint die Frauen in zwei große Klassen zu teilen. Das nämlich, ob sie die Sinne achten und ehren, die Natur, sich selbst und die Männlichkeit: oder ob sie diese wahre innere Unschuld verloren haben, und jeden Genuß mit Reue erkaufen, bis zur bittern Gefühllosigkeit gegen innere Mißbilligung. Das ist ja die Geschichte so vieler. Erst scheuen sie die Männer, dann werden sie Unwürdigen hingegeben, welche sie bald hassen oder betrügen, bis sie sich selbst und die weibliche Bestimmung verachten. Ihre kleine Erfahrung halten sie für allgemein und alles andre für lächerlich; der enge Kreis von Rohheit und Gemeinheit, in dem sie sich beständig drehen, ist für sie die ganze Welt, und es fällt ihnen gar nicht ein, daß es auch noch andre Welten geben könne. Für diese sind die Männer nicht Menschen, sondern bloß Männer, eine eigne Gattung, die fatal aber doch gegen die Langeweile unentbehrlich ist. Sie selbst sind denn auch eine bloße Sorte, eine wie die andre, ohne Originalität und ohne Liebe.

Aber sind sie unheilbar weil sie ungeheilt sind? Mir ist es so einleuchtend und klar, daß nichts unnatürlicher für eine Frau sei, als Prüderie (ein Laster an das ich nie ohne eine gewisse innerliche Wut denken kann) und nichts beschwerlicher als Unnatürlichkeit, daß ich keine Grenze bestimmen, und keine für unheilbar halten möchte. Ich glaube ihre Unnatur kann nie zuverlässig werden, wenn sie auch noch so viel Leichtigkeit und Unbefangenheit darin erlangt haben, bis zu einem Schein von Konsequenz und Charakter. Es bleibt doch nur Schein; das Feuer der Liebe ist durchaus unverlöschlich, und noch unter der tiefsten Asche glühen Funken.

Diese heilige Funken zu wecken, von der Asche der Vorurteile zu reinigen, und wo die Flamme schon lauter brennt, sie mit bescheidenem Opfer zu nähren; das wäre das höchste Ziel meines männlichen Ehrgeizes. Laß mich's bekennen, ich liebe nicht dich allein, ich liebe die Weiblichkeit selbst. Ich liebe sie nicht bloß, ich bete sie an, weil ich die Menschheit anbete, und weil die Blume der Gipfel der Pflanze und ihrer natürlichen Schönheit und Bildung ist.

Es ist die älteste kindlichste einfachste Religion, zu der ich zurückgekehrt bin. Ich verehre als vorzüglichstes Sinnbild der Gottheit das Feuer; und wo gibts ein schöneres, als das was die Natur tief in die weiche Brust der Frauen verschloß? – Weihe du mich zum Priester, nicht um es müßig zu beschauen, sondern um es zu befreien, zu wecken, und zu reinigen: wo es rein ist, erhält es sich selber, ohne Wache und ohne Vestalinnen.

Ich schreibe und schwärme, wie du siehst, nicht ohne Salbung; aber es geschieht auch nicht ohne Beruf, und zwar göttlichen Beruf. Was darf sich der nicht zutrauen, zu dem der Witz selbst durch eine Stimme vom geöffneten Himmel herab sprach: »Du bist mein lieber Sohn an dem ich Wohlgefallen habe.« – Und warum soll ich nicht aus eigner Vollmacht und Willkür von mir sagen: »Ich bin des Witzes lieber Sohn«; wie mancher Edle, der auf Abenteuer durchs Leben wanderte, von sich sagte: »Ich bin des Glückes lieber Sohn.« – Übrigens wollte ich eigentlich davon reden, welchen Eindruck dieser fantastische Roman auf die Frauen machen würde, wenn der Zufall oder die Willkür ihn fände und öffentlich aufstellte. Es wäre auch in der Tat unschicklich, wenn ich dir nicht in aller Kürze mit einigen kleinen Beweisen von Weissagung und Divination aufwartete, um mein Recht auf die Priesterwürde darzutun.

Verstehen würden mich alle, keine so mißverstehen und so mißbrauchen wie die uneingeweihten Jünglinge. Viele würden mich besser verstehen als ich selbst, aber nur Eine ganz, und die bist du. Alle übrigen hoffe ich wechselweise anzuziehen und abzustoßen, oft zu verletzen und eben so oft zu versöhnen. Bei jeder gebildeten wird der Eindruck ganz verschieden, und ganz eigen sein; so eigen und so verschieden wie ihre eigentümliche Art zu sein, und zu lieben. Clementinen wird das Ganze bloß interessieren als eine Sonderbarkeit, hinter der aber doch wohl etwas sein könnte; einiges indessen wird sie richtig finden. Man nennt sie hart und heftig, und doch glaube ich an ihre Liebenswürdigkeit. Ihre Heftigkeit versöhnt mich mit ihrer Härte, obgleich beide sich dem äußern Anschein nach vermehren. Wäre die Härte allein, so müßte sie Kälte und Mangel an Herz scheinen; die Heftigkeit zeigt, daß heiliges Feuer da ist, was durchbrechen will. Du kannst leicht denken wie sie einem mitspielen würde, den sie im Ernst liebte. Die weiche und verletzbare Rosamunde wird sich eben so oft anneigen als wegwenden, bis »scheue Zartheit kühner wird und nichts als Unschuld sieht in inn'ger Liebe Tun«. Juliane hat eben so viel Poesie als Liebe, eben so viel Enthusiasmus als Witz: aber beides ist zu isoliert in ihr, darum wird sie bisweilen über das kühne Chaos weiblich erschrecken, und dem Ganzen etwas mehr Poesie und etwas weniger Liebe wünschen.

Ich könnte so noch lange fortfahren, denn ich strebe aus allen Kräften nach Menschenkenntnis, und ich weiß meine Einsamkeit oft nicht würdiger anzuwenden, als indem ich darüber reflektiere, wie diese oder jene interessante Frau in diesem oder jenem interessanten Verhältnisse wohl sein und sich verhalten dürfte. Doch genug für jetzt, sonst möchte es dir zu viel werden, und die Vielseitigkeit deinem Propheten übel geraten.

Denke nur nicht so arg von mir und glaube, daß ich nicht allein für dich sondern für die Mitwelt dichte. Glaube mir, es ist mir bloß um die Objektivität meiner Liebe zu tun. Diese Objektivität und jede Anlage zu ihr bestätigt und bildet ja eben die Magie der Schrift, und weil es mir versagt ist, meine Flamme in Gesänge auszuhauchen, muß ich den stillen Zügen das schöne Geheimnis vertrauen. Dabei denke ich aber eben so wenig an die ganze Mitwelt, als an die Nachwelt. Und muß es ja eine Welt sein, an die ich denken soll: so sei es am liebsten die Vorwelt. Die Liebe selbst sei ewig neu und ewig jung, aber ihre Sprache sei frei und kühn, nach alter klassischer Sitte, nicht züchtiger wie die römische Elegie und die Edelsten der größten Nation, und nicht vernünftiger wie der große Plato und die heilige Sappho.

Idylle über den Müßiggang

»Sieh ich lernte von selbst, und ein Gott hat mancherlei Weisen mir in die Seele gepflanzt.« So darf ich kühnlich sagen, wenn nicht von der fröhlichen Wissenschaft der Poesie die Rede ist, sondern von der gottähnlichen Kunst der Faulheit. Mit wem sollte ich also lieber über den Müßiggang denken und reden als mit mir selbst? Und so sprach ich denn auch in jener unsterblichen Stunde, da mir der Genius eingab, das hohe Evangelium der echten Lust und Liebe zu verkündigen, zu mir selbst: »O Müßiggang, Müßiggang! du bist die Lebensluft der Unschuld und der Begeisterung; dich atmen die Seligen, und selig ist wer dich hat und hegt, du heiliges Kleinod! einziges Fragment von Gottähnlichkeit, das uns noch aus dem Paradies blieb.« Ich saß, da ich so in mir sprach, wie ein nachdenkliches Mädchen in einer gedankenlosen Romanze am Bach, sah den fliehenden Wellen nach. Aber die Wellen flohen und flossen so gelassen, ruhig und sentimental, als sollte sich ein Narcissus in der klaren Fläche bespiegeln und sich in schönen Egoismus berauschen. Auch mich hätte sie locken können, mich immer tiefer in die innere

Perspektive meines Geistes zu verlieren, wenn nicht meine Natur so uneigennützig und so praktisch wäre, daß sogar meine Spekulation unaufhörlich nur um das allgemeine Gute besorgt ist. Daher dachte ich auch, ungeachtet mein Gemüt in seiner Behaglichkeit so matt war, wie die von der gewaltigen Hitze aufgelösten und hingesunkenen Glieder, ernstlich über die Möglichkeit einer dauernden Umarmung nach. Ich sann auf Mittel das Beisammensein zu verlängern, und künftig lieber alle kindlich rührenden Elegien über plötzliche Trennung zu verhüten, als uns wie bisher an dem Komischen einer solchen Fügung des Schicksals zu ergötzen, weil es nun doch einmal geschehen und unabänderlich sei. Erst nachdem die Kraft der angespannten Vernunft an der Unerreichbarkeit des Ideals brach und erschlaffte, überließ ich mich dem Strome der Gedanken, und hörte willig alle die bunten Märchen an, mit denen Begierde und Einbildung, unwiderstehliche Sirenen in meiner eignen Brust, meine Sinne bezauberten. Es fiel mir nicht ein das verführerische Gaukelspiel unedel zu kritisieren, ungeachtet ich wohl wußte, daß das meiste nur schöne Lüge sei. Die zarte Musik der Fantasie schien die Lücken der Sehnsucht auszufüllen. Dankbar nahm ich das wahr und beschloß, was das hohe Glück mir diesmal gegeben, auch künftig durch eigne Erfindsamkeit für uns beide zu wiederholen, und dir dieses Gedicht der Wahrheit zu beginnen. So erzeugte sich der erste Keim zu dem wundersamen Gewächs von Willkür und Liebe. Und frei wie es entsprossen ist, dacht' ich, soll es auch üppig wachsen und verwildern, und nie will ich aus niedriger Ordnungsliebe und Sparsamkeit die lebendige Fülle von überflüssigen Blättern und Ranken beschneiden.

Gleich einem Weisen des Orients war ich ganz versunken in ein heiliges Hinbrüten und ruhiges Anschauen der ewigen Substanzen, vorzüglich der deinigen und der meinigen. Größe in Ruhe, sagen die Meister, sei der höchste Gegenstand der bildenden Kunst; und ohne es deutlich zu wollen, oder mich unwürdig zu bemühen, bildete und dichtete ich auch unsre ewigen Substanzen in diesem würdigen Styl. Ich erinnerte mich, und ich sah uns, wie gelinder Schlaf die Umarmten mitten in der Umarmung umfing. Dann und wann öffnete einer die Augen, lächelte über den süßen Schlaf des andern und wurde wach genug um ein scherzendes Wort, eine Liebkosung zu beginnen: aber noch ehe der angefangene Mutwille geendigt war, sanken wir beide fest verschlungen in den seligen Schoß einer halbbesonnenen Selbstvergessenheit zurück.

Mit dem äußersten Unwillen dachte ich nun an die schlechten Menschen, welche den Schlaf vom Leben subtrahieren wollen. Sie haben wahrscheinlich nie geschlafen, und auch nie gelebt. Warum sind denn die Götter Götter, als weil sie mit Bewußtsein und Absicht nichts tun, weil sie das verstehen und Meister darin sind? Und wie streben die Dichter, die Weisen und die Heiligen auch darin den Göttern ähnlich zu werden! Wie wetteifern sie im Lobe der Einsamkeit, der Muße, und einer liberalen Sorglosigkeit und Untätigkeit! Und mit großem Recht: denn alles Gute und Schöne ist schon da und erhält sich durch seine eigene Kraft. Was soll also das unbedingte Streben und Fortschreiten ohne Stillstand und Mittelpunkt? Kann dieser Sturm und Drang der unendlichen Pflanze der Menschheit, die im Stillen von selbst wächst und sich bildet, nährenden Saft oder schöne Gestaltung geben? Nichts ist es, dieses leere unruhige Treiben, als eine nordische Unart und wirkt auch nichts als Langeweile, fremde und eigne. Und womit beginnt und endigt es als mit der Antipathie gegen die Welt, die jetzt so gemein ist? Der unerfahrne Eigendünkel ahndet gar nicht, daß dies nur Mangel an Sinn und Verstand sei und hält es für hohen Unmut über die allgemeine Häßlichkeit der Welt und des Lebens, von denen er doch noch nicht einmal das leiseste Vorgefühl hat. Er kann es nicht haben, denn der Fleiß und der Nutzen sind die Todesengel mit dem feurigen Schwert, welche dem Menschen die Rückkehr ins Paradies verwehren. Nur mit Gelassenheit und Sanftmut, in der heiligen Stille der echten Passivität kann man sich an sein ganzes Ich erinnern, und die Welt und das Leben anschauen. Wie geschieht alles Denken und Dichten, als daß man sich der Einwirkung irgend eines Genius ganz überläßt und hingibt? Und doch ist das Sprechen und Bilden nur Nebensache in allen Künsten und Wissenschaften, das Wesentliche ist das Denken und Dichten, und das ist nur durch Passivität möglich. Freilich ist es eine absichtliche, willkürliche, einseitige, aber doch Passivität. Je schöner das Klima ist, je passiver ist man.

Nur Italiäner wissen zu gehen, und nur die im Orient verstehen zu liegen; wo hat sich aber der Geist zarter und süßer gebildet als in Indien? Und unter allen Himmelsstrichen ist es das Recht des Müßiggangs was Vornehme und Gemeine unterscheidet, und das eigentliche Prinzip des Adels.

Endlich wo ist mehr Genuß, und mehr Dauer, Kraft und Geist des Genusses; bei den Frauen, deren Verhältnis wir Passivität nennen, oder etwa bei den Männern, bei denen der Übergang von übereilender Wut zur Langenweile schneller ist, als der Übergang vom Guten zum Bösen?

In der Tat man sollte das Studium des Müßiggangs nicht so sträflich vernachlässigen, sondern es zur Kunst und Wissenschaft, ja zur Religion bilden! Um alles in Eins zu fassen: je göttlicher ein Mensch oder ein Werk des Menschen ist, je ähnlicher werden sie der Pflanze; diese ist unter allen Formen der Natur die sittlichste, und die schönste. Und also wäre ja das höchste vollendetste Leben nichts als ein *reines Vegetieren*.

Ich nahm mir vor, mich zufrieden im Genuß meines Daseins über alle doch endliche, und also verächtliche Zwecke und Vorsätze zu erheben. Die Natur selbst schien mich in diesem Unternehmen zu bestärken, und mich gleichsam in vielstimmigen Chorälen zum fernern Müßiggang zu ermahnen, als sich plötzlich eine neue Erscheinung offenbarte. Ich glaubte unsichtbarerweise in einem Theater zu sein: auf der einen Seite zeigten sich die bekannten Bretter, Lampen und bemalten Pappen; auf der andern ein unermeßliches Gedränge von Zuschauern, ein wahres Meer von wißbegierigen Köpfen und teilnehmenden Augen. An der rechten Seite des Vordergrundes war statt der Dekoration ein Prometheus abgebildet, der Menschen verfertigte. Es war an einer langen Kette gefesselt, und arbeitete mit der größten Hast und Anstrengung; auch standen einige ungeheure Gesellen daneben, die ihn unaufhörlich antrieben und geißelten. Leim und andre Materialien waren im Überfluß da; das Feuer nahm er aus einer großen Kohlenpfanne. Gegenüber zeigte sich auch als stumme Figur der vergötterte Herkules, wie er abgebildet wird mit der Hebe auf dem Schoß. Vorn auf der Bühne liefen und sprachen eine Menge jugendlicher Gestalten, die sehr fröhlich waren, und nicht bloß zum Schein lebten. Die jüngsten glichen Amorinen, die mehr erwachsenen den Bildern von Faunen: aber jeder hatte seine eigne Manier, eine auffallende Originalität des Gesichts, und alle hatten irgend eine Ähnlichkeit von dem Teufel der christlichen Maler oder Dichter; man hätte sie Satanisken nennen mögen. Einer der kleinsten sagte: »Wer nicht verachtet, der kann auch nicht achten; beides kann man nur unendlich, und der gute Ton besteht darin, daß man mit den Menschen spielt. Ist also nicht eine gewisse ästhetische Bosheit ein wesentliches Stück der harmonischen Ausbildung?« »Nichts ist toller«, sagte ein andrer, »als wenn die Moralisten euch Vorwürfe über den Egoismus machen. Sie haben vollkommen unrecht: denn welcher Gott kann dem Menschen ehrwürdig sein, der nicht sein eigner Gott ist? Ihr irrt freilich darin, daß ihr ein Ich zu haben glaubt; aber wenn ihr indessen euren Leib und Namen oder eure Sachen dafür haltet, so wird doch wenigstens ein Logis bereitet, wenn etwa ja noch ein Ich kommen sollte.« – »Und diesen Prometheus könnt ihr nur recht in Ehren halten«, sagte einer der größten; »er hat euch alle gemacht, und macht immer mehrere eures gleichen.« – In der Tat warfen auch die Gesellen jeden neuen Menschen, so wie er fertig war, unter die Zuschauer herab, wo man ihn sogleich gar nicht mehr unterscheiden konnte, so ähnlich waren sie alle. »Er fehlt nur in der Methode!« fuhr der Satanikus fort: »Wie kann man allein Menschen bilden wollen? Das sind gar nicht die rechten Werkzeuge.« Und dabei winkte er auf eine rohe Figur vom Gott der Gärten, die ganz im Hintergrunde der Bühne zwischen einem Amor und einer sehr schönen unbekleideten Venus stand. »Darin dachte unser Freund Herkules richtiger, der funfzig Mädchen in einer Nacht für das Heil der Menschheit beschäftigen konnte, und zwar heroische. Er hat auch gearbeitet und viel grimmige Untiere erwürgt, aber das Ziel seiner Laufbahn war doch immer ein edler Müßiggang, und darum ist er auch in den Olymp gekommen. Nicht so dieser Prometheus, der Erfinder der Erziehung und Aufklärung. Von ihm habt ihr es, daß ihr nie ruhig sein könnt, und euch immer so treibt; daher kommt es, daß ihr, wenn ihr sonst gar nichts zu tun habt, auf eine alberne Weise sogar nach Charakter streben müßt, oder euch einer den andern beobachten und ergründen wollt. Ein solches Beginnen ist niederträchtig. Prometheus aber, weil er die Menschen zur Arbeit verführt hat, so muß er nun auch arbeiten, er mag wollen oder nicht. Er wird noch Langeweile genug haben, und nie von seinen Fesseln frei werden.« Da dies die Zuschauer hörten, brachen sie in Tränen aus, und sprangen auf die Bühne um ihren Vater der lebhaftesten Teilnahme zu versichern; und so verschwand die allegorische Komödie.

Treue und Scherz

Du bist doch allein Lucinde? – Ich weiß nicht... vielleicht... ich glaube – Bitte, bitte! liebe Lucinde. Weißt du wohl wenn die kleine Wilhelmine, Bitte, bitte! sagt, und man tut's nicht gleich, so schreit sie's immer lauter und ernsthafter, bis ihr Wille geschieht. – Also das hast du mir sagen wollen, darum stürzest du so außer Atem ins Zimmer und hast mich so erschreckt? – Sei nicht böse, süßes Weib! o laß mich, mein Kind! du Schöne! mach mir keine Vorwürfe, gutes Mädchen! – Nun, wirst du noch nicht bald sagen: schließ die Türen zu? – So?... Gleich will ich dir antworten. Nur erst einen recht langen Kuß, und wieder einen, dann noch einige und viele andre mehr. – O, du mußt mich nicht so küssen wenn ich vernünftig bleiben soll. Das macht böse Gedanken. – Die verdienst du. Kannst du wirklich lachen, meine verdrießliche Dame? Wer hätte das denken sollen! aber ich weiß wohl, du lachst bloß weil du mich auslachen kannst. Aus Lust tust du es nicht. Denn wer sah nur eben so ernsthaft aus wie ein römischer Senator? Recht entzückend hättest du aussehen können, liebes Kind! mit deinen heiligen dunklen Augen, mit deinen langen schwarzen Haaren im glänzenden Widerschein der Abendsonne, wenn du nicht da gesessen hättest, als säßest du zu Gericht. Bei Gott! du hast mich so angeblickt, daß ich ordentlich zurückfuhr. Ich hätte bald das Wichtigste vergessen, und bin ganz in Konfusion geraten. Aber warum sprichst du denn gar nicht? Bin ich dir zuwider? – Nun das ist komisch! du närrischer Julius! wen läßt du zum Reden kommen? deine Zärtlichkeit fließt heute ja wie ein Platzregen. – Wie dein Gespräch in der Nacht. – O das Halstuch lassen Sie nur, mein Herr. – Lassen? Nichts weniger als das. Was soll so ein elendes dummes Halstuch? Vorurteile! Aus der Welt muß es. – Wenn uns nur nicht jemand stört! – Sieht sie nicht schon wieder aus, als ob sie weinen wollte! Du bist doch wohl? Warum schlägt dein Herz so unruhig? Komm laß mich's küssen. Ja du sagtest vorhin von Türen zuschließen. Gut, aber so nicht, nicht hier. Geschwind herunter durch den Garten, nach dem Pavillon, wo die Blumen stehn. Komm! o laß mich nicht so lange warten. – Wie Sie befehlen mein Herr! – Ich weiß nicht, du bist heute so sonderbar. – Wenn du anfängst zu moralisieren, lieber Freund, so könnten wir eben so gut wieder zurückgehen. Lieber gebe ich dir noch einen Kuß und laufe voran. – O fliehen Sie nicht so schnell Lucinde, die Moral wird Sie doch nicht einholen. Du wirst fallen, Liebe! – Ich habe dich nicht länger warten lassen wollen. Nun sind wir ja da. Und du bist auch eilig. – Und du sehr gehorsam. Aber jetzt ist nicht Zeit zu streiten. – Ruhig, ruhig! – Siehst du, hier kannst du weichlich ruhn und wie es recht ist. Nun wenn du diesmal nicht... so hast du gar keine Entschuldigung. – Wirst du nicht wenigstens erst den Vorhang niederlassen? – Du hast recht, die Beleuchtung wird so viel reizender. Wie schön glänzt diese weiße Hüfte in dem roten Schein!... Warum so kalt, Lucinde? – Lieber, setze die Hyacinthen weiter weg, der Geruch betäubt mich. – Wie fest und selbständig, wie glatt und fein! Das ist harmonische Ausbildung. – O nein Julius! laß, ich bitte dich, ich will nicht. – Darf ich nicht fühlen, ob du glühst wie ich? O so laß mich doch die Schläge deines Herzens lauschen, die Lippen in dem Schnee des Busens kühlen! – Kannst du mich wegdrücken? Ich werde mich rächen. Umarme mich fester, Kuß gegen Kuß; nein! nicht mehre, einen ewigen. Nimm meine Seele ganz und gib mir deine!... O schönes herrliches Zugleich! Sind wir nicht Kinder? Sprich doch! wie konntest du nur erst so gleichgültig und kalt sein, und nachher wie du mich endlich fester an dich zogst, machtest du in demselben Augenblick ein Gesicht, als wenn dir etwas weh täte, als ob es dir leid wäre, daß du meine Glut erwidertest. Was ist dir? du weinst? Verbirg nicht dein Gesicht! Sieh mich an, Geliebte! – O laß mich hier an dich liegen, ich kann dir nicht in die Augen sehen. Es war recht schlecht von mir, Julius! Kannst du mir verzeihen, du liebenswürdiger Mann! Wirst du mich nicht verlassen? kannst du mich noch lieben? – Komm zu mir, mein süßes Weib! hier an meinem Herzen. Weißt du noch neulich, wie schön es war, wie du in meinen Armen weintest? wie leicht dir wurde? Aber sprich nun auch, was ist dir, Liebe? bist du böse auf mich? – Auf mich bin ich böse. Ich könnte mich schlagen... Dir freilich wäre ganz recht geschehen; und wenn Sie sich künftig wieder einmal ehemännlich betragen, mein Herr! so werde ich schon besser dafür sorgen, daß Sie mich auch wie eine Ehefrau finden sollen. Darauf kannst du dich verlassen. Ich muß lachen, wie es mich überrascht hat. Aber bilden Sie sich nur nicht ein, mein Herr, daß du so unmenschlich liebenswürdig bist. Diesmal war es eigner Wille, daß ich meinen Vorsatz brach. – Der erste und der letzte Wille ist immer der beste. Dafür, daß die Frauen meistens weniger sagen, als sie meinen, tun sie bisweilen mehr als sie wollen. Das ist nicht mehr als billig; der gute Wille verführt euch. Der gute Wille ist etwas sehr gutes, aber das ist schlimm an ihm, daß er immer da ist, auch wenn man ihn nicht will. – Das ist ein schöner Fehler. Aber ihr seid voll von bösem Willen und verstockt euch darin. – O nein! wenn wir verstockt scheinen, so ist's bloß weil wir nicht anders können und also nicht böse. Wir können nicht, weil wir nicht recht wollen; es ist also nicht böser Wille, sondern Mangel an Willen. Und an wem liegt da wieder die Schuld als an euch, daß ihr uns nicht mitteilen wollt von eurem Überfluß, und den guten Willen allein behalten wollt? Übrigens ist's ganz wider Willen gesehen, daß ich hier so in den Willen geraten bin, und ich weiß selbst nicht was wir damit wollen. Indessen ist's immer besser, wenn ich mein Mütchen an einigen Worten kühle, als wenn ich das schöne Porzellan zerschlüge. Bei dieser Gelegenheit habe ich mich doch von meinem ersten Erstaunen über Ihr unerwartetes Pathos, Ihre vortreffliche Rede und Ihren rühmlichen Vorsatz etwas erholen können. In der Tat ist dies einer der seltsamsten Streiche von denen, die Sie mir die Ehre verschafft haben kennen zu lernen; und so viel ich mich erinnern kann, haben Sie schon seit einigen Wochen bei Tage nicht in so gesetzten und vollen Perioden geredet, wie in Ihrer gegenwärtigen Predigt. Ist es Ihnen gefällig, Ihre Meinung in Prosa zu übersetzen? – Hast du den gestrigen Abend und die interessante Gesellschaft wirklich schon ganz vergessen? Freilich, das wußte ich nicht. – Also darüber bist du böse, weil ich zu viel mit Amalien gesprochen habe? – Sprechen Sie doch so viel Sie wollen und mit wem Sie wollen. Aber artig sollst du mir begegnen, das will ich haben. – Du sprachst so sehr laut, der Fremde stand gleich daneben, ich war ängstlich und wußte mir nicht anders zu helfen. – Als unartig zu sein, weil du ungeschickt warst? – Verzeih mir nur! Ich bekenne mich schuldig, du weißt wie verlegen ich mit dir in Gesellschaft bin. Es tut mir leid in Gegenwart der andern mit dir zu sprechen. – Wie schön weiß er sich heraus zu reden! – Laß mir so etwas nie hingehen, und sei recht aufmerksam und strenge. Aber sieh, was du nun getan hast! Ist es nicht Entweihung? O nein! es ist nicht möglich, es ist mehr als das. Gesteh mir's nur, es war Eifersucht. – Den ganzen Abend hattest du mich unfreundlich vergessen. Ich wollte dir heute früh alles schreiben, aber ich habe es wieder zerrissen. – Und da ich eben kam? – Verdroß mich deine gewaltige Eil. – Könntest du mich lieben, wenn ich nicht so brennbar und elektrisch wäre? bist du es nicht auch? hast du unsre erste Umarmung vergessen? In einem Augenblick ist die Liebe da, ganz und ewig, oder gar nicht. Alles Göttliche und alles Schöne ist schnell und leicht. Oder sammelt die Freude sich etwa so wie Geld und andere Materien durch ein konsequentes Betragen? Wie eine Musik aus der Luft, überrascht uns das hohe Glück, erscheint und verschwindet. – So bist du mir erschienen, du Teurer! Aber willst du mir verschwinden? Das sollst du nicht, ich sage es dir. – Ich will nicht. Ich will bei dir bleiben, überhaupt und auch jetzt. Höre ich habe große Lust einen langen Diskurs über die Eifersucht mit dir zu halten: aber eigentlich sollten wir erst die beleidigten Götter versöhnen. – Lieber erst den Diskurs, und hernach die Götter. – Du hast recht, wir sind noch nicht würdig, und du fühlst es lange nach, wann du gestört und verstimmt wurdest. Wie schön ist es daß du so empfindlich bist! – Ich bin nicht empfindlicher wie du, nur anders. – Nun so sage mir: ich bin nicht eifersüchtig; wie kommst's, daß du eifersüchtig bist? – Bin ich's denn ohne Ursache? Antworten Sie mir! – Ich weiß ja nicht was du meinst. – Nun eifersüchtig bin ich eigentlich nicht; aber sage mir, was ihr den ganzen Abend zusammen gesprochen habt? – Auf Amalien also? ist das möglich? So eine Kinderei! Von gar nichts habe ich mit ihr gesprochen, und darum war es amüsant. Und habe ich nicht eben so lange mit Antonio gesprochen, den ich doch eine Zeit her fast alle Tage sah? – Ich soll also wohl glauben, du sprichst mit der koketten Amalia wie mit dem stillen ernsthaften Antonio? Nicht wahr, es ist nichts wie klare reine Freundschaft? – O nein, das sollst du nicht glauben, und mußt es auch nicht glauben; so ist es gar nicht. Wie kannst du mir eine solche Albernheit zutraun? denn etwas recht Albernes ist es, wenn so zwei Personen von verschiedenem Geschlecht sich ein Verhältnis ausbilden und einbilden, wie reine Freundschaft. Mit Amalien ist es gar nichts, als daß ich sie zum Scherz liebe. Ich möchte sie gar nicht, wenn sie nicht ein wenig kokett wäre. Gäbe es nur mehr solche in unserm Zirkel! eigentlich muß man alle Frauen im Scherze lieben. – Julius! ich glaube du wirst ganz närrisch. – Nun versteh mich wohl; nicht eigentlich alle, sondern nur alle, die liebenswürdig sind und die einem eben vorkommen. – Das ist also weiter nichts als was die Franzosen Galanterie und Kokett nennen. – Weiter nichts, außer daß ich's mir schön und witzig denke. Und dann müssen die Menschen wissen, was sie tun und was sie wollen, und das ist selten der Fall. Der feine Scherz verwandelt sich in ihren Händen gleich wieder in groben Ernst. – Dieses im Scherz lieben ist nur gar nicht scherzhaft zuzusehen. – Daran ist der Scherz unschuldig; das ist nichts wie die fatale Eifersucht. Verzeih mir, Liebe! ich will nicht auffahren, aber ich begreife durchaus nicht wie man eifersüchtig sein kann: denn Beleidigungen finden ja nicht statt unter Liebenden, so wenig wie Wohltaten. Also muß es Unsicherheit sein, Mangel an Liebe und Untreue gegen sich selbst. Für mich ist das Glück gewiß und die Liebe Eins mit der Treue. Freilich wie die Menschen so lieben, ist es etwas anders. Da liebt der Mann in der Frau nur die Gattung, die Frau im Mann nur den Grad seiner natürlichen Qualitäten und seiner bürgerlichen Existenz, und beide in den Kindern nur ihr Machwerk und ihr Eigentum. Da ist die Treue ein Verdienst und eine Tugend; und da ist auch die Eifersucht an ihrer Stelle. Denn darin fühlen sie ungemein richtig, daß sie stillschweigend glauben, es gäbe ihres gleichen viele, und einer sei als Mensch ungefähr so viel wert wie der andre, und alle zusammen nicht eben sonderlich viel. – Du hältst also die Eifersucht für nichts anders als leere Rohheit und Unbildung. – Ja oder für Mißbildung und Verkehrtheit, was eben so arg, oder noch ärger ist. Nach jenem System ist es noch das beste, wenn man mit Absicht aus bloßer Gefälligkeit und Höflichkeit heiratet; und gewiß muß es für solche Subjekte eben so bequem als unterhaltend sein, im Verhältnis der Wechselverachtung neben einander weg zu leben. Besonders die Frauen können eine ordentliche Passion für die Ehe bekommen; und wenn eine solche erst Geschmack daran findet, so geschieht es leicht, daß sie ein halbes Dutzend nach einander heiratet, geistig oder leiblich; wo es denn nie an Gelegenheit gebricht, mit Abwechslung delikat zu sein und viel von der Freundschaft zu reden. – Du hast schon vorhin so gesprochen als hieltest du uns zur Freundschaft unfähig. Ist das wirklich deine Meinung? – Ja! aber die Unfähigkeit, glaube ich, liegt mehr in der Freundschaft als in euch. Ihr liebt alles was ihr liebt ganz, wie den Geliebten und das Kind. Diesen Charakter würde selbst ein schwesterliches Verhältnis bei euch annehmen. – Darin hast du recht. – Die Freundschaft ist für euch zu vielseitig und einseitig. Sie muß ganz geistig sein und durchaus bestimmte Grenzen haben. Diese Absonderung würde euer Wesen nur auf eine feinere Art eben so vollkommen zerstören wie bloße Sinnlichkeit ohne Liebe. Für die Gesellschaft aber ist sie zu ernst, zu tief und zu heilig. – Können denn Menschen nicht miteinander reden, ohne danach zu fragen, ob sie Männer oder Frauen sind? – Das dürfte sehr ernsthaft ausfallen. Aufs höchste möchte es einen interessanten Klub geben. Du verstehst was ich meine. Es wäre schon viel, wenn man da frei und witzig reden dürfte, und weder zu wild noch zu steif wäre. Das Feinste und das Beste würde immer fehlen, was überall, wo sich ein bißchen gute Gesellschaft zeigt, Geist und Seele davon ist. Und das ist der Scherz mit der Liebe und die Liebe zum Scherz, der ohne den Sinn für jenen zum Spaß herabsinkt. Aus diesem Grunde nehme ich auch die Zweideutigkeiten in Schutz. – Tust du das im Scherz oder zum Spaß? – Nein, nein! ich tue es im vollen Ernst. – Aber doch nicht so ernsthaft und so feierlich wie Pauline und ihr Liebhaber? – Gott behüte! ich glaube, die ließen die Betglocken anziehen, wenn sie sich umarmen, falles es nur schicklich wäre. O! es ist wahr, meine Freundin, der Mensch ist von Natur eine ernsthafte Bestie. Man muß diesem schändlichen und leidigen Hange aus allen Kräften und von allen Seiten entgegenarbeiten. Dazu sind die Zweideutigkeiten auch gut, nur sind sie so selten zweideutig, und wenn sie es nicht sind und nur einen Sinn zulassen, das ist eben nicht unsittlich, aber zudringlich und platt. Leichtfertige Gespräche müssen geistig und zierlich und bescheiden sein, so viel als möglich; übrigens aber ruchlos genug. – Das ist gut, aber was sollen sie grade in der Gesellschaft? – Sie sollen das Gespräch frisch erhalten, wie das Salz an den Speisen. Es fragt sich gar nicht, warum man sie sagen soll, sondern nur wie man sie sagen soll. Denn lassen kann und darf man's doch nicht. Es wäre ja grob mit einem reizenden Mädchen so zu reden, als ob sie ein geschlechtsloses Amphibion wäre. Es ist Pflicht und Schuldigkeit immer auf das anzuspielen, was sie ist und sein wird; und so unzart, steif und schuldig, wie die Gesellschaft einmal besteht, ist es wirklich eine komische Situation, ein unschuldiges Mädchen zu sein. – Das erinnert mich an den berühmten Buffo der selbst oft sehr traurig war, während er alle zu lachen machte. – Die Gesellschaft ist ein Chaos, das nur durch Witz zu bilden und in Harmonie zu bringen ist; und wenn man nicht scherzt und tändelt mit den Elementen der Leidenschaft, so ballt sie sich in dicke Massen und verfinstert alles. – So mögen hier wohl Leidenschaften in der Luft sein: denn es ist beinah finster. – Gewiß haben Sie Ihre Augen zugeschlossen, Dame meines Herzens! Sonst würde eine allgemeine Klarheit unfehlbar das Zimmer durchstrahlen. – Wer ist wohl leidenschaftlicher, Julius! ich oder du? – Wir sind's beide genug. Ohne das möchte ich nicht leben. Und sieh! darum könnte ich mich mit der Eifersucht aussöhnen. Es ist alles in der Liebe: Freundschaft, schöner Umgang, Sinnlichkeit und auch Leidenschaft; und es muß alles darin sein, und eins das andre verstärken und lindern, beleben und erhöhen. – Laß dich umarmen, du Treuer! – Aber nur unter einer Bedingung kann ich dir die Eifersucht erlauben. Ich habe oft gefühlt, daß eine kleine Dosis von gebildetem, verfeinertem Zorn einen Mann nicht übel kleidet. Vielleicht ist's dir so mit der Eifersucht. – Getroffen! und also brauche ich sie nicht ganz abzuschwören. – Wenn sie sich nur immer so schön und so witzig äußerte wie heute bei dir! – Findest du das? Nun wenn du das nächstemal schön und witzig auffährst, werde ich dir's auch sagen und dich loben. – Sind wir nun nicht würdig, die beleidigten Götter zu versöhnen? – Ja, wenn dein Diskurs ganz zu Ende ist, sonst sage noch das übrige. –

Lehrjahre der Männlichkeit

Pharao zu spielen mit dem Anscheine der heftigsten Leidenschaft und doch zerstreut und abwesend zu sein; in einem Augenblick von Hitze alles zu wagen und sobald es verloren war, sich gleichgültig wegzuwenden: das war nur eine von den schlimmen Gewohnheiten, unter denen Julius seine wilde Jugend verstürmte. Diese eine ist genug, den Geist eines Lebens zu schildern, welches in der Fülle der empörten Kräfte selbst den unvermeidlichen Keim eines frühen Verderbens enthielt. Eine Liebe ohne Gegenstand brannte in ihm und zerrüttete sein Innres. Bei dem geringsten Anlaß brachen die Flammen der Leidenschaft aus; aber bald schien diese aus Stolz oder aus Eigensinn ihren Gegenstand selbst zu verschmähen, und wandte sich mit verdoppeltem Grimme zurück in sich und auf ihn, um da am Mark des Herzens zu zehren. Sein Geist war in einer beständigen Gärung; er erwartete in jedem Augenblick, es müsse ihm etwas Außerordentliches begegnen. Nichts würde ihn befremdet haben, am wenigsten sein eigner Untergang. Ohne Geschäft und ohne Zweck trieb er sich umher unter den Dingen und unter den Menschen wie einer, der mit Angst etwas sucht, woran sein ganzes Glück hängt. Alles konnte ihn reizen, nichts mochte ihm genügen. Daher kam es, daß ihm eine Ausschweifung nur so lange interessant war, bis er sie versucht hatte und näher kannte. Keine Art derselben konnte ihm ausschließend zur Gewohnheit werden: denn er hatte eben so viel Verachtung als Leichtsinn. Er konnte mit Besonnenheit schwelgen und sich in den Genuß gleichsam vertiefen. Aber weder hier noch in den mancherlei Liebhabereien und Studien, auf die sich oft sein jugendlicher Enthusiasmus mit einer gefräßigen Wißbegier warf, fand er das hohe Glück, das sein Herz mit Ungestüm foderte. Spuren davon zeigten sich überall, täuschten und erbitterten seine Heftigkeit. Am meisten Reiz hatte der Umgang aller Art für ihn und so oft er auch sogar sie überdrüssig ward, waren es doch die gesellschaftlichen Zerstreuungen, zu denen er endlich immer wieder zurückkehrte. Die Frauen kannte er eigentlich gar nicht, ungeachtet er schon früh gewohnt war, mit ihnen zu sein. Sie erschienen ihm wunderbar fremd, oft ganz unbegreiflich und kaum wie Wesen seiner Gattung. Junge Männer aber, die ihm einigermaßen glichen, umfaßte er mit heißer Liebe und mit einer wahren Wut von Freundschaft. Doch war das allein für ihn noch nicht das rechte. Es war ihm, als wolle er eine Welt umarmen und könne nichts greifen. Und so verwilderte er denn immer mehr und mehr aus unbefriedigter Sehnsucht, ward sinnlich aus Verzweiflung am Geistigen, beging unkluge Handlungen aus Trotz gegen das Schicksal und war wirklich mit einer Art von Treuherzigkeit unsittlich. Er sah wohl den Abgrund vor sich, aber er hielt es nicht der Mühe wert, seinen Lauf zu mäßigen. Er wollte lieber gleich einem wilden Jäger den jähen Abhang rasch und mutig durchs Leben hinunterstürmen, als sich mit Vorsicht langsam quälen.

Bei diesem Charakter mußte er oft in der geselligsten und fröhlichsten Gesellschaft einsam sein, und er fand sich eigentlich am wenigsten allein, wenn niemand bei ihm war. Dann berauschte er sich in Bildern der Hoffnung und Erinnerung und ließ sich absichtlich von seiner eignen Fantasie verführen. Jeder seiner Wünsche stieg mit unermeßlicher Schnelligkeit und fast ohne Zwischenraum von der ersten leisen Regung zur grenzenlosen Leidenschaft. Alle seine Gedanken nahmen sichtbare Gestalt und Bewegung an und wirkten in ihm und wider einander mit der sinnlichsten Klarheit und Gewalt. Sein Geist strebte nicht die Zügel der Selbstherrschaft fest zu halten, sondern warf sie freiwillig weg, um sich mit Lust und mit Übermut in dies Chaos von innerm Leben zu stürzen. Er hatte weniges erlebt und war doch voll Erinnerungen, auch aus früher Jugend: denn ein sonderbarer Augenblick von leidenschaftlicher Stimmung, ein Gespräch, ein Geschwätz aus der Tiefe des Herzens blieb ihm ewig teuer und deutlich, und noch nach Jahren wußte er's genau, als wäre es gegenwärtig. Aber alles was er liebte und mit Liebe dachte, war abgerissen und einzeln. Sein ganzes Dasein war in seiner Fantasie eine Masse von Bruchstücken ohne Zusammenhang; jedes für sich Eins und Alles, und das andre was in der Wirklichkeit daneben stand und damit verbunden war, für ihn gleichgültig und so gut wie gar nicht vorhanden.

Noch war er nicht ganz verdorben als im Schoß der einsamen Wünsche ein heiliges Bild der Unschuld in seine Seele blitzte. Ein Strahl von Verlangen und Erinnerung traf und entzündete sie und dieser gefährliche Traum war entscheidend für sein ganzes Leben.

Er gedachte an ein edles Mädchen, mit dem er in ruhigen glücklichen Zeiten der frischen Jugend aus reiner kindlicher Zuneigung freundlich und fröhlich getändelt hatte. Da er der erste war, welcher sie durch sein Interesse an ihr reizte, so wandte auch das liebliche Kind ihre junge Seele nach ihm hin, wie sich die Blume zum Licht der Sonne neigt. Daß sie kaum reif und noch an der Grenze der Kindheit war, reizte sein Verlangen nur um so unwiderstehlicher. Sie zu besitzen, schien ihm das höchste Gut; er war entschlossen alles zu wagen und glaubte nicht ohne das leben zu können. Dabei verabscheute er die entfernteste Erinnerung an bürgerliche Verhältnisse, wie jede Art von Zwang.

Er eilte zurück in ihre Nähe und fand sie ausgebildeter, aber noch eben so edel und eigen, so sinnig und stolz wie ehedem. Was ihn noch mehr reizte als ihre Liebenswürdigkeit, waren die Spuren von tiefem Gefühl. Sie schien nur fröhlich und leichtfertig durchs Leben zu schwärmen wie über eine blumenreiche Ebne, und verriet doch seinem aufmerksamen Auge die entschiedenste Anlage zu einer grenzenlosen Leidenschaftlichkeit. Ihre Neigung, ihre Unschuld und ihr verschwiegenes und verschlossenes Wesen boten ihm leicht Mittel dar, sie allein zu sehen, und die Gefahr, die damit verbunden war, erhöhte den Reiz des Unternehmens. Aber mit Verdruß mußte er sich's gestehen, daß er seinem Ziele nicht näher kam und schalt sich zu ungeschickt, ein Kind zu verführen. Willig überließ sie sich einigen Liebkosungen und erwiderte sie mit schüchterner Lüsternheit. Sobald er aber diese Grenzen zu überschreiten versuchte, widersetzte sie sich, ohne beleidigt zu scheinen, mit unerbittlichem

Eigensinn; vielleicht mehr aus Glauben an ein fremdes Gebot als aus eignem Gefühl von dem, was allenfalls erlaubt sei und von dem, was durchaus nicht.

Indessen wurde er nicht müde zu hoffen und zu beobachten. Einst überraschte er sie, als sie es am wenigsten erwartete. Sie war schon lange allein gewesen und mochte sich ihrer Fantasie und einer unbestimmten Sehnsucht mehr als gewöhnlich überlassen haben. Da er dies gewahr ward, wollte er den Augenblick, der vielleicht nie wieder käme, nicht verscherzen und geriet durch die plötzliche Hoffnung selbst in einen Taumel von Begeisterung. Ein Strom von Bitten, von Schmeichelein und von Sophismen floß von seinen Lippen. Er bedeckte sie mit Liebkosungen und er geriet außer sich vor Entzücken, da das liebenswürdige Köpfchen endlich an seine Brust sank, wie sich die zu volle Blume an ihrem Stengel senket. Ohne Zurückhaltung schmiegte sich die schlanke Gestalt um ihn, die seidnen Locken der goldnen Haare flossen über seine Hand, mit zärtlicher Sehnsucht öffnete sich die Knospe des schönen Mundes, und aus den frommen dunkelblauen Augen strahlte und schmachtete ein ungewohntes Feuer. Sie setzte den kühnsten Liebkosungen nur noch schwachen Widerstand entgegen. Bald hörte auch dieser auf, sie ließ plötzlich ihre Arme sinken, und alles war ihm hingegeben, der zarte jungfräuliche Leib und die Früchte des jungen Busens. Aber in demselben Augenblick brach ein Strom von Tränen aus ihren Augen, und die bitterste Verzweiflung entstellte ihr Gesicht. Julius erschrak heftig; nicht sowohl über die Tränen, aber er kam nun mit einem Male zur vollen Besinnung. Er dachte an alles was vorhergegangen war, und was nun folgen würde; an das Opfer vor ihm und an das arme Schicksal der Menschen. Da überlief ihn ein kalter Schauder, ein leiser Seufzer stahl sich aus tiefer Brust über seine Lippen. Er verschmähte sich selbst von der Höhe seines eignen Gefühls, und vergaß die Gegenwart und seine Absicht in Gedanken von allgemeiner Sympathie.

Der Augenblick war versäumt. Er suchte nur das gute Kind zu trösten und zu besänftigen, und eilte mit Abscheu von dem Orte hinweg, wo er den Blütenkranz der Unschuld mutwillig hatte zerreißen wollen. Er wußte wohl, daß mancher seiner Freunde, der noch weniger an weibliche Tugend glaubte wie er, sein Benehmen ungeschickt und lächerlich finden würde. Er war beinah selbst dieser Meinung, da er wieder mit Kälte zu überlegen anfing. Indessen hielt er seine Dummheit doch für ausgezeichnet und interessant. Er glaubte, es sei notwendig, daß edle Naturen in gemeinen Verhältnissen und in den Augen der Menge einfältig oder rasend erscheinen müßten. Da bei dem nächsten Wiedersehn, wie er schlau bemerkte oder sich einbildete, das Mädchen eher unzufrieden schien, daß es nicht ganz verführt sei, bestätigte er sich in seinem Mißtrauen und geriet in eine große Erbitterung. Es wandelte ihn beinah eine Art von Verachtung an, zu der er doch so wenig berechtigt war. Er floh, zog sich wieder in die alte Einsamkeit zurück und verzehrte sich in seiner eignen Sehnsucht.

So lebte er von neuem eine Zeit auf die alte Weise in einem Wechsel von Schwermut und Ausgelassenheit. Der einzige Freund, der Kraft und Ernst genug hatte, ihn trösten und beschäftigen zu können und auf dem Wege zum Verderben einzuhalten, war weit entfernt, und seine Sehnsucht also auch von dieser Seite unbefriedigt. Heftig streckte er einst die Arme nach ihm aus, als müsse er nun endlich da sein, und trostlos ließ er sie wieder sinken, nachdem er lange vergeblich gewartet. Er vergoß keine Träne, aber sein Geist fiel in eine Agonie von hoffnungsloser Wehmut, aus der er sich nur zu neuen Torheiten ermannte.

Er freute sich laut, da er im Glanz der prachtvollen Morgensonne auf die Stadt zurücksah, die er schon als Kind geliebt und wo er nur noch eben so ganz lebte, und die er nun auf immer zu verlassen hoffte. Er atmete schon das frische Leben der neuen Heimat, die ihn in der Fremde erwarten sollte, und deren Bilder er schon mit Heftigkeit liebte.

Er fand bald einen andern reizenden Wohnort, wo ihn zwar nichts fesselte, aber doch vieles anzog. Alle seine Kräfte und Neigungen wurden rege durch die neuen Gegenstände; ohne Zweck und Maß in seinem Innern, nahm er teil an allem Äußern, was nur irgend merkwürdig war, und ließ sich überall ein.

Da er auch in diesem Geräusch bald Leerheit und Überdruß empfand, so kehrte er oft zurück zu seinen einsamen Träumen und wiederholte das alte Gewebe seiner unbefriedigten Wünsche. Eine Träne entfiel ihm über sich selbst, da er einst im Spiegel sah, wie trübe und stechend das Feuer der unterdrückten Liebe aus seinem dunkeln Auge brannte und wie sich unter der wilden schwarzen Locke leise Furchen in die kämpfende Stirn gruben, und wie die Wange so bleich war. Er seufzte über seine ungenutzte Jugend; sein Geist empörte sich und wählte unter den schönen Frauen seiner Bekanntschaft die, welche am freisten lebte und am meisten in der guten Gesellschaft glänzte. Er nahm sich vor, nach ihrer Liebe zu streben und er erlaubte seinem Herzen, sich ganz zu überfüllen mit diesem Gegenstande. Was so wild und willkürlich begonnen wurde, konnte nicht gesund endigen, und die Dame, welche eben so eitel als schön war, mußte es sonderbar und mehr als sonderbar finden, wie Julius sie mit der ernsthaftesten Aufmerksamkeit förmlich zu umgeben und zu belagern anfing und dabei bald so dreist und zuversichtlich war wie ein alter Besitzer, bald so schüchtern und fremd wie ein völlig Unbekannter. Da er sich so seltsam zeigte, hätte er bei weitem reicher sein müssen, als er war, um solche Ansprüche haben zu dürfen. Sie hatte ein leichtes, munteres Wesen und ihm schien sie artig zu reden. Aber was er an der Geliebten für göttlichen Leichtsinn nahm, war nichts als ein gedankenloses Schwärmen ohne eigentliche Freude und Fröhlichkeit, und auch ohne Geist, ausgenommen so viel Verstand und Schlauigkeit, als es braucht, um alles absichtlich und zwecklos zu verwirren, die Männer zu locken und zu lenken und sich selbst in Schmeicheleien zu berauschen. Zu seinem Unglücke erhielt er einige Zeichen von Gunst; von der Art, welche die Geberin nicht binden, weil sie sich nie dazu bekennen darf und welche den gefangenen Neuling durch den Zauber der Heimlichkeit noch unauflöslicher fesseln. Ihn konnte schon ein verstohlner Blick und Händedruck ganz bezaubern, oder ein Wort, was vor allen gesagt in seiner eigentlichen Beziehung und Anspielung nur ihm verständlich war, wenn die einfache und wohlfeile Gabe nur durch den Schein einer eignen sonderbaren Bedeutsamkeit gewürzt wurde. Sie gab ihm, wie er glaubte, ein noch deutlicheres Zeichen und es beleidigte ihn tief, daß sie ihn so wenig verstehe, daß sie ihm so sehr zuvorkomme. Er war nicht wenig stolz darauf, daß ihn das beleidigte und doch reizte es ihn unwiderstehlich, wenn er dachte, er dürfe nur schnell sein und die günstige Gelegenheit ergreifen, um ohne Hindernis ans Ziel zu gelangen. Er machte sich schon bittre Vorwürfe über seine Langsamkeit, als er plötzlich Verdacht schöpfte, ihr Zuvorkommen sei nur Täuschung, sie meine es auch mit ihm nicht ehrlich; und da ein Freund ihn vollends aufklärte, konnte ihm kein Zweifel bleiben. Er sah, daß man ihn lächerlich finde und mußte sich gestehn, daß es ganz in der Ordnung sei. Darüber geriet er etwas in Wut und hätte leicht Unheil begonnen, wenn er diese leeren Menschen, ihre kleinen Verhältnisse und Mißverständnisse und das ganze Spiel geheimer Absichten und Rücksichten nicht genau beobachtet und also gründlich verachtet hätte. Auch wurde er wieder ungewiß und da sein Argwohn nun keine Grenzen mehr kannte, so war er gegen sein eignes Mißtrauen mißtrauisch. Bald sah er den Grund des Übels nur in seinem Eigensinne und übertriebnem Zartgefühl und faßte dann neue Hoffnung und neues Zutrauen; bald sah er in allem Unglück, was ihn in der Tat absichtlich zu verfolgen schien, nur das künstliche Werk ihrer Rache. Alles schwankte, nur das ward ihm immer klarer und fester, daß vollendete Narrheit und Dummheit im Großen das eigentliche Vorrecht der Männer sei, mutwillige Bosheit hingegen mit naiver Kälte und lachender Gefühllosigkeit eine angeborne Kunst der Frauen. Das war alles, was er lernte durch sein angestrengtes Bestreben nach Menschenkenntnis. Im einzelnen verfehlte er immer auf eine scharfsinnige Art das Rechte, weil er überall künstliche Absichten voraussetzte und tiefen Zusammenhang, und gar keinen Sinn hatte für das Unbedeutende. Dabei wuchs seine Leidenschaft zum Spiel, dessen zufällige Verwicklungen, Sonderbarkeiten und Glücksfälle ihn auf eben die Art interessierten, wie wenn er in höhern Verhältnissen mit seinen Leidenschaften und ihren Gegenständen aus reiner Willkür ein hohes Spiel wagte oder zu wagen glaubte.

So verwirrte er sich immer tiefer in die Intrigen einer schlechten Gesellschaft und was ihm noch übrig blieb von Zeit und Kraft in dem Wirbel der Zerstreuungen, wandte er auf ein Mädchen, die er so sehr als möglich allein zu besitzen strebte, obgleich er sie unter denen gefunden hatte, die beinah öffentlich sind. Was sie ihm so interessant machte, war nicht allein das weshalb sie allgemein gesucht und gleichsam berühmt war, ihre seltne Gewandtheit und unerschöpfliche Mannichfaltigkeit in allen verführerischen Künsten der Sinnlichkeit. Ihr naiver Witz überraschte ihn mehr und reizte ihn am meisten, wie die hellen Funken von rohem tüchtigem Verstand, vorzüglich aber ihre entschiedne Manier und ihr konsequentes Betragen. Mitten im Stande der äußersten Verderbtheit zeigte sie eine Art von Charakter; sie war voll von Eigenheiten und ihr Egoismus nicht im gemeinen Stil. Nächst der Unabhängigkeit liebte sie nichts so unmäßig wie das Geld, aber sie wußte es zu brauchen. Dabei war sie billig gegen jeden, der nicht sehr reich war und selbst gegen die andern treuherzig in ihrer Habsucht und ohne Ränke. Sie schien ganz sorgenlos nur in der Gegenwart zu leben und war doch immer auf die Zukunft bedacht. Sie sparte im Kleinen um nach ihrer Art im Großen zu verschwenden und im Überflüssigen das Beste zu haben. Ihr Boudoir war einfach und ohne alle gewöhnlichen Meublen, nur von allen Seiten große, kostbare Spiegel und wo noch Raum übrig blieb, einige gute Kopien von den wollüstigen Gemälden des Correggio und Tizian, desgleichen einige schöne Originale von frischen, vollen Blumen- und Fruchtstücken; statt der Lambris die lebendigsten und fröhlichsten Darstellungen in Basrelief aus Gips nach der Antike; statt der Stühle echte orientalische Teppiche und einige Gruppen aus Marmor in halber Lebensgröße: ein gieriger Faun, der eine Nymphe, die im Fliehen schon gefallen ist, eben völlig überwinden wird; eine Venus, die mit aufgehobenem Gewande lächelnd über den wollüstigen Rücken auf die Hüften schaut und andre ähnliche Darstellungen. Hier saß sie oft auf türkische Sitte Tage lang allein und die Hände müßig im Schoß, denn sie verabscheute alle weiblichen Arbeiten. Sie erfrischte sich nur von Zeit zu Zeit mit Wohlgerüchen und ließ sich dabei von ihrem Jockey, einem bildschönen Knaben, den sie sich in seinem vierzehnten Jahre eigens verführt hatte, Geschichten, Reisebeschreibungen und Märchen vorlesen. Sie gab wenig darauf acht, außer wenn etwas Lächerliches vorkam, oder eine allgemeine Bemerkung, die sie auch wahr fand. Denn sie achtete nichts und hatte Sinn für nichts als für Realität und fand alle Poesie lächerlich. Sie war einmal Schauspielerin gewesen, aber nur kurze Zeit und sie machte sich gern lustig über ihr Ungeschick dazu und über die Langeweile, die sie dabei ausgestanden. Es war eine von ihren vielen Eigenheiten, daß sie bei solchen Gelegenheiten in der dritten Person von sich sprach. Auch wenn sie erzählte, nannte sie sich nur Lisette, und sagte oft, wenn sie schreiben könnte, wollte sie ihre eigne Geschichte schreiben, aber so als ob es ein andrer wäre. Für Musik hatte sie gar kein Gefühl, für die bildenden Künste aber so viel daß Julius oft mit ihr über seine Arbeiten und Ideen sprach, und die Skizzen für die besten hielt, die er unter ihren Augen und bei ihrem Gespräch entworfen hatte. Doch schätzte sie an Statuen und an Zeichnungen nur die lebendige Kraft, und an Gemälden nur den Zauber der Farben, die Wahrheit des Fleisches und allenfalls die Täuschung des Lichtes. Sprach ihr jemand von Regeln, vom Ideal und von der sogenannten Zeichnung, so lachte sie oder hörte nicht zu. Selbst etwas zu versuchen, so viele bereitwillige Lehrer sich auch anboten, war sie viel zu träge und verwöhnt und befand sich zu wohl bei ihrer Lebensart. Auch traute sie allen Schmeicheleien nicht und blieb fest überzeugt, sie würde es mit aller Not und Arbeit in der Kunst zu nichts Ordentlichem bringen. Lobte man ihren Geschmack und ihr Zimmer, in welches sie nur selten auserwählte Lieblinge führte, so rühmte sie dagegen auf eine komische Weise zuerst das gute alte Schicksal, die schlaue Lisette und dann die Engländer und Holländer als die besten Nationen unter allen, die sie kenne; weil die volle Kasse einiger Neulinge von dieser Sorte zuerst einen guten Grund zu ihrer reichlichen Einrichtung gelegt hatte. Überhaupt freute sie sich sehr damit, wenn sie jemanden, der dumm war, übervorteilt hatte: aber sie tat es auf eine drollige, fast kindische Art, mit Witz und mehr aus Übermut als aus Rohheit. Ihre ganze Klugheit wandte sie darauf, sich der Zudringlichkeit und Unart der Männer zu erwehren, und es gelang ihr so sehr, daß die rohen, wüsten Menschen mit einer innigen Achtung von ihr sprachen, die dem, welcher sie nicht kannte und nur von ihrem Gewerbe wußte, sehr komisch dünkte. Das war es auch, was den neugierigen Julius zuerst reizte, eine so sonderbare Bekanntschaft zu suchen und er fand bald noch mehr Ursach zu erstaunen. Bei den gewöhnlichen Männern litt und tat sie, was sie schuldig zu sein glaubte; genau, mit Geschicklichkeit und mit Kunstsinn, aber ganz kalt. Gefiel ihr ein Mann, führte sie ihn gar in ihr heiliges Cabinet; so schien sie eine ganz neue Person zu werden. Sie geriet dann in eine schöne bacchantische Wut; wild, ausschweifend und unersättlich vergaß sie beinah der Kunst und verfiel in eine hinreißende Anbetung der Männlichkeit. Darum liebte sie Julius, und auch weil sie ihm so ganz ergeben schien, ungeachtet sie davon nicht viele Worte machte. Sie merkte bald, ob jemand Verstand habe, und wo sie den zu finden glaubte, ward sie offen und herzlich, und ließ sich dann gern von ihrem Freunde erzählen, was er von der Welt wußte. Mancher hatte sie belehrt, keiner aber hatte ihr innerstes Wesen so verstanden, so fein geschont und ihren eigentlichen Wert so geachtet wie Julius. Darum hing sie auch mehr an ihm als sich sagen läßt. Sie erinnerte sich vielleicht zum erstenmal mit Rührung an ihre erste Jugend und Unschuld und gefiel sich nicht in der Umgebung, mit der sie sonst ganz zufrieden war. Julius fühlte das und freute sich damit, aber er konnte nie über die Geringschätzung Herr werden, die ihm ihr Stand und ihr Verderben einflößte, und sein unauslöschliches Mißtrauen schien ihm hier gerecht zu sein. Wie entrüstet war er daher, als sie ihm einst unerwarteter Weise die Ehre der Vaterschaft ankündigte. Und er wußte es doch, daß sie trotz ihres Versprechens noch vor Kurzem Besuche von einem andern angenommen hatte. Das Versprechen konnte sie ihm nicht abschlagen. Sie selbst hätte es wahrscheinlich gern gehalten, aber sie brauchte mehr als er geben konnte; sie wußte nur eine Art, Geld zu erwerben, und aus einer Delikatesse, die sie einzig für ihn hatte, nahm sie nur das wenigste von dem, was er geben wollte. Alles das bedachte der aufgebrachte Jüngling nicht, er hielt sich für betrogen, er sagte es ihr mit harten Worten und verließ sie in dem leidenschaftlichsten Zustande, wie er glaubte, auf immer. Nicht lange nachher suchte ihn der Knabe mit Tränen und Klagen und ließ nicht ab, bis er mit ihm ging. Er fand sie fast entkleidet in dem schon dunklen Cabinet, er sank in die geliebten Arme, mit denen sie ihn so heftig an sich riß wie sonst, aber sie sanken sogleich an ihm nieder. Er hörte einen tiefen stöhnenden Seufzer, es war der letzte; und da er sich ansah, war er mit Blut bedeckt. Voll Entsetzen sprang er auf und wollte fliehen. Er verweilte nur, um eine große Locke zu ergreifen, die neben dem gefärbten Messer auf dem Boden lag. Sie hatte dieselbe in einem Anfalle von begeisterter Verzweiflung kurz zuvor, ehe sie sich die vielen Wunden gab, von denen die meisten tödlich waren, abgeschnitten. Wahrscheinlich mit dem Gedanken, sich dadurch dem Tode und dem Verderben als Opfer zu weihen. Denn nach der Aussage des Knaben sprach sie dabei mit lauter Stimme die Worte: »Lisette soll zu Grunde gehen, zu Grunde jetzt gleich: so will es das Schicksal, das eiserne.«

Der Eindruck, den diese überraschende Tragödie auf den reizbaren Jüngling machte, war unauslöschlich, und brannte durch seine eigne Kraft immer tiefer. Die erste Folge von Lisettens Ruin war, daß er ihr Andenken mit schwärmerischer Achtung vergötterte. Er verglich ihre hohe Energie mit den nichtswürdigen Intrigen der Dame, die ihn verstrickt hatte, und sein Gefühl mußte laut entscheiden, daß jene sittlicher und weiblicher sei: denn diese Kokette gab nie eine kleine oder große Gunst ohne Nebenabsicht; und doch ward sie von aller Welt geachtet und bewundert, wie so viele andre, die ihr gleichen. Darüber widersetzte sich sein Verstand mit Heftigkeit allen falschen und allen wahren Meinungen, die man über die weibliche Tugend hat. Es ward Grundsatz bei ihm, die gesellschaftlichen Vorurteile, welche er bisher nur vernachlässigte, nun ausdrücklich zu verachten. Er gedachte an die zarte Louise, die beinah ein Raub seiner Verführung geworden wäre und er erschrak. Denn auch Lisette war von guter Familie, früh gefallen, entführt und in der Fremde verlassen, zu stolz gewesen umzukehren, und durch die erste Erfahrung so belehrt wie andre nicht durch die letzte. Mit schmerzlichem Vergnügen sammelte er manchen interessanten Zug von ihrer frühen Jugend. Sie war damals mehr schwermütig als leichtsinnig, aber in der Tiefe ganz Flamme und schon als kleines Mädchen traf man sie bei Gemälden von nackten Gestalten oder bei andern Gelegenheiten in sonderbaren Äußerungen der heftigsten Sinnlichkeit.

Diese Ausnahme von dem, was Julius für gewöhnlich hielt beim weiblichen Geschlecht, war zu einzig und die Umgebung, in der er sie fand, zu unrein, als daß er dadurch zu einer wahren Ansicht hätte gelangen können. Vielmehr trieb ihn sein Gefühl, sich fast ganz von den Frauen und von den Gesellschaften, wo sie den Ton angeben, zurück zu ziehen. Er fürchtete seine Leidenschaftlichkeit und warf seinen ganzen Sinn auf die Freundschaft mit Jünglingen, die wie er der Begeisterung fähig waren. Diesen ergab er sein Herz, nur sie waren für ihn wahrhaft wirklich, die übrige Menge gemeiner Schattenwesen freute er sich zu verachten. Mit Leidenschaft und mit Spitzfindigkeit stritt er innerlich und grübelte über seine Freunde, über ihre verschiedenen Vorzüge und Verhältnisse zu ihm. Er erhitzte sich in seinen eigenen Gedanken und Gesprächen und war berauscht von Stolz und von Männlichkeit. Auch glühten sie alle von edler Liebe, unentwickelt schlummerte hier manche große Kraft, und sie sagten nicht selten in rohen aber treffenden Worten erhabene Dinge über die Wunder der Kunst, über den Wert des Lebens und über das Wesen der Tugend und Selbständigkeit. Vorzüglich aber über die Göttlichkeit der männlichen Freundschaft, die Julius zum eigentlichen Geschäft seines Lebens zu machen gesonnen war. Er hatte viele Verbindungen, und war unersättlich immer neue zu knüpfen. Jeden Mann, der ihm interessant erschien, suchte er, und ruhte nicht, bis er ihn gewonnen und die Zurückhaltung des andern durch seine jugendliche Zudringlichkeit und Zuversicht besiegt hatte. Es läßt sich denken, daß er, der sich eigentlich alles erlaubt hielt und sich selbst über das Lächerliche wegsetzen konnte, eine andre Schicklichkeit im Sinne und vor Augen hatte als die, welche allgemein gilt.

In dem Gefühl und Umgang des einen Freundes fand er mehr als weibliche Schonung und Zartheit bei erhabenem Verstande und fest gebildetem Charakter. Ein zweiter brannte mit ihm in edlem Unwillen über das schlechte Zeitalter und wollte etwas Großes wirken. Der liebenswürdige Geist des dritten war noch ein Chaos von Andeutungen: aber er hatte zarten Sinn für alles und ahndete die Welt. Den einen verehrte er als seinen Meister in der Kunst würdig zu leben. Den andern dachte er als seinen Jünger und wollte sich nur vor der Hand zur Teilnahme an seinen Ausschweifungen herablassen, um ihn ganz zu kennen und zu gewinnen, und dann seine große Anlage zu retten, die so nah am Abgrund wandelte wie seine eigne.

Es waren große Gegenstände, nach denen sie mit Ernst strebten. Indessen blieb es bei hohen Worten und vortrefflichen Wünschen. Julius kam nicht weiter und ward nicht klarer, er handelte nicht und er bildete nichts. Ja er vernachlässigte seine Kunst fast nie mehr, als da er sich und seine Freunde mit Projekten überströmte von allen Werken, die er vollbringen wollte, und die ihm im Augenblick der ersten Begeisterung schon fertig schienen. Die wenigen Anwandlungen von Nüchternheit, die ihm noch übrig blieben, erstickte er in Musik, die für ihn ein gefährlicher, bodenloser Abgrund von Sehnsucht und Wehmut war, in den er sich gern und willig versinken sah.

Diese innere Gärung hätte heilsam sein können, und aus der Verzweiflung wäre endlich Ruhe und Festigkeit hervorgegangen, und er wäre klar geworden über sich selbst. Aber die Wut der Unbefriedigung zerstückte seine Erinnerung, er hatte nie weniger eine Ansicht vom Ganzen seines Ich. Er lebte nur in der Gegenwart, an der er mit durstigen Lippen hing, und vertiefte sich ohne Ende in jeden unendlich kleinen und doch unergründlichen Teil der ungeheuren Zeit, als müsse es nun in diesem endlich zu finden sein, was er schon so lange suche. Diese Wut der Unbefriedigung mußte ihn bald mit seinen Freunden selbst verstimmen und entzweien, von denen die meisten bei den herrlichsten Anlagen ebenso untätig und mit sich uneins waren wie er. Dieser schien ihn nicht zu verstehn, jener bewunderte nur seinen Geist, äußerte aber Mißtrauen gegen sein Herz und tat ihm wirklich unrecht. Da hielt er seine innerste Ehre gekränkt und fühlte sich von geheimem Haß zerrissen. Er überließ sich diesem Gefühl ohne Scheu, denn er glaubte, nur wen man achten müsse, dürfe man hassen, und nur Freunde könnten einer dem andern das zarteste Gefühl so tief verletzen. Der eine Jüngling war durch eigne Schuld zu Grunde gegangen; der andre fing gar an selbst gewöhnlich zu werden. Mit einem dritten war sein Verhältnis verstimmt und fast gemein geworden. Es war ganz geistig gewesen, und so hätte es auch bleiben sollen. Aber eben weil es so zart war, mußte mit der feinsten Blüte alles verloren gehn, als die Gelegenheit es gab, daß einer dem andern Dienste leistete. Da gerieten sie in Wettstreite von Großmut und Dankbarkeit und fingen endlich an, in der geheimsten Tiefe der Seele irdische Forderungen an sich zu machen und zu vergleichen.

Bald hatte der Zufall ohne Schonung aufgelöst, was nur durch Willkür leidenschaftlich verbunden war. Immer mehr und mehr geriet Julius in einen Zustand, der von der Verrückung nur dadurch verschieden war, daß es einigermaßen auf ihn ankam, wann und wie weit er sich seiner Gewalt hingeben wollte. Auch war sein äußeres Betragen jeder bürgerlichen und gesellschaftlichen Ordnung gemäß, und grade jetzt fingen die Menschen an, ihn vernünftig zu nennen, da eine Verwirrung aller Schmerzen sein Innres wild zerriß, und die Krankheit des Geistes immer tiefer und geheimer an dem Herzen nagte. Es war mehr eine Raserei des Gefühls als des Verstandes, und das Übel war nur um so gefährlicher, weil er äußerlich froh und lustig schien. So war seine gewöhnliche Stimmung, und man fand ihn sogar angenehm. Nur wenn er mehr Wein genossen hatte als gewöhnlich, ward er überaus traurig und zu Tränen und Klagen geneigt. Aber selbst dann sprudelte er, wenn andre zugegen waren, von bitterm Witz und allgemeinem Spott, oder er trieb sein Spiel mit sonderbaren und dummen Menschen, deren Umgang er nun über alles liebte, und die er in die beste Laune zu setzen wußte, so daß sie sich von Herzen mitteilten und ganz zeigten, wie sie waren. Das Gemeine reizte und unterhielt ihn; nicht aus liebenswürdiger Herablassung, sondern weil es nach seiner Ansicht närrisch und toll war.

An sich selbst dachte er nicht, nur dann und wann überfiel ihn ein klares Gefühl, er werde plötzlich zu Grunde gehn. Die Reue unterdrückte er durch Stolz, und die Gedanken und Bilder des Selbstmordes waren ihm schon in seiner frühsten jugendlichen Schwermut so geläufig gewesen, daß sie den Reiz der Neuheit für ihn verloren hatten. Einen solchen Entschluß auszuführen, wäre er sehr fähig gewesen, wenn er nur überhaupt zu einem Entschluß hätte kommen können. Es schien ihm kaum der Mühe wert, weil er doch nicht hoffen wollte, der Langeweile des Daseins und dem Eckel über das Schicksal auf diesem Wege zu entfliehn. Er verachtete die Welt und alles, und war stolz darauf.

Auch diese Krankheit wie alle vorigen heilte und vernichtete der erste Anblick einer Frau die einzig war, und die seinen Geist zum erstenmal ganz und in der Mitte traf. Seine bisherigen Leidenschaften spielten nur auf der Oberfläche, oder es waren vorübergehende Zustände ohne Zusammenhang. Jetzt ergriff ihn ein neues unbekanntes Gefühl, daß dieser Gegenstand allein der rechte, und dieser Eindruck ewig sei. Der erste Blick schon entschied, beim zweiten wußte er's, und sagte sich's, daß es nun gekommen, und wirklich da sei, was er so lange dunkel erwartet hatte. Er erstaunte, und erschrak, denn wie er dachte, daß es sein höchstes Gut sein würde, von ihr geliebt zu werden und sie ewig zu besitzen, so fühlte er zugleich daß dieser höchste und einzige Wunsch ewig unerreichbar sei. Sie hatte gewählt und hatte sich gegeben; ihr Freund war auch der seinige, und lebte ihrer Liebe würdig. Julius war der Vertraute, er wußte daher alles genau, was ihn unglücklich machte, und urteilte mit Strenge über seinen eignen Unwert. Gegen diesen wandte sich die ganze Kraft seiner Leidenschaft. Er entsagte der Hoffnung und dem Glück, aber er beschloß, es zu verdienen, und Herr über sich selbst zu werden. Nichts verabscheute er so sehr, als den Gedanken, das Geringste von dem was ihn erfüllte, auch nur durch ein undeutliches Wort, durch einen verstohlnen Seufzer zu verraten. Gewiß wäre auch jede Äußerung widersinnig gewesen, und da er so heftig, sie so fein, und das Verhältnis so zart war, hätte ein einziger Wink, von denen, die unwillkürlich scheinen, und doch bemerkt sein wollen, immer weiter führen, und alles verwirren müssen. Darum drängte er alle Liebe in sein Innerstes zurück, und ließ da die Leidenschaft wüten, brennen und zehren; aber sein Äußeres war durchaus verwandelt, und so gut gelang ihm der Schein der kindlichsten Unbefangenheit und Unerfahrenheit und einer gewissen brüderlichen Härte, die er annahm, damit er nicht aus dem Schmeichelhaften ins Zärtliche fallen möchte, daß sie nie den leisesten Argwohn schöpfte. Sie war heiter und leicht in ihrem Glück, sie ahndete nichts, scheute also nichts, sondern ließ ihrem Witz und ihrer Laune freies Spiel, wenn sie ihn unliebenswürdig fand. Überhaupt lag in ihrem Wesen jede Hoheit und jede Zierlichkeit, die der weiblichen Natur eigen sein kann, jede Gottähnlichkeit, und jede Unart, aber alles war fein, gebildet, und weiblich. Frei und kräftig entwickelte und äußerte sich jede einzelne Eigenheit, als sei sie nur für sich allein da, und dennoch war die reiche, kühne Mischung so ungleicher Dinge im Ganzen nicht verworren, denn ein Geist beseelte es, ein lebendiger Hauch von Harmonie und Liebe. Sie konnte in derselben Stunde irgend eine komische Albernheit mit dem Mutwillen und der Feinheit einer gebildeten Schauspielerin nachahmen, und ein erhabenes Gedicht vorlesen mit der hinreißenden Würde eines kunstlosen Gesanges. Bald wollte sie in Gesellschaft glänzen und tändeln, bald war sie ganz Begeisterung, und bald half sie mit Rat und Tat, ernst, bescheiden und freundlich wie eine zärtliche Mutter. Eine geringe Begebenheit ward durch ihre Art sie zu erzählen so reizend wie ein schönes Märchen. Alles umgab sie mit Gefühl und mit Witz, sie hatte Sinn für alles, und alles kam veredelt aus ihrer bildenden Hand und von ihren süß redenden Lippen. Nichts Gutes und Großes war zu heilig oder zu allgemein für ihre leidenschaftlichste Teilnahme. Sie vernahm jede Andeutung, und sie erwiderte auch die Frage, welche nicht gesagt war. Es war nicht möglich, Reden mit ihr zu halten; es wurden von selbst Gespräche und während dem steigenden Interesse spielte auf ihrem feinen Gesichte eine immer neue Musik von geistvollen Blicken und lieblichen Mienen. Dieselben glaubte man zu sehen, wie sie sich bei dieser oder bei jener Stelle veränderten, wenn man ihre Briefe las, so durchsichtig und seelenvoll schrieb sie, was sie als Gespräch gedacht hatte. Wer sie nur von dieser Seite kannte, hätte denken können, sie sei nur liebenswürdig, sie würde als Schauspielerin bezaubern müssen, und ihren geflügelten Worten fehle nur Maß und Reim, um zarte Poesie zu werden. Und doch zeigte eben diese Frau bei jeder großen Gelegenheit Mut und Kraft zum Erstaunen, und das war auch der hohe Gesichtspunkt, aus dem sie den Wert der Menschen beurteilte.

Diese Größe der Seele war die Seite, von der Julius im Anfange seiner Leidenschaft ihr Wesen am meisten ergriff, weil diese zu dem Ernst derselben am besten stimmte. Sein ganzes Wesen war gleichsam von der Oberfläche zurückgetreten nach dem Innern; er versank in eine allgemeine Verschlossenheit und floh den Umgang der Menschen. Rauhe Felsen waren seine liebste Gesellschaft, am Gestade des einsamen Meeres hing er seinen Gedanken nach, und ging zu Rate mit sich selbst, und wenn das Sausen des Windes in den hohen Tannen rauschte, so wähnte er, die mächtigen Wogen tief unter ihm wollten sich aus Teilnahme und Mitleiden ihm nähern, und schwermütig blickte er den fernen Schiffen nach und der sinkenden Sonne. Dieser Ort war sein Liebling, er ward ihm durch die Erinnerung zu einer heiligen Heimat aller Schmerzen und Entschlüsse.

Die Vergötterung seiner erhabenen Freundin wurde für seinen Geist ein fester Mittelpunkt und Boden einer neuen Welt. Hier schwanden alle Zweifel, in diesem wirklichen Gute fühlte er den Wert des Lebens und ahndete die Allmacht des Willens. Er stand in Wahrheit auf frischem Grün einer kräftigen mütterlichen Erde, und ein neuer Himmel wölbte sich unermeßlich über ihm im blauen Äther. Er erkannte in sich den hohen Beruf zur göttlichen Kunst, er schalt seine Trägheit, daß er noch so weit zurück sei in der Bildung und zu weichlich gewesen war zu jeder gewaltigen Anstrengung. Er ließ sich nicht in müßige Verzweiflung sinken, sondern er folgte der weckenden Stimme jener heiligen Pflicht. Alle Mittel, die ihm die Verschwendung noch gelassen hatte, spannte er nun an. Er zerriß alle Bande von ehedem, und machte sich mit einem Streich ganz unabhängig. Seine Kraft und seine Jugend weihte er der erhabenen künstlerischen Arbeit und Begeisterung. Er vergaß sein Zeitalter und bildete sich nach den Helden der Vorwelt, deren Ruinen er mit Anbetung liebte. Auch für ihn selbst gab es keine Gegenwart, denn er lebte nur in der Zukunft und in der Hoffnung, dereinst ein ewiges Werk zu vollenden zum Denkmal seiner Tugend und seiner Würde.

So litt und lebte er viele Jahre, und wer ihn sah, hielt ihn für älter als er war. Was er bildete, war groß gedacht und in altem Stil, aber der Ernst war abschreckend, die Formen fielen ins Ungeheure, das Antike ward ihm zu einer harten Manier, und seine Gemälde blieben bei aller Gründlichkeit und Einsicht steif und steinern. Es war vieles zu loben, nur die Anmut fehlte; und darin glich er seinen Werken. Sein Charakter war rein gebrannt im Leiden göttlicher Liebe und glänzte in heller Kraft, aber er war spröde und starr wie echter Stahl. Er war aus Kälte ruhig, und nur dann geriet er in Aufruhr, wenn ihn eine hohe Wildnis der einsamen Natur mehr als gewöhnlich reizte, wenn er seiner entfernten Freundin treuen Bericht gab von dem Kampf seiner Bildung und dem Ziel aller Arbeit, oder wenn ihn die Begeisterung für die Kunst in Gegenwart andrer überraschte, daß nach langem Schweigen einige geflügelte Worte aus seinem innersten Gemüt brachen. Doch das geschah nur selten, denn er nahm so wenig Anteil an den Menschen als an sich selbst. Über ihr Glück und ihr Beginnen konnte er nur freundlich lächeln und er glaubte es ihnen aufs Wort, wenn er bemerkte, wie sie ihn unliebend und unliebenswürdig fanden.

Doch schien ihn eine edle Frau etwas zu bemerken und vorzuziehn. Ihr feiner Geist und ihr zartes Gefühl zog ihn lebhaft an, da sie noch durch den Reiz einer liebenswürdigen und dabei sonderbaren Gestalt und durch ein Auge voll stiller Schwermut erhöht wurden. Aber so oft er herzlicher werden wollte, ergriff ihn das alte Mißtrauen und die gewohnte Kälte. Er sah sie häufig und konnte sich nie äußern, bis auch dieser Strom von Gefühl zurückfloß in das innere Meer allgemeiner Begeisterung. Selbst die Gebieterin des Herzens trat in ein heiliges Dunkel zurück, und würde ihm fern geblieben sein, wenn er sie wiedergesehn hätte.

Das einzige was ihn milder und wärmer stimmte, war der Umgang mit einer anderen Frau, die er als Schwester ehrte und liebte, und die er auch ganz so betrachtete. Er stand schon länger in bürgerlichen Verhältnissen mit ihr, sie war kränklich und etwas älter wie er; dabei aber von hellem reifem Verstand, von gradem gesundem Sinn, und selbst im Auge der Fremden bis zur Liebenswürdigkeit rechtlich. Alles was sie unternahm, atmete den Geist freundlicher Ordnung, und wie von selbst entwickelte sich die gegenwärtige Tätigkeit allmählich aus der vorigen und bezog sich still auf die künftige. In dieser Anschauung begriff es Julius klar, daß es keine andre Tugend gebe als Konsequenz. Aber es war nicht die kalte steife Übereinstimmung berechneter Grundsätze oder Vorurteile, sondern die beharrliche Treue eines mütterlichen Herzens, das den Kreis seiner Wirksamkeit und seiner Liebe mit bescheidner Kraft erweitert und in sich selbst vollendet, und die rohen Dinge der umgebenden Welt zu einem freundlichen Eigentum und Werkzeug des geselligen Lebens bildet. Dabei war ihr jede Beschränktheit häuslicher Frauen fremd, und mit tiefer Schonung und gefühlter Milde sprach sie über die herrschenden Meinungen der Menschen, und über die Ausnahmen und Ausschweifungen derer, die gegen den Strom leben: denn ihr Verstand war so unbestechlich als ihr Gefühl rein und unverfälscht. Sie sprach überhaupt gern, vorzüglich über sittliche Gegenstände, wo sie den Streit oft ins Allgemeine spielte und auch wohl an Spitzfindigkeiten Gefallen hatte, wenn sie etwas zu enthalten schienen und sinnreich klangen. Sie war nicht sparsam mit Worten und ihr Gespräch ward durch keine ängstliche Ordnung gelenkt. Es war eine reizende Verwirrung von einzelnen Einfällen und allgemeiner Teilnahme, von fortgesetzter Aufmerksamkeit und plötzlicher Zerstreuung.

Die Natur belohnte endlich die mütterliche Tugend der vortrefflichen Frau und es keimte, da sie es kaum hoffte, ein neues Leben unter ihrem treuen Herzen. Das erfüllte den Jüngling, der so sehr an ihr hing und an ihrem häuslichen Glücke den wärmsten Anteil nahm, mit lebhafter Freude: aber es regte vieles in ihm an, was lange geschwiegen hatte.

Da nun einige seiner künstlerischen Versuche auch in seiner Brust ein neues Zutrauen weckten, und ihn der erste Beifall großer Meister aufmunterte; da ihn die Kunst an neue sehenswürdige Orte und unter fremde fröhliche Menschen führte: so erweichte sich sein Gefühl und floß mächtig, wie ein großer Strom, wenn das Eis schmilzt und bricht, und die Wogen mit neuer Kraft sich durch die alte Bahn reißen.

Er war verwundert sich wieder ausgelassen und fröhlich in der Gesellschaft der Menschen zu fühlen. Seine Denkart war männlich und rauh, aber sein Herz in der Einsamkeit wieder kindlich und schüchtern geworden. Er sehnte sich nach einer Heimat und dachte an eine schöne Ehe, die mit den Forderungen der Kunst nicht streiten sollte. War er dann unter der Blüte junger Mädchen, so fand er leicht eine oder mehrere von ihnen liebenswürdig. Heiraten, meinte er, wolle er sie gleich, wenn er sie schon nicht lieben könne. Denn der Begriff und selbst der Name der Liebe war ihm überheilig und blieb ganz in der Ferne. Bei solchen Gelegenheiten lächelte er dann über die scheinbare Beschränktheit seiner augenblicklichen Wünsche und fühlte wohl, wie unermeßlich viel ihm noch fehlen möchte, wenn sie durch einen Zauberschlag sogleich erfüllt würden. Ein anderesmal lachte er lauter über seine alte Heftigkeit nach so langem Enthalten, da ihm eine schnelle Gelegenheit einen frischen Genuß anbot, und sein Gemüt durch einen Roman, der in wenigen Minuten angefangen, vollendet und beschlossen war, wenigstens von einigem Brennstoff befreite und erleichterte.

Einem sehr gebildeten Mädchen gefiel er, weil er ihr seelenvolles Gespräch und ihren schönen Geist mit sichtbarer Innigkeit bewunderte, und ihr, ohne eine Schmeichelei auszusprechen, bloß durch die Art seines Umgangs huldigte, so gut, daß sie ihm nach und nach alles erlaubte, außer das letzte. Und selbst diese Grenze setzte sie ihm nicht aus Kälte, noch aus Vorsicht und Grundsatz: denn sie war reizbar genug, sie hatte eine starke Anlage zum Leichtsinn und lebte in den freisten Verhältnissen. Es war weiblicher Stolz und Scheu vor dem, was sie für tierisch und roh hielt. So wenig nun ein solches Beginnen ohne Vollendung nach Julius Sinne war, und obgleich er über die kleine Einbildung des Mädchens lächeln mußte, wenn er bei diesem verkehrten und verkünstelten Wesen an das Schaffen und Wirken der allmächtigen Natur, an ihre ewigen Gesetze, an die Hoheit und Größe der Mutterwürde, und an die Schönheit des Mannes dachte, den in der Fülle der Gesundheit und Liebe die Begeisterung des Lebens ergreift, oder des Weibes, das sich ihr hingibt: so freute er sich doch bei dieser Gelegenheit zu sehn, daß er den Sinn für zarten und feinen Genuß noch nicht verloren habe.

Bald aber vergaß er diese und andre ähnliche Kleinigkeiten, da er eine junge Künstlerin traf, welche das Schöne gleich ihm leidenschaftlich verehrte, die Einsamkeit und Natur ebenso zu lieben schien. In ihren Landschaften sah und fühlte man den lebendigen Hauch wahrer Luft, es war immer ein ganzer Blick. Die Umrisse waren zu unbestimmt, und zwar auf eine solche Weise, daß sie den Mangel einer gründlichen Schule verrieten. Aber alle die Massen stimmten zusammen zu einer Einheit für das Gefühl, die so klar und deutlich war, als sei es unmöglich, etwas anderes dabei zu fühlen. Sie trieb die Malerei nicht wie ein Gewerbe oder eine Kunst, sondern bloß aus Lust und Liebe, und warf jede Ansicht, so wie auf ihren Wanderungen ihr eine gefiel oder merkwürdig schien, nach Zeit und Laune mit der Feder oder in Wasserfarben aufs Papier. Zum Öl hatte es ihr an Geduld und an Fleiß gefehlt, und selten malte sie ein Portrait, nur wann sie ein Gesicht sehr ausgezeichnet und wert hielt. Dann arbeitete sie mit der gewissenhaftesten Treue und Sorgfalt und wußte die Pastellfarben mit einer bezaubernden Weichheit zu behandeln. So bedingt und gering der Wert dieser Versuche für die Kunst sein mochte, so freute sich Julius doch nicht wenig über die schöne Wildheit in ihren Landschaften und über den Geist, mit dem sie die unergründliche Mannichfaltigkeit und wunderbare Übereinstimmung der menschlichen Gesichtszüge auffaßte. Und so einfach die der Künstlerin selbst waren, so waren sie doch nicht unbedeutend, und Julius fand in ihnen einen großen Ausdruck, der ihm immer neu blieb.

Lucinde hatte einen entschiedenen Hang zum Romantischen, er fühlte sich betroffen über die neue Ähnlichkeit und er entdeckte immer mehrere. Auch sie war von denen, die nicht in der gemeinen Welt leben, sondern in einer eignen selbstgedachten und selbstgebildeten. Nur was sie von Herzen liebte und ehrte, war in der Tat wirklich für sie, alles andre nichts; und sie wußte was Wert hat. Auch sie hatte mit kühner Entschlossenheit alle Rücksichten und alle Bande zerrissen und lebte völlig frei und unabhängig.

Die wunderbare Gleichheit zog den Jüngling bald in ihre Nähe, er bemerkte, daß auch sie diese Gleichheit fühle, und beide nahmen es gewahr, daß sie sich nicht gleichgültig wären. Es war noch nicht lange daß sie sich sahen und Julius wagte nur einzelne abgerißne Worte, die bedeutend aber nicht deutlich waren. Er sehnte sich mehr von ihren Schicksalen und ihrem ehemaligen Leben zu wissen, worüber sie gegen andre sehr geheimnisvoll war. Ihm gestand sie nicht ohne gewaltsame Erschütterung, sie sei schon Mutter gewesen von einem schönen starken Knaben, den ihr der Tod bald wieder entrissen. Auch er erinnerte sich an die Vergangenheit und sein Leben ward ihm, indem er es ihr erzählte, zum erstenmal zu einer gebildeten Geschichte. Wie freute sich Julius, da er mit ihr über Musik sprach, und seine innersten und eigensten Gedanken über den heiligen Zauber dieser romantischen Kunst aus ihrem Munde hörte!

Da er ihren Gesang vernahm, der sich rein und stark gebildet aus tiefer weicher Seele hob, da er ihn mit dem seinigen begleitete, und ihre Stimmen bald in Eins flossen, bald Fragen und Antworten der zartesten Empfindung wechselten, für die es keine Sprache gibt! Er konnte nicht widerstehn, er drückte einen schüchternen Kuß auf die frischen Lippen und die feurigen Augen. Mit ewigem Entzücken fühlte er das göttliche Haupt der hohen Gestalt auf seine Schulter sinken, die schwarzen Locken flossen über den Schnee des vollen Busens und des schönen Rückens, leise sagte er *herrliche Frau!* als die fatale Gesellschaft unerwartet hereintrat.

Nun hatte sie ihm nach seinen Begriffen eigentlich schon alles gewährt; es war ihm nicht möglich zu künsteln an einem Verhältnis, das er sich so rein und groß dachte, und doch war ihm jede Zögerung unerträglich. Von einer Gottheit, dachte er, begehrt man nicht erst das, was man nur als Übergang und Mittel denkt, sondern man bekennt sogleich mit Offenheit und Zuversicht das Ziel aller Wünsche. So bat auch er sie mit der unschuldigsten Unbefangenheit um alles, was man eine Geliebte bitten kann, und stellte ihr in einem Strome von Beredsamkeit dar, wie seine Leidenschaftlichkeit ihn zerstören würde, wenn sie zu weiblich sein wollte. Sie war nicht wenig überrascht, aber sie ahndete wohl, daß er nach der Hingebung liebender und treuer sein würde wie vorher. Sie konnte keinen Entschluß fassen, und überließ es nur den Umständen, die es so fügten, wie es gut war. Sie waren nur wenige Tage allein, als sie sich ihm auf ewig ergab und ihm die Tiefe ihrer großen Seele öffnete, und alle Kraft, Natur und Heiligkeit, die in ihr war. Auch sie lebte lange in gewaltsamer Verschlossenheit, und nun brachen zwischen den Umarmungen in Strömen der Rede das zurückgedrängte Zutrauen und die Mitteilung mit einemmale hervor aus dem innersten Gemüt. In einer Nacht wechselten sie mehr als einmal heftig zu weinen und laut zu lachen. Sie waren ganz hingegeben und eins und doch war jeder ganz er selbst, mehr als sie es noch je gewesen waren, und jede Äußerung war voll vom tiefsten Gefühl und eigensten Wesen. Bald ergriff sie eine unendliche Begeisterung, bald tändelten und scherzten sie mutwillig und Amor war hier wirklich, was er so selten ist, ein fröhliches Kind.

Durch das, was seine Freundin ihm offenbart hatte, ward es dem Jünglinge klar, daß nur ein Weib recht unglücklich sein kann und recht glücklich, und daß die Frauen allein, die mitten im Schoß der menschlichen Gesellschaft Naturmenschen geblieben sind, den kindlichen Sinn haben, mit dem man die Gunst und Gabe der Götter annehmen muß. Er lernte das schöne Glück ehren, was er gefunden hatte, und wenn er es mit dem häßlichen unechten Glück verglich, was er ehedem vom Eigensinn des Zufalls künstlich erzwingen wollte, so erschien es ihm wie eine natürliche Rose am lebendigen Stamm gegen eine nachgemachte. Aber weder im Taumel der Nächte noch in der Freude der Tage wollte er es Liebe nennen. So sehr hatte er sich beredet, daß diese gar nicht für ihn sei und er nicht für sie! Es fand sich leicht ein Unterschied, um diese Selbsttäuschung zu bestätigen. Er hege, so war sein Urteil, eine heftige Leidenschaft für sie und werde ewig ihr Freund sein. Was sie ihm gab und für ihn fühlte, nannte er Zärtlichkeit, Erinnerung, Hingabe und Hoffnung.

Indessen floß die Zeit und die Freude wuchs. Julius fand in Lucindens Armen seine Jugend wieder. Die üppige Ausbildung ihres schönen Wuchses war für die Wut seiner Liebe und seiner Sinne reizender, wie der frische Reiz der Brüste und der Spiegel eines jungfräulichen Leibes. Die hinreißende Kraft und Wärme ihrer Umschließung war mehr als mädchenhaft; sie hatte einen Anhauch von Begeisterung und Tiefe, den nur eine Mutter haben kann. Wenn er sie im Zauberschein einer milden Dämmerung hingegossen sah, konnte er nicht aufhören, die schwellenden Umrisse schmeichelnd zu berühren, und durch die zarte Hülle der ebnen Haut die warmen Ströme des feinsten Lebens zu fühlen. Sein Auge indessen berauschte sich an der Farbe die sich durch die Wirkung der Schatten vielfach zu verändern schien und doch immer eine und dieselbe blieb. Eine reine Mischung, wo nirgends Weiß oder Braun oder Rot allein abstach oder sich roh zeigte. Das alles war verschleiert und verschmolzen zu einem einzigen harmonischen Glanz von sanftem Leben. – Auch Julius war männlich schön, aber die Männlichkeit seiner Gestalt offenbarte sich nicht in der hervorgedrängten Kraft der Muskeln. Vielmehr waren die Umrisse sanft, die Glieder voll und rund, doch war nirgends ein Überfluß. Im hellen Licht bildete die Oberfläche überall die breite Massen und der glatte Körper schien dicht und fest wie Marmor, und in den Kämpfen der Liebe entwickelte sich mit einemmale der ganze Reichtum seiner kräftigen Bildung.

Sie erfreuten sich des jugendlichen Lebens, Monate vergingen wie Tage und mehr als zwei Jahre waren vorüber. Nun ward Julius erst allmählich inne, wie groß seine Ungeschicklichkeit sei und sein Mangel an Verstand. Er hatte die Liebe und das Glück überall gesucht, wo sie nicht zu finden waren, und nun da er das Höchste besaß, hatte er nicht einmal gewußt oder gewagt, ihm den rechten Namen zu geben. Er erkannte nun wohl, daß die Liebe, die für die weibliche Seele ein unteilbares durchaus einfaches Gefühl ist, für den Mann nur ein Wechsel und eine Mischung von Leidenschaft, von Freundschaft und von Sinnlichkeit sein kann; und er sah mit frohem Erstaunen, daß er eben so unendlich geliebt werde wie er liebe.

Überhaupt schien es vorherbestimmt, daß jede Begebenheit seines Lebens ihn durch ein sonderbares Ende überraschen solle. Nichts zog ihn anfangs so sehr an, und hatte ihn so mächtig getroffen, als die Wahrnehmung, daß Lucinde von ähnlichem ja gleichem Sinn und Geist mit ihm selbst war, und nun mußte er von Tage zu Tage neue Verschiedenheiten entdecken. Zwar gründeten sich selbst diese nur auf eine tiefere Gleichheit, und je reicher ihr Wesen sich entwickelte, je vielseitiger und inniger ward ihre Verbindung. Er hatte es nicht geahndet, daß ihre Originalität so unerschöpflich war wie ihre Liebe. Ihr Aussehn sogar schien jugendlicher und blühender in seiner Gegenwart; und so blühte auch ihr Geist durch die Berührung des seinigen auf und bildete sich in neue Gestalten und in neue Welten. Er glaubte alles in ihr vereinigt zu besitzen, was er sonst einzeln geliebt hatte: die schöne Neuheit des Sinnes, die hinreißende Leidenschaftlichkeit, die bescheidne Tätigkeit und Bildsamkeit und den großen Charakter. Jedes neue Verhältnis, jede neue Ansicht war für sie ein neues Organ der Mitteilung und Harmonie. Wie der Sinn für einander, wuchs auch der Glauben an einander, und mit dem Glauben stieg der Mut und die Kraft.

Sie teilten ihre Neigung zur Kunst und Julius vollendete einiges.

Seine Gemälde belebten sich, ein Strom von beseelendem Licht schien sich darüber zu ergießen und in frischer Farbe blühte das wahre Fleisch. Badende Mädchen, ein Jüngling der mit geheimer Lust sein Ebenbild im Wasser anschaut, oder eine holdselig lächelnde Mutter mit dem geliebten Kinde im Arm waren beinah die höchsten Gegenstände seines Pinsels. Die Formen selbst entsprachen vielleicht nicht immer den angenommenen Gesetzen einer künstlichen Schönheit. Was sie dem Auge empfahl, war eine gewisse stille Anmut, ein tiefer Ausdruck von ruhigem heitern Dasein und von Genuß dieses Daseins. Es schienen beseelte Pflanzen in der gottähnlichen Gestalt des Menschen. Eben diesen liebenswürdigen Charakter hatten auch seine Umarmungen, in deren Verschiedenheit er unerschöpflich war. Die malte er am liebsten, weil der Reiz seines Pinsels sich hier am schönsten zeigen konnte. In ihnen schien wirklich der flüchtige und geheimnisvolle Augenblick des höchsten Lebens durch einen stillen Zauber überrascht und für die Ewigkeit angehalten. Je entfernter von bacchantischer Wut, je bescheidner und lieblicher die Behandlung war, je verführerischer war der Anblick, bei dem Jünglinge und Frauen ein süßes Feuer durchströmte.

Wie seine Kunst sich vollendete und ihm von selbst in ihr gelang, was er zuvor durch kein Streben und Arbeiten erringen konnte: so ward ihm auch sein Leben zum Kunstwerk, ohne daß er eigentlich wahrnahm, wie es geschah. Es ward Licht in seinem Innern, er sah und übersah alle Massen seines Lebens und den Gliederbau des Ganzen klar und richtig, weil er in der Mitte stand. Er fühlte, daß er diese Einheit nie verlieren könne, das Rätsel seines Daseins war gelöst, er hatte das Wort gefunden, und alles schien ihm dazu vorherbestimmt und von den frühsten Zeiten darauf angelegt, daß er es in der Liebe finden sollte, zu der er sich aus jugendlichem Unverstand ganz ungeschickt geglaubt hatte.

Leicht und melodisch flossen ihnen die Jahre vorüber, wie ein schöner Gesang, sie lebten ein gebildetes Leben, auch ihre Umgebung ward harmonisch und ihr einfaches Glück schien mehr ein seltnes Talent als eine sonderbare Gabe des Zufalls. Julius hatte auch sein äußeres Betragen verändert; er war geselliger, und obgleich er viele ganz verwarf, um sich mit wenigen desto inniger zu verbinden, so unterschied er doch nicht mehr so hart, wurde vielseitiger und lernte das Gewöhnliche veredeln. Er zog allmählich manche vorzügliche Menschen an sich. Lucinde verband und erhielt das Ganze und so entstand eine freie Gesellschaft, oder vielmehr eine große Familie, die sich durch ihre Bildung immer neu blieb. Auch vorzügliche Ausländer erhielten den Zutritt. Julius sprach seltner mit ihnen, aber Lucinde wußte sie gut zu unterhalten; und zwar so, daß ihre groteske Allgemeinheit und ausgebildete Gemeinheit zugleich die andern ergötzte, und weder ein Stillstand noch ein Mißlaut in der geistigen Musik erregt ward, deren Schönheit eben in der harmonischen Mannichfaltigkeit und Abwechslung bestand. Neben dem großen, ernsten Styl in der Kunst der Geselligkeit sollte auch jede nur reizende Manier und flüchtige Laune ihre Stelle darin finden.

Eine allgemeine Zärtlichkeit schien Julius zu beseelen, nicht ein nützendes oder mitleidendes Wohlwollen an der Menge, sondern eine anschauende Freude über die Schönheit des Menschen, der ewig bleibt, während die einzelnen schwinden; und ein reger und offner Sinn für das Innerste in sich und in andern. Er war fast immer gleich gestimmt zum kindlichsten Scherz und zum heiligsten Ernst. Er liebte nicht mehr nur die Freundschaft in seinen Freunden, sondern sie selbst. Jede schöne Ahndung und Andeutung die in der Seele liegt, strebte er im Gespräch mit ähnlich Gesinnten ans Licht zu bringen und zu entwickeln. Da ward sein Geist in vielfachen Richtungen und Verhältnissen ergänzt und bereichert. Aber die volle Harmonie fand er auch von dieser Seite allein in Lucindes Seele, wo die Keime alles Herrlichen und alles Heiligen nur auf den Strahl seines Geistes warteten, um sich zur schönsten Religion zu entfalten.

Ich versetze mich gern in den Frühling unsrer Liebe; ich sehe alle die Veränderungen und Verwandlungen, ich lebe sie noch einmal, und ich möchte wenigstens einige von den leisen Umrissen des entfliegenden Lebens ergreifen und zu einem bleibenden Bilde gestalten, jetzt da es noch voller warmer Sommer in mir ist, ehe auch das vorüber und es auch dazu zu spät wird. Wir Sterblichen sind, so wie wir hier sind, nur die edelsten Gewächse dieser schönen Erde. Die Menschen vergessen das so leicht, höchlich mißbilligen sie die ewigen Gesetze der Welt und wollen die geliebte Oberfläche durchaus im Mittelpunkte wieder finden. Nicht also du und ich. Wir sind dankbar und zufrieden mit dem was die Götter wollen und was sie in der heiligen Schrift der schönen Natur so klar angedeutet haben. Das bescheidne Gemüt erkennt es, daß es auch seine wie aller Dinge natürliche Bestimmung sei, zu blühen, zu reifen und zu welken. Aber es weiß, daß eines doch in ihm unvergänglich sei. Dieses ist die ewige Sehnsucht nach der ewigen Jugend, die immer da ist und immer entflieht. Noch klaget die zärtliche Venus um den Tod des holden Adonis in jeder schönen Seele. Mit süßem Verlangen erwartet und sucht sie den Jüngling, mit zarter Wehmut erinnert sie sich an die himmlischen Augen des Geliebten, an die sanften Züge und an die kindlichen Gespräche und Scherze, und lächelt dann eine Träne, hold errötend, auch sich nun unter den Blumen der bunten Erde zu erblicken.

Andeuten will ich dir wenigstens in göttlichen Sinnbildern, was ich nicht zu erzählen vermag. Denn wie ich auch die Vergangenheit überdenke, und in mein Ich zu dringen strebe, um die Erinnerung in klarer Gegenwart anzuschauen und dich anschauen zu lassen: es bleibt immer etwas zurück, was sich nicht äußerlich darstellen läßt, weil es ganz innerlich ist. Der Geist des Menschen ist sein eigner Proteus, verwandelt sich und will nicht Rede stehn vor sich selbst, wenn er sich greifen möchte. In jener tiefsten Mitte des Lebens treibt die schaffende Willkür ihr Zauberspiel. Da sind die Anfänge und Enden, wohin alle Fäden im Gewebe der geistigen Bildung sich verlieren. Nur was allmählig fortrückt in der Zeit und sich ausbreitet im Raume, nur was geschieht ist Gegenstand der Geschichte. Das Geheimnis einer augenblicklichen Entstehung oder Verwandlung kann man nur erraten und durch Allegorie erraten lassen.

Es war nicht ohne Grund, daß der fantastische Knabe, der mir am meisten gefiel unter den vier unsterblichen Romanen, die ich im Traum sah, mit der Maske spielt. Auch in dem was reine Darstellung und Tatsache scheint, hat sich Allegorie eingeschlichen, und unter die schöne Wahrheit bedeutende Lügen gemischt. Aber nur als geistiger Hauch schwebt sie beseelend über die ganze Masse, wie der Witz, der unsichtbar mit seinem Werke spielt und nur leise lächelt.

Es gibt Dichtungen in der alten Religion, die selbst in ihr einzig schön, heilig und zart erscheinen. Die Poesie hat sie so fein und reich gebildet und umgebildet, daß ihre schöne Bedeutsamkeit unbestimmt geblieben ist, und immer neue Deutungen und Bildungen erlaubt. Unter diesen habe ich, um dir einiges von dem anzudeuten, was ich über die Metamorphosen des liebenden Gemüts ahnde, die gewählt, von denen ich glaubte, der Gott der Harmonie könnte sie, nachdem ihn die Liebe vom Himmel auf die Erde geführt und ihn zum Hirten gemacht, den Musen erzählt oder doch von ihnen angehört haben. Damals an den Ufern des Amphrysos hat er auch, wie ich glaube, die Idylle und die Elegie ersonnen.

Metamorphosen

In süßer Ruhe schlummert der kindliche Geist und der Kuß der liebenden Göttin erregt ihm nur leichte Träume. Die Rose der Scham färbt seine Wange, er lächelt und scheint die Lippen zu öffnen, aber er erwacht nicht, und er weiß nicht was in ihm vorgeht. Erst nachdem der Reiz des äußern Lebens, durch ein innres Echo vervielfältigt und verstärkt, sein ganzes Wesen überall durchdrungen hat, schlägt er das Auge auf, frohlockend über die Sonne, und erinnert sich jetzt an die Zauberwelt die er im Schimmer des blassen Mondes sah. Die wunderbare Stimme, die ihn weckte, ist ihm geblieben, aber sie tönt nun statt der Antwort von den äußern Gegenständen zurück; und wenn er dem Geheimnis seines Daseins mit kindlicher Schüchternheit zu entfliehen strebt, das Unbekannte mit schöner Neugier suchend, vernimmt er überall nur den Nachhall seiner eignen Sehnsucht.

So schaut das Auge in dem Spiegel des Flusses nur den Widerschein des blauen Himmels, die grünen Ufer, die schwankenden Bäume und die eigne Gestalt des in sich selbst versunkenen Betrachters. Wenn ein Gemüt voll unbewußter Liebe da, wo es Gegenliebe hoffte, sich selbst findet, wird es von Erstaunen getroffen. Doch bald läßt sich der Mensch wieder durch den Zauber der Anschauung locken und täuschen, seinen Schatten zu lieben. Dann ist der Augenblick der Anmut gekommen, die Seele bildet ihre Hülle noch einmal, und atmet den letzten Hauch der Vollendung durch die Gestalt. Der Geist verliert sich in seiner klaren Tiefe und findet sich wie Narcissus als Blume wieder.

Liebe ist höher als Anmut und wie bald würde die Blüte der Schönheit fruchtlos welken ohne die ergänzende Bildung der Gegenliebe!

Dieser Augenblick, der Kuß des Amor und der Psyche ist die Rose des Lebens. – Die begeisterte Diotima hat ihrem Sokrates nur die Hälfte der Liebe offenbart. Die Liebe ist nicht bloß das stille Verlangen nach dem Unendlichen; sie ist auch der heilige Genuß einer schönen Gegenwart. Sie ist nicht bloß eine Mischung, ein Übergang vom Sterblichen zum Unsterblichen, sondern sie ist eine völlige Einheit beider. Es gibt eine reine Liebe, ein unteilbares und einfaches Gefühl ohne die leiseste Störung von unruhigem Streben. Jeder gibt dasselbe was er nimmt, einer wie der andre, alles ist gleich und ganz und in sich vollendet wie der ewige Kuß der göttlichen Kinder.

Durch die Magie der Freude zerfließt das große Chaos streitender Gestalten in ein harmonisches Meer der Vergessenheit. Wenn der Strahl des Glücks sich in der letzten Träne der Sehnsucht bricht, schmückt Iris schon die ewige Stirn des Himmels mit den zarten Farben ihres bunten Bogens. Die lieblichen Träume werden wahr, und schön wie Anadyomene heben sich aus den Wogen des Lethe die reinen Massen einer neuen Welt und entfalten ihren Gliederbau in die Stelle der verschwundnen Finsternis. In goldner Jugend und Unschuld wandelt die Zeit und der Mensch im göttlichen Frieden der Natur, und ewig kehrt Aurora schöner wieder.

Nicht der Haß, wie die Weisen sagen, sondern die Liebe trennt die Wesen und bildet die Welt, und nur in ihrem Licht kann man diese finden und schauen. Nur in der Antwort seines Du kann jedes Ich seine unendliche Einheit ganz fühlen. Dann will der Verstand den innern Keim der Gottähnlichkeit entfalten, strebt immer näher nach dem Ziele und ist voll Ernst, die Seele zu bilden, wie ein Künstler das einzig geliebte Werk. In den Mysterien der Bildung schaut der Geist das Spiel und die Gesetze der Willkür und des Lebens. Das Werk des Pygmalion bewegt sich, und den überraschten Künstler ergreift ein freudiger Schauer im Bewußtsein eigner Unsterblichkeit, und wie der Adler den Ganymedes reißt ihn die göttliche Hoffnung mit mächtigem Fittich zum Olymp.

Zwei Briefe

I.

Ist es denn wahr und wirklich, was ich so oft in der Stille wünschte und nicht zu äußern wagte? – Ich sehe das Licht einer heiligen Freude auf deinem Antlitz lächeln, und bescheiden gibst du mir die schöne Verheißung.

Du wirst Mutter sein! –

Lebe wohl Sehnsucht und du leise Klage, die Welt ist wieder schön, jetzt liebe ich die Erde, und die Morgenröte eines neuen Frühlings hebt ihr rosenstrahlendes Haupt über mein unsterbliches Dasein. Wenn ich Lorbeern hätte, würde ich sie um deine Stirn flechten, um dich einzuweihen zu neuem Ernst und zu neuer Tätigkeit; denn auch für dich beginnt nun ein anderes Leben. Dafür gib du mir den Myrthenkranz. Es steht mir wohl an, mich jugendlich zu schmücken mit dem Sinnbilde der Unschuld, da ich im Paradiese der Natur wandle. Was vorher war zwischen uns, ist nur Liebe gewesen und Leidenschaft. Nun hat uns die Natur inniger verbunden, ganz und unauflöslich. Die Natur allein ist die wahre Priesterin der Freude; nur sie versteht es, ein hochzeitliches Band zu knüpfen. Nicht durch eitle Worte ohne Segen, sondern durch frische Blüten und lebendige Früchte aus der Fülle ihrer Kraft. Im endlosen Wechsel neuer Gestalten flicht die bildende Zeit den Kranz der Ewigkeit, und heilig ist der Mensch, den das Glück berührt, daß er Früchte trägt und gesund ist. Wir sind nicht etwa taube Blüten unter den Wesen, die Götter wollen uns nicht ausschließen aus der großen Verkettung aller wirkenden Dinge, und geben uns deutliche Zeichen. So laß uns denn unsre Stelle in dieser schönen Welt verdienen, laß uns auch die unsterblichen Früchte tragen, die der Geist und die Willkür bildet, und laß uns eintreten in den Reigen der Menschheit. Ich will mich anbauen auf der Erde, ich will für die Zukunft und für die Gegenwart säen und ernten, ich will alle Kräfte brauchen, so lange es Tag ist, und mich dann am Abend in den Armen der Mutter erquicken, die mir ewig Braut sein wird. Unser Sohn, der kleine ernsthafte Schalk wird um uns spielen, und manchen Mutwillen gegen dich mit mir aussinnen.

Du hast recht, das kleine Landgut müssen wir durchaus kaufen. Es ist gut, daß du gleich die Anstalten getroffen hast, ohne auf meine Entscheidung zu warten. Richte alles ein, wie es dir gefällt; nur nicht gar zu schön, wenn ich bitten darf, aber auch nicht zu nützlich und vor allen Dingen nicht zu weitläufig.

Wenn du nur alles ganz nach deinem eignen Sinn machst, und dir nichts einreden läßt von Gewöhnlichem und Schicklichem, so wird es schon recht sein, wie es sein muß und wie ich's wünsche, und ich werde eine herrliche Freude haben über das schöne Eigentum. Was ich sonst brauchte, hatte ich gedankenlos und ohne Gefühl von Besitz. Leichtsinnig lebte ich über die Erde weg, und war nicht einheimisch auf ihr. Nun hat das Heiligtum der Ehe mir das Bürgerrecht im Stande der Natur gegeben. Ich schwebe nicht mehr im leeren Raum einer allgemeinen Begeisterung, ich gefalle mir in der freundlichen Beschränkung, ich sehe das Nützliche in einem neuen Lichte und finde alles wahrhaft nützlich, was irgend eine ewige Liebe mit ihrem Gegenstande vermählt, kurz alles was zu einer echten Ehe dient. Die äußerlichen Dinge selbst flößen mir Hochachtung ein, wenn sie in ihrer Art tüchtig sind, und du wirst am Ende noch frohlockende Lobreden auf den Wert eines eignen Herdes und über die Würde der Häuslichkeit von mir hören.

Ich verstehe jetzt deine Vorliebe fürs Landleben, ich liebe sie an dir, und ich fühle wie du. Ich mag sie gar nicht mehr sehn, diese unbeholfnen Klumpen von allem was verderbt und krank ist in der Menschheit; und wenn ich sie im allgemeinen denken will, erscheinen sie mir wie wilde Tiere an der Kette, die nicht einmal frei wüten können. Auf dem Lande können die Menschen doch noch beisammen sein, ohne sich häßlich zu drängen. Da könnten, wenn alles wäre wie es sollte, schöne Wohnungen und liebliche Hütten wie frische Gewächse und Blumen den grünen Boden schmücken und einen würdigen Garten der Gottheit bilden.

Freilich werden wir auch auf dem Lande die Gemeinheit wieder finden, die noch überall herrscht. Es sollte eigentlich nur zwei Stände unter den Menschen geben, den bildenden und den gebildeten, den männlichen und den weiblichen, und statt aller künstlichen Gesellschaft eine große Ehe dieser beiden Stände, und allgemeine Brüderschaft aller einzelnen. Statt dessen sehen wir nur eine Unzahl von Rohheit, und als unbedeutende Ausnahme einige die durch Mißbildung verkehrt sind! Aber in der freien Luft kann doch das einzelne, was schön und gut ist, nicht so erdrückt werden durch die schlechte Masse und durch den Schein ihrer Allmacht.

Weißt du, welche Zeit unsrer Liebe mir besonders schön glänzt? – Zwar ist mir alles schön und rein in der Erinnerung, und auch an die ersten Tage denke ich mit wehmütigem Entzücken. Aber das Werteste unter allem Werten sind mir doch die letzten Tage, die wir zusammen auf dem Gute lebten. – Ein neuer Grund, um wieder auf dem Lande zu wohnen!

Noch eins. Laß mir die Weinreben nicht zu sehr beschneiden. Ich schreibe dies nur, weil du sie gar zu wild und üppig fandest, und weil es dir einfallen möchte, das kleine Haus von allen Seiten durchaus sauber vor dir zu sehn. Auch der grüne Rasenplatz muß bleiben wie er ist. Darauf soll das Kleine sein Wesen treiben, kriechen, spielen und sich wälzen.

Nicht wahr, der Schmerz, den dir mein trauriger Brief erregt hat, ist völlig vergütet? Ich kann mich in allen diesen Herrlichkeiten und im Taumel der Hoffnung nicht länger mit Sorge quälen. Mehr Schmerz als ich hast du nicht dabei empfunden. Aber was liegt daran, wenn du mich liebst, wirklich liebst, so recht im Innersten, ohne einen Hinterhalt von Fremdem. Welcher Schmerz wäre der Rede wert, wenn wir damit ein tieferes, heißeres Bewußtsein unsrer Liebe gewinnen? Auch du bist so gesinnt. Alles was ich dir da sage, wußtest du lange. Überhaupt ist kein Entzücken und keine Liebe in mir, die nicht schon in irgend einer Tiefe deines Wesens verborgen läge, du Unendliche und Glückliche!

Mißverständnisse sind auch gut, damit das Heiligste einmal zur Sprache kömmt. Das Fremde, was dann und wann zwischen uns zu sein scheint, ist nicht in uns, in keinem von uns. Es ist nur zwischen uns und auf der Oberfläche, und ich hoffe bei dieser Gelegenheit wirst du es ganz von dir und aus dir wegtreiben.

Und woher entstehen solche kleine Abstoßungen als aus der gegenseitigen Unersättlichkeit im Lieben und Geliebtwerden? Ohne diese Unersättlichkeit gibt's keine Liebe. Wir leben und lieben bis zur Vernichtung. Und wenn die Liebe es ist, die uns erst zu wahren vollständigen Menschen macht, das Leben des Leben ist, so darf auch sie wohl die Widersprüche nicht scheuen, so wenig wie das Leben und die Menschheit; so wird auch ihr Frieden nur auf den Streit der Kräfte folgen.

Ich fühle mich glücklich, daß ich eine Frau liebe, die so wie du lieben kann. *So wie du* ist ein größeres Wort als alle Superlative. – Wie kannst du nur meine Worte loben, da ich, ohne es zu wollen, welche traf, die dich so verletzen mußten? Ich möchte sagen, ich schreibe zu gut, um dir sagen zu können, wie mir im innersten Gemüt ist. Ach Liebe! glaube es nur, daß keine Frage in dir ohne Antwort in mir ist. Deine Liebe kann nicht ewiger sein als die meinige. – Köstlich ist aber deine schöne Eifersucht auf meine Fantasie und ihre Wutbeschreibungen. Das bezeichnet recht die Grenzenlosigkeit deiner Treue, läßt aber doch hoffen, daß deine Eifersucht nahe daran sei, in ihrem eignen Übermaß sich selbst zu zernichten.

Es bedarf nun dieser Art von Fantasie – der geschriebenen – nicht mehr. Ich werde bald bei dir sein. Ich bin heiliger, ruhiger wie sonst. Ich kann dich im Geiste nur anblicken und stets vor dir stehn. Du fühlst alles ohne daß ich's sage, und glühst freudig halb den geliebten Mann halb das Kind im Herzen.

Weißt du noch, wie ich dir schrieb, keine Erinnerung könne dich mir entweihen, du seist ewig rein wie die heilige Jungfrau von unbeflecktem Empfängnis, und nichts fehle dir zur Madonna wie das Kind?

Nun hast du es, nun ist es da und wirklich. Bald trage ich ihn auf dem Arm, bald erzähle ich ihm Märchen, bald unterrichte ich ihn sehr ernsthaft, bald gebe ich ihm gute Lehren, wie der junge Mensch sich in der Welt zu betragen hat.

Und dann kehrt mein Geist wieder zurück zur Mutter, ich gebe dir einen unendlichen Kuß, ich sehe wie sich dein Busen sehnend hebt, und fühle wie sich's unter deinem Herzen geheimnisvoll regt.

Wenn wir nur erst wieder beisammen sind, wollen wir unsrer Jugend ganz eingedenk sein, und ich will die Gegenwart heilig halten. Wohl hast du recht: Eine Stunde später ist unendlich viel später.

Es ist hart, daß ich eben jetzt nicht bei dir sein kann! Ich beginne aus Ungeduld viel Närrisches. Ich streife fast von Morgen bis Abend umher in der herrlichen Gegend; ich eile als ob es wunder wie notwendig wäre, und gerate endlich an einen Ort, wohin ich am wenigsten wollte. Ich gebärde mich als ob ich heftige Reden hielte; ich glaube allein zu sein und bin plötzlich unter Menschen; und muß dann lächeln, wenn ich bemerke, wie abwesend ich war. Auch schreiben kann ich nicht lange und will nur bald wieder hinaus, den schönen Abend an den Ufern des ruhigen Stroms zu verträumen.

Heute habe ich unter andern auch vergessen, daß es Zeit war, den Brief abzusenden. Dafür erhältst du nun desto mehr Verwirrung und Freude.

Die Menschen sind wirklich sehr gut mit mir. Sie verzeihn es mir nicht nur, daß ich so oft keinen Teil nehme und dann mit einemmale ihr Gespräch auf eine sonderbare Art unterbreche: sie scheinen sich sogar in der Stille an meiner Freude herzlich zu freuen. Besonders Juliane. Ich sage ihr nur weniges von dir, aber sie hat viel Sinn dafür und errät das übrige. Es gibt doch nichts Liebenswürdigeres als das reine uneigennützige Wohlgefallen an der Liebe!

Ich glaube freilich, ich würde jetzt meine Freunde hier lieben, wenn sie auch weniger vortreffliche Menschen wären. Ich fühle eine große Veränderung in meinem Wesen: eine allgemeine Weichheit und süße Wärme in allen Vermögen der Seele und des Geistes, wie die schöne Ermattung der Sinne die auf das höchste Leben folgt.

Und doch ist's nichts weniger als Weichlichkeit. Vielmehr weiß ich, daß ich alles was meines Berufs ist, von nun an mit größerer Liebe und frischer Kraft treiben werde. Ich fühlte nie mehr Zuversicht und Mut, als Mann unter Männern zu wirken, ein heldenmäßiges Leben zu beginnen und auszuführen und mit Freunden verbrüdert für die Ewigkeit zu handeln.

Das ist meine Tugend; so ziemt es mir, den Göttern ähnlich zu werden. Die deinige ist es, gleich der Natur als Priesterin der Freude das Geheimnis der Liebe leise zu offenbaren und in der Mitte würdiger Söhne und Töchter das schöne Leben zu einem heiligen Fest zu weihen.

Ich mache mir oft Sorgen über deine Gesundheit. Du kleidest dich gar zu leicht und liebst die Abendluft! Das sind gefährliche Gewohnheiten, die du wie manche andre ablegen mußt.

Denke, daß eine neue Ordnung der Dinge für dich beginnt. Bisher hieß ich deinen Leichtsinn schön, weil er an der Zeit war und zum Ganzen stimmte. Ich fand es weiblich, wenn du mit dem Glück scherzen, und alle Rücksichten zerreißen und ganze Massen deines Lebens oder deiner Umgebung vernichten konntest.

Nun ist aber etwas da, worauf du immer Rücksicht nehmen, worauf du alles beziehen wirst. Nun mußt du dich allmählich zur Ökonomie bilden, versteht sich im allegorischen Sinn.

In diesem Brief geht alles recht bunt durcheinander, wie im menschlichen Leben Gebet und Essen, Schelmerei und Entzücken. Nun gute Nacht. – Ach warum kann ich nicht wenigstens im Traume bei dir sein, wirklich mit dir und in dir träumen! Denn wenn ich bloß von dir träume, ist's doch immer nur allein. – Du willst wissen, warum du nicht von mir träumst, da du doch so viel an mich denkst? Liebe! schweigst du nicht auch oft lange über mich?

Amaliens Brief hat mir große Freude gemacht. Freilich seh' ich aus dem schmeichelnden Ton, daß sie mich nicht von den Männern ausnimmt, die der Schmeichelei bedürfen. Ich verlange das auch gar nicht. Es wäre unbillig zu fodern, daß sie meinen Wert auf unsre Weise anerkennen soll. Genug, daß *eine* mich ganz kennt! – Sie erkennt ihn ja auf ihre Art so schön! – Sollte sie wohl wissen, was *Anbetung* ist? Ich zweifle daran und bedaure sie, wenn sie es nicht weiß. Du nicht auch?

Heute fand ich in einem französischen Buche von zwei Liebenden den Ausdruck: »Sie waren einer dem andern das Universum.« – Wie fiel mir's auf, rührend und zum Lächeln, daß, was da so gedankenlos stand, bloß als eine Figur der Übertreibung, in uns buchstäblich wahr geworden sei!

Eigentlich ist's zwar auch für so eine französische Passion buchstäblich wahr. Sie finden das Universum einer in dem andern, weil sie den Sinn für alles andre verlieren.

Nicht so wir. Alles, was wir sonst liebten, lieben wir nun noch wärmer. Der Sinn für die Welt ist uns erst recht aufgegangen. Du hast durch mich die Unendlichkeit des menschlichen Geistes kennen gelernt, und ich habe durch dich die Ehe und das Leben begriffen, und die Herrlichkeit aller Dinge.

Alles ist beseelt für mich, spricht zu mir und alles ist heilig. Wenn man sich so liebt wie wir, kehrt auch die Natur im Menschen zu ihrer ursprünglichen Göttlichkeit zurück. Die Wollust wird in der einsamen Umarmung der Liebenden wieder, was sie im großen Ganzen ist – das heiligste Wunder der Natur; und was für andre nur etwas ist, dessen sie sich mit Recht schämen müssen, wird für uns wieder, was es an und für sich ist, das reine Feuer der edelsten Lebenskraft.

Drei Dinge wird unser Kind gewiß haben: viel Mutwillen, ein ernsthaftes Gesicht und etwas Anlage zur Kunst. Alles andre erwarte ich mit stiller Ergebung. Sohn oder Tochter, darüber kann ich keinen bestimmten Wunsch haben. Aber über die Erziehung habe ich schon unsäglich viel gedacht, nämlich, wie wir unser Kind vor aller Erziehung sorgfältig bewahren wollen; vielleicht mehr als drei vernünftige Väter denken und sorgen, um ihre Nachkommenschaft gleich von der Wiege in lauter Sittlichkeit einzuschnüren.

Ich habe einige Entwürfe gemacht, die dir gefallen werden. Auf dich ist sehr dabei gerechnet. Nur mußt du die Kunst nicht vernachlässigen! – Würdest du für deine Tochter, wenn es eine Tochter wäre, lieber das Portrait oder die Landschaft wählen? –

Du Törin mit deinen äußerlichen Dingen! Du willst wissen, was mich umgibt, wo, wann und wie ich alles tue, lebe und bin? – Sieh doch um dich, auf dem Stuhl neben dir, in deinen Armen, an deinem Herzen, da lebe und bin ich. Trifft dich nicht der Strahl des Verlangens, und schleicht mit süßer Wärme bis an dein Herz, bis an den Mund, wo es in Küssen überströmen möchte? –

Nun rühmst du dich noch gar, daß du immer innerlich an mich schriebst und ich nur oft, du Sylbenstecherin! Erstlich denke ich immer so an dich, wie du es beschreibst, daß ich neben dir gehe, dich sehe, höre, spreche. Dann aber auch noch anders, besonders wenn ich des Nachts aufwache.

Wie kannst du nur an der Würdigkeit und Göttlichkeit deiner Briefe zweifeln! Der letzte blickt und leuchtet aus hellen Augen; es ist nicht Schrift sondern Gesang. –

Ich glaube wenn ich noch einige Monate fern von dir wäre, würde dein Styl sich völlig ausbilden. Indessen finde ich es doch ratsamer, daß wir den Styl und das Schreiben nun lassen und die schönsten und höchsten Studien nicht länger aussetzen, und ich bin so ziemlich entschlossen, in acht Tagen schon zu reisen.

Zweiter Brief

Es ist sonderbar, daß der Mensch sich nicht vor sich selbst fürchtet. Die Kinder haben recht, daß sie so neugierig und doch so bange in die Gesellschaft der unbekannten Geister hineinblicken, Jeder einzelne Atom der ewigen Zeit kann eine Welt von Freude fassen, aber sich auch zu einem unermeßlichen Abgrund von Leiden und Schrecken öffnen. Ich begreife nun das alte Märchen von dem

Manne, welchen ein Zauberer in wenigen Augenblicken viele Jahre durchleben ließ: denn ich habe die furchtbare Allmacht der Fantasie an mir selbst erfahren.

Seit dem letzten Briefe deiner Schwester – es sind nun drei Tage – habe ich die Schmerzen eines ganzen Menschenlebens gefühlt, von dem Sonnenlicht der glühenden Jugend, bis zum blassen Mondschein des weißen Alters.

Jeder kleine Umstand, den sie mir von deiner Krankheit schrieb, bestätigte mich, mit dem was ich in der vorigen von dem Arzt gehört und selbst beobachtet hatte, in dem Gedanken, sie sei weit gefährlicher, als ihr wüßtet, ja eigentlich nicht mehr gefährlich, sondern entschieden. In diesen Gedanken verloren, alle Kräfte durch die Unmöglichkeit, aus der weiten Ferne zu dir zu eilen, gelähmt, war mein Zustand wirklich sehr trostlos. Erst jetzt weiß ich's recht, wie er war, da ich durch die fröhliche Botschaft deiner Gesundheit wiedergeboren bin. Denn gesund bist du nun, so gut als völlig gesund. Das schließe ich aus allen Berichten mit eben der Zuversicht, mit der ich vor wenigen Tagen das Todesurteil über uns aussprach.

Ich dachte es mir gar nicht als noch künftig oder als geschehe es jetzt. Alles war vergangen; schon lange warst du im Schoß der kühlen Erde verhüllt, Blumen keimten allmählich auf dem geliebten Grabe, und meine Tränen flossen schon milder. Stumm und einsam stand ich und sah nichts als die geliebten Züge und die süßen Blitze der sprechenden Augen. Unbeweglich blieb dieses Bild vor mir, nur trat bisweilen das bleiche Gesicht des letzten Lächelns und des letzten Schlummers leise an die Stelle, oder plötzlich verwirrten sich die verschiedenen Erinnerungen. Mit unglaublicher Schnelle veränderten sich die Umrisse, kehrten zur ersten Gestalt zurück, und verwandelten sich von neuem, bis der überspannten Einbildung alles verschwand. Nur deine heiligen Augen blieben im leeren Raum und standen unbeweglich da, wie die freundlichen Sterne ewig über unsrer Armut schimmern. Unverrückt schaute ich nach den schwarzen Lichtern, die mit bekanntem Lächeln in die Nacht meiner Trauer winkten. Bald brannte ein stechender Schmerz aus dunkeln Sonnen mit unerträglichem Blenden, bald schwebte und floß ein schöner Glanz, als wollte er mich locken. Da war es, als wehte eine frische Morgenluft mich an, ich warf mein Haupt in die Höhe, und es rief laut in mir: »Warum sollst du dich quälen, in wenigen Augenblicken kannst du ja bei ihr sein.«

Schon eilte ich, dir zu folgen, aber plötzlich hielt mich ein neuer Gedanke an, und ich sagte zu meinem Geist: »Unwürdiger, du kannst nicht einmal die kleinen Dissonanzen dieses mittelmäßigen Lebens ertragen und du hältst dich schon für ein höheres reif und würdig? Gehe hin zu leiden und zu tun was dein Beruf ist, und melde dich wieder, wenn deine Aufträge vollendet sind.« – Ist es nicht auch dir auffallend, wie alles auf dieser Erde nach der Mitte strebt, wie so ordentlich alles ist, wie so unbedeutend und kleinlich? So schien es mir stets; daher vermute ich – und ich habe dir diese Vermutung, wenn ich nicht irre, schon einmal mitgeteilt, – daß unser nächstes Dasein größer, im Guten wie im Schlechten kräftiger, wilder, kühner, ungeheurer sein wird.

Die Pflicht zu leben hatte gesiegt, und ich war wieder in dem Gewühl des Lebens und der Menschen, ihrer und meiner ohnmächtigen Handlungen und fehlervollen Werke. Da befiel mich Entsetzen, wie wenn ein Sterblicher sich in der Mitte unabsehlicher Eisgebirge plötzlich allein fände. Alles war mir kalt und fremd und selbst die Träne gefror.

Wunderliche Welten erschienen und schwanden mir im ängstlichen Traum. Ich war krank und litt viel, aber ich liebte meine Krankheit und hieß selbst den Schmerz willkommen. Ich haßte alles Irdische und freute mich, daß es bestraft und zerrüttet würde; ich fühlte mich so allein und so sonderbar, und wie ein zarter Geist oft mitten im Schoß des Glücks über seine eigne Freude wehmütig wird, und uns grade auf dem Gipfel des Daseins das Gefühl seiner Nichtigkeit überfällt, so schaute ich mit geheimer Lust auf meinen Schmerz. Er ward mir zum Sinnbilde des allgemeinen Lebens, ich glaubte die ewige Zwietracht zu fühlen und zu sehen, durch die alles wird und existiert, und die schönen Gestalten der ruhigen Bildung schienen mir tot und klein gegen diese ungeheure Welt von unendlicher Kraft, und von unendlichem Kampf und Krieg bis in die verborgensten Tiefen des Daseins.

Durch dieses sonderbare Gefühl ward die Krankheit zu einer eignen Welt in sich vollendet und gebildet. Ich fühlte, ihr geheimnisreiches Leben sei voller und tiefer als die gemeine Gesundheit der eigentlich träumenden Nachtwandler um mich her. Und mit der Kränklichkeit, die mir gar nicht unangenehm war, blieb mir auch dieses Gefühl und sonderte mich völlig ab von den Menschen, wie mich von der Erde der Gedanke trennte, dein Wesen und meine Liebe sei zu heilig gewesen, um nicht ihr und ihren groben Banden flüchtig zu enteilen. Es sei alles gut so und dein notwendiger Tod nichts als ein sanftes Erwachen nach leisem Schlummer.

Auch ich glaubte zu wachen, wenn ich dein Bild anschaute, das sich immer mehr zu einer heitern Reinheit und Allgemeinheit verklärte. Ernst und doch liebreizend, ganz Du und doch nicht mehr Du, die göttliche Gestalt umschienen von wunderbarem Glanz. Bald war es wie der furchtbare Lichtstrahl der sichtbaren Allmacht und bald ein freundlicher Schimmer goldener Kindheit. Mit langen stillen Zügen sog mein Geist aus der Quelle der kühlen reinen Glut, sich heimlich berauschend, und in dieser seligen Trunkenheit fühlte ich eine geistliche Würde eigner Art, weil mir in der Tat jede weltliche Gesinnung ganz fremd war und mich niemals das Gefühl verließ, daß ich dem Tode geweiht sei.

Langsam flossen die Jahre und mühevoll trat eine Tat nach der andern, ein Werk und dann wieder eines an sein Ziel, das so wenig das meinige war als ich jene Taten und Werke für das was sie heißen nahm. Es waren mir nur heilige Sinnbilder, alles Beziehungen auf die eine Geliebte, die die Mittlerin war zwischen meinem zerstückten Ich und der unteilbaren ewigen Menschheit; das ganze Dasein ein steter Gottesdienst einsamer Liebe.

Endlich nahm ich wahr, das sei nun das letzte. Die Stirn war nicht mehr glatt und die Locken wurden bleich. Meine Laufbahn war geendigt aber nicht vollendet. Die beste Kraft des Lebens war dahin und noch stand die Kunst und die Tugend ewig unerreichbar vor mir. Ich wäre verzweifelt, hätte ich nicht beide in Dir gesehn und vergöttert, holdselige Madonna! und Dich und Deine milde Göttlichkeit in mir.

Da erschienst du mir bedeutend und winktest tödlich. Schon

ergriff mich ein herzliches Verlangen nach Dir und nach der Freiheit; ich sehnte mich nach dem geliebten alten Vaterlande und wollte eben den Staub der Reise von mir schütteln, als ich wieder ins Leben gerufen ward durch das Verheißen und die Gewißheit Deiner Genesung.

Nun ward ich meines wachen Traumes inne, erschrak über alle die bedeutenden Beziehungen und Ähnlichkeiten und stand ängstlich an dem unsichtbaren Abgrund dieser innern Wahrheit.

Weißt Du was mir am meisten klar dadurch geworden ist? – Zuerst, daß ich Dich vergöttre, und daß es gut ist, daß ich so tue. Wir beide sind eins und nur dadurch wird der Mensch zu einem und ganz er selbst wenn er sich auch als Mittelpunkt des Ganzen und Geist der Welt anschaut und dichtet. Doch warum dichtet, da wir den Keim zu allem in uns finden und doch ewig nur ein Stück von uns selbst bleiben?

Und dann weiß ich's nun, daß der Tod sich auch schön und süß fühlen läßt. Ich begreife, wie das freie Gebildete sich in der Blüte aller Kräfte nach seiner Auflösung und Freiheit mit stiller Liebe sehnen und den Gedanken der Rückkehr freudig anschauen kann wie eine Morgensonne der Hoffnung.

Eine Reflexion

Es ist meinem Gemüt nicht selten sonderbar aufgefallen, wie verständige und würdige Menschen mit nie ermüdender Industrie und mit so großem Ernst das kleine Spiel in ewigem Kreislauf immer von neuem wiederholen können, welches doch offenbar weder Nutzen bringt noch sich einem Ziele nähert, obgleich es das früheste aller Spiele sein mag.

Dann fragte mein Geist, was wohl die Natur, die überall so viel denkt, die List im Großen treibt und statt witzig zu reden, gleich witzig handelt, bei jenen naiven Andeutungen denken mag, welche gebildete Redner nur durch ihre Namenlosigkeit benennen.

Und diese Namenlosigkeit selbst ist von zweideutiger Bedeutung. Je verschämter und je moderner man ist, je mehr wird es Mode sie aufs Schamlose zu deuten. Für die alten Götter hingegen hat alles Leben eine gewisse klassische Würde und so auch die unverschämte Heldenkunst lebendig zu machen. Die Menge solcher Werke und die Größe der Erfindungskraft in ihr bestimmt Rang und Adel im Reiche der Mythologie.

Diese Zahl und diese Kraft sind gut, aber sie sind nicht das Höchste. Wo schlummert also das ersehnte Ideal verborgen? Oder findet das strebende Herz in der höchsten aller darstellenden Künste ewig nur andre Manieren und nie einen vollendeten Styl?

Das Denken hat die Eigenheit, daß es nächst sich selbst am liebsten über das denkt, worüber es ohne Ende denken kann. Darum ist das Leben des gebildeten und sinnigen Menschen ein stetes Bilden und Sinnen über das schöne Rätsel seiner Bestimmung. Er bestimmt sie immer neu, denn eben das ist seine ganze Bestimmung, bestimmt zu werden und zu bestimmen. Nur in seinem Suchen selbst findet der Geist des Menschen das Geheimnis welches er sucht.

Was ist denn aber das Bestimmende oder das Bestimmte selbst? In der Männlichkeit ist es das Namenlose. Und was ist das Namenlose in der Weiblichkeit? – das Unbestimmte.

Das Unbestimmte ist geheimnisreicher, aber das Bestimmte hat mehr Zauberkraft. Die reizende Verwirrung des Unbestimmten ist romantischer, aber die erhabene Bildung des Bestimmten ist genialischer. Die Schönheit des Unbestimmten ist vergänglich wie das Leben der Blumen und wie die ewige Jugend sterblicher Gefühle; die Energie des Bestimmten ist vorübergehend wie das echte Ungewitter und die echte Begeisterung.

Wer kann messen und und wer kann vergleichen was eines wie das andre unendlichen Wert hat, wenn beides verbunden ist in der wirklichen Bestimmung, die bestimmt ist, alle Lücken zu ergänzen und Mittlerin zu sein zwischen dem männlichen und weiblichen Einzelnen und der unendlichen Menschheit?

Das Bestimmte und das Unbestimmte und die ganze Fülle ihrer bestimmten und unbestimmten Beziehungen; das ist das Eine und Ganze, das ist das Wunderlichste und doch das Einfachste, das Einfachste und doch das Höchste. Das Universum selbst ist nur ein Spielwerk des Bestimmten und des Unbestimmten und das wirkliche Bestimmen des Bestimmbaren ist eine allegorische Miniatur auf das Leben und Weben der ewig strömenden Schöpfung.

Mit ewig unwandelbarer Symmetrie streben beide auf entgegengesetzten Wegen sich dem Unendlichen zu nähern und ihm zu entfliehen. Mit leisen aber sichern Fortschritten erweitert das Unbestimmte seinen angebornen Wunsch aus der schönen Mitte der Endlichkeit ins Grenzenlose. Das vollendete Bestimmte hingegen wirft sich durch einen kühnen Sprung aus dem seligen Traum des unendlichen Wollens in die Schranken der endlichen Tat und nimmt sich selbst verfeinernd immer zu an großmütiger Selbstbeschränkung und schöner Genügsamkeit.

Auch in dieser Symmetrie offenbart sich der unglaubliche Humor, mit dem die konsequente Natur ihre allgemeinste und einfachste Antithese durchführt. Selbst in der zierlichsten und künstlichsten Organisation zeigen sich diese komischen Spitzen des großen Ganzen mit schalkhafter Bedeutsamkeit wie ein verkleinertes Portrait und geben alle Individualität, die allein durch sie und den Ernst ihrer Spiele entstehet und bestehet, die letzte Rundung und Vollendung.

Durch diese Individualität und jene Allegorie blüht das bunte Ideal witziger Sinnlichkeit aus dem Streben nach dem Unbedingten.

Nun ist alles klar! Daher die Allgegenwart der namenlosen unbekannten Gottheit. Die Natur selbst will den ewigen Kreislauf immer neuer Versuche; und sie will auch, daß jeder einzelne in sich vollendet einzig und neu sei, ein treues Abbild der höchsten unteilbaren Individualität.

Sich vertiefend in diese Individualität nahm die Reflexion eine so individuelle Richtung, daß sie bald anfing aufzuhören und sich selbst zu vergessen.

»Was sollen mir diese Anspielungen, die mit unverständlichem Verstand nicht an der Grenze sondern bis in die Mitte der Sinnlichkeit nicht spielen sondern widersinnig streiten?«

So wirst Du und würde Juliane zwar nicht sagen aber doch gewiß fragen.

Liebe Geliebte! darf der volle Blumenstrauß nur sittame Rosen, stille Vergißmeinnicht und bescheidne Veilchen zeigen, und was sonst mädchenhaft und kindlich blüht, oder auch alles andre was in bunter Glorie sonderbar strahlt?

Die männliche Ungeschicklichkeit ist ein mannigfaltiges Wesen und reich an Blüten und Früchten jeder Art. Gönne selbst der wunderlichen Pflanze, die ich nicht nennen will, ihre Stelle. Sie dient wenigstens zur Folie für die hellbrennende Granate und die lichten Orangen. Oder soll es etwa statt dieser bunten Fülle nur eine vollkommne Blume geben, welche alle Schönheiten der übrigen vereint und ihr Dasein überflüssig macht?

Ich entschuldige nicht, was ich lieber sogleich noch einmal tun will, mit vollem Zutrauen auf Deinen objektiven Sinn für die Kunstwerke der Ungeschicklichkeit, welche den Stoff zu dem was sie bilden will, oft nicht ungern von der männlichen Begeisterung entlehnt.

Es ist ein zärtliches Furioso und ein kluges Adagio der Freundschaft: Du wirst Verschiednes daraus lernen können: daß Männer mit ungemeiner Delikatesse zu hassen verstehn, wie ihr zu lieben; daß sie dann einen Zank, wenn er vollendet ist, in eine Distinktion umbilden, und daß Du so viele Anmerkungen darüber machen darfst als Dir gefällig ist.

Julius an Antonio

I.

Du hast Dich sehr verändert seit einiger Zeit! Sieh Dich vor Freund, daß der Sinn für das Große Dir nicht abhanden kommt, ehe Du es gewahr wirst. Was soll das geben? Du wirst endlich so viel Zartheit und Feinheit ansetzen, daß Herz und Gefühl drauf geht. Wo bleibt da die Männlichkeit und handelnde Kraft? – Ich werde noch dahin kommen, Dir zu tun wie Du mir tust, seit wir nicht mehr mit einander sondern neben einander leben. Ich werde Dir Grenzen setzen müssen und sagen, wenn er auch Sinn für alles hat, was sonst schön ist, so fehlt ihm doch der eine für die Freundschaft. Doch werde ich den Freund und sein Tun und Lassen nie moralisch kritisieren; wer das kann, der verdient nicht das hohe seltne Glück einen zu haben.

Daß Du Dich zuerst an Dir selbst vergreifst, macht die Sache nur schlimmer. Sage mir im Ernst, suchst Du die Tugend in diesen kühlen Spitzfindigkeiten des Gefühls, in diesen Kunstübungen des Gemüts, die den Menschen aushöhlen und am vollen Mark seines Lebens zehren?

Schon lange war ich ergeben und still. Ich zweifelte gar nicht, daß Du, da Du so vieles weißt, auch wohl die Ursachen wissen würdest durch die unsre Freundschaft untergegangen ist. Fast scheint es ich habe mich geirrt, da Du so erstaunen konntest, daß ich mich ganz an Eduard anschließen will, da Du gleichsam nicht begreifend zu fragen schienst, wodurch Du mich denn beleidigt hättest. Wenn es nur das wäre, nur etwas einzelnes, dann wäre es den Mißlaut einer solchen Frage nicht wert, dann würde sich's von selbst beantworten und ausgleichen. Ist es aber nicht mehr wenn ich bei jeder Veranlassung es immer wieder als Entweihung fühlen muß, daß ich Dir alles von Eduard wie es vorfiel, mitteilte? Getan hast Du freilich nichts gegen ihn, auch nicht laut gesagt: aber ich weiß und sehe recht gut wie Du denkst. Und wenn ich es nicht wüßte und sähe, was wäre denn die unsichtbare Gemeinschaft unsrer Geister und die schöne Magie dieser Gemeinschaft? – Es kann Dir gewiß nicht einfallen, Dich hier noch länger zurückziehen und durch bloße Feinheit das Mißverständnis in Nichts auflösen zu wollen: denn sonst hätte auch ich wirklich nichts weiter zu sagen.

Unstreitig seid ihr durch eine ewige Kluft geschieden. Die ruhige klare Tiefe Deines Wesens, und der heiße Kampf seines rastlosen Lebens liegt an den entgegengesetzten Enden des menschlichen Daseins. Er ist ganz Handlung, Du bist eine fühlende und beschauende Natur. Darum solltest Du eben Sinn für alles haben und hast ihn auch, wo Du Dich nicht selbst absichtlich verschließest. Und das verdrüßt mich eigentlich. Möchtest Du den Herrlichen lieber hassen als verkennen! – Aber wohin soll es führen, wenn man sich unnatürlich gewöhnt, das wenige Große und Schöne was noch etwa da ist, so gemein zu nehmen, als es der Scharfsinn nur immer nehmen kann, ohne die Ansprüche auf den Sinn aufzugeben? – Was man überall sehn will, muß man endlich selbst werden.

Ist das die gerühmte Vielseitigkeit? – Freilich beobachtest du dabei den Grundsatz der Gleichheit, und einem geht's nicht viel besser wie dem andern; nur daß jeder auf eine eigne Art verkannt wird. Hast Du nicht auch mein Gefühl gezwungen über das was ihm das Heiligste ist ewig zu schweigen gegen Dich wie gegen jeden andern? Und das darum, weil Du Dein Urteil nicht schweigen lassen konntest bis es Zeit war, und weil Dein Verstand überall Grenzen erdichtet, ehe er seine eigenen finden kann. Du hast mich beinah in den Fall gebracht, Dir auseinandersetzen zu müssen, wie groß eigentlich mein Wert sei, wie viel richtiger und sichrer Du gegangen sein würdest, wenn Du dann und wann nicht geurteilt sondern geglaubt, wenn Du hie und da in mir ein unbekanntes Unendliches vorausgesetzt hättest.

Freilich ist meine eigne Nachlässigkeit an allem schuld. Vielleicht war's auch Eigensinn, daß ich die ganze Gegenwart mit Dir teilen wollte, und Dich über Vergangenheit und Zukunft doch nicht belehrte. Ich weiß nicht, es widerstand meinem Gefühl, auch hielt ich's für überflüssig, denn ich traute Dir in der Tat unendlich viel Verstand zu.

O Antonio, wenn ich an ewigen Wahrheiten zweifeln könnte, so hättest Du mich dahin gebracht, jene stille schöne Freundschaft, die auf der bloßen Harmonie des Seins und Zusammenseins beruht, für etwas Falsches und Verkehrtes zu halten!

Ist es nun noch unbegreiflich wenn ich mich ganz auf die andre Seite werfe? – Ich entsage dem zarten Genuß und stürze mich in den wilden Kampf des Lebens. Ich eile zu Eduard. Alles ist verabredet. Wir wollen nicht bloß zusammen leben, sondern im brüderlichen Bunde vereint wirken und handeln. Er ist rauh und herbe, seine Tugend ist mehr kräftig als empfindsam: aber er hat ein männliches großes Herz, und in jedem bessern Zeitalter wäre er, das sage ich kühn, ein Held gewesen.

II.

Es ist wohl schön, daß wir endlich einmal wieder miteinander gesprochen haben; ich bin es auch zufrieden, daß Du durchaus nicht schreiben wolltest, und auf die armen unschuldigen Buchstaben schiltst, weil Du wirklich zum Sprechen mehr Genie hast. Aber ich habe doch noch eins und das andre auf dem Herzen, was ich nicht sagen konnte und was ich versuchen will, Dir brieflich anzudeuten.

Warum aber auf diesem Wege? – O mein Freund, wenn ich nur noch ein feineres gebildeteres Element der Mitteilung wüßte, um das was ich möchte, in zarter Hülle leise aus der Ferne zu sagen! Das Gespräch ist mir zu laut und zu nah und auch zu einzeln. Diese einzelnen Worte geben immer wieder nur eine Seite, ein Stück von dem Zusammenhange, von dem Ganzen, das ich in seiner vollen Harmonie andeuten möchte.

Und können Männer die zusammen leben wollen, zu zart gegen einander in ihrem Umgange sein? – Es ist nicht als ob ich befürchtete, etwas zu Heftiges zu sagen, und daß ich darum gewisse Personen und gewisse Gegenstände in unserm Gespräch vermied. Darüber, denke ich, ist ja wohl die Grenzscheidung zwischen uns auf immer vernichtet!

Was ich Dir noch sagen wollte, ist etwas ganz Allgemeines; und doch wähle ich lieber diesen Umweg. Ich weiß nicht ob es eine falsche oder eine wahre Delikatesse ist, aber es würde mir schwer fallen, viel von der Freundschaft mit Dir zu reden von Angesicht zu Angesicht.

Und doch sind's Gedanken über diese, die ich Dir sagen muß. Die Anwendung – und auf die kommt es am meisten an – wirst Du leicht selbst machen können.

Für mein Gefühl gibt's zwei Arten von Freundschaft.

Die erste ist ganz äußerlich. Unersättlich eilt sie von Tat zu Tat und nimmt jeden würdigen Mann auf in den großen Bund vereinter Helden, schlingt den alten Knoten durch jede Tugend fester, und trachtet stets neue Brüder zu gewinnen; je mehr sie hat, je mehr begehrt sie.

Erinnre Dich an die Vorwelt und Du wirst diese Freundschaft, die den redlichen Krieg gegen alles Böse, wenn es auch in uns oder im Geliebten wäre, kämpft, überall finden, wo die edle Kraft in großen Massen wirkt und Welten bildet oder beherrscht.

Jetzt sind andre Zeiten, aber das Ideal dieser Freundschaft wird in mir sein, so lange wie ich selbst sein werde.

Die andre Freundschaft ist ganz innerlich. Eine wunderbare Symmetrie des Eigentümlichsten, als wenn es vorher bestimmt wäre, daß man sich überall ergänzen sollte. Alle Gedanken und Gefühle werden gesellig durch die gegenseitige Anregung und Ausbildung des Heiligsten. Und diese reingeistige Liebe, diese schöne Mystik des Umgangs schwebt nicht bloß als fernes Ziel vor einem vielleicht vergeblichen Streben. Nein, sie ist nur vollendet zu finden. Auch hat da keine Täuschung statt, wie bei jener andern heroischen. Ob die Tugend eines Mannes Stich hält, muß die Tat lehren. Aber wer selbst in seinem Innern die Menschheit und die Welt fühlt und sieht, der wird nicht leicht allgemeinen Sinn und allgemeinen Geist da suchen können wo er nicht ist.

Zu dieser Freundschaft ist nur fähig, wer in sich ganz ruhig wurde und in Demut die Göttlichkeit des andern zu ehren weiß.

Haben die Götter einem Menschen eine solche Freundschaft geschenkt, so kann er weiter nichts, als sie mit Sorge vor allem was äußerlich ist bewahren und das heilige Wesen schonen. Denn vergänglich ist die zarte Blüte.

Sehnsucht und Ruhe

Leicht bekleidet standen Lucinde und Julius am Fenster im Pavillon, erfrischten sich an der kühlen Morgenluft und waren verloren im Anschaun der aufsteigenden Sonne, die von allen Vögeln mit munterem Gesang begrüßt ward.

Julius, fragte Lucinde, warum fühle ich in so heitrer Ruhe die tiefe Sehnsucht? – Nur in der Sehnsucht finden wir die Ruhe, antwortete Julius. Ja die Ruhe ist nur das, wenn unser Geist durch nichts gestört wird, sich zu sehnen und zu suchen, wo er nichts Höheres finden kann als die eigne Sehnsucht.

Nur in der Ruhe der Nacht, sagte Lucinde, glüht und glänzt die Sehnsucht und die Liebe hell und voll wie diese herrliche Sonne. – Und am Tage, erwiderte Julius, schimmert das Glück der Liebe blaß, so wie der Mond nur sparsam leuchtet. – Oder es erscheint und schwindet plötzlich ins allgemeine Dunkel, fügte Lucinde an, wie jene Blitze, die uns das Gemach erhellten, da der Mond verhüllt war.

Nur in der Nacht singt Klagen, sprach Julius, die kleine Nachtigall und tiefe Seufzer. Nur in der Nacht eröffnet sich die Blume schüchtern und atmet frei den schönsten Duft, um Geist und Sinne in gleicher Wonne zu berauschen. Nur in der Nacht, Lucinde, strömet tiefe Liebesglut und kühne Rede göttlich von den Lippen, die im Geräusch der Tage ihr süßes Heiligtum mit zartem Stolz verschließen.

Lucinde

Nicht ich, mein Julius, bin die die Du so heilig malst; obschon ich klagen möchte wie die Nachtigall, und, wie ich innig fühle, nur der Nacht geweiht bin. Du bist's, es ist die Wunderblume Deiner Fantasie, die Du in mir, die ewig Dein ist, dann erblickst, wenn das Gewühl verhüllt ist und nichts Gemeines Deinen hohen Geist zerstreut.

Julius

Laß die Bescheidenheit und schmeichle nicht. Gedenke, Du bist die Priesterin der Nacht. Im Strahl der Sonne selbst verkündigt's der dunkle Glanz der vollen Locken, der ernsten Augen lichtes Schwarz, der hohe Wuchs, die Majestät der Stirn und aller edlen Glieder.

Lucinde

Die Augen sinken, indem Du rühmst, weil jetzt der laute Morgen blendet, und lust'ger Vögel buntes Lied die Seele stört und schreckt. Sonst möchte wohl das Ohr in stiller dunkler Abendkühle des süßen Freundes süße Rede gierig trinken.

Julius

Es ist nicht eitle Fantasie. Unendlich ist nach Dir und ewig unerreicht mein Sehnen.

Lucinde

Sei's was es sei, Du bist der Punkt in dem mein Wesen Ruhe findet.

Julius

Die heil'ge Ruhe fand ich nur in jenem Sehnen, Freundin.

Lucinde

Und ich in dieser schönen Ruhe jene heil'ge Sehnsucht.

Julius

Ach, daß das harte Licht den Schleier heben darf, der diese Flammen so verhüllte, daß der Sinne Scherz die heiße Seele kühlend lindern mochte!

Lucinde

So wird einst ewig kalter ernster Tag des Lebens warme Nacht zerreißen, wenn Jugend flieht und wenn ich Dir entsage wie Du der großen Liebe größer einst entsagtest.

Julius

Daß ich doch Dir die unbekannte Freundin zeigen dürfte und ihr das Wunder meines wunderbaren Glücks.

Lucinde

Du liebst sie noch und wirst sie ewig mein auch ewig lieben. Das ist das große Wunder Deines wunderbaren Herzens.

Julius

Nicht wunderbarer als das Deine. Ich sehe Dich an meine Brust gelehnt mit Deines Guido Locke spielen; uns beide brüderlich vereint die würd'ge Stirn mit ew'gen Freudekränzen zieren.

Lucinde

Laß ruhn in Nacht, reiß nicht ans Licht, was in des Herzens stiller Tiefe heilig blüht.

Julius

Wo mag des Lebens Woge mit dem Wilden scherzen, den zart Gefühl und wildes Schicksal heftig fortriß in die herbe Welt?

Lucinde

Verklärt und einzig glänzt der hohen Unbekannten reines Bild am blauen Himmel Deiner reinen Seele.

Julius

O ew'ge Sehnsucht! – Doch endlich wird des Tages fruchtlos Sehnen, eitles Blenden sinken und erlöschen, und eine große Liebesnacht sich ewig ruhig fühlen.

Lucinde

So fühlt sich, wenn ich sein darf wie ich bin, das weibliche Gemüt in liebeswarmer Brust. Es sehnt sich nur nach Deinem Sehnen, ist ruhig wo Du Ruhe findest.

Tändeleien der Fantasie

Durch die schweren lauten Anstalten zum Leben wird das zarte Götterkind Leben selbst verdrängt und jämmerlich erstickt in der Umarmung der nach Affenart liebenden Sorge.

Absichten haben, nach Absichten handeln, und Absichten mit Absichten zu neuer Absicht künstlich verweben; diese Unart ist so tief in die närrische Natur des gottähnlichen Menschen eingewurzelt, daß er sich's nun ordentlich vorsetzen und zur Absicht machen muß, wenn er sich einmal ohne alle Absicht, auf dem innern Strom ewig fließender Bilder und Gefühle frei bewegen will.

Es ist der Gipfel des Verstandes, aus eigner Wahl zu schweigen, die Seele der Fantasie wiederzugeben und die süßen Tändeleien der jungen Mutter mit ihrem Schoßkinde nicht zu stören.

Aber so verständig ist der Verstand nach dem goldnen Zeitalter seiner Unschuld nur sehr selten. Er will die Seele allein besitzen; auch wenn sie wähnt allein zu sein mit ihrer angebornen Liebe, lauscht er im Verborgnen und schiebt an die Stelle der heiligen Kinderspiele nur Erinnerung an ehemalige Zwecke oder Aussichten auf künftige. Ja er weiß den hohlen kalten Täuschungen einen Anstrich von Farbe und eine flüchtige Hitze zu geben und will durch seine nachahmende Kunst der arglosen Fantasie ihr eigenstes Wesen rauben.

Aber die jugendliche Seele läßt sich durch die Arglist des Altklugen nicht betören, und immer sieht sie den Liebling spielen mit den schönen Bildern der schönen Welt. Willig läßt sie ihre Stirn umflechten von den Kränzen, die das Kind aus den Blüten des Lebens flicht, und willig läßt sie sich in wachen Schlummer sinken, Musik der Liebe träumend, und geheimnisvoll freundliche Götterstimmen vernehmend, wie die einzelnen Laute einer fernen Romanze.

Alte wohlbekannte Gefühle tönen aus der Tiefe der Vergangenheit und Zukunft. Leise nur berühren sie den lauschenden Geist und schnell verlieren sie sich wieder in den Hintergrund verstummter Musik und dunkler Liebe. Alles liebt und lebt, klaget und freut sich in schöner Verwirrung. Hier öffnen sich am rauschenden Fest die Lippen aller Fröhlichen zu allgemeinem Gesange; und hier verstummt das einsame Mädchen vor dem Freunde, dem sie sich vertrauen möchte und versagt den Kuß mit lächelndem Munde. Gedankenvoll streue ich Blumen auf das Grab des zu früh entschlafnen Sohnes, die ich bald voll Freude und voll Hoffnung der Braut des geliebten Bruders darreiche, während die hohe Priesterin mir winkt und mir die Hand reicht zu ernstem Bunde, bei dem ewig reinen Feuer ewige Reinheit und ewige Begeisterung zu geloben. Ich enteile dem Altar und der Priesterin um das Schwert zu ergreifen und mit der Schar der Helden in den Kampf zu stürzen, den ich bald vergesse, wo ich in tiefster Einsamkeit nur den Himmel und mich beschaue.

Welche Seele solche Träume schlummert, die träumt sie ewig fort, auch wenn sie erwacht ist. Sie fühlt sich umschlungen von den Blüten der Liebe, sie hütet sich wohl die losen Kränze zu zerreißen, sie gibt sich gern gefangen und weiht sich selbst der Fantasie und läßt sich gern beherrschen von dem Kinde, das alle Muttersorgen durch seine süßen Tändeleien lohnt.

Dann zieht sich ein frischer Hauch von Jugendblüte über das ganze Dasein und ein Heiligenschein von kindlicher Wonne. Der Mann vergöttert die Geliebte, die Mutter das Kind und alle den ewigen Menschen.

Nun versteht die Seele die Klage der Nachtigall und das Lächeln des Neugebornen, und was auf Blumen wie an Sternen sich in geheimer Bilderschrift bedeutsam offenbart, versteht sie; den heiligen Sinn des Lebens wie die schöne Sprache der Natur. Alle Dinge reden zu ihr und überall sieht sie den lieblichen Geist durch die zarte Hülle.

Auf diesem festlich geschmückten Boden wandelt sie den leichten Tanz des Lebens, schuldlos und nur besorgt dem Rhythmus der Geselligkeit und Freundschaft zu folgen und keine Harmonie der Liebe zu stören.

Dazwischen ew'ger Gesang, von dem sie nur dann und wann einzelne Worte vernimmt, welche noch höhere Wunder verraten lassen.

Immer schöner umgibt sie dieser Zauberkreis. Sie kann ihn nie verlassen und was sie bildet oder spricht, lautet wie eine wunderbare Romanze von den schönen Geheimnissen der kindlichen Götterwelt, begleitet von einer bezaubernden Musik der Gefühle und geschmückt mit den bedeutendsten Blüten des lieblichen Lebens.

LUCINDE

BRUCHSTÜCKE AUS DEM NACHLASS

Schon hab' auch ich so wie Du es gelernt, den Gedanken der höchsten Freude im Mut und Übermut der Liebe kühn an den des Todes zu knüpfen, und Liebe nur Liebe allein war es die mir den Mut gab, den innern Zwiespalt, den ewigen Haß, der allem Dasein angeboren ist, so lange das große Spiel der herrlichen Kräfte die grüne Erde in schöner Fülle belebt, sich überall laut und leise regt und bewegt, diesen göttlichen Haß, den Haß der blitzenden Kraft und der lebendigen Liebe, den mit heiterm Auge zu sehen und ihn zu verstehen, und der Natur von Herzen ergeben, dennoch bei dem Schauspiel, das oft den Zuschauer, wenn er es am wenigsten ahndet, plötzlich ergreift und ihn selber hineinzieht in den wildesten Strudel des unendlichen Spieles, das er nur eben noch aus der Ferne ruhig anschaute, auch dann wenn die Reihe, das Gleiche zu erfahren, was ich in jenen Worten über alle aussprach, mich nun selber trifft, da etwas heiligeres noch zu fühlen als das heilige Schrecken über die dunkle Allmacht, weil mir mit der gedrängten Fülle der kämpfenden Erde auch die lichte Glorie des Himmels klar ward, weil ich in mir sehe und weiß, daß eine Zeit kommen wird – nein sie wird nicht kommen, sie ist da und war es seit ewig, wo hinter jener bunten Hülle leicht und rein der Mensch zu dem Lichte schwebt, ungehindert grade hinauf, wie er es von jeher wollte, mit sich selber in Frieden sich und die Gottheit anschaut. –

Ja, das ist es; die kindliche Fröhlichkeit und der bittre Schmerz, der wilde Zorn und die hingegoßne Träumerei, Tod und Liebe, Wollust und Andacht, (rauschender) Übermut und Wehmut, (leise Seufzer, deren keiner mir entging,) die dunkle Trauer und der helle Mutwille; das steht da in starken einfachen Zügen vor mir und sieht mich an, das lebt und strebt in Ergießungen wie in Scherzen, in Geschichten und in Tändeleien, in Briefen und Träumen, Gesprächen und Reden; das ist der Geist und der Inhalt Deines Gedichtes; und darum ist es mir so teuer, darum schließe ich es so gern an mein Herz mit inniger Liebe und mit inniger *Ehrfurcht;* denn hier fand ich das klarste Bild der eignen (höchsten) Sehnsucht.

O wenn es nur Worte gäbe, um das zu sagen; aber es hat sich noch keiner selber verstanden. Finde du mir nur die Worte, den Gesang weiß ich, und wenn auch der verstummen muß, dann wollen wir auf die Farben auf die Bilder vor uns zeigend, so uns schweigend bedeuten, daß wir ja doch nicht sagen könnten.

Vom Wesen der Freundschaft

Julius. Ich begreife es, ja ich glaube es; der Scherz darf mit allem scherzen, der Scherz ist frei und allgemein. Aber mein Gefühl ist dagegen. Es gibt Stellen meines Daseins und zwar des innigsten, wo also an gemeine Verletzung nicht zu denken ist, und an diesen Stellen kann ich den Scherz nicht ertragen.

Lorenzo. So ist der Ernst an diesen Stellen wohl nicht recht fertig. Sonst würde die Ironie schon herauskommen. Aber sie ist darum doch schon da. Du mußt es nur abwarten.

Julius. Du nimmst mir, was ich sagen wollte, aus dem Munde. Nicht der sinnliche körperliche Scherz ist mir zuwider; grade das Geistigste, Zarteste, Besonnenste, das Heiligste was es hier gibt. Du hast selber das Wort genannt; die Ironie ist es, die mich in der Musik der Freundschaft oft durch einen hellen Mißlaut gestört hat.

Lorenzo. So wurde der Ton wohl zu oft angegeben, oder nicht an der rechten Stelle. Dafür kann aber der Ton nichts. Doch Du magst Recht haben. Und wer weiß ob das nicht die Ironie der Ironie ist, daß man sie am Ende doch auch nicht mag.

Julius. Die möcht' ich eher darin finden, daß es Dir unmöglich zu werden scheint, ohne Ironie über die Ironie zu reden.

Lorenzo. Ich fürchte grade das Gegenteil. Wo sollte da die Ironie herkommen, wenn man in bitterm Ernst nicht weiß, woran man ist. Und je mehr ich denke, je unbegreiflicher wirds mir.

Julius. Wie heißt das Rätsel?

Lorenzo. Daß Du die Freundschaft grade mit der Ironie unverträglich findest.

Julius. Nun?

Lorenzo. Nun wenn die Ironie nicht das eigentliche Wesen der

Freundschaft ist, so mögen es die Götter wissen, was sie eigentlich ist, oder sie mag es selbst wissen. Ich weiß es dann nicht.

Julius. Und sie weiß es auch, wenn ihr Wesen Eins ist mit ihrem Streben.

Lorenzo. Wenn es nämlich die Freunde wissen.

Julius. Nein, die wissen es oft nicht, und sie weiß es doch.

Lorenzo. Woher weißt Du dieses mein Teurer.

Julius. Als ich selbst noch nicht merkte noch nicht ahndete was es sei, dieses göttliche Wesen und Streben in mir, da kannte es dennoch schon seine Richtung und sein Ziel, zeigte durch die Tat, wie es sie kannte. Nur an das Rechte schloß es sich mit Innigkeit an, verschmähte nach einem kurzen Versuch alles Unrechte; es bestätigte sich und erweiterte sich, ward klar und seiner Kraft inne und weise, wie alles, was menschlich ist, weise wird, durch die Tat. Denn auf das was sich sagen läßt, wirst Du ja das Wissen nicht einschränken wollen.

An Maria

In Lucindens Liebe leuchtete mir die Erde grün und froh, Dein Auge erinnert mich an den Himmel, Dein Gesang lockt mich in die Tiefe.

Nur der Nacht darf ich meine Freuden vertrauen, und in Nacht will ich sie sorgsam verhüllen; denn ich fühle es, sie werden welken, so wie es Tag wird.

Guido's Tod

Ja ich will es, und so laßt mich denn zum ersten und gewiß auch zum letztenmale die dürre Feder ergreifen, ehe vielleicht dem Verlaßnen die zitternde Hand auch diesen kleinen Dienst versagt, oder die zerrütteten Sinne sich selber gänzlich verwirren. Laßt mich versuchen, mich und die Meinigen an mich selbst und meine Liebe zu erinnern, ob etwa ein gutes Glück die vergänglichen Blätter aus weiter Ferne vor das Licht jener Augen trüge, die andern freundlich und nur mir allein verderblich die Nacht meines Daseins wie ein alles erleuchtender Blitz auf einige Augenblicke erhellte, um es dann auf ewig dem eignen Dunkel zu überlassen.

Willkommen Schmerz, wenn ich Dich fühlen könnte! Habe Mitleiden Leiden, so mag es mich töten. Aber so ist es, was andre zerreißt sehe ich bis in die verborgenste Tiefe, und die klare Ahndung ergießt sich bald in lauten Gesang, daß alle Herzen weinen. Aber was das meine litt, darf kein Gesang noch in der Zerrüttung harmonisch verkünden. Auf dem stummen Blatte, in der Verwirrung der gefühllosen Züge, da mag es schrecklich und geheimnißvoll lauschen, wie die Schlange die auf Verderben sinnt. –

Geliebt habe ich, aber ich habe nicht gelebt, ich weiß es wohl, denn mir war das Leben nur ein langsam Gefühl des heranschleichenden Todes, und so mag denn auch in der künftgen Erinnerung der dunkle Name sich immer zu dem meinigen gesellen.

O es lebt ein melodischer Geist in den Tönen, in den Worten: man könnte das Leben darum lieb haben. Es zieht so hinunter, tief, tief und immer tiefer. Dann ist auf einmal alles still und freundlich und schön; man darf das gar nicht sagen wie es ist.

Immer war es nicht so. Denn zu jener Zeit als das schöne Licht mein Herz berührte, da fühlte ich auch erst recht die Musik, zum erstenmale deutlich. Da war alles neu, es tönte alles und ich vernahm erstaunt und verwundert mich selbst im eigenen Tone. Jetzt steht es schlecht mit der Musik, denn ich bin nur ein Instrument, das ein andrer spielen sollte. Es kann es aber keiner spielen. Was soll es also länger? Es muß zerbrochen werden, das Instrument.

Mannichmal fürchte ich mich; aber ich bin doch nicht verwirrt; denn wie könnt ich sonst so gut wissen, was mir geschadet hat? – Ach ich weiß es noch recht gut wie mir war da ich mit der Herrlichen lebte. Sie hatte alles was mir fehlte, Licht und Freude und Kraft; aber so innig ich liebte so warm sie liebte, wir waren uns fremd. Das trieb mich von dannen, darum mußte ich Dich fliehen, Lucinde, darum konntest Du mich nicht retten, Julius, Freund wie es keinen mehr gibt, Einziger, Innigster, Geliebter.

Nachher kam es ganz anders. Ich erschrak heftig, ich hatte ein Wesen gefunden das mir gleich war. – Warum konnte ichs nicht verbergen, daß ich glücklich war? –

Es ist mir schon recht geschehen; ich hätte das Geheimnis nicht verraten sollen. In tiefe Nacht hätt' ich sie sorgsam verhüllen sollen, die Freuden der Nacht; am Tag sind sie gewelkt, am Tage, sie konnten den Tag nicht leiden.

O ich könnte viel davon sagen, aber es ist nun keine Zeit mehr, denn sie warten schon lange auf mich. Da Maria geboren war dachte ich nicht mehr an Euch. Erst eben habe ich mich besonnen. Ihr müßt das verzeihen, ich will auch verzeihen was ich kann. –

Fahrt wohl, fahr wohl Julius; dies sind die letzten Worte Deines Freundes. Die Lieder werdet Ihr bei dem Kinde finden; ich habe sie verborgen.

Juliane

Ich möchte schweigen und muß doch reden, mein Herz ist voll und doch weiß ich nichts, was ich zu sagen hätte, und wenn ichs wüßte, wo wäre wohl jemand der es hören wollte? – Ich scheine unzufrieden und bin dankbar. Ich weiß es, ja Du wirst mich hören, vernehmen wird keiner meinen Schmerz auch Du nicht. Wozu sollte es auch? Was sich sagen läßt, ist schon nicht der Mühe wert gesagt zu werden. Das fühle ich, das sehe ich und doch drängt michs zu reden. Es ist alles unzusammenhängend und doch weiß mein Herz daß der tiefe Zusammenhang nur zu wahr ist.

Du bist gut, Du bist Lucinde, ganz Licht und Liebe. Wie fühlst Du gleich mir, wie weißt Du meine innersten Gedanken, daß ich oft erschrecken muß! Ich weiß es wohl, Du meinst es anders mit den Männern, aber auch das kann mich nicht stören. Du bist die Mutige, die Lebensreiche, Du bleibst mir doch die Einzige. – Ach hätte ich Dir die Kinder geschenkt u[nd] wäre jung gestorben! Aber es sollte nicht sein. Das Liebste ward mir da es zu spät war.

Glaubst Du, ich wolle von den Kindern reden? – Ach nein, das kann ich nicht, es wäre gut, wenn ichs könnte. Damit ist es vorbei. Ich werde nicht mehr weinen; sie haben mir die Tränen mit zu Grabe getragen. Wo meine Holde ruht, wo mein Knabe lächelt und mir das Händchen reicht, da sind die auch. Ich lebe stumm und ohne Freude.

O ich habe es immer gesehen, wo sich herrliche Menschen aus der Masse erheben, was eilen sie zu tun? – Jeder eilt sich selbst und alle sich unter einander zu zerstören. Ja es ist ein Zeichen, daß der Mensch reif und zur Klarheit gekommen ist, daß er kräftig blüht, wenn er anfängt sich in sich selbst zu entzünden, und gegen sich selbst zu wüten. So ist es auch mit ganzen Geschlechtern wie mit den Einzelnen, und wenn die Erde einmal dahin kommen sollte, daß sie anfinge sich zu besinnen, würde es anders sein? Der ist frei, der Hand an sich selbst legt, und sich selbst zu zerstören, so bald es Zeit ist, das ist die Bestimmung des Menschen! Sieh das ist die Geschichte der Welt und des Lebens; das mögt ihr nun malen und bilden, ausschmücken und spiegeln, sagen oder nicht sagen; ihr müßt es lassen wie es ist. So ist es so war es und so wird es sein. (Ich bleibe gern in meiner einfachen Hütte, mögt Ihr auch Kunst auf Kunstgebäude bauen.) Man senkt den Keim mit vielen Umständen in die Erde; mit Mühe und Anstrengung macht sich die kleine Pflanze ein wenig Raum, und drängt sich endlich in die freie Luft hinaus. Da (muß) denn bald die Sonne scheinen, bald der Regen fließen und der Frühling wehen. Das kleine Wesen gedeiht an allen Gliedmaßen und wird immer schöner, alles geht fein und ordentlich und langsam (seinen Gang) und jeder der es sieht, freut sich (daran). Ist nun die Blüte gekommen, so strahlt das ganze Wesen ein Paar Augenblicke und dann ist es welk. – War es nun die Bestimmung der Blume zu blühen oder zu welken? – Ich behaupte, die Menschen sind parteiisch für die Blumen die noch blühen, sie lassen sich durch den angenehmen Duft bestechen; aber in den welken Blumen ist mehr Wahrheit. Die Blumen sind da, um zu blühen und dann zu welken, die Früchte müssen fallen, die Augen sind da um zu leuchten und um zu weinen.

Und das Herz? – Nun es soll schlagen – erst ruhig, dann schnell (und schneller), dann wieder langsam, bis es (sich) endlich verblutet. Ein jedes ist eben wie es sein muß, sie folgen doch alle ihrer Bestimmung und dasjenige Wesen ist das beste, was am willigsten folgt. In diesem Sinne lebe ich und so hätte ich auch mit den Kindern gelebt; ich sage das, weil ich glaube Du denkst, es wäre doch anders mit mir, wenn die Kinder noch lebten. – Manchmal im Frühling, wenn ich die jungen Pflanzen sehe, wie alles die Häupter sehnsüchtig emporstreckt, und dann wieder an mich denke, überfällt mich wohl ein inniges Mitleid. Auch die unendliche Mutter aller Dinge mag wohl gern daß die Kinder ihr den Willen tun. Sie ist auch eine Mutter, wie wir sterbliche Mütter; die Kinder sollen folgen und gehorsam sein. Noch besser aber ist der der es weiß, daß er seine Bestimmung erfüllt und weiter nichts, und das will die große Mutter vielleicht nicht, aber wenn sie es auch nicht will, ich tue es doch.

Darüber ist auch gar nichts zu klagen. So soll es sein und daß es so sein soll, das ist eben die Herrlichkeit des Menschen. Die andern Dinge können nicht in sich selber zurück, und ohnmächtig stehn sie da, sie können nicht zu einander und dürfen doch auch nicht allein sein. Wie anders dagegen der Mensch, der in sich selber schaut, und nie das Ende seines Reichtums findet? Er kann sich immer nur mit sich beschäftigen und findet immer neue Beschäftigung, mit sich spielt er, von sich selbst lebt er, so zehrt er an sich und zehrt bis er sich endlich verzehrt hat. Und freilich was sollte man wohl mit sich selbst machen, als sich in sich selber verzehren? – Das will ein jeder der etwas will, und keiner hat noch etwas andres gewollt. Wie jedes Tier, so bald ihm die Organe gewachsen sind, seinem verwandten Element zuzieht, so führt den Menschen sein Instinkt in die eigne Tiefe; da muß er untergehn, der eine stürzt sich mit rauschender Gewalt herab, der andre sinkt ruhig und schön. Das ist aber einerlei, hinunter müssen doch alle, und es gibt für den Menschen der es ist keinen andern Tod als den (eignen) durch Selbstmord.

Wie sind mir die Menschen zuwider, die nur nach Glück streben und in aller Treuherzigkeit meinen, sie hätten wohl auch schon etwas rechtes gelitten. O wüßtet ihr was der Schmerz ist, hättet ihr gekostet von der verbotnen Frucht, wäre je ein Funke wahrer

Ewigkeit in eure Seele gekommen, wie würdet ihr euch und euer Glück und eure Freuden und wie die Armseligkeiten sonst heißen, verachten! – Aber da meint so ein Wesen, wenn es noch jung ist, es müßte doch auch lieben und begeistert sein, sie haben auch so etwas von Ewigkeit gehört und vom Grenzenlosen, und finden das gar schön. Das geht denn bald vorüber, und da glaubt es Wunder wie klug zu sein wenn es Bildchen von glücklicher Beschränkung um sich her malt, und erhebt sich mit lächelnder Selbstzufriedenheit über alle, deren nicht verstandnen Schmerz sie im Silberblick ihres Lebens nicht einmal dunkel geahndet haben. Beschränkt sind sie wohl diese guten Seelen, nur irren sie sich in der Geschichte. Ich weiß besser wie es mit ihnen zuging. Sie sind nicht beschränkt, weil sie es sein wollten, und dem Gegenteil freiwillig entsagten, sondern sie sind es weil sie es sind, weil sie es immer waren, und ich denke, sie werden es auch wohl bleiben. – Glücklich mögen sie wohl auch sein, ich beneide sie nicht. –

O die armen Menschen die den Schmerz fürchten, und nicht wissen was das Bewußtsein ist! –

Aber auch die besten machen sich Bilder von der Wahrheit. Wenn sie nun eingesehn haben, daß es nicht aufs Glück ankommt und aufs Leben, so kehren sie die Sache um, sie verschönern sich den Tod, auf den Tod beziehn sie nun alles, darin verlieren sie sich. Aber was ist das als ein Spiel mit dem Widerschein des alten Irrtumes? –

O nein, ich mache mir nichts weiß, ich weiß es, Sterben ist schrecklich und der Tod ist nicht schön. – Bleibt mir fort mit euren Bildern und Märchen. Es sind Worte und nichts als Worte. Es hält ein jeder doch sich selber fest so lange er kann. Was sollen mir die Vermutungen und Voraussetzungen, die Folgerung(en) aus Bildern, die Nebel von Ahndung? – Behaltet eure Namen, sie stören nur mein klares Gefühl, oder soll ich ja reden, so sind mir die nächsten die kindlichsten Worte die liebsten. Es weiß es ja doch ein jeder wie es möglich sei, sich selbst zu verlieren, oder er hat noch nie mit hellem Auge in sein Herz geschaut. –

Ich weiß es, daß ich mich zerstöre und ich will nichts andres als mich in mir selber verzehren in der Fülle von ewigem Schmerz und ewiger Liebe.

Von mir selbst will ich reden, denn warum sollt ich es verleugnen, daß ich alles auf mich und meinen Schmerz beziehe? – Muß doch ein jeder endlich in sich selbst zurückfliehn, wenn er auch gern noch so weit umher ginge in rastlosem Streben! So sind die Menschen, ein seltsam Geschlecht, der Egoismus wurzelt tief in ihnen. Und wenn ich nur reden könnte, o es wäre gut! –

Gehöre ich etwa zu denen, die ihr Schicksal sonderbar finden? Ach nein, so leicht weiß ich mich nicht mit mir selbst abzufinden. Die Umstände waren wunderlich genug, als wäre es auf etwas recht besondres angelegt, aber was kam heraus? – Ich war verheiratet und konnte den Vater meiner Kinder nicht lieben. Nun, das ist wahrlich nichts seltenes! – O und hier darf ich mich wohl loben; ich tat was nur (zu tun) möglich war. Er war glücklich, ich lernte meine Tränen bald verbergen und nicht lange so fühlte ich meine Augen trocken. Es war die erste Regung des neuen Lebens das mein bleiben wird, so lange ich mir selbst bleiben werde. – Nun wünschte ich den Tod aber eine andre eben so tiefe Neigung hinderte mich, jene zu befriedigen. – Ich wollte mir selbst klar werden; nach Bewußtsein drängte sich jeder Punkt in dieser Fülle und welche Schmerzen waren mir nicht teuer, wenn ich das damit erkaufen konnte? Ich höre es gerne wenn die Männer reden und folge gerne allen den Spitzfindigkeiten. Es hat alles einen Sinn für mich, vielleicht einen andern, aber doch einen Sinn, der es mir und nach meinem Sinne ist und etwas weiß ich doch noch was nicht darin ist. – Du magst es seltsam finden und darüber lächeln. Es ist etwas in mir, was durch jene Worte jene Reden erregt und bewegt wird, wenn sie selber auch nicht ahnden was ich meine. – Wo hab' ich nicht gesucht und wie wenig hab' ich gefunden? Bei Menschen und in der Natur, in Schriften und Geschichten, im Gespräch und im einsamen Denken; alles hatte nur die eine Beziehung. –

ALARCOS

EIN TRAUERSPIEL IN ZWEI AUFZÜGEN

PERSONEN

Graf Alarcos.

Der König.

Don Alvaro. Octavio. Ricardo.	*Herren vom Hofe.*

Dagobert, *im Dienste des Grafen.*

Die Infantin Solisa.

Laure, *ihre Dame.*

Donna Clara, *Gemahlin des Grafen.*

Donna Cornelia, *Mutter der Gräfin.*

Eine Wärterin.

ERSTER AKT

ERSTE SZENE

Ein Zimmer der Infantin

SOLISA, DON ALVARO, *in Jagdkleidern,* LAURA; *im Hintergrunde noch einige Herren von der Begleitung. Jagdmusik.*

SOLISA

So recht! – Laßt die Trompeten mutig schmettern,
So darf der innre Unmut sich nicht zeigen. –
O weh! Wie nun der lauten Hörner Schallen
Mich tief verwundet. Laßt sie endlich schweigen!

ALVARO

Wenn sich der Sonne Glanz in Wolken hüllet,
Wie sollten Sterbliche sich freuen dürfen? –
Entfernt euch, Freunde! Die erhabne Fürstin
Wird nach der wilden Jagdlust Ruh' bedürfen.

(Die Begleitung entfernt sich.)

SOLISA

Nicht Ruhe, nein! doch Stille laßt mich haben,
Und tiefes Schweigen ahndend mich umgeben.
Es mag der König wissen, wie ich traure;
Drum soll kein Freudenlaut sich hier erheben.

LAURA

Zu kriegerisch erklangen diese Töne. –
Vermöcht es meine treue Lieb' und Demut,
Dich zu erfreu'n, so wagt' ich dir zu singen
Ein altes Lied voll zarter Lieb' und Wehmut.

SOLISA

So gib die Laute mir, dich zu begleiten.

LAURA

Hier nimm sie hin, o Herrin! – Es verschöne
Mit leichtem Zauberschlag der Rosenfinger
Die Alabasterhand des Liedes Töne.

(Sie singt.)

Traurig stunde da der Ritter,
Traurig und von Freuden ferne,
Und gedacht' in seinem Sinne
Das, was innig er begehrte.
Tränen flossen aus den Augen,
Und die Lippe kam zu reden:
O wo bist du, all mein Leben?
O wo bist du, meine Herrin? –
Ja ich liebte eine Dame,
Liebte sie um hohe Ehre;
Doch mein bitter Unglück wollte,
Daß ich sie nun muß entbehren.
Auf die Berge will ich steigen,
Daß mich niemand wieder sehe;
Auf dem höchsten der Gebirge
Will ich führen nun mein Leben.

SOLISA

So treue Liebe wird nicht mehr gefunden,
Daß einer solches Leid um Liebe trüge.
Der heiße Ernst ist aus der Welt verschwunden,
Die schöne Dichtung ward zur eitlen Lüge,
Weil keiner mehr der Liebe Kraft empfunden.
Zerbrochen liege denn zu meinen Füßen,
Du täuschende Sirene, helle Laute,
Du, der ich alle Wünsche anvertraute!

(Sie zerbricht die Laute.)

Du schuldlos Werkzeug mußt es mir nun büßen,
Daß ich dem Silberklange hoffend traute.
O könnt' ich so wie diese schwachen Saiten,
Zerreißen ganz die schon zerrißne Seele;
So dürft' ich nicht mehr mit den Schmerzen streiten.

LAURA

Daß nur dein Herz sie länger nicht verhehle,
So mag wohl teurer Rat noch Trost bereiten.

SOLISA

Nein, keinen Trost ist's möglich zu erdenken,
Als ihm, auf den sich alle Herzen lenken,
Nach dem die stillen Wünsche alle fragen,
Dem ewig Einz'gen ewig zu entsagen,
Das Herz voll Gram in kalte Nacht zu senken.
Schon freut mich meiner alten Freuden keine;
Die Jagdlust selbst kann keine Lust gewähren.
Ich kann mich oft der Tränen nicht erwehren,
So daß ich selbst das arme Reh mir scheine,
Mir zürnend dann, daß ich so bitter weine.

ALVARO

Mit Staunen, Fürstin, sah ich so dich heute
Im kühnsten Lauf des Sieges angehalten,
Die Flammen deines Mutes schnell erkalten,
Als ob der Sieg zu klein dir, dich gereute,
Unwert das Ziel der Blicke, dem sie galten.

LAURA

Kannst du des Herzens Wünsche nicht bezwingen,
Mußt du der Einbildung ihr Spiel vergönnen,
Die Zeichen wieder vor die Augen bringen.
Den Bildern der Erinnerung mag's gelingen,
Daß sie dir neue Hoffnung noch gewönnen.

SOLISA

So laß die alte Torheit mich erneuen,
Mit Angedenken spielen um mein Leiden,
An Ringen, Locken töricht mich erfreuen,
An des Geliebten Bild die Blicke weiden,
Und hingegeben kein Erröten scheuen.

(Laura bringt ihr ein Kästchen.)

Nun komm' Alarcos, sieh die stolze Fürstin,
An diesem Schauspiel mag dein Herz sich laben.
Sie kann die Liebe länger ja nicht bergen;
Vor ihren Leuten spielt sie die Verlaßne,
Die sich mit Sehnsucht an dem Bildnis weidet
Des Mannes, dessen Herz für sie einst flammte.

(Sie nimmt das Bildnis heraus und betrachtet es.)

Wie schnell ist aller Zorn und Stolz verschwunden,
Wenn ich der Züge Hoheit hier betrachte!
Alarcos, ich bekenne meine Liebe. –
Was ist das Höchste neben solchem Manne? –

O fraget, wer an Kühnheit, edlen Sitten,
An Schönheit aller Fürsten Heldenblume;
Der schon in starker Jugend sich erstritten,
Sein Haupt umstrahlt zu sehn von solchem Ruhme,
Daß keiner wohl ihm noch den Preis bestritten,
Er sei der erste Mann im Rittertume?
Es werden alle Einen anerkennen,
Einstimmig nur Alarcos' Namen nennen.

Ich seh' ihn noch vom Rosse siegreich blicken,
Den kühnen Federbusch vom Haupt ihm wehen,
Das schwarze Feuer in den hohen Blicken; –
O wer in diesem Spiegel sich gesehen,
Den lockt es ewig nur, auf ihn zu blicken,
Der muß in tiefer Liebesglut vergehen,
Kann nicht verhüllen seine wilden Schmerzen;
Sie strömen allzu heiß vom vollen Herzen.

Nur die ist Königin, die seine Liebe
Anbetend sich zur Herrin auserwählte;
Denn königlich hat die Natur mit Liebe
Ihn ausgeschmückt, dem keine Tugend fehlte,
Wenn er sich selber kennend durch die Liebe,
Dem königlichen Glücke sich vermählte,
Als König siegend selbst dem Sieg geböte,
Und meinen Stolz durch seinen noch erhöhte.

(Sie gibt das Bildnis an Laura, welche sich damit entfernt.)

Nun sprich, Alvaro, ob es wohl zu dulden,
Daß dieser Herrliche sich so verkannte,
Mit einem Kinde töricht sich vermählte,
Um eine Königstochter zu verlassen?
Und wär's nicht recht, die Ehe zu vernichten,
Den Grafen zu befreien von den Banden,

Die ihn von aller Glorie nur entfernen,
Um in Gewöhnlichkeit ihn festzuhalten?

ALVARO

Wie magst du jene Torheit Ehe nennen,
Die niemals solche Gültigkeit kann haben,
Da er ja dir zuvor sich selbst versprochen! –
Sie ist als nicht geschehen zu betrachten.
Und hätt' er auch dies Wort dir nicht gegeben,
Dein Wille löste wohl noch festre Bande!
Wie glücklich muß der Glückliche sich schätzen,
Dem hohe Gunst aus solchen Sonnen strahlet!
Laß mich die Sache meines Freundes führen,
Zu seinem Besten es freimütig wagen,
Nicht länger mehr verschweigend, was ich denke,
Dich selber bei dir selber anzuklagen.
O Fürstin, dieses Zaudern, dieses Zögern –
Es wird zerstören meine schönsten Plane.
Ich habe alles sorgsam vorbereitet,
Gesprochen mit dem König deinem Vater.
O sag' was hält dich ab, ihm zu vertrauen,
Ihm alles, was geschehen, frei zu sagen?

SOLISA

Sein wild erschrecklich eisenhart Gemüte.
Wie darf ich meine Wünsch' ihm offenbaren?

ALVARO

Wenn diese diesmal nun zu seinen stimmten,
So daß er ungeduldig dich erwartet?
Mir hat er deutlich zu verstehn gegeben,
Du sollst dein Recht nur förmlich geltend machen,
Wie dir Alarcos einst die Eh' gelobet,
Ihm nur bezeugen, dann ihn handeln lassen.
Doch fürcht' ich, wenn du allzu lange zögerst,
Wird, was er jetzt beschlossen, wieder wankend.

SOLISA

Wie soll es enden, bleibt die Gräfin leben?

ALVARO
Das darf uns wohl die kleinste Sorge machen.
Ja freilich wird man sie entfernen müssen.
Den König kann dies nicht zurücke halten;
Er liebte wahrlich niemals dies Geschlechte.

SOLISA
So ist es wahr denn, was die Menschen sagen,
Es sei der Gräfin Bruder, Don Garcia
Mit eurem Wissen durch den Dolch gefallen?

ALVARO
Er paßte gar nicht in die Welt des Hofes,
Und wollte hier mit strenger Tugend prahlen,
Bis es dem König wohl mißfallen mußte.

SOLISA
Doch fürcht' ich, wir gewinnen nicht den Grafen.

ALVARO
Du zweifelst an der Allmacht aller Reize,
Die je geblend'te Augen trunken machten?
Die hoher Geist und kühner Mut erhöhen,
Der Fürstenhoheit Sonnenglanz umstrahlet?
So zweifle, daß die lichten Sterne glänzen,
Und zweifle an des Himmels blauer Klarheit! –
Ein Wort des Königs öffnet ihm die Augen,
Und jene Täuschung muß von selber fallen,
Die seinen Geist auf kurze Zeit betörte.
Er wird mir bald mit heißer Liebe danken,
Und mich den treusten seiner Freunde nennen,
Weil ich sein wahres Heil allein erkannte.

SOLISA
So gehe, mich dem König anzumelden;
Ich will mich deiner Führung überlassen.

(Alvaro geht ab.)

Daß sich sein Herz erweichte,
Daß liebend wieder ihn mein Arm erreichte,
Ihn ewig zu umschlingen,
In Flammen aufgelöst ihn zu durchdringen!

O laß es mir gelingen,
Die sel'gen Zeiten uns zurück zu bringen,
Sie schöner zu erneuern,
Dich wieder zu Triumphen zu befeuern! –
Ich kann es hoch beteuern bei der Treue,
Die ich mit bittrer Reue oft beweinet;
Ich will mit dir vereinet alles dulden,
Und jedes Frevels Schulden auf mich laden.
In grausem Blute will ich kühn mich baden
Wirst du, Geliebter, mir zurück gegeben.
Ich will vor keiner argen Tat mehr beben,
Um dich zu haben, gern die Seele geben.

ZWEITE SZENE

Ein Zimmer des Königs

RICARDO, OCTAVIO

RICARDO
Habt ihr den König heute schon gesprochen?

OCTAVIO
O nein, noch keiner ist vor ihn gekommen.
Er will allein sein, scheint vertieft in Sorgen.
Ein kund'ger Freund hat eben mir beschworen,
Daß die Infantin jetzt ihn sprechen wolle,
Ein feierlich Gehör bei ihm gefordert,
Und man erwartet davon wicht'ge Folgen.

RICARDO
Da kommt er. – Seht, wie blickt er ernst und zornig!
So laßt uns gehn, eh' er uns wahrgenommen.

(Sie entfernen sich, indem der König hereintritt.)

DER KÖNIG
Wie große Burgen lasten auf dem Boden,
Der sich dem schweren Drucke nie entzogen;
So auf des Herrschers Haupt die goldne Krone,

Und auf den Untertanen die Gebote,
Die jener diesen auflegt zu befolgen.
Es müssen alle seufzend doch gehorchen,
Sich schweigend beugen dem gewalt'gen Joche,
Vom König alles leiden Niedr' und Hohe.
O daß mein Haus nur so den Wünschen folgte,
Wie meine Länder zittern meinem Zorne!
Ich habe nur die eine einz'ge Tochter,
Und weiter keinen Erben. Diese Sorge
Ist mir ein scharfer Dorn in meiner Krone,
Und weckt mit bitterm Schmerz mich jeden Morgen.

ALVARO (der hereintritt)

Erlaubst du, Herr, daß die Infantin jetzt dir naht?

DER KÖNIG

Sie komme, wie ich dir erlaubt' und anbefahl.

(Alvaro führt die Infantin herein. Sie läßt sich vor dem König auf ein Knie nieder. Alvaro tritt in den Hintergrund zurück.)

SOLISA

Zu meines Vaters Füßen such' ich Trost und Rat.
Und wie das Leiden auch den Mut mir niederwarf,
So beugt das Knie sich, auszusprechen meine Schmach;
Des festen Sinnes, daß ich aufstehn will erst dann,
Wenn, was ich bitte, du mir hülfreich zugesagt.

DER KÖNIG

So sag' ich, daß du wieder aufstehn kühnlich darfst,
Wenn was du bittest, irgend nur in meiner Macht.
Mein Wort bestätigt diese königliche Hand.

SOLISA

Nun Herz! sei standhaft, waffne mutig dich mit Kraft!
Das Auge schlägt sich nieder vor dem heft'gen Kampf,
Es färbt die jungfräulichen Wangen hohe Scham.
Du siehst mich in der vollsten Jugendblüte Glanz; –
O hielte nicht die teure Mutter schon das Grab,
Sie hätte wohl mich zugeführt schon dem Gemahl,
Und festlich hätte mir die Fackel schon gestrahlt!
Und will's bekennen, es gefällt mir nicht mein Stand,
Wo selbst die Hoheit endlich wird zur schweren Last.

DER KÖNIG

Wie muß ich staunen über dem, was du gesagt!
Die höchsten Fürsten warben schon um deine Hand,
Von denen mancher aus der fernsten Fremde kam,
Weil dort auch deiner Schönheit Ruf sein Ohr durchdrang;
Doch keinem gabst du jemals das erwünschte Ja.
Und weit entfernt, daß ich die Sorg' um dich vergaß,
Gedacht ich dessen oft mit Schmerz und tiefem Gram.
Was hast du jemals noch gewünscht, das nicht geschah?

SOLISA

O nein, kein Fremder werde jemals mein Gemahl!
Wie sollt' ich gleich verlassen dies mein Vaterland,
Wo Rittertum und hohe Liebe freudig strahlt,
Wenn mich zur Frau begehrte irgend ein Barbar,
Weil ihm zum Erbteil etwan eine Krone ward?
Es sei der, dem ich folgen soll, ganz meine Wahl.

DER KÖNIG

Ich selber wählte mir für dich nicht solchen Mann,
Denn keinen Erben hat der Staat und unser Stamm.
Des Zweifels Unmut, Tochter, sei von dir verbannt,
Und rasch sogleich der mutige Entschluß gefaßt!
Turnier und Feste sollen gleich zur würd'gen Wahl
Die Würdigsten versammeln; und der hohe Dank
Sei dein Besitz, du selbst des Siegers Ehrenkranz.

SOLISA

Es ist zu spät, mein Vater. – Denn schon ist die Wahl
Geschehn, und der mich liebte, meine Seele traf,
Mir bald die Freiheit raubte, Graf Alarcos war's.
Er hat, noch eh' er jetzt zur Frau die Gräfin nahm,
Mir zugeschworen, er nur werde mein Gemahl.

DER KÖNIG

Ist's möglich, hab' ich deine Worte recht gefaßt?

SOLISA

Ich habe alles, was du wissen mußt, gesagt.

DER KÖNIG

Kannst du beteuernd schwören, daß dies alles wahr?

SOLISA

So helfe ewiglich mir Gottes höchste Macht.

DER KÖNIG

In kurzer Rede hast du Großes mir gesagt.
Zum zweitenmal nimm hier die königliche Hand,
Und statt der Antwort eil' ich gleich zur Rach' und Tat.
Das erstgegebne Wort soll halten dir der Graf,
Sonst wird er mit dem Tode billig gleich bestraft.
Wie mag doch gegen seinen Herrn der Untertan
Sich so vergehen, sich erkühnen solcher Tat?

(Der König und die Infantin gehen von verschiedenen Seiten ab.)

ALVARO

Der größte Schritt ist endlich nun geschehen,
Beharrlichkeit hat dennoch überwunden! –
Alarcos' wildes Herz ist leicht zu lenken,
Auf ewig die Infantin mir verbunden;
So werd' ich einzig im Verborgnen herrschen,
Und Beßres bringen noch die künft'gen Stunden.
O wenn des Königs Tod uns bald erfreute,
Dann hätt' ich meiner Mühe Lohn gefunden!
So nahe nun dem lang ersehnten Ziele
Muß wieder ich in Furcht und Zweifel schweben.
Wer andre gern mit Klugheit lenken möchte,
O welche Welt von Sorg' ist dem gegeben!
Er muß der Menschen Leidenschaften nutzen,
Und doch vor jeder Laune ängstlich beben,
Die seine tiefsten Plane stören könnte;
Ein ewig wacher Zwang nur ist sein Leben.

DRITTE SZENE

Ein anderes Zimmer im Schlosse

RICARDO, OCTAVIO, ALARCOS

RICARDO
So wollt ihr stets derselben Dame dienen,
Und achtet über alles nur die Treue?

ALARCOS
Ich denke, leichter Wechsel bringt uns Reue;
Den preis' ich glücklich, dem sein Ziel erschienen.
Nur der weiß von der Liebe Glück zu sagen,
Der seine Einz'ge ewig sich erkoren,
Und ewig hält, was er ihr zugeschworen.

OCTAVIO
Erlaubt mir, werter Graf, nur eins zu fragen;
Ihr seid der Dinge Meister, kennt die Liebe.
Leicht wird ein rasch Verheißen ausgesprochen,
Doch leichter wohl vom Leichtsinn noch gebrochen;
Ist's möglich denn, daß Ein' uns alles bliebe?

ALARCOS
O wollt ihr das nach meinem Sinn ermessen,
Ist eurem jeder Zweifel bald entschwunden;
Und wer bezweifelt's, der sein Glück gefunden?
Wer einmal liebte, der kann nie vergessen.
Weg mit den leichten flüchtigen Gefühlen,
Die gleich den schnell verwelkten bunten Blüten,
Am ersten heißen Sommertag verblühten.
Ich kann das Ewige nur ewig fühlen.
So lebt' ich liebend stets in treuem Bunde,
Das mag ich bei dem Teuersten beschwören.

DER KÖNIG
(der während der letzten Worte hereingetreten ist.)
Ich freue mich, Alarcos, das zu hören,
Ein rechtes Ehrenwort aus teurem Munde.

ALARCOS
Ja, Ehre hab' ich, Herr, zum Ziel genommen,
Und lebe, wie es ihr Gesetz mich lehrte.

DER KÖNIG
Ich wüßte keinen, den ich höher ehrte.
Dir dies zu zeigen, war ich jetzt gekommen,
Ich will auf deine Tugend Felsen bauen;
Du sollst der erste sein in meinen Reichen,
Nur mir allein, sonst keinem andern weichen.
Jetzt aber will ich Wicht'ges dir vertrauen.
(Ricardo und Octavio entfernen sich.)
Du siehst, wie ich als Vater deiner schone,
Und wenn ich löwengleich dir zürnen sollte,
Die Schrecken meiner Macht dich fühlen lassen,
Treibt mich das Herz, als Liebling dich zu ehren.

ALARCOS
Wie mocht' ich solchen Zorn, o Herr, verdienen?

DER KÖNIG
So darfst du Kühner, noch verwegen fragen?
Hast du vergessen, was du der Infantin
Mit einem teuren Eide einst versprochen,
Noch eh' du jene Mißheirat vollzogen
Mit dem verhaßten widrigen Geschlechte?

ALARCOS
Du siehst bestürzt, beschämt mich vor dir stehen.
Ich kann, was die Infantin sagt, nicht leugnen.

DER KÖNIG
Und dennoch konntest du dich selbst vergessend,
Nur eben jetzo deine Treue rühmen?

ALARCOS
Es war ein Übermut, doch unter Freunden;
Ich glaubte nicht, daß uns der König hörte.
Auch war das, was ich meinte, treu der Wahrheit;
Denn fern war die Infantin meiner Seele,
Ich dachte nicht an sie bei diesen Worten.

DER KÖNIG
So leicht vergißt du, was du heftig liebtest?

ALARCOS
Und wenn wir noch so heftig ernst uns liebten,
Wie dürften deine Billigung wir hoffen?
Sie ist Dein Blut, ich nur der erste Ritter.

DER KÖNIG
Du bist gemacht, vor aller Welt zu glänzen.
Dein tapfer Schwert, dein Ruhm und Herzens Kühnheit
Sind königlicher Art, voll Größ' und Würde;
Was fehlt dir, als ein König nur zum Vater?
Ich will es sein, so du mein Sohn willst werden.

ALARCOS
Wie sollt' ich Mut zu solcher Hoheit fassen,
Jetzt da die eigne Schuld mich tief entadelt?
Ich fühle zwiefach schrecklich mich gebunden! –
Was aber soll aus meinem Weibe werden?

DER KÖNIG
Wie kann den künft'gen Fürsten das erschrecken,
So kleiner Zweifel deinen Weg dir hemmen,
Den ich so hoher Dinge würdig achte?
Es gibt gar manche Zuflucht für Verstoßne,
Und wenn kein schonend Mittel Hülfe leistet,
Zerhaut mit Einem Streich der Mut den Knoten.

ALARCOS
So soll ich meine Hand mit Blut beflecken,
Und sie soll schuldlos für den Schuld'gen büßen?

DER KÖNIG
Warum nicht? oder soll ich meine Ehre,
Der Tochter Rettung etwa lieber opfern?
Schon mancher hat für seines Königs Ehre
Schuldlos, weil's nötig war, den Tod erduldet;
So mag dasselb' auch wohl die Gräfin leiden.

ALARCOS
Ich muß jetzt meine Schuld zu schwer noch fühlen:
Es ist mir neu und fremd, es drückt mich nieder.

Doch hoff' ich bald mich wieder zu erheben
Mit der gewohnten Kraft. Ich muß mich fassen;
Doch nimm hier meine Hand, daß ich vollführe,
Was ich gelobt, was es auch gelten möge.
Das einz'ge hab' ich fest sogleich beschlossen.

DER KÖNIG

So starke Seelen sind allein am stärksten;
Drum überlass' ich jetzo dich dir selber.
Zuvor, vertrauend dem zum zweitenmale
Gegebnen Worte, laß mich nun als Vater
An meine königliche Brust dich drücken.

(Er umarmt ihn und geht ab.)

ALARCOS

Das also war die Absicht, das dein groß Vertraun?
Du hältst mich deiner würdig, ja und glaubst fürwahr,
Ich werde schändlich handelnd um den schnöden Lohn,
Ist nur die schwarze Sünde mit dem Gold des Throns
Zum Schein verhüllt, gedankenlos zufrieden sein,
Bis deinem Laster immer kühner folgt mein Schritt.
O Greuelbildnis, König ohne Ehr' und Scham!
Nun glaub' ich, daß du schuld bist an Garcias Tod,
Und daß er fiel durch deine Meuchelmörderhand.
»Warum nicht?« – sagst du, möchtest trinken heißes Blut,
Die heil'ge Unschuld töten, so dir Gott vertraut,
Das Recht zerbrechend schnöde spotten aller Scham;
Und immer noch – »warum nicht?« – früg' dein eisern Herz.
Mir sei die Ehre heilig ohne Wandel stets,
Und lieber geb' ich all mein bestes Gut und Blut,
Und träf auch tödlich recht mein Herz ihr hoher Strahl,
Als daß ich mich empörte gegen ihr Gesetz.
Weh mir, daß dennoch dieser Argen es gelang!
Sie scheut kein Unheil, das nur Sieg bringt ihrem Wunsch.
Es wird geschehn, es muß; doch nicht so, wie sie denkt.
Weh mir, daß die Verhaßt' ich je mit Augen sah!
Der kurze Wahnsinn wird ein unauflöslich Band.
An das Versprechen kettet mich das Eine Wort,
In ew'gem Zwiespalt blutet rastlos nun mein Herz.

VIERTE SZENE

Ein Garten bei der Burg Alarcos'. Im Hintergrund ein Grabmal.

DONNA CLARA, DAGOBERT, *nachher* DONNA CORNELIA

CLARA
O möchte unser Herr nun endlich kommen,
Und daß er froh und heiter bei uns bliebe,
Zufrieden mit der Unschuld meiner Liebe,
So wäre aller Wünsche Ziel gekommen.
Dann wäre alle Sorge weggenommen,
Dann dürft' ich Stolze keinen König scheuen,
Dann könnt' ich mich erst meiner Blumen freuen,
Da nichts ohn' ihn mir Lust und Leben frommen.

So will ich ihm denn volle Kränze winden,
Die schönsten Knospen, sorgsam wählend, brechen,
Ihm meine innre Liebe auszusprechen,
Wo alle Worte im Gefühl verschwinden.
Mag er uns hier im grünen Garten finden,
Mit Blumen soll das Kind den Helden kränzen,
In Ros' und Lilie ihm entgegen glänzen,
Daß Zorn und Sorge aus der Seele schwinden.

Ja, glücklich wär' ich, Dagobert, und heiter,
Blieb' unser Herr entfernt vom Glanz des Thrones.
Alarcos ist zu edel für die Menschen,
Die weltlich ganz zur Arglist nur erzogen.
Die Ehre, die sein großes Herz begeistert,
Für die er hochgesinnt das Liebste opfert,
Sie ist ein leerer Schall in ihrem Munde,
Der kleinen Absicht Werkzeug oft geworden.
Gott weiß, ob meine Seele richtig ahndet,
Ob arges Mißtraun in mein Herz gekommen;
Ich denke oft, der König nur war schuldig
An meines Bruders Don Garcias Tode.
Selbst an Alvaros Treue muß ich zweifeln,

Als hätt' auch er das edle Blut vergossen.
O wenn Alarcos, was er dort verschwendet,
Auf dich doch übertrüge, dir nur folgte,
Dein graues Haupt zum Licht und Führer wählte,
So würde rechte Tugend recht vergolten.

DAGOBERT

Wohl möcht' er keinen treuern Diener finden,
Und wenn er alle Herzen prüfen wollte.
Ich lieb' ihn unbegreiflich, ganz sein eigen;
Was er auch sagt', ich würd' ihm blind gehorchen.
Wenn er mit dir, was nie geschehn mag, zürnte;
Ich würde trauern, doch ich würd' ihm folgen.
Ja wenn, was Gott verhüt', ihn Schuld befleckte,
Ich müßt' ihm doch die alte Liebe zollen.
Doch weiter hab' ich kein Verdienst als dieses,
Daß ich den rechten Sternen treulich folge;
Und schenkt er falschen Männern sein Vertrauen,
Wie sollte da mein schlichter Mut wohl frommen?
Ich kann nur grade denken, tapfer schlagen;
Und weiß ich auch das Rechte, fehlen Worte,
Mit sanfter Überredung ihn zu lenken,
Wenn er sich selbst verkennt im heißen Zorne.
Wahr ist es, daß ich nie zu diesen Männern
Aus Herzens Grunde Glauben fassen konnte.
Wie anders wär' es, mußt' ich oftmals denken,
Trüg' unser teurer Herr die goldne Krone,
Der immer sich so königlich gebrauchte,
Als sei er gleich zum König schon geboren!
Dann wäre Recht und Ehre allen heilig,
Die Tugend strahlend und die Zeiten golden.
Verrat und Mißtraun würde niemand denken,
Und keine Mutter an dem Grab des Sohnes,
So wie Cornelia, Fluch in Tränen mischen,
Gedenkend daß er heimlich sei ermordet.
O schau, wie dort sie an dem Grabmal stehet
Im eignen Tiefsinn schmerzlich ganz verloren!

CLARA

Der Schmerz hat ihren Geist entrückt der Erde,
Das große Herz nur höher noch erhoben.
Wenn ich die Hohe so im Gram betrachte,
Dann fühl' ich von mir allen Mut genommen,
Daß jede Freude nichtig mir erscheinet,
Das Leben selbst der Eingang nur zum Tode.

DAGOBERT

Sie liebt sich einsam selber zu betrachten;
So laß uns weggehn, ihren Gram verschonen.

CLARA

Ich weiß es, ja ich sollte nicht so reden,
Für jetzt verscheuchen jede dunkle Sorge,
Nur an die Rückkehr des Gemahls gedenken,
Und kindlich froh des Frühlings Schönheit loben.
Doch wer vermag dem Herzen zu gebieten,
Des innern Denkens vielverschlungnem Strome?

EINE WÄRTERIN

Dein Kindlein, Herrin, will nach dir verlangen.
O komm und gib ihm deine Brust zum Troste!

CLARA

Ich eile schon, will es mit Blumen zieren,
Und festlich alles schmücken in dem Schlosse.
O wenn ich in des Mädchens Lächeln schaue,
Dann kann ich wieder lebensmutig hoffen.

(Clara, Dagobert und die Wärterin gehen ab.)

CORNELIA

Nicht Blumen will ich auf dein Grabmal streuen;
Wie auch des Frühlings Schönheit schmeichelnd riefe,
Es kann die Eitelkeit dich nicht erfreuen.
Der Schmerz, der nie in meiner Brust noch schliefe,
Hat ja auch mich getötet und versteinet;
In deinem Tod sah ich des Lebens Tiefe.
Was andre preisen, wird von mir beweinet;
Sie leben nur dem Leben hingegeben,
Ich bin im Herzen schon dem Tod vereinet.

Die Freude kann mir bittres Leid nur geben,
Seit meine Augen durch die Hülle sehen
Der alten Bosheit immer neues Streben:

Wie alle sorglos ins Verderben gehen,
Kaum einmal träge nach dem Himmel schauen,
Bewußtlos in der Hölle Schlingen stehen.

O welchem Lichte soll die Hoffnung trauen,
Wenn alles täuscht? – Wir finden nirgends Labe,
Als dort auf jenen sternenlichten Auen.

Drum seid ihr Schmerzen hier mein bestes Habe!
Die Mutter bringt das Köstlichste dem Sohne
Ihr eigen herzlich Leiden dar zum Grabe,
Aus bittern Wunden eine Dornenkrone.

FÜNFTE SZENE

Ein Wald, im Hintergrunde die Burg Alarcos'.

DON ALVARO, ALARCOS

ALVARO
Der Abend naht, der Wald wird immer dunkler,
Im Mond erscheinen dort schon deine Burgen.
Zum König eil' ich nun zurück im Fluge,
Das Unheil abzuwehren, was im Sturme
Dort etwa blinde Leidenschaft versuchte,
Mit weiser Überredung goldner Zunge,
Die schnell oft wiederbringt die milde Ruhe,
Wo Zorn und Liebe wild bewegt den Busen.
Ich lasse dich anjetzt mit sicherm Mute,
Weil ich so stark entschlossen dich gefunden.
Wie wird die Fürstin freun sich dieser Kunde,
Daß sie vertrauen dürfe deinem Schwure,
Und Hoffnung in das Herz nun wieder rufen,
Das liebend in Verzweiflung oft geblutet.

ALARCOS

Ich hab' als rechten Freund dich stets erfunden,
So klug als gutgesinnt, im Sturm auch ruhig.

ALVARO

So lerne du von mir denn diese Klugheit,
Wie ich mich deiner Kühnheit nachgeschwungen.
Verschmäh nicht, was so leicht, im Übermute.
Du stehst im hellen Glanz des höchsten Ruhmes,
Den schnell ein einz'ger kleiner Fleck verdunkelt.
O daß man nicht einst sagt aus Einem Munde:
Es fehlt ihm nur an dieser Einen Tugend,
Daß er sich selber hätte überwunden!
Ja, handle mäßig, schonend und mit Ruhe;
Behutsamkeit heilt oft die schlimmste Wunde.
Es gibt der Dinge, die das Schwert nicht dulden,
Und manches was er tat, weil er es mußte,
Hüllt der Verständ'ge in ein weises Dunkel.
Vorsicht hat nie ein Unheil noch verschuldet.
Nun lebe wohl, und nimm in diesem Kusse
Der Liebe Pfand! – Noch einmal sei umschlungen
Von deinem treusten Freunde, Diener, Bruder.

(Alvaro geht ab.)

ALARCOS

Ja geh nur hin! – So milde wie du klüglich denkst,
Wird dieses große Unheil wahrlich nicht geschehn.
Dein Herz hat nie der Liebe Flammensturm bewegt;
Drum ist die hohe Ehre dir ein kalt Gesetz,
Und große Tat dir, so wie groß Verbrechen, fremd.
Ruhm, Liebe, Glorie, Lust sind mir des Lebens Herz,
Wo hoch in Flammen all die Kraft vereinigt brennt;
So lichter Fackel folgend, hab' ich stets gelebt,
Fortan auch mutig will ich vorwärts ferner gehn,
In Sturm mich selber reißend, achten keinen Schmerz,
Ging' auch durch Höll' und Pein und Blut der dunkle Weg!
Des Todes Grimm quillt plötzlich aus der höchsten Lust,
Schnell färbt sich rosenlichte Liebe oft in Blut,
Und Leichen häuft auf Leichen zorn'ge Ehr' in Wut.

Denn schrecklich rächt oft Ehre noch so kleine Schuld,
Und muß sie uneins zürnen gar dem eignen Tun,
Reißt unaufhaltsam wachsend alles fort der Fluch,
Macht in Verwüstung ihre Allmacht greulich kund.
Wie meine Burg dort glänzend glorreich oben tront,
Der Väter Denkmal, sonst Alarcos' hoher Stolz,
Die nun als Wohnsitz grausen Unheils mich bedroht!
Vielleicht daß Donna Clara jetzt um mich besorgt,
Auf jeden Fußtritt merkend, sorgsam leise horcht,
Mit stiller Sehnsucht auf die Rückkehr dessen hofft,
Der heimlich hingab ihrem Feind sein eisern Wort,
Der eignen Brust ein ewig schneidendscharfer Dolch.
Bald öffnet nun die hohen Pforten dort das Schloß,
Mit freud'gem Blick tritt Clara mir entgegen schon;
Doch Gruß und Freude geben dem wohl keinen Trost,
Der nichts mehr denkt und glaubt und sieht als bittern Tod.
So ich verstummt nur tiefer, schweige immer noch,
Bis einsam nächtlich alles still im ganzen Schloß.
Da bricht der Schmerz aus tiefem Herzen endlich los;
»Wie traurig, unglücksel'ge Gräfin, ist dein Los!
Wie bitter ist dein Schicksal, fern von allem Trost!« –
»Nein! glücklich«, spricht sie, »freudenreich ist wohl mein Los,
Weil du zur glücklichen Genossin mich erkorst.« –
»Das eben, Gräfin, raubt dir wahrlich allen Trost.«
Und wie den Lippen diese herbe Red' entflohn,
Da hält dann länger nicht der Schmerz, und sieh, es sproßt
Aus vollen Augen zwiefach mir der heiße Strom.

O weh, es schwillt das Auge wahrer Tränen voll,
Indes ich so in Träum' und Mitleid mich verlor;
Schmerzübermannt fließt unaufhaltsam fort der Strom
Der bittern Zähren aus des Herzens vollem Born.

(Er weint.)

Wohlan, Alarcos, mutig nun der Burg genaht!
Und wie dein Wort du rasch entschlossen zweimal gabst,
So schreite jetzt auch mutig rasch zur dunklen Tat.

Ich nahe dir, o Burg, mit innerm Grausen.
Die Mauern sehn mich an wie Grabessteine,
Die hohen Fenster mit trübsel'gem Scheine:
Es ist, als könnte da nur Unheil hausen.

Und wie im Wind die alten Eichen sausen,
Mehrt sich die Angst; ich sehe mich alleine,
Die Schrecken alle drohend im Vereine,
Und höre dumpf die Hölle unten brausen.

Es ziehn herbei die schwarzen Geisterhorden,
Hohnlachend, daß sie bald in Blut sich laben,
Seh' ich sie all' auf mich die Blicke richten;

Im Wahnsinn will ich alles denn vernichten,
Den Leib im Schutt der eignen Burg begraben,
Und grausam selbst das treue Weib ermorden.

(Er geht auf die Burg zu.)

SECHSTE SZENE

Ein Zimmer der Infantin.

SOLISA *(allein)*

Du bleicher Mond, der von dem hohen Himmel
Allein mein einsam Leiden
Mitleidig weinend anzuschauen würdigt!
O sei mir freundlich, kühle diese Flammen,
Die innerlich das heiße Blut entzünden,
Daß ich die Arme glutverlangend öffne
Nach dem, der treulos meiner Glut vergessen,
Mein Diadem verschmähte,
Ein tugendbleiches Kind mir vorgezogen,
Statt königlich die Fürstenbraut zu wählen,
Und stolz in meinem Sonnenglanz zu strahlen,
Von Lust und Glorie trunken,
An diese Brust zu sinken,

Die ihn nur fühlt, und strebt mit heißen Schlägen
Ihn zu umschlingen, liebend zu umfangen,
Umarmt an ihm zu hangen,
Die Seele von den Lippen ihm zu trinken,
In Glut gebadet, immer neu zu fühlen
Das brennende Verlangen.
Du himmlisch freundlich milde Kraft des Mondes!
O träufle kühle Lindrung
Nur einen Tropfen, einen einz'gen Tropfen,
In dieses Meer von Glut und Scham und Liebe,
Das mir die volle Brust bedrängend schwellt!
O wehe kühl und freundlich
An diese Stirne, Wangen, Lippen, Augen,
Die so von Scham und Unmut schmerzlich brennen,
Daß keine Worte solche Schmerzen nennen!
Wenn lang umsonst sich ausgestreckt die Arme,
Das Herz umsonst so glühend hat geschlagen;
So kann die Kraft es länger nicht ertragen,
Dann stockt der Busen plötzlich,
Und Todeskälte schleicht durch alle Glieder,
Das wilde Feuer drängt sich in die Wangen,
Um schamrot meine Schmach mir zu verkünden.
So hält der Schmerz mich inniglich gebunden,
Zerstört den stolzen Tempel meiner Schönheit!

Doch du bist bleich und kalt;
Wie konnt' ich Glüh'nde meine Glut dir klagen?
Es gleicht dein kranker Schein
Der stillen Todeslampe
Viel eher als der mut'gen Hochzeitfackel.

Vielleicht daß oft dein Blick uns Unheil sendet,
Du eben jetzt das Opfer schon erwartest,
Das heimlich deinem Neide fallen soll.
O wenn es doch die Gräfin wäre, daß sie
Noch heute diese Nacht, so bleich wie du,
Im weißen Leichentuche vor mir läge!

ZWEITER AKT

Ein Saal auf dem Schlosse des Grafen

ALARCOS, DONNA CLARA, DAGOBERT

ALARCOS
Jetzt geh', mein treu'ster Mann und Freund, und mache nun,
Was ich dir anbefahl, den Dienern allen kund.
Mein Schirm und meine Burg, ja auch mein Schwert sei du!
Wer, was du sagst, nicht schnell erfüllt in stiller Furcht
Der büße solchen Frevel stracks mit seinem Blut;
Denn wilde Dinge hegt die eisenharte Brust,
Seit mir ein liebend Wort die Freuden all' zerschlug.

DAGOBERT
So folge Glorie dir und Sieg, mein Herr und Graf,
Wie deinem Worte schnell entspricht die treue Tat.
Du bist des Dagobertes Herz und er dein Arm;
Ja auch dein Auge will ich sein. Wie du befahlst,
Soll Schweigen diese Burg umgeben wie ein Grab,
Daß fern von ird'schem Laut allein sei dieser Saal;
Und wenn du mein bedarfst, bin ich dem Rufe nah,
So fordert es vielleicht, was du beschlossen hast.
Verborgnes Laster wird geheim mit Recht bestraft,
Und schwarze Sünde birgt sich oft in reinstem Glanz.
Was es auch sei, steht Dagobert gewaffnet da,
Am Tage dir getreu und jetzt um Mitternacht.
Ich weiß ja, wer du bist, und wer du immer warst,
Ganz bieder, ehrenvoll und adlich, was du tatst,
Im heißen Zorne selbst dem Rechte treu dein Rat.

ALARCOS
Hab' ich so zorn'ge Worte unbewußt gesagt?
Vergiß es, deut' es nicht zum Argen. Nein fürwahr,
Es war nicht arg gemeint, ich dachte nicht an Haß.
Ja freilich, Dagobert, drückt mich die schwere Last
Der bittern Sorgen hart, und wär' nicht mein Gemahl
Und du, fehlt' es mir, glaub' ich, bald an Mut und Kraft!

CLARA

In Unschuld freudig träumt Verdienst von Kranz und Lohn,
Und heimlich schleicht Verleumdung in des Fürsten Ohr.
So ging der höchste Ritter traurig oft vom Thron!
Betrogen wird gar leicht, wer auf den Freund gehofft.
Wie selten ist der Treu'ste treu bis in den Tod!
Es tötet unaufhaltsam oft ein schnelles Wort;
Doch in der Liebe blüht für alle Schmerzen Trost.
Drum sprich, Alarcos, welches Unheil uns bedroht?
O träf' es mich allein, und bliebest du verschont!

ALARCOS

Was ich zu sagen habe, flieht den lichten Tag;
Und was geschehen muß, geschehe nur in Nacht.

CLARA

So tu nun, Dagobert, wie dir dein Herr gebot,
Und zögre länger nicht. Du stehest Wach' am Tor,
Wir wechseln ingeheim hier manch geheimes Wort.

DAGOBERT

Ach teure Gräfin, heißest du mich selber gehn?
Erst war ich eisern ganz, das hat mein Herz bewegt.

ALARCOS

Verräter, weibisch Ding, zaghaft ohnmächt'ger Wurm!
Zu handeln ohne Tränen, ist der Männer Ruhm.
Vollstrecke deine Pflicht, sonst schlage dich mein Fluch.

DAGOBERT

Verwirrt, zerrissen ganz hat dich der wilde Schmerz.
Ach Herr, wie schmähtest du wohl sonst den treu'sten Knecht?
Ich gehe nun, ich gehe, muß ja endlich gehn.
Wie unbeweglich du im heißen Zorne stehst,
Den großen Geist in blutgesinntem Grimm verzehrst,
So sah ich oft den Stier im wütenden Gefecht
Ganz angewurzelt stehn, das große Haupt gesenkt,
Der bald alsdann die grüne Flur mit Mord bedeckt.
Wie du jetzt furchtbar rot das Flammenauge drehst,
So blickt der Tiger seitwärts uns Entsetzen her.

Ich geh' und grauses Unheil wird hier bald geschehn.
O weh dir, weh der Gräfin, weh uns allen, weh!

(Dagobert geht ab.)

CLARA

Alarcos, Freund, Gemahl! nun sag', was meint dein Zorn?
O sprich! noch schlägt das bange Herz; bald bin ich tot,
Bald ist die letzte Kraft der schwachen Brust entflohn.

ALARCOS

Der König war's, der König schaffte diese Wut.
Den König treffe Grausen, treffe ew'ger Fluch!

CLARA

Ach nein, ich weiß, das ist es nicht. Ich sagt' es wohl,
Als glaubt' ich selbst, Alarcos, daß dein herber Groll
Sei durch Verrat erregt, der oft umgibt den Thron.
Doch seh' ich nur zu gut, es ist weit mehr wie sonst;
Es geht uns näher an, es ist ein tiefer Zorn,
Es hat der liebste Freund mit Undank dir gelohnt.
Alvaro zielt vielleicht nach dir mit gift'gem Dolch.

ALARCOS

Rein von Verrat und Leidenschaft ist seine Brust.
O wären wir so frei, wie er, von arger Schuld!

CLARA

So bin ich selbst die Schuld'ge wohl mir unverhofft?
O sage, sprich, wie kam's, daß ich dein Herz verlor,
Und wenn ich es verlor, warum wird mein's verschont,
Das schon bereit zu sterben ohne Rat und Trost?

ALARCOS

Es sterben schnell oft, die noch blühend und gesund;
Doch sah ich nie den kleinsten Fehl in deinem Tun.

CLARA

Ganz fremd, verwandelt ganz, betratst du heut dein Schloß.
In froher Liebe naht' ich dir, dein Weib, getrost;
Du trittst zurück und machst mich vor den Dienern rot.
Es rührt dich nicht mein Blick, das Kind dich nicht im Schoß;
Ja seltsam heftig willst du und befiehlst, ich soll

Gleich es entfernen, fort aus deinen Augen, fort.
Ich war erstaunt, doch hab' ich schweigend dir gehorcht.

ALARCOS

Es frißt am innern Leben oft ein bittrer Wurm;
Dann wird der kalte Schmerz der schönen Liebe stumm.

CLARA

Brich dein furchtbar Schweigen endlich, schrecklicher Gemahl!

ALARCOS

Worte gibt es nirgend für den Abgrund dieser Tat.

CLARA

Konntest du beflecken alter Tugendehre Glanz?

ALARCOS

Ehre selbst gebietet's, Ehre wandelt Lieb' in Haß.

CLARA

Weh der Liebe, steht sie mit der hohen Ehr' in Kampf!

ALARCOS

Weh der Liebe, die um hohe Ehre mich gebracht!
Weh der Ehre, die der hohen Liebe Tod gebracht!
Weh mir selber, daß ich, um zu tilgen alte Schmach,
Neue Greuel schlimmer zu vollführen rasch versprach.

CLARA

Also sind sie nur beschlossen und noch nicht vollbracht?

ALARCOS

Nein, es soll geschehen diese Stunde, diese Nacht.

CLARA

Sieh mich dir zu Füßen liegen, mich verläßt die Kraft.

ALARCOS

Herz, ich halte dich nicht länger, Schmerzen ihr seid frei!
Aus der innern Tiefe laß die bittern Leiden schrein!
Feige Schonung fliehe, heißer Blutdurst komm herbei!
Fluchen will ich und verwünschen, erst den Mutterleib,
Daß er mich geboren, der geboren nur zur Pein;
Dann der treuen Sorge, die gepflegt den bösen Keim,
Bis des Stammes Kraft gewaltig und an Zweigen reich;
Die verderben alle, weil das Gift im Marke schleicht.

Fluch dem Leben, Fluch dem Tode, der so lange weilt,
Bis das Bild des grausen Mordes alle Kraft zerfleischt.
Fluch der Sonne, die uns leuchtet, Fluch dem warmen Mai;
Denn zu bittre Dornen bringt der kurzen Freuden Zeit.
Fluch der Schönheit und der Liebe, die ihr lockend reizt,
Heimlich dann vergiftet den in Lust berauschten Geist,
Bis dem schreckenvollen Morde blutig er geweiht.
Fluch Alarcos, dir und verloren sei dein Heil,
Daß du sollst des Weibes Mörder, denn dein eigner sein!

CLARA

Kann ich sterbend dich erretten, sieh mich hier bereit.
Bittrer schneidet nicht das Eisen, als dein Klageschrei.

ALARCOS

Dürft' ich gleich mich selber töten, so dem Weh entfliehn!
Oder wärest du Solisa, und der König hier,
Ließ' ich nicht die Arme sinken, wie ein wehrlos Kind,
Ginge schnelle mit den beiden schrecklich ins Gericht.

CLARA

So dacht' ich schnell es ahndend gleich im stillen Sinn;
Es kann nur die Infantin sein, denn sie, nur sie
Allein kann unhold mir beneiden, was ich bin,
So wie sie einst gestrebt, dich von mir wegzuziehn.
Es zeigt sich mir aus schwarzer Nacht ein schrecklich Licht!
Enthülle weiter, was mein Geist nur halb vernahm.
Wie ist's, daß du gehorsam willst, was sie befahl?
Wer gab der klugen Zaub'rin wieder solche Macht?
Warum wird Unschuld hingeopfert dem Verrat?

ALARCOS

Vernimm denn, was ein Wort, ein Augenblick verbrach,
Was du nicht ahnden konntest, Seele ohne Falsch,
Was frei gestanden minder unheilbringend war,
Wenn nicht, was Leichtsinn schnell gesündigt, falsche Scham
So tief verhehlt, bis an das Licht das Unheil sprang,
Nun seine Wogen mich bestürmen ohne Maß,
Und ohne Rettung fort mich ziehn zu ew'ger Qual,
Wenn ich erst selbst entblättert meiner Ehre Kranz.

Zu jener Zeit, du warst noch meiner Hoffnung Braut,
Und unser Leben glich dem ros'gen Morgentraum;
Du weißt, wie diese Fürstin ihren Stolz vergaß,
Um Ehr' und Herz mir liebeglühend zu vertraun.
Im heißen Sommerglanz der üpp'gen Jugendkraft,
Verführt von fremder Schönheit, eignem Übermut,
Verstrickt in schlauer Reden süßverwirrend Spiel,
Absichtlich absichtsloser Winke künstlich Netz;
Ein rascher Augenblick, und ewig war's geschehn.
Ich gab der Ehre Wort, sie gibt es nie zurück.
Ich hab' es dir verhehlt, drum muß ich untergehn.
Ja, ich vergaß dich, Mitleid machte, daß ich schwur,
Ich hab' als künftige Gemahlin sie umarmt!
Nun mahnt mich die Infantin an das rasche Wort;
Der blutgesinnte König fordert deinen Tod,
Zeigt mir von ferne böser Taten goldnen Lohn,
Und freut im voraus tückisch sich das fremden Mords,
Wie er bezahlt im Hasse gegen euch den Dolch,
Der deines Bruders Blut gefärbt mit grausem Rot.
Der Ehre grades Recht ist unerbittlich streng,
Mir Lüg' und Schonung fremd; ich will nun untergehn.

CLARA

Freud'ger geh' ich nun zum Tode, weil du frei von Schuld,
Was ich still geahndet, mir bestätigt hat dein Mund.
Da du nur in Worten fehltest, blieb ja rein die Brust.
Deine Ehre rein zu waschen, geb' ich froh mein Blut;
So mich nur Alarcos liebet, trag' ich hohen Mut.
Ruhe find' ich keine, bis ich schnell dich frei gemacht;
Hast du dann dein Wort vollzogen, folgest du mir bald.

ALARCOS

Im Tod auch eins mit dir, das sei mein einz'ger Rat.

CLARA

So laß es uns mutig vollenden.
Es kann ja die Schickung nicht Hoffen noch Furcht von uns wenden!
Was sollten wir bange denn klagen?
Das bleibe den Bösen; die mögen noch sterbend verzagen!

ALARCOS

Laß ab, zu streben nach dem Dolch mit rascher Hand.

CLARA

O gib mir die leuchtende Waffe,
Daß ihr mich vermählend, ich himmlische Freiheit mir schaffe!
Nun rette mich, blutende Wunde,
Daß fern von den Banden, im Tod ich zum Leben gesunde.
(Sie verwundet sich.)

ALARCOS

Es ist geschehn. Du warst zu wild gesinnt, zu rasch.

CLARA

Es will noch nicht entfliehn das holde Leben;
Ich fühl' in tiefer Brust es annoch beben.
Doch muß schon jeder ird'sche Schmerz entschweben
Dem Geist, der nur den Bildern hingegeben,
Die rosenhell der Kindheit Traum uns weben,
Und sehe fern Gesichte sich erheben.

ALARCOS

Ein heitrer Tod sei deiner Tugend Ehrenkranz.

CLARA

Du tatest, wie ich gewollt. Nun bitt' ich nur noch eins;
Ach laß mein Kind im Arm mich nochmals hegen,
Noch einmal Mutter an die Brust es legen,
Daß ich es seh' mit süßer Lust sich regen,
Die Augen, Händlein zu mir hinbewegen,
Es säugend mit den letzten Herzensschlägen.

ALARCOS

Wie sollt ich grausam so verdoppeln deine Qual?

CLARA

Die Wunde traf recht tief ins innre Herz hinein,
So bittre Wunde fühlt' ich nie, so wildes Leid.
Ach Freund, laß ab zu töten dein getreues Weib!

ALARCOS

Du redest irr, es täuscht dich Teure, wilder Wahn.

CLARA

Weh dir, Alarcos, wehe!
Mich dünkt, daß ich mit dir am Throne stehe
Und wie ich bebend flehe,
In Schmerzen doch vergehe,
Ein ewig Weh nur sehe.

ALARCOS

Ein ewig Weh, ich fühle daß mich's wütend faßt.

CLARA

Mein Retter, Richter, Rater! sieh, ich wende
Zu dir hinauf in Demut fleh'nde Hände,
Daß bald ein selig Ende
Dein Engel hülfreich sende,
Und nicht der Schmerz den Geist mit Wahnsinn blende.

ALARCOS

O Gott, jetzt gib mir Kraft, jetzt mache mich von Stahl!

CLARA

Die Seele will im roten Blut verströmen;
Drum laß mich, eh' die letzte Kraft entschwunden,
Vom bleichen Mund prophet'sche Reden strömen.

Die, deren Rat mir schlug die herben Wunden,
Ihr Leib soll heimlich schwinden und vergehen,
Der schwarze Geist dann nimmermehr gesunden.

In dreien Tagen soll'n zu Recht sie stehen,
Sie sind geladen hin vor Gottes Throne;
Nun laßt sie denken, was sie da bestehen.

In dreien Tagen meldet euch zum Lohne,
Daß schuldig ihr so schuldlos Blut vergossen,
Und seht, wie euer dann der Ew'ge schone;

Und wenn umsonst ihr Tränen dann vergossen,
In manchem heißen Reuestrom um Gnade,
So denkt, daß ihr unschuldig Blut vergossen.

Vernehmt, wie ich vor Gottes Stuhl euch lade,
Trauend den Mächten, so die Unschuld schufen,
Daß ich die Wunden bald in Balsam bade.

Und dies mein letztes schmerzenlautes Rufen,
Ihr werdet bald trotz eurem Schlaf es merken,
Und dort erscheinen an den ew'gen Stufen,
Um zu empfah'n den Lohn von euren Werken.

ALARCOS

Ich kann, ich will es nun nicht länger tragen;
O Hölle! komm, ich bin ja schon dein eigen.
Es sollen gleich die bleichen Lippen schweigen,
Die mir das innre Herz mit Reden spalten.
O Clara, konntest du so schnell erkalten,
Der Lieb' und inn'gen Treue nicht gedenken?
Willst du im Tode nur an Rache denken,
Darf ich mein Herz der Mild' und dir verschließen?
Nun laß von neuem Blut zum Blute fließen,
Und stirb du schönes Bild, zerbrich in Stücken!
In dir will ich mich wütend selbst zerstücken,
Und so im Wahnsinn vor der Angst mich retten.
Was es auch sei, ich sprenge diese Ketten;
O Herz! sei stark, du hast es ja geschworen.
Nun laß die weiße Brust mich gleich durchbohren,
Den reinen Leib zerrissen lieber sehen,
Als länger hören dies ihr schmerzlich Flehen!

(Er tötet sie.)

Nun bist du frei, Alarcos; schon der erste Schritt
Geschehn. Was übrig noch, ist leichter zu vollziehn.
Was möcht' es sein, das dem noch Furcht und Schrecken gibt,
Dem schon das beste Blut aus eignem Herzen quillt?
Wie leicht, daß der nun jedes andre Blut vergießt!
Dein Will' ist jetzt vollbracht, Tyrann; und sei gewiß,
Daß ich, sobald du selbst es willst, dein Eidam bin.
Ob es dich aber nicht gereut, das weiß ich nicht.
Wie ist es jetzt so still! Mich dünkt, ich bin allein,
Und sehe niemand als der düstern Lampe Schein.

Wie seltsam! Wenn ich dieses Blut betrachte,
Dünkt mich, als wär' es mir, mir selbst entflossen,
Was eben in den Adern noch ergossen,
In wilde Flammen meinen Zorn anfachte;

Und wenn ich gleich der Fantasie nicht achte,
Fühl' ich mich doch von Mattigkeit umschlossen,
Der Blick ist an den Leichnam festgeschlossen,
Den stets der Lampe Schein noch bleicher machte.

Es ist, als läg' ich selbst vor mir erschlagen;
Es winkt mir, mich von neuem zu ermorden,
Als dürft' ich so die innre Angst wohl stillen.

Ich kann den Anblick länger nicht ertragen;
Ich will, an Furcht ein banges Kind geworden,
Die stumme Leiche jedem Blick verhüllen.

(Er verhüllt die Leiche, Dagobert tritt herein.)

DAGOBERT

Ich wag' es, Herr, und tret' herein. Mit Ungeduld
Hab' ich geharrt, gehorcht am Tor auf deinen Ruf.
Ich weiß nicht wie, da ich nichts Böses mir bewußt,
Es überfiel mich draußen plötzlich eine Furcht;
Nun ich dich sehe, schlägt mir wieder frei die Brust.
Jetzt ist's vollbracht. Bestraft, nicht wahr, ist nun die Schuld,
Die Ehre wieder rein und still des Zornes Flut?

ALARCOS

Was meinst du, Alter, redest wie im Traum verkehrt?
Die Gräfin ist ermordet, ja da hast du Recht.
Doch hat sie nie sich mit der kleinsten Schuld befleckt,
Und hat die Ehre nie vergessen, noch sich selbst.

DAGOBERT

Beschämt, erschrocken, ganz zerschlagen steh' ich da,
Mit einem Wort hast du ein dreifach Weh gesagt.
Die eben noch ein Rosenbild der Tugend war,
Verhüllt erblaßt dem Aug' ein leichenweiß Gewand;
Du selbst entadelt durch die ungerechte Tat,

Der sonst mein Haupt und Lebens Freude war, der Mann
In argen Frevel nun verstrickt, der Hölle Sklav';
Sein eigner Herr der alte Dagobert fortan,
Sich selber unnütz und allein im grauen Haar.

ALARCOS

Das bist du nicht, nur bitt' ich, richte nicht zu schnell.
Ja freilich war es meine Hand; doch weit, weit mehr
Sind andre schuldig. Wisse, daß ich einst die Eh'
Der Fürstin allzurasch versprach, mich selbst verschenkt.
Das ist des ganzen grausen Unheils einz'ger Quell!
Der König hat schon lang nach diesem Blut gestrebt;
Ihm nutzt das Wort, womit er tückisch mich erschlägt.
Du weißt nun zur Genüge alles was geschehn;
Was noch zu tun, ist sicher deinem Blick nicht fremd.
Ich habe, wenn mein Wort erfüllt, genug gelebt.
Vielleicht wird manche Leiche noch dahin gestreckt
Durch diesen Arm, das letzte Opfer bin ich selbst.
Komm wieder denn an meine Brust, du wackrer Held!
Daß sie an deiner sich mit starkem Mut erhebt.

DAGOBERT

Du mußt dem alten Diener, teurer Herr, verzeihn.
Gott mag es richten, Gott dein rechter Richter sein!
Dein Wort ist dunkel, schwer zu schlichten dieser Streit;
Drum will ich ferner wie bisher vertraun auf dich.
Und wollt' ich gleich dich lassen, ach ich kann es nicht!

ALARCOS

Ja ich muß selbst erstaunen, kenne ich mich nicht mehr.
Jetzt könnt' ich fühllos morden alles um mich her,
Dem König wohl das Haupt zerspalten, meinem Herrn,
Das fleh'nde Weib durchbohren grausam mit dem Schwert,
Tot drücken selbst den Säugling an mein eisern Herz.
Dann fühl' ich plötzlich wieder weich und möchte gern
In Tränen kniend Gott versühnen, alles Weh
Auf meine Brust nur häufen, die der Schmerzen wert,
Und jeden, den ich sehe, um Vergebung flehn.
Noch eines will ich dir vertraun, mein Dagobert!

Die Gräfin lud, eh' sie verschied, im Todesschmerz,
All die vor Gottes Stuhl, die schuld an diesem Werk.
O sage mir, glaubst du, ich müsse auch hingehn?
Glaubst du, daß diese Ladung auch auf mich gestellt?

DAGOBERT

Ach Herr! ich habe, was du fragst, schon oft erlebt.
Wen blut'ge Unschuld sterbend ruft in jene Welt,
Den sieht man plötzlich bleichen, schwinden und vergehn.
Seit alter Zeit hat uns Erfahrung das gelehrt.
Umsonst, daß du dem Höchsten zu entfliehen strebst;
Ihm hat sich ohne Schergen jeder noch gestellt.
Hat sie in stiller Seele, Herr, auch dich gemeint,
So leidet's keinen Zweifel, daß du dort erscheinst.

ALARCOS

Erst war sie milde gegen mich, doch bald nachher,
Als Fantasie im Todessturm sie ganz beherrscht,
Hat sie mich mit den andern Schuldigen vermengt;
Drum muß ich ohne Zweifel bald vor Gott mich stell'n.
Wohin sie mich geladen, werd' ich willig gehn.
Jetzt rufe alle meine Diener zu mir her;
Ich will zum letztenmale alle um mich sehn.

DAGOBERT

Aufs erste Zeichen ist die ganze Schar bereit.

(Die Diener des Grafen treten gewaffnet in den Hintergrund des Saals.)

Du siehst, gewaffnet dringen alle sie herein,
Erwarten fern in stummer Ehrerbietigkeit,
Was dein Befehl gebieten wird, um dann sogleich
Freudig gehorchend zu vollziehn, was es auch sei.

ALARCOS

Ihr Männer all', Grundfesten dieser alten Burg,
Genossen, Tapfre! die umkränzt mein Rittertum,
Des Glorie wir oft neugefärbt mit hoher Lust
In unsres kühnen Herzens eignem heißem Blut;
Die alte Ehr' in tiefer Brust, der lichte Ruhm
Dem festen Aug' in Nacht der einzig helle Punkt –
So folgten Einem Stern wir all' vereint im Bund.

Der Bund ist nun zerschlagen durch den herben Fluch,
Der mich im Strudel fortreißt fremd' und eigner Schuld.
Mich zwingt, von hier zu eilen, ein geheimer Ruf;
Nach fernen Orten muß ich in drei Tagen, muß
Ein groß Geschäft vollenden, und die Frist ist kurz.
Wer weiß, ich kehre nimmer wohl zu euch zurück,
Schau nimmer wieder aus den Fenstern dieser Burg
Die Wälder, Ströme, Berg' und all die grüne Lust,
Die mir im Frühling oft geschwellt den Übermut.
Drum laß ich euch den Dagobert zum Schirm und Schutz,
Ihn mach' ich euch als euren Herrn und Führer kund.
Von Eisen scheint er ganz gebaut, doch in der Brust
Schlägt drinnen ihm ein freundlich Herz, und froher Mut
Erquickt uns leuchtend in dem Auge sonder Furcht.
Ein Bild der alten Zeiten scheint er selber uns,
Sein Silberhaar ein hell Panier geweihten Ruhms.
Was dieser Mann gebietet, sollt ihr freudig tun.
Er sei mein Erbe, Haupt und Herr in dieser Burg;
Entlassen seid ihr aller Pflichten gegen uns.

DAGOBERT

Verworrne dunkle Töne sagen dir den Schmerz,
Den deine Diener fühlen, weil du von uns gehst.
Sie denken treu, die Worte hat das Leid gehemmt.

ALARCOS

Mich dünkt in ihrem Blick, Gebärden klar zu sehn,
Daß gern ihr Herz in dir den neuen Herrn erkennt.

DAGOBERT

O könnt' ich die Erschrocknen alle trösten in dem Weh!
Doch horch, was nähern sich für Stimmen fern dem Saal?
Wes frevler Mut hat einzudringen hier gewagt?
Sieh her! ein neues Schreckenbild. Cornelia naht,
Gleich einer Königin im Zorn an Blick und Gang,
Verwildert ganz von Schmerz die würdige Gestalt,
Das hohe Haupt umflossen vom gelösten Haar,
Das tiefgebeugt und trauernd, deutlich uns besagt,
Daß unser Frevel, dieses Leid ihr Herz schon traf.

(Cornelia tritt ein.)

CORNELIA

Sage mir, Alarcos, ob sie lebet oder tot.
Sage, wo ist Donna Clara? Bringe mich zum Ort,
Wo sie zu verbergen dein Gewissen wohl gehofft.
Sieh, ich kam, um sie zu fordern; denn geflügelt schon
Eilt der Ruf von deinen Taten, dir zu hohem Lob,
Kam bei mir der Morgensonne eilend noch zuvor,
Drang bis zu der Kammer, wo mein Klagen einsam wohnt.
Wildes Chaos find' ich alles hier im düstern Schloß;
Alle Männer durch einander, alle Bande los,
Oder stumm und schweigend, wie erwartend ihren Lohn.
Wie die Löwin für das Junge siehe mich im Zorn!
Gib mir meine Tochter wieder, wahrlich oder sonst
Dringet mit der Mutter Fluchen Schrecken in dein Ohr,
Bleibt von Hölle keine Ader, Blut'ger, dir verschont,
Wenn verwundend der Gedanke in dem Herzen tobt,
Daß du selbst gemordet, ewig blutest von dem Mord,
All dein Heil verloren bleibet und der Gnade Trost.

ALARCOS

Dies weiße Tuch verhüllt, o Mutter, die du suchst;
Und weiß, schau her, ist auch der Leib, den du mit Lust
In frischer Kraft oft an dein großes Herz gedruckt.
Die roten Ströme dort verkünden meine Schuld.
Und wo solch Zeichen schreit, verstummt die starre Brust.
Du weißt, was du gewollt, der Worte sind genug.

CORNELIA

Keine Mutter hat so mütterlich wie ich gesorgt!
Keine Mutter hat so mütterlich wie ich geschont!
Keine Mutter hat so mütterlich wie ich gehofft!
Mutter bin ich nun nicht ferner, seit dies Blut hier floß,
Fühle wild und kann nur fluchen, denke Rach' und Mord.

ALARCOS

O spare deine Worte! Was du fluchen magst,
In dreien Tagen wird's erfüllt, wenn ew'ge Nacht
Uns, die geladen sind, in dunkeln Armen faßt.

CORNELIA
Es spricht zu laut die Tat, die keines Fluchs bedarf,
Noch werden die schuldigen Mörder dem Richter entfliehen.
Doch will ich, Alarcos, dir zeigen, wie Gott mir verliehen,
Aus prophet'scher Herzenstiefe Wunder ohne Zahl,
Die dunkle Burg, den Ort der Angst, der Sünd' und Qual.
Nie dringt des Vaters Sonnenstrom in dieses Tal,
Die liebeleuchtenden Augen der ewigen Mutter
Können nimmer nicht erleuchten diesen Schreckensort.
Da wird nie gesprochen, nie ein freundlich liebend Wort,
Da blüht auch keine Blume, alle denken Mord,
Und trachten im mordenden Hasse sich selbst zu zerreißen.
Du liebst das tückische Morden, ich kann dir verheißen,
Zur Genüge wirst du finden, was begehrt dein Mut;
Im Abgrund eine Riesenwelt von Tück' und Blut.
Wir alle sterblich, atmen Jammer, und die Flut
Bittrer Schmerzen facht den alten Neid zur wilden Glut.
Du siehest verwandelt zur Leiche in grimmiger Schlacht
Die grünende Erde; es öffnet die Wunde den Mund,
Zeigt in blut'gen Eingeweiden uns die Tiefe kund.
Doch die schlimmste Krankheit dieser Erd' ist Tand und Traum,
Des dreimal schlimmre Wahrheit wohnt in jenem Raum,
Wo nicht mehr wirkt der schöne Trieb hinauf zum Licht,
Die treibenden Kräfte zurück in sich dränget die Angst.
Uns Lebend'gen ward vom Himmel Tröstung noch erteilt,
Daß zurück zum Paradiese Freiheit tapfer eilt,
Fern erhaben von den Greueln, nur zu Gott gewandt,
Wie Pflanzen liebend aufwärts strebend nach dem Land,
Wo hell die blaue Unschuld Sternenkränze fand,
Wenn sich aus der Sündentiefe los die Tugend wand.
Im Dunkel dort ist aber Rettung unbekannt.
Wer den Abgrund einmal schaute, der wird nie gesund,
Fühlt ewig starr sein blutend Herz und kalt und wund,
In bittren Frost und heiße Wut sein Selbst geteilt,
Die Schmerzen von Schmerzen zerrissen und nimmer geheilt.

Zu neuem Marterleben erwacht die Welt der Sünde stets,
In der Qual des eignen Todes festgehalten lebt
Die Riesenleich' im ew'gen Sterben ewig fort,
Daß aus Krankheit, Laster, innrer Bosheit, Hitz' und Gift,
Nur neue Krankheit, Blut und Angst und Schmerz und Frost
Stets wilder sproßt, in sich verschlungner üppig wächst.

DAGOBERT

Du hast mit herben Worten unser Herz durchbohrt,
Wo Schmerz und Grausen sich vermischen wie im Tod.
Doch schaut, welch schmerzbeladner Mann so langsam naht!
Es tritt gekleidet ganz in Schwarz, mit ernstem Gang
Die Reih'n durchwandelnd, Don Alvaro in den Saal.
Welch neu Verhängnis wird durch ihn uns überbracht?
Was deutet solche festlich stille Trauer an?

(Alvaro tritt ein.)

ALVARO

Nun waffne, Don Alarcos, deine Seele!
Denn schwarz gekleidet bring' ich schwarze Kunde.
So wie die Sonne heute seltsam zaudert,
Des Tages Licht in Dämmerung trüb ermattet,
So wird auch meine Rede furchtsam zögern,
Bis die den traurigen Bericht erstattet.
Und o wie schmerzt mich, daß ich auserkoren
Um dir zuerst zu schlagen diese Wunde!

DAGOBERT

Auch uns sind Wunden hier nicht fremd und bittre Qual.
Hier steht mit stummem abgewandtem Blick der Graf,
Und dort der Mutter furchtbar schmerzliche Gestalt!
Du rätst nun leicht, wes Herz des Todes Sense traf.

ALVARO

So hast du Leidenschaft, auch hier gewütet,
Und mit verworrnem Sinne wild verschwendet
Der langen Jahre Frucht, und rasch vollzogen,
Was nun kein Mut und keine Klugheit wendet?

DAGOBERT

So rede! Lautet deine Botschaft nur von Tod,
Von Schreck und Weh, so dringt sie leicht in unser Ohr.

ALVARO
Du weißt wie die Infantin immer tiefer
Sich selbst verstrickt in selbstgeschaffnes Leiden,
In wilde Liebe hoffnungslos verloren,
Am eignen Schmerze nur sich schien zu weiden.
Die liebe Jagd gab ihr nun keine Freude;
Sie blieb allein mit sich und ihrer Laute,
In Liedern lebend, Bildern, Zeichen, Briefen,
Den Angedenken, die sie dir vertraute.
Sie ward seit kurzem bleich, nicht mehr so klagend,
Doch krank in eigensinn'gen Fantasien;
Es schien ihr unsichtbar die Kraft zu rauben,
Sie heimlich von der Erde wegzuziehen.
Gestehend, daß die Kunst hier nichts mehr wisse,
Will auch kein Arzt dem tiefen Übel wehren,
Desgleichen keiner niemals noch gesehen;
So muß hülflos die Schöne sich verzehren.
O Freund, was soll ich langsam dich nur quälen?
Sie ist nicht mehr! Das Unheil ist geschehen,
Und dieses hier dein Bild, es war das letzte,
Wonach ihr Auge liebend hingesehen.

DAGOBERT
So gebe Gott, daß dieses Bild, Musik und Jagd,
Die Briefe, Tänen, Locken, all der Liebestand
Ihr helfe, daß des Ew'gen Spruch sie nicht verdammt,
Die Schuld des Blutes ihr nicht werde zuerkannt,
Des Schrei zum hohen Himmel schnell Gehör schon fand,
Wie uns bewährt der plötzlich schnelle Todesfall.
So viel gilt dort der Unschuld still bescheidne Kraft!

ALARCOS
Zerbrochen lieg' am Boden hier das falsche Bild!
Es lügt nur Schönheit, Kraft und Stolz, ich bin es nicht.
Verflucht sei jene Stunde, jene Nacht, da ich
Vom Stolz geblendet, dieses stolze Weib geliebt,
Und ihr zum Angedenken gab dies Bildnis hier,
Des Urbild bald bei ihm in Stücken liegen wird!
Und du fahr hin, ruchloser Mann, am Thron zu knien,

Den Staub zu lecken, atmend von des Königs Blick!
Auf wen die Höll' ihr Augenmerk gestellt, dem gibt
Sie solchen eiteln falschgesinnten Freund wie dich,
Des kalte Zunge unser grades Herz verwirrt,
Sich selbst nur frönend gern das Köstlichste verdirbt.
Enteile schnell, sonst wirst du meines Zornes Ziel!

(Alvaro geht ab.)

O zürne nicht Gemahlin! heil'ge Leiche, die
Voll Mitleid mir ins Auge schaut, o zürne nicht,
Daß noch in deiner Gegenwart der wilde Sinn
So heftig braust. Ich nah' in Demut betend dir,
Den Saum des weißen Kleides fassend bitt' ich dich,
Es sei auch dieser letzte Fehltritt mir verziehn.
Bald bin ich ewiglich getrennt von deinem Licht,
Wenn mir im Tod die letzte Hoffnung noch verlischt.
Mein Wort ist frei, die schlimmste Furcht ist nun gestillt;
Das End' ist da, mein töricht Leben ausgespielt.
Fahr wohl denn, Teure! sag' ich, eh' das Herz mir bricht,
Fahr wohl du Reine! deren Lieb' ich nie verdient,
Fahr wohl du Schöne, himmlisch heilig Angesicht!

Mich hält die Hölle fest schon in den Armen,
Das Herz verstummt, bald schweigen auch die Klagen.
Wer Liebe treulos brach und Treu' erschlagen,
Der find't im eignen Herzen kein Erbarmen.

Du Zeit, wo Sieg und Liebe sich umarmen,
O Jugend, wann wir königlich uns tragen,
Wie fühlt' ich stolz mein Herz zu Rosse schlagen,
Im Schoß der Freude glühend dann erwarmen!

Nun liegt der Schild, die Wappen da, zerbrochen,
Verweht der Jugend Federbusch im Sturme,
Zerrissen das Panier, die Lanz' ein Splitter!

Schon drohn im Abgrund brüllend die Gewitter,
Kein Panzer rettet mich vom Todeswurme,
Ich habe über mich den Stab gebrochen.

(Ricardo und Octavio kommen.)

RICARDO
O weh des schreckenvollen Jammertages!
Und weh dem Lande, dessen Haupt gefallen!
OCTAVIO
Weh dir, Alarcos, den mit Wohlgefallen
Als Sohn der König ehrte hoch im Glücke!
RICARDO
Kein rechter Erbe bleibt dem Reich zurücke,
Das schöne Land steht offen den Barbaren.
OCTAVIO
Vernichtet, tot ist alles was wir waren,
Da mit den Zweigen auch der Stamm zerschlagen.
RICARDO
Wir kommen, dir ein großes Leid zu sagen;
Des Königs Tod mußt du von uns erfahren.
OCTAVIO
Wie seine letzten Reden, Leiden waren,
Die Zunge stockt verzagt, es auszusprechen.
RICARDO
Es hat den hohen Mann der Tod getroffen,
Inmitten seiner Pracht und Glückes Fluten.
Er durfte manchen hohen Sieg noch hoffen,
Da nahten grimmig ihm des Todes Fluten.
OCTAVIO
Er sah, noch lebend, schon den Abgrund offen,
Und wilder tobten stets des Schreckens Fluten;
Es hielte Raserei sein Herz umwunden,
In Höllenketten Arm und Kraft gebunden.
RICARDO
Er schriee heftiglich, die Haare starrten;
Beteuert hoch, er will noch nicht verderben,
Die Diener scheltend, die mit Lieb' ihn warten.
Dann ruft er: Jetzt ist's Zeit, ich soll nun sterben;
Glaubt, daß sie tückisch seinen Tod erwarten,
Beklagt sein Alter, daß es ohne Erben.
Entsetzt zu sterben, ist er so gestorben,
Hat wütend sich in Angst den Tod erworben.

OCTAVIO

Es frommte nichts sein Wüten, Schelten, Schreien;
Er mußt' in Tod die starre Seel' ergeben.
Uns ziemt es nicht, ihn seiner Schuld zu zeihen;
Gott woll' ihm alle gnädiglich vergeben.
Die Wachen sahn erschreckt durch ihre Reihen
Ein weißes frauengleiches Wesen schweben;
Man hört' des Königs Namen dreimal schallen,
Und mit dem dritten Schrei ihn tot hinfallen.

DAGOBERT

Habt ihr dies Zeichen selbst gesehn, so schaut dorthin,
Ob es derselbe Geist wohl sei, den ihr erblickt!
Die Gräfin ist's. – Des tück'schen Königs arge List,
Durch dessen Dolch Garcia auch gestorben ist,
Erzeugt' den Mord; doch hat er dessen nicht Gewinn.
Die Täter werden oft dem Opfer nachgeschickt.
Schon zeigt sich's schnell und deutlich, wer die Schuld'gen sind,
Die sie zum dritten Tag geladen vor Gericht;
Dem Todesengel dünkt zu langsam noch die Frist.

ALARCOS

Ich komme, ja ich komme, folge schon dem Ruf.
Ich höre schmettern meinen Namen, sehe schon
Des Vaters zornig Auge, wie es tötend trifft,
Im Flammenkranze strahlend den gewalt'gen Thron,
Und wie des Todes blut'ge Fahne rauschend weht,
Der Sturm in Falten den allmächt'gen Mantel schlägt,
Der blaue Glanz verdunkelt wird in blutig Rot,
Der sterndurchwirkte Teppich flatternd sich bewegt.
Die reine Leich' erscheint im hellsten Licht, zeigt noch
Die Wunden offen; schwarze Schatten heben fern
Die Riesenglieder höllewinkend zu mir her,
Die Brust zerfällt und es verlischt der Hoffnung Stern.
Die Felsen reißen, brechen, wankend sinkt der Grund;
Die eisenfesten Mauern, Türme, alles bricht.
Die kühne Burg liegt da, zerdrückt der alte Ruhm,

Und predigt noch in Trümmern Gottes streng Gericht.
Es tobt die wilde Furie siedend mir im Haupt,
Und laut und immer lauter schreit es in der Brust.
Verzweiflung stößt den grimm'gen Arm ins eigne Herz,
Sich selbst zerschlagend in verworrner Todeslust.

(Er tötet sich.)

RICARDO

So stürzt der Held nun hin zu eignen Handen,
Der eben noch geprangt in Übermute.

OCTAVIO

Der sicher ganz in Glückes Schatten ruhte,
Den hat daselbst das Unglück schnell erschlagen.

RICARDO

Es wird der Enkel nach den Burgen fragen,
Dann zeigen Greise warnend die Ruinen.

OCTAVIO

Der Tod ist hier im höchsten Glanz erschienen;
Weib, Mutter, Kind und Burg muß mit versinken.

RICARDO

Die Mauern scheinen Unheil selbst zu winken;
Bald stehn verödet da die blut'gen Steine.

OCTAVIO

Der Diener Schar, die Mutter dort alleine
Sind wie ein steinern Denkmal anzuschauen.

RICARDO

Wie darf der Mann dem Übermut noch trauen,
Wenn Gottes Rache spricht in solchen Zeichen?

OCTAVIO

In blut'gen Tränen reden diese Leichen
Von Unschuld, Schuld, Verzweiflung, Gottes Rache.

DAGOBERT

Freiwillig ging von dannen so der stolze Held,
Erwartend nicht, bis seiner Freiheit Schmach geschehn.
Du hast vom Leben dich errettet mit dem Schwert!
Wer lebt, ist tot, der bittern Schmerzen feiger Knecht;
Die fesseln mich an diese öden Mauern fest.

Ich bleibe hier. Ihr, liebe Waffenbrüder, geht,
Das Leben zu verdienen, Kämpfe zu bestehn;
Es schütze euren tapfern Lauf ein beßrer Stern!
Den Zweig, der noch zurückgeblieben vom Geschlecht
Alarcos', dieses einz'ge Kind des teuren Herrn,
Ich trag' es zu den heil'gen Schwestern in der Näh';
Da wird des zarten Mägdleins sicher gut gepflegt,
Bis sie dereinst mit andern Jungfraun Gott verehrt.
Ich bleibe bis zum Tode hier in meinem Schmerz,
Den Rosenkranz in Händen führend statt des Schwerts,
Zu frommer Buße angewandt der kleine Rest
Des mühevollen Lebens, treu im Dienst des Herrn,
Zum Kloster ganz die waffenlaute Burg verkehrt.
Und wenn dereinst der Wandrer sinnend stille steht
Ob diesem Ort, berichtet ihn der Landmann gern;
»In Asch' und Trübsal wohnet da der Dagobert,
Des Klage sich zum Himmel Tag und Nacht erhebt.
Der alte Mann bewacht noch treu den alten Herd.
Und singt zur dumpfen Glocke traurig sein Gebet.«

GEDICHTE

GEDICHTE ZUR FORTSETZUNG DER ›LUCINDE‹

An Heliodora

Aus tiefem Herzen wollte Liebe dringen,
Im Grün der Jugend flammte hoch der Mut
Durch lichte Kraft die Sterne zu erringen.
Doch brannte bald der Geist in eigner Glut,
Verachtend wandt' er sich von allen Dingen,
Zum Raub gegeben seiner Sehnsucht Wut.
Da klang der dunkeln Tugend Lichtgebot:
Befrei' dich Freier selbst, durch heil'gen Tod.

Kraft dieses Strahls ward ich mir neu gegeben.
Des Todes Liebe heilt des Lebens Wunde,
Aus der Vernichtung blitzt das höchste Leben.
Die große Bildung wuchs auf sicherm Grunde;
Was herrlich war und sein wird, faßt' im Streben
Kunstlieb' und Heldenstolz im festen Bunde.
Der Wissenschaften Geist in Einem Bilde
Er schien dem Zauberrufe schön und milde.

Da wird ein Feuer aus den alten Funken.
Die Brüder, die mich schonend oft ertragen,
Wenn in der Freundschaft Urbild ich versunken,
So grenzenlos begehrt' ohn' es zu sagen,
Sie sind mit mir von gleicher Liebe trunken;
Wir alle hoffen, es soll göttlich tagen.
Zum Scherz belebt den Kreis der Frauen Güte,
Auch mich erfreut des Witzes zarte Blüte.

Du warst mir Morgensonne, Heliodora!
Aus deinem Lichte sog ich neue Glut;
Du bist mir Lebensquelle, Heliodora!
Durch deren Kraft der alte Schmerz nun ruht;
Blüh' auf, du Wunderblume, Heliodora!
Zur ew'gen Poesie hauch' ew'gen Mut.
Ich will nicht länger mit dem Schicksal rechten,
Zu schönem Kranz nur schöne Zweige flechten.

Doch wollen mit Vernunft wir vorwärts schreiten;
Verstand erkenne, was die Lust begonnen.
Durch Klugheit seh' ich selbst die besten gleiten,
Verworrne List ist gar zu bald zerronnen;
Sie irren von sich selbst in ferne Weiten
Und haben nichts als ihre Müh' gewonnen.
Zeigt Weisheit sich in törichtem Gewande,
So kommt der Dumme leichtlich von Verstande.

Die schwangre Zukunft rauscht mit mächt'gem Flügel,
Ich öffne meiner Lebensbahn die Schranken,
Schau in des klaren Geistes tiefsten Spiegel;
Da kämpf' ich, Werke bildend sonder Wanken,
Entreiße jeder Wissenschaft das Siegel,
Verkünd'ge Freunden heilige Gedanken,
Und stifte allen Künsten einen Tempel,
Ich selbst von ihrem Bund ein neu Exempel.

Will das Geschick mich aber früh zerschlagen,
So sinken wir in Einer Todesflut;
Der bunten Erde kann ich leicht entsagen,
Denn für die Kunst nur lodert meine Glut.
Laß uns nach ihr auch auf der Sonne fragen!
Ein Schwert vereine hier noch unser Blut.
Dem Geist genügt zu hinterlaßnem Ruhme
Der Liebe Kranz im ird'schen Heiligtume.

Rückkehr zum Licht

Unsre Erde liebt den Äther,
Möchte gern der Sonne nahn.
Starres Eisen ward lebendig,
Als das Licht hernieder kam,
Heil'ges Licht der heil'gen Sonne,
Und uns alles Schöne gab.
Kühne Felsen trieb die Tiefe,
Hohe Lüfte schwebten nah,
Von dem Äther abgesendet
Um die große Braut zu fahn.
Scham macht rot den blauen Schleier,
In den Adern rinnt Metall,
Edelsteine blitzen unten,
Und in Wolken blüht der Strahl.
Süßes Blut durchdringt die Glieder,
Flammen rieseln unsichtbar,
Sehnsucht schwellt die üpp'gen Hügel,
Grüne Fülle quillt im Tal,
Und es spielen bunte Tiere,
Wo den Schoß der Äther traf.
Pflanzen, Tiere und Metall
Atmen nur des Lichtes Kraft;
Andre Wesen leuchten anders,
Mancher Schein von Einem Strahl.
Leichtes Eisen, fester Äther,
Steht der Mensch vollendet da;
In dem Antlitz glänzt die Erde,
Und zur Sonne will die Tat.
Wo die Farben wieder Eins,
Wird das Licht sich selber klar,
Denket mutig auf die Rückkehr,
Wann der Heimat es gewahrt.
Frohe Zeichen schaut das Auge,
Wo das kühne Leben wallt,

Wo die wilde Erdenfülle
Schön vereint ist zum Gesang;
Da erinnert an die Sonne
Uns ihr Abglanz, die Gestalt.
Freier regt sich dann die Liebe
Die so tief verschlossen lag;
Wo die Schönheit angesprochen,
Hatte Liebe schon gefragt.
Wenn das Herz in schöner Liebe
Kühnlich schwebet gleich dem Aar,
Strömet hoch die Fantasie,
Wie die Flamme vom Altar.
Was der Geist so hell gedichtet
Lebet ewig fest und wahr;
Und zur Sonne kehrt das Licht,
Wo das heil'ge rein und klar.

Lob der Frauen

Ein göttlich Spielwerk strömt die schöne Welt
In lichter Lebensfülle,
Des schönsten Wesens Hauch in alle Sinne;
Das ew'ge Bild glänzt neu in jeder Hülle,
Gießt Kraft ins Herz, und hält
Das trunkne, daß in Freud' es nicht zerrinne.
Du heil'ge, lockst den Geist zu ew'ger Minne,
Natur! im Abgrund schön, wie in den Funken
Des Lichts, im Tod und in des Lebens Welle;
Du aller Schönheit Quelle,
Aus deren üpp'gem Schoße sonnentrunken
Das mut'ge Tier entquillt, die holde Pflanze,
Der vollen Brust zum bunten Kranze.

Doch müssen alle Erdenkinder weichen
Dem hohen Menschenbilde,
Aus dessen Aug' das All sich selbst beschaut,
Des kühnes Haupt am himmlischen Gefilde
Die Sterne mag vergleichen,
Und deuten, was im fernen Morgen graut.
Aus allen Zeiten, Zungen fließt Ein Laut,
Wie Sonn' und Erde Eins im Lichte strahlen,
Vergangne, künft'ge, jetz'ge Geister bindend,
Die heil'ge Kunst erfindend,
Und bildet ew'ger Liebe süße Qualen.
Der Mensch nur lächelt, selbst sein holder Spötter;
Aus seinem Haupt entsprangen alle Götter.

Das Urbild solcher Bildung blüht im Weibe;
Es ist der Menschheit Blume,
Die selig duftet stille Liebesflammen.
Der Frauen Reiz nur glänzt im lichten Ruhme;
Aus ihrem süßen Leibe
Blitzt Kraft in jene, die vom Himmel stammen.
Schmilz aller Männer Macht und Geist zusammen;
Was groß und würdig, mögen sie erringen,
Zur Schönheit wird die Freud'gen Lieb' entzünden.
Den Gott im Werk verkünden,
Lehrt Lieb' und auch durch Tat zu ihm sich schwingen;
Und Liebe kann der Milden Hand nur geben,

Die kindlich der Natur im Schoß noch leben.
Nie hat so treu der Freund den Freund gefunden,
Als sanfte Frau'n oft waren,
Wenn's mutig galt, ans Herz des Liebsten hin
Zu dringen durch den Tod und durch Gefahren;
Dem Einz'gen fest verbunden,
Nichts achtend allen Glanz und Weltgewinn.
Aus tiefer Lieb' erzeugt und zartem Sinn,
Blüht schön in Frau'n der Tugend milde Frucht,

Verstand und Frieden glänzt vom Angesichte,
Das Aug' in heiterm Lichte
Blickt freundlich lächelnd auf des Lebens Flucht;
Der Frauen Geist beseelt der Freude Bund,

Da lächelt jeder Schmerz sich bald gesund.
Das Kind saugt Liebe aus der Mutter Brust
Es ruht der Knab' im Schoß,
Der Jüngling ehrt ihr Aug' als sein Gestirn;
Des Mannes freudig Herz erschwillt ihm groß
Beim Anblick solcher Lust,
Er kränzt mit Ehr' und Ruhm die würd'ge Stirn.
Nichts Höhers denkt des Sehers weises Hirn
Als dich, Natur! Kein Wesen aber gleichet
So nah dir als der Mutter Kraft und Tugend,
Die jung in fremder Jugend,
Des Mitgefühles tiefste Tief' erreichet,
Und schwelgend in der Erde schönster Fülle,
Des Lebens Adel zeigt in reiner Hülle.

Im ew'gen Lichte blüht der leichte Himmel;
Die Tiefe voll Verlangen
Treibt Keime auf aus innerm Herzensgrunde;
Des Gottes Kraft hält fest die Erd' umfangen,
Und fröhlich im Gewimmel,
Bekränzt sie bräutlich sich zum Hochzeitsbunde.
Von vielem Schönen weiß ich hohe Kunde,
Doch sag ich's, schöne Frauen, kühn und laut;
Ihr seid die schönsten Blüten dieser Erde!
So wahr ich froh noch werde
Beim Kuß der hingegebnen Braut;
Wer solche Blumen darf zu Kränzen flechten,
Der ist der höchst' in sterblichen Geschlechten.

Stanzen
Zur Einleitung eines Märchens

Wie Blätter dunkles Grün um Blumen ranken,
Als ob es gern die Glut der Farben kühlte,
Weil sonst das Auge würd' im Glanz erkranken,
Wenn es berauscht im Blumenfenster wühlte,
Wo rote, weiße, bunte Strahlen wanken,
Nicht auch im Grün das Licht gemildert fühlte;
So möcht' ich, dich umarmend, Märchen weben,
Die Flammen durch Geschwätz zu lindern streben.

Die Flammen, wo den süßen Tod wir starben,
Den du, ein scheues Kind sonst, immer scheutest,
Seit meine Bitten deine Huld erwarben,
Wo sterbend du zum Leben mich erneutest,
Und, glaubt' ich schon im Überfluß zu darben,
Durch Reiz im Reiz dich freuend mich erfreutest:
Sie werden unsern holden Leib verzehren,
Wenn wir nicht ihrem süßen Gifte wehren.

Doch weil, wo Frag' und Antwort wechselnd spielen,
Die Lippen bald sich inniger vermählen,
Und im Geflüster süße Pfeile zielen;
So möcht' ich andre Stundentäuschung wählen,
Und wüßt' ich nur, wie sie dir wohlgefielen,
Dir reizende Geschichtchen neu erzählen,
Die du anhörtest, weichlich hingegossen,
Als kämen süß vom Himmel sie geflossen.

Spruch

Wer gewährt nur Edlen Gunst?
Die hohe Kunst.
Wo verliert man nie die Spur?

In der Natur.
Wie gewinnst du sichres Gut?
Durch eignen Mut.

Tapfer also heil'ge Glut,
Hoch hinan zum ewig Schönen!
Flamme kühn, und laß sie höhnen,
Eins in Kunst, Natur und Mut.

Tändeleien

Als der Witz ein Liebchen suchte,
Neckt' er Mädchen fern und nah,
Endlich wählt' er doch die Freude
Die ihm leis' entgegen kam.
Schwerer ward ihr zartes Seelchen,
Wußte nicht, wie ihr geschah,
Bis nach einem leichten Stöhnen,
Von dem Söhnlein sie genas.
Mutwill hieß das Kind der beiden,
Der noch kaum ein Knabe war,
Als er schon mit Mädchen spielet,
Gleich erhascht' die flücht'ge Scham.
Hold errötend floh die Kleine,
Bis an seiner Brust sie lag,
Wo er sorgsam ihrer pflegte,
Daß sie ruhig bei ihm saß.
Als die Kleine Mutter wurde,
O wie liebte sie ihn da!
Brachte viele, viele Kinder,
Alle Scherze leicht und zart.

Die Verhältnisse

Rücksichten sind's, die unsern Blick berücken;
In Absicht jede Aussicht gleich erkalten,
Bis wir, eh' wir uns umgesehn, veralten,
Und beugen dann, von Einsicht schwer, den Rücken.

Roh scheint's, der Erde Blumen grade pflücken.
Wir möchten fein der Schonung Linie halten,
Der Liebe Leben künstlich klug verwalten,
Verständig und mit Anstand uns erdrücken.

Wir sollen unbekannte Größen wählen,
Es sind zu wenig Gleichungen gegeben,
Drum hatt' und hat's ein sonderbar Bewendnis;

Denn, weil wir endlos rechnen, zweifeln, zählen,
Wird uns das klare, leichte, freie Leben
Ein einzig vielverschlungen Mißverständnis.

Tapfer verhalte dich stets; so ist dein das beste Verhältnis,
Kannst du gelassen es sehn, wie sich verwickelt das Volk.

Bündnis

Wo mehre bildend sich in Eins verbunden,
Gewinnt der Künstler seines Daseins Mitte,
Weiß nun, wohin er richten soll die Schritte,
Und sieht die Teile sich zum Ganzen runden.

In neuer Jugend wird die Kraft gesunden,
Die fort von Stuf' und Stufe höher schritte,
Und wenn man noch so starke Schmerzen litte:
Die Bildung bleibt, es fliehen nur die Stunden.

Es darf der Mensch von Herzensgrund nur wollen,
Mit Mut sich schließen an die mut'gen Brüder,
Den festen Sinn vom Ziele nimmer wenden;

So muß ihm jeder Stoff Gestaltung zollen,
Die höchsten Würden steigen zu ihm nieder,
Er kann des Lebens Kunstwerk groß vollenden.

ABENDRÖTE

Erster Teil

Tiefer sinket schon die Sonne,
Und es atmet alles Ruhe,
Tages Arbeit ist vollendet,
Und die Kinder scherzen munter.
Grüner glänzt die grüne Erde,
Eh' die Sonne ganz versunken;
Milden Balsam hauchen leise
In die Lüfte nun die Blumen,
Der die Seele zart berühret,
Wenn die Sinne selig trunken.
Kleine Vögel, ferne Menschen,
Berge himmelan geschwungen,
Und der große Silberstrom,
Der im Tale schlank gewunden;
Alles scheint dem Dichter redend,
Denn er hat den Sinn gefunden;
Und das All ein einzig Chor,
Manches Lied aus Einem Munde.

Die Berge

Sieht uns der Blick gehoben,
So glaubt das Herz die Schwere zu besiegen,
Zu den Himmlischen oben
Will es dringen und fliegen.
Der Mensch, emporgeschwungen,
Glaubt schon, er sei durch die Wolken gedrungen.

Bald muß er staunend merken,
Wie ewig fest wir auf uns selbst begründet.
Es strebt in sichern Werken
Sein ganzes Tun, verbündet,
Vom Grunde nie zu wanken,
Er baut wie Felsen den Bau der Gedanken.

Und dann in neuen Freuden
Sieht er die kühnen Klippen spottend hangen;
Vergessend aller Leiden,
Fühlt er einzig Verlangen,
An dem Abgrund zu scherzen,
Denn hoher Mut schwillt ihm in hohem Herzen.

Die Vögel

Wie lieblich und fröhlich,
Zu schweben, zu singen;
Von glänzender Höhe
Zur Erde zu blicken!

Die Menschen sind töricht,
Sie können nicht fliegen;
Sie jammern in Nöten,
Wir flattern gen Himmel.

Der Jäger will töten,
Dem Früchte wir pickten;
Wir müssen ihn höhnen,
Und Beute gewinnen.

Der Knabe

Wenn ich nur ein Vöglein wäre,
Ach wie wollt ich lustig fliegen,
Alle Vögel weit besiegen.
Wenn ich so ein Vogel bin,
Darf ich alles, alles haschen,
Und die höchsten Kirschen naschen;
Fliege dann zur Mutter hin.
Ist sie bös' in ihrem Sinn,
Kann ich lieb mich an sie schmiegen,
Ihren Ernst gar bald besiegen.

Bunte Federn, leichte Flügel,
Dürft' ich in der Sonne schwingen,
Daß die Lüfte laut erklingen,
Weiß nichts mehr von Band und Zügel.
Wär ich über jene Hügel,
Ach dann wollt' ich lustig fliegen,
Alle Vögel weit besiegen.

Der Fluß

Wie rein Gesang sich windet
Durch wunderbarer Saitenspiele Rauschen,
Er selbst sich wieder findet,
Wie auch die Weisen tauschen,
Daß neu entzückt die Hörer ewig lauschen;

So fließet mir gediegen
Die Silbermasse, schlangengleich gewunden,
Durch Büsche, die sich wiegen,
Von Zauber süß gebunden,
Weil sie im Spiegel neu sich selbst gefunden;

Wo Hügel sich so gerne
Und helle Wolken leise schwankend zeigen,
Wenn fern schon matte Sterne
Aus blauer Tiefe steigen,
Der Sonne trunkne Augen abwärts neigen.

So schimmern alle Wesen
Den Umriß nach im kindlichen Gemüte,
Das zur Schönheit erlesen,
Durch milder Götter Güte,
In dem Krystall bewahrt die flücht'ge Blüte.

Der Hirt

Wenn ich still die Augen lenke
Auf die abendliche Stille,
Und nur denke, daß ich denke,
Will nicht ruhen mir der Wille,
Bis ich sie in Ruhe senke.

Weil noch mild der Mittag glühte,
Wollt' ich an der Quelle liegen,
Mich in süße Bilder wiegen;
Da kam Anmut ins Gemüte,
Alle Wehmut zu besiegen.
Wenn ich an das Bild gedenke,
Auf die abendliche Stille

Nun die stillen Augen lenke,
Will nicht ruhen mir der Wille,
Bis ich sie in Ruhe senke.

Die Rose

Es lockte schöne Wärme,
Mich an das Licht zu wagen;
Da brannten wilde Gluten,
Das muß ich ewig klagen.
Ich konnte lange blühen
In milden heitern Tagen;
Nun muß ich frühe welken,
Dem Leben schon entsagen.
Es kam die Morgenröte,
Da ließ ich alles Zagen,
Und öffnete die Knospe,
Wo alle Reize lagen.
Ich konnte freundlich duften
Und meine Krone tragen;
Da ward zu heiß die Sonne,
Die muß ich drum verklagen.
»Was soll der milde Abend?«
Muß ich nun traurig fragen.
Er kann mich nicht mehr retten,
Die Schmerzen nicht verjagen.
Die Röte ist verblichen,
Bald wird mich Kälte nagen.
Mein kurzes junges Leben
Wollt' ich noch sterbend sagen.

Der Schmetterling

Wie soll ich nicht tanzen?
Es macht keine Mühe;
Und reizende Farben
Schimmern hier im Grünen.
Immer schöner glänzen
Meine bunten Flügel,
Immer süßer hauchen
Alle kleinen Blüten.
Ich nasche die Blüten,
Ihr könnt sie nicht hüten.

Wie groß ist die Freude,
Sei's spät oder frühe,
Leichtsinnig zu schweben
Über Tal und Hügel.
Wenn der Abend säuselt
Seht ihr Wolken glühen;
Wenn die Lüfte golden,
Scheint die Wiese grüner.
Ich nasche die Blüten,
Ihr könnt sie nicht hüten.

Die Sonne

Mit lieblichem Bedauern
Sehnt sich der Mutter Auge, und muß trauern.
Noch einmal sie umfangend,
Vergehn die Kleinen, an den Blicken hangend;
Sie soll und muß sich trennen,
Nur eine Mutter kann solch Leid erkennen.
So ström' ich volle Farben,
Daß meine Lieben in der Nacht nicht darben;

Und fort vom ird'schen Bande
Will alles hin zu mir in sanftem Brande.
Ach dürft' ich mich erniedern,
Ihr kindlich Feuer dankbar zu erwidern!
Noch strömen bunte Fluten,
Und heller lodern nur die Lebensgluten;
Die Erde scheint zu rauschen,
Als strebte sie den Wohnsitz zu vertauschen. –
Nun muß ich dennoch scheiden,
Und euer Tändeln bis auf Morgen meiden!
So sauge, Mensch, denn trunken
Der großen Mutter letzte Liebesfunken!
Noch einmal will ich strahlen,
Und dann versinken in der Trennung Qualen.

Die Lüfte

Wie säuseln ach so linde!
Wir in den Blüten,
Und lindern heiße Liebe
In kühlen Düften.

Wenn Blumen süß erröten,
Beschämt sich neigen,
Berührten wir die schönen
In leichter Eile.

Wenn wir dann Scherze säuseln
Dem, der sich grämet,
So wird die leise Freude
Ihn bald beschämen.

Der Dichter

Was wünschen und was streben alle Sinnen? –
Sie möchten wieder in das All verschweben.
Was ist das höchste Ziel von allem Streben?
Es will der Mensch, wenn er verklärt, von hinnen.

Drum wollt ihr, sel'gen Götter! Dank gewinnen
Von dem, der hohem Dienste sich ergeben,
In heiliger Natur nur lebt sein Leben,
So laßt ihn schnell in leichten Duft zerrinnen.

Es schwebt die Seele gern auf süßen Tönen,
Und lauschet sinnend, was es wohl verkünde,
Ob auch die Gottheit schon den Wunsch gewähre.

Sie wünscht sich im Gesang so zu verschönen,
Daß ihren Leib das Flammenspiel entzünde,
Sie selbst in leisen Hauch sich bald verkläre.

Zweiter Teil

Als die Sonne nun versunken,
Blühet noch der Abend rot.
Lange schienen weit die Flammen,
Gegenüber stand der Mond;
Wie zwei Welten gegenüber,
Diese bleich und jene rot,
Mitten inne kleine Sterne,
An des Himmels Gürtel hoch;
Unten dann die große Erde,

Wo im tiefen Dunkel schon
Blumen duften, Bäume rauschen
Bei der Nachtigallen Ton.
Blaß wird jede schöne Glut
Und die Freude sinkt vom Thron;
Fern ist ganz des Tages Mutter,
Lichter scheint der bleiche Sohn.
An dem Schimmer freut der Mensch sich
Und ist auch im Dunkel froh.

Der Wanderer

Wie deutlich des Mondes Licht
Zu mir spricht,
Mich beseelend zu der Reise:
»Folge treu dem alten Gleise,
Wähle keine Heimat nicht.
Ew'ge Plage
Bringen sonst die schweren Tage;
Fort zu andern
Sollst du wechseln, sollst du wandern,
Leicht entfliehend jeder Klage.«

Sanfte Ebb' und hohe Flut,
Tief im Mut,
Wandr' ich so im Dunkel weiter,
Steige mutig, singe heiter,
Und die Welt erscheint mir gut.
Alles reine
Seh' ich mild im Widerscheine,
Nichts verworren
In des Tages Glut verdorren:
Froh umgeben, doch alleine.

Der Mond

Es streben alle Kräfte,
So matt sie sind, zur Erde doch zu wirken.
In den ew'gen Bezirken
Der schönen Welt ist das nur mein Geschäfte;
Das muß ohnmächtig immer ich versuchen,
Und traurig dem beschränkten Lose fluchen.

Seht ihr mich milde glänzen,
Und warme Sommernächte schön erhellen,
Wo leise Freudewellen
Der Erde Kinder kühlen nach den Tänzen;
Sind's Sonnengeister nur, die sanfter spielen.
Mein eignes Wesen könnt ihr so nicht fühlen.

Doch wenn ich seltsam scheine,
Aus dunkeln Wolken ängstlich vorgeschlichen;
Dann ist die Hüll' entwichen,
Es merkt der Mensch mit Schaudern, was ich meine.
So zeigen Geister sich, um euch zu wecken,
Und lassen ahnden die verborgnen Schrecken.

Zwei Nachtigallen

DIE ERSTE

Sieh, es steigt zum dunkeln Throne
Schon die Nacht im blauen Mantel;
Und so ströme volle Wogen
Liebeslust in heißer Klage.

DIE ZWEITE

Was die Worte nimmer sagten,
Was in tiefem Herzen wohnet;
Das ertöne im Gesange,
Das verschöne sich im Chore!

DIE ERSTE

Lange war die Brust verschlossen,
Und mir fremd die süßen Gaben.
Was ich wußte, war nur Hoffen,
Bis der Liebe Ruf mir schallte.

DIE ZWEITE

Wenn der Liebe Ruf uns fasset,
Blüht ein Sternengürtel oben;
Wenn die Kindheit uns verlassen,
Wird es plötzlich lichter Morgen.

DIE ERSTE

Selig war ich ganz geworden,
Kühl gelindert das Verlangen,
Als inmitten solcher Wonne
Neu die alten Schmerzen kamen.

DIE ZWEITE

Nur die Ew'gen dort im Glanze
Sind befreit vom dunkeln Lose,
Daß wo Freuden sich entfalten,
Neue Trauer mitgekommen.

DIE ERSTE

In der Trauer blühen Rosen.
Seit die Brust im Schmerz gebadet,
Der aus hoher Lust geflossen,
Kann ich in Gesängen klagen.

DIE ZWEITE

Süße Weihung treuen Gatten,
Wenn sie gleichen Schmerz gesogen!
Was kein Irdischer erraten,
Finden sie im gleichen Tode.

BEIDE

Es verschönet sich im Chore
Liebesglut in heißer Klage;
Was die Sonne nimmer sagte,
Klagt die Nacht auf dunklem Throne.

Das Mädchen

Wie so innig, möcht ich sagen,
Sich der Meine mir ergibt,
Um zu lindern meine Klagen,
Daß er nicht so innig liebt.

Will ich's sagen, so entschwebt es;
Wären Töne mir verliehen,
Flöss' es hin in Harmonien,
Denn in jenen Tönen lebt es.
Nur die Nachtigall kann sagen,
Wie er innig sich mir gibt,
Um zu lindern meine Klagen,
Daß er nicht so innig liebt.

Der Wasserfall

Wenn langsam Welle sich an Welle schließet,
Im breiten Bette fließet still das Leben,
Wird jeder Wunsch verschweben in den einen:
Nichts soll des Daseins reinen Fluß dir stören.
Läßt du dein Herz betören durch die Liebe,
So werden alle Triebe, losgelassen,
Der Kraft in vollen Massen sich entladen,
Daß unten tief sich baden die Gefühle,
Im buntesten Gewühle wilder rauschen,
Bis ferne Männer lauschen, und voll Bangen
Das nah zu sehn verlangen, was mit Grausen
Die Seel' erfüllt im Sausen solcher Wogen,
Die manchen schon betrogen, und nicht ruhten,
Bis tiefer in die Fluten ew'ger Leiden
Verschlungen sie die beiden, die vereinet
Im Silberschaum den süßen Tod beweinet.

Die Blumen

Die schönen Farben dürfen nicht mehr glänzen,
Man darf den süßen Putz nicht mehr entfalten.
Wie ziemt' es auch zu solchen hohen Tänzen,
Wo Sterne heilig walten,
Die das Azur umkränzen,
Und nimmer wohl veralten?
Wenn sich des Himmels Blumen herrlich zeigen,
So muß der Erde Kinderglanz ja schweigen.

Das Eine kann uns auch die Nacht nicht rauben,
Daß wir in Düften unser Sein verkünden;
Muß jungen Blüten noch die Lust erlauben,
Wo sie in dunklen Gründen

Und schön geflochtnen Lauben
So innig sich verbünden,
Die Luft mit süßerm Wohlgeruch zu füllen,
Je dichter sie sich selbst in Schatten hüllen.

Vergeblich strebt der Mensch mit schlauem Sinne,
Von welcher Blume wohl der Duft, zu fühlen,
Daß jeder Blume Geist sein Geist gewinne!
Wo holde Lüfte spielen,
Daß jeder Hauch zerrinne,
Umflossen von Gefühlen
Vergißt er bald, von welcher Lust er trinket,
Wenn er berauscht in Balsamfluten sinket.

Der Sänger

Nimmer wird das Leid geendet,
Dem die Lieder nur gefallen,
Die von ferne leise hallen,
Wo es gern sie hingesendet,
Daß sie wieder zu ihm wallen.

Will mich Gegenwart umfangen,
Schöne Liebe gleich erhören,
Liebe Schönheit sich betören,
Muß ich Fernes doch verlangen,
Und nur auf das Echo hören.
So wird nie mein Sinn gewendet,
Wenn er hört die Lieder schallen,
Die von ferne leise hallen,
Wo er gern sie hingesendet,
Daß wie wieder zu ihm wallen.

Die Sterne

Du staunest, o Mensch, was heilig wir strahlen?
O folgtest du nur den himmlischen Winken,
Vernähmest du besser, was freundlich wir blinken,
Wie wären verschwunden die irdischen Qualen!
Dann flösse die Liebe aus ewigen Schalen,
Es atmeten alle in reinen Azuren,
Das lichtblaue Meer umschwebte die Fluren,
Es funkelten Stern' auf den heimischen Talen.

Aus göttlicher Quelle sind alle genommen,
Ist jegliches Wesen nicht Eines im Chore?
Nun sind ja geöffnet die himmlischen Tore,
Was soll denn das bange Verzagen noch frommen?
O wäret ihr schon zur Tiefe geklommen,
So sähet das Haupt ihr von Sternen umflogen
Und spielend ums Herz die kindlichen Wogen,
Zu denen die Stürme des Lebens nicht kommen.

Die Gebüsche

Es wehet kühl und leise
Die Luft durch dunkle Auen,
Und nur der Himmel lächelt
Aus tausend hellen Augen.
Es regt nur Eine Seele
Sich in der Meere Brausen,
Und in den leisen Worten,
Die durch die Blätter rauschen.
So tönt in Welle Welle,
Wo Geister heimlich trauren;
So folgen Worte Worten,
Wo Geister Leben hauchen.

Durch alle Töne tönet
Im bunten Erdentraume
Ein leiser Ton gezogen,
Für den, der heimlich lauschet.

Der Dichter

Der schwarze Mantel will sich dichter falten,
Die freundlichen Gespräche sind verschollen;
Wo allen Wesen tief Gesang entquollen,
Da muß die stumme Einsamkeit nun walten.

Es darf den großen Flug das Herz entfalten,
Und Fantasie nicht mehr der Täuschung zollen;
Was farbig prangt, muß bald ins Dunkel rollen,
Nur unsichtbares Licht kann nie veralten.

Willkommen, heil'ge Nacht, in deinen Schauern!
Es strahlt in dir des Lichtes Licht dem Frommen,
Führt ihn ins große All aus engen Mauern;

Er ist ins Innre der Natur gekommen,
Und kann um ird'schen Glanz nun nicht mehr trauern,
Weil schon die Binde ihm vom Haupt genommen.

Stimmen der Liebe

Die Fröhliche

Die Erde grünt, die Sonne lacht, und klingender
Ertönt der Vöglein Stimme laut, die flüssige.
Ach kläng' die meine schöner nur und singender,
Dann sollte froh erwidern jeder Müßige,
Die Lieder tanzen wilder stets und springender!
Wir locken Bäume wohl und auch Vierfüßige,
Wenn Fantasie sich selbst nicht kann regieren,
Und freie Verse muß improvisieren.

Schon hör' ich Dichter singen voll Gelahrheiten,
Uns warnend, daß der Jugend Rose flüchtig;
Wie lust'ge Götter oben in den Klarheiten
Die Element' auch lieben also tüchtig.
Sie sagen, Liebe lehr' uns ew'ge Wahrheiten;
Das glauben sie im Ernst und reden wichtig,
Wie Pflanzen, Tiere, ja die Stein' nicht minder,
Sich lieben all' und alle kriegen Kinder.

Die klügsten Frauen scherzen mit der Liebe;
Selbst Mädchen fürchten, sonst noch unerfahren,
Die Langeweile dieser ew'gen Triebe.
Wo wir bei kühnem Spott oft fröhlich waren,
Den schönen Kreis, der sonst nicht schön mehr bliebe,
Laßt heilig uns vor jedem Ernst bewahren.
Was wär's auch, wenn die Lust, die uns versammelte,
Gleich jeden wieder in sich selbst verrammelte?

Man frage nicht, ob's Frauen oder Männer;
Man frage redlich nur, wer ist wohl witziger?
Ein Scherz hat hier vereint des Scherzes Kenner,
Gesell'ger Streit macht jede Schärfe spitziger;
Drum laßt vom Zügel frei der Laune Renner.
Die schöne Lust sei toller stets und hitziger;
Das Mädchen soll nicht denken an das Weibliche,
Der Mann dafür vergessen alles Leibliche.

Entflammen mög' euch Poesie, die gütige,
Sie sei euch Wein, und Freiheit unsre Liebe.
So trotzen dem Geschick wir Übermütige,
Und spotten seiner ungeschickten Hiebe.
Die Scherz nicht kennen, ängsten sich wie Wütige,
Und bleiben dumm, wie sehr man sie auch riebe;
Wir aber wollen hoch in Lüften schweben,
Zur Lust von neuem uns durch Lust erheben.

Wechselgesang

SIE

Leicht fühl' ich mich, als schwebt' ich schon von hinnen
Und brächte Dank den Gütigen dort oben,
Wo Freudenströme lau im Äther rinnen,
Daß mein Geschick sie mir so leicht gewoben;
Drum wollen neue Torheit wir ersinnen.
Und laß zur Sicherheit noch dir geloben,
Daß ich die Kühnheit nicht zu furchtsam meide,
So frei du schwärmst in sinnreich feiner Freude.

ER

So frei du schwärmst in sinnreich feiner Freude,
Seh' ich doch auch das Gold im Glase blinken;
Und willst du, daß ich keinen Gott beneide,
Vergiß die strenge Sitt' und laß uns trinken,
Bis wir vom heitern Scherz berauscht sind beide.
Die Kunst ist leicht, nur folge meinen Winken!
Auch darfst du nicht von andern Dingen träumen,
Du läßt den Wein im Becher sonst verschäumen.

SIE

Du läßt den Wein im Becher sonst verschäumen,
Drum darf ich längre Rede nicht erlauben.
Ich schwör' es dort bei den azurnen Räumen,
Und was ich schwöre, magst du sicher glauben:
Ich will Versäumtes länger nicht versäumen,
Und niemand wird mir diesen Vorsatz rauben;
Du sollst in dieser Kunst mich unterrichten.
Beim Wein erkenn' ich neu des Leichtsinns Pflichten.

ER

Beim Wein erkenn' ich neu des Leichtsinns Pflichten,
Die mir vor allem immer heilig waren;
Und darf ich nur der Hoffnung Anker lichten,
So werd' ich froh begrüßen die Gefahren,
Im süßen Rausch die ganze Welt vernichten,
Von ird'schem Unmut rein den Mut bewahren,
Und selig nur das Eine wünschen müssen,
Ich dürfte, Liebling, dich mit Anmut küssen.

SIE

Ich dürfte, Liebling, dich mit Anmut küssen,
Und tät' es, wenn ich wüßte, was es sollte.
So treibt an Woge Wog' in wilden Flüssen,
Als ob die vor'ge jede haschen wollte,
Wie zwecklos Kuß an Kuß in Lieb' Ergüssen
Sich reiht, seit Langeweil' der Nacht entrollte.
Weißt du, mein Freund, nur diese alte Weise,
So bleiben wir im allgemeinen Gleise.

ER

So bleiben wir im allgemeinen Gleise,
Bis wir aus ihm in unser eignes lenken;
Und dies geschieht zu Zeiten auch ganz leise.
Ein Bild nur ist, um Sinn darein zu senken,
Der Kuß; drum will nach deinem Wunsch ich weise
Zur alten Sitte neuen Geist erdenken.
Wird es mich schon zu Treu und Leid betören,
Laß froh beim Kuß uns ew'ge Untreu schwören.

SIE

Laß froh beim Kuß uns ew'ge Untreu schwören,
Wo Reize locken, kindlich sie versuchen,
Des Seelchens Wünsche sorgsam zu erhören,
Im schönen Wechsel leichte Freuden suchen;
Und will der schwere Ernst die Spiele stören,
Das lange matte Einerlei verfluchen.
So werden wir denn frei und freier leben,
Bis göttlich leicht wir in den Lüften schweben.

ER

Bis göttlich leicht wir in den Lüften schweben,
Und selig zu den sel'gen Göttern kommen,
Wird oft noch Freude dir den Busen heben.
Sind nur der Treue Fesseln uns entnommen,
Ist Liebe, ewig grün, des Lebens Leben;
Und hast du, was ich scherzend bat, vernommen,
So weiß ich ferner keinen Stoff zur Klage,
Als daß zu schnell entfliehn des Frühlings Tage.

Lied

Süße Liebe denkt in Tönen,
Denn Gedanken stehn zu ferne,
Nur in Tönen mag sie gerne
Alles was sie will verschönen.

Wenn sich neue Liebe regt,
Alles die Gefühle wagen,
Die man, ach! so gerne hegt,
Laß mich fühlen, doch nicht sagen,
Wie die Seele sich bewegt.
Wird sie jemals sich beschränken?
Sich in Lust und Leid zu senken,
Kann sie nimmer sich entwöhnen!
Doch was soll das eitle Denken?
Süße Liebe denkt in Tönen.

Wenn die Nachtigallen schlagen,
Hell die grüne Farbe brennt,
Will ich, was die Blumen sagen
Und das Auge nur erkennt,
Leise kaum mich selbst befragen.
Wenn ich wandl' auf stiller Flur,

Still verfolgend die Natur,
Und sie fühlend denken lerne,
Folg' ich den Gefühlen nur,
Denn Gedanken stehn zu ferne.

Wer es je im Herzen wagte,
Zu dem Äther zu entfliehen,
Den der Himmel uns versagte,
Denkt in leisen Fantasien,
Was er nie in Worten sagte.
Worten ist es nicht gegeben,
Unsre Seele zu beleben;
Nah' sich ahnden schon das Ferne,
Lächelnd weinen, lieben, leben
Nur in Tönen mag sie gerne.

Wenn sich süß Musik ergossen,
Darf es der Gesang nur wagen,
Und in Wohllaut hingegossen
Leise zu der Laute sagen,
Daß im Wohllaut wir zerflossen.
Wenn man den Gesang nur kennte,
Ihn den Schmerzen nicht mißgönnte,
Würden sie sich leicht versöhnen,
Und die schöne Liebe könnte
Alles, was sie will, verschönen.

Parodie

> Sagt' ich Wer und Wo und Wie?
> Wenn ich sie zum besten habe,
> Gleich verteilend solche Gabe,
> Wär' es nicht mehr Ironie.

Wenn sich neue Liebe regt,
Pflegen sie es leicht zu wagen,
Was sie fühlend doch nicht sagen,
Wie das Herz sich auch bewegt.
Wenn es noch so leise schlägt,
Hört es doch die eine Sie,
Die ihm gern das ihre lieh';
Und so oder so geht's allen.
Wollt' ich durch den Scherz mißfallen,
Sagt' ich Wer und Wo und Wie.

Wenn die Nachtigallen schlagen
Und im dichtbelaubten Hain
Mit der Liebsten du allein,
Magst du's fühlen, doch nicht sagen.
In so wundersamen Lagen
Ist ein zu bescheidner Knabe
Selten wie ein weißer Rabe;
Und so oft sie das bestritten,
Hat sie jede noch gelitten,
Wenn ich sie zum besten habe.

Wer es je im Herzen wagte,
Sich den Himmel zu erringen,
Fand oft solch ein schön Gelingen,
Daß er endlich sich beklagte.
Wenn ich allzu kühn es sagte,
Tadelt nicht des Scherzes Gabe,
Nehmt zufrieden, was ich habe.
Liebe sollte Lust erwecken,

Jeder gern die Mädchen necken,
Gleich verteilend solche Gabe.
Wenn sich süß Musik ergossen,

Dürfen doch die Augen fragen,
Was im Grunde nichts will sagen,
Bleibt es bei so leichten Possen.
Was man einmal recht genossen,
Liebt man immer oder nie,
Bis die süße Frucht gedieh.
Wenn es nur bei Scherzen bliebe,
Ohne vollen Ernst der Liebe,
Gäb' es keine Ironie.

Bildnisse

ERSTES

Der Blume gleich, die sich zur Sonne wendet,
Erhebt das schöne Haupt, so sanft gebogen,
Von seidner Locken Heil'genglanz umflogen,
Das Auge, das zum Himmel Strahlen sendet.

Die edle Nase, die so sinnreich endet,
Der hohe Mund, der glatten Stirne Bogen,
Der Wange braun, von Röte angeflogen,
Sie scheinen ganz zur Harmonie vollendet.

Wer sieht den Wurm an dieser Blume nagen?
Wer ahndet nahen Tod so schöner Hülle,
Die Schmerzen, die des Knaben Herz umwinden?

Zerrissen in der Harmonien Fülle,
Scheint mitleidsvoll der stille Geist zu sagen:
Das Schönste muß, erscheinend euch, verschwinden.

ZWEITES

Die hellen Blitze hätten uns geblendet
Des Auges, das kein Nebel noch betrogen,
Wenn Anmut selbst den Umriß nicht gezogen,
Und jedes Lächeln um den Mund verschwendet.

Dem Himmel scheint der Mienen Spiel entwendet,
Das, wie Musik enteilt, auf schnellen Wogen,
Dem ird'schen Blicke oft zu rasch entflogen,
Eh' er dem Scherz die Freude nachgesendet.

Wer sieht den Mund nicht leise spottend fragen?
Wer wähnt, daß er dem Auge sich verhülle?
Wer möchte dieser Stirn nicht Kränze winden?

Ob sich nur Freude kindlich hier enthülle,
Ob zarte Geister neckend selbst sich plagen,
Darauf wird keiner wohl die Antwort finden.

Kränze

ERSTER

Wie süße Unschuld kindlich sich erfreue,
Das soll der Blümchen helles Bunt bedeuten,
Die ach! so gern dein gelbes Haar umstreuten,
Und demutsvoll dir weih'n die Kindestreue.

Die Rose nur errötet hold vor Reue,
Weil sie, da ältre Knospen noch sich scheuten,
Den Kelch geöffnet schon gleich andern Bräuten,
Daß lieber Hauch den ihren sanft erneue.

Und wie sie schüchtern blüht so bunt umkränzet,
So strebt dein junger Sinn in heil'ger Demut,
Die innern Reiz' entfaltend auszuhauchen.

Drum überrascht dich oft so süße Wehmut;
Wo solches Aug' in solchen Perlen glänzet,
Wird sich ein andres bald in Wonne tauchen.

ZWEITER

Wie Morgensonne dunkelm Fels enthoben,
In Strahlentau erfrischt die braunen Saaten,
So glüh'n auf schwarz umlocktem Haupt Granaten,
Zu feuerschönem Liebeskranz gewoben.

Es muß solch heilig Rot der Seher loben,
Der, was die Farbe glänzt, in Lieb erraten:
Auf schwarzem Grunde flammende Granaten,
In Trauernacht das Morgenrot von oben.

Dir leuchten dunkel ernst die hohen Augen
Vom Schmerz, der dich ergriff im Heiligtume,
Sich laut ergießt in heiße Klagetöne.

Wie immer reiner brennt die zarte Blume,
Je tiefer den harmon'schen Glanz wir saugen,
So glühe, liebe, traur' in dunkler Schöne.

DRITTER

Laß weiße Rosen dir die Stirn umkränzen,
Zum schönen Zeichen, das die Freund' erfreue;
Wie in dem milden Herzen reine Treue
Nie Farbe wechselt vor der Täuschung Glänzen.

So schwebe heiter mit in unsern Tänzen,
Daß sich an deiner, unsre Freud' erneue,
Erhalte du sie rein und fern von Reue,
Bis Engel dich mit hellern Rosen kränzen.

Denn wie der weiße Schmuck der Seele Zeichen,
Die gern das Wort verhüllt in stillen Bildern,
Von treuer Lieb' und Unschuld nie zu weichen;

So soll, daß wir ungläubig nicht verwildern,
Uns deine Treue, was wir nie erreichen,
Das Urbild aller Treu' im Abglanz schildern.

VIERTER

Wen hat dein Lächeln reizend wohl getroffen,
Der nicht zu kühn zu hoffen sich erkühne?
Schreckst du ihn gleich, so sieht er bald zur Sühne
Im süßen Augenspiel die Himmel offen.

Wer wollte da nicht froh und freier hoffen,
Wenn froh die Hoffnung schwebt auf heitrer Bühne,
So hold umkränzt von leichter Myrten Grüne,
Daß ihn, nur ihn der süße Blitz getroffen?

Wo noch nicht ganz der Unschuld Reich zerronnen,
Darf leichter Reiz wohl leicht das Auge reizen,
Das schöner Hoffnung frisches Grün erquicket;

Wer endlich dann die schöne Braut gewonnen,
Läßt andre gern mit leichten Blitzen reizen,
Beglückt, wenn er der Unschuld Blum' erblicket.

Der Verlassene

»Rosen, süße Marianna,
Marianna, süße Rosen
Reicht dir hold dein holdes Kindlein,
Treu zu schmücken deinen Frohen.
Grün verhüllt noch Knospe diese,
Andre prangen freudig offen.
Eine, eine nur gewelket,
Unter diesen vielen Rosen!« –
»Diese eine«, sprach Maria,
»Diese eine magst du loben;
Wenn die rote Hülle bleichet,
Atmet frei die Liebe oben.« –
Als nun heil'ge Luft gehauchet,
Ward die Seele fortgezogen;
Ihre und der seinen Seele,
Und das Kindlein glänzt noch holder,
Frisch im Arm der bleichen Mutter,
Die es schlummernd angesogen.
Weh, daß sie entflohen!
Und den Jüngling traf es heimlich,
Daß der Frühling ihn betrogen.
Leise sprach der hohe Jüngling:
»Schöne Augen sind verloschen,
Doch der Himmel glänzt nur heller.
Rosenschein hat sich ergossen;
Könnte den dein Händchen greifen,
Dürft' ich nicht mehr irre folgen.
Keine Stunde darf ich zaudern;

Lächle, Mädchen, mir gewogen!
Marianna, unsre Mutter,
Marianna, meine Rose,
Leuchtet rot am blauen Himmel,
Wo die tiefen Augen locken,
Bis ich in Azur zerflossen.
Weh, daß sie entflohen!« –
Doch das Kindlein lachte fröhlich,
Schlug die blauen Augen offen;
Daß die Mutter wieder käme,
Mocht' es wohl im stillen hoffen.
Drum so mocht' es fröhlich lachen,
Seinen lieben Vater kosen,
Haschte nach den bunten Lüften,
Denn die Welt erschien ihm golden.
»Deine Züge sind wie ihre,
Die ich nie mehr sehen sollte;
Deine Augen sind gleich ihren,
Als ob trinken sie mich wollten,
Und du lächelst wie Maria,
Die im Lächeln mir entflohen.
Weil Maria mich verlassen,
Weiß ich nichts mehr von der Tochter.
Weh, daß sie entflohen!« –
Irrend eilt' und irrt' er weiter,
Wollte gern den Geist ermorden,
Träumte kindisch tief und tiefer,
Und vergaß, daß sie gestorben.
Leise weint' er in die Laute,
Bis zum Hauche er geworden;
Glänzend schimmert noch die Träne,
Wie im Blau der Himmelsbogen.
Glänzend blühet auch das Kind,
Wie im Licht die rote Rose.
Nach dem heiter blauen Lande
Wo die süße Mutter wohnet,

Wandte sie die jungen Blicke,
Wie die Blume nach der Sonne,
Und man hieß sie Cölestine,
Weil so himmlisch blüht die Knospe,
Wie die junge Mutter blühte,
In der Liebeslust Aurora.
Weh, daß sie entflohen!

Die Freudige

Die Träume verschwinden, Aurora erscheint.
Es lebte und strebte verschlossen im Dunkel
Die Kraft meiner Liebe wie Licht des Karfunkel,
Bis da ich umarmte dich, ewigen Freund.
Zu dir hab' ich frühe die Tränen geweint,
Noch eh' ich die Sonne des Lebens erkannte,
Noch eh' ich im Feuer der Freude entbrannte,
Im Herzen des Herzens dich immer gemeint.

Nun darf ich der Freude Musik nicht entfliehen;
Es sind ja die Schmerzen in Wohllaut verschwunden.
Kühn heb' ich die Stirne von Kränzen umwunden,
Zu singen mit dir der Lust Harmonien.
Ja wollte hinunter der Abgrund uns ziehen,
Und wäre zum Tode die Braut nur erwacht;
Wo du mir zugegen, da leuchtet die Nacht,
Und möchte am Himmel die Sonne verblühen.

Ich schaue vom Felsen den Teppich der Fluren,
Als hätt' ich sie nie zuvor noch gesehen,
Die Wasser, die Bäume, so Kühlung uns wehen,
Das freudige Spiel der jungen Naturen;
An Sternen, in Blumen die heiligen Spuren,

Ich kann es nicht sagen, doch fühl' ich die Tiefe,
Als ob aus der Ferne Aurora mich riefe,
Ein leuchtender Wink aus dunkeln Azuren.

Wie dürstet mich ach! nach den himmlischen Quellen.
Das Dunkel ist klar, und offen die Pforte,
Ich höre der Mutter erzeugende Worte,
Ich sehe der Liebe das Leben entquellen.
Ich kann nicht entsteigen den lieblichen Wellen,
So dringen zur Seele die süßesten Gluten;
Die Erde begrüßt mich, in Frühlinges Fluten,
Ich fühle die Sehnsucht den Busen mir schwellen.

Erscheinung

Einsam blieb die Mutter auf der Erde,
Einsam steht die Mutter nun im Leben.
Bleich die Wang', und bleicher noch im Herzen,
Lebt sie schweigend und will schweigend enden;
Denn nur einmal weinte sie von Herzen.
Als sie weinte, ward das Dunkel helle,
Von des Knaben Schimmer sie geblendet.
Ihren Knaben sah sie lächelnd schweben,
Andre Kinder schwebten um ihn ferne.
Tändelnd saß er an der alten Stelle.
Zu dem Spielzeug, das er kannte, redend:

O wie lieb' ich die Sachen,
Die mit mir spielen!
O wie bunt sind die Kinder,
Die mit mir fliegen!

Sie scheinen mich zu hüten,
Und geben Süßes.
Ich sehe, daß ich glänze,
Und habe Flügel.

Mit den Worten war der Schein verschwunden.
In dem Glanz vergaß sich selbst die Mutter;
Doch der Schrecken faßte sie im Dunkel,
Daß sie wohl auf ewig hingesunken,
Wenn nicht neues Licht der Nacht entsprungen.
Ernsthaft winkt das Mädchen tief im Grunde,
Bittet aus der Ferne nimmer ruhend,
Klagend fließt Gesang vom süßen Munde.

Ich bitte um die Mutter,
Ihr gebt mir weiße Rosen;
Ich frage nach der Mutter,
Ihr zeigt des Himmels Bogen.

Ich war so gern auf Erden
Und liebte recht die Sonne;
Nun bin ich leiser Schatten,
Sie winken mir nach oben.

Ich bin ein banges Mädchen,
Der Liebe früh entzogen;
Ich bin noch kindisch blöde:
Was soll ich schon am Throne?

Du hast mich auch verlassen,
Sonst wärst du schon gekommen.
O komm' zu deinem Kinde,
Das ungern dir entflohen!

Als das süße Mädchen sang die Klagen,
War's als ob die Schmerzen alle brachen,
Aufgelöst in Tränen mich zu baden,
Die nun ewig einsam und verlassen,
An das Mädchen denkt und an den Knaben.

Ansichten

DIE FRÖHLICHE

Wie frisch vom Regen mit erneuter Blüte
Die grünen Kinder blühen im Gefilde,
So spielt im heitern Licht die innre Güte,
Wenn süßer Rede Tau uns netzet milde,
Im bunten Glanze froh ein leicht Gemüte
Zum Scherze dichtet flüchtige Gebilde,
Wo Leichtsinn oft den leichten Sinn verschönet,
Der Witz sich zierlich selbst zum Schein verhöhnet.

DIE TRAUERNDE

Im Dunkel wohnt die hohe Glut verschlossen,
Und tiefer gräbt das Herz sich selbst die Wunde,
Das gern in Tränen wohl sein Blut vergossen,
So lang' es einsam weint, den Freund nicht funde.
Leid wird zur Freude unter Leidgenossen,
Wo man im Schmerz vernimmt der Gottheit Kunde,
Und trifft das Wort die Tiefe unsrer Trauer,
Die Wahrheit uns ergreift mit leisem Schauer.

DIE GLÜCKLICHE

Der Sommer glüht im Purpur der Granaten,
Und auch die kleinsten Blümchen schimmern golden,
Und wenn der Abend weht in grünen Saaten,
Wird alles sanft der gleiche Schein vergolden;
So kann auch Einen Sinn nur fühlend raten,
Die Seele in des Freundes Wort, dem holden.
Ein Sinn, der, wie die Worte schweben, bliebe:
Was ihr klagt oder scherzt, es ist nur Liebe.

KLAGE DER MUTTER

Ja in des Herzens Glut werd' ich vergehen.
Seit mir die Welt verschwunden,
Die holden Kindlein mir der Tod entwunden,
Will nirgends Kühlung wehen;
Von wo aus freudig strömten alle Flammen,
Da dringen nun die Schmerzen hin zusammen.

Zurückgetreten sind ins Herz die Fluten,
Und will die Freundin lindern,
Erregt ihr sanfter Hauch nur wild're Gluten,
Und kann das Leid nicht mindern.
Ach, dürft' es einmal strömen frei ins Freie,
So ruht' ich bald im Schoß der ew'gen Treue.

DAS KIND AN DIE MUTTER

Ich komme dich zu bitten,
Du liebe Liebe,
O laß dich grün umkränzen
Von deinem Kinde.

Weg mit dem dunklen Schleier,
Dann bist du schöner;
Und schau die süßen Blüten,
Wie glänzt es fröhlich!

Die Sonne scheint ja, Mutter!
Du kannst mir glauben,
Und willst du dich nicht kränzen,
So werd' ich traurig.

Sind deine Augen heiter,
So lacht das Grüne;
Sind deine Augen dunkel,
So stirbt die Blüte.

DIE UNZUFRIEDENE

Es merket kaum die Leiden
Das leicht erfreute Auge;
Und ob auch Fremde horchen,
Mußt du dich stets im Dunkel einsam glauben.

Sie eilen schnell und weiter
Bewußtlos hin im Raube,
Mit leichtem Mut sich täuschend,
Zum Todesschlummer kaum geweckt vom Traume.

Und kehr' ich zu den Besten,
So muß ich tiefer trauern,
Wenn Edles so verdorben,
Als ob der Mensch nur zum Gemeinsten tauge.

Die Sorge zu zerstreuen,
Muß man wohl Schmerzen kaufen;
Dem Leichtsinn es ergebend,
Das volle Herz durch leeren Schein berauschend.

O, Leben, leeres Leben!
So lange du auch dauerst,
Muß der im Zweifel kreisen,
Den du umschlossen hältst in engen Mauern.

DIE HEITRE

Rede heiter, denke milde,
Schwebe still im sanften Gleise,
Blühend nach der Blumen Weise;
Wie sie duften im Gefilde,
Lebe linde, liebe leise.

DIE EITLE

Reizte Schönheit keinem eigen,
Wär' das Leben
Reizend schön, ein lieblich Streben.

Gebend raubt den schönen Schein
Dem, der eh' sie gab, sich sehnte,
Die ihm hingegeben wähnte,
Sein zu werden sei ihr Sein.
Keiner darf der Eine sein;
So kann schweben
Reizend schön der Liebe Streben.

DAS MÄDCHEN

Wenn mich einsam Lüfte fächeln,
Muß ich lächeln,
Wie ich kindisch tändelnd kose
Mit der Rose.
Wären nicht die neuen Schmerzen,
Möcht ich scherzen;
Könnt' ich, was ich ahnde, sagen,
Würd' ich klagen,
Und euch bange hoffend fragen:
Was verkünden meine Lose?
Tändl' ich gleich mit Scherz und Rose,
Muß ich lächelnd dennoch klagen.

Bekenntnisse

DER HEITRE

Mädchen, Mädchen, laß dir sagen,
Wenn der Mund im Lächeln schwebt,
Wangen röter sie verklagen,
Busen sich neugierig hebt,
Will das Mädchen Liebe wagen.
Einen Wunsch nur kann ich geben:
Fühl' die Freuden immer neu;
Einen Rat, ihm nachzustreben:

Flieh' den Ernst und glaube treu,
Scherz der Lieb' ist schönstes Leben.

Götter scherzen mit der Welt,
Männer müssen handeln, siegen,
Fallen, wie das Schicksal fällt,
Keiner mag es überfliegen,
Wär' er auch der kühnste Held.
Schönheit darf zum Himmel schweben,
Frauen haben Götterrecht,
Leichtes Freudespiel zu weben,
Ernste Müh' geziemt dem Knecht;
Scherzend liebt, die frei will leben.

Andre Scherze welken bald,
Ohne Lieb'erwiderung,
Lassen einsam uns und kalt.
Liebe, ewig leicht und jung,
Fühlt sich trübe nie, noch alt.
Holde Lust geheimen Gebens,
Deine Rosen, süße Scham!
Bindet sie zum Kranz des Strebens;
Selbst ihr Gram ist linder Gram,
Scherz der Lieb' ist Ziel des Lebens.

DER GLÜHENDE

Lockend schwillt der Mund der Rosen,
Öffnet dir des Duftes Fülle;
Willst du süß begeistert kosen,
Sticht ein Dorn aus Blumenhülle,
Spottet noch, wenn Schmerzen tosen.
Dürft' ich sagen, wie ich liebe,
Ungestört im leisen Bunde,
Aus dich atmen, Glut der Triebe,
Klagt' ich nicht mehr: Rosamunde,
Wilde Scherze scherzt die Liebe.

Heißer fühl' ich stets die Wunden,
Flöhe gern den Blitz der Augen,
Kann zerrissen nie gesunden,
Bis ich Mund an Mund darf saugen
Süßen Tod von Rosemunden.
Wenn sie ferne mich vertriebe,
Seufzt' ich ferne nach der Frucht,
Die mir ewig Blume bliebe.
Fliehend hindert mich die Flucht,
Wild und wilder scherzt die Liebe.

Anmut will den Mut mir rauben,
Will in Unmut mich versenken,
Meiner Wehmut nichts erlauben!
Neuen Traum will Treu' erdenken,
Aber Reue scheut zu glauben.
Wenn mein Herz, von Leid nun trübe,
Ihr entsagt' und nichts mehr sagte,
Und im Mißverständnis bliebe,
Würdet ihr gerührt euch fragen:
Scherzt so wilden Scherz die Liebe?

DER BESONNENE

Vor des Lebens Doppelwege
Tritt der Ernst zum Jüngling hin,
Zeigt dem Mut'gen enge Stege,
Oder Scherz berauscht den Sinn,
Daß nur Lust zur Lust ihn rege.
Glücklich aber, wer die beiden
Kühn besiegend schlau verbunden!
Kein Verhältnis darf er meiden,
Hat des Rätsels Sinn gefunden:
Ernste Freud' und Scherz mit Leiden.
Milde lächeln, milde schonen,
Sah ich die Geliebte so;
Will sie scherzend Treue lohnen,

Wird das Herz mir schmerzlich froh,
Wähnt' in ihrem noch zu wohnen.
Keinen Scharfsinn darf ich neiden,
Seit mein Sinn sich ihr verband,
Und so innig als bescheiden
Sie des Leichtsinns Tiefen fand;
Ernst in Freud' und Scherz mit Leiden.

DER UNBEFRIEDIGTE

Glaubend einst, sie lieb' im Ernst,
Ward ich stolzer schon und sagte:
»Glück, wenn du dich je entfernst« –
Als sie unterbrechend fragte:
»Ob du Scherz verstehen lernst?«
Was bezaubert nur mein Herz?
Wie sie lieblich lieblos handelt.
Was erregt mir regen Schmerz?
Daß sie wankend stets verwandelt,
Scherz in Ernst, und Ernst in Scherz.

DER UNGLÜCKLICHE

Herz, was frommte deine Treue?
    Stille Reue.
Geist, mein Geist! wohin verloren?
    In tiefen Zoren.
Magst du keinen mehr beneiden?
    Leer sind Freuden.

Freude also will ich meiden,
Wie sie schön und schöner glänze.
Leicht zerreißen zarte Kränze,
Schwere Ketten sind dann Leiden.

Was muß innig dich betrüben?
    Wie sie lieben.
Trösten dich nicht güt'ge Freunde?
    Besser Feinde.

Hoffst du nichts vom künft'gen Tage?
    Neue Plage.
Ewig also ich entsage,
Lieb' und süße Freundschaft dir!
Freuden werden Leiden mir;
Täuschung flieh', willkommen Klage!

DER ZÜRNENDE

Wenn leiser Reiz den jungen Mut erregt,
Entspringt so freudig nichts aus innerm Born,
Von allem, was der Mensch in sich bewegt,
Als deine schöne Flamme, heil'ger Zorn!
Dich hab' ich in des Herzens Herz gehegt.
Die höchsten Rosen blüh'n an scharfem Dorn;
Wer glaubt, er müss' am ersten Schmerz verbluten,
Ist nie gestorben in der Freude Fluten.

Es drängt der Mut Gefühl oft an Gefühl,
Die innre Liebe stockt im Übermaß;
Der Himmel scheint dir schwer, der Äther schwül.
Wenn endlich dann entbrannt der Mut genas,
So haucht die Welt dir wieder grün und kühl,
Du regst dich leicht im neuen Ebenmaß,
Wie sich nach rotem Blitz und schwarzem Regen
Die bunten Erdenwesen frisch bewegen.

In Lieb' und Zorn blüht alles Lebens Kraft.
Drum trenne frevelnd nie den hohen Bund,
Der ewig neu die Welt verjüngend schafft,
Und macht des Menschen heilig Wesen kund.
Wer neu dem süßen Tode sich entrafft,
Dem sprüht die Flamme leicht vom sel'gen Mund,
Und leicht kann Schönheit, schnell verletzt, entbrennen;
Denn nie wird gute Lieb' ein Ziel erkennen.

WAHNSINN

Bittre Schmerzen reißen wild.
Herz sei mild!
Denn du magst es doch nicht sagen;
Nimmer half ja noch dein Klagen,
Seit zerbrochen dir dein Bild.
Tod wär' Freude,
Nähme nur die Erd' uns beide!
Kühlung saugen
Möchten gern die trocknen Augen,
Brennen heißer stets im Leide.

Laute, diesen Mißlaut sprich,
Und dann brich,
Eh' ich ganz in Haß versunken,
Wahnsinn rede todestrunken,
Weil die Einz'ge von mir wich.
Gebt mir Blut,
Daß ich lindre diese Glut,
Und wer's tat,
Ewig schmacht' er ohne Rat,
Oder sink' in gleiche Flut.

AN DIE JUNGFRAU

Die hohen Augen werden mich verzehren.
Maria, große Mutter, ach verschone!
Verbirg das lichte Haupt, die Strahlenkrone;
Wie soll ich sonst dem irren Wahnsinn wehren?

Du selber, Heil'ge, mußt mich Sanftmut lehren,
Daß schöner Tod, geweiht vom ew'gen Sohne,
Am Kreuz der Liebe meine Sehnsucht lohne.
Was ich beginne, muß die Glut vermehren.

So blicke wieder und dann laß mich sterben! –
Wie eilt' ich schnell durch dieser Erde Schwächen!
Früh oder spät muß alles so verderben.

Aus Liebe einzig floß, was ich verschuldet;
In Liebe will das Herz, Madonna, brechen,
Des irre Liebe gnädig du geduldet.

ABSCHIED DES STERBENDEN SÄNGERS

In Liebe lebend streb' und bilde Werke,
Verklär' im Farbenglanz geliebte Leiden,

Und mal' in Liedern, die kein Licht beneiden,
Des Feuers Schönheit, das dich ewig stärke.

Nun wisse, daß ich mich verschwinden merke.
Die Liebe will, ich soll vom Leben scheiden,
Der Freude Heimat mußt' ich lange meiden,
Berauschend raubt Musik die letzte Stärke.

Mein einzig Leben war, den Tod verschönen.
Der andern tiefgefühlte Not beweinen,
War sterbend Lust dem trostberaubten Herzen.

Und weint dein Geist bei den zerrißnen Tönen,
So werd' ich selber dir alsbald erscheinen
Mit leiser Stimme in den wilden Schmerzen.

Klaggesang am Grabe eines Jünglings.

ERSTE STIMME

Jasmin und Lilien, Veilchen, junge Rosen,
Der liebsten Blumen Fülle will ich bringen,
Durch sie dem schönen Schatten liebzukosen;

Und kann noch Freude, Jüngling, zu dir dringen,
Daß neu am kühlen Ort dein Herz erwarme,
So muß es, Freudenreiche, mir gelingen.

Dein blasser Geist schon frei vom alten Harme,
Er wird zur Erde wiederkehren wollen,
Wenn ich ihm freundlich öffne diese Arme.

ZWEITE STIMME

Ich weiß nicht, was des Frühlings Kinder sollen;
Seit mir verwelkte aller Blüten Blume,
Kann ich nur Schmerzen dieser Urne zollen.

Fließt, Tränen! Seufzer, atmet ihm zum Ruhme!
Was Worte nimmer sagten, fühl' versunken,
Du stille Klag' im innern Heiligtume.

Es glimmen in der Asche ew'ge Funken;
Neu werd' in deinem neuen Glanz ich leuchten.
Wink' nur, und alle Bande sind entsunken!

ERSTE STIMME

Ach, wenn dich süße Bitten doch erweichten,
So würde heller uns der Frühling glänzen,
Und Gram nicht mehr der Freundin Wange feuchten.

ZWEITE STIMME

Ach wolltest du mich nur zum Tode kränzen,
So würd' ich keine Freude ferner trüben,
Das Mädchen schweben froh in leichten Tänzen.

ERSTE STIMME

Geheimnisvoll und lockend, wie von drüben,
Erklang des Jünglings Stimm' in deine Seele,
Zur ewigen Musik sie vorzuüben.

ZWEITE STIMME

Verschwunden ist das Lied der süßen Kehle.
Die Laute muß es einsam tief beklagen,
Wie schnell ihn raubten des Geschicks Befehle.

ERSTE STIMME

Auch mir erschien geliebt in heitern Tagen
Des wunderbaren Sängers zarte Blüte;
Nun daß sie welkte, muß ich ewig klagen.

ZWEITE STIMME

Nein, angerührt von deiner frohen Güte,
Heilt jeder Schmerz, es keimet schönes Leben;
Drum lebt der Schatten noch dir im Gemüte.

ERSTE STIMME

Bald welkt zum Schatten jedes freud'ge Streben.
So fielen, Arme! uns die dunkeln Lose;
Das Schön' ist jedem Hauche hingegeben.

Die Freude stirbt, indem ich mit ihr kose;
Der Schmerzen Stachel wollt' ich gern nicht achten,
Sänk' nur nicht allzu schnell der Schönheit Rose.

Umsonst, daß wir nach ew'gem Frühling trachten!
Wir selbst entblättern, es verweht der Glauben,
Gibt denen dennoch Recht, die ihn verlachten!

Scheu ist die Liebe, will sich nicht erlauben,
Was reizend ihr erscheint, nur um zu fliehen,
Dem Augenblicke kühn und schnell zu rauben.

ZWEITE STIMME

Die Welt gibt nur zurück, was ihr geliehen.
Aus eigner Tiefe muß sich Nahrung saugen
Die Seele, kann sich selber nicht entfliehen;

Und wandte einmal sie auf sich die Augen,
So will sie ewig sich in sich verzehren,
Und nie zu keiner flücht'gen Freude taugen.

Gesänge klagend wird den Schmerz sie mehren,
Bis alle Kräft' in ew'gen Schlummer sinken,
Dann muß sie auch die Freud' am Schmerz entbehren.

Verstummend darf sie keinem Freund mehr winken,
Und muß, von irdischer Musik geschieden,
Im Dunkel unsichtbare Tränen trinken.

ERSTE STIMME

Fahr' wohl, und lächle diesen Blumen Frieden!
Noch blühen sie, bald werden sie dir gleichen.
Warum hast du der Freude Ruf vermieden?

ZWEITE STIMME

Vergebens hofft' ich ein erwidernd Zeichen.
Bald wird Geräusch der Freude um mich summen,
Mir aber tief ins Herz die Klage schleichen,
Und weil die deine stumm, auch sie verstummen.

GEDICHTE ZUR ›LUCINDE‹ · AUS DEM NACHLASS

Julius

O Lust, im Geist des Freundes sich vertiefen,
Gleich ihm zu werden, ihn wie sich zu sehen,
Was er je sein kann, wissen wie geschehen,
Die Welten klar geschaut, die in ihm schliefen!

So viel Geheimes wir ans Licht auch riefen,
Und achten nichts den Schmerz der geist'gen Wehen,
Sein Erstes kann wohl nie der Geist verstehen,
Schaut da verstummt in unerforschte Tiefen.

So schlägt die zarte Liebe selbst sich Wunden,
Der Freund auch scheint von fern uns nur zu nahen,
Das Schönste dennoch arm dem vollen Triebe:

Doch gleicht dem ersten Blick, den wir uns sahen,
Der andre, als der höchste Freund gefunden,
Das Licht des Einz'gen neu verklärt die Liebe.

Julius

Wenn ich leise weiß und fühle,
Was ich fühlend doch nicht sage,
O so traue dem Gefühle
Daß ich weiß um deine Klage.

Wäre nicht der Scherz verwegen,
Würde leicht der Ernst verlegen.
Daß der gleiche Scherz dich heilte,
Der in Schmerzen uns zerteilte,
Soll zur Ruhe dich bewegen.
Wenn ich mit Gefühlen spiele,
Fühl' ich inn'ger als ich sage;
Darum traue dem Gefühle
Und ich lindre deine Klage.

Blanca

Willst du schweigen,
Fromm dich neigen,
Artig zeigen,
O so komm zum muntern Reigen.
Ist der Knabe dann ihr eigen,
Tanzt die Blanca mit dem Knaben,
Alles Süße soll er haben,
Will er dankbar sich bezeigen.

Sebastian

Die Nebel zerreißen, in Lüften und Fluren
Verkündet ein Chaos von Tönen die Wonne,
Und Blumen begrüßen die Augen der Sonne,
Wenn kindlich sich putzen die frohen Naturen.
Es zeigen sich fern schon flammende Spuren,
Daß stille Gewitter die Erde umschlossen.
Wenn Tränen der Wollust die Wolken vergossen,
Dann glänzen noch reiner die lichten Azuren:

So füllt uns das Schauspiel auf ewig die Sinne
Im freudigen Wechsel der blühenden Erde
Und locket uns freundlich mit schöner Gebärde,
Das Herz zu ergeben der ewigen Minne.
Nun weiß, wo er Mut zur Freude gewinne,
Der heilige Mensch in den heiligen Tänzen,
Wo Leben und Liebe sich selig umkränzen,
Daß selig das Herz ihm in Rhythmus zerrinne.

Johannes

Aus manchem Quell kommt wüst der Strom geschossen;
Doch muß, wo zum Gebilde sich entfaltet
Der Kern, Ein Blütenkelch der höchste sprossen.

Wird nicht der Leib von Einem Haupt verwaltet?
Nur Einer Sonne folgen all die Erden,
Und starren wird das Herz, was ihr zerspaltet.

Wie nur inmitten seiner Tiefe werden
Der Mensch zum Menschen kann und nur aus seinem
Selbsteignen Selbst mit Willkür sich gebärden,

Wie Liebe strebt nach einem ewig Einem
Dem treu das Herz, wo treu der Treue Stempel
Sich ewig weiht dem Einz'gen oder keinem;

Wie Einem Geist der Geist im innern Tempel
Nur ihm sich selbst entzündet vom Altare,
Vor dessen Schau das Schönste nur Exempel:

So ist der Eine Freund auch nur der wahre,
Der wie den Tönen Harmonie Cäcilie
Musik der Seel' erfindend offenbare.

Wie inn'ger noch der Bund als die Familie,
Wenn alle Geister leben in den Zweien,
Wo unverwelklich strahlt der Freundschaft Lilie,
Der Welten sich zu Hieroglyphen leihen.

Der Weinberg. Lorenzo.

»Gutes Mädchen, gutes Mädchen,
Laß mich brechen von den Trauben!
Prangen sollte wohl der Weinberg,
Wenn du mir ihn anvertrautest.
Fleißig bin ich, auch erfahren,
Viele Stäbe sollst du schauen,
Grade Stäbe, stark und niedlich;
So gewinnt die Rebe Raum,
Daß sie üppig wachsend blühe,
Stolz sich hebt von niederm Kraute,
Bis der Früchte Last sie beuget.
Weh mir, wenn die Fremde rauben!
Sorgsam will ich Senker pflanzen,
Tief den schönen Boden bauen.« –
Gütig sprach das edle Mädchen:
»Solchen Worten muß man glauben.
Hügel, Täler, Büsche, Wiesen
Geb' ich gleich und sah dich kaum.
Komm herein zur dunklen Laube
Glänzend winkt die volle Traube.« –
Sittsam drauf der holde Knabe:
»Ist es Wahrheit oder Traum nur?
Kirschen, Äpfel, auch Melonen
Find' ich hier auf grüner Auen,
Gib mir Kirschen, rote Kirschen!
Ach, wie durstet mir der Gaumen.«
»Stille Knabe, nimm und iß sie,

Magst sie selber zählen traun!
Äpfel kann ich zwei nur geben,
Aber glatt, du magst es glauben.«
Prüfend drauf der holde Knabe:
»Wunder, Wunder, welche Trauben!«
Kleine Erdbeern, süß Gewürze,
Und der Pfirsche zarten Pflaum,
Auch die schwellende Melone,
Alles wußt' der Knab' zu brauchen,
Bleibt mit ihr in dunkler Laube,
Wo ihm glänzt die volle Traube.
Prangen mußte wohl der Weinberg,
Da sie den ihm anvertraute;
Fleißig war er und erfahren,
Schönen Boden treu zu bauen;
Hügel, Täler, Büsche, Wiesen
Blüten lachend seinem Auge;
Fester schlangen sich die Reben,
Stäbe hingen voll von Trauben.
War er müde von der Arbeit,
Labt' ihn der Melone Hauchen;
Volle Blumen, zarte Früchte
Gab das Mädchen ihm und Trauben.
Kommt herein zur dunklen Laube,
Glänzend winkt die volle Traube.

Lorenzo

Mit schönen Kindern will wohl jeder scherzen.
Doch wollt ihr ihr euren Scherz zu ernsthaft geben,
So wird die leichte Schönheit leicht entschweben,
Und ihr der guten Kinder Gunst verscherzen

Wünscht ihr der höchsten Freude süße Schmerzen,
So müßt ihr nie gesättigt strebend leben,
Die Gabe hingegeben neu erheben,
Und kindlich tändeln mit den zarten Herzen.

Das Scherzen mit dem Scherz ist was sie suchen.
Man darf es ihnen wahrlich nicht verdenken;
Es hat der Ernst zu weit Besitz genommen.

Zwar soll der Mensch nur was er kann versuchen,
Doch sollten alle billig wir bedenken:
Aus einem Scherz ist aller Scherz gekommen.

Antwort

So ist der Rednerlippe Spott entflossen,
daß wir unendlich am Geliebten hangen,
Den höchsten Rausch schon fühlen im Verlangen,
Der Lust nicht schnell entfliehn, wenn sie genossen?

Kennt ihr den hohen Ernst im Scherz verschlossen?
Versteht ihr das Erröten junger Wangen?
Oft muß die Frau an dessen Brust ja bangen,
Für den sie gern die Seele hingegossen.

Zerflossen ist der Geist im süßen Feuer,
Doch gleicht die reine Lust der weißen Lilie,
Scheut nicht den Blick der göttlichen Aurora;

Die Erde wird zum Garten der Familie,
In Liebe alles Leben schön und teuer,
Die kühnsten Freuden dann des Himmels Flora.

EINZELNE GEDICHTE

Weise des Dichters

Wie tief im Waldesdunkel Winde rauschen,
Ihr Lied dazwischen Nachtigallen schlagen,
Der muntre Vogel singt in Frühlingstagen,
Daß wir dem fernen Ruf bezaubert lauschen;

So seht ihr hier jedwede Weise tauschen,
Betrachtung, linde Seufzer, tiefe Klagen,
Der Scherze Lust, der Liebe kühnes Wagen,
Und was den Seher göttlich mag berauschen.

Anklänge aus der Sehnsucht alten Reichen
Sind es, die bald sich spielend offenbaren,
Uns ihr Geheimnis bald mit Ernst verkünden;

Sinnbilder, leise, des gefühlten Wahren,
Des nahen Frühlings stille Hoffnungszeichen,
Die schon in helle Flammen sich entzünden.

Lied

Schaff das Tagwerk meiner Hände,
Hohes Glück, daß ich's vollende.

Will der rote Morgen tagen,
Hoffnung hohe Freude geben,
Rosenlicht am Himmel schweben,

Kühner Mut die Kräfte wagen,
Muß ich sagen:
Schaff das Tagwerk meiner Hände,
Hohes Glück, daß ich's vollende.

Senkt sich milde Röte nieder,
Wenn die Ruh am Bache lauschet,
Abend kühl im Walde rauschet,
Dunkel schlagen ferne Lieder,
Seufz' ich wieder:
Schaff das Tagwerk meiner Hände,
Hohes Glück, daß ich's vollende.

Der welke Kranz

Es war noch Mai, da hast du sie gebrochen,
In Blumen ausgesprochen, selber Blüte,
Was blühend im Gemüte schon sich regte,
Und heilig sich bewegte,
Was kindlich ach! der Freund so gerne hegte,
Wenn sie ihr Herzchen legte an das seine,
Wo ich nun ewig weine.

Die Veilchen sandte mir das Kind zum Zeichen,
Die so mein Herz erweichen, daß die Augen
Den Schmerz, den sie nun saugen, nie vollenden,
Sich oft noch zu ihr wenden,
Und finden welk den Kranz dann in den Händen.
Wie der, hat sie zu enden früh erkoren,
Sich unbewußt verloren.

Nimm hin die hohe köstlich liebe Gabe,
Das einz'ge, was ich habe von der Teuern,
Ihr Bild mir zu erneuern, wenn in Tränen,

Dem Tode zu das Sehnen
So gern entflieht der Erde eitlem Wähnen.
Doch erst laß mich in Tränen ganz versenken
Das süße Angedenken!

Uns, die in Lust des Todes Leben fanden,
Kühn die Natur verstanden in den Flammen,
Wo Lieb' und Schmerz zusammen uns verbunden;
Uns sei die Stirn umwunden,
Vom Zeichen, dessen Sinn wir längst gefunden.
Denn sproßten aus den Wunden oft nicht Rosen,
Uns schmerzlich liebzukosen?

Laß denn des Mädchens Schatten uns umschweben,
Der Wehmut hingegeben,
Bis wir im Tode Eins noch inn'ger leben,
Und dann dies tiefe Streben ganz vereinet,
Das lächelnd sich beweinet.

An viele

Vergebens wollt ihr, daß mit eurem Sinne
Der Dichter eins und gleich sei, der verachtet,
Was trübe euren trägen Geist umnachtet,
Besorgt, wie das Verborgne er gewinne;

Der Dichter, der, wie fern die Zeit entrinne,
Vergangenheit als Gegenwart betrachtet,
Und während ihr nach Sterblichem nur trachtet,
Unsterblich hier schon wird der Zukunft inne.

Als noch die Flammen strömten, Felsen klungen,
Die alte Riesenzeit der jungen Erde
Ist nah ihm gegenwärtig, gleich wie heute;

Und wieder grüßt und ruft von fern sein Werde
Den Frühling Gottes, daß er uns erneute,
Hat seine Ankunft froh schon jetzt besungen.

Calderon

Ein Zaubergarten liegt im Meeresgrunde;
Kein Garten, nein, aus künstlichen Krystallen
Ein Wunderschloß, wo blitzend von Metallen,
Die Bäumchen sprossen aus dem lichten Grunde;

Kein Meer, wo oben, seitwärts, in die Runde,
Farbige Flammenwogen uns umwallen,
Doch kühlend, duftend alle Sinne allen
Entrauben, süß umspielend jede Wunde.

Nicht Zaub'rer bloß von diesen Seligkeiten,
Bezaubert selbst wohnet, zum schönsten Lohne,
Im eignen Garten selig selbst der Meister;

Drum sollen alle Feen auch bereiten
Des Dichterhimmels diamantne Krone,
Dir, Calderon! du Sonnenstrahl der Geister.

Adels Sitte

Mit dem Schwerte sei dem Feind gewehrt,
Mit dem Pflug der Erde Frucht gemehrt,
Frei im Walde grüne seine Lust,
Schlichte Ehre wohn' in treuer Brust,
Das Geschwätz der Städte soll er fliehn,
Ohne Not von seinem Herd nicht ziehn,
So gedeiht sein wachsendes Geschlecht,;
Das ist Adels alte Sitt' und Recht.

Im Walde

Windes Rauschen, Gottes Flügel,
Tief in kühler Waldesnacht;
Wie der Held in Rosses Bügel
Schwingt sich des Gedankens Macht.
Wie die alten Tannen sausen,
Hört man Geistes Wogen brausen.

Herrlich ist der Flamme Leuchten
In des Morgenglanzes Rot,
Oder die das Feld befeuchten,
Blitze, schwanger oft von Tod.
Rasch die Flamme zuckt und lodert,
Wie zu Gott hinaufgefodert.

Ewig's Rauschen sanfter Quellen
Zaubert Blumen aus dem Schmerz;
Trauer, doch in linden Wellen,
Schlägt uns lockend an das Herz;
Fernab hin der Geist gezogen,
Die uns locken, durch die Wogen.

Drang des Lebens aus der Hülle,
Kampf der starken Triebe wild,
Wird zur schönsten Liebesfülle,
Durch des Geistes Hauch gestillt.
Schöpferischer Lüfte Wehen
Fühlt man durch die Seele gehen.

Windes Rauschen, Gottes Flügel,
Tief in dunkler Waldesnacht!
Freigegeben alle Zügel,
Schwingt sich des Gedankens Macht,
Hört in Lüften ohne Grausen
Den Gesang der Geister brausen.

Eintritt in die deutsche Schweiz
1804

Freier atmet schon die Brust,
Höher schlägt einsame Lust,
Friede ist es, was hier weht,
Sanft zu innerm Herzen geht,
Daß kein Schmerz da nimmer stürmt,
Wie sich Berg auf Berg antürmt,
Hohes Schweigen uns ergreift,
Wildes Streben nicht mehr schweift,
Hier auf stiller Alpenhöh',
Wo der fernen Gipfel Schnee,
So die Sonne golden malt,
Ernst zu uns hernieder strahlt.
Selig, wer da Hütten baut,
Einsam der Natur vertraut,
Der Erinnerung nur lebt,
Ganz sich selbst in sie vergräbt,
Einzig auf das Lied nur denkt,
Das ihm Gott ins Herz gesenkt,
Der den Dichter auserkor,
Daß er brächt' ans Licht hervor
Alten Heldengeistes Spur,
Stiller Schönheit Blumenflur,
Fern von jener wüsten Welt,
Die uns all' in Fesseln hält.
Möcht' ich einst so glücklich sein,
Solchen Friedens mich zu freun,
Dieser schönen Berge Höhn
Noch als Heimat wiedersehn!

Fülle der Liebe

Ein sehnend Streben
Teilt mir das Herz,
Bis alles Leben
Sich löst in Schmerz.

In Leid erwachte
Der junge Sinn,
Und Liebe brachte
Zum Ziel mich hin.

Ihr edle Flammen
Wecktet mich auf;
Es ging mitsammen
Zu Gott der Lauf.

Ein Feuer war es,
Das alles treibt;
Ein starkes, klares,
Was ewig bleibt.

Was wir anstrebten,
War treu gemeint;
Was wir durchlebten
Bleibt tief vereint.

Da trat ein Scheiden
Mir in die Brust;
Das tiefe Leiden
Der Liebeslust.

Im Seelengrunde
Wohnt mir Ein Bild;
Die Todeswunde
Ward nie gestillt.

Viel tausend Tränen
Flossen hinab;
Ein ewig Sehnen
Zu ihr ins Grab.

In Liebeswogen
Wallet der Geist,
Bis fortgezogen
Die Brust zerreißt.

Ein Stern erschien mir
Vom Paradies;
Und dahin fliehn wir
Vereint gewiß.

Hier noch befeuchtet
Der Blick sich lind,
Wenn mich umleuchtet
Dies Himmelskind.

Ein Zauber waltet
Jetzt über mich,
Und der gestaltet
Dies all nach sich.

Als ob uns vermähle
Geistesgewalt,
Wo Seele in Seele
Hinüberwallt.

Ob auch zerspalten
Mir ist das Herz;
Selig doch halten
Will ich den Schmerz.

Auf dem Feldberge
1806

Wie still ist es hier oben,
Wo kein Gebüsch mehr blüht,
Über die Berg' erhoben,
Wo nie der Sommer glüht;
Wo selbst der Schall verklungen,
Kein Vogel je gesungen
Sein froh gesellig Lied.

Zum Teppich Moos gebreitet,
Auf wüstem Heidefeld
Die Felsen weich umkleidet;
Wohin das Auge fällt,
Von Berg, Tal, Schloß und Wäldern,
Städtebesäten Feldern,
Ein' unermeßne Welt.

Den Wanderern zusammen
Lodern einsame Flammen
Am Felsenbette auf;
Öde den Pfad herauf,
Ein schaurig Tal zur Seite,
In nebelferner Weite
Schimmernd der Ströme Lauf.

Und wie ich nun betrachte,
Was mir das Herz erfreut,
All sorgsam das beachte,
Da wird es klar so weit;
Ich sehe sich entfalten
Vor meinem Blick die alten
Kunden der grauen Zeit.

Nach Kriegerweise handeln,
German'scher Männer Schar,
Seh ich sie da und wandeln;
Wo einst ihr Lager war,
Auf jenes Berges Höhen,
Dünkt mich sie noch zu sehen,
Den König auch fürwahr.

Aus diesen selben Zeiten,
Scheinend im Nebelrauch,
Sind wohl, die dort sich breiten,
Die Hünengräber auch;
Sich wehrend der Gewalten,
Lebten da frei im Walde
Sie treu dem alten Brauch.

Dann durch die Schranken dringen,
Im hohen Siegerglück,
Die Helden vor und bringen
Freiheit der Welt zurück.
Es strömt die Flut der Schmerzen
Mir fragend hin zum Herzen;
Wer bringt sie uns zurück;

Rückkehr des Gefangenen
zu ende des jahres 1807

Väter, Söhne, Brüder, strömt herbei!
Den die Ketten nicht bezwungen,
Ist errettet, ist nun wieder frei.
Dem Gefangnen ist's gelungen,
Zu den Brüdern ist er heimgekehrt;
Sehnsucht hätt' ihm fast das Herz verzehrt,
Freude löst jetzt alle Zungen.

Weil die Freude nun die Rettung preist,
Die dem Krieg sein Schwert zerbrochen,
Sinkt erinnernd in sich selbst sein Geist.
Was gelitten, was verbrochen
Seine Brüder, fühlt sein deutsches Herz;
Mut im Auge, doch noch bleich von Schmerz
Hat die Wort' er ausgesprochen:

O seid nur jetzo treuer,
So zeigt sich bald ein neuer
Morgen nach dunkler Nacht!
Wir haben viel erduldet,
Ja Schlimmres wohl verschuldet,
Und sind noch kaum erwacht.
Ein neuer Lenz soll grünen
Aus der Zerstörung Sieg,
Neu sich der Geist erkühnen
Und jeder Zwist versühnen
Nach langem Bürgerkrieg.

Sind unsrer Zwietracht Strafen
Die Wunden, die uns trafen,
Nicht und das bittre Joch?
O wollt nicht länger säumen,
Mit wachen Augen träumen
In der Verwirrung noch.
Wie soll sich frei entfalten
Der edle deutsche Geist,
Und wieder groß gestalten,
Wenn ihr nicht erst die alten
Laster vom Herzen reißt!

Wo warst du, deutscher Adel?
Man sah nur Schand' und Tadel
In deinem üpp'gen Tun.
Nach schnödem Golde trachtend,

Kein Recht noch Sitte achtend;
Was helfen sie dir nun,
Der eitlen Schwäche Krücken,
Und was des Bürgers Raub?
Du magst den stolzen Rücken
So knechtischer denn bücken
Bis nieder in den Staub.

Es zürne dem Gesange
Ob solchem herben Klange,
Kein wahrhaft Edler nicht!
Wohl blieben treu der Ehre,
Wie auch der Sieg sich kehre,
Und viele treu der Pflicht.
Als Kämpfer im Verhängnis
Vergossen sie ihr Blut;
Es beugt ja kein Bedrängnis
Und hält auch kein Gefängnis
Den freien Mannesmut.

Ihr, die Gott ausersehen,
Die Wahrheit zu erspähen,
Begeistert hohen Muts;
Ihr Denker, Lehrer, Dichter,
Wie wart ihr selbst Vernichter
Des anvertrauten Guts!
Nicht ward zum Spiel gegeben,
Und nicht zu eitlem Ruhm,
Zum Himmel soll anstreben
Dies innre Geistesleben,
Und ist ein Heiligtum.

Ihr wolltet alles richten,
Des eignen Volks Geschichten
Nur blieben unerkannt.
Wie habt ihr noch gestritten,

In der Zerstörung Mitten,
Um jeden nicht'gen Tand!
Was auch der Sturm zerschlagen,
Der Ichheit kalte Lust
Berauscht' euch, Neides Nagen,
Als ob kein Herz geschlagen
Euch in der hohlen Brust.

Ihr Fürsten auch des Landes
Vergaßt des alten Bandes,
Getäuscht durch fremden Trug.
Gewiegt in falschen Sitten,
Wart selbst ihr fremd inmitten
Des Landes, das euch trug.
Durch Reden und Ermahnen
Ward noch kein Sturm gedämpft!
O hättet ihr die Ahnen
Des Ruhms euch lassen mahnen,
Der ritterlich gekämpft.

Die ihr das Deutsche hemmtet,
Dem Recht euch widerstemmtet,
Um eitlen Wahn und Lohn;
Ehrt jetzt die fromme Milde,
Vor Rudolfs, Karles Bilde,
Am alten freien Thron,
Werft euch in Demut nieder,
Ahmt ihren Enkeln nach!
Seid ernst wie sie und bieder,
Seid rechte Fürsten wieder,
Und werdet endlich wach.

Du Volk, das dankvergessen,
Nur tadeltest vermessen,
Was Hohes dir erschien;
In der Verblendung lebtest,

Unwürdig dich bestrebtest,
Was groß, herabzuziehn:
Bis dann die dir Gesandten
Zu spät dein Loben preist,
So manchen lang verkannten,
Unwürdig oft genannten
Von Gott erfüllten Geist.

Wann ehrtest du im Stillen
Der Kaiser biedern Willen,
Die es so treu gemeint?
Du folgtest jedem gerne,
Nur deinem rechten Sterne
War nie dein Sinn vereint!
Gern wüschet diese Flecken
Ihr jetzo von euch ab,
Und möchtet in dem Schrecken
Mit eurem Blut erwecken
Die Helden aus dem Grab!

Frei ist von Schuld nicht einer,
Ja von uns allen keiner
Ist, der nicht schwer geirrt.
Nur laßt uns frei bekennen,
Und endlich das erkennen
Was uns so lang verwirrt.
Wir stehen in der Reihe
Der edlen Völker doch;
Wie auch die Zeit uns zeihe,
Des Unglücks hohe Weihe
Gibt uns die Krone noch.

Wie der in wilder Wüste
Wohl einsam rufen müßte,
Wo ihn kein Auge sieht;
So in der jetz'gen Menge,

Recht mitten im Gedränge,
Erschalle du, mein Lied!
Nicht Unheil nur verkündend,
Das überall ja droht,
Den Mut auch neu entzündend,
Die treu noch sind, verbündend,
Besiegend Schmach und Tod.

So lang der Frühling grünet,
Sich Liebe froh erkühnet,
Die Klage bricht hervor;
So lang noch Lieder schallen,
Des Herzens Flammen wallen
Zum Gott des Lichts empor;
Und hohe Forscher denkend
Die ew'gen Wunder sehn,
Den Blick zur Sonne lenkend,
Zur Tiefe wieder senkend,
Wird deutscher Geist bestehn.

Und wären auch des Bundes,
Im Raum des Erdenrundes,
Genossen weit zerstreut;
Noch tönen ja die Lieder
In allen Herzen wieder,
Der Bund ist bald erneut.
Der Zukunft denn entgegen
Die schon sich offenbart,
Soll sich der Mut bewegen,
Die Hoffnung wieder regen;
Nur sei sie treu bewahrt.

Nicht kaltem Dünkel fröhne,
Kein Gottes Licht verhöhne,
Wem deutsch das Herz noch schlägt.
Nein, freud'ger Ruhm gegeben

Sei jedem großen Streben,
Wie es auch Namen trägt.
Laßt an der Treu' uns halten,
Die milder Friede lohnt,
Nicht irren Zwist uns spalten,
Den Geist nur in uns walten,
In dem die Wahrheit wohnt.

Also sprach er, hohen Mutes voll,
Den kein Unglück hat bezwungen;
Nicht von Lob und eitler Klage scholl,
Was den Brüdern er gesungen.
Der gefangen war, ist wieder frei!
Väter, Söhne, Deutsche, strömt herbei,
Ewig fest in eins verschlungen.

AUFSÄTZE

ZUR ANTIKEN KULTUR

VON DEN SCHULEN DER GRIECHISCHEN POESIE

Der erste Blick des Forschers auf alle noch vorhandenen ganzen Werke und Bruchstücke der Griechischen Poesie verliert sich in ihre unübersehliche Menge und Verschiedenheit, und verzweifelt an der Möglichkeit, in ihnen ein Ganzes finden zu können. Ohne dieses wird seine Kenntnis immer dürftig und unsicher bleiben müssen; und dennoch darf er es nicht wagen, durch willkürliche Einteilungen der Wahrheit Gewalt anzutun, um einen künstlichen Zusammenhang zu erzwingen. Aber es bedarf dieser willkürlichen Einteilungen nicht. Die Natur selbst, welche die Griechische Poesie als ein Ganzes erzeugte, teilte auch dieses Ganze in wenige große Massen, und verknüpfte sie mit leichter Ordnung in Eins. – Diese Unterschiede und Verknüpfungen aufzusuchen, die natürlichen Klassen der Griechischen Poesie, den Zusammenhang dieser Klassen, ihren Charakter, ihre Grenzen und Gründe genau zu bestimmen: ist der Gegenstand dieses Versuchs.

Es sei zu diesem Behufe erlaubt, den Ausdruck: »Schule« von der bildenden Kunst zu entlehnen. Dieser Ausdruck bezeichnet hier, wie dort, eine *regelmäßige Gleichartigkeit des Stils,* durch welche eine Klasse von Künstlern sich von den übrigen absondert, und ein ästhetisches Ganzes wird. Diese Gleichartigkeit des Stils braucht aber nicht, wie bei der bildenden Kunst, durch *Unterricht* fortgepflanzt zu sein (jedoch muß bei den Griechischen Dichtern selbst eine Art von Unterricht in der Kunst stattgefunden haben: wir finden bei vielen berühmtesten, neben ihren Lehrern in andern Künsten, oft auch ihre Lehrer in der Poesie genannt); nur zufällig darf sie nicht sein, sondern sie muß aus einem *Prinzip* entspringen, und unter gewissen Voraussetzungen *notwendig* sein. Der Zusammenhang nach Zeit und Ort führt uns auf die Regelmäßigkeit der

Übereinstimmung: und diese gibt uns den Leitfaden an die Hand, ihre innere Notwendigkeit zu entdecken.

Die Bestimmung der Schulen und ihrer Grenzen (die Kriterien dessen was einer jeden Schule angehört, und die Aufzählung der Werke, welche sie umfaßt), ihre Charakteristik, die Entwicklung der Prinzipien welche sie beherrschten und lenkten, der Gründe, aus welchen ihr Charakter und ihr Ton entsprang: ist das erste und notwendigste Erfordernis zu einer gründlichen Kenntnis der Griechischen Poesie. Durch das Zusammennehmen alles Gleichartigen, wird das Einzelne verständlicher; viele von den Dunkelheiten, welche auch bei dem anhaltendsten Studium des Einzelnen über dessen Charakter übrig bleiben, werden aufgehellt; die gefundne Regelmäßigkeit hilft die Gründe, die innere Notwendigkeit entdekken, gibt uns einen festen Standpunkt, aus welchem wir es wagen dürfen, aus dem Bekannten auf das Unbekannte zu schließen. Wir dürfen selbst verlornen Teilen des Ganzen ihren historischen Zusammenhang in diesem bestimmen; und gelangen endlich (welches nur auf diesem Wege möglich ist) zur Erkenntnis des Ganzen. – Die vollständige Ausführung überschreitet bei weitem die engen Grenzen dieser Abhandlung, und würde nichts anders sein als eine vollendete Geschichte der Griechischen Poesie. Bis ich dem Publikum diese darlege, welche allein die völlige Rechtfertigung einiger Behauptungen enthalten kann, empfehle ich das Folgende bloß als eine brauchbare Hypothese der strengsten Prüfung der Kenner.

Die Charakteristik einer Schule der Griechischen Poesie beurteilt und charakterisiert erstlich die Darstellung: entweder an und für sich, ihre Vollkommenheit und Richtigkeit, ihre Reinheit und Objektivität; oder ihre Organe. Diese sind Formen (die Dichtarten); oder sie sind materiell, und deren sind drei: Mythus, Diktion, und Metrum. Ferner bestimmt sie, ob und inwiefern das darstellende Genie das Dargestellte empfangen oder erzeugt hat; sie bestimmt das Natürliche und das Ideale in der Darstellung. Es gibt zwei Elemente der Kunst: Darstellung, und Schönheit. Nächst der Kunst, wird also die Schönheit charakterisiert und beurteilt, ihre Teile, ihr Inhalt oder Sinn, die Erscheinung desselben, und die Verhältnisse beider. Zu der vollständigen Kenntnis einer poetischen Schule gehört aber, außer der Kenntnis ihres Charakters, auch noch die Kenntnis der Gründe, aus welchen dieser entsprang, dauerte, und unterging; und des historischen Zusammenhanges im Ganzen.

Es gibt in der Griechischen Poesie *vier* Hauptschulen: die Jonische, die Dorische, die Athenische, und die Alexandrinische. Es gibt noch außer diesen Künstler, welche durch homogenen Stil Klassen bilden, die aber ästhetisch nicht wichtig genug sind, um den Namen einer Schule zu verdienen; es gibt einzelne Künstler, welche sich nicht leicht unter irgendeine Schule ordnen lassen; es gibt eine Periode, wo es keinen Stil, also auch keine Schule, gab; es gibt endlich Perioden, über welche sich mit Sicherheit fast gar nichts festsetzen läßt. Dies gilt vorzüglich von der vorhomerischen Zeit, die deshalb hier mit Stillschweigen übergangen wird.

Die Homerischen Werke, Hesiodus, und einige Fragmente, nebst den Römischen oder Alexandrinischen Nachbildungen verlorner epischer Dichter dieser Zeit und Gattung, sind, was wir noch von der *Jonischen Schule* besitzen. Die Darstellung in den Werken derselben ist noch nicht reine schöne Kunst; Poesie, Geschichte, und Philosophie waren noch nicht getrennt. Es gab, statt dieser, nur eins: den Mythus, den Keim aus welchem sich später alle drei allmählich entwickelten. Der Mythus war nicht Organ der Poesie, sondern selbst Zweck; sein notwendiger Begleiter vor der Bildung der Prosa, war das Metrum, ursprünglich nichts als ein Medium des Gedächtnisses. Man kannte nur eines, den *Hexameter,* welcher dem Sinn am leichtesten und dem Gedächtnisse am faßlichsten ist. Es gab nur zwei Formen: *Epos* und *Hymnus;* oder eigentlich nur eine (denn der Hymnus war episch, – den ältern Orpheischen Hymnus würde ich nicht zu dieser Schule rechnen), und zwar die einfachste leichteste: die *Erzähung;* und diese war früher Medium des Mythus, als (was doch Formen der Poesie sein sollten) reines Medium der Schönheit und der Darstellung. Die Organe der Poesie waren unter den Griechen früher vorhanden als die letztere selbst; aber in den Werken der Jonischen Schule, war doch Poesie schon bei weitem das Überwiegende, wenn man sie auch zu Zeiten bloß als Mythen betrachten muß. Der Mythus selbst ist im hohen Grade poetisiert, das Metrum erhebt sich oft zur musikalischen Schönheit oder zum pathetischen Ausdrucke, die Diktion ist höchst anschaulich und leicht. Die Darstellung ist objektiv, richtig und unübertrefflich wahr. Die gegenseitige Beziehung der Teile, der innre Zusammenhang des Ganzen im Epos, verkündigt die künftige ästhetische Selbständigkeit des Drama. Vergebens bemüht man sich aus innern Gründen die Ordnung der ILIADE für neuer und unecht zu erklären, wenn man es nicht aus äußern dartut. Das Ideale im Stoff ist viel später, als das in der Form; und doch findet sich auch das erste im Homer, in der Naturvollkommenheit seiner heroischen Charaktere. Jeder Held ist bei ihm der höchste in seiner Art; und dies ist nicht Natur, sondern Ideal. Allein im Ganzen war freilich das Überwiegende in der Darstellung, Natur vor dem Ideal; ebenso überwog, im Genie und Geschmack, die Empfänglichkeit die Selbsttätigkeit; und in dem Schönen, die Erscheinung den Inhalt. Daher ist in den Produkten dieser Schule soviel Reichtum und Wechsel und Spannung, soviel natürliche Anmut und Leichtigkeit, kurz so viel schönes Leben; das höhere Geistige durchschimmert nur sanft seine Hülle, wie das sittliche Gefühl eines seelenvollen Knaben. Die äußern Verhältnisse des Künstlers, die günstigen Anlagen der Natur, welche in dieser Periode den Trieb des Schönen erzeugten und nährten, darf ich als bekannt mit Stillschweigen übergehen.

Die Kennzeichen, nach welchen man die Grenzen der Jonischen Schule leicht bestimmen kann, sind Zeit und Charakter, epische Form, und das Jonische in Dialekt, Sitten und Stil. Nur abwärts sind diese Grenzen nicht so leicht zu bestimmen: denn zwischen der Jonischen und der darauf folgenden Schule fällt ein großer Zwischenraum, welcher ebensoviel Merkwürdiges als Dunkles enthält. Der Charakter der Jonischen und der Dorischen Schule müssen die beiden festen Punkte sein, von denen man bei der Untersuchung ausgeht; aber kaum läßt sich hoffen, alle Schwierigkeiten zu lösen, und alle Kunstwerke auf eine befriedigende Art zu klassifizieren. – In diese Zwischenzeit fallen zwei Klassen von Dichtern, von denen sich vermuten läßt, daß ihr Stil homogen war, die mir aber den Namen: Schule, nicht zu verdienen scheinen. Die ersten sind die Gnomiker: Theognis, Phocylides, u.s.w. (meistens Jonier); die andern, die sogenannten Physiologen: Empedokles, Xenophanes, Parmenides.

Sie dichteten jonisch, und Empedokles vorzüglich homerisch. Vielleicht besitzen wir im Lukrez eine Nachbildung von dem Stile des Zuletztgenannten.

Ganz verschieden von dem Jonischen Geiste war der *Dorische.* Diese Verschiedenheit äußerte sich in Gebräuchen, Sitten, Gesetzen, Mythen, Dialekt, Musik, und auch in der Poesie. Die Eigentümlichkeiten und der Umfang dieser letztern sind so bedeutend, ihre Unterschiede von der übrigen Griechischen Poesie so auszeichnend und zusammenhängend, sie entspringen so ganz aus dem Dorischen Nationalcharakter und der Dorischen Nationalkultur, daß wir genötigt sind, eine eigne Dorische Schule in der Griechischen Poesie anzunehmen. Die Dorier waren gewissermaßen der ältere, reinere, nationalste Griechische Stamm; und die beiden eigentümlichsten Produkte des Griechischen Geistes: Gymnastik und Musik, sind größtenteils ein Werk der Dorier. Es ist nicht von der ersten Erfindung die Rede; aber die Dorier vorzüglich gaben ihnen Gestalt, Bildung, Vollendung: auch blühten sie vorzüglich unter den Doriern, welche ihre Tätigkeit mehr auf sie einschränkten, nicht so zerstreuten, wie die Jonier. Gymnastik und Musik machte die ganze ursprüngliche Griechische Erziehung und Kultur aus: und der Dorische Geist ging nie weit über die Grenzen hinaus. Unter Musik im alten Sinne des Worts, war auch lyrische Poesie begriffen; dieser poetische Teil der Musik erhielt ganz Dorische Bildung und Dorischen Ton: und diese gesamte Dorische Lyrik macht eben die Dorische Schule aus. Die Elegie, das Epigramm und das Idyll gehört aber nicht zu dieser Lyrik, sondern nur das Melos. Daß dieses ein Dorisches Produkt sei, das beweisen: die vorhandenen Werke und Fragmente selbst; die bestimmtesten Nachrichten, daß die meisten lyrischen Dichter dorisch geschrieben haben; unter andern aber auch die Tatsache, daß der Chor der Athenischen Dramen sich mehr oder weniger des Dorischen Dialekts bedient.

Die Kriterien und die Grenzen dieser Schule zu bestimmen, sind erstlich die Dichtart, nämlich eigentliche Lyrik im alten Sinne des Worts; und das Dorische im Dialekt und im Charakter. Doch wird man eigentliche lyrische Werke aus der Zeit, in welcher Dorische Kunst blühte, wenn jene auch Äolisch wie die des Alcäus und der

Sappho, oder selbst Jonisch, wie die des Anakreon, geschrieben sind, vielleicht am besten zu dieser Schule rechnen können; denn sie gehören zur eigentlichen Lyrik, und diese ist im Ganzen ein Dorisches Produkt. Die Zeit ist wohl ein Kennzeichen, um von dieser Schule auszuschließen, wie den Leonidas und Theokrit (welche aber, ungeachtet des Dialektes, auch deshalb nicht dazu gerechnet werden könnten, weil ihre Werke keine eigentliche lyrische Poesien sind), aber kein gültiges Kennzeichen, um ein Werk dazu zu rechnen. Denn es gibt zu gleicher Zeit Poesien und Poeten, welche man weder zur Jonischen, noch zur Dorischen, noch zur Athenischen Schule rechnen kann, wie die Elegiker, Mimnermus, Tyrtäus, Stesichorus, Archilochus, Simonides, Solon. Ferner, die Erfindung der Jamben, Epicharm, und überhaupt die Anfänge des Drama unter den Doriern. – Da diese sich aber fast ausschließlich mit Lyrik beschäftigt, ihr ihre eigentümliche Gestalt auf immer gegeben und sie vollendet haben, so gebühret nur ihr der Name: Dorische Kunst; im Epos und Drama werden sie den Joniern gefolgt, oder von den Athenern weit übertroffen sein. Die ältesten *Elegiker* sind Jonier, vermutlich also die Elegie selbst eine Jonische Erfindung, besonders da das Metrum nur ein veränderter Hexameter ist. – Der Anfang der Dorischen Schule ist in undurchdringliches Dunkel verhüllt. Das Ende der Dorischen Lyrik und Musik fällt, allem Vermuten nach, mit dem Verderben ihrer Sitten und Staaten (eine Folge des Ehrgeizes beider Stämme) zusammen. Während ihrer Blüte scheint ihre Kunst sich selbst gleich gewesen zu sein; es ist keine beträchtliche Verschiedenheit, wie etwa ein regelmäßiger, stufenweiser Fortgang sichtbar. – Außer Pindar, besitzen wir von den Werken dieser Schule noch eine sehr beträchtliche Anzahl Fragmente und Römische Nachbildungen. Berühmte Dichter dieser Schule waren: Backchylides, Ibykus, Korinna, u.s.w.

Der beste Kommentar zum Studium dieser Schule ist der Charakter der Dorier selbst während ihrer schönsten Zeit, welchen man aus dem Thucydides und auch aus dem Pindar kennen lernt. Der Ton ihrer Sittlichkeit war Größe, Einfalt, Ruhe; friedlich und doch heldenmütig, lebten sie in einer edeln Freude. Eben dieser Geist: Größe, Einfalt und Ruhe, beseelte auch ihre Verfassungen und ihr bürgerliches Leben, erzeugte ihre gerühmte Eunomie. Die Grundlage ihres Charakters war eine schöne Anhänglichkeit an väterliche Sitte und väterlichen Glauben. Ihre Bildung, ihre Tugend selbst war eine väterliche Sitte. Aber, da der Ehrgeiz und Luxus, welcher ganz Griechenland ergriff, auch die Dorischen Verfassungen und Sitten verderbte, so verschwand auch ihre Tugend, und mit dieser ihre Kunst, welche nur ein Organ ihrer einfachen Tugend war. Die Athener haben noch nach ihrem Falle das menschliche Geschlecht durch ihre Philosophie umgestaltet, aber die Dorier waren forthin gar nichts mehr wert; mit einem Streich fiel Alles. (Wenn eine oder die andere Tatsache oder Meinung dieser Darstellung zu widersprechen scheinen sollte, so vergesse man nicht, wie verfälscht von allen Seiten die Geschichte, besonders die der Lacedämonier, ist.)

Eben diesen Charakter: Größe, Einfalt und Ruhe, finden wir in der Schönheit der Dorischen Dichtkunst ganz wieder. Die Dorische Schönheit ist nicht die höchste innere Selbständigkeit des Genies, sondern ein freies Erzeugnis einer edlen und gebildeten Natur. Dieses freie Entstehen aber erzeugt Ruhe, Gleichgewicht in der Haltung aller Teile, und dadurch den Schein der Vollendung. In dem Dorischen Genie ist Empfänglichkeit und Selbsttätigkeit auch in einer Art von Gleichgewicht; die Empfänglichkeit ist zwar das erste, gibt den ersten Anlaß, aber ist mehr auf die Form, auf das Geistige gerichtet. Das Prinzip der Darstellung liegt in der Mitte zwischen Natur und Ideal; es ist Auswahl edler Natur: daher sind die Grenzen der poetischen Sphäre enger beschränkt, als in der vorigen und in der folgenden Schule. Die Darstellung des Sinnlichen ist weniger anschaulich als in der Jonischen Schule, und die Darstellung des Geistigen weniger klar als in der Athenischen; der Grund liegt in der Richtung und in der Ruhe des Genies. Zur Reinheit hat die Poesie große Fortschritte gemacht, und nur selten darf ein poetisches Werk als Mythus angesehen werden. Die einzige Form ist Lyrik (so wie Epos ausschließlich Jonische Form, und Drama Athenische ist); und man darf nie vergessen, daß diese nichts anders ist als der poetische Teil der Musik. Die Dorische Lyrik ist eine veranlaßte Poesie, oder eine Kunst des Angenehmen, welche ihren Zweck durch das Schöne erreicht. Sie ist der Mund des Ruhmes, und die Sprache der Freude.

Eben weil Lyrik angenehme Kunst ist, ist Metrum und Diktion nicht bloß Mittel, sondern für sich schön: das Metrum ist musikalische Schönheit; sein Ton, wie der Ton der Diktion, ist sanfte Pracht. Der Dorische Mythus ist edler, der Jonische reicher. Die Bildung der Edlen und die väterliche Sitte beherrschten und lenkten die Kunst; und innerhalb dem Raume, welchen diese der Kunst anwiesen, ward das Schöne erkannt und begünstigt: um diese Grenzen zu überschreiten, hätte die Kunst eher Widerstand als Begünstigung erwarten dürfen.

Im Epischen und Lyrischen blieb den spätern Künstlern wenig mehr übrig, als den Joniern und Doriern zu folgen; aber die vollkommenste Form der Poesie, das *Drama,* war noch so gut als gar nicht vorhanden. Es ist das eigentümliche Produkt der *Athenischen Schule.* Sollten auch die Athener die ersten Anfänge des Drama nicht erfunden haben, so waren sie es doch, die ihm Gestalt, Bildung und Vollendung gaben. Nur dramatische Werke können zur Athenischen Schule gerechnet werden; denn es ist sehr unwahrscheinlich, daß sie im Epischen oder Lyrischen bedeutend oder eigentümlich genug gewesen sein sollten, um eine eigene Schule darin zu bilden: sie werden mehr den Joniern und Doriern gefolgt sein. Die Grenzen dieser Schule bestimmen sich daher von selbst, und haben nicht die Schwierigkeit wie die Grenzen der vorigen Schulen. Die Werke die wir noch besitzen sind: Äschylus, Sophokles, Euripides, Aristophanes, Fragmente komischer und tragischer Dichter, und die Römischen Übersetzungen und Nachbildungen im Plautus und Terenz, von ganzen Werken der neuern Komiker, des Menander, Apollodor, Philemon, Demophilus, Diphilus.

In Athen ward die Poesie zu einer reinen Kunst des Schönen; die Darstellung war ganz ideal, und die Materie der Kunst nichts als Organ und als solches vollkommen. Das Metrum, die Vereinigung der Jamben und des Melos, war ein Medium des höchsten pathetischen und ethischen Ausdrucks. Ebenso die Diktion, welche bei der höchsten sittlichen und gesellschaftlichen Regsamkeit und Ausbildung des Menschen die feinsten und verborgensten Äußerungen seiner Natur bezeichnen lernte. Wenn sie im Anfang weniger schön war, so vereinigte sie in ihrer Vollendung, mit der Schönheit der Dorischen, Präzision und Umfang welche dieser fehlten. Außer dem Mythus, gehörte nun auch das wirkliche, öffentliche und häusliche Leben zur Sphäre der Poesie. Und dadurch erhielt schönes Pathos und schönes Ethos, das eigentliche Objekt der Poesie, bei den Athenern seinen weitesten Spielraum; von ihnen allein empfing es die ideale Behandlung, die sein ästhetisches Gesetz ist. Die Athener sind die Erfinder des Tragischen und Komischen: sie gaben den tragischen und komischen Darstellungen die Form, welche allein den vollständigsten Umfang mit der höchsten ästhetischen Selbständigkeit vereinigt; sie sind die Erfinder des Dramas. – Das belebende Prinzip der Kunst war der Charakter der Athener überhaupt, die freieste Regsamkeit und höchste Energie der ganzen menschlichen Natur, die äußerste moralische und intellektuelle Schnellkraft, ihrem eigenen Gange ganz ungehemmt überlassen. Das lenkende oder vielmehr herrschende Prinzip vom Anfange der Athenischen Schulen bis zu Ende war der öffentliche Geschmack, und dieser war nichts als reine Äußerung der öffentlichen Sittlichkeit. Aber er bestimmte weiter nichts als das Ideal des Schönen, und gab über nichts Zufälliges willkürliche Gesetze. Unter den Athenern allein (sonst bei keinem Volke in der alten und neuen Geschichte) genoß die Poesie während einer kurzen Zeit ihr ursprüngliches vollgültiges Recht an grenzenlose äußre Freiheit und unbeschränkte Autonomie. Besonders die poetische Darstellung des öffentlichen Lebens, die alte Komödie, ist davon ein erhabenes Beispiel. Das herrschende Prinzip der Kunst war ein Ideal des Schönen; und der öffentliche Geschmack welcher dieses bestimmte, eine reine Äußerung der öffentlichen Sittlichkeit: der Gang der Poesie und der Sitten war sich also vollkommen gleich und regelmäßig, weil beide ungehemmt der Entwicklung eigner Natur überlassen waren. Auch erhält die Geschichte der Athenischen Poesie durch die Geschichte der Athenischen Sitten reichhaltige Bestätigungen und Erläuterungen; der Gang der Kunst indes erscheint einfacher und ist viel leichter zu fassen und zu beobachten, als der Gang der Sitten: denn es ist äußerst schwer, oft unmöglich, aus der öffentlichen Geschichte, nach Absonderung alles Fremdartigen, mit Sicherheit die reine öffentliche Sittlichkeit herauszuziehen. Der beste Leitfaden dazu ist der Gang der Kunst und des Geschmacks; man findet die vier vorzüglichen Perioden desselben in der politischen und sittlichen Geschichte wieder, und beiden erläutern sich gegenseitig. Aber die ästhetische Geschichte der Athenischen Poesie durch die Geschichte zu erläutern, muß ich mir für eine andere Zeit vorbehalten.

Es gibt vier Stufen des Athenischen Geschmacks. Der Charakter der ersten Stufe ist harte Größe, ein gewaltsames Streben nach dem Höchsten, welches nicht ganz befriedigt wird. Der Schönheit des Äschylus fehlt es an Anmut, seiner Darstellung an Leichtigkeit, seinem Drama an innrer Vollständigkeit; das Tragische hat das Übergewicht über das Schöne. Das höchste Streben des Kunsttriebes (des Genies) erreichte in der zweiten Periode sein äußerstes Ziel, das höchste Schöne; in den Werken des Sophokles verschwindet die vollendete Kunst, und seine Schönheit ist das Maximum der Griechischen Poesie. Nur die Absicht kann die Werke des Triebes verewigen, isoliert erzeugt der Trieb nichts Beharrliches. Das Griechische Genie verlor die Harmonie und versank in der dritten Periode in eine kraftvolle, aber gesetzlose Schwelgerei. Nicht bloß der Mensch, auch die Kunst vergaß ihre Gesetze, und erlaubte der Rhetorik und Philosophie einen schädlichen Einfluß auf die Tragödie, wie persönlichen Absichten auf die Komödie. Die Komödie mißbrauchte ihre Freiheit, und da raubte man der Kunst ihr angebornes göttliches Recht: Niemand zu gehorchen als sich selbst. Die gesetzlose Schönheit des Euripides und Aristophanes ist hinreißend, verführerisch, glänzend; aber bald folgte auf Schwelgerei in der vierten Periode Ermattung, welche sich nicht mehr über das Feine und Liebenswürdige erheben konnte: nur aus Schwäche ist sie mäßiger und scheint sittlicher als die vorige Periode. Die poetische Grazie der neuern Komiker ist die letzte Stufe der Schönheit.

Nachdem die Schönheit aufhörte das Ziel der Kunst zu sein, bildete sich ein ganz neuer Stil der Poesie, die *Alexandrinische Schule.* Denn Alexandrien ward nun der Sitz der *Gelehrsamkeit* und der Gelehrten überhaupt, und auch vorzüglich der Sitz dieser neuen Poesie. Da indes in allen poetischen Werken dieses Zeitalters im Ganzen derselbe Stil herrscht, so begreife ich alle diese unter jenem

Namen. Die Eigentümlichkeit der eigentlichen Alexandriner wie Apollonius, Kallimachus, Lykophron, scheint Schwerfälligkeit und überladne Gelehrsamkeit in noch höherm Grade als sie schon allgemein herrschend war. Die Leichtigkeit des Aratus erklärt sich am besten aus seinem Aufenthalte zu Athen; und die Natürlichkeit des Theokrit scheint mehr ein ländliches Leben in Sizilien als Alexandrinische Bildung vorauszusetzen. Die Kriterien, oder Grenzen dieser Schule sind erstlich das Zeitalter; dieses Kennzeichen ist indes nicht ganz sicher, weil der Anfang und das Ende desselben sich nicht völlig bestimmt angeben lassen. Desto sicherer aber ist das andere Kennzeichen: der Stil; weil er sich so bestimmt und charakteristisch von dem vorhergehenden und nachfolgenden auszeichnet. Außer den schon genannten Dichtern, einigen andern weniger bedeutenden, Fragmenten von andern, besitzen wir auch eine beträchtliche Menge Römischer Nachbildungen Alexandrinischer Vorbilder, welche aber nicht leicht aus dem übrigen herauszufinden sind; der Stil Ovids, Properzens, Virgils ist im ganzen Alexandrinisch.

Die in gewisser Rücksicht so unnatürliche Trennung der Kunst und des Schönen, auf welche sich anwenden läßt, was Sokrates von der Trennung des Guten und Nützlichen lehrte, ist doch auch das ganz natürliche Ende der Kunst, wie alle Formen ihren Geist überleben. Dies war auch das Schicksal der Griechischen Kunst. Der Geschmack der Gelehrten und die Eitelkeit der Virtuosen beherrschte die Kunst. Kunst war der Zweck der Kunst; an die Stelle der Schönheit trat die Künstlichkeit, man suchte seine Geschicklichkeit in der Überwindung großer Schwierigkeiten zu zeigen: daher die Wahl solcher toten Stoffe, wie Nikanders. Eben daher absichtliche Dunkelheit, gesuchte Gelehrsamkeit, und künstliche Spielereien. Außer dem Schwierigen, war alsdann Prinzip der Kunst das Pikante, dasjenige was dem stumpfen Sinn noch Aufmerksamkeit abnötigen kann. Dergleichen ist das Seltne, Alte und Überladene in den ernsthaften Werken, Schlüpfrigkeit der lyrischen Gedichte, oder auch sogar das Rohe. Es ist der Verderbtheit ganz natürlich in dieses zurückzufallen, und Theokrit ist eine sehr begreifliche Erscheinung dieser Schule: seine Einfalt ist nicht ungebildete Natur, auch nicht

Schönheit, denn sie ist ohne Gefühl für das Sittliche; sondern sie ist der Rückfall der Verderbtheit in Rohigkeit. Es ist zwar in den Alexandrinischen Werken ein eigentümlicher und neuer Stil, aber dieser ist doch eigentlich nichts Erfundnes, sondern nur Nachahmung und eine neue Mischung des schon Vorhandnen: man brauchte die Formen, die Metra und die Diktion aller vorigen Schulen und Zeiten, vorzüglich der ältesten. Die Werke der Alexandriner sind zwar trocken, schwerfällig, tot, ohne inneres Leben, Schwung und Größe; so wie mit der Freiheit die öffentliche Sittlichkeit verschwand, so gab es auch in der Poesie eigentlich kein Pathos und Ethos mehr; diese wurden ebenso behandelt, wie die toten Stoffe, welche die Künstler am liebsten zu wählen schienen (doch findet in dieser Rücksicht vielleicht eine geringe Abstufung nach Maßgabe der Zeit statt). Allein obgleich von Schönheit gar nicht die Rede sein kann, so haben sie doch einen sehr bedeutenden ästhetischen Wert; die Darstellung ist rein, objektiv, richtig und vollkommen, und insofern für alle Zeiten bleibendes Muster, wie die Griechische Kunst überhaupt.

In den Alexandrinischen Werken gab es doch noch einen Stil; der Charakter und der Ton derselben ist homogen und regelmäßig; er läßt sich auf Prinzipien zurückführen. Jetzt folgt eine Zeit ohne *Stil,* ohne Regelmäßigkeit; ihr Charakter ist Charakterlosigkeit, ihr Name Barbarei. Daß Alexandrinische Gelehrsamkeit und Künstelei sich ein anderes Feld wählte, konnte sehr zufällige Ursachen haben, welche uns nichts angehen, denn innre Gründe aus der Natur der Kunst waren es nicht. Im Alexandrinischen Stil hätte die Kunst ewig bestehen mögen, wenn die Geduld des Publikums eben so ewig gewesen wäre. Der Zeitpunkt, wo Alexandrinische Poesie aufhörte, scheint mit dem Anfange der Alexandrinischen Philosophie und mit dem Ende des Griechischen Reichs in Ägypten zusammenzufallen. Sie ward alsdann noch eine zeitlang in Rom fortgesetzt. Unter den Griechischen Poeten aber gab es nun keinen Stil mehr, also auch keine Schule; jeder ist einzeln: und so ist es begreiflich, daß sich in dieser Zeit ein Oppian findet, der so viel mehr poetischen Wert hat, als die Alexandrinischen Lehrdichter. In der lyrischen Poesie erhielt sich noch am längsten einige Manier, aber sie sank noch unter die Schlüpfrigkeit zu einem elenden Kitzel erschlaffter Wollust.

Der Gang der Griechischen Poesie war also folgender: Sie ging von der Natur aus (Jonische Schule), und gelangte durch Bildung (Dorische Schule) zur Schönheit. Diese stieg von der Erhabenheit zur Vollkommenheit, und sank wieder zum Luxus, und dann zur Eleganz hinab. Nachdem die Schönheit nicht mehr vorhanden war, ward die Kunst zur Künstelei, und verlor sich endlich in Barbarei.

VOM ÄSTHETISCHEN WERTE DER GRIECHISCHEN KOMÖDIE

Nichts ist seltner, als eine schöne Komödie. Das komische Genie ist nicht mehr frei, es schämt sich seiner Fröhlichkeit, und fürchtet durch seine Kraft zu beleidigen. Es erzeugt daher kein vollständiges und reines Werk aus sich selbst, sondern begnügt sich, ernsthafte dramatische Handlungen aus dem häuslichen Leben mit seinen Reizen zu schmücken. Aber damit hört die eigentliche Komödie auf; komische Energie wird unvermeidlich durch tragische Energie ersetzt: und es entsteht eine neue Gattung, eine Mischung des komischen und des tragischen Drama, welche sich gewöhnlich mit bescheidnem Stolz den ersten Platz über beide anmaßt. Was ihre Ansprüche gelten, ist eine andre Frage; aber die Natur des Komischen kann man nur in der unvermischten reinen Gattung kennen lernen: und nichts entspricht so ganz dem Ideal des reinen Komischen, als die alte Griechische Komödie. Sie ist eins der wichtigsten Dokumente für die Theorie der Kunst; denn in der ganzen Geschichte der Kunst sind ihre Schönheiten einzig, und vielleicht eben deswegen allgemein verkannt. Es ist schwer, nicht ungerecht gegen sie zu sein; sie nur zu verstehen, erfordert eine vollendete Kenntnis der Griechen; und mit unbestechlicher Strenge ihre wirklichen Vergehungen von dem abzusondern, was nur uns beleidigt, erfordert einen Geschmack, der, über alle fremde Einflüsse erhaben, auf das Schöne allein gerichtet ist.

Die Griechen hielten die Freude für heilig, wie die Lebenskraft; nach ihrem Glauben liebten auch die Götter den Scherz. Ihre Komödie ist ein Rausch der Fröhlichkeit, und zugleich ein Erguß heiliger Begeisterung: ursprünglich nichts anders als eine öffentliche religiöse Handlung, ein Teil von dem Feste des *Bakchus,* welcher Gott ein Bild der Lebenskraft und des Genusses war. Diese Vermählung des Leichtesten mit dem Höchsten, des Fröhlichen mit dem Göttlichen, enthält eine große Wahrheit. Die Freude ist an sich gut, auch die sinnlichste enthält einen unmittelbaren Genuß höhern menschlichen Daseins. Sie ist der eigentümliche, natürliche und ursprüngliche Zustand der höhern Natur des Menschen; der Schmerz erreicht ihn nur durch den geringeren Teil seines Wesens. Rein-sittlicher Schmerz ist nichts als entbehrte Freude, und rein-sinnliche Freude ist nichts als gestillter Schmerz; denn der Grund des tierischen Daseins ist Schmerz. Aber Beides sind nur Begriffe; in der Wirklichkeit, bilden beide heterogene Naturen in durchgängiger Gemeinschaft ein Ganzes – den Menschen, verschmelzen in einen Trieb – den menschlichen; der Schmerz wird sittlich, und die Freude wird sinnlich.

Weil reine menschliche Kraft sich in Freude äußert, so ist sie ein Symbol des Guten, eine Schönheit der Natur. Sie verkündigt nicht bloß Leben, sondern auch Seele. Leben und unbeschränkte Freude bedeuten Liebe. Denn alles Leben deutet auf seine Wurzel und auf die Frucht seiner Vollendung; und der höchste Moment der Lebenskraft ist seine Verdoppelung, der Genuß eines homogenen Lebens. Leben und Geist aber sind im Menschen unzertrennlich, und die Bande des Lebens vereinigen die Geister. Nur der Schmerz trennt und vereinzelt; in der Freude verlieren sich alle Grenzen. Mit der Hoffnung ungehinderter Vereinigung, scheint die letzte Hülle der Tierheit zu verschwinden; der Mensch errät den völligen Genuß, nach welchem er nur streben kann ohne ihn zu besitzen. Es gibt für jedes empfindende Wesen eine Freude, welche keinen Zusatz zu leiden scheint, weil sie keine Grenzen hat, als die beschränkte Empfänglichkeit des Subjekts. In dem Höchsten, was er fassen kann, erscheint dem Menschen das Unbedingt-Höchste; seine höchste Freude ist ihm ein Bild von dem Genusse des unendlichen Wesens. – Der Schmerz kann ein höchst wirksames Medium des Schönen sein; aber die Freude ist schon an sich schön. Schöne Freude ist der höchste Gegenstand der schönen Kunst.

Die Poesie kann diese Freude auf zweierlei Art behandeln; sie ist entweder Äußerung eines schönen Zustandes im Subjekte, in der *lyrischen* Darstellung; oder sie ist eine vollendete selbständige Nachahmung in der *dramatischen* Darstellung. Schöne lyrische Freude muß edel und natürlich sein: die Äußerung einer unedlen Freude würde häßlich, die einer erkünstelten würde unwirksam sein. Was wäre eine Freude, die nicht von selbst schön wäre, sondern wie einem Gesetze, der Schönheit aus Pflicht gehorchte? Sie darf sich nicht einmal selbst zwingen; fremder Zwang aber vernichtet sie unvermeidlich. Schöne Freude muß frei sein, unbedingt frei. Auch die kleinste Beschränkung raubt der Freude ihre hohe Bedeutung, und damit ihre Schönheit; Zwang der Freude ist immer häßlich, ein Bild der Vernichtung und der Schlechtheit. Eine bloße Äußerung des Gefühls, die lyrische Darstellung der Freude, kommt nicht so leicht in Gefahr, ihre äußre Freiheit zu verlieren, – desto mehr die dramatische. Sie nimmt den Stoff zu ihren Schöpfungen aus der Wirklichkeit, ihre Bestimmung ist eine öffentliche laute Darstellung des Lächerlichen, und ihre Freiheit ist dem Laster, der Torheit, dem geheiligten Irrtume fürchterlich. Aber eben dadurch wird sie einer neuen hohen Bedeutung, einer neuen Schönheit fähig; wenn die Freude, wo wir Schranken erwarteten, uns mit Freiheit überrascht, so wird sie das schönste Symbol der bürgerlichen Freiheit.

Überhaupt wird Freiheit durch das Hinwegnehmen aller Schranken dargestellt. Eine Person also, die sich bloß durch ihren eignen Willen bestimmt, und die es offenbar macht daß sie weder innern noch äußern Schranken unterworfen ist, stellt die vollkommne innre und äußre persönliche Freiheit dar. Dadurch daß sie im frohen Genusse ihrer selbst nur aus reiner Willkür und Laune handelt, absichtlich ohne Grund oder wider Gründe, wird die innre Freiheit sichtbar; die äußre in dem Mutwillen, mit dem sie äußre Schranken verletzt, während das Gesetz großmütig seinem Rechte entsagt. So stellten sich die Römer in den Saturnalien die Freiheit dar; ein ähnlicher Gedanke lag vielleicht bei dem Karneval zum Grunde. Daß die Verletzung der Schranken nur scheinbar sei, nichts wirklich Schlechtes und Häßliches enthalte, und dennoch die Freiheit unbedingt sei: das ist die eigentliche Aufgabe einer jeden solchen Darstellung, und also auch der *alten Griechischen Komödie*.

Eine solch grenzenlose Freiheit genoß sie zu Athen. Schon ihr religiöser Ursprung erzog und bildete die komische Muse zur Freiheit, der Dichter und sein Chor waren heilige Personen: aus ihnen redete der Gott der Freude, und unter diesem Schutze waren sie unverletzlich. Aber bald ward aus einem religiösen Institut auch ein politisches, aus dem Feste eine öffentliche Angelegenheit, aus der Unverletzlichkeit des Priesters eine symbolische Darstellung der bürgerlichen Freiheit. Der Chor besonders deutete auf das Athenische Volk, welches in der Schönheit eines Spiels seine eigne Heiligkeit erblickte. Unter dem Deckmantel der Religion und der Politik, erschlich sich die Kunst das, worauf sie ein ewiges Recht hat, und was ihr der unglückliche Scharfsinn der Menschen raubte – unbeschränkte Autonomie. Wie die Wahrheit und die Tugend, ist die Schönheit ein echtes erstgebornes Kind der menschlichen Natur, und hat mit jenen ein gleiches vollgültiges Recht, niemand zu gehorchen als sich selbst. Die Poesie kommt leichter in Gefahr, dies Recht zu verlieren, als andre Künste; am meisten die komische Muse, welche nur bei einem Volke, und bei diesem einem Volke nur eine kurze Zeit, frei war. – Wenn irgend etwas in menschlichen Werken göttlich genannt werden darf, so ist es die schöne Fröhlichkeit und die erhabne Freiheit in den Werken des *Aristophanes.* Aber was die Schönheit der alten Griechischen Komödie möglich machte, veranlaßte und erzeugte auch ihre Fehler, welche den Verlust ihrer Freiheit und ihrer Schönheit nach sich zogen.

Daß die Freude frei und in ihrer Natürlichkeit schön sei, setzt eine Bildung des Menschen durch Freiheit und Natur voraus, wo alle seine Kräfte ihrem freien Spiel und ihrer eignen Entwicklung ungehemmt überlassen sind. Dann wird der Mensch, seine Bildung und seine Geschichte, ein gemeinschaftliches Resultat seiner beiden heterogenen Naturen; beide sind in unzertrennlicher Gemeinschaft, die Tugend ist reizend, und die Sinnlichkeit schön. Aber freie menschliche Bildung findet in sich selbst ihr Ende, weil früher oder später die Sinnlichkeit das Übergewicht gewinnen muß. Wie alle reinen Produkte des freien menschlichen Triebes, kann auch die freie Komödie höchstens nur einen Moment vollkommner Schönheit haben; nachher wird aus Freude Ausschweifung, aus Freiheit zügelloser Frevel. Allein auch diesen Moment hat die Griechische Komödie nicht erreicht; dazu hätten zwei Zeitpunkte zusammentreffen müssen: der wo die Sitten noch nicht verderbt, und der wo der komische Geschmack und die komische Kunst schon völlig gebildet waren. Es ging aber zu Athen gerade umgekehrt; die Sitten waren schon sehr verderbt, und der komische Geschmack noch roh. Der Künstler Aristophanes schließt sich an die Geschichte vom Anfange der Kunst, der Mensch Aristophanes findet seinen Platz in der Geschichte vom Verfalle. Dies ist aus zwei Gründen sehr begreiflich; die komische Kunst bildet sich später als die tragische, und das Publikum der Komödie verdirbt früher. Weil sie mehr die Empfänglichkeit beschäftigt, als die Selbsttätigkeit in Anspruch nimmt, und weil sie in Athen nicht die gebildetere Erziehung voraussetzte wie die Tragödie, so war ihr Publikum schlechter als das tragische, wie die öffentliche Meinung der Alten und die Lehren der Philosophen ausdrücklich bestätigen. Die Tragödie spannt und erhebt ihr Publikum, hält also das Verderben des Geschmacks so lange als möglich ab. Die Komödie hingegen verführt ihr Publikum, beschleunigt das Verderben des Geschmacks. Denn die Freude ist überhaupt etwas Verführerisches; sie macht leicht die Kraft nachlässig, die Sinnlichkeit berauscht und überwiegend. Die komische Kunst der Griechen ward später gebildet als die tragische: diese fand ihren Stoff in den epischen und lyrischen Dichtern schon höchst gebildet und poetisiert; jene mußte einen ganz neuen Stoff erst zur Poesie erheben, das wirkliche gesellige Leben, welches sich selbst sehr spät ausbildete, nach ihrem Ideal poetisieren. Überhaupt scheint das tragische Genie früher rege zu werden, als das komische; das erste erfordert nur die großen Hauptmassen und Grundzüge der menschlichen Bildung und des menschlichen Schicksals; zu dem letztern muß der menschliche Geist und das menschliche Leben, wenn ich mich so ausdrücken darf, schon bis in die kleinsten Details ausgeführt sein.

Aus der Natur des freien Komischen überhaupt, und aus dem Ursprunge und Charakter der alten Griechischen Komödie, erklären sich sehr leicht ihre vorzüglichen Fehler: Rohigkeit, ehe der öffentliche Geschmack gebildet; Verderbtheit, nachdem die öffentliche Sittlichkeit schon entartet war. Beides findet sich im Aristophanes; aber es ist weit weniger zu befürchten, daß wir uns an seinen Fehlern, welche unsre Sitten noch weit mehr beleidigen als die Gesetze der Kunst, den Geschmack verderben, als daß wir seine einzigen und göttlichen Schönheiten über jene verkennen möchten.

Nichts verdient Tadel in einem Kunstwerke als Vergehungen wider die Schönheit und wider die Darstellung: das Häßliche und das Fehlerhafte. Was nur konventionellen Begriffen und Forderungen gewisser Stände, Nationen und Zeitalter widerspricht, ist darum nicht schlechthin verwerflich. Wir insbesondre müssen unsre ästhetischen Vorurteile in diesem Punkte vergessen; wir müssen uns erinnern daß die schöne Kunst mehr ist als die Geschicklichkeit, einer verzärtelten Sinnlichkeit zu schmeicheln; wir müssen aufhören, eine Beleidigung der physischen Delikatesse für strafbarer zu halten als eine Verletzung der Schönheit und der Kunst. Gewiß ist diese übertriebne physische Reizbarkeit, der Kunst weit nachteiliger als Rohigkeit; diese erzeugt nur einzelne Fehler, jene macht aller Kunst ein Ende und würdigt sie zu einem Kitzel der Sinnlichkeit herab. Es ist uns anstößig, daß die Griechische Komödie zu dem Volke in seiner Sprache redet; wir verlangen daß die Kunst vornehm sei. Aber die Freude und die Schönheit ist kein Privilegium der Gelehrten, der Adligen und der Reichen; sie ist ein heiliges Eigentum der Menschheit. Die Griechen ehrten das Volk; und es ist nicht die kleinste Vortrefflichkeit der Griechischen Muse, daß sie auch dem ungebildeten Verstande, dem gemeinen Manne die höchste Schönheit verständlich zu machen wußte. Freilich übertraf auch der gemeine Mann zu Athen, nicht bloß an natürlichem Geist und geselliger Bildung, sondern noch weit mehr an Freiheit und Energie des sittlichen Gefühls, alle seinesgleichen. Das beweist uns unter andern eben der Aristophanes, welcher uns oft so deutlich überführt, daß es auch zu Athen Pöbel gab. Das Komische richtet sich, weit mehr als das Tragische, nach dem Grade der Reizbarkeit und der Fassungskraft seines Publikums; und diese hängen wieder von dem Maße der geselligen Ausbildung und aller Seelenkräfte ab: daher der Unterschied unter dem Niedern und Edlen Komischen.

Um eine nicht so reizbare Empfänglichkeit zu beleben, werden stärkere Reize, heftigere Erschütterungen erfordert; die Widersprüche und Kontraste, überhaupt die Verhältnisse, welche der ungebildete Verstand fassen soll, müssen gröber und faßlicher sein. Wie wandelbar überhaupt diese Verhältnisse sind, erläutert das Beispiel der Kinder, der Wilden, des gemeinen Mannes. Der rohere Mensch ist gegen das Widrige, welches das Komische oft enthält, nicht so empfindlich: ihn kann auch wohl das Komische eines leidenden oder schlechten Gegenstandes ergötzen. Es ist die eigentliche Aufgabe der Komödie, das Unvollkommene, welches allein der Freude dramatische Energie verleihen kann, so viel als möglich zu entfernen, zu vergüten oder zu mildern, ohne jedoch die Energie zu vernichten, oder den Mangel der komischen durch tragische Energie zu ersetzen – eine Forderung, die noch nie ganz befriedigt ist. An Energie fehlt es der komischen Kunst im Anfange nicht, aber sie ist beleidigend: von dem einen wesentlichen Element des Komischen, dem Unvollkommnen und Unangenehmen, enthält sie weit mehr, und doch nicht mehr von dem andern, der Freude. Für ihr roheres Publikum muß freilich das Schöne in ihrem Werke über das Häßliche das Übergewicht haben, sonst könnte es ihm nicht gefallen. Aber wenn der öffentliche Geschmack sich bildet, wenn der Verstand und die Reizbarkeit des Publikums sich verfeinern, so wird es die Werke, die es ehedem schön fand, beleidigend finden. Die Rohigkeit, welche oft auch unsittlich ist, muß man sich hüten mit der ästhetischen Unsittlichkeit zu verwechseln: diese ist nichts als Mangel an Harmonie, Zügellosigkeit der einzelnen Kräfte aus Übergewicht der Sinnlichkeit.

Man darf nicht glauben, daß die Griechische Komödie dadurch, daß sie, wie ich vorhin erwähnte, die Sprache ihres Publikums redete, ihre Objektivität verloren habe, und zu einer individuellen Geschicklichkeit herabgesunken sei. Überhaupt widersprechen sich vollkommne Allgemeingültigkeit und höchste Individualität der Kunst nicht: sie muß beide vereinigen. Als Organ der Natur und der Schönheit, hat sie kein andres Publikum als die Menschheit; mag ihr sichtbares Publikum noch so bestimmt und beschränkt sein, sie hat es in ihm nur mit dem Menschlichen, mit dem Unveränderlichen zu tun. Aber die Materie, die Sprache der Kunst, kann nicht zu individuell sein, weil sie dadurch immer an Verständlichkeit und Energie gewinnt: die komische Muse insbesondre kann ihre Schöpfungen nur in das Detail eines wirklichen Lebens bilden; der Grund ihrer Gemälde, der Schauplatz auf dem ihre Personen handeln sollen, muß Wirklichkeit, höchste Individualität sein.

Noch ein andrer Fehler des Aristophanes, nicht wider die Schönheit, sondern wider Reinheit der Kunst, erklärt sich ganz natürlich aus den politischen Verhältnissen der Griechischen Komödie. Bis die Rechte der Kunst vielleicht bei einem spätern Geschlechte einmal freiwillig anerkannt werden, kann der Komödie die Freiheit nur durch ein Institut gesichert werden. So war es bei den Griechen; aber noch ehe sie sich aus ihrem fremdartigen Ursprunge zu reiner Poesie entwickelte und völlig bildete, entartete sie schon in persönliche und politische Nebenabsichten. Die Satire des Aristophanes ist sehr oft nicht poetisch sondern persönlich, und ebenso demagogisch als die Art, mit der er den Wünschen und den Meinungen des Volks schmeichelt. – Zügellosigkeit hat zur natürlichen Folge, Erschlaffung; Mißbrauch der Freiheit, den Verlust derselben. Nach diesem, welcher sehr bald erfolgte, war der Griechischen Komödie noch weit weniger möglich, was sie selbst während ihrer schönsten Blüte und freisten Regsamkeit nicht erreicht hat – das höchste komische Schöne. Hätte die Griechische Kunst es auch erreicht, so hätte sie es nicht bewahren können, hätte es bald verlieren müssen, wie das höchste Schöne im Tragischen, welches sie wirklich erreicht hat. Denn sie war ein Produkt des freien Genies; und im freien Laufe der sich selbst überlassnen menschlichen Natur, ist die Vollkommenheit nur ein Moment. Wenn aber nicht freie Natur, sondern Absicht, das Prinzip der menschlichen Bildung ist, wie unter uns; so wird ganz natürlich der Anfang damit gemacht, den Menschen zu zerspalten, seine höhere Natur zu isolieren. Die Sinnlichkeit ist alsdann im Stande der Unterdrückung oder der Empörung; das Natürliche ist ohne Bildung nicht schön, die Freude darf nicht frei sein.

In andern Kunstwerken ist das Genie von seiner äußern Lage unabhängig: seine innere Freiheit kann ihm niemand rauben. Aber das komische Genie verlangt auch äußre Freiheit, kann ohne diese sich nur bis zur Grazie, nie bis zum höchsten Schönen erheben. Sie wird es erreichen, wenn die Absicht vielleicht in einer späten Zukunft ihr Geschäft vollendet und mit Natur endigt, wenn aus Gesetzmäßigkeit Freiheit wird, wenn die Würde und die Freiheit der Kunst ohne Schutz sicher, wenn jede Kraft des Menschen frei und jeder Mißbrauch der Freiheit unmöglich sein wird. Alsdann würde auch die reine Freude, ohne den Zusatz des Schlechten, welcher itzt dem Komischen notwendig ist, an sich genug dramatische Energie haben; die Komödie würde das vollkommenste aller poetischen Kunstwerke sein: oder vielmehr an die Stelle des Komischen würde das Entzückende treten, und wenn es einmal vorhanden wäre, ewig beharren. Die Poesie kann dies gemeinschaftliche Ziel nicht allein erreichen, aber sie kann ohne fremde Hülfe sich ihrem Ideal nähern. Das Schauspiel muß so viel als möglich mit der dramatischen Vollkommenheit die alte Fröhlichkeit vereinigen, zur Natürlichkeit zurückkehren und sich der Freiheit nähern. Wenn auf einem solchen Wege nur einige Schritte getan sind, so läßt sich alles hoffen; und auf diesem Wege gibt es keinen bessern Wegweiser, kein vollkommneres Vorbild, als die alte Griechische Komödie. Sie ist ein unübertreffliches Muster schöner Fröhlichkeit, erhabener Freiheit, und komischer Kraft, bei allen Fehlern.

Aber noch außer denen, die ich schon entwickelt habe, wirft man dem Aristophanes vor: seine Stücke seien ohne dramatischen Zusammenhang und Einheit, seine Darstellungen in Karikatur und unwahr, er unterbreche oft die Täuschung. – Der letzte Tadel ist nicht ohne allen Grund: nicht bloß in dem politischen Intermezzo, der Parekbase, wo der Chor mit dem Volke redete, sondern auch außerdem kommen in häufigen Anspielungen der Dichter und das Publikum zum Vorschein. Der Anlaß liegt in den politischen Verhältnissen der Komödie, aber eine Art von Rechtfertigung scheint mir auch in der Natur der komischen Begeisterung zu liegen. Diese Verletzung ist nicht Ungeschicklichkeit, sondern besonnener Mutwille, überschäumende Lebensfülle, und tut oft gar keine üble Wirkung, erhöht sie vielmehr, denn vernichten kann sie die Täuschung doch nicht. Die höchste Regsamkeit des Lebens muß wirken, muß zerstören; findet sie nichts außer sich, so wendet sie sich zurück auf einen geliebten Gegenstand, auf sich selbst, ihr eigen Werk; sie verletzt dann, um zu reizen, ohne zu zerstören. Dieser charakteristische Zug des Lebens und der Freude wird in der Komödie noch überdem bedeutend durch die Beziehung auf die Freiheit.

Dramatische Vollständigkeit ist in der reinen Komödie, deren Bestimmung öffentliche Darstellung und deren Prinzip der öffentliche Geschmack ist, nicht möglich; wenigstens so lange nicht möglich, bis sich das Verhältnis der Empfänglichkeit zur Selbsttätigkeit im Menschen ganz ändert, bis reine Freude, ohne allen Zusatz von Schmerz, hinreicht, seinen Trieb aufs höchste zu spannen. Bis dahin wird die komische Kunst, um die Energie zu erreichen, ohne welche alle dramatische Darstellung unnatürlich und unwirksam ist, das Schlechte und den Schmerz zu Hülfe nehmen müssen: bis dahin bleibt also auch die Erbsünde der komischen Energie die notwendige Lust am Schlechten. Die reine Lust ist selten lächerlich, aber das Lächerliche (sehr oft nichts anders als die Lust am Schlechten) ist weit wirksamer und lebendiger. Die eigentliche Aufgabe der Komödie ist: mit dem kleinsten Schmerz das höchste Leben zu bewirken; ihr bestes Mittel dazu ist die Stellung, z. B. in einer überraschenden Plötzlichkeit der Kontraste. Ohne Nachteil der Energie, hat sie noch nicht allen Zusatz des Häßlichen entbehren können; wie denn auch, nach der Meinung fast aller Philosophen, Unvollkommenheit ein wesentliches Ingrediens des Lächerlichen in der Natur ist, welchem das Komische in der Kunst entspricht. Geistige Freude ist rein und ruhig; eine Freude aber, die so heftig, unruhig, vermischt ist, wie die, welche das Komische bewirkt, ist höchst sinnlich. Sie erzeugt einen Rausch des Lebens, welcher den Geist mit sich fortreißt; und Schönheiten welche die Selbsttätigkeit zu sehr in Anspruch nehmen, gehen verloren. Die vollkommne Kausalverknüpfung, die innere dramatische Notwendigkeit und Vollständigkeit, sind viel zu schwerfällig für einen leichten zerstreuenden Rausch; und der Genuß der Harmonie erfordert Besonnenheit, Beisammensein der ganzen Seele. Vollkommne tragische

Ganze, oder auch wohl epische und philosophische Ganze im dramatischen Gewande, welche mit allen Reizen des Komischen geschmückt sind, sind gar nicht selten; aber ich zweifle, daß sich ein vollkommnes dramatisches Kunstwerk findet, in welchem die Einheit des Ganzen poetisch, und zwar nicht tragisch, sondern reinkomisch wäre.

Nachdem die Griechische Komödie nicht mehr frei, die komische Kraft des Genies erloschen (wäre sie noch vorhanden gewesen, so würde sie nur den zärtlicheren Geschmack beleidigt haben), aus Sittenlosigkeit Erschlaffung entstanden war, nachdem ferner die dramatische Kunst, die Sprache der Poesie, der Philosophie und des geselligen Lebens, auch das gesellige Leben selbst den höchsten Grad der Ausbildung erreicht hatte; da entstand die *neuere* Griechische Komödie. Sie hatte die Schönheiten, welche die Komödie ohne Freiheit und ohne komische Kraft haben kann: Grazie im Stil, Humanität in den Charakteren, Anmut der Diktion, und Feinheit des Dialogs. Der Mangel der komischen Energie ward (wie es überhaupt unvermeidlich geschieht) durch tragische Energie ersetzt; die Tragödie war auch verfallen, und die neue Mischung mußte beide ersetzen. Von der Tragödie entlehnte sie: die sanfte Wärme der Leidenschaft, welche sich oft dem tragischen Ernst nähert, und den eigentümlichen Zauber der dramatischen Kunst, das Interesse durch die leichte Entwicklung einer schöngeordneten vollständigen Handlung zu spannen. Der Ausbildung und Verschönerung dieser neuen Gattung war vieles sehr günstig: die Attische Urbanität und Diktion, die Vorbilder der alten Komödie und Tragödie, die Reminiszenzen der ehemaligen Freiheit; aber auf der andern Seite setzte der öffentliche Geschmack, welcher schon sehr verderbt war, der Kunst enge Grenzen. Er war nur noch für Grazie und Eleganz empfänglich. Bei einem Volke, wo der öffentliche Geschmack noch nicht so erschlafft ist, oder wo er überhaupt die Kunst nicht leitet, kann das Genie im gemischten Drama sich ohne Zweifel weit höher schwingen. Im Stoff der neuern Griechischen Komödie herrscht nicht weniger Monotonie, als im Ideal. Die moralische Grazie des Menander war das höchste, was der öffentliche Geschmack noch zu fassen fähig war. Aber dieser Dichter liebte die Philosophie, und war eine

Ausnahme; seine Zeitgenossen selbst zogen ihm ja andre Dichter vor, in welchen sie ihre eigne erschlaffte Sinnlichkeit im anmutigsten Gewande wiederfanden.

Die Natur dieser Mischung der Tragödie und der Komödie selbst zu untersuchen, sie mit den Gesetzen der Schönheit und der Kunst zu vergleichen, und die Frage zu entscheiden, ob die Reinheit des Tragischen und des Komischen eine Bedingung ihrer Vollkommenheit ist oder nicht: das ist eine rein-theoretische Aufgabe, und liegt außer den Grenzen dieses Aufsatzes.

ÜBER DIE GRENZEN DES SCHÖNEN

Der Verstand verknüpft das Einzelne und trennt das Ganze nicht willkürlich. Die *Grenzen* aller Vorstellungen und Bestrebungen sind durch zwei entgegengesetzte Gesetzgebungen notwendig bestimmt. Von innen die ewigen Richtungen des strebenden Gemüts: von außen die unwandelbaren Gesetze der Natur. Unsicher schwankt die Neigung zwischen der Stimme der Freiheit und dem Gebote des Schicksals; mühsam bildet der Verstand am Einzelnen, verliert sich vom Ganzen endlich so weit, daß es scheinen könnte, als sei dem Menschen Maßstab und Wagschale seines Lebens entrissen. – Jene doppelten zarten Grenzen richtig zu treffen und treu zu bewahren, den Kampf des Schicksals und der Freiheit in volle *Eintracht* aufzulösen, ist der verschlungenste Knoten des menschlichen Lebens. Ist das Ungefähr weiser als die Kunst? Kann die schwerste Aufgabe nur von selbst erfüllt werden?

Wenn nicht Kunst, sondern der Trieb die Bildung lenket, so entwickelt sich gleichmäßig der ganze Mensch. *Vollständigkeit und Bestimmtheit* sind die unterscheidenden Merkmale der Alten. Alles Einzelne ist hier in durchgängiger Wechselwirkung; offen und deutlich liegen in ihrer Geschichte die großen Umrisse der Freiheit und des Schicksals vor uns; in den verschiedenen Stufen ihrer Bildung sind die reinen ursprünglichen Arten aller möglichen Verhältnisse zwischen Mensch und Natur erschöpft, in der höchsten Stufe ist mehr oder weniger die Eintracht erreicht. Dieser Zusammenhang gegen unsere Zerstückelung, diese reinen Massen gegen unsere unendlichen Mischungen, diese einfache Bestimmtheit gegen unsere kleinliche Verworrenheit sind Ursache, daß die *Alten* Menschen im höhern Stil zu sein scheinen. Doch dürfen wir sie nicht als Günstlinge eines willkürlichen Glücks beneiden. Unsere Mängel selbst sind unsere Hoffnungen: denn sie entspringen eben aus der Herrschaft des Verstandes, dessen zwar langsame Vervollkommnung gar keine Schranken kennt. Und wenn er das Geschäft, dem Menschen eine beharrliche Grundlage zu sichern, und eine unwandelbare Richtung zu bestimmen, beendigt hat, so wird es nicht mehr zweifelhaft sein, ob die Geschichte des Menschen wie ein Zirkel ewig in sich selbst zurückkehre, oder ins Unendliche zum Bessern fortschreite. Ebenso ist die Herrlichkeit der Alten von ihrem tiefen Falle unzertrennlich; beide entspringen aus der Herrschaft des Triebes. Der Verstand bleibt zurück, verbannt die Mittel, verwechselt Mittel und Zweck. Der Trieb fängt an mit Natur und endigt in Natur; nur in der Mitte vereinigt er die Natur und den Menschen. Selbst die Griechische Kunst, welche die Vollkommenheit erreichte, endigte in sich selbst, und beweiset die Hinfälligkeit der alten Größe. Und eben in der Kunst ist auch unsere Verworrenheit und Zerstückelung am offenbarsten. Eine Kunst schweift in das Gebiet der andern, und eine Gattung in das Gebiet der andern. Darstellung und Erkenntnis, Einbildungskraft und Anschauung, Zeichen und Wirklichkeit, Zeit und Raum verwechseln ihre Bestimmung. Der Künstler strebt auf Kosten der Einheit nur nach Natürlichkeit; der Kenner schätzt in der Natur nur das Künstliche; der Schwärmer schmeichelt sich mit einer erträumten Gegenliebe in der Natur; der lieblose Schwelger erfrecht sich den freien Menschen wie äußere Natur zu genießen. Dieser lebt nur für das Schöne, jener weiß das Schöne nur zu *brauchen*. Nicht genug, daß der Frevel alle Teile der Menschheit verwirrt; er muß sie auch noch vereinzeln und verstümmeln. Wer in Musik allein schwelgt, verschwebt in Unbestimmtheit; wer in Marmor ausschweift, erstarrt; wer nur in Poesie lebt, verliert beides, Kraft und Bestimmtheit, wird endlich zu einem Traume. Selbst Poesie und Wirklichkeit vereinigt, lassen eine große Lücke, welche nur durch die sinnlichen Künste ausgefüllt werden kann, in welchen die Gesetzmäßigkeit bestimmter und lebendiger als in der Dichtkunst, die Wirklichkeit gesetzmäßiger als in der Natur ist. Durch Kunst allein wird der Mensch zu einer leeren Form; durch Natur allein wird er wild und lieblos. – Es ist ein beweinenswerter Anblick, einen Schatz der trefflichsten und seltensten Kunstwerke wie eine gemeine Sammlung von Kostbarkeiten zusammen aufgehäuft zu sehen. Trostlos und ungeheuer steht die Lücke vor uns: der Mensch ist zerrissen, die Kunst und das Leben sind getrennt. – Und dies Gerippe war einst Leben! Es gab eine Zeit, es gab ein Volk, wo das himmlische Feuer der Kunst, wie die sanfte Glut des Lebens beseelte Leiber durchdringt, das All der regen Menschheit durchströmte! –

Nicht weniger unnatürlich wie jener verkünstelte Schwelger sind die Schlachtopfer der Anstrengung, die Sklaven des Nutzens, in denen steter Zwang zuletzt alle Schnellkraft des Triebes vernichtet. Im Denken und Handeln bewegt sich die Maschine wie ein leidlicher Mensch; im Genusse zeigt sich unverhohlen das reine Tier. Diese Unglücklichen erröten endlich bei dem Namen der Schönheit. Die leiseste Erinnerung an Kunst, Natur, Liebe erregt ihre Scham und Verlegenheit, wie die ernsthafte Erwähnung eines Gespenstes. *Genuß* ist notwendig, er erfrischt und belebt die Kraft zu neuem Kampfe. Stete Anstrengung zerrüttet und zerstöret unvermeidlich, wie steter Genuß erschlafft und auflöst. Es ist widersprechend, den Genuß zum Zweck des Lebens zu machen: denn der Mensch gelangt nur in der Natur zum Dasein, deren Gesetze den seinigen unendlich widersprechen. Das Leben ist ein ernster Kampf. Die kleinste Unmäßigkeit im Genusse bestraft sich selbst. Nach diesem Gesetz der Natur müssen Menschen, die sich zum Genuß der Liebe verbinden, ihren kurzen Rausch so hart bestrafen. Andre, die sich zu ernster Tat verknüpfen, und im Genuß nur ausruhen, werden durch die Reinheit und Beständigkeit ihres Genusses belohnt. – Der Genuß hat um so mehr Wert, je selbsttätiger er ist, je mehr er sich dem *Schönen* nähert, in welchem sich das Gute mit dem Angenehmen vermählt. Er muß frei, darf nicht Mittel zu einem Zwecke sein. Absichtlicher Genuß wäre Geschäft und nicht Genuß. Das Heilige *brauchen,* heißt es entweihen; das Schöne aber ist heilig. Ihr könnt durch Darstellungen den Verstand, durch Schönheiten die Sitten bilden, die Kunst kann Stoff für den Denker werden: aber der Geschmack gewinnt dabei nichts. Wie jede Kraft sich nur in freiem Spiele umtreibt, so bildet sich auch der *Geschmack*[1] oder das Vermö-

1 Der reine Geschmack ist weder erzeugend noch empfangend. Genie oder das Vermögen der Kunst ist erzeugend: ihm steht eine Empfänglichkeit gegenüber, Darstellung und Erscheinung zu fassen.

gen des Schönen, nur im freien Genusse des Schönen. – Die Grenze des Genusses, wo er anfangen darf und wo er aufhören muß, ist leicht zu bestimmen, aber äußerst zart zu treffen. Eben das gilt auch von den Grenzen der einzelnen Arten des Schönen. Deren gibt es drei, wie drei ursprüngliche Gegenstände des Genusses: die Natur, der Mensch, und die Mischung beider oder die Darstellung.

Das Vorrecht der *Natur* ist Fülle und Leben; das Vorrecht der *Kunst* ist Einheit. Wer das letzte leugnet, wer die Kunst nur für Erinnerung an die schönste Natur hält, der spricht ihr alles selbständige Dasein ab. Hätte sie nicht ihre eigene Gesetzmäßigkeit, wäre sie nur Natur, so wäre sie nicht viel mehr als ein dürftiger Behelf des Alters. Wem Jugend und Kraft noch nicht ganz versagte, der würde zur Wahrheit eilen, würde es Greisen überlassen, sich an der Mumie des Lebens zu erquicken, und Schwachen, in wesenlosen Schatten zu schwelgen. Andre Frevler leugnen die Natur, indem sie sie eine Künstlerin nennen. Als wenn nicht alle Kunst beschränkt und alle Natur unendlich wäre! Nicht nur das Ganze breitet sich nach allen Seiten grenzenlos aus; das kleinste Einzelne ist doppelt unerschöpflich. Die durchgängige Bestimmtheit des Gestalteten, die durchgängige Regsamkeit des Lebendigen ist unendlich: denn jeder Punkt des Raumes, jeder Moment der Zeit (deren unendlich viele sind) ist erfüllt. Nicht genug, daß die Kunst alle Mannigfaltigkeit nur von der Natur entlehnt; sie zerschneidet auch Gestalt und Leben, sie zerreißt die Natur. Die einzige Schauspielkunst[1] vereinigt sie zwar, aber auch sie reißt doch nur gewalttätig ein bestimmtes Einzelnes aus der unendlichen Fülle. Notdürftig gewährt sie euch zwei Seiten der Natur von vieren. Vergleicht damit einen Blick an den freundlichen Himmelsbogen, der das Unendliche gleichsam ergreift; einen Augenblick des Frühlings, wo das verschiedenste Leben durch alle Sinne in euer Innerstes dringt; den Anblick eines furchtbar- schönen Kampfes, wo die Fülle der gedrängten Kraft in Zerstörung über-

1 Der plastische Teil dieser plastischen Musik ist sehr unvollkommen. Die Alten opferten durch ihre idealischen Masken der Schönheit und Wahrheit Leben und Täuschung auf. Die Neuern opfern umgekehrt die Schönheit und Wahrheit dem Leben und der Täuschung auf.

schäumt. In dieser Anschauung scheint der Mensch die ewige Zeit zu fassen, die, verschwistert mit der Mannigfaltigkeit des Raumes, aus dem reichen Füllhorn der Natur strömt. »Das Ganze bleibt immer jung; nur die Vergänglichen wechseln flüchtig. Völker kommen, Völker gehen; eilig wie im Wettlauf reichen sie die Fackel des Lebens weiter.«[1] – Entfliehe, scheint sie dem Menschen verführerisch zuzurufen, entfliehe deiner kleinlichen Ordnung, deiner armseligen Kunst; huldige der ehrwürdigen Einfalt, der heiligen Verwirrung deiner reichen Mutter, aus deren vollen Brüsten alles echte Leben quillet! Das furchtbare und doch fruchtlose Verlangen sich ins Unendliche zu verbreiten; der heiße Durst das Einzelne zu durchdringen, überwältigen den Menschen so gewaltsam, daß die Macht der Natur ihm oft alle Freiheit entreißt. Wild verachtet er alles Gesetz; lieblos entweiht er die Würde seiner Natur. Kein Volk war größer im Genusse der Natur und in der Ausschweifung in diesem Genusse, kein Volk war kraftvoller und unmäßiger, gesetzloser, grausamer als die *Römer,* von der Zeit, da ein Brutus durch die ersten Fechterspiele seinen Namen befleckte, bis zum Nero. Kraft und Mittel zum Genusse waren hier so groß, daß die Fülle eines Römischen Lebens die Grenzen unserer Einbildungskraft übersteigt. Die Selbständigkeit, der große Stil ihrer Laster mischt selbst in unsern Haß und Zorn Ehrfurcht. Aber mit flammender Schrift ist in ihre Jahrbücher die Geschichte der Ausschweifung für alle Zeiten eingegraben. Alles, was die Erde gewähren mag, vermochte nicht, an sich unersättliche Begierden zu befriedigen; auch Römische Kraft konnte der Schwelgerei, die selbst die stärkste Kraft zerstört, nicht widerstehen, und endigte mit völliger Erschlaffung und Auflösung.

Die *Liebe* ist der Genuß des freien Menschen, und nur der Mensch ist ihr Gegenstand. Denn wie in Einem allein keine Wechselwirkung sein kann, so gibt es keine Liebe ohne Gegenliebe. Zwar ist es kein Wahn, alles mit Liebe zu umfassen, und Eins mit der Natur zu sein. – Der menschliche Trieb hat einen Überfluß von Güte, Geist und Fülle; der menschliche Verstand hat eine Lücke jenseits der Grenzen

1 Lucret. II. 75.

des Wissens. Jener Überfluß erfüllt diese Lücke, und erzeugt die Vorstellungen von höhern Wesen, und die Neigung zu Gott. – Nur der Wahn der Gegenliebe ist verwerflich; nur Absicht ist töricht; nur Schwelgerei ist schädlich. Erkenntnis ist Anstrengung; Glauben ist Genuß. Die Früchte des Glaubens seien der Lohn für die Anstrengung des Denkers! Unverdient genossen werden sie sonst wie jede Unmäßigkeit sich selbst bestrafen. Die elende Ausschweifung, in Allem nur seinen Widerschein zu suchen, findet nur in den gemeinen Gemütern statt, die viel Empfänglichkeit und wenig Reizbarkeit haben. Bei einer andern Richtung würden sie Kunst für Liebe nehmen, da doch Absicht das Freie entweihet. Die Kunst einer *Aspasia* kann vollkommen, die Natur höchst schön sein; aber nie kann ihre absichtliche Gunst den Namen der Liebe verdienen. – In rasender Hoffnung größern Gewinnes vernichtet ein anderer Liebender sein Selbst in unbedingter Hingebung. Der Unglückliche! Mit der Selbständigkeit riß er die Wurzel der Liebe aus seiner Brust. Denn die Liebe ist der Wechselgenuß freier Naturen, und eben darum ist sie allein voll und ganz, und hat ihren unvergänglichen Quell in sich selbst. Aller Genuß der Natur ist halb und unbefriedigend. Wie schnell flieht das Schönste und drückt den Stachel der Sehnsucht nur tiefer in die Brust! Und nach einer kurzen Täuschung von Leben erstarrt das Bleibende in eurem Arm zum Gerippe. Vergebens breitest du die sehnsuchtsvollen Arme in die weite Natur; ihre ermüdende Unermeßlichkeit bleibt ewig stumm, dir unbegreiflich und ewig fremd. Der höchste Genuß ist die Liebe, und die höchste Liebe ist die *Vaterlandsliebe*. Ich rede nicht von dem starken Triebe, der die Heldenbrust des Römers beseelte. Regulus, welcher den Blick niederwirft, sich den Seinen entreißt, sich von Rom wendet, und auf herrlicher Flucht zu den Feinden eilt; Decius, welcher sein Haupt verwünscht, sich den unterirdischen Gottheiten weiht und in die offenen Arme des Todes stürzt, scheinen euch Halbgötter. Vergleicht sie mit der himmlischen Einfalt des Bulis und Sperthias[1]; vergleicht sie mit der leichten Fröhlichkeit des Leonidas! Sie sind Barbaren: sie erfüllten das Gesetz, aber ohne

1 Herod. Erat. cap. 132–137.

Liebe. Die Vaterlandsliebe war nicht die Triebfeder derer, die bei Thermopylä starben – denn sie starben für das Gesetz – sondern ihre Belohnung. Ihr heiliger Tod war der Gipfel aller Freude. Im echten Staate, dessen Zweck Vollständigkeit in der Gemeinschaft mehrerer freier Wesen ist, gibt es eine öffentliche Liebe, einen unendlichen Wechselgenuß Aller in allen. *Das* war es, dessen Verlust der unglückliche Lacedämonier, den das Gesetz mit Schande belegte, nicht überleben konnte; das unterschied die *Dorier* durch milde Großheit von den Römern[1], das verbreitet über das Leben des *Brasidas* den Glanz selbstgenugsamer Freudigkeit. – Vielleicht wurde die Vaterlandsliebe in Kreta und zu Thebä Ausschweifung, und der Genuß Zweck des Staates. Diese Völker sanken endlich so tief, daß sie dem Reize, der nur Hülle des Schönen sein sollte, huldigten, und sich an der Natur vergingen. Überhaupt ist Reizbarkeit das gefährlichste wie das schönste Geschenk der Götter. Setzt in einem Gemüt die Empfänglichkeit sehr gering, die Reizbarkeit so grenzenlos, daß die leiseste Berührung ihre ganze Schnellkraft anregt; die Selbsttätigkeit sei so stark, daß sie die Herrlichkeit des Lebens mit der Reizbarkeit teile. Sein Dasein würde ein stetes Schwanken sein, wie die stürmische Woge; – eben schien es noch die ewigen Sterne zu berühren, und schon stürzte sie in den furchtbaren Abgrund des Meeres. Diesem Gemüte fiel aus der Urne des Lebens das höchste und das tiefste Los der Menschheit; innigst vereinigt ist es dennoch ganz getrennt, und im Überfluß von Harmonie unendlich zerrissen. So denkt euch die *Sappho,* und alle Widersprüche in den Nachrichten über diese größte aller Griechischen Frauen sind erklärt. Auch wir können sagen: »Noch lebt die Glut der Aeolischen Frau; noch atmet die Liebe, die sie den Saiten vertraute.« Einige ihrer Gesänge und mehrere Bruchstücke gehören unter die köstlichsten Perlen, die der Strom der Zeit vom Schiffbruch der Vorwelt an das öde Ufer auswarf. Ihre hohe Zärtlichkeit ist von Schwermut wie umflossen. Zahllose Lieder ähnlicher Art, die bewundert, aber gemein und matt

1 Die Römer nähern sich hingegen an hoher Selbständigkeit dem Attischen Stil, und sie übertreffen Dorier und Athener an Kraft nach außen sehr weit. Der heftigste Kampf riß gewaltsam ihr Inneres bis zum Schwulst heraus. Sie sind die Athleten der Tugend.

sind, sind gegen sie, was trübes irdisches Feuer gegen den reinen Strahl der unsterblichen Sonne.

Reine Liebe ist schlechthin arm; alle ihre Fülle ist eine Gabe der Natur. Reine Natur ist nichts als Fülle; alle Harmonie ist ein Geschenk der Liebe. In der *Kunst* vermählen sich Fülle und Harmonie. Freundlich begegnen sich in ihr beide Unendlichkeiten, und bilden ein neues Ganzes, welches als die Krone des Lebens Freiheit und Schicksal vereinigt; welches nicht zerrüttend in das innere Mark der Seele dringt, sondern wohltätig allen Streit löset. Die Natur gibt dem Geschmack Umfang, die Liebe Kraft, die Kunst Ordnung und Gesetz. Nur vereinigt vollenden sie die Bildung des Geschmacks; einzeln erhöhen sie nur die Empfänglichkeit, die Reizbarkeit, die Urteilskraft. – Im *Sophokles* vereinigen sich die Kraft der Liebe und die Fülle der Natur, und ordnen sich unter das Gesetz der Kunst. Hier vollendet der Mensch sein Dasein, und ruhet in befriedigter Eintracht.

Also die zartesten Grenzen, das feinste Gleichgewicht, der Sinn jenes bedeutenden Götterwinkes[1], *Maß* ist der Gipfel der Lebenskunst. Nur durch *Vollständigkeit* kann er erreicht werden. Und diese kann wie alles Göttliche nicht geradezu erreicht werden. Zwar pflegt der Mensch nur gleich nach der Palme zu greifen; aber wir sehen auch, daß dann der ernsteste Wille, die stärkste Kraft, die scharfsinnigste Kunst nur die krampfhaftesten Verzerrungen erregen. Wie könnte auch aus lauter Einzelnen das schlechthin Ganze hervorgehen? Der Mensch, der nach dem Göttlichen strebt, vermag nichts als unverrückt gegen alle Hindernisse zu kämpfen. Eben darum ist die Rückkehr auch nie unmöglich, wenn auch die Eintracht in einer Brust noch so zerrüttet ist; wenn auch ein verfinstert Volk schon lange Jahrhunderte elend und verworren durch das Leben taumelte. Tritt dann Vollständigkeit plötzlich und unbegreiflich wie ein Fund ins Dasein, so schwankt der Mensch nach dem ersten Schrecken der Freude, gegen wen er sich seines Dankes entladen solle. Er darf sich nicht zueignen, was seine eifrigsten Bestrebungen nicht wirkten, dessen äußere Veranlassung

1 Die Delphische Sinnschrift: Μηδεν αγαν.

vielleicht so deutlich scheint; er kann einem fremden Wesen nicht das zueignen, dessen er sich als seines innigsten Eigentums bewußt ist. Er hat ein neues Stück seines unbekannten Selbst gewonnen; Er danke dem unbekannten Gotte! Die gefundne Eintracht ist nicht sein Verdienst, aber seine Tat.

ÜBER DIE DIOTIMA

In dem Platonischen Gespräche, DAS GASTMAHL, unterredet sich Sokrates mit seinen Freunden über die Liebe; und als ihn die Reihe trifft, seine Meinung zu sagen, so erzählt er statt dessen ein Gespräch zwischen sich und *»Diotima* einer Seherin. Sie besaß in der Seherkunst und in vielen andern Dingen hohe Weisheit, verschaffte einst den Athenern, als sie zehn Jahre vor der Pest[1] opferten, Aufschub der Seuche, und lehrte mich die Kunst zu lieben[2].« Im Gespräch selbst nennt sich Sokrates ihren Bewunderer, ihren Schüler[3]. Ihre reichhaltigen Gedanken über das Verlangen und das Schöne sind ebenso umfassend als scharfsinnig, ebenso bestimmt als zart. Die sanfte Größe, mit der sie redet, verrät ein Herz, welches ihrem hohen Verstande entsprach, und stellt uns ein Bild nicht nur schöner Weiblichkeit, sondern vielmehr vollendeter Menschheit dar. Ihr Gespräch mit dem Weisen ist eins der trefflichsten Überbleibsel des Altertums; und es ist wahrscheinlich genug, daß der Platonische Sokrates – wie in einigen andern Gesprächen, so auch hier – unter der *Liebe,* welche er von ihr gelernt zu haben bekennt, nicht vergängliche Freuden versteht, sondern nichts anders als die reine Güte eines vollendeten Gemüts.

Wer jenes Gespräch kennt und liebt[4], dem wird die vielleicht an sich geringfügige Frage nicht ganz gleichgültig sein: *wer diese Diotima war,* welche Plato so hohe Dinge sagen läßt? Wie gelangte

1 Olymp. 85, I.

2 Sympos. Plat. vol. 10, edit. Bip. p. 227.

3 P. 237, 239.

4 Eine vortreffliche Übersetzung davon steht in Schiller's Thalia [NEUE THALIA, *Bd. 2, St. 5, II, Leipzig 1793, unter dem Titel »Das Gastmahl von Plato oder Gespräch über die Liebe;].*

diese Griechin zu einer Bildung, zu einem Geiste, welche unsrer gewöhnlichen Meinung von Griechichen Frauen so sehr widersprechen? – Vielleicht erinnert sich auch Einer oder der Andre, daß der seelenvolle *Hemsterhuys* in dem vollkommensten seine Gespräche, dem SIMON, diesen Namen aufs schönste erneuert hat.

Diese antiquarische Kleinigkeit erregt zuerst dadurch Aufmerksamkeit, daß sie als ein Rätsel erscheint, welches dem Scharfsinn des Altertumsforschers zu schaffen macht. Dann wird sie Veranlassung, die gewöhnlichen Meinungen und Vorurteile über die Griechischen Frauen zu berichtigen, und dadurch über das öffentliche und häusliche Leben der Griechen ein neues Licht zu verbreiten. Was die Untersuchung auf diesem Wege sammelt, wird sich von selbst zu einem *Bilde griechischer Weiblichkeit* ordnen, in welchem zwar noch Lücken bleiben, dessen fester Zusammenhang jedoch den Freund der Griechen aufs angenehmste überrascht. So wie es oft nicht unmöglich gewesen ist, aus den kleinsten Bruchstücken einer zerstückelten Statue, und bei beträchtlichen Lücken, das Ganze des Bildes wiederherzustellen; so zeigt sich auch hier ein Leitfaden, das Verlorne zu ergänzen, das Zerstückte wieder zusammenzusetzen, und die Hoffnung zu einer nicht ganz unvollständigen Geschichte der Griechischen Weiblichkeit. Wenn wir die vorläufigen Umrisse derselben mit unsern Sitten und Meinungen, mit der Geschichte andrer Völker, mit den Grundsätzen der reinen Seelenlehre und Sittenlehre vergleichen, so eröffnen sich Aussichten, die so weitumfassend und reichhaltig sind, daß sie jeden Freund der Wissenschaft, der Geschichte, ja der Menschenkenntnis überhaupt, anziehen müssen.

Plato sagt uns von der äußern Lage Diotimens nichts weiter, als daß sie aus *Mantinea* war[1]; er erwähnt ihrer in keinem seiner noch vorhandnen Gespräche außer dem genannten. Bei ältern Schriftstellern finde ich keine Spur, und die spätern begnügen sich meistens sie zu nennen. Wir müssen also zu *Vermutungen* unsre Zuflucht nehmen. Eine schlüpfrige Bahn, auf der die sorgfältigste Prüfung uns leiten soll! – Die gewöhnliche Meinung ist: daß gesittete Frauen bei

1 Sympos. p. 248.

den Griechen ohne Bildung, vom Umgange mit Männern ausgeschlossen, ja unterdrückt und verachtet waren, daß nur Buhlerinnen höhere Bildung hatten und Umgang mit Männern genossen. Wer von dieser Meinung voll ist, und Plato's Gespräch nur flüchtig liest, der wird unsre Frage sehr rasch entscheiden, und Diotima ohne Zweifel für eine *Hetäre* erklären[1], weil sie ja doch Bildung zu haben scheint, und mit einem Manne Gespräche wechselt. Eine Erklärung, welcher sich so wichtige Einwürfe entgegenstellen, daß wir sie durchaus verwerfen müssen.

Das Griechische Kleinasien war das Vaterland der *Hetären,* das üppige Korinth ihr reichstes Nest, und Athen die hohe Schule, wo sie ihre höchste Bildung erreichten. In *Jonien* nämlich schien die Natur, der Himmel selbst, zum Genuß einzuladen, zur Weichlichkeit zu verführen; und das Beispiel benachbarter üppiger Völker, der Lydier u.s.w., war überflüssig. Die Jonische Bildung ging mehr auf Einbildungskraft und Verstand, vernachlässigte dagegen die Sitten, welche daher schnell entarteten. Die älteste städtische Verfassung der Jonier war frei, aber die Freiheit des Einzelnen war durch keine weise Gesetzgebung gemäßigt und zur Einheit geordnet. Diese Verfassung war frühe, ja eigentlich ursprünglich, oligarchisch; und schon Aristoteles hat bemerkt, daß die Weiber in Oligarchien sittenlos sind[2]. Sie artete bald in Tyrannei aus, und endigte schnell in Sklaverei unter fremden üppigen Völkern; wo aber fände ausschweifende Wollust wärmere Pflege als unter dem breiten Flügel der Tyrannei, wo mehr Diener als unter Sklaven? Selbst *Bürgerinnen* lebten im Griechischen Kleinasien sittenlos, wie das übereinstimmende Urteil die *Lesbierinnen* beschuldigt. Natürlich fand sich dann keine größere Strenge bei *denjenigen,* in denen der Verlust der bürgerlichen Freiheit vielleicht das Gefühl der sittlichen Freiheit und der sittlichen Würde schwächte, welche durch Abhängigkeit der Verführung preisgegeben waren, oder denen schändlicher Eigennutz die Unschuld noch unmündig raubte. Es darf uns daher nicht befremden, in den reichsten Städten Joniens, und überhaupt in

1 Dies scheint in der Schrift: Über die Weiber, S. 27 zu geschehen.

2 Polit. IV, 15.

bevölkerten See- und Handelsstädten des festen Griechischen Landes, eine zahlreiche Zunft von Weibern zu finden, die von ihren Reizen und ihrer Gefälligkeit lebten.

Die Griechische Bildung aber, welche das Eigentümliche hat, daß sie die ganze Masse durchdringt, sich über jede Tätigkeit jedes Einzelnen erstreckt, deren Umfang dem Umfange der menschlichen Natur in ihrer Größe und Schwäche selbst gleich ist, die das Edle höher erhebt und selbst das Niedrige verschönert: diese verbreitete einen milden Schimmer auch über die armselige Niedrigkeit der schimpflichsten Lebensart. Die Griechischen Hetären genossen, indem sie gewährten; bildeten, indem sie vergnügten: gleich tief unter dem freien Erguß eines begeisterten Herzens, und gleich weit über gefühllose Nichtswürdigkeit, war ihr Leben einer schönen sinnlichen Kunst zu vergleichen. Diese Kunst empfing ihre erste Bildung vielleicht in dem üppigen weichlichen *Milet,* ihre letzte Vollendung zu *Athen.* Schon *Solon,* der gerechteste, weiseste, menschlichste aller Griechischen, ja vielleicht aller menschlichen, Gesetzgeber, – der, was er nicht zu ändern vermochte, statt kraftloser oder verderblicher Verbote, gesetzmäßig zu *ordnen* versuchte – sicherte zwar die Sitten der Bürgerinnen durch strenge Strafgesetze gegen Ehebruch, Verführung und Verkupplung der Freien; gewährte aber den Hetären Duldung und Schutz; ja er kaufte zuerst Mädchen für öffentliche Häuser, stiftete der Venus Pandemos den ersten Tempel in Attika. »Eine herrliche, eine patriotische Erfindung!« sagt der Komiker Philemon[1]. Andre Gesetzgebungen rauben dem Bürger seine Rechte, verführen ihn zum Laster, und strafen dann tölpisch hinterdrein. Der menschenfreundliche Solon gewährte den Unglücklichen, welchen die Geburt die Rechte der Bürgerinnen versagte, oder ein Zufall sie entriß, das einzige was in seiner Macht stand: wenigstens öffentliche Duldung. Der menschliche Geist des Attischen Volks bestätigte das Gesetz Solons, und gewährte ihnen öffentliche Schonung: es fiel wenigstens ein Grund der Nichtswürdigkeit weg, indem grenzenlose und rettungslose Verachtung nicht zur Verzweiflung zwang. Das öffentliche Urteil zu

1 Athen. Deipnos. ed. Casaub. lib. XIII, p. 569, fin.

Athen erkannte das Gute und Schöne unter jeder Gestalt, und ließ dem Gefallnen die Rückkehr frei. Wie oft und wie leicht konnte, bei der Art der alten Kriege, ein grausamer Zufall Mädchen, die im Bewußtsein der bürgerlichen Freiheit und in edeln Sitten erzogen waren, in das Schicksal und die Lebensart der *Sklavinnen* stürzen! Ja selbst bei diesen war die erste Veranlassung ihrer Lebensart nicht sowohl eigne Schuld, Sinnlichkeit, oder Eigennutz, als das Unglück der Geburt.

So wird es begreiflich, wie es eine Eigentümlichkeit des feinen *Menander,* des Philosophen der neuen Komödie, sein konnte, die Hetären fast immer gut und edel darzustellen; so wird es begreiflich, daß wir sie oft in einer Verbindung mit Männern antreffen, in welcher sich, mit der Anmut der Geliebten, die ernste Tätigkeit der Frau, die Würde der Mutter vereinigt, welcher zur Ehe nur die bürgerliche oder priesterliche Weihung – ein Vorrecht der Freien – fehlt. So lebten fast die meisten spätern Attischen *Philosophen* mit Hetären. Wenngleich nicht alles wahr ist, was nachlässige, stumpfsinnige oder lügenhafte Sammler nach unbestimmten Geschichten des Tages erzählen, oder Komödiendichtern, welche sagten, was das Volk, das den Philosophen sehr abgeneigt war, gern hörte, nachgeschrieben haben; wenngleich die Sitten nicht aller Philosophen gleich strenge waren: so bleibt es doch immer befremdend. Der Grund dieser Sonderbarkeit aber ist dieser: die Philosophen hatten die größte und gerechteste Abneigung gegen bürgerliche Heiraten. Eine Familienverbindung war von einer politischen unzertrennlich; wer häusliche Geschäfte führte, konnte den öffentlichen nicht entsagen. Und so wurden sie denn durch eine Heirat in den trüben Strudel des öffentlichen geschäftigen Lebens fortgerissen, wo (damals wenigstens) Eigennutz und Sinnlichkeit, Betrügerei und Zwietracht, sich in ewigem kleinlichem Kreise drehten. Um ungestört zu denken, und nach ihren Grundsätzen zu leben, mußten sie sich dem vergifteten Strome der politischen Tätigkeit entreißen; und dies konnte nur auf solche Weise ganz geschehen.

Im allgemeinen waren zwar die, welche der Rechte der Bürgerinnen entbehrten, auch frei von ihren Pflichten: aber Gesetzlosigkeit war zu Athen nicht auch Sittenlosigkeit; und selbst Sittenlosigkeit kann bei jedem gebildeten Volke noch so viele Bruchstücke des Guten und Schönen retten, daß sie ein der Achtung nicht ganz unähnliches Gefühl einflößt. Römische Laster sind nicht selten mit einer Kraft, einer Selbständigkeit gepaart, gegen welche die besten Tugenden der Barbaren kindisch und schwächlich erscheinen. Aber die Griechische Bildung zeigt auch in ihrer Verderbtheit eine Regsamkeit jeder einzelnen, eine Vollständigkeit aller Kräfte des Gemüts, eine Fülle in freier Einheit, gegen welche die Römische Größe nur plump und dürftig erscheint. – Die *Milesische Aspasia* war es vorzüglich, welche die Attischen Hetären lehrte, sich durch Geist und Schönheit Unabhängigkeit, durch die feinste Kultur aber öffentliche Achtung zu erwerben; sie, deren Umgange die größten Männer ihres Zeitalters ihre schönste Bildung verdankten. In dem MENEXENUS des Plato, nennt Sokrates diese Freundin des Perikles: »seine Lehrerin in der Beredsamkeit; sie habe viele andre große Redner gebildet, und auch den vollkommensten: Perikles[1].« Durch Aspasia ward die Hetärenkunst so sehr zur *schönen Kunst,* daß sie, wie etwa ein Meister der Malerei seinen Geist nicht nur in eigenen Werken ausdrückt, sondern auch in seinen Schülern fortpflanzt, eine *Hetären-Schule* stiftete. Ja wir nehmen in dem Geiste der Hetären, wie in Werken der Poesie oder der Beredsamkeit, die Stufen des öffentlichen Geschmacks ganz deutlich wahr; und so sonderbar es klingt, kann man doch mit Grunde sagen: Aspasia war eine Hetäre im schönen, Lais im schwelgerischen, Thais im feinen *Stil*. Von den Hetären aus diesem letzten Stil haben wir die vollständigste Darstellung im Terenz und Plautus; und die Hetärengespräche Luzians stimmen mit ihnen so sehr überein, daß ich vermuten möchte, Luzian, oder der Vorgänger, welchem er folgte, hatten Schriftsteller der neuen Komödie vor Augen. Die neue Attische Komödie fiel nämlich in das Zeitalter des feinen Stils; und nachdem der komischen Dichtkunst die Darstellung des öffentlichen Lebens entrissen war, blieb ihr nur die Darstellung des einzelnen Lebens übrig[2], an

1 Vol. 5, p. 277.

2 Man s. des Verf. Aufsatz Vom ästhetischen Werte der Griechischen Komödie: 1794 Dezemb. Nr. 3, vorzüglich S. 503, f. 12. *[vorl. Ausgabe S. 19]*.

dessen Leidenschaften und Freuden die Hetären mehr Ansprüche hatten, als die Matronen.

Plato und Xenophon bezeugen es, daß Sokrates mit Aspasia umgegangen ist; auch wird ihr ein Gedicht an Sokrates, über seine Neigung zum Alcibiades, zugeschrieben[1]. Aber, könnte man denken, dies war wohl nur eine Ausnahme; Aspasia erhielt durch ihre Freundschaft mit dem mächtigen Perikles ein öffentliches Ansehn, ja sogar einen Einfluß in die Staatsgeschäfte, welcher dem der Mätressen in neuern Monarchien nicht ganz unähnlich ist. – Es findet sich aber noch ein andres Beispiel, welches diese Auslegung nicht zuläßt. Als man mit Sokrates einmal von »der *Theodote*« sprach, »einer schönen Frau, die mit ihrer Gunst freigebig, und deren Schönheit unbeschreiblich sei; die Maler drängten sich herbei, um sie zu zeichnen, deren Augen sie ihre Reize vergönne«; so besuchte er sie mit seinen jungen Freunden, indem er sagte: »das Unbeschreibliche könne man ja aus Beschreibungen nicht kennenlernen[2].« – Und überhaupt zu Athen, was das öffentliche Urteil gleich weit von geistloser Steifheit, und von gesetzloser Gleichgültigkeit entfernt, wo nur das Schlechte unanständig war, wo es keine eigentlichen *Vorurteile,* welche bei Barbaren die Stelle des sittlichen Gefühls vertreten, gab; da durfte der Weiseste seines Zeitalters wohl mit einer leichtsinnigen Priesterin der Freude Gespräche wechseln.

Wäre aber *Diotima* eine Hetäre, so wäre es schon sonderbar, daß ihr Namen in keinem von den ziemlich weitläufigen Hetärenverzeichnissen zu finden ist, daß Plato von einer Buhlerin, die so unbedeutend war, daß kein Anekdotensammler, kein Litterator von ihr wußte, so viel Wesens macht. Vollends unmöglich konnte sie aber von der Liebe dann *so* reden, Plato sie so reden lassen. Lais zum Beispiel, welcher Diogenes »den Preis der Griechischen Unzucht« zuerkannte[3], – und das Urteil »des weisen Hundes, der mit männli-

1. Athen. V, p. 219.
2 Xenoph. Memor. III, p. 618 Leuncl.
3 Schol. ad Aristoph. Plut. v. 179.

chem Sinn sein nacktes Leben ausarbeitete«, gilt hier nicht wenig – Lais, »die ihre allerverbreitete Gunst nach dem Gewinn ordnete[1]«, konnte vielleicht alle Einzelnen lieben, aber vermutlich nicht bloß um der Gattung willen: wahrscheinlich blieb die unterste Stufe Diotimens *ihr* höchstes Ziel. Die Schönheit der einzelnen Gestalten nämlich ist, nach der Lehre der Seherin, die unterste Stufe auf der Leiter zum Ziele der Liebeskunst, dem unvergänglichen und allgemeingültigen Schönen, in dessen Genuß das Leben erst Leben genannt zu werden verdient. Der Strom ihrer Rede ergießt sich mit der heiligen Wut, die keine Venus Hetäre gewähren kann, mit welcher der Gott der Seher und Künstler allein seine liebsten Günstlinge erfüllt. – Auch war ihr Leben, nach dem Zeugnis des Platonischen Sokrates, dem Gotte der Harmonie geweiht: sie war die Priesterin des unsterblichen Sehers, und verkündigte huldreich den Sterblichen, was der göttliche Jüngling ihrer reinen Seele vertraute. Mit diesem heiligen Amt war keine Hetäre bekleidet, diese heilige Kunst Apollos übte keine Sklavin! Man wird Beispiele finden, daß Seher herumreisende Fremde waren, aber keines, daß sie Sklaven waren. Nichts widerspricht den Griechischen Sitten so sehr. Die kleinste heilige Handlung war bei den Griechen öffentlich und bürgerlich; schon ein gottesdienstliches Fest war ein bürgerliches Vorrecht. Die Hetären waren von den eignen Festen der Bürgerinnen ausdrücklich ausgeschlossen. Es wird als eine Sonderbarkeit bemerkt, daß zu Korinth, wo tausend der reizendsten dieser Mädchen den Tempel des Venus schmückten[2], nach einer alten Sitte, wenn der Venus ein großes Fest gefeiert ward, die Hetären Teil an demselben nahmen[3]; die aber dennoch von den Bürgerinnen abgesondert gewesen zu sein scheinen, und außerdem ihre eignen Aphrodisia hatten[4]. – Überhaupt vergißt man es oft, oder bezweifelt es wohl gar, daß die Hetären fast nie Freie waren. Die Mädchen wenigstens, welche Solon *kaufte,* oder deren eine bestimmte Anzahl

1 Anthol. Graec. cur. Jacobs, II, p. 29.

2 Strab. libr. VIII, p. 580, seqq. ed. Casaub. Amst. 1707 fol.

3 Athen. libr. XIII, p. 573, fin.

4 Athen. libid. p. 574.

der Göttin zu *weihen* Korinthische Bürger nicht selten das Gelübde taten[1], waren doch nicht frei? Zu Athen verlor jede freie Person, welche ihre Reize verkaufte, die Bürgerrechte, und der Kuppler ward am Leben gestraft; ja durch den Ehebruch verloren die Frauen das Recht an den Festen der Bürgerinnen Teil zu nehmen.

Diotima ist also keine Hetäre. Entweder steht sie unerklärlich und einzeln in der Griechischen Geschichte; oder es gab, wider die gewöhnliche Meinung, noch außer den Hetären, eine andre Klasse von Griechischen Frauen, in welcher die Bildung möglich war, welche ihr Gespräch voraussetzt.

Da *Proklus,* ein später aber nicht unbelesener Schriftsteller, in seinem Kommentare zu der REPUBLIK des Plato, über dessen Lehre von der weiblichen Erziehung redet, sagt er: der Satz, daß die Vollkommenheit (Bestimmung) beider Geschlechter nur eine sei, habe den Platonischen Sokrates bewogen, für beide Geschlechter gleiche Erziehung zu bestimmen; die Veranlassung dazu habe ihm aber die Erfahrung gegeben. Hier beruft er sich auf das Leben der *Pythagoreischen Frauen,* und nennt unter denselben, neben der Theano und Mycha, auch die *Diotima*[2]. – Aber durch diese Erklärung ist unsre Frage, scheint es, nur allgemeiner und verwickelter geworden: denn die Nachrichten von Pythagoras und seinen Orgien sind zwar zahlreich, aber ebenso unsicher als unbestimmt. So sind auch die Nachrichten von diesen Pythagorischen Frauen, über welche der Attische Philochorus geschrieben hatte, teils sehr unbestimmt, teils haben sie sehr späte Gewährsmänner. Notorisch ist es, daß unter den Freunden und Nachfolgern Pythagoras' nicht nur Männer, sondern auch Frauen sehr berühmt wurden, deren Jamblichus siebzehn nennt.[3] Seiner Tochter Damo soll er seine Schriften hinterlassen haben. »Der Raserei, die ihn an die Theano« – eine Philosophin, welcher man Gedichte zuschrieb[4] – »fesselte«, erwähnt der Dichter

1 Wie der Xenophon, an dessen der Göttin gelobte und geweihte Hetären Pindar einen Gesang dichtete, von dem noch ein Bruchstück vorhanden ist. Athen., p. 574.

2 Proclus in Polit. Platonis, p. 420, lin. 9, seqq. ed. Basil. 1534. fol.

3 Cap. ult.

4 Clem. Alex. Strom. I, p. 133.

Hermesianax in der merkwürdigen Elegie[1], deren historischer Teil jedoch nicht ohne dichterische Freiheit oder Nachlässigkeit ist. Einigen dieser Frauen wurden in sehr späten Zeiten wissenschaftliche Werke untergeschoben, aus denen sich Bruchstücke beim Stobäus finden. Von andern erzählt man oft bis zum Abenteuerlichen wunderbare Heldentaten, treffende Antworten, oder philosophische Sentenzen. – Die Prüfung des Einzelnen geht uns hier nichts an. Das Allgemeine aber, was alle jene Nachrichten übereinstimmend entweder ausdrücklich bestätigen oder stillschweigend voraussetzen, hat einen sehr glaubwürdigen und einsichtsvollen Zeugen für sich – den Dikäarchus[2]: daß nämlich Pythagoras auch eine Gesellschaft Frauen vereinigte, und daß nicht Männer allein, sondern auch Frauen seine Schüler waren. Er unterrichtete bei seiner Ankunft zu Kroton auch die Weiber.[3] Sie genossen also eine höhere Bildung, als sonst Griechische Frauen, ja sogar eine wissenschaftliche. Daraus scheint notwendig zu folgen, was andre Nachrichten stillschweigend voraussetzen: daß sie vom Umgang mit Männern nicht ausgeschlossen waren. Also schon ein Beispiel gegen die gewöhnliche Meinung! – Über ihre öffentlichen Verhältnisse, und ihre häusliche Lebensart, haben wir so wenig wie über die Gesetzgebung des Pythagoras überhaupt, bestimmte Nachrichten. Waren sie etwa nicht bloß in ihrer Erziehung, sondern auch in ihren Rechten und Pflichten, von den andern Griechischen Frauen verschieden?

Es springt in die Augen, daß dieser, wenngleich unbestimmte, Begriff mit unsrer Diotima sehr gut übereinstimmt. Er erklärt ihre wissenschaftliche Bildung, ihren philosophischen Geist. Das Amt der Seherin, ihre Sprache, die sich zwar ganz in reine Vernunft auflösen läßt, aber doch nicht ohne einige Ähnlichkeit mit der Sprache der Schwärmer ist, verträgt sich recht wohl mit der Eigentümlichkeit des Pythagorismus, wie er kurz vor oder zur Zeit Platos sein mochte. Auch davon, daß es um die Zeit des Sokrates und Plato noch Pythagoreische *Frauen* selbst in Griechenland geben

1 Athen. XIII, p. 599, A.

2 Vit. Pythag. Porphyr. ed. Küst. p. 21, ex Dicaearcho.

3 Jambl. cap. XI.

mochte, findet sich eine Spur. Unter den vielen Komödien über die Pythagoreer, die auf der Attischen Bühne gegeben wurden, führt Athenäus ein Stück: PYTHAGORIZUSE von Kratinus an (ohne jedoch zu bemerken ob es der ältere, der Äschylus der alten Komödie, oder der jüngere Dichter gleiches Namens geschrieben habe); und eine Komödie mit derselben Benennung vom Alexis zitiert Diogenes.

Aber selbst Dikäarch ist ein später Zeuge; und da die Resultate der Untersuchung so unbestimmt sind, so kann es nicht überflüssig scheinen, ihnen durch Analogie eine doppelte sehr starke Bestätigung zu geben. Diese finden wir: 1) in den Meinungen der Philosophen, vorzüglich des Plato, über Weiblichkeit und weibliche Erziehung; 2) in den Lakonischen Sitten, dem *zweiten* Beispiele gegen die herrschende Vorstellung. – Man denke sich den Pythagorismus etwa als einen frühen noch rohen Versuch, die Sitten und den Staat den Ideen der reinen Vernunft gemäß einzurichten, Philosophie mit Dorischer Politik und Musik zu vereinigen, und dem überwiegenden Demokratismus zu widerstehn[1], nicht ohne Vorliebe für Ägyptische Kasten-Absonderung. Ein Versuch, welcher aus der dreifachen Ursache mißlang, weil erstlich der Hellenismus mit Ägyptischer Kasteneinrichtung, sodann der Dorismus mit Philosophie unvereinbar waren, und weil endlich der Strom des Demokratismus unaufhaltbar fortriß. Was ist demnach die politische Philosophie Platos, in welcher wir alle diese Züge wiederfinden, anders als die riefe vollständige Ausbildung des Pythagorischen Keimes? In der Platonischen Politik werden wir also vielleicht Erläuterungen und Bestätigungen der Pythagorischen finden.

Wenn sich irgend etwas aus der Geschichte des Pythagoras und seines Bundes als gewiß oder wahrscheinlich annehmen läßt; wenn es einen Leitfaden gibt, den Weg aus diesem Labyrinthe zu finden; so ist es dies: der Pythagorismus war ganz im *Dorischen Stil,* für Dorische Sitten, und für Dorische Staaten entworfen. Die wahr-

1 Nur Gesetzgebung und öffentliche Erziehung sichern gegen Oligarchie, und öffentliche Tugend ist die einzige Ägide der Demokratie gegen Ochlokratie und Tyrannei: drei Ungeheuer, welche damals Griechenland verheerten. Hätte doch Pythagoras den Demokratismus zu reinigen gesucht, statt sich umsonst zu bemühen, ihn zu vernichten!

scheinlichsten Züge von den Sitten und dem Leben des Pythagoras und seiner Nachfolger verraten *milde Großheit,* dieses unverkennbare Merkmal des Dorischen Stils. Zu *Kroton* hatte er selbst seinen Sitz, hier stiftete er seinen Bund, hier war der Mittelpunkt der Gesellschaft. Die höchste Blüte der Gymnastik aber zu Kroton scheint auf Dorische Sitten, und die nach dem Zeugnis des Dikäarch aristokratische Verfassung der tausend Geronten[1] auf Dorischen Ursprung zu deuten. Dürfte man annehmen, daß diese, nach den Berichten Herodots und Strabos, Achäische Kolonie vielleicht durch eine spätere dorisiert worden sei, so würde sich auch der heftige Nationalhaß gegen Sybaris besser begreifen lassen. Sybaris war rein-Achäisch und demokratisch, wie die Verjagung der Reichen zur Zeit des Pythagoras bestätigt; und der König Telys bei Herodot[2] war (nach einem öfter von ihm gebrauchten Ausdruck) ein demagogischer Tyrann, dessen Herrschaft gestürzt und dessen Anhänger ermordet wurden[3]. Sybaris scheint der Gesellschaft des Pythagoras abgeneigt gewesen zu sein, wie der Krieg mit Kroton, während der Weltweise daselbst herrschte, und die Sage zu beweisen scheint, er sei zuerst bei Sybaris ans Land gestiegen, habe aber seinen Entschluß bald geändert[4]. Der andre Staat, wo der Pythagoreische Bund hauptsächlich blühte, *Tarent,* war eine Lakonische Kolonie; und ward erst spät, kurz nach dem Persischen Kriege, demokratisch[5]. – Da nun Dorische Sitten zu Sparta sich am reinsten erhielten, und die höchste Bildung und Blüte erreichten, da auch die Nachrichten hier wenigstens zahlreicher sind, so dürfen wir hoffen, auch in den Lakonischen Sitten Erläuterung für die Geschichte der Pythagoreischen Frauen zu finden.

Die verschiednen Systeme der Griechischen Philosophie, das rationale, das empirische, das skeptische, u.s.w. entstanden nicht auf einmal, sondern bildeten sich allmählich und zusammenhän-

1 Ap. Jamblich, 15. Porphyr. 18.

2 Terpsich. 44.

3 Athen, XII, p. 521, fin. ex Heracl. Pont.

4 Jamblich. 36.

5 Aristot. Polit. libr. 5, cap. 3.

gend, indem der Philosoph, wie der Dichter oder der Bildner seinem Meister folgte, so das angefangne Werk seines Vorgängers vervollkommnete. Daher sind in der Lehre von der *weiblichen Bestimmung* und der *weiblichen Erziehung*, die größten rationalen Moralisten und Politiker der Griechen so übereinstimmend. Daher hat vielleicht schon Pythagoras, der Vater der rationalen Moral und Politik unter den Griechen, den ersten Keim dazu erfunden, die ersten Umrisse entworfen, aus denen nachher die *Meinungen des Plato und der Stoiker* wurden. Nicht nur Plato verwarf in seinem Entwurfe eines vollkommenen Staates die Ehe, und forderte Gemeinschaft der Weiber wie der Güter; sondern auch Diogenes der Zyniker, Zeno, und Chrysippus, die Fürsten der Stoa, waren dieser Meinung[1]: die, weil sie unsre Eigentümlichkeit beleidigt, uns vernunftwidrig zu sein scheint. Es ist aber leichter, sie zu verspotten oder geringzuschätzen, als ihren großen Sinn zu verstehen: die Forderung nämlich, daß die Weiblichkeit wie die Männlichkeit der höhern Menschlichkeit untergeordnet sein soll; die erhabne Lehre, daß vollständige Gemeinschaft das Wesen des Staats ist, deren erste Bedingungen nur Gesetzmäßigkeit und Freiheit sind. Was aber widerspricht ihr so schneidend, als die Absonderung der Ehe und des Eigentums? Doch dies gehört für die Zeit, »wo die Weisen herrschen, oder die Herrscher Weise sein werden«; ich erwähne es nur, weil es nicht ohne Verbindung mit den Meinungen Platos und der Stoiker über weibliche Bestimmung und weibliche Erziehung ist, welche die Nachrichten von den Pythagoreischen Frauen erläutern und bestätigen können. Zwar war noch eine Verschiedenheit zwischen der Lehre des Plato und der Stoiker[2], die aber für unsern Zweck gleichgültig ist. Genug beide behaupteten, die Bestimmung des männlichen und weiblichen Geschlechtes sei nur eine; der Stoiker Kleanthes schrieb ein eignes Werk darüber, daß männliche und weibliche Vollkommenheit nur eine und dieselbe seien[3]. Plato fordert in seinem Entwurfe eines Griechischen Freistaates, daß die

1 Diog. Laert. libr. 7, cap. 7, § 65.

2 Proclus in Polit. Plat. p. 416.

3 Diog. Laert. libr. 7, cap. 7, §. 6.

öffentliche Erziehung sich auf die Frauen erstrecke; sie sollen an Gymnastik und Musik, an den öffentlichen Gesellschaften, kurz an der Bildung, an den Pflichten, aber auch an den Rechten der Männer Teil nehmen. Die Griechische Geschichte hat die Rechtmäßigkeit dieser Forderung vollkommen bestätigt, und die gesetzgebende Weisheit Platos gerechtfertigt. Die Vernunft sagt uns, daß ein Staat, in welchem die Gesetzmäßigkeit nur auf Kosten der Freiheit erreicht wird, sehr unvollkommen sei; und die Erfahrung lehrt uns, daß ein Staat, wo die öffentliche Erziehung sich nicht so weit verbreitet als die Freiheit, entarten muß. – Die Peripatetiker waren der entgegengesetzten Meinung[1]. Aristoteles tadelt nicht nur die Platonischen Grundsätze und die Lakonischen Sitten in dieser Rücksicht, sondern er kann sich auch über den geringern Wert und die geringere Fähigkeit der Weiber nicht hart genug ausdrücken[2]. Eine ähnliche Stelle beim Lukrez[3] ist doch vielleicht nicht hinreichend, um vermuten zu dürfen, daß Epikur in diesem Stücke wie Aristoteles dachte, welches sonst nicht unwahrscheinlich ist.

Mit den Meinungen Platos, der die Spartanischen Sitten in diesem Stücke nur insofern tadelte, weil sie auf halbem Wege stehen blieben, und mit dem Versuche des Pythagoras, stimmen die Sitten der *Lakonischen Frauen* sehr gut überein. Die Mädchen hatten Teil an der öffentlichen Erziehung[4], an der Gymnastik und Musik, welche den Umfang auch der männlichen Bildung in Sparta erschöpften. Die Frauen entsagten zwar den gymnastischen Übungen, führten die Aufsicht über die häuslichen Geschäfte (ohne jedoch mit weiblichen Arbeiten sich so sehr zu beschäftigen, wie etwa die Attischen Frauen), nahmen keinen Anteil an den bürgerlichen Gastmahlen, aber doch an der Gesellschaft der Männer, und genossen auch die öffentliche Achtung in sehr hohem Grade. – Die Spartanische Sittengeschichte konnte aus bekannten Ursachen sehr leicht verfälscht werden, welches frühe geschah, indem schon ältere Philoso-

1 Procl. ibid.

2 Arist. Poët. cap. 15; hist. animal. libr. 9. cap. I.

3 Lucret. V, 1354, s.

4 Plat. de leg. VII, p. 357.

phen durch ihre Vorliebe für Dorische Gesetzmäßigkeit und Dorische Kraft den spätern Deklamatoren Anlaß dazu gaben. Wer also alle Geschichten Plutarchs vom Heldenmute der Spartanerinnen unbedingt annehmen wollte, der würde nur beweisen, daß er besser glauben als prüfen könne; wer alle unbedingt verwerfen wollte, daß er nicht zu unterscheiden wisse. Auch lassen sich nicht selten ohne Sehergabe, die alten echten Erzählungen von den spätern Schulübungen, bei diesem Schriftsteller unterscheiden, welche letztern nach Art der ältern erfunden wurden: wie z. B. die älteste einfache Sinnschrift auf eine Lakonische Mutter, die ihren flüchtigen Sohn umbrachte, von den beiden spätern[1]. Worin alle Nachrichten mit den ältesten und besten übereinstimmen, das läßt sich vielleicht als wahrscheinlich voraussetzen: daß die Lakonischen Frauen zu der Zeit, da die Sitten noch nicht entartet waren, von hoher Vaterlandsliebe beseelt, und sogar fähig waren, derselben die Muttergefühle aufzuopfern. So einzig dies in der Geschichte bleibt, so ist es dennoch nicht unwahrscheinlich. Denn zu Sparta ward überhaupt die Natur dem Gesetz und der Liebe aufgeopfert. Kein Trieb ist so mächtig als falsche Scham; daher kann man als die höchste Blüte der Dorischen Tugend den Augenblick ansehen, wo die Spartaner in reiner heiliger Begeisterung die Kleidung und niedrige Scham von sich warfen und nackend ihre Kampfspiele feierten[2]. In diesem großen Augenblick, wo sie auf dem Altar der Liebe dem Gesetz die letzte Schwäche der Natur zum Opfer brachten, entfaltete sich die Knospe ihres Staates zur vollen Blume: es war ihre Schlacht bei Salamis. Anfänglich schien diese öffentliche Nacktheit der Männer selbst den Griechen, wie den Barbaren jederzeit, unanständig und lächerlich, bis die Vernunft siegte[3]. Barbaren und Jonier hielten die Männerliebe für schändlich, die sie nur als Laster kannten[4]; andre Dorier verwechselten das Schöne mit dem Reizenden, und es schien schlechthin erlaubt den Liebenden Gunst zu gewähren. So strebte

1 Plutarch. Apophth. Lacon init. et Brunkii Analecta, II, p. 115.
2 Thucyd. I, 6. edit. Bip. vol. I, p. II.
3 Plat. Rep. V, vol. VII, p. 9.
4 Sympos. Plat. p. 186.

man zu Elis nur nach Vereinigung, und die Böozier genossen bloß die Blüte der Jugend[1]; die Lazedämonier aber unterschieden den himmlischen Amor von dem irdischen, die Seele ihrer Liebe war Tugend und Bildung.

Die gymnastischen Übungen der Mädchen, mit leichter oder ohne alle Bekleidung, widersprachen zwar den Jonischen und Barbarischen Sitten; aber der Gesundheit und Gestalt waren sie wohl nicht nachteilig: denn die Schönheit, Gesundheit und große Bildung der Lakonischen Frauen ist bekannt. In spätern Zeiten hingegen konnten sie die ohnehin eingerißne Sittenlosigkeit vielleicht verdoppeln. Der Römische Kallimachus[2] beneidet Sparta um die günstige Gelegenheit, die zwanglose Freiheit, welche die gymnischen Spiele der Mädchen den Liebenden gewährten, und wünscht Rom ähnliche Sitten. Es ist nämlich bekannt, daß die Lakonischen Frauen, nachdem ihre Sitten entartet waren, an Ausschweifungen, Herrschsucht und Habsucht alle andre Griechinnen übertrafen, und die größere Kraft ihrer Laster erinnert an die Hoheit ihrer Tugend. Aristoteles hat ein kräftiges Gemälde davon entworfen[3], welches in seinem Zeitalter vermutlich sehr treu war. Hatte er aber die Absicht unbedingt zu tadeln, und vermischte er die Zeiten, so läßt er sich eher entschuldigen als rechtfertigen. – Nachdem die Eigenheiten der Griechischen Stämme sich verwischten, nachdem die Blüte Dorischer Tugend verwelkte (welches schon im Peloponnesischen Kriege geschah), ging auch bald die bestimmte Kenntnis davon verloren. Da konnte man von der Dorischen Tugend überhaupt sagen, was schon Eupolis von den Dorischen Gesängen des Thebanischen Adlers sagte: »Sie sind *verstummt*, durch die Gefühllosigkeit des Haufens[4].« War sie auch kurz, so gab es doch eine Zeit, wo man behaupten konnte, daß Lakonische Frauen männliche Kraft und Selbständigkeit, Lakonische Jünglinge aber weibliche Bescheidenheit, Schamhaftigkeit und Sanftmut besaßen[5].

1 Sympos. Plat. p. 185. Xenoph. rep. Lac. p. 536. Leunclav.

2 Propert. Eleg. III, 12.

3 Arist. Polit. libr. II, cap. 9.

4 Athen. libr. I, p. 3.

5 Xenoph. rep. Lac. p. 537.

Aber mußten nicht diese männlichen Übungen der Spartanischen Mädchen, wie die wissenschaftliche Bildung der Pythagoreischen Frauen, die Weiblichkeit vertilgen? Sie scheinen uns so vernunftwidrig, wie die Behauptungen Platos, und beleidigen unsre ganze Eigentümlichkeit. Ihre *Rechtfertigung* ist diese. Manche Eigenheit jener Sitten und Meinungen findet ihre Entschuldigung in der frühern Stufe der Wissenschaft; manche andre, ihre völlige Rechtfertigung in der Natur der Griechischen Freistaaten. Trennen wir aber das Wesentliche vom Zufälligen, so ist der Grundsatz unwiderleglich: die Weiblichkeit soll wie die Männlichkeit zur höhern Menschlichkeit gereinigt werden; und der Versuch, wenn er gleich mißlang, bleibt immer ruhmwürdig, in den Sitten und im Staate das zu erreichen, was die Idealkunst der Attischen Tragödie wirklich erreicht hat: das Geschlecht, ohne es zu vertilgen, dennoch der Gattung unterzuordnen. Die Richtung der Griechischen Sitten ging auf das Notwendige; der unsrigen, auf das Zufällige und Einzelne. Was ist häßlicher als die überladne Weiblichkeit, was ist ekelhafter als die übertriebne Männlichkeit, die in unsern Sitten, in unsern Meinungen, ja auch in unsrer bessern Kunst, herrscht? – Ja sogar auf künstlerische Darstellungen, welche *idealisch* sein sollen, auf Versuche, den Begriff der Weiblichkeit rein zu entwickeln, äußert diese verderbliche Denkart ihren Einfluß. Man betrachtet die Bestandteile der reinen Weiblichkeit oder Männlichkeit als notwendige Eigenschaften, die die Freiheit des Gemüts vernichten würden. Sie sind aber nur Lockungen oder Erleichterungen der Natur; und sie zu lenken, ohne sie zu zerstören, mit Schonung der Natur der Notwendigkeit gehorchen, ist das höchste Kunstwerk der Freiheit. Man nimmt zweitens in den Begriff der reinen Weiblichkeit – der vielleicht nur zwei Bestandteile: Innigkeit und Zartheit, wie der Begriff der Männlichkeit: Umfang und Bestimmtheit, hat – zu viel Merkmale auf, Merkmale die aus der Erfahrung geschöpft sind, und nur einer übertriebenen Weiblichkeit zukommen: *Beharrlichkeit* und *Einfachheit*, als einen Vorzug des Geschlechts. Man versteht darunter nichts anders als die absolute Charakterlosigkeit, die das Gesetz ihrer Sitten von einem fremden Wesen empfängt; und die von außen gegebne Einheit ist hier freilich vollendeter als die selbsttätige von innen mühsam erkämpfte Beharrlichkeit des Mannes. Aber eben der herrschsüchtige Ungestüm des Mannes, und die selbstlose Hingegebenheit des Weibes, ist schon übertrieben und häßlich. Nur selbständige Weiblichkeit, nur sanfte Männlichkeit, ist gut und schön.

Wider die gewöhnliche Meinung haben wir schon zwei Beispiele von Griechischen Frauen kennen lernen, welche von der Gesellschaft und der Bildung der Männer nicht ausgeschlossen waren. Es gibt deren noch zwei; noch zwei Klassen von mehr als andre gebildeten Griechischen Frauen. Die erste ist so bekannt, daß ich nur an sie zu erinnern brauche: die *Mazedonischen Fürstinnen,* vom Anbeginn des Griechischen Despotismus bis zur Zerstörung aller Griechisch-Asiatischen Reiche durch die Römer. Sehr häufig zwang diese Fürstinnen die Not, oder verführte sie die Herrschsucht, an den Streitigkeiten, den Verbrechen, den Geschäften, und also auch an der Bildung ihrer Männer, Brüder und Söhne, Teil zu nehmen, oder wohl gar über große Völker selbst zu herrschen. Nach dem Tode Alexanders des Großen, wurden Sieg und Macht ein Preis des Tapfersten, des Kühnsten, des Verschlagensten. Im steten Kampf der heftigsten Triebe, im Überfluß aller Mittel, konnte sich alles Große entwickeln, was mit Verbrechen bestehen kann. Denn oft war ungerechte Herrschaft auch der Preis des Schlechtesten. »Wer seine Eltern oder Kinder nicht ermorderte«, sagt Plutarch, »dessen Pietät bewunderte man; der Brudermord ward gleichsam als ein *königliches Postulat,* wie die Postulate des Geometers, als allgemeingültig und zur Sicherheit notwendig, von jedermann zugestanden[1].« Die glänzenden Verbrechen, die Seelengröße der *Olympias,* die hohe Bildung und der Geist der *Kleopatra,* sind allgemein bekannt. Andre Fürstinnen, die selbst im Mittelpunkte der Verderbtheit gut und einfach blieben, verdienten bekannter zu sein.

Die zweite Klasse begreift die *lyrischen Dichterinnen,* deren Griechenland nicht wenige und nicht unberühmte hatte. War es nicht ebensowohl Sappho und Erinna, wie Alcäus, die, in der Blütezeit der lyrischen Kunst, *Lesbos* zum schönsten Garten der Musik machten? Aber auch außer Lesbos, konnte *Korinna* Nebenbuhlerin,

1 Plutarch. Vit. Demetr. vol. V, p. 7. edit. Reisk.

Freundin, Meisterin Pindars sein. Die schöne[1] Lesbische *Sappho* nennt Strabo ein Wunder, in der Poesie nähere sich ihr keine andre Frau auch nur von ferne. Von ihren Bruchstücken kann man sagen, wie Meleager von den lyrischen Blumen derselben, die er in seinen dichterischen Kranz flocht: »von der Sappho wenige nur, aber Rosen.« Die dichterischen Beinamen eines »weiblichen Homerus«, einer »sterblichen Muse«, sind historische Wahrheit[2]. Sie liebte zärtliche Lust[3], und ward die Stifterin einer Schule des Schönen und der Kunst unter Lesbischen Mädchen; – die Verleumdung sagt, eine Schule der Sittenlosigkeit[4].

Was versteht man nicht alles unter *Bildung?* und Poesie allein scheint vielleicht manchem kein gültiger Anspruch dazu. Das macht, die Griechische Poesie und die Griechische Bildung sind ganz verschieden von der unsrigen. Ich erinnere hier nur, daß man von Griechischen Frauen keine andre als Griechische Bildung erwarten darf. Und was kann eher so heißen als Poesie der Griechen, die Schranken und das Ziel ihrer Laufbahn, der Keim aus dem der Baum ihrer ganzen Bildung entsprang, und die schönste Frucht mit der er sein Wachstum vollendete? Auch scheint es, die Dichterinnen gingen freier mit Männern um, als andre Griechische Frauen. Von der Sappho ist es unstreitig: außer der Liebeserklärung des Alcäus und ihrer Antwort[5], setzen es manche andre Bruchstücke und Nachrichten ausdrücklich oder stillschweigend voraus; der Geist ihres Lebens und ihrer Gesänge verrät es. Auf ihre Liebe zum Phaon möchte ich nicht gewiß rechnen, weil ein alter Schriftsteller der Meinung war, es sei eine andre Sappho gewesen, die den Phaon liebte[6]. Obgleich ihre Gedichte sich in aller Händen befanden, und die Vorliebe für sie sehr groß war, so läßt es sich doch begreifen, wie solche Verwechslungen veranlaßt werden, und überhaupt die größten Unrichtigkeiten in ihre Geschichte sich einschleichen konnten.

1 Plat. Phaedr. tom. 10, p. 296.
2 Anthol. Gr. ed. Jacobs, II, 25, 101.
3 Athen. XV, p. 687, init.
4 Suid. in Σαπφ. Ovid. Heroid. XV.
5 Aristot. Rhetor. libr. I, cap. 9.
6 Athen. libr. XIII, p. 596, D².

Die Komiker brachten sie nämlich nicht selten aufs Theater, und bedienten sich ihrer dichterischen Freiheit so sehr, daß Diphilus sogar[1] den kecken Archilochus und Hipponax, die Fürsten der Jambischen Poesie, zu ihren Liebhabern machte; und mit entgegengesetztem Anachronismus, dichtet Hermesianax von ihrer Liebe zum Anakreon[2]. Auch von der Korinna ist Veranlassung da, vorauszusetzen daß sie mit Männern freier umging; und wahrscheinlich war es mit den übrigen Dichterinnen ebenso. Entweder verließen sie mit einer männlichen Kunst auch die Sitte und Lebensweise gemeiner Griechischen Frauen; oder es ist überhaupt nicht unwahrscheinlich, daß zu Lesbos, und vielleicht in einigen andern kleinen Äolischen oder Jonischen Freistaaten, die Frauen zwar nicht an der öffentlichen Erziehung Teil nahmen, wie zu Sparta, aber doch auch nicht durch Gesetzgebung vom öffentlichen Leben und vom männlichen Umgange ausgeschlossen waren[3], wie zu Athen: daher es mehr von der Willkür und Lage der Einzelnen abhing.

Die Lebensart der Künstlerinnen hat Mißverständnisse veranlaßt; und ich habe, ich weiß nicht mehr wo, sogar die Sappho als *Hetäre* angeführt gefunden. Allein die Griechischen Dichter waren ehrwürdige Lehrer eines freien Volkes, und nach dessen Glauben geweihte Lieblinge der Götter; die heilige Musik war ein Vorrecht der Freien. Selten werden die Fälle sein, daß Sklaven oder Hetären die Kunst übten; wenigstens läßt sich als ausgemacht festsetzen, daß diejenigen, welche an öffentlichen Musenspielen Teil nahmen, beides nicht sein konnten. Sappho war aus einer (wie es scheint, wohlhabenden) Kaufmannsfamilie: ihr Bruder Charaxus handelte zu Naukratis mit Wein; und darüber, daß er eine sehr schöne Hetäre, welche er liebte,

1 Id. ibid. p. 599, A.

2 Außer dem Antiphanes und Diphilus, schrieben auch Ephippus und Timokles eine Komödie: SAPPHO (höchstwahrscheinlich die Dichterin, wie auch in dem Lustspiele gleichen Namens der beiden erstern), und Plato einen PHAON.

3 Ein neuerer Französischer Reisender fand auf Lesbos die Frauen fast im ausschließenden Besitz des Geschäftslebens, und die allgemeine Sage, daß dies seit undenklichen Zeiten Sitte gewesen sei. Die Göttingischen Gelehrten Anzeigen gaben ungefähr vor einem Jahre von dieser Reisebeschreibung Nachricht; ich bin aber itzt nicht im Stande genauer die Stelle nachzuweisen.

frei kaufte, scherzte und spottete vielmehr die Schwester in manchem Gedicht[1], als daß sie selbst eine Hetäre gewesen wäre und auf einen Befreier gehofft hätte.

Das Beispiel der Sappho und der Griechischen Dichterinnen widerspricht der Meinung, die *Rousseau* mit so mächtiger Beredsamkeit vorgetragen hat, daß die Weiber der echten *Begeistrung* und hoher Kunst ganz unfähig seien. Eine Meinung, die aus Vernunftgründen nicht bewiesen werden kann, und welche die Erfahrung nicht begünstigt; zu geschweigen, daß eine unvollständige Erfahrung keinen vollständigen Beweis geben kann. – Auffallend ist, daß bei so vielen, so berühmten Künstlerinnen in Musik und Lyrik, keine Griechische Frau in der dramatischen oder der bildenden Kunst bekannt geworden ist. Man hat es vielleicht übersehen, daß es, wie zwei Arten der Kunst, so auch zwei spezifisch verschiedene Arten der Begeisterung gibt: die *dramatische* und die *lyrische*. Man hat den Wink Platos nicht beachtet, der im JON die Eigentümlichkeiten der *plastischen* und der *musikalischen* Begeisterung scharf und zart bestimmt. Die musikalische ist mit der lyrischen eins; und wenn man von der vollständigen dramatischen, welche freilich auch die lyrische umfaßt, diese letztere trennt, so bleibt die plastische übrig. Vielleicht hat die Natur den Weibern den Umfang und die Bestimmtheit, welche die dramatische erfordert, zwar nicht versagt – eine Macht, welche ihr über das freie Gemüt nicht zusteht, – aber doch unendlich erschwert. Dagegen stimmt die Natur der lyrischen Begeistrung mit dem Begriff der reinen Weiblichkeit so ganz überein, daß man sie auch die *weibliche* Begeisterung, wie die dramatische die *männliche,* nennen könnte. – Vielleicht hat man aus einer ähnlichen Verwechslung den Weibern allen philosophischen Geist abgesprochen, weil ihnen der systematische Geist fehlt, der doch nur ein Teil von jenem ist. Aber die Gabe, die zartesten Laute der Natur innig vernehmen und rein mitteilen zu können, ist doch, wo es auf Kenntnis des Gemüts und der Sitten ankommt, von unschätzbarem Wert; und wer mag sie den Weibern absprechen? – Solange das einzig-wahre System nicht entdeckt war, oder solange

1 Herodot. Euterp. cap. 134, 135. Strab. XVII, p. 1161, fin. Anthol. Gr. II, 52.

es nur noch unvollkommen dargestellt ist, bleibt das systematische Verfahren mehr oder weniger trennend und isolierend; das systemlose lyrische Philosophieren zerstört wenigstens das Ganze der Wahrheit nicht so sehr. Im dunklen Gefühl des Richtigen übertreffen vielleicht Frauen, die unverdorben und zum Guten und Schönen gebildet sind, viele Männer. Und vielleicht wird ein Mann, je vollendeter sein System ist, um desto weniger den Wert der *lyrischen Philosopheme der Diotima* verkennen.

So viele Ausnahmen leidet also die gewöhnliche Meinung, daß nur sittenlose Frauen bei den Griechen an höherer Bildung und an männlichem Umgange Teil gehabt hätten. – Aber war nicht dennoch in einigen oder wohl gar in den meisten Griechischen Freistaaten, wenngleich nicht in allen, schlechte Erziehung, ungerechte Unterdrückung, rohe Verachtung, das Los der Bürgerinnen? Und wenn die einmütigsten Zeugnisse, wenn Beweise aller Art, keinen Zweifel übrig zu lassen scheinen, daß dies zu *Athen* der Fall war, Athen aber der Gipfel der Griechischen Bildung und Geselligkeit war; was soll man von der Geselligkeit, dem Geschmack, der Liebe der Griechen überhaupt denken?

Einige, die von der Lage der *Attischen Frauen* ganz übertriebne und unbestimmte Begriffe hatten, und diese auf die Griechen überhaupt ausdehnten, haben es unternommen, die Griechen wider eine falsche Anklage aus falschen Gründen zu verteidigen; weil sie nämlich die Rechtfertigung der Attischen Sitten als Folie für ihre Satire auf die Sitten des Jahrhunderts brauchen konnten. Es scheint ihnen ein Vorzug der Alten: daß die verführerische Anmut der Buhlerin, und die ernste Tätigkeit der Frau, die Würde der Mutter, bei denselben ganz getrennt war, daß die zwiefache Anlage, welche die Natur in das Herz des Weibes pflanzte, sich auch in zwei verschiedne Stände und Lebensarten schied. Auch ist es wahr, daß dadurch die seltsamen, bald empörenden bald lächerlichen, Mischungen unsrer Sitten vermieden wurden, wo sich oft die Neigungen einer Buhlerin und der Anstand einer Matrone, die Ansprüche der letztern und der Leichtsinn der erstern, beisammen finden. Allein, wie eine höhere Kunst bei uns das Ideal der Venus, der Juno und der Ceres verbinden, und *vollständige* Weiblichkeit in sich vereinigen kann, so konnte eine höhere Natur bei den Griechen dasselbe Ziel erreichen. – So wäre die Griechische Eigentümlichkeit vielleicht gegen die unsrige, aber nicht gegen die höhern Forderungen der Vernunft, gerechtfertigt. Und bei uns ist es jener höhern Kunst doch unbenommen und frei, nach vollständiger Weiblichkeit zu streben; wie läßt es sich aber rechtfertigen, daß die Bildung der höhern weiblichen Natur in dem *freien* Athen durch die *Gesetze* selbst gehemmt, und die trennende Bestimmtheit der Natur zur Zerstörung der Vollständigkeit gemißbraucht ward?... Die eigentliche Meinung jener Schriftsteller scheint diese zu sein: Weiber können und sollen *nur nützlich* sein; macht die beklagenswerte Üppigkeit eines Volkes nun einmal *angenehme* Weiber unentbehrlich, so ists am besten, sie sind eines von beiden, jedes aber ganz. Das heißt mit andern Worten behaupten: die Weiber seien um der Männer willen da; das heißt, das Gute und Schöne von der weiblichen Bestimmung ausschließen, – worüber die Griechen ganz andrer Meinung waren.

Andre hingegen, und bei weitem die meisten, bleiben, bei ebenso unbestimmten und übertriebenen Begriffen von Attischen oder überhaupt von Griechischen Frauen, der Denkart des Jahrhunderts treu, und tadeln die Sitten der Griechen und diese selbst aufs heftigste. Es fehlte den Griechen, nach ihrer Meinung, wohl an Sinn für *weibliche* Anmut und Schönheit in Gestalt und Sitten, ihre gesellige Bildung war gegen die unsrige nur sehr roh, das Schöne vermochte ihr stumpfes Gemüt nicht zur Liebe zu reizen, oder sittenlose Üppigkeit, ungerechter Eigennutz, erstickten frühzeitig den zarten Keim. Viele welche dies nicht sagen, denken es doch. – Zum Beweise, daß die Griechen für weibliche Anmut und Schönheit nicht weniger empfänglich, zur Liebe nicht weniger reizbar waren als die Goten, berufe ich mich erstlich: auf die *Überbleibsel der bildenden Kunst,* weil doch hier der untrügliche Augenschein das Vorurteil vor gesunden Sinnen am leichtesten und schnellsten entwaffnet. Ist nicht der Kreis der idealischen Gestalten der weiblichen Göttinnen, wie ein voller Kranz, aus den schönsten Blüten der Weiblichkeit geflochten[1]? Auch die wenigen Überbleibsel der Grie-

1 Ich beziehe mich auf die meisterhafte Charakteristik derselben, in der Abhandlung

chischen bildenden Kunst beweisen nicht nur, daß, wie überhaupt, so auch in der Darstellung der weiblichen Gestalt, während der guten Zeit, das Reizende dem Schönen untergeordnet, und auch nach dem Verfall des Geschmacks, selbst in Werken mittelmäßiger Künstler nicht das Einzelne, sondern das Allgemeine dargestellt ward (mehr, als man oft von den besten neuern Künstlern aller Art, aus Zeitaltern, die man *goldene* nennt, sagen kann), sondern sie beweisen auch die feinste Gabe, die zartesten Eigentümlichkeiten der weiblichen Natur aufzufassen und mitzuteilen. Und bezeichnet die Griechische Sage, Dichtung, und Sprache, nicht das Wesen der Weiblichkeit und der Liebe, die Offenbarungen der Begeistrung und die Geschichte des Herzens so bestimmt und so zart, daß Griechische Eigentümlichkeit auch hier allgemeingültig ist? So daß auch in diesem Sinne *Grieche* immer noch, wie bei Isokrates[1], *Mensch im höhern Sinne* heißen kann[2].

Ich berufe mich ferner auf die *dichterischen Kunstwerke,* auf die schöne Natur in Homers Darstellung weiblicher Sitten und Leidenschaften. Zwar ist die Seele seiner Darstellung, Natur und nicht Freiheit (Ideal), er stellt nicht das Allgemeine im Einzelnen dar, sondern erhebt das Einzelne zum Allgemeinen. Die Darstellungen der Weiblichkeit in Shakespeare und Goethe (bis jetzt den größten Meistern darin unter den Neuern), in deren Kunst bei aller Verschiedenheit dasselbe Prinzip herrscht wie in den Werken des Homerus, sind zwar unstreitig reichhaltiger für den Verstand, aber gewiß nicht schöner und zarter als einige des Jonischen Barden. – Die *Schönheit* der weiblichen Sitten und Leidenschaften in den Darstellungen des Sophokles aber, ist vollkommnes *Ideal,* dem sich bis jetzt kein neuerer Dichter auch nur von fern nähert. Denn was haben wir vom poetischen Ideal, wie überhaupt, so auch in Darstellung der Weib-

über männliche und weibliche Form, im 3ten Stück der Horen. [DIE HOREN, *Bd. 1, St. 3, IV; Bd. 2, St. 4, II, Tübingen 1795. Der Verfasser ist Wilhelm von Humboldt*].

1 Isocr. cur. Battie. Panegyr. p. 144, tom. I.

2 Barbaren sind, nach dem Sinne des Strabo, Völker, in deren Masse die Natur über die Freiheit das Übergewicht hat (βια, λογου κρειττων εστι). Griechen wären also Völker, in deren Masse die Freiheit über die Natur das Übergewicht hat. – Strab. lib. I, fin.; lib. IX, p. 615, B.

lichkeit, aufzuweisen, als Theorien die nicht fertig, und Versuche die mißglückt sind? Ich berufe mich auf die verführerischen Reize, auf die edle Anmut mancher weiblichen Charaktere im Terenz und im Plautus, auf den Xenophon, auf die Darstellung der Liebe in der bessern lyrischen Kunst, u.s.w. – Wer überdem den Griechen *hier* Reizbarkeit absprechen wollte, müßte sie ihnen durchgängig absprechen. In dem Charakter neuerer Völker findet sich wohl hier Bildung und Reizbarkeit, und dicht daneben eine sonderbare Stumpfheit und Unbildung oder Mißbildung; aber nur eine gänzliche Unkenntnis kann dies auf die Griechen übertragen. Ihre Bildung und ihr Geist war in durchgängiger Berührung, und ununterbrochnem Zusammenhang; ihre Geschichte ist ein lebendiger Stoff durch Eine Seele zu Einem Ganzen vereinigt. Ein *Maximum von Reizbarkeit* ist das Prinzip ihrer Bildung, der Geist ihrer Geschichte; nicht nur ihre Tugend und Größe, sondern auch ihre Schwächen und Laster entspringen aus einer äußersten Elastizität und Zartheit des Gemüts, die nicht nur unsern Glauben, sondern auch die Grenzen unsrer Einbildungskraft übersteigt, und doch der festeste Leitfaden des Griechischen Altertumsforschers ist, der sich ohne eine jener Griechischen ähnliche Reizbarkeit nie über das Gemeine erheben wird. – Könnte man nicht den Beweis gegen die Neuern umkehren? Wer für schöne Männlichkeit in Gestalt und Sitten kein Gefühl hat, dessen erheuchelte Huldigung für schöne Weiblichkeit ist verdächtig, und vielleicht nichts anders, als durch Kunst und Verfeinerung übertünchte Sinnlichkeit. Wer aber schöne Männlichkeit lebhaft und richtig fühlt, der hat überhaupt Geschmack und Reizbarkeit: denn das Schöne und Gute in beiden Geschlechtern ist nur ein und dasselbe.

Mehrere Ursachen äußern einen sehr nachteiligen Einfluß auf unsre Urteile über die Weiblichkeit, die Liebe, und die gesellige Bildung der Alten überhaupt. Erstlich vermischt man die rohe Einfalt der ältesten, die Sittenlosigkeit der spätern Zeit, die Verderbtheit der schlechtesten Menschen, mit der schönen Bildung der bessern Menschen in der guten Zeit. Dann wirft man Griechen und Römer untereinander. Auf die Römische Urbanität kann man anwenden, was Horaz von der Römischen Poesie sagt: »Es sind noch Spuren der ursprünglichen Rohigkeit übrig[1].« Dagegen ist die Attische Geselligkeit gegen die kräftige und erhabene Art der Römer beinahe *kleinstädtisch*. Wenn man die Freiheit von allen beschränkten Ansichten und kleinlichen Sitten im Umgange und in der Lebensart, *große Welt* nennen will, so haben die Römer eine Höhe derselben erreicht, der sich kein altes und kein neues Volk auch nur von fern genähert hat. Drittens vergißt man das Wesentliche, und hält sich an das Willkürliche und Unbedeutende, indem Jedem seine kleine Eigentümlichkeit unbedingtes Gesetz der menschlichen Natur zu sein scheint. Die größere Keckheit der Leidenschaften und ihrer Äußerungen in wärmern Ländern bei einem kräftigen Volk, ist zwar ebensowenig allgemeingültig wie Nordischer Seelenfrost, hat doch aber wenigstens gleiche Rechte. Die republikanische Offenheit und Entschiedenheit in den Sitten und im Umgange der Griechen und Römer hingegen ist ein offenbarer Vorzug. Vor allen Dingen muß aber, wer die alte Geschichte richtig fassen, ja wer den Menschen und das menschliche Leben überhaupt bestimmt und klar erkennen will, sein Gemüt von *falscher Scham* reinigen, die das Tier verzärtelt, um den Menschen zu ersticken. Sie ist der eigentliche Prüfstein, um Bildung und Mißbildung zu unterscheiden, ein untrüglicher Adelsbrief der Barbarei, das Kind heuchelnder Furcht, die Gesellin eines verkehrten Verstandes und verworfner Sitten. Ich bin zwar weit entfernt, die Grundsätze der Zyniker rechtfertigen zu wollen, oder die Höhe der Vorurteilslosigkeit eines *Krates* zu bewundern. Dieser Virtuose in der Schamlosigkeit kehrte durch Überkunst zur äußersten Natur zurück, indem er sich, wie zu Otaheiti die Unschuld, aus Grundsatz, öffentlich vermählte[2]. Das Gesetz soll die Natur im Menschen nicht zerstören, aber ordnen; und so soll auch die Scham nicht vertilgt werden, aber den Gesetzen des Verstandes und der Sitten gehorchen, etwa nach der Meinung des Plato, oder nach dem Beispiel der Dorier. Man darf sich wohl daran erinnern, weil der tierische Trieb von dieser Seite vorzüglich schwer zu bändigen ist, und weil viele zufällige Umstände die falsche Scham gegen die Höhe

1 Manent vestigia ruris.

2 Diog. Laërt. lib. VI, cap. 7. Κυνογαμια (Hundehochzeit).

der Europäischen Bildung in Schutz nehmen. Daher mißkennt man die Griechen so oft; daher sind vielleicht manche Neuere ganz unfähig zu begreifen, daß es eine große, ja heilige, Handlung der Spartaner war, als sie die Kleidung und niedrige Scham von sich warfen, ihre gymnischen Spiele in nackter Schönheit und reiner Begeistrung feierten, und in stiller Besonnenheit am Ziele der Bürgerliebe ihre Tugend genossen.

Oder hatte die Unterdrückung der Griechischen Frauen etwa ihren Grund in alten Stammesgebräuchen, wie bei einigen nicht unedeln Völkern des Orients? Es ist wahr, daß solche Urgebräuche oft zur andern Natur werden, daß sie auch gegen die höchste Bildung der edelsten Völker Unsinn und Unrecht schützen, und die schönsten Blüten der Menschheit zerknicken können. Wer aber mit der ältesten Geschichte der Griechen bekannt ist, weiß wie begünstigt sie überhaupt in diesem Stücke von der Natur und dem Schicksale waren; denn ihr geringer Ursprung, der sich vom Gewöhnlichen nur durch wenige zarte, groben Augen ganz unsichtbare, Merkmale unterscheidet, enthält den vollständigen Keim ihrer allbewunderten höchsten Blüte: und in den Gedichten Homers findet sich noch keine Spur von dieser Unterdrückung, die also sehr neu sein mußte. Die Frauen nehmen Teil an den Gesellschaften der Männer, und werden mit Achtung behandelt; ganz das Gegenteil von Morgenländischer Einsperrung und deren Folgen. Ja sie nehmen Teil an der heroischen Bildung dieses Zeitalters der Ritter und Barden, wenngleich die Bildung der Männer vom Zeitalter mehr begünstigt wird als die der Frauen[1].

Die scheinbarste Erklärung wäre es, den Mangel von dem Überflusse, den Fehler von der Tugend der Griechen selbst herzuleiten, etwas auf ihren *Republikanismus,* das meiste aber auf ihre

1 Man s. »Lenz Geschichte der Weiber im heroischen Zeitalter« *[Hannover 1790]* eine kritische unter manchen unkritischen Arbeiten über die Geschichte des weiblichen Geschlechts bei den Alten. *Barthélemy [Jean-Jacques Barthélemy:* VOYAGE DU JEUNE ANARCHARSIS EN GRÈCE, *4 Bde., Paris 1788]* ist darüber etwas kürzer als man wünschen möchte; und Pauw *[Cornelius de Pauw:* RECHERCHES PHILOSOPHIQUES SUR LES GRECS, *2 Bde., Berlin 1787; dt. Berlin 1789]* ist fast in keinem Abschnitte seines übereilten Werks so unendlich reich an Fehlern als in diesem.

Gymnastik und *Musik* zu schieben; denn diese drei waren gleichsam die Blätter, die sich aus der zarten Knospe der Griechischen Bildung im Homer entwickelten, als diese sich zur vollendeten Blume der Freiheit entfaltete. Was der höchste Ruhm und der höchste Genuß der Griechischen Männer war, daran hatten die Frauen keinen Teil. – Sie enthält sehr viel Wahres, diese Erklärung, befriedigt indes nicht über alles, da sogar viele Griechische Frauen an der Gymnastik und Musik Teil nahmen; am wenigsten über die Abweichungen der *Attischen* Sitten. Ohne Zweifel war in allen alten Republiken der gesellige Umgang mit Weibern sehr verschieden von dem in alten und neuen Monarchieen, und dadurch auch wenigstens die Außenseite, gleichsam die Zutaten, der Liebe. Allerdings würde es einer Frau, gewohnt an die Huldigungen der Sklaven oder Despoten, und nun plötzlich unter alte Republikaner versetzt, anfangs etwas herbe dünken; wäre sie aber edler Natur, so würde sie bald einsehen, daß sie eigentlich dort entweiht und verachtet ward, wo man sie zwar vergötterte, aber ohne sie um ihrer selbst willen zu achten – als Werkzeug schlaffer Wollust. Die Gymnastik vollends, die Frauen mochten nun Teil daran nehmen wie zu Sparta, oder nicht, mußte eine Revolution in der Lage und in den Sitten des weiblichen Geschlechts verursachen. Im letztern Falle, dem der meisten Griechischen Staaten, wo nicht aller außer Sparta, gewiß aber aller Jonischen, entfernte sie die Frauen von der Gesellschaft der Männer, welche nun ihren eigentlichen Sitz in den Gymnasien nahm; sie schwächte auch allmählich die Achtung derselben, und dadurch selbst ihren Wert, indem sie das weibliche Geschlecht von demjenigen ausschloß, was die höchste Blüte des männlichen Lebens und die erste Liebe des Jünglings war: schöne Spiele und freie Taten in männlicher Freundschaft.

Die Rechtfertigungen oder Erklärungen der Griechischen Sitten, welche ich bis jetzt anführte, setzen unbestimmte oder unrichtige Begriffe von dem voraus, was erklärt werden soll. Ich werde mich jetzt nur auf *Athen* einschränken, einen ganz allgemeinen aber doch bestimmteren Umriß der Tatsache entwerfen, und die Gründe derselben entwickeln. Haben wir nur erst hier, wo die Nachrichten doch am vollständigsten sind, Grund und Boden gewonnen; so kann bei der Untersuchung: inwiefern die Lage und die Sitten des weiblichen Geschlechts in andern Griechischen Staaten denen zu Athen und Sparta ähnlich waren? die Voraussetzung: daß die Jonischen sich dem ersten, die Dorischen dem letzten näherten, vielleicht zum Leitfaden dienen, die kleinen noch vorhandenen Bruchstücke zu einem Gemälde zu ordnen, dem es an einer schönen Einheit nicht fehlen würde. – Die abweichendsten Eigentümlichkeiten in der Lage und den Sitten der Attischen Frauen, sind diese: 1) Ihre Erziehung wurde, außer so viel Orchestik und Musik als etwa zu öffentlichen Festen unentbehrlich war, auf weibliche Handarbeiten eingeschränkt, worin ihr Fleiß und ihre Kunst gleich sehr bekannt sind. Jedoch waren sie auch Zuschauerinnen im Theater, dieser erhabenen Schule Attischer Bürger. 2) Sie wurden von dem öffentlichen Leben, von den Gesellschaften, ja vom Umgange der Männer, bis auf wenige Ausnahmen, ausgeschlossen. 3) Die Urteile der Attischen Schriftsteller über das andre Geschlecht sind ungewöhnlich hart, und die Übereinstimmung ihrer Äußerungen verrät, daß diese öffentliches Urteil und Stimme des Volks waren.

Die *Gesetze* selbst, die Gesetze des freien Athen, des *gerechten* Solon, beförderten die Einschränkung der Frauen. Schon *Solon* beschränkte die öffentliche Erscheinung derselben durch ein Gesetz, dessen Buchstab seltsam klingt, aber das echte Gepräge des Altertums hat. Es bestimmt die Zahl der Kleidungsstücke, das Maß der Gerätschaften, und den Wert der Eß- und Trinkwaren, welche eine Frau, wenn sie bei Tage ausging, mit sich führen und an sich tragen konnte; bei Nacht durfte sie nur zu Wagen und mit einer Fackel öffentlich erscheinen[1]. Ein Gesetz des Philippides belegte Weiber,

1 Plut. in Solon. p. 359, edit. Reisk. – Plutarch ist selten zuverlässig, oft nachlässig, und erinnert uns zuweilen an die etwas unhöflichen Bemerkungen der Alten über den Einfluß der Böotischen Luft auf das menschliche Gemüt. Aber die Quellen, aus denen er die Gesetze des Solon schöpfen konnte, waren die besten, und haben außerdem das höchste Gepräge der Echtheit. Solons Gesetze wurden gleich geschrieben; die Attischen Redner führten sie häufig ganz an, und diese letztern waren damals noch in aller Händen; gründliche und genaue Schriftsteller, wie Aristoteles, kommentierten sie frühzeitig. Es fiel also beinahe die Möglichkeit einer Verfälschung weg, zu welcher es auch keine eigentliche Veranlassung, wie etwa bei Lykurgus, gab.

welche auf den Straßen Unordnung erregten, mit einer Geldbuße von tausend Drachmen. Es gab eigne Obrigkeiten, die darüber und über andre Gegenstände der weiblichen Sitten die Aufsicht führten (Γυναικοκοσμος und Γυναικονομος). – Die Attischen Gesetze sind nicht willkürliche Einfälle, welche einem Volke wider sein Bedürfnis aufgezwungen werden; sie sind, besonders die Gesetze Solons, aus der innersten Natur der Sitten und der Lage geschöpft, und es ist daher eine Lust, ihren oft versteckten Sinn zu erforschen. Die Erklärung dieser Gesetze über die Weiber haben wir daher auch in der Geschichte aufzusuchen.

Beim ersten Blick scheint der einzige Zweck des Solonischen Gesetzes, gute Sitten zu befördern und unnützen Aufwand zu beschränken. Zwei Tatsachen beim Herodotus aber haben mich auf die Vermutung gebracht, daß sein Nebenzweck, und der Hauptzweck des spätern Gesetzes, die Erhaltung der öffentlichen Ruhe war; denn dieser konnte der ungestüme Freiheitssinn, welcher auch die Attischen Weiber beseelte, bei ihrer Leidenschaftlichkeit leicht gefährlich werden. – Schon in sehr alten Zeiten rotteten sich die Attischen Frauen zusammen, und brachten einen Unglücklichen um, der schuldig schien, weil er der einzige von einer fehlgeschlagenen Unternehmung gegen Ägina zurückkehrte, indem jede ihn fragte wo ihr Mann sei[1]. Als Lycidas im Persischen Kriege die Athener verführen wollte, Vorschlägen Gehör zu geben, welche auf den Verlust ihrer Freiheit abzweckten, so töteten sie den Verräter; als die Attischen Frauen zu Salamis Nachricht davon erhielten, brachen sie in sein Haus, und brachten sein Weib und seine Kinder um[2]. – Da die öffentliche Meinung ohne öffentliche Erziehung, Fakzion ist, und da die Frauen an dieser Erziehung, außer dem Drama, keinen Anteil hatten; so darf uns diese ochlokratische Weiberjustiz nicht befremden. Schon die Gewohnheit zahlreicher und unruhiger Versammlungen bei öffentlichen Frauenfesten konnte so leicht weiter um sich greifen und gefährlich werden. Man denke nur an Bakchantinnen, an die geheiligten Ausschweifungen

1 Herodot. Terpsich. cap. 87.

2 Herodot. Calliop. cap. 4, 5.

bei Ceresfesten, am Adonisfeste, u.s.w. Dazu die *Attische Heftigkeit!* Man kann sich den Ungestüm der ältern Athener nicht brennend und hart genug vorstellen. Der erhabne Äschylus gibt davon ein treues Bild, welches durch einzelne Züge im Herodotus und Thucydides noch vollständiger wird. Man erinnere sich doch an die weibliche Heftigkeit in den DANAIDEN, den CHOEPHOREN, den SIEBEN HELDEN des Tragikers. Schon Solon mußte ein Gesetz geben, daß der Schmerz der Frauen bei dem Leichenzuge geliebter Toten nicht in selbstzerfleischende Wut ausarten möchte[1].

Eine neue Bestätigung meiner Meinung gibt *Aristophanes*. Der Inhalt zwei noch vorhandener Komödien ist ein Weiberauflauf, der so toll als lächerlich ist; der Inhalt einer dritten, ein öffentliches Weiberfest, wo es auch ziemlich lebendig zugeht. Die Namen einiger verlornen Komödien dieses und andrer Dichter lassen ähnlichen Inhalt vermuten. Wer glauben wollte, Weibernegotiationen, wie in der LYSISTRATA, oder ein Weiberstaat wie in den EKKLESIAZUSEN; sei ein buchstäblich treues Gemälde wirklicher Begebenheiten, dessen Urteilskraft stände zu bezweifeln; aber ohne alle Veranlassung in der Wirklichkeit waren gewiß diese Darstellungen der Komödie nicht, welche ihren Stoff vom öffentlichen Leben entlehnte, und nur nach den Bedürfnissen des komischen Ideals weiter ausbildete. Es ist nicht leicht, die reichhaltigste Quelle der Attischen Sittengeschichte zu gebrauchen, und die zarte Grenze des Wirklichen und Idealischen im Aristophanes mit Bestimmtheit und Sicherheit unterscheiden zu können: eine *Grenze*, um die man in allerlei neuen Schriften ganz unbekümmert ist, wo man mit beiden Händen ergreift, was zu der frechen Absicht, das heilige Athen zu lästern, nicht ganz untauglich scheint.

Jene Gesetze waren freilich nichts anderes als Palliative, wie schon ihre Wiederholung beweist, konnten nichts anders sein; indes finden wir doch in spätern Zeiten keine Tatsache, wie die beim Herodotus. Die erwähnte Obrigkeit nämlich, »die weibliche Zensur ist«, wie Aristoteles sagt, »nur in Aristokratien; in Demokratien aber so

1 Das Gesetz der zwölf Tafeln: *Mulieres genas ne radunto,* neve lessum funeris ergo habento; ist nach dem Zeugnisse des Cicero, Solonisch.

wenig wie in Oligarchien anwendbar. Denn wie wollte in Demokratien der Zensor die Weiber zwingen, nicht öffentlich zu erscheinen[1]?« Ich verstehe dies nicht vom Ausgehen einzelner Weiber zu häuslichen Geschäften (es wäre ungereimt, dies zu verbieten, und ohnehin verrichteten es meistenteils männliche Sklaven), sondern von einem öffentlichen Erscheinen, welches entweder den guten Sitten oder der öffentlichen Ruhe gefährlich war[2]. Wie konnte der Zensor die arme Menge mit Geld strafen? (daher das Gesetz des Philippides in vielen Fällen unanwendbar sein mochte.) Mit Leibesstrafe konnte er Freie nur wegen Verbrechen belegen, und Schande hatte er nicht zu verteilen; denn in einer Demokratie bestimmt die öffentliche Meinung, und nicht der Gesetzgeber, was Ehre und Schande bringen soll.

Durch die Entfernung der Frauen vom öffentlichen Leben, womit die Entfernung von der Gesellschaft der Männer unvermeidlich verknüpft war, wurde zwar die Ruhe des Ganzen gesichert, aber die Trennung in der Erziehung und in den Sitten der beiden Geschlechter noch mehr bestimmt und bestätigt. Das einzige Mittel, das Übel von Grund aus zu heben, wäre gewesen, die Frauen, wie zu Sparta, an der öffentlichen Erziehung Teil nehmen zu lassen, und dennoch die entgegengesetzten Fehler zu vermeiden. Dieses Mittel zu gebrauchen stand nicht in der Macht des Solon, weil es dem Geiste der Jonier widersprach. Er verzweifelte schon so gänzlich an den Sitten der Bürgerinnen, daß er es für notwendig hielt, die strengen Gesetze des Drako wider Ehebruch, Verführung und Verkupplung zu bestätigen. Man darf überhaupt nicht vergessen, daß es nicht die Aufgabe Solons war, willkürlich Gesetze zu erdenken, sondern nur die öffentliche Meinung zu ordnen und ihren besten Ausdruck zu finden, wenn man die *Solonische Gesetzgebung,* das höchste Kunstwerk der Gerechtigkeit, Weisheit und Schonung, worauf das ganze menchliche Geschlecht stolz sein darf, nicht verkennen will; und wenn sich finden sollte, daß seine Gesetze, wo es nur möglich war,

1 Aristot. Polit. lib. IV, cap. 15.

2 *Barthélemy* tom. II, p. 99, hat also die Stelle des Aristoteles, wie das Gesetz des Solon, ein wenig mißverstanden *[s. S. 106[1]].*

der strengen Gerechtigkeit gemäß waren, daß er, wo dies nicht in seiner Macht stand, durch recht genialische Züge der schlausten Benutzung und der feinsten Schonung wenigstens das letzte Gleichgewicht zwischen den Gesetzen der Notdurft und der Vernunft zu erreichen wußte: so scheint dies vielleicht Einigen wenig gesagt, es dürfte aber mehr sein, als sich von den andern Gesetzgebungen rühmen läßt. – Scheinen jene Einrichtungen hart, so sorgte hingegen der Attische Staat dafür, daß die jungen Bürgerinnen in weiblichen Arbeiten unterrichtet würden, er beförderte die Ehen; die Töchter derer, welche sich ums Vaterland verdient gemacht hatten, wurden auf öffentliche Kosten erzogen oder ausgestattet; wer eine Frau beleidigte, den durfte jedermann verklagen; selbst die Unglücklichen, denen die Rechte der Bürgerinnen versagt waren, fanden wenigstens Duldung, u.s.w. Alles ganz im Geiste des gerechten und guten Athen, wo die *Gesetzesgleichheit* einheimisch war, wo auch der Sklave Rechte hatte, wo er, wie Demosthenes sagt, freier reden durfte als in andern Staaten der Bürger, wo auch *er* sich freuen durfte[1].

Welches die gesetzlichen Ursachen der Ehescheidung zu Athen waren, oder ob beiderseitiger und gar einseitiger Wille hinreichte, darüber wage ich nicht zu entscheiden; höchst wahrscheinlich ist es aber, daß die Attischen Gesetze auch in diesem Stücke ihrem eignen Geiste treu und gerechter als andre, und daß die Rechte des Mannes und der Frau gleich waren. Der Umstand, daß die Obrigkeit, durch die Vermittlung eines Vergleichs in Güte, und die persönliche Erscheinung der Frau vor Gericht, den Leichtsinn zu hemmen suchte; die Namen der Scheidung selbst[2], lassen etwas sehr Willkürliches vermuten. – Die sonderbaren Vorrechte jeder *Epikleros* (επικληρος) hatten einen politischen Grund, und können zum Beispiel dienen, wie viel tiefer Sinn auch in seltsamen Solonischen Gesetzen liegt. So hieß nämlich diejenige Bürgerin welche, in Ermanglung von Söhnen, das Vermögen ihres Vaters erbte. Die

1 Atque id ne vos miremini, homines servulos Potare, amare, atque ad coenam condicere. *Licet hoc Athenis.* – Plautus in Stich. act. III, scen. I.

2 Αποπομπη, von seiten des Mannes; απολειψις von seiten der Frau.

Obrigkeit verfügte über ihre Verheiratung, und sprach sie dem nächsten Verwandten zu, der jedoch in jeder Rücksicht zur Ehe fähig sein mußte, sonst dem nächsten nach diesem[1]; ja, war sie zu der Zeit da sie erbte, schon verheiratet, so wurde die erste Ehe wieder getrennt. Eine solche Erbin genoß nun eine Menge Vorrechte, von denen die meisten die Absicht hatten, ihr ja Nachkommenschaft zu verschaffen; einige derselben waren aber von der Art, daß sie bald veralteten, und lächerlich wurden. Solon suchte nicht nur überhaupt die äußerst wichtige Einheit der kleinern Teile, aus welchen das Ganze des Staats zusammengesetzt war, durch Ehen in sich zu befestigen, welche sonst leicht der Kitt der Faktionen werden konnten; sondern er hatte auch bei jenen sonderbaren Verfügungen einen Zweck, der mit dem großen Ziel seiner ganzen Gesetzgebung in der genauesten Beziehung stand. Dieses Ziel war, die – wenn sie einmal eingerissen ist, überhaupt, besonders aber in Griechenland, schnell wachsende – Ungleichheit des Vermögens wenigstens so weit zu hemmen, daß die Erschütterungen, welche sie in Freistaaten nach sich ziehen muß, vermieden würden. Er suchte durch jene Gesetze die Vereinigung zweier Erbteile zu hindern, und wie Einzelne so auch Familien an Vermögen gleich zu erhalten. Die Verteilung der Abgaben zu Athen war ein solches Meisterstück der Gerechtigkeit und der Weisheit; die Sorge des Staats für diejenigen, welche sich um das Vaterland verdient gemacht hatten, oder doch ohne ihre Schuld seiner Hülfe bedurften, war so großmütig; die Gesetze waren so vortrefflich, daß es zu Athen keinen Bettler gab[2], unmäßiger Reichtum aber nur selten sein, und schwerlich lange dauern konnte. Die Ungleichheit des Vermögens war, wie überhaupt die Veranlassung des Griechischen echten Demokratismus, so auch der Solonischen Gesetzgebung, durch welche die höchste Aufgabe jedes Griechischen Freistaates so glücklich, und, wenn man sich erinnert, daß Athen eine demokratische Handelsstadt war, kann man sagen, so bewunderungswürdig aufgelöset ist.

1 Der, welchem sie zugesprochen ward, hieß επιδικαζομενος. (Etwas ähnliches fand sich in der Mosaischen Gesetzgebung.)

2 Isocr. Areopag. p. 263.

Bei der bisher entwickelten Sittengeschichte und Verfassung Athens, darf es uns also nicht befremden, in Attischen Schriftstellern Äußerungen über das weibliche Geschlecht zu finden, welche sie zwar mit Unrecht zu allgemein ausdehnen, die aber in dieser Stadt nicht ganz ohne Grund waren. Und doch redet nicht so wohl Geringschätzung als Mißtrauen, nicht Leidenschaft, sondern Vernunft aus ihnen; selbst der alberne, lächerliche Weiberhaß des Euripides verrät mehr die Erbitterung des beleidigten Teils, als den Übermut eines ungerechten Unterdrückers. – Erklärbar ist also auch in dieser Hinsicht der Vorzug, welchen die Griechen der Männerliebe gaben, und die Meinung, daß edlere oder himmlische Liebe nur zwischen Männern stattfinde[1]. Solon selbst hatte den Lauf der Begebenheiten genutzt, und den ruhmwürdigen Versuch gewagt, Jonische Ausschweifung, die er nicht mehr ganz vertilgen konnte, zu Dorischer Liebe zu adeln. Er untersagte die Männerliebe, als ein Vorrecht der Freien, den Sklaven, suchte aber dagegen durch strenge Strafgesetze unnatürliche Ausschweifung zu hemmen. Wenigstens erreichte er so viel, daß man noch zu Platos Zeit sagen konnte: nur zu Athen und Sparta wisse man den himmlischen Amor von dem gemeinen zu unterscheiden[2].

Plato lebte in dem Zeitalter, wo Attische Sittenlosigkeit und Gesetzlosigkeit, in noch ungeschwächter Kraft, in noch ungehemmter Freiheit, nur desto üppiger ausschweifte; und er war noch nahe genug an der Zeit, wo die Dorische Tugend ihre höchste Blüte erreichte. Daher seine Vorliebe für Dorische Sitten, auch in Rücksicht der Frauen. Er hat mit wenigen Meisterzügen eine Frau verewigt, welche dieser Vorliebe entsprach, die sein zartes Gefühl und die hohen Ideen seiner Vernunft gleich sehr befriedigte: – *Diotima,* in welcher sich die Anmut einer Aspasia, die Seele einer Sappho, mit hoher Selbständigkeit vermählt, deren heiliges Gemüt ein Bild vollendeter Menschheit darstellt.

1 Plat. Sympos. p. 184.

2 Plat. sympos. p. 186.

ZU LITERATUR UND KUNST

VOM RAFFAEL

›Zu Anfang des Jahres 1803.‹

Seit einigen Monaten ist nun die berühmte *Transfiguration,* das letzte von allen Künstlern und Laien allgemein bewunderte Werk dieses Malers, nachdem man fertig worden war es zu retouchieren, in dem langen Saale des Museums aufgestellt zu sehen.

Nicht sehr günstig; diese Galerie ist schmal, und man kann nicht in die Ferne treten. Das Licht kommt nicht von oben, wie in dem runden Saal, sondern durch die nah aneinanderliegenden Fenster zu beiden Seiten des Saales, seine ganze Länge hinab. Dadurch entstehen oft genug Blendungen, und fast nie wirkt die Beleuchtung ganz rein in einer starken Masse.

Man hat dieses für jetzt wenigstens nach den gegebenen Beschaffenheiten unvermeidliche Übel dadurch zu vermindern gesucht, daß man für die Transfiguration eine verhältnismäßige leidliche Stelle wählte. Ja, es würde, wenn es möglich wäre, durch eine andre sehr löbliche Veranstaltung ersetzt werden. Das große Bild ist rings umher von andern kleinern Bildern desselben Malers umgeben. Zur einen Seite eine sehr gepriesene heilige Familie aus seiner reifen Zeit; gegenüber eine Verklärung der Maria aus seiner ersten Jugend, da er noch ganz in Peruginos Manier arbeitete; oben, zwei Kirchenbilder des Perugin; unten, die Portraite, Skizzen und kleinen Gemälde des Raffael, sowohl die, welche im vorigen Hefte unsern Lesern beschrieben worden sind, als auch noch einige andre. Die Madonna de Foligno hängt an der zunächststehenden Wand, nach der andern Seite zu aber die *Jardinière*.

Es muß dies zu manchen Betrachtungen einladen, wenn man auf diese Weise die allmählige Entwicklung eines großen Kunstgeistes von dem ersten noch unsichern Jugendversuche bis zum letzten ausgearbeitetsten Werk seines Lebens, so gleichsam mit einemmale überschauen kann.

Die beiden Kirchenbilder von Perugin sind wegen der Höhe nicht bequem zu sehen, auch stehen sie an Bedeutung einem Bilde von ihm, welches ich im Retouchierzimmer sah, und dessen himmlische Schönheit und reine Vollkommenheit ich oftmals bewunderte, so unendlich weit nach, daß ich den Abstand, da ich noch wenig von diesem Meister gesehen habe, mir noch nicht recht zu erklären vermag; auf jeden Fall gehören jene beiden jetzt ausgestellten zu den beschränkteren minder bedeutenden dieses Malers.

Auffallend ist es, wie ganz das erste Jugendbild in seines Meisters Manier ist; aber auch so ganz, daß man kaum weiß, wo man das Eigentümliche finden soll. Ein Schüler, der in dem Grade die Art seines Lehrers sich zu eigen machen konnte, mußte von Natur ein starkes Talent der Aneignung, eine wunderbare *Biegsamkeit,* sich in fremde oft sehr verschiedene Ansichten versetzen zu können, erhalten haben; eine Biegsamkeit, die von der Neigung zur Universalität, die wir als den wesentlichen Charakter Raffaels betrachten fast unzertrennlich ist, und von der sich auch in den späteren Gemälden desselben, so viele und so sprechende Beweise finden.

Ein kleines Gemälde welches in mehreren Abteilungen, die Verkündigung, die Anbetung der Könige, und die Beschneidung darstellt, offenbar auch aus einer ziemlich frühen Zeit, ist nicht mehr so Peruginisch, in den Figuren aber überhaupt eher etwas unförmlich; in der Farbenbehandlung zeigt sich schon, die auch auf späteren Werken mehrmals sichtbare Neigung zu deutlichen Gegensätzen und Konstruktionen wenn ich so sagen darf, aus Massen von dem entschiedensten Rot, Grün, oder Weiß, als vorherrschendem Grundakkord der Farbe.

Eine kleine Skizze, grau in grau, die bisher noch nicht zu sehen war, stellt Glauben, Liebe und Hoffnung allegorisch dar. Jede dieser Eigenschaften ist eine weibliche Figur, welche zwei kindliche zur Seite hat. Die Kinder neben der Hoffnung sind besonders zart und lieblich, und die Liebe ist als säugende Mutter dargestellt, an deren Brust sich mehrere Kleine zu gleicher Zeit recht durstig drängen, und mit stiller Begierde Nahrung saugen; es ist rührend zu sehen, und ein eigner Gedanke, wo das Wesen der Liebe darin gesetzt wird, das Bedürfnis der Schwachen mit der eignen Lebenskraft zu stillen.

Was die berühmte *Transfiguration* betrifft, so würde es unnütz sein, noch etwas zum Ruhme derselben zu sagen, da sie ohnehin das Ziel der allgemeinen Bewunderung ist. Daß sie dies bei den Künstlern geworden, davon ist der hohe Grad der ausgearbeitetsten Vollendung wohl nicht ganz allein Ursache. Was dazu mitgewirkt hat, ist zum Teil wohl auch folgendes. Es ist dieses große Bild in der Farbenbehandlung, in der Gruppierung, sogar im Ausdruck schon mehr in der Methode und in den Grundsätzen entworfen und behandelt, wie die Späteren gemalt haben. Die Caraccis haben doch ungefähr dasselbe gewollt, wenn sie es gleich nicht erreicht haben. In dieser letzten Rücksicht mag der Unterschied sehr groß sein, aber *die Art zu malen* ist nicht so sehr verschieden, wenigstens muß sie ähnlich scheinen, sobald man sie mit der ganz entgegengesetzten beschränkteren, aber auch strengeren und der Abweichung nicht so ausgesetzten Art der ältern Maler vergleicht. Raffael hat oft auch ganz in dieser alten Art gemalt; es zeigt sich auch hier seine vielumfassende Mannichfaltigkeit, die Universalität seines Geistes. Der bloße Kunstfreund wird leicht die ältere Epoche der italiänischen Schule am meisten, ja fast ausschließend schätzen. Aber nicht so kann es mit dem ausübenden Maler sein. Durch die Caraccis und ihre Nachfolger, durch Poussin und Mengs, schließt sich die Manier der gegenwärtigen Maler immer noch einigermaßen wenn gleich von ferne an die Grundsätze der späteren Italiäner an, da hingegen die Denkart der ältern durchaus nicht mehr verstanden, ihre Methode aber so gut als verloren zu sein scheint. Erregt also manches andre Raffaelische Werk, was vielleicht es eben so wohl verdiente, doch nicht den gleichen Grad von Bewunderung, als die Transfiguration, so liegt dies zum Teil darin, daß die Transfiguration den jetzigen Malern immer noch näher steht, ihnen verständlicher ist, als jener ganz alte Styl.

Was nun auf diesem Gemälde den dargestellten Gegenstand betrifft, so ist zwar der Glaube in den neun Aposteln am Fuß des Berges, und der murrende und anklagende Unglaube in denen, die den epileptischen Knaben herbeiführen, recht deutlich und kraftvoll entgegengesetzt; die Landschaft ist schön, und das in die Mitte des Vorgrundes knieende Weib, das mit schöner Indignation den Aposteln ihr Unvermögen nicht helfen zu können vorzuwerfen scheint, von einer göttlichen Hoheit. Auch der Kopf des Johannes ist schön, die Köpfe der andern Apostel mannichfaltig, der Ausdruck anklagenden Murrens in den Köpfen der Herbeiführenden, und endlich das Leiden des Knaben selbst von einer enormen Wirkung und Wahrheit. Auf die Würde aber, und der Handlung ihre höchste Bedeutung zu geben, darauf ist weniger gesehen. Der Ausdruck des Vorwurfs in den Murrenden ist ganz roh und wild, und die Apostel, die nicht helfen können, sehen eher etwas einfältig aus, und machen durchaus keinen würdigen Eindruck. So würde ein Maler der älteren Zeit diesen Gegenstand nicht gemalt haben; vielleicht würde er uns noch viel tiefer in den verwornnen Abgrund der bittern Schmerzen haben hinabsehen lassen, aber auch das Trostreiche der andern Seite würde innig gefühlter und reiner sein; er würde die Apostel vielleicht nicht so kunstreich gruppiert haben, aber die strenge Gestalt würde uns mit Ehrfrucht erfüllen, der befehlende Ernst den lauten Klagen in Unterwerfung zu schweigen gebieten, oder sie freundlicher in Hoffnung lindern, und das Gefühl der Notwendigkeit des Leidens, und der eignen Beschränkung würde als ernste Trauer noch Würde haben. Vorzüglich aber zeigt sich diese zwar kunstreiche, aber nicht so tiefe schon mehr moderne Behandlung in der Verklärung auf dem Berge. Die Figur des Heilandes schwebt wie eine bewegliche Flamme über der Erde in der Luft; drei Apostel vom Lichte geblendet, liegen in theatralischen Stellungen auf dem Boden, und auch der Donatarius im Winkel macht einen übeln Eindruck. Auch hier ist der Gegenstand nur wie mit einem leicht vorbei eilenden Enthusiasmus aufgefaßt und ausgedrückt, der vor allem auf die große Wirkung sieht; nicht mit dem schlichten, strengen Ernst, mit der stillen Gründlichkeit, wie die tiefere Religiosität die Gegenstände ihrer Verehrung und Liebe sich auszudenken und äußerlich zu bilden strebt.

Die Kunstgröße und der erfinderische Reichtum des Raffael wird mehr nach solchen umfassenden Kompositionen geschätzt; sein eigentümliches Gemüt, die ihm eigne Lieblichkeit und Schönheit erkennt man oft am besten in sehr einfachen Gemälden. In dieser Rücksicht nimmt die reizende *Jardinière* eine sehr hohe Stelle ein; die Madonna mit den beiden freundlichen Knaben einfach sitzend in der heitersten hellen Landschaft, oben ein schönes, wahrhaft himmlisches Blau, das Ganze wie ein Himmel von Unschuld und Liebreiz auf Erden. Ganz Lieblichkeit und kindlich leichte Freude, aber durchaus individuelle Natur, keine abstrakten Züge, kein Ideal. Diese Anmut, diese Schönheit der hellen Farben, diese zarte Blüte der Karnation lassen sich nicht beschreiben; man möchte es einen höhern, verklärten Tizian nennen, in so fern man einmal gewohnt ist den Begriff jener Vollkommenheiten mit diesem Namen zu verbinden. Auch dürfte man den im vorigen Stück erwähnten Christuskopf des Tizian in dieser Rücksicht wohl neben die *Jardinière* stellen.

Es hat dieser Maler sich besonders darin gefallen, die Madonna auf das mannichfachste darzustellen, zum Teil in einem ganz entgegengesetzten Sinne. Man könnte eine ganze Reihe aufstellen von der möglichst irdischen Ansicht, bis zur höchsten Anbetung und Göttlichkeit. Der Anfang dieser Reihe wäre dann die *Jardinière,* wo die Madonna, wie die eigne Geliebte, ganz nur in irdischer Lieblichkeit gemalt ist; den Beschluß macht die große in Wolken wandelnde Madonna in Dresden, wo die reinen Formen des ernsten doch liebeglühenden Gesichts uns an das Ideal der hohen Juno, und zugleich auch der strengen Diana erinnern.

Zunächst an die *Jardinière* könnte man das unter dem Namen *Silence* bekannte kleine Gemälde stellen, wo die Madonna das schlafende Kind betrachtet.

Auch hier sind die Züge offenbar individuell, aber die Krone im Haar, und die symbolischen Farben des Gewandes deuten schon auf die Königin des Himmels. Ein reizendes Bildchen! Wenn man bei dem Anblicke solcher lieblichen Gemälde wie dieses *Silence,* und jene *Jardinière* an den bekannten Ausspruch des Michel Angelo denkt, daß Raffael ein guter Miniaturmaler sei; so möchte man das mit vollkommner Beistimmung so erklären: Michel Angelo meinte, das eigentümliche Schönheitsgefühl dieses Genies zeige sich besomders in dieser kleinen Sphäre des Reizenden und des Liebenswürdigen, indessen Raffael vielleicht da wo er durch das Ideal andrer Künstler und durch die Tendenz der Zeit verleitet, sich in eine größere Sphäre zu versetzen trachtete, ihm bei weitem nicht so glücklich zu sein schien. Denn, wollte man jene Äußerung wenn sie anders ganz authentisch ist, bloß als Maßstab für den großen und stolzen Geschmack jener Zeit und jenes Mannes überhaupt nehmen, so möchte doch selbst für das Kolossale desselben der Ausdruck beinah zu übertrieben sein.

In der heiligen Familie die zur Rechten der Transfiguration zu sehen ist, streuen hohe Engel eine Blumenfülle über die Mutter aus; es hat alles schon einen höhern Ton von Entzückung und anbetender Freude in diesem Gemälde, und auch die Bildung der Madonna stimmt damit ›überein‹, und ist wenigstens ein Übergang aus der ersten individuellen zu der spätern idealischen Ansicht. Dieses Bild wird sehr bewundert; es hat die Grazie des Correggio, aber es ist auch nicht ganz frei von seiner Affektation. In den Farben hat es sehr gelitten, oder war ursprünglich schwach. Daß die berühmte Madonna della Sedia, von der ich aber bis jetzt nur Nachbildungen sahe, in dieser Reihe auch ihre bestimmte Stelle habe, ist nicht zu bezweifeln. Zunächst an der großen Madonna in Dresden steht die Madonna de Foligno. Hier ist dieselbe schon dargestellt als Gegenstand der Anbetung, von einer Sonnenglorie umgeben. Nur entspricht ihr Antlitz noch nicht ganz der hohen Bestimmung, eben so wenig wie das Kind; es ist nicht mehr das Liebreizende jener ersten Gemälde, und noch weniger das hohe Ideal der großen Madonna.

›Das moderne Kunsturteil und die hergebrachte, so oft ohne alle Kritik und Unterscheidung und ohne eigne Anschauung und Auffassung nachgesprochne Meinung über diesen Ersten der Maler, bedürfen in vielen Stücken einer sorgfältigen Berichtigung, und genaueren Bestimmung.‹ Mengs setzt den Charakter des Raffael in die Vortrefflichkeit der Zeichnung und des Ausdrucks, dagegen Helldunkel und Farbengebung ihm mehr oder weniger abgesprochen werden. Nicht zu gedenken, daß so manches Gemälde Raffaels von unvergleichlich schöner Farbengebung wie z. B. die schon mehrmals erwähnte *Jardinière,* sich anführen lassen; so ist jene ganze

Trennung widersinnig. Denn bestimmen sich nicht diese Eigenschaften durchaus gegenseitig? Wäre bei dem Helldunkel des Correggio wohl eine andre Karnation möglich? Ist hier nicht gerade diese Manier der Contoure passend, so wie die Farben des Raffael mit seiner Zeichnung wesentlich zusammen gehören? Ist Zeichnung und Licht, Charakter, Farbe nicht bei jedem guten Maler ein harmonisches untrennbares Ganze? Statt jenen eitlen Bemühungen nach einer unbefriedigenden Klassifikation das trennen zu wollen, was ewig zusammen gehört, und nur in Einheit wirken kann, bestrebe man sich nur, die individuelle Absicht jedes Werks, so wie der Künstler selbst in jener alten von der unsrigen sehr verschieden denkenden Zeit sie wirklich hatte, aufs sorgfältigste zu ergründen. Ist er so glücklich gewesen, diese Absicht wirklich zu finden, so wird der Künstler daran den besten und sichersten Maßstab haben, den Wert des Kunstwerks nach seiner eignen Absicht selbst zu prüfen und zu beurteilen; und hat er erst alle die mannichfaltigen Absichten mehrerer Künstler in allen ihren verschiedenen Werken hinreichend verstehen lernen, so wird er nicht in Verlegenheit sein, wie er über den Wert oder Unwert einer Kunstabsicht selbst zu urteilen hat, und es werden sich in seinem Geiste allmählich allgemeine *Prinzipien* bilden, im wahrsten Sinn des Worts, nicht negative Forderungen, die nichts sagen, als was sich von selbst versteht, nach Begriffen eingeteilt, die nur dazu dienen können die harmonische Einheit dessen zu zerstören, was nur in dieser harmonischen Einheit angeschaut, verstanden und begriffen werden kann; sondern Anfänge, Prinzipien, Quellen eines neuen Lebens, eines wirksamen Daseins, und eines eben so freien als graden und sichern Strebens nach einem unvergänglichen Ziele.

Andre haben den Charakter des Raffael gesetzt in die idealische Schönheit. Dagegen ist aber zu erinnern, daß nur einige seiner Werke diese Tendenz haben; vielleicht hie und da sogar schon zu sehr, mit Verkennung der ewigen Grenzen zwischen Malerei und zwischen Antike und Plastik. In andern Werken hingegen strebt er nur eine bedeutende Allegorie oder auch den sinnlichen Liebreiz in ganz individuellen keinesweges idealischen Gestalten auszudrücken. Also ist auch diese Ansicht des Raffael einseitig und falsch.

Die Universalität, welche wir als das Wesentliche seines Charakters setzen, zeigt sich auch darin, daß er unter den modernen italiänischen Malern, obgleich er in vielen seiner Gemälde ganz die Manier dieser Epoche ausdrückt, dennoch am meisten der alten Schule sich anschließt, den Styl derselben hie und da fast rein darbietet, und so gewissermaßen den Übergang aus der neuern Schule zu jener höhern bezeichnet. Eben deswegen ist es im höchsten Grade zu billigen, wenn ihn Maler der jetzigen Zeit ausschließend fast, als vorzüglichsten Führer sich erwählen, weil er denn doch, wenn sie ihn und alle seine Werke und eigentliche Absicht nur recht verstehen wollten, sie unvermeidlich zur rechten Quelle zurückführen würde; zu der alten Schule nemlich welche wir der neuern unbedingt vorzuziehen gar kein Bedenken tragen.

Hier ist nun der Ort zwei allgemeine Reflexionen anzufügen, zu welchen die neue reichere Anschauung des Raffael Gelegenheit gab. Die erste betrifft die

ALTE UND NEUE SCHULE DER ITALIÄNISCHEN MALEREI.

Auf diesen Unterschied sollte man in der Kunstgeschichte vorzüglich aufmerksam machen; dagegen aber andre, minder bedeutende Unterschiede mehr verschwinden lassen. So viel Gegensätze man auch finden mag, zwischen der venezianischen, und der späteren florentinischen Schule, gegen die ältere Malerei, macht alles dies doch nur eine Masse.

Das Frappante und Effektreiche der Tizianischen Gemälde, so wie die Absicht, die ganze Fülle und individuelle Mannichfaltigkeit des wirklichen Lebens auffassen zu wollen; das geht nicht minder über die strenge Beschränktheit der ältern Gemälde hinaus, als die festliche Pracht und dithyrambische Fülle des Julio Romano, der sich eben so gern in die reiche Herrlichkeit des römischen Altertums versetzt, als jener Venezianer das bunte Schauspiel der Gegenwart zu ergreifen suchte. Von dieser neuern Schule der italiänischen Malerei, die durch Raffael, Tizian, Correggio, Julio Romano, Michel Angelo vorzüglich bezeichnet wird, wiewohl auch andre nicht so Epoche machende Maler noch wesentlich dazu gehören, ist unstreitig das Verderben der Kunst ursprünglich abzuleiten; und wenn Correggio in das Gebiet der Musik ausschweifte, so ist wohl auch das alte Mißverständnis, welches noch immer fortdauert, und Malerei und Plastik unaufhörlich von neuem verwechselt, in der ersten Quelle von Michel Angelo abzuleiten. Aber nicht bloß in diesem Riesengeiste, auch in den andern genannten, ist das weit umfassende, alles ergreifende, aber eben darum auch leicht nach allen Seiten abschweifende Streben der neuern Schule deutlich im Gegensatze der engen und strengen Beschränkung eines Mantegna, Bellin, Perugin, wozu unstreitig auch Masaccio zu zählen ist, und endlich selbst der tiefsinnige Leonardo, wiewohl dieser schon eine Annäherung zu der neueren Schule zu enthalten scheinen könnte, so wie Raffael hingegen unter den neueren am meisten noch an die alte sich anschließt. Wenn man aber oft noch weit spätere Meister und Schulen als neuere Italiäner anführen hört, so zweifeln wir ob diese überhaupt in der Kunstgeschichte eine Stelle einnehmen können, und glauben, daß dieselbe mit den genannten Malern, mit Julio Romano, Tizian und Correggio endige, wenn nicht etwa in künftigen Zeitaltern, noch eine neue Epoche darauf folgen wird.

Die italiänische Malerei scheidet sich deutlich und bestimmt in die alte und die neue, wie die italiänische Poesie; und wenn die Wunderlichkeit des *Mantegna* uns an die des *Dante* erinnern, die Schönheit des *Perugins* aber mit der des *Petrarca* verglichen werden kann, so dürfen wir den *Tizian* und *Correggio* auch recht wohl neben *Tasso* und *Guarini* stellen. Es ist dabei gar nicht um das Witzesspiel der Vergleichung zu tun, sondern nur um die einfache aber wichtige Bemerkung, daß die Natur in ähnlichen Sphären meist den gleichen Gang der Produktion beobachtet, und sich dieselben Stufen der Entwicklung zeigen.

Die zweite allgemeine Reflexion, zu der wir veranlaßt wurden, betraf die

GEGENSTÄNDE DER MALEREI.

Es muß schon aus dem obigen klar sein, und wäre noch durch so unzählig viele Beispiele zu bestätigen, daß die christlichen Gegenstände keinesweges durch die alten Maler erschöpft sind, da auch selbst diejenigen, welche sie behandelt haben, keinesweges alle ohne

Ausnahme durch ihre Darstellungsversuche bis zu jenem einzigen und allein richtigen Ausdruck ausgebildet sind, der gar keine neue Darstellung mehr möglich werden läßt. Um so mehr ist es zu beklagen, daß ein übler Genius die Künstler der jetzigen Zeit von dem Ideenkreise und den Gegenständen der ältern Maler entfernt hat. Die Bildung kann sich in jedem Teile derselben nur an das Gebildete anschließen. Wie natürlich und löblich wäre es also, wenn die Maler auf dem Wege fortgingen, den *Raffael, Leonardo* und *Perugino* gegangen sind, sich in ihre Ideen und Denkart von neuem versetzten, in ihrem Geiste weiter fort erfänden, und so die neue Malerei an die alte zu dem schönsten Ganzen anschlössen! Und wie unendlich reich und umfassend ist nicht jener Kreis an malerischer Schönheit und Bedeutsamkeit jeder Art! Welch ein trauriger Zustand ist dagegen jetzt sichtbar; wie unsicher schwankt der Künstler umher, und greift in der Fülle des Unbestimmten bald nach diesem, bald nach jenem immer noch unschicklichern Gegenstande, meistens nach einem sogenannten historischen, der die tiefere Natur-Allegorie und damit den eigentlichen Zweck der Malerei unmöglich macht; oder wenn es hoch kömmt, nach einem Gegenstande aus der alten Mythologie, deren innerstes Wesen so ganz mit der Plastik übereinstimmt, daß er in der Malerei durchaus nicht ausgedrückt werden kann.

Doch wollen wir diese große wichtige Materie hier keineswegs ausführlich behandeln, sondern nur einige vorläufige Bemerkungen geben, die unsre künftige Untersuchung darüber allmählig einzuleiten dienen mögen.

Zuerst finden wir es der Aufmerksamkeit keineswegs unwürdig, daß jene großen alten Maler nicht nur in der Sphäre der christlichen Sinnbilder hinreichenden Spielraum für die Fülle ihrer Erfindsamkeit gefunden haben, sondern sie beschränkten sich oft noch enger, und wurden einen vielleicht dem ersten Anscheine nach sogar ungünstigen und unfruchtbaren Stoff, in einer Reihe von Versuchen unablässig zu variieren, niemals müde. So gefiel sich Raffael in mannichfaltiger Darstellung der Madonna; so war die Kreuzigung für den großen *Dürer* ein unerschöpflicher Kunstgegenstand seines tiefsinnigen Geistes. Auf ähnliche Weise scheint die Herodias in der

Schule des *Leonardo,* gleichsam ein Gemeinplatz, durch seine Schwierigkeit selbst vortrefflich zur Übung ausgezeichneter Schüler gewesen zu sein. Ein Beispiel davon zeigt uns das hiesige Museum, und auch die Dresdner Sammlung enthält ein solches Bild, offenbar aus Leonardos Schule. Ein drittes sah ich neulich hier in einer Privatsammlung, angeblich von Leonardo selbst, auch ist's unleugbar aus seiner Schule, wenig schlechter als jene und doch ganz verschieden davon.

Eine zweite vorläufige Bemerkung geht die Behandlung der jetzt so beliebten und meist mit der oberflächlichsten Idealität, und unseligsten Verwechslung der Malerei und Plastik behandelten griechischen Gegenstände bei den alten italiänischen Malern an.

Zuerst muß ich bemerken: sie ist ganz verschieden, diese Behandlung griechischer Gegenstände in der alten und in der neuen Schule der italiänischen Maler.

Sofern mir selbst über den Geist des griechischen Altertums aus langem Studium einiges Urteil zustehen kann, muß ich urteilen, daß selbst die neuern italiänischen Maler das innerste Wesen des alten Lebens und des alten Glaubens, wiewohl vielleicht mehr aus tiefem Gefühl des Richtigen als aus gelehrter Kenntnis, so innig ergriffen haben, daß die Maler jetziger Zeit dagegen sehr unvorteilhaft abstechen. Das Gigantische im Styl des Michel Angelo kenne ich nicht aus der Original-Anschauung, und auch wie Raffael hierin beschaffen war, kann ich nicht selbst prüfen, da sein Karton von der Schule zu Athen gar zu sehr verdorben ist; aber selbst die römische Kraft, Fülle und Pracht des Julio Romano, und die reine Wollüstigkeit in der Antiope des Correggio ist tiefer aus der Quelle geschöpft, als irgend von einem Maler unsrer Zeit zu erwarten steht. Und doch zogen jene Künstler im Ganzen ganz entschieden die christlichen Sinnbilder vor; jenes war gleichsam nur zur Erholung und Abwechslung. So dachten nicht bloß sie selbst, sondern auch ihre Werke belehren uns, daß es sich wirklich so verhielt.

In der neuern italiänischen Schule zeigt sich auch von dieser Seite das umfassende Streben des damaligen Kunstgeistes; eine Tendenz, sich in die alte Religion zu versetzen, der es oft gelungen ist, das Wesen derselben zu ergreifen. Nicht so bei der alten Schule, so weit man sie hier kennen lernen kann. Da ist die alte Mythologie nur als eine zu diesem leichten Zweck erlaubte Bildersprache gebraucht, für Allegorien, für Gedanken, mit denen es nicht so heiliger Ernst ist, als mit den höchsten des christlichen Glaubens; der Gebrauch aber ist sehr willkürlich, ja sogar abändernd, wie auch die ältesten romantischen Dichter ›die‹ alte Fabel behandelten. Der Gott *Amur* der Provenzalen, ist von dem griechischen Amor vielleicht nicht viel verschiedener als der *Merkur* des Mantegna auf dem beschriebenen Bilde, von dem Hermes der Griechen. Ein in dieser Hinsicht merkwürdiges Stück ist ein im Saal der Zeichnungen aufgestelltes kleines Gemälde in Wasserfarben von Perugino, welches den Streit der Tugend und der Wollust darstellt. Zwei zierliche Bäume, der eine heller, auf dem Amorinen sitzen, und der andre dunkler, der eine Eule trägt, bezeichnen schon diesen Gegensatz. Weibliche Figuren, mit Lanzen, die in Flammen ausgehen, streiten für die Liebe, andre dagegen; Amoretten haben lebhaften Teil an dem Kampf, eine Frau wird von ihnen besiegt, auf dem Boden fröhlich in das Revier der Wollust gezogen, wo rohe Waldnaturen sich zeigen; gegenüber kämpft eine andre mit drei oder vier dieser kleinen Wesen sehr heftig, einer liegt tot da; eine andre Frau zur Seite wird von dem Bogen eines Kleinen bedroht, während ein andrer an ihren Schultern hängt, ein dritter an ihrer Lende hinaufklettert. Im Hintergrunde die verwandelte Daphne, die Europa auf dem Stiere, und andre Geschichten aus dem Ovid, oben in der Luft, Merkur herunterschwebend; das alles in den zierlichsten Umrissen, und frischesten Farben, äußerst zart und sinnreich.

Wie sich nun der große *Dürer,* der *Shakespeare,* oder wenn man lieber will, der *Jakob Böhme,* der Malerei, zu jenen beiden italiänischen Schulen verhält, und den jetzigen Künstlern, nebst Raffael, zum sichersten Leitstern dienen könnte; darüber nächstens. So viel ist klar, mit dem Styl der alten Italiäner stimmt sein tiefsinnigerer Geist recht wohl zusammen, aber nicht so mit dem der modernen Italiäner.

DRITTER NACHTRAG ALTER GEMÄLDE

›Im Sommer 1804.‹

Außer den altitaliänischen Gemälden im Restaurationssaale des Louvre, mit deren Beschreibung der zweite Nachtrag beschlossen worden ist, sah ich eben daselbst auch mehrere altdeutsche von großer Wichtigkeit, die am schicklichsten als Einleitung dienen können für die folgende Nachricht von vielen der wichtigsten Gemälde aus der altniederländischen und deutschen Schule, die ich auf einer Reise von Paris über Brüssel in die Rheinländer zu sehen Gelegenheit hatte.

Den Anfang von denen noch im Restaurationssaale gesehenen mache ein kleines Bildchen aus der Kirche St. Luigi in Rom: eine Mutter Gottes im Garten. Ein reich verzierter blanker Springbrunnen nimmt den rechten Vorgrund ganz ein, im Hintergrunde links eine gefühlvolle Landschaft; alles mit einer Sauberkeit, mit einem zierlichen Fleiß ausgeführt, der so ganz bestimmt an den altdeutschen Styl erinnert, daß man geradezu behaupten möchte, das Bild sei aus dieser Schule. Doch ist darüber keine Art von Nachweisung vorhanden; ist dies sehr alte Bildchen dennoch italiänisch, so ists ein Beweis mehr, wie nah die beiden Hauptschulen in den ältesten Anfängen aneinandergrenzten. Ein Votivgemälde im kleinen Verhältnis, welches aus München weggeführt worden; angeblich von van Eyck. Doch war mir die Angabe nicht beglaubigt genug; und wenn nicht historische Nachricht aller Ungewißheit ein Ende macht, so möchte ich zweifeln daß es von Eyck sei, weil die Gesichter durchaus nicht den Charakter haben, den ich auf andern Eykschen Bildern sah, sondern mehr den der süddeutschen Länder. Übrigens eins der merkwürdigsten Bilderchen, die man sehen kann. Die zierliche Ausführung des von allerlei Tierchen und lustwandelnden Figürchen belebten Gartens vorn, und weiter hinten der reich verzierten Landschaft, die zwischen einer herrlich geschmückten Architektur erblickt den Hintergrund bildet, grenzt in der Tat an das Wunderbare. Man kann viele Gemälde gesehen haben, und doch nichts ähnliches als diese kleine Welt in kleinster, fast mikroskopischer Miniatur. Und doch ist es nichts weniger als tändelnd oder kleinlich; nein, es setzt in Erstaunen, es ist vielleicht rührend aber durchaus ernst, ja in den Hauptfiguren des links betenden Donatarius und der rechts thronenden Mutter Gottes, der eine wunderbar reich geflochtne Juwelenkrone von Engeln getragen über dem Haupte schwebt, ist dieser Charakter so vorherrschend, daß man den hohen Styl der ältesten Meister der altdeutschen Schule hier durchaus nicht verkennen kann. Der Kopf des Donatarius ist gründlich ausgeführt, wie mans nur wünschen kann, aber so gründlich, daß selbst der beste Kopf von Holbein im Vergleich mit diesem noch leichtsinnig und oberflächlich gemalt scheinen könnte; und alle die kleinen Figuren sind in ihrer Art eben so zierlich vollendet. Das Gesicht der Mutter Gottes ist in dem strengen Ideal, in den graden Verhältnissen des Eyck, aber anmutiger, schöner, als mans wenigstens auf andern ›von‹ seinen Bildern sieht. Das Christkind trifft vorzüglich die oben gemachte Bemerkung der darin sich kund gebenden Nationalität. Es gleicht ganz dem auf einem altdeutschen Bilde etwas unter Lebengröße, welches seit einiger Zeit ohne Nummer im langen Saale des Louvre ausgestellt war. Auch die Madonna, wiewohl etwas verschieden behandelt, zeigt unverkennbar die Manier desselben Malers an. Es stellt die Mutter Gottes auf einem Thron in der Mitte des Bildes dar; rechts steht ein heiliger Bischof, links wird der knieende Donatarius durch den heiligen Georg in voller Rüstung vorgestellt. Ein so redlich, so ritterlich lachendes Gesicht, als das des heiligen Georg, findet man wohl nirgend, als auf deutschen Bildern. Die mehr als Holbeinische Gründlichkeit in dem Kopfe des Donatarius ist ganz wie auf dem kleinen Bilde; die Umgebung und Architektur noch altertümlicher, die Kleiderpracht so unübertrefflich ausgeführt, wie auf allen alten Bildern dieser Schule. Von diesem Bilde kann ich noch weniger glauben, daß es von Eyck sei, nach dem zu urteilen, was ich von diesem gesehen; aber es ist ein vortreffliches Bild aus dem hohen Styl der altdeutschen Schule.

Wäre mir unter allen Gemälden, die ich gesehen habe, einige wenige auszuwählen vergönnt, so würde jenes Bildchen wegen seiner hohen Vollendung und Zierlichkeit eins unter den wenigen sein. Und doch wird es noch bei weitem übertroffen von einem kleinen Bilde des *Altdorfer,* mit Zoll und zwei Zoll hohen Figuren; soll ich es eine Landschaft nennen, ein historisches Gemälde oder ein Schlachtstück? Alles das ist nicht recht passend, es ist alles das zusammen und weit mehr; es ist ein Gemälde ganz neuer, ganz eigner Art, eine Gattung für sich, deren Begriff wir erst aufzustellen haben. Wie soll ich das Erstaunen beschreiben, das mich bei Erblickung dieses Wunderwerks ergriff? Wie einem, der bisher nur die anmutigen leichten Dichtungen der Italiäner gekannt, und nur das für Poesie gehalten hätte, und der nun mit einemmale mit unbefangenem Sinne alle Gestalten der Shakespeareschen Zauberwelt vor seinen Augen sich entfalten sähe: grade so war mir. Doch dies bezeichnet nur die Fülle, den Reichtum und Tiefsinn der Altdorferschen Malerei oder Dichtung, nicht den ritterlichen Geist, welcher darin herrscht, so ganz darin herrscht, daß man es wohl ein *Rittergemälde* nennen könnte. Es stellt den Sieg Alexanders des Großen über den Darius dar, aber freilich nicht in der antikischen Manier und Nachahmerei, sondern, so wie in den Gedichten des Mittelalters, als das höchste Abenteuer alten Rittertums. Das Costum ist durchaus deutsch und ritterlich; Mann und Roß in Panzer und Eisen, vergoldete oder gestickte Wappenröcke, die Stacheln an der Stirn der Rosse, die blinkenden Lanzen und Bügel, die Mannigfaltigkeit der Waffen, dies alles bildet eine unbeschreibliche Pracht und Fülle. Nirgends ist Blut und Ekel oder hin und wieder geworfne Glieder und Verzerrungen; nur im äußersten Vorgrunde, wenn man ihn sehr genau betrachtet, erblickt man unter den Füßen der von beiden Seiten grade auf einander einrennenden Ritterscharen, und den Hufen ihrer Streitrosse, mehrere Reihen von Leichen dicht zusammenliegen, wie in einem Gewebe; gleichsam der Grundteppich zu dieser Welt von Krieg und Waffen, von glänzendem Eisen und noch hellerem Ruhm und Rittertum. Eine Welt ist es in der Tat, eine kleine Welt auf wenigen Quadratfüßen; unzählig und unermeßlich sind die Heerscharen, welche von allen Seiten gegeneinander strömen, und auch die Aussicht im Hintergrunde führt ins ganz Unermeßliche. Es ist das Weltmeer; mit einer historischen Unrichtigkeit wenn man will, die aber doch eine sehr bedeutende und wahre Allegorie enthält. Das Weltmeer also, hohe Felsenreihen, eine Klippeninsel dazwischen, ferne Kriegsschiffe und ganze Scharen von Schiffen; links dann der untergehende Mond, rechts die aufgehende Sonne; ein eben so deutliches als großes Sinnbild der dargestellten Geschichte. Die Kriegsscharen sind übrigens in Reih und Glied geordnet, ganz ohne alle die wunderbaren Stellungen und Gegensätze und Verzerrungen, welche man sonst in den sogenannten Schlachtstücken findet; wie wäre dies auch möglich bei dem unermeßlichen Reichtum von Figuren? Es ist das Grade, Strenge, oder wenn man will, das Steife des alten Styls. Charakter und Ausführung dagegen ist in den kleinen Figuren so wunderbar, daß ein Dürer sich derselben nicht zu schämen hätte. Überhaupt sei es ein für allemal bemerkt, daß die Gründlichkeit der Arbeit in diesem Gemälde, wiewohl dasselbe nicht wenig gelitten zu haben scheint, doch noch so ist, wie sie auf sonst guten Bildern der altitaliänischen Schule nie mit der Sorgfalt sich zeigt, und wie sie nur auf Bildern aus dem hohen Style der altdeutschen Schule gefunden wird. Und welche Mannichfaltigkeit, welcher Ausdruck nicht bloß im Charakter der einzelnen Krieger, Ritter, sondern in den ganzen Scharen selbst; hier ergießt sich eine Reihe von schwarzen Bogenschützen mit der Wut eines schwellenden Stromes vom Berge herab, und immer andre und noch andre drängen sich nach; auf der andern Seite hoch oben am Felsen sieht man einen zerstreuten Haufen von schon Fliehenden in einem Hohlwege umwenden; man sieht nichts von ihnen, als ihre Helme, die in der Sonne wiederscheinen; und doch ist alles selbst in dieser Ferne so deutlich. Die Entscheidung und der Brennpunkt des Ganzen tritt aus der Mitte weit glänzend hervor. Alexander und Darius, beide in ganz goldner Rüstung strahlend; Alexander auf dem Bucephalus mit eingelegter Lanze allen den Seinigen weit zuvoreilend, und auf den fliehenden Darius eindringend, dessen Wagenführer schon auf die weißen Rosse gefallen ist, und der sich mit der Betrübnis eines besiegten Königs nach seinem Sieger umschaut. Man trete so weit von dem Bilde, daß alles andre nicht mehr zu erkennen ist, so tritt diese Gruppe noch ganz deutlich hervor und ergreift das Gemüt mit der innigsten Rührung. Diese kleine Ilias in Farben könnte den denkenden und nach neuen und großen Gegenständen strebenden Maler, der etwa den heiligen Kreis der katholischen Sinnbilder einmal zu verlassen und ein wahrhaft romantisches Gemälde hervorzubringen gedächte, in seiner Farbensprache belehren, was der Geist des Rittertums sei und bedeute. In einem eben nicht schlechtern Style, aber freilich nicht mit dem hohen poetischen Geiste ist die Belagerung einer Stadt von Martin Fezele gemalt. Besonders gefiel mir eine Gruppe von Rittern im äußersten Hintergrunde innen im Vorhofe der Burg, die sich in ganz schwarzer Rüstung mit hohen Helmbüschen gekleidet den Handschlag der Treue geben. So verbirgt der alte deutsche Künstler auch da noch sein fühlendes Gemüt, wo andre nur an Spielereien und Gegensätze denken, oder sich als im weniger Wesentlichen mit leichter Mühe abfinden.

Beide Gemälde sind der Angabe nach gleichfalls aus München weggeführt worden. Wenn es daselbst noch mehrere Bilder von diesem hohen Werte gibt, so sollten deutsche Maler dahin wallfahrten[1], wie nach Rom oder Paris. Man darf, – bei dieser Gelegenheit sei es gesagt, – überhaupt wohl nicht eher neue Hoffnungen für die Kunst in Deutschland hegen, als bis ein kunstliebender und deutsch gesinnter Fürst alle noch vorhandnen, zum Teil aber schon sehr zerstreuten Denkmale des deutschen Kunstgeistes so viel als möglich in eine Sammlung altdeutscher Gemälde zu vereinigen suchen[2]

1 ‹München vereinigt jetzt, nebst dem nah gelegenen Schleißheim und Augsburg, auch den Düsseldorfer Gemäldeschatz mit seinem früheren Reichtum, besonders an Werken der oberdeutschen Schule. Nehmen wir die in ihrer Art einzige äginetische Sammlung hinzu, und was der Bau der zur würdigsten Aufbewahrung jener antiken Gebilde bestimmten Glyptothek auch für den Aufschwung der neudeutschen Kunst in Freskogemälden hervorrufen wird; so gestaltet sich dort ein umfassender Kunstkörper mannichfacher antiker und deutscher Art, welcher die schönsten Hoffnungen begründet, und nebst den bisherigen vaterländischen Kunstsitzen zu Dresden und Wien einen neuen Grundstein zu einer allgemeinen deutschen Kunstbildung für die Zukunft abgibt.›

2 ‹Dieser Wunsch ist seitdem durch die Boisseréesche Sammlung auf eine Weise in

wird, wo denn die Wirkung der in einen Brennpunkt wieder vereinigten Strahlen des bis jetzt auch hierin zerstreuten deutschen Wirkens, unermeßlich verstärkt und verdoppelt, und gewiß eben so erstaunungswürdig und fruchtbar sein würde, als nur immer die Anschauung der vereinigten italiänischen oder griechischen Kunstschätze sein mag. Denn gewiß, und wir werden noch manchen Beweis davon anzuführen haben, die alten Deutschen waren nicht minder groß und erfinderisch in der Malerkunst; nur daß die Unwissenheit nicht davon unterrichtet ist, und seichte Nachahmungssucht es nicht erkennen will, in der eignen Geringschätzung auf eine sonderbare Weise ihren Dünkel suchend. Was hat diese Nachahmerei aber in allen Künsten irgend Gutes und Löbliches hervorgebracht? Nichts und durchaus gar nichts, als ganz verkehrte oder ganz seichte nichtsnütze Dinge. Der Poesie kann man noch eher vergönnen ihre Phantasie in entfernte Regionen schwärmen zu lassen; doch muß sie jederzeit mit den fremden Schätzen bereichert wie zur Heimat zurückkehren zu dem, was für ihre Zeit, für ihre Nation einmal der höchste Brennpunkt des Gefühls und der Dichtung ist, sonst muß sie unvermeidlich kalt und kraftlos werden. Der Sinn aber vollends und sinnliche Kunst wird durch diese scheinbare Ausbildung ins Vielseitige, eigentlich aber ins Weite und Breite unvermeidlich ganz abgestumpft und verschwemmt. Der Sinn, und was er wirken soll, kann nur in bestimmter Beschränkung kräftig und eigen gedeihen und sich gestalten. Die Wahrheiten des Verstandes sind allgemein; die Einbildungskraft sucht in das unbestimmte Ferne zu schweben, der Sinn aber geht vielmehr darauf aus, das Einzelne und Nächste bis in seine letzte Tiefe und eigentliche Wurzel

Erfüllung gegangen, die alle Erwartung, welche man von der damals noch so wenig erkannten Herrlichkeit der altdeutschen Kunst fassen mochte, weit übertroffen hat. Aber nicht bloß durch den Reichtum an den seltensten Meisterwerken mannichfacher Art, sondern eben so sehr auch durch die geschichtliche Ordnung und Vollständigkeit, durch den richtigen Sinn und künstlerischen Verstand, mit welchem dieses meisterhafte Kunst-Ganze altdeutscher Art zusammengebracht worden, verdient es als ein Vorbild für alle ähnlichen Unternehmungen betrachtet zu werden, und kann als ein Beispiel dienen, was edle Ausdauer, klar auf Einen Zweck gerichtet, auch noch in unsern Tagen Großes zu leisten vermag.›

zu durchdringen und es dann im Bilde von neuem zu gebären, so daß aus dem nun wiedergebornen und verklärten Abbilde des unerforschlichen Naturwesens zugleich das Rätsel unsers eignen Gefühls uns überraschend entgegen scheint und in unaussprechlichen Worten hervorbricht; und etwas Höheres als das eben Ausgesprochne kann die reinsinnliche Kunst nicht leisten. Sie geht aufs Einzelne und Nächste; das heißt, sie muß lokal sein und national. ›Das Verhältnis des Allgemeinen in der schönen Form, es mag nun mehr nach der symbolischen Tiefe und Bedeutung, oder nach der idealischen Gestaltung und Außenseite aufgefaßt werden, zu dem eigentümlich Charakteristischen und Nationalen auch im Gesicht und Ausdruck, ist von der höchsten Wichtigkeit für die bildende Kunst. So lange diese noch als eine dem kirchlichen Dienst gewidmete Darstellung in dem symbolischen Geheimnis-Kreise umschlossen ist, bleibt die geistige Schönheit und heilige Bedeutung, welche in dem ganzen Umkreise aller christlichen Länder dieselbe ist, allerdings das Erste und Höchste, dem auch in der höhern Kunst das Volkscharakteristische einer jeden besondern Nation überall untergeordnet sein muß. Ausgeschlossen aber oder ganz verwischt darf dieses Element nicht werden; sondern es muß jenem Höheren in der Unterordnung beigemischt und einverleibt bleiben, und gibt ihm dann grade seinen eigentümlichen Reiz und die lebendige Anmut. Früherhin wurde bemerkt, daß in der italiänischen Schule, auf den Werken der ältesten Meister, grade das Italiänische in der Gesichtsbildung und im Ausdruck am stärksten, oft schneidend und grell hervortritt, während späterhin alles dieses Charakteristische sich in eine idealische Allgemeinheit, die zuletzt flach und charakterlos wird, mehr und mehr verliert. In der deutschen Schule scheint, allgemein genommen, vielmehr der entgegengesetzte Gang zu herrschen. Auf den ältesten Bildern, noch im griechischen Styl, ist die symbolische Heiligkeit, nach strenger Idee und Würde der andächtigen Bedeutung vorwaltend; erst in der spätern deutschen Schule tritt der lebendige Ausdruck des wirklichen Volkscharakters in Physiognomie und Costum, oft grell und bis zur Karikatur hervor. So zeigt es sich im Lukas von Leyden, und andern seiner Zeitgenossen unter den Niederländern; denen sich Dürer, in der Lebendigkeit des mannichfachen Ausdrucks, womit er dieses Nationaldeutsche aufgefaßt und ausgedrückt hat, beigesellt, da es außerdem in der oberdeutschen Schule, wo es von Anfang an immer vorherrschend war und blieb, einen weniger beweglichen Charakter, und mehr schwerfälligen und breiten Ausdruck angenommen hat. Es darf aber dabei ja nicht übersehen werden, daß in der besten Zeit der ältern niederländischen Schule beide Elemente auf das glücklichste verschmolzen waren; wie im Eyck und Hemmelink beides vereinigt und beisammen ist, das tiefe Symbolische der Andacht und heiligen Schönheit, und das gefühlvolle Deutsche. Ja schon im Wilhelm von Köln, so nah derselbe noch an den griechischen Styl grenzt, zeigt sich neben der stillen Göttlichkeit, welche den Hauptcharakter seiner Gemälde bildet, besonders in der Gestaltung der Mutter Gottes, oder sonst verklärter Heiligen, schon jenes fröhliche deutsche Leben nach damaliger Art und Sitte, ganz deutlich, im mannichfachen Charakterausdruck der andern Gesichter und Nebenfiguren, so wie in der fantastischen Fülle und Zierlichkeit des bunten Costums der Gewänder. Dieses Element der lebendigen Charakteristik und des eigentümlich Nationalen, dürfen wir zu unserer Zeit aber um so weniger vernachlässigen, da es einmal besonders für die Malerei, einen wesentlich unentbehrlichen Bestandteil jeder lebendigen Kunstdarstellung bildet; und unsre jetzige Kunst immer noch mehr in Gefahr ist, sich in abstrakte Allgemeinheit und charakterlose idealistische Flachheit zu verlieren, als in den entgegengesetzten Fehler zu geraten.‹ Bis auf die neuesten Tage der Zerstörung und der Verwirrung hatte jede Nation der alten Zeit, so wie ihre bestimmte Physiognomie in Sitte und Lebensweise, Gefühl und Gestalt, so auch ihre eigne Musik, Baukunst und Bildnerei; und wie sollte es auch wohl anders sein? Man spricht zwar viel von einer allgemeinen Schönheit und Kunst, ohne alles Lokale; doch bis jetzt, wie es scheint, ohne daß man eben einsähe, wo es damit eigentlich hinauswill, und ohne daß die bisherigen Versuche wenigstens sonderlich viel Gutes von diesem neuen Glauben erwarten ließen. In jener engen Beschränkung aber sind Griechen und Ägypter, Italiäner und Deutsche, groß gewesen in der Kunst, die überall gleich verloren ging in den Zeiten, da Nachahmerei begann. Die malerische Schönheit insonderheit, welche die körperliche Form nur im Umriß erraten lassen kann, dafür aber das eigenste und wahrhaft Geistige im Sinnlichen zu ergreifen und in ihrem Farbenspiel magisch zu fixieren vermag, muß durchaus eine individuelle sein im Idealischen; aber freilich individuell in größerer Dimension, objektiv individuell, wie dies bei dem wahrhaft Lokalen und Nationalen der Fall ist. Möchten also doch die Maler den wohlbedachten Grundsatz des alten Dürer beherzigen und zu dem ihren machen, der da sagte: *»Ich will gar nicht antikisch malen, oder italisch, sondern ich will deutsch malen!«*

AN DEN HERAUSGEBER DEUTSCHLANDS,

Schillers

Musen-Almanach betreffend.

(Fungar vice cotis.)

Gewöhnliche Zeitschriften denken, wenn sie ein Werk beurteilt haben, wie der König Ahasverus:

»Jetzt hab' ich es beschlossen,
Nun geht's mich nichts mehr an.«

In der Voraussetzung, daß DEUTSCHLAND auch in dieser Hinsicht, wie in jeder andern, keine gewöhnliche Zeitschrift sei, irre ich gewiß nicht. Ob ich aber im Stande sei, nach der geistreichen Rezension im 3ten Stücke noch etwas Bedeutendes, des Gegenstandes und des Ortes Würdiges über den *Schillerschen Almanach* zu sagen, das müssen Sie entscheiden.

Nur deswegen wünsche ich vorzüglich mit Ihnen über diese *deutsche Angelegenheit* unbefangen zu reden, weil der männliche Geist der Freiheit und Gerechtigkeit, welcher Ihre Zeitschrift belebt, mir Hochachtung, Zuneigung und Vertrauen einflößt.

Zuvor muß ich Ihnen noch den *Gesichtspunkt* andeuten, aus dem ich urteilen werde. Er wird Ihnen zugleich sagen: warum ich glaube, daß vorzüglich über einen Almanach mehrere Stimmen reden können; warum ich Ihrem wackern Rezensenten nicht beistimmen kann, wenn er die Epigramme, die er so treffend charakterisiert, aus einem Almanache verbannt wünscht; und warum ich es für unschicklich hielt, einen *Neuffer* oder *Hölderlin* und einen Schiller nach demselben Maßstabe zu würdigen.

Ein Musen-Almanach ist eine poetische Ausstellung, wo zugleich der jüngere Künstler durch seine Versuche den aufmerksamen Kenner zu interessanten Vermutungen veranlaßt, und der erfahrne Meister sich nicht auf eine bestimmte Gesellschaft einschränkt, sondern seine Werke dem öffentlichen Urteile aller Liebhaber unterwirft. Ein fruchtbarer Vereinigungspunkt für alle Freunde der

Poesie, wenn eine *strenge Auswahl,* wie in dieser Sammlung, den Kunstrichter, welcher eigentlich nie ohne Rücksicht auf Art, Styl und Ton des Werks, Charakter, Kraft und Bildung des Künstlers, urteilen soll, nur selten an die Pflicht der Schonung erinnert; wenn viele Meisterstücke auch die höchsten Erwartungen des echten Liebhabers befriedigen, der, ohne alle Nebenrücksicht, nach dem reinen Gesetz der Schönheit, weit strenger würdigt!

Sehr wenige Stücke dieser Sammlung sind so arm an anziehender Kraft, daß es einen Entschluß kostet, bei ihnen zu verweilen, wie die Gedichte von *Conz;* noch wenigere so beleidigend, daß man gern bei ihnen vorübereilt. Auch diese enthalten doch irgend etwas Aussöhnendes; kaum eins oder das andere gehört wirklich nicht in die *gute Gesellschaft,* wie das 62., 66. und 73. Epigramm. Was sich der Schalk (Epigr. 61) insbesondre bei dem letzten gedacht haben mag, läßt sich schwerlich erraten.

Die Auswahl ist aber nicht bloß strenge, sondern auch (ein ungleich seltneres Verdienst!) *liberal:* nicht etwa bloß auf einen gewissen Ton gestimmt und auf eine Manier einseitig beschränkt, sondern dem Interessanten jeder Art gleich günstig. Eben daher die reiche Mannichfaltigkeit, durch welche sich der Schillersche Almanach unterscheidet.

Wie viel Abwechselung gewähren nicht allein die charakteristischen Nationallieder dieser Sammlung! – Das Vorzüglichste darunter, *Madera,* erreicht durch den einfachen Ausdruck stolzer Empfindsamkeit, ganz den Ton der schönsten spanischen Romanzen. Das *Roß aus dem Berge* würde ihm den Preis entreißen, wenn die letzte Hälfte dem vortrefflichen Anfang entspräche. *Sidselil* von Kosegarten könnte rührend sein, wenn es von einigen widerlichen Zügen gereinigt, und weicher gehalten wäre. Einige andre, empfindungsvolle Gedichte desselben Verfassers, sind von Überspannung und Überfluß nach seiner Art ungewöhnlich frei. Das *Lied eines Gefangenen* ist die immer noch anziehendste, aber weniger ergreifende Nachbildung eines alten spanischen Volksliedes, von dessen Anfang sich im Bürgerschen Alm. 92 eine Übersetzung findet.

An Epigrammen jeder Art ist die Ernte so reich, daß sich eine vollständige Theorie dieser merkwürdigen kleinen Dichtart, welche selbst durch Herder noch nicht erschöpft ist, daraus entwickeln ließe. Eins der schönsten Beispiele ist *Kolumbus:* unter den Beiträgen des Herausgebers das vollendetste. Schillers Hang zum Idealen hat sich auch in dieser Form nicht verleugnet, und eine sehr glückliche Mischung veranlaßt. Man könnte dies Gedicht, in der Kunstsprache des Verfassers selbst, ein *sentimentales* Epigramm nennen. Zu dieser, wo ich nicht irre, ganz neuen Gattung gehören auch einige andre, sehr gute aber weniger vollendete Schillersche Epigramme, wie *Odysseus,* und *Zeus und Herkules.* Ebenso vollkommen, in einer durchaus verschiednen Art, ist *Das innre Olympia,* ein *didaktisches* Epigramm, von allen Gedichten der Ungenannten vielleicht das vollkommenste. Fehlte es diesen Dichtern nicht fast immer an sinnlicher Stärke, oft an Lebenswärme, selbst bei glänzender Farbengebung wie in *Parthenope,* so könnten sie auf den ersten Rang Ansprüche machen: denn diese Zartheit des Gefühls, Biegsamkeit des Ausdrucks und Bildung des Geistes, sind des größten Meisters wert.

Für ein Epigramm scheint *Der Tanz* zu lang und gleichsam zu ernstlich, denn selbst das schönste Epigramm ist mehr ein der Aufbewahrung würdiges Bruchstück eines Gedichts, in einer verzeihlichen Spielart, als ein vollendetes Kunstwerk, in einer ursprünglich vollgültigen Art. Für eine Elegie ist die Einheit im *Tanze* nicht poetisch genug, und der Ton vereinigt die Weitschweifigkeit des Ovid, mit der Schwerfälligkeit des Properz. Überhaupt scheint die Elegie, welche ein sanftes Überströmen der Empfindungen fordert, Schillers raschem Feuer und gedrängter Kraft nicht angemessen. Seine kühne Männlichkeit wird durch den Überfluß, wozu selbst der Rhythmus lockt, wie verzerrt. Fast könnte es scheinen, daß er in der schönen Zeit seiner ersten Blüte die ihm angemessene Tonart und Rhythmen unbefangner zu wählen und glücklicher zu treffen wußte. Würde er sich damals wohl ein Gedicht wie *Pegasus* verziehn haben? Ohne ursprüngliche Fröhlichkeit, und eine wie von selbst überschäumende Fülle sprudelnden Witzes, können komische und burleske Gedichte nicht interessieren, und ohne Grazie und Urbanität müssen sie beleidigen. Die Meisterzüge im einzelnen, wie die erste Erscheinung des Apollo, söhnen mit der Grellheit des Ganzen nicht aus. – In *Langbeins* Legende fehlt es wenigstens nicht an muntrer Laune, welche man nur hie und da von einigen Gemeinheiten befreien möchte. –

Doch darf dies niemanden die Freude über Schillers Rückkehr zur Poesie verderben! Noch zur rechten Zeit ist er, mit gewiß unversehrter Kraft, aus den unterirdischen Grüften der Metaphysik wieder ans Tageslicht emporgestiegen. Der begeisterte Schwung, der hinreißende Fluß, welcher einige frühere Gedichte dieses großen Künstlers zu Lieblingen des Publikums machte, wird auch den *Idealen* viel warme Freunde verschaffen. An Bestimmtheit und Klarheit hat seine Einbildungskraft unendlich gewonnen. Ehedem war seine üppige Bildersprache »ein streitendes Gestaltenheer«, wie eine im Werden plötzlich angehaltne Schöpfung. Jetzt hat er den Ausdruck in seiner Gewalt. Nur selten finden sich noch solche nicht reif gewordne Gleichnisse, wie in der dritten Strophe der *Macht des Gesanges;* und Erinnerungen an jene sorglose Kühnheit, mit welcher er, was sich nicht gutwillig vereinigen ließ, gewaltsam zusammenfügte. Um die »Knoten der Liebe« und die »Säule der Natur« aus den Idealen zu tilgen, gäbe ich gern die *Würde der Frauen.* Diese im einzelnen sehr ausgebildete und dichterische Beschreibung der Männlichkeit und Weiblichkeit, ist im ganzen monoton durch den Kunstgriff, der ihr Ausdruck geben soll. Entweder Voglers Musik ist nicht geschmacklos, oder der Gebrauch des Rhythmus zur Malerei solcher Gegenstände läßt sich nicht rechtfertigen. Strenge genommen kann diese Schrift nicht für ein Gedicht gelten: weder der Stoff noch die Einheit sind poetisch. Doch gewinnt sie, wenn man die Rhythmen in Gedanken verwechselt und das Ganze strophenweise rückwärts liest. Auch hier ist die Darstellung idealisiert; nur in verkehrter Richtung, nicht aufwärts, sondern abwärts, ziemlich tief unter die Wahrheit hinab. Männer, wie diese, müßten an Händen und Beinen gebunden werden; solchen Frauen ziemte Gängelband und Fallhut.

Wer kehrt nicht gern zu den *Idealen* zurück! – Das Ende könnte vielleicht manchem beim ersten Eindruck mager dünken. Aber der Meister in der Kunst läßt sich durch den leicht zu befriedigenden

Hang, recht voll zu schließen, nicht über die Grenze der Wahrheit locken. Wider die letzte Strophe, glaube ich, läßt sich nichts einwenden. Nur in der vorletzten scheint ein kleiner *Drucker,* der oft sehr viel wirken kann, zu fehlen. Der Dichter mag es bei der Freundschaft verantworten, daß er sie als einen bloßen Notbehelf so dürftig nachhinken läßt. Vielleicht ist es die »erstarrte Frucht« in der zweiten, und das »finstere Haus« in der vorletzten Strophe, was die Störung ursprünglich veranlaßt. Der Schmerz über den Verlust der Jugend, die Furcht vor dem Tode sind, so nackt und roh wie sie hier gegeben werden, nicht dichterisch. Überdem stimmt jenes mit der wehmütigen, aber immer noch genußreichen Erinnerung, die im Ganzen herrscht, überein. –

Eine ähnliche Störung macht die prosaisch geäußerte Furcht vor dem »kalten Besinnen« im *Frühlinge,* dem schönsten Stücke von *Sophie Mereau,* deren Gedichte sich sonst durch liebliche Fülle und leichten Schwung auszeichnen. – Mehr als diese kleinen Flecken schaden den *Idealen* wohl die vierte und fünfte Strophe. Was hier dargestellt wird, ist nicht die frische Begeisterung der rüstigen Jugend, sondern der Krampf der Verzweiflung, welche sich absichtlich berauscht, zur Liebe foltert und mit verschloßnen Augen in den Taumel eines erzwungnen Glaubens stürzt. Zwar kann diese unglückliche Stimmung auch mit der höchsten Jugendkraft gepaart sein, wo vernachlässigte Erziehung die reinere Humanität unterdrückte. Doch ist sie hier nicht poetisch behandelt und mit dem Ganzen in Harmonie gebracht. Schillers Unvollendung entspringt zum Teil aus der Unendlichkeit seines Ziels. Es ist ihm unmöglich, sich selbst zu beschränken und unverrückt einem endlichen Ziele zu nähern. Mit einer, ich möchte fast sagen, erhabnen Unmäßigkeit, drängt sich sein rastlos kämpfender Geist immer vorwärts. Er kann nie vollenden, aber er ist auch in seinen Abweichungen groß.

Meisterhaft und einzig sind vorzüglich in der dritten Strophe der *Ideale,* wie auch in der *Würde der Frauen,* ja in allen Schillerschen Gedichten, abgezogne Begriffe ohne Verworrenheit und Unschicklichkeit belebt. An dieser gefährlichen Klippe werden noch manche scheitern. Wer kann ernsthaft bleiben, wenn der Dichter *Lappe* in die begeisterte Frage ausbricht: S. 47. Wann dehnt sich meiner Seele Flügel? Wann schlüpf ich aus der Sinnlichkeit?

Glücklicher ist *Woltmann* in der *Kunst*. Übrigens ist er seiner alten Vorliebe für die Elfen treu geblieben. Nur finden sich hier zur Abwechslung auch Sylphen. Gibt es weder Geister noch Gespenster, so kann man doch sicher auf Duft und Dämmerung rechnen. Schade, daß die schöne und seltne Gabe der Weichheit in zarten Bildern und Empfindungen, in fließender Sprache und gefälligen Rhythmen, hier mit einer, wie es scheint, hartnäckig bleibenden Unreife gepaart ist. In *Meyers* wunderbar süßen Tändeleien hingegen, ist das leiseste Gefühl mit der feinsten Ausbildung vereinigt. Seine vorzüglichsten Stücke sind *Biondina,* und *Die Boten:* im *Weltgeist* vermisse ich Wärme und eine dem Stoffe gewachsene Kraft. –

Schillers *erste* der *Stanzen an den Leser* ist wunderschön. Aber auf diesen Anfang voll Wärme und wahrer Würde, erscheinen die folgenden Strophen, ihrer Anmut ohngeachtet, unschicklich, weil man etwas mehr als eine leere Verbeugung erwartet.

Unter *Goethes* Gedichten scheint mir *Der Besuch* das vorzüglichste. Andre, selbst das so anziehende *Meeresstille,* würden vielleicht erst in dem vollständigen Zusammenhang, aus dem sie entrückt sein mögen, ihre volle Wirkung tun. Die *Kophtische Weisheit* erinnert an vieles, unter andern auch an die harmonische Ausbildung der Adlichen und Komödianten, worüber der liebenswürdige Wilhelm im dritten Bande der Meisterischen Lehrjahre so gutmütig schwatzt. Die *Epigramme,* in denen der größte Dichter unsrer Zeit unverkennbar ist, sind in der Tat eine Rolle reichlich mit Leben ausgeschmückt »voll der lieblichsten Würzen«.

Am meisten Ähnlichkeit hat die Würze dieser Epigramme mit dem frischen Salze, welches im Martial, nur zu sparsam, ausgestreuet ist. In andern, wie im 87., atmet eine zarte Griechheit, und überall jener echt deutsche, unschuldige, gleichsam kindliche Mutwillen, von dem sich in einigen epischen Stücken der Griechen etwas gleiches findet. Man rezensiert an diesem Büchlein nicht lange, aber im Lesen kommt man nicht davon. Es ist eine äußerst ergötzliche

Unterhaltung, bei der man sich nur vor allzugläubiger Nachsicht zu hüten hat.

Schiller und *Goethe* nebeneinander zu stellen, kann ebenso lehrreich wie unterhaltend werden, wenn man nicht bloß nach Antithesen hascht, sondern nur zur bestimmtern Würdigung eines großen Mannes, auch in die andre Schale der Waage, ein mächtiges Gewicht legt. Es wäre unbillig, jenen mit diesem, der fast nicht umhin kann, auch das geringste in seiner Art rein zu vollenden, der mit bewundernswürdiger Selbstbeherrschung, selbst auf die Gefahr uninteressant und trivial zu sein, seinem einmal bestimmten Zwecke treu bleibt, als *Dichter* zu vergleichen. Schillers Poesie übertrifft nicht selten an philosophischem Gehalte sehr hochgeschätzte wissenschaftliche Werke, und in seinen historischen und philosophischen Versuchen bewundert man nicht allein den Schwung des Dichters, die Wendungen des geübten Redners, sondern auch den Scharfsinn des tiefen Denkers, die Kraft und Würde des Menschen. Die einmal zerrüttete Gesundheit der Einbildungskraft ist unheilbar, aber im ganzen Umfange seines Wesens kann Schiller nur steigen, und ist sicher vor der Flachheit, in die auch der größte Künstler, der nur das ist, auf fremdem Gebiete, in Augenblicken sorgloser Abspannung oder mutwilliger Vernachlässigung, in der Zwischenzeit von jugendlicher Blüte zu männlicher Reife, oder im Herbste seines geistigen Lebens versinken kann.

Nebst ihm hat Goethe die meisten Beiträge zu dieser Sammlung geliefert. Für die Fortsetzung derselben erregt beider glückliche Vereinigung die lebhaftesten Wünsche und die angenehmsten Hoffnungen. Überhaupt und auch in der Kunst darf nur durch eine günstige Veranlassung die vernachlässigte Mitteilungsfähigkeit der Deutschen geweckt werden, und die Höhe unsrer vereinzelten Bildung wird sich überraschend zeigen.

NACHRICHT VON DEN POETISCHEN WERKEN DES JOHANNES BOCCACCIO

Wenn man den DECAMERONE mit Aufmerksamkeit lieset, so sieht man darin nicht bloß entschiednes Talent, eine geübte und sichre Hand im einzelnen, sondern man wird auch Absicht in der Bildung und Ordnung des Ganzen gewahr; ein deutlich gedachtes Ideal des Werks, mit Verstand ersonnen und verständig ausgeführt. Wo sich solcher Verstand vereinigt zeigt mit der instinktmäßigen Gewalt über das Mechanische, die wohl schon allein aber mit unrecht Genie genannt wird, da und nur da kann die Erscheinung hervorgehen, die wir Kunst nennen, und als einen Fremdling aus höhern Regionen verehren.

Die Kunst bildet, aber sie wird auch gebildet; nicht nur das Gebildete, sondern der Bildende selbst ist ein organisches Ganzes, so gewiß er nur ein Künstler ist, und jeder Künstler hat seine Geschichte, welche zu begreifen, zu erklären und darzulegen das vorzüglichste Geschäft der Wissenschaft ist, die unter dem Namen der Kritik bis jetzt mehr gesucht wurde, als schon vorhanden war. Mit Recht interessiert uns die Entstehung des Gebildeten, ja es ist dies das einzige Interessante was es gibt für den, der sich zu der Ansicht des Ganzen erhoben hat, zu der Wahrheit die eins ist mit der Schönheit.

So kleinlich also auch das Geschäft manchem dünken mag, der das Große nur in großen Massen sehen zu müssen glaubt; wir wissen, daß wir etwas tun, was zu tun nicht unbedeutend und nicht unwürdig ist, wenn wir das Eigentümliche eines originellen Geistes mit aller Sorgfalt charakterisieren, sein Leben gleichsam in der Fantasie wiederholen, und an allen Erweiterungen und Beschränkungen seines Wesens Anteil nehmen. Wir werden uns auch seine fehlgeschlagnen Versuche nicht verbergen wollen; sie sind uns wert als notwendige Stufen der Annäherung zu dem einzig Rechten, oder sie sind bedeutend, indem sie das Höhere bezeichnen, was hier hätte werden können, aber nicht geworden ist, weil es an den Bedingungen fehlte. Das Genie eines Dichters kann oft durch seine falschen Tendenzen ebensosehr und mehr noch beglaubigt und dargestellt werden, als durch seine gelungensten Werke.

Ich glaubte höheren Sinn und höhere Absicht in der Umgebung, Zusammenstellung, Behandlung, ich glaubte den Künstler in dem Werke des Boccaccio gewahr zu werden, welches am allgemeinsten, ja fast ausschließend unter allen übrigen allgemein gelesen wird; und dies lenkte meine Aufmerksamkeit auf diese.

Es ist mir gelungen, mit Ausnahme der einzigen TESEIDE, alle aufzutreiben, die Manni, der Kommentator des DECAMERONE, kennt; wiewohl mehre derselben unter die literarischen Seltenheiten[1] gezählt werden. Ob es vielleicht, in italiänischen Bibliotheken etwa, noch andre geben mag: das zu entscheiden, fehlte es mir an Hülfsmitteln, wie auch an der Gelegenheit, mehre Ausgaben zu konferieren, und alle dahinschlagenden literarhistorischen Sammlungen zur Hand zu haben. Ich muß mich daher auch aus Notwendigkeit auf das einschränken, was mir ohnehin das Nächste und Interessanteste war; auf den *Charakter der Werke* selbst.

Da ihrer nicht wenige sind, und manche unter ihnen, wie schon gesagt, selten genug, so glaubte ich, würde es den Freunden der Poesie nicht unwillkommen sein, wenn ich ihnen, da ich einmal aus Neugier oder aus Wißbegier alle ganz und sorgfältig gelesen hatte, und die bedeutendsten mehremale, Rechenschaft gäbe von dem, was ich gefunden, und so den Ertrag der aufgewandten Zeit, so viel es sich tun ließe, gemeinnützig machte.

Meine Ansicht von dem Geist und der Kunst des Boccaz mögen sie als eine Zugabe betrachten. Indessen wird es einigen ein günstiges Vorurteil für die unbekanntern Werke unsers Dichters geben können, daß auch unter den vernachlässigten Dramen des Cervantes

1 Die Bekanntschaft mit zweien der seltensten, dem URBANO und der AMOROSA VISIONE, verdanke ich dem für jede Literatur so tätigen und auch mit der italiänischen so vertrauten Hrn. Bibliothekar *Daßdorf* in Dresden.

eine NUMANTIA sich findet, und unter den nicht bloß vernachlässigten, sondern ausdrücklich verworfnen Jugendwerken des Shakespeare so manches, was freilich denen zu hoch sein mußte, die über den Dichter überhaupt nicht hätten mitsprechen sollen. Wollte man aber auch diese Analogie nichts gelten lassen, so würde sich leicht zeigen lassen, daß die zufälligen Umstände, welche einem Werke eines fruchtbaren Schriftstellers vor den andern den Vorzug der Beliebtheit geben, wodurch diese, wenn nur einige Jahrhunderte verstreichen, unfehlbar in völlige Vergessenheit geraten; daß diese Umstände, sage ich, keineswegs für die vorzügliche Vortrefflichkeit auch nur eine Wahrscheinlichkeit geben können, wieviel weniger denn die Autorität der falschen Kritiker, die ohne historischen Geist, oft auch ohne alles Gefühl rüstig draufzu entscheiden und verdammen.

Bei diesem Geschlecht wird eine schiefe Ansicht wohl Jahrtausende unverändert oft mit denselben Worten nachgesprochen. So zum Beispiel das alte Diktum: der gute Redner pflege eben kein guter Dichter zu sein. Da Boccaz einmütig von den Italiänern für einen großen, ja den größten Prosaisten gehalten wird, so läßt sich leicht denken, daß jener tiefsinnige Grundsatz auch auf ihn angewandt sei.

Daß dies unbedingt richtig wäre, konnte ich nicht glauben, auch da ich nur noch den DECAMERONE kannte; denn wer naive Lieder so leicht und zierlich dichten kann, wie die, mit denen Boccaz die Einfassung seines reichen Werks geschmückt hat, dem ist nicht alles Talent zur Poesie abzusprechen. Was wahr an jener Behauptung sei, was nicht, werden wir unten sehen.

Ehe ich die Gedichte selbst der Reihe nach durchgehe, muß ich mancher Beziehung wegen der Umstände seines Lebens mit einigen Worten erwähnen.

Er lebte zu der Zeit, da die alte Literatur in Italien wieder aufzuleben anfing, da die italiänische Poesie in der höchsten und herrlichsten Blüte stand, und da die Dichtungen und Erzählungen der Franzosen und Provenzalen im Original oder in Übersetzungen und Nachbildungen die Lieblingslektüre der höhern Stände in ganz Europa waren. Er ward geboren 1313, acht Jahre vor dem Tode des

Dante und neune nach der Geburt des Petrarca, mit dem er in einem und demselben Jahre 1374 starb. Er lebte für seine Kunst, und schon in früher Jugend durchbrach er alle Schranken, in die man ihn einengen und einem bürgerlichen Glück entgegenführen wollte. Seine äußern Verhältnisse waren abwechselnd, oft ungünstig; doch brauchten ihn die Florentiner mehrmals zu wichtigen Gesandtschaften. So geehrt bei allen Vornehmen und Fürsten seiner Zeit wie Petrarca war er nicht. Auch in der Liebe ist seine Eigentümlichkeit der sentimentalen Zartheit des größten Sonettendichters entgegengesetzt; und doch kann man von ihm wohl mit eben dem Rechte sagen wie von jenem, daß er nur für die Liebe lebte. Er war ausgezeichnet wohlgebildet und schön, welches er mehremal mit Wohlgefallen erwähnt, nicht aus unmännlicher Eitelkeit, sondern in Erinnerung, wie es scheint, an das viele Gute und Angenehme, was er dadurch erlangt. Eine starke Sinnlichkeit war bei ihm verbunden mit einem festen Urteil über die Absicht, die Natur und den Wert der Geliebten. Doch hinderte ihn seine vielseitige Empfänglichkeit nicht, Eine über alle zu erhöhen, die er *Fiammetta* genannt hat, und die wenigstens durch die feurige Kühnheit, die der Name andeutet, der seinigen entsprach, durch die er zuerst sich ihre Gunst erwarb. Ihr eigentlicher Name war Maria, sie war eine natürliche Tochter des Königs Robert von Neapel, Gemahlin eines Großen daselbst, Schwester und Freundin der Königin Johanna, deren unglückliches Schicksal sie teilte.

In Neapel lernte Boccaz sie kennen, und sichtbar ist der Einfluß, den die Reize der üppigen Gegend, noch verklärt durch den Glanz der feurigsten Liebe, auf seinen jugendlichen Sinn hatten, um ihn zur Poesie zu entfalten. Alle seine Gedichte der frühern Zeit sind der einzig Geliebten geweiht, auch wohl auf ihre Veranlassung geschrieben; ihr, der er noch als Mann, schon lange von ihr getrennt, ein herrliches Denkmal setzte.

Unter den frühern Werken mache ich den Anfang mit der TESEIDE und dem FILOSTRATO, und erinnere hier ein für allemal, daß für die Zeitfolge der Werke unsers Dichters sich historische Zeugnisse und bestimmte Angaben in ihnen selbst, oder doch solche gegenseitige Beziehungen, die das Früher oder Später völlig entscheiden, genugsam finden, und wenn ja bei einem oder dem andern Werke, um die Stelle desselben zu bestimmen, der Styl mit in Betracht gezogen werden muß, so ist dieser in den Jugendversuchen und den spätern Werken so auffallend und deutlich verschieden, daß wenigstens kein Zweifel entstehen kann, zu welcher von beiden Perioden es zu rechnen sei.

In dem FILOSTRATO einem romantisch-epischen Gedicht in *ottave rime* wird die sittsame Liebsgeschichte des guten Troilus und der tugendhaften Cressida erzählt, nebst der hülfreichen Freundschaft des edeln Pandarus, nach dem beim Shakespeare der, welcher seine gefälligen Dienste zur Verbindung der beiden Geschlechter hergibt, *a Pandar* genannt wird, so daß der Name des guten Trojaners zum Begriff geworden ist. Shakespeare hat in dem bekannten Drama des gleichen Inhalts diesen, wie sich denken läßt, vielfach ausgebildet; dennoch ist der Charakter der Fabel beim Boccaz schon ganz derselbe, wenigstens für den ersten Teil. Es ist dieser Charakter eine gewisse zierliche Albernheit und eine leise, aber sehr durchgeführte Zweideutigkeit. Es geschieht eben nichts, und es ist doch eine Geschichte; es werden Anstalten genug gemacht, aber es rückt nichts von der Stelle; es werden lange Reden gehalten, voll Edelmut und in zierlicher Sprache, aber es ist eben nichts darin gesagt. Und dennoch unterhält uns das närrische Wesen, ja eben diese ironische Unbedeutendheit macht den eigentlichen Reiz davon, wie die innere Schalkheit bei dem sittsamen Ton der bis zum Pomphaften edelmütigen Reden. Durch das Gebildete der italiänischen Sprache und dieser Form begünstigt tritt sogar dieses zierlich Groteske mehr heraus beim Boccaz; aber das seltsam Fantastische der raschen tragischen Katastrophe wird freilich erst im Shakespeare deutlich verstanden, und erscheint im Boccaz ohne rechten Sinn.

Die Sprache ist leicht wie der Versbau, nicht sehr künstlich, aber klar im Periodenbau, äußerst fließend und sehr behaglich zu lesen. Man darf wohl nicht eben ein Italiäner sein, um ganz bestimmt zu fühlen, wie ungleich künstlicher nicht nur die Stanze des Tasso sei, sondern auch die des Ariosto, selbst da wo er am nachlässigsten scheint. Aber sollte die unübertreffliche Grazie des einen und das klassische Streben des andern den ganzen Charakter dieser Versart erschöpft haben? Sollte es nicht Fälle geben können, wo der Dichter, der die höchste Bildung derselben ganz in der Gewalt hätte, dennoch absichtlich zu der naiven Nachlässigkeit der ersten Versuche zurückkehrte, um das Innere des Ganzen auch in dieser Äußerlichkeit auszudrücken und nachzubilden, etwa in einem Spiele der Parodie? – Wer das ergötzliche Werkchen zur guten Stunde gelesen hat, wird es gewiß auch von dieser Seite nicht anders wünschen können. Und man kann hier dem Verse sogar noch unabhängig von seiner Bestimmung für das Werk ein Verdienst für die Ausbildung der Art zuschreiben: denn es dürfte doch wohl mehr als Konjektur sein, daß Bojardo für die Schönheiten der Stanze, die er beim Pulci nicht fand, und wodurch er sich schon dem Ariost nähert, vorzüglich aus dem Boccaz viel gelernt habe; so daß dieser also wenigstens der erste Meister der Stanze bleibt, für deren Erfinder, wozu man ihn hat machen wollen, er nur unter bedeutenden Einschränkungen gelten kann. Es ist dieses nämlich von Italien zu verstehen, da es ja ältere provenzalische Stanzen gab; aber auch für Italien kann man es wohl nur auf die Vorzüglichkeit und entschiedne Wirkung seines Versuchs vor allen andern gleichzeitigen beziehen, ohne daß dadurch diese ganz ausgeschlossen oder auf Jahr und Tag bestimmt würde, wer chronologisch genau der erste sei.

Es darf also unserm Dichter die Kunst der Verse nicht ganz abgesprochen werden; wollte man es mit dieser einmal so streng nehmen, daß die seinigen für nichts gelten könnten, so würde man leicht auf das Resultat kommen, daß es in gereimten Sylbenmaßen überall bis auf die jetzige Zeit nur Einen Verskünstler gegeben hat, den Petrarca. Zwar einzelne Gedichte im Cervantes sind mit ebenso tiefsinniger Absichtlichkeit konstruiert und gebildet, aber nur einzelne. Die gepriesne Verskunst des Tasso und Ariosto dürfte nach diesem Maßstabe noch gar den Namen der Kunst nicht verdienen, und sich auf eine bloße Meisterschaft im Mechanischen reduzieren. Dann müssen wir annehmen, die Stanze sei noch gar nicht vollendet: sonach fehlt es an einem Maßstab zur genauen Würdigung für das Verdienst des Boccaz um sie, provisorisch aber bleibt das der ersten Ausbildung ein sehr großes. –

Wenn es bei einer zierlichen Behandlung ein artiges und sinnreiches Spiel der Fantasie sein kann, moderne Ansichten und Sitten in einer modernen Form und mit moderner Leichtfertigkeit in das heroische Altertum zu versetzen, und an die ehrwürdigen Namen der Helden anzudichten, so dürften doch die Fabeln, wo das Wesentliche der Geschichte selbst erfunden, modern erfunden ist, hiezu bei weitem am meisten, ja fast ausschließend günstig sein. Hier liegt die Parodie schon im ganzen, so daß sie im einzelnen sehr ausgespart werden kann, wodurch der Dichter von sich selbst auf das Zierliche geleitet und behütet wird, nicht ins Travestieren zu fallen.

Alles dieses läßt sehr viel Gutes von der TESEIDE vermuten, gleichfalls einem epischromantischen Gedicht in *ottave rime,* worin die Geschichte zweier Thebaner, des Palemon und Arcitas zu den Zeiten des Theseus, und ihre Liebeshändel mit dessen Schwester Emilia erzählt sind. Leider habe ich davon nur einen gegen das Ende des 16. Jahrhunderts gemachten elenden Auszug in Prosa von Granucci gesehn. In dergleichen Auszügen ist der Charakter einer Fabel fast nie mit einiger Zuverlässigkeit zu erkennen. Etwas besser schon zeigt er sich in der Behandlung des Chaucer. Dieser scheint es besonders auf eine redliche, stillschweigende, aber deutliche Ironie angelegt zu haben, über die Naivheit, mit der die Heldin am Schluß, da der eine Ritter stirbt, nachdem sie denselben gebührend beweint hat, sogleich den andern nimmt. Überhaupt ist Simplizität, wie mich dünkt, und zwar eine fast kolossale Simplizität der Charakter dieser Fabel; es sind manche simple Geschichten aus jener guten alten Zeit auf uns gekommen, aber simpler als diese wird man nicht leicht eine finden. Übrigens sind Gang und Umstände beim Chaucer wie beim Granucci; nur werden bei dem letztern in der Kürze noch viele Personen erwähnt, teils altmythische, teils neu erfundene, die beim Chaucer gar nicht mehr vorkommen; zum Beweis von der reichen Entfaltung in der TESEIDE des Boccaz. Auch erwähnt Granucci unter dem, was er in seiner Torheit wegschneiden zu müssen geglaubt, viele poetische Fiktionen und aus dem Statius entlehnte thebanische Geschichten. Ein Umstand, der eine merkliche Verschiedenheit der TESEIDE von dem FILOSTRATO andeutet, mit dem man sie nach allem übrigen sehr gleichartig vermuten könnte.

Es muß dieses Werk noch lange nach dem Autor sehr hoch geschätzt worden sein, da es wie der PASTOR FIDO des Guarini und die Geschichte von Florio und Biancafiore ins Griechische übersetzt worden ist. Boccaz selbst bezieht sich auf dieses Werk im DECAMERONE, indem von Dioneo und Fiammetta in einer der Zwischenstellen gesagt wird, daß sie die Geschichte des Palemon und Arcitas besungen.

Der FILOPONO, ein Roman von großem Umfang, ganz in Prosa, Bearbeitung einer der beliebtesten Geschichten des Mittelalters, die ins Spanische und auch ins Deutsche übertragen worden ist, kann jetzt am schicklichsten folgen. Schon wenn man den AMETO lieset, von dem gleich mehr die Rede sein wird, sollte man glauben, das sei das erste Werk des Dichters in Prosa, so sehr hat diese in demselben das Gewaltsame, Schwerfällige, Unsichere und Übertriebene eines ersten Versuchs an sich. Aber durch Vergleichung der allegorischen Episoden im FILOPONO mit den individuellen Beziehungen des AMETO wird es klar, daß dieser später sei. Einen ähnlichen Charakter hat die Prosa auch im FILOPONO, und nicht bloß diese, sondern auch die eingeflochtenen Reden und die ganze Behandlungsart des Vortrags ist mit großer Kraft und Anstrengung den römischen Klassikern nachgebildet, etwa einem Livius. Es kontrastiert das freilich oft seltsam genug mit der kindlichen Einfalt des romantischen Märchens. Aber auch in einer andern Rücksicht zeigt sich hier eine Neigung widerstrebende Dinge zu vereinigen. So versucht der Dichter im Anfange des Werks ebenso wie im AMETO die katholische Ansicht in der Sprache der alten Mythologie auszudrücken. Juno ist ihm Maria, Pluto der Satan usw. Da er nun aber in dem mehre Jahre später geschriebenen Schluß des Romans auf den Punkt kommt, wo Florio nach der Geschichte ein Christ wird, läßt er ihn die heidnischen und namentlich die griechischen Götter feierlich abschwören. Überhaupt ist das Ganze nur als Tendenz zu betrachten, nicht als gelungenes Werk. Man könnte es kurz charakterisieren: es sei ein Versuch, den Roman und die Prosa zu der Hoheit des heroischen Gedichts zu erheben. Ein würdiges Ziel, auf dem Wege zu welchem der Dichter, so viel ich weiß, keinen Gefährten gefunden hat, als den einzigen freilich größer gedachten und glücklicher vollendeten PERSILES.

So betrachte ich dieses Buch. Gewiß ist's, daß die ursprüngliche Fabel darin sehr entstellt, ja ich darf wohl sagen, entschieden verdorben sei.

Sie ist noch vorhanden, die ursprüngliche Fabel von Florio und Blancheflure, in der deutschen Bearbeitung; von einem, der in einem andern Gedichte – Herr Flecke der gute Konrad – genannt wird, nach dem Französischen des Robert von Orleans[1], s. den zweiten Band der Myllerschen Sammlung. Zwei schöne Kinder, an einem Tage geboren, zusammen in aller Artigkeit und Poesie unterrichtet, die sich als Kinder schon liebten, ohne zu wissen, wie ihnen geschieht, dann mit jugendlicher Innigkeit und schuldloser Herzlichkeit an einander hangen. Der alte König, der das nicht dulden kann, den Sohn nach Mantua schickt, und da auch das nicht helfen will, die Geliebte an Fremde verkauft, welche sie über das Meer zum Sultan von Babylonien bringen, wo sie natürlicherweise als eine der seltensten Schönheiten in einem gewaltigen Turm von einem grausamen Wärter sehr wohl verwahrt wird. Dann Florio, der freilich nun zu spät zurückkehrt, dem gesagt wird, sie sei gestorben, der sich an dem zur Bestätigung dieses Betrugs vom alten König errichteten prächtigen Grabmale sehr klagend gebärdet, endlich von seiner Mutter die Wahrheit erfährt, schnell der Geliebten nachreist[2], glücklicherweise seine Blancheflure sehr bald findet, zu ihr gelangt und verborgen bei ihr lebt, im Genuß aller Liebesfreuden welche die Sittsamkeit erlaubt. Wie Blancheflure einst in seinen Armen einschläft, sie gefunden, grausam gefesselt und zum Richt-

1 Manche interessante Notizen darüber finden sich in *Eschenburgs* DENKMÄLERN ALTDEUTSCHER DICHTKUNST.

2 Beim Boccaz nimmt er in Beziehung auf die Mühseligkeiten, denen er sich so willig unterzieht, und die als übereinstimmend mit seinem innern Gefühl ihm sogar willkommen sind, den Namen Filopono an, nach dem das Buch genannt ist. Da die Stelle in der dies gesagt wird, sich schwerlich für unecht erklären läßt, so ist dadurch der Streit über den Namen des Buchs entschieden. Gegen die Erklärungsart, welche Filocolo, wie das Buch wohl auch genannt wurde, für verdorben oder durch Mißverstand aus Filocalo von καλος gebildet hält, streitet noch der Umstand, daß schon ein allegorischer von dem Griechischen καλος abgeleiteter Name in Filopono vorkömmt, nämlich Caleone. So heißt nämlich in den frühern Gedichten des Autors Fiammettas Geliebter, in den spätern Pamphilo.

platz geführt werden. Wie der Sultan endlich durch ihre alles übertreffende Liebe im Wettstreit der Großmut sich erweichen läßt und ihnen das Leben schenkt, ja sogar ihr Freund wird und ihnen eine prächtige Hochzeit ausrichtet, wo dann unvermutet Boten erscheinen, die den Florio eilends in seine Heimat zurückrufen, um den Thron des verstorbenen Königs zu besteigen. Wie er dann ein Christ geworden, immer glücklich mit seiner Blancheflure gelebt, im fünfunddreißigsten Jahre unter andern eine Tochter namens Bertha gezeugt, die nachher mit Pipin die Mutter Karl des Großen geworden, des besten Königs aller Zeiten; und wie endlich beide in einem Alter von hundert Jahren an einem Tage in ihr Grab gelegt seien. Dazu so manche artige Züge im einzelnen, wie Florio in einem Korb voll Rosen versteckt in das Serail getragen wird; wie der grausame Turmwärter durch seine Neigung zum Schachspiel schlauer Weise zahm gemacht und gewonnen wird usw. Das ist eine herzliche unschuldige Geschichte von rührender Einfalt und Schönheit, die nur mit stiller Lieblichkeit erzählt werden darf, ohne sie putzen und schmücken zu wollen. Und nun jener klassische Styl des Boccaz, diese Menge von hinzugedichteten Personen und Begebenheiten, die daher entstehende Weitläufigkeit, und endlich die allegorischen Episoden!

Die weitläufigste unter diesen ist jedoch an sich sehr vorzüglich und noch dadurch interessant, daß man den DECAMERONE hier gleichsam im Keime sieht. Es ist eine Gesellschaft, die sich nach altromantischer Sitte mit *Questions d'amour* beschäftigt, wo Frage und Antwort meistens an eine sinnreiche Novelle geknüpft ist. Man trifft auch hier, wie sich denken läßt, die Fiammetta wieder. Beschreibungen weiblicher Gestalt und Kleidung sind beim Boccaz fast immer überaus schön. Diesmal verherrlicht er besonders das Feuer ihrer leuchtenden Augen, und den Eindruck, den sie auf ihn gemacht.

Ob ein Werk gelungen sei oder nicht, davon hat der Dichter, wenn es mißlungen ist, nicht immer ein sichres Gefühl, und es kann treffen, daß er grade, wenn es entschieden mißlungen ist, dieses gar nicht gewahr wird. Aber der Tendenz, der Größe seines Ziels wird er sich dennoch ganz bestimmt und klar bewußt sein können, und darnach denn den Wert dessen, was er hervorgebracht, richtig eigentlich aber nach einer unrichtigen Prämisse, würdigen. So läßt sich die Tradition verstehen und glaubwürdig finden, daß Boccaz selbst auf den FILOPONO einen sehr hohen Wert gelegt und ihn dem DECAMERONE vorgezogen habe. Arbeit ist unstreitig mehr in jenem als in diesem.

Was sich im FILOPONO nur noch als Episode ankündigt, das ist im AMETO Inhalt des Ganzen. Es ist ein durchaus allegorischer Roman, worin im allgemeinen Costum pastoraler Darstellungen erzählt wird, wie ein roher Hirt durch die Liebe veredelt und gebildet sei. Das Wie dieser Bildung ist aber eben nicht weiter ausgebildet. Den größten Raum des Buchs nehmen sieben Frauen ein, deren Kleidung und Gestalt ausführlich beschrieben wird, und deren jede ihre Herkunft, ihre Schicksale und besonders die Geschichte ihrer ersten Liebe erzählt und die Erzählung jedesmal mit einer Hymne in Terzinen an eine Göttin des Altertums beschließt. Ameto ist dabei nur Zuschauer und Zuhörer; das Buch beginnt und endigt mit allgemeinen Betrachtungen über die Liebe, und Zusammenhang oder Geschichte ist eben weiter nicht darin zu suchen. In der Geschichte der Frauen aber fühlt man die individuelle Wahrheit, und es braucht nicht erst erraten zu werden, daß Freundinnen des Dichters gemeint sind; dennoch lösen sich alle sieben schließlich in Allegorie auf und bedeuten die vier weltlichen und die drei geistlichen Tugenden. Die Geschichten sind sämtlich im Costum der Mythologie erzählt, ja auch katholische Dinge werden in diese Sprache übersetzt, wie im Anfange des FILOPONO; es wird ein großes Gewicht gelegt auf die Abkunft und die der einzelnen wird immer wo möglich an die der Nationen geknüpft, und überhaupt ist die Erzählungsart und Sprache wie in der würdigsten Historie. Die eingemischten Verse sind nicht eben der glänzendste Teil des Ganzen, von dessen Seltsamkeit man sich nach diesen Zügen schon einigen Begriff wird machen können. Der Periodenbau in diesen Versen ist verworren, sie haben nicht die naive Anmut seiner Stanzen und Canzonetten, und ungeachtet sie nur Gegenstände des klassischen Altertums im Costum desselben behandeln, so sind sie doch auch weit entfernt von klassischer Kraft und Würde; ja sie haben überhaupt keinen recht bestimmt konstruierten und deutlichen Charakter. Dagegen ist in der Prosa vieles zu loben und einiges unvergleichlich schön. Die Geschichten dürfen oft im Styl der Vergleichung mit dem Größten im DECAMERONE nicht scheuen. Unter den in diesen Geschichten charakteristischen Liebhabern ist die Figur des Dioneo, der jedem Leser des DECAMERONE unvergeßlich ist, schon mit besonderer Liebe und Keckheit gezeichnet. Aber worin sich Boccaz selbst übertroffen hat, das ist die Beschreibung von der Gestalt und der dem allegorischen Sinn gemäßen Kleidung der sieben Frauen. So kunstreiche, hinreißende, groß gedachte Kleiderbeschreibungen wird man, den Cervantes ausgenommen, nicht leicht bei noch einem Dichter finden.

Es läßt sich denken, daß Fiammetta in dieser Auswahl edler und schöner Frauen nicht fehle. Sie bedeutet die Hoffnung, und erscheint mit Pfeil und Schleier im grünen Gewande, die Locken mit einem Schmuck von Gold und Perlen geziert, umwunden von einem Kranz roter und weißer Rosen. Sie erzählt die Kühnheit, durch die ihr Geliebter ihre Gunst gewonnen hatte: wie er sie, die an Stand und Geburt weit über ihn erhaben war, oft gesehen und gesprochen habe, aber nie allein und so, daß er ihr seine Liebe entdecken können; bis er einsmals in der Abwesenheit des Gemahls Mittel gefunden, sich in ihrem Schlafgemach zu verbergen, bloß von seiner Kühnheit und seinem Dolch begleitet; wie er sich ihr entdeckt, seine Liebe geschildert, die Entstehung derselben erzählt, und wie er fest entschlossen sei, sich zu töten, wenn sie ihn nicht erhöre. Was beide sagen, Fiammettas Überraschung und heimliche Neigung, sein Ernst, seine hinreißenden Bitten, das alles ist mit der lebendigsten, glühendsten Wahrheit und Beredsamkeit dargestellt, und man findet es leicht begreiflich, daß das Feuer der seinigen alle Gegengründe besiegt hatte.

Boccaz hat diese Begebenheit noch einmal ausführlich darzustellen Gelegenheit gehabt, und er tut es mit etwas veränderten Umständen. Mehrmale noch bezieht er sich darauf und immer mit sichtbarer Liebe.

Das Buch ist nach einer Jahreszahl in der Geschichte der Emilia später als 1340 geschrieben, dürfte also unter die spätesten Jugendversuche des Dichters zu setzen sein.

Durch ihre Stellung im Ganzen ist Lya unter den sieben die Hauptperson; sie ist schon aus dem Dante als Sinnbild der Beschaulichkeit bekannt, und bedeutet hier den Glauben.

Überhaupt wirkte das Vorbild des Dante so mächtig auf seinen Geist, daß es auch ihn wie den Petrarca aus seiner eigentlichen Sphäre einmal herausziehen mochte. Als die unglückliche Frucht dieser Einwirkung von der Übermacht fremder Geistesgröße haben wir die AMOROSA VISIONE zu betrachten, ein Gedicht in Terzinen, das Ganze eine einfache Allegorie von Glück und Liebe usw., worin fast alle die berühmtesten erotischen Fabeln des Altertums verwebt sind; aber sie sind nicht neu geworden in dieser veränderten Behandlung, welche die ungünstigsten Urteile von der Poesie des Autors zu rechtfertigen scheinen könnte. Wenn uns schon die TRIONFI des Petrarca keine gelungene Nachbildung scheinen, was sollen wir erst von dieser Vision sagen, die so tief unter jenen steht? Es ist das einzige Werk von ihm, welches mich Überwindung gekostet hat, zu Ende zu lesen. Übrigens kommen alle die allegorischen Personen des AMETO auch hier vor und zwar als schon bekannte. Noch einer sonderbaren Spielerei muß ich erwähnen; die ersten Buchstaben jeder Terzine durch das ganze Gedicht bilden eine Art von Vorrede für dasselbe, die aus zwei Sonetten an Fiammetta und aus einer Canzonette an die Leser besteht.

Unter die Produkte der männlichen Reife ist dem innern Charakter und auch der Zeit nach der DECAMERONE zu stellen, den ich als bekannt voraussetze: denn die erste Masse desselben erschien 1353, als da B. vierzig Jahre alt war. Auf diesen ist der URBANO zu beziehn, ein Roman, wo sich mancherlei Unglücksfälle nach langer Erwartung endlich mit Wiedererkennung und dergleichen in allgemeines Glück auflösen. Die Behandlung ist durchaus dieselbe, wie in den größern, ernsthaften Novellen im DECAMERONE, nur noch etwas ausführlicher, wodurch der URBANO beim Vergleich eher gewinnen als verlieren würde. Hat nun der Dichter, ehe er Novellen in Masse behandelte, es mit einer einzelnen versucht, oder nachher, in der Absicht sie mehr zu entfalten? Dann dürfte diese Absicht merklich und die Verschiedenheit größer sein. Ich vermute daher das erste. Für einen Versuch hingegen, eine einzelne Novelle als für sich bestehendes Werk und ganz anders, als es dort geschenen war, poetisch und in dem geliebten mythischen Costum zu behandeln, möchte ich das NINFALE FIESOLANO halten, um so mehr, da der darin erzählten Geschichte von *Africo* und *Mensola* nach Manni eine wahre zum Grunde liegen soll. Ein sehr gefälliges Gedicht, lebendig und kräftig; als versifizierte Novelle, als epischromantisches Gedicht von so kleinem Umfang das einzige in seiner Art. Also B. selbst bestätigt durch sein Beispiel, was Cervantes und Shakespeare zur Genüge bewiesen haben, daß die Novelle auch einzeln und für sich bestehend muß interessieren können, daß es nicht gerade notwendig ist, eine ganze Flora derselben in ein romantisches Symposium einzufassen, wie es im DECAMERONE so vortrefflich geschehen ist, daß es zu ausschließend allgemeine Regel scheinen könnte. – Die Stanze hat hier noch die alte naive Anmut, aber mit der Sprache zugleich mehr Schwung. Man könnte stellenweise eine Ähnlichkeit finden mit der Manier des Poliziano in den berühmten Stanzen, aus denen Ariosto für seine Verskunst so vieles gelernt hat, deren Styl aber doch in seinem geflügelten Schwung und altertümlicher Kraft ohne Nachfolge in der italiänischen Poesie geblieben ist.

Aus derselben Zeit ungefähr, wie der DECAMERONE, ist einer Zeitbestimmung in dem Werke selbst zu Folge der LABERINTO D'AMORE oder CORBACCIO; in ältern Zeiten sehr gelesen, und in viele Sprachen übersetzt. Der Styl ist vortrefflich und die Erfindung witzig; seine Beliebtheit verdankt das Werk aber vielleicht zum Teil mit dem Umstande, daß es sich als eigentliche Satire gegen das weibliche Geschlecht überhaupt so bestimmt rubrizieren ließ. Unter dieser Rubrik finde ich es als ein äußerst berühmtes Buch unter andern in einem alten Gedichte im spanischen CANCIONERO angeführt. Boccaz erzählt in eigner Person, wie er vor Liebe, da er mit Spott verschmäht ward, sehr unglücklich gewesen sei, so daß er sich habe umbringen wollen. Sein innrer Kampf, seine Selbstgespräche werden ausführlich dargestellt, und wie er sich endlich so weit beruhigt, daß er sich entschließt, wieder unter Menschen zu gehen und einige gesellschaftliche Freuden sich gefallen zu lassen. Dies besänftigt ihn schon, und da er nun ruhiger einschlummert, hat er eine Vision, wie man sie sich leicht denken kann, worauf eben der

Titel Labyrinth des Amor deutet. Da begegnet er einem alten Manne, dieser ist aber keine mythische Figur, sondern der verstorbene Ehegemahl der übermütigen Dame in eigner Person. Der Alte hat eben keine idealische Ansicht der Frauen, sondern macht ihm eine solche mit der pünktlichsten Genauigkeit ausgeführte und ausführliche Beschreibung von allen den geistigen und körperlichen Gebrechen, ohne eines zu übergehen, mit denen diese Frau behaftet war, daß der Liebhaber dadurch ganz vollkommen wieder zur Vernunft gebracht wird. Allgemeine Ausfälle gegen das Geschlecht gehörten hier mit zur notwendigen Rhetorik des Buchs: doch scheint es, hatte persönliche Rache, deren B. in solchen Verhältnissen sehr fähig war, den größten Anteil an der Entstehung desselben.

Die VITA DI DANTE empfiehlt sich außer den interessanten Nachrichten über jenen großen Dichter durch eine männliche Beredsamkeit. Nicht als Biographie oder Charakteristik ist sie zu beurteilen, sondern als Apologie, als Rede an die Florentiner; und daß sie als solche ihre Wirkung getan, wird am besten dadurch bewiesen, daß B. nachher von der Republik angestellt wurde, Vorlesungen über das göttliche Werk zu halten.

Merkwürdig ist auch die allgemeine Ansicht der Poesie in dieser Schrift. Er hält sie für eine irdische Hülle und körperliche Einkleidung der unsichtbaren Dinge und der göttlichen Kräfte, nennt sie geradezu eine Art von Theologie, die nur allgemein verständlicher und lieblicher sei, als die eigentlich so genannte. Zwar hat der Begriff der Allegorie nicht immer den hohen Sinn bei ihm, den man vermuten sollte, da er die Alten so weit doch schon kannte und da er den Dante vor sich hatte; sondern er belegt auch wohl mit diesem Namen den sinnbildlichen Vortrag bloß moralischer Lehren: aber dennoch bleibt es eine tüchtige fruchtbare Ansicht, unendlich reeller als die hohlen Begriffe, die uns von den verbildeten und im Geiste schal gewordnen Ausländern gekommen und von der sogenannten kritischen Philosophie zu einer Wissenschaft, genannt Ästhetik, gestempelt worden sind; ich meine die ganz leeren Begriffe von Darstellung, wo noch gar kein Begriff von Natur vorhanden ist, und von Schönheit, wo der von der Gottheit so gut wie verloren scheint.

Dieselbe Ansicht der Poesie finden wir auch in dem lateinischen Werke über die alte Mythologie wieder, das übrigens außer unserm Kreise liegt, wie alles, was von Boccaz in der Geschichte der Philologie und der Wiederherstellung der alten Literatur zu erzählen wäre. Nur das will ich erwähnen, daß für die Abfassung seiner lateinischen Schriften die des Petrarca, für den er eine grenzenlose Verehrung äußert, und dessen Beispiel nicht ohne Einfluß gewesen zu sein scheinen.

Noch habe ich von der FIAMMETTA zu reden, dem herrlichen Denkmal, was B., was ich oben sagte, auf dem Gipfel seiner geistigen Kraft der Geliebten zur ewigen Verherrlichung setzte. Es ist eine in mehre Bücher abgeteilte, soll ich sagen Rede oder Erzählung, worin Fiammetta selber spricht, ihr kurzes Glück mit glühenden Farben schildert, und erzählt, wie es durch plötzliche Trennung zerstört worden. Dies ist jedoch nur der Anfang, den größten Teil des Buchs nimmt ihr Schmerz über diese Trennung ein, ihr Verlangen, welches mit Liebe ausgeführt und mit allen Torheiten, zu denen es sie lockt, dargestellt ist; wie sie von Eifersucht zerrissen dennoch wieder Hoffnung faßt, wie diese immer höher steigt, und endlich nah dem Ziele sie dennoch täuscht; wie nun der Schmerz immer tiefer gräbt, da sie nie wieder von dem Geliebten hört, bis sie sich ruhig auf immer den ewig gleichen Schmerzen ergibt. Es ist so gut wie keine äußre Geschichte, auch keine Charakteristik und Individualität; alles ist groß und allgemein, es ist nur Liebe, nichts als Liebe. Alles ist durchdrungen von Sehnsucht, von Klage und von tiefer verborgener Glut. Verschmäht ist auch der Reiz, der aus der Nachbildung der weiblichen Manieren in der Schreibart entstehen kann, als unter der Hoheit dieser Elegie, die würdig wäre, zwischen den besten des Altertums und den Gesängen des Petrarca auf dem Altare der Liebe zu ruhen.

Da ich nicht voraussetzen darf, daß jeder, der ein Urteil zu haben glaubt, über das Göttliche in der einfachen Komposition eines seinem Inhalte nach so äußerst subjektiven Werks mit mir übereinstimmen könne, so will ich von dem reden, worin jeder, der es mit einigem Verstande lieset, es sogleich als das höchste und erste seines Urhebers anerkennen muß; von dem Styl. Es geht in einem Tone durch das ganze Buch fort, und auch der Reiz ist verschmäht, der aus dem Wechsel des Tons und der Farbe in der Sprache entsteht; und wenn Cervantes durch die Bildsamkeit seiner Prosa, durch den reichen Gebrauch, den er von jenem Wechsel, da ihm jeder Ton und jede Farbe zu Gebote ist, zu machen versteht, bei der Größe des Styls, zu der er sich, so oft es ihm gefällt, erheben kann, uns mehr bezaubert als Boccaz gewöhnlich etwa im DECAMERONE es vermag: so darf ich doch ohne Übertreibung sagen, daß sich im Cervantes, dem größten, ja vielleicht außer Boccaz dem einzigen modernen Künstler der Prosa, keine Masse derselben von dieser gleichartigen Hoheit und innern Durchbildung und Ausbildung finde; und ohne Übertreibung, daß das Vortrefflichste und Größte, was der DECAMERONE aufzuweisen hat, nur als Annäherung oder Nachhall erscheinen kann gegen diese Würde und Schönheit. O möchte doch das Göttliche nicht immer verkannt sein und vergessen, so würde es von diesem Gebilde der einfachsten aber der höchsten Dichtkunst nicht eines literarischen Berichtes bedürfen!

Nur Jahre lang nach dem AMETO konnte B. diese Höhe der Bildung im Styl erreichen. Aber übrigens ist nichts dagegen, daß das Werk sogar noch vor dem DECAMERONE gedichtet sei, und keine äußere Notiz kommt uns bei dieser Bestimmung zu Hülfe. Aber man mag es nun in der Zeitordnung vor oder nach dem DECAMERONE setzen: gewiß ist es, daß nach diesem Werke nur, worin alles eigen und ganz sein ist, beurteilt werden darf, was er als Dichter war und was er im Styl vermochte.

Von dem DECAMERONE eine Beschreibung zu geben, würde überflüssig sein. Die Einfassung des Werks muß denen, die bisher nur dieses allein vom B. kannten, nach dem, was ich von seinen übrigen berichtet habe, schon ungleich verständlicher sein, da wir die allmählige Entstehung dieser eigentümlichen Lieblingsform des Boccaz, eine gründlich genaue, fast geometrisch geordnete Darstellung seines geselligen Kreises mit einem Kranz von lieblichen Geschichten zu durchflechten, in mehren Stufen nachweisen konnten. Die Charakteristik der Novellen müßte ins einzelne gehn, da ja jede Novelle ihren spezifisch verschiedenen Charakter, ihre eigne Signatur hat; ferner da viele von bedeutenden Meistern umgebildet sind, müßte die Nachbildung mit der Behandlung des B. verglichen werden, und diese mit ihren Quellen, die wir sehr oft nicht finden oder nicht haben können. Im ganzen scheint es die beste Methode, Novellen zu charakterisieren, wenn man sie erneuert, wo die Charakteristik zugleich den Beweis ihrer Richtigkeit oder Unrichtigkeit mit sich führt. Fruchtbar wäre es für die Theorie, die Geschichte einer einzigen Novelle von besondrer Tiefe, die etwa recht viele Umbildungen erfahren hat, des Beispiels wegen durch alle diese durchzuführen; welches aber hier, wo unsre Absicht auf einen einzelnen Meister beschränkt ist, nicht stattfinden kann. Weniger überflüssig dürfte es sein, einige Worte zur Charakteristik der ganzen Gattung zu sagen, wodurch es uns wenigstens vielleicht gelingen wird, einiges Nachdenken darüber zu veranlassen.

Ich wähle dazu einen Weg, der sonderbar scheinen kann. Ich werde zuerst suchen die Tendenz des Dichters, der mit Recht als der Vater und Stifter der Novelle betrachtet wird, in eine Idee zusammenzufassen, ob diese etwa ein Licht über die tiefere Eigenheit der Gattung gibt.

Man kann den Charakter eines Dichters im ganzen nie mit einiger Richtigkeit treffen, bevor man nicht den Kreis der Kunstgeschichte gefunden hat, zu dem er gehört, das größere Ganze, von dem er selbst nur ein Glied ist. Man muß es mit solchen Konstruktionen, welche die einzige Grundlage jeder reellen Kunstgeschichte sind, eben so lange versuchen, bis man das Rechte endlich gefunden zu haben sich durch mancherlei Bestätigungen versichern kann. Hat man nur den Geist der Kunst überhaupt, von der eine Geschichte gesucht wird, und fehlt es dabei nur nicht an Ernst und unermüdlichem Studium, so wird man sich über schlechten Erfolg in dem Versuch, die Entstehung des wirklich Gebildeten und die innere Organisation dieser Entstehung und Bildung zu begreifen, nicht beklagen dürfen. Ich erinnere dies nur, um die Art von Einstimmung anzudeuten, die ich für das Folgende erwarten darf.

Wenn es einleuchtet, daß Dante als Prophet und Priester der Natur und des katholischen Glaubens weit aus der Sphäre der übrigen italiänischen Poesie herausgegangen sei, ganz inkommensurabel mit den andern großen Dichtern dieser Nation bleibe, so dürfen wir, wenn wir die Poesie derselben als ein Ganzes betrachten wollen – was ich hier nur postuliere, weil der Beweis, daß man sie so betrachten müsse, zu tief ausholen und zu weitläufig ausfallen dürfte – wir dürfen, sage ich, in die Konstruktion der italiänischen Poesie jenen Großen nicht mit aufnehmen.

Aber auch Guarini ist freier von Nationalität wie irgendein anderer italiänischer Dichter. Seine Tendenz geht weit ab von der ihrigen; er geht zuerst und zuletzt auf idealische Schönheit, auf Enthusiasmus für diese und auf die Fülle der Harmonie, nicht auf eine in der Tiefe oder Leichtigkeit unübertreffliche Darstellung und Virtuosität in dieser. Daher die klassische Würde und Anmut, die harmonische Bildung seiner Sprache und Form, wonach Tasso nur strebte. Was man auch für das Gegenteil sagen mag, er ist ohne Vorgänger gewesen und ohne Nachfolger geblieben, steht einzig und allein da in der italiänischen Poesie.

Nicht so ist es mit dem Ariosto, Petrarca und Boccaz. Sie tragen alle in unverkennbaren Zügen das stärkste Gepräge jenes entschiedenen Nationalcharakters. Ihre Formen, ja ihre Manieren sind einheimisch geworden und geblieben in der italiänischen Poesie. Den größten Teil der Literatur derselben füllt die zahllose Schar der Nachfolger, die sie gefunden haben, und von denen doch einige nicht unbedeutend sind, wenn auch nicht so bedeutend wie die Vorgänger, die etwa Ariost, ja auch Petrarca gehabt hat. In diesen Vorgängern und den bessern Nachfolgern ist die Tendenz mehr oder weniger dieselbe wie bei dem Meister der Manier; nur die Stufe der Kunst ist verschieden.

Meine Ansicht ist also diese. Dante, so sehr er Italiäner ist, liegt ganz außer den Grenzen ihrer Nationalpoesie. Auch Guarini ist eine Episode in ihr, deren Umkreis und Inhalt Petrarca, Boccaz und Ariosto bezeichnen.

Warum ich dem Tasso in dieser Konstruktion gar keine Stelle gebe, davon will ich hier, wo ich nicht polemisieren möchte, die Ursache lieber durch Stillschweigen erraten lassen, als sie ausführen und beweisen.

Was in der Darstellung des Petrarca künstlerisch betrachtet, am stärksten auffällt, ist dieser überraschende, bewundernswürdige

Grad von Objektivität bei einem so ganz subjektiven Inhalte. Wie die Schönheit auf der Harmonie von Form und Materie, so scheint die Darstellung, in welcher die größte Künstlichkeit zu besitzen und zu zeigen gemeinschaftliche Tendenz jener italiänischen Meister ist, auf dem Verhältnis des Objektiven und Subjektiven zu beruhen. Im Petrarca ist dieses bis zur Identität vereinigt. Ariosto neigt sich entschieden auf die Seite der Objektivität. Die subjektive Beschaffenheit oder Beziehung fast aller Werke des Boccaz fällt in die Augen. Nehmen wir nun an, daß dies an sich nicht fehlerhaft, daß es vielmehr die eigentliche, also richtige Tendenz seiner Kunst war, das Subjektive mit tiefster Wahrheit und Innigkeit rein ans Licht zu stellen, oder in klaren Sinnbildern heimlich anzudeuten, so wird es begreiflich, daß sie gerade in der FIAMMETTA in ihrem höchsten Glanze erscheint; und wenn es uns gelingt, den Charakter der Novelle mit diesem Begriff von der Tendenz des Künstlers in Beziehung zu setzen, so werden wir einen Mittelpunkt und gemeinschaftlichen Gesichtspunkt für alle seine Werke gefunden haben, die man ganz richtig nur als Annäherungen und Vorbereitungen zur FIAMMETTA oder zur Novelle, oder als unwillkürliche Verbindungsversuche und zwischen beiden schwankende und schwebende Mittelglieder betrachten würde.

Ich behaupte, die Novelle ist sehr geeignet, eine subjektive Stimmung und Ansicht, und zwar die tiefsten und eigentümlichsten derselben indirekt und gleichsam sinnbildlich darzustellen. Ich könnte mich auf Beispiele berufen und könnte fragen: Warum sind denn unter den Novellen des Cervantes, obgleich alle schön sind, einige dennoch so entschieden schöner? Durch welchen Zauber erregen sie unser Innerstes und ergreifen es mit göttlicher Schönheit, als durch den, daß überall das Gefühl des Dichters, und zwar die innerste Tiefe seiner eigensten Eigentümlichkeit sichtbar unsichtbar durchschimmert, oder weil er wie im CURIOSO IMPERTINENTE Ansichten darin ausgedrückt hat, die eben ihrer Eigentümlichkeit und Tiefe wegen entweder gar nicht oder nur so ausgesprochen werden konnten? Warum steht der ROMEO auf einer höhern Stufe als andre dramatisierte Novellen desselben Dichters, als weil er in jugendliche Begeisterung ergossen in ihm mehr als in jeder andern ein schönes

Gefäß für diese fand, so daß er ganz davon angefüllt und durchdrungen werden konnte? – Auch bedarf es keiner Auseinandersetzung, um zu zeigen, daß diese indirekte Darstellung des Subjektiven für manche Fälle angemessener und schicklicher sein kann, als die unmittelbare lyrische, ja daß gerade das Indirekte und Verhüllte in dieser Art der Mitteilung ihr einen höhern Reiz leihen mag. Auf ähnliche Weise ist die Novelle selbst zu dieser indirekten und verborgenen Subjektivität vielleicht eben darum besonders geschickt, weil sie übrigens sich sehr zum Objektiven neigt, und wiewohl sie das Lokale und das Costum gerne mit Genauigkeit bestimmt, es dennoch gern im allgemeinen hält, den Gesetzen und Gesinnungen der feinen Gesellschaft gemäß, wo sie ihren Ursprung und ihre Heimat hat; weshalb sie auch in jenem Zeitalter vorzüglich blühend gefunden wird, wo Rittertum, Religion und Sitten den edlern Teil von Europa vereinigten.

Aber es läßt sich diese Eigenschaft der Novelle auch aus ihrem ursprünglichen Charakter unmittelbar deduzieren. Es ist die Novelle eine Anekdote, eine noch unbekannte Geschichte, so erzählt, wie man sie in Gesellschaft erzählen würde, eine Geschichte, die an und für sich schon einzeln interessieren können muß, ohne irgend auf den Zusammenhang der Nationen, oder der Zeiten, oder auch auf die Fortschritte der Menschheit und das Verhältnis zur Bildung derselben zu sehen. Eine Geschichte also, die streng genommen, nicht zur Geschichte gehört, und die Anlage zur Ironie schon in der Geburtsstunde mit auf die Welt bringt. Da sie interessieren soll, so muß sie in ihrer Form irgendetwas enthalten, was vielen merkwürdig oder lieb sein zu können verspricht. Die Kunst des Erzählens darf nur etwas höher steigen, so wird der Erzähler sie entweder dadurch zu zeigen suchen, daß er mit einem angenehmen Nichts, mit einer Anekdote, die, genau genommen, auch nicht einmal eine Anekdote wäre, täuschend zu unterhalten und das, was im Ganzen ein Nichts ist, dennoch durch die Fülle seiner Kunst so reichlich zu schmücken weiß, daß wir uns willig täuschen, ja wohl gar ernstlich dafür interessieren lassen. Manche Novellen im DECAMERONE, die bloß Späße und Einfälle sind, besonders in dem letzten provinziell-florentinischen Teile desselben gehören zu dieser Gattung, deren schönste und geistreichste der LICENCIADO VIDRIERA von Cervantes sein dürfte. Aber da man es selbst in der besten feinen Gesellschaft mit dem was erzählt wird, wenn nur die Art anständig, fein und bedeutend ist, nicht eben so genau zu nehmen pflegt, so liegt der Keim zu diesem Auswuchs schon in dem Ursprunge der Novelle überhaupt. Doch kann es eigentlich nie allgemeine Gattung werden, so reizend es auch als einzelne Laune des Künstlers sein mag, denn diese würde, wenn sie förmlich konstituiert und häufig wiederholt würde, eben dadurch ihren eigentümlichen Reiz verlieren müssen. Der andre Weg, der sich dem künstlichern Erzähler, dem vielleicht schon die ersten Blüten vorweggenommen sind, zeigt, ist der, daß er auch bekannte Geschichten durch die Art, wie er sie erzählt und vielleicht umbildet, in neue zu verwandeln scheine. Es werden sich ihm eine große Menge darbieten, die etwas objektiv Merkwürdiges und mehr oder weniger allgemein Interessantes haben. Was anders soll die Auswahl aus der Menge bestimmen, als die subjektive Anneigung, die sich allemal auf einen mehr oder minder vollkommnen Ausdruck einer eignen Ansicht, eines eignen Gefühls gründen wird? Und welchem Erzähler einzelner Geschichten ohne innern, weder historischen noch mythischen Zusammenhang, würden wir wohl lange mit Interesse zuhören, wenn wir uns nicht für ihn selbst zu interessieren anfingen? Man isoliere diese natürliche Eigenheit der Novelle, man gebe ihr die höchste Kraft und Ausbildung, und so entsteht jene oben erwähnte Art derselben, die ich die allegorische nennen möchte, und die wenigstens, mag man sie so oder anders bezeichnen sollen, sich immer als der Gipfel und die eigentliche Blüte der ganzen Gattung bewähren wird.

Entsteht nun die Frage, in welcher Novelle etwa Boccaz seine Individualität am vollständigsten ausgesprochen habe, so würde ich die Geschichte des Africo und der Mensola, das NINFALE FIESOLANO nennen. Veredlung der rohen männlichen Jugendkraft durch die Liebe, eine kräftige glühende Sinnlichkeit und innige naive Herzlichkeit im Genuß, der durch plötzliche Trennung schnell unterbrochen wird, wodurch zerrissen die Liebenden den Schmerzen über solche Trennung sich bis zum Tode heftig überlassen; das sind überall die Grundzüge von Boccazens Liebe und seiner Ansicht derselben.

Aber gar viele andre Novellen noch im DECAMERONE werden demjenigen bedeutender und verständlicher sein, der sich dabei etwa an die FIAMMETTA oder auch wohl an den CORBACCIO erinnern kann.

Da die Poesie bei den Neuern anfangs nur wild wachsen konnte, weil die ursprüngliche und natürlichste Quelle derselben, die Natur und der Enthusiasmus für die unmittelbare Idee derselben in der Anschauung göttlicher Wirksamkeit, entweder gewaltsam verschlossen war, oder doch nur sparsam sich ergoß: so mußte, den Trennungen der Stände und des Lebens gemäß, neben der Romanze, die Helden- und Kriegsgeschichten für alle, und der Legende, die Heiligengeschichten für das Volk sang oder erzählte, auch die Novelle in der modernen Poesie notwendiger Weise entstehen mit und für die feine Gesellschaft der edlern Stände.

Da die Novelle ursprünglich Geschichte ist, wenn auch keine politische oder Kulturgeschichte, und wenn sie es nicht ist, dieses nur als erlaubte, vielleicht notwendige, aber immer doch nur einzelne Ausnahme angesehen werden muß: so ist auch die historische Behandlung derselben in Prosa mit dem Styl eines Boccaz die ursprünglichste; welches gar nicht gegen die mögliche Dramatisierung vielleicht aller Novellen streiten soll; aber doch demjenigen, der der Gegenstand dieses Versuchs war, den Ruhm vindizieren kann, als Vater und Meister der Gattung zu gelten.

LITERATUR

Die wichtigsten literarischen Erscheinungen sowohl im Fache der Wissenschaft als der Kunst, machen jetzt in Deutschland ein so vielfach ineinander eingreifendes, zusammenstimmendes, und zugleich so weit umfassendes Ganze aus, daß man nicht nur in den modernen Zeiten, sondern selbst im Altertume vergeblich sich nach einem Beispiele umsehen würde von einer ähnlichen rastlosen Tätigkeit und universellen Wechselwirkung aller der Künste und Wissenschaften, deren einziges oder doch vorzügliches Augenmerk es ist, den Menschen seiner göttlichen Natur und Bestimmung näher zu führen oder würdiger zu machen.

Die kühnste Freiheit des Denkens ist auf eine Weise nicht bloß rege gemacht, sondern konstituiert und organisiert, daß wir fernerhin nur für allgemeine Ausbreitung und für noch sorgfältigere Ausbildung des einmal erworbenen und nie wieder zu verlierenden Gutes zu sorgen haben. Die Dichtkunst, selbst zur ernsten Wissenschaft geworden, beseelt alle übrigen durch den Geist und die Kraft ihrer höchsten Blüte; Kunstgefühl und wissenschaftlich strenger Scharfsinn begleitet die gründlichste und reichste Gelehrsamkeit, und das Licht der geistigen Anschauung verbreitet sich immer mehr und mehr über alle Künste und Zweige der Kenntnis.

Unvollendet und nicht allgemein verbreitet ist selbst das Vortrefflichste; aber auch nur aus solchen äußerlichen Rücksichten angesehen, sind die größten Fortschritte in kurzer Zeit gemacht worden. Während durch die Vorlesungen von Fichte und A. W. Schlegel in einer der angesehensten Städte Deutschlands Wissenschaft und Kunstsinn selbst unter den Ständen mit Glück sich verbreiten, die sich nicht ausschließend den Studien widmen, werden auf der Universität zu Jena vorzüglich durch Schellings Bemühungen die jungen Männer fortdauernd durch gründlichen Unterricht zu einer transzendentalen Ansicht angeführt, die es ihnen nachgehends leicht macht, wenn sie die Schranken des Systems vergessen haben, alles Vortreffliche zu ergreifen. Die Sprache und Versifikation sind zur selbigen Zeit auf einen Grad vervollkommnet worden, der dem Tiefsinn der Dichtungen beinah entspricht und nur wenig zu wünschen übrig läßt; und während Goethe ein Beispiel von Klarheit und Anmut in deutscher Sprache aufgestellt hat, wie es in allen Sprachen selten ist, bestrebt sich Tieck mit dem glücklichsten Erfolge dieselbe auf ihre Quelle zurück zu führen, und ihr alle den Reichtum und die Kraft wieder zu geben, die sie in alten Zeiten besaß. Auf dem deutschen Theater herrschte bisher die Prosa und die Plattheit, die Schauspieler hatten es fast verlernt, Verse zu deklamieren. Gegenwärtig aber bietet die Aufführung des Shakespeareschen HAMLETS dem Originale gemäß, der Schillerschen Trauerspiele, IPHIGENIA von Goethe, des ION und des ALARKOS, wozu wir auch noch die BRÜDER des Terenz gesellen können, so wie mehrere andere metrische Übersetzungen, eine Reihe von Versuchen poetischer Darstellungen auf dem Theater, von denen nicht nur der Erfolg schon an sich im Vergleich mit der bisherigen Armut den Wünschen der Kunstfreunde sehr entsprechend sein muß, sondern die auch hoffen lassen, daß bald ein hinlängliches Fundament vorhanden sein werde, um unter einer Direktion, die der des Weimarischen ähnlich wäre, ein Theater zu gründen, das durchaus nur im Gebiete der schönen Kunst seine Existenz hätte; um so mehr, da die metrische und getreue Übersetzung des Shakespeare, wenn die poetische Fähigkeit der Zuschauer sowohl, als der Schauspieler nur erst hinlänglich geübt wäre, einem solchen Theater schon einen ziemlichen Vorrat von Stücken darbieten würde, die für diesen Zweck fast als einheimische gelten können.

Diejenigen Männer, welche die deutsche Literatur in diesem Jahrhundert eigentlich gestiftet und gegründet haben, sind vorzüglich *Klopstock, Winckelmann* und *Lessing;* alle drei auf verschiedene Weise des größten Lobes und Ruhmes würdig, und alle drei von dem entschiedensten Einflusse auf unsre Nation. Klopstock hat zuerst das große Werk unternommen, die Sprache wenigstens aus dem Gröbsten von der herrschenden Barbarei zu säubern, ohne doch der vom kultivierten Auslande einbrechenden Wasserflut Raum zu gönnen und zugleich hat er sie den alten allein echten Quellen wenigstens etwas näher gebracht. In der Dichtung selbst hat er dadurch den allein richtigen Weg wenigstens angedeutet, daß er eine *mythische* Poesie gewollt, und nach dem Höchsten ernstlich gestrebt hat; wenn gleich die Art wie er sowohl die nordische als die christliche Mythologie behandelt hat, keineswegs diejenige ist, die wir als die beste oder auch nur als die richtige anerkennen könnten, indem ihm bei der letzten insonderheit der bis zum Nichtgefühl des Gegenteils getriebne Protestantismus, seiner Denkart eine poetische Ansicht des Christentums unmöglich machte.

Winckelmanns Enthusiasmus für das Altertum und die Kunst, in einem unsterblichen Werke dargestellt, als eine gewaltige Masse erhabner Bildung mitten in die Verderbtheit und Armseligkeit der literarischen Welt hingestellt, ist die Grundlage des Besten und des Edelsten unter uns geworden. Seine Geschichte, philosophischer als noch keine war, weil sie in klarer Einfalt ist, was jede Geschichte sein sollte, Naturgeschichte, Physik, die den innern Organismus der Bildung entwickelt, ist eben deswegen als unbewußte Poesie, er selbst aber gewissermaßen als ein Vorgänger Goethes zu betrachten. *Lessings* Geist, sein dialektischer Scharfsinn und polemischer Witz, seine ganze literarische Eigentümlichkeit und Vielseitigkeit, wird noch so lange ein nachahmungswürdiges Beispiel für uns bleiben, als der gegenwärtige Zustand der Literatur dauert, so lange es noch Journale und Broschüren gibt und geben muß. *Goethes* dichterische Laufbahn ist die lehrreichste Einleitung zu der neuen Epoche, und zum Studium der Poesie überhaupt; er ist als die Basis unsrer Bildung zu betrachten. Auch hat er in jeder Periode seines Lebens mächtig gewirkt. Doch oft nicht gleich im Moment, oft erst geraume Zeit nachher; besonders die vortrefflichsten Werke aus der Sammlung, die in den letzten achtziger Jahren erschien, wurden nach ihrem ganzen Wert erst viel später anerkannt, und diese Anerkennung war meistens eine Folge des philosophischen Lichtes, des Idealismus, dieses größten Phänomens der neuern Literatur, wodurch das, was ihr Wesen charakterisiert, die Universalität und der progressive Geist der Freiheit wissenschaftlich konstituiert und gesichert wurde.

Der *Idealismus* ist der Mittelpunkt und die Grundlage der deutschen Literatur; ohne ihn ist eine das Ganze der Natur umfassende Physik nicht möglich, und die höhere Poesie als ein andrer Ausdruck derselben transzendentalen Ansicht der Dinge ist nur durch die Form von ihm verschieden. Ja selbst die Gelehrsamkeit wird ohne Prinzipien der Philosophie nicht nach einer strengen Methode verfahren können, die das feinere Kunstgefühl mit Sicherheit anwendend, sich zur historischen Kritik erheben dürfte, für die es eben da an Sinn zu fehlen pflegt, wo es an philosophischer Fähigkeit gebricht, wie z. B. bei den meisten andern Nationen des jetzigen Europa, die Deutschen ausgenommen. – Die gegenwärtige Epoche der deutschen Literatur mit der Erscheinung oder Bekanntwerdung der *Kantischen* Philosophie anzufangen, scheint nicht zweckmäßig. Denn wiewohl die kombinatorische Gedankenfülle dieses reichbegabten und tiefsinnigen Geistes als Erregungsmittel allgemeinen Selbstdenkens sehr nützlich, ja notwendig erscheint, und so unleugbar sich auch einzelne Keime des Idealismus in seinen Schriften finden, so dürften uns doch die Resultate seiner Philosophie allzusehr von der Wahrheit entfernen. Im spekulativen Gebiet schließt Kant mit der Meinung, daß wir das einzige gerade, was allein gewiß und deutlich ist, das Wesen der Gottheit, durchaus zu wissen nicht im Stande seien; für die Moral aber will er der Form den Vorzug vor der Materie geben, welches niemandem einfallen kann, der die höchste Realität gefunden hat. Die Nachwelt wird vielleicht die Geistesgröße dieses vortrefflichen Mannes vorzüglich nach seinen physikalischen Schriften, der THEORIE DES HIMMELS und den ANFANGSGRÜNDEN DER NATURWISSENSCHAFT schätzen, dahingegen seine philosophischen Schriften der Vergessenheit unvermeidlich entgegen gehen. Sicherer scheint es diese Epoche mit *Fichte* anzufangen; nicht bloß weil er die *Prinzipien der Freiheit* in mehr als einem Sinne und in mehr als einer Potenz des Worts zuerst auf das strengste und bestimmteste wissenschaftlich konstituiert, die entgegengesetzten Vorurteile aber auf das kräftigste zermalmt hat; sondern vorzüglich auch deswegen, weil er die richtige Methode in der Philosophie ganz allein und zuerst entdeckt und aufgestellt, und das freie Selbstdenken zu einer Kunst organisiert hat; ein Verdienst, welches allein hinreichend wäre, ihm die Unsterblichkeit zu sichern. Daher hat er auch keine Schüler im gewöhnlichen Sinn, sondern nur Freunde; dahingegen die Kantische Philosophie sogleich in eine Sekte und Epidemie ausgeartet, die schlimmer und geistesarmer war, als eine der vorhergehenden. Seitdem aber jener vortreffliche Mann das Genie der Freiheit so mächtig geweckt und das Bewußtsein in seiner innersten schöpferischen Tiefe erschüttert hat, haben sich die wichtigsten Veränderungen und Revolutionen auch in allen andern Teilen des menschlichen Denkens und Bildens gezeigt, und kaum ist eine Kunst oder eine Wissenschaft übrig, welche nicht schon von dem Lichte der intellektuellen Anschauung erleuchtet, die wohltätigen Folgen des Idealismus zu erfahren angefangen hätte.

Philosophie, Physik, Poesie und Gelehrsamkeit im kräftigsten und wirksamen Bunde, verheißen uns den glücklichsten Fortgang der Erfindung und der Bildung in einer steten Reihe wahrhaft neuer und vortrefflicher Gedanken und Werke. In diesem großen Ganzen und in der Teilnahme an demselben lebend, wollen wir von Zeit zu Zeit die wichtigsten Erscheinungen der Literatur zusammenstellen und mit kurzen Zügen die Bedeutung einer jeden aus unserm Standpunkte angeben.

Die *Poesie* wird der Mittelpunkt und das Ziel unsrer Betrachtungen sein. Denn eben diese Stelle glauben wir, nimmt sie in jenem Ganzen der Kunst und Wissenschaft ein. Die Philosophie selbst ist doch nur Organon, Methode, Konstitution der richtigen d. h. der göttlichen Denkart, welche eben das Wesen der wahren Poesie ausmacht; sie ist also nur Bildungsanstalt, Werkzeug und Mittel zu dem, was die Poesie selbst ist. Die Physik aber, wenn erst eine neue aus dem Idealismus vollendet hervorgegangen wäre, was würde sie anders sein, als materiellerer Ausdruck desselben, eine sinnliche und lebendige Darstellung jener höchsten Wahrheit? – Erst dann, wenn diese philosophische Physik, zu der jetzt doch schon eine bestimmte Anlage vorhanden ist, vollendet sein wird, dürfen wir erwarten, daß das göttliche Prinzip überall herrschen und siegen wird, da es jedermann klar vor Augen sein, und fast unmöglich werden wird, sich nicht zu ihm zu bekennen. So wie nur auf diesem Wege entscheidend nach außen gewirkt werden kann, da alle Worte doch nur in einen kleinen Kreis gebannt, für die Welt meist ohne Wirkung bleiben; so ist Geschichte und Gelehrsamkeit das notwendige Bildungsmittel jedes Künstlers und Denkers, die unentbehrliche Nahrung seines Geistes. Die Poesie also betrachten wir als die erste und höchste aller Künste und Wissenschaften; denn auch *Wissenschaft* ist sie, im vollsten Sinn dieselbe, welche Plato Dialektik, Jakob Böhme aber Theosophie nannte, die Wissenschaft von dem, was allein und wahrhaft wirklich ist. Auch die Philosophie kann keinen andern Gegenstand haben, aber was sie unterscheidet, ist, daß sie nur auf eine negative Weise und durch indirekte Darstellung diesem Ziele sich nähert; da hingegen jede positive Darstellung des Ganzen unvermeidlich Poesie wird.

So wie aber die Poesie als das letzte Ziel und die höchste Vollendung des Ganzen, so ist der Idealismus als die wesentliche Bedingung *sine qua non,* als Erhaltungsmittel und Grundlage unserer neuen Literatur zu betrachten.

Die Fortschritte desselben lassen sich vielleicht am bequemsten zusammenstellen, wenn wir diese Wissenschaft nach der Weise der Mathematik, zu diesem Behufe wenigstens in *reinen* und *angewandten Idealismus* einteilen. Für die innere Vollendung und Ausbildung der Philosophie ist nichts notwendiger, als die Vervollkommnung der synthetischen Methode; doch ist dieses nur die negative Bedingung, das Wesentliche ist die Freiheit des Geistes, deren Erhaltung, da ohnehin die höchste Wahrheit nie ganz adäquat ausgesprochen werden kann, es durchaus erfordert, daß es nie an eigentümlichen Ansichten und Darstellungsarten der Prinzipien fehlen möge, weil sonst unvermeidlich Schulwesen und Gedankenversteinerung entsteht. In der Methode ist seit Fichte kein bedeutender Fortschritt geschehen; und auch in Rücksicht eigentümlicher Prinzipien ist die Ausbeute nicht so reich gewesen, als man hätte erwarten sollen. Seit *Schleiermachers* REDEN ÜBER DIE RELIGION, (die doch nur uneigentlich hierher gehören, weil sie eine verschiedene Ansicht des Idealismus zwar allerdings auf das bestimmteste voraussetzen, aber nur indirekt zu erkennen geben, und nicht selbst ausführlich und geflissentlich darstellen) ist das Wichtigste, *Schellings* DARSTELLUNG SEINES SYSTEMS, im Journal für spekulative Physik. Die Konsequenz und Deutlichkeit des Vortrages in den ersten Prinzipien, ist sehr lobenswert; auch wird der Realismus (den wir zwar nicht als die ganze Philosophie, aber als ein notwendiges Element derselben anerkennen) als theoretisches System ausgeführt, nicht eben anders ausfallen können, als er hier dargestellt ist.

Dasselbe, was wir von dem Verfasser der REDEN ÜBER DIE RELIGION bemerkt, gilt auch von dem tiefsinnigen Naturphilosophen *Baader* und von *Hülsen,* der sich mehr dem Gebiete der Poesie zu nähern scheint, weil er sich stets auf demjenigen Gebiete oder Standpunkte befindet, wo das Höchste in reiner Klarheit allein sichtbar bleibt, alle Absonderungen und Einteilungen aber, auch die der Wissenschaft und Kunst, verschwinden. Es ist ein Verlust für die Philosophie, wenn solche Männer sich von der Literatur zurückziehen.

In dem *angewandten* Idealismus ist die Ausbeute für die Kürze der Zeit desto größer gewesen. *Fichtes* NATURRECHT ist seinem Inhalte nach allgemein bekannt und auch von allen, die es verstehen, immer als ein Meisterwerk der synthetischen Methode bewundert worden. Seine Schrift über den GESCHLOSSNEN HANDELSSTAAT kann als ein Muster gelten, wie ein Philosoph für dasjenige Publikum, welches sich für Politik zunächst interessiert, zu schreiben hat; überhaupt ist selten mit dieser Deutlichkeit und zugleich mit dieser Kürze geschrieben worden. In keinem Fache, die Wissenschaftslehre ausgenommen, erscheint *Fichte* so sehr als origineller Denker, und was besonders die letztgenannte Schrift betrifft, auch als tief durchdringender Beobachter, als in diesem. –

Schellings NATURPHILOSOPHIE muß bei der krassen Empirie, zu deren Vernichtung sie bestimmt war, viel Widerspruch finden; es steht aber um so weniger zu fürchten, daß die Unwissenschaftlichkeit und Unwissenheit in diesem Fache den Sieg davon tragen werde, da *Ritter* zu gleicher Zeit das Beispiel einer Physik aufgestellt hat, die reine Empirie ist, und doch durch den Rigorismus der Methode die strengsten Forderungen an wissenschaftliche Form befriedigt. Wäre dieser Geist allgemein herrschend, so würde es keine zufällige Entdeckungen mehr geben, sondern nur absichtliche Erfindungen nach einer sicher fortschreitenden Methode.

Zu einer *historischen* Darstellung der Natur hat vorzüglich *Steffens* den Grund gelegt, in den BEITRÄGEN ZUR THEORIE DER ERDE. Der hier aufgestellte historische Gesichtspunkt ist nach unsrer Überzeugung der höchste; nur wäre es zu wünschen, daß St. seine Methode ändern möchte; es ist oftmals zu keiner rechten Synthesis der Empirie und der höhern Anschauung des Ganzen gekommen, sondern rohe Naturphilosophie und rohe Facta stehen isoliert nebeneinander. Es wird dieses Werk außer seinem eigentümlichen Wert auch dadurch noch wichtiger, daß es *Werners* geognostische Theorie enthält.

Auch die schon einmal erwähnten REDEN ÜBER DIE RELIGION können hierher wenigstens insofern gerechnet werden, als das Licht der intellektuellen Anschauung dadurch über eine Region verbreitet, oder vielmehr in dieselbe zurückgeführt worden, die als der vaterländische Boden, und die erste Heimat derselben zu betrachten ist, wiewohl sie, was man in der Folge kaum glaublich finden wird, gerade hier seit geraumer Zeit am wenigsten ihren wohltätigen Einfluß geäußert hatte. Gewiß wird niemand der dies Werk benutzt hat, sich fernerhin eine solche Trennung der Philosophie und der Religion einbilden können, die beide gleichsam zu entgegensetzten Parteien machte, daß sie doch nur in Buchstaben und Form verschieden, im Geist und Wesen aber völlig identisch sind.

Aber auch auf viele andre Fächer und Gegenstände ist der Geist des Idealismus angewandt, und es sind solche Ansichten in Masse, selbst in allgemein gelesenen Journalen verbreitet worden, unter welchen wir hier besonders das ATHENÄUM und die PROPYLÄEN erwähnen. Daß die letzteren in der bisherigen Form nicht fortdauern, ist um so mehr zu beklagen, da eine ausführlichere Entwicklung der durchaus neuen Klassifikation der Antiken, nach den Epochen (die in den HOREN zuerst mitgeteilt worden) unter die Wünsche jedes Altertumsfreundes gehörte; die vortreffliche und allgemeinfaßliche Darstellung so mancher sichrer und erprobter Kunstgrundsätze jeden Sachverständigen eben so sehr erfreuen, als die Kunstansichten eines so großen und kunsterfahrnen Dichters ihn schon historisch interessieren müssen. In dieser Zeitschrift scheint uns der eigentliche Ton des Vortrags getroffen zu sein, der in dieser Gattung der schickliche ist; in einem universellen Geiste nämlich zu denken und zu schreiben, so deutlich und klar als möglich, übrigens aber sorglos und ohne weitere Anmaßung. Das ATHENÄUM hat auf eine kräftige Art mitgewirkt die Scheidung des Vortrefflichen und des Schlechten in der Kunst und Literatur zustande zu bringen; es kann diese Zeitschrift in Rücksicht ihrer Universalität und ihres freien Geistes mit Nutzen als eine Einleitungsschrift zu der neuern Epoche der deutschen Literatur überhaupt dienen, für diejenigen, welche dieselbe aus dem Grunde zu verstehen wünschen. Im Anfange derselben ist Kritik und Universalität der vorwaltende Zweck, in den spätern Teilen ist der Geist des *Mystizismus* das Wesentlichste. Man scheue dieses Wort nicht; es bezeichnet die Verkündigung der Mysterien der Kunst und Wissenschaft, die ihren Namen ohne solche Mysterien nicht verdienen würden; vor allem aber die kräftige Verteidigung der symbolischen Formen und ihrer Notwendigkeit, gegen den profanen Sinn. Mit Vergnügen bemerken wir, daß mehrere zuerst in den *Ideen* (im 5ten St. dieser Zeitschrift) vorgetragene Ansichten der Art von mehreren Philosophen angenommen worden; und in die Denkart der Bessern übergegangen sind. Nächst den Journalen müssen vorzüglich noch die *Übersetzungen* und die *polemischen Schriften* zu dem gemeinschaftlichen Raine gerechnet werden, den man eben deswegen am besten durch den unbestimmten Namen *Literatur* bezeichnet. Als Übersetzer hat *Voß* ein Beispiel rhythmischer Treue gegeben, was noch keines Gleichen hatte; und der *Shakespeare* ist durch A. W. Schlegels Übersetzung bei den Deutschen einheimisch geworden, wovon die glücklichen Folgen immer mehr und mehr sichtbar werden müssen. Die Polemik ist gleichfalls mit dem größten Erfolg bearbeitet worden; *Tiecks* ZERBINO bleibt in dieser Hinsicht ein klassisches Werk, wo die der poetischen entgegengesetzte Denkart mit aristophanischem Witze verfolgt, zugleich aber auch die romantische Poesie und die Verehrung derselben auf eine schöne Weise angedeutet ist; die Sonette, Epistel, Romanzen und einige Lieder in der EHRENPFORTE für Kotzebue können den vorzüglichsten burlesken Gedichten der Italiäner und Spanier an die Seite gesetzt werden, wenn gleich das

Drama weniger kunstreich und glücklich ist; das lehrreichste Werk dieser Gattung aber ist vielleicht das LEBEN NICOLAIS von *Fichte,* weil darin die Prinzipien und der Ursprung der platten Denkart mit unvergleichlichem Scharfsinn gezeigt worden ist; nur wäre zu wünschen, der Verfasser möchte an dieses Werk die letzte Hand gelegt haben, damit es auch durch die Vollendung der äußern Form sich dem Gebiete der Kunst, dem es doch angehört, durchaus anschlösse. Man sieht, das Übergewicht in Rücksicht der verschiedenen Formen, in welchen die Polemik sich äußern kann, ist bis jetzt auf seiten der poetischen. Zu den polemischen Schriften in dialektischer Form würde ich ein kleines Werk rechnen, wenn ich anders darüber reden darf, da es sich vorzüglich auf mich bezieht. Es sind die BRIEFE ÜBER DIE LUCINDE (1800 bei Friedr. Bohn.) Mit scheint es jedoch, die Verteidigung jenes Romans ist nur die äußere Veranlassung des Buchs, der eigentliche Zweck desselben aber reine Polemik gegen mehre allgemeingeltende moralische Grundsätze; und in dieser Rücksicht ist es gewiß sehr lobenswert. In Stil und Einkleidung wird man einen gebildeten Schriftsteller gewahr. Noch fehlt es an einer umfassenden philosophischen Theorie des Kampfes zwischen dem guten und bösen Prinzip im menschlichen Geist mit Anwendung auf unsre Zeit. Beiträge dazu fanden wir in Fichtes SONNENKLAREM BERICHT, einer vortrefflichen polemischen Schrift. In keiner andern der Art fanden wir die Grenzbestimmung des Guten und des Schlechten so sicher und durchdringend gefaßt, und so klar und deutlich vorgetragen. Überhaupt ist jede der neuesten Schriften Fichtes wenn sie auch dem Inhalte nach von den ältern nur relativ verschieden sein kann, durch die Form äußerst interessant. Er ist jetzt eigentlich Schriftsteller. Da er zuerst bloß als Erfinder und Stifter der Wissenschaftslehre auftrat, in der zweiten Epoche seiner Laufbahn aber mit der Anwendung derselben auf Naturrecht, Moral und Religion beschäftigt war, so scheint ihn gegenwärtig die literarische Form und mit dieser die Popularität am meisten zu interessieren.

In der eigentlichen *Kritik* ist seit *Wolfs* unsterblicher Prüfung der Homerischen Gedichte nichts Bedeutendes geschehen. Aber nach einem solchen Fortschritt kann die Wissenschaft auch eine Zeitlang ruhen; von meiner Kritik des *Plato* wird das nächste Stück Nachricht geben.

Wir kehren zurück zur Poesie, die wir zum Behuf der Beurteilung der neuesten Fortschritte einteilen wollen, wie die Alten ihre Philosophie; in die *esoterische* und *exoterische,* da jeder Unbefangene leicht durch Beobachtung oder auch durch Nachdenken wird finden können, daß diese beiden Tendenzen oder Zwecke wesentlich verschieden sind. *Exoterische,* jedem nicht ganz Verwahrloseten verständliche Poesie nennen wir diejenige, welche das Ideal des Schönen in dem Verhältnisse des menschlichen Lebens darstellt, und sich in die Sphäre desselben beschränkt, d.h. die dramatische. *Esoterisch* aber nennen wir diejenige Poesie, die über den Menschen hinausgeht, und zugleich die Welt und die Natur zu umfassen strebt, wodurch sie mehr oder weniger in das Gebiet der Wissenschaft übergeht, und auch an den Empfänger ungleich höhere oder doch kombiniertere Forderungen macht. Zu dieser Gattung würden wir nicht nur umfassende didaktische Gedichte rechnen, deren Zweck doch kein andrer sein kann, als der, die eigentlich unnatürliche und verwerfliche Trennung der Poesie und Wissenschaft wieder aufzuheben und zu vermitteln; oder solche Gedichte, deren eigentlicher Zweck es wäre, die Poesie auf ihre Quellen zurückzuführen, die Mythologie wieder herzustellen, und den alten Fabeln ihre Naturbedeutung wieder zu geben; sondern auch diejenige Poesie, welche davon ausgeht, das der Poesie entgegengesetzte Element des gemeinen Lebens zu poetisieren und sein Entgegenstreben zu besiegen, bei welchem Geschäft sie nicht selten die Form und das Costum desselben annehmen zu wollen scheinen kann; ich meine den Roman. Es ist vielleicht einer Mißdeutung unterworfen, wenn ich sage, daß jeder Roman nach Art eines Märchens konstruiert sein sollte, jede wahre Mythologie es aber unfehlbar ist, weil die nähere Anwendung dieses Satzes viele Modifikationen erfordern würde. Glücklicherweise aber kommt mir ein Beispiel zustatten, welches jedem, der es studieren will, meine Behauptung deutlich machen und ihm den Übergang vom Roman zur Mythologie zeigen kann. Es ist der unvollendet gebliebene HEINRICH VON OFTERDINGEN von *Novalis*. Hätte er den Zyklus von Romanen, den er, um die Welt und das Leben aus den wichtigsten verschiedenen Standpunkten des menschlichen Geistes darzustellen, entworfen hatte, vollenden können, so würden wir daran ein Werk besitzen, welchem für die Bildung und Erregung der Phantasie kein anderes an Nützlichkeit gleich kommen dürfte, und welches uns den Reichtum der Alten an philosophischen Dialogen weniger beneiden lassen würde. Denn auch diese Gattung können wir nicht anders als hieher stellen, und müssen sie der Poesie vindizieren, aber der esoterischen, die allerdings zugleich auch Philosophie sein soll. Daher erwähnen wir absichtlich erst an dieser Stelle *Schellings* BRUNO, welcher als erster Versuch der Art in unsrer Sprache großes Lob verdient; noch größeres würde er verdienen, wenn statt einer bloßen Erinnerung an den Jordano Bruno, dieser vortreffliche Italiäner selbst lebendig dargestellt wäre, in jener Umgebung eines schönen Zeitalters, da die Wiederauflebung der alten Philosophie, im Angesicht der alten Kunstwerke, genialische Männer zu einer intellektuellen Freundschaft vereinigte, und die großen Formen der Mystik aus der ältern christlichen Zeit wenigstens noch in Bruchstücken vorhanden waren. Auch wäre, was den Inhalt betrifft, zu wünschen, daß die vier philosophischen Ansichten, welche hier als die vier Weltgegenden der Wahrheit bezeichnet und dargestellt werden, alle gleich kräftig dargestellt, jede so reich als möglich begabt sein, und die übrigen drei in dieser Rücksicht nicht so sehr gegen den Realismus nachstehen möchten; da ein Werk der Art entweder nur durch die dialektische Stetigkeit (wie meist die Platonischen) oder durch die Universalität der Ansicht interessant und lehrreich werden kann.

Eigentlich didaktische Gedichte von großem Umfang, welche das Ganze des Idealismus in symbolischer Form darzustellen suchten, haben wir noch nicht aufzuweisen; aber doch manchen bedeutenden Versuch, der sich durchaus nur auf den Zweck und Begriff dieser Gattung beziehen läßt; z. B. die allegorische Elegie von *Schiller,* die zuerst in den HOREN erschien, der *Prometheus* und der *Bund der Kirche,* von *A. W. Schlegel,* nebst mehrern andern Gedichten des letztern.

Für den Begriff einer mythischen Poesie überhaupt, ist *Tieck* derjenige, welcher angeführt werden muß. So wie *Goethe* die Poesie zur Kunst gebildet hat, so strebt er hingegen überall, sie zu ihrer ursprünglichen Quelle alter Fabel zurückzuführen. Die GENOVEVA bleibt in dieser Rücksicht eine göttliche Erscheinung. Wenn das Pittoreske in der ersten, und das Musikalische in der zweiten Hälfte des Gedichts, etwas mehr herausgehoben würde, so dürfte auch die dramatische Wirksamkeit desselben sichtbar werden, die jetzt vor der umfassenden Größe, und durch einzelne Zufälligkeiten verschwindet.

Die Aufnahme die der Almanach von *Tieck und A. W. Schlegel* gefunden hat, beweist, daß es zwar im Ganzen gar nicht an poetischem Gefühl bei dem Publikum fehlt, wohl aber an richtigen Begriffen über die Poesie, selbst an den ersten Grundbegriffen. Man scheint es so wenig zu wissen, daß höhere Poesie und Mythologie nur Eins ist, daß man sogar an einigen obgleich sehr schonenden und nur vorläufigen mythischen Versuchen Anstoß genommen hat; es müssen also diejenigen, welche sich damit beschäftigen, die Theorie der Kunst zu verbreiten, ihren Eifer, und wo möglich auch ihre Popularität verdoppeln, um die ersten Elementarbegriffe in Umlauf zu bringen.

Die WUNDERBILDER von Sophie Bernhardi verraten ein entschiedenes Talent für Dichtung und Versifikation; die zarte Empfindsamkeit und Schwermut, die das Ganze beseelt, ist um so schöner, da sie überall mit dem Kindlichen vereinigt ist. Die Prosa ist weniger gebildet, als die Verse, und das Ganze müßte vielleicht noch einmal gebildet werden, um so vortrefflich zu erscheinen, als es gedacht ist.

Der *7te Teil von Goethes* NEUEN SCHRIFTEN ist außer einigen noch nicht bekannten Liedern (einer Gattung, in welcher die Hand des Meisters immer vorzüglich glücklich erscheint) besonders dadurch interessant, daß hier die Elegien, Epigramme, Idyllen, als ein Ganzes vereinigt erscheinen, wie sie durchaus betrachtet werden müssen, um verstanden zu werden. Die Fortschritte der exoterischen oder dramatischen Poesie sind schon vorläufig erwähnt worden. Die Wirkung, welche *Schillers* JOHANNA VON ORLEANS hervorgebracht hat, ist erfreulich, insofern sie die Fähigkeit beweist, die göttliche Schönheit dieses Süjets zu fühlen. Es ist ein Verdienst es gefunden und gewählt zu haben, denn es war Kühnheit nötig es auszuführen. Die Veränderungen welche der Verfasser mit der Geschichte vorgenommen hat, sind in seiner Manier notwendig gegründet, und dürfen daher durchaus nicht gemißbilligt werden. Es legte dieser Dichter das Interesse des Dramas überall in die Schranken zwischen zwei entgegengesetzten Zuständen: so im WALLENSTEIN, der nie zum Entschluß kommen kann, in der MARIA STUART, wo Leicester stets zwischen der Königin von Schottland, und der Königin von England zweifelt. Diesem gemäß mußte es wenigstens im Drama selbst, wenn auch nicht für den Dichter und Anschauer zweifelhaft erhalten werden, ob Johanna von einem guten oder bösen Geiste besessen, ob sie eine Heilige oder eine Zauberin sei; daher die Anklage des Vaters nach Shakespeare und ganz unhistorisch parteiischen Traditionen der Engländer, die Selbstanklage der Johanna, und ihre Liebe zum Lionel, – Achillische Grausamkeit gegen den Montgomery, – Erscheinung des schwarzen Ritters u.s.w.

Die Tendenz des ION von A. W. Schlegel geht auf ein durchaus antikes Trauerspiel, sowohl dem Stoff, dem Geiste, als auch der strengsten Form nach. Ein solches besitzen wir noch nicht. Es würde die Grenzen der exoterischen und dramatischen Poesie freilich ganz überschreiten und verlassen (weil für diese Sphäre ein Drama aus dem antiken, von dem unsrigen den innersten Prinzipien nach, verschiedenen Leben entweder flach und allgemein bleibt, oder, wenn es gründlich, tief und wahr ist, in den Motiven gewiß nicht verstanden wird, wenn es auch durch einen Schein von Verständlichkeit täuscht,) für die mythische aber kein geringer Gewinn sein.

Der Zweck des ALARKOS kann niemanden undeutlich sein; es soll ein Trauerspiel sein, im antiken Sinne des Worts, aber in romantischem Stoff und Costum. In wiefern der Zweck des Dichters erreicht sei, bleibt andern zu prüfen überlassen.

Von der französischen Literatur kann gar nicht in dem Sinne die

Rede sein, wie von der deutschen; aus dem Grunde, weil sie kein Ganzes ist. Physikalische Wissenschaften, schöne Literatur und Gelehrsamkeit, alles das steht ganz isoliert nebeneinander da, und greift durchaus nicht gegenseitig ein. Doch werden einige allgemeine Betrachtungen über diesen Gegenstand hier nicht am unrechten Orte stehen.

Ganz anders betrachtet man die französische Literatur in Deutschland, und ganz anders hier. Im Auslande scheint nichts liebenswürdiger und nichts interessanter, als die *Produkte des Witzes,* in denen die ursprüngliche Fröhlichkeit des französischen Charakters als geistreiche Bildung in der schönsten Blüte sich zeigt. Die kleinen Romane von Voltaire, die witzigen Werke oder Gedanken eines Diderot und Chamfort, Beaumarchais Lustspiele, und unter den Romanen etwa der FAUBLAS, das scheint *uns* das Vorzüglichste und Beste in der französischen Literatur; und wollten wir ja auf ihre Philosophie uns einlassen, so würde der entschiedene *Materialismus* einiger französischer Philosophen ihrer fruchtbarsten Zeit als ein jugendlich kräftiger Irrtum eher unser Interesse und unsere Neigung an sich ziehen, als die trockne analytische Vernunft der *Ideologie.* Wollen wir uns aber selbst mit dieser Nation in ein philosophisches Verhältnis setzen, so dürfen wir uns doch nur an dasjenige halten, was sie selbst als Philosophie anerkennen, und müßten also in dieser Rücksicht der Ideologie den Vorzug geben. Die meisten Schriftsteller in diesem Fache sind sehr weitschweifig und daher schwer zu lesen. Das Werk des Senators *Destutt Tracy,* (PROJETS D'ELEMENTS D'IDEOLOGIE *etc.*) ist das einzige, welches wir wegen seiner Kürze empfehlen können, und auch mit relativer Rücksicht auf seinen Standpunkt wegen der Präzision und des wissenschaftlichen Geistes. Die Ideologie soll auch eine Theorie des Bewußtseins sein, und wenn sie streng in diesen Grenzen bleibt, so kann sie wohl so wenig mit dem Idealismus streiten, als ein Streit zwischen der höhern Algebra und der ausübenden Arithmetik der vier Spezies möglich wäre. Daß das Bewußtsein in dieser Wissenschaft in einer ungleich niedrigern Potenz genommen und dargestellt wird, kann an sich nicht getadelt werden; ja wenn es möglich wäre, (woran wir jedoch zweifeln) das Bewußtsein auf einer noch niedrigeren Stufe zu ergreifen, so dürfte es eher als historisches Aktenstück zur Einleitung für den Idealismus nützlich, als demselben widerstreitend sein.

Ebenso erhält die *französische Tragödie* für den Beobachter eine Wichtigkeit, die sie sonst nicht haben würde, durch den ungeheuern nicht zu berechnenden Einfluß, den sie auf die Bildung, Beredsamkeit und Denkart der Franzosen hat, und den man nur in Paris ganz überschauen lernen kann; jene originellen Witzeswerke hingegen, werden von den Franzosen selbst grade am wenigsten anerkannt und geschätzt. Uns in ein polemisches Verhältnis gegen die Tragödien des Corneille und Racine zu setzen, würde, glaube ich, eben so verkehrt und ungegründet sein, als wollte man gegen die Ideologie streiten. Interessanter würde es sein, das Phänomen in seiner ganzen Umgebung und lebendigen Einfluß zu ergreifen und zu erklären.

Von einem Ganzen der französischen Literatur kann wie schon gesagt ist, nicht die Rede sein; von den einzelnen Teilen aber dürfen wir dem Leser unter den angegebenen Rubriken befriedigende Auskunft versprechen; und es wird dieselbe vielleicht meistenteils in einer Apologie d. h. Aufklärung, bestehen, gegen die gar zu große, nicht mit gehöriger Sachkenntnis verbundene Geringschätzung der französischen Literatur in Deutschland. Doch sind diese Rubriken, Witz und Materialismus, Ideologie und Schauspiel immer nur noch subjektiv aus dem Standpunkte eines Deutschen aufgefaßt, für den Poesie und Philosophie die Pole jeder Literatur sind, und der also überall wenigstens die Analoge davon aufzufinden strebt.

Davon abgesehen würde es richtiger sein, die *Chemie* und die *Beredsamkeit* als die beiden Hauptzweige der französischen Literatur zu betrachten. In beiden Fächern kann die französische Nation mit nicht geringem Ruhme auftreten, und es läßt sich jetzt um so eher Rechenschaft von dem geben, was sie darin geleistet haben, da die französische Chemie nach dem Eintritt des Galvanismus in ihr Gebiet füglich als ein geschloßnes Ganzes betrachtet werden kann; die Beredsamkeit der Franzosen aber einen klaren und allgemein verständlichen Mittelpunkt an *Rousseau* hat, aus dessen Quellen, mehr oder weniger die besten Redner der Revolution geschöpft haben, deren Zeit jetzt auch vorüber ist.

PROBE EINER METRISCHEN ÜBERSETZUNG DES RACINE

Erster Akt des Bajazet

Vorerinnerung

Racine wird von den Franzosen fast einstimmig für den vollendetsten ihrer Dichter, von mehreren Deutschen von Gewicht aber für den kunstähnlichsten gehalten. Unstreitig auch ist er derjenige Tragiker der Franzosen, welcher die Alten am besten gekannt, den Sophokles und Euripides am meisten gelesen, und nicht ohne Gefühl gelesen hat. Dies muß unsre Aufmerksamkeit vorzugsweise auf ihn lenken. Wenn es nun gleich durch Lessing und andre hinlänglich erwiesen sein mag, daß die Prinzipien der französischen Tragödie überhaupt unrichtig seien, die dabei zum Grunde liegende Voraussetzungen und Bedingungen, ganz willkürlich und falsch, der sein sollende Versuch die alte Tragödie wiederherzustellen ganz mißlungen, das Ganze aber durchaus verkehrt und nichtig; dies alles sag' ich kann erwiesen sein, und doch folgt nichts daraus gegen den einzelnen Dichter, der in dieser Gattung gearbeitet. Auch in der falschen Gattung kann sich ein wahres Talent bewähren. Denn wenn dasjenige, was das Wesen des Dichtergefühls ausmacht, nicht gerade immer notwendigerweise mit einem ausgebreiteten Ideenkreise und gründlich ausgebildetem Verstande verbunden sein muß, so läßt es sich denken, daß ein wahres Talent die Fesseln des Nationalvorurteils durchaus nicht überwinden gekonnt, sich gewissermaßen ganz mit demselben amalgamiert, und nun freilich nur unvollkommen zum Vorschein kommt, aber darum doch nicht minder bleibt was es ist.

Es ist dies ebenso zu betrachten, wie, wenn ein Dichter zwar nicht durch solche herrschende Konvenienzen auf den Irrweg geleitet, wohl aber durch ungünstige Bedingungen der Sprache, der Sitten und der Denkart seiner Nation oder seines Zeitalters, sein Streben zu erreichen größtenteils verhindert wird. Da zeigt sich denn ein eignes

Phänomen; den hervorgebrachten Werken ist, weil sie nicht gelungen, der Name von Gedichten und Kunstwerken vielleicht mit Recht abzusprechen, welche Strenge dann oft gegen die Wahrheit, auf die Dichter selbst übertragen wird, welche doch ihrem Streben nach diesen Namen verdienen. Unter dieser Klasse der mit ungünstigen Umständen kämpfenden und dadurch interessanten Dichter gehört Virgilius, der gewiß etwas Großes mit seiner AENEIDE gewollt hat, es nicht erreicht zu haben, aber sich selbst bewußt war; er wollte den Römern seiner Zeit eine ILIAS dichten, da doch eine ILIAS sich gar nicht auf diese Art herbeiführen, und gleichsam erzwingen läßt, sondern wie von selbst auf dem ursprünglichen Boden alter Sage entstehen muß, für die Römer seiner Zeit aber ein solches Unternehmen ganz und gar nicht mehr an der Zeit war. Auf eine andre Art gilt dasselbe von Klopstock.

Freilich kann Racine seiner Natur nach, nun keineswegs mit Dichtern von so umfassendem Streben zusammengestellt werden; es ist vielmehr eine stille Liebenswürdigkeit, die ihn seinen Freunden wert macht. Und warum sollte das göttliche Wesen der Poesie wie in jeder, nicht auch in dieser Gestalt verehrt und anerkannt werden? Wenn es uns auf der einen Seite mit Bewunderung und mit Lust erfüllt, zu sehen, wie der Geist der Poesie in großen Gemütern alles umfassend und in sich aufnehmend neue Welten gestaltet, so darf es uns auf der andern Seite freuen, daß das Göttlichste und Höchste was der Mensch haben kann, auch noch in einem beschränkteren Geiste stattfinden, und das einfache Tun desselben durch den stillen Glanz der Anmut erheben kann. Wenn uns auch ein übermütiger Mißbrauch des eignen Talents, wo nur entschiedenes Talent da ist, zu interessieren pflegt, wie die Verwilderung eines Lope de Vega, dem größeren und besseren Voltaire seiner Nation und seiner Zeit; oder der Überfluß eines mit seinem Genie coquettierenden Ovidius; warum sollte nicht auch die entgegengesetzte Art und Gestalt einer bis an Schwäche grenzenden Mäßigung, wenn nur diese nicht allein vorhanden, sondern auch das stille poetische Gefühl wirklich damit verbunden ist, nicht gleichfalls zu interessieren und zu erfreuen das Recht haben? Dieses und manches andre ließe sich zur Rechtfertigung der *mittelmäßigen Dichter* anführen, wenn sie, wie gesagt, nur wirklich Dichter sind; daß aber dies der Fall sein könne, daß der Begriff an sich nicht widersprechend sei, dafür lassen sich aus der Kunstgeschichte mehrere Beispiele anführen. Mit dem Racine wüßte ich daher von den uns bekannten Dichtern des Altertums trotz der Verschiedenheit der Gattung keinen so schicklich zusammenzustellen, als den *Apollonius Rhodius*. Gewiß ein beschränkter Dichter, schon von seinem Zeitalter wo doch der Maßstab des Urteils schon sehr herabgestimmt war, für matt und beschränkt gehalten; aber doch ein sehr zierlicher Dichter, dem ich eine eigentümliche Anmut, und also auch alle Poesie nicht absprechen möchte. Freilich ist ein großer Unterschied zwischen einem Dichter dieser Art, der in einer Sprache schreibt, die so reich begabt und unendlich gebildet wie die griechische, aus Überverfeinerung endlich von der Größe in bloße Zierlichkeit herabsinkt, nur noch einen matten Schimmer der ehemaligen Schönheit behält, aber doch von Poesie und Bildung durchdrungen selbst in den kleinsten Bruchstücken des alten Gebäudes noch Anmut atmet; und einem Dichter in einer Sprache, die von der Natur nicht ausgezeichnet begünstigt, mit dem ersten Schritt zur Bildung schon der Poesie entsagt zu haben scheint. Aber daß auch in einem weniger günstigen Element die innere Anmut sich noch ausdrücken möge, dafür kann Racine selbst als Beispiel angeführt werden; und mir deucht es ist dies so deutlich in der Eigentümlichkeit seiner Diktion, im Vergleich mit den andern französischen Dichtern, daß auch wohl ein Ausländer es fühlen muß; bei den Franzosen ist nur eine Stimme darüber.

In andern Gattungen der Poesie mag vielleicht eine unerbittliche Strenge eine Art von Intoleranz gegen alles minder Vortreffliche, sehr löblich und notwendig sein. Mit dem Theater aber darf man es nicht so genau nehmen; eine vielseitige Empfänglichkeit selbst für die heterogensten Gattungen und Manieren, scheint dem Deutschen in diesem Fache so natürlich, auch dem Verhältnisse eines Theaters, was erst im Begriff ist zu werden, so angemessen, daß es wenigstens für jetzt nicht gut getan sein würde, dieser in mancher Rücksicht löblichen und schönen Vielseitigkeit und Toleranz gewaltsam entgegen arbeiten zu wollen.

Dieses sei genug zur Verteidigung eines Dichters der von vielen

Deutschen verkannt, und mehr als billig geringgeschätzt wird, und der wenigstens der beste Dichter ist, den die Franzosen, aus den letzten Jahrhunderten aufzuweisen haben. – Von der Wahl des Stücks wäre vielleicht nichts zu sagen nötig, da es eben nur eine Probe ist. Doch muß ich im Allgemeinen erinnern, daß bei Übersetzung französischer Tragödien, wenigstens wenn dabei auf die Bühne Rücksicht genommen werden soll, die Stücke griechischen Inhalts notwendig ausgeschlossen bleiben müssen, aus dem Grunde, weil die Zahl derjenigen, die Griechisch wissen, und die alten Tragiker selbst gelesen, oder wenigstens durch sehr getreue Übersetzung griechischer Dichter, einige richtige Kenntnis erhalten haben, in Deutschland verhältnismäßig zu groß ist; die eingemischte Dosis französischer Sitten, französischer Ansichten und Redensarten aber in ihren Stücken griechischen Inhalts ist zu stark, als daß nicht bei solchen Zuschauern die mit dem Original bekannt sind, der Eindruck gestört und hie und da das Gefühl der Parodie erregt werden sollte. Was aber den BAJAZET insbesondere betrifft, so wird man eingestehen, daß wenn der Gegenstand auch nicht gerade einer der günstigsten ist, die Milde der Behandlung und Manier des Racine doch mit dem, was das Süjet Herbes und Türkisches hat, einen eher angenehmen, als unangenehmen Kontrast bildet.

In Rücksicht des Metrums, blieb nichts anders übrig, als von dem Dichter etwas abzuweichen, denn von dem Alexandriner im Deutschen einen tragischen Gebrauch machen zu wollen, das wird kein Unterrichteter für möglich halten; die gewöhnlichen eilfsylbigen Jamben aber, mit der Freiheit an unbestimmten Stellen zehnsylbige männlich endende Verse einzustreuen, diese sind, so wie sie gewöhnlich gemacht werden, etwas gar zu prosaisch; will man ihnen aber, wozu unsre Sprache allerdings dem Dichter die Mittel an die Hand gibt, einen höhern Charakter geben, wie sie ihn beim Shakespeare haben, so dürfte dieser wenigstens für den Racine nicht angemessen sein.

[VERÖFFENTLICHUNGEN IM ›ÖSTERREICHISCHEN BEOBACHTER‹]

Theater

Diejenigen, welche länger mit der Wiener Bühne bekannt sind, erinnern sich oft noch schmerzlich an so manchen Verlust, den dieselbe erlitten, besonders an den letzten, allgemein beklagten einer im tragischen Fache bewunderten großen Schauspielerin. – Indessen blühen auch manche jüngere Talente empor, die viel versprechen, und während Schauspieler von schon lange anerkanntem Ruhm denselben in neuern Rollen behaupten, nehmen andre sichtbar an Ausbildung und Sicherheit zu. – Die tätige Leitung des Hrn. Grafen *Ferdinand von Pàlffy* erregt die besten Hoffnungen für die Fortschritte des Theaters. Besonders rühmlich ist das Bestreben, immer mehrere gehaltvolle Werke der vorzüglichsten Dichter auf die Bühne zu bringen; um so mehr, da der Aufführung solcher Werke nicht selten Schwierigkeiten entgegenstehen, und dieses unter allen das sicherste Mittel ist, die Bühne in ihrer Würde zu erhalten, die Schauspielkunst immer höher zu vervollkommnen, und den öffentlichen Geschmack dauernd zu befriedigen. Unter manchen theatralischen Erscheinungen, von denen wir die wichtigsten und anziehendsten von Zeit zu Zeit erwähnen werden, war *Schillers* BRAUT VON MESSINA in diesem Winter eine der merkwürdigsten. Es ist dieses Werk des Dichters unstreitig nicht so reich an Gehalt, wie der WALLENSTEIN, nicht so sorgfältig ausgeführt und vollendet wie MARIA STUART, hat nicht die begeisternde Kraft, die hinreißenden Schönheiten einer JUNGFRAU VON ORLEANS, eines WILHELM TELL. Aber wie alle die spätern Werke des Dichters, so ist auch die BRAUT VON MESSINA reich an hohen poetischen Schönheiten, übertrifft vielleicht an theatralischer Wirksamkeit noch die beiden zuerst genannten. Mit der Aufführung hatte man im ganzen volle Ursache, zufrieden zu sein. Vorzüglich gut wurden *Don Cäsar* und *Don Manuel* dargestellt, *Isabella* und *Beatrice* mit Anstand und sorgfältiger Deklamation; die Chöre wurden von den Chorführern mit der ausdrucksvollsten Würde und Kraft gesagt, und waren fast durchgehends von großer und erhabner Wirkung. Nicht so war dies immer der Fall bei der Wiederholung der Schlußzeilen durch den gesamten Chor. Doch dies ist eine Schwierigkeit, die in dem Stücke selbst liegt. Der Dichter wollte in diesem Trauerspiele die griechische Idee des Schicksals, wie sie in den alten Darstellungen von dem Verhängnis eines *Ödipus,* seiner unnatürlichen Ehe, und seiner zum Brudermord bestimmten Söhne herrschend ist, in die moderne Zeit übertragen, sie in eine den Sitten der Ritterzeit angemessene Begebenheit neu einkleiden und gleichsam übersetzen. Sehr begreiflich und natürlich ist es daher, daß ihm zu diesem Endzweck die Einführung des griechischen Chors notwendig und unentbehrlich schien. Für diesen Endzweck, und für dieses eine Werk von ganz eigentümlicher Beschaffenheit mag ihm dies sehr glücklich gelungen sein. Im allgemeinen aber wird ein solcher, fast ganz nach der Weise des Griechischen eingerichteter Chor auf unsrer Bühne immer fremdartig bleiben. Wesentlich von dem Chore ist dem Trauerspiele nur, daß die *Betrachtung* in ihrer ruhigen Hoheit und Würde als Gegensatz der leidenschaftlichen Bewegung und furchtbaren Ereignisse, um das Ganze der tragischen Darstellung zu tragen, und ihm Haltung zu geben, stark hervorgehoben, und von jenem leidenschaftlichen Bestandteile abgesondert werde. Dies kann aber auch auf andere Art erreicht werden, als gerade durch den griechischen Chor, der in seiner ganzen Beschaffenheit zu individuell griechisch ist, als daß er jemals auf einer andern Bühne ganz einheimisch werden könnte.

Eine der Szenen, welche uns die größte Wirkung auf der Bühne zu machen schien, ist die, wo die Mutter und die Söhne sich ihrer Versöhnung gegenseitig freuen, sie ihnen die Rückkehr der Schwester verkündigt, jeder der Söhne ihr seine Liebe, und die Wahl einer Braut offenbart, während der Zuschauer das unglückliche Geheimnis schon weiß, da sie alle drei von einer und derselben reden, schon am Rande des schrecklichen Abgrunds noch kein Unglück ahndend.

Vielleicht finden wir Gelegenheit, bei einer der folgenden Vorstellungen noch einmal auf diese merkwürdige theatralische Erscheinung zurück zu kommen. –

Bei der Aufführung des ATTILA von *Werner,* war durch Dekorationen, und alles, was sonst zur theatralischen Erscheinung gehört, so für das Äußere gesorgt, wie man es auf dem Theater an der Wien gewohnt ist. Vor allen verdient der Schauspieler, welcher den Attila darstellte, das größte Lob; indem er durch sein ebenso kraftvolles als überdachtes Spiel wohl alles geleistet hat, was möglich war, den Charakter des Helden auszudrücken, so wie der Dichter ihn nun einmal aufgefaßt, und uns zu geben beliebt hat. Leo erschien mit Würde; die Szene, wo sich eine sanfte Musik erhebt, und der Greis nach einem Chore von Kindern und Jungfrauen sich langsam nähert, gehört zu denen, die nebst einigen kriegerischen Szenen die größte Wirkung hervorbringen. Wenn andere Rollen beim Publikum nicht so viel Beifall fanden, so muß man vor allen Dingen in Erwägung ziehen, daß durch die gewaltsame Veränderung, Verkürzung und Zerschneidung des Stücks, wie das Ganze so besonders auch mehrere der nebst Attila wichtigsten Charaktere den wahren Zusammenhang und verständlichen Sinn völlig verloren haben. Besonders ist dies bei der Hildegunde der Fall. Unstreitig mußte von diesem Stücke vieles weggeschnitten werden, nicht nur was mit den Grundsätzen, welche die hiesige Bühne insbesondere leiten, unvereinbar ist, sondern auch anderes, was von dem üppigen Überfluß des fantasiereichen Dichters auf keine Bühne zu bringen möglich oder ratsam sein möchte. Nur muß doch der Zusammenhang des Ganzen möglichst erhalten, oder wo er leiden könnte, durch etwas anders ersetzt werden. Daß Attila *leben bleibt,* ist mit der Absicht des Dichters am meisten im Widerspruch, und es ist auch kein Grund davon einzusehen, er müßte denn in dem Schlußwort *Frieden* liegen. – Ein Übelstand ist es auch, daß nach dem gewaltigen Sturm und Zerstörungslärm, womit das Stück beginnt, die ersten Worte der Hildegunde unvernehmlich verhallen müssen. Die Chöre, mit denen der Dichter beginnt, würden hier viel schicklicher sein; sie gehören außerdem zu den schönsten Stellen des ganzen Gedichts. Stücke, wie die *Wernerschen,* können nur mit allem Aufwand von Gesang und Tanz, wie mit den übrigen Hülfsmitteln der theatralischen Erscheinung versehen, erst ihre eigentliche ganze Wirkung hervorbringen. Das aufgeführte Stück ist von dem des Dichters zu verschieden, als daß wir uns auf das letzte hier einzulassen hätten. Nur der Charakter des Attila ist einigermaßen unverletzt geblieben. Der Dichter hat ihn bekanntlich nach dem Vorgange Feßlers einzig aus dem Attila'n nach Sitte damaliger Zeit beigelegten Prädikate einer *Geißel Gottes* abgeleitet und entwickelt. Dieses wird denn durch die häufige Wiederholung in eine Art von Titulatur verwandelt. Wie »Ew. Excellenz belieben«, »Ew. Gnaden nehmen nicht für ungut«, so beginnt jeder in dem Stücke, der etwas an Attila zu bestellen hat, mit seinem »Ew. Geißel Gottes wollen oder mögen« u.s.w.

In der Szene, wo Attila die römischen Gesandten auf dem Boden liegend empfängt, wäre zu wünschen, daß man sich etwas weniger genau an den Dichter gehalten, und etwa eine der vielen an dem Zelt verschwendeten Tigerdecken als Teppich auf den Boden untergelegt hätte, um das gar zu Auffallende zu mildern.

Die Pferde machen in mehreren Szenen eine vortreffliche Wirkung; doch hat man sie vielleicht häufiger angebracht, der Kavallerie mehr Anteil an dem Stück eingeräumt, als die Absicht des Dichters war. –

Einen auffallenden Beweis von der Macht der Schauspielkunst gewährte das KÄTHCHEN VON HEILBRONN; ein Stück ohne innre Kraft und Einheit ward durch die vortreffliche Darstellung des Helden und der Heldin (die andern Rollen gehören alle zu den undankbaren) so gehoben, daß es wenigstens stellenweise eine dramatische Wirkung hervorbrachte und die Betrachtung erregte, was nicht aus der dramatischen Kunst und der deutschen Schaubühne werden könnte, wenn so vieles Vorhandene nur zweckmäßig benutzt und mit Kraft auf Ein Ziel gelenkt würde. Ein Held, schwankend zwischen der Magie der wahren Liebe, der Unschuld eines scheinbar geringen Mädchens, und dem falschen Gaukelspiel einer Lasterhaften, könnte schon ein glücklicher dramatischer Stoff sein, und gern wollten wir dem Dichter Donnerwetter und Feuerbrünste, Engel und Femrichter, Zweikampf und Nacht, Gift und Hochzeit nebst allem übrigen ritterlichen Zubehör gestatten; wenn er diese poetischen Freiheiten nur als *Dichter* gebrauchte, jenen dramatischen Stoff auch *dramatisch* mit Kunst, mit Verstand im Gebiete der Fantasie ausgeführt hätte. – Daß dies nicht geschehen, konnte auch die meisterhafte Darstellung des Grafen Wetters von Strahl, und die täuschende Natürlichkeit des Käthchens nicht im Ganzen, nur *stellenweise* vergessen machen; und daß sie das vermochten, ist schon Lob genug für ihre Kunst.

Über Liebe und Ehe in Beziehung auf *Goethes* WAHLVERWANDTSCHAFTEN

Der *Roman,* wenn mit der Kunst der Darstellung auch Welterfahrung und Kenntnis der Gefühle verbunden ist, zieht alle Leser besonders an, weil er sie mit dem beschäftigt, was jedem für sich das Wichtigste und Liebste ist. Das lebhafte Gefühl der Jugend ahndet in der sinnvollen Welt des Dichters alle Rätsel, alle noch unbekannten Freuden und Schmerzen der wirklichen. Wer diese schon erkannt hat, versinkt von neuem mit dem Dichter gern noch einmal in den Traum der Jugend zurück. Die häuslichen und geselligen Verhältnisse, Freundschaft, Liebe, und die Ehe, die bald von dem einen, bald von dem andern Gefühl ausgeht, auch wohl beide umfassen möchte, das ist der Inhalt jedes guten und schönen, jedes gedankenvollen Romans. In *Goethes* WAHLVERWANDTSCHAFTEN, über die schon so vieles hin und wieder geschwatzt worden, ist der Hauptgedanke sehr einfach. Der sinnreiche Künstler stellt uns die *Ehe* dar, als begründet durch die Anziehung des Ungleichartigen; die *Liebe* durch Anziehung des Gleichartigen. Das ist das Geheimnis seines chemisch-moralischen Rätsels! Sehr wahr ist das alles nach dem gemeinen Lauf der Welt. Wer eine Verbindung aufs Leben sucht, und wem es Ernst ist mit dem Leben, der wird, sei es nach deutlichem Urteil oder nach dunkelm Gefühl, nicht bloß die Wiederholung seines eignen Selbst neben sich zu sehen wünschen, vielmehr wird er gerade die Eigenschaften des Gemüts und des äußern Betragens aufsuchen und mit sich zu verbinden streben, die ihm fehlen, die ihn ergänzen. Wie oft sehen wir nicht einen kraftvoll geistreichen, aber leidenschaftlichen Mann durch die besonnene und gehaltene Festigkeit eines fühlenden aber klugen Weibes in der rechten Bahn des Lebens erhalten? Das Beispiel des Gegenteils ist seltner, aber doch wird auch dieses gefunden; und wie viele ähnlich andere Verbindungen und Verhältnisse ließen sich nicht anführen. Ja wo gäbe es wohl eine glückliche Ehe, die nicht auf der Zusammenwirkung und Ergänzung entgegengesetzter sittlicher Eigenschaften und Fähigkeiten beruhte? – Anders ist es mit der leidenschaftlichen Liebe, die nicht aus dem gefühlten Mangel und Bedürfnis dessen, was uns in sittlicher Hinsicht fehlt, sondern eben aus dem Gefühl einer tiefen, innern Gleichheit und Einerleiheit entspringt, die, den Besitzern selbst verborgen, mit magischer Kraft sie umnebelt, unwiderstehlich magnetisch einen an den andern und beide an ihr oft unglückliches Geschick gegenseitig fesselt. Daher die zerstörenden Wirkungen und das meistens tragische Ende der leidenschaftlichen Liebe; denn nur heftiger immer und tötender wird die einseitige Richtung, alle Fehler und jede Krankheit des Gemüts, durch die geheime Einstimmung des Geliebten verstärkt, sich selbst und seinem Untergange immer mehr hingegeben. – Eben daher auch endet nach dem gemeinen Weltlauf so manche Ehe, die anfangs glücklich schien, mit Abscheu oder mit Gleichgültigkeit; denn eben jene Ungleichartigkeit der Gefühle und der Eigenschaften, die so geeignet schien, was jedem allein mangelte, zu ersetzen, und aus beiden vereint ein ganzes Leben zu bilden; eben diese erzeugt (wo die gegenseitige Neigung nur scheinbar, nicht in der Wahrheit und innern Tiefe des Herzens vorhanden ist) bei gemeineren Gemütern oft Zwist und Zwiespalt, der, anfangs unbedeutend, immer häufiger wird, endlich Erbitterung, zuletzt Entfernung, Kälte und Haß erzeugt.

Gibt es aber keine Verbindung, wenn gleich sie die seltnere wäre, wo der geheimnisvolle Zug und Hang der gleichen Natur mit verschiedenartigen sittlichen Eigenschaften und Fähigkeiten, die sich gegenseitig ergänzen, gepaart wäre? Sind Liebe und Ehe mit einem Wort *nie* vereint, und sollte es nicht des Dichters würdiger sein, diesen, wenn gleich seltnen, doch in der Menschennatur wirklichen Verein darzustellen, als das gemeine Elend, da Liebe und

Ehe sich ewig fliehen, die Liebe zerstörend ist und die Ehe gemein? –

Wenn das Urteil der Welt daher den Geist und die innere Absicht der WAHLVERWANDTSCHAFTEN durchaus schlecht und unsittlich findet, so hat die Welt auch dieses Mal vollkommen recht; aber nur darum ist das Buch unsittlich und gemein, weil es nichts mehr als den gemeinen Gang und Lauf eben dieser streng urteilenden, aber nach alter Gewohnheit leicht und leichtsinnig handelnden Welt mit so vieler Kraft als Kunst darstellt.

Theater

Unter allen Schillerschen Werken ist WILHELM TELL durch die Fülle und Lebendigkeit der Darstellung das vortrefflichste, und an großen dramatischen Wirkungen das reichste.

Die Aufführung dieses Meisterwerks der deutschen Bühne auf dem Theater an der Wien erhält fortdauernd den entschiedensten Beifall, und ist im Ganzen sehr befriedigend. Wir hatten bis jetzt Gelegenheit, zwei Vorstellungen dieses Schauspiels zu sehen, eine der früheren, und dann die letzte vom 14. Juni. In der früheren Vorstellung bemerkten wir mit Vergnügen, daß Herr *Grüner* die schwere und große Rolle des Tell aufs sorgfältigste studiert und durchdacht hatte, und sie mit dem höchsten Aufwande von Kraft vorzutragen suchte. Allein es schien uns, daß er gleich anfangs seine Kraft zu sehr verschwendete, hie und da störten uns die allzugewaltsamen Übergänge in der Erhebung oder Senkung der Stimme. Wenn der Dichter selbst in manchen Stellen und Andeutungen auf den in sich verschlossenen und sonderbaren Charakter seines Helden hinweist; so darf doch bei diesem ausgezeichneten, vom Gewöhnlichen abweichenden, fast geheimnisvollen Wesen Tells die *schlichte Einfalt* des Naturmannes, wie er war, und wie auch der Dichter ihn zeigt, nicht ganz zurücktreten und verschwinden. *Mäßigung* in der Kraft würde also auch bei dieser Heldenrolle das letzte und zugleich das schwerste Ziel des Schauspielers sein müssen. – In der letzten Darstellung fanden wir jedoch vieles geändert und gemildert, fast alle jene Fehler einer gewaltsamen Übertreibung vermieden; und es würde jetzt, wenn man Tells Rolle im Einzelnen durchgehen wollte, fast durchgehends nur das sorgfältige Studium und die Kraft des Schauspielers zu loben sein. Nur in dem Monolog vor Geßlers Ermordung (3te Szene des 4ten Akts) fanden wir, so vortrefflich auch *einige* Stellen desselben gesagt wurden, an einigen andern noch jene störende Gewaltsamkeit im Vortrage.

Nebst dem Tell selbst schien uns vor allen die Darstellung *Melchthals,* dann die des alten *Attinghausen* am gelungensten und ausdrucksvollsten; *Tells Knabe,* Walter, darf auch nicht mit dem verdienten Lobe übergangen werden.

Es ist fast keine Szene dieses Stückes, die nicht bedeutend wäre; unter denen jedoch, welche auf der Bühne die meiste Wirkung machen, bemerken wir gleich die erste, die Szene zwischen Stauffacher und Melchthal bei Walter Fürst am Schluß des ersten Akts, die Szene, wo der Apfel geschossen wird, und Attinghausens Tod. Bei Geßlers Sturz, wo die fröhliche Musik, während der Verbrecher mit dem Tode ringt, von neuem anfängt, dann aber plötzlich abbricht, erregte es eine Störung, daß ein Teil der Zuschauer besonders auf der Galerie in Lachen gerät. Wodurch, wissen wir uns nicht recht zu erklären. Vielleicht könnte der Hochzeitzug etwas anständiger, die begleitende Musik bedeutender sein. Es ist das Mißlingen der Wirkung hier um so mehr zu beklagen, da dieses eigentlich der größte und entscheidende dramatische Schlag und Augenblick in dem ganzen Stück ist, von dem wir auf andern Bühnen den ergreifendsten Eindruck hervorgebracht sahen.

Die Dekorationen sind so durchaus angemessen und wirkungsvoll, daß sie nichts zu wünschen übrig lassen, und man wohl auf den besten Bühnen nur selten Gelegenheit hat, welche von ähnlicher Vollkommenheit zu sehen.

Der Schluß des Stückes, so wie es von Hn. Grüner für die Bühne eingerichtet und auf *vier* Aufzüge beschränkt worden, ist etwas gar zu abgerissen. Wir wünschten, daß wenigstens die Einreißung des Twing Uri noch mit dargestellt würde. Freilich spielt das Stück ohnehin schon sehr lange, indessen könnte die dazu noch erforderliche Zeit leicht eingebracht werden, wenn die Pausen zwischen den

Akten etwas abgekürzt würden. Daß die Szene mit *Johannes Parricida* weggelassen worden, damit sind wir ganz einverstanden. Es ist wenigstens, wenn die Länge des Stückes einige Abkürzung durchaus notwendig macht, dasjenige, was am leichtesten aufgeopfert werden kann. Der Dichter hat diesen Charakter doch vorzüglich nur dem *Kontrast* zuliebe eingeführt. Wie er diesem überall nachstrebt, ist auch im WILHELM TELL recht sichtbar. Aus dieser Quelle entspringen auch die einzigen Fehler, wenn man es so nennen will, oder doch schwächeren Seiten des Ganzen. Daher mußte uns Tells Gemahlin (im zwiefachen Gegensatz mit Tell selber und mit der entschlossenen Gertrud) so kleinmütig, ja fast gemein, Rudenz so ganz schwankend und ohne eignen Willen dargestellt werden. Tells Handlung ist aber an sich klar genug, auch ohne daß der strafwürdige Parricida mit scheinbar ähnlicher und doch so grundverschiedener Tat neben ihm steht. – Keineswegs ist es unsre Absicht, das Streben nach dem *Kontrast* im Drama an und für sich zu tadeln. Alle großen Meister der Kunst haben solche Kontraste in den Charakteren, in den Begebenheiten und Situationen gesucht; nach welchen Gesetzen die Größten unter ihnen diese Kontraste anwandten und gebrauchten, (Gesetze, von denen in den ästhetischen Lehrbüchern wenig zu finden ist) nehmen wir vielleicht ein andermal Gelegenheit, historisch zu entwickeln. Es hat in dieser Hinsicht die dramatische Kunst manches Ähnliche mit der Malerei. Aber so wie in dieser, so sind es auch in der dramatischen Kunst vorzüglich die *einfachen, großen* Kontraste, welche eine große Wirkung hervorbringen. Vergebens sucht man sie, wo jene fehlen, durch die *Vervielfältigung der kleinen* Kontraste zu erreichen, und das ist nicht selten Schillers Fehler.

[VERÖFFENTLICHUNGEN IM ›DEUTSCHEN MUSEUM‹]

Über die deutsche Literatur

Antwort des Herausgebers

Es ist mir sehr willkommen, daß Sie einen Gegenstand zwischen uns haben in Anregung bringen wollen, von dem ich schon lange gewünscht hätte, daß er zur Sprache kommen möchte.

Das gegenseitige Verhältnis der französischen und der deutschen Literatur, so viel auch darüber hin und her gestritten worden, ist keineswegs schon ganz klar bestimmt, und es herrschen darüber immer noch die verschiedensten Ansichten und Meinungen.

Unter unseren höheren Ständen ist die Zahl derjenigen auch jetzt noch sehr groß, welche zunächst in der französischen Sprache und Literatur aufgewachsen und erzogen, dieser vorzüglich ihre Geistesbildung verdanken. Es gibt unter dieser Klasse gewiß nicht wenige, welche als vollkommne Kenner der französischen Literatur gelten können. Doch geht diese Kenntnis und geübte Beurteilung meistens nur auf die Sprache selbst, die Feinheiten des Ausdrucks, und den Wert der Dichter und Schriftsteller bloß als solcher. Seltner dürfte der Fall sein, daß die französische Literatur auch nach ihrem Ursprunge, in allen ihren politischen Verhältnissen und moralischen Folgen, mit einem Worte nach ihrem ganzen großen Einfluß auf den Geist der Zeit und das Schicksal der Menschheit, als eine der merkwürdigen Erscheinungen der neuern Weltgeschichte, von diesen ihren Freunden und Verehrern ganz verstanden und richtig beurteilt wird. Die deutsche Literatur, ja selbst die Sprache kennen sie meistens nur sehr unvollkommen, weshalb es ihnen denn auch nicht wohl gelingen kann, den Geist beider Nationen treffend miteinander zu vergleichen, und das wechselseitige Verhältnis nach der Wahrheit zu bestimmen. Ich darf es wohl nicht erst erinnern, wie viele aus unsern höheren Ständen, ungeachtet dieser größtenteils französischen Geistesbildung, es durch die Tat bewährt haben, daß sie an Denkart und Gesinnung, wo es darauf ankommt, dennoch wahrhaft Deutsche sind. Um so weniger dürfen sie von der gemeinschaftlichen Betrachtung ausgeschlossen bleiben.

Ganz anders ist die Ansicht von dem französischen Wesen bei den Wiederherstellern und Stiftern unsrer neuern deutschen Literatur. Schon seit Klopstock haben sie über französische Sprache und Kunst überall wo es die Gelegenheit gab, Urteile gefällt, die größtenteils feindselig und herabsetzend waren, und von denen man doch nicht durchaus behaupten kann, daß sie immer mit vollkommner Gerechtigkeit, oder auch nur mit zureichender Sachkenntnis verbunden gewesen wären.

Eine gewisse Einseitigkeit fällt allerdings diesen Männern zur Last, denen Klopstock als der Erste unter ihnen voranging, und die wir sonst als die Wiederhersteller der deutschen Sprache, Kunst und Denkart mit so großem Rechte verehren. Unsere neueste weltweise Jugend aber, die alles in allem sein, umfassen und wissen möchte, und auch alles in allem zu finden gewohnt ist, scheut gerade nichts so sehr als den Vorwurf einer solchen Einseitigkeit. Aus diesem Bestreben und in diesem Sinne, im Gegensatz gegen die Einseitigkeit der ältern Schriftsteller, sind denn auch einige unter ihnen als Lobredner und Verteidiger für die Verdienste der französischen Dicht- und Redekunst aufgetreten. Da es ihnen aber überall nur um sich selbst, und um den Schein zu tun ist, so kommt bei dieser angeblichen Vielseitigkeit meistens nichts heraus, als höchstens ein oberflächliches Gedankenspiel; es bleibt bei allgemeinen Redensarten, ohne tiefer in die Natur der Sache einzudringen. Dies kann uns also ebenso wenig zum Ziel und zur Wahrheit führen. Was jene ersten deutschen Männer bei dem Anblicke des französischen Wesens empfanden, und wie ihnen bei der damals allgemeinen Herabsetzung des deutschen Geistes zu Mute war, das wird von dieser jetzigen Generation überhaupt selten noch mitempfunden; und es ist den meisten auch nicht so zu Mute, aus dem einfachen Grunde, weil ihnen überhaupt gar nicht zu Mute ist. Formen, Worte, ja sogar Gedanken haben sie im Überfluß, denn die kann man aufgreifen und sich zu eigen machen; nur an einer Gesinnung fehlt es, weil sich die nicht lernen läßt.

Mit diesen Lobrednern der Franzosen hat der Verfasser des Aufsatzes im dritten Hefte des MUSEUMS nichts gemein. Vielmehr gehört er wohl, was seine frühere Bildung anbetrifft, zur erstern Klasse; durch seine Liebe für die deutsche Sache und Sprache aber schließt er sich entschieden an die Denkart der zweiten an. Je seltner der Fall ist, daß die welche auf ähnliche Art urteilen und denken, an der deutschen Sprache und Literatur genug Anteil nehmen, um selbst dafür durch ein öffentliches Urteil mitwirken zu wollen, je mehr schien mir die Stimme und Meinung des Verfassers, in dieser Kürze vorgetragen, ein aufmerksames Gehör zu verdienen. Es ist überhaupt nicht die Meinung gewesen, daß unser MUSEUM wie eine enge Schulstube sein sollte, wo einer allein auf dem Thron sitzt und von oben herab doziert, ohne daß man ihm dreinreden darf. Ich wünschte vielmehr es gliche einer freien Gesellschaft und Versammlung von Männern, die wenn auch in einigen Hauptpunkten nicht unähnlich gesinnt, doch über vieles Äußere sehr verschiedner Meinung sein könnten.

Man redet oft von einer Gelehrten-Republik, ohne sich recht deutlich zu sagen, was in diesem Ausdrucke eigentlich liegt, und was man alles damit zugibt und fodert. Es sei uns vergönnt, für diesen kleinen geistigen Staat, von dem großen bürgerlichen ein Bild zu entlehnen. – Müssen nicht auch in einem Parlamente Stimmen von ganz verschiedenem Sinn und Geist gehört werden, damit aus dem Streit eine gemeinsame und wahrhaft öffentliche Meinung hervorgehe, oder der bleibende Zwiespalt wenigstens klar ans Licht trete? – Sollte jemals auch für Literatur und Kunst ein ähnlicher freier Verein sich bilden können, so wäre eine Zeitschrift wie die unsrige vielleicht der schicklichste Ort dazu. Da müßten denn freilich verschiedene Stimmen und selbst Parteien vernommen werden, und auch die Opposition dürfte nicht ausgeschlossen bleiben. Daß *Sie* nun gerade für jetzt diese Rolle übernehmen wollen, dafür weiß ich Ihnen den lebhaftesten Dank, und fahre also fort in der Beantwortung.

Von allen denen, welche ungefähr ebenso wie der Verfasser über deutsche und französische Literatur denken und urteilen, haben sich doch einige auch zu den Tadlern gesellt. Sei es nun, daß sie an ihrer

Überzeugung, nachdem sie dieselbe gedruckt vor sich sahen, wieder irre wurden; oder weil überhaupt viele Menschen ihre eigne Meinung doch nicht mehr recht für die ihrige halten, sobald ein andrer sie vorträgt, wenigstens nicht mehr dasselbe vollkommne Wohlgefallen daran haben. Am allgemeinsten ist der Aufsatz getadelt worden als undeutsch und unpatriotisch, wegen der ungerechten Herabsetzung der vaterländischen Produkte. Urteile dieser Art sind mir von mehrern Seiten und von vielen Orten her zugeschrieben worden.

Was mich selbst betrifft, weil sie mich doch auch zum Mitreden auffordern, so sehe ich wohl ein, daß ich den Weg welcher mir vorgezeichnet ist, in der Erforschung und Mitteilung der Wahrheit, als Deutscher und als Schriftsteller größtenteils allein wandle, und ich fühle es, je mehr und mehr, daß diejenige Überzeugung welche die meinige ist, auch selbst in Sachen der Kunst und Sprache schwerlich die ganz allgemeine werden kann. So abweichend aber auch im Ganzen meine Ansicht sein mag, so muß ich doch in vielen einzelnen Punkten dem Verfasser vollkommen beistimmen, auch in solchen wo ich ihm nur ungern und notgedrungen recht gebe. Ich will nur einiges anführen. Selten widerfährt es mir, das deutsche Theater zu besuchen, ohne daß ich dabei an das französische zurückdenken muß, und zwar nicht durchaus zum Vorteil des unsrigen. Die innere Regel unserer dramatischen Dichtkunst von den Franzosen entlehnen zu wollen, das wird jetzt wohl niemanden mehr einfallen. Wenn ich mich aber an die Anstrengung der talentvollsten Schauspieler erinnere, an diese fast ängstliche Sorgfalt verbunden mit einer durch viele Übung bis zur größten Sicherheit und Meisterschaft ausgebildeten Kunstfertigkeit in ihrem Fache, ferner an die gespannte Aufmerksamkeit und lebendige Teilnahme des Publikums, besonders bei den großen Nationalwerken ihrer tragischen Dichtkunst, an die schickliche Zusammenwirkung und strenge Disziplin in allem, so kann ich nicht umhin, eine so ungleich vollkommnere, äußere und mechanische Einrichtung des Ganzen auch für unsere Bühne sehr wünschenswert zu finden. Ja für unentbehrlich, wenn anders unsre Bühne nicht ewig in dem Zustande von Kindheit und Verworrenheit stehen bleiben soll, worin sie sich gegenwärtig noch befindet.

Ebenso finde ich die Sorgfalt, welche in Frankreich bei der Erziehung und zum Teil selbst in öffentlichen Geschäften auf die Sprache und die Richtigkeit und Klarheit des Ausdrucks gewandt wird, die allgemeine Strenge des Urteils die darinnen obwaltet, sehr lobenswert. Es mag sein, daß gerade der Reichtum unserer Sprache Ursache ist, daß die eigentümliche Regel des Schicklichen, ja selbst des Richtigen, in ihr ungleich schwerer festzustellen und allgemein herrschend zu machen ist. Um so mehr sollten wir es aber anerkennen, wie notwendig es ist, mit verdoppelter und gemeinschaftlicher Anstrengung auf dieses Ziel hinzuwirken. Kann man aber wohl leugnen, daß die grenzenloseste Vernachlässigung der Sprache bei uns fast allgemein herrschend ist? – Welche Stelle nimmt bei uns der Unterricht in der eignen Sprache ein, der bei den Griechen die Grundlage und fast auch der letzte Endzweck der ganzen Erziehung war? – Die Antwort darf ich mir leider ersparen. –

Es ist leicht möglich, daß unsre deutsche Sprache, ehe noch ein halbes Jahrhundert vergeht, die allgemeine wissenschaftliche Sprache für ganz Europa sein wird, so wie die französische es für die Gesellschaft und Staatsgeschäfte, die italiänische für den Gesang geworden sind. Ich halte dies sogar für sehr wahrscheinlich. Wenn es aber geschieht, so wird es bloß durch die Gewalt des Geistes bewirkt sein. Wenigstens tun wir von Seiten der Sprache alles nur Ersinnliche, um es zu verhindern oder gar unmöglich zu machen.

Ich würde über diesen Punkt noch ganz anders reden wie der Verfasser, wenn ich einmal sprechen sollte, wie mirs ums Herz ist. Auch die Schriftsteller haben ihren guten und vollen Anteil an dieser furchtbaren Sprachverwilderung. Wenn ich die Dichter ausnehme, was ist jetzt überhaupt seltner als eine deutsche Rede, die wirklich deutsch wäre, wie es doch sein sollte, nach alter Art, so wie es ehedem war und wie es auch jetzt noch jederzeit sein könnte? Das Ding oder Wesen, oder wie man es sonst nennen will, was viele unserer Schriftsteller schreiben, ich meine auch solche die ich selbst an Geist und Gehalt zu den Bessern und Besten zähle; das kann ich wenigstens für Deutsch gar nicht anerkennen. Ein unnatürliches Zwitterwesen ist es, ein widerartiger Mischling, aus dem Abfall aller andern Sprachen, besonders der französischen, durcheinander gerührt. Andere haben wohl den guten Willen, rein deutsch zu reden und zu schreiben. Aber jene schon in der Geburt verunglückten Wortungeheuer, welche sie uns zutage fördern, will ich auch nicht in Schutz nehmen. So fällt man, indem man einen Fehler vermeiden will, oft nur in den entgegengesetzten. Auf den Periodenbau und die Anordnung der Worte und selbst der Gedanken wendet fast niemand einige Sorgfalt. Oder man stolpert in ellenlangem unermeßlich verwickelten Wortverflechtungen den griechischen Rednerkünsten und Künsteleien nach, halb unverständlich und doch vergeblich. Die Philosophen glaubten noch vor kurzem gar nicht anders reden und ihre Weisheit von sich geben zu können, als in einer eigentümlichen Art von Rot- und Kauderwelsch, welches man in tiefster Ehrfurcht Terminologie nannte. Einige der Bessern und Ersten haben diesen buntscheckichten, aus den Lappen aller andern Wissenschaften zusammengeflickten Philosophen-Mantel nun endlich beiseite gelegt. Sie haben ein ruhmvolles und nachahmungswürdiges Beispiel gegeben, wie man klar und kraftvoll in deutscher Sprache von den Gegenständen der innern Welt und von der Natur, von Gott und vom Menschen schreiben kann. Im Ganzen aber fruchtet das wenig oder nichts; unzählige andere fallen immer wieder in die alte Gewohnheit zurück und wollen sich dieses ihnen einmal beliebte philosophische Zigeunerdeutsch durchaus nicht nehmen lassen, welches sie als den wahren Stempel echter Wissenschaft und Weisheit betrachten.

Von allen denen welche das Büchermachen als ein ehrsames und redliches Handwerk betreiben, will ich gar nicht einmal reden. Was aus der edlen Gottesgabe der Sprache unter solchen Händen werden muß, bedarf keiner Erinnerung. Die Zahl solcher Werke ist verhältnismäßig groß in Deutschland, und kann nicht ohne die nachteiligsten Folgen auf das Ganze bleiben.

Selbst die Dichter sind nicht frei von Tadel. Oder soll ich Sie erst erinnern an die starrsinnigen Vorurteile, an die gewaltsamen Sprachverrenkungen einiger alten Meister, an die schnöden Spielereien unsrer dichtenden Jugend? An die mit und ohne Absicht gehäuften Nachlässigkeiten, denen sich andre im wohlbestätigten

Gefühl ihrer hohen altgewohnten Vortrefflichkeit allzu liebenswürdig überlassen? An so viele Irrungen und Verwirrungen auch in der Sprache und Sprachform, in Grundsätzen wie in der Ausführung? –

Nachdem ich mich etwas hierüber erleichtert habe, kehre ich zu unserm Gegenstande zurück. Der Vorwurf, daß eine tadelnde Würdigung der deutschen Literatur bloß darum und schon an und für sich unpatriotisch sei, scheint mir sonderbar. Wie, wenn nun ein Volksredner in einem freien Staate seinen Mitbürgern die überlegene Anzahl, die vortreffliche Kriegszucht, die zweckmäßige Führung des feindlichen Heeres mit den lebhaftesten Farben vor Augen stellte, so wie den Reichtum des Feindes an Waffen, an Geld, an äußern Hülfsmitteln aller Art, wäre er darum schon ein schlechter Patriot, oder könnte er nicht die Macht des Feindes so groß, vielleicht im Eifer der Rede auch allzu groß schildern, eben darum weil er sein Vaterland liebte? –

Doch von dieser Seite lassen *Sie* wenigstens dem Verfasser vollkommne Gerechtigkeit widerfahren. Nur in einem Punkte scheint es mir, Sie träten uns zu nahe. Sie fragen insonderheit mich, wie ich dazu komme, so ängstlich auf das Urteil der Ausländer und den Beifall der fremden Hauptstadt Rücksicht nehmen zu wollen. Freilich, wenn bloß die Rede davon wäre, was dieser oder jener Einzelne von uns urteilte; was dort gefiele oder mißfiele! Findet sich irgendein Ausdruck, welcher scheinen könnte, diesen Sinn zu haben, so sollte dies wohl billig auf die Lebhaftigkeit des Vortrags gerechnet, und nicht so buchstäblich genau genommen werden. Bei einer Sache von so unbestimmter Grenze und Natur, wie die Vergleichung zweier Literaturen und Nationen ist, wird es überhaupt kaum möglich sein, jedes Wort so genau auf die Waagschale zu legen, daß nicht irgendwo eine falsche Folgerung daraus gezogen werden könnte.

Es kömmt allerdings wohl gar nichts darauf an, was dieser oder jener Franzose über uns zu urteilen beliebt; aber das ist die Frage, ob wir durch Vergleichung mit einer ausländischen Literatur uns das Urteil über die unsrige und über die Stufe auf der sie steht, näher bestimmen sollen, und uns dadurch die Mängel, an denen sie noch leidet, sowie die Mittel, diesen Mängeln abzuhelfen, deutlicher machen; oder ob solche Vergleichungen in jedem Falle für fruchtlos zu halten sind.

Hier bin ich nun ganz entschieden für die Vergleichungen; schon aus dem Grunde, weil sie bei dem vielfachen bürgerlichen und gesellschaftlichen Verkehr mit dem Auslande doch nicht unterbleiben können. Geschieht es nun doch, wird verglichen, wir mögen es gut heißen oder nicht, so muß uns daran liegen, daß es wenigstens auf die rechte Art geschehe. Es gibt allerdings auch noch einen ganz andern Weg, auf welchem man es versuchen könnte, den Mängeln der deutschen Literatur abzuhelfen, und Ordnung und Einheit in das Ganze zu bringen. Sieht man zunächst auf die Entwickelung des Geistes und der nationalen Denkart, so ist die Philosophie in jeder Literatur die Hauptsache; besonders aber in der unsrigen, wie Sie es so richtig anerkennen, ist sie der eigentliche Mittelpunkt. Wenn wir für unsern Teil nun aber auch gern den besten Teil unsrer Kräfte daran wenden wollen, auf diesem Wege der höhern, innern Erkenntnis, die deutsche Literatur ihrem Ziele näher zu führen, wo denn die tauben Früchte, und fehlerhaften Auswüchse von selbst mehr und mehr verschwinden würden; so darf ich Sie nicht erst erinnern, wie wenige Teilnehmer und Mithelfer wir fürs erste bei diesem Geschäfte erwarten dürfen. – Am allgemeinsten und entscheidendsten für das Ganze würde vielleicht wirken, wenn man einmal alle Kräfte und Aufmerksamkeit auf die *Sprache* richtete, ihre Verbesserung oder Erhaltung und Wiederherstellung. Aber was kann hier Einer allein ausrichten? – Öffentliche Anstalten sind dazu nötig, und durchgehendes Eingreifen in die Erziehung, große Unternehmungen und Allgemeinwerke. Der einzelne Schriftsteller vermag nichts als höchstens, daß er sich einigermaßen rein und frei erhält von dem allgemeinen Verderben. Aber auch das nur bis auf einen gewissen Grad, keineswegs ganz und vollkommen. Denn Sie werden mir doch nicht zugetraut haben, daß ich bei meinen obigen Klagen über die Verwilderung und Mißhandlung der Sprache für mich selbst allein, oder einige wenige andre, eine vorteilhafte Ausnahme mir vorbehalten wolle. Nein, zu groß ist das Verderben, als daß irgend ein Einzelner von aller üblen Einwirkung und

Ansteckung sich völlig rein erhalten könnte. – Verdienstlich und heilsam vielleicht möchte es sein für die Erhaltung und Rettung der Sprache, grade an unsern größten Schriftstellern und Dichtern einmal streng alles aufzuzeigen, was sie in der Sprache bloß Willkürliches, und entschieden Tadelnswertes oder auch geradezu Fehlerhaftes enthalten. Aber wer würde es uns danken? Von dieser Seite ist das allgemeine Urteil bei uns noch etwas zurück und sehr befangen. Es würde doch nur so genommen und mißverstanden werden, als wollte man die getadelten Schriftsteller, gerade weil man sie der Sichtung würdig hielt, ganz heruntersetzen und für gar nichts mehr gelten lassen. – Das Ratsamste vielleicht also wäre, sich darauf zu beschränken, daß man die vielfachen Schätze unsrer alten Sprache, Geschichte und Kunst immer mehr zu Tage fördern helfe; nicht bloß für die Gelehrten und einige Liebhaber, sondern allgemein zugänglich und verständlich für alle, damit eine neue Belebung der gesamten deutschen Sprache, Kunst und Erkenntnis aus der ursprünglichen Quelle erfolge. Dieses ist einer meiner vornehmsten Zwecke bei unserm MUSEUM, welches eben dadurch ein deutsches zu heißen verdienen soll.

So von innen heraus durch die Entwicklung des Geistes selbst, durch die immer mehr verbreitete Erkenntnis der Wahrheit, und dann von außen durch eine zweckmäßige Behandlung und Anbauung der Sprache auf die Verbesserung der deutschen Literatur zu wirken; das ist und bleibt freilich die Hauptsache. Bei dem einen Geschäft aber können wir nur die Teilnahme der Wenigen erwarten, zu dem andern ist die öffentliche und allgemeine Mitwirkung notwendig, beides kann nur langsam fortrücken. In der mittleren Gegend der in der Gesellschaft verbreiteten, vielfach wechselnden und wirkenden Ansichten sind besonders auch die über das Verhältnis zum Auslande nicht zu vernachlässigen.

Wohl! könnte man sagen, sind solche Vergleichungen mit andern Nationen, unvermeidlich und recht angesehen, auch heilsam und fruchtbringend, warum vergleicht man unsere deutsche Literatur gerade immer nur mit der französischen, die unter allen andern unserm Gefühl am meisten ewig fremd bleibt? – Sieht unser Vergleicher insbesondere, würde ich hierauf erwidern, weniger auf die englische und vorzüglich nur auf die französische Literatur, so könnte man hierin sogar eine absichtliche Schonung finden. Wir können weit eher noch gegen die Franzosen als gegen die Engländer literarisch auftreten und bestehen. – Wie viel Vorzüge man auch den Franzosen von Seiten der äußern Form zuerkennen mag, wir können dagegen jederzeit ebenso entschiedene Vorzüge von Seiten des innern Gehalts, des Geistes und der Gesinnung anführen, die jenen vollkommen das Gegengewicht halten. Ich erkenne auch die Schwäche der englischen Literatur, besonders von Seiten der Philosophie gar wohl. Wenn man nun aber den hohen Begriff des *Vaterlandes* im Auge, dieses unser Chaos von allen möglichen Gedanken und Gefühlen vergleichen wollte mit der nationalen Einheit und Kraft, der nationalen Würde und Wirksamkeit, wodurch auch die Literatur jenes selbständigen Landes sich in so hohem Grade auszeichnet? Welch ein Bild würde das geben, bei der unverhohlnen Zusammenstellung, und um wie viel ungünstiger würde der Vergleich für uns ausfallen!

Man könnte es vielleicht überhaupt als Grundsatz aufstellen, daß, je verschiedner, je mehr gerade entgegengesetzt die beiden zu vergleichenden Größen seien, um so fruchtbarer oftmals der Vergleich ausfalle. Und das trifft hier in vollem Maße ein, denn nicht bloß von heute und gestern, sondern uralt ist der Gegensatz zwischen dem französischen Wesen und dem deutschen Geiste. – In einem alten Buche, welches schon vor mehreren Jahrhunderten abgefaßt worden, finde ich wörtlich folgende Stelle: »Eine anmutige Zunge wird ebenso wenig von einem lieblosen Herzen, als ein Teutscher von einem Franzosen verstanden.« – Sie werden freilich lachen über die treuherzige alte Art, wie hier die anerkannte Verschiedenheit des gegenseitigen Nationalgeschmacks ausgedrückt worden. Indessen die Verschiedenheit selbst bleibt doch auch vor der ernsthaftesten Betrachtung als eine große und durchgehende stehen, und verdient gewiß die aufmerksamste Erwägung.

In diesem Stücke nun, wo die Rede ist von den einzelnen Eigenschaften, durch welche die französischen und die deutschen Schriftsteller sich auszeichnen, und voneinander unterscheiden, finde ich, daß Sie unserm Verfasser fast zu viel nachgeben. Kunstfleiß, Gelehrsamkeit und tiefen Forschergeist hatte er den Deutschen gar nicht abgesprochen; dagegen aber hatte er uns Mangel an Klarheit vorgeworfen, und den Hang zur Weitschweifigkeit, das feine Gefühl des Schicklichen fast überall vermißt. – Es läßt sich vieles Scheinbare für diese Meinung anführen, es liegt wohl unstreitig einiges Wahre darin, aber dennoch kann ich dies alles nicht ohne große Einschränkung zugeben, und ich finde daß Sie viel zu schnell hier vor der Anklage das Feld räumen.

Jede Nation und jede Sprache hat ihre eigene Regel des Schicklichen. Ich will zugeben, daß diese bei uns noch nicht so für alle Verhältnisse aufgefunden, daß sie nicht so deutlich ausgesprochen und anerkannt ist, daß sie nicht so durchgreifend wirkt, und allgemein herrscht, wie bei den Franzosen, wo ihr fast alles andre aufgeopfert wird. Aber daran halte ich fest, daß wir ein eignes und anderes Gesetz des Schicklichen haben und haben müssen, als das französische. So wie ihnen in unsern Reden und Werken manches als nicht angemessen, als seltsam, ja lächerlich auffällt; ebenso geht es auch uns, sobald wir nur darauf merken wollen, wie uns bei den französischen Redensarten eigentlich zu Mute ist.

Ein Beispiel mag statt aller dienen. Ich wähle die ALZIRE, nach meinem Bedünken Voltaires Meisterwerk, und zwar gleich den ersten Vers desselben:

Du conseil de Madrid l'autorité suprême ––

So viel ich weiß, ist dieser Vers von französischen Kunstkennern noch nie getadelt worden. Für das deutsche Ohr und Gefühl aber lautet dieser steife Anfang gar fremd und höchst verwunderlich. Was meinen Sie wenn unser WALLENSTEIN so anfinge:

Der Hofkriegsrat zu Wien, kraft seiner Vollgewalt? –

Doch das bedarf keiner weitern Auseinandersetzung, daß ein Trauerspiel nicht anfangen sollte wie ein Urteil. Ich getraue mir, aus den besten französischen Dichtern eine ganze Sammlung von Beispielen der Art auszuheben; von Wendungen und Ausdrücken, die unserm Gefühl als entschieden unschicklich auffallen, für die Franzosen selbst aber demungeachtet gar nichts Lächerliches haben.

So viel ist indessen wahr, daß der Deutsche zunächst und am meisten auf die Sache sieht, den Gehalt, den Sinn und Geist, oft mit Vernachlässigung der Sprache oder verübter Gewalt an ihr. Wie ein berühmter Dichter sagt:

Stille, Liebchen, mein Herz;
Krachts gleich, brichts doch nicht –

Dieses *»Krachts gleich, brichts doch nicht«,* was nicht jedem Ausländer auszusprechen oder melodisch zu singen ganz leicht fallen möchte, scheint für viele unserer Schriftsteller die rechte Grund- und Hauptregel ihrer Redeweise zu sein. Bei den Franzosen hingegen habe ich oft bemerkt, daß, wenn sie auch einmal einen deutschen Gedanken recht wohl und vollkommen gefaßt hatten, ja sich lebhaft dafür interessierten und den neuen Fund gern auch den andern Landsleuten mitgeteilt hätten, die Sprache ihnen doch unübersteigliche Hindernisse legte. *Cela ne se dit pas, cela n'est past français,* ist dann die gewöhnliche Antwort, die oft ganz redlich gemeint ist.

Noch eine andere Spracheigentümlichkeit, die beiden Nationen gemein ist, verdient als sehr charakteristisch bemerkt zu werden. So wie wir andern *Allemands,* wie die Franzosen uns zu nennen belieben, in ihrer feierlichen Dichtersprache nicht leicht vorkommen dürfen, sondern sie statt dessen, wo es der Gegenstand nun einmal herbeiführt, lieber zu dem Germanischen oder dem veralteten Teutonischen ihre Zuflucht nehmen, so klebt auch für unser Ohr dem Namen der Franzosen etwas an, was in der ernsten und höhern Poesie als störend auffällt und beleidigt, und wo es ja von einem deutschen Dichter einmal gewagt wird, doch nur als glückliche Kühnheit und überwundene Schwierigkeit gilt. Deutlicher und anschaulicher konnte sich wohl die Antipathie und tiefe Verschiedenheit des beiderseitigen Nationalgefühls nicht aussprechen. –

Wenn unser Verfasser Klarheit des Ausdrucks, besonders auch des wissenschaftlichen, unter diejenigen Eigenschaften zählt, welche bei den deutschen Schriftstellern sehr selten gefunden werden, so muß ich ihm darin leider vollkommen recht geben. Nicht so durchaus gegründet finde ich den Vorwurf der Weitläufigkeit. Ich gebe ihn zu in der Geschichte, da wo es auf Darstellung ankommt;

aber ich weiß nicht, ob es gerade ein Tadel ist. Wie kann eine Geschichte darstellend sein, wenn sie nicht ausführlich ist, ja chronikenmäßig ausmalend? Das ist nun die uns eigentümliche Gattung der Historie; darstellende Chroniken, im rechten Sinne des Worts. Doch muß ich hier gegen Sie bemerken, daß unsern guten alten Chroniken Unrecht geschieht, wenn man Johann Müllers für jedes Ohr mörderlichen Periodenbau dadurch entschuldigen, oder gar chronikenmäßig finden will. Unsere guten Chroniken sind viel besser geschrieben, und ein geschichtlicher Styl der auf die rechte Art altertümlich sein sollte, müßte ganz anders abgefaßt sein, als er jemals geschrieben hat; er der weder von Gesinnung noch in der Sprache eigentlich ein Deutscher war. – Die den Franzosen eigentümliche historische Gattung sehen wir dagegen in jenen Denkwürdigkeiten, Memoiren, die sich so leicht lesen lassen, und durch die so viele Unwahrheiten in die Geschichte und in die Welt gekommen sind. Uns wird die Geschichte eines besondern Landes, ja einer einzelnen merkwürdigen Stadt zur weltumfassenden Chronik; den Franzosen auch die Weltgeschichte zur Anekdote. In dieser Mittelgattung zwischen der Geschichte und dem Roman müssen wir ihnen den Vorrang ein für allemal überlassen. Wo es aber nicht auf Darstellung der Tatsachen, sondern auf allgemeine Gedanken und Betrachtungen ankommt, da können wir Werke der Welt- und Staatengeschichte aufweisen, denen keine neuere Nation etwas Besseres oder Gleiches entgegenzustellen hat. Ich könnte mehrere und vielleicht größere nennen: aber Spittler ist hinreichend, denn auch den erreichen sie nicht. –

So ist es in der Geschichte. Es haben aber außerdem die Franzosen ihr besonderes Gebiet, wo auch sie der Vorwurf der Weitschweifigkeit, ja selbst der Verworrenheit mit vollem Recht trifft. In dem Fache der Philosophie nämlich, so oft sie sich in dasselbe wagen. Daß Helvetius gut schreibe, wird niemand behaupten wollen, in Frankreich wenigstens ist man dieser Meinung durchaus nicht. Schwer würde es werden, bei uns einen einigermaßen bedeutenden Schriftsteller aufzutreiben, der als trocken, weitschweifig und langweilig dem Condillac ganz gleich käme. Wir müßten denn zu den ehemaligen Kantianern unsere Zuflucht nehmen wollen. Dies wäre aber unbillig, da Condillac dort doch als der Erste und Beste gilt für die ganze nachfolgende Schar ihrer sogenannten Ideologen. Sollte ich nach meinem Gefühl von der französischen Sprache, einem Schriftsteller, wenn es eigentliche Metaphysik gilt, den Vorzug geben, so würde ich einen nennen, der von Geburt kein Franzose war: den Hemsterhuis. Hier finde ich die wissenschaftliche Strenge und Kürze des Ausdrucks, vereint mit Klarheit, Leben und Anmut, ja mit einer oft Platonischen Schönheit des Styls. Selbst französische Kenner werden mir darin im Wesentlichen beistimmen, wenn gleich mit ihrem gewöhnlichen Zusatze: »für einen Ausländer«. –

Ich kann aber noch ein anderes Beispiel anführen, was ungleich entscheidender ist. Die beiden größten Denker, welche Frankreich in den letzten vierzig oder fünfzig Jahren hervorgebracht hat, St. Martin und Bonald; beide schreiben, wenn wir es gerade sagen dürfen, ebenso schlecht wie Malebranche um ein oder anderthalb Jahrhunderte früher. Fast scheint es, als ob der französische Geist, so oft er sich in das ihm eigentlich fremde Gebiet der Wahrheit und höhern Wissenschaft hineinwagt, die Gabe der sonst so geläufigen Sprache alsogleich verliert. Bonald, im vollen Gefühl seines innern Gehalts, bekennt es selbst, wie mangelhaft, trocken und schwerfällig seine Schreibart sei; mit einer Art und Gesinnung, welche bei einem französischen Schriftsteller selten sind, stellt er sich in Hinsicht der Darstellung weit hinter den eiteln Chateaubriand, der doch eigentlich nur ein Redner und Phrasenmacher ist. Beide Schriftsteller, den St. Martin und Bonald, trifft nicht bloß der Vorwurf der Trockenheit, sondern auch verworren sind sie bisweilen; wie es denen so leicht widerfährt, welche in noch unbetretenen Gegenden der Forschung, zuerst aus dem Dunkel emporstrebend, neue Wege des Lichtes bahnen. Da man es uns Deutschen nun aber einmal zum Vorwurfe macht, daß wir über die Tiefe des Gehalts und den Geist, den Ausdruck und Vortrag weniger beachten; so wollen wir uns denn auch als wahre Deutsche diese tiefen Denker unter den Franzosen in Ehren halten, und für diese großen beiden gern ein halbes Hundert von jenen sogenannten klassischen, in den Redensarten meisterlichen, übrigens aber gesinnungslosen und gedankenleeren Schriftstellern hingeben, und sie denen, die sie lieben, überlassen.

Sollte ich nun nach meiner Weise unsere Literatur mit der ausländischen vergleichen, so würde ich etwa von folgenden Bemerkungen ausgehen.

In den letzten hundert oder anderthalb hundert Jahren sind für das Ganze von Europa, besonders drei Literaturen bedeutend geworden, die französische, die englische und die deutsche. Die Italiener haben in diesem Zeitraume meistens auf ihren alten Lorbeeren ausgeruht, oder was sie hervorbrachten, war nur nachgebildet und von außen erregt. Die Spanier haben auch aus dem letzten Jahrhundert bedeutende geschichtliche Werke aufzuweisen; an einer männlichen Beredsamkeit hat es ihnen, so oft sie erfordert wurde, niemals gemangelt; aber die eigentliche Epoche ihrer Literatur und Poesie fällt doch in frühere Zeiten. Die Dänen haben ihre eigentümliche, gerade jetzt hochaufblühende, nordische Dichtkunst; auch für den Anbau der östlichsten Sprachen in Europa, der ungarischen, russischen und polnischen ist im achtzehnten Jahrhundert vieles Ruhmwürdige geleistet worden. Aber alles dies hat doch nicht so großen Einfluß auf das Ganze gehabt, kann für die Weltgeschichte nicht so wichtig erscheinen, als die Geistesbildung jener drei Hauptnationen.

Nun gibt es aber mehrere ganz verschiedene Gesichts- und Beurteilungspunkte für Literatur. Man kann von einer Sprache und Literatur fordern, daß sie wie ein wohlgeordnetes Kunstwerk auf das zweckmäßigste zusammenstimme, und bis in alle Teile gleichförmig ausgearbeitet sei. Wenn auch nicht gerade in dem idealischen Sinne eines Kunstwerkes, den wir jetzigen Deutschen von den Griechen angenommen haben, und vielleicht allzu oft auch da anwenden, wo er eigentlich nicht hingehört, und gar nicht anwendbar ist, sondern so wie wir ein künstliches Werkzeug nach dem Maße schätzen, wie es leicht und bequem eingerichtet ist für den äußern Gebrauch und Zweck. Es kann wohl niemand in Abrede sein, daß in dieser bloß äußern mechanischen Vollkommenheit, und gerade zum Zwecke, wenngleich zu einem sehr beschränkten Zwecke führenden Bequemlichkeit, die französische Sprache und Literatur den Vorrang vor allen andern europäischen behauptet. Dahin gehört denn auch die gepriesene Abgeschliffenheit, oder die sorgfältige Entfernung von allem was zu innerlich wäre für die äußere Erscheinung, oder überflüssig zu dem bestimmten Zweck, der erreicht werden soll.

Sehen wir nun aber auf den Begriff einer Nation, deren Denkart sich doch in der Sprache, Kunst und in allen Geisteswerken abspiegeln soll; sehen wir auf die Eigenschaften, Gesinnungen und Grundsätze, durch welche die Einheit und die Würde einer Nation am besten erhalten werden können; so ist in dieser Hinsicht, was die nationale Kraft und Einheit betrifft, außer der spanischen, wohl keine andere Literatur der englischen gleichzustellen, am allerwenigsten die unsrige.

Die Nation aber ist nicht das Höchste, noch ist sie um ihrer selbst willen da. Dies zu glauben, wäre patriotische Abgötterei und nur eine andere Art von Egoismus. Der innere Mensch und die Entwicklung des Menschengeistes ist das, worauf alles andre abzweckt und sich beziehen soll. Dieser große Kampf der innern geistigen Entwicklung, dieses Ringen und Streben nach Wahrheit, das ist die eigentliche Seele und Triebfeder der deutschen Literatur. –

Die französische Literatur ist, nach dem eigenen Urteil der strengeren Kunstkenner in Frankreich, als eine beinah schon ausgestorbene zu betrachten. Die englische Literatur ist entschieden im Sinken. Daß die deutsche im Steigen sei, möchte ich eben nicht behaupten. Sie ist vielmehr im Zustande der vollkommensten Gärung, aber noch wenigstens lebt sie. Aus dieser noch ganz unentschiednen Gärung kann sich vielleicht etwas sehr Vortreffliches und Großes entwickeln. Möglich ist aber auch, daß sich alles zum Schlechtern neige. Um desto mehr ist Strenge und Schärfe gerade jetzt heilsam und empfehlungswert, um die notwendige Scheidung der gärenden Elemente, des Guten und des Bösen, zu befördern und zu beschleunigen.

Doch dieses, so wie die nähere Betrachtung jenes allgemeinen innern Kampfes nach Wahrheit und Erkenntnis, welcher das eigentliche Wesen unsrer Literatur ausmacht, erfordert wohl eine nähere und eigene Betrachtung, die ich mir für das nächstemal vorbehalte.

ZUR PHILOSOPHIE

[REZENSION DER VIER ERSTEN BÄNDE VON F. J. NIETHAMMERS ›PHILOSOPHISCHEM JOURNAL‹. 1797]

Neu-Strelitz: in der neuprivilegierten Hofbuchh.: PHILOSOPHISCHES JOURNAL einer Gesellschaft Teutscher Gelehrten. Herausgegeben von *F. J. Niethammer,* Prof. der Philos. zu Jena. 8. 1795. Erster Band. 393 S. Zweiter Band. 341 S. Dritter Band. 370 S. Zweiter Jahrgang. 1796. Vierter Band. 444 S.

Der Reichtum dieser Zeitschrift an wichtigen Abhandlungen, welche jeder, der sich für die Fortschritte der Philosophie interessiert, selbst nicht bloß lesen, sondern studieren muß, nötigt den Rez., sich auch bei diesen nur auf das Wesentlichste und bloß in eignen Bemerkungen einzuschränken, manche andre hingegen, die nichts weniger als unbedeutend sind, ganz mit Stillschweigen zu übergehen: denn eine eigentliche Inhaltsanzeige würde doch, um nützlich zu werden, weitläufiger sein müssen, als sie hier stattfinden darf. Teils der Kürze wegen, teils um allgemeinere Übersichten zu erleichtern, wird Rez. oft von der chronologischen Ordnung abweichen; da ja der Zweck und Wert dieser Sammlung ohnehin mehr als vorübergehend ist.

Dieser *Zweck* umfaßt nämlich nach dem *Vorbericht* des Hn. Herausgebers beide Geschäfte, welche den Philosophen, wie kurz, aber einleuchtend, auseinandergesetzt wird, obliegen: die Philosophie eines Teils so zu begründen und in sich zu vollenden, daß sie als Wissenschaft im strengsten Sinne des Worts gelten könne; zugleich aber auch für eine zweckmäßige Anwendung ihrer Resultate auf einzelne Wissenschaften, in einem deutlichen und, wo es der Gegenstand erlaubt, auch populären Vortrage zu sorgen.

An den Vorbericht, und die darin entwickelte Behauptung, daß jene Anwendung der Philosophie auf andre Wissenschaften, mit der man keineswegs bis zu ihrer eignen wissenschaftlichen Vollendung warten dürfe und könne, die einzige zweckmäßige Art sei, die Philosophie populär zu machen; daß sie aber auch nur dadurch gemeinnütziger werden, und auf den gemeinen Verstandesgebrauch Einfluß bekommen könne; schließt sich die erste Abhandlung des *Herausgebers* an: *Von den Ansprüchen des gemeinen Verstandes an die Philosophie.* Dieser Aufsatz, der sich durch Präzision, Klarheit und Leichtigkeit des Ausdrucks und der Anordnung sehr vorteilhaft auszeichnet, muß als eine Einleitung der ganzen Sammlung beurteilt werden. Aus dieser äußern Bestimmung erklärt sich's, daß der Vf. in Rücksicht auf denjenigen Teil des allgemeinen Plans, der eben am meisten vernachlässigt wurde, den Ton etwas hoch angibt, und dem gemeinen Verstande gegen die Philosophie mehr einräumt, als billig ist. Diese Tendenz mußte bei einem gerechtigkeitsliebenden Philosophen noch sehr durch das Gefühl verstärkt werden, daß er in diesem Rechtshandel zugleich Partei und Richter sei: wenn er sich einmal den gemeinen Verstand und die Philosophie als streitende Parteien dachte. Daß man aber sie sich so denken dürfe, ist es eben, was Rez. bezweifelt. Versteht man unter dem gemeinen Verstande die gesunde Denkart verständiger Männer von allgemeiner Ausbildung, aber ohne Spekulation: so dürfte er und die Philosophie wohl gar keine positive Foderungen an einander zu machen haben. Unstreitig aber haben sie die gegenseitige große Verpflichtung, sich nicht um einander zu bekümmern, und eins das andre in seinem Gebiet ungestört zu lassen. Die Philosophie, welche Zweck an sich sein soll, kann nicht ihre Bestimmung darin setzen, die Ansprüche des gemeinen Verstandes gegen den Skeptizismus zu rechtfertigen (S. 10), oder zu dem gegebnen Wissen die wissenschaftliche Einheit zu suchen (S. 11), ohne ihre hohe Würde ganz zu verlieren. Versteht man aber unter dem gemeinen Verstande den Inbegriff der Meinungen, welche nicht bloß unmittelbaren Anspruch machen, allgemein zu gelten (denn welcher noch so individuelle Wahn täte das nicht?), sondern wirklich allgemeingeltend sind: so kann der gemeine Verstand in diesem vermeinten Rechtshandel der Wahrheit auch nicht einmal *Zeuge* sein, der als solcher doch wenigstens eine eigne Stimme haben müßte; weil er keine Repräsentanten hat, und ihm also auch keine kollektive Persönlichkeit, geschweige denn Ansprüche, beigelegt werden kann. Mag er doch in diesem Sinne vielleicht der vollständige Text, der letzte Probierstein der Philosophie sein; immer ist er nur ein totes Werkzeug in der Hand des Philosophen. Niemand kann weniger beurteilen; ja niemanden interessiert es weniger, was der gemeine Verstand (in der letzten Bedeutung) eigentlich will und sagt, als den gemeinen Verstand (in der ersten Bedeutung) selbst. Die Aussprüche desselben nicht etwa zu deduzieren, sondern nur aus allen übrigen zahllosen Aussprüchen auszusondern und vollständig anzugeben, ist kein leichtes Geschäft; aber nur der Philosoph vermag es, und zwar nur durch Philosophie. Dies ist freilich ein Zirkel. Daher sagt denn auch der gemeine Verstand in jeder Philosophie etwas ganz andres, welches gewöhnlich mit dieser Philosophie vortrefflich übereinzustimmen pflegt. Wenn es möglich wäre, die Ansprüche des nicht spekulierenden Verstandes auf dem allgemeinen Gebiet und in den besondern Fächern rein historisch zu bestimmen: so müßte die Nichtübereinstimmung seines Systems den echten Philosophen zu der praktischen Voraussetzung nötigen, daß der Fehler an ihm liege, und er sich nicht bei den Möglichkeiten, die sich immer anbieten, oder doch hoffen lassen, jene Nichtübereinstimmung, unbeschadet des Systems, leidlich zu erklären, beruhigen dürfe.

Über den zweiten Teil der Abhandlung (S. 23 folg.) hat Rez. nichts zu sagen, da der Vf., der bis jetzt zu den Schriftstellern gehört, deren letzte Schrift immer auch die beste ist, und der auch hier, wie der skeptische Ton gegen das Ende beweist, die Untersuchung keineswegs abschließen wollte (S. 27, 45), sich, wie die *Briefe über den Religionsindifferentismus* beweisen, seitdem auf einen höhern Standpunkt erhoben hat (S. 142, 143 folg.). Diese *Briefe über Religions-Indifferentismus* sind ein Werk von großer Wichtigkeit für die Religionswissenschaft, um die sich *Hr. Niethammer* schon durch die vortreffliche Entwicklung aller Bedingungen des Beweises, daß eine gegebene Urkunde wirklich Offenbarung sei, in seiner Schrift über RELIGION ALS WISSENSCHAFT ein großes und unvergeßliches Verdienst erworben hat. Durch diese Briefe hat er zugleich ein in mehr als einer Rücksicht musterhaftes Beispiel aufgestellt, wie man die kritische Philosophie mit Geist anwenden, und populär vortragen solle. Der Stil hat nicht nur alle Vorzüge, welche wir auch in der ersten Abhandlung bemerkten: er erhebt sich auch oft mit Wärme, doch ohne leidenschaftlich zu werden, der Erhabenheit der Gegenstände gemäß. Er ist überdem lebhaft dialogisiert; und die Gegner werden hier nicht bloß *pro forma* redend eingeführt; sie sagen die tüchtigsten Gründe, die ihre Meinung hat, in den stärksten Ausdrücken. Belege für dies Urteil können wir des Raums wegen nicht anführen; auch ist die ganze Schrift Beleg. Daß der Vf. seine philosophischen Talente gerade diesem Gegenstande widmete, darf selbst der entschiedenste Religionsindifferentist, dessen Meinungen hier doch teils widerlegt, teils berichtigt werden, nicht bedauern; wenn er nur ein Patriot ist. Denn der Zustand der Religion und Theologie, die nun einmal da sind, ist von dem ausgebreitetsten Einfluß auf die deutsche Kultur überhaupt. Wenn bei keiner andern gebildeten Nation so viele Philosophen ursprünglich Theologen waren, und immer einen Anstrich davon behielten: so gibts auch wohl bei keiner andern so viele Theologen, die Philosophen sind. Schon der Protestantismus, und in unserm Jahrhundert, die Ausbildung der echten Exegese und biblischen Kritik sind Andeutungen, daß diese merkwürdige Seite der menschlichen Natur grade in Deutschland, wo der ausgezeichnete Tiefsinn und die Herzlichkeit der Nation die standhafte Erhebung zu Ideen begünstigt, vorzüglich ausgebildet werden solle. Selbst die mannigfachen, durch ihre Inkonsequenz gewöhnlich bei beiden Parteien verhaßten Versuche der Neologen, die positive Religion philosophisch zu behandeln, beweisen doch wenigstens das Streben des Ganzen, zum Bessern fortzuschreiten. Wie nützlich ist es daher, wenn ein Philosoph von dem strengen Prüfungsgeiste des Vf. bei einer solchen Höhe des Gesichtspunkts, und mit diesem Interesse an seinem Gegenstande, seine Muße dem Anbau und der Aufsicht dieses Gebiets ausschließend widmet! Um so mehr, da Religion und Theologie wegen des selbst dem freien Glauben ursprünglich anklebenden Scheins der Objektivität der steten und scharfen Zensur des kritischen Philosophen so sehr bedürfen. Schon das Wort *Glauben* hat die gefährliche Nebenbedeutung einer Überzeugung von der Wirklichkeit, dem Dasein des Gegenstandes. Auch übt der Vf. diese Zensur wachsam, und erklärt sich schlechthin gegen jede theoretische Religion (S. 130). Wie sehr er in den Geist der Kantischen Moral eingedrungen sei, kann die Stelle S. 119, 120 beweisen, wo er sie eine Totalreform nennt; »ihr größter Vorzug bestehe darin, daß sie aus dem Begriff der moralischen Handlung alle Passivität verbannte.« Ferner die vortreffliche polemische Stelle im sechsten Brief gegen gewisse sehr verbreitete Vorstellungen von der Freiheit des Willens als einem absoluten Vermögen der empirischen Vernunft, der empirischen Willkür. Man muß damit einige sehr merkwürdige Äußerungen über denselben Gegenstand in *Kants* EINLEITUNG ZU DEN METHAPHYSISCHEN ANFANGSGRÜNDEN DER RECHTSLEHRE vergleichen. – Doch wäre zu wünschen, daß der Vf. seine eignen positiven Behauptungen über die praktische Freiheit bei einer neuen Ausgabe seines Werks von neuem prüfen möchte, da sie nicht frei von Verwirrung und Mißverständnis zu sein scheinen. – Wenn, wie er behauptet, *nur* dem transzendentalen Subjekt absolute Freiheit beigelegt werden kann, die er dem empirischen mit dem vollsten Recht und den bündigsten Beweisen abspricht; wenn die praktische Selbstbestimmung durchaus nur mittelbar sein kann: so gibts überall keine *Praxis,* d. h. Bestimmung des Empirischen durchs Absolute. Eine durchaus nur mittelbare Selbstbestimmung enthält schon einen innern Widerspruch: es wäre gar keine Selbstbestimmung, und kein Selbst. Alle Vermittlungen sind empirisch: man kommt dem Absoluten dadurch um nichts näher, und bleibt immer in den Schranken. Daraus würde folgen, daß die Schranken absolut wären, das Ich aber relativ. So ist es im theoretischen Gebiet. Gibt es ein praktisches Gebiet, und eine praktische Aufgabe, die nicht an das reine Ich ergehen kann (S. 152): so muß es auch ein praktisches Ich geben: denn von dem empirischen Subjekt, als solchem, dessen Selbsttätigkeit durch Naturgesetze beschränkt ist, gänzliche Vernichtung aller Schranken absolut zu fodern, wäre widersprechend. Das *praktische Ich* ist das absolute, insofern es das empirische bestimmt, oder umgekehrt. Die Möglichkeit dieser Bestimmung, die nur unmittelbar sein kann, worauf es hier eigentlich ankommt, folgt von selbst, wenn das reine Ich, wie der Vf. (S. 142, 143, 152) zugibt, absolut ist. Es gibt dann keine Schranken, als die es sich selbst gesetzt hat, also auch wieder durch sich selbst muß aufheben können. Wird von der Zeit abstrahiert, wie in praktischer Rücksicht davon abstrahiert werden muß und soll: so ist die Macht des Willens unendlich. Ein einziger synthetischer Entschluß kann als erstes Glied einer unendlichen Progression von steten Freiheitserweiterungen die Ursache der gänzlichen Vernichtung aller Schranken sein. Wie könnte die Kraft beschränkt sein, deren Produkt absolut ist? Freilich aber darf man nicht, wie so häufig geschieht, was nur fürs praktische gilt, auch aufs empirische Subjekt übertragen. Der Vf. hat es ins hellste Licht gesetzt, daß in diesem nichts absolut ist (S. 151), und daß wir uns nicht, wie mit einem Schwertstreich, heilig machen können. Es gibt gewiß keinen größeren Unsinn, als zu sagen: »So eben habe ich mich durch reine Vernunft selbst bestimmt.« Selbst bei der Würdigung eines empirischen Subjekts darf daher die Freiheit nicht als Erklärungsgrund vorausgesetzt werden: d. h. die *Zurechnung* ist in der Geschichte und in der Beurteilung sittlicher Phänomene ganz unstatthaft. Die *Reue* ist als seinsollende Einsicht, daß wir anders hätten handeln können, zwar auch eine bloße Täuschung; läßt sich jedoch, als praktisches Gefühl, verteidigen. Die Bedingung ihrer Sittlichkeit, wie aller Gefühle, ist die Schönheit.

Um noch weiter zu beweisen, daß Rez. nicht deshalb dem Vf. Geist der kritischen Philosophie beigelegt habe, weil er etwa seine eigne Meinung durchgängig in ihm wiederfand, und um einen oder den andern Leser und auch den Vf. selbst vielleicht zu einer vielseitigern Prüfung des prüfungswürdigen Gegenstandes zu veranlassen: trägt er seine Zweifel auch gegen die Behauptung vor, welche der ganzen Untersuchung, ob Religion Pflicht sei oder nicht, als ausgemacht zum Grunde gelegt wird: daß nämlich die Religion *willkürlich* sei. Dem Rez. scheint sie mehr eine beneidenswürdige Belohnung als ein pflichtmäßiges Hülfsmittel der Tugend. Er ist vollkommen damit einverstanden, daß die Religion ein Produkt der Freiheit sei, und daß alles, was nicht Produkt der Freiheit ist, jenen Namen nicht verdiene. Ja er getraut sich den Satz zu behaupten: Je freier, je religiöser; wenn man den letzten Ausdruck nicht auf die Quantität der Religion (an der die Menschen glauben, nie zu viel tun zu können), sondern auf die Qualität bezieht. Wenn aber die einzelne

Religionsäußerung gar keine für sich bestehende Handlung, sondern ein wesentlicher Bestandteil eines einzigen und unzertrennlichen Akts ist; der gesamte religiöse Zustand eines Individuums hingegen durch das Maß seiner wirklichen Moralität, durch den Grad seiner Annäherung zum Ziel der Sittlichkeit bestimmt wird: so ist es eben so widersinnig, sich einen Gott zu *machen*, d. h. erkünsteln zu wollen; als zu glauben, man könne die Religion für sich kultivieren und veredeln, oder durch sie den Menschen moralisieren; denn *zähmen* kann man ihn allerdings, so lange er noch ein knechtisches Halbtier ist, durch die Furcht vor einem allmächtigen Herrn, und den Glauben an einen absoluten Buchstaben. In einem andern Sinne des Worts ist aber jeder Gott, dessen Vorstellung der Mensch sich nicht *macht*, d. h. frei hervorbringt, sondern geben läßt, diese Vorstellung mag übrigens noch so sublimiert sein, ein *Abgott*. Um das Sittengesetz zu erfüllen, weil es Gesetz ist, muß der Handelnde sich dasselbe als Gesetz im strengen Gegensatz gegen die Wünsche und Einfälle seiner Willkür, d. h. als Gebot eines allmächtigen, allgerechten und allwissenden Gesetzgebers, denken; welches ein einziger unteilbarer Akt ist. Soll diese Vorstellung den Menschen nicht zermalmen, und in tugendtötende Geistesknechtschaft stürzen: so muß er schon in dem Maße selbständig sein, daß er seine Menschheit auch gegen eine feindliche Allmacht kämpfend behaupten könnte. Soll das Freiheitsgesetz nicht zum Naturgesetz für ihn werden, so muß seine Natur schon frei sein. Ehe der Mensch also reif wird, seine Pflicht um der Pflicht willen zu tun, welches wohl noch nicht für den höchsten Gipfel der sittlichen Bildung gelten kann, muß er schon eine frühere Stufe derselben durchgangen sein, welches wohl nicht die erste sein kann, da die Erfahrung im Großen und Kleinen lehrt, daß die Kultur zur Sittlichkeit mit der Zähmung der Tierheit den Anfang nehmen müsse. Es wäre sehr zu wünschen, daß der Vf., der den Gedanken, daß der wirkliche Mensch nicht alle Schranken plötzlich überspringen, sondern nur Schritt vor Schritt überwinden könne, so befriedigend und lichtvoll entwickelt hat, hierin den allmählichen Gang der menschlichen Natur zu erforschen, und die wesentlichen Stufen der sittlichen Bildung zu bestimmen suchte. Es muß für jede derselben, wenn dieser Ausdruck nicht zu kühn ist, eine eigne Religion geben; d. h. es muß einer jeden auch eine Stufe der religiösen Bildung entsprechen. Nun ist es aber gerade eine charakteristische Eigenschaft des *Christianismus,* der unsrer Religionswissenschaft doch am nächsten liegt, und vielleicht eine wesentliche Eigenschaft jeder katholischen Religion, allen alles sein zu wollen, und für jede Stufe der sittlichen Kultur vom Halbtier bis zum Weisen auf angemessene Art zu sorgen. Schon darum ist der Christianismus vorzüglicher als andre Religionen, welche ihren Ansprüchen auf Universalität nicht Genüge leisten konnten, weil sie aus zu einfachen Bestandteilen entstanden waren. Auch wäre zu wünschen, daß der Vf. in dem Fortgange seines interessanten Werks auch auf die etwanigen Einwürfe eines solchen Indifferentisten Rücksicht nähme, der es gar nicht gegen die Religion selbst, aber gegen alle öffentlichen Religionsübungen wäre, weil er die *Mitteilbarkeit* der echten Religion bezweifelte.

Weißhuhns Beiträge zur Synonymistik lassen den frühzeitigen Tod dieses feinen Kopfs, dem es gar nicht an eignem Geist fehlte, sehr bedauern. Wie viel Gutes hätte er nicht noch vielleicht für die Ausbildung einer wissenschaftlichen Grammatik, für deren Wert und Würde man in Deutschland, wo sich manche günstige Umstände dazu vereinigen, Sinn zu haben scheint, und welche unstreitig auch einer der Vorzüge ist, wodurch sich eine gebildete Nation von einer bloß verfeinerten unterscheidet, leisten können! Welche Vorteile hätte ihm dazu die kritische Philosophie gewähren müssen, da er über dieselbe nicht verlernt hatte selbst zu denken, und sich um genaue Sachkenntnisse zu bemühen! Er scheint hier ganz in seinem eigentlichen Felde gewesen zu sein. Jedoch ist auch hier die allgemeine Einleitung schwächer als das Besondere. Und die *Sätze und Gegensätze zur Grundlegung eines neuen Systems der Philosophie* im VIten Stück sind im ganzen genommen nur ein Beweis mehr von der Gewalt, die der herrschende Ton des Zeitalters auch über bessere Köpfe ausübt, indem er sie oft aus ihrer eigentlichen Sphäre zieht. Einzelne auch im Ausdruck sehr glückliche Stellen, wie S. 89, 90, 97, sind jedoch eine vollgültige Rechtfertigung der öffentlichen Bekanntmachung dieses Bruchstücks; und wenn der übrige Nachlaß ähnliche Stellen enthält, so kann die Mitteilung derselben nicht überflüssig scheinen.

Erhards Apologie des Teufels empfiehlt sich sehr durch die leichte Behandlung. Nachdem der Vf. in der Einleitung die Paradoxie seines Unternehmens nach der Denkart der feinen Welt betrachtet hat, wird S. 108 gesagt: die Allgemeinheit des Glaubens an den Teufel beweise wenigstens, daß, im Falle er auch nur eine Illusion wäre, er doch beinah eine dem Menschen eigentümliche Illusion sein müsse; und nach S. 111 ist das Dasein positiver Bosheit bei dem gesunden Menschenverstande entschieden. Dies wird weiter unten dahin eingeschränkt, daß die christliche Religion zuerst das Ideal der Bosheit richtig dargestellt habe. »Daher treffe man auch vor Christi Geburt bei keinem Volke einen Teufel an« (S. 129). Das Vorzüglichste in dem ganzen Aufsatze ist wohl die Entwicklung der Maximen des Teufels. Überhaupt fehlt es diesem Schriftsteller nicht an sinnreichen Einfällen; wohl aber an bündiger und strenger Methode. Daher würde eine zergliedernde und detaillierte Prüfung die Mühe nicht belohnen. Über die dem Vf. mit mehreren gemeinschaftliche Vorstellung von der praktischen Freiheit hat Rez. nach dem, was *Hr. Niethammer* in den *Briefen über Religionsindifferentismus,* und *Kant* in der Einleitung zur RECHTSLEHRE, dagegen erinnert haben, nichts hinzuzusetzen. Die dem Vf. ebenfalls mit vielen gemeinschaftliche Manier zu postulieren, hat *Schelling* in den BRIEFEN ÜBER KRITIZISMUS UND DOGMATISMUS ins hellste Licht gesetzt.

Das Resultat der Untersuchung ist: »daß die Existenz des Teufels für die praktische Vernunft gleichgültig; der Begriff des Teufels aber demungeachtet für die Moralität sehr wichtig sei« (S. 135 fg.). Durch den Beweis nämlich, daß nur ein Wesen mit Freiheit höchst boshaft sein könne, entstehe ein Interesse der theoretischen Vernunft für die Maximen der praktischen, indem diese allein von allen Menschen konsequent befolgt werden können. Daraus entspringe der *Begriff des Rechts,* der seiner Möglichkeit nach von der Moral abhängig sei. Ist dies der Fall, so ist die Rechtslehre ein Teil der Moral, wenn anders alle Bestimmungen und Beschränkungen des ersten Grundsatzes einer Wissenschaft in den Umkreis derselben gehören, und die bloße Bedingung eines Positiven keine eigne Wissenschaft begründen kann. Die Trennung beider Wissenschaften ist alsdann bloß willkürlich, wie sie auch in *Maimons* gleich darauf folgenden Aufsatze *Über die ersten Gründe des Naturrechts* im 2ten Hefte ist. Nach Maimon ist nämlich das *Naturrecht* die Wissenschaft von den, durch das Moralgesetz *a priori* bestimmten, notwendigen und allgemeingültigen *scheinbaren Ausnahmen* von demselben (S. 142). Über das *Scheinbare* hat der Vf. sich nicht weiter erklärt; auch verliert sich dieses Merkmal allmählich, je tiefer man in den Aufsatz hinein kommt. Wie es *Ausnahmen* von einem Moralgesetz geben könne, welches (nach S. 151) ein *kategorischer Imperativ* ist, dem in keinem Falle zuwider gehandelt werden darf, dessen Möglichkeit sich jedoch (nach S. 142) auf die *Annahme eines Triebes* im Menschen zur Allgemeingültigmachung seines Willens gründet, ist nicht begreiflich. Ein einiges praktisches Gesetz, welches nicht erfüllt (*gebraucht* ist ein sehr unschicklicher Ausdruck) werden kann, ohne zugleich übertreten zu werden, würde sich selbst annihilieren. Etwas anders wäre es freilich, wenn sich das Recht aus der gegenseitigen Beschränkung mehrerer koordinierter praktischer Gesetze ableiten ließe. Maimon hat also das Recht eben so wenig deduziert, wie die neuern Rechtslehrer, denen er dies, vielleicht nicht ohne Grund, aber doch ohne gehörige Belege, Schuld gibt (S. 143). Sehr auffallend zeigt es sich auch in dieser Zeitschrift an einer Menge der verschiedenartigsten *Abhandlungen über Gegenstände der Rechtslehre*, deren Vergleichung dem Beobachter zu merkwürdigen Folgerungen Anlaß gibt, wie sehr gerade dieses Gebiet jetzt ein vorzüglicher Tummelplatz der philosophierenden Vernunft ist. Aus dem akademischen Bedürfnis oder dem herrschenden Ton eines revolutionären Zeitalters läßt sich das Phänomen schon darum nicht allein erklären, weil die Tätigkeit und die Uneinigkeit sich gerade in dem Wissenschaftlichsten und Allgemeinsten, der *Deduktion des Grundbegriffs* und besonders der *Grenzbestimmung der Wissenschaft*, am stärksten äußert. Es scheint also eine Indikation zu sein, daß hier mehrere Knoten des verschlungnen und verwickelten Gewebes der Philosophie zusammentreffen mögen. Aus der Vergleichung der verschiedenen Grenzbestimmungen des Naturrechts in dieser einzigen Sammlung erhellt wenigstens, daß die Selbständigkeit und spezifische Verschiedenheit dieser Wissenschaft noch keineswegs ausgemacht sei. Die Entstehungsgeschichte ihrer Form könnte auf den

Gedanken leiten, daß sie wohl nur gar ein durch äußre Umstände und Bedürfnisse gebildetes wissenschaftliches Aggregat sei, wie so viele andre angebliche Wissenschaften (Vergl. *Niethammers Bemerkungen über den Gebrauch der Ausdrücke Theoretisch und Praktisch* im XII. Heft S. 340), welche ein Philosoph, der sich auch für die Vollkommenheit der szientifischen Formen mit Rigorismus interessierte, doch einmal in ein *Verzeichnis der Wissenschaften, welche keine sind,* zusammentragen sollte. So lange die Philosophie noch die *Episoden* vom epischen Gedicht entlehnen muß: darf man wohl voraussetzen, daß sie mit ihrer Klassifikation nicht im Reinen sei. Vielleicht aber, und dies ist wohl das Wahrscheinlichere, ist die Rechtslehre nur ein Teil einer andern, von der Moral aber verschiedenen, Wissenschaft; denn von dieser wollen sie wenigstens alle trennen, wenn es gleich den meisten entschieden mißlingt. – Es ist kein gutes Zeichen, wenn sich in dem Bezirk einer Wissenschaft häufig offenbar fremdartige Bestandteile finden, andere offenbar verwandte ausgeschlossen bleiben. Wenn der Rechtsgrundsatz, wie Erhard behauptet, die Form der politischen Gesetze, aber nur diese bestimmen soll: so gehört die Theorie der Gesetzgebung zur Rechtslehre, enthält aber mehr als sie. *Erhards Erster Beitrag zur Theorie der Gesetzgebung* im VIII. Heft kann wenigstens zur Genüge zeigen, wie unbestimmt und schwankend sie bleiben müsse, wenn man den Inhalt der Gesetze bloß moralisch oder technisch bestimmen will. Woher soll ihr nun aber der Inhalt kommen, wenn sie keine bloß technische Theorie ist? Dies leitet auf die Vermutung, daß ihr Inhalt aus einer Wissenschaft bestimmt werden müsse, deren Teil die Rechtslehre sei. Die eigentliche Grundlage der sehr reichhaltigen *Neuen Deduktion des Naturrechts* im IV. Heft des II. Jahrg. ist die Voraussetzung, S. 181, § 15, daß der Mensch »in einem Reich moralischer Wesen« sei. Diese Voraussetzung wäre also vor allen Dingen zu deduzieren gewesen, welches hier aber eben so wenig geschehen ist, als in *Schaumanns Versuche* im XI. Heft S. 56. Dagegen ist die an sich scharfsinnige praktische Deduktion des Lebens § 8. 9. hier eine Episode. Die Moral scheint dem Vf. für eine allgemeine praktische Philosophie zu gelten, deren spezifische Verschiedenheit mit Bestimmung ihrer Grenzen zu erweisen war. Was sich gegen die

Trennung der antithetischen Pflichtwissenschaft und Rechtswissenschaft sagen ließe, übergeht Rez., da es ohne Zweifel mit höhern spekulativen Meinungen des Vfs. zusammenhängt. Die Resultate dieser Indikationen, worin entweder alle, oder mehrere und zwar vorzüglich scharfsinnige und sonst sehr verschiedene Schriftsteller über die Rechtslehre in diesem Journal übereinstimmen, sind in kurzem folgende: 1) der Rechtsgrundsatz ist unabhängig von der Moral; 2) er ist nicht bloß technisch nützlich, sondern praktisch und absolut notwendig; 3) er ist nur die Bedingung und Beschränkung eines positiven Gesetzes; 4) die Möglichkeit des Rechtsgesetzes beruht auf dem Begriff einer Gemeinschaft freier Wesen. Am bestimmtesten ist dieses gesagt in der *Rezension von Kant* ZUM EWIGEN FRIEDEN im I. Heft des II. Jahrg. S. 85. –

Das Wort *Naturrecht* hat allein in diesem Journal drei ganz verschiedene Bedeutungen: 1) Naturzustandsrecht; 2) Menschennaturrecht; 3) Recht des Menschen über die Natur. Sollte es nicht gut sein, das Wort wenigstens aus philosophischen Schriften, die nicht zu akademischen Vorlesungen bestimmt sind, als Benennung der ganzen Wissenschaft zu antiquieren; da außer jener Vieldeutigkeit, die vielleicht auch die Sprachrichtigkeit in einigen Bedeutungen beleidigt, eine solche Abbreviatur des Ausdrucks für die Benennung einer strengen Hauptwissenschaft unschicklich ist? Das von *Kant* gebrauchte *Rechtslehre* ist wissenschaftlicher und sprachähnlicher.

Maimons Abhandlung im V. Heft: *Über den Gebrauch der Philosophie zur Erweiterung der Erkenntnis,* enthält nach einer allgemeinen Einleitung ein vorläufiges Bruchstück eines größern Werks, unter dem Titel: *Vervollkommnung des Erfindungsvermögens durch die Mathematik* (S. 18 folg.). In dieser allgemeinen Einleitung (S. 1–18), wird das wissenschaftliche Genie mehr durch Scherze von der nicht feinen Art (S. 12. 15), als durch Gründe herabgewürdigt, und behauptet, aber ohne Beweis, daß die in Belagerungsstand erklärte Philosophie, in der es überhaupt keine *reale* Erfindungen gebe, mit ihrer Verteidigung gegen die neuern Skeptiker zu sehr beschäftigt sei, als daß man *Methoden* zur Erweiterung unsrer Erkenntnis von ihr erwarten dürfe (S. 16). Der Vf. will hingegen die Erfindungsmethoden von der Mathematik und Physik abstrahieren, und auf die Art die Möglichkeit der Sache durch das Faktum selbst beweisen. Da er alles, was daraus gefolgert wird, schon in willkürliche Definition des Erfindens (S. 7, 10) hineingelegt hatte: so ist die Untersuchung eben nicht sehr lehrreich. Da er nur von einem analytischen Erfinden weiß: so glaubt er natürlich, daß man, wenn die Methode nur vollkommen wäre, das Genie würde entbehren können.

Skeptisches konnte Rez. in beiden Maimonschen Abhandlungen nichts finden; man müßte denn Einfälle und Machtsprüche, die das Verfahren andrer tadeln, oder das Erkenntnisvermögen selbst bloß *beschränken* sollen, für skeptisch halten. Schwerlich hätte man diesen Schriftsteller für einen Skeptiker gehalten, da doch die diagnostischen Zeichen seines Empirismus überall so sichtbar am Tage liegen, wenn das Bedürfnis nicht so äußerst dringend gewesen wäre. Darum gab eine Reihe oft mehr naiver als philosophischer Fragen und Zweifel hinreichenden Anspruch auf diesen Namen; wie ehedem schon der häufige Gebrauch jener Lieblingsworte der Geisteshalbheit: Vielleicht, Beinahe, Ungefähr u.s.w. Rez. erwartet den Einwurf, daß jeder andre Skeptizismus, außer diesem neuen Skeptizismus unsers Jahrhunderts, Unsinn sei. So lasse man denn, nach dem Gesetz der Sparsamkeit, die überflüssige Benennung des Skeptizismus gänzlich eingehen! *Entia praeter necessitatem non sunt multiplicanda*. Auffallend war es ihm, daß der *Rezensent* von *Städlins* GESCHICHTE DES SKEPTIZISMUS im III. Heft die merkwürdige Definition des Vf. vom Skeptizismus nur mit einem kurzen Machtspruch abfertigt. Sie hat freilich einen großen Fehler: aber es ist doch ein Gedanke, und gerade der einzige bedeutende, der in der Rez. zitiert wird. Sie lautet: »Der Skeptizismus ist ein System von Grundsätzen, welches sowohl jedes System der Erkenntnis als auch sich selbst zernichtet (S. 278).« Das Merkmal *System* hier in diesem Zusammenhange ist nur so einer von den Mißgriffen, an denen man gleich den ganzen Mann erkennt. Indessen dürfte jemand, der hier rein historisch urteilen wollte, die Definition auch nach dieser Verbesserung als *nicht charakteristisch* verwerfen, und sie auf jede schon vergangne Philosophie passend finden.

Schellings Briefe über Kritizismus und Dogmatismus im VII. und XI. Heft sind durch Gehalt und Form eine der merkwürdigsten Erscheinungen der neuern philosophischen Literatur. Um seinen hinreißenden Vortrag kennen zu lernen, mag der Leser, welcher bis jetzt versäumt, sich mit diesen Briefen bekannt zu machen, nur folgende auch in Rücksicht auf Gedanken und Geist sehr vortreffliche und charakteristische Stellen gegen abschließende Systematiker und Moralisten, die einen sehr niedrigen Standpunkt für den höchsten halten, nachschlagen: St. XI. S. 185, 186, 209–213. Obgleich man in einigen Stellen noch zu sehr an *Jakobi* erinnert wird: so geht der Vf. doch im Ganzen auch im Stil durchaus seinen eignen Gang. Die Seele seiner Philosophie ist jener Sinn, jene Begeisterung für ganzes, freies Sein, welche von jeher die Größten der merkwürdigen Menschenart, die wir Philosophen nennen, charakterisierte. Mit der Foderung absoluten Daseins, und der Realität des Wissens beginnt diese Philosophie und nachdem der theoretisch unauflösliche Knoten *rein praktisch* aus Willkür nach Gefühl durch die Tat *zerhauen* ist, endigt sie damit, daß sie der müßigen Spekulation gänzlich entsagt, und ins tätige Leben zurückkehrt (s. das Ende der Br.). Daher der Geist der Fortschreitung und Freiheit, die Vorliebe für alles Handelnde und Lebendige. Daher die polemische Tendenz aus reiner, starker Antipathie vorzüglich gegen Inkonsequenz und Passivität, überhaupt aber gegen Beschränktheit jeder Art, und insofern sie das ist, auch gegen alle *Theorie*. Für den Kenner liegt es schon in dem Gesagten, daß diese Philosophie ganz im vollen Ernst recht *paradox* sei, und warum sie es sei. Es läßt sich denken, wie übel man das genommen hat, da für so viele schon das die ärgste Paradoxie ist, wenn jemand Geist und Charakter hat. Möchten sie doch nur einmal den Versuch machen, ohne Paradoxie nicht bloß zu räsonnieren, sondern wirklich zu philosophieren. Rez. bekennt dagegen, daß er an einem Philosophen, der, wie *Hr. Schelling,* überall Gradsinn, scharfes Urteil, bedeutenden Witz und eine männliche Seele blicken läßt, Paradoxie für ein Zeichen der günstigsten Vorbedeutung hält. Wenn Rez. noch hinzufügt, daß jede neue Schrift des Hn. S. über seine eigentliche Philosophie bis jetzt die vorige an Gehalt und Ausdruck ungemein weit übertroffen habe: so wird wohl kein Unbefangener es zu viel gesagt finden, daß die deutsche Literatur in ihm einen ihrer vorzüglichsten Schriftsteller erwarten dürfe. Es müßte sich einem nur verständigen und billig denkenden Manne, wenn er auch für seine Person der Spekulation noch so abgeneigt wäre, ganz klar machen lassen: daß nicht bloß die Philosophen paradox sind (wie das Beispiel der Größten beweist), sondern daß die Philosophie selbst es sei. Wenn er nur zugibt, daß die Anlage zur Philosophie eine eigne Kraft und notwendige Seite, nicht bloß eine Krankheit und Verirrung der menschlichen Natur ist: so wird er, da es allen einleuchtet, daß jede Kraft nur durch sich selbst gebildet werden kann, auch den Satz zugeben müssen: je kräftiger, je einseitiger; je philosophischer, je paradoxer. Hoffentlich wird den Vf. weder das bei einigen erregte Mißfallen noch irgend eine andre Rücksicht abhalten, seiner Individualität völlig freien Lauf zu lassen; wo möglich noch mehr als bisher. Denn mit dem Individuellsten würde er unfehlbar auch das Beste wegschneiden. Um jedoch nicht das Ansehn zu haben, als ob wir wider Gewissen und Amtspflicht dem Vf. Vernachlässigung der Disziplin empföhlen, äußern wir den Wunsch, daß er in den angestrengtesten mannigfachsten Übungen nicht ermüden möge, bis er alle Teile der unauslernbaren logischen Kunst, in der auch der größte Meister immer unvollkommen bleibt, einigermaßen in seiner Gewalt hat. Dann wird es Zeit sein, seine Philosophie im einzelnen zu prüfen. Diese Kunst ist nicht an die Förmlichkeit dieser oder jener Methode gefesselt, wogegen Sch's Philosophie einen charakteristischen Indifferentismus äußert. Sie verträgt sich mit jeder, auch der individuellsten, Form. Gewiß würde es für den Vf. sehr unvorteilhaft sein, wenn er in der praktischen Philosophie, welche für ihn doch nur der Geist der Praxis sein kann, eine andere Form wählen wollte, als die freieste und individuellste.

Wenn Rez. in betreff der *Schmidischen Bruchstücke über die Philosophie und ihre Prinzipien derselben* im X. Heft, und *Fichtes Vergleichung* des darin aufgestellten Systems mit der WISSENSCHAFTSLEHRE im XII. Heft freimütig erklärt, daß er nach wiederholter Prüfung überzeugt sei, Hr. Fichte habe Hrn. Schmid vollkommen verstanden: so leuchtet von selbst ein, daß er in *philosophischer* Rücksicht, der einzigen, welche hier stattfinden kann, über die erste Abhandlung und über den polemischen Teil der Gegenschrift nichts zu sagen habe. Die populäre Darstellung der Prinzipien der WISSENSCHAFTSLEHRE (S. 286 bis 315), welche allen Freunden derselben so willkommen gewesen ist, vollständig prüfen, hieße beinah die WISSENSCHAFTSLEHRE selbst beurteilen, die doch auch ein Gegner, wenn er nur ein Philosoph ist, unter die kleine Zahl derjenigen Produkte des philosophischen Geistes rechnen wird, welche das anhaltendste und tiefste Studium erfodern und belohnen. Eine Beurteilung aber bleibt eben deshalb immer ein schweres Geschäft, dessen leichtester Teil die Widerlegung der gewöhnlichen empirischen Einwürfe, – der wichtigste aber die Prüfung des einzelnen nach dem Zweck und Zusammenhang des Ganzen sein würde. – Die Untersuchung der einzigen Erklärung: »das *Kant* dieselbe Frage (von der F. ausgeht) in ihrer ganzen Ausdehnung aufgenommen, sie beantwortet, und sie gerade so beantwortet habe, wie die WISSENSCHAFTSLEHRE tut« (S. 296); würde ein eignes Werk erfodern. Da eine sich selbst verläugnende Gerechtigkeitsliebe und aufrichtige Überzeugung, welche sich gewiß auf etwas Tüchtiges gründet, den Vf. einmal zu dieser eigentlich antizipierten und ganz exoterischen Behauptung veranlaßt haben: so kann Rez. nicht umhin, den Wunsch zu äußern, daß F. selbst, oder ein andrer Kenner der WISSENSCHATSLEHRE recht bald Muße und Neigung finden möchte, einen *vollständigen Beweis* dieser Behauptung darzulegen. Nicht etwa, um zu zeigen, was vielleicht nicht schwer zu zeigen sein mag: daß viele Kantianer Kanten wirklich nicht verstanden haben; noch auch um das Verständnis der WISSENSCHAFTSLEHRE durch den Gegensatz zu erleichtern: denn für die, welche sie verstehen sollen und können, ist sie wohl schon verständlich genug. Sondern um zu verhüten, daß die Auslegung Kants nach dem Geist, auf die sich jetzt wahrscheinlich viele legen werden, da sie's inne zu werden scheinen, wie übel ihnen die Auslegung nach dem Buchstaben bekommen sei, nicht gesetzlos und willkürlich werde. Eine solche Auslegung aber würde, nicht bloß nach dem Vorurteil des Pedanten, sondern auch nach dem Sinne des echten Philosophen, so gut als gar keine sein. Möchte uns Hr. F. nur wenigstens seine *Theorie über Geist und Buchstaben,* die mit dem Innersten und Eigensten seiner Philosophie wesentlich zusammenhängen muß, bald mitteilen; damit sich ungefähr übersehn ließe, wie er den Beweis jener Behauptung nach diesen Grundsätzen führen würde! Diese Behauptung ist zwar bloß exoterisch und unwesentlich, weil die WISSENSCHAFTSLEHRE auf sich selbst beruht. Indessen ist es doch von der äußersten Wichtigkeit für das Interesse der WISSENSCHAFTSLEHRE, daß sich hier keine Autorität einschleiche; und daß auch nicht einer sich für einen Anhänger derselben halte und ausgebe, der, um sie wahr zu finden, sie auch mit Kants Lehre in Harmonie bringen müßte. Jede Philosophie, und wenn sie auch ganz Geist wäre, ist, sobald sie sich ausbreitet, der Gefahr ausgesetzt, durch die Formularphilosophen in Buchstaben verwandelt zu werden. Nicht antizipiert wird die Frage von der Harmonie oder Disharmonie Kants und Fichtes erst dann heißen können, wenn eine philosophische Geschichte der Philosophie nicht bloß möglich, sondern auch wenigstens die Gesetze der historischen Kritik für dieselben wirklich entwickelt sein werden. Übrigens zweifelt Rez. gar nicht, daß Kant gerade dieselbe Frage vor Augen gehabt hat, auf welche die WISSENSCHAFTSLEHRE die Antwort enthalten soll; wie wohl alle Philosophen, die den Namen verdienen, sie vor Augen gehabt haben. *Gesetzt,* es ließe sich zeigen: daß Kants Philosophie erst durch die WISSENSCHAFTSLEHRE Haltung und Sinn bekomme; daß jene die Prinzipien dieser im Keim und *implizite* enthalte: so ließe sich dagegen immer noch einwenden: daß wir auch den Spinoza und Leibniz jetzt besser verstehen können, als sie sich selbst verstanden; und zweifeln: Ob Kant sich auch selbst *gerade so* verstanden habe? Es müßte also bewiesen werden nicht etwa bloß: daß Kant auf den Weg gedeutet, wo die Antwort zu suchen sei, und daß er, wenn er auf demselben weiter gegangen wäre, dahin gekommen sein würde (welches doch nicht leicht zu beweisen sein dürfte); sondern auch: daß er die Antwort selbst gefunden und samt ihrer Rechtfertigung bestimmt gesagt oder doch gewußt habe. Wenn die Methode auf den Charakter einer Philosophie besonders dann am sichersten schließen läßt, wenn sie entweder so eigentümlich und geistvoll wie die Kantische, oder in ihrer Art so vollkommen, und ein gehorsames Werkzeug in der Hand des Meisters ist, wie die Fichtische: so deutet dies auf Verschiedenheit nicht bloß im Buchstaben, sondern im Geist. Auch läßt sich diese Verschiedenheit der Methode nicht allein aus der Verschiedenheit der Sphäre erklären: denn die WISSENSCHAFTSLEHRE hört zwar auf, wo die KRITIK DER REINEN VERNUNFT anfängt, aber Fichte und Kant sind oft genug auf demselben Gebiete.

Rez. begnügt sich, diejenigen, welche die WISSENSCHAFTSLEHRE schon studiert haben, noch auf einige sehr charakteristische, wegen ihrer persönlichen Außenseite aber leicht zu übersehende, Äußerungen aufmerksam zu machen. Denn wie auch das Förmlichste und Abstrakteste, besonders in der praktischen Philosophie auch der größten Eklektiker, gewöhnlich nur eine Darstellung ihrer Individualität ist: so gibt oft das scheinbar Persönlichste in den Äußerungen des echten Idealisten tiefen Aufschluß über ein System. So ist z. B. die Appellation an die besten philosophischen Schriftsteller und die Geschichte der Philosophie (S. 287, 288) bei einem Philosophen, wie F. ist, ein offenbarer Beweis, daß die ganze Entwickelung des eigentlichen Problems der Philosophie, nicht als eine szientifische Propädeutik, als förmliche Prolegomena, verstanden werden müsse; welches ganz gegen den Geist der WISSENSCHAFTSLEHRE wäre, die dergleichen nicht bedarf. Der einzige Anfang und vollständige Grund der WISSENSCHAFTSLEHRE ist eine *Handlung:* die Totalisierung der reflexen Abstraktion, eine mit Beobachtung verbundene Selbstkonstruktion, die innre freie Anschauung der Ichheit, des Sichselbstsetzens, der Identität des Subjekts und des Objekts. Die ganze Philosophie ist nichts anders als Analyse dieser einigen, in ihrer Bewegung aufgefaßten, und in ihrer Tätigkeit dargestellten Handlung (S. 299–303). Wer diese freie Handlung nicht zu handeln vermag, ist aus dem Umkreis der WISSENSCHAFTSLEHRE ausgeschlossen; und es ist ein wesentlicher Satz der Fichtischen Philosophie: »Es ist eben so wenig notwendig, daß alle Menschen Philosophen seien, als es notwendig ist, daß sie Dichter, oder Künstler seien.« Jene populäre Darstellung des eigentlichen Streitpunkts ist also gar nicht um der WISSENSCHAFTSLEHRE selbst willen da. Der Vf., welcher, ohngeachtet ihm selbst die strengste Methode ganz geläufig ist, dem Leser gern, wo es sein kann, unnützen Schulzwang und Umschweife erspart, wollte damit nur diejenigen, welche die WISSENSCHAFTSLEHRE verstehn wollen und können, auf dem kürzesten und leichtesten Wege dahin führen. Es wäre also sehr unzweckmäßig, was *bona fide* gegeben ist, *stricto jure* nehmen zu wollen; wiewohl Rez. gar nicht zweifelt, daß das Resultat einer kritischen Untersuchung über den *statum quo* der Philosophie genau so ausfallen würde. Vielleicht wäre es gerade jetzt an der Zeit, der vollständigen Ausführung und Darlegung eine eigne Schrift zu widmen. Die Erklärung über die Entstehung dieses Aufsatzes S. 283 darf nicht übersehn werden. Man könnte leicht aus den häufigen veranlaßten Streitigkeiten des Wissenschaftslehrers, (die doch nur aus persönlicher Notwehr, nicht aus Antipathie, wie bei Schelling, zu entspringen scheinen) einen Fehlschluß auf eine charakteristische Streitsucht der WISSENSCHAFTSLEHRE selbst machen. Es ist aber so wenig im Geist derselben zu polemisieren, daß vielleicht schon jede Erwähnung fremder Philosopheme, sei es in dem Text oder in den Noten und der Vorrede, in ihr eine Episode ist. Rez. wünscht, daß sie künftig einmal rein von allen solchen populären Beimischungen, wozu er auch die Einleitungen rechnet, aufgestellt werden möge; und daß jede zu erwartende neue Darstellung derselben sich durchaus nicht mehr nach dem bisherigen philosophischen Sprachgebrauch richten möge, »nach welchem sich die bisherige Darstellung nur zu sehr gerichtet hat.« (S. 305.) S. 313–315 ist ein Muster, wie man über die sogenannten Aussprüche des gesunden Menschenverstandes mit Geist philosophieren soll. Die Vernichtung des gewöhnlichen Einwurfs, daß die Philosophie nicht über die unmittelbaren Tatsachen des Bewußtseins hinausgehen dürfe, durch sich selbst (S. 304), ist stringent. Doch wäre um der vielen Schwachen willen mehr Ausführlichkeit zu wünschen.

Das bisher Gesagte ist wohl hinreichend, um jeden, der sich noch nicht durch eignes Studium von dem großen Werte dieser Zeitschrift überzeugt hat, darauf aufmerksam zu machen, und zur eignen Untersuchung zu ermuntern. Jeder unbefangne Freund der Philosophie wird finden müssen, daß sie ihren bescheiden angekündigten, aber großen und würdigen Zwecken, mit seltner Treue, auch in Rücksicht des Vortrages entspricht. Es fragt sich also nur: ob eine gründliche Philosophie, in liberaler Form, und wo es der Stoff erlaubt, mit männlicher Beredsamkeit vorgetragen, in Deutschland noch viele warme Liebhaber erwarten dürfe?

Doch muß Rez. bekennen, daß die sämtlichen Rezensionen und noch mehr die Revisionen, nach seinem Urteil, den Abhandlungen sehr weit nachstehn. Er würde in Verlegenheit sein, wenn er auch nur eine nennen sollte, welche allen Foderungen an eine gute Rezension so sehr entspräche, wie ihnen in andern Fächern zuweilen entsprochen wird. Er ist weit entfernt, die Schuld daran dem Herausgeber beizumessen. In sehr vielen sieht man den geübten Denker; in mehreren erkennt man einen oder den andern unsrer vorzüglichsten philosophischen Schriftsteller. Einige sind sogar streng philosophisch: aber gerade diese sind am wenigsten Rezensionen. Andere geben nützliche Notizen; aber von diesen kann man beinah sagen: Je literarischer, je weniger philosophisch. – Der Grund scheint ihm tiefer und in der Sache selbst zu liegen. Rez. zweifelt nämlich überhaupt an der Möglichkeit eigentlich so zu nennender Rezensionen im Gebiet der Philosophie. Er strebt dabei keineswegs nach dem echt philosophischen Genuß, die Unmöglichkeit der Bewegung im besten Spazierengehn zu demonstrieren. Die Behauptung, welche keinem denkenden Beobachter der philosophierenden Vernunft paradox scheinen kann, läßt sich ganz populär rechtfertigen. Was *Kant* schon 1783 (PROL. Vorr. S. 5) sagte: »daß in diesem Lande in der Tat noch kein sichres Maß und Gewicht vorhanden sei;« gilt noch immer, und ist seitdem beinah weltkundig worden. Rez. erlaubt sich eine kurze Ausführung dieses Gedankens, um alle Herausgeber jedes Journals, welches so streng philosophisch sein soll, wie das gegenwärtige sonst ist, an seinem Teil zu veranlassen: daß die dem bei der Form eines Journals so natürlichen Gedanken, von jeder philosophischen Neuigkeit Notiz geben zu müssen, gänzlich entsagen, und alles *bloß Literarische* aus dem Umkreise desselben vollends verbannen möchten. – Es läßt sich gar nicht bezweifeln, daß jeder Philosoph über jede philosophische Schrift wieder etwas Philosophisches schreiben könne; besonders um sie zu widerlegen. Ja das rezensierende und produzierende Vermögen scheint hier unzertrennlich verknüpft, und selten versäumt es ein Philosoph in den Werken selbst seine Vorgänger und Nebenmänner hinlänglich zu rezensieren. Aber das macht doch noch keine eigentliche Rezension, deren ausschließlicher Zweck es sein soll, nicht bloß den Inhalt, sondern auch den Charakter, und ganz vorzüglich den *Wert* eines Werks zu bestimmen. Je philosophischer, je systematischer ein Werk ist: um so weniger läßt sich sein eigentlicher Inhalt durch einen Auszug mitteilen, ohne den Zusammenhang und Geist zu zerreißen und zu töten; eben so wenig, wie der eines Gedichts. Wird der philosophische Wert einer Schrift durch den Grad ihrer Fortrückung zum Ziel der Philosophie bestimmt: so läßt sich darüber kein Urteil antizipieren, ehe nicht wenigstens ein fester Punkt der Bahn erreicht ist. Selbst eine durchgängige Widerlegung entscheidet nicht wider den philosophischen Wert. Wer getraut sich jetzt nicht, die Systeme der großen Dogmatiker zu widerlegen? Und wer wollte ihnen darum den Wert, den sie vielleicht als notwendige Fortschritte der stufenmäßigen Annäherung zum Ziel haben, im voraus absprechen? Wie sollte es ein Wissenschaftsurteil geben, wo es noch keine Wissenschaft gibt? Zwar müssen auch alle übrigen Wissenschaften oszillieren, so lange es an einer positiven Philosophie fehlt. Indessen gibt es in ihnen doch wenigstens etwas relativ Festes und Allgemeingeltendes. In der Philosophie ist nichts ausgemacht, wie der Augenschein lehrt. Es fehlt hier noch aller Grund und Boden. Entweder postuliert nun der Beurteiler ein System, nach welchem er richtet, wo sich's denn von selbst versteht, wie das Urteil ausfallen wird: oder er geht rein polemisch zu Werke; das mag eine nützliche Übung sein, gibt aber kein Urteil über den Wert des Werks, außer wenn dieser wirklich null ist, wo es sich denn wieder der Mühe nicht verlohnt. – Sollen gar keine Machtansprüche geschehn; soll nur nach Gründen und *stricto jure* geurteilt werden: so dürfen der rezensierende und der rezensierte Philosoph nur in einem Satz verschieden sein; und die Diskussionen über denselben müssen nach unendlich vielen Richtungen ins Unendliche fortgehn, wenn nicht etwa vorher das System gefunden und vollendet wird. Auf diesem Boden ist jede noch so kleine Verschiedenheit *total;* und es gibt so viele Philosophien als es Philosophen gibt. Wo soll also eine philosophische Rezension anfangen und endigen? –

Es bliebe noch übrig, dem Wissenschaftsurteil vor der Hand ganz zu entsagen: dagegen aber den philosophischen Geist und die logische Kunst vorzüglicher philosophischer Meisterwerke genau zu charakterisieren und streng zu würdigen. Es ist historisch wahrscheinlich, daß eine sehr bedeutende Klasse von Philosophen immer behaupten werde: man werde zum Philosophen geboren, es gehöre dazu ein eigner Sinn und Geist, den man zwar nicht lernen kann, aber allerdings durch Studium der Urbilder und kritische Übungen kunstmäßig ausbilden soll. Diese, und nur diese (denn Sinn und Geist ist ein Gut, dessen Mangel man nicht empfinden kann) werden die Möglichkeit und Notwendigkeit eines solchen philosophischen Kunsturteils zugeben. Es ist Tatsache, daß die Philosophie bei dem gebildetsten Volk des Altertums als Kunst getrieben ward; daß unsre neuere Philosophie, was sie nun auch sein mag, fast ganz ein Werk einiger wenigen außerordentlichen Genies ist. Redlich gedacht, wird man auch wohl bald Eins werden, wie selten der wirklich noch vorhandne Geist in der Philosophie kunstmäßig ausgebildet sei; wie schädlich diese Vernachlässigung, und wie häufig Fehler wider die Gesetze der logischen Kunst seien. Aber wo wird sich der logische Kenner finden, der sich so gut auf Philosophen verstände, wie mancher Kunstfreund auf Gemälde? Und wer wird sich für einen solchen geben wollen?

Ein naturforschender Beobachter der philosophierenden Vernunft endlich könnte vielleicht bloß als solcher, und unabhängig von jedem besondern System, die Produkte derselben klassifizieren (wie der Pflanzenkenner, welcher den innern Grund der Natureinteilungen seines Gegenstandes doch auch nicht zu deduzieren vermag), ihre Krisen bestimmen, die Tendenz ihres Ganges und die Indikationen ihres Strebens auffassen und bezeichnen. Solche historischen Andeutungen über Alles, was jeder in seinem Kreise *Geist des Zeitalters* nennt, sind es vorzüglich, was man, als Präliminarien einer künftigen Geschichte, in *Übersichten* erwartet. Um jedoch für die Produkte der philosophierenden Vernunft Sinn zu haben, müßte er selbst Philosoph sein. Wäre er aber das: so würde er uns doch wieder nur die Ansicht seiner individuellen Philosophie geben können; wenn er nicht auch *mehr als Philosoph* wäre; »welches«, um uns eines Kantischen Ausdrucks zu bedienen, »mehr sagen will, als ein bescheidner Mann sich selber anmaßen wird.«

[REZENSION VON J. G. SCHLOSSERS ›SCHREIBEN AN EINEN JUNGEN MANN, DER DIE KRITISCHE PHILOSOPHIE STUDIEREN WOLLTE‹.]

Lübeck u. Leipzig, B. Bohn u. Comp.
1797. 8.

Schlosser fühlte von jeher einen gewaltigen Drang, *auch* ein außerordentlicher Schriftsteller zu sein. Nur durch eisernen Fleiß und durch die strengste Zucht hätte er, bei der Gemeinheit und breiten Art seines Geistes, doch vielleicht ein nützlicher Arbeiter in den niedern Gegenden des gelehrten Gebiets werden können. Aber er wollte *glänzen,* nicht arbeiten. Weil es dazu an eignem Verdienst gebrach, so ergriff er die Partie, leidenschaftlich wider alles zu eifern, was eben, mit Recht oder Unrecht, am meisten galt. Ein gefährlicher Weg, auf dem weit bessere Köpfe verdorben sind! – Er bildete sich ein, die Welt »an den *seidnen Fäden* (KL. SCHR. VI, 224) der Christus Religion, »d. h. des Schlosserschen Aberglaubens, lenken zu müssen, und hofmeisterte das ganze Zeitalter, wie einen Untergebenen, der seine Schuldigkeit nicht getan hat. Bei dieser einmal zur festen Gewohnheit gewordenen Richtung, war es beinah unvermeidlich, daß die französische Revolution dem beschränkten Verstande des unglücklichen Mannes eine unheilbare Wunde versetzen mußte.

Hätte Schl. doch nur einige von den Lehren, die er den Philosophen gibt, auf sich selbst angewendet! – »So viele fehlgeschlagne Versuche hätten endlich den Menschen wohl überzeugen sollen, daß die Spekulation *für ihn* nicht gemacht sei.« (S. 29) – »Das eigentliche Geschäft der Weisheit besteht in der *Abmessung der Kräfte mit den Unternehmungen.* Warum wollen wir also, *wenn uns eigne Kraft zum Gehen mangelt* – nicht stille sitzen?« (S. 40) Durch gänzliches *Schweigen* hätte er wahres Wohlwollen gegen sich selbst, nach seiner Erklärung also, *Tugend* bewiesen. Auch um die Welt hätte er sich dadurch wenigstens ein *negatives* Verdienst erwerben können. Sie ist ja doch so unempfänglich für alle Wohltaten, die er ihr aus der armseligen Fülle seines *»herrlichen Vermögens zu glauben«* aufdringen will!

Die Berührung mit der kritischen Philosophie mußte für seinen Geist – wenn der Gebrauch dieses Wortes hier nicht eine allzukühne Metapher ist – der letzte Todesstoß sein. Es ist sonderbar, aber für den denkenden Beobachter nicht befremdlich, wie jeder Wahn, sobald er zu seinem Unglück in diesen Bezirk gerät, gleichsam instinktmäßig zu wissen scheint, daß es ihm ans Leben gehen solle, und sogleich in die heftigsten Konvulsionen verfällt. Darum setzt denn auch jetzt der räsonnierende Janhagel Gut und Blut daran: denn nichts ist dem Kritizismus entgegengesetzter, als die räsonnierende Unphilosophie.

Die ersten gefährlichen Symptome der antikritischen Epidemie äußerten sich bei Schl. in den unermeßlich abgeschmackten Anmerkungen zu den Platonischen Briefen. In der gegenwärtigen Explosion ist der Paroxysmus schon aufs Höchste gestiegen. Ungeachtet Schl. seinen Schmerz über Kants allzugelinde aber treffende Züchtigung mit höchster Anstrengung zu verbeißen strebt: so bricht doch allenthalben die an Wut gränzende Leidenschaft, die Verzweiflung über seine schriftstellerische Nullität, hervor. Diese an Inhalt und Ausdruck nicht bloß *plebejische,* sondern wahrhaft *proletarische Schandschrift* enthält außer den ungeschicktesten und abgenutztesten Verdrehungen der kritischen Philosophie, nichts wie Schmähungen gegen Kants Person, und denunzierende Verleumdungen gegen alle Philosophen.

Niemand erwartet wohl eine *detaillierte* Auseinandersetzung, daß ein Mann, dessen ganze schriftstellerische Laufbahn ein fortlaufender unwiderleglicher Beweis von gänzlicher Unfähigkeit nicht bloß zur Spekulation, sondern überhaupt zur Philosophie, ist, Kants System zu einer Zeit nicht habe verstehen können, wo er vor Zorn und Rachgier offenbar ganz außer sich war. Überall zeigt sichs, daß er in Kants Schriften nur *geblättert* habe: hie und da drängt sich der Gedanke einer *absichtlichen* Verdrehung auf. Unter andern bei dem Einwurfe, »daß der Handelnde, um zu beurteilen, ob seine Maximen allgemeine Naturgesetze sein dürften, das ganze Natursystem kennen müsse;« da doch Kant sich S. 74–77 der KR. D. PR. V. so deutlich und ganz unzweideutig erklärt hat, daß hier nicht eine Natur gemeint sei, wie sie ist und sein könnte; sondern wie sie sein sollte, eine Natur unter den Gesetzen der reinen sittlichen Vernunft.

Da ein vernunftloses Geschrei durch Gründe nicht widerlegt werden kann: so trifft sich's sehr glücklich, daß der Verfasser das Positive »in dem, was er aus Mangel eines andern Worts« – so arm ist die deutsche Sprache wohl nicht; hier reichte das Wort *Geschwätz* vollkommen zu – »seine *Philosophie* nennen muß« (S. 21), selbst *durch die Tat* widerlegt. *Menschensinn* ist das A und O des Verfassers. Wenn *das* Menschensinn ist: so muß man gestehen, daß der Menschensinn mitunter sehr unsinnig und sehr unmenschlich sein kann! Wahrlich, das Beispiel ist warnend genug, um selbst den eifrigsten Anbeter des *gemeinen Verstandes* (denn diesen versteht Schl. unter dem Menschensinn (S. 11 Vergl. SCHR. B. IV, S. 293), der nur auch *besondern* Verstand hätte, stutzig zu machen, und seinem Mißtrauen eine andre Richtung zu geben.

Diese ganz tief am Boden kriechende *menschensinnige Wahrscheinlichkeitslehre,* die (S. 39) behauptete Einerleiheit des Denkens und Empfindens, und eine Erinnerung an seine schon ältere Lehre, daß auch die *Tiere Erfahrung* hätten, sind für den Kenner wohl hinreichende Andeutungen, daß Schl.s Verstand eigentlich an einer ganz andern Krankheit leide, zu der Schwärmerei höchstens nur das Accessorium sei.

Im Grunde ist aber diese angebliche *Schwärmerei,* mit der Schl. sich so brüstet, nichts als gemeiner, derber *Aberglaube.* Nur zu oft verbirgt sich ein sehr materielles Bedürfnis unter der vornehmen Hülle sublimer, reingeistiger Ausschweifung, und verleitet den Philosophen, der bei der allgemeinen Niedrigkeit jede Spur von Erhebung zu Ideen verehrt, zu unverdienter Schonung. Auch hier ist die Losung, Plato und Pythagoras; die Formeln des Mystizismus sind nicht gespart; und die *Unvernunft* der Schwärmer – dies muß man gestehen – hat der Verfasser sich so weit zugeeignet, als die unheilbare *Halbheit* seines Geistes es nur immer verstattete. Aber die Elemente dieser Unvernunft sind nicht Feuer, Äther und Luft, sondern dürrer Sand und schales Wasser. Die erste Triebfeder, der letzte Zweck aller dieser Anstalten ist der nichts weniger als übersinnliche Wunsch: »auch jenseits des Grabes im Genuß der

Selbstliebe ruhen zu können.« (S. 22. 37. 84. 88). Aus dieser Not sich *selbst* zu helfen, gebrach es dem Verf. an Kraft des Geistes und des Herzens. Wer kennt nicht das allgemeine Hospital für Seelenkranke dieser Art? – *»Das Beruhen auf dem Zeugnis heiliger Lehren«,* ist ihm »ein Tempel, in welchem die Vernunft, wenn *Zweifel* an Zweifel sie verfolgen und martern wollen, immer eine unverletzbare Freistätte findet!« (S. 111, 112). Dem *Buchstaben* des Evangelii soll man sich unterwerfen (S. 97. 120); und »wer die christliche Religion von der *Geschichte* unabhängig machen will, sollte geradezu sagen, ich bin kein Christ.« (S. 121). So ganz entfernt von würdiger und freier Gottesverehrung ist sein knechtischer Buchstabendienst, daß er glaubt: »nur durch die heilige Schrift könne man erst Ehrfurcht vor der Menschheit lernen, weil sie dort immer als eine eigentümliche Sorge der Gottheit vorgestellt wird.« (S. 2). Ja er muß sich *vielleicht* – denn er ist sehr reich an solchen Kunst-Worten der Inkonsequenz – gestehen, *»daß er bloß den Juden seinen eignen Begriff von der Gottheit zu danken habe!«* (S. 109).

Selbst der ganz gemeine, ganz materielle Mystiker *weiß* und *sieht* doch, wenn er nur einige Energie hat, was sein Herz wünscht, und seine Einbildung selbst dichtet. Schl. kann nicht einmal lebhaft *träumen,* geschweige denn *schwärmen,* d. h. *Grundsätze* der Gesetzlosigkeit im Denken, soweit das möglich ist, *konsequent* befolgen, seine Einbildungen sind bleiche Schatten ohne Nerv und Blut. Recht auffallend verrät sich die Unsicherheit und Hülfsbedürftigkeit seines schwankenden Glaubens selbst in jedem Ausdruck. »Um sich nur nicht für ein Spott- und Possenwerk der Schöpfung zu halten« (S. 12. 117), sind ihm *Hülfsmittel, Krücken* unentbehrlich, auf die er sich *stützen,* an denen er sich aufrichten könne. (S. 40. 117).

Es ist ein rechter Jammer, daß noch immer nichts Geistvolles, was Nachdruck und Geschick hätte, wider Kants Philosophie geschrieben werden will! Und das wäre doch so heilsam, um die, welche Kants Entdeckungen nur als Polster ihrer Trägheit brauchen, zu spornen! Rez., der vielseitige freie Untersuchung über alles liebt, und an keine symbolischen Bücher in der Philosophie glaubt, sieht einer solchen Erscheinung mit wahrer Sehnsucht entgegen.

Gegenwärtige eben so lächerliche als schändliche Scharteke, über die jeder rechtliche Gegner der kritischen Philosophie sich schämen wird, ist nun wiederum, in philosophischer Rücksicht, durchaus *null*. Sie wird hier nur als *literarische Polizeisache* behandelt. Denn auch als *psychologisches Phänomen* ist sie schon darum wenig interessant, weil die Erklärung allzuleicht ist. – Überdem ist das Phänomen jetzt eins der alltäglichsten. Welche unerschöpfliche Fundgrube für den Psychologen, welcher den *gemeinen Menschenverstand* studieren will, sind nicht allein die ungemeinen Werke des tätigen *Nicolai?*

Polizeisachen aber können nur ganz unaufgeklärte Menschen mit *Gewissenssachen* verwechseln. Rez. hofft also, daß man diese Rüge der *schreienden Unrechtlichkeit* einer Schrift nicht als ein Urteil über die *innere Sittlichkeit* des Verfassers überhaupt mißdeuten werde: erklärt jedoch zum Überfluß, daß ihn diese innere Sittlichkeit Schl's hier und überall gar nichts angehe, und daß er die Beurteilung derselben vornehmlich dem Subjekte selbst, demnächst aber auch jedem andern Liebhaber, gern überläßt.

Eine gewisse Erzürnbarkeit über das Schlechte ist eine wesentliche Eigenschaft jedes wackern Mannes. Indessen würde doch derjenige unmäßig reizbar zu nennen sein, welcher über solchen bloß verächtlichen Skandal, auch nur einen Augenblick zürnen wollte. Aber, bei der herzlichsten und aufrichtigsten Gleichgültigkeit für seine eigne Person, kann man sich wohl um der öffentlichen Ordnung willen entschließen und überwinden, dergleichen Unfug nach Verdienst zu rügen. Befugt ist dazu jeder Gelehrte, der will und kann, als mitbeleidigter Teil des ganzen Standes.

Gerade jetzt ist es sehr nötig, recht streng zu sein, weil das Unwesen wirklich gar zu arg wird. Auch kann eine solche Schärfe in der jetzigen allgemeinen Gärung aller Meinungen heilsam mitwirken, um das Ungleichartige recht deutlich zu scheiden.

Wortscheue Moderantisten mögen darüber fernerhin denken, wie bisher; und großes Ärgernis daran nehmen, wenn man zur Schändlichkeit sagt, du bist schändlich, und zur Nullität, du bist null.

Dies ist fürs erste für den Leser wohl hinreichend: für die Geduld des Rez. war es mehr als hinreichend. »Noch viel Verdienst ist übrig.« Hat etwa ein Dilettant literarischer Mißgeburten Neigung, eine *Universalgeschichte des Schlosserschen Unverstandes* zu entwerfen; so ist das eine schöne Gelegenheit, eine wenigstens eben so heroische Geduld zu üben, wie Herkules in den Domänen des Augias.

[REZENSION DER ›AUSERLESENEN GESPRÄCHE DES PLATON, ÜBERSETZT VON FRIEDRICH LEOPOLD GRAFEN ZU STOLBERG‹]

Königsberg, b. Nicolovius. Erster Teil. 1796. XVI u. 367 S. Zweiter Teil. 1797. 449 S. gr. 8.

Der Charakter der Urschrift konnte nicht treffender bezeichnet werden, als durch das Motto: *das Schöne zum Guten.* Sollte aber der Geist der Übersetzung, die ihres unwürdigen Zwecks ganz würdig ist, bestimmt werden: so müßte es heißen: *das Ungeschickte zu dem Schlechten.*

Die Absicht ist ganz sichtbar keine andre, als für einige individuelle Lieblingsmeinungen, die einer Stütze gar sehr bedürfen mögen, eine große *Auktorität* zu erschleichen.

Gleich die Vorrede zum ersten Bande ist eine eifrige Kontroverspredigt wider die Aufklärung, mit der sich das, was dem Verfasser Christentum zu sein scheint, nicht zum Besten vertragen mag. Ein seltsames Gegenstück dazu ist die Ehrenerklärung an die Gesellschaft des äußern Standes zu Bern, womit der zweite Band eröffnet wird. Sie endigt, wie sich erwarten ließ, mit einer Verfluchung der französischen Revolution, auf welche, so wie auf die gottlose teutsche Philosophie in vielen Noten strafende Seitenblicke geworfen werden. Der Verfasser hat sich kaum Zeit gelassen, seine höchst eilfertige und nicht selten fehlerhafte Übersetzung mit einigen schnell zusammengerafften hie und da ganz unkritischen und unhistorischen Erläuterungen, einzelnen Anspielungen und Beziehungen u.s.w. zu begleiten. Dagegen hat er aber die biblischen Sprüche, besonders aus den Propheten, nicht gespart. Micha und Sokrates, Hosea und Perikles, Hesekiel und Diotima sind wohl nie so zusammen gepaart worden, wie hier. Auch fehlt es nicht an einer Hinweisung auf die Kabbala (I, 143), und an Deklamationen wider die Philosophen, welche das Gebet nicht hinlänglich empfehlen (II, 36). Überhaupt scheint es, der Verfasser habe absichtlich das erreichen wollen, was er (I, 161) als das Eigentümliche des mittelmäßigen Schriftstellers angibt: »sein Machwerk ist zwar *buntschäckigt in seiner Mittelmäßigkeit«* u.s.w. Bald verliert er sich in die unerforschlichen Tiefen des Vaterunsers (II, 447); bald bemerkt er die Verwandtschaft des plattdeutschen *eisch* mit dem Griechischen αισχρον (II, 259). Bald schilt er Schlözern über seine Würdigung historischer Begebenheiten (I, 288); bald benachrichtigt er uns, daß Zenon von jedem Jünglinge 2135 Rthlr. 10 ggr. Lehrgeld nahm (II, 396). Bald empfiehlt er, ich weiß nicht welchen *Beitrag zur Dämonologie,* als ein treffliches Büchlein (II, 34); bald bekennt er, daß er die tragische Muse nicht in die Täler Helvetiens einführen möchte; die Nation der Briten sei aber gewiß nicht so unschuldig, daß der gigantische Shakespeare ihr mehr schaden, als nützen sollte (II, 266).

Der Verfasser glaubt, man könne nicht über ihn lächeln, ohne zugleich auch über den Sokrates mit zu lächeln (I, 139). Wir unsers Teils glauben, daß Sokrates ganz unschuldig sei an dem geringen Beifall, den diese Parodie, nach der Äußerung II, 391. 392, gefunden zu haben scheint. Gewiß ließe es sich aus andern Gründen besser erklären, als aus der Grundschiefheit aller Leser, von der schon David geweissagt haben soll. – Um den deutschen Leser den Wert des Platonischen Sokrates fühlbar zu machen, müßte man wohl vor allen Dingen nicht einzelne Worte, sondern den Geist seiner Lehren zu *erklären* versuchen. Ob dies noch möglich, und wie es zu bewerkstelligen sei; darüber wäre es sehr unzweckmäßig mit dem Verfasser reden zu wollen, da es ihm so offenbar nur um *seine* Meinungen, und gar nicht um den Plato zu tun ist. Es könnte noch weit bessere Kenner des Plato in nicht geringe Verlegenheit setzen, wenn sie von der Sokratischen Ironie (über die der Verfasser so zuversichtlich abspricht; S. VI, XII, und in den Stellen die den Dämon des Sokr. betreffen) bestimmte Rechenschaft geben, und im einzelnen genau bestimmen sollten, was im Plato Ernst und was Scherz sei.

Der Übersetzer gehört also, wie man sieht, auch zu denjenigen, die seit einiger Zeit nicht müde werden, auf allen Gassen und an allen Ecken auszuschreien, daß die echte Wissenschaft ein Geheimnis sei. Ihre stete Lösung ist zwar »die Unmöglichkeit, den Kern der Weisheit in Büchern mitzuteilen« (S. IV); und doch vermehren sie von Messe zu Messe die Zahl der schnellgeschriebnen und schnellvergessnen Bände. Stolz genug, um den gewöhnlichsten ihrer Irrtümer oder Fehler für eine Auszeichnung der wenigen Auserwählten zu halten, plagen sie doch alle Welt mit ihren Zudringlichkeiten, und suchen, wo nicht Beifall, doch Ansehen zu ertrotzen. Im Grunde sind sie nicht zu vernünftig, sondern zu nüchtern, um so sehr im Glauben ausschweifen zu können, als sie wohl wünschten. Es fehlt ihnen an Zuversicht, und da haschen sie denn mit kindisch ängstlicher Heftigkeit nach jedem Schein von Bestätigung oder Beschönigung.

Wer die oft gepriesnen und oft mißbrauchten aber wenig gekannten Werke des Plato so heilig hält, wie die ehrwürdigsten Denkmale des wissenschaftlichen Altertums es verdienen, der wird eine solche Übersetzung zu einem solchen Zweck, für Entweihung und wahren Frevel halten, und mit Unwillen bei seinem Namen nennen.

Indessen sind selbst in dieser Schrift unverkennbare Beweise jenes ursprünglichen Biedersinnes, den ein unbefangner Beurteiler auch in andern Werken des Verfassers wahrnehmen muß. Ich erwähne hier nur den gerechten Unwillen gegen die Verteidigung des Sklavenhandels (II, 261. 262); den Abscheu gegen den Ostrakismos (II, 271) bei der Verdammung auch solcher Tyrannen, die gelind und mit Verstand herrschen (I, 145). Um so mehr aber ist diese Schrift ein warnendes Beispiel, daß auch ein nicht unedler Geist durch Leidenschaft und Beschränktheit sophistisch und illiberal werden kann. Den *illiberal* ist doch wohl der gelindeste Ausdruck dafür, wenn man jeden Andersdenkenden in Sachen, die kein Sterblicher weiß und wissen kann, der Gotteslästerung und Ruchlosigkeit beschuldigt (S. II, 33, 402, und an vielen andern Stellen)?

ÜBER DIE PHILOSOPHIE

An Dorothea

Was ich Dir von Spinosa erzählte, hast Du nicht ohne Religion angehört; Hemsterhuys hat Dir viel Freude gemacht; und sogar die Übersetzungen haben Dich vom Plato nicht abschrecken können, den Du wahrscheinlich etwas anbeten würdest, wenn Du ihn ganz kenntest. Auch bist Du gesonnen, »Dich nicht bloß mit Deiner Naturphilosophie zu begnügen, sondern Du willst, so der heilige Geist Dir beisteht, es zu ganz etwas Ordentlichem bringen.«

Ich freue mich, daß es Dir so ernst ist. Wie sollte es auch anders sein? Eitle Neugier ist Dein Hang zur Philosophie gewiß nicht: denn wer das Rechte weiß, weil er es besitzt in seinem Innern, der hascht nicht bloß nach diesem und jenem, dem ists nicht bloß darum zu tun, nur allerlei zu wissen, was die Mode eben stempelt oder die Laune wählt. Warum solltest Du Dich also nicht diesem Hange überlassen? Die Furcht vor dem, was die sogenannte Welt dazu sagen möchte, wird Dich schwerlich davon abhalten können. Denn Du weißt es zu gut, wie leicht es ist, unbemerkt und ungestört in ihr vortrefflich zu sein, und Du würdest es im Notfalle nicht scheuen, Dich ihr mit einfacher Freimütigkeit zu zeigen, wie Du bist. Auch hoffe ich mit Zuversicht, daß Du nicht von dem Gedanken angesteckt seist, welcher so mancher zierlichen Frau eine geheime Scheu vor Wissenschaften und selbst vor Künsten und vor allem einflößt, was nur jemals die Gelehrsamkeit berührt hat. Ich meine die Besorgnis, durch diesen Gewinn von geistiger Ausbildung an der sittlichen Unschuld und besonders an der Weiblichkeit Schaden zu leiden; als wenn eben das, was ganze Nationen wie man sagt weibisch macht, die Weiber zu männlich machen könnte. Eine Besorgnis, die mir eben so ungegründet als unmännlich zu sein scheint! Denn wo einmal Weiblichkeit vorhanden ist, gibts wohl keinen Augenblick, in dem sie nicht die Besitzerin an ihr Dasein erinnerte. Besonders wenn man ein ganzes ungeteiltes Dasein gewohnt ist wie Du.

Ich erinnere mich eben sehr lebhaft an meine dreiste Behauptung, *daß Philosophie den Frauen unentbehrlich sei, weil es für sie keine andre Tugend gebe, als Religion, zu der sie nur durch Philosophie gelangen könnten.* Ich versprach Dir damals, diesen Gedanken, wie man's nennt, zu beweisen, oder etwas vollständiger auszuführen, als es im Gespräche geschehen kann. Ich komme nun mein Versprechen zu halten; nicht eben um mich als einen Mann von Worte zu zeigen, sondern einzig und allein weil ich Lust dazu habe, wäre es auch nur um eine so entschiedene Verächterin alles Schreibens und Buchstabenwesens mit meiner Liebhaberei für diese Dinge zu necken. Dir wäre ein Gespräch vielleicht lieber. Aber ich bin nun einmal ganz und gar ein Autor. Die Schrift hat für mich ich weiß nicht welchen geheimen Zauber vielleicht durch die Dämmerung von Ewigkeit, welche sie umschwebt. Ja ich gestehe Dir, ich wundre mich, welche geheime Kraft in diesen toten Zügen verborgen liegt; wie die einfachsten Ausdrücke, die nichts weiter als wahr und genau scheinen, so bedeutend sein können, daß sie wie aus hellen Augen blicken, oder so sprechend wie kunstlose Akzente aus der tiefsten Seele. Man glaubt zu hören, was man nur lieset, und doch kann ein Vorleser bei diesen eigentlich schönen Stellen nichts tun, als sich bestreben, sie nicht zu verderben. Die stillen Züge scheinen mir eine schicklichere Hülle für diese tiefsten, unmittelbarsten Äußerungen des Geistes als das Geräusch der Lippen. Fast möchte ich in der etwas mystischen Sprache unsers H. sagen: Leben sei Schreiben; die einzige Bestimmung des Menschen sei, die Gedanken der Gottheit mit dem Griffel des bildenden Geistes in die Tafeln der Natur zu graben. Doch was Dich betrifft, so denke ich, daß Du Deinem Anteile an dieser Bestimmung des menschlichen Geschlechts vollkommen Genüge leisten wirst, wenn Du so viel wie bisher singst, äußerlich und innerlich, im gewöhnlichen und im symbolischen Sinne, weniger schweigst, und dann und wann auch in göttlichen Schriften mit Andacht liesest, nicht bloß andere für Dich lesen und Dir erzählen läßt. Besonders aber mußt Du die Worte heiliger halten als bisher. Sonst stünde es schlimm um mich. Denn freilich kann ich Dir nichts geben, und muß mir ausdrücklich bedingen, daß Du nicht mehr von mir erwartest als *Worte,* Ausdrücke für das was Du längst fühltest und wußtest, nur nicht so klar und geordnet. Vielleicht tätest Du gut, von der Philosophie selbst auch nicht mehr zu erwarten als eine Stimme, Sprache und Grammatik für den Instinkt der Göttlichkeit, der ihr Keim und wenn man auf das Wesentliche sieht, sie selbst ist.

Sei es eine Einrichtung der Natur, oder eine Künstelei der Menschen; genug, es ist nun einmal so: das Weib ist ein *häusliches* Wesen. Du wunderst Dich gewiß, daß auch ich in den allgemeinen Choral jener Häuslichkeit einstimme, die in unsern Büchern immer häufiger wird, je seltner man sie in den Familien antrifft. Du wirst denken, das sei einmal wieder eine von den Paradoxien, die des Seltsamen überdrüssig endlich zu der gröbsten Gemeinheit und nächsten Plattheit zurückzukehren pflegen. Du hättest vollkommen Recht, wenn ich von der *Bestimmung* der Frauen redete. Diese halte ich aber der Häuslichkeit grade entgegengesetzt; wenn Du unter Bestimmung mit mir den Weg verstehen willst, nicht den wir von selbst gehen oder gehen möchten, sondern den, auf welchen die Stimme des Gottes in uns deutet. Nicht die Bestimmung der Frauen, sondern ihre *Natur* und *Lage* ist häuslich. Und ich halte es für eine mehr nützliche als erfreuliche Wahrheit, daß auch die beste Ehe, die Mütterlichkeit selbst und die Familie sie gar leicht so sehr mit dem Bedürfnisse, der Ökonomie und der Erde verstricken und herabziehen kann, daß sie ihres göttlichen Ursprungs und Ebenbildes nicht mehr eingedenk bleiben. Ja oft werden sie sich desselben gar nicht einmal bewußt; auch solche, die wohl alle inneren Gaben und äußeren Mittel dazu hätten. Wir sehen es ja täglich, wie selten ein weibliches Wesen es wagt, auch nur den Kopf aus dem großen Weltmeere der Vorurteile und der Gemeinheit in die Höhe zu richten. Geschieht es ja, so ist es meistens nur während sie stärker und eigner lieben, als die Mode es gut heißt, oder die häusliche Moral. War der Gegenstand schlechter als sein Eindruck, so resignieren sie sich gleich wieder nach dem Verluste des Glücks und der Tugend und tauchen unter in das alte Element. Wahrhaftig! man muß schon recht stark im Glauben sein, um eine moralische Anadyomene – eine Frau, die gleich jener Göttin der Fabel, aber göttlicher und für den Geist schöner wie sie, mit ihrem ganzen Wesen und ihrer ganzen Gestalt aus jenem Ozeane emporstiege – nur nicht gar für ein bloßes Märchen zu halten.

»Aber, wirst Du sagen, ist es denn mit den Männern anders?« – Allerdings ist es das. Wenn Du auch die ganze im Verhältnisse mit der Anzahl derer, die überhaupt gebildet sind und sein können, sehr ansehnliche Menge derer nicht in Anschlag bringen willst, deren eigentliches Geschäft es ist, sich auf der Himmelsleiter der Kunst oder der Wissenschaft zur Unsterblichkeit zu erheben. Ja, nimm an, daß ein Mann, der nur für den Staat oder für seinen Stand lebt, und von Künsten und Wissenschaften nichts oder wenig weiß, auch ohne Religion sei, ohne eine ursprüngliche eigene und reichliche Quelle reiner Begeisterung in seinem Innern: so kann ihm doch die Liebe der Freiheit, besonders aber das Gefühl der Ehre und der Pflichten seines Standes eine Art von Religion sein, und einigen Ersatz geben, sein kaltes Gemüt spärlich erwärmen, daß wenigstens ein Funken vom ewigen Feuer des Prometheus unter der Asche verborgen bleibe, zur Erinnerung oder zur Hoffnung besserer Zeiten. Auch stehen die männlichen Gewerbe der höhern Stände doch schon in etwas näherm Umgange mit Wissenschaften und Künsten, und also mit den Göttern und der Unsterblichkeit, wie die Verwaltung des Hauses. Ja, wenn auch das wegfällt, wenn der Mann nichts vermag und nichts will, als mit ganzem Ernste das Nützliche befördern, so ist doch dieses Nützliche von mehr Umfang und Größe, und erweitert allmählich selbst den beschränkten Geist, und mit der freieren Aussicht erhebt sich der Gedanke, zu einer höhern Stufe fortzuschreiten. Die Lebensart der Frauen hat die Neigung, sie immer enger und enger zu beschränken, und ihren Geist noch vor seinem seligen Ende in den mütterlichen Schoß der Erde zu begraben. Vornehm oder bürgerlich macht hier keinen Unterschied. Denn das Leben nach der Mode ist noch lebensärmer und treibt den Geist noch mehr ab, als das häusliche Treiben selbst; ein bunter, dürrer Sand, noch schlechter als jene dunkle Erde.

Eben darum sollten die Frauen mit ganzer Seele und ganzem

Gemüte nach dem Unendlichen und Heiligen streben, nichts so sorgfältig ausbilden, als den Sinn und die Fähigkeit dafür; und mit keiner Liebhaberei sollte es ihnen so Ernst sein wie mit der Religion. Du siehst, ich halte es mit dem antiken Onkel im WILHELM MEISTER, der da glaubt, das Gleichgewicht im menschlichen Leben könne nur durch Gegensätze erhalten werden. Doch nicht so streng wie der alte Italiäner, welcher den stillen, gefühlvollen Jüngling zum Soldaten, den raschen, feurigen hingegen zum Religiösen erziehen will. Dies letzte mißbillige ich indessen nur darum, weil ich alle sittliche Erziehung für ganz töricht und ganz unerlaubt halte. Es kommt nichts dabei heraus, bei diesen vorwitzigen Experimenten, als daß man den Menschen verkünstelt und sich an seinem Heiligsten vergreift, an seiner Individualität. Man kann und soll nicht mehr als den Zögling rechtlich und nützlich ziehen. Alles übrige muß von den frühesten Zeiten an ganz allein ihm selbst überlassen bleiben, was und wie er will, auf seine eigne Gefahr. Und ich denke, wenn man jemand zum guten Bürger bildet, und ihn nach der Beschaffenheit seiner Umstände allerlei tüchtige Gewerbe lehrt, übrigens aber der Entwicklung seiner Natur den freiesten möglichen Spielraum läßt: so hat man weit mehr getan als bei den Besten geschieht und alles was zu geschehen braucht. Wenn man aber jemand *zum Menschen* bilden will, das kömmt mir grade so vor, als wenn einer sagte, er gebe Stunden in der Gottähnlichkeit. Die Menschheit läßt sich nicht inokulieren, und die Tugend läßt sich nicht lehren und lernen, außer durch Freundschaft und Liebe mit tüchtigen und wahren Menschen und durch Umgang mit uns selbst, mit den Göttern in uns.

Der eigne Sinn, die eigne Kraft und der eigne Wille eines Menschen ist das Menschlichste, das Ursprünglichste, das Heiligste in ihm. Ob er zu dieser oder jener Gattung gehöre, das ist unbedeutender und zufälliger; die Geschlechtsverschiedenheit ist nur eine Äußerlichkeit des menschlichen Daseins und am Ende doch nichts weiter als eine recht gute Einrichtung der Natur, die man freilich nicht willkürlich vertilgen oder verkehren, aber allerdings der Vernunft unterordnen, und nach ihren höhern Gesetzen bilden darf. In der Tat sind die Männlichkeit und die Weiblichkeit, so wie sie gewöhnlich genommen und getrieben werden, die gefährlichsten Hindernisse der Menschlichkeit, welche nach einer alten Sage in der Mitte einheimisch ist und doch nur ein harmonisches Ganzes sein kann, welches keine Absonderung leidet. Die Welt scheint über diesen Punkt in der Tat nicht anders zu denken wie die schlecht verheiratete Sophie in den Mitschuldigen, welche sagt: »Es ist ein *schlechter Mensch,* allein es ist ein *Mann.*« Nach eben demselben Maßstabe urteilt man über den Wert der Männer und der Frauen. Kein Wunder, da die Menschen in keiner Profession noch so weit zurück sind als in der der Humanität. Mir scheint ein so unmenschliches Lob des Mannes und des Weibes nicht anders zu sein, als wenn man jemand rühmen wollte: Er sei ein schlechter Mensch, aber ein vortrefflicher Schneider; welches denn allerdings für den, der eben einen Schneider *brauchte,* noch eine recht gute Empfehlung sein würde. Doch die Welt, und wer ihr nachspricht, wird darin wohl bei ihrem Glauben bleiben, aber ich gewiß auch bei dem meinigen: Nur sanfte Männlichkeit, nur selbständige Weiblichkeit sei die rechte, die wahre und schöne. Ist dem so, so muß man den Charakter des Geschlechts, welches doch nur eine angeborne, natürliche Profession ist, keineswegs noch mehr übertreiben, sondern vielmehr durch starke Gegengewichte zu mildern suchen, damit die Eigenheit einen wo möglich unbeschränkten Raum finde, um sich nach Lust und Liebe in dem ganzen Bezirke der Menschheit frei zu bewegen.

So wenig ich aber der Natur Sitz und Stimme im gesetzgebenden Rate der Vernunft erlauben kann, so denke ich doch, daß es keine Wahrheit geben kann, die sie nicht in ihren schönen Hieroglyphen angedeutet hätte, und ich glaube allerdings, es ist die Natur selbst, welche die Frauen mit Häuslichkeit umgibt, und zur Religion führt. Ich finde das alles schon in der *Organisation.* Fürchte nicht, daß ich Dir mit Anatomie kommen werde. Ich überlasse es einem künftigen Fontenelle oder Algarotti unsrer Nation, das sonderbare Geheimnis des Geschlechtsunterschiedes mit Anstand und Eleganz für Damen darzustellen und zu enträtseln. Es bedarf gar nicht so vieler Umstände, um zu finden, daß die weibliche Organisation ganz auf den einen schönen Zweck der Mütterlichkeit gerichtet ist. Und eben darum müßt ihr es den Priestern der bildenden Kunst verzeihen, wenn viele derselben der männlichen Gestalt den Preis der Schönheit zusprechen, obgleich die himmlische Einfachheit der Umrisse ein Vorzug der weiblichen ist. »Aber wie, wirst Du sagen, kann denn das gefräßige Geschlecht sich nicht an dem Farbenspiele und dem Dufte einer Blume ergötzen, ohne gleich an die Frucht zu denken, die in ihrem Kelche reifen soll?« – Ach! liebe Freundin, es sind nicht die Männer, die ihr hier gegen Euch habt, auch nicht einmal die Künstler. Ihr mögt es mit der Poesie, und mit der Kunst selbst ausmachen, wenn sie sogar den Schein des Nützlichen hassen und verfolgen, und das Selbständige, Insichvollendete so lieben, und den Egoismus in Schutz nehmen. Freilich erscheinen auch in der männlichen Gestalt Zwecke, und zwar gemeinere. Aber eben weil es mehrere sind, weil sie nicht ausschließend auf diesen, oder jenen Zweck gerichtet ist, entsteht aus dieser Unbestimmtheit ein gewisser göttlicher Schein von Unendlichkeit. Ist aber die männliche Gestalt reicher, selbständiger, künstlicher und erhabener, so möchte ich die weibliche Gestalt *menschlicher* finden. In dem schönsten Manne ist die Göttlichkeit und Tierheit weit abgesonderter. In der weiblichen Gestalt ist beides ganz verschmolzen, wie in der Menschheit selbst. Und darum finde ich's auch sehr wahr, daß die Schönheit des Weibes eigentlich nur die höchste sein kann: denn das Menschliche ist überall das Höchste, und höher als das Göttliche. Dies hat vielleicht einige Theoretiker der Weiblichkeit veranlaßt, ausdruckslose Schönheit als die wesentlichste Pflicht vom weiblichen Körper zu fordern und zur Erfüllung derselben nachdrücklich zu ermahnen.

Nächst der Mütterlichkeit scheint mir keine Eigenschaft der weiblichen Organisation so ursprünglich und wesentlich, wie die zartere weibliche *Sympathie*. Bei dem Anblicke des vollkommenen Mannes würde gleich jeder sagen: »dieser ist bestimmt die Erde zu bilden, und die Welt den Befehlen der Gottheit zu unterwerfen.« Bei der ersten Ansicht eines schönen Weibes würde man denken: »In diesem Gefäße soll die oft zu ungestüme Musik dieses raschen reichen Lebens sanfter und schöner nachklingen, so wie die Blume was sie aus dem umgebenden Gemische einsaugt, in harmonische Farben zersetzt, und in wollüstigem Dufte zurückgibt.« Und ist nicht diese Innerlichkeit, diese stille Regsamkeit alles Dichtens und Trachtens die wesentliche Anlage zur *Religion,* oder vielmehr sie selbst? Freilich, wenn man Seele und Leib für ursprünglich und ewig verschieden hält, und denn doch jene Sympathie und ihre sinnliche Äußerung als die wahre Tugend vergöttert; das ist nur ein Tierdienst in feinerer Gestalt. Aber wer heißt auch so töricht unterscheiden und die ewige Harmonie des Universums kindisch zerreißen und zerspalten wollen?

Ich brauche das Wort *Religion* ohne Scheu, weil ich kein anderes weiß und habe. Du wirst und Du kannst das Wort nicht mißverstehen, da Du die Sache selbst hast, und den äußern Tand, den man wohl auch so nennt, aber lieber anders nennen sollte, so gar nicht hast. Jedes Gefühl wird Dir nicht zur lauten Vergötterung, aber zur stillen Anbetung; darum erscheinst Du der Menge, wo Dein Gefühl einmal zufällig hervorbricht oder durchschimmert, seltsam, hart, oder töricht. Und jene Gedanken der Liebe, die sich aus Funken vom Witze der Begeistrung im Schoße der ewigen Sehnsucht erzeugen, sind sie nicht lebendiger und *wirklicher* für Dich, als das gleichgültige Ding, was andre vorzugsweise Wirklichkeit nennen wollen, weil der Klumpen so breit und roh da liegt? Übrigens sucht auch die Religion, nämlich die ursprüngliche innerliche, die Einsamkeit, wie die Liebe; auch sie verachtet allen Schmuck und Schimmer, und auch von ihr muß es heißen: *Verliebten gnügt zu der geheimen Weihe das Licht der eignen Schönheit.* Wie dürfte man Dir also die Religion bloß darum absprechen wollen, weil es Dir vielleicht an einer Antwort fehlen könnte, wenn man Dich fragte, ob Du an Gott glaubst, und weil die Untersuchung, ob es einen Gott gebe, oder drei, oder so viel Du willst, für Dich nichts mehr als ein ziemlich uninteressantes Gedankenspiel sein würde. Mir ist es freilich interessant genug, auch als bloßes Gedankenspiel, und wenn eben der dritte Mann fehlt, setze ich mich recht gern an den philosophischen L'hombretisch theologischer Geheimnisse und Streitfragen; immer lieber als an einen buchstäblichen. Ja ich liebe die Virtuosität jeder Art so sehr, daß sie mir auch in der Schwärmerei gefallen könnte. Daß Dir hingegen die Schwärmerei nicht so wohl lächerlich als unleidlich ist, verstehe ich sehr gut, und wünschte es nicht anders. Es ist ein

Gefühl, als würde das Rechte dadurch kompromittiert und beinahe entweiht, weil es mit darunter ist, und doch in solcher Gestalt, daß das Ganze lächerlich zu sein verdient. Den Aberglauben vollends, wie alles was gemein ist, verachtest Du noch über die Verachtung hinaus; das gewöhnliche Treiben der Menge ist Dir so vollkommen gleichgültig, daß Du Dich auch an diese Deine Gleichgültigkeit nur selten erinnerst; es ist kaum noch vorhanden für Dich. Ich kann das auch nicht mißbilligen, da es ja gar nicht Dein Beruf ist, Dich um die Welt zu bekümmern. Selig, wer sich nicht in das Gewühl zu mischen braucht, und in der Stille auf die Gesänge seines Geistes horchen darf! *Ich* lebe wenigstens als Autor in der Welt, und so könnte ich wohl mit dem strengsten Ernste darüber nachdenken, was auch in dieser Rücksicht für das Volk das heilsamste sei, und was von den Priestern und den Regenten zu wünschen wäre. Vor allen Dingen aber kann es mich reizen, den Geist der Zeitalter und der Nationen, auch in der Religion zu erspähen und zu erraten. Dir werde ich's aber gewiß nicht zumuten, Dich auch mit der äußern Geschichte der Menschen so sehr zu befassen. Genug wenn Du nur die innre Geschichte der Menschheit in Dir selbst immer klarer anschaust. Obgleich mir aber auch das, was man gewöhnlich Religion nennt, eins der wunderbarsten, größten Phänomene zu sein scheint, so kann ich doch im strengen Sinne nur das für Religion gelten lassen, wenn man göttlich denkt, und dichtet, und lebt, wenn man voll von Gott ist; wenn ein Hauch von Andacht und Begeisterung über unser ganzes Sein ausgegossen ist; wenn man nichts mehr um der Pflicht, sondern alles aus Liebe tut, bloß weil man es will, und wenn man es nur darum will, weil es Gott sagt, nämlich Gott in uns.

Es ist mir, als ob ich Dich bei diesem Stücke Religion denken hörte: »Wenn es also nur auf die Andacht und auf die Anbetung des Göttlichen ankommt; wenn das Menschliche überall das Höchste ist; wenn der Mann von Natur der erhabnere Mensch ist: so wäre es ja der rechte, und wohl der nächste Weg den Geliebten anzubeten, und so die menschenvergötternde Religion der menschlichen Griechen zu modernisieren?« – Ich werde gewiß der letzte sein, der Dir diesen Weg abrät oder verleidet, wenn der Mann, den Du meinst, anders der ursprünglichen Natur des Mannes getreu, und von erhabnem Sinne ist. Ich wenigstens könnte nicht lieben, ohne auf die Gefahr der Chevalerie etwas anzubeten; und ich weiß nicht, ob ich das Universum von ganzer Seele anbeten könnte, wenn ich nie ein Weib geliebt hätte. Aber freilich das *Universum* ist und bleibt meine Losung. – Liebst Du wohl, wenn Du nicht die Welt in dem Geliebten findest? Um sie in ihm finden, und in ihn hineinlegen zu können, muß man sie schon besitzen, sie lieben, oder wenigstens Anlagen, Sinn und Liebesfähigkeit für sie haben. Daß diese Kräfte kultiviert werden können, daß der Blick vom Auge unsers Geistes immer weiter, fester und klarer werden soll, und unser inneres Ohr empfänglicher für die Musik aller Sphären der allgemeinen Bildung; daß die Religion in diesem Sinne sich also lehren und lernen, obgleich nie erschöpfen lasse, leuchtet von selbst ein. Aber freilich sind Freundschaft und Liebe die Organe alles sittlichen Unterrichts auch bei diesen Zweigen desselben unentbehrlich. Und gewiß werden zwei Liebende, wenn der Mann die Geliebte über den gewöhnlichen Dienst kleiner Hausgötter ins freie Ganze hinauszuführen strebt, oder ihr die zwölf großen Götter in Gestalt bekannter Laren zugesellt; und wenn sie gleich einer Priesterin der Vesta über das heilige Feuer auf dem reinen Altare in seiner Brust wacht, beide zusammen schnellere und weitere Fortschritte spüren, als wenn jeder für sich allein mit heißem Bemühen nach Religion gestrebt hätte.

Der Gedanke des Universums und seiner Harmonie ist mir Eins und Alles; in diesem Keime sehe ich eine Unendlichkeit guter Gedanken, welche ans Licht zu bringen und auszubilden ich als die eigentliche Bestimmung meines Lebens fühle. Töricht und beschränkt wäre es, zu wünschen, oder gar zu verlangen, dieser eine Gedanke sollte der Mittelpunkt aller Geister sein. Doch däucht mir, ist ein gewisser gesetzlich organisierter Wechsel zwischen Individualität und Universalität der eigentliche Pulsschlag des höheren Lebens, und die erste Bedingung der sittlichen Gesundheit. Je vollständiger man ein Individuum lieben oder bilden kann, je mehr Harmonie findet man in der Welt: je mehr man von der Organisation des Universums versteht, je reicher, unendlicher und weltähnlicher wird uns jeder Gegenstand. Ja ich glaube fast, daß weise

Selbstbeschränkung und stille Bescheidenheit des Geistes dem Menschen nicht notwendiger ist, als die innigste, ganz rastlose, beinah gefräßige Teilnahme an allem Leben, und ein gewisses Gefühl von der Heiligkeit verschwenderischer Fülle.

Freilich läßt sich's auch ohne diesen Umfang und diese Tiefe ganz leidlich, ja recht lustig leben. Wir sehen es ja alle Tage, und es geht alles in der einfachsten Ordnung zu, und ist sogar im beständigen Fortschreiten. Der häusliche Mensch bildet sich nach der Herde, wo er eben gefüttert wird, und besonders nach dem göttlichen Hirten; wenn er reif wird, so pflanzt er sich an, und tut Verzicht auf den törichten Wunsch, sich frei zu bewegen, bis er endlich versteinert, wo er denn oft noch auf seine alten Tage als Karikatur in bunten Farben zu spielen anfängt. Der bürgerliche Mensch wird zuvörderst freilich nicht ohne Mühe und Not zur Maschine gezimmert und gedrechselt. Er hat sein Glück gemacht, wenn er nun auch eine Zahl in der politischen Summe geworden ist, und er kann in jeder Rücksicht vollendet heißen, wenn er sich zuletzt aus einer menschlichen Person in eine *Figur* verwandelt hat. Wie die Einzelnen, so die Masse. Sie nähren sich, heiraten, zeugen Kinder, werden alt, und hinterlassen Kinder, die wieder eben so leben, und eben solche Kinder hinterlassen, und so ins Unendliche fort.

Das reine Leben bloß um des Lebens willen ist der eigentliche Quell der *Gemeinheit,* und alles ist gemein, was gar nichts hat vom Weltgeiste der Philosophie und der Poesie. Sie allein sind ganz, und können erst alle besondere Wissenschaften und Künste zu einem Ganzen beseelen und vereinen. Nur in ihnen kann auch das einzelne Werk die Welt umfassen, und nur von ihnen kann man sagen, daß alle Werke, die sie jemals hervorgebracht haben, Glieder einer Organisation sind.

Wahr ist's, das Leben schwebt gern in der Mitte; jene hingegen lieben die Extreme. Auch muß, wer etwas Tüchtiges vollbringen will, nur an den Zweck denken, und die rechten Mittel in Bewegung setzen, ohne sich nach Art poetischer und philosophischer Naturen für den ersten besten Umstand am Wege inniger zu interessieren als für das anfängliche Ziel, oder sich in allgemeine Träumereien zu verlieren. Aber wahr ist's auch, daß ein gemeiner Mensch gar keinen tüchtigen Zweck haben, und also doch nichts Rechtes leisten kann: daß alle Gegenstände dem praktischen Menschen zu nah oder zu fern liegen, daß alle die Beziehungen sein Auge stören, und daß man im Augenblicke des Lebens selbst zu keiner rechten Ansicht des Lebens gelangen kann. Alles was kräftig, treffend, und groß ist in dem Leben handelnder oder liebender Menschen, wenn gleich sie nichts wissen von den Namen der Wissenschaften und Künste, ist Eingebung jenes Weltgeistes. Die wahre Mitte ist nur die, zu der man immer wieder *zurückkehrt* von den exzentrischen Bahnen der Begeisterung und der Energie, nicht die, welche man nie verläßt. Überhaupt, wie alle absolute Absondrung austrocknet, und zur Selbstvernichtung führt: so ist doch keine törichter, als die, das Leben selbst wie ein gemeines Handwerk zu isolieren und zu beschränken, da das wahre Wesen des *menschlichen* Lebens in der Ganzheit, Vollständigkeit und freien Tätigkeit aller Kräfte besteht. In wem sich weiter nichts regt, der geht dann allerdings nicht den falschen Weg: aber wer nur auf einem Punkte klebt, ist nichts als eine vernünftige Auster. Ganz etwas anders ist jene Absondrung, wenn ein Geist unter den vielen Gegenständen den rechten findet, ihn von allen störenden Umgebungen absondert, sich in sein Inneres vertieft, bis er ihm zu einer Welt wird, die er in Worten oder in Werken darstellen möchte. Er wird, von einem verwandten Gegenstande zum andern hingezogen, unaufhaltsam weiter schreiten, und doch dem Mittelpunkte unwandelbar getreu immer reicher zu ihm heimkehren.

Ich weiß es, Du stimmst mir von ganzem Herzen bei, daß die Poesie und die Philosophie mehr sei, als etwas, was die Lücken, die müßigen Menschen, welche von ungefähr ein wenig gebildet wurden, bei allen Zerstreuungen übrig bleiben, auszufüllen vermag; daß sie ein notwendiger Teil des Lebens sei, Geist und Seele der Menschheit. Da es aber kaum möglich sein dürfte, beide gleich sehr zu lieben, so wirst Du nun wie Herkules, oder Wilhelm Meister, am Scheidewege stehen, und zweifeln, welcher Muse Du den Preis geben und folgen sollst.

Laß uns von der *Poesie* anfangen. Mir scheint, sie ist Dir entweder etwas ganz anders als Poesie, oder nicht Poesie genug. Ich will sagen, Du behandelst sie entweder gradezu wie Philosophie, und hältst Dich nur an die göttlichen Gedanken, oder brauchst sie wie Musik, bloß als schöne Umgebung und Ergänzung des Lebens. Freilich ist es Dir auch Ernst mit der Poesie, und in den zwei oder drei großen Dichtern, den einzigen die Du eigentlich liesest, und immer wieder liesest, suchst Du unendlich viel, vorzüglich aber das Höchste, eine würdige treffende Darstellung der schönsten Menschheit und Liebe. Wo die Darstellung so tief und so wahr ist, hast Du leicht Anlaß und Reiz finden können, diese oder jene Dichtung in Dir von neuem zu dichten und ihr einen göttlichern Sinn zu leihen. Aber schaue im Geiste auf Dich selbst, Dein inneres Leben und Lieben, erinnere Dich an alles Große was Du sahst, vertiefe Dich in Gedanken in das Heiligtum der Besten die Du kennst, und entscheide dann, ob die Dichter die *Wirklichkeit* übertreffen, wie sie sich immer rühmen. Mir hat sich sehr oft die Bemerkung aufgedrungen, daß die Poesie das höchste Wirkliche durchaus nicht erreiche, und ich wunderte mich dann, überall das Gegenteil zu hören, bis ich einsah, daß es wohl ein bloßer Wortstreit sein möchte, und daß sie unter der Wirklichkeit das Gewöhnliche und Gemeine verstehen, dessen Dasein man so leicht vergißt.

Ich bin weit entfernt, es der Poesie zum Verbrechen zu machen, daß sie weniger Religion hat, als ihre Schwester. Denn es scheint mir eben ihre liebenswürdige Bestimmung, den Geist mit der Natur zu befreunden und den Himmel selbst durch den Zauber ihrer geselligen Reize auf die Erde herabzulocken; Menschen zu Göttern zu erheben, das mag sie der Philosophie überlassen. Wenn ein Mann gegen seine Lage und Lebensart ein Gegengewicht bedarf, um nicht die Musen zu vergessen und die Harmonie zu verlieren, so können ihn die Wissenschaften nicht retten, wenn nicht die Poesie ihn aus ihrer Quelle ewiger Jugend erfrischt und stärkt. Du errätst schon, daß ich Dich an das erinnere, was ich über die Verschiedenheit der männlichen und weiblichen Bildung sagte, und nun eben daraus folgere: für die Frauen sei die Philosophie das nähere und unentbehrlichere Bedürfnis. Den äußern Reiz sind sie nicht in Gefahr zu vergessen, wie es Männern so leicht begegnet, und wenn sie auch sonst noch so unheilig sind, so halten sie doch die Jugend heilig und den jugendlichen Sinn, und diese Poesie des Lebens ist ihnen natürlich. Darum wählen sie auch fast alle ohne Ausnahme diese, wenn man Wahl nennen kann, was ohne Vergleichung, auch wohl ohne Überlegung nach der hergebrachten Meinung, und nach dem ersten Eindrucke geschieht. Sind es solche, die nur zierlich und reizend sein können, die bloß im äußern Glanze ihre Existenz finden, und nichts wollen und mögen als Eleganz, denen das Eins und Alles ist, so läßt sich nichts dagegen einwenden. Poesie – ich nehme das Wort wie immer im weitesten Sinne – Poesie allein kann dieser Eleganz wenigstens einen Schimmer von Seele leihen und auch den Geist elegant erhalten. Andere haben Anlage zur Religion und Liebe, aber sie wurden irre in ihren Gedanken, weil sie in der feinen Welt für etwas unechten Witz Mißtrauen gegen alles Göttliche eintauschten. Auch diese müssen wohl erst mit der Poesie schwärmen und über verlornen Glauben klagen, ehe sie inne werden können, daß man sich selbst und die Liebe nie verlieren kann, mag es auch auf eine Zeit so scheinen, und wenn sie das inne sind, bei der Erinnerung an ihren Unglauben lächeln.

Du siehst, ich bin nicht so begeistert für meine Meinung, daß ich die unendliche Verschiedenheit der Charaktere und Situationen vergessen sollte, und ich bin dabei so gelassen geblieben, daß ich sogar über die Eleganz reflektieren konnte. Ich gestehe also gern, daß die Poesie die nächsten Ansprüche auf viele Frauen hat, und daß sie allen heilsam und unentbehrlich sei. Überhaupt ist es gar nicht darauf abgesehen, die Musen zu trennen. Schon der Gedanke wäre Frevel. Poesie und Philosophie sind ein unteilbares Ganzes, ewig verbunden, obgleich selten beisammen, wie Kastor und Pollux. Das äußerste Gebiet großer und erhabner Menschheit teilen sie unter sich. Aber in der Mitte begegnen sich ihre verschiedenen Richtungen; hier im Innersten und Allerheiligsten ist der Geist ganz, und Poesie und Philosophie völlig eins und verschmolzen. Die lebendige Einheit des Menschen kann keine starre Unveränderlichkeit sein, sie besteht im freundschaftlichen Wechsel. So könnte auch, wer das Studium der Humanität für seinen einzigen Beruf hielte, Poesie und Philosophie nur dadurch verbinden, daß er sich bald der einen, bald der andern ganz widmete. Dies ist vielleicht das beste für den, welcher die Künste und Wissenschaften selbst mit fortbilden will. Wer aber nur sich durch sie zur Harmonie und ewigen Jugend bilden will, der dürfte wohl genötigt sein, einer von beiden eine Art von Vorzug zu geben. Doch versteht sich's, daß er das gar nicht könnte, ohne oft die andre zu besuchen, und als Ergänzung zu brauchen.

Übrigens aber halte ich strenge auf meinem Satz: Religion sei die wahre Tugend und Glückseligkeit der Frauen, und Philosophie die vorzüglichste Quelle ewiger Jugend für sie, wie Poesie für die Männer. Beides versteht sich im ganzen genommen. Und daß Du nicht zu jenen eleganten Ausnahmen gehörst, ist mir recht sehr lieb. Ich mag lieber, daß das Göttliche zu hart, als zu zierlich sei. Unvollendung gibt dem Erhabenen für mich einen neuen höhern Reiz. Seine Würde erscheint mir dadurch unmittelbarer, reiner. Es ist, als ob es seiner ursprünglichen Majestät treuer bliebe, wenn es die Fülle und den Schmuck der ausbildenden Natur wie aus heiligem Stolze verschmäht. Und so wie die Physiognomien die interessantesten für mich sind, die so aussehen, als hätte die Natur in ihnen ein großes *Dessein* angelegt, ohne sich Zeit zu lassen, den kühnen Gedanken auszuführen, so geht mir's auch mit den Menschen. *Göttlichkeit mit Härte verbunden* ist mir das Heiligste, und keine Empfindung, keine Ansicht wurzelt tiefer oder enger in mir als diese. Ich betrachtete vor einiger Zeit eine große Pallas unter den Antiken, wobei mir dies von neuem wieder recht lebhaft vor das Gemüt trat. Es ist ein vollkommenes Bild weiser Tapferkeit, und mir däucht, der natürlichste und erste Gedanke, den man bei ihrem Anblicke haben könnte, wäre die Bemerkung, daß doch alle Tugend eigentlich nur *Tüchtigkeit* sei. Tüchtig ist das, was zugleich Nachdruck und Geschick hat, was zermalmende Kraft mit klarer, stiller Einsicht verbindet. Nie hat mich die Göttlichkeit einer Gestalt so ergriffen. Und doch würde der Eindruck bei weitem nicht so groß gewesen sein, wenn nicht Stand, Haltung, Züge, Blick, alles an ihr, so grade, ernst, streng und furchtbar wäre; wenn sie mit einem Worte nicht die ganze Härte des ältern Stils der Kunst an sich hätte. Mir war als säh ich die Muse meines innern Lebens vor mir, und vielleicht würdest auch Du, wenn Du sie sähest, sie als die des Deinigen anerkennen.

Daß die Poesie der Erde gewogener, die Philosophie aber heiliger und gottgewandter sei, ist zu klar und einleuchtend, als daß ich dabei verweilen sollte. Zwar hat sie oft die Götter geleugnet, aber dann waren es solche, die ihr nicht göttlich genug waren; und das ist ja ihre alte Klage gegen die Poesie und die Mythologie. Oder es ist auch nur vorübergehende Krise, und beweist dann grade das Entgegengesetzte von dem, was es zu beweisen scheint. Die heftigste Neigung kann sich am leichtesten wider sich selbst kehren; das höchste Entzücken wird schmerzlich, und alles Unendliche berührt sein Gegenteil. Es gibt eine Eifersucht, die nicht aus Neid oder Mißtrauen, sondern aus angeborner tiefer Unersättlichkeit entspringt. Kann sie wohl ohne Liebe sein? Eben so wenig ist der leidenschaftliche Unglaube vieler Philosophen ohne Religiosität möglich. – Die wahre *Abstraktion* selbst, was tut sie anders, als die Vorstellungen von ihrem irdischen Anteile reinigen, sie erheben und unter die Götter versetzen? Nur durch Abstraktion sind alle Götter aus Menschen geworden.

Laß uns nicht länger vergleichen, sondern gleich von der höchsten unter den Kräften des Menschen reden, welche die Philosophie erzeugen und bilden, und wieder von ihr gebildet werden. Das ist nach dem allgemeinen Urteile und Sprachgebrauche der *Verstand*. Zwar setzt die jetzige Philosophie ihn nicht selten herab, und erhebt die Vernunft weit höher. Es ist auch ganz natürlich, daß eine Philosophie, die mehr zum Unendlichen fortschreitet, als Unendliches gibt, mehr alles verbindet und mischt, als Einzelnes vollendet, nichts höher schätzt im menschlichen Geiste, als das Vermögen, Vorstellungen an Vorstellungen zu knüpfen, und den Faden des Denkens auf unendlich viele Weisen ins Endlose fortzusetzen. Diese Eigentümlichkeit ist indessen kein allgemeingültiges Gesetz. Nach der Denkart und Sprache gebildeter Menschen steht die Einbildungskraft dem Dichter, Vernünftigkeit dem sittlichen Menschen am nächsten. Verstand aber ist das, worauf es eigentlich ankommt, wenn von dem Geiste eines Menschen die Rede ist. Verstand ist das Vermögen der *Gedanken*. Ein Gedanke ist eine Vorstellung, die vollkommen für sich besteht, völlig ausgebildet ist, ganz, und innerhalb der Grenzen unendlich; das Göttlichste, was es im menschlichen Geiste gibt. In diesem Sinne ist Verstand nichts anders als die natürliche Philosophie selbst, und nicht viel weniger als das höchste Gut. Durch seine Allmacht wird der ganze Mensch innerlich heiter und klar. Er bildet alles was ihn umgibt und was er berührt. Seine Empfindungen werden ihm zu wirklichen Begebenheiten, und alles Äußerliche wird ihm unter der Hand zum Innerlichen. Auch die Widersprüche lösen sich in Harmonie auf; alles wird ihm bedeutend, er sieht alles recht und wahr, und die Natur, die Erde und das Leben stehen wieder in ihrer ursprünglichen Größe und Göttlichkeit freundlich vor ihm. Und unter diesem milden Äußern schlummert denn doch die Kraft, in einem Augenblicke allem, was uns eben Glück scheint, auf immer zu entsagen.

Gut also! Die Philosophie ist den Frauen unentbehrlich. Wäre es aber nicht am besten, sie trieben sie so, wie sie sie wirklich treiben, ganz natürlich, etwa wie der Gentilhomme des Molière die Prosa? bloß durch Umgang mit sich selbst, und mit Freunden, die dasselbe wollen, und auch jenen allgemeinen Weltgeist anbeten. Gern setzte ich auch noch die *Gesellschaft* hinzu, die den Geist biegsam, und den Witz leicht erhält, wenn sie nur nicht so gar selten wäre, daß man kaum auf sie rechnen darf. Wollen wir nur das Gesellschaft nennen, wenn mehrere Menschen beisammen sind: so weiß ich kaum, wo wir sie finden werden. Denn gewiß ist das gewöhnliche Beisammensein ein wahres Alleinsein, und alles andre pflegen die Menschen eher zu sein, nur keine Menschen. Ich will Dir selbst zu bestimmen überlassen, wie klein eine Anzahl von Personen sein darf, welche nach diesem Maßstabe schon den Namen einer verhältnismäßig sehr großen Gesellschaft verdienen können, und wie viel sie wert sei? Denn Geselligkeit ist das wahre Element für alle Bildung, die den ganzen Menschen zum Ziele hat, und also auch für das Studium der Philosophie, von dem wir reden. Was dabei entweder gar nicht, oder von selbst geschieht, ist das Beste und das Unentbehrlichste. Alle Mühe und alle Kunst ist fruchtlos, wenn wir nicht so glücklich waren, uns selbst kennen zu lernen und das Höchste zu finden. Wie klar wissen wir nicht, daß nur eine oder die andre Begebenheit den Sinn für eine neue Welt in uns weckte; daß das alles gar nicht sein würde, ohne diese oder jene Bekanntschaft, und wir uns noch auf einer niedern Stufe mit geringem Erfolge ernstlich anstrengen würden. Und scheint es nicht oft, als könnten wir, mit Rücksicht auf unser eigentliches Selbst, mit einem Streiche alles verlieren was wir haben? Wir dürfen auch gar nicht einmal wünschen, daß dies schlechthin unmöglich sein möchte. Denn es wäre widersprechend, diese Sicherheit mit dem Verluste der Freiheit erkaufen zu wollen. So ist das Heiligste unendlich zart und flüchtig, und die Sittlichkeit der einzelnen Menschen, wie des ganzen Geschlechts, muß ein Spiel des Zufalls scheinen, weil sie unmittelbar von der Willkür abhängt. In andern Arten seines Wirkens, in Künsten und Wissenschaften, ist der Gang des menschlichen Geistes bestimmt und festen Gesetzen unterworfen. Hier ist alles in beständigem Fortschreiten und nichts kann verloren gehen. So kann auch keine Stufe übersprungen werden, die jetzige hängt eben so notwendig mit der vorigen und der folgenden zusammen, und was Jahrhunderte lang veraltet schien, lebt mit neuer Jugendkraft auf, wenn die Zeit gekommen ist, daß der Geist sich seiner erinnern und zu ihm zurückkehren soll. Hier ist die steigende Vervollkommnung und der natürliche Kreislauf der Bildung nicht etwa eine gutmütige Hoffnung, oder ein wissenschaftlicher Glaubenssatz, den man notwendig voraussetzen dürfte, um nur nicht gar alles vernünftige Denken aufgeben zu müssen. Nein es ist reine *Tatsache;* nur mit dem Unterschiede, daß der natürliche Kreislauf, welcher mehr in den Künsten und in der alten Geschichte einheimisch ist, in einzelnen Beispielen ganz vor uns liegt; da hingegen die steigende Vervollkommnung, die sich in der Philosophie und der modernen Geschichte am glänzendsten offenbart, eine Tatsache ist, die nie vollendet werden kann. Nicht so im Gebiete der Sittlichkeit; da heißt es überall: Nichts oder Alles. Da ist in jedem Augenblicke von neuem die Frage von Sein oder Nichtsein. Ein Blitz der Willkür kann hier für die Ewigkeit entscheiden, und wie es kommt, ganze Massen unsers Lebens vernichten, als ob sie nie gewesen wären und nie wiederkehren sollten, oder eine neue Welt ans Licht rufen. Wie die Liebe entspringt die Tugend nur durch eine Schöpfung aus Nichts. Aber eben darum muß man auch den Augenblick ergreifen; was er gibt, für die Ewigkeit bilden, und Tugend und Liebe, wo sie erscheinen, in Kunst und Wissenschaft verwandeln. Das kann nicht geschehen, ohne das Leben mit der Poesie und der Philosophie in Verbindung zu setzen. Nur dadurch ist es möglich, dem Einzigen, was Wert hat, Sicherheit und Dauer zu geben, so weit es in unsrer Macht ist. Nur dadurch kann auch die Bildung der Poesie und Philosophie auf einem vollkommen festen Grunde ruhen und die verschiedenen Vorzüge beider vermählen.

Wo keine unerschütterliche Selbständigkeit ist, da kann das Streben nach beständigem Fortschreiten den Geist leicht in die Welt zerstreuen, und das Gemüt verwirren, und nur grenzenlose Liebe im Mittelpunkte der Kraft wird die Kreise der menschlichen Tätigkeit bei jedem neuen Ausfluge weiter und mächtiger dehnen. Wo es an Tugend und an Liebe gebricht, da weiß der Hang zur Verbesserung von keiner Rückkehr in sich selbst und in die Vergangenheit, und entartet in wilde Zerstörungssucht; oder der bildende Trieb zieht sich, wenn er ein äußerstes erreicht hat, in die Enge, und verlischt leise in sich selbst, wie es schon so oft in den Künsten geschah.

Eine gebildete Philosophie muß zwar auch eine natürliche, aber doch auch eine künstliche sein. Da es nun, wie sich gezeigt hat, eben die *Bildung* der Philosophie ist, um die es Dir zu tun war: so hast Du sehr Recht, Dich nicht mit Deiner Naturphilosophie begnügen zu wollen, sondern das Höchste mit Ernst zu versuchen. Aber wie wird es möglich sein, diesen Entschluß ausführbar zu machen?

Zu den sogenannten populären Philosophen hast Du kein Zutrauen. Und welchen Deutschen oder Engländischen der Art dürfte ich Dir wohl vorschlagen, da Voltaires Witz und Rousseaus Beredsamkeit Dich über die häufige Gemeinheit der Gesinnungen und Ansichten in ihnen nicht hat verblenden können? Die zwei oder drei von unsrer Nation, welche dieser Vorwurf nicht treffen würde, sind grade solche, die nur Streifzüge in das Gebiet der Philosophie getan haben und Deinem Bedürfnisse wenig Genüge leisten könnten.

Die Abstraktion ist ein künstlicher Zustand. Dies ist kein Grund gegen sie, denn es ist dem Menschen gewiß natürlich, sich dann und wann auch in künstliche Zustände zu versetzen. Aber es erklärt, warum auch ihr Ausdruck künstlich ist. Man könnte es sogar zum Kennzeichen der strengen eigentlichen Philosophie machen, die nur

Philosophie sein will, und die übrigen Teile der menschlichen Tätigkeit vor der Hand beiseite setzt, daß sie dem rohen menschlichen Sinne ohne künstliche Hülfsmittel und Zubereitung unverständlich sein muß.

Schwierigkeiten schrecken Dich so leicht nicht ab, und einige Anstrengung würdest Du nicht scheuen; doch würde es Dir schwer werden, Dich an eine Teilung Deines Wesens zu gewöhnen. Ohne eine Mittelsperson vielleicht ganz unmöglich. Es müßte jemand sein, der über dem künstlichen Denken die feinere Ausbildung des bloß natürlichen nicht vergessen hätte, dem es gleich interessant wäre dem Plato von fern mit Andacht zu folgen, oder in die Ansicht eines einfachen Menschen einzugehen, der nur so denkt, wie er lebt und ist. Für einige Philosophen getraute ich mir wohl diese Mittelsperson zu sein, und sie Dir und jedem, der nur sich selbst durch die Philosophie bilden will, um ein beträchtliches näher zu rücken.

Ich habe oft den Gedanken gehabt, ob es nicht möglich sein sollte, die Schriften des berühmten Kant, der so oft über die Unvollkommenheit seiner Darstellung klagt, verständlich zu machen, ohne seinen Reichtum zu schmälern, oder ihm, wie es in Auszügen zu geschehen pflegt, Witz und Originalität zu rauben. Wäre es erlaubt seine Werke, versteht sich nach seinen eigenen Ideen, etwas besser zu ordnen; besonders im Periodenbau und in Rücksicht der Episoden und Wiederholungen: so müßten sie so verständlich dadurch werden können, wie etwa Lessings. Man brauchte sich dazu keine größere Freiheiten zu erlauben, als ungefähr die, welche die alten Kritiker sich mit den klassischen Dichtern nahmen, und ich denke man würde dann *sehen,* daß Kant auch bloß literarisch genommen unter die klassischen Schriftsteller unsrer Nation gehört.

Bei Fichte wäre ein solches Verfahren sehr überflüssig. Noch nie sind die Resultate der tiefsten und wie ins Unendliche fortgesetzten Reflexion mit der Popularität und Klarheit ausgedrückt, die Du in seiner neuen Darstellung der WISSENSCHAFTSLEHRE finden würdest. Es ist mir interessant, daß ein Denker, dessen einziges großes Ziel die *Wissenschaftlichkeit* der Philosophie ist, und der das *künstliche* Denken vielleicht mehr in seiner Gewalt hat, als irgend einer seiner Vorgänger, doch auch für die allgemeinste *Mitteilung* so begeistert sein kann. Ich halte *diese* Popularität für eine Annäherung der Philosophie zur *Humanität* im wahren und großen Sinne des Worts, wo es erinnert, daß der Mensch nur unter Menschen leben, und so weit sein Geist auch um sich greift, am Ende doch dahin wieder heimkehren soll. Er hat auch hierin seinen Willen mit eiserner Kraft durchgesetzt, und seine neuesten Schriften sind freundschaftliche Gespräche mit dem Leser, in dem treuherzigen schlichten Stil eines Luther. Ich glaube nicht, daß man den *rechten* Dilettanten noch auf einem andern Wege zu seiner Philosophe führen dürfte, als er selbst es in jener neuen Darstellung getan hat. Wenn ihn jemand gar nicht versteht, so liegt es bloß an der gänzlichen Verschiedenheit des Standpunktes. Das einzige Stücke Arbeit, was etwa für mich übrig bliebe, wäre der Versuch, den notwendigen und natürlichen Charakter des Philosophen überhaupt darzustellen. Denn wenn Fichte mit allen Kräften seines Wesens Philosoph und für unser Zeitalter auch von Gesinnung und Charakter Urbild und Repräsentant der Gattung ist, so kann man ihn nicht ganz begreifen, ohne diese zu kennen, und zwar nicht bloß philosophisch, sondern auch historisch. So lange er aber Fichten selbst, wie er ist, und wird, nicht begriffe, würde der beste Dilettant zwar einiges in seiner Philosophie vollkommen fassen, in andres sich aber gar nicht finden können.

Vielleicht hieltest Du es aber für ratsamer, Dein Studium nicht mit der Philosophie des Zeitalters anzufangen, oder es doch nicht auf sie einzuschränken? – Ich würde im ganzen nichts dagegen haben. Nur ist da bei den Philosophen des vorigen Jahrhunderts das scholastische Latein, und bei den alten, außer der Schlechtigkeit der Übersetzungen, auch noch die Notwendigkeit so vieler historischen Kenntnisse und Notizen.

Wie man es anfangen müßte, um Dilettanten in den Plato einzuweihen, darüber bin ich noch nicht ins Klare, so viel ich auch hin und her gedacht habe. Doch bei Gott ist kein Ding unmöglich, man muß nur recht wollen, und übrigens das Beste hoffen.

Den Spinosa kann ich Dir schon eher mit Zuversicht versprechen. Nicht so wohl etwas über ihn, als ihn selbst; eine Mittelgattung zwischen Auszug, Erklärung und Charakteristik. Eine vollständige

Übersetzung halte ich für zweckwidrig, weil die mathematische Form doch nicht bleiben darf, und auch ohne allen Schaden weggenommen werden kann. In einer Rücksicht würde Dir Spinosa leichter sein, als die andern. Er war einzig und allein bemüht, seinen Geist in sich selbst zu vollenden, und seine Gedanken zu einem geordneten Werke zu verbinden. Er nimmt wenig Rücksicht auf die Meinungen anderer, und auf spezielle Wissenschaften. Denn das bleibt die größte Schwierigkeit, die durch keine Vermittlung und Milderung weggenommen werden kann. Die Philosophie ist notwendig auch *Philosophie der Philosophie,* und selbst nichts anders als *Wissenschaft der Wissenschaften.* Ihr ganzes Wesen bestehet darin, die Kraft und den Geist, den sie zuerst den einzelnen Wissenschaften einhauchte, wechselweise einzusaugen, und mächtiger auszuströmen, damit sie reicher wiederkehren. Man muß also alles wissen, um etwas zu wissen, und man versteht keinen Philosophen, wenn man nicht alle versteht. Eben daraus siehst Du aber auch, daß die Philosophie *unendlich* ist, und nie vollendet werden kann. Und mit Rücksicht auf diese Unermeßlichkeit des Wissens kann Dir der Unterschied zwischen Deinem Verstande und der Einsicht des künstlichsten und gelehrtesten Denkers nicht mehr so groß erscheinen, daß er Deinen Mut niederschlagen sollte. Wenn Du nur Sinn für das Höchste hast, so ist eure Erkenntnis bloß dem Grade nach verschieden, und ihr steht auf derselben Stufe. Überhaupt kommt in der Philosophie wenig oder nichts auf die Form an, ja auch der Stoff und der Gegenstand macht es nicht. Es gibt Schriften, die ihrem Inhalte nach gar nicht in diese Rubrik zu gehören scheinen, und doch mehr Geist des Universums und also Philosophie enthalten, als viele Systeme. Die Behandlung, der Charakter, der Geist ist alles, und durch die Herrschaft des Innern über das Äußere, durch Ausbildung des Verstandes und der Gedanken und durch stete Beziehung auf das Unendliche können alle Studien und selbst die gewöhnlichste Lektüre philosophisch werden.

Komm' ich Dir nicht vor wie Johannes der Täufer, »welcher in die Welt gekommen war, nicht daß er wäre das Licht, sondern daß er redete vom Licht?« – Ich räsonniere da in einem fort über die Philosophen, und wie ich diesen und jenen behandeln möchte, ohne selbst etwas zu leisten und zu machen, und rühme Dir vielleicht nur die andern, um selbst nichts tun zu dürfen.

Mündlich, liebe Freundin! weiß ich wohl wie ich nicht bloß über die Philosophie, sondern Philosophie selbst mit Dir reden wollte. Ich würde den Anfang damit machen, Dich wo möglich an die ganze vollständige Menschheit zu erinnern, und Dein Gefühl derselben zum Gedanken zu erhöhen. Dann würde ich Dir zeigen, wie sich dieses unendliche Wesen und Werden in das teilt und das erzeugt, was wir Gott und Natur nennen. Du siehst, das würde auf eine Art von Theogonie und Kosmogonie hinauslaufen, und könnte also recht griechisch werden.

Ich würde dabei zuerst fast gar keine Rücksicht auf Geschichte der Philosophie nehmen und auch vom Geiste der einzelnen Wissenschaften nur das Unentbehrliche entlehnen, was eigentlich allgemein ist, was jeder weiß und wobei man gar nicht mehr an ihre Form und abgesonderte Existenz denkt. Freilich würde ich meinen Kreis allmählich beträchtlich erweitern. Überhaupt würde ich alles nach dem Augenblicke und seiner Stimmung modifizieren. Ich würde alles so viel als möglich an Deine eigentümlichsten Ansichten und Meinungen anzuknüpfen suchen, und ich würde oft denselben Weg auf eine neue Weise durchlaufen. Aber die *Unendlichkeit des menschlichen Geistes, die Göttlichkeit aller natürlichen Dinge,* und die *Menschlichkeit der Götter,* würde das ewige große Thema aller dieser Variationen bleiben. So hätten wir denn zu der Mannigfaltigkeit unsrer Philosophie auch *Einheit.* Eine Einheit, von der ich nicht fürchte, daß wir sie je verlieren könnten! Wenn man die hat, und also weiß, daß es im ganzen und an sich genommen, nur eine unteilbare Philosophie gibt: so darf man sich's ohne Nachteil gestehen, daß es mit Rücksicht auf die Bildung des Menschen durch sie unendlich viele Arten von Philosophie gibt. Die Mitteilung darf nun ihren ganzen Reichtum von Formen und Nuancen entfalten, und *die Zeit der Popularität ist gekommen.*

Ist es die Bestimmung des Autors, die Poesie und die Philosophie unter den Menschen zu verbreiten und für's Leben und aus dem Leben zu bilden: so ist Popularität seine erste Pflicht und sein höchstes Ziel. Freilich wird er um des Zweckes und seines eignen

Geistes willen oft bei seinen Werken nur auf die Natur der Sache und die Gesetze der Behandlung sehen dürfen, und dann auch im Audrucke ungewöhnlich und vielen unverständlich sein müssen. Am liebsten aber wird er doch seine Tätigkeit nicht teilen und sich in die große Gesellschaft aller gebildeten Menschen mischen, weil er hier am unmittelbarsten an der ewig fortgehenden Schöpfung der Harmonie und der Humanität teilnehmen kann. Er wird sich dann auch nicht durch eine ungesellige und unnatürliche Sprache auszeichnen wollen. Er braucht das gar nicht und kann sich doch nie unter die Menge verlieren. Denn wo sie Enthusiasmus beseelt, da bildet sich aus den gewöhnlichsten, einfachsten und verständlichsten Worten und Redensarten wie von selbst eine *Sprache in der Sprache*. Wo dann das Ganze wie aus einem Guße ist, da fühlt der gleichartige Sinn den lebendigen Hauch und sein begeisterndes Wehen und der ungleichartige Sinn wird doch nicht gestört. Denn das ist das schönste an diesem schönen Sanskrit eines Hemsterhuys oder Plato, daß nur die es verstehen, die es verstehen sollen.

Von der *Entweihung* muß man sich dabei nicht fürchten. Niemals wenn es *Beruf* ist sich mitzuteilen oder öffentlich darzustellen. Überhaupt täte, wer von dieser Furcht nicht frei ist, am besten, nur gleich diese Welt zu verlassen. Das ist meine geringste Sorge.

Gern also will ich, wenn es mir Zeit scheint, versuchen, was ich Dir mündlich andeuten wollte, auch schriftlich zu behandeln, und auch für andere Dilettanten, was der Mensch als Mensch davon braucht, aus der gesamten Philosophie auszuwählen, und im Zusammenhange mit der größten Popularität darzustellen. Da die Bedürfnisse so verschieden sind: so müßte ich freilich nach einem gewissen Durchschnitte streben und in Gedanken gleichsam für einen Doryphorus von Leser, ich meine für einen durch und durch wohl proportionierten Leser schreiben. Aber außerdem, daß ich vielleicht eine Reise machen müßte, um die besten Leser aufzusuchen, und aus ihnen, wie der alte Maler in Kroton seine Venus aus den schönsten Mädchen der Stadt, jenes Ideal zusammenzusetzen, so ist auch eine solche Durchschnittsfigur eben nicht die Person, für die ich mich vorzüglich begeistern könnte. Der Gedanke an Dich und einige andere Freunde wird kräftiger wirken.

Indessen hat das Bild eines so umfassenden Ganzen, wie diese *Philosophie für den Menschen* sein würde, eine gewisse abschreckende Würde für mich, und wird sie wohl noch eine Zeit lang behalten. Zuerst dürfte ich mich daher an kleinere Versuche wagen, für die ich keinen rechten Namen weiß. Denke Dir Selbstgespräche über Gegenstände, die den ganzen Menschen angehen, oder doch mit einziger Rücksicht darauf; mit nicht mehr Analyse als in einem freundschaftlichen Briefe erlaubt ist; im Tone einer zusammenhängenden Konversation, etwa wie dieses Schreiben an Dich. Ich möchte es nicht sowohl Philosophie als *Moral* nennen, obgleich es von dem verschieden ist, was gewöhnlich so heißt. Um in der Gattung zu leisten, was ich mir denke, müßte man vor allen Dingen ein Mensch sein; dann freilich auch ein Philosoph.

Ich habe mich selbst überrascht, und werde nun gewahr, daß *Du* es eigentlich bist, die *mich* in die Philosophie einweiht. Ich wollte nur Dir die Philosophie mitteilen, der ernstliche Wunsch belohnte sich selbst, und die Freundschaft lehrte mich den Weg finden, sie mit dem Leben und der Menschheit zu verbinden. Ich habe sie dadurch gewissermaßen mir selbst mitgeteilt, sie wird nun nicht mehr isoliert in meinem Geiste sein, sondern ihre Begeisterung durch mein ganzes Wesen nach allen Seiten verbreiten. Und was man durch diese innere Geselligkeit auch äußerlich mitteilen lernt, das wird durch jede noch so allgemeine Mitteilung uns selbst noch tiefer eigen.

Zum Danke dafür, werde ich, wenn Du nichts dagegen hast, auch diesen Brief gleich drucken lassen, und dann mit ganzer Liebe ausführen.

FÜR FICHTE

An die Deutschen

Ihr wißt aus den Zeitungen oder aus den Streitschriften, die darüber ans Licht gestellt sind, daß man den Philosophen Fichte des Atheismus beschuldigt. Ihr wißt, daß Ihr seine Philosophie nicht versteht, wollt das auch nicht, aber ihr müßt doch urteilen und haltet jene Beschuldigung ohne Weiteres für wahr; die ganze Sache aber für unbedeutend, weil Gott sich schon selbst helfen werde. Denn Ihr habt freilich ganz andere Dinge zu verrichten, als nach seinem Willen für seine Sache zu handeln und nach Gelegenheit auch zu streiten. Dazu habt Ihr keine Zeit, wohl aber habt Ihr Zeit jede Broschüre zu durchblättern, wenn eine literarische Fehde großes Aufsehn erregt hat; denn daran findet Ihr ein ähnliches Vergnügen, wie der müßige Haufen in manchen großen Städten an den Tiergefechten.

Es könnte sein, daß Ihr Euch aus demselben Grunde auch an diese Schrift verirrtet. Ist das der Fall, so muß ich Euch sagen, daß ich nicht gesonnen war, Eurer Neugier zum Gegenstande der Untersuchung zu dienen, und daher durch den Ernst des Inhalts und des Vortrags wohl gesorgt habe, Eure Erwartung nicht zu befriedigen. Laßt uns gleich jetzt auf ewig scheiden, denn ich werde ewig alle die verachten, denen es weder mit der Philosophie noch mit der Religion ein Ernst ist; sie mögen sich nun mit einem Schatten von Religion täuschen, oder, sich selbst des Atheismus bewußt, nur nicht begreifen können, wie man eine der privilegierten Klasse so triviale Wahrheit öffentlich sagen könne.

Ihr aber, denen es mit beiden oder auch nur mit einer von beiden ein Ernst ist, seid mir willkommen! Wir sind Brüder und Mitbürger Eurer Gemeinde, wo alle vereint und frei von irdischen Banden durch Wahrheit und Tugend nach dem Ewigen trachten, und wo jeder, der sich berufen fühlt, über das, was alle betrifft, seine Meinung sagen soll. Nicht als einen Urteilsspruch, oder auch nur als Vorschlag zu einem allgemeingültigen Gesetz; sondern als Stimme eines Einzelnen. Jeder strebe nur als Einzelner zu sein, was er sein soll, so wird der gleiche Geist im Allgemeinen von selbst sich klar werden.

Also nur auf die Bedingung will ich mit Euch reden, daß wir gleiche Rechte teilen. Ich verlange nicht Euer Richter zu sein, aber ich erkenne auch Keinen unter Euch für den meinigen, möge seine Würde und Ansehn auch noch so groß sein.

Übrigens aber will ich keinen ausschließen, dem es, um dies noch einmal zu wiederholen, Ernst ist mit der Religion und mit der Philosophie, oder auch nur mit einer von beiden; dem es nur je Ernst damit war, wenn er auch, weil er nicht ins Klare kommen konnte, lauer geworden sein sollte; jeden, der noch nicht ganz verschlossen ist für das, was allein heilig und ewig gut ist; denn vielleicht ist ja eben *jetzt* der Augenblick gekommen, wo ihm der Sinn aufgehn soll; denn einmal muß es doch für jeden Menschen, der des Namens würdig ist, heißen *Jetzt oder Nie*.

Nun zur Sache, und zwar zunächst einige Worte über den eigentlichen Streitpunkt, den man auf eine unbegreifliche Weise völlig mißverstanden hat. Es ist gar nicht die Frage von Atheismus und Theismus. Denn darüber sind Fichte und die unter seinen Gegnern, welche es gut meinen, ganz einig, daß der Mensch all sein Tun und Lassen auf Gottes heiligen Willen beziehn soll. Der Gegenstand des Streits ist das *Dasein* überhaupt, gar nicht das sogenannte Dasein Gottes, sondern alles Dasein überhaupt und dessen Wert oder Unwert in Vergleich mit dem Handeln und die Beziehung beider aufs Unendliche und aufs Endliche. Fichte behauptet, das reine Handeln sei das Ursprüngliche und Erste, aus dem das Dasein entspringe, und nach Art der bisherigen Philosophen das Handeln aus einem ursprünglich gegebenen Dasein herleiten, das sei vernunftwidrig. Alles Dasein sei endlich und sinnlich und nur im Handeln könne der Mensch das Unendliche ergreifen und das Bürgerrecht in der übersinnlichen Welt gewinnen. Daher könne der Philosoph als solcher die unendliche Vernunft nicht anders denken, als in ihrem ewigen Handeln und als dieses selbst, keineswegs aber ihr ein Dasein außer diesem andichten. Es ist mit einem Worte der Streit des Idealismus und des Realismus.

Nun bitte ich Euch wohl zu bedenken, ob ein Streit dieses Inhalts, ein Streit über die Frage, ob dem Objekt oder dem Subject ursprünglich Aktivität beizulegen sei, durch den weltlichen Arm entschieden werden könne?

Sonach beruht die ganze Beschuldigung des Atheismus auf einem bloßen Mißverständnis. Von diesem Streit soll gar nicht mehr die Rede sein, denn sie hätte gar nicht gemacht werden sollen. Zwar ist es ein sehr begreifliches Mißverständnis, da allen Menschen der Realismus angeboren, die Abstraktion aber ein künstlicher Zustand ist. An der Stütze des Gegebnen wächst der Geist heran, ehe er sich zum Gedanken des freien Denkens erheben kann, und vermißt auch dann noch, wo es an Kraft gebricht, stets die alte Stütze. Viele sind mit Fichte im Geist und als Menschen einig, und können sich doch in seine Ausdrücke, auch wo er populär schreibt, nicht finden, weil seine ihnen unverständliche Theorie doch überall einfließt. Das können sehr würdige Männer sein, aber wenn sie das sind, werden sie über nichts richten wollen, was sie nach ihrem eignen Bewußtsein nicht verstehn. Man darf voraussetzen, daß zum wenigsten sie die Frage nicht entscheiden werden, und in dieser Rücksicht nannte ich das Mißverständnis aber ein unbegreifliches, da es so klar in den Akten liegt, daß die Beschuldigung durchaus keinen Grund habe.

Wohl werdet Ihr sagen, wenn dem also ist, warum braucht Fichte unwürdige Repressalien und heißt seine Gegner wieder Atheisten?

Bloße Repressalien sind es nun wohl nicht. Es geschieht keineswegs nur um seine Gerechtsame zu behaupten; sondern es ist wohl verstanden voller Ernst und buchstäblich Wahrheit.

Gibt es eine Religion, welche die rechte ist, so ist jede andere falsch. Das ist eben, wovon man nichts wissen will in diesem artigen Zeitalter, wo der Mensch und die Tugend und alles in einen so glatten geschmeidigen Konversationston gefallen sind, daß die Wahrheit selbst lieber unwahr als unhöflich sein darf.

Nach dieser liebenswürdigen Ansicht der Welt darf man nun das

Gute und Schlechte nicht so streng scheiden, und wie die Menschen wären auch die Religionen nur dem Grade nach unterschieden. Eine unwürdige Toleranz des Unglaubens an das Höchste, die wohl dann am meisten ihre Schwäche zeigt, wenn sie Christentum scheinen will. Denn der absolute Unterschied, den dasselbe zwischen Tugend und Laster, Wahrheit und Lüge, der Religion und der Irreligion mit lauter Stimme anerkennt, ist in der Geschichte und in den Urkunden und überall, wo es Kraft hatte, so deutlich und klar zu sehn, daß ihn auch dem Auge des Laien kein noch so künstliches Raisonnement verdunkelt.

Und eben darin stimmt Fichte's Philosophie – nicht etwa aus willkürlicher Annäherung, sondern durch die innere Notwendigkeit ihrer eigenen Prinzipien getrieben – mit der christlichen Religion vollkommen überein. Auch nach dieser Philosophie ist in der Welt ein ewiger Streit des Guten und des Bösen. Es gibt zwei ursprünglich verschiedene Tendenzen im Menschen, die aufs Endliche und die aufs Unendliche; also nicht bloß eine Verschiedenheit des Grades, Nüancen von Tugend und Laster, sondern absolute Entgegengesetztheit der Wege, die es jedem Menschen freisteht zu wandeln.

So lange es noch viele gibt, die weltlich gesinnt leben, und andre wenige geistlich gesinnte, wird es auch wohl zwei nicht bloße verschiedene, sondern schlechthin entgegengesetzte Religionen geben, wenn die Religion eines Menschen nichts andres sein kann, als das Innerste und Eigenste in ihm, sein Erstes und Höchstes, und wenn seine Götter, nach der Bemerkung des Aristoteles, dem was er selbst ist, gleichen müssen.

Zwar die falsche nur scheinbare Religion, die es eigentlich nicht ist, wird diesen schneidenden Gegensatz aus allen Kräften verbergen und nicht bloß anderen, sondern sich selbst leugnen wollen; weil mit der Anerkennung jenes Gegensatzes ihre eigene Nichtigkeit sogleich einleuchtet. Natürlich muß wohl der Endliche, welcher die (heiligen) Rechte des Unendlichen usurpieren will, (mit glatter Freundlichkeit) in gutem Vernehmen mit demselben zu sein scheinen, und die ewigen Unterschiede leugnen!

Nicht so die heilige Religion, welche es wirklich ist. Diese wird und muß sich ihr mögliches Nachbild ewig aufs strengste entgegensetzen, es unbedingt verwerfen und ohne Schonung enthüllen, wo es ihm immer begegnet. So ist es, so war es und so wird es sein. Daher die Polemik, an der die Schwachen so viel Anstoß nehmen.

Ich bin weit entfernt alle die, welche den Idealismus nicht begreifen und an der Glückseligkeitslehre hängen, sofort einer schlechten und nichtsnutzigen Religion zu zeihen. Das sei ferne von mir, so ferne als es auch von Fichte'n ist. Denn mehr als einmal hat er's anerkannt, daß viele von denen, die jener Lehre anhängen, besonders in Deutschland, zwar was die Theorie betrifft – nach seinem Wissen – sich selbst mißverstehn, aber doch moralisch gesinnt sein können, und voll heiligen Ernstes.

Ob aber die Schilderung, welche er von jener falschen Religion entwirft, welche die eigne Verderbtheit, ohne alle Ahnung des Bessern in die Ansicht der Gottheit und der Verhältnisse zu ihr ganz überträgt, und dadurch als die einzig rechte konstituiert, so daß dadurch, wenn das möglich wäre, die Besserung auf immer gehindert würde; ob diese treffende Schilderung auf viele oder wenige Subjekte passe, kann leicht jeder nach dem Maßstabe seiner Kenntnis der Kultur und des Zeitalters ermessen, und mag es ja vorher bedenken, ehe er auf die Vermutung gerät, Fichte und wer eines Sinnes mit ihm ist, streite nur gegen einen Schatten, es gebe keine positive Irreligion. Aber alles war nicht Religion ist und es doch scheinen will, ist notwendig der Religion reell entgegengesetzt und soll vertilgt werden u.s.w. u.s.w.

FICHTE

ÜBER DAS WESEN DES GELEHRTEN UND SEINE ERSCHEINUNGEN IM GEBIETE DER FREIHEIT. In öffentlichen Vorlesungen, gehalten zu Erlangen im Sommer-Halbjahre 1805. von J. G. Fichte. Berlin 1806. in der Himburgschen Buchhandlung. 8. (1 Rthlr.)

DIE GRUNDZÜGE DES GEGENWÄRTIGEN ZEITALTERS. Dargestellt von J. G. Fichte in Vorlesungen, gehalten zu Berlin im Jahre 1804–5. Berlin 1806. Im Verlage der Realschulbuchhandlung. 8. (1 Rthlr. 8 ggr.)

DIE ANWEISUNG ZUM SELIGEN LEBEN, ODER AUCH DIE RELIGIONSLEHRE. Durch J. G. Fichte, in Vorlesungen gehalten zu Berlin, im Jahre 1896. 8. (1 Rthlr. 16 ggr.)

Die Kraft, mit welcher Hr. Fichte vor mehr als zwölf Jahren zuerst in den Gang des Forschens und Wissens eingriff, wird in der Geschichte der Deutschen Literatur unvergeßlich bleiben. Wenn das wesentliche Verdienst dieses ersten Einwirkens darin bestand, daß Hr. Fichte die in der Denkart des Zeitalters begründete empirische Beschränktheit, welche Kant noch hatte stehen lassen, die Kantianer aber noch weiter ausgedehnt und noch mehr befestigt hatten, bis auf die Wurzel zerstörte; und daß er zugleich zeigte, welche mächtige Wirkung ein freierer und kühnerer Gebrauch der Idee des Unendlichen hervorbringen könne, so mußte ihm dies freilich Feinde in Menge zuziehen. Diese ersten Feinde haben sich nun größtenteils zerstreut oder beruhigt; dagegen haben die, welche anfangs als gemeinschaftliche Mitwirker und Nachfolger eines Sinnes mit *Fichte* zu sein schienen, sich jetzt größtenteils von ihm getrennt, oder sind seine Gegner geworden; woraus wenigstens erhellt, daß die geglaubte Übereinstimmung keine reelle war, sondern nur in polemischer Hinsicht und im gemeinschaftlichen Gebrauch gewisser Formen und Methoden stattfand. Freilich hat sich seit jener Zeit, wo Fichte zuerst auftrat, manches verändert; die Naturwissenschaft auf der einen, die Erkenntnis der Geschichte und der Kunst auf der anderen Seite, wachsen unaufhaltsam fort, ohne sich durch den gebieterischen Zuruf der beschränkenden Philosophen: *Bis hierher und nicht weiter,* in ihrem großen Lauf hemmen zu lassen. Außerdem aber bringt freilich in Deutschland, so wie jeder Frühling eine andre Generation von summenden Insekten, so auch jede Ostermesse einen neuen Schwarm junger Metaphysiker ans Licht, die sich bald um diesen bald um jenen Honigkorb versammeln, und ihre Teilnahme an den Ideen durch ein recht absolutes Bewundern, oder ebenso absolutes Heruntersetzen am besten zu bewähren glauben. – Viel einfacher, aber im Grunde doch allgemeiner und richtiger beurteilt das größere Publikum den Wert eines jeden, und also auch des philosophischen Autors, einzig und allein nach dem Maß seiner eigentümlichen und selbständigen Geisteskraft, nach dem würdigen und zweckmäßigen Gebrauch des Talents für die Wissenschaft, für Welt und Vaterland und nach der Kunst und Vortrefflichkeit der Darstellung und des Stils.

Gewiß muß in dieser Rücksicht die Art, wie Hr. *Fichte* durch vorliegende drei Werke wieder in die Literatur eintritt, ein sehr allgemeines Interesse haben, und um so mehr Aufmerksamkeit erregen, wenn die ihm eigentümliche Ansicht, die eigentliche *Grundidee* seines Systems, hier zwar nicht an sich wesentlich verändert, aber doch in einer andern Form, und vielleicht auf einer höheren Stufe der Entwickelung sich darstellt. Diese *Grundidee* der Fichteschen Lehre an sich, und in ihrem Verhältnis zum Zeitalter, so deutlich als möglich darzulegen, ist der Zweck des Rezensenten bei der gegenwärtigen Beurteilung.

Hr. Fichte nennt die drei vorliegenden Werke, in der Vorrede zur RELIGIONSLEHRE, ein Ganzes, wovon eben diese der Gipfel sei. Dieser Angabe und den Gegenständen der zusammengehörenden Werke selbst nach dem Bedürfnis unsers Vorhabens folgend, betrachten wir die *Fichtesche Lehre,* erstens im *Verhältnis zum Zeitalter,* sodann, im *Verhältnis zum Christentum und zur Religion;* und endlich, *an und für sich, nach den verschiedenen Epochen ihrer Entwickelung.* – Die Schrift ÜBER DAS WESEN DES GELEHRTEN, so zweckmäßig sie für ihren nächsten akademischen Wirkungskreis berechnet sein mag, konnte uns bei dem einmal gefaßten Gesichtspunkte fast nur als Ergänzung der andern beiden Schriften interessieren, unter denen wieder die ÜBER DAS SELIGE LEBEN bei weitem die wichtigste und reichhaltigste ist.

Die Fichtesche Lehre im Verhältnis zum Zeitalter

Wir fangen mit dem an, was am meisten äußerlich ist, oder doch zu sein scheint: mit der Darstellung und Schreibart; was aber als Medium der Mitteilung sehr in Betracht kommt, wenn vom Verhältnis einer philosophischen Lehre zum Zeitalter die Rede ist. – Wenn einige Philosophen die abkürzende Chiffernsprache, deren man sich zur Bequemlichkeit des mündlichen Vortrags bedient, auch in solchen Schriften, die mehr als gedruckte Hefte sein sollen, und selbst da, wo sie selbst darnach zu streben scheinen, durchaus nicht los werden können; wenn andre, sobald sie nur an Stil denken, auch sogleich in einen unerträglich zwanghaften Gräzismus verfallen, so ist *Fichte* von beiden entgegengesetzten Fehlern durchaus frei. Waren dagegen auch solche, die seine Beredsamkeit zu schätzen wußten, und stellenweise vortrefflich fanden, sonst wohl der Meinung, daß sie bisweilen, besonders in populären Schriften, in leere Deklamation ausarte, so sind die gegenwärtigen Schriften diesem Vorwurfe, der eine oder die andre frühere trifft, nicht so ausgesetzt. Beide Schriften, die über das Zeitalter, und die über das selige Leben, besitzen im hohen Grade die ersten Eigenschaften eines guten Vortrags; nämlich die, den Leser lebendig anzusprechen, den Geist zu erregen und in Bewegung zu versetzen. Einzelne Nachlässigkeiten, an denen es ihnen, da es wirklich gehaltne Reden sind, nicht fehlen mag, überlassen wir andern aufzusuchen. Der wissenschaftliche Leser wird vielleicht bei der großen Klarheit die Kürze vermissen; doch in einer Rücksicht ist es vielmehr gut, wenn hier in

Betreff der Verdeutlichung eher zu viel als zu wenig geleistet worden. Sollte es sich nämlich finden, daß es Fichten durchaus nicht gelungen sei, seine eigentliche *Idee* an einen der mit ihm oder nach ihm Philosophierenden zu bringen, sondern daß er bloß durch die *Resultate* seiner Denkart in das Zeitalter eingegriffen, und auf dasselbe gewirkt habe, so können wir um desto gewisser sein, daß dies nicht an der in dieser Rücksicht vortrefflichen äußern Darstellung liegen könne, von der freilich die tiefer liegende innere Form noch unterschieden werden muß. Es kann diese Äußerung übrigens wohl niemand befremden, der mit der Geschichte der Philosophie und des menschlichen Geistes nur einigermaßen bekannt ist, da die Beispiele in ihr nicht selten sind, daß die Hauptidee eines Denkers selbst von denen, die ihm am nächsten standen, in eine ganz andre verwandelt ward, und nur dem äußern Scheine nach dieselbe blieb; oder daß ein erfinderischer Geist nur durch die Außenwerke und Resultate seiner Ansicht auf andre einwirkte, während das Prinzip, die Idee, um die es ihm selbst eigentlich zu tun war, von keinem aufgenommen und weiter fortgeführt ward. Resultate der Fichteschen Philosophie waren die schon erwähnte polemische Wirkung gegen die empiristische Beschränktheit der Kantianer, und überhaupt des Zeitgeistes; vorzüglich aber war es jene ihm eigne wissenschaftlich revolutionäre, zum Teil mathematische, zum Teil dialektische Methode, die zu einer neuen und kühnern Art zu philosophieren den ersten Anstoß gab. Es überschritt die Wirkung, die er in dieser Hinsicht hervorbrachte, vielleicht seine eigne Absicht, und es zeigt sich jetzt deutlicher noch als ehemals, wie die neue Art von Beschränktheit, die er an die Stelle der Kantischen gleich anfangs setzen zu wollen schien, mit seiner ursprünglichen Idee mehr als zufällig zusammenhing. Die meisten der damals mit ihm gemeinschaftlich Wirkenden bemerkten dies gar nicht, oder nahmen doch in der Folge keine Rücksicht darauf.

Betrachten wir sein ganzes Verhältnis als Schriftsteller zum Zeitalter, so glauben wir es seinem eignen Sinne gemäß zu charakterisieren, wenn wir es auf jene strenge Rechtlichkeit und negative Gesetzlichkeit beziehen, die er als die zweite in der Reihe der fünf Weltansichten darstellt und *Stoizismus* nennt. Ist dieses Verhältnis denn auch nach der stoischen Weise etwas hart und schroff, so kann doch ein Mann, je mehr er dieser einmal behaupteten Gesinnung treu bleibt, um so mehr auf die Achtung rechnen, die dem Mann von Charakter auf die Dauer sicher zuteil wird. Wollen dagegen andre behaupten, es gebe, und könne keinen Stoiker geben, der nicht zu Zeiten seinen Grundsätzen untreu werde, und aus dem nach diesen Grundsätzen gebildeten Charakter falle, so fühlt Rez. ebensowenig Beruf, die Behauptung im allgemeinen zu bestreiten, als in der literarischen Handlungsweise eines Mannes, dessen Talent und Charakter er bei einer totalen Verschiedenheit der Ansicht, schon oft mit Achtung und Neigung anzuerkennen, sich zur Freude machte, das Einzelne aufzusuchen, was etwa mit dem aufgestellten Charakter nicht ganz in Übereinstimmung zu sein scheint. Nur in einer Hinsicht, wovon gleich mehr die Rede sein wird, wird sich Rez. erlauben den Wunsch zu äußern, daß Hr. *Fichte* literärisch anders verfahren haben möchte, als er verfahren hat.

Die Schilderung, welche *Fichte* vom Zeitalter entwirft, ist eben nicht günstig; doch wird jeder, dem Zeitgeschichte und Leben nicht fremd sind, in den meisten einzelnen Zügen der Schilderung, den denkenden und scharfsehenden Beobachter erkennen; nur das eigentliche Wort des Rätsels, den Zusammenhang des Ganzen, dürfte man vermissen, weil dieser eben viel tiefer liegen mag, als in einem solchen Umriß der Geschichte *a priori*. Vielleicht daß auch Hr. *Fichte* dem gegenwärtigen Zeitalter in dem Ganzen nicht die wahre Stelle anweist, indem er es in die Mitte des Ganzen setzt, und etwa diejenige Ansicht richtiger ist, welche dafür hält, daß wir von den drei Weltaltern schon über die Mitte hinaus, im Übergang vom zweiten zum dritten Weltalter uns befinden. Doch darüber nach dem Schema jener Vernunftentwicklungen zu streiten, dürfte nicht weiter fruchtbar sein; wir übergehen diese, da sie, obwohl mit dem Wesentlichen der Fichteschen Lehre zusammenhängend, doch unstreitig nur die leichtesten Außenwerke derselben bilden, und nehmen in der Folge nur auf diejenigen historischen Ideen und Ansicht des Verf. Rücksicht, die ein individuelles Gepräge haben, wie die Ansicht vom Christentum, und was damit in Beziehung steht, vom Normalvolk. Nur das eine bemerken wir bei Gelegenheit jener so ungünstigen Charakteristik des Zeitalters. Man sollte bei solchen Darstellungen und strengen Beurteilungen das *Zeitalter* und den *Zeitgeist* sorgfältig unterscheiden. Das Zeitalter ist, kann man in einem gewissen Sinne sagen, von Gott, und man sollte nicht anders als mit Achtung davon reden. Wir verstehen darunter eben dasjenige, was den meisten unbewußt und verborgen bleibt, oder wenn es ihnen ja in einzelnen Augenblicken und Erscheinungen klar wird, ihnen dann als furchtbares Verhängnis oder Strafgericht erscheint, während der tiefer Forschende die lenkende Vorsehung darin erkennt; um so deutlicher, je mehr er den innern Zusammenhang und das Verhältnis dieses Zeitalters zu allen andern einsieht. Der Zeitgeist aber ist, größtenteils wenigstens, Menschenwerk, kann sogar geleitet werden von der Willkür herrschender Naturen, oder wird als Resultat allgemeiner Schwäche und Torheit, zum Spiel der Mode. Auch dieser Zeitgeist ist noch in mehrere Kräfte von verschiedener Richtung und Dignität geteilt.

Für die Beziehung auf die Fichtesche Charakteristik des Zeitalters ist es hinreichend, an jene einfache Einteilung in die große *Majorität* aller derer, die nicht über die gemeine Aufklärung hinaus sehen, und in die kleine *Minorität* derer, die auf irgend eine Weise über jene Grenze hinaus ein höheres und höchstes Übersinnliches zu erringen trachten, oder zu besitzen glauben; deren Geist als Spätling einer vergangenen, als Vorläufer der künftigen Zeit, oder weil er über alle Zeit sich erhoben hat, der ihrigen nicht mehr ausschließend angehört, zu erinnern. Jene Majorität ist in der Fichteschen Darstellung zunächst gemeint. Die Minorität zerfällt nach ihm wieder in eine wahre echte, und eine falsche unechte; jene der seinigen ähnliche, im Grunde aber ganz davon verschiedene Denkart und Philosophie. Hierauf gehen wir ausführlich ein, denn daraus wird sich am besten bestimmen lassen, in welchem Verhältnis die Fichtesche Lehre zu dem Zeitgeist eigentlich stehe, und inwiefern sie mit der Denkart der Majorität und mit der Minorität übereinkomme oder nicht. Andernteils ist zum ersten und gleichsam äußern Verstehen eines Systems nichts so wesentlich als die sorgfältige Absonderung von einer, dem Anschein nach verwandten, und doch wesentlich verschiedenen Ansicht.

Wir folgen dabei Hrn. *Fichtes* eignen Bestimmungen. Er findet im Zeitalter der vollendeten Sündhaftigkeit eine Philosophie neben der seinigen, die ihr zwar, auch auf das Übersinnliche gehend, in den Augen des Volkes ähnlich, aber doch mit dem grundbösen Gebrechen der Schwärmerei behaftet sei. Der Hang zur Schwärmerei sei eines der wesentlichen Merkmale eines solchen Zeitalters. Die Neigung, das Alte bloß deswegen, weil es alt, das Unbegreifliche bloß deswegen, weil es unbegreiflich sei, aufzusuchen und zu verteidigen, sei die natürliche Reaktion des Zeitalters gegen sich selbst, dessen Charakter es übrigens ist, alles mit Händen sinnlich greifen zu wollen. Besonders aber greift er in dieser Beziehung die *Naturphilosophie* an; wir wollen versuchen, die eigentlichen Punkte des Streites zu bestimmen.

Hr. *Fichte* behauptet, 1) die Natur als tote Sinnenwelt und bloßer Niederschlag der Reflexion sei das eigentliche Nichtsein, ein durchaus nichtiges und ganz und gar ungöttliches Scheinwesen; bloß Hemmung und Schranke des sich ins Unendliche fortentwickelnden Geistes. Dieses ist ein wesentlicher Bestandteil seiner Lehre, und findet sich, wiewohl mit einiger Verschiedenheit des Ausdrucks, in allen seinen Schriften, auch in den frühern wieder. – Dagegen geht nun die Deutsche Physik, oder Naturphilosophie aus von der Idee einer nicht toten, sondern durchaus belebten und beseelten Natur; und eben dadurch unterscheidet sich die Deutsche Physik von der ihr zunächst vorhergehenden, im Auslande zum Teil noch herrschenden toten und mechanischen Ansicht der Natur. Dennoch ist dieser scheinbare Gegensatz und Streit eben nur ein scheinbarer. Hr. *Schelling* hat es in seiner Schrift gegen *Fichte* zur Genüge dargetan, daß die Natur, welche der Naturphilosoph und jeder tiefere Physiker meint, durchaus nichts gemein hat mit jener objektiven Sinnenwelt, deren Schein aus der Form der Reflexion entsteht, und deren Nichtigkeit man gern zugibt; jene Natur aber, welche insofern sie eine Darstellung der Gottheit ist, oder wie man sonst die Behauptung ausdrücken will, daß sich Göttliches in ihr finde, und sie also der höchsten Realität teilhaftig sei, kommt in *Fichtes* System gar nicht vor, weil das Wissen, als einzig mögliche Art des Daseins oder Offenbarung des ursprünglichen Seins die Stelle derselben einnimmt. Er ignoriert und leugnet sie, was aber freilich keinen wahren Streit begründen kann. Von dieser Seite stehen also die *Fichtesche* Philosophie und die Naturphilosophie nur in einem scheinbaren Gegensatz, eigentlich aber in gar keiner Berührung. Ist in der Klage gegen *Fichte* aber etwa die stillschweigende Forderung enthalten, die Natur und die Gottheit nach der Weise des Spinoza zu identifizieren, so trifft der Tadel und der Angriff nicht bloß ihn, sondern alle, die seit Plato in der Philosophie einen Namen haben, die einzige Sekte der eigentlichen Pantheisten ausgenommen.

Von der andern Seite hat die *Fichtesche* Naturverachtung und Naturentseelung nicht bloß die jetzigen philosophischen und alle tieferen Physiker gegen sich, sondern das ganze Altertum ohne Ausnahme; ferner die noch unverdorbenen Naturmenschen, und die Dichter und Künstler aller Zeiten und Nationen. Alle diese sind mehr oder minder Hylozoisten, und betrachten die Natur als ein durchaus belebtes und beseeltes Wesen. Eines Sinnes mit Hrn. *Fichte* hingegen sind einige vorzüglich ausländische Physiker der jetzigen, und der zunächst vergangenen Zeit, die einer durchaus toten und mechanischen Ansicht folgen; und endlich diejenige Klasse der Menschen des jetzigen Zeitalters, welche alles nur als Mittel, toten Stoff und Werkzeug für die Zwecke des berechnenden Verstandes betrachten; wovon jedoch noch alle die, welche durch Alter, Geschlecht, unverbildeten Stand, lebhaftere Triebe, anders fühlen und denken, abgerechnet werden müssen. Inwiefern die *Fichtesche* Naturverachtung der christlichen Ansicht von der Nichtigkeit der Welt nur scheinbar, oder wahrhaft ähnlich sei, wird in der Folge klar werden; wenigstens sollten wir denken, daß einer so durchaus armseligen und toten Welt zu entsagen, sie als nichtig zu erkennen, und in der Tat zu vernichten, weder ein schweres noch ein würdiges Opfer sein könne.

Wir kehren zurück zu der Betrachtung des eigentlichen Streitpunkts. Hr. *Fichte* beschuldigt 2) die Naturphilosophie der Naturvergötterung und jener *Schwärmerei,* die als ein wesentlicher Charakter des Zeitalters angegeben wird, behauptend, daß alle Schwärmerei Naturschwärmerei sei; welcher Satz zwar mit dem obigen, von der Nichtigkeit der Natur, zusammenhängt, aber doch noch in der Betrachtung davon abgesondert werden muß. Hier ist es nun vorzüglich, wo wir gewünscht hätten, daß er den Streit durchaus nicht auf die Weise begonnen haben möchte, wie es geschehen ist. Doch betrifft auch diese Kritik nur das Wissenschaftliche des Streits, wenn es anders als ein solcher angesehn werden kann. Das Persönliche desselben sehen wir als für uns nicht vorhanden an. – Weil indessen diese Frage von dem Verhältnis der Schwärmerei zur wahren Philosophie für das ganze Zeitalter die höchste Wichtigkeit hat, so schien es uns notwendig, dies Verhältnis nicht mit Stillschweigen zu übergehen.

Zuerst können wir Hrn. *Fichte* gar nicht beistimmen, wenn er in Beziehung auf Religion, *Schwärmerei* für das eigentliche Grundübel des Zeitalters hält; wir finden es vielmehr nur allzu offenbar in den verschiedenen Arten die Religion bloß oberflächlich und ganz äußerlich zu nehmen; sei es nun die Gestalt einer *bloß politischen,* und nur den Zwecken des Staates dienenden Religion, wobei die innere Irreligion wohl gar freimütig genug kund gegeben wird, oder jene etwas höhere, im Grunde aber auch ganz oberflächliche *bloß ästhetische* Religion vager Gefühle, und Anschauungen des Göttlichen, wobei es im Innern kein rechter Ernst ist, zu welcher Form besonders in dem Deutschen Zeitgeiste der vorherrschende Hang sehr sichtbar ist. Es gilt hier ganz eigentlich was Hr. *Fichte* sagt, daß das höhere Leben sich nur erst an den äußern Grenzen, in den entferntern Gliedern zu regen beginnt, noch nicht bis zum Mittelpunkt hindurchgedrungen ist. Dies würden wir aber nicht Schwärmerei, sondern Seichtigkeit und Schwäche nennen; Mangel an Religion, wobei jedoch die Überzeugung von ihrer Notwendigkeit, und hie und da eine Regung des innern Bedürfnisses nach ihr sich zu melden anfängt. Kennzeichen des Verderbens ist auch hier: jene *falsche Universalität* (ein wesentlicher Charakterzug aller zerstörenden und anarchischen Zeitalter), welche durch ein gleichgültiges und kraftloses Nebeneinandersein des Entgegengesetzten, und in allerlei Mischungen und bloß äußerlichen Nachbildungen sich kund gibt, aber weder festzuhalten was unvergänglich sein sollte, noch auch Eignes zu begründen und zu gestalten vermag. Den Beweis dieser Behauptung wird man uns wohl erlassen, da fast die ganze

Zeitgeschichte ein fortgehender Beleg für jene Erscheinung einer bloß politischen, oder bloß ästhetischen Religion ist. – Behauptet Hr. *Fichte* nun etwa, daß jede pantheistische Ansicht und Philosophie zu nichts Höherem als einer solchen bloß ästhetischen Religion führen könne, weil die Grundidee des Pantheismus nur in der Welt der Erscheinung und Phantasie gültig und anwendbar sei; daß die Natur und die Gottheit nach der Weise des Spinoza zu identifizieren, ein durchaus verwerfliches System sei, so würden ihm darin wohl alle beistimmen, welche über die ersten Schwierigkeiten der Spekulation hinaus sind. Wollte er die Philosophie des Zeitalters einmal von dieser Seite berühren, so war das einzige Wesentliche, worauf es eigentlich ankam, statt unbestimmter Beschuldigungen, eine ausführliche und gründlich wissenschaftliche *Widerlegung des Spinoza.* Mit diesem steht oder fällt ja doch wohl alles, was Hr. *Fichte* sich gern aus dem Wege schaffen möchte. Den Spinoza bloß mit Klugheit zu umgehen wie *Leibniz,* oder gar nicht von ihm zu wissen, wie *Kant,* hilft ohnehin nicht, und wird sich an jeder Philosophie, die Metaphysik sein will, ohnfehlbar rächen. Durch diese Richtung des Streites wäre nicht nur das Persönliche desselben ganz vermieden worden, sondern es wäre auch kein geringer Vorteil gewesen, statt einer Mehrheit von teils doch nicht unwesentlich abweichenden, teils noch unvollständigen Darstellungen, ein in Rücksicht der Form und Konsequenz durchaus vollendetes System vor sich zu haben. Auch dadurch hat Spinoza für die philosophische Kritik einen sehr hohen Wert, daß er uns ein ganz reines Exemplar der in der Geschichte des Menschengeistes so merkwürdigen pantheistischen Denkart darstellt. Dies ist bei den Neuern durchaus nicht der Fall, so sehr verbreitet auch den spinozistischen ähnliche Ansichten und Grundsätze zu einer Zeit sein mögen, – wo man sogar das Christentum mit dem Spinoza zu allerlei seltsamen Religionsmischungen hat amalgamieren wollen. Eine so strenge Einfachheit der Denkart und des Systems, wie in dem Pantheismus des Spinoza, die überall selten ist, kann in unserm nach Universalität strebenden, nichts so sehr als Einseitigkeit fliehenden Zeitalter, noch weniger gefunden werden. Dies bestätigt sich auch durch die eminentesten Beispiele der deutschen Philosophie. Sehen wir *Lessing* z. B. mit einer allgemeinen Vorliebe für den Spinoza, *Schelling* mit den metaphysischen Grundsätzen desselben, bald darauf Ideen der ältesten orientalischen Philosophie verbinden und annehmen, so kann dies zwar denjenigen befremden, der bloß die große Verschiedenheit und wesentliche Unvereinbarkeit der beiden Systeme, nicht aber die mannigfaltigen Übergänge und Mittelstufen im Auge hat, die zwischen beiden stattfinden können, und im Fortgange der asiatischen Philosophie auch wirklich stattgefunden haben, und der nicht eingedenk ist, welch ein hoher Grad scheinbarer Übereinstimmung auch des Verschiedenartigsten durch systematische Kunst hervorzubringen möglich ist. So viel ist aber wenigstens einleuchtend, daß keiner der genannten Philosophen ein eigentlicher Spinozist im strengsten Sinne sei, oder heißen könne. – Doch wir setzen die zum Teil noch im Werden und in ihrer Entwicklung begriffenen Systeme der neuern Philosophie lieber ganz beiseite, und suchen vielmehr zu bestimmen, wie sich Spinozas Philosophie oder der reine Pantheismus an und für sich zur Schwärmerei verhalte, inwiefern also der Vorwurf, welchen Hr. *Fichte* dem Zeitalter macht, wenigstens durch die Vorliebe für diese Denkart bestätigt wird. – Die Idee des Absoluten (um uns der neuern Terminologie zu bequemen) kann auf eine zwiefache Art ergriffen werden: entweder mit der Vernunft, in dem Versuch die Totalität der ideellen und reellen Tätigkeit von der ersten Identität bis zur letzten Differenz zu konstruieren. Wie dieses besonders bei Nachahmenden, die sich immer nur an die Form halten, ohne den Geist zu fassen, zu einem leeren Formelwesen, zu metaphysischer Verwirrung und endlich vollkommen dialektischer Leerheit Veranlassung geben könne, ist wohl zu sehen, wie daraus aber Schwärmerei werden solle, begreifen wir nicht. Dieser transzendentalen Vernunftansicht des Absoluten steht eine andre entgegen, die man die absolute nennen könnte, wo alles Konstruieren völlig aufhört, und die chaotische Fülle, die selbst der Phantasie angehört, auch keine andre Gestaltung und Einheit leidet als die von ihr gegebene. Es wird vollkommen deutlich sein, was hier gemeint sei, wenn wir hinzufügen, daß ein solcher *Pantheismus der Phantasie* aller alten Mythologie zum Grunde liege, die größtenteils aus ihm hervorgegangen ist. Die systematische Ansicht des Spinoza steht zwischen den beiden erwähnten in der Mitte, und kann sowohl auf die eine als auf die andre gedeutet werden. Behauptet *Fichte* nun, daß dieser Pantheismus der Phantasie die Quelle aller Schwärmerei sei, so stimmen wir ihm vollkommen bei, indem es in der Tat keine andre Quelle derselben gibt als die *Phantasie,* wenn sie sich selbst überlassen, nur in ihrer Kraft abgesondert wirkt. Was unser Zeitalter betrifft, so wird wohl auch von dieser Seite die Gefahr der Schwärmerei nicht so groß sein, denn kaum dürfte bei einem oder dem andern eine Spur dieser Ansicht der absoluten Phantasie einzeln gefunden werden, während jede neue Manier in der Kunst des dialektischen Konstruierens leicht eine Schar von oberflächlichen Nachahmern findet.

Will Hr. *Fichte* aber die Phantasie selbst, weil sie in Schwärmerei ausarten kann, mit der Wurzel aus dem menschlichen Geiste ausreißen, so dürfte dies weder möglich, noch wenn es möglich wäre, eine solche Strenge heilsam sein. Haben ja doch die strengsten christlichen Philosophen die alte Mythologie, welche sie als angebliche Religion ganz entschieden verwarfen und verabscheuten, im Gebiete der Kunst und Phantasie als eine schöne Symbolik gelten lassen, und sich ihrer in diesem Sinne erfreut. Überhaupt hat sich die *Kunst* nicht weniger über *Fichtes* Ansicht zu beklagen, als die Naturwissenschaft; denn mit der Belebung der Natur dürfte wohl alle Mythologie, und mit ihr auch der wesentlichste Teil der Poesie und bildenden Kunst wegfallen. Nach Hrn. *Fichte* ist die Kunst eine Darstellung des vernünftigen Lebens, wodurch an diejenigen, welche selbst desselben noch nicht teilhaftig sind, wenigstens ein Bild seiner Beschaffenheit von außen gebracht werden kann. Das Vernünftige wird freilich nach dem Sprachgebrauch der neuern Philosophie in dem Sinne genommen, daß es eben so viel heißt als in der Idee leben, wo denn selbst die Taten Alexanders und die Kreuzzüge, und was sonst Gegenstand der heroischen Dichtkunst sein kann, darunter mit umfaßt wird. Bleibt es jedoch dabei, daß das Leben in der Idee ein bloß vernünftiges, die Kunst nichts anders als Darstellung des vernünftigen Lebens, und alle Naturbeseelung aus ihr zu verbannen sei, so wird der Grandison leicht den Vorzug vor der Ilias, oder wenigstens der bekannte Kupferstich vom Tode des Generals Wolf den Preis vor der Statue der mediceischen Venus unstreitig davontragen müssen. Diese ästhetische Ansicht ist keineswegs eine, die keine Autorität für sich hätte, so paradox sie auch in einem engern Kreise Deutscher Kunstbildung erscheinen mag; drei Vierteile, wo nicht mehr der Zeitgenossen denken noch jetzt genau so, wo auch nicht gerade in den erwähnten, doch in ganz gleichen Fällen. Wir führen dies keineswegs an, um über einen Nebenpunkt strenger als nötig zu rechten, sondern nur, um aufmerksam zu machen, wie der Verf. im Grunde weit mehr als man erwarten sollte, mit der Denkart des sogenannten Zeitalters, d. h. der Majorität des Zeitgeistes übereinstimmt, obgleich er meistens erst nach einem langen künstlichen Umwege zu den gleichen Ansichten zurückkehrt. Gern glauben wir desfalls, daß die seltsame Übereinstimmung oft nur scheinbar sei, und er mit den Worten dasselbe, was auch die Meinung der Majorität ist, doch in einem ganz andern Sinn sage; immer dürfte es aber ein Beweis sein, daß er selbst gar sehr in dem Zeitalter befangen ist, welches er zu charakterisieren unternimmt. Wenigstens würden diejenigen, deren Geschiedenheit vom Zeitalter, so wie dasselbe im allgemeinen erscheint, Hr. *Fichte* als eine natürliche Reaktion desselben gegen sich selbst erklärt, mit der Gegenbemerkung erwidern: daß manche übrigens mit ausgezeichnetem Geist begabte Männer auf keine Weise aus dem Zeitalter herauskommen können; mit so großer Gewalt sie sich auch über dasselbe emporschwingen, mit so entschiedener Härte sie sich demselben entgegensetzen, sie fallen doch bald in dasselbe zurück, weil es ihnen an einem festen Punkte außer dem Zeitalter, an sicherer Haltung und Einheit fehlt. Sie wähnen dies alles zwar in sich selbst zu finden, was es aber mit dieser Selbständigkeit für ein Bewandtnis habe, lehrt der Erfolg. Die große Majorität des Zeitalters, die rechte Elite seiner Verständigen und Gebildeten, hält gerade wie Hr. *Fichte* die Kunst für nichts weiter als Darstellung des vernünftigen und sittlichen Lebens; die Natur für toten Stoff, Mittel und Werkzeug der durch die Vernunft gegebenen Zwecke; denjenigen Staat für den ausgebildetsten, wo die Durchdringung aller Bürger durch den Staat, der Gebrauch und die Hinlenkung aller Kräfte auf den einen Zweck desselben, am weitesten gediehen ist; in der Geschichte des Menschengeistes, und der menschlichen Schicksale endlich, sieht dieselbe Majorität des Zeitalters auch nichts anders als eine symmetrische Folge stufenmäßiger Vernunftentwicklungen, in deren Reihe sogar das Christentum leicht als vernünftig anerkannt, und ihm seine Stelle angewiesen werden kann.

Wenn es jedoch für unsern Zweck, einer Charakteristik des Wesentlichen der *Fichteschen* Philosophie, hinreichend war, seine Ansichten von der Kunst, dem Staat und der Geschichte nur im Vorbeigehen zu berühren, so erfordert der wesentliche Zusammenhang der *Fichteschen* Religionslehre mit dem Innersten des Systems eine nähere und eigne Betrachtung, zu welcher wir nach Vollendung der äußern Beurteilung im Verhältnis zum Zeitalter, jetzt fortschreiten.

Die Fichtesche Lehre
im Verhältnis zum Christentum und zur Religion

Zuerst bemerken wir, daß die *Fichtesche* Ansicht des Christentums im Vergleich mit den vielen heutzutage herrschenden übel zusammenhängenden, in der Halbheit schwebenden Erklärungen, dem Rez., so wenig sie auch die seinige ist, durch ihre aufrichtige Klarheit, entschiedene Bestimmtheit und Einheit, das höchste Lob zu verdienen scheint. Auch würden diejenigen, welche die Beziehung der Fichteschen Lehre auf das Christentum für ein bloß willkürliches Anschließen und äußeres Anhalten erklären möchten, gewiß vollkommen unrecht haben. Sie stimmt wesentlich mit dem Christentume nicht nur, sondern mit einer ganz bestimmten Ansicht und Seite desselben überein. Dies wird klar werden, wenn wir die Konstruktion, welche der Grund und das Wesen der *Fichteschen* Philosophie ist, vor Augen stellen. Hr. *Fichte* geht wenigstens in den vorliegenden Werken aus von dem reinen schlechthin einfachen Sein; die einzig mögliche Art, wie dieses Sein sich offenbaren kann, was erst ein Dasein begründet, ist das Bewußtsein. Alles Dasein also ist Bewußtsein, und des Bewußtseins anfanglose und endlose Entwicklung und Zerteilung ist durch eben diese Form der Unendlichkeit, als seiner innern Notwendigkeit bestimmt und gebunden. Vermöge dieser notwendigen und ursprünglichen Form des Bewußtseins »verwandelt das göttliche Leben sich in eine stehende Welt« S. 117. Diese stehende Welt, der Niederschlag des Bewußtseins, Schranke und Hemmendes seiner Entwicklung ist das wahre Nichtsein. Wir haben also dreierlei: das eigentliche *Sein,* welches aber als solches nicht da ist; das *Bewußtsein* zweitens, die Offenbarung oder das Dasein jenes Ersten, wodurch dessen wahres Sein sich in ein *Nichtsein* verwandelt. Wir verweilen nicht bei dem, was etwa diejenigen, welche mit *Fichte* im ganzen auf dem gleichen metaphysischen Standpunkte stehen, dialektisch dagegen einwenden könnten; wir bemerken nur, daß die innere Form der *Fichteschen* Methode dieser Konstruktion der Prinzipien überall vollkommen entspricht. Auch der Methode nach geht Hr. *Fichte* überall zuerst aus von einem schlechthin Einfachen; es mag dieses nun als Ich, als Tätigkeit oder als Sein dargestellt werden; dann kommt das Wissen und das Wissen vom Wissen in mehreren verschlungenen oder nebeneinander laufenden Reflexionsreihen, die sich immer mehr entwickeln, bis endlich der Faden reißt, und dann der Niederschlag der gemeinen Wirklichkeit erfolgt.

Es ist auch diese Konstruktion der ersten Prinzipien von der in den frühern wissenschaftlichen Schriften des Verfassers aufgestellten nicht wesentlich, sondern nur im Ausdruck verschieden; denn daß es keine solche Verschiedenheit sei, wenn an die Stelle des reinen unbedingten dem wirklichen Bewußtsein zum Grunde liegenden Ich, hier das Sein tritt, wird dem klar werden, der die Verwandlungen erwägt, welche der Begriff dieses Seins auf den verschiedenen *Fichteschen* Stufen der Weltansicht erfährt, und erfahren muß. Das ehemalige hemmende *Etwas* ist unverändert dasselbe, und auch das bloße Wissen und Wissen vom Wissen ist noch das gleiche. Auch dort wie hier wird das Reelle gesetzt, als eine durch innere Notwendigkeit bedingte und bestimmte Mannigfaltigkeit, als ein Mittleres zwischen einem Unbedingten und der Nichtigkeit. Es hat dieses System bei aller äußern Verschiedenheit im wesentlichen, eine starke Verwandtschaft mit der Aristotelischen Ansicht, von dem Stoff der Beraubung, und der Formen als allgemeine Prinzipien. Die στέρησις ist das *Fichtesche* Hemmende; die Formen und Entelechien des Aristoteles, *Fichtes* vernünftige Individuen; die ὕλη aber das Eine, Unbedingte, die Fülle aller Möglichkeiten, deren Mannigfaltigkeit sich in dem Wirklichen in endloser Entwicklung entfaltet. Betrachten wir nun aber jene Lehre von der Offenbarung des reinen göttlichen Wesens in der Gestalt des Bewußtseins und des Wissens, und von der Identität der Menschheit und der Gottheit, die dem Menschen im vernünftigen und also göttlichen Leben und im Wissen von diesem Leben aufgeht, in Beziehung auf die Religion, so ist klar, daß nur eine durchaus geistige Religion damit übereinstimmen kann. Daß die Wahl auf das Christentum gefallen sei, dürfen wir aber weder für willkürlich noch für zufällig halten, wenn sich finden sollte, daß schon im Altertum eine große christliche Partei im wesentlichen eine ganz ähnliche Ansicht gehabt habe. Dies ist nun wirklich der Fall; denn man darf jene Konstruktion vom ewigen Sein als erstem Prinzip und der Offenbarung desselben in der Form des Bewußtseins u.s.w. so wie sie hier aufgestellt wird, nur in Beziehung auf das Christentum und dessen Geschichte ins Auge fassen, so wird man leicht gewahr, daß eben dies die Meinung sei, welche mehr oder minder deutlich entwickelt, der Ansicht der *Arianer* zum Grunde liegt. Jeder, der die ersten Prinzipien so faßt, wird die Grundlehre des Christentums, die Lehre von der Dreieinigkeit, auch nur grade so wie die Arianer gelten lassen und aufnehmen können, sie eben so auslegen oder vielmehr umdeuten müssen. Auch den Arianern ist der Mittler eben nur das, ein Mittleres zwischen dem Absoluten und dem Endlichen, der nichtigen Sinnenwelt. Eben aus dieser Ansicht erklärt sich ganz leicht das Zweideutige und scheinbar Widersprechende ihrer Behauptungen über die Göttlichkeit des Sohns. Als das Zweite, Abgeleitete, doch mit der Nichtigkeit Verwickelte, und in ihr Befangene, ist das zweite Prinzip keineswegs dem ersten gleich an Kraft und an Würde. Gleich aber, völlig gleich ist es wiederum dem ersten Prinzip, weil es ja dieses selbst ist; und nicht nur ist es Gott, sondern Gott ist auch auf keine andere Weise als eben diese. Beides gilt auch von dem *Fichteschen* Wissen im Verhältnis zum Sein. Auch die Behauptung: daß der Sohn den Vater nicht erkenne, erklärt sich aus diesem

Gesichtspunkt; vom Wesen des Seins, abgesondert von der notwendigen Form desselben im Bewußtsein gibt's kein Wissen, alles Wissen hat sich selbst zum Gegenstand, ist ein *Wissen vom Wissen*. Dem Dasein oder Bewußtsein ist (S. 85) »durch die Gebundenheit an dieses sein Dasein, alle Möglichkeit über dasselbe hinauszugehen, und jenseits desselben sich noch zu begreifen und abzuleiten, abgeschnitten«.

Wenn solche Zusammenstellungen alter und neuer Systeme ihre Rechtfertigung darin finden, daß sie das beste Mittel gewähren, durch den äußern Buchstaben und noch so verschiedenen Ausdruck hindurch den tiefern Sinn und das eigentliche Lebensprinzip der alten Denkart, sowie die wahre Tendenz der neuen zu erkennen, so kann es doch keineswegs unsre Absicht sein, einen Philosophen von so eigentümlichem Genie einer bestimmten Sekte zueignen zu wollen. Nur von der Ähnlichkeit der ersten Prinzipien ist die Rede. Hr. *Fichte* selbst gibt zu verstehen, daß zu jeder Zeit, so sehr auch das Christentum in allen herrschenden Kirchen entartet und mißdeutet sei, dennoch die bessere Ansicht, die er für die einzig rechte hält, einzeln besonders bei den Verfolgten gefunden werden möge; und so glaubten wir dieser Andeutung jene bestimmtere Beziehung geben zu dürfen. In der Tat ist die Ansicht der Arianer wohl niemals ganz vertilgt worden, sondern es mögen im verborgenen sich immerfort Spuren davon bis auf die Protestanten der letzten Jahrhunderte erhalten haben. Unter allen protestantischen Ansichten des Christentums, ist die der Arianer vielleicht am meisten einer tiefen philosophischen Begründung fähig, hatte sie wohl sogar schon von ihrem Ursprung an. Was viele der neueren Theologen zu wollen scheinen, ist von der *Fichteschen* Ansicht nicht sehr verschieden, nur daß sie es nicht so bestimmt wissen was sie wollen, und ihnen alles zu sehr in der Vielwisserei und Unentschiedenheit verschwimmt. Wäre die *Fichtesche* Ansicht des Christentums daher auch nur eine Theorie derjenigen Denkart, die man gewöhnlich mit dem Namen der Aufklärung bezeichnet, so würde ihr wenigstens der Ruhm bleiben müssen, über das Wesen der Aufklärung selbst zuerst wahres Licht verbreitet, und sie metaphysisch begründet zu haben; wie also ein Rezensent der Grundzüge des Zeitalters dazu kommen konnte, Hrn. *Fichte* den ungegründeten und ungebührlichen Vorwurf zu machen, daß er für den Katholizismus parteiisch sei, und denselben begünstige, begreifen wir nicht.

Daß viele einzelne Stellen nicht bloß des Evangelisten Johannes, sondern der ganzen heiligen Schrift der Erklärungsart dieser Ansicht, sich dem ersten Anschein nach recht wohl fügen, ist nicht zu bezweifeln; aber ebenso gewiß ist, daß nicht bloß der ganze Zusammenhang der heiligen Schrift, sondern auch einzelne Stellen und Schriftsteller durchaus nicht damit vereinbar sind. Ganz erklärlich ist daher, daß Hr. *Fichte* gegen den Apostel Paulus durchaus zu protestieren sich gedrungen fühlt. Die Apologie desselben und die Prüfung aller hieher gehörigen *Fichteschen* Behauptungen überlassen wir andern; um so mehr, da er selbst einzugestehen scheint, daß doch selbst beim Paulus Äußerungen vorkommen, welche mit jener echt christlichen und Johanneischen Ansicht übereinstimmen, und er auch wohl gar nicht behaupten will, daß *alles* was Johannes sagt, aus jener Ansicht erklärlich sei.

Auch bei der Art, wie Hr. *Fichte* einzelne Äußerungen des Heilandes selbst zu erklären, und den inneren Grund seiner Denkart zu enthüllen versucht, verweilen wir nicht. Wie der schlechthin vollkommene Religiose nach *Fichte* denkt, und denken muß, ist ohnehin klar, sobald man jene vierte *Fichtesche* Stufe der Weltansicht gefaßt hat, auf welcher der Mensch inne wird, daß insofern er nur wahrhaft lebt und wirkt, und ist, Gott allein in ihm lebt und wirkt, und ist, so wie er in ihm. Gegen das alte Testament protestiert der Verf. gleichfalls mit wenig Ausnahme, aus ähnlichen Gründen wie mancher Gnostiker, weil der Jehova der Juden als ein willkürlich handelnder, der Beleidigung fähiger Gott, nur ein untergeordnetes, ja wohl gar böses und nichtiges Wesen sei. Wenn indessen der Verf. beim Melchisedeck, und in Salomonischen Ideen einen geheimen Sinn anzunehmen scheint – gerade solche Stellen, welche auch die christliche Ansicht vorbildlich erklärt, – so sehen wir nicht ein, warum er so unzählig viele andre Stellen nicht in eben dem Lichte auffaßt, und so oft er vom Ganzen des alten Testaments redet, nur auf die äußere Hülle und harte Schale sieht, nicht auf den aus dem Verborgenen hervorleuchtenden Geist. Gern würden wir uns auf jene Andeutungen, sowie auf die über das Normalvolk, und die verborgene Erhaltung der ursprünglichen Religion desselben im Perserreich durch ein anderes Volk als die Perser u.s.w. näher einlassen, wenn wir uns für berechtigt hielten, sie nicht bloß als Glieder einer historischen Hypothese, sondern als scharfsinnige Auslegung einer sehr merkwürdigen, gewiß sehr alten, von vielen ihrer Besitzer vielleicht selbst nicht mehr ganz verstandenen geheimen Tradition zu betrachten. Die Behauptung: das Christentum sei die Religion des Normalvolks, stimmt (wiewohl unter einem fremd scheinenden Ausdruck) ganz mit der alten Christlichen Ansicht überein. Nichts streitet mehr mit dieser als die Art, wie sich einige Neuere denken, daß Christus eine durchaus neue Religion gestiftet, und wenn man so sagen darf, erfunden habe; denn es gibt nach dem Christentum nur Eine wahre Religion, und diese ist uralt und ewig; war die Religion der ersten Menschen, älter als aller Irrtum und Götzendienst. Nur daß in Christo und mit ihm die Fülle jenes Lichts sich offenbarte, welches teils ganz verdunkelt, teils noch in andeutender Hülle verborgen war.

Noch von einer andern Seite dürfte sich eine große Schwierigkeit gegen die *Fichtesche* Religionsansicht erheben; es ist nämlich nicht wohl abzusehen, wie dabei eine Art von Polytheismus zu vermeiden sei; wenn dieser Ausdruck anders nicht zu kühn, und der Mißdeutung nicht zu sehr ausgesetzt ist. Wir bedienen uns desselben, so wie der folgenden Bemerkung bloß, um einen gewissen, der *Fichteschen* Lehre eigentümlich anklebenden atomistischen Geist zu charakterisieren. Es ist ein der *Fichteschen* Lehre wesentlicher Punkt, daß jedes in der göttlichen Idee lebende vernünftige Individuum etwas schlechthin Neues hervorbringe und wirke, von jedem andern wesentlich verschieden, und durchaus originell sei. Da nun die eine ewige Gottheit, die in diesem Individuum sich offenbart, nur da ist, insofern sie sich offenbart, jedes Individuum aber ein ganz eigenes und andres ist, so scheint zu folgen, daß alle diese Individuen, alle wahrhafte Heroen und Religiosen ebenso viele göttliche Individuen, oder individuelle Götter seien. Nicht eben in dem Sinne der polytheistischen alten Mythologie, wohl aber nach der Universalität, welche die bloß ästhetische und alles tolerierende Ansicht auch in der Religion vor allem liebt und fordert. Schwerlich ist dies ganz so die Meinung des Verf., doch liegt sie der seinigen nahe als scheinbare Folgerung; und ein Beleg ist wenigstens diese idealistische Atomistik für den Geist der Zersplitterung in einer Lehre, die mit der einfachen Einheit der Vernunft nicht zufrieden, doch der Fülle der Liebe sich hinzugeben sich nicht entschließen kann. Sonderbar ist, daß der Verf., da er eine höhere »übersinnliche« Individualität anerkennt, doch von der Mannigfaltigkeit immer nur polemisch redet, in Beziehung auf die bloß sinnliche Mannigfaltigkeit der nichtigen Scheinwelt; da er doch mit jener Individualität auch eine höhere übersinnliche, göttliche und heilige Fülle notwendig anerkennen müßte. Es wird – so scheint es – der *Fichteschen* Philosophie schwer, aus der absoluten Negativität herauszukommen, mit welcher sie begonnen hatte.

Wir sind durch die Betrachtung der *Fichteschen* Religionsansicht, dem eigentlichen Wesen seiner Lehre schon näher gekommen. Es ist noch die letzte Betrachtung übrig, so weit sich dieselbe nach dem, was *Fichte* bis jetzt von sich und seinem Denken mitgeteilt, wo nicht vollenden, doch wenigstens andeuten läßt.

Die Fichtesche Lehre an und für sich oder nach den verschiedenen Stufen ihrer Entwicklung

Wie die frühere und spätere Form der *Fichteschen* Philosophie – denn daß es unverändert eine und dieselbe Philospphie sei, geben wir vollkommen zu – sich eigentlich zu einander verhalten; ferner, ob eine noch andere und höhere Entwicklung oder völlige Umwandlung des Systems von derselben mit Recht gehofft oder gefordert werden könne, darüber gibt seine Lehre von den fünf verschiedenen Weltansichten den besten Aufschluß.

Auf der niedrigsten Stufe steht die reale Weltansicht, die das Nichtige für wirklich hält. Der zweite Standpunkt ist der der negativen Gesetzmäßigkeit, Sittlichkeit und Rechtlichkeit, ohne Religion, oder der Stoizismus. Die dritte Stufe ist die der positiven Sittlichkeit, der von der Idee ergriffenen und in ihr lebenden

Heroen. Die vierte die schon angeführte religiöse, wo der Mensch seiner Identität mit der Gottheit, in sofern er nur wahrhaft lebt und da ist, inne wird. Die fünfte endlich ist die Stufe der Wissenschaft. Vergleichen wir diese fünf Stufen mit denen vom Verf. für die historische Entwicklung des menschlichen Geistes bestimmten, so koinzidiert die niedrigste Stufe der realen Weltansicht mit dem mittlern dritten Zeitalter der Sündhaftigkeit, in welchem wir uns jetzt befinden; ist wenigstens herrschender in demselben als in jedem andern. Die Stufe der positiven Sittlichkeit, der Heroen und des Genies stimmt am meisten überein mit dem zweiten Zeitalter der Autorität; die negative Gesetzmäßigkeit als notwendiger Durchgang von der Sündhaftigkeit zur Wiederherstellung und Vollendung, korrespondiert dem vierten Zeitalter der anhebenden Rechtfertigung; die religiöse Ansicht ist die beim Normalvolk im Stande der Unverdorbenheit herrschende; das fünfte und letzte Zeitalter, wo die vollendete Wissenschaft auch Kunst und dadurch Beherrscherin des Lebens geworden ist, stimmt mit derjenigen Stufe überein, welche auch in jener Reihe die höchste ist. Die historische Ordnung der fünf Stufen ist also im Charakter jeder einzelnen Stufe zwar übereinstimmend mit der philosophischen Reihe der fünf möglichen Weltansichten: die Ordnung derselben aber ist verschieden, und richtet sich nicht etwa in grade aufsteigender oder absinkender Linie, nach der philosophischen Dignität der verschiedenen Stufen. Die Menschheit fing an mit der vierten Stufe der religiösen Weltansicht; es sank diese zunächst herab zu der der positiven Sittlichkeit, individueller Helden und positiver Gesetzgeber; als das Genie dieser Institute entflohen, und ihre Autorität gebrochen war, entstand mit dem sündhaften Zeitalter der empirische Irrwahn, von dem die Rückkehr zur Freiheit im vierten Zeitalter nur durch das Gesetz der Vernunft und Wissenschaft gefunden werden kann, bis diese im fünften Zeitalter, wenn sie vollendet ist, endlich zur Kunst geworden, siegreich alles beherrscht.

In den verschiedenen Epochen der *Fichteschen* Philosophie nun finden wir dieselben Stufen wieder, und zwar nach der Ordnung der Dignität; nur daß je zwei und zwei Stufen zusammenfallen, so daß die zweite Epoche, mit welcher uns die vorliegenden Schriften bekannt machen, schon bis zur vierten Weltansicht vorgerückt ist.

Für die praktische Philosophie seiner früheren wissenschaftlichen Schriften gibt Hr. *Fichte* selbst den Standpunkt der negativen Gesetzmäßigkeit, als den darin herrschenden, an. Hat die Wissenschaftlichkeit des theoretischen Teils nicht denselben negativen Charakter? die Wirkung wenigstens war durchaus nur negativ und polemisch, zur Zerstörung des empirischen Vorurteils der niedrigsten Weltansicht. Ob wir dies annehmen dürfen, oder ob wir die erste Darstellung der Wissenschaftslehre als ein Dokument der fünften und höchsten *Fichteschen* Weltansicht betrachten sollen; dies läßt sich freilich nicht entscheiden, bis etwa eine neue eigentlich wissenschaftliche Darstellung des Verf. uns dazu instandsetzt.

Desto gewisser ist die dritte und vierte Weltansicht der positiven Sittlichkeit und Religiosität der in den vorliegenden Schriften herrschende Standpunkt; und weil die Darstellung des vernünftigen von der Idee ergriffenen und in der Idee aufgegangenen Lebens, nach *Fichte,* das Wesen der schönen Kunst ist, so nähert sich die Behandlung eben darum auch in diesen Schriften der ästhetischen. Beide Weltansichten haben schon an sich selbst eine starke Verwandtschaft, indem sie doch beide ein Positives und Individuelles als Höchstes und Göttliches setzen. Was sie gemein haben, könnte man den Standpunkt der *moralischen Genialität* nennen, im Gegensatz der bloß *negativen Gesetzmäßigkeit,* welche in der ersten Epoche der *Fichteschen* Philosophie so entschieden herrscht. Ist diese Spaltung aber, oder diese zwiefache Evolution, welche wir in der Gestalt der *Fichteschen* Lehre wahrnehmen, nicht eben auch im Zeitalter sichtbar überall das Problem und der hervortretende Gegensatz desselben? Was es mit der »Gerechtigkeit ohne Gott«, mit der Gesetzlichkeit ohne Religion für eine Bewandtnis habe, hat man im Großen versucht und eingesehen; so daß alle bei solchem Erfolg nur froh waren, sich nachher der Lenkung desjenigen zu unterwerfen, was ihnen als Genialität erschien. Auch in der Denkart der einzelnen wird man denselben Gegensatz überall wahrnehmen können. Daß beide Ansichten, die stoische Rechtlichkeit ohne Religion, die unfruchtbare Härte einer bloß negativen Moral sowohl, als die gefährliche Genialität göttlicher Individuen, gleich verwerflich, gleich unbefriedigend und irreligiös seien, scheint uns keines weitern Beweises zu bedürfen. Was das letzte insbesondere betrifft, so dürften die *Fichteschen* Heroen und Religiosen von der Gefahr und dem Verdacht der Selbstvergötterung schwerlich ganz frei gesprochen werden können. Allerdings kann man darauf erwidern: daß ihnen zur müßigen Selbstbeschauung gar keine Zeit übrig bleibt. Eine Antwort, die dem Geist der *Fichteschen* Lehre wohl entspricht, und uns auch keineswegs leer, sondern vollkommen befriedigend scheinen würde, wenn nur nicht folgender Umstand einträte. Über den äußern Erfolg des Bestrebens, welches aus der Idee hervorgeht, kann der Sittliche, und selbst der Religiose nicht ganz gleichgültig sein, wie eingestanden wird; wenn nun aber andre Menschen dieser Tätigkeit in den Weg treten, und sie wenigstens relativ hemmen, so werden sie eben dadurch in dem Gemüt der Gehemmten einen leeren Zwischenraum untätiger Zeit hervorbringen, der denn schwerlich anders als durch einen Rückblick auf sich selbst ausgefüllt werden möchte. Wenn also auch der Sittliche und Religiose an und für sich selbst keine Zeit hat zur müßigen Selbstbeschauung, so könnte es geschehen, daß andre ihm die Zeit dazu verschafften. Klar ist wenigstens, daß diese Heroen und Religiosen von dem Geiste der Demut eben nicht beseelt sein werden.

Der Standpunkt der moralischen Genialität, wie der der negativen Gesetzmäßigkeit, sind wohl nur die beiden Hauptformen der Irreligion, zwischen denen das Zeitalter der Anarchie, in welchem doch noch so viele Reste von höherem Geiste erhalten sind, hin und her schwankt. Das Suchen nach einer höhern Ansicht, und die Erhebung dazu beruht in jedem Individuum, wie im ganzen Zeitalter auf diesen beiden Formen, je nachdem man das Mangelhafte der einen einsehend, zu der andern übergeht, zwischen beiden irgend eine Vermittlung und Ausgleichung sucht, oder endlich sich von beiden zu befreien weiß.

Auch Hr. *Fichte* erkennt noch einen höhern Standpunkt als den in den vorliegenden Schriften herrschenden, welchen wir durch die Idee der moralischen Genialität im allgemeinen zu bezeichnen versuchten. Wir dürfen noch eine dritte, höhere Evolution seiner Philosophie von ihm erwarten, wenn anders die Darstellung der fünften und höchsten Weltansicht nicht bloß eine Variation der jetzigen, oder der früheren negativ wissenschaftlichen Darstellung sein soll. Kann dieser höhere Standpunkt aber wohl ein bloß wissenschaftlicher, kann die höchste Weltansicht ein bloßes Wissen sein? Dagegen erhebt sich folgender Zweifel: wenn der Religiose bei allem, was er nur wahrhaft wirkt, lebt und ist, erkennt, daß es nur Gott sei, der in ihm wirkt, lebt und ist, kann dieses wohl mit dem Wissen anders sein, wenn es ein wahrhaftes Wissen ist? und kann den Religiosen dieses Bewußtsein wohl jemals wieder verlassen? – Ein Wissen aber, welches von dem Bewußtsein und der Gewißheit begleitet wird, daß eben Gott es ist, der in dem Wissenden weiß, und das Wissen ist, kann wohl unmöglich in der mathematisch-dialektischen Gestalt erscheinen, welche uns die erste szientifische Epoche der *Fichteschen* Philosophie darbietet. Religion und Wissen würden da in Eins verschmelzen, die reale Weltansicht, oder der Glaube an die Nichtigkeit, wogegen Hr. *Fichte* unaufhörlich kämpft, würde ganz verschwinden und vergessen werden, das göttliche Leben würde nicht immer von neuem »durch den tötenden Blick des Beschauers getötet, und in eine stehende Welt verwandelt werden«; die moralische Genialität aber, und die negative Rechtlichkeit in jenem höhern Dritten vereint und geläutert werden; dann würden Gefühl und Empfindung nicht mehr so unbedingt herabgesetzt (S. 21 der RELIGIONSLEHRE), noch die Vereinigung mit Gott im reinen Denken allein anerkannt werden. – Es mag dieses Argument, so wie es hier gestellt ist, mehr für andre Kraft haben, als für Hrn. *Fichte* selbst; es läßt sich aber die Hoffnung und Forderung einer neuen dritten und höhern Evolution und Stufe der *Fichteschen* Philosophie noch auf eine andre Art begründen. Betrachten wir die verschiedenen Umgestaltungen und Umwandlungen, welche der Begriff des reinen ewigen Seins auf den verschiedenen Stufen der Weltansicht erfährt. Auf der niedrigsten erscheint er ganz verdreht und entartet, mit allen Merkmalen des eigentlichen Nichtseins behaftet, als willkürlich schrecklicher Gott, oder vielmehr Abgott; ein Wesen, welches böse ist, insofern es ein Wesen zu sein scheint, und nicht für nichtig erkannt wird. Dies geschieht auf dem zweiten Standpunkt; da verschwindet das Sein ganz. Auf der dritten tritt es wieder hervor, und zwar mag der Charakter desselben hier sehr mangelhaft bestimmt werden; dies ist gleichgültig, wenn nur jener Irrwahn eines schrecklichen Gottes oder Abgottes aus der ersten und niedrigsten Weltansicht, sorgfältig vermieden wird. Auf dem vierten Standpunkt wird die Einheit alles Seins in allen noch so mannigfaltigen Gestalten erkannt. Auf dem fünften und höchsten Standpunkt aber löst sich der Begriff des Seins völlig auf, und an die Stelle desselben tritt, was das Sein und das Dasein verknüpft, das Prinzip der Liebe, als das Erste und Höchste. Hier stoßen wir zuerst auf folgende Schwierigkeit: Außer dem Sein ist nichts, als eben dieses Seins Dasein; die Liebe ist das Verknüpfende des Seins und des Daseins. Was ist denn aber sie selbst? Man sollte denken, eine andre und zweite Form des Daseins, deren Wesen so wie das erste Dasein, oder das Bewußtsein, vom Unterscheiden begann, im Nichtunterscheiden, im Aufheben des Unterschiedes und aller Trennung, oder im unmittelbaren Ergreifen der Identität bestünde, so daß es das Geschäft dieser Liebe wäre, wieder zu vereinen, was die Reflexion getrennt hatte. Dies kann aber nicht sein, da es schlechthin nicht zwei, sondern nur eine einzig mögliche Art und Form des Daseins geben kann, nämlich das Bewußtsein. Da nun außer dem Sein nichts ist, als sein Dasein, so muß das Prinzip der Liebe, welches das Dasein nicht ist, das Sein selbst sein, insofern das Dasein schon notwendig mit diesem Sein verknüpft ist. Es wäre also das höchste Prinzip, die allumfassende Identität (Liebe) der reinen Identität (Sein) und der Spaltung oder Differenz (Bewußtsein). Dieses dürfte, wenn man bloß der Konstruktion nachginge, noch an jenes System führen, von dem doch der Geist und Charakter der *Fichteschen* Philosophie so sehr ablenkt. Freilich muß dem Geiste des Ganzen, und auch einzelnen Stellen gemäß, das *Fichtesche* Prinzip der Liebe durchaus nicht bloß in dem Sinne jener Formel, sondern auch in einem andern größern und freiern genommen werden. Daß die *Fichtesche* Philosophie aber so oft jener Grenze sich nähert, die sie doch selbst meiden will, dürfte allein von der Herrschaft herrühren, welche die Idee der Notwendigkeit, wie in jedem System abstrakten Denkens, so auch hier ausübt. Wenn die Liebe aber das Höchste ist, warum geht der Verfasser einmal vom Sein aus, was doch auf dem höchsten Standpunkte in einen leeren Begriff sich auflöst; oder ein andermal vom Wissen, das nicht das Höchste ist, und nicht lieber gleich von diesem Ersten und Höchsten, dem Prinzip der Liebe? – Freilich wenn dieses *jenseits aller Reflexion* und *über alle Vernunft ist,* so mag es auch kein Gegenstand des eigentlich so zu nennenden Wissens sein. Das ist es, worauf es eigentlich ankommt, und woran wir uns halten. Kam denn *Fichte* auf dem Wege des Wissens zu der Grundidee seines Systems? Gewiß nicht, seinen eignen deutlichen Äußerungen zufolge; und so wird es ihm auch in Ewigkeit nicht gelingen, was nicht auf diesem Wege gefunden war, in der Form des Wissens an andre zu bringen. Darum ist es ihm ungeachtet aller Anstrengung und Kunst und Versuche, die Leser und Hörer zum Verstehen zu zwingen, nicht gelungen, das innere Prinzip seiner Denkart in andre fortzupflanzen; nur die Resultate seines Systems haben gewirkt und eingegriffen, nicht aber die Idee, weil der Verf., von dem Zeitgeiste mit fortgerissen, eine Form für dieselbe wählte, die ihr nicht angemessen war. Die Philosophie zu einer Wissenschaft erniedrigen zu wollen, das ist das πρῶτον ψεῦδος und der Grundfehler des Zeitalters, nicht bloß seit Kant, sondern weit länger, seit *Baco,* wenn man will; d. h. seitdem der Einfluß und das glänzende, aber unpassende Beispiel der Mathematik und der Physik den spekulativen Geist, der ersten Wirkung nach, mehr überfüllte und erdrückte, als bereicherte.

Gibt es durchaus kein Wissen von der Liebe, so erkläre sich der Philosoph gradezu für die Skepsis. Gibt es ein solches, so ist klar, daß es kein Wissen sein kann nach Art jener gemeinen mathematisch-dialektischen Wissenschaftlichkeit, die unter verschiedenen Namen und Formen doch die in der neuern Philosophie einzig herrschende ist; sondern es müßte ein Wissen sein, welches mehr als das, welches eigentlich kein Wissen, sondern etwas viel Höheres wäre. – Dies wird gewiß der Fall sein müssen, wenn uns im höchsten Wissen nicht bloß die Geschichte von der Selbstvernichtung der Reflexion als dem Prinzip der Spaltung und Trennung vorkonstruiert, sondern die Liebe selbst, als Schöpferin des

Lebens »und Quelle der Vernunft« wirklich dargestellt werden soll.

Wir zweifeln keineswegs, daß besonders die jetzige metaphysische Jugend den Rezensenten, dieser Äußerung zufolge, sogleich zu jener verurteilten Klasse derer stellen werde, welche mit *Kant* und *Jacobi,* oder auf andre Weise, Offenbarung und Glauben über das Wissen, oder an die Stelle des höchsten Wissens setzen. So bedeutend indessen die Opposition dieser Männer gegen das bloße Wissen und Wissen vom Wissen sein mag, so können wir doch ihre Sache nicht für die unsrige erkennen. Das bloß willkürliche Subjektive und Individuelle ist eine ebenso unzureichende Form für die Idee als die gemeine Objektivität des Wissens. Es dürfte auch der Fall stattfinden, daß es noch außer und über dem Glauben und Wissen ein Höheres und Drittes gäbe, was den ersten überzeugend oder bestätigend, das zweite beseelend und belebend, der gemeinschaftliche Träger von beiden wäre. Doch davon weiter zu reden, ist hier nicht der Ort.

Bleibt es aber dabei, daß das Prinzip, welches Hr. *Fichte* auf dem Standpunkt, welcher ihm doch der eigentliche ist, für das höchste erkennt, nicht nur »jenseits aller Reflexion« liege, sondern auch »über der Vernunft« sei, so muß die Art der Wissenschaftlichkeit, deren er sich bisher bediente, eine völlige Umwandlung erleiden, wenn anders die Form dem Inhalte angemessen sein soll. Es gab der Weisen genug, die dasselbe wußten, worauf auch *Fichte* uns hinweist; aber ihr »zur göttlichen Liebe gewordenes« Wissen stellte sich in einer ganz andern Gestalt dar, als das *Fichtesche.* Ist indessen schon in der gegenwärtigen zweiten Epoche der *Fichteschen* Philosophie so vieles von dem, was bloß System und Mechanismus in derselben ist, ganz verändert und verwandelt, so beweist dies wenigstens die Möglichkeit, daß der innere Widerstreit zwischen der Idee und bessern Tendenz mit der Form und dem äußern Organismus, den wir an dieser Philosophie bemerkten, gehoben und gelöst werden könne; und dies war es, was uns die Erwartung *einer noch höhern dritten Entwicklungsstufe der Fichteschen Lehre* zu begründen schien. Wie dieselbe aber auch ausfallen, welchen Gang die Philosophie eines Denkers, der Tiefe und Klarheit in so seltenem Grade zu verbinden weiß, auch fernerhin nehmen mag, es wird für die Fortschritte des philosophischen Geistes in Deutschland nicht anders als lehrreich und bereichernd sein können.

Hr. *Fichte* hat bei Gelegenheit mancher nicht ungegründeten Bemerkungen gegen das Rezensentenwesen, besonders auch gegen die Anonymität des Rezensenten protestiert. Mag also die Unterzeichnung des Namens wenigstens diesem Tadel zuvorkommen.

DER PHILOSOPH HAMANN

So wie der Irrtum nur dadurch in die Welt gekommen ist, daß die Neigung und der Wille von ihrem ursprünglichen Gegenstande sich ablenkten und in eine niedere Region heruntersanken; so beginnt auch alle Wiederherstellung und Auferstehung der Wahrheit damit, daß der Mensch die verirrte Neigung wieder zurücklenkt zu dem ursprünglichen Gegenstande seiner Liebe, daß er aus allen Kräften nach der Wahrheit strebt, daß er von ganzem Herzen Gott und dessen Erkenntnis sucht.

Dieses tiefe Streben nach der Wahrheit, dieses innere Suchen Gottes und seiner Erkenntnis ist das eigentliche Wesen der Philosophie, welche nach dem ursprünglichen Sinne des Worts ja eine freie Liebe der Weisheit, nicht aber ein Lehrgebäude der Wissenschaft bedeutet.

Mitten unter einer zweiten Sündflut von Irrtum und einem Labyrinth von hochmütigen Vorurteilen hat das achtzehnte Jahrhundert doch mehrere merkwürdige und vortreffliche *Suchende* dieser Art besonders auch in Deutschland hervorgebracht, wie einzelne wegweisende Sterne in der Nacht des Wahns. Ich nenne statt aller andern nur *Lessing, Lavater,* und *Hamann*. Lessing an den Ort zu stellen, wohin er gehört, versuchte ich schon vor mehreren Jahren (LESSINGS GEDANKEN UND MEINUNGEN III. Th. 8. 1804); wie es scheint nicht ganz ohne Erfolg. Da man ihn früherhin nur als einen Theaterdichter und scharfsinnigen Kritiker zu betrachten und zu bewundern gewohnt war, so fängt man doch nun an, hier und da gewahr zu werden, daß er als Wahrheitsforscher und Philosoph bei weitem merkwürdiger war als in jenen Beziehungen, und daß er eben als Philosoph höher steht und tiefer eingedrungen ist als viele berühmte Systembauer und Sektenstifter. Lavatern, von dem man fast nur seine physiognomischen und andern literarischen Schwächen kennt, als christlichen Denker und Seher nach seinem ganzen Werte und Tiefblicke darzustellen, wie ich es lange wünschte, dazu wird sich schon noch eine günstige Gelegenheit finden. Hamann ist weniger berühmt geworden als beide. Es war ihm um den Ruhm des Schriftstellers durchaus nicht zu tun. Ganz nur beschäftigt, die Wahrheit und die wahre Weisheit zu erkunden und auszuspähen, teilte er was sein ahndender Geist erforscht und gefunden hatte, meistens in einzelnen witzigen Flugschriften ohne Namen mit, wie in zerstreuten sybillinischen Blättern, die hier und da dunkel waren durch die Fülle der Gelehrsamkeit und des Witzes, und durch die Tiefe der Bedeutung. Mit Lavatern stimmte er so weit wohl am meisten überein, daß auch ihm, das Christentum zu verstehen, für die einzige Philosophie galt. Sonst hat die ganze Art und Manier seines Geistes, und selbst seines Ausdrucks eine auffallende Verwandtschaft mit Lessings Wesen und Eigentümlichkeit. Diese Ähnlichkeit entspringt daraus, daß Witz und Tiefsinn, Scharfsinn und Gelehrsamkeit in den Schriften beider innigst vereint und gemischt sind. Der Geist und die grade Kraft, mit welcher Lessing nach der Wahrheit hinstrebte, sind bewundernswert; indessen ist er weit vom Ziele entfernt geblieben. Darin steht Hamann über ihm, wie er dann überhaupt an eigentlichem metaphysischen Tiefsinn beide genannten wohl weit übertrifft. Selbst *Kant* darf ihm, glaube ich, hierin nicht gleichgestellt werden. Überhaupt zeigt sich der wahre und reine Charakter des Philosophen viel deutlicher an solchen, die zunächst nur die Wahrheit selbst und ihre eigene Befriedigung im Auge haben, daher auch sich mehr rhapsodisch mitzuteilen, als eigentliche Systeme aufzustellen pflegen. Man kann wohl ohne Ungerechtigkeit nicht in Abrede sein, daß auch Kant die Wahrheit redlich gesucht, daß er wenigstens in dem dämmernden Raum zwischen der unerleuchteten Vernunft und der gemeinen Erfahrung mühevoll nach ihr herumgetappt habe. Aber ehe er noch selbst zur Auflösung und zu irgend einer Befriedigung gelangt, ehe er den Quellen der Wahrheit auch nur nahe gekommen war, wollte er schon meistern was er noch kaum verstanden hatte, und ein alles beherrschendes Lehrgebäude anmaßend aufstellen. Schon in diesem widerstreitenden Verfahren liegt ein zureichender Grund warum sein übrigens gutgemeintes Unternehmen so ganz mißraten ist; indem er, statt uns von der alles ergreifenden und zerstörenden Sophisterei für immer zu befreien, seine Anhänger fast noch tiefer hinein gestürzt hat. –

Einen ganz andern, als diesen breiten Vernunfttappenden Systemweg, auf welchem Kant seine große Geisteskraft verschwendet hat, schlug Hamann ein. Aber freilich ist der einsame Felsenpfad des Forschers grade zur Quelle hinauf, selten geeignet, auch zur allgemeinen Heer- und Landstraße für jedermann zu dienen. Was in die Tiefe eindringt, oder grade aufwärts strebt, das kann nur selten einer so allgemeinen Wirkung sich erfreuen, wie das was in die Breite sich ausdehnt, und auf der Oberfläche herrscht. Nur von sehr wenigen daher ward Hamanns Geist ganz nach seinem Wert verstanden und benutzt. Seine Schriften sogar blieben zum Teil unbekannt, und eine vollständige Sammlung derselben gehört unter die literarischen Seltenheiten. In der letzten Zeit jedoch ist der Wunsch mehrmals kund gegeben worden, eine neue Ausgabe derselben zu besitzen.

Kaum sollte man glauben, daß es dazu einer besonderen Aufforderung bedürfte für *Hamann, Kants* siegreichen Mitkämpfer um die Wahrheit, *Herders* Lehrer, der mit *Jacobi, Lavater* und *Claudius* befreundet, auch von *Lessingen* in der Ferne verehrt ward; für einen Schriftsteller, der vielleicht der originellste, unstreitig aber einer der tiefsinnigsten und gelehrtesten war, welche das achtzehnte Jahrhundert in Deutschland hervorgebracht hat! – Aber man kennt ja den *Strom* der deutschen Literatur und sein Treiben; wie da alles Leichte obenauf schwimmt, das Beste und Edelste so leicht vergessen und heruntergerissen wird in den Strudel der allgemeinen Gedankenlosigkeit.

Mag ein wichtiger Beitrag zur Sammlung der Hamannschen Werke, zugleich auch als Aufforderung dienen, eine solche zu beschleunigen.

Die nachstehende *früheste* Schrift von Hamann verdanken wir der Mitteilung des mit ihm befreundeten Philosophen, *Friedrich Heinrich Jacobi*. Sie ist abgefaßt zu London, im Jahre 1758. Hamann, geboren 1730 zu Königsberg in Preußen, befand sich damals auf einer Reise in England. Nachdem er von derselben zurückgekehrt, lebte er von 1762 bis 1787 in seiner Vaterstadt, wo er ein öffentliches Amt bekleidete, und starb 1788.

ÜBER JACOBI

Art. XIII. FRIEDRICH HEINRICH JACOBI'S WERKE. *Leipzig, bei Gerhard Fleischer,* I–V. Band. 1812–1820.

Anmerkung zu einer Rezension der Jacobischen Schriften, im XIV. Bande des HERMES, S. 255–339[1].

Die weit ausgedehnte Nachsicht über die *Lehre von der Persönlichkeit Gottes,* welche der Rez. mit seinem Philosophen, obwohl aus verschiedenem Grunde, teilt, könnte allzu große Mißdeutungen veranlassen, und ist an sich schon in ihren Folgen zu wichtig, als daß wir nicht eine nähere Erörterung darüber wohl der Mühe belohnend und für den jetzigen Zeitpunkt hier ganz an ihrer Stelle achten sollten. Wenigstens was den Artikel der Lehre selbst betrifft, über welche nichts nachgegeben werden kann; in Hinsicht der Denker, welche solche Meinungen aufgestellt haben, kann leicht zugegeben werden, daß gerade ein sehr hoher Begriff von der Unbegreiflichkeit und Nichterkennbarkeit Gottes, für dessen Wesen eine jede ihm beigelegte Eigenschaft jederzeit noch als ganz unangemessen erscheint, sie auf diese negative Ansicht geführt haben kann; und diese

1 Die erwähnte, wohlabgefaßte und an nützlichen Bemerkungen reichhaltige Beurteilung und Charakteristik der Jacobischen Schriften, gibt uns eine erwünschte Veranlassung, die eigentliche Bedeutung der Jacobischen Philosophie, und die Stelle, welche sie im Verhältnisse zu den übrigen vornehmsten Systemen der letzten Epoche der Deutschen Philosophie einnimmt, in wissenschaftlicher Bestimmtheit zu bezeichnen, so wie diese Systeme selbst insgesamt in ihrem gemeinsamen Zusammenhange zu charakterisieren und zu würdigen, nach dem Standpunkte und Zeitmomente, in der Entwicklungsgeschichte des menschlichen Geistes, welchem sie angehören. Dieser Standpunkt aber ist der eines noch sehr unvollkommenen Überganges von dem früherhin allgemein herrschenden Materialismus und Systeme des Unglaubens, zu einer sittlich lebendigen und christlichen Philosophie, nach den Grundsätzen des reinen Spiritualismus, wie dieser von Anfang in der Offenbarung gegeben und durch alte heilige Überlieferung beglaubigt und erhalten, in dieser wohl niemals ganz erloschen, aber sehr selten ganz verstanden und verständig angewandt ist; daher derselbe also auch zwar keiner neuen Aufstellung, da es eine uralte Lehre ist, wohl aber einer erneuernden Belebung und durchgreifenden Wiederherstellung bedarf. – Diesen Gedanken weiter zu entwickeln, ist die folgende Anmerkung bestimmt.

Seite der Sache ist auch in der erwähnten Rezension so wie von *Jacobi* selbst mehrmals hervorgehoben und ins Licht gestellt worden. Man soll Männer wie *Spinosa* und *Fichte,* deren sittlich strenge und große Eigenschaften des Geistes und des Charakters manchem, der über sie abspricht, noch zum Vorbilde dienen könnten, nicht mit dem gemeinen Haufen der rohen Materialisten zusammenwerfen; und es muß überhaupt der bloß spekulative und rein wissenschaftliche Atheismus, der mit einer strengen, wenigstens stoischen, wenn auch nicht christlichen Sittlichkeit und Sittenlehre vereinbar ist, noch sorgfältig unterschieden werden von dem sittlichen, und eigentlich so zu nennenden Atheismus aller derjenigen, deren Denken und Leben ohne Gott, und ohne alle Spur des Göttlichen ganz im Schlamme der Materie und des Egoismus befangen ist; von denen viele nicht einmal fähig sein würden, sich bis zu jenem spekulativen Irrtum zu erheben, der nicht immer seinen Grund hat in einem Widerstreben gegen die Idee Gottes, oder in einer gänzlichen Unfähigkeit zu dem Gedanken des Göttlichen, sondern wie dies auch bei den genannten Männern auf entgegengesetzte Weise der Fall war, nur in einer durchaus verkehrten Auffassung dieser Idee aus einem falschen Standpunkte.

Wenn nun *Jacobi* in der letzten Epoche seiner philosophischen Laufbahn besonders auch gegen *Schelling* den Einwurf über den Satz von der Persönlichkeit geltend macht, daß Gott dadurch eine Beschränkung beigelegt zu werden scheine, was ihm auch nur zu denken ganz unerträglich sei; so kann man wohl zugeben, daß dieser Einwurf auf dem irrigen Standpunkte des gemeinen Denkens nach der bloßen spekulativen Vernunftansicht, allerdings den falschen Anschein einer Schwierigkeit annimmt, und hier von einigem Gewicht zu sein scheint. Es ist nur zu bedauern, daß *Jacobi* nicht lieber, um die Schwierigkeit zu lösen, selbst aus der *Quelle* hat schöpfen wollen, zu der er doch als Philosoph durch alle seine Schriften hindurch die Welt hinzuführen bestrebt war. Ich meine die Quelle der Offenbarung und des lebendigen Glaubens, wozu er jederzeit nach vollbrachter Vernichtung der spekulativen Vernunft den Übergang durch seinen bekannten *salto mortale* nachweist, oder wenigstens andeutet. Denn vollständig entwickelt hat er seine Idee von Offenbarung nie; einleuchtend ist jedoch, daß er ausschließlich nur eine innere meint, ohne je zu der Erkenntnis zu gelangen, daß diese innere Offenbarung schon mit in der positiven umfaßt und mit derselben unzertrennlich verknüpft sei; daher ihm auch die Idee der Offenbarung nie völlig klar geworden ist. Er macht es darin, wiewohl auf etwas andre Weise, doch in der Hauptsache eben so, wie *Kant,* daß er uns auf beschwerlichem Wege, weitläufig und mühsam, bis an die Pforte des göttlichen Glaubens führt, dann aber vor der Tür plötzlich wieder umkehrt, und uns, verwundert und betroffen, mit leerer Hand stehen läßt. –

Hätte *Jacobi,* statt der bloßen Berufung auf eine innere Offenbarung, die so isoliert aufgefaßt, unerklärlich und unfruchtbar bleiben mußte, auch die positive Offenbarung mit vollem Herzen anerkennen und ergreifen, und nur dreist hineingehen wollen durch jene Pforte, vor der er unentschlossen stehen bleibt, so würde er hier in dem Christentume den jedermann bekannten und auch jedem Herzen verständlichen Begriff von der liebevollen *Herablassung* und Barmherzigkeit Gottes gefunden haben. Ein Begriff, der wie für das praktische Leben, so auch philosophisch höchst wichtig ist, und wodurch jener Zweifel über die mit der Persönlichkeit Gott scheinbar zugleich beigelegte Beschränkung, seine Auflösung so leicht findet. Was ist jene Herablassung Gottes, metaphysisch ausgedrückt, anders, als eine freiwillige Selbstbeschränkung aus Liebe, durch wundervolle Zurückhaltung seiner Allmacht; und wo zeigte sich wohl das Wesen Gottes oder seine Liebe, d. h. seine Allmacht, wesentlicher, diesem Wesen entsprechender und allmächtiger, als eben in jener wundervollen Zurückhaltung seiner Allmacht, in deren Begriff auch zugleich der einzige Ausweg gegeben ist, die göttliche Allwissenheit mit der menschlichen Freiheit vollkommen zu vereinbaren? Dieses ist allerdings ein göttliches Geheimnis, als solches aber jedem christlichen Herzen klar, und in jedem christlichen Unterricht auch zur Genüge bekannt. So wenig aber darf diese liebevolle Herablassung, oder freie Selbstbeschränkung aus Liebe, und als Gottes Wesen nicht entsprechend, oder seiner Würde nicht angemessen erscheinen, daß vielmehr gerade diese Herablassung und Barmherzigkeit Gottes das eigentliche Kennzeichen von dem wahren Begriff des lebendigen Gottes, wie ihn das Christentum lehrt, bildet; dagegen aber jeder an sich unbarmherzige und schlechthin nicht herablassende Gott, mag er uns auch in noch so erhabenen Abstraktionen aufgestellt werden, nichts ist, als ein blindes Fatum, ein falscher Götze und bloßes Trugbild des Absoluten.

Gegen *Schelling* hat *Jacobi* hier aber noch ganz besonders Unrecht, wenn er gerade gegen diesen den erwähnten, wie wir gesehen haben, ganz nichtigen Einwurf über die Persönlichkeit und scheinbare Beschränkung Gottes geltend zu machen sucht, da er ihn vielmehr in diesem sichtbar besseren Bestreben hätte auf alle Weise bestärken und darin bestätigen sollen, auf solchem Wege in herzlicher Anerkenntnis des lebendigen Gottes die Schlacken seines alten Systems hinter sich zu werfen. Denn so viel ist wohl jedem einleuchtend, wenn *Schelling* auch nur den in seiner Schrift gegen *Jacobi* anerkannten und aufgestellten Satz, daß die Erkenntnis Gottes eine persönliche sei, daß wir mithin Gott nur soviel erkennen, als wir Umgang und Bekanntschaft mit ihm haben, oder mit andern Worten, daß die Metaphysik eine durchaus empirische Wissenschaft sei, nämlich aus der Empirie des innern Lebens; wenn er, wie gesagt, nur diesen einen Satz in seiner ganzen Konsequenz hätte festhalten und weiter fortführen wollen, daß alsdann das Gespinst des Absoluten aus seinem frühern System sofort hätte vor seinen Augen verschwinden müssen.

Es lag überhaupt in *Jacobis* eigentümlich philosophischem Standpunkte, und in der ganzen Stellung, die er gegen seine vornehmsten Mitphilosophen einnahm und behauptete, daß er unbewußter Weise oft sehr ungerecht gegen sie war und fortdauernd in unauflöslichem Hader mit ihnen lag, obwohl er mehrenteils mir nur sehr geringem Unterschiede demselben unglücklichen Joche oder Bann unterlag, und die gleichen Fesseln, wie jene, trägt. Wie konnte *gerade Er z. B. Fichte'n* sein atheistisches Denken, zugegeben, daß es ein solches war, nicht bloß so hart, sondern so ganz persönlich, und als den sittlichen Charakter selbst betreffend, vorwerfen, da er doch selbst auf das Innigste überzeugt war, und unzählige Male gezeigt hatte, daß alle rein spekulative Forschung auf ein solches Resultat führe, und während er doch, aufrichtig genommen, sehr wohl inne werden konnte, daß Gewissen, Ehr- und Liebesgefühl, überhaupt ehrliche Menschen-Motive aller Art, jenen großen Denker in der Konsequenz seines spekulativen Irrtums nur allzuoft, ebenso gut wie ihn, den Tadler *Jacobi* selbst, vielfältig irre, und auf eine edle Art an seinem System untreu gemacht haben? – Noch auffallender aber ist es, daß er selbst nie deutlich bemerkt zu haben scheint, wie nahe er eigentlich dem *Kant* gewesen. Denn wenn *Jacobi* späterhin, was er früher Glauben genannt, nun als *Vernunft* erkannte, und diese »als das Vermögen der unmittelbaren, innern Wahrnehmung des Übersinnlichen« erklärte; so ist dieses ja augenscheinlich nichts anders als der Kantische Primat der praktischen Vernunft, wodurch diese hinterdrein wieder auf den Thron gelangt, während sie theoretisch erst mit großem Aufsehen heruntergeworfen war; und der ganze Unterschied reduziert sich am Ende darauf, daß *Kant* mehr das Objektive, und das praktische Gesetz der Vernunft ins Auge faßt, während *Jacobi* auf eine an dieser Stelle ganz löbliche Weise die Rechte der Individualität und eben damit auch eines eigentümlichen Genies selbst in moralischen Dingen vertritt und in Schutz nimmt.

Der gemeinschaftliche Fehler und Irrtum aber, der allem diesem Philosophieren von beiden Seiten zum Grunde liegt, besteht in dem ganz fälschlich angenommenen und durchaus willkürlich als absolut vorausgesetzten Gegensatz und Widerstreit zwischen Glauben und Wissen, worüber denn der wahre Unterschied zwischen den beiden verschiedenen Arten des Wissens völlig übersehen wird. Und dieses ist eben der Punkt, der ins Licht gesetzt werden muß, um die obgedachten Zweifel *Jacobi's* und seines Rezensenten, so wie alle jene skeptischen Zustände, welche aus dem falschen Gegensatz von Glauben und Wissen ohne rechte Unterscheidung des letzteren, entspringen, nicht nur vollständig zu lösen, sondern auch ihrem Ursprunge nach zu erklären. Die eine Art des Wissens ist die, welche auf die Übereinstimmung des Begriffs oder des Denkens mit sich selbst gerichtet ist, und in ihrer formellen Vollkommenheit die absolute Gewißheit und Notwendigkeit mit sich führt. Auf einem solchen Wissen beruhen die mathematischen Erkenntnisse und logischen Beweise. Mit dieser Art des Wissens steht der Glaube außer aller Berührung, und hat auf diesem Gebiete nichts zu schaffen; denn daß ein verwickelter mathematischer Satz im gemeinen Leben auch auf Glauben angenommen und praktisch angewandt werden kann, im Vertrauen auf die Richtigkeit der von andern erkannten Beweise desselben, können wir hier füglich beiseite lassen. Das andere und höhere Wissen aber ist das freie und persönliche, welches mit dem Glauben keineswegs in Streit befangen, sondern auf das innigste verwebt ist, und überall den Glauben als seine erste Grundlage, und als sein letztes Ziel voraussetzt; so wie im Gegenteil auch der Glaube nicht beginnen kann, ohne daß wir zuvor, wenigstens einigermaßen, wenn auch noch nicht vollständig, zur Erkenntnis gelangt sind; und wie mit der Klarheit des Verständnisses zugleich auch der Glaube wächst, und immer inniger und lebendiger wird. Der Glaube ist in dieser Beziehung der erste Grund und Anfang, so wie auch die vollendende *Ergänzung* des freien und lebendigen Wissens, so wie dieses hinwieder die erzeugende Ursache und die letzte Frucht des göttlichen Glaubens ist. Dieses freie Wissen aber ist eben der Gegenstand und Inhalt der Philosophie: es ist die lebendige Erkenntnis des Lebens, welche wie das Leben selbst, frei ist, und daher keineswegs in die Form jener absoluten Notwendigkeit geschlagen werden darf, welche in dem mathematischen Wissen und in dem bloß logischen Denken herrscht. Weit entfernt, daß sie diesem darum nachstehen müßte, erhält vielmehr die logische Kunst, an sich leer und unfruchtbar, erst durch die Erkenntnis des Lebens einen festen Boden und reellen Gehalt, ohne welchen sie in ein völlig nutzloses und dem wahren Wissen sogar verderbliches dialektisches Spielwerk, und sophistische Scheinkunst ausarten muß; und wenn gleich der Mathematik in der von der Natur selbst ihr gegebenen Basis und Sphäre, die weiteste materielle Anwendung hinreichend gesichert bleibt, so erhält doch auch diese erst von der Philosophie, wenn dieselbe ihrer Bestimmung Genüge leistet, ihre höhere Bedeutung, und wird nebst der ihr eigentümlichen Gewißheit, nun auch für den Geist verständlich und in ihrem ganzen Zusammenhange klar, und eben dadurch erst eine Wissenschaft im wahren Sinne des Worts. Selbst die formelle Vollkommenheit, nach welcher die Philosophie zu streben hat, ist eine *ganz andere,* als jene logisch mathematische. Man gelangt nicht zur Erkenntnis des Lebens, als nur durchs Leben selbst, und dieses ist die subjektive oder vielmehr persönliche Bedingung, welche in aller Philosophie gefordert und vorausgesetzt wird. Die Philosophie als ein *positives* und zwar als das Umfassendste und Höchste von allem positiven Wissen, setzt dieses ihr Positives als gegeben voraus. Und auch die eigentümliche Form und Gestaltung, wie des Lebens selbst, so auch der Erkenntnis des Lebens, ist vielmehr eine lebendig organische, und keineswegs jene untergeordnete, und wo sie die Stelle des Höheren einnehmen soll, falsche Methode des toten und abstrakten Wissens. Alle falsche Philosophie geht mehrenteils aus dem verkehrten Bestreben hervor, die philosophische Wahrheit in mathematischer Gewißheit durch logische Beweise, sowohl selbst erfassen, als auch für andere aufstellen zu wollen. Das ist der grundzerstörende, und sogar jeden Weg zur höhern und richtigen Erkenntnis versperrende, bei *Jacobi* wie bei *Kant* gleich sehr obwaltende und beiden gemeinsame Irrtum, daß sie immer nur jenes gemeine, tote, abstrakte Wissen im Auge haben, und weil dieses freilich nie zur Wahrheit und zum Leben in göttlichen Dingen führen kann, nun zu einem selbstgemachten Glauben ihre Zuflucht nehmen, und diesen auf die Vernichtung alles Wissens gründen wollen. Aus der Verzweiflung an dem Wissen aber entsteht zwar wohl das Bedürfnis eines als notwendig erwiesenen Glaubens, nicht aber der lebendige Glaube selbst; ein Vorwurf, der auch alle diejenigen religiösen und theologischen Schriftsteller trifft und drückt, welche diesen falschen skeptischen Weg einschlagen, wie noch neuerdings *La Mennais,* noch halb mit befangen in dem demonstriersüchtigen Zeitgeiste, den er bekämpfen möchte, getan hat. Bei solchen Schriftstellern aber, wie der letztgenannte, und andern ihm ähnlichen, wird diese falsche Methode im Ganzen leicht überwunden und bald beseitigt durch das Positive, an welches sie sich anschließen, und welches sie auf einem ganz andern Wege ergriffen und gefunden haben, als auf diesem erkünstelt skeptischen; obwohl die ganze Darstellung dadurch immer eine schiefe Richtung erhält. Bei *Jacobi* und *Kant* aber, welche nie zu einem göttlichen

Positiven gegebener Offenbarung durchgedrungen sind, fühlt man überall nur allzudeutlich das Halbe, Ungenügende und Leere ihres gemachten Glaubens, der innerlich an sich selbst nicht glaubt, noch irgend entschlossen an sich selber festhält. Der Weg aber, welchen der Rez. einschlagen will, indem er auf ähnliche Weise Glauben und Wissen nur noch viel schärfer trennt, und zu diesem Ende behauptet, daß die Gottheit, nebst allem was sich auf sie bezieht, ganz dem Glauben und der Religion überlassen bleiben, die Philosophie aber durchaus auf die Erkenntnis des Menschen allein sich beschränken soll, ein Weg, der auch schon manche andre zu verschiedenen Zeiten versucht haben, kann ebensowenig zum Ziele führen, weil das Wesen des Menschen eben gar nicht allein und ohne Gott erkannt wird. Denn wir mögen nun subjektiv in die Tiefe unsers Bewußtseins hineingehen, so finden wir das innere Selbst da nicht anders, als zugleich mit Gott, und können es nur in der Beziehung und innigsten Verbindung mit ihm ergreifen; oder wenn wir objektiv die Natur des Menschen zu erfassen streben, so kann er auch da nur als ein Ebenbild Gottes begriffen und verstanden werden. Wollte man ganz auf der Oberfläche stehen bleiben, wie die gemeine Reflexion, so würde man eben damit die Philosophie aufgeben, welche die Tiefe ergründen will; in diesem Sinne aber gibt es keine Philosophie des Menschen, und hat nie eine gegeben, die nicht zugleich auch Gottes Philosophie oder »Theosophie« im rechten Verstande des Worts wäre und sein müßte. Die unnatürliche und gewaltsame Auseinanderreißung des Glaubens und des Wissens in göttlichen Dingen, wie sie bei *Jacobi* nicht minder als bei *Kant* obwaltet, kann nichts anders bewirken, als daß das Wissen aufgegeben und vernichtet wird, ohne doch den rechten Glauben erreichen zu können, welcher wie das rechte Wissen, auf der Erkenntnis der Offenbarung des Göttlichen beruht, und mit diesem daher unzertrennlich verbunden ist.

Die beiden andern Mitphilosophen *Jacobi's*, welche in der gleichen Epoche gewirkt haben, und mit denen er sich so oft im Kampfe verwickelt findet, *Fichte* und *Schelling*, erkennen nun zwar ein Wissen des Höchsten an, indem *Fichte* nur scheinbar in seinen frühern Darstellungen sich an die Kantische Deduktion des Glaubens aus der Unwissenheit anschließt; indem sie aber dieses freie und göttliche Wissen in die Form der absoluten Notwendigkeit schlagen, wird es nicht als ein lebendiges und positives bewahrt und hingestellt, sondern es wird eben dadurch mit dem gemeinen, toten, abstrakten Wissen in Eins gegossen, und geht darin unter. Denn es ist nicht etwa, wie es die Anhänger dieser Systeme meinen, das absolute Wissen, ein drittes höheres, in welchem die freie, lebendige Erkenntnis und das gewöhnliche abstrakte Wissen vereinigt und zugleich umfaßt würden; sondern die lebendige Erkenntnis ist selbst das höchste Wissen, das absolute Wissen, oder was sie so nennen, ist das untergeordnete, welches erst in dieser Unterordnung und durch dieselbe, wie oben angedeutet worden, seine praktische Anwendbarkeit, oder seine intellektuelle Bedeutung erhält. Wo diese Unterordnung verkannt wird, ist es immer das Höhere, welches aufgeopfert wird durch die unnatürliche Verschmelzung, und in dem Niedern untergeht; daher auch beide Systeme des Absoluten, sowohl das idealistische, als das der dynamischen Naturwissenschaft, aller vorgeblichen oder scheinbaren höhern Potenzierungen ungeachtet, immer nur in der Sphäre des zersplitterten und abstrakten Bewußtseins befangen bleiben, dessen ganzen Umfang nach allen vier Hauptregionen und vorherrschenden Elementarkräften desselben, sie nebst jenen beiden skeptischen Philosophen erschöpfen. Denn wenn *Kant* sich in allen seinen Schriften mit seinem kritischen Verstande vergeblich abmüht, ohne das Ziel erreichen zu können, so sehen wir *Jacobi'n* sein ganzes Leben hindurch mit seinem moralischen Willen in dem gleichen endlosen Titanenkampf nach der göttlichen Wahrheit; und wie *Fichte* den Gipfel der ideellen Vernunft aufgestellt hat, so ist in der Naturphilosophie die Grundlage der spekulativen Einbildungskraft und eben damit auch des dynamischen Denkens und Wissens gegeben. Hier kam die Naturwissenschaft selbst, die schon auf ihrem eigenen Wege durch die Tiefe ihrer letzten großen Entdeckungen mehrenteils dynamisch geworden war, der Philosophie mit ihrem ganzen Reichtum entgegen; der positive Anhalt und reelle Boden, der dadurch allerdings mehr als auf einem der drei andern Wege gewonnen ward, betraf jedoch nur die Natur selbst und ihre Erkenntnis, ohne den Hauptpunkt des innern Lebens und philosophischen Bewußtseins in dem System zu verändern oder zu berühren.

Alle Philosophie, wie sie sich auch selbst verstehen und definieren mag, schließt immer eine Theorie des Bewußtseins in sich, und trägt den Stempel einer solchen in ihrem ganzen Wesen und Charakter an sich, wenn sie auch nicht grade davon als von ihrem Anfangspunkte ausgeht. So lange es nun aber ein zersplittertes, gebundenes, bloß abstraktes und totes Bewußtsein ist, auf welchem sie beruht und aus welchem sie hervorgeht, so kann auch die daraus hervorgegangene Philosophie selbst nur eine tote, in sich und ihren eigenen Abstraktionen zersplitterte, und im Streit der Systeme befangene und geteilte sein. So lange z. B. der Streit über den Vorzug und Primat der Vernunft oder des Verstandes noch in der bisherigen Weise fortgeführt wird, kann man sicher sein, daß die Philosophie noch in den dunkeln Regionen des verworrenen Streits umherirrt, und noch nicht zu dem Tageslicht der christlichen Erkenntnis emporgedrungen ist. Das abstrakte und verderbte Bewußtsein ist eben jenes, welches im Zwiespalt und Gegensatz von Verstand und Willen, von Vernunft und Phantasie befangen ist; wo denn so lange die Philosophie noch in dieser Sphäre festgehalten bleibt, eine von jenen Elementarkräften, die mit sich selbst und mit ihrem Gegensatz in einem Streit begriffen sind, der durch sie selbst nie gelöst werden kann, in jedem Systeme, oder jedem eigentümlichen Wege der spekulativen Forschung mehr oder minder ausschließend vorherrschen wird, wie solches bei den genannten vier großen Systemhäuptern der bisherigen deutschen Philosophie so einleuchtend sichtbar ist, die nach einem sehr richtigen Gefühl als zusammengehörend betrachtet werden, und einen abgeschlossenen Zyklus bilden. Soll die Philosophie ihr Ziel erreichen, so muß vor allen Dingen erst das vollständige und rechte, lebendige Bewußtsein gegeben oder vielmehr wieder hergestellt, es muß das *innere Leben,* welches allein *»der Geist durch die Seele, in Gott«* oder in dem *ewigen Worte,* als der Offenbarung seiner Herrlichkeit lebt, und findet und erkennt, gegeben und gefunden und anerkannt sein. Dieses ist die Bedingung, welche die wahre Philosophie voraussetzt, und ohne welche das ganze Streben der Philosophie vergeblich und leer, und ein nichtiges Bemühen bleibt. Ist das wahre Bewußtsein aber einmal, wo nicht sogleich vollständig, doch in der Anlage zu dieser Vollständigkeit hergestellt und wiedergeboren; ist das innere Leben aufgegangen und wiedergefunden, so kann auch die wissenschaftliche Konstruktion desselben keine so große Schwierigkeit mehr haben. Es kann in derselben alsdann wohl noch verschiedene Grade der formellen Vollkommenheit, noch manche eigentümliche Modifikationen geben, es können noch mögliche Abwege sich darbieten, welche letztere doch alle nur Rückfälle in den alten Irrtum sein würden; im Wesentlichen aber kann alsdann die Aufgabe der Philosophie, welche selbst nichts anders ist, als die wissenschaftliche Konstruktion des innern göttlichen und menschlichen Lebens, als gelöst betrachtet werden, oder es kann wenigstens die Philosophie dieser Lösung ihrer Aufgabe dann mit Sicherheit entgegenschreiten. Jenes dreifache Leben der Seele durch den Geist, oder des Geistes durch die Seele in Gott und dem ewigen Wort, ist das Christentum, und eben darum ist alle Philosophie eine christliche, und soll es auch in dieser Beziehung, und in diesem Sinne durch den Geist, den Inhalt und das Ziel des Ganzen, und nicht etwa bloß durch eine vielleicht absichtlich erkünstelte Übereinstimmung in einzelnen Artikeln und Dogmen sein. Denn das Christentum ist nicht bloß die *Lehre* vom innern Leben, oder eine *Anleitung* dazu, sondern die lebendige Mitteilung und Erregung desselben selbst, und alle seine Anstalten dienen nur dazu, dasselbe wieder herzustellen, zu bewahren, mehr und mehr zu reinigen, und immer herrlicher zu entfalten.

Es versteht sich daraus wohl schon von selbst, wenn anders eine solche Mißdeutung denkbar wäre, wie dadurch daß die Philosophie eine christliche ist, die Philosophen vor Christo keineswegs unbedingt ausgeschlossen werden sollen, indem wir hier das Christentum in einem dreifachen Sinne zu nehmen haben. Erstens in dem *metaphysischen,* als die Offenbarung des ewigen Worts, und die Lehre von dieser Offenbarung; und in diesem Sinne ist das Christentum so alt als die Welt. Im *historischen* Sinne beginnt es mit der Person des Heilandes, mit der Stiftung der christlichen Kirche, und der Begründung des katholischen Glaubens; selbst aus diesem Standpunkte, der auch die Voranstalten zu der Kirche Christi mit einschließt, haben schon die Kirchenväter den *Plato* und *Sokrates* noch als Vorgänger des Christentums betrachtet. In der dritten *moralischen* Bedeutung, welche man sonst die mystische nannte, wird darunter das innere Leben verstanden, worin das Wesen des Christentums nicht minder als die Grundlage der Philosophie beruht. Nach diesem Standpunkte könnte man die christliche Philosophie auch die Wissenschaft vom Worte des Lebens nennen, oder mit Beziehung auf den Anfang derselben, und auf das, was dieser Anfang voraussetzt, auch die Lehre von der Wiedergeburt des Bewußtseins. Wenn wir diese intellektuelle Wiedergeburt, ohne die es keine Philosophie gibt, hier noch weiter betrachten wollten, sowohl die Art, wie sie zu Stande kommt, als von welchen Punkten sie ausgeht, so würde es sich auch leicht zeigen, ob der Mensch sie wohl jemals durch eigne Kraft allein selbst bewirken könne, oder ob sie nicht vielmehr jederzeit ein *Gegebenes* und Positives göttlicher Erregung und Veranlassung voraussetze.

Dieser Weg einer nicht bloß nach äußerem Schein und zufälliger Benennung, sondern im innersten Wesen und im höchsten Ernste durch und durch *christlichen* Philosophie, wird die Bahn sein, die wir gegenwärtig vor uns sehen, und auch fernerhin immer mehr zu begründen haben. Jener erste Zyklus der deutschen Philosophie, nach den geschilderten vier Systemen und verschiedenen Prinzipien des abstrakten oder absoluten Wissens, muß nun als ganz beschlossen und vollkommen vorübergegangen betrachtet werden. Ein *Kant redivivus,* in was immer für einer neu verdünnten Gestalt, kann uns ebenso wenig frommen, als der Dilettantismus mit *Jacobi's* Genie. Diese Zeit ist einmal ganz vorüber, und es kann diese halbchristliche Philosophie höchstens nur noch als eine *suchende* gelten, und ein Interesse gewähren; wie wir denn jener ganzen Epoche ihren hohen historischen Wert gern unbestritten lassen wollen, wenn man sie uns für das gibt, was sie wirklich war: der Übergang nämlich und das erste Emporstreben aus dem Abgrunde eines ganz vollendeten Unglaubens und des seichtesten Materialismus, der noch kaum jemals so allgemein herrschend gewesen. Ebenso würde es eine ganz unnütze Mühe sein, wenn uns jemand etwa einen vollendeter durchgeführten oder auch höher gesteigerten *Fichte* vorstellen wollte, indem er aller jener nachteiligen Einflüsse, welche Gewissen, Moralität, oder andere Menschengefühle auf die strenge Konsequenz des Systems manchmal bei jenem Philosophen noch äußerten, sich großmütig abtun, und uns das atheistische Denken ganz rein darstellen wollte. Denn dieses ist, im buchstäblichen Sinne, glücklicherweise doch ohnehin nie ganz möglich, und statt jener edlen Inkonsequenz möchte dann die viel gemeinere Beschränkung eines absoluten Stumpfsinns für alles Göttliche bei einem unendlichen Fluß und Zufluß des leeren abstrakten Denkens eintreten, wie solches etwa in dem *Hegelschen* System und Schriften gefunden wird. Und wenn wir, mit Bedauern zwar, zugleich aber doch auch mit Belehrung, einen großen Charakter in jenem seltsamen Abgrunde verirren und sich darin verlieren sehen, so können die abstrakten Verzerrungen eines solchen nachgeäfften *Fichte* nur Widerwillen erregen. Mußten die spekulativen Irrtümer des Zeitalters, damit es seinen vollkommenen Umschwung erhielt, bis zu diesem Extrem durchgeführt und erschöpft werden; so war es dazu an Einem Exemplar der ungeheuren Verirrung, wie im siebzehnten Jahrhundert an Einem *Spinosa,* genug, nachdem ohnehin dieser Zweck nun schon längst erreicht sein sollte. Dem Zeitalter hat *Fichte* allerdings wohl den großen Umschwung in dem intellektuellen Gebiet, wo nicht allein, doch zuerst, und mehr als jeder andre gegeben; anders gewiß, als es die göttliche Absicht war, so wie der Umschwung auch wieder ganz anders erfolgt ist, als er selbst es sich jemals gedacht hat. Ich kann hier nicht tiefer in diesen welthistorischen Gang und Zusammenhang des Denkens und Wissens eingehen; doch liegt schon in dem, was ich so eben angedeutet, viel. Von jenen andern mit ihm zugleich wirkenden Philosophen kann man sagen, sie hatten ein großes, bewundernswürdiges Talent, und entschiedenes Genie; *Fichte* aber hatte eine *Sendung,* wenn er sie auch nicht viel weniger, als *Luther* die seinige, verfehlt haben sollte. Alle jene Versuche, die Kantische, Jacobische und Fichtische Philosophie wieder zu erneuern, oder noch länger festzuhalten, sind nur vorüberziehende Luftmeteore eines vergeblichen Rückfalls in den alten Irrtum, und ein durch und durch falsches und vergebliches Bestreben. Dasselbe würde auch von der Naturphilosophie gelten, wenn wir sie bloß als System des Absoluten betrachten; das was reell und bleibend in ihr ist, und worin sie auch ungehindert Fortschritte macht, ist das Positive der dynamischen Naturwissenschaft selbst, welche sie mit umfaßt; die grenzenlose Willkür des dynamischen Denkens aber, wie es in dem Wissen waltet, die Spielerei mit den stets wechselnden Naturkonstruktionen, die babylonische Verwirrung und der leichtsinnige Wechsel dieser zahllosen Systemgebäude ohne Fundament, zeigen zur Genüge, daß es auch hier noch an einem höhern Anhalt und Leitstern von oben, an dem göttlichen Positiven fehlt. So gern wir schon jetzt das Streben dahin, die Annäherung zu diesem Ziele bei den bessern Naturphilosophen bemerken und anerkennen; es muß doch erst die dürre Systemschale des Absoluten zersprengt und als tote Schlacke weggeworfen werden, ehe der Kern zur Frucht gedeihen und »eine christliche Naturphilosophie« daraus hervorgehen kann, welche dann mit der christlichen Gottesphilosophie vollkommen übereinstimmen und von selbst sich ihr beigesellen und unterordnen würde.

ENTWICKLUNG DES INNERN LEBENS

I. Von der Seele

1. Wenn wir über uns selbst und unsre Bestimmung nachdenken, und das Wesen des Menschen durch Denken zu erforschen suchen; so liegt der Fehler, welcher Ursache ist, daß dies mit so wenigem Erfolge geschieht, und zu keiner vollen Befriedigung führt, schon darin, daß wir im Denken eben auch nur die denkende Seite unsres Wesens, also auf jeden Fall nur eine Seite, vielleicht nicht einmal die reichhaltigste oder wichtigste unsres innern Seins erfassen; daß wir im Denken es immer nur wieder mit Gedanken zu tun haben, in den engen Kreis dieses einseitigen abgesonderten, und eben dadurch toten Denkens eingeschlossen und befangen bleiben. Wie in der chemischen Zersetzung verschwindet und entfliehet dem Denker das Leben, was er gern in seiner Vollständigkeit erfassen, und in seiner innersten Wurzel ergreifen möchte, und wenn er hinsieht, so findet er nur sich selbst wieder, und vermag durch das Denken nichts anderes zu finden, als nur Gedanken.

Wenn wir aber mit einemmale diese ganze Welt der Begriffe, und das abgesonderte einseitige Denken nach Begriffen verlassen, und unser inneres Sein und Leben, so wie es ist und wie wir es fühlen, eben durch das einfache und volle Gefühl zu erfassen suchen, nicht nach einer einzelnen und etwa bloß nach der hellen Seite des bewußten Denkens, sondern in seiner dunkeln Tiefe und verborgenen Wurzel, wie in seiner hellen Höhe und Entfaltung aller Kräfte, in der leisesten Regung wie im Kampf der Welt und der Leidenschaft, in seinem vorherrschenden dauernden Streben, und in jeder vorübereilenden Schwankung und Verwandlung des flüchtigen Augenblicks; nach aller Mannigfaltigkeit der Kräfte und Anlagen der Denkart und Sinnesweise in uns und in andern; nach aller Verschiedenheit des Alters und Geschlechts, des Standes und der Verhältnisse, der Völker und der Jahrhunderte; so ist es Ein Gefühl, was aus Allem hervorgeht, was immer bleibt und überall wiederkehrt, man mag ausgehen von welchem Standpunkte und Gesichtspunkte man will. Es bleibt der Eindruck, den alles dieses noch so wunderbar mannigfaltige Menschenleben in der Betrachtung hervorbringt, in dieser Hinsicht derselbe und gleiche, und sind über dieses Eine wenigstens, wenn nichts Fremdes hinzugemischt, und es in der rechten Allgemeinheit und Einfachheit aufgefaßt und gehalten wird, alle die das Leben betrachten, und über sich selbst denken, völlig eins. Dieses, jedem der über das Leben denkt, gleicherweise sich aufdringende Gefühl aber, sei es nun, daß es bloß als Gefühl in der unmittelbaren Wahrnehmung stehen bleibt, oder als Gedanke für die Betrachtung dasteht, ist folgendes: wir sind mit uns selbst uneins; ein tiefer innerer *Zwiespalt* durchdringt das Leben bis in die innersten Elemente, und wurzelt fest darin, herrscht sichtbar im Ganzen wie in allen einzelnen Teilen desselben. Das ist die reine Wahrnehmung des Lebens, der Eindruck, den es jedem hinterläßt; wir sind innerlich uneins, innerlich zerrissen, im Widerstreit und zerstört. Darin, in diesem einzigen Punkte sind alle Systeme und alle das Leben erkennenden und im Leben wirkenden Menschen völlig einverstanden, schmerzlich einverstanden, wenn sie auch nachher dem Wahrgenommenen eine verschiedene Bedeutung leihen. Dieser tiefe innere Zwiespalt des Lebens, der immer wiederkehrt in unserm Gefühl, und überall gefunden wird, ist nun auch die Ursache, warum das Leben durch das bloße Denken nicht verstanden werden kann, und wenigstens auf diesem Wege ein unverstandenes und ungelöstes Rätsel bleiben muß, wenn nicht etwa die Auflösung dieses Rätsels auf einem andern Wege gesucht und gefunden werden kann. Diesen andern Weg kann ich hier teils nur andeuten, teils darf und werde ich ihn unter Gleichgesinnten mit Zuversicht voraussetzen. Zuvor jedoch wollen wir den Zwiespalt selbst noch näher zu bezeichnen und zu erforschen suchen; d. h. ihn als klaren Gedanken so einfach als möglich auffassen, rein wie er ist.

Es ist der Zwiespalt, von dem wir so ganz durchdrungen sind, der uns immer von neuem erfaßt, und den wir überall wiederfinden, nicht bloß im äußern Leben fühlbar, sondern er wurzelt recht in der Mitte und geheimsten Tiefe unsers Seins, bewegt und erregt die innersten Elemente unserer Lebenskraft feindlich gegeneinander. Auf mannigfaltige Weise und sehr verschiedenem Wege sucht man entweder das innere Wesen unsers Seins zu erfassen, und wo nicht zu erklären und zu begreifen, so doch unterscheidend scharf zu bezeichnen; oder auch die einzelnen Bestandteile und Kräfte unsers Wesens zu sondern, und in ihrer Absonderung, Entgegensetzung und Einteilung zu ordnen, und ein jedes der einzelnen Vermögen nach seiner besondern Wirkungsweise zu beschreiben. Gehen wir zurück in die Tiefe unsers Wesens und die eigne Ichheit, so ist der Gegensatz und der Zwiespalt klar, und nie und nimmer aufzulösen, zwischen dieser Ichheit in mir und der äußern Welt, die entweder nicht Ich ist, oder ein anderes Ich außer mir; beides auf gleich unerklärliche Weise für mich, der nur Ich in sich ist, und als solches nie begreifen kann, wie er als Ich aus selbigem und aus sich heraus, oder wie ein anderes, was nicht Ich ist, oder zwar auch ein Ich, aber ein anderes, in ihn hineinkommen kann. Es folgt uns der Zwiespalt in unserm Ich aus dem Leben selbst in das Nachdenken über dieses Ich, und bis in jede Falte und die feinsten Fäden dieses Denkens über unser eignes Selbst. Es bleibt der unbegreifliche Widerstreit, oder vielmehr er kehrt wieder, selbst in dem Falle, wenn man in jenem ganz reinen Denken, welches nur sich selbst denkt, die Überzeugung zu erkünsteln wähnt, die äußere Welt, oder alles was nicht Ich ist, oder wenn auch Ich, doch ein andres Ich als das sich selbst denkende, sei nicht an sich selbst vorhanden und von diesem, dem sich selbst denkenden Ich, nur hervorgebracht, nichts als ein Schein und Widerschein desselben, nach dem Gesetz seines eigenen Denkens sich bildend. Doch dieser an sich sehr einleuchtende und so lange man in der Ichheit befangen bleibt, auf diesem Wege völlig unauflösliche Widerstreit und Zwiespalt zwischen der Ichheit und der äußern Welt, ist eben desfalls hier weiter zu verfolgen unnötig. So lassen wir es auch für jetzt an seinen Ort gestellt sein, ob denn jene allgepriesene und vergötterte Ichheit wirklich auch unser ursprüngliches Wesen sei, oder durch welches Schicksal, Verhängnis oder Verbrechen wir in jenen Zustand von Ichheit, den wir jetzt für unser Wesen halten, geraten sein mögen; bis wir etwa auf einem andern Wege darauf zurückkehren werden. Der Zwiespalt aber unter den innern Elementen und Kräften, den wesentlichen Bestandteilen des Menschen, die wenigstens so wie er jetzt ist und geworden ist, seine wesentlichen Bestandteile bilden; dieser ist es, den wir vorzüglich zu verfolgen haben. Denn der Zwiespalt des innern Menschen mit sich selbst, nicht der welcher zwischen ihm und der Außenwelt besteht, ist es, welchen wir zu fassen und zu verstehen suchen wollen.

2.

Auf mannigfache Weise hat man die innern Bestandteile des Menschen, so wie sie jetzt sind, die einzelnen Vermögen seiner denkenden oder strebenden und wollenden Kraft eingeteilt und geordnet, beschrieben und erklärt. Manche von den dem Menschen von den Forschern beigelegten Vermögen, sind nur untergeordnete Anwendungen irgend einer der ursprünglichen Kräfte, nicht diese selbst; oder eine Mischung aus mehreren. Manche Aufzählung dieser unserer Gemütsvermögen sind nur nach unwesentlichen Zufälligkeiten unterschieden und willkührlich eingeteilt und geordnet. Fast in allen Versuchen dieser Art aber wird gar keine Rücksicht genommen auf die Frage, ob diese innern Bestandteile auch ursprünglich so gewesen, wie wir sie jetzt finden; oder ob nicht die uns wohlbekannte, und auf so viele Weise fühlbare Zerrüttung unsres ursprünglichen Wesens bis in unser innerstes Denken mit eingegriffen, und selbst die Weise unsers Bewußtseins ganz verändert habe. Schon die Wahrnehmung des so allgemeinen, alldurchdringenden, innerlich tiefen Zwiespalts in uns, könnte auf einen Gedanken dieser Art leiten. Der Zwiespalt selbst aber kann uns am besten und am leichtesten anleiten, eine bessere, einfache und befriedigende Übersicht und Einteilung unserer gesamten Gemütsvermögen zu finden, und für die nachfolgende Betrachtung aufzustellen. Denn wenn wir unsern Zwiespalt im Allgemeinen da auffassen, wo er sich am stärksten und entschiedensten zeigt und ausspricht, so erfassen wir in diesen stärksten und allgemeinsten Gegensätzen unsers Zwiespalts zugleich auch, wenn dieser Ausdruck erlaubt ist, die entgegenstehenden Extreme unsers innern Wesens und Vermögens, und wenn wir diese Gegensätze und Extreme von mehreren Seiten und in verschiedenen Richtungen aufgefunden und aufgestellt haben, so ist uns eben damit auch der ganze Umkreis und Umfang unseres innern Wesens und aller Vermögen, in die es sich, so wie es jetzt ist, teilt und spaltet, zugleich mit gefunden und gegeben. In dem reinen Denken, wo die Spekulation vom Leben geschieden ist, blickt das Auge aus dem täuschenden Ruhepunkt des eignen Ich in die weite Runde umher, so weit sich das freie Vermögen irgend erstrecken mag. Aber diese scheinbare Peripherie von endloser Ausdehnung im möglichen Denken, gibt uns nicht die wirklichen Elemente, und die wahre Natur unsers innern Daseins, welche nur in dem Mittelpunkte des sich vielfach durchkreuzenden Zwiespalts lebendig erfaßt werden können. Diese verschiedenen Richtungen und Gegensätze nun des in unserm Innern sich durchkreuzenden allgemeinen und tiefen Zwiespalts, wie ich sie hier versuchen werde anzudeuten, sind keineswegs dunkel und schwer zu begreifen, oder bloß aus wissenschaftlicher Spitzfindigkeit ergrübelt und ersonnen; sondern sie leuchten jedem, als von selbst klar, aus seinem eignen Leben und Bewußtsein deutlich und leicht hervor. Es wird für meinen Zweck hinreichend sein, nur eine zwiefache Richtung des innern Zwiespalts zu unterscheiden und hervorzuheben; obwohl es leicht wäre, nicht bloß bei jener zwiefachen Form und Richtung des sich im Mittelpunkte unsers Daseins durchkreuzenden Zwiespalts stehen zu bleiben, sondern ihn bis ins Einzelne, und seine ganze Verzweigung im Leben und im Bewußtsein weiter zu verfolgen.

Unter jenen beiden Gegensätzen, auf die wir uns hier beschränken, ist der erste große Zwiespalt der, welcher unser ganzes äußeres Leben in stetem Kampf und Unfrieden erhält, und mit sich selbst in Widerstreit setzt. Es ist der Widerstreit zwischen Verstand und Willen, die allgemeinste Erfahrung eines jeden, der das Leben kennt, die einfachste Wahrnehmung eines jeden, der in sein Inneres blickt. Wir wollen nicht, was wir doch erkennen, als das Gute und Beste erkennen, in Gedanken und Glauben fest halten; oder wir wollen es zwar, aber nicht recht und mit zureichender Kraft. Die Tat, und nicht bloß die Tat, der ernste Wille, dem die Tat leicht folgen würde, bleibt zurück hinter dem Begriff und so deutlich vorgestecktem Ziel. So verfehlt unser Leben seinen Zweck, oder entspricht ihm doch immer nur sehr unvollkommen; und dieser eine Zwiespalt zwischen dem Erkennen und Wollen, umfaßt jede Art und alle noch so mannigfaltigen Formen von innerm Schmerz, Unfrieden mit uns selbst, oder Seelenunglück, dem einzigen, welches eigentlich so zu heißen verdient. Und auch das ist so zu nennen, wenn wir wollen, streben, suchen, vielleicht das Gute und Rechte, aber ohne recht klar zu wissen, was und welches; ohne es deutlich zu erkennen, als auch ohne die Kraft, es klar zu fassen und fest zu halten, und in Tat und Leben auszuführen. Eilen nicht Tausende von Seelen und ganze Geschlechter so vorüber durch das flüchtige Erdenleben, in dunkelm Ahnden und Suchen, in unbefriedigtem Streben, in der Verwirrung eines schwankenden Wollens, ohne je zu dem Licht der rechten Erkenntnis, zu der beseligenden Klarheit des Glaubens zu gelangen? Dieses Unglück ist dem Anschein nach, und wenigstens für den Einzelnen sehr oft unwillkürlich und schuldlos. War aber jener erst berührte Zwiespalt nicht auch ursprünglich allen erschaffenen Geistern gemein, die weil sie frei sind, dem ihnen einwohnenden göttlichen Gedanken mit dem Willen zu widerstreben wenigstens sehr unvollkommen zu entsprechen im Stande sind, und die Wahl haben? Diese Möglichkeit des Zwiespalts durch eigne freie Wahl, und daß sie ursprünglich ist, also nicht erst durch den Abfall und die Zerrüttung entstanden, darf nicht geleugnet und soll nicht verkannt werden. Möglich ist dieser Zwiespalt allen frei erschaffenen Geistern, wirklich aber wird er nur in denjenigen, die sich selbst verkehrt und von ihrem Ursprunge abgewandt haben; in denen, die ihm treu geblieben, ist Wille und Verstand in Harmonie und unzertrennlich Eins. Das tiefe Unvermögen des Menschen aber, dem Gedanken seines Lebens durch den Willen, geschweige denn durch die Tat zu entsprechen, kann nicht als ursprünglich angenommen werden. Denn wenn der erschaffne Geist nichts anders ist, als ein einzeln hervortretender und selbständig gewordener lebendiger göttlicher Gedanke; so ist es schon eine Abweichung von dem ursprünglichen Wesen und dem was seiner Natur gemäß ist, wenn der Geist, durch Freiheit einer irrenden Wahl dem Gedanken widerstrebt, welcher doch die innerste Wurzel und den ersten Ursprung seines Lebens bildet. Der zweite, ebenso große und allgemeine Zwiespalt, wird nicht zunächst im äußern Leben, sondern im innersten Denken selbst gefunden. Die Seele steht wie in der Mitte zwischen zwei verschiedenen Arten von Bewußtsein, die sich nie verstehen, und nie zusammenkommen, es sei denn, um sich feindlich und störend zu berühren, und von denen jede für sich nicht bloß einseitig, sondern auch ungenügend und kraftlos ist. Das eine ist das deutliche Bewußtsein, die helle Seite unsers Innern, die endlos denkende, und ihr Denken nach einem innern Gesetz notwendiger oder möglicher Verknüpfung fortführende Vernunft. Neben der Reihe dieses, wenn auch mehr oder minder streng oder lose verwebten Denkens der Vernunft in bestimmten Begriffen, und wenn auch nicht äußerlich, so doch logisch geordneten Worten und abstrakten Gedankenzeichen, welches wir im wachen Zustande eigentlich nie verlustig werden, oder doch immer gleich wieder finden, zieht sich noch ein ganz verschiedener Faden eines andern dunkeln Bewußtseins, eines nicht nach der logischen Ordnung, nicht in Begriffen, noch auch jederzeit in deutlichen Worten dahin wandelnden und sich fortwebenden bildlichen Denkens, welches scheinbar im regellosen Spiel umherirrt, eigentlich aber nur einem andern und eignen Gesetz der bildlichen Ähnlichkeit oder der Wahlverwandtschaft des innern Gefühls folgt; und diesem in dunkeln oder hellern Bildern nach bewußtem oder unbewußtem Gefühl waltenden Vermögen der Einbildungskraft ist außerdem, daß es die Herrschaft über den besonnenen und wachen Zustand des Menschen mit der Vernunft teilt, auch die dunkle Traumwelt des schlummernden Bewußtseins dahin gegeben. Durch eine weite Kluft sind das besonnene logischgeordnete, und das bildliche, auch im wachen Zustande nur Bilder träumende Denken, oder die beiden Seelen-Vermögen, die wir Vernunft und Einbildungskraft nennen, getrennt und feindlich geschieden; und werden beide in diesem abgetrennten und geteilten Zustande von der gleichen Ohnmacht und dem gleichen Unvermögen gedrückt. Die Vernunft, in ihrem Gedankenkreise sich in endloser Tätigkeit und Unruhe hin und her bewegend, kann mit allem Denken nicht zum Ziele gelangen, noch für sich ein Leben wahrhaft erfassen; sie kann nichts erzeugen, nichts Lebendiges hervorbringen, sondern wie sehr sie auch das Leben zu erfassen strebt, uns immer wieder nichts andres als Gedanken, Begriffe und Worte geben. Zwar die Einbildungskraft kann dieses wohl, sie hat produktive Kraft; aber nur ein täuschendes Leben im Schein, im Bilde und Traum vermag sie hervorzubringen, oder wenn sie auch hie und da noch in die wirkliche Natur hervorbringend eingreift; so ist es mehrenteils nur ein irres, krankes, verworrnes Leben, was sich aus ihr erzeugt. So ist also die Seele in diesem jetzigen beklagenswerten Zustande von der einen Seite durch die Vernunft in der Ichheit, diesem falschen Zentrum unseres Daseins, und allem aus der Ichheit hervorgehendem leeren, und in das leere Nichts sich auflösenden Denkwesens gefangen und eingeschlossen; auf der andern Seite aber als Einbildungskraft den Täuschungen der Sinnenwelt und Träumen der Nacht, allen magischen Einflüssen der Natur und dem siderischen Zauberkreise uns unbekannter, dunkler Naturkräfte dahin gegeben. Zwar gibt es wohl einzelne Momente, wo Vernunft und Fantasie sich schöpferisch durchdringen, und das sind eben die hellen Augenblicke *(lucida intervalla)* im trüben Strom unsres zerteilten Daseins. Aber diese seltnern Ausnahmen lebendiger Begeisterung ändern in dem allgemeinen bleibenden Zustande nichts; und dieser ist es, den wir hier zu betrachten haben. Wie sollen nun die beiden in diesem allgemeinen Zustande so weit voneinander geschiedenen Hälften unsers innersten Seins von neuem bleibend zusammenkommen, und wiederum ein Ganzes, Eine Kraft werden; wie sollen wir, wenn ich so fragen darf, unsere verlorne Seele wieder finden? Das ist im Ganzen dieser Betrachtung, besonders aber an dieser Stelle das wesentliche Ziel und die eigentliche Frage. Im allgemeinen läßt sich vors erste so viel darauf antworten: gewiß nicht durch sich selbst und durch die eigne Kraft kann sich die zerteilte, sich selbst abhanden gekommene, und von ihrer Mitte verlorne Seele wieder finden, und in ihre lebendige Mitte zurück versetzen; denn wie wenig wir auch jetzt noch von ihr aussagen können, so viel ist klar, daß sie ein empfangendes, leidendes, nach unserer Weise zu reden, weibliches Wesen ist. Gewiß also vermag es allein derjenige, dessen Liebes-Spiegel und Abbild sie von Anfang war, oder ein Geist, der von Gott erfüllt ist, und von Gott ausgeht, die unter den Vernünfteleien der Ichheit, den Träumen der Einbildungskraft, und den sturmvollen Bewegungen eines leidenschaftlichen Herzens völlig verdeckte, und wie im Todesschlummer oder todesähnlicher Ohnmacht vergrabne Menschenseele wieder zu erwecken zu ihrer ursprünglichen Schönheit, und zu einem neuen Leben hervorzurufen.

3.

Verstand und Wille also, Vernunft und Einbildungskraft, das sind die vier entgegengesetzten Enden unsers mannigfaltigen innern Zwiespalts, die vier Grundvermögen unsrer gesamten denkenden und wollenden Kraft; die Elemente unsres Wesens in ihrem gegenwärtigen zerstückten Zustande, oder auch die vier Seiten und Weltgegenden der innern Menschenwelt. Alle andern Eigenschaften oder Kräfte, welche man sonst noch als Bestandteile des Bewußtseins oder als Vermögen des Menschen schildert, sind nur Folgen und Anwendungen von diesen Vieren, oder sie sind aus ihnen zusammenesetzt, und aus der Verbindung von mehreren unter ihnen entstanden. So kommen in der denkenden Kraft in ihrer ganzen Ausdehnung und Anwendung, Einbildungskraft, Verstand und Vernunft zusammen; wie die Einbildungskraft vielfältig einwirkt auf die Entwicklung und alle einzelnen Erscheinungen des Willens, und durch diese Verbindung erst das hervorgeht, was wir im Leben das Herz nennen, als der Sitz und Inbegriff aller Leidenschaften, Triebe und Bestrebungen; ein Gebiet, in welches von der andern Seite auch die Vernunft durch die Entschlüsse, Grundsätze und Gesinnungen eingreift, die auf das Wollen und Handeln gerichtet sind, und dadurch eben jenes eigene sittliche Bewußtsein hervorbringt, welches einige bloß als eine angewandte sittliche Vernunft, andere als ein eigentümliches Grundvermögen unter dem Namen des Gewissens betrachten. Wenn aber der innere Sinn überhaupt erst erregt und wieder erweckt werden muß, um sich entwickeln zu können, und vollständig vorhanden zu sein, so kann derselbe schon um deswillen nicht als ein Bestandteil und einfaches Element unsers Wesens und Bewußtseins, so wie es jetzt ist, betrachtet werden; von dem äußern Sinn leuchtet es wohl von selbst ein, daß er nichts ist, als die angewandte Einbildungskraft, der durch diese Öffnungen die Nahrung aus der äußern Sinnenwelt zuströmt. Vielfältig und mannigfach sind die Bemerkungen dieser und ähnlicher Art, welche sich noch über diese Grundvermögen des Menschen und über die Organisation des Bewußtseins, wie es jetzt beschaffen ist, hinzufügen ließen, entweder aus eigner Entwicklung oder mit Beziehung auf die Art, wie andere Denker das System unsers Bewußtseins aufgestellt haben; oder auch wie die gewöhnliche Meinung mit Verschiedenheit in den verschiedenen Menschenaltern der Einzelnen und des ganzen Geschlechts es aufzufassen pflegt. Der Hauptirrtum dabei liegt nun eben darin, daß man die gegenwärtige Organisation unsers Bewußtseins als die ursprünglich rechte und gesunde voraussetzt und dafür annimmt, ohne auf die tiefe Zerrüttung, in welcher dieselbe sich befindet, irgend zu achten und Rücksicht zu nehmen. Oft werden wir noch auf diese vier innern Bestandteile und Grundkräfte, oder auch vier Seiten und Weltgegenden der Menschheit zurückkommen; die sich eben weil sie innerlich allem zum Grunde liegen, nun auch äußerlich in der Entwicklung des Menschen darstellen, als eben so viele Stufen der Geschichte, welche er durchlaufen muß, ehe er an das Ziel gelangt, da selbst das ewige Wort seine hülfreiche Offenbarung und Mittel der göttlichen Befreiung den Beschränkungen dieses zerstückten Zustandes und dem eigentümlichen Bedürfnis einer jeden Entwicklungsstufe der nach ihrer Wiederherstellung ringenden Menschheit gemäß und anpassend einrichtet, und zu allen Zeiten eingerichtet hat. Doch das ist Gegenstand einer andern nachfolgenden Betrachtung.

Für jetzt dürfte hier mit Übergehung alles übrigen, nur eine Bemerkung noch erforderlich sein, über den Unterschied zwischen Verstand und Vernunft, und warum wir beide unter die vier Elemente unsers innern Widerstreits und Extreme des jetzigen Bewußtseins gerechnet haben, da manchem wohl Verstand und Vernunft als genau zusammenhängend, nahe mit einander verbunden, und vielleicht gar nicht so wesentlich von einander unterschieden erscheinen mögen. Der wesentliche Unterschied zwischen beiden ist jedoch, so mannigfach auch die Verwirrung ist, welche darüber von den nicht Hellsehenden verbreitet wird, nicht so schwer, deutlich und klar zu bestimmen. Der Verstand ist das auf das Einzelne, Individuelle, Bestimmte und Positive gerichtete Denken, es mag dieses Wirkliche und Positive, Gegebene, nun ein Zeitliches und Vergängliches sein, oder das Ewige. Eben daher gibt es zweierlei Arten von Verstand, einen irdischen und gemeinen, einen erleuchteten, geistigen und göttlichen; je nachdem der Verstand, der immer einen bestimmten Gegenstand hat, auf das eine oder das andere gerichtet ist. Den ersten mag man der Vernunft weit unterordnen; der zweite ist über sie so erhaben, als die volle Anschauung des Ewigen über das leere Selbstdenken. Die Vernunft aber ist das Vermögen, alle möglichen Gedanken und Begriffe nach einem innern Gesetz der Notwendigkeit untereinander zu verknüpfen, entgegenzustellen und zu vergleichen, welches sich nach allen Seiten grenzenlos fortsetzen läßt, wenn Grenze und Ziel nicht anders woher gegeben sind; sie ist mit einem Worte das unendliche Denken oder das ins Unendliche fortgesetzte Verknüpfen der selbsterzeugten, nach eigener Freiheit zusammengestellten oder getrennten Gedanken und Begriffe. Sie ist nicht das dem Wirklichen, Positiven außer uns, es mag nun ein Einzelnes oder das Ewige sein, hingegebne Denken, sondern ein freies, inneres Selbstdenken, und eben deswegen ist auch das Denken des Denkens, die Erfassung des eignen Denkens auf der Tat, oder die Reflexion, der Vernunft und nicht dem Verstande eigen. Zwiefach sind die Elemente unsers innern, ganz auf sich selbst gerichteten, in sich selbst schaffenden und bildenden Denkens, Dichtens und Lebens, Vernunft und Einbildungskraft; und zwiefach sind die Elemente unseres auf ein Wirkliches, Positives außer uns, es sei ein sinnliches oder geistiges, zeitliches oder ewiges gerichteten Lebens, Denkens und Wirkens, Verstand und Willen. Darum wurden Verstand und Vernunft beide besonders und einzeln hingestellt unter den Elementen unsers innern Widerstreits, und müssen jederzeit sorgfältigst unterschieden und gesondert werden. Über das so eben angedeutete Wesen des Verstandes ist noch die Bemerkung hinzuzufügen: daß wenn der Widerstreit zwischen Verstand und Willen sich schon an sich in unserm eignen Bewußtsein und im äußern Leben laut und groß genug ankündigt; außer jenem allgemeinen Widerstreit unter sich, Verstand und Willen auch noch jeder für sich in einem besondern Widerstreit mit sich selbst befangen sind, da beide zugleich auf das Sinnlich- und Zeitlich-Einzelne, und auf das Positiv-Ewige gerichtet sind. Der Einklang aber zwischen dem Ewigen und Zeitlichen kann vielleicht in der Folge wieder hergestellt, und wo nicht mit einemmale vollendet, so doch durch Annäherung, d. h. eine stufenweise Besiegung, Erlösung und Verklärung des Zeitlichen und Irdischen gefunden werden; zunächst aber stehen beide, das Zeitliche und Ewige, für den Menschen und seine Kräfte noch in Widerstreit, und kündigen sich auch an als im Widerstreit stehend, wie im innern Bewußtsein, so auch im äußern Leben.

4.

Betrachten wir nun die tiefe Zerrüttung unsers Bewußtseins in seinem gegenwärtigen Zustande, so entsteht ganz natürlich auch sogleich die Frage, auf welchem Wege wir die Wiederherstellung desselben zu suchen haben. Unter Gleichgesinnten kann ich hier im allgemeinen wohl voraussetzen, daß wir einverstanden darüber sein werden, daß diese Wiederherstellung, da auch die geistigen Werkzeuge selbst, durch welche wir uns aus dem Verderben emporarbeiten könnten, mit verdorben und unbrauchbar geworden sind, nicht ohne fremde Hülfe, nicht ohne Gott, den ersten Urheber unsers ursprünglich noch unverdorbenen Lebens und Bewußtseins geschehen, am wenigsten aber durch uns selbst allein bewerkstelligt werden kann, da jene Quelle der Ichheit, aus welcher der Mensch, wenn er sich selbst durch eigene Kraft helfen will, mehrenteils seinen Aufschwung nimmt, nur das falsche Zentrum seines jetzigen verderbten Wesens bildet, wie aus dem obigen schon größtenteils klar sein, in der Folge aber immer mehr und deutlicher einleuchten wird. Andere haben den Anfangspunkt zur Wiederherstellung unsers Innern in dem Gewissen, als einer natürlichen Offenbarung der Vernunft finden, und solches in dieser Ansicht sogar als die rechte Quelle aller Erkenntnis von sittlichen und göttlichen Dingen aufstellen wollen. Gewiß ist dieses moralische Gefühl, dieser göttliche Instinkt für das, was Recht und Unrecht ist, der uns noch in unserm gegenwärtigen Zustande zurückgeblieben, die erste Stufe und der Anfangspunkt des innern Sinns für die göttlichen Dinge und eine höhere Welt. Allein ein dunkles Gefühlsvermögen kann nicht ausschließend die Quelle und das Prinzip aller höhern Erkenntnis sein; noch weniger aber kann ein so abgeleitetes, und nur angewandtes, nur in der speziellen Anwendung andrer mehr einfachen Seelenkräfte bestehendes Vermögen, als der Mittelpunkt aller übrigen und das Grundvermögen betrachtet werden. Als ein Gefühl des Unrechten, der Schuld und Sünde gibt sich das Gewissen zunächst kund, und ist als solches, als Wahrnehmung des Widerstreites in unserm äußern und innern Leben, wohl dem jetzigen Zustande des zerrütteten Bewußtseins angemessen; keineswegs aber dem ursprünglichen Bewußtsein, welches in noch ungestörter Vollkommenheit ungetrübt und selig war, in welchem sich kein Schuldgefühl und Gewissen auch nur denken läßt, wenngleich dasselbe für uns allerdings die erste Stufe der Wiederherstellung, oder das letzte uns noch übriggebliebene Rettungsmittel sein mag, um aus unserm unseligen Zustand von Stufe zu Stufe wieder zu der Einfalt und Klarheit des ursprünglichen noch schuldlosen Bewußtseins zu gelangen. Die ganze Untersuchung jedoch über die Wiederherstellung unsers ursprünglichen innern Lebens und Bewußtseins, so wie über die stufenweise Entwicklung und Erregung des innern Sinns bleibt einer nachfolgenden Betrachtung vorbehalten. Hier begnügen wir uns für jetzt mit der leichteren Frage, nicht wie das Bewußtsein und unser inneres Leben und Denken wieder hergestellt werden soll, sondern wie es ursprünglich beschaffen gewesen sein muß, vorausgesetzt, daß es wirklich gegenwärtig in Unordnung und Ohnmacht versunken und innerlich zerrüttet ist; da diese Zerrüttung doch nicht als ursprünglich von dem Schöpfer ausgegangen und als von Gott selbst so hervorgebracht angenommen werden kann. Im allgemeinen ist die Antwort auf diese Frage wohl sehr einfach zu geben, wenn wir uns nur den Zwiespalt aus unserm Innern hinwegdenken wollen. Es wird und muß in unserm ursprünglichen Bewußtsein dasjenige Eins gewesen sein, was jetzt getrennt, zerrissen und im Widerstreite ist. In der Anwendung wird sich dies sehr klar zeigen. Im Menschen sind Verstand und Willen, jeder mit sich selbst und beide untereinander in Widerstreit. In dem ursprünglich erschaffenen Geiste, konnte dies teils überhaupt nicht, teils wenigstens nicht auf diese Weise der Fall sein. Jeder erschaffene Geist geht von Gott aus, ist in Wahrheit ein einzeln und selbständig gewordener göttlicher Gedanke; in Gott aber ist Denken und Wollen, Wollen und Vollbringen Eins und dasselbe. Wenngleich nun dieses in dem erschaffenen Geiste nicht im gleichen Grade stattfindet, wenngleich die Tat und der Gedanke bei ihm nicht völlig Eins, sondern noch durch einen Zwischenraum geschieden sind; so ist doch der ihm inwohnende göttliche Gedanke noch in so weit von der Lebens-Kraft des ewig lebendigen Gottes beseelt, daß wenigstens die natürliche Folge jenes inwohnenden Gedankens, die entsprechende Tat, und der dem Strahl des ausgesendeten Lichts und seiner göttlichen Sendung angemessene Wille ist. Gehen ja doch selbst im Menschen, wenn der Verstand und der Gedanke schon ganz wirkender Geist geworden ist und lebendiger Glauben, die rechten Werke zwar nicht mit unvermeidlicher Notwendigkeit, aber doch in natürlicher Folge aus dem Licht des Gedankens hervor. Es bleibt im erschaffenen Geiste, wie im Menschen die Möglichkeit durch Freiheit der Wahl von dem Gedanken seines Daseins abzuweichen, und durch einen unrechten Willen sich ihm zu widersetzen. Allein jenes tiefe und große Unvermögen, welches im Menschen, wenn er auch das Rechte wollen möchte, doch den Willen der ihn beherrscht, von demjenigen scheidet, welchen er wohl selbst zu haben wünschte, und von dem, was er als das Rechte anerkennt, kann doch in dem Geiste, wie er ursprünglich aus der Hand des Schöpfers hervorging, nicht stattfinden und nicht angenommen werden. Verstand und Wille sind in ihm, so lange er auf der rechten Bahn bleibt, nicht im Widerstreit, vielmehr innig verbunden; noch weniger ist er zwischen dem Ewigen und Zeitlichen geteilt und hin- und hergerissen, wie Verstand und Wille im zersplitterten Menschen. In Gott dürfte man vielleicht sagen, geht der Gedanke zusamt der Tat aus der Allmacht des Wollens, obwohl ungeteilt hervor; in dem gut erschaffenen und treu gebliebenen Geiste fließt der Wille rein und übereinstimmend her aus dem von Gott eingebornen Gedanken seines Lebens; in dem bösen Geiste ist alles verkehrt und widersinnig, und im Menschen ist alles, Tat und Gedanke und Wille, gebrechlich, beschränkt, unvollkommen, jedes in sich, und alles unter einander uneins und streitend. Der Geist ist abgefallen und in Unordnung geraten, darum ist Gedanke und Wille ewig uneins; die Seele aber ist zerstückt und unglücklich, denn Fantasie und Vernunft sind nur die zerrissenen Hälften des ursprünglich Einen, und nur in der Einheit Seligen. Finden wir nun die gesuchte Harmonie zwischen Verstand und Willen in der Idee des Geistes, wie er ursprünglich erschaffen war, wieder; so ist es die Idee der Seele, in welcher Vernunft und Fantasie, diese ihre jetzt im Menschen so weit auseinander gerissenen Elemente, zusammentreffen, und sich wie man, wenn von Kräften der Natur die Rede wäre, sagen würde, gegenseitig durchdringen. Wollte man das Wesen und den Begriff der Seele nur negativ auffassen, und aus den zerstörten Elementen bloß äußerlich zusammensetzen; so könnte man sagen, die Seele sei eine lebendig wirkende und in Wahrheit Lebendiges hervorbringende und zeugende Vernunft, oder auch eine klar bewußte, nur das Gute und Göttliche sinnende und bildende Einbildungskraft. Was aber zwischen beiden in der Mitte steht, ist das Vermögen der Liebe; denn die ins Leben tretende, und tätig gewordne Vernunft ist nichts anders, als die reine allgemeine Liebe, und daß allem Dichten, Denken, Bilden und Wirken der Fantasie nichts anders zum Grunde liege, als ein dunkles Sehnen, ein noch nicht klar gewordenes, oder in den Banden der Natur noch festgehaltenes Liebesgefühl, bedarf kaum einer weitern Erörterung. Ist aber die Liebe das Wesen der Seele, so kann man wohl in einem gewissen Sinne sagen, daß das Wesen des Geistes im Glauben bestehe; im innerlichen nämlich, es mag dieses nun nur noch ein Glauben, oder auch ein Schauen sein. Das Wesentliche ist das freie Ergreifen eines göttlichen Gedankens, als Lebensprinzip eines von diesem Anfangspunkt ausstrahlenden unendlichen Strebens. Die Hoffnung aber, welche etwas ganz anderes und viel höheres ist, als was man gewöhnlich so nennt; die Hoffnung, das freudige Vorgefühl eines neuen Lebens, der Wiedergeburt und Seligkeit, die Ahndung Gottes zeigt sich da, wo Geist und Seele in Eins zusammenschlagen, welches nicht bloß in dem geschieht, was wir hier zeitlicher Weise Liebe nennen, wenn sie nämlich wahrhaft ist, sondern in allem und jedem innerlichen und göttlichen Leben.

5.

Geist und Seele, das ist der ganze Inbegriff und das eigentliche Wesen des Menschen; und man könnte den Menschen, um ihn von andern von Gott erschaffenen Wesen und Geistern zu unterscheiden, nicht einfacher und richtiger bezeichnen oder erklären, als wenn man sagt: der Mensch ist ein Geist, der mit einer Seele verbunden, oder um es noch mit einem andern Ausdruck zu sagen, der nicht bloß bildlich, sondern ganz buchstäblich wahr ist, ein Geist, der mit einer Seele vermählt ist[1]. So ist also der Mensch in seinem innersten

1 Sonach ist nun *aller Materialismus* bis auf die letzte Spur *vernichtet,* und verschwindet völlig in sein Nichts; und mit ihm alle *falsche* und ungenügende, angebliche *Naturphilosophie;* welche in bloß dynamischem Spiel nur die materiellen Kräfte der Natur, nach zufälligen Ansichten der Fantasie, bald so bald anders konstruiert, ohne von der höhern psychischen Erkenntnis zu wissen. Die gewöhnliche jetzige, in dem abstrakten Bewußtsein befangene Philosophie, zwischen den entgegengesetzten Irrtümern des Idealismus und Realismus, zwischen der absoluten Vernunft und dem erkünstelten Glauben ewig hin und her schwankend, vermag niemals den Materialismus ganz und mit der Wurzel auszurotten und vollständig zu besiegen. Daher sehen wir auch, seit man in dem letzten Jahrhundert den *alten* Weg des Spiritualismus mehr und mehr verlassen hat, wie ihn zuletzt noch *Leibniz,* obwohl nur unvollständig und sehr fragmentarisch ausgeführt, doch mit großem Geiste angelegt hatte, in allen Systemen, selbst in den leidentlichsten und moralisch besten, die materialistischen Irrtümer, obwohl sehr sorgfältig unter abstrakte Ausdrücke verhüllt, immer wiederkehren, und an irgend einer Stelle als ein freilich sehr inkonsequentes und störendes Anhängsel an das sittliche Dogma erscheinen, und sich durch die Hintertür einschleichen. Bekennen wir uns aber mit Entschiedenheit zu den *Grundsätzen des Spiritualismus,* d.h. zu jener Philosophie, zu derjenigen Ansicht und Einsicht über die Gegenstände der geistigen Erkenntnis, zu welcher in der heiligen Schrift selbst die fruchtbaren Lichtpunkte in reichster Fülle ausgestreut liegen, und

und wahren Wesen und ursprünglich *nicht einfach,* sondern *aus Zweien* bestehend, aus Geist und Seele, die liebevoll zusammenwirken. Das ist der zweite große Fehler und Irrtum, welchen diejenigen allgemein begehen, welche das Bewußtsein zu erforschen, und in seiner Tiefe den Quell der Wahrheit und höhern Erkenntnis zu ergründen sich bestreben. Der erste Irrtum war, daß sie unser Bewußtsein, so wie es jetzt ist, geradezu als das rechte und ursprüngliche annehmen und voraussetzen, ohne die tiefe Zerrüttung desselben, die sich so leicht wahrnehmen ließe, irgend zu beachten. Der zweite Irrtum aber ist, daß sie den Menschen nach dem Trugbilde jener falschen Ichheit, in welcher sie den Aufschluß des Rätsels, und den Inbegriff der Wahrheit zu finden wähnen, für einfach in seinem Wesen halten, obgleich sie jene auf dem Standpunkte der Ichheit geforderte und behauptete Einfachheit nie gegen den Widerstreit eines scheinbaren oder wirklichen Nicht-Ich retten, noch auch beide feindlich widerstrebenden Elemente in Wahrheit vereinbaren, und in wirkliche Harmonie miteinander setzen können. Anders aber verhält es sich mit jener ursprünglichen Zwiefachheit des aus Geist und Seele bestehenden Menschen, die gewiß kein Zwiespalt ist. So lange der Mensch noch in dem falschen Zentrum seiner Ichheit befangen ist, kommt er nicht aus dem Widerstreit heraus, und bleibt sein Wesen und Leben jederzeit in vier Bestandteile zerstückt, die nie zusammengehen. Sobald der Mensch zu seinem wahren und ursprünglichen innern Leben und Bewußtsein zurück-

welche von allen Kirchenvätern teils überall vorausgesetzt, teils auf das vortrefflichste entwickelt werden; so gewinnt die Sache eine ganz andere Gestalt. Alle jene groben materiellen Irrtümer verschwinden von selbst in ihr Nichts, in der sogenannten Naturphilosophie muß alles willkürliche Konstruieren und bloß dynamische Spielen mit den Naturkräften, wie überhaupt alles Unechte und faktisch nicht Begründete, aufhören und wegfallen. Was aber in umfassender und gründlicher Naturwissenschaft durch reine Empirie erkannt, hinreichend beglaubigt und bestätigt ist, das bleibt *desto fester* stehen, und gewinnt durch jene richtige *Gottes*-Philosophie auch als *wahre* und *christliche Natur*philosophie, d. h. als Verherrlichung des Schöpfers und erleuchtende Aufklärung des menschlichen Verstandes aus der Erkenntnis der Natur, erst seine höhere und wahre Bedeutung seine heilsame Anwendung und rechte Stellung zu dem Gesamtwesen des menschlichen Lebens und der menschlichen Kenntnisse.

gekehrt ist, wirken Geist und Seele je mehr und mehr harmonisch zusammen; welche Zwiefachheit also kein Widerstreit zu nennen ist, ebenso wenig, als man es eine Trennung nennen kann, wenn zwei in Liebe beieinander sind, und Ein Leben gemeinsam und zusammen leben. –

Es wird nun aus dem obigen wohl hinreichend klar sein, was ich darunter verstehe, wenn ich behaupte, daß die wahre Philosophie und das rechte Philosophieren nicht in jenem gewöhnlichen toten, sondern in einem *lebendigen Denken* bestehe, und allein aus einem solchen hervorgehen könne. Es kann dieses Denken nur dann und nur da stattfinden, wo zuvor der Mensch selbst zum innern Leben gelangt ist; und wie es zuvor hieß, nebst den Zweien, die in dem einen Menschen vereint sind, auch der höhere Dritte zugegen ist; d. h. wo die ganze Seele Gott sucht, und der Geist, nachdem er Gott einmal wiedergefunden hat, aus diesem ersten ihm zu Teil geword-nen Lichtfunken immer weiter fortschreitet in der Erkenntnis, von Klarheit zu Klarheit. Auch das innere Gebet ist ein lebendiges Denken, ein wahres Gespräch der Seele mit Gott durch den Geist. Das lebendige Denken aber von dem hier und in Beziehung auf die wahre, d. h. die christliche Philosophie, die Rede ist, ist zuvörderst ein Verstehen und Erkennen Gottes und alles Göttlichen durch die Seele, demnächst aber ein deutliches Ordnen und geistiges Gestalten, ein neues Durchdenken, für sich und für andre, jenes göttlich Erkannten. Es ist ein Suchen und Finden Gottes und alles Göttlichen im innern Denken durch die Seele mit dem Geist, ein Nehmen und Geben der Wahrheit und des Lichts zwischen Geist und Seele, zwischen Einem Geist und andern verwandten. Es ist also ein klar geordnetes Denken, kein willkührlich gesetzloses Dichten, obwohl beseelt und lebendig; ja vielleicht noch ungleich reicher an Leben, und nicht bloß beseelt, sondern aus der innersten Tiefe der Seele selbst hervorgehend. Aber freilich ist das lebendige Denken auch kein bloßes Auf- und Abzählen, Kombinieren oder Konstruieren und Rechnen toter Begriffe und Begriffszeichen, oder der bloß sinnlichen Elemente, Kräfte und Erscheinungen der äußern Natur. Man redet oft von obern und niedern Seelenvermögen, aber in einem ganz falschen Sinne, indem man unter dem niedern Vermögen die Einbildungskraft und den äußern Sinn, und den in der sinnlichen Begierde noch befangnen Willen versteht; das Denkvermögen aber, und besonders die Vernunft als ein Höheres und Oberes betrachtet, als ob es dabei nur auf das deutliche Bewußtsein und den Grad seiner Klarheit ankäme. In unserm Sinne aber sind nicht bloß Einbildungskraft und Wille, selbst der sittliche, sobald er noch nicht ganz Leben geworden, sondern nur noch Wille und im Widerstreit befangen ist, sondern nebst ihnen auch Verstand und Vernunft niedre Seelen- und Geistesvermögen; d.h. solche, in denen diese noch geteilt und in einem unvollkommenen und unnatürlichen Zustande der Gebundenheit erscheinen; mit einem Worte, solche Vermögen, die nur in dem Zustande des zerrütteten und mit sich selbst streitenden Bewußtseins stattfinden. Obere oder höhere Vermögen des Menschen, würde ich nur jene zwei nennen, Geist und Seele, die sein inneres Leben bilden, wenn es durch göttliche Mitwirkung und Offenbarung wieder gefunden, und eben dadurch das ursprünglich wahre Bewußtsein wieder hergestellt ist.

Noch könnte gegen die hier aufgestellte und entwickelte Behauptung, daß das eigentliche Wesen des Menschen als ursprünglich zwiefach seiend, aus Geist und Seele bestehe, selbst von solchen, die nicht eben auf eine unvollständige Theorie des gegenwärtigen Bewußtseins bauen, sondern das Leben, vollständig zu erfassen suchen, der Einwurf gemacht und die Frage aufgestellt werden, ob denn nicht auch der Leib selbst ursprünglich dem Menschen wesentlich, dessen Wesen und Leben mithin nicht zweifach, sondern nach der Ansicht mancher der tiefer Sehenden, in Wahrheit dreifach genannt werden müsse. Hierauf ist, da dieser Gegenstand der Untersuchung eigentlich einer nachfolgenden Betrachtung angehört, vors erste nur das zu erwidern: wenn auch der Besitz eines Leibes und die Wirksamkeit und Abbildung in einem solchen ursprünglich zur wesentlichen Form des Menschen gehört; so ist dies doch gewiß nicht von einem solchen zu verstehen, wie dieser gegenwärtige, für Geist und Seele so vielfach hemmende, so oft verderbliche, auch als bloßes Naturwesen betrachtet, so tief gebrechliche, und innerlich zerrüttete Leib der Sünde und des Todes.

Sondern nur von einem reinen, obwohl sinnlichen Leibe, kann hier, als dem Menschen auch in seinem unverderbten, oder wiederhergestellten und verklärten Zustande, ursprünglich eigen und wesentlich zukommend, die Rede sein, über dessen Beschaffenheit wir im allgemeinen nach dem, was unser Glauben uns darüber sagt oder andeutet, leicht verstanden sein werden; einen solchen nämlich, wie ihn der erste Mensch im Paradiese besessen, wie ihn der Mensch gewordne Erlöser in der Verklärung, und nachdem er auferstanden war, gehabt, oder wie er den Seligen nach der Auferstehung des Fleisches verheißen wird. Aber auch ein solcher ursprünglich reiner, oder zur Reinheit wiederhergestellter und neuverklärter Leib, ist zwar wohl das Werkzeug, Verbindungsmittel und eigentliche Band zwischen Geist und Seele, und gehört als solches mit zur wesentlichen Form des Menschen, nicht aber zum innern Leben und Wesen selbst, welches mithin als nur aus und in jenen zweien bestehend, nicht dreifach genannt werden kann, sondern mit Recht für zweifach erklärt wurde. –

6.

Die Seele wurde erklärt und bezeichnet als das Vermögen der Liebe im Menschen; welches im allgemeinen gewiß die einzig richtige Erklärung ist, aber noch vielfacher näherer Bestimmungen im einzelnen bedarf. Zunächst müssen wir dieses Grundvermögen der innern Liebe unterscheiden von der sittlichen Vernunft, welche ja ebenfalls ein tätiges Wohlwollen, eine alle Menschen umfassende menschenfreundliche Gesinnung begründen soll, mithin auch als ein Vermögen der Liebe, oder wenigstens als eine Art und Anwendung derselben zu betrachten ist. Dieser Unterschied ist nicht schwer zu fassen, und leicht die Grenze deutlich zu bestimmen. So lange die sittliche Vernunft und ihr tätiges Wohlwollen nur noch auf Grundsätzen, überlegten Entschlüssen und selbst Gesinnungen beruht, so ist es eben noch Vernunft und nicht Seele; ist aber diese sittliche und wohlwollende Vernunft schon ganz ins Leben verwandelt, in

Fleisch und Blut übergegangen, zur andern Natur und in gewisser Weise wieder bewußtlos geworden; ist mit einem Worte, mit dem göttlichen Lichte des Glaubens auch die göttliche Lebenskraft oder die Liebe hinzugetreten, dann ist die Vernunft schon ganz wieder in die Seele aufgegangen, und nichts mehr als die praktische Anwendung und geregelte Ausübung oder Tätigkeit derselben, und der Unterschied nur noch im Äußern vorhanden, nicht mehr im Innern. Von der andern Seite steht die Einbildungskraft; nachdem wir die Seele als ein zwischen der Einbildungskraft und der Vernunft in der Mitte stehendes Vermögen bezeichnet haben. Es ist also die Einbildungskraft, und die von ihr abhängige oder mit ihr verknüpfte äußere Sinnlichkeit allerdings der Träger der irdischen und zeitlichen Liebe. Nur ist es im allgemeinen wohl ebenfalls sehr leicht, die reine Seele und ihre Liebe von dem, was bloß Wirkung und Einfluß der Einbildungskraft ist, zu unterscheiden, und einer nachfolgenden Betrachtung bleibt es vorbehalten, zu erörtern, wie jener irdische Träger der sinnlichen Einbildungskraft durch Liebe und Begeisterung in einen Träger und Leiter höherer Art, in einen Himmelsflügel der geistigen Wahrnehmung umgewandelt wird. Wichtiger und notwendiger aber gleich jetzt, und zugleich schwieriger ist es, die Seele von dem zu unterscheiden, was ihr dem äußern Anschein nach, am nächsten verwandt ist, und am häufigsten damit verwechselt wird. Ich meine dasjenige Vermögen der Willenskraft, welches wir im Leben das Herz nennen, und welches mit seinen Leidenschaften, ja auch mit den edelsten Bestrebungen, mit den erhabensten Regungen und Gefühlen, doch nur die harte Decke, oder die irdische Hülle ist, unter welcher die Seele verborgen und begraben liegt, oder auch das lebendige Gefängnis, aus welchem jene tiefere Lebensquelle erst ans Licht hervorgezogen und befreit werden muß. Das eigentliche Kennzeichen zwischen beiden, zwischen dem Herzen und der Seele, ist die Unruhe, die auch im Guten und Edlen, ja selbst im Ringen nach dem Göttlichen, noch waltende leidenschaftliche Unruhe des Herzens, und auf der andern Seite die Ruhe und innere Stille, welche die Seele in ihrer Tiefe eigen ist, und alle ihre Äußerungen begleitet. So lange die Unruhe eines leidenschaftlichen Herzens vorwaltet, bleibt noch bei allem gewaltsamen Ringen nach dem Göttlichen, jene innerste Liebestiefe verdeckt und verborgen, und höchstens nur in einzelnen glücklichen Augenblicken können die zarten Regungen der Seele durch die rauhe Schale des gequälten Herzens, wie die Blumen im Frühling, an das Licht hervorbrechen. Ist aber die Liebe schon so stark gewachsen, daß sie der stille Lebenspuls des ganzen Daseins geworden, und nur etwa noch in einzelnen Augenblicken getrübt und beunruhigt werden kann, dann steht die Seele klar und vollendet da im innern Leben des Menschen. Noch deutlicher läßt sich der Unterschied zwischen dem Herzen und der Seele dadurch bezeichnen, daß alle Leidenschaften und Gefühle, alle Regungen und Bestrebungen des Herzens jederzeit einen bestimmten wirklichen Gegenstand haben; die der Seele eigentümlichen Regungen aber, sind zunächst und an und für sich angenommen, unbestimmte Gefühle ohne Gegenstand. Dasjenige unter diesen Gefühlen, welches der Seele am wesentlichsten ist, nennen wir Sehnsucht, und schon in diesem Worte und in dem Begriff, den wir damit verbinden, liegt es, daß ein unbestimmtes Verlangen mit diesem tiefen innern Sehnen gemeint sei; ein Verlangen ohne Ziel und ohne Ende, ohne Grenze und ohne Gegenstand. Freilich läßt sich diese Sehnsucht der Seele wohl hinterdrein deuten und erklären, und kann man, sobald man die Erkenntnis Gottes erlangt hat, mit großer Bestimmtheit behaupten, daß die Seele in ihrem Sehnen nichts anders meint und will, und nichts anders damit wollen und suchen kann, als Gott und die Seligkeit, die sie nur in ihm findet. Da aber jene Sehnsucht dennoch ohne alles Bewußtsein ihres eigentlichen und wahren Gegenstandes, und ohne die mindeste deutliche und rechte Erkenntnis von Gott, die erst durch den Geist hinzukommt, stattfinden kann, und auch so im Leben wirklich vorkommt und gefunden wird; so ist die Erklärung von der Unbestimmtheit jener Seelengefühle ganz die richtige, sobald wir die Seele wie hier, nicht in ihrer moralischen Wirksamkeit aufs ganze Leben, sondern nur psychologisch und abgesondert nach ihrem eigentümlichen Wesen, und bloß an und für sich betrachten, und ehe der Geist mit der Kraft und dem Lichte seiner Erkenntnis und ihres göttlichen Gegenstandes hinzutritt. Die gleiche Unbestimmtheit wie jenes Grundgefühl der Sehnsucht, charakterisiert auch die beiden andern Formen, in welchen sich nebst jenem das Seelen-Gefühl vorzüglich ausspricht: das Gefühl der Ahndung nämlich, und der Wehmut. Unter der Ahndung sind hier nicht jene in den verborgenen Naturkräften begründeten Vorgefühle und eigentlichen Ahndungen zu verstehen; sondern die freudige Ahndung des Unendlichen, wo es sich immer innerlich oder äußerlich offenbart, und sich im Bilde oder in Spuren kund gibt, oder auch die Hoffnung und das Vorgefühl der Seligkeit. – Wenn wir nun aber erwägen, worauf alle diese unbestimmten Gefühle und Regungen der Seele hinausgehen, so ist dieses nicht sowohl Gott selbst, welchen erst der Geist zu erkennen und in Wahrheit zu ergreifen die Kraft und die Bestimmung hat, sondern vielmehr der Zustand der Vereinigung oder die Seligkeit, welche die Seele sucht und nur mit Gott in Gott finden kann.

Die Seligkeit ist der ursprüngliche und natürliche Zustand der Seele, in welchen sie aus dem irdischen Gefängnis immer und ewig zurück verlangt, wenn sie sich selbst auch dieses Verlangen, ohne Mitwirkung und Hülfe eines von Gott erfüllten Geistes durchaus nicht klar machen kann. Sehnsucht ist das innere tiefe Verlangen nach der Seligkeit; Wehmut, der Schmerz über die verlorne, Ahndung das freudige Vorgefühl und die Hoffnung der wieder herannahenden Seligkeit. Die Seligkeit selbst aber ist der natürliche Zustand, ja man kann wohl sagen, das eigentliche Wesen der Seele; welche eben darum, aus dem ihr natürlichen Zustand herausgerissen, und ihrem Wesen entfremdet, wo wir sie immer finden in der Gegenwart, in uns wie in der Natur, jederzeit unglücklich und leidend erscheint, wie in der Fremde, verirrt und gefangen. In dem wiederhergestellten Zustande aber, und ihrem ursprünglichen Wesen gemäß, wenn die Liebe vollendet, und die Seligkeit erreicht ist, verliert die Seele ganz ihr eigenes, beschränktes Ich, oder vielmehr es verschwindet ihr, indem statt dessen ein anders besseres Ich, das Ich Gottes in ihr wohnt und wurzelt und lebt, dem sie nun ewig hingegeben bleibt. Das Zentrum der falschen Ichheit hat aufgehört und ist nicht mehr; und so wird es denn auch klar sein, wenn ich noch zum Schluß hinzufüge, daß statt dieser Ichheit, aus der man so oft ein Leben schöpfen wollte, was nicht in ihr ist, der Mittelpunkt unsrer Philosophie die Seele ist[1], deren wahres Wesen in der ganzen Fülle ihrer Wirksamkeit, die fernere Betrachtung weiter entwickeln wird.

1 Mit Bedauern erinnert man sich hiebei an den guten *Fichte,* der nie aus dem abstrakten, zersplitterten Bewußtsein herausgekommen ist, wie er in den »Tatsachen des Bewußtseins«, S. 105 und folg., die *Seele* läugnet, und sie eine »überflüssige und unnütze Erdichtung« nennt. – Es ist lehrreich, wenn der Irrtum sich ganz unbefangen in so grellen Extremen äußert, weil er dann am leichtesten erkannt wird. –

ZU GESCHICHTE UND ZEITGESCHICHTE

VERSUCH ÜBER DEN BEGRIFF DES REPUBLIKANISMUS

veranlaßt durch die Kantische Schrift zum ewigen Frieden

Der Geist den die *Kantische Schrift zum ewigen Frieden* atmet, muß jedem Freunde der Gerechtigkeit wohltun, und noch die späteste Nachwelt wird auch in diesem Denkmale die erhabene Gesinnung des ehrwürdigen Weisen bewundern. Der kühne und würdige Vortrag ist unbefangen und treuherzig, und wird durch treffenden Witz und geistreiche Laune angenehm gewürzt. Sie enthält eine reichliche Fülle fruchtbarer Gedanken und neuer Ansichten für die Politik, Moral und Geschichte der Menschheit. Mir war die Meinung des Verfassers über die Natur des *Republikanismus* und dessen Verhältnis zu andern Arten und Zuständen des Staats, vorzüglich interessant. Die Prüfung derselben veranlaßte mich, diesen Gegenstand von neuem zu durchdenken. So entstanden folgende Bemerkungen.

»Die bürgerliche Verfassung« sagt Kant S. 20, *»in jedem Staate soll republikanisch sein*. – Die erstlich nach Prinzipien der *Freiheit* der Glieder einer Gesellschaft (als Menschen); zweitens nach Grundsätzen der *Abhängigkeit* aller von einer einzigen gemeinsamen Gesetzgebung (als Untertanen); drittens, die nach dem Gesetz der *Gleichheit* derselben (als Staatsbürger) gestiftete Verfassung ist die *republikanische*.« Diese Erklärung scheint mir nicht befriedigend. Wenn die rechtliche Abhängigkeit schon im Begriffe der Staatsverfassung überhaupt liegt (S. 21, Anm.), so kann sie kein Merkmal des spezifischen Charakters der republikanischen Verfassung sein. Da kein Prinzip der Einteilung der Staatsverfassung überhaupt in ihre Arten angegeben ist, so fragt sichs, ob durch die Merkmale der Freiheit und Gleichheit der vollständige Begriff der republikanischen Verfassung erschöpft sei. Beide sind nichts Positives, sondern Negationen. Da nun jede Negation eine Position, jede Bedingung

etwas Bedingtes voraussetzt, so muß ein Merkmal (und zwar das wichtigste, welches den Grund der beiden andern enthält) in der Definition fehlen. Die despotische Verfassung weiß von jenen negativen Merkmalen (Freiheit und Gleichheit) nichts: sie wird also auch durch ein positives Merkmal von der republikanischen Verfassung verschieden sein. Daß der Republikanismus und Despotismus nicht Arten des Staats, sondern der Staatsverfassung seien, wird ohne Beweis vorausgesetzt, und was Staatsverfassung sei, nicht erklärt. – Die angedeutete Deduktion des so definierten Republikanismus ist ebensowenig befriedigend, als die Definition. Es scheint wenigstens, als würde S. 20 behauptet: die republikanische Verfassung sei darum praktisch notwendig, weil sie die einzige ist, welche aus der Idee des ursprünglichen Vertrags hervorgeht. Aber worauf gründet sich denn diese Idee, als auf das Prinzip der Freiheit und Gleichheit? Ist das nicht ein Zirkel? – Alle Negationen sind die Schranken einer Position, und die Deduktion ihrer Gültigkeit ist der Beweis, daß die höhere Position, von welcher die durch sie limitierte Position abgeleitet ist, ohne diese Bedingung sich selbst aufheben würde. Die praktische Notwendigkeit der politischen Freiheit und Gleichheit muß also aus der höhern praktischen Position, von welcher das positive Merkmal des Republikanismus abgeleitet ist, deduziert werden.

Die Erklärung der rechtlichen Freiheit: Sie sei die Befugnis, alles zu tun, was man will, wenn man nur keinem Unrecht tut; erklärt der Verfasser für leere Tautologie, und erklärt sie dagegen als »die Befugnis, keinen äußern Gesetzen zu gehorchen, als zu denen das Individuum seine Beistimmung habe geben können.« – Mir scheinen beide Erklärungen richtig, aber nur bedingt richtig zu sein. Die bürgerliche Freiheit ist eine *Idee,* welche nur durch eine ins Unendliche fortschreitende Annäherung wirklich gemacht werden kann. So wie es nun in jeder Progression ein erstes, letztes und mittlere Glieder gibt, so gibt es auch in der unendlichen Progression zu jener Idee ein Minimum, ein Medium und ein Maximum. Das *Minimum der bürgerlichen Freiheit* enthält die Kantische Erklärung. Das *Medium* der bürgerlichen Freiheit ist die Befugnis, keinen äußern Gesetzen zu gehorchen als solchen, welche die (repräsentierte) Mehrheit des

Volks wirklich gewollt hat, und die (gedachte) Allgemeinheit des Volks wollen könnte. Das (unerreichbare) *Maximum* der bürgerlichen Freiheit ist die getadelte Erklärung, welche nur dann eine Tautologie sein würde, wenn sie von der moralischen und nicht von der politischen Freiheit redete. Die höchste politische Freiheit würde der moralischen adäquat sein, welche von allen äußern Zwangsgesetzen ganz unabhängig, nur durch das Sittengesetz beschränkt wird. Ebenso ist, was Kant für äußere rechtliche Gleichheit überhaupt erklärt, nur das Minimum in der unendlichen Progression zur unerreichbaren Idee *der politischen Gleichheit*. Das *Medium* besteht darin, daß keine andre Verschiedenheit der Rechte und Verbindlichkeiten der Bürger stattfinde, als eine solche, welche die Volksmehrheit wirklich gewollt hat, und die Allheit des Volks wollen könnte. Das Maximum würde eine absolute Gleichheit der Rechte und Verbindlichkeiten der Staatsbürger sein, und also aller Herrschaft und Abhängigkeit ein Ende machen. – Aber sind diese Wechselbegriffe nicht wesentliche Merkmale des Staats überhaupt? – Die Voraussetzung, daß der Wille nicht aller einzelnen Staatsbürger mit dem allgemeinen Willen stets übereinstimmen werde, ist der einzige Grund der *politischen Herrschaft* und *Abhängigkeit*. So allgemein sie aber auch gelten mag, so ist ihr Gegenteil wenigstens denkbar. Sie ist überdem nur eine empirische Bedingung, welche den reinen Begriff des Staats zwar näher bestimmen, aber eben darum selbst kein Merkmal des reinen Begriffs sein kann. Der empirische Begriff setzt einen reinen, der bestimmtere einen unbestimmteren voraus, aus dem er erst abgeleitet wurde. Also nicht ein *jeder* Staat (S. 30) enthält das Verhältnis eines Oberen zu einem Unteren, sondern nur der durch jenes faktische Datum empirisch bedingte. Es läßt sich allerdings ein *Völkerstaat* ohne dies Verhältnis denken, und ohne daß die verschiedenen Staaten in einen einzigen zusammenschmelzen müßten: eine nicht zu einer besondern Absicht bestimmte, sondern nach einem unbestimmten Ziel strebende (nicht hypothetisch, sondern thetisch zweckmäßige) Gesellschaft im Verhältnis der Freiheit der Einzelnen und der Gleichheit Aller, unter einer Mehrheit oder Masse von politisch selbständigen Völkern. Die Idee einer *Weltrepublik* hat praktische Gültigkeit und charakteristische Wichtigkeit.

Das *Personale* der Staatsgewalt (S. 25), die Zahl der Herrscher kann nur dann ein Prinzip der Einteilung sein, wenn nicht der allgemeine, sondern ein einzelner Wille der Grund der bürgerlichen Gesetze ist (im Despotismus). – Wie stimmt die Behauptung: »der Republikanismus sei das Staatsprinzip der Absonderung der ausführenden Gewalt von der gesetzgebenden«, mit der zuerst gegebnen Definition, und mit dem Satz, »daß der Republikanismus nur durch Repräsentation möglich sei« (S. 29) zusammen? – Wäre die gesamte Staatsgewalt nicht in den Händen von Volksrepräsentanten, aber zwischen einem erblichen Regenten und einem erblichen Adel so geteilt, daß der erste die ausübende, der letzte die gesetzgebende Macht besäße; so würde der Trennung ungeachtet, die Verfassung nicht repräsentativ, also (nach des Verfassers eigner Erklärung) despotisch sein, da ohnehin die Erblichkeit der Staatsämter (S. 22, 23, Anm.) mit dem Republikanismus unvereinbar ist. – Der Gesetzgeber, Vollzieher (und Richter) sind zwar durchaus verschiedene *politische* Personen (S. 26), aber es ist physisch möglich, daß eine *physische* Person diese verschiedenen politischen Personen in sich vereinigen könne. Es ist auch *politisch möglich,* d. h. es ist nicht widersprechend, daß der allgemeine Volkswille beschlösse, auf eine bestimmte Zeit Einem alle Staatsgewalt zu übertragen (nicht abzutreten). Unstreitig ist die Trennung der Gewalten die Regel des republikanischen Staats; aber die Ausnahme von der Regel, die *Diktatur,* scheint mir wenigstens möglich. (Ihre treffliche Brauchbarkeit wird vorzüglich aus der alten Geschichte offenbar. Das menschliche Geschlecht verdankt dieser scharfsinnigen griechischen Erfindung viele der herrlichsten Produkte, welche das politische Genie je hervorgebracht hat). Die Diktatur ist aber notwendig ein *transitorischer Zustand:* denn wenn alle Gewalt auf unbestimmte Zeit übertragen würde, so wäre das keine Repräsentation, sondern eine Zession der politischen Macht. Eine *Zession der Souveränität* ist aber politisch unmöglich: denn der allgemeine Wille kann sich nicht durch einen Akt des allgemeinen Willens selbst vernichten. Der Begriff einer dictatura perpetua ist daher so widersprechend, wie der eines viereckigen Zirkels. – Die transitorische Diktatur aber ist eine *politisch mögliche Repräsentation* – also eine *republikanische,* vom Despotismus wesentlich verschiedne *Form.*

Überhaupt ist vom Verfasser kein *Prinzip* seiner Einteilung der Arten und Bestandteile des Staats auch nur angedeutet. – Folgender provisorische Versuch einer *Deduktion des Republikanismus* und einer *politischen Klassifikation* a priori, scheint mir der Prüfung des Lesers nicht ganz unwürdig zu sein.

Durch die Verknüpfung der höchsten praktischen Thesis (welche das Objekt der praktischen Grundwissenschaft ist) mit dem theoretischen Datum des Umfangs und der Arten des menschlichen Vermögens, erhält der reine praktische Imperativ so viel spezifisch verschiedene Modifikationen, als das gesamte menschliche Vermögen spezifisch verschiedne Vermögen in sich enthält; und jede dieser Modifikationen ist das Fundament und das Objekt einer besonderen praktischen Wissenschaft. Durch das theoretische Datum, daß dem Menschen, außer den Vermögen, die das rein isolierte Individuum als solches besitzt, auch noch im Verhältnis zu andern Individuen seiner Gattung, das *Vermögen der Mitteilung* (der Tätigkeiten aller übrigen Vermögen) zukomme; daß die menschlichen Individuen durchgängig im *Verhältnis* des gegenseitigen *natürlichen Einflusses* wirklich stehen, oder doch stehen können, – erhält der reine praktische Imperativ eine *neue spezifisch verschiedne Modifikation,* welche das Fundament und Objekt einer neuen Wissenschaft wird. Der Satz: das Ich soll sein; lautet in dieser besondern Bestimmung: *Gemeinschaft der Menschheit soll sein, oder das Ich soll mitgeteilt werden.* Diese abgeleitete praktische Thesis ist das Fundament und Objekt der *Politik,* worunter ich nicht die Kunst verstehe, den Mechanism der Natur zur Regierung der Menschen zu nutzen (S. 71), sondern (wie die griechischen Philosophen) eine *praktische Wissenschaft, im Kantischen Sinne* dieses Worts, deren Objekt die *Relation* der praktischen Individuen und Arten ist. Eine jede menschliche Gesellschaft, deren Zweck Gemeinschaft der Menschheit ist (die Zweck an sich, oder deren Zweck menschliche Gesellschaft ist) heißt *Staat.* Da aber das Ich nicht bloß im Verhältnis aller Individuen, sondern auch in jedem einzelnen Individuo sein soll, und nur unter der Bedingung absoluter Unabhängigkeit des Willens sein kann; so ist *politische Freiheit* eine notwendige Bedingung des *politischen Imperativs,* und ein wesentliches Merkmal zum Begriff des Staats: denn sonst würde der reine praktische Imperativ aus dem sowohl der ethische als der politische abgeleitet ist, sich selbst aufheben. Der ethische und der politische Imperativ gelten nicht bloß für dies und jenes Individuum, sondern für *jedes;* daher ist auch *politische Gleichheit* eine notwendige Bedingung des politischen Imperativs, und ein wesentliches Merkmal zum Begriff des Staats. Der politische Imperativ gilt für *alle* Individuen; daher umfaßt der Staat eine ununterbrochne *Masse,* ein koexistentes und sukzessives *Kontinuum* von Menschen, die *Totalität* derer, die im Verhältnis des physischen Einflusses stehn, z. B. aller Bewohner eines Landes, oder Abkömmlinge eines Stammes. Dies Merkmal ist das *äußere Kriterium,* wodurch der Staat sich von politischen Orden und Assoziationen, welche *besondre* Zwecke haben, also auch nur gewisse besonders modifizierte Individuen angehn, unterscheidet. Alle diese Gesellschaften umfassen keine Masse, kein totales Kontinuum, sondern verknüpfen nur einzelne zerstreute Mitglieder. – Die Gleichheit und Freiheit erfordert, daß der *allgemeine Wille* der Grund aller besondern politischen Tätigkeiten sei (nicht bloß der Gesetze, sondern auch der anwendenden Urteile und der Vollziehung.) Dies ist aber eben der Charakter des *Republikanismus.* Der ihm entgegengesetzte *Despotismus,* wo der Privatwille den Grund der politischen Tätigkeit enthält, würde also eigentlich gar kein wahrer Staat sein? So ist es auch in der Tat, im strengsten Sinne des Worts. Da aber alle politische Bildung von einem besonderen Zwecke, von Gewalt (vergl. die treffliche Entwicklung S. 69), und von einem Privatwillen – von Despotismus – ihren Anfang nehmen, und also *jede provisorische Regierung notwendig despotisch sein muß;* da der Despotismus den Schein des allgemeinen Willens usurpiert, und wenigstens für einige ihm interessante Zivil- und Kriminalfälle die Gerechtigkeit toleriert; da er sich von allen andern Gesellschaften durch das dem Staat eigne Merkmal der Kontinuität der Mitglieder unterscheidet; da er neben seinem besondern Zwecke[1] das heilige Interesse der Gemeinschaft wenigstens

1 Jeder Staat, der einen besondern Zweck hat, ist *despotisch,* mag dieser Zweck auch anfänglich noch so unschuldig scheinen. Wie viele Despoten sind nicht vom Zweck der *physischen Erhaltung* ausgegangen? Er ist aber *allemal* bei glücklichem Erfolg in den der

nebenbei befördert, und wider sein Wissen und Wollen den Keim eines echten Staats in sich trägt, und den Republikanismus allmählich zur Reife bringt: so könnte man ihn als einen *Quasistaat*, nicht als eine echte Art, aber doch als eine *Abart des Staats* gelten lassen.

Aber wie ist der Republikanismus möglich, da der allgemeine Wille seine notwendige Bedingung ist, der absolut allgemeine (und also auch absolut beharrliche) Wille aber im Gebiete der Erfahrung nicht vorkommen kann, und nur in der Welt der reinen Gedanken existiert. Das Einzelne und das Allgemeine ist überhaupt durch eine unendliche Kluft voneinander geschieden, über welche man nur durch einen Salto mortale hinüber gelangen kann. Es bleibt hier nichts übrig, als durch eine *Fiktion* einen empirischen Willen als *Surrogat* des a priori gedachten absolut allgemeinen Willens gelten zu lassen; und da die reine Auflösung des politischen Problems unmöglich ist, sich mit der *Approximation* dieses praktischen x zu begnügen. Da nun der politische Imperativ kategorisch ist, und nur auf diese Weise (in einer endlosen Annäherung) wirklich gemacht werden kann: so ist diese höchste fictio juris nicht nur gerechtfertigt, sondern auch praktisch notwendig; jedoch nur in dem Fall gültig, wenn sie dem politischen Imperativ (der das Fundament ihrer Ansprüche ist) und dessen wesentlichen Bedingungen nicht widerspricht. – Da jeder empirische Wille (nach Heraklits Ausdrucke) *in stetem Flusse* ist, absolute Allgemeinheit in *keinem* angetroffen wird; so ist die despotische Arroganz, seinen (väterlichen oder göttlichen) Privatwillen zum allgemeinen Willen selbst, als demselben völlig adäquat zu sanktionieren, nicht nur ein wahres Maximum der Ungerechtigkeit, sondern auch barer Unsinn. Aber auch die Fiktion, daß der individuelle Privatwille z. B. einer gewissen Familie für alle künftige Generationen als Surrogat des allgemeinen Willens gelten solle, ist widersprechend und ungültig: denn sie würde den politischen Imperativ (dessen wesentliche Bedingung die Gleichheit ist), ihr eignes Fundament, und also sich selbst aufheben. Die einzig

Unterdrückung ausgeartet. Den praktischen Philosophen können die schrecklichen Folgen jeder auch gutgemeinten Verwechslung des Bedingten und Unbedingten nicht befremden. Das Endliche darf die Rechte des Unendlichen nicht ungestraft usurpieren.

gültige politische Fiktion ist die auf das Gesetz der Gleichheit gegründete: Der *Wille der Mehrheit* soll als Surrogat des allgemeinen Willens gelten. *Der Republikanismus ist also notwendig demokratisch,* und das unerwiesene Paradoxon (S. 26), daß der Demokratismus notwendig despotisch sei, kann nicht richtig sein. Zwar gibt es einen *rechtmäßigen Aristokratismus, ein echtes* und von dem abgeschmackten Erbadel, dessen absolute Unrechtmäßigkeit Kant (S. 22, 23, Anmerk.) so befriedigend dargetan hat, völlig verschiednes *Patriziat:* sie sind aber nur in einer demokratischen Republik möglich. Das Prinzip nämlich, die Geltung der Stimmen nicht nach der Zahl, sondern auch nach dem *Gewicht* (nach dem Grade der Approximation jedes Individuums zur absoluten Allgemeinheit des Willens) zu bestimmen, ist mit dem Gesetz der Gleichheit recht wohl vereinbar. Es darf aber nicht *vorausgesetzt,* sondern es muß authentisch bewiesen werden, daß ein Individuum gar keinen freien Willen, oder sein Wille gar keine Allgemeinheit habe; wie der Mangel der Freiheit durch Kindheit und Raserei, der Mangel der Allgemeinheit durch ein *Verbrechen* oder einen direkten Widerspruch wider den allgemeinen Willen. (Armut und *vermutliche* Bestechbarkeit, Weiblichkeit und *vermutliche* Schwäche sind wohl keine rechtmäßigen Gründe, um vom Stimmrecht ganz auszuschließen.) Wenn die politische Fiktion ein Individuum für eine *politische Null,* eine Person für eine *Sache* gelten ließe, so würde sie eben dadurch das Gegenteil der willkürlichen Voraussetzung hindern, und also mit dem ethischen Imperativ streiten; welches unmöglich ist, weil sich beide auf den reinen praktischen Imperativ gründen. Der allgemeine Volkswille kann auch nie beschließen, daß die Individuen über den Grad der Allgemeinheit ihres eigenen Privatwillens selbst kompetente Richter sein, und das Recht haben sollen, sich selbst eigenmächtig zu Patriziern zu konstituieren. Die Volksmehrheit muß das Patriziat gewollt, die Vorrechte desselben und die Personen bestimmt haben, welche als *politische Edle* (solche, deren Privatwille sich dem präsumtiven allgemeinen Willen vorzüglich nähert) gelten sollen. Sie könnte vielleicht den gewählten Edlen einigen Anteil an der Wahl der künftigen überlassen, doch mit dem Vorbehalt in der letzten Instanz darüber zu entscheiden: denn die Souveränität kann nicht zediert werden.

Daß aber die Volksmehrheit *in Person* politisch wirke, ist in vielen Fällen unmöglich, und fast in allen äußerst nachteilig. Es kann auch sehr füglich durch Deputierte und Kommissarien geschehen. Daher ist die *politische Repräsentation* allerdings ein unentbehrliches Organ des Republikanismus. – Wenn man die Repräsentation von der politischen Fiktion trennt, so kann es auch ohne Repräsentation einen (wenngleich technisch äußerst unvollkommnen) Republikanismus geben; wenn man unter der Repräsentation auch die Fiktion begreift, so tut man Unrecht, sie den alten Republiken abzusprechen. Ihre technische Unvollkommenheit ist notorisch. Desto verworrener sind die allgemeinherrschenden Begriffe von ihrem innern Prinzip unvermeidlicher Korruption; desto schiefer die Urteile über den politischen Wert dieser bewundernswürdigen, nicht bloß sogenannten, sondern echten, auf die gültige Fiktion der Allheit durch die Mehrheit des Willens gegründeten Republiken. An *Gemeinschaft der Sitten* ist die politische Kultur der Modernen noch im Stande der Kindheit gegen die der Alten, und kein Staat hat noch ein größeres Quantum von Freiheit und Gleichheit erreicht, als der *britische*. Die Unkenntnis der politischen Bildung der Griechen und Römer ist die Quelle unsäglicher Verwirrung in der Geschichte der Menschheit, und auch der politischen Philosophie der Modernen sehr nachteilig, welche von den Alten in diesem Stücke noch viel zu lernen haben. – Auch ist der behauptete Mangel der Repräsentation nicht uneingeschränkt wahr. Die exekutive Macht konnte auch das attische Volk nicht in Person ausüben: zu Rom ward sogar wenigstens ein Teil der gesetzgebenden und richterlichen Macht durch Volksrepräsentanten (Prätoren, Tribunen, Zensoren, Konsuln) gehandhabt.

Die Kraft der Volksmehrheit, als Proximum der Allheit und Surrogat des allgemeinen Willens, ist die *politische Macht*. Die höchste Klassifikation der politischen Erscheinungen (aller Kraftäußerungen dieser Macht) wie aller Erscheinungen, ist die nach dem Unterschiede des *Beharrlichen* und des *Veränderlichen*. Die *Konstitution* ist der Inbegriff der permanenten Verhältnisse der politischen Macht, und ihrer wesentlichen Bestandteile. Die Regierung hingegen ist der Inbegriff aller transitorischen Kraftäußerungen der politischen Macht. Die *Bestandteile* der politischen Macht verhalten sich untereinander und zu ihrem Ganzen, wie die verschiedenen Bestandteile des Erkenntnisvermögens untereinander und zu ihrem Ganzen. Die *konstitutive* Macht entspricht der Vernunft, die *legislative* dem Verstande, die *richterliche* der Urteilskraft und die *exekutive* der Sinnkichkeit, dem Vermögen der Anschauung. *Die konstitutive Macht ist notwendig diktatorisch:* denn es wäre widersprechend, das Vermögen der politischen Prinzipien, welche erst die Grundlage aller übrigen politischen Bestimmungen und Vermögen enthalten sollen, dennoch von diesen abhängig machen zu wollen; und eben deswegen nur *transitorisch*. Ohne den *Akt der Akzeption* würde nämlich die politische Macht nicht repräsentiert, sondern zediert werden, welches unmöglich ist. – Die Konstitution betrifft die *Form der Fiktion* und die *Form der Repräsentation*. Im Republikanismus gibt es zwar nur Ein Prinzip der politischen Fiktion, aber *zwei* verschiedene *Direktionen* des einen Prinzips, und in ihrer größten möglichen Divergenz nicht sowohl zwei reine Arten, als zwei entgegengesetzte *Extreme* der republikanischen Konstitution: die *aristokratische,* und die *demokratische*. Es gibt unendlich viele verschiedene Formen der Repräsentation (wie Mischungen des Demokratismus und Aristokratismus), aber keine reine Arten, und kein Prinzip der Einteilung a priori. Die Konstitution ist der Inbegriff alles politisch Permanenten; da man nun ein Phänomen nach seinen permanenten Attributen, nicht nach seinen transitorischen Modifikationen klassifiziert: so würde es widersinnig sein, den echten (republikanischen) Staat nach der Form der Regierung einzuteilen. – Im Despotismus kann es eigentlich keine politische, sondern nur eine *physische* Konstitution geben: nicht Verhältnisse der politischen Macht und ihrer wesentlichen Bestandteile, welche absolut beharrlich sein sollen, aber wohl solche, die relativ beharrlich sind. Wo es keine politische Konstitution gibt, kann man nur die Form der Regierung dynamisch klassifizieren: denn die physischen Modifikationen geben keine reine Klassen. Die einzige reine Klassifikation gewährt das *mathematische Prinzip der numerischen Quantität des despotischen Personalen*.

Die einzige (physisch) permanente Qualität des Despotismus bestimmt die *dynamische* (nicht politische) *Form der despotischen*

Regierung. Sie ist entweder *tyrannisch, oligarchisch* oder *ochlokratisch,* je nachdem ein *Individuum,* ein *Stand* (Orden, Korps, Kaste), oder eine *Masse* herrscht. Wenn *alle* herrschen (S. 25, 26), wer wird dann beherrscht? – Im übrigen scheint der von Kant gegebne Begriff der Demokratie der Ochlokratie angemessen zu sein. Die *Ochlokratie* ist der Despotismus der Mehrheit über die Minorität. Ihr *Kriterium* ist ein offenbarer Widerspruch der Mehrheit in der Funktion des politischen Fingenten mit dem allgemeinen Willen, dessen Surrogat sie sein soll. Sie ist – jedoch nebst der Tyrannei: denn die *Neronen* können dem *Sansculottismus* den Preis recht wohl streitig machen – unter allen politischen Unformen das größte physische Übel (S. 29)[1]. Die *Oligarchie* hingegen – der orientalische Kastendespotismus, das europäische Feudalsystem – ist der Humanität ungleich gefährlicher: denn eben die Schwerfälligkeit des künstlichen Mechanismus, welche ihre physische Schädlichkeit lähmt, gibt ihr eine kolossale Solidität. Die Konzentration der durch gleiches Interesse Zusammengebundnen isoliert die Kaste vom übrigen menschlichen Geschlecht, und erzeugt einen hartnäckigen esprit de corps. Die geistige Friktion der Menge bringt die höllische Kunst, die Veredlung der Menschheit unmöglich zu machen, zu einer frühen Reife.

Mit argwöhnischem Blicke wittert die Oligarchie jede aufstrebende Regung der Menschheit, und zernickt sie schon im Keime. Die *Tyrannei* hingegen ist ein sorgloses Ungeheuer, welches im Einzelnen oft die höchste Freiheit, ja sogar vollkommene Gerechtigkeit übersieht. Die ganze lockre Maschine *hängt an einem einzigen Ressort;* und wenn dieser schwach ist, zerfällt sie bei dem ersten kräftigen Stoß. – Wenn die *Form der Regierung despotisch,* der *Geist* aber repräsentativ oder *republikanisch* ist (s. die treffliche Bemerkung S. 26), so entsteht die *Monarchie*. (In der Ochlokratie kann der Geist der Regierung nicht republikanisch sein, sonst würde es notwendig auch die Form des Staats sein. In der reinen Oligarchie muß der Geist

1 Wenn es hier der Ort wäre, so würde es nicht schwer sein, zu erklären, warum bei den Alten die Ochlokratie immer in Tyrannei überging, und bis zur höchsten Evidenz zu beweisen, daß sie bei den Modernen in Demokratismus übergehen muß, der Menschheit also weniger gefährlich ist, als die Oligarchie.

des Standes despotisch sein, wenn die Form nicht in einen rechtmäßigen demokratischen Aristokratismus übergehn soll; der republikanische Geist einzelner Glieder hilft nichts, denn der *Stand,* als solcher, herrscht.) Der Zufall kann einem gerechten Monarchen despotische Gewalt überliefern. Er kann republikanisch regieren, und doch die despotische Staatsform beibehalten, wenn nämlich die Stufe der politischen Kultur oder die politische Lage eines Staats eine provisorische (also despotische) Regierung durchaus notwendig macht, und der allgemeine Wille selbst sie billigen könnte. Das *Kriterium der Monarchie* (wodurch sie sich vom Despotismus unterscheidet) ist die größtmöglichste Beförderung des Republikanismus. Der Grad der Approximation des Privatwillens des Monarchen zur absoluten Allgemeinheit des Willens bestimmt den Grad ihrer Vollkommenheit. Die monarchische Form ist einigen Stufen der politischen Kultur, da das republikanische Prinzip entweder noch in der Kindheit (wie in der heroischen Vorzeit) oder wieder gänzlich erstorben ist (wie zur Zeit der römischen Cäsare) so völlig angemessen; sie gewährt in dem seltnen, aber doch vorhandnen Fall der *Friedriche* und *Mark-Aurele* so offenbare und große Vorteile; daß es sich begreifen läßt, warum sie der Liebling so vieler politischen Philosophen gewesen, und noch ist. – Aber nach Kants trefflicher Erinnerung (S. 28, Anm.) muß man den Geist der Regierung der schlechten (und unrechtmäßigen S. 22, 23, Anm.) Staatsform nicht zurechnen.

Heilig ist, was nur unendlich verletzt werden kann, wie die Freiheit und Gleichheit: der allgemeine Wille. Wie Kant also den Begriff der Volksmajestät ungereimt finden kann, begreife ich nicht. Die *Volksmehrheit,* als das einzige gültige Surrogat des allgemeinen Willens, ist in dieser Funktion des politischen Fingenten ebenfalls heilig, und jede andre politische Würde und Majestät ist nur ein Ausfluß der *Volksheiligkeit.* Der hochheilige *Tribun,* zum Beispiel, war es nur im Namen des Volks, nicht in seinem eignen; er stellt die heilige Idee der Freiheit nur mittelbar dar; er ist kein Surrogat, sondern nur ein Repräsentant des heiligen allgemeinen Willens. –

Der Staat soll sein, und soll republikanisch sein. Republikanische

Staaten haben schon um deswillen einen absoluten Wert, weil sie nach dem rechten und schlechthin gebotenen Zwecke streben. In dieser Rücksicht ist ihr Wert gleich. Sehr verschieden aber kann er nach den Graden der Annäherung zum unerreichbaren Zwecke sein. In dieser Rücksicht kann ihr Wert auf zwiefache Weise bestimmt werden.

Die *technische Vollkommenheit* des republikanischen Staats teilt sich in die Vollkommenheit der Konstitution, und der Regierung. Die technische Vollkommenheit der Konstitution wird bestimmt durch den Grad der Approximation ihrer individuellen Form der Fiktion und der Repräsentation zur absoluten (aber unmöglichen) Adäquatheit des Fingenten und Fingierten, des Repräsentanten und Repräsentierten. (Damit stimmt die scharfsinnige Bemerkung S. 27 überein, wenn der Verfasser unter der Repräsentation auch die Fiktion begreift. Möchte doch ein pragmatischer Politiker durch eine Theorie der Mittel, die Fiktion und Repräsentation sowohl extensiv als intensiv zu vergrößern, eine wichtige Lücke der Wissenschaft ausfüllen! – Die Kantische Bemerkung über das Personale der Staatsgewalt (S. 27) dürfte wohl nur für die exekutive, und unter gewissen Umständen vielleicht auch für die konstitutive Macht gelten: für die legislative und richterliche Macht hingegen scheint die Erfahrung die Form der Kollegien und Jurys als die beste bewährt zu haben.) Die negative technische Vollkommenheit der Regierung wird bestimmt durch den Grad der Harmonie mit der Konstitution; die positive durch den Grad der positiven Kraft, mit der die Konstitution wirklich ausgeführt wird.

Der *politische Wert* eines republikanischen Staats wird bestimmt durch das extensive und intensive Quantum der wirklich erreichten Gemeinschaft, Freiheit und Gleichheit. Zwar ist die gute moralische Bildung des Volks nicht möglich, ehe der Staat nicht republikanisch organisiert ist, und wenigstens einen gewissen Grad technischer Vollkommenheit erreicht hat (S. 61): aber auf der andern Seite ist *herrschende Moralität* die notwendige Bedingung der *absoluten Vollkommenheit* (des Maximums der Gemeinschaft, Freiheit und Gleichheit) des Staats, ja sogar jeder höhern Stufe politischer Trefflichkeit.

Bisher war nur vom *partiellen* Republikanismus eines einzelnen Staats und Volks die Rede. Aber nur durch einen *universellen* Republikanismus kann der politische Imperativ vollendet werden. Dieser Begriff ist also kein Hirngespinst träumender Schwärmer, sondern praktisch notwendig, wie der politische Imperativ selbst. Seine Bestandteile sind:

1. *Polizierung aller Nationen;*
2. *Republikanismus aller Polizierten;*
3. *Fraternität aller Republikaner;*
4. *Die Autonomie jedes einzelnen Staats, und die Isonomie aller.*

Nur universeller und vollkommener Republikanismus würde ein gültiger, aber auch allein hinlänglicher *Definitivartikel zum ewigen Frieden* sein. – Solange die Konstitution und Regierung nicht durchaus vollkommen wäre, würde, selbst in republikanischen Staaten, deren friedliche Tendenz Kant so treffend gezeigt hat, sogar ein ungerechter und überflüssiger Krieg wenigstens *möglich* bleiben. Der erste Kantische Definitivartikel zum ewigen Frieden verlangt zwar Republikanismus *aller* Staaten: allein der *Föderalismus,* dessen Ausführbarkeit S. 35 so bündig bewiesen wird, kann schon seinem *Begriff* nach *nicht alle* Staaten umfassen; sonst würde er gegen Kants Meinung (S. 36–38) ein universeller Völkerstaat sein. Die Absicht des Friedensbundes, die Freiheit der republikanischen Staaten zu sichern (S. 35), setzt eine Gefahr derselben, also Staaten von kriegerischer Tendenz, d. h. *despotische Staaten* voraus. Die kosmopolitische Hospitalität, deren Ursprung und Veranlassung durch den Handelsgeist Kant (S. 64) so geistreich entwickelt, scheint aber sogar *unpolizierte Nationen* vorauszusetzen. Solange es aber noch despotische Staaten und unpolizierte Nationen gäbe, würde auch noch *Kriegsstoff* übrig bleiben.

1. *Der Republikanismus der kultivierten Nationen;*
2. *Der Föderalismus der republikanischen Staaten;*
3. *Die kosmopolitische Hospitalität der Föderierten;*

würden also nur *gültige Definitivartikel zum ersten echten und permanenten,* wenngleich nur partiellen *Frieden,* statt der bisherigen fälschlich sogenannten Friedensschlüsse, eigentlich Waffenstillstände S. 104, sein.

Man kann sie auch als *Präliminarartikel zum ewigen Frieden* ansehn, den sie beabsichtigen, und an den vor dem ersten echten Frieden gar nicht zu denken ist. – Der universelle und vollkommene Republikanismus, und der ewige Friede sind unzertrennliche Wechselbegriffe. Der letzte ist ebenso *politisch notwendig,* wie der erste. Aber wie steht es mit seiner *historischen* Notwendigkeit oder Möglichkeit? Welches ist die *Garantie des ewigen Friedens?*

»Das, was diese Gewähr leistet, ist nichts Geringeres, als die große Künstlerin, *Natur;«* sagt Kant S. 47. So geistreich die Ausführung dieses trefflichen Gedankens ist, so will ich doch freimütig gestehn, was ich daran vermisse. Es ist nicht genug, daß die *Mittel* der Möglichkeit, die *äußern Veranlassungen des Schicksals* zur wirklichen allmählichen Herbeiführung des ewigen Friedens gezeigt werden. Man erwartet eine Antwort auf die Frage: *Ob die innere Entwicklung der Menschheit* dahin führe? Die (gedachte) *Zweckmäßigkeit der Natur* (so schön, ja notwendig diese Ansicht in andrer Beziehung sein mag) ist hier völlig gleichgültig: nur die (wirklichen) *notwendigen Gesetze der Erfahrung* können für einen künftigen Erfolg Gewähr leisten. *Die Gesetze der politischen Geschichte,* und die *Prinzipien der politischen Bildung* sind die einzigen Data, aus denen sich erweisen läßt, »daß der ewige Friede keine leere Idee sei, sondern eine Aufgabe, die nach und nach aufgelöst, ihrem Ziel beständig näher kommt;« (S. 104) nach denen sich die künftige Wirklichkeit desselben, und sogar die Art der Annäherung, zwar nicht *weissagen* (S. 65) – thetisch und nach allen Umständen der Zeit und des Orts – aber doch vielleicht theoretisch (wenngleich nur hypothetisch) mit Sicherheit vorher bestimmen lassen würde. – Kant macht zwar hier sonst (wie sich erwarten läßt) keinen transzendenten Gebrauch von dem teleologischen Prinzip in der Geschichte der Menschheit (welches sogar kritische Philosophen sich erlaubt haben): jedoch in einem Stücke scheint mir der praktische Begriff der unbedingten Willensfreiheit mit Unrecht in das theoretische Gebiet der Geschichte der Menschheit herübergezogen zu sein. – Wenn die Moraltheologie die Frage aufwerfen kann und muß: welches der intelligible Grund der Immoralität sei? – ob sie es kann und *muß*, lasse ich hier an seinen Ort gestellt sein – so weiß ich auch keine andre Antwort, als die Erbsünde im Kantischen Sinne. Aber die Geschichte der Menschheit hat es nur mit den *empirischen Ursachen des Phänomens* der Immoralität zu tun; der intelligible Begriff der ursprünglichen Bösartigkeit ist im Gebiete der Erfahrung leer und ohne allen Sinn. – Das behauptete Faktum (S. 80, Anm.), daß es durchaus keinen Glauben an menschliche Tugend gebe, ist unerwiesen; und wie kann die offenbare Bösartigkeit im äußern Verhältnis der Staaten (S. 79, Anm.) – die Immoralität einer kleinen Menschenklasse, welche aus leichtbegreiflichen Ursachen im Durchschnitt aus dem Abschaum des menschlichen Geschlechts besteht, – ein Argument wider die menschliche Natur überhaupt sein? –

Es ist ein hier unfruchtbarer Gesichtspunkt, die vollkommene Verfassung nicht als ein Phänomen der politischen Erfahrung, sondern als ein Problem der politischen Kunst zu betrachten (S. 60); da wir nicht über ihre Möglichkeit, sondern über ihre künftige Wirklichkeit, und über die Gesetze der Progression der politischen Bildung zu diesem Ziele belehrt sein wollen.

Nur aus *den historischen Prinzipien der politischen Bildung*, aus der *Theorie der politischen Geschichte*, läßt sich ein befriedigendes *Resultat über das Verhältnis der politischen Vernunft und der politischen Erfahrung* finden. Statt dessen hat Kant den nicht wesentlichen, sondern nur durch Ungeschicklichkeit zufällig entstandenen Grenzstreitigkeiten der Moral und der Politik nun einen eignen Anhang gewidmet. Er versteht nämlich unter *Politik* nicht die praktische Wissenschaft, deren Fundament und Objekt der politische Imperativ ist, auch nicht die eigentliche politische Kunst, d. h. die Fertigkeit, jenen Imperativ wirklich zu machen; sondern die despotische Geschicklichkeit, welche keine wahre Kunst, sondern eine *politische Pfuscherei* ist. Die beiden reinen Arten aller denkbaren politisch notwendigen oder möglichen Formen sind der Republikanismus und der Despotismus. Außerdem gibt es aber auch noch zwei, dem ersten Anscheine nach sehr analoge, dem Wesen nach aber durchaus verschiedene *formlose politische Zustände,* deren Begriff als ein *Grenzbegriff* bei der Zergliederung des Republikanismus nicht übergangen werden darf. Nur der eine ist politisch, der andre bloß historisch möglich.

Die *Insurrektion* ist nicht politisch unmöglich oder absolut unrechtmäßig (wie S. 94–97 behauptet wird): denn sie ist mit der Publizität nicht absolut unvereinbar. Von dem (vielleicht unrechtmäßigen) Herrscher (S. 96) gilt, was Kant S. 101 sagt: »Wer die entschiedene Obermacht hat, darf seiner Maximen nicht heel haben.« – Eine Konstitution, welche jedem Individuum, *wenn es ihm selbst rechtmäßig schiene,* zu insurgieren erlaubte, würde allerdings sich selbst aufheben. Eine Konstitution hingegen, welche einen Artikel enthielte, der *in gewissen vorkommenden Fällen* die Insurrektion *peremtorisch geböte,* würde sich zwar nicht selbst aufheben; aber dieser einzige Artikel würde *null* sein: denn die Konstitution kann nichts gebieten, wenn sie gar nicht mehr existiert; die Insurrektion aber kann nur dann rechtmäßig sein, wenn die Konstitution vernichtet worden ist. Es läßt sich aber sehr wohl denken, daß ein Artikel in der Konstitution die Fälle bestimmt, in welchen die konstituierte Macht für de facto *annulliert* geachtet werden, und die Insurrektion also jedem Individuum *erlaubt* sein soll. Solche Fälle sind z. B. wenn der Diktator seine Macht über die bestimmte Zeit behält; wenn die konstituierte Macht die Konstitution, das Fundament ihrer rechtlichen Existenz, und also sich selbst vernichtet u.s.w. Da der allgemeine Wille eine solche Vernichtung des Republikanismus durch Usurpation nicht wollen kann, und den Republikanismus notwendig will, so muß er auch die einzigen Mittel, die Usurpation zu vernichten (Insurrektion), und den Republikanismus von neuem zu organisieren (provisorische Regierung), zulassen können. Diejenige Insurrektion ist also *rechtmäßig,* deren Motiv die Vernichtung der Konstitution, deren Regierung bloß provisorisches Organ, und deren Zweck die Organisation des Republikanismus ist. – Das zweite gültige Motiv der rechtmäßigen Insurrektion ist *absoluter* Despotismus, d. h. ein solcher, welcher nicht provisorisch ist, und also bedingterweise erlaubt sein kann, sondern ein solcher, welcher das republikanische Bildungsprinzip (durch dessen freie Entwicklung allein der politische Imperativ allmählich wirklich gemacht werden kann) und dessen Tendenz selbst zu vernichten und zu zerstören strebt, und also absolut unerlaubt ist, d. h. vom allgemeinen Willen nie zugelassen werden kann. Der absolute Despotismus ist nicht einmal ein Quasistaat, sondern vielmehr ein *Antistaat,* und (wenn auch vielleicht physisch erträglicher) doch ein ungleich größeres politisches Übel, als selbst *Anarchie.* Diese ist bloß eine Negation des politisch Positiven; jener eine Position des politisch Negativen. Die Anarchie ist entweder ein *fließender Despotismus,* in dem sowohl das Personale der herrschenden Macht, als die Grenzen der beherrschten Masse stets wechseln; oder eine unechte und *permanente Insurrektion:* denn die echte und politisch mögliche ist notwendig transitorisch.

REISE NACH FRANKREICH

1. Erinnerungen

Der Augenblick stand mir noch oft lebhaft vor Augen, in welchem wir von dem Dome zu Meißen auf die Elbe und das romantische Tal heruntersahen, das mir so teuer ist, weil ich hier zuerst die Natur in schönerer Gestalt sahe, und mehr als einmal nach einem Zwischenraum von mehrern Jahren dieselbe geliebte Gegend voll von Erinnerung und doch mit dem frischen Reiz eines neuen Eindrucks wieder sahe. In dem schönen Dresden erwachte zuerst mein jugendliches Gefühl, da sah ich die ersten Kunstwerke, da war ich mehrere Jahre ununterbrochen vertieft in das Studium des Altertums, und da lebte ich oft und noch zuletzt die glücklichsten Tage unter Menschen, bei denen ich mich einheimischer fühle, als bei allen andern.

Das Wetter wurde bald unangenehm und traurig, nachdem wir Dich verlassen hatten, und es blieb uns nichts als die angenehme Hoffnung einer schönen Reise und die Erinnerung an die geliebtesten Freunde. Der Alte, der uns fuhr, klagte und fror erbärmlich, beim Erwachen des andern Morgens sahen wir Schnee. Der Winter scheint in unserm Klima eine ganze Familie von kleinen Wintern zurückzulassen, die, wenn wir schon glauben, daß es Frühjahr oder Sommer sei, durch ihre Erscheinung uns aus dieser Täuschung reißen und auf die baldige Wiederkehr des großen Winters vorbereiten. Wir waren auch nicht gerüstet auf diese Kälte, und auf der folgenden Reise haben wir nicht wieder so viel Beschwerlichkeiten gefunden, als diese beiden ersten Tage auf der kleinen Reise nach L.

Ich möchte Dir gern alles erzählen was uns begegnete, ich möchte Dir ein kleines Denkmal einer Reise geben, die uns in mehr als einer Rücksicht wichtig und an sich selbst eine der erfreulichsten und angenehmsten war. Aber ich fühle es wohl, daß mir die Geschicklichkeit fehlt, aus kleinen Begebenheiten, vorübergehenden Ansichten und oft mehr scherzhaften als ernsten Beobachtungen ein angenehmes Ganze zu bilden. Manches, was ich im Kreise der Meinigen vielleicht erzählen würde, will sich nicht fügen in den ungewohnten Stil, und Du mußt also nichts hier erwarten, als einige Worte zur Erinnerung an den großen und starken Eindruck, den mir zwei oder drei Gegenstände vor allen andern auf meiner Reise machten. Die kleinen Anschauungen, welche den Zwischenraum ausfüllten, werde ich meistens mit Stillschweigen übergehn. Auch wüßte ich von den meisten Städten, wo wir uns etwas länger aufhielten, Dir nichts zu sagen, als daß wir daselbst bei alten Bekannten und Freunden frohe Stunden verlebten; und es ist mir lieb und wert, daß mir diese Tage der frohen Reise auf diese Weise für das Andenken doppelt merkwürdig geworden sind. Was Freundschaft bedeute und welches Glück sie gewähre, das mag nur ein Deutscher fühlen.

In L. machte ich die Bekanntschaft des vortrefflichen *Werner,* und ich kann Dir nicht sagen, wie wert sie mir war. Wenn wir die tiefsinnige Einsicht dieses Mannes in die Natur bewundern können, auch ohne ihn gesehen zu haben, so erinnert uns nun die gediegene und herzliche Kraft seines Gesprächs in jedem Augenblicke auf das lebhafteste und angenehmste an die Gründlichkeit des großen Naturforschers. Ein wahrer Deutscher, wie es wenige gibt.

In Weimar kamen wir an, da eben auf den andern Tag die Aufführung des Trauerspiels *Alarkos* angekündigt war. Wir schoben unsre Reise bis zum andern Morgen nach dem Schauspiel auf, und die meisterhafte Gruppierung des Ganzen, die glückliche Aktion der Einzelnen, Kostüm und Dekoration, alles trug dazu bei, einen Eindruck in mir hervorzubringen, den ich nicht leicht vergessen werde und von dem ich nur wünschen kann, daß ihn noch viele andre gleichfalls erfahren haben mögen. In Rücksicht auf theatralische Kunst verdient auch das vielleicht noch besonders erwähnt zu werden, daß die Deklamation der Verse, die doch manchem für die Aufführung dieses Trauerspiels schwierig scheinen dürfte, durchaus vortrefflich, ja ich möchte sagen, fehlerfrei war.

Die Reise von da bis Frankfurt führt durch größtenteils angenehme und mannigfaltige, ja sogar schöne Gegenden, aber keine derselben kommt dem Eindrucke gleich, welchen die *Wartburg zu Eisenach* mir gegeben hat. Schönerers hab' ich in Deutschland nichts gesehen, als diese Burg auf einem einzelnen, ehedem ganz waldumkränzten Berge, rundum von Felsen und Tälern und Hügeln umschlossen. Der Anblick des Abends ward noch durch ein heraufsteigendes Gewitter verschönt, vielleicht auch durch den Ruhm des Namens und durch die Erinnerung an die Zeiten, da die Poesie hier in voller Blüte stand, und durch ganz Deutschland das allgemeine Element des Lebens, der Liebe und der Freude war. Nur der *Rhein* hat noch einen gleichen Eindruck auf mich machen können. Aber weder von der einen noch von dem andern wirst Du eine geographische Beschreibung von mir erwarten, die auch wohl überflüssig wäre. Ich kann nur von den Betrachtungen und von den Empfindungen reden, die sie in mir erregt haben. Wenn man solche Gegenstände sieht, so kann man nicht umhin, sich zu erinnern, was die Deutschen ehedem waren, da der Mann noch ein Vaterland hatte. Man fühlt es recht und glaubt es zu verstehen, beim Anblick solcher Felsenschlösser, wie die Wartburg, warum die Alten auf den Höhen des Landes in ihren Burgen lebten und welche Lebensfreude damit verbunden war. Seitdem nun die Menschen herabgezogen sind zueinander und sich alles um die Landstraßen versammelt hat, gierig nach fremden Sitten wir nach fremdem Gelde, stehen die Höhen und Burgen verlassen und die Kunst scheint verloren, dieses herrliche Land auf die edelste und angemessenste Art zu bewohnen und zu beherrschen.

Auf Berges Höhen
Da wohnten die Alten,
Die Alten, die Ritter des herrlichen Landes!
In Eisen gewaffnet
Aus steinernen Burgen,
So schauten sie mutig zu Tale hernieder,
Wo rund die Wälder allgrüne,
In Sonne und Nebel gekleidet,
Aus tausend Röhren Erfrischung duften,

In ewgem Sturme Lieder rauschen,
Fernher
Wie aus hohen Nordens dunkelm Geheimnis.

Voll von Gedanken und selig
Stehet der Mann
Im glühenden Sommer am Gitter,
Den Helm von den Augen sich drückend,
Schauet verfolgend
Die schwindenden Züge,
Nichtiger Wolken,
Riesengebilde und Rätsel;
Dazwischen den fröhlichen Schwarm des Geflügels,
Und lächelt in Freuden,
Wie breit und langsam
Der Strom sich windet,
Bald schwarz, bald silbern
Durch grünende Anger.
Die lustigen Dörfer zur Seite,
Und zierliche Städte,
Mit schlanken Türmen und Glockenspiele;
Langsam dann im Tal gezogen
Auf allen Straßen und Wegen
Orientes Reichtum in vollem Triumphe,
Wagen und Männer,
Elephanten und Mohren,
Blühende Stein' und farbige Früchte,
Indiens goldenster Segen.

Wenn der Frühling grünet,
So schweift er im Walde;
Bald im Schwarm der Gefährten,
Bald vertieft er sich einsam,
Wo kein Tritt mehr tönt,
Wo das Reh nicht mehr flieht,
Das bedeutend ihn anschaut

Aus sittsam verständigen Augen.
Wohl bemerkt er das Zeichen,
Denn himmlich naht ihm
Aus Waldesgrüne
Die hohe Frau seines Herzens,
Die schweigend redet,
Statt nichtiger Worte
Volle Blumen ihm reichend
Zum Bunde der Treue.
Und beide vom Dufte bezaubert,
Im Schatten der Linde versunken,
Schauen in selige Augen,
Ruhen dem Frühling im Schoße.
Freudig umarmt den Helden die Tugend,
Und inmitten der Freuden
Gürtet sie ihn mit gewaltigem Schwerte,
Alle Laster zu tilgen.
Mutig nimmt er die Waffen,
Froh der Freuden kehrt er am Abend
Zu seinem Felsen wieder,
Wo die Freunde zusammen
Deutscher Freuden sich freuen.
Wenn aber die braune Erde erstarrt ist,
Die Flüsse leuchten wie Eisen,
In weißem Lande die Wälder schimmern;
Dann horchen bei fröhlichem Feuer
Sie alten Geschichten,
Wie Zwerge künstlich in Höhlen leben,
Sehen im Geiste
Dort unten die dunkelste Tiefe
Von Lichtern durchschienen,
Voll Schätze und Märchen.

So lebten die Ritter, die Alten,
Die Männer des herrlichen Landes!
Und schieden sie endlich,

So nahm sie Michael freundlich
In starkem Arme,
Von leuchtendem Eisen umkleidet,
Und trug sie gen Himmel
Zu Christus und Karl dem Großen.
Voll Andacht kniete der Ritter
Und neigte das Haupt,
Ganz brünstig zu schauen
Den himmlischen Purpur der Liebe,
Das Blut der ewigen Hoffnung,
Bis segnend die Hand des Heilands ihn rührte.
Kräftig ermannt er sich dann,
Und tritt voll Ehre zu dem alten Karl,
Daß der Greis ihm die Hände schüttelt,
Und Roland und Reinald gebietet,
Ihm volle Becher des Trostes zu reichen.

Diese Poesie ist nun verschwunden und auch die Tugend, die mit derselben verschwistert war. Statt des Furor Tedesco, dessen in den italienischen Dichtern so oft erwähnt wird, ist nun die Geduld unsre erste Nationaltugend geworden und nebst dieser die Demut zum Gegensatz jener ehedem herrschenden Gesinnung, wegen welcher noch zur Zeit Kaiser Karl des Fünften ein Spanier, der mit ihm dieses Land durchreiste, die Deutschen *los fieros Alemanes* nennt.

Aber was uns betrifft, so wollen wir festhalten an dem Bilde oder vielmehr an der Wahrheit jener großen Zeiten, und uns nicht verwirren lassen durch die gegenwärtige Armseligkeit, unter welcher dieses große Volk nicht weniger erliegt, wie andre minder bedeutende. Vielleicht wird der schlummernde Löwe noch einmal erwachen und vielleicht wird, wenn wir es auch nicht mehr erleben sollten, die künftige Weltgeschichte noch voll sein von den Taten der Deutschen.

Unter den welterobernden Nationen der Vergangenheit, nahmen die Deutschen eine der ersten Stellen ein, und man mag sie nun mit den Römern oder mit den Arabern vergleichen, so wird der Vergleich eher zu ihrem Vorteil als zu ihrem Nachteil ausfallen. Was sie von den Römern besonders unterscheidet, ist die größere Liebe zur Freiheit; es war bei ihnen nicht bloß ein Wort und eine Regel, sondern angebornes Gefühl. Zu groß gesinnt, ihre Sitten und ihren Charakter allen Nationen aufprägen zu wollen, schlug derselbe doch überall Wurzel, wo der Boden nicht ganz ungünstig war, und der Geist der Ehre und Liebe, der Tapferkeit und Treue wuchs dann mit mächtigem Gedeihen empor. Wegen dieser ursprünglichen Freiheit des deutschen Lebens, die ein unvergänglicher Charakter der Nation ist, erscheint sie auch in ihren guten Zeiten ursprünglicher und dauerhafter romantisch, als selbst die orientalische Märchenwelt. Ihre Begeisterung war fröhlicher, kindlicher, zweckloser, nicht so einseitig und zerstörend, wie der Enthusiasmus jener bewundernswürdigen Fanatiker, die den Erdkreis noch schneller und allgemeiner entzündeten und unterjochten, als selbst die Römer. Eine gefühlte Rechtlichkeit, die mehr ist, als die Gerechtigkeit des Gesetzes und Ehre, eine kindlich aufrichtige und unerschütterliche Treue und Herzlichkeit der Gesinnung ist der tiefste und hoffentlich nie ganz zu vertilgende ug des deutschen Charakters.

Die Geschichte eines jeden dieser drei großen Völker ist durchaus tragisch, und vielleicht liegt dies in der Natur der Sache. Wenn es ein furchtbar schreckliches Schauspiel ist, wie die Römer ihr Schwert gegen die eigne Brust kehren und ihre Riesenkraft gegen sich selbst wüten und in sich selbst ersterben zu sehen; wenn es mit der tiefsten Trauer erfüllen muß, jene Flammen religiöser Begeisterung, die durch Mahomet entzündet und durch die Araber über die Erde verbreitet wurden, so schnell nicht gerade verhauchen, aber doch gewissermaßen erstarren zu sehen, so daß sie ihres Zwecks verfehlen und nur ein totes Schattenbildbis von Enthusiasmus in ewiger Einförmigkeit zurückgeblieben ist, statt des ursprünglichen Lebens; so fehlt es auch in der Geschiche der Deutschen keineswegs an der Veranlassung zu dem einen Gefühle wie zu dem andern. Ihr Schicksal ist nur tiefer und verworrener unglücklich. Es unterliegt dieses Volk auf gewisse Weise der Größe seiner Bestimmung, und wenn nach den männlichsten Bestrebungen das Ziel beinah erreicht scheint, so mißlingt es plötzlich. Der lichteste und reichste Punkt in diesem großen Trauerspiele wird durch Kaiser Friedrich den Zweiten bezeichnet, den größten Helden der modernen Zeit. Nie war die Hoffnung größer, kühner und näher, und nie das Mißlingen ein so sichtbares Unglück. Aber noch oft kehrte dasselbe Verhältnis in kleinerm Maßstab wieder und noch in sehr späten Zeiten waren wir oft nahe daran, große Dinge zu erreichen. Wie unendlich viel weiter würde Europa in wahrer Freiheit und Bildung sein, wenn der Mittelpunkt der Kirche in den vergangenen Zeiten nicht nach Italien, sondern, wie billig, nach Deutschland verlegt worden wäre, wo die natürliche Größe der Gesinnung und das freiere Herz dem großen Zwecke besser entsprochen hätte ! – Welche große Folgen hätte nicht zur Zeit Kaiser Karl des Fünften die Verbindung der deutschen und der spanischen Nation haben können, wenn es, da Spanien damals durch die unglücklichen Folgen der Entdeckung Amerikas und durch das Übergewicht italieniscber Künste und Grundsätze in der katholischen Religion meist schon verdorben, der ungeheure Körper Germaniens aber schon zu sehr zersplittert und zerschlagen war, beide zu verbinden nunmehr nicht zum Problem geworden wäre, und wenn die Auflösung desselben statt eines beschränkten, schon durchaus modernen Politikers, einen Fürsten von der Gesinnung und der Klugheit der alten Helden getroffen hätte! Diese beiden Nationen, die sich beide durch aufrichtige Religiosität der Gesinnungen und der Gefühle von jeher vor allen andern europäischen auf das stärkste ausgezeichnet haben, wären am würdigsten und am geschicktesten gewesen, die andern zu lenken, wenn es gelungen wäre, sie so innig zu verbinden, als es vor der Festsetzung der beiderseitigen am Ende doch nur zufälligen Vorurteile wohl möglich gewesen wäre, da Ehre und Liebe, Stolz und Freundschaft bei beiden in gleicher Festigkeit und Schönheit wurzelten und blühten, und eine Tapferkeit, die nicht bloß Folge eines vorübergehenden Motivs, einer besondern Situation und Einrichtung, sondern ursprünglich und angeboren ist, beiden gemein war; die klimatische Verschiedenheit der nordischen Tiefe und des südlichen Feuers aber statt eines Hindernisses vielmehr noch ein Grund mehr für die Annäherung und Verbindung hätte sein sollen. – Ja, wie anders würde nicht selbst unsere jetzige Lage sein, wenn es auch nur dem tapfern Gustav Adolf gelungen wäre, den vortrefflichen Gedanken eines schwedischen deutschen Kaisertums auszuführen, und die natürliche Einheit der nordischen Nationen mit dem germanischen Körper wieder herzustellen! – Von den ganz alten Zeiten hab' ich absichtlich nichts erwähnt.

Nirgends werden die Erinnerungen an das, was die Deutschen einst waren, und was sie sein könnten, so wach, als am Rheine. Der Anblick dieses königlichen Stromes muß jedes deutsche Herz mit Wehmut erfüllen. Wie er durch Felsen mit Riesenkraft in ungeheuerm Sturz herabfällt, dann mächtig seine breiten Wogen durch die fruchtreichsten Niederungen wälzt, um sich endlich in das flachere Land zu verlieren; so ist er das nur zu treue Bild unsers Vaterlandes, unsrer Geschichte und unsers Charakters.

Hier wäre der Ort, wo eine Welt zusammenkommen und von hieraus übersehen und gelenkt werden könnte, wenn nicht eine enge Barriere die sogenannte Hauptstadt umschränkte, sondern statt der unnatürlich natürlichen Grenze und der kläglich zerrißnen Einheit der Länder und Nationen, eine Kette von Burgen, Städten und Dörfern längst dem herrlichen Strome wiederum ein Ganzes und gleichsam eine größere Stadt bildeten, als würdigen Mittelpunkt eines glücklichen Weltteils.

Du freundlich ernste starke Woge,
Vaterland am lieben Rheine,
Sieh die Tränen muß ich weinen,
Weil das alles nun verloren;
Die Felsen, so die Ritter sich erkoren,
Schweigend dunkle Klagen trauren,
Noch zerstückt die alten Mauern
Traurig aus dem Wasser ragen,
Wo in alter Vorzeit Tagen
Hohe Helden mutig lebten,
Voll von Lust nach Ruhme strebten,
Franken, Deutsche und Burgunden,
Die nun im dunkeln Strom verschwunden,
Tapfre Lanzen damals schwungen,
Noch die Deutschen Lieder sungen,

Die Verderbnis weit verjugen,
Hand in Hand zum Bunde schlugen,
In edelm Rittertume
Aus aller Tugend eine Burg zum Ruhme
Durch alle Land' erbauten.
Da der Mann dem Mann noch traute,
Deutsche Lust im Walde blühte,
Glaub' in Demut liebend glühte,
Ach da keiner noch alleine –
In des Herzens tiefen Schreine
Um sein Vaterland mußt klagen,
Selbst sich bittre Wunden schlagen,
Wie ich hier am heilgen Rheine
Hohen Unmuts Tränen weine.

Dunkle Trauer zieht mich nieder,
Will in Wehmut ganz vergehen;
Wenn ich sehe was geschehen,
Wenn ich denke was gewesen,
Will die Brust in Schmerz sich lösen.

So fahrt denn wohl ihr lieben Wogen,
Wo ich Schmerz und Mut gesogen;
Denn den Mut auch fühl ich schlagen
Und inmitten solcher Klagen
Springt die Quelle starker Jugend,
Und es waffnet stolze Tugend
Unsre Brust mit Heldentreue.
Da entweicht denn alle Reue:
Kann ich gleich mit Euch nicht leben,
So ergreift Euch doch mein Streben.
Wo ich wandre, wo ich weile,
Glühen Männer, blühen Lieder
Und ich fühle wohl Vertrauen,
Auf des Herzensfels zu bauen,
Eine neue Burg der Liebe,

Die in allem Sturme bliebe,
Mächtig durch die fernen Zeiten
Einen allvereinten Strom zu leiten,
Einen Strom von Lust und Schmerzen,
Alles aus dem eignen Herzen
Wo die Lieder all verschlungen
Alle Herzen wiederklungen,
Hohe Freunde dann verbündet,
So der Freude Reich gegründet.

2. *Bemerkungen*

Auf dem Wege von Mainz nach Metz befindet man sich nicht bloß in Rücksicht der Sprache, sondern auch der Gegend und des Bodens noch geraume Zeit in Deutschland. Es geht durch die herrlichsten Waldungen, die das Gefühl romantischer Freiheit erregen, und die Erinnerung an das alte deutsche Leben, das nun untergegangen ist.

Einen andern Charakter nimmt die Erde an, sowie man eintritt in die Lorraine, und die fremden Töne der hier sehr widrig auffallenden französischen Landessprache vernimmt. Man sieht nicht mehr diese ungeheuern Bäume und Felsen, und sehnt sich umsonst nach dem frischen Waldgeruch des vaterländischen Bodens. Es fehlt nicht an artigen Gegenden; reizende Täler und Hügel mit kleinen Bäumen und Büschen reichlich geschmückt und durchflochten, beschäftigen das Auge auf mancherlei Weise. Es ist aber nichts, was einen großen Eindruck gewähren könnte, es ist eine oberflächliche, heitre aber wenig Abwechselung gewährende Anmut, die den Charakter dieser Gegenden ausmacht, die gleichsam zur Bekanntschaft mit der merkwürdigen und liebenswürdigen Nation einladen und vorbereiten, über die man sehr bald jene im Grunde doch alltägliche Naturschönheiten vergißt.

Es mag Dir verwegen scheinen, daß ich schon nach den ersten Eindrücken, oder vielmehr nur noch aus der Erinnerung derselben über einen Nationalcharakter zu reden unternommen, der den scharfsinnigsten und fleißigsten Beobachtern nicht wenig zu schaffen gemacht hat. Höre denn, wie ich zu dieser Verwegenheit komme, oder vielmehr, wie ich darüber denke. Ich glaube nicht sehr an die Kunst, Nationen als Individuen zu charakterisieren, wenn es das Resultat eines langsamen Studiums und einer kunstähnlichen Anschauung sein soll, und es mangelt mir auch an dem Talent, lebendige Menschen zu betrachten wie Kunstwerke, ohne Mitgefühl und Leben. Wenn Du also, wie ich glaube, doch einigermaßen neugierig sein wirst, welche Art von Eindruck mir die Nation der Franzosen gemacht hat, so ist es durchaus nur der erste Eindruck, den ich Deiner Neugierde zur Nahrung anbieten kann, wenn es Dir der Mühe wert scheint, ihn anzunehmen und damit vorliebzunehmen. Nur bei dem ersten Eindruck sind wir wirklich ganz unparteiisch und unbefangen, da erscheinen uns die Menschen wirklich ganz rein wie die Gestalten der Kunst, aber kaum ist er vorüber, jener erste Moment der Freiheit und der Anschauung, so sind wir selbst befangen in Tätigkeit und Absicht, wir wählen unsre Bekanntschaften nach einem bestimmten Zwecke, und wenn dieser auch noch so groß und so vielumfassend ist, so wird er doch den Kreis unsrer Anschauung, in meiner Lage, meist auf die gelehrtesten und gebildetsten Stände beschränken; es bleibt uns kaum Zeit, was sich gelegentlich darbietet, in flüchtigen Augenblicken vorübergehend richtig zu ergreifen; und was das Wichtigste ist, wir nehmen Anteil für und wider, es ist uns keineswegs gleichgültig, wie wir die Dinge beschaffen finden, und sich verändern sehen; wir sind zur Erkenntnis des Guten und des Bösen gelangt, wir haben die Unschuld des Geistes verloren, und mit ihr das Recht der freien Anschauung. Mit einem Worte, wer eine Nation durch tätiges Leben in und mit ihr kennt, der kann auf sie wirken, er kann sie vielleicht stimmen und lenken, aber um sie zu charakterisieren, muß man ein Fremder sein, und das ist man, streng genommen, nur im Moment des ersten Eindrucks.

Wir erinnerten uns auf der Reise noch oft an den Abend, welchen wir in Mainz im Theater zubrachten; und hier erst habe ichs eingesehen, daß wir nicht unrecht daran hatten; denn wie wohl keine Schauspielergesellschaft der Provinz, was gewisse Feinheiten des

Spiels und der Deklamation betrifft, die Vergleichung mit den Parisern mag aushalten können, so haben wir doch dasjenige, was einem Deutschen am auffallendsten sein mußte und gleichsam die Grundzüge des Ganzen bildet, nur allzureichlich überall hier wieder gefunden. Das erste Stück, was gegeben ward, waren die drei Sultaninnen; das Spiel hatte nichts merkwürdiges, desto mehr aber der Gesang. Man kennt den gewöhnlichen französischen Vortrag. Es mußte uns in kein geringes Erstaunen setzen, das ganze Haus diesen lächerlichen Mißtönen im Unisono applaudieren zu hören; einige Franzosen wollten zwar nachher uns glauben machen, es sei bei einigen wenigstens nur Ironie und nicht Beifall gewesen; aber gewiß nur bei wenigen, denn das Klatschen war zu allgemein und zu herzlich. Das zweite Stück war in einem neuen Geschmack höchst sentimental und etwas revolutionär abscheulich. Der Held in Ketten und in Lumpen auf dem Stroh, verhungert und von Leidenschaft zerrissen, die er ebensowohl als seinen Hunger in einem angemessenen Gesange auszudrücken suchte, ward gut gespielt; d. h. so, daß er den höchsten Abscheu erregen mußte; der Schauspieler gab aus dem Seinigen dasjenige, was bei den französischen Künstlern dieser Gattung ebenso allgemein als lobenswert ist, die höchste Anstrengung aller körperlichen Kräfte und Organe, und man konnte ihm nicht alles Talent absprechen. Man kann sich denken, welchen Beifall diese Darstellung bei den braven Soldaten fand, die das Haus größtenteils anfüllten!

Eine nicht mehr sentimentale, sondern ganz konvulsivische Leidenschaftlichkeit ist die auffallendste Eigenschaft aller ernsthaften theatralischen Darstellungen der Franzosen, und gewiß liegt sie tief in ihrem Charakter gegründet; das lehrt die Geschichte seit alten Zeiten, nicht bloß seit der Bluthochzeit oder Revolution. Es kann aber diese Seite des Charakters im wirklichen Leben natürlich nur bei großen Gelegenheiten ganz herauskommen, in den gewöhnlichen Fällen aber kaum leise durchscheinen; so leise, daß man nicht wissen würde, was es wäre, ohne jene Zeugnisse der Geschichte, die uns die Klauen des Löwen um so leichter erkennen lassen.

Eine ebenso allgemeine, ebenso durchgehende Eigenschaft des französischen Charakters, wie jene konvulsivische Heftigkeit, ist unstreitig die fröhliche Laune. Sie muß einen Fremden auf einer heitern Reise in den Provinzen, durch größtenteils fruchtbare Gegenden in der schönsten Jahreszeit, um so angenehmer auffallen, da sie sich durch alle Stände, Alter und Geschlechter erstreckt. Die eigentümliche Höflichkeit des gemeinen Mannes vollendet das Ganze dieser Erscheinung und gibt nun selbst den geringsten Abweichungen der Lebensweise einen interessanten Anstrich. Man möchte sagen, der gewöhnliche Franzose ist glücklich und zufrieden, wenn er täglich einige Pfund Weißbrot hat, Wein und Wasser so viel er mag, und einige hundertmal das Wort Monsieur. Nach dem Gefühl der Gegenwart ist er unstreitig unter die beglücktesten Bewohner der Erde zu rechnen. Freilich verliert sein Leben im ganzen wieder dadurch an Interesse, daß alles im französischen Leben so gar genau bestimmt ist; wie man in jedem möglichen physischen oder moralischen und geselligen Verhältnisse und Ereignisse zu handeln, zu denken, ja selbst zu reden habe, das weiß ein einigermaßen gebildeter Franzose ganz bestimmt und ganz genau voraus; so daß es eine Art von Gutmütigkeit der Menschen zu sein scheint, daß sie ihr Leben wirklich selbst zu Ende leben, und es nicht mit einemmale gleichsam wie eine Rolle nacheinander aufsagen.

Diese Bestimmtheit des französischen Lebens gründet sich auf die Universalität dieser Nation, da nämlich alle Individuen einander zum Erstaunen gleichen, so daß besonders einem der an die ganz individuelle Bildung der Deutschen gewohnt ist, alle Verschiedenheit, die etwa noch da ist, fast gänzlich unsichtbar werden muß; man möchte in der Stimmung, die das Befremden darüber erzeugt, geneigt sein, es nur für eine Wirkung jenes auch in der sinnlichen Welt so auffallenden Hanges der Natur zur Verschwendung zu halten, daß sie eine solche Menge gleicher Individuen hervorgebracht hat, da doch der Charakter, den diese Nation auszudrücken bestimmt scheint, in einem einzigen vielleicht hinreichend dargestellt werden konnte.

So bieten sich mancherlei Reflexionen dem Geiste dar, wenn er einmal ein so seltsames, aus Natur, Willkür und Zufall wunderbar zusammengesetztes Ganzes oder Bruchstück als meistens das ist, was wir Nation nennen, zum Objekte seines Nachdenkens gemacht hat.

Jene Universalität, oder wenn man es so nennen will Monotonie ist unstreitig ein Hauptgrund warum sich's so leicht und so angenehm mit den Franzosen leben läßt, warum sie so liebenswürdig sind; und wenn in den Pariser Zirkeln jene Bestimmtheit des französischen Lebens unserm Gefühle oft als eine störende und fesselnde Pedanterie erscheint, so dürfen wir doch nicht vergessen, daß dies eine Hemmung ist, die nur in dem kleinen Kreise der höhern Stände einer Hauptstadt in ihrer ganzen Stärke stattfinden kann.

Eine der wichtigsten Anschauungen für einen Fremden bleibt die einer französischen Armee. Ein erfreulicher und erhabner Anblick! Auch noch jetzt; und was mußte es erst sein, da noch alle diese Kräfte in Tätigkeit waren und ein lebendiger Geist das Ganze beseelte? – Ich bin kein Kenner von militärischen Evolutionen, aber es tut wohl, wenn man sieht, wie leicht das alles hier vor sich gehet, wie jeder sich nur wie aus freiem Selbstgefühl, und ohne allen Zwang zu bewegen scheint. Noch anziehender und Achtung einflößender sind die Physiognomien der jungen Krieger; Ernst ist der herrschende Charakter ihrer Gesichtszüge und fast aus allen blickt ein rechtschaffnes etwas ehrgeiziges und trotziges Wesen. Es ist ein herrliches Schauspiel, aber durchaus nur eine isolierte Anschauung. Versetzt man sich nun wieder in die Mitte der französischen Städte und Industrie, so wird man durch nichts an das Dasein jener Erscheinung erinnert. Ja, man könnte vielleicht jahrelang in den Zirkeln der Hauptstadt gelebt haben, ohne auch nur die Möglichkeit einer solchen Armee zu ahnden, wie Frankreich von so vielen während der Revolution bedeckt und umgeben war, wenn man jetzt nicht zufälligerweise auf den Straßen der Hauptstadt selbst, die kriegerischen Scharen in allem Glanz einherziehen sähe. So ist mirs recht begreiflich, wie so manche Männer von Bedeutung im Anfange der Revolution durch ihr Betragen selbst den vollständigsten Beweis abgelegt haben, daß sie ihre Nation auch gar nicht kannten.

Die Revolution hat allerdings die Nation etwas mit sich selbst in Bekanntschaft gebracht, aber das alte Prinzip ist wohl immer noch da. Ja, dieses Nichtkennen scheint sogar eine vom Größten bis zum Kleinsten durchgehende Eigenschaft des Nationalcharakters zu sein.

Im Leben scheint man gerade auch die Eigenschaften nicht zu wissen und sie nicht zu achten, die der Nation bei allen andern den größten Ruhm bringen, oder allgemeine Liebe erwerben, und dagegen nur auf andere ein Gewicht zu legen, die bei weitem zweideutiger sind. So ist es gewissermaßen auch in den Künsten und Wissenschaften. Seit Jahrhunderten strebt die Nation gerade in denen sich auszuzeichnen, zu denen sie verhältnismäßig entweder gar kein Talent oder doch nur ein sehr geringes zu haben scheint, als Musik, Malerei, Poesie und dergl.; auf die unsterblichen Männer im Fache der Chemie und Naturgeschichte oder in der Beredsamkeit hingegen scheint man bei weitem nicht so stolz zu sein, als es die laute Beistimmung der übrigen Nationen Europas rechtfertigen würde.

Die Industrie, die ich im Gegensatze der Armee erwähnte, soll Dir keineswegs einen Tarif des merkantilischen Zustandes der Nation geben, sondern nur ein Bild des städtischen Lebens in ihr. In einer Mittelstadt wie Metz z. B., die bedeutendste, die wir zwischen Mainz und Paris sahen, sieht Du Boutique an Boutique in allen Straßen, und kaum ist ein Haus davon ausgenommen; alles scheint ein Gewerbe zu sein, alles geschieht auf der Straße oder ist nach der Straße zu ausgestellt, und das Leben scheint aufgelöst in ein allgemeines Kaufen und Verkaufen, Verzehren und Zubereiten. Daß dieses in engen Straßen besonders, ein eignes seltsames Gedränge nicht bloß von Menschen sondern auch von Gerüchen und dann wieder von Erscheinungen für das Auge erzeugt, läßt sich denken. Eine solche enge französische Straße voll Handel und Wandel, Poissarden und Parfümeurs, Ausrufer und Traiteurs, Schuhputzer und prächtiger Boutiquen, ist gleichsam eine lebendige bewegliche Gallerie niederländischer Gemälde. So ist der ältere Teil von Paris beschaffen, die erste Grundlage der Stadt, um welche die neuern schönern Quartiere sich wie eine neue Stadt hergelagert und wie über jenen alten Grund verbreitet haben. Was sonst nur eine Einteilung dem Namen nach ist, findet hier in der Tat statt; es sind wie zwei Städte in einer, eine alte und eine neue, nicht bloß der Chronologie, dem Quartiere und der Bauart nach, sondern es ist ein ganz verschiedenes Bild des Lebens, was uns die eine oder die andere darbietet. Eleganz und Bequemlichkeit ist was in dem Modernen vorherrscht, die Wohngebäude sind meistens zwischen Garten und Hof, fern vom Geräusche der Straßen, so daß man oft hundert Schritte von den geräuschvollsten Plätzen der großen Stadt wie in der tiefsten Ruhe des einsamsten Landsitzes leben kann. Dieser Vorzug kann für einen Ersatz gelten, daß man in dem frequentesten Teile der Stadt kein Gebäude erblickt, dessen Architektur durch einen großen Stil unser Gemüt heiter und erhaben stimmte. Darauf ist es hier nicht abgesehen, aber das Auge wird auf mannigfache Weise ergötzt und fast geblendet durch die durchaus vortreffliche Beleuchtung. Es ist dies keine zufällige Eigenheit, sondern herrschender Geschmack oder ich möchte fast sagen Bedürfnis. In jedem öffentlichen Orte, bei jedem öffentlichen Vergnügen ist der Glanz der Lichter fast das Wesentliche: diesem geht man nach, das ist der Magnet um den sich das Gedränge unfehlbar versammelt; und man muß gestehen, daß man es hier in der Kunst zu leuchten weit gebracht hat. Es ist unstreitig etwas Vortreffliches, um eine glänzende Beleuchtung, besonders in einem großen Garten an einem Sommerabend und etwa bei ferner Musik. Aber daran ist hier nicht zu denken, keine Musik ertönt an den öffentlichen Orten, ja kaum wird gesprochen; nur ein leises Flüstern wird gehört, aber dagegen sieht man alle an, die vorübergehen, und man muß es besonders den Weibern hier einräumen, daß sie es verstehen sich auf das vielseitigste sehen zu lassen. Das wird man freilich bald überdrüssig, das Ganze kommt einem traurig und öde vor und man sehnt sich nach Musik und Gesang, und freierem Genuß; aber vergeblich, denn man findet hier wohl alles für die Sinnlichkeit, aber nichts für die Phantasie. Beide sind – unbegreiflich genug – rein geschieden, und die letzte mangelt gänzlich, aber auch so gänzlich, daß es schwer ist, sich einen Begriff davon zu machen, wie man so leben kann, wenn man es nicht sieht, weil die Phantasie schweigt, muß der Sinn unaufhörlich beschäftigt werden; darum wird hier alles im buchstäblichen Sinn, alles zum Schauspiel, jedes Schauspiel der Sammelplatz für ein Gedränge; das Gedränge selbst aber wiederum ein neues oft weit interessanteres Schauspiel, als das ursprüngliche. Gedränge und Schauspiel, das sind hier die Elemente des Lebens, darauf kömmt alles zurück, aber gewiß im ganzen genommen ein Schauspiel, und ein Gedränge, das nicht seinesgleichen hat.

Dieser sonderbare Mangel an Phantasie ist vielleicht zureichend, die auffallendsten Verschiedenheiten des französischen Lebens und Charakters hinreichend zu erklären; aus diesem Prinzip folgt alles übrige. Selbst den Egoismus, über den man so viele Klagen führt, möchte ich hieher rechnen; und er scheint mir allerdings sehr auffallend und sehr gründlich ausgebildet; nicht sowohl wegen dessen, was man gewöhnlich so nennt, sondern wegen der allgemein herrschenden *Absichtlichkeit* auch in den kleinsten Dingen. Das fällt gar nicht vor, daß ein Franzose von Verstand etwas ohne Absicht täte. Das gilt von allen Verhältnissen, es wird als bekannt angenommen, und das Gegenteil unter verständigen Leuten eigentlich nicht für recht möglich gehalten. Daher sieht man sich hier vergeblich um nach jener unbefangnen, absichtslosen, naiven und herzlichen Geselligkeit, die dem so leicht ein Bedürfnis wird, der sie einmal gefühlt hat. Wo ein solcher Geist der durchgängigen Absichtlichkeit selbst bei ehrliebenden Menschen herrscht, da muß es bei dem großen Haufen – in *dem Gedränge* bald mit der Verständigkeit so weit kommen, daß man nichts ohne Geld haben kann; ein Übel gegen welches das doch nur ein geringer Ersatz ist, daß man gewöhnlich auch eben da alles für Geld haben kann. Gewiß *erscheint* die Korruption der Sitten und des Charakters hier allgemeiner und besonders gründlicher, durchgehender, und fast sollte man daraus schließen sie sei es auch.

Ferne aber sei es von mir, diese Gründlichkeit im Egoismus als einen Zug in dem Charakter einer Nation ansehen zu wollen. Es bedeutet dieses nur die Stelle, die sie in der allgemeinen europäischen Verderbtheit unsers Zeitalters einnimmt. Auch der erwähnte Mangel an Phantasie, der nie natürlich ist, sondern immer nur die Folge einer gewaltsamen oder zufälligen Ertötung, kann nur dem Zeitalter, nicht der Nation als ein ursprünglicher Charakter zugeschrieben werden, wenngleich nirgends diese Äußerung des allgemeinen Übels so auffallend erscheint als gerade hier.

Für Charakterzüge der Nation kann ich nur die beiden Eigenschaften gelten lassen, die sich auch in den Produkten ihres Geistes als die Elemente desselben offenbaren; die brennende Leidenschaftlichkeit, die der durchgehende Grundton des Ganzen, und jene witzige Fröhlichkeit, die als die seltne aber schönste Blüte des französischen Genies so erfreulich ist. Eine schöne Verbindung, die wohl alles Große in ihrer Mitte umfassen könnte! – Diese Eigenschaften, die teils angeboren, teils im Klima begründet scheinen, werden Jahrhunderte durch unverändert bleiben, oder doch in veränderter Gestalt immer von neuem wiederkehren, während wir, wenn wir es gleich nicht erleben werden, doch wohl schon voraussehen können, daß jene eigentlich doch nur negativen Eigenschaften unmöglich eine ewige Dauer haben können.

3. Betrachtungen

Zu Anfange scheint es einem fast, als sei der Unterschied der beiden Nationen nicht so auffallend. Ich möchte immer denen, welche bei uns die Franzosen mehr als billig ist geringschätzen, mit der Frage entgegenkommen: Sind denn die gewöhnlichen Deutschen so viel besser? Und auf wie viele Gegenstände könnte man nicht diese Frage bei dem traurigen Zustande der menschlichen Angelegenheiten gegenwärtiger Zeit anwenden! – Überall finden wir jetzt eine enorme Masse von Plattheit, die recht ausgebildet, und durchgebildet ist, und sich mehr oder weniger selbst in alle Künste und Wissenschaften eingeschlichen hat. So ist die Menge; das herrschende Prinzip der menschlichen Angelegenheiten gegenwärtig, was alles lenkt und endlich entscheidet aber, ist Gewinn und Wucher, und überall nichts als Gewinn und Wucher; eine Macht an der nicht bloß die Versuche der Philosophie, sondern selbst militärische Unternehmungen, die einen höhern Geist atmen, am Ende doch scheitern. Gegen diese *europäische Gleichheit* verschwindet in der Tat jeder Nationalunterschied; und diese Betrachtung stimmt mich notwendigerweise zu der Mäßigung im Urteilen, die Du durchaus in der Folge dieser Zeitschrift beobachtet finden wirst.

Die Sache nicht so im Großen, sondern mehr ins Detail betrachtet, so ist es wahr, daß nur beim ersten Eindruck die Verschiedenheit der beiden Nationen selbst in der äußern Lebensweise so unmerklich erscheint, bei näherer Beobachtung wird man doch gewahr, daß ein bedeutender Unterschied da ist. Und hier ist der Vorteil gewissermaßen ganz auf der Seite der Franzosen; es ist bei ihnen alles durchaus aus einem Stücke, sie sind konsequenter, ihr Charakter und ihre Lebensweise sind ganz dem Genius der Zeit gemäß; dahingegen bei uns noch unglaublich viele kleine Bruchstücke aus der Lebensweise, den Sitten und der Denkart der vorigen bessern deutschen Zeit übrig sind; und daß man dies deutlich inne wird, daß die heterogenen Elemente der alten und der gegenwärtigen Zeit, die in unserm deutschen Leben so wunderlich und konfus durcheinander gemischt sind, sich ganz bestimmt für das Gefühl absondern und scheiden, das ist unstreitig einer der größten Vorteile, den ein Deutscher vom Reisen haben kann.

Es bestätigt sich auch hier, was ich schon oft bemerkt habe: daß wir eigentlich selbst *in dem wahren Mittelalter leben,* und dieses fälschlich in die vergangne Zeit versetzt haben, die man meistens so zu nennen, und unter diesem Titel ihre Geschichte zu behandeln pflegt, da doch die Epoche des deutschen Kaisertums von Karl dem Großen bis Kaiser Friedrich dem Zweiten, keineswegs bloß ein Übergang aus einem Zustand in einen andern, sondern unstreitig an sich selbst etwas sehr Bestimmtes war, eben so gut als die Epoche der alten Republiken von Themistokles bis zum Brutus; dahingegen wir wohl nur die Grenze zweier sehr verschiedenen Zeitalter zu bilden, und eben darum in so mancher Rücksicht den Charakter der Nullität an uns zu tragen bestimmt scheinen können. Denn zu der kräftigen Verwirrung, die den Charakter des frühern Mittelalters vom Untergange der römischen Republik bis zur Bildung des deutschen Kaisertums ausmacht, dürfte es bei uns aus vielen Gründen sobald noch nicht kommen.

Gewissermaßen muß das, was ich eben bemerkte, hier ganz besonders auffallen; denn wie die neue Zeit in der Mitte des fälschlich so genannten Mittelalters und eines andern uns noch verborgnen, so liegt auch Paris – welches man hier bisweilen *la capitale de l'Univers* nennt – recht eigentlich in der Mitte, wenigsten von Europa. Es ist weder das Südliche noch auch der Norden, vergeblich suchen wir hier das eine oder das andere, es ist eben die Mitte zwischen beiden.

Ein solcher Mittelpunkt ist gerade der Ort, der zu den allgemeinsten Reflexionen einlädt, und eben dadurch einen Teil seines Interesses erhält. Ich darf mir also schon erlauben fortzufahren, wie ich einmal angefangen habe, und Dir noch einige Ideen über unsern Weltteil und unsre Zeit mitzuteilen, an denen Du nur das nicht tadeln mußt, daß sie ganz allgemein sein werden, denn es sollten eben nur die allgemeinsten sein.

Darf ich nach der Geschichte, den Menschen, nach dem individuellen Charakter der Länder urteilen, lieber Freund, so halte ich dafür, daß wir Europa vielleicht mit Unrecht so durchaus als Einheit betrachten, wenn nicht bloß von einer willkürlichen, sondern von einer natürlichen, klimatischen und organischen Einheit und Einteilung die Rede sein soll.

Die Theorie der Erde müßte durch unsre *Werner, Ritter* und *Steffens* schon viel weiter ausgebildet und vollendet sein, als sie es noch ist, um überall deutliche Begriffe von der Konstruktion des gesamten Landes voraussetzen zu dürfen, das wir vielleicht nur als noch ganz unvollendeten Entwurf und Embryo am richtigsten zu betrachten haben. Du wirst aber gewiß mit mir darin einig sein, daß die Bildung des Landes eine organische sei, und also auch der Charakter der einzelnen Länder, wie Erfahrung aufs deutlichste lehrt, nicht nach den Graden der südlichen oder nördlichen Breite, oder nach dem Niveau mathematisch zu bestimmen, sondern vielmehr aus einem innern Organismus abzuleiten, und jegliches in seiner ganzen Individualität als organischer Körper aufzufassen und zu betrachten sei.

Das nördliche und das südliche Europa scheinen mir aus diesem Standpunkt zwei durchaus verschiedene Länder, jedes seinem innern Wesen nach ein eigenes Individuum für sich, die nur äußerlich gewaltsam verbunden sind. Ich will damit nicht gerade behaupten, sie seien wirklich einst getrennt gewesen; wiewohl vielleicht alle die Länder, die das Mittelmeer umgeben, in mancher Beziehung als Einheit erscheinen würden. Ich will auch keineswegs gesagt haben, daß dieses Gewaltsam zugleich ein Zufällig sei; im Gegenteil eine solche auch klimatische Entgegengesetztheit, ein innrer organischer Zwiespalt scheint mir – physikalisch und historisch genommen, und beides sollte nie getrennt sein – dem Charakter Europas wesentlich. Was im Oriente alles in Einem mit ungeteilter Kraft aus der Quelle springt, das sollte hier sich mannigfach teilen und künstlicher entfalten. Der Geist des Menschen sollte sich hier zersetzen, seine Kraft sich ins Unendliche trennen und eben darum zu manchem fähig werden, wozu er es sonst nicht sein würde.

So spaltete sich dasselbe was in Asien immer in ungeteilter und verbundner Kraft wirkte, in Europa schon frühe und wie durch innere Notwendigkeit in Poesie und Philosophie, welche beide Wissenschaften und Künste trennen zu wollen, eine ganz subjektive und bloß europäische Ansicht ist. Schon das klassische Altertum und die moderne romantische Zeit, die in mehr als einem Sinne allerdings einen vollendeten Gegensatz bilden, bieten uns eine solche europäische Trennung dar, da vieles, was beide für die Bildung und Blüte des menschlichen Geistes eigentümlich Vorzügliches haben, in Indien zur höchsten Schönheit vereint ist oder in kräftigster Eigentümlichkeit ohne gegenseitige Ausschließung dicht nebeneinander besteht. Um ein Beispiel zu geben was dem Mittelpunkte der innern Kräfte besonders nahe liegt: die geistigste Selbstvernichtung der Christen, und der üppigste wildeste Materialismus in der Religion der Griechen, beide finden ihr höheres Urbild im gemeinschaftlichen Vaterlande, in Indien. Denkt man nach über die erhabene Sinnesart, welche dieser wahrhaft universellen Bildung zum Grunde liegt, und selber göttlich alles Göttliche ohn' Unterschied in ihrer Unendlichkeit zu umfassen weiß, so wird uns was man in Europa Religion nennt oder auch ehedem genannt hat, kaum noch diesen Namen zu verdienen scheinen, und man möchte demjenigen, der Religion sehen will, raten, er solle, wie man nach Italien geht um die Kunst zu lernen, eben so zu seinem Zwecke nach Indien reisen, wo er gewiß sein darf, wenigstens noch Bruchstücke von dem zu finden, wonach er sich in Europa zuverlässig vergeblich umsehen würde.

Ein dunkles Gefühl, daß jene europäische Trennung des Klassischen und des Romantischen eigentlich unnatürlich und durchaus verwerflich sei, sieht man in den Versuchen der modernen Zeit, sich den Geist des Altertums anzueignen. Ich rede nicht von den Karikaturen der Helden der Altertums, die sich im politischen Gebiete als die Nachbilder derselben aufgestellt haben, auch nicht von den mißglückten und ohnmächtigen Versuchen einiger Maler und Dichter, die nicht einmal das Romantische kannten und antik sein wollten. Ich rede vorzüglich von zwei Phänomenen. Zuerst ist es der katholischen Religion allerdings bis auf einen gewissen Grad gelungen, den künstlerichen Glanz und Reiz, die poetische Mannigfaltigkeit und Schönheit der griechischen Mythologie und Gebräuche sich zu eigen zu machen, und wieder einzuführen, so weit das bei der gänzlichen Verschiedenheit und Einseitigkeit der Prinzipien möglich war; aber auch das wenige Gute, was dadurch erreicht ward, mußte teils nur Anlage bleiben und nicht ganz herauskommen, teils aber bald wieder verschwinden oder entarten und verderben, wegen der durchaus fehlerhaften politischen Konstitution, und noch mehr durch die ursprüngliche klimatische Unfähigkeit zur Religion. Das zweite Beispiel, was sich anführen läßt, ist unsre Philosophie, die, wiewohl bis jetzt ohne absichtliche Nachbildung dennoch so ganz mit der Philosophie des griechischen Altertums übereinstimmt, daß sie nur eine *Fortsetzung* derselben zu sein scheint. Nicht bloß in unserm Idealismus, schon im Spinoza atmet dieser Geist, und wiewohl er selbst persönlich kein Freund der alten Philosophen war, so wird man in seinem System ungleich mehrere und nähere Beziehungspunkte mit den Lehren derselben finden, als mit irgendeinem Produkt oder Prinzip der modernen Zeit. Es darf uns dies auch um so weniger Wunder nehmen, da die Philosophen des Altertums in ihrer eignen Zeit durchaus nicht einheimisch waren, dem öffentlichen Leben derselben und selbst den Prinzipien der alten Religion sehr abgeneigt und in mehr als einer Rücksicht die isolierten Vorläufer der neuern Zeit waren; wie denn alles, was gerade entgegengesetzt, notwendigerweise auch wiederum durch irgend einige Fäden organisch verbunden sein muß. Es ist nicht schwer dies im allgemeinen zu wissen, wohl aber das, worauf es vorzüglich ankömmt; im einzelnen nämlich diese Übergangs- und Verbindungspunkte richtig zu finden.

Und was ist denn nun der Charakter des klassischen Altertums? Außer dem Klassischen, d. h. der organischen Fülle und glücklichen Vollendung des Einzelnen, eben diese Einzelnheit, Absonderung. *Trennung* und immer weiter getriebene Trennung des Einen und Ganzen aller menschlichen Kräfte und Gedanken. Bei den Neuern hat dieses Prinzip eine noch schädlichere Richtung genommen; bei den Alten umfaßt jene Epoche moralischer und politischer Energie von Themistokles bis Brutus, doch auch zugleich die Ausbildung des Größten und Herrlichsten in allen Künsten und Wissenschaften. Unsre Poesie, Malerei, Musik, Kritik, und vollends Philosophie und Physik hingegen sind sehr späten Ursprungs; wenn wir einen Teil der Poesie ausnehmen, sind sie insgesamt erst entstanden, nachdem Europa, moralisch und politisch genommen, schon völlig zerstört und untergegangen war. Dadurch ist denn der Masse alle höhere Lebenskraft vollends entzogen. Es ist nicht nötig, mehr einzelne Beispiele derselben Tendenz aus dem praktischen Leben oder aus den politischen Verhältnissen herbeizuführen. Die Trennung hat nun ihr Äußerstes erreicht; der Charakter Europas ist ganz zum Vorschein gekommen und vollendet, und eben das ist es, was das Wesen unsers Zeitalters ausmacht. Daher die gänzliche Unfähigkeit zur Religion, wenn ich mich dieses Worts bedienen darf, die absolute Erstorbenheit der höhern Organe. *Tiefer kann der Mensch nun nicht sinken;* das ist nicht möglich. Man hat es in der Kunst der willkürlichen Trennung, oder was dasselbe ist, im Mechanismus in der Tat sehr weit gebracht, und so ist denn auch der Mensch selbst fast zur Maschine geworden, in der nur gerade so viel Geist noch übrig geblieben ist, daß man zur Not daraus demonstrieren könnte: Der Mensch sei dennoch wirklich in etwas verschieden vom Tier. Ja, dieses allgemein herrschende Wesen, dieser Wuchergeist, Empfindsamkeit und Gaunerei, gesittetes Betragen und Elend, diese absolute Unbekanntschaft mit der eignen Bestimmung, die unendliche Schreibseligkeit und Geschwätzigkeit, und dabei die törichte Einbildung von sich selbst, und das absolute Nichtgefühl für alles Große, was schon wirklich auf der Erde war; alles das zusammen muß den denkenden Mann mit einer Verachtung gegen sein Zeitalter erfüllen, die wieder zur Gleichgültigkeit wird.

Daraus aber, daß es so weit gekommen ist, folgt mitnichten, daß es nun bald besser werden müsse. Ferne sei es von uns, so eilfertig zu schließen. Wir werden im Gegenteile nichts dagegen einwenden, wenn ein historischer Philosoph nach reifer Beobachtung es am wahrscheinlichsten finden sollte, daß das Geschlecht der Menschen in Europa sich keineswegs zum Bessern erheben, sondern vielmehr nach einigen fruchtlosen Versuchen dazu in immer wachsender Verschlimmerung durch die innere Verderbtheit endlich auch äußerlich in einen Zustand von Schwäche und Elend versinken werde, der nun nicht höher steigen kann, und in dem sie alsdann vielleicht Jahrhunderte unverändert beharren, oder doch erst durch eine Einwirkung von außen herausgezogen werden möchten.

Sollte es demnach mehr als ein mißglückter Einfall, sollte es wirklich Ernst sein mit einer Revolution, so müßte sie uns wohl vielmehr aus Asien kommen, als daß wir fähig wären, wie wir zu voreilig wähnen, den Geist der Menschen über den ganzen Erdkreis von hier aus lenken zu wollen. Eine wahre Revolution kann nur aus dem Mittelpunkte der vereinigten Kraft hervorgehen, sonach ist das Organ für dieselbe in Europa bei der Menge gar nicht vorhanden; im Orient aber sind wir der Meinung, daß die Möglichkeit des Enthusiasmus nie so bis auf die letzte Spur vertilgt werden könne, weil die Natur selbst eine ursprüngliche und nie ganz zu versiegende Quelle desselben dorthin gelegt hat.

Seit Alexander sind alle Versuche, sowohl die der Römer, als auch der Deutschen, zur Zeit der Kreuzzüge, Asien zu besitzen, neu zu bilden und gleichsam zu europäisieren, gänzlich mißlungen. Nun sind freilich auch nur einzelne Wogen der letzten großen Revolution Asiens, die durch die Araber und Mahomet entzündet und über den Erdkreis verbreitet ward, nach Europa gekommen, und nicht gar tief darin eingedrungen. Aber wir können es doch nicht vergessen haben, woher uns bis jetzt noch jede Religion und jede Mythologie gekommen ist, d. h. die Prinzipien des Lebens, die Wurzeln der Begriffe, wenngleich alles hier neu gestellt und oft bis zur Unkenntlichkeit entartet ist. Bis jetzt ist also das Übergewicht und die Wahrscheinlichkeit ganz auf der Seite Asiens.

Es ist desfalls nicht zu tadeln, daß man auch in Europa und

namentlich an den Franzosen Versuche einer Revolution gemacht hat; einen glücklichen Ausgang konnte man zwar diesem Unternehmen nicht füglich weissagen, aber es ist doch nichts Positives für die Menschheit dadurch verloren gegangen, und in der gegenwärtigen Zeit muß man schon zufrieden sein mit Bestrebungen und Tendenzen. Die jetzige Generation ladet durch ihre Unbestimmtheit selbst zu solchen Versuchen allerlei Art ein, wie die Alten sprüchwörtlich sagten – ώϛπεϱ εν Καϱι. Das Interesse eines Experiments steigt natürlich um so höher, je unfähiger und widerstrebender der behandelte Stoff ist; ja oft ist gerade dies die Ursache, daß am Ende wider Erwarten wirklich etwas Bedeutendes daraus hervorgeht.

Aber ist denn Europa nun ein so ganz von der Natur hintangesetzter, vernachlässigter und durchaus armseliger Weltteil, wie etwa z. B. Amerika nach der Meinung einiger philosophischen Geographen sein mag? Nein, gewiß nicht; und kein Historiker, kein Physiker würde einer solchen Meinung beistimmen wollen.

In der gänzlichen Verderbtheit Europas selbst sind die Keime der höhern Bestimmung sichtbar. Aber freilich dürfte sich auch diese als eine sehr bedingte und bescheidne zeigen, wenn wir sie wissenschaftlich bestimmen wollen; und auf jeden Fall würden wir weise handeln, die allgemein verbreiteten törichten Einbildungen von der Herrlichkeit und dem Vorrange unsers Landes, so wie die kindischen Vorurteile von der unerhörten Vortrefflichkeit unsers Zeitalters gänzlich von uns abzutun.

Was ehedem Großes und Schönes war, ist so ganz zerstört, daß ich nicht weiß, wie man in diesem Sinne auch nur behaupten könnte, daß Europa als ein Ganzes noch vorhanden sei, es sind vielmehr nur noch die zurückgebliebenen Resultate, wohin jene Tendenz der Trennung endlich notwendig führen mußte. Sie kann als vollendet angesehen werden, da sie bis zur Selbstvernichtung gekommen ist. Es wäre also wenigstens Raum da für etwas Neues, und eben weil alles zerstrümmert ist, so findet man Stoff und Mittel zu allem, und an dem Mut eine neue Welt aus der Zerstörung aufzubauen, und zu gründen, kann es uns auch nicht fehlen, wenn wir erwägen, daß zufolge der organischen Ordnung der tellurischen Kräfte gerade hier der eigentliche Sitz des Streites ist, daß hier das Gute der Erde mit dem Bösen am heftigsten ringt, und hier also die Menschheit endlich entschieden werden muß. Es ist wenigstens ein interessantes Land, wenn es gleich an Erhabenheit und Reiz den andern nachstehen mag, und wir haben wenigstens keinen Grund mit dem Schicksal zu zürnen, daß es uns grade hierher gestellt hat. Auch würden wir unrecht haben nach dem Eindruck unsrer beschränkten Lage, das Urteil über das Universum, und das Verhältnis des guten und des bösen Prinzips in demselben zu bestimmen, sonst möchte die physische Astronomie auftreten, und uns belehren, daß der Planet welchen wir bewohnen, wohl gar nicht ein so vorzüglich begünstigter sein dürfte, als die menschliche Eitelkeit träumen will; sondern vielleicht grade einer von den weniger bedeutenden, dessen erster Grundcharakter eine dezidierte Schwäche sei, in der Schwäche aber eine allgemeine Mittelmäßigkeit, und daneben eine tief eingewurzelte und eigentümliche Gebrechlichkeit.

Doch hier genug und vielleicht schon zu viel von einer Materie, die nur mit Vorsicht berührt werden darf! –

Laß uns den Blick auf den vorigen Gegenstand zurückwenden, und noch etwas erweitern. Wenn diejenigen Teile der Erde, die wir sehr bedeutend den Orient und den Norden nennen, die sichtbaren Pole des guten Prinzips auf derselben bezeichnen, wogegen alles andere nur als leerer Raum, ungebildeter und roher Stoff, bestimmte Schwäche und Unfähigkeit, oder gar als entgegenstrebendes Hindernis erscheint; so ist der Punkt auf den es eigentlich ankömmt, der, beide zu verbinden, und das dürfte kaum anderswo möglich sein, als in diesem dem Anschein nach nicht sehr begünstigten Erdteile; und in diesem Sinne könnte man wohl sagen: das eigentliche Europa muß erst noch entstehen. Was wir bisher davon kennen, jenes Phänomen der Trennung, ist nur die erste Äußerung in der die noch zu schwache Anlage zur Verbindung des Entgegengesetzten eben darum erscheint. Wir sollen der Entwicklung auch nicht bloß untätig zusehen, sondern selbst den tätigsten Anteil daran nehmen, wir selbst sollen mitwirken, die tellurischen Kräfte in Einheit und Harmonie zu bringen, wir sollen die Eisenkraft des Nordens, und die Lichtglut des Orients in mächtigen Strömen überall um uns her verbreiten; moralisch oder physisch, das ist hier einerlei, wo dieser kleine Unterschied nicht mehr gilt; und so dürfen wir auch auf den unsichtbaren Beistand des Glücks hoffen, auf ein Gelingen was die Grenzen dessen, was sich strenge genommen erwarten ließ, weit überfliegen mag.

Die weitere Ausführung dieser Idee bleibt einer andern Zeit vorbehalten. Hier will ich nur noch erinnern, daß wir die Fortschritte und Annäherungen zu diesem Ziele nicht nach Jahrhunderten, sondern nach Jahrtausenden zu zählen haben, wenn wir anders verstehen wollen, was Leben und Geschichte uns deutlich besagt. Man pflegt auch in dieser Rücksicht die Natur des Menschen und der irdischen Verhältnisse ganz zu vergessen und zu verkennen, und nur der eitelsten Hoffnung und Einbildung Raum zu geben. Eine gründlichere Einsicht in das Wesen der Dinge muß auch von dieser Seite uns Bescheidenheit lehren. Die ewige Vervollkommnung steht wohl dennoch fest; nur müssen wir uns das alles in etwas größern Dimensionen auch der Zeit denken, als nach dem Maßstabe der gewöhnlichen Kleinheit. Es ist aber um so wichtiger dieses anzuerkennen, weil nichts uns besser die Gesinnung lehren kann, in welcher wir alle die dazu berufen sind, an der Bildung der Menschen für die jetzige und künftige Zeit zu arbeiten haben.

SIGNATUR DES ZEITALTERS

[Erster Teil]

Manche drohende Anzeichen an dem Horizonte der irdischen Weltentwicklung sind wohl dazu geeignet, die ruhige Betrachtung auf den gegenwärtigen Zustand der menschlichen Angelegenheiten mit ganzem Ernst hinzulenken; damit nicht das Gemüt von üblen Vorbedeutungen und Ahndungen vergeblich geängstigt werde, und damit die große Veränderung und Katastrophe, welche in diesen entscheidenden Wendepunkt der welthistorischen Entwicklung einzutreten und ihr bevorzustehen scheint, uns nicht unvorbereitet finde. Suchen wir uns demnach den ganzen Zustand, die herrschenden Täuschungen, das eigentliche Streben, sowie auch das wesentliche Bedürfnis des Zeitalters, und nebst den innersten Gebrechen desselben auch die festen Anhaltspunkte des Guten und Bessern, und die Keime einer wahrhaft geistigen und moralisch gesicherten Lebensentwicklung und Lebensordnung, so wie sie im Zeitalter liegen, von allen Seiten und nach dem vollen Umfang der ganzen Erscheinung recht klar vor Augen zu stellen; ob wir vielleicht auf diesem Wege innewerden möchten, was wir denn eigentlich wohl zu erwarten, vielleicht neues zu erfahren und zu erdulden, oder doch noch zu hoffen haben, und was wir dagegen, ein jeder in seinem Wirkungskreise, etwa tun können und tun oder unterlassen sollen.

Wir wollen auch die guten Anzeichen einer bessern Hoffnung und Zukunft, die glücklich erscheinenden Symptome der Gegenwart bereitwillig und sorgsam beachten; um aber die ganze Lage und das wahre Problem, den eigentlichen Charakter und die rechte Signatur des Zeitalters vollständig zu erfassen, dürfen wir uns auch die üblen Anzeichen und Gefahr drohenden Symptome des ganzen Zustandes nicht verschweigen und müssen uns diese vor allem klar vor Augen stellen.

Das erste üble Anzeichen dieser Art ist wohl der *innere* Unfrieden, der bei Fortdauer eines fest und sicher begründeten äußern Friedens dennoch überall hervorbricht und allen Beobachtenden so allgemein fühlbar geworden ist, da er fast in steigender Progression sich zu vermehren und zu verbreiten scheint. Als vor einigen Jahren durch wundervolle Fügung Gottes der glorreichste Sieg über den allgemeinen Feind erfochten worden und Europa aus den Banden alles zerdrückender Militärgewalt, die so schwer auf allen lastete, wieder erstanden war; da wurden alle alte Hoffnungen von neuem rege, Wünsche ohne Maß und Ziel erwachten und niemand zweifelte an dem Beginn einer neuen, glücklicheren Epoche für die Menschheit. Bei dem großen europäischen Friedenswerke, was nun erfolgte, konnten freilich nicht alle rege gewordnen Wünsche befriedigt werden, von denen viele ohnehin ganz unausführbar und auch an sich grundlos waren; ja selbst auf manche wohlbegründete Ansprüche und gerechte Hoffnungen so vieler verschiedenen, alten und neuen, sich durchkreuzenden Interessen, war es nicht möglich gewesen, überall in dem gleichen Maße die erwünschte Rücksicht zu nehmen. Indessen blieb das Gefühl der Dankbarkeit gegen Gott für die unverhoffte Befreiung in allen gutgestimmten Gemütern rege; mit Wohlgefallen bemerkten die Verständigen, daß das Friedenswerk selbst sich immer fester zu gründen und zu konsolidieren schien. Und wenn hie und da noch eine unruhige Bewegung *und* Stimmung, eine an das Revolutionäre grenzende Stimmung und Aufwallung der Gemüter wahrgenommen ward; so glaubten kundige Staats- und Weltbeobachter dieses nur als eine zurückgebliebene Nachwirkung des großen chaotischen Kampfs betrachten zu müssen, die sich bald von selbst verlieren würde, so wie auf der beunruhigten Wasserfläche die Bewegung in immer weitern Kreisen und schwächern Aufwallungen nur allmählich nachläßt, bis endlich die völlige Ruhe wieder eintritt. Der Erfolg aber entsprach dieser allzu gutmütigen und beinah leichtgläubigen Erwartung durchaus nicht. Allerdings waren zuerst nur jene unerfüllt gebliebenen Hoffnungen und Ansprüche die äußeren Anhaltspunkte, an denen sich die im Verborgenen genährte Unzufriedenheit zunächst ausließ und oft heftig genug hervorbrach. Das Übel selbst aber wurzelte viel tiefer und war gar nicht bloß auf jene Punkte beschränkt, wo es öffentlich zur Sprache kam oder in Exzesse ausbrach. Es war ein tiefes und ganz allgemeines Übel; denn in jedem großen und kleinen Verhältnisse ward es wahrgenommen. Es war überall eine gewisse unangenehme Spannung, eine heimliche Beklemmung und Spaltung, eine verborgene Unruhe sichtbar, welche mehr oder minder alle Kreise des menschlichen Lebens bis in die innersten Familienverhältnisse durchdrang, ja auch jeden einzelnen in der eignen Brust mit sich selbst in Zwiespalt und inneren Unfrieden versetzte. Auch das individuelle und innere Familienglück war durch den Umsturz der alten Ordnung in einem so großen Teile von Europa, und hie und da selbst durch den gewaltsamen Umschwung der Rettung auf das heftigste mit erschüttert worden. Der gehoffte und ersehnte glücklichere Zustand aber wollte immer noch nicht auf die gewünschte Weise eintreten; und mit Verwunderung fühlte die Welt, da kaum die erste Freude über die Befreiung verraucht war, sich immer noch sehr gedrückt. Die innersten Verhältnisse des Eigentums, des Landbaues, aller Gewerbe, des Handels, des Geldes und Kredits waren nicht etwa bloß vorübergehend berührt, hie und da verletzt, bedeutend verändert worden, sondern ganz wie aus ihren Fugen gerückt; indem nun erst alle üblen Folgen so vieler zerstörenden Grundsätze, verderblichen Maßregeln und der die Lebenskraft des gesellschaftlichen Körpers oft nicht minder gewaltsam angreifenden Verteidigungsmittel, in ihrem unberechenbar weiten Umfang und in ihrer ganzen Tiefe sichtbar zu werden anfingen. Wohl fühlte daher ein jeder seine eigentümlichste und notwendigste Wirksamkeit auf irgendeine Weise gebunden, gelähmt, und in unauflöslichen Widerspruch verstrickt. Denn nicht auf das materielle Dasein allein war dieses große, alle Adern des menschlichen Lebens durchdringende Defizit – diese tiefe Lücke an Vertrauen und an der Kraft zur reellen Abhilfe – beschränkt. Die Verwirrung der Meinungen war gewiß nicht minder groß und ebenso verwickelt und schwer zu lösen, als der Kampf der in Unordnung und Zwiespalt geratenen Eigentumsinteressen. Auch in allen moralischen Beziehungen und Verbindungen war es daher als ob grade nur das eine Element fehlte, aus dem erst die volle Beruhigung und Zufriedenheit würde hervorgehen können. Die Begeisterung des Krieges war mit dem Kriege selbst entflohen, aber Vertrauen und Ruhe war keineswegs mit dem Frieden vollständig zurückgekehrt. Die gewonnene Frucht des Sieges war wie jene alte verbotne, gut anzusehen von außen, aber inwendig hohl und vom Wurm zerstochen. Der ganze Zustand nach dem Frieden war, wie der eines Mannes, der äußerlich wohlhabend und scheinbar glücklich, heimlich aber von drückenden Schulden geängstet oder von einem bösen Gewissen beunruhigt ist. Für wen dürfte es noch nötig sein, das einzelne dieses Zustandes ausführlich zu schildern; da jeder ihn in sich selbst empfunden hat und leicht die Stelle auffinden kann, wo sein innerstes Privatleiden mit dem allgemeinen Unglück und dem uns tausendfältig umspinnenden und in unzähligen Formen organisch vervielfachten Zwiespalt und Kampf des Zeitalters zusammenhängt? –

Das Resultat über diese Epoche der letzten fünf Jahre im allgemeinen ist also folgendes: Jeder Stand ohne Ausnahme, und mehr oder minder auch jeder Staat, jedes Individuum und jede Klasse der menschlichen Gesellschaft, war von den bezeichneten Symptomen und Gefühlen eines *allgemeinen innern Unfriedens* durchdrungen; welche Erscheinung um so rätselhafter auffallen muß, da der *äußre Friede* sich von Tage zu Tage dauerhafter und fester zu begründen schien, und alle Wolken einer etwa voreilig gefaßten Besorgnis von einer möglichen, äußeren Friedensstörung sich mehr und mehr ganz verloren, während dagegen die Symptome jenes innern Unfriedens in mehr als einem Lande und großen Staate nur desto heftiger und bedenklicher zum Ausbruch kamen; und auch die durchdachtesten Versuche, dem Übel zu steuern, die alte Ordnung zu erhalten, oder das gesellschaftliche Leben fester einzurichten und auf sicherm Boden wiederherzustellen, wo sie zur Ausführung kamen, doch nur teilweise einigen guten Erfolg hatten, oft auch ohne Wirkung blieben, nirgends aber das Übel selbst an der Wurzel heilten. – Zwar aus einem höhern Standpunkte der Religion betrachtet, könnte jene sonderbar auffallende Erscheinung eines so allgemein und tief eingreifenden innern Unfriedens, bei dem glücklichsten Anschein eines vollkommen gesicherten, für Europa wenigstens allgemeinen, äußern Friedens, wohl ganz erklärbar gefunden werden; als angemessen nämlich dem Plane einer leitenden Vorsehung, soweit wir über diese Angemessenheit urteilen können. War es nicht als sollte das Zeitalter, alle politischen Mächte und intellektuellen Kräfte desselben, jede Korporation und moralische Person, von der kleinsten bis zur größten, überhaupt die ganze europäische Menschheit, vielleicht eben darum in diesem peinlich drückenden Gefühl des innersten Unfriedens bei so fester Ruhe des materiellen äußern Friedens absichtlich und mit Fleiß festgehalten werden, damit sie dadurch auf die so lange nicht besuchten und nicht aufgesuchten viel verkannten Quellen aufmerksam gemacht und zu ihnen hingeführt würden, aus denen allein der wahre innere Frieden dauerhaft hervorgeht? – Wie der einzelne Mensch im Leben größtenteils auch erst durch den Schmerz und durch vielfältige Leiden vollständig erzogen und von einer höhern Hand dem bessern Ziele seiner innern Vollendung entgegengeführt wird; ist es nicht denkbar, daß auch die Menschheit im Großen, daß Nationen und Staaten, sowie ganze Zeitalter nach derselben höheren Erziehungsmethode von der Vorsehung geleitet und durch eine lange Reihe peinlicher und drückender, aber fruchtbarer und heilsamer Zustände und Erfahrungen, zu der Erkenntnis des Rechten, sowie zum rechten Leben selbst hinaufgeführt werden sollen? – Diesem Standpunkte der Vorsehung gemäß ist freilich das Zeitalter wohl nur selten betrachtet und beobachtet worden, und wenig ist auch in diesem Sinne und auf jene höheren Quellen des innern Friedens, der den äußern allein dauerhaft machen kann, hinzielend und hinlenkend, auf das Zeitalter gewirkt worden, von denen welche am meisten den Beruf und auch die Macht haben, auf seinen Gang leitend, hemmend oder ordnend einzuwirken; wenigstens ist es bei weitem nicht mit der zureichenden Kraft des Willens sowohl als des Verstandes geschehen. Für jeden einzelnen bleibt diese höhere Ansicht dem ungeachtet ganz die rechte und auch vollkommen wahr, insofern er sie nur festgehalten und angewandt, für sich und in seinem Kreise darnach verfahren und gehandelt hat. Äußerlich genommen aber und für das Ganze, nach dem irdischen Erfolg, mußte die Sache freilich noch eine ganz andere Entwicklung nehmen; und das ist denn auch in reichem

Maße geschehen, und wenige Jahre haben hingereicht, um jene oben erwähnte Täuschung zu vernichten und zu zeigen, daß hier nicht bloß von Nachwehen der Revolution die Rede sei, wie von den letzten Aufwallungen eines noch nicht ganz beruhigten Meeres, sondern von einem Übel, daß noch in seiner ganzen vollen Kraft besteht. Jene Epoche eines ängstlich erwartenden, unentschieden schwankenden Zustandes zwischen eigentlichem Unfrieden und scheinbarem Frieden ist nun vorüber; wir müssen aber diesen angegebenen Charakter vom höchsten innern Unfrieden, bei vollkommner, äußrer, politischer Ruhe für die Folge festhalten; denn darin besteht gerade das charakteristisch Eigentümliche, und die richtige Signatur dieser kurzen Epoche, die binnen fünf provisorischen Jahren (1815–1820) ebenso reich war an zwecklosen Erwartungen, und widersinnigen Forderungen, als an nichtigen Bemühungen und vergeblichen Bestrebungen. – Die Keime des Bessern, den Samen der Wiederherstellung, woran es auch in dieser Epoche nicht gefehlt hat, wollen wir demnächst in gründlichem Zusammenhange betrachten und zu erforschen suchen; jetzt wollen wir den Blick nur bei der Hauptsache festhalten. *Vorüber* aber nannte ich diese Epoche darum, weil das Übel, welches bisher größtenteils wenigstens ein verborgenes war, mehr und mehr ein sichtbares geworden ist: und dieses würde wohl überflüssig sein, noch ausführlich mit Gründen oder einzelnen Tatsachen belegen zu wollen.

Eine Erscheinung, welche zuerst die tiefer sehenden Staatskundigen und Weltbeobachter aus der Täuschung weckte und als gefährliches Zeichen der Zeit mit ernstem Schauder erfüllte, war das sonderbare Phänomen von *uneigennützigen Verbrechen,* oder wie soll man sonst solche Missetaten nennen, die zwar immer eine totale Verfinsterung und große Krankheit des sittlichen Charakters in dem Täter voraussetzen, doch aber zunächst nicht auf einen egoistischen Zweck gerichtet, vielmehr aus einer verworrnen und verirrten *Idee* des fanatisch verwilderten Zeitgeistes hervorgegangen sind, und daher nicht als eine individuelle Tat, sondern als ein allgemeines Zeitphänomen und aus der Finsternis hervorbrechende dämonische Gewalt erscheinen. Aber was wäre es nötig, da bei einzelnen

Tatsachen und Symptomen mit der Betrachtung lange zu verweilen, wo das Ganze so laut und so deutlich spricht? – Jener eine Hauptirrtum des Zeitalters, *daß die Revolution* schon abgeschlossen und *beendigt sei,* wird ohnehin kaum noch jemanden zu täuschen vermögen, oder irgendwo Glauben finden können; da die Tat und die Zeit selbst hier den Gegenbeweis geführt haben. In der Tat, wenn jener Gewaltmann, in welchem sich die ganze Revolution konzentriert hatte und gewissermaßen persönlich geworden war, diese falsche Behauptung zum Anfange eines sichern Grundes für seine allverschlingende Despotie zuerst mit dreister Zuversicht aussprach, um die ganze Erbschaft der Revolution desto sichrer von dem getäuschten Zeitalter einstreichen zu können; so darf uns das eben nicht Wunder nehmen, da die Verbreitung jenes Irrtums so ganz in seinem Interesse und Plane war. Wenn aber dieselbe Täuschung sich nochmals erneuerte und wiederholte, als der Zerstörer für seine Person beseitigt war; so kann man darin nur einen Beweis sehen, wie wenige das Phänomen des Zeitalters ganz aus dem Grunde erfaßt haben, wie empfänglich das Zeitalter selbst für Täuschungen aller Art und besonders über seine eigne Beschaffenheit und Diagnose sei, und wie in der Tat ein vielleicht nie in dem Maß allgemein gewesener Mangel an gesunder und richtiger, geschweige denn tiefer und gründlicher Beurteilung eines der Hauptkennzeichen desselben bildet; wovon sich auch späterhin der tiefliegende Grund wohl auffinden und ganz deutlich zeigen wird, wie mit dem rechten Direktionspunkte und Polarsterne in der Höhe, nicht bloß das Steuer in der flutenden Bewegung selbst, sondern auch das rechte Winkelmaß und letzte Senkblei für die Tiefe mit verloren gegangen ist. Fast scheint es daher einem Spotte zu gleichen, wenn man unser Zeitalter bei jenem so ganz allgemeinen und vorherrschenden Mangel an Beurteilungskraft dennoch ein kritisches genannt hat. Indessen liegt insofern etwas Wahres darin, als ein großer Mangel von irgendeiner Seite des innern, menschlichen Vermögens, allemal auch einiges Bedürfnis von derselben Seite zur Folge hat; und so mag jenes Prädikat unserm Zeitalter auch wohl wegen seiner aus jenem Mangel selbst hervorgehenden Tendenz und Neigung zur Kritik gegeben werden, das ihm aber noch ungleich mehr gebührt, wegen seines unstreitig sehr kritischen Zustandes, und der vielen Krisen durch die es zu gehen hat. – Nur auf das Gefühl des Moments berechnet war die Rückkehr jener Täuschung von der beendigten Revolution; nicht aber auf welthistorische Beurteilung gegründet. Als daher nahe vor dem Umsturz des europäischen Feindes ein geistreiches Organ jenes Augenblicks sagte, »das sei der Anfang vom Ende«; so schien mir schon damals, wie ich alles begierig zu erforschen suchte, einsam in mir durchdenkend, daß es viel richtiger heißen müsse: »es sei das Ende vom Anfang«; der Schluß nämlich des ersten Akts in dem furchtbaren Drama unserer durch große Katastrophen mit beschleunigtem Lauf dahineilenden Weltgeschichte.

Mit der Einsicht in jenen einen Hauptirrtum verschwinden aber zugleich noch mehrere andere Täuschungen von ähnlicher Art, die alle gleich schädlich sind, weil das Übel und seine Größe darin völlig verkannt, mithin auch das ganze Problem des Zeitalters, wie es von den Gut- und Rechtlichgesinnten ins Auge gefaßt werden soll, ganz unrichtig und schief gestellt und falsch beurteilt wird. Auf dem jetzigen Standpunkte ist es nun wenigstens wohl klar geworden, daß das revolutionäre Übel *nicht* als *ein einzelnes Faktum* betrachtet noch auch *einer Nation* allein oder *einer Person* beigemessen werden darf, und nur darauf beschränkt ist. Die Tatsache von 1789 braucht darum gar nicht als eine, die notwendig hätte erfolgen müssen, betrachtet zu werden; so wenig als irgendeine andere Begebenheit der Weltgeschichte jemals als eine schlechthin notwendige angesehen werden kann und darf. Wir gönnen es den französischen Schriftstellern, welche an solchen wenig fruchtbaren Untersuchungen Gefallen finden, die Staatsfehler zu bezeichnen, welche damals begangen worden, oder die bessern Maßregeln anzugeben, durch welche das Geschehene hätte vermieden werden können. Das ganze Faktum der sogenannten französischen Revolution, so unermeßlich auch die Folgen dieser einen Tatsache gewesen sind, bleibt doch nur ein einzelnes Symptom, ein partieller Ausbruch, eine erste Krisis; da augenscheinlich Stoff und Anlage zum revolutionären Übel schon *viel früher* und an vielen anderen Orten, um nicht zu sagen in der *gesamten Basis der zivilisierten Staaten von Europa* vorhanden war; so daß es in dieser Hinsicht fast als zufällig erscheint, daß der erste Ausbruch grade hier stattgefunden, obgleich dies allerdings seine guten Ursachen hatte. Ebensowenig kann man das revolutionäre Übel als ein bloß von der französischen Nation ausgegangenes betrachten, so natürlich und erklärbar es sein mag, daß sich der Haß der andern Völker im Fortgange der Zerrüttung vorzüglich gegen diese Nation gerichtet; so unleugbar die Tatsache ist, daß Frankreich, schon in den ersten italienischen Eroberungsversuchen unter Karl VIII. und Franz I., noch entscheidender aber seit Richelieu und Ludwig XIV. zuerst und am frühesten ganz egoistisch[1], rein störend und zerstörend, mithin revolutionär auf das ganze christliche Staatensystem, besonders aber auf Deutschland eingewirkt hat. Indessen ist, die Vergangenheit aus diesem Standpunkte betrachtet, wohl nicht leicht irgendein Stand oder Partei, kein Staat und keine Nation ganz frei von solcher nur mehr oder minder großen historischen Schuld; so daß wir uns schon von dieser Seite zu einer gegenseitigen Ausgleichung und Billigkeit geneigt und gestimmt fühlen müssen, da wir dem Ziele einer allgemeinen Versöhnung ohnehin soviel

1 Wenn von einem *egoistischen* Verfahren der Staaten die Rede ist, so kann damit nur der Erfolg und die Tat selbst, nicht aber die Absicht und Triebfeder gemeint sein; indem der moralische Begriff von einer rein uneigennützigen Handlungsweise und Triebfeder auf jene großen moralischen Personen nicht anwendbar ist. Dem *isolierten Vorteil des Augenblicks* nachzugehen, ohne Rücksicht oder vielleicht gar auf Unkosten der großen Grundsätze, das heißt von Seiten des Staats, egoistisch und kleinlich gehandelt; dagegen für das allgemeine Wohl und Gleichgewicht, für die Erhaltung des Friedens und der Grundsätze der Ordnung und Gerechtigkeit unter allen zivilisierten Staaten zu sorgen, wenn es gleich nur des eignen wohlverstandenen Interesses wegen geschieht, daß selbst der momentane oder mindre Vorteil aufgeopfert wird, alles ist, was auch die strengste Moralität an die Staatsgewalt und Staatsperson zu fordern hat. So hat *England* ein Jahrhundert hindurch, mit einem auf die Dauer berechneten und in einem großen Verstande durchdachten Egoismus, eine würdevolle Stelle im europäischen Gemeinwesen behauptet und oft das Steuer der allgemeinen Angelegenheiten zum Besten des Ganzen geführt. Noch weit inniger und unzertrennlicher aber ist für *Österreich* die Erhaltung der eignen Würde und Kraft verbunden mit der altkaiserlichen Sorge für die Erhaltung des Ganzen, besonders auch für die Erhaltung des Friedens, aller Elemente der Ruhe, und aller Grundsätze der Gerechtigkeit und rechtlichen alten Ordnung sowohl unter als in den christlichen Staaten; wie dieses hellsehende Politiker aller Parteibeschränkung und dem Nationalvorurteil ungeachtet, auch nie auf die Dauer verkannt haben.

näher stehen, wie die früheren Zeiten. Selbst die erneuerten Ausbrüche einer fremden schrankenlosen Nationaleitelkeit, die manchen Menschenstämmen nun einmal unvertilgbar und erblich eigen zu sein scheint, können uns in dieser Ansicht nicht irremachen, noch zu einer leichtsinnigen Reaktion und Vergeltung bewegen; weil es eben nicht bloß eine Ansicht ist, sondern ein zum festen Grundsatz gewordnes Resultat aufmerksam erfaßter Einsicht. Denn wer könnte *jetzt* wohl noch, überhaupt oder auch nur ganz praktisch genommen, den einseitigen und beschränkten Standpunkt eines, wenn auch nicht ganz ungerechten, wenigstens nicht unmotivierten Nationalhasses festhalten? Wer das wollte, der müßte die Indikation des jetzigen merkwürdigen Moments in der Weltgeschichte gar nicht verstehen; denn der vermeintlich patriotische Nationalhaß ist vorüber und nicht mehr an der Zeit, seit Europa eine kollegialisch verflochtene Einheit, um nicht zu sagen, eine in Wohl und Weh solidarisch verschmolzene Masse, oder auch ein und derselbe ernste und tragische Stoff für das Trauerspiel der Zukunft geworden ist; wie sich diese neue Einheit von ganz Europa mehr und mehr schon früher, besonders aber auch in der Zwischenepoche der letzten fünf Jahre auf eine Weise entwickelt und gestaltet hat, wie in der älteren Zeit nichts ähnliches jemals vorhanden gewesen ist. Und in dem Fortgange dieser Betrachtungen wird wohl ein jeder leicht zu der Überzeugung gelangen, daß von etwas viel Höherem hier die Rede ist, und die Entscheidung gilt, in dem schweren Kampf und der Aufgabe dieser Zeit, als von der armseligen Befriedigung eines vorübergehenden Nationalruhms.

Ebensowenig aber, als eine Nation, ist auch der eine europäische Feind von 1813, allein das ganze Übel gewesen, wenngleich er den ganzen Inbegriff aller zerstörenden Prinzipien in sich konzentrierte, und sie am meisten in allgemein gangbare und bequeme Formeln gebracht, und dem verderblichen Element den weitesten Spielraum und eine unbegrenzte praktische Ausdehnung gegeben hatte. Es ist ja auch schon oft und beinah bis zum Überdruß, hie und da gewiß auch mit Unbilligkeit bemerkt worden, daß, seitdem jene Person in die Ferne entrückt wurde, darum doch seine Wirkung noch vielfältig fortbesteht und seine Grundsätze nicht mit ihm ausgestorben sind, daß noch oft genug nach ihnen gehandelt, und im gleichen oder ähnlichen Sinne verfahren worden ist; mithin er doch nur eine Figur, obwohl eine Hauptfigur in dem großen Drama dieser unglücklichen Epoche gewesen ist, nicht aber das ganze Drama selbst, zu welchem die andere Seite der ganzen Erscheinung wesentlich mitgehört. Wo nun jener oft so übel angebrachte Vorwurf sich gar nicht anwendbar fand, war das Zeitalter damit doch auch nicht befriedigt, und wurde es häufig in diesem unzufriedenen Sinne bemerkt, daß es von Seiten der entgegenstehenden Politik mehr nur kunstreich modifizierte Negationen, eine sorgsam suspendierte Wirksamkeit gewesen sei, was provisorisch in die offen gebliebene Lücke trat, als ein positives Gutes, eine durchgreifend entscheidende Kraft des Rechten und Gerechten, deren organischen Gestaltung und Anwendung sich im ganzen zu viele Hemmungen und Hindernisse entgegenstellten. Ist es denn aber die *Gewalt des Bösen* allein, welche das Gemälde dieser Epoche ausfüllt, und ihren Charakter, ihr Wesen und ihre Geschichte erschöpft; oder gehört nicht auch die, gewiß nicht bloß aus dem Mangel an Willenskraft hervorgehende, sondern tief in den seltsam verschlungenen Verhältnissen und dem ganzen gebundenen Zustand begründete *Ohnmacht zum Guten,* als das andere Element ebenso wesentlich mit zu dem ganzen Krankheitszustande des Zeitalters? –

Also nicht in einzelnen Tatsachen und Personen, ja auch *nicht* einmal *in den einzelnen Parteien,* und falschen oder *verderblichen Theorien,* als solchen *allein,* liegt das Übel. Nicht gegen einen äußerlichen sichtbaren Feind, nicht gegen Fleisch und Blut gilt der Streit; unsichtbare, intellektuelle Gewalten sind es, im Verborgenen schleichende und dann alles durchdringende und verzehrende Prinzipien der Zerstörung; es ist der Kampf, in welchem, seit die Menschheit in ihre Elemente zerfallen will, diese nun frei gewordnen und verwilderten Elemente feindlich gegeneinander auftreten. Die einzelnen schlechtgesinnten Parteien erschöpfen noch nicht den *ganzen* Umfang der Gefahren die unser Zeitalter bedrohen; ein nicht minder wichtiger und noch viel tiefer liegender Grund von großem Übel, liegt in dem merkwürdigen Charakterzuge unsrer Zeit, daß jetzt *alles* sogleich *zur Partei* wird, daß selbst das Gute und Rechte in

Gesinnung und Denkart so häufig von diesem schrankenlosen *Ultrageiste* ergriffen und beherrscht wird, dessen unbedingtes Wesen und unorganisches Wirken denn auch seiner Natur nach leicht in das Zerstörende fallen kann, und so mit seinem Feinde, der revolutionären Denkart, zu dem gleichen Ziele und chaotischen Ausgang, gegen seine Absicht zusammenwirkt. Dieses besondere Wesen unsrer Zeit, welches man jetzt mit dem Worte »Ultra« bezeichnet, bedarf einer gründlichen Erörterung; und ich werde noch oft und ausführlich darauf zurückkommen. Nur denke man nicht, daß damit der neutralen Erschlaffung aller derjenigen das Wort geredet sein soll, welche für nichts Partei, aber auch an nichts mit Ernst ein Interesse nehmen. Darin liegt freilich kein Heil noch Abhilfe; vielmehr ist diese *Indifferenz der Gesinnung,* welche in der Masse, besonders der Gebildeten, so vorherrschend ist, ganz vorzüglich auch eines der auflösenden Elemente und eine der großen Hauptgefahren des Zeitalters.

Schon aus dem hier berührten Grunde kann man jener Meinung nicht beipflichten, welche den Grund des Übels und die Gefahren der Zeit allein in den falschen Theorien und verderblichen Systemen des 18. Jahrhunderts sucht, wie mehrenteils von den neuern französischen Schriftstellern geschieht; es läßt sich aber auch noch auf vielfache andere Weise dasselbe bis zur Evidenz klar machen. Ja, es ist dieses unter allen den schon angeführten Täuschungen des Zeitalters eine der hauptsächlichsten, und die Berichtigung um so notwendiger, weil sie am tiefsten bei der großen Mehrzahl gerade der Gutgesinnten eingewurzelt ist. Und eben weil sie allerdings den meisten Schein von Wahrheit für sich hat, ja einen Teil der Wahrheit enthält, nur nicht die ganze, vollständige; so ist diese Täuschung der Partei, welche wohl die gutgesinnte genannt werden darf, deren Einsichten darum aber noch nicht die richtigen sind, unter allen jetzt herrschenden Illusionen eine der gefährlichsten und schädlichsten. Denn indem sie der Wahrheit scheinbar sehr nahe steht, sie aber gleichwohl durchaus nicht erschöpft, wird durch diese ganz unzureichende und einseitige Auffassung des Zeitphänomens und ganzen Zustandes, der rechte Gesichtspunkt völlig verfehlt und so gehen auch für die praktische Anwendung und Begründung einer bessern

Zukunft, die besten Streitkräfte und Heilkräfte des Zeitalters mehrenteils völlig verloren. Das ausführliche Werk von *Haller* kann als ein Beispiel dienen von einer durchaus in diesem Sinne gemachten, zwar löblich gemeinten, in ihrer polemischen Richtung aber größtenteils vergeblichen, und zugleich auch überflüssigen Bemühung. Ganz absichtlich wählen wir gerade dieses so durchaus ehrenwerte Beispiel, um den Stand der Sache desto schärfer zu bezeichnen, nachdem es doch einmal nötig und unvermeidlich ist, daß wir auch diese trügerische Täuschung, als ob durch eine wissenschaftliche Polemik gegen die jakobinischen Grundsätze der sich selbst liberal nennenden Partei, noch irgend etwas bedeutend Ersprießliches erwirkt werden könne, mit allen andern Illusionen hinter uns werfen müssen. Das große Verdienstliche in dem gedachten Werke ist das Positive, was übrigbleibt, wenn wir alles Polemische davon ausscheiden. Zur Polemik aber ist die Zeit ganz vorüber, und es kann auf diesem Wege keine Hilfe mehr gefunden werden; ja kaum vermag diese, auch noch so geistreich behandelt, noch dem Nachdenkenden einiges Interesse einzuflößen, während der wichtige Moment für die Aufstellung des Positiven, was allein helfen kann, unbenützt und inhaltsleer verstreicht. Überdem sind die irrigen und verderblichen Systeme aller Art, die philosophischen wie die politischen, jetzt zu einer solchen Höhe getrieben, und so auf die Spitze gestellt worden, und zugleich hat sich ihre Anzahl so ins Unendliche vermehrt, und mit dieser fortschreitenden Vermehrung der Kampf aller gegen alle so vervielfältigt und chaotisch verwickelt, daß man das Geschäft sich untereinander zu vertilgen und gegenseitig zu zerstören, füglich dem Irrtum in allen seinen Ausgeburten selbst überlassen kann. Wer möchte damit noch die Zeit verlieren und dagegen das versäumen, was wahrhaft heilbringend und zur Hilfe nötig ist? – Ganz unleugbar bleibt es, daß der religiöse, moralische und politische Unglauben des Zeitalters, wo nicht selbst die Quelle des Übels ist, doch dieser Quelle am nächsten liegt. Vortrefflich als Dichter und zugleich vollkommen historisch wahr, sagte daher schon in früherer Zeit, *A. W. Schlegel:*

– Die Zeit hat *Glauben* nicht, noch *Liebe:*
Wo wäre dann die *Hoffnung,* die ihr bliebe?

Es liegt viel Sinn in diesem Dichterspruch; und solche einfache Blume der schlichten Wahrheit tut dem Anblick ordentlich wohl in dem ermüdenden Getümmel chaotisch kämpfender Parteireden, wie sie jetzt herrschend sind. Nirgends aber und zu keiner Zeit ist allgemeiner Unglauben durch Polemik, wenn sie auch die geistreichste wäre, mit reellem Erfolg besiegt worden; wohl aber verschwindet der Unglauben von selbst, sobald die positive Kraft des Glaubens siegreich in den Verstand und in die Gemüter der Menschen eindringt. Der beste und wahre Nutzen, welchen eine gründliche Polemik im intellektuellen Gebiet wirklich stiften kann – denn für das Praktische muß doch das Böse, nicht bloß mit Worten, sondern mit reellen Waffen bekämpft werden, wo nicht mit dem Schwert, so doch durch organische Einrichtungen und Gesetze, welche in dieser Sphäre die positiven Handlungen sind; – dieser Nutzen, welcher vorzüglich darin besteht, um gleich beim Anfang und ersten Emporkommen verderblicher Systeme der weiteren Verbreitung des Irrtums Schranken zu setzen, kommt jetzt auch zu spät, nachdem die Unwahrheit nicht mehr in einem festgeschloßnen Körper und bestimmten Systeme auftritt, gegen welches auch ein bestimmter Angriff gemacht werden kann; sondern in zahllose Atome zerteilt und aufgelöst umhergegeben wird, und daneben auch in jedem Moment die Form und Gestalt wechselt, und nirgends Stand hält, noch sich fest ergreifen läßt in der chaotischen Flut vorüberfliehender Meinungen.

Historisch genommen aber können wir nicht bei ein paar Sekten oder Systemen stehen bleiben, zur Erklärung des Zeitalters und des revolutionären Übels; sondern müssen weiter nachfragen nach der tieferen Quelle jenes so allgemein verbreiteten Unglaubens, und zugleich auch nachforschen, welche Frage gewiß nicht minder wichtig ist, als die erste: woher es doch kommen mag, daß die religiöse Festigkeit, die politische Einsicht, die moralische Kraft, welche wirklich noch vorhanden sind im Zeitalter, mehrenteils doch so mangelhaft in ihrer Wirksamkeit bleiben? Diese Abwesenheit nicht an sich, aber in der zureichenden Wirksamkeit der *wahren* Doktrin hat einen ebenso großen, ja vielleicht noch größeren Anteil an allem Übel, woran das Ganze sichtbar leidet, als die weite Verbreitung der falschen Doktrinen. »Was ist Wahrheit?«, heißt es hier gleich allgemein; diese Frage aber zeugt weniger von der absoluten Herrschaft irgendeiner bestimmten falschen Doktrin, als von der Abwesenheit oder doch in hohem Grade gehemmten und unterbrochenen Wirkungskraft der wahren Lehre.

Vorzüglich aber ist auch Folgendes noch hierbei zu erwägen. Wenn wir von allem Persönlichen abstrahieren, und nur auf das innre Wesen, das eigentliche Ziel des ganzen Strebens oder die herrschende Idee sehen; so finden wir oft dieselben zerstörenden Prinzipien und Elemente der Auflösung bei ganz entgegengesetzten Parteien in dem gleichen Maße herrschend, oder auch an weit entlegnen, gar nicht unter sich in Berührung stehenden Stellen in dem geographischen oder moralischen Bezirk des Zeitalters, zugleich, und doch unabhängig voneinander, ausbrechen; wo die Einerleiheit des eigentlich zerstörenden Prinzips, wenn auch in etwas veränderter Form von den genauer Beobachtenden leicht erkannt wird. So ist schon oft und von mehreren bemerkt worden, wie eine gewisse rein mathematische Staatsansicht und Staatsbehandlung gar nicht bloß der republikanischen oder liberalen Partei und Sekte eigen ist, sondern ebensosehr bei vielen der legitimsten Regierungen gefunden wird, und sich da in der gleichen Neigung zum Zentralisieren und der systematischen Verschmelzung und Vertilgung alles Lokalen und selbständig Korporativen kundgibt, die man wenigstens als Ziel zu erreichen trachtet. In welchem, willkürlich erweiterten und unbestimmten Sinne müßte man den Begriff einer Theorie oder eines Systems nehmen, wenn man das, was hier in so verschiedenen Formen wirkt, noch so nennen wollte? Es müßte überhaupt erst noch zuvor die Frage entschieden werden, ob die falschen Bestrebungen aller Parteien des Zeitalters, in den falschen Theorien ihren Ursprung haben, oder ob nicht vielmehr die verderblichen Doktrinen aus den irrigen und ungezähmten Bestrebungen hervorgegangen sind, zu denen der Grund vielleicht viel tiefer in dem Innersten der Menschheit und dem Zeitenwechsel ihrer

Entwicklung liegen kann. Oder vielmehr, es ist diese Frage schon auf das bestimmteste entschieden: die sämtlichen falschen Systeme von absoluter Einheit und absoluter Freiheit, sie mögen Namen haben wie sie wollen, es mögen philosophische oder praktische, administrative oder politische sein, sind aus dem schrankenlosen Streben nach absoluter Einheit und Freiheit hervorgegangen; und eben desfalls, weil jenes verzehrende Streben in den jetzigen Menschen so tief und so mächtig wurzelt, sind sie so leicht und weit verbreitet worden; und nicht umgekehrt, wie der oberflächliche Beobachter, der bloß bei dem Persönlichen stehen bleibt, wohl glauben könnte. Dies wird vorzüglich auch daraus klar, daß jenes absolute Streben doch in so vielen Verhältnissen des Lebens, an so vielen Stellen der menschlichen Gesellschaft, sichtbar als das herrschende hervortritt, welche mit den irrigen Systemen und falschen Theorien, wenn diese auch noch so weit verbreitet sein mögen, in gar keiner Beziehung stehen, und auf keine Weise von ihrem Einfluß hinreichend erreicht werden, um jene andere Erklärung begründen zu können. Übrigens soll und darf damit gar nicht geleugnet werden, daß das absolute und eben darum schon an und für sich zerstörende und verderbliche d. h. revolutionäre Streben des Zeitalters durch die Systeme, welche das Streben zur Idee und den Irrtum der Idee zum praktischen Grundsatz erheben und durch die Parteien, welche jene Systeme ergreifen und in Sekten verbreiten, noch in hohem Grade vermehrt und verstärkt wird, indem das feindliche Element durch jene systematische Ausbildung um so gewaltsamer konzentriert und zur epidemischen Verbreitung ungleich geschickter gemacht wird.

Wie und warum nun jenes Gefahr und Unheil bringende Streben nach absoluter Einheit und absoluter Freiheit, welches unter unzähligen verschiedenen Formen bei allen Parteien dasselbe und gleiche ist, gerade in unserm Zeitalter so mächtig und tief in dem Menschen wurzelt, seit wann und woher es seinen Ursprung genommen; das muß genau untersucht und bis auf den innersten und letzten Grund erforscht werden. Der allgemeine Zweifel, so wie jede einzelne vermeinte Schwierigkeit, welche hier im voraus erhoben werden, oder dieser angefangenen Entwicklung entgegentreten möchte, wird in der Folge ihre volle Beantwortung und Auflösung erhalten. Alles bisher Gesagte soll nur zur ersten Einleitung in diese Untersuchung dienen und gelten; möchte daher jede Mißdeutung davon entfernt bleiben, und man es nicht unangenehm bemerken, wenn das Gemälde der Zeit und ihrer Gefahren nicht immer mit durchaus heitern und dem Auge wohltuenden Farben abgefaßt und entworfen werden kann. Und wenn wir selbst zunächst auf einer guten Stelle stehen, die glücklicherweise noch auf sicherm Grunde ruhend, vom festen alten Damme gegen die andringende Meeresflut geschützt ist, oder wie eine starke Burg des Friedens unter den zerfallenden und morschen Gebäuden dasteht; so wollen wir dieses mit Dank erkennen, deshalb aber nicht die Augen nach allen vier Weltgegenden hin verschließen, über alles, was rechts und links, oben und unten, geschieht und sich regt und kundgibt; vielmehr den für uns gewonnenen Ruhepunkt benutzen zur ernsten Betrachtung alles dessen, was sich rund umher offenbart und was uns keineswegs fremd bleiben darf, oder gleichgültig scheinen kann.

Es ist nicht meine Absicht gewesen, nur einige auffallende Charakterzüge und im einzelnen etwa auch treffende Gedanken über das Zeitalter, wie zum Ideenspiel, hin und wieder redend zu äußern, in der Weise, wie dieses schon oftmals geschehen ist und noch geschieht. Ich wünschte vielmehr diesen Gegenstand, wie es das praktische Bedürfnis und der dringende Moment erfordert, ganz vollständig und aus dem Grunde zu erschöpfen, so wie man auch wohl über einen Abschnitt der alten Geschichte die Untersuchung historisch-wissenschaftlich völlig zu Ende bringen und abschließen kann. Denn nur eine vollständige Rechenschaft und Belehrung kann hier eine hinreichend sichere und genügende sein. Und wer bedarf nicht derselben, selbst als Leitfaden für das eigne Leben; wer wird nicht auf irgendeine Weise vom Zeitalter mit berührt und ergriffen, so daß er gewiß auch an irgendeiner wunden Stelle in seinem Innern das allgemeine Weh schmerzlich mitempfindet? Ein jeder wird davon durchdrungen, ein jeder ist mitbefangen in diesen weitern oder engeren Kreisen der innern Beunruhigung und erschütternden Bewegung, wenn auch nur in der nachklingenden Rückwirkung. Und so sollte auch ein jeder vollständig von dem, was dazu nötig ist, unterrichtet sein; wer irgend auf das Zeitalter, wenn auch ganz indirekt und unbewußt und noch so entfernt einwirkt, oder wenn er dieses vielleicht gar nicht will noch wünschenswert findet, wenigstens das Zeitalter von sich abwehren, und so viel als nur immer möglich ist, sich von demselben unabhängig, frei und unberührt erhalten möchte. Dahin aber gehört fast ein jeder, dessen Arbeiten und Wirkungen nur irgend über die vier Wände seines Zimmers hinausreichen; nicht bloß der Gelehrte und Schriftsteller oder Erzieher, sondern auch jeder nachdenkende Staatsbeamte, jeder Unterrichtete, der im höhern Gewerbe oder Handelsverkehr lebt; überhaupt die ganze gebildete Klasse. Und wenn vielleicht auch solchen erprüfteren Staatskundigen, welche in dem höheren Kreise der Weltbegebenheiten, was im Ganzen vorgeht, zum Teil selbst mit lenken oder modifizieren, und in jedem Falle am besten im Großen übersehen können, diese Untersuchung einiges Interesse einflößen sollte; so würde dieses um so erwünschter sein, da doch auch manches andere welthistorisch Wichtige gerade ihnen mehr fernsteht, oder fremd und verborgen bleibt. Und da die Untersuchung darüber so hochwichtig und nützlich ist, und doch nun einmal nicht länger umgangen werden kann; so wird es um so mehr vergönnt sein, in dem angefangenen Wege fortzufahren; und obschon in durchdachter Abmessung des richtigen Ausdrucks, die Sache selbst durchaus klar und ganz so stark zu sagen, wie sie wirklich ist und gefunden wird. Denn was sollte das Reden über die Zeit nützen, wenn man die Gefahren derselben nicht erfassen und erkennen will; aus welcher Erkenntnis doch allein die rechten Maßregeln, wie für das Ganze so auch für jedes besondere Verhältnis, hervorgehen können? – Überdem sind ja solche rein welthistorische Bemerkungen, doch nur so zu betrachten, als ob sie eine entfernte Epoche der ältern Geschichte beträfen, und von jemandem herrührten, der selbst einem vergangenen oder künftigen Jahrhundert mehr angehört, als dem gegenwärtigen; dessen Ansicht daher auch, als außer allen Parteien stehend, durchaus niemandem eigentlich im Wege sein, vielleicht aber hie oder da einigen ein nützliches Licht geben oder veranlassen kann.

Wir schreiten nach diesem ersten Vorwort nun zum einzelnen der

Untersuchung; wir lassen jene fünf Jahre des provisorischen Zustandes, die kleine Zwischenepoche, welche durch das oben Gesagte schon hinreichend charakterisiert ist, nun bei Seite, und betrachten das Phänomen des Zeitalters jetzt in einem größern Umfange, indem wir die zuletzt verflossenen dreißig Jahre zur näheren Betrachtung vor uns nehmen, zugleich aber auch die Beschaffenheit der Zeit unmittelbar vor dem Ausbruch der Revolution, mit in Erwägung ziehen. Zum richtigen Verständnis dieses ganzen Zeitraums müssen drei Generationen sorgfältig unterschieden werden, die alle noch gegenwärtig in das Leben wirksam eingreifen; durch welche dann auch ebensoviele Stadien des revolutionären Übels bezeichnet werden. In der Schilderung jener drei Generationen werde ich vorzüglich Deutschland im Auge halten, da dies mehr das Persönliche betrifft, welches uns natürlich in der eignen Umgebung unsers Vaterlandes am nächsten steht; da bei den andern Nationen auch Charakter, Verhältnis und Aufeinanderfolge jener Generationen sich wesentlich verschieden modifiziert hat, wobei es genug sein wird, die Vergleichungspunkte nur im allgemeinen anzudeuten. Für die Entwicklung des ganzen Zustandes aber müssen die Hauptmomente mit gleicher Rücksicht auf alle Nationen und für ganz Europa bestimmt werden. – Wer, dessen Jugenderinnerung wenigstens noch bis in jene ruhigere Zeit hinaufreicht, die den Stürmen der Revolution unmittelbar voranging, wird nicht gern zuweilen bei dieser Erinnerung verweilen, und einen beinah wehmütig wohltuenden Eindruck empfinden, wenn er sich in jenes Leben zurückversetzt? Edle und heitre Verhältnisse machten damals die Gesellschaft angenehm, die ruhigeren Formen des Lebens waren der Entwicklung gediegener Charaktere ungleich günstiger; der ganze Reichtum einer großen weltumfassenden Verstandeskultur konzentrierte sich häufiger in einzelne helle und glänzende Punkte; das Persönliche der hervorragenden Individuen blieb in sich geschlossener, und war noch nicht so aufgelöst und untergegangen in der allgemeinen Masse, in der chaotischen Flut der alles mit sich fortschwemmenden Begebenheiten, Meinungen und Parteien, wie es späterhin immer mehr und mehr der Fall war. Selbst eine gewisse in politischer Hinsicht vielleicht oft gefährlich wirkende *Weichheit* der Gesinnung und Denkart, gibt jener Zeit und ihren Charakteren etwas Anziehendes und Heiteres. Daher wenn man jetzt, mitten aus dem chaotischen Gedränge der Parteien, in dem die Gegenwart befangen ist, aus dieser Flur von verworrenen Meinungen und sich gegenseitig unverständlich gewordenen Systemen heraus, plötzlich ein Dokument jener Zeit in die Hand nimmt, Briefe von großen und berühmten Männern, oder sonst Schriften, in denen sich das Persönliche ausspricht, so macht die heitre Klarheit und Einfachheit jener ältern Ansichten und Denkart einen wunderbar beruhigenden und wohltuenden Eindruck. Es gab gewiß auch damals Parteien und politische Sekten, deren Einfluß und Absicht nicht auf das Gute gerichtet war; indessen hatte doch der Parteigeist selbst bei weitem noch nicht diese Höhe erreicht, die Persönlichkeit war noch mehr überwiegend, und in Hinsicht auf diesen besonnenern und ruhigern Charakter haben selbst die Parteien jener Zeit noch, wie erste Versuche, etwas Schuldloses an sich, und es ist mehr Unbefangenheit darin, wenigstens im Vergleich mit dieser willkürlichen Verdrehung der Wahrheit, dieser Umkehrung aller Begriffe, dieser Verzerrung aller Gefühle, und babylonischen Sprachverwirrung, wie sie späterhin sich entwickelt hat.

Gleichwohl war diese ganze, der Revolution unmittelbar vorhergehende Epoche, wenn wir sie historisch in dem etwas größern Umfange von 1763–1789 oder 90 nehmen, schon nicht mehr in der rechten Stimmung und Haltung. Sie ist die Periode oder Vorbereitung aller nachher zum Ausbruch gekommenen Übel gewesen, und selbst schon das erste Stadium dieses Übels der Zeit, welches auf dieser ersten Stufe, in der immer um sich greifenden *moralischen Auflösung* aller Stützen, Bande und Verhältnisse der politischen wie der intellektuellen Welt, sichtbar wurde und wodurch der Grund gelegt ward zu allem Nachfolgenden. Die nordamerikanischen Grundsätze und Begebenheiten schimmerten in der magischen Beleuchtung einer weiten Ferne nach dem alternden Europa herüber, und drangen mit dem vollen Hoffnungszauber einer jugendlich emporwachsenden *neuen* Welt in die Gemüter. In Europa selbst wurden die großen Grundsätze der alten Ordnung und Gerechtigkeit durch den Egoismus des Augenblicks auf eine Weise verletzt, wie es früher in *der* Art doch nicht hätte geschehen können, ohne daß man irgend die erschütternden Folgen berechnete; zum Beweise, wie sehr auch in dieser Hinsicht eine aufgelöste und laxe Gesinnung an die Stelle der alten großdenkenden Festigkeit getreten war. Aber auch im Privatleben ging das Gleichgewicht mehr und mehr verloren in dem veränderten Verhältnis und der feindlichen Reibung der verschiednen Stände und Klassen der Gesellschaft, und unter dem alle Klassen beherrschenden Luxus. Auch in dem Sittenverderbnis, besonders der höheren Stände, gab sich dieser Geist der Auflösung kund; in einigen Ländern, namentlich in Frankreich so stark, daß man jenen Zustand wohl als eine alle Fugen und Adern des gesellschaftlichen Körpers durchdringende und zerfressende allgemeine *moralische Fäulnis* mit harten Farben dargestellt hat. Eine solche Schilderung würde für Deutschland jedoch zu grell und auch zu jener Zeit nicht ganz anpassend sein, wo das Sittenverderbnis nicht gerade besonders ausgezeichnet und mehr als ein gewöhnliches gewesen. Indessen zeigten sich auch hier in der sogenannten *Aufklärung* die ersten Vorboten jener Grundsätze und jenes Strebens nach einer absoluten, innern und äußern Freiheit und Gleichheit, welche späterhin zu einer allesverzehrenden Flamme geworden sind; obwohl gemäßigter in Deutschland, und in milderer Form als in Frankreich, wo der Oppositionsgeist der durchaus leidenschaftlichen und mehrenteils atheistischen Philosophie der allerheftigste war.

Sind nun unverkennbar von dem Hauptbestreben der neuen, jetzigen Zeit, dem Streben nach absoluter Freiheit und nach absoluter Einheit, die ersten Regungen schon damals sichtbar geworden; so ist auch einleuchtend, wie durch solche Ideen die Bande der alten Ordnung, und die Gesinnungen, auf denen sie beruhte, lose gemacht und untergraben werden mußten; und liegt also eben in diesen aufgeklärten und schon halb und halb revolutionären neuen Grundsätzen und Meinungen der eine, wesentliche Grund zu der moralischen Auflösung, welche jene ganze Epoche im allgemeinen charakterisiert. Aber auch nur der eine Grund; der andre, nicht minder wichtige, lag unstreitig darin, daß die alte Maschine nicht mehr ganz passen wollte, weil nicht bloß die Ansichten, sondern auch die Verhältnisse sich sehr verändert hatten, und die Formen und Bande, an denen man die alte Ordnung, die schon viel früher sehr wesentlich erschüttert worden war, noch künstlich auf eine Zeitlang befestigt hatte, sichtbar sich abzunutzen, und schwach zu werden anfingen. Es war eine bloße negative Ordnung und Ruhe, welche auf den beiden Systemen des religiösen Gleichgewichts (von 1648) und des politischen (von 1700–1800) gegründet war; und eben darum konnte dieses bloß mechanische Gleichgewicht durch keine noch so kunstreiche Zusammensetzung auf die Dauer erhalten werden; denn alles, was nur ein Negatives ist, hat nicht die Kraft der neuen Belebung aus dem eignen Innern; und wenn die Zeit vorüber, das Räderwerk abgenutzt, oder nicht mehr anpassend ist, sinkt es unaufhaltbar zusammen. Und das war auch wirklich der Zustand der moralischen Welt, und der Eindruck, welchen er auf einzelne große und hellsehende historische Denker und Beobachter jener ältern und ersten unter den drei in die Revolutionszeit eingreifenden Generationen machte; und welchen Männern ich statt aller andern nur den einen: *Johannes Müller,* zu nennen brauche. Es war ein Gefühl, daß alles locker und lose, weich und hinfällig werde, daß alle Fugen und Bande nachlassen und auseinander gehen, weil die wesentlichen Stützen und der Grund und Boden selbst, morsch und faul geworden. So sehen wir in den Schriften jenes allforschenden welthistorischen Geistes, besonders in den frühern, oft ein gewisses *Abendgefühl* vom bevorstehenden Untergange sich äußern, das wehmütig ergreifend, und doch mit ruhigem, heiterm Ernst gepaart, noch ganz verschieden ist von der Sehnsucht nach dem, was ihm fehlte, und was er hier nie vollständig gefunden hat. Von der Höhe seines durch jahrhundertelange Neutralität, wie eine Insel, von dem übrigen Europa und seinen Bewegungen isolierten Schweizerfelsen, sah er gleichsam auf die scheinbar noch ganz ruhige Oberfläche aller andern Nationen und Staaten weit umher herab, und hatte ein wunderbar richtiges Vorgefühl von den Stürmen, welche sie bald bewegen würden, und es war ihm als neige sich überhaupt das Gestirn der ganzen großen Menschengeschichte mehr und mehr zu seinem Niedergange. Vorzüglich bemerkenswert in dieser Hinsicht erscheinen solche Stellen und Äußerungen von ihm, welche vor dem Ausbruch der französichen Revolution niedergeschrieben sind; obgleich ihm dieselbe Ansicht immer geblieben ist und sich noch mehr zur innerlich gewissen Wahrnehmung in ihm entwickelte. Unbestimmt aber und weit ausgedehnt, wie ein solches welthistorisches Vorgefühl von herannahenden Katastrophen ist, kann auch sehr leicht ein großer und wichtiger Wendepunkt, der aber doch nur eine partielle Änderung nach sich zieht, mit der allgemeinen und letzten Endkatastrophe verwechselt werden. So geschieht es auch jetzt, und hier wird also der Ort sein, als Episode, eine andre jetzt vielfältig herrschende Täuschung des Zeitalters zu erwähnen, die, obwohl sie in ganz andern Kreisen der Gesellschaft ihre Wirkung zunächst äußert, als die früher widerlegten politischen Täuschungen, darum nicht minder wichtig ist für die Charakteristik und Signatur des Ganzen. Ich meine die häufiger als je verbreiteten Prophezeiungen von dem nahen Weltuntergange; und wenig Kunde müßte derjenige von dem Zustande und dem Geist unsrer Zeit haben, der glauben wollte, daß diese, und ihre Verbreitung ohne Einfluß auf das Zeitalter und ohne welthistorische Bedeutung seien, weil sie in der weniger allgemein bemerkten Sphäre, unter dem Volke, bei geheimen Sekten, oder bei einzelnen zur mystischen Ansicht geneigten Personen Eingang finden, und ihren Wirkungskreis haben. Indessen hat in den für alles Wunderbare so empfänglichen Jahren von 1813 und den folgenden, der prophetische Bauer auch bei dem höhern und aufgeklärten, und wie es auch wohl gern genannt wird, freisinnigen Publikum, die Wißbegier oder Neugier lebhaft angeregt; ein mystischer Schriftsteller, der unter dem Namen *Stilling,* soweit die deutsche Sprache reicht, in dieser Sphäre einer der Einflußreichsten unsrer Zeit gewesen, bestimmt uns den Weltuntergang mit einer in ihrer Art schätzenswerten Genauigkeit und mutigen Zuversicht, auf das nicht sehr entfernte Jahr 1836; und selbst in den höhern gesellschaftlichen Kreisen hat sich eine Stimme vernehmen lassen, die eben auch in apokalyptischer Weise, obwohl zugleich mit der höchsten Eleganz des Ausdrucks, und nicht ganz ohne politische Beziehung, von der Ankunft jenes Weltbeherrschers und göttlichen Monarchen sprach, »der da alles neu macht«. – Es wird daher wohl keinen Tadel verdienen, wenn wir unter so vielen andern Irrtümern und herrschenden Täuschungen des Zeitalters, auch diese apokalyptische Seite nicht unberührt lassen können, wenn es auch bis jetzt in dieser prophetischen Angelegenheit nur bei der guten Meinung und löblichen Absicht geblieben ist, ohne sonderlichen Erfolg eines glücklichen Gelingens, in erwünschter und allgemein nützlicher Gewißheit. Jener falschen, oder doch sehr willkürlichen und durchaus unberufenen apokalyptischen Auslegung und Meinung vom ganz nahen Weltuntergange steht eine andre ebenfalls im Zeitalter sehr weit verbreitete Hypothese und Einbildung, von der *amerikanischen Zukunft* entgegen. Ich meine jene Ansicht und welthistorische Vermutung, welche als wahrscheinlich annimmt, daß die Geisteskultur und der höhere Zustand der zivilisierten Menschheit, wie sie in Asien angefangen, und dann in Europa aufgeblüht, während Asien verfallen und fast erloschen ist; auch fernerhin *westwärts* nach Amerika wandern und dort mit neuer Kraft aufgehen, Europa dagegen aber immer mehr altern, und so wie jetzt Asien, dahinsterben werde. Wie sanguinisch man aber auch den Anwachs der amerikanischen Bevölkerung, die jetzt noch so gering ist, und einer eigentümlichen Geisteskultur dieses neuen Weltteils, der bis jetzt auch in moralischer Hinsicht fast nur zum Behältnis für die Sekretionen des kleinen europäischen Mutterlandes gedient hat, berechnen möge; so ist leicht einzusehen, welche gute Anzahl von Generationen und Zeitläuften wohl noch dazu gehören mag, ehe dieses alles so werden, und ehe Europa durch die frei und groß gewordne Tochter in den Hintergrund zurückgedrängt, und von seinem jetzigen Primat über alle Weltteile herabgestürzt werden kann. Sollen also diese amerikanischen Berechnungen wirklich werden und eintreffen, so kann es mit den erwähnten apokalyptischen Auslegungen vom sehr nahen Weltuntergange nicht ganz richtig sein. Wollte man aber bei dieser Meinung in gerechter Konsequenz fortfahren; soll auch Botanybay zu seiner Zeit groß aufblühen; muß auch Neuholland oder Australien, als fünfter Weltteil und fünfter Akt in der Kulturgeschichte der Menschheit, an die Reihe kommen, und seine vollständige Periode haben, wie die andern Weltteile; so würde dieses wieder eine ganze Portion von Jahrhunderten erfordern, weit mehrere vielleicht, als uns zur Verteilung für unsre Hypothesen zugemessen sein dürften. Dann müßten auch die in einer gewissen Sozietät verbreiteten Vermutungen von dem wundervollen Innern Afrikas und seiner wichtigen Bestimmung für die Zukunft und ihre Geschichte, mit in die Berechnung gezogen werden. Jenen amerikanischen Berechnungen aber und der darauf gegründeten Idee von dem allmählich absterbenden und vor Alter verwelkenden Europa treten wieder die *slawischen Erwartungen* entgegen. Es ist nämlich auch das eine der vielverbreiteten und weit herrschenden Meinungen des Zeitalters: so wie in der ersten Epoche der neuern Geschichte und christlichen Zeit die germanischen Völker vorherrschend gewesen und das neuere Europa zuerst begründet haben, dann in einer spätern Periode die Nationen von romanischer Sprache und Abstammung zur höchsten Macht und Blüte auch in der Geisteskultur angewachsen seien; so werde jetzt die Reihe an die Völker vom slawischen Stamme kommen, und dieser für die neue Zeit der vorherrschende in Europa und überhaupt in der Weltgeschichte werden. Gern wollen wir zugeben, daß dem slawischen Völkerstamme, welcher den Kern und die Hauptmasse des großen russischen Reichs und mehrere starke Nebenzweige und integrante Hauptteile der österreichischen Monarchie, überhaupt aber wohl den dritten Teil der europäischen Bevölkerung bildet, noch eine vorzüglich starke, gesunde und frische Naturkraft einwohne; und daß, wenn die slawischen Nationen durch eine eigentümliche Geisteskultur in ihrer eignen Sprache, in die Reihe der zivilisierten Völker erst vollständig eingetreten sein werden, damit wohl eine ganz neue Epoche, auch für die Kulturgeschichte von Europa beginnen kann. Diese Hoffnung einer neuen slawischen Zukunft steht nun in geradem Widerspruche mit der Idee von dem herannahenden Verfall des alternden Europa, und können wir sie schon insofern, als die bessere und mehr begründete Hypothese, leicht gelten lassen; denn welche furchtbare Katastrophen auch schon in Europa gewesen sein, oder gar noch bevorstehen mögen, wir können sie nicht auf den Untergang und ein gänzliches Erlöschen dieses Weltteils, als Zentrum der christlichen Menschheit deuten, sondern höchstens nur auf den großen Kampf einer sehr schweren

Wiedergeburt. Soll jedoch diese slawische Hoffnung auf den Verfall und die Zurückdrängung der andern in Europa verbreiteten Nationen gegründet werden; so kann ich an unserm germanischen Völkerstamm bis jetzt wenigstens noch gar keine deutliche Spur von alterndem Verfall wahrnehmen, man müßte denn einige Erscheinungen bei dem in seinem alten Gebirgszustande seit Jahrhunderten fixierten Schweizervolk, oder dem im Welthandel ergraueten holländischen See- und Küstenlande dahin deuten wollen; denn England gehört nur zur Hälfte dem germanischen Stamm an, dem größeren Teile aber und dem vorherrschenden Charakter seiner jetzigen innern Beschaffenheit nach, muß es mehr zur romanischen Abteilung gezählt werden. Wenn aber auch bei einigen Nationen und in einigen Strichen, gewiß nicht in allen, dieses romanischen Teils von Europa in der sinkenden Bevölkerung und Landeskultur der alternde Verfall und ein absterbender Zustand schon entschieden eingetreten sein, und sich unleugbar kundgeben sollte; so berechtigt uns nichts in der Welt, die Möglichkeit und die Hoffnung einer neuen Belebung und Wiedergeburt auch für diese in Verfall geratenen und scheinbar erlöschenden Teile und Völker von Europa aufzugeben; ja es spricht schon jetzt manches *für* jene Hoffnung, die wir billigerweise nicht einmal für das alte Asien fahren lassen können, während es mit Europa inniger als je verbunden ist, und selbst dem Christentum, als dem eigentlichen wiedergebärenden und neubelebenden Prinzip wie für den einzelnen Menschen, so auch für die Weltgeschichte und Menschheit im Großen, nicht schlechthin und in alle Zukunft unzugänglich bleibt.

So streiten die herrschenden welthistorischen Lieblingsmeinungen des Zeitalters, eine mit der andern. Was aber die zuerst erwähnte, nach apokalyptischer Deutung, vom nahen Weltuntergange betrifft, insoweit dieser das Menschengeschlecht und seine Geschichte angeht; so läßt sich christlicher Weise und aus dem Standpunkte der Religion nur das eine darüber sagen: daß *die Welt schon lange dem Gerichte entgegenreift;* daß übrigens aber, wie der Heiland selbst uns zur Lehre und Warnung hinterlassen, der »Vater sich die Zeiten vorbehalten hat.« Dessen eingedenk, soll jeder für sich und alle im ganzen, immer bereit sein. Wenn es übrigens aber auch möglich wäre, mit der gleichen Wahrscheinlichkeit, wie etwa der Naturkundige die weitere Krankheitsentwicklung einer leidenden Organisation, bis zu ihrem Absterben und endlichen Erlöschen, nach allen ihren Stadien und Krisen angibt, ebenso den Beschluß der Weltgeschichte sogar chronologisch im voraus zu bestimmen; so bleibt hier doch als einzig richtiges Resultat nur jene fromme Resignation übrig, daß niemand als er selbst allein es wissen kann, inwiefern die Allmacht (der Vater) hier eingreifen, hemmen oder zulassen, den Lauf der Zeiten aufhalten und aus Gnade verzögern, oder auch zum endlichen Gericht unaufhaltbar beschleunigen will. – Dürfte man jedoch unter diesem Vorbehalt des verborgenen göttlichen Willens und Ratschlusses nach menschlicher Wahrscheinlichkeit, insofern diese auf historische Wissenschaft anwendbar sein kann, über diesen Gegenstand einen Gedanken fassen; so läßt sich wohl mit aller Sicherheit, die hier nur irgend erreichbar ist, annehmen, daß das Drama der Menschengeschichte schon bedeutend über seine Mitte vorgerückt ist, und in jedem Falle dem Ende um vieles näher stehen mag als dem Anfange; und können wir in dieser Hinsicht gern die Ansicht und das Vorgefühl jenes großen historischen Forschers teilen. In den heiligen Weissagungen aber, von denen durch willkürliche Auslegung eine so falsche Anwendung gemacht wird, sind noch manche Begebenheiten, als dem Ende vorher und vorangehend sehr deutlich bezeichnet[1], die selbst nach

1 Eine dieser Begebenheiten, die am bestimmtesten und ohne allen Zweifel verschiedenartiger Auslegung, in sehr vielen Stellen der heiligen Schrift verkündigt wird, ist bekanntlich die allgemeine Bekehrung des israelitischen Volkes zum Christentum. Ein französischer Geistlicher hat diese biblische Weissagung zu einem solchen Extrem ausgedehnt, und so gedeutet, daß er einen allgemeinen Abfall aller jetzt christlichen Völker von dem Christentum damit in Verbindung setzt, und auch eine Art von weltlicher Hegemonie des iraelitischen Volks in der Zukunft annehmen will. (*S. Exposition des predictions et promesses, faites a l'Eglise pour les derniers tems de la Gentilité, par le P. Lambert*. Paris 1806. 2 vol. 8; von welchem Werke vor einigen Jahren zu Frankfurt eine deutsche Bearbeitung erschienen ist.) Bei dem Verfasser hängt dieses mit gewissen jansenistischen Meinungen und Ansichten vom großen gegenwärtigen Verfall der katholischen Kirche zusammen; doch ist manche interessante Bemerkung und Zusammenstellung von Tatsachen in dem Werke enthalten, so unrichtig auch die Folgerungen sind, welche er nach seinen jansenistischen Grundsätzen daraus herleiten will. Auch fehlte

dem gegenwärtigen Stande der Dinge noch wohl viele Menschenalter erfordern dürften, ehe ihr Eintritt irgend denkbar ist; und wenn auch nur alles, was seit drei Jahrhunderten gespalten und zerstört worden, wieder versöhnt und geheilt werden soll, so dürfte dieses Werk der Wiedervereinigung wohl leicht einen ebenso langen Zeitraum erheischen, als die Trennung dahin genommen hat. Bemerkenswert bleibt es immer, daß in jener heiligen Weissagung, welche den Schlußstein der göttlichen Schriften des neuen Bundes bildet, die sieben Zeitalter der christlichen Geschichte und Kirchenentwicklung, obwohl in symbolischer Sprache und hieroglyphischem Ausdruck vorgetragen, doch mit so großer Bestimmtheit charakterisiert und in wiederholter Aufeinanderfolge voneinander unterschieden und sehr deutlich bezeichnet und einzeln geschildert werden. Es ist aber weder katholischerseits eine eigentlich doktrinelle und dogmatisch entschiedene, und entscheidende Erklärung darüber vorhanden, noch hat auch eine wissenschaftliche Exegese der Protestanten bis jetzt zu einer solchen szientifisch gewissen Auslegung führen können, die uns mit Sicherheit belehrte, wieviele von jenen Zeitaltern denn wohl schon verflossen sein mögen, und wieviele noch zurückzulegen sind. Und wenn auch die Schlüssel dazu in dem heiligen Buche selbst liegen mögen, so daß sich wenigstens die Unrichtigkeit der oben erwähnten willkürlichen Auslegungen und falschen Anwendungen aus diesem selbst, sobald man dessen Hieroglyphensprache einmal versteht, leicht zeigen

es zur Zeit des letzten allgemeinen Tridentiner Conciliums nicht an streng katholischen Theologen, besonders unter den spanischen, welche von dem bevorstehenden allgemeinen Abfall der ganzen Christenheit vom wahren Glauben, für die Zukunft recht finstre und trostlose Ansichten hatten; wofür man in manchen Ereignissen des 18. Jahrhunderts wohl eine sehr scheinbare Bestätigung finden könnte. Wie dem aber auch sei, wie übel auch der Anschein für die Zukunft sich zeigen mag, es gibt auch wieder bessere und hoffnungsvollere Anzeichen, und wir können jener harten theologischen Voraussicht von einer allgemeinen Verfinsterung der göttlichen Wahrheit, und dauernder Herrschaft des Unglaubens, für jetzt wenigstens durchaus noch nicht Raum geben, weil ihr die so ganz positiv bestimmte biblische Weissagung entgegensteht, daß die Wahrheit, und zwar noch hier auf Erden triumphieren, und die Christenheit als »Eine Herde« unter dem »Einen Hirten« wieder vereinigt werden soll. Und dieses ist und bleibt uns der unvergängliche Hoffnungsstern für die Zukunft in allen Stürmen der Gegenwart.

ließe, so würde doch auch das vollkommen richtige historische Verständnis jener sieben Epochen, wie sie uns der Prophet des neuen Bundes schildert, nicht eher mit Anspruch auf allgemeine Überzeugung auftreten können, als bis die Zeit gekommen sein wird, da jenes verschloßne Buch durch die Zeit selbst, oder vielmehr durch denselben Geist, der es geschrieben hat, entsiegelt werden soll; und werden wir auch von dieser Seite wieder auf jene weise und wahrhaft christliche Resignation und Ergebung in den Willen desjenigen zurückgeführt, der sich die Zeiten vorbehalten hat, und »vor dem tausend Jahre sind wie ein Tag.« – Der historische Ernst liegt in der Mitte zwischen der verborgenen Wahrheit, welche jene falschen prophetischen Versuche wohl nicht ohne Grund voraussetzen und suchen, aber nicht zu finden vermögen, und zwischen dem praktischen Leichtsinn des gewöhnlichen Lebens, welcher nur bei dem äußern Eindruck stehenbleibt, und nichts ahndend, von keiner Tiefe weiß. Das Phänomen selbst aber, daß im Vorgefühl oder beim ersten, lebendigen Eindruck einer großen Erschütterung in der Weltgeschichte, auch der Hinblick und der Glaube an die letzte Katastrophe besonders rege wird, hat sich schon öfter wiederholt, und wird im jetzigen Zeitalter, ebenfalls auch in frühern Epochen gefunden; so daß man es fast als bezeichnend annehmen könnte für den jedesmaligen Eintritt eines neuen und großen Wendepunktes im Entwicklungsgange der Menschheit. So erwachte beim Einbruch der nordischen Völker in die damalige Christenheit und Römerwelt, von neuem der Gedanke an das nah bevorstehende Weltgericht, und finden sich viele Äußerungen der Art bei den kirchlichen Schriftstellern jener Zeit. So erwartet man das Ende der Welt um das Jahr 1000 freilich zunächst nach chronologischer Deutung der biblischen Ausdrücke; doch war schon damals das christliche Abendland auf einen Punkt der Entwicklung gekommen, der zu größeren Katastrophen heranreifte, die sich bald auch in dem großen Kampf der Kaiser und der Päpste, des Staats und der Kirche, und besonders in der allgemeinen Explosion der Kreuzzüge entwickelten; bald genug nämlich nach dem damaligen, noch langsameren Gang und Rhythmus der menschlichen Entwicklung, wenn auch nicht nach unserm Zeitmaß im jetzigen, schnell beschleunigten Lauf der Begebenheiten. So erwarteten auch beim Anfange der Reformation viele der entschiedensten Anhänger des Neuen, gleich damals den unmittelbaren Eintritt des Reiches Gottes auf Erden, nebst dem Aufhören aller weltlichen Obrigkeit usw.; wie denn das die gründlichste und eben darum auch furchtbarste revolutionäre Gesinnung ist, welche von diesem religiösen Standpunkte und Irrtum ausgeht.

Wir kehren nun zurück von jener Abschweifung über historisch wichtige Visionen und praktisch oft sehr gefährliche Träume, auf den faktischen Boden der Gegenwart und zur Charakteristik jener ältern Generation, welche zwar ihrer Gesinnung, Bildung und ganzen Denkart nach, noch aus der Zeit unmittelbar vor der Revolution herstammt, die man übrigens aber sehr Unrecht haben würde, schon für ausgestorben und vorübergegangen zu halten. Sie greift noch sehr wirksam und lebendig, ganz ihrem Charakter gemäß, in die Gegenwart ein, und wenn sie auch der Zahl nach die kleinste ist, gegen die Masse der jüngeren Generation, so gehören dagegen die hervorragendsten und einflußreichsten Individuen in der politischen Welt, zum Teil selbst in der intellektuellen, vorzüglich ihr an; wie denn überhaupt in der höheren Klasse der Gesellschaft die alte Bildung länger festgehalten wird, und das Neue und Revolutionäre viel später eingedrungen ist. Wenn nun gleich jene Zeit oben im allgemeinen als die der moralischen Auflösung bezeichnet worden ist, so darf dies doch nicht auf die einzelnen Individuen ausgedehnt, oder so mißdeutet werden, als ob das Sittenverderbnis mit zu ihrer Charaktereigenschaft gehörte. Es ist zwar das Zerfallen der materiellen Bande ursprünglich allerdings aus der *aufgelösten Gesinnung* abzuleiten; allein es kann auch eine zu nachgiebige und weiche oder laxe Gesinnung in Hinsicht der allgemeinen Weltordnung und ihrer großen Grundsätze, nicht bloß mit den ausgezeichnetsten intellektuellen und liebenswürdigsten gesellschaftlichen Eigenschaften, sondern auch mit einem durchaus rechtschaffnen Charakter, und einer tadelfreien persönlichen Sittenstrenge sehr wohl vereinbar und vereinigt sein. Einige Charakterzüge mögen den allgemeinen Begriff dieser milden aber für den harten Kampf der Zeit nicht ganz ausreichenden Gesinnung in der persönlichen Anwendung deutlicher zeigen. So bemerkt man bei manchen

Charakteren, die ganz geeignet und geboren sind für die Leitung der großen Weltgeschäfte, einen genialischen Leichtsinn, der sich an das Gefahrvollste gefahrlos anschließen, beinah das Unmögliche glücklich ausgleichen, und selbst der leeren Verneinung einen Schein von Anmut und Leben zu leihen weiß. Bei andern, die an der Leitung und Regierung der menschlichen Angelegenheiten sehr nahe stehen, ist sogar ein deutliches Gefühl von Ironie bemerklich, wie es sich bei durchaus guten und geraden Charakteren, die aller Einbildung und leerem Schwulst fremd sind, ganz natürlich entwickeln muß, wenn das, was ursprünglich ganz persönlich sein sollte, in reinem Pflichtgefühl zu Ende geführt, nun als von der Person ganz abgeschieden, und ihr völlig fremd erscheint; wie in jedem Geschäfte, gerade wenn der künstliche Mechanismus die weiteste mögliche Ausdehnung und Vollendung erhalten hat, die Grenze aller menschlichen Wirksamkeit, das Unerreichbare und Zwecklose oder Widersprechende, was übrigbleibt, hervortritt und fühlbar wird. Ein anderer Charakter, der aber durchaus nicht handelnder, sondern bloß beobachtender Natur ist, besteht in einem beinahe indifferent scheinenden Gleichmut der Gesinnung, welcher von ganz Unkundigen wohl sogar als zum Revolutionären geneigt, verkannt werden könnte; weil ein solcher Charakter in strenger Rechtlichkeit gewiß nie an irgendeinem anorgischen Unternehmen oder Bestreben, dessen Wesen er vielmehr ganz durchblickt, auch nur den mindesten Anteil nehmen, oder nur die entfernteste, indirekte Begünstigung eines solchen sich zu Schulden kommen lassen würde; und er wird nie etwas Verderbliches wirken wollen, auch da wo er einsieht, daß sich nichts Gutes mehr wirken läßt. Aber eben weil er dieses anorgische Wesen, wie es gegenwärtig waltet, nach seinem Umfange und ersten Entstehungsgründen ganz durchdacht hat, und es auch da erblickt, wo andre es kaum ahnden, wird er den unvermeidlichen Zusammensturz alles desjenigen, dessen völlige Unhaltbarkeit und innere Nichtigkeit er einmal deutlich erkannt hat, auch ohne sonderliches Bedauern, und ohne Störung seiner auf das Ewige gegründeten innern Gelassenheit und Heiterkeit mit ansehen; andere, schon in der Liebhaberei zum Absoluten befangen, doch noch nicht im Ernst von irgendeinem Bestimmten der Art beherrscht, finden ein geistig täuschendes Vergnügen darin, sich jeden Augenblick in irgendein absolutes Parteigefühl oder dergleichen Ultragedanken mit willkürlicher Leidenschaft zu versenken, um so im Wechsel des politischen Kampfes den Schein des freien Lebens zu behaupten; dem Anschein nach ohne Interesse an der Wahrheit, obwohl im Innersten vielleicht nicht ohne eine tiefe Sehnsucht nach derselben. Dergleichen Naturen werden von der jetzigen stets in irgendeinem Absoluten starr gefangenen, und hart abgeschränkten Jugend kaum noch wahrgenommen, geschweige denn verstanden; und schon insofern muß man sich geneigt fühlen, solchen Charakteren, die größtenteils noch der ältern Bildungsweise angehören, bei der Gegenwart das Wort zu reden. Indessen aber bleibt es wahr, daß in allen diesen Charakteren nicht diejenige Gesinnung die vorherrschende ist, welche für das Problem des Zeitalters zureichend wäre, und auch im praktischen Gebiet eine organische Lebenskraft den anorgischen Bestrebungen der Zeit entgegenstellen könnte. Diesen anorgischen Bestrebungen des Zeitalters, und den daraus hergeflossenen verderblichen Ereignissen treten wir nun immer näher. Bevor wir aber zu dem Charakter der zweiten Generation und eigentlichen Revolutionszeit übergehen, ist es nötig zu erwähnen, wie die geschilderte moralische Auflösung und laxe Gesinnung auf Deutschland, besonders in dem Punkte, welcher für Deutschland der wichtigste ist, gewirkt hat; auf die Kirche nämlich und die Religion. Ein genialisch verderbliches großes Beispiel im Norden, und ein gleichzeitiges anorgisches Verfahren im Süden, hatte schon auf beide schädlich eingewirkt, und den Boden hinreichend erschüttert, um noch größere und gewaltsamere Veränderungen vorzubereiten. Indessen erfolgte doch die eigentliche Zerstörung erst viel später, als dasjenige was die Anhänger der aus der Revolution hervorgegangenen neuen Despotie mit dem eignen Kunstausdruck: »die Revolution von oben« genannt haben, von außenher mit Waffengewalt und erlogenen Verheißungen in Deutschland eingeführt wurde. Ich meine jene, soviele alte Institute vernichtende Zerstückelung und Verschleuderung des Reichs von 1803, die in jedem der nachfolgenden unseligen Friedensschlüsse weiter fortgesetzt, und immer anders modifiziert ward, ohne doch je zu einem konsequenten Abschluß zu gelangen; der, wie er auch immer hätte ausfallen mögen, doch noch erträglicher und weniger schmerzlich gewesen sein würde, als jene nur halb durchgeführten Operationen, wie die ungeschickten Schnitte von unsichern chirurgischen Händen zwecklos hin und her geführt. Nach und nach ward mehr als ein Drittel der deutschen Bevölkerung seinen alten Herren, allen seinen sittlichen Gewohnheiten und alten rechtlichen Verhältnissen entrissen; einzelne Länder wurden in sieben Stücke zerschnitten; andere wechselten drei- ja vier- oder fünfmal den Herrn, der dann jedesmal als der neuerdings rechtmäßige Souverän begrüßt werden mußte; es war, als ob man von allen Seiten eine gründliche Anarchie recht planmäßig organisieren wollte. In jener Epoche erfolgte dann auch der Zusammensturz der germanischen Kirche, die herrlicher fundiert und fürstlicher ausgestattet war, wie jede andere; und das Gebäude, welches von den Vorfahren so groß gegründet und ein volles Jahrtausend hindurch von Geschlecht zu Geschlecht erweitert worden war, sank in wenigen Jahren danieder, mit allen seinen für Gelehrsamkeit und Privatglück, für weltliche und geistliche Erziehung, für Volk und Staat so hochwichtigen und tief in das Leben eingreifenden Instituten. Ja es liegt zum Teil noch jetzt in trostlosem Ruin da, als ob man die einfache Wahrheit vergessen hätte, daß der äußere Frieden nur auf dem innern Frieden sicher ruhen, dieser aber allein von Gott kommen und im Glauben an ihn erhalten werden kann. Lassen wir aber diese politische Seite der neuesten Religionsereignisse auf sich beruhen, und betrachten den Gang des Ganzen nun auch von der intellektuellen Seite; so ist der Erfolg nicht in dem Grade zerstörend gewesen, als man wohl hätte glauben sollen, wovon der Grund tief in dem Charakter der Nation liegt. Ein sehr erfahrner Freund geistlichen Standes sagte mir oft: »Die Deutschen hängen so an der Religion, daß, wenn man ihnen keine Religion gibt, (d. h. die rechte lehrt, und im Geiste der rechten Lehre sie kraftvoll und lebendig wirksam erhält,) so machen sie sich selbst eine.« Und dieses hat sich auch in der letzten Zeit wohl von neuem vielfältig bewährt. Selbst das System der Aufklärung war in Deutschland nirgends eigentlich atheistisch gewesen, wie in Frankreich; und es wurde auch bald durch eine tiefere Philosophie zurückgedrängt, auf deren spekulativen Gebiete der deutsche Geist seinem Streben nach dem Absoluten, unschädlicher als wo dieses revolutionär in das praktische Leben eingreift, freien Lauf, und freies Spiel lassen konnte. Indessen wirkte doch der Zeitgeist in einer oder der andern Weise wie überall so auch hier, allerdings auflösend, selbst auf das Wesen der Religion und des Glaubens ein, ungleich mehr aber noch auf die äußere Form, um alles Feste und Positive in ihr zu verschwemmen. Nur in geringerem Maße wie natürlich, konnte dieses bei den Katholiken geschehen, oder doch weniger sichtbar und nur in heimlicher Untergrabung; bei den Protestanten aber geschah es in solchem Grade, daß fast alles Positive in ihrem Glauben verschwunden, und alle irgend feste Form verloren gegangen ist. Gutgesinnte und gründlich denkende Protestanten fühlen auch diesen Mangel wohl, und suchen auf einem oder dem andern Wege die Abhilfe; entweder auf einem mehr monarchischen, in dem hervortretenden Wunsche nach einer Episkopalverfassung und gehaltreichern Liturgie; oder auf dem republikanischen Wege durch kräftige Synodalverfassungen; und welches auch unsere Gedanken über die Zulänglichkeit dieser und ähnlicher bis jetzt ergriffenen oder in Anregung gekommenen Hilfsmittel sein mögen; das Streben selbst können wir nicht anders als durchaus achtungswürdig und tiefbegründet finden. In diesem ganz aufgelösten Zustande nun, der mit dem was man früher Protestantismus nannte, gar keine Ähnlichkeit mehr hat, ist eine ganz neue Erscheinung entstanden, die wenigstens in der Art noch nie dagewesen ist: ein inneres Christentum, ohne alle äußere Form, ganz unbestimmt und völlig gestaltlos im freien Gefühl und innern Glauben schwebend, ohne irgendetwas positiv fest Gegebenes oder Festgesetztes, welches sich dogmatisch fast nur durch eben diese Unbestimmtheit als *Christianismus vagus* bezeichnen und bestimmen läßt. Wir werden in der Folge noch auf diese merkwürdige und bis jetzt eigentümlich deutsche Erscheinung zurückkommen. Wenn übrigens diese lose Mystik ohne eigentliche Tiefe und ohne festen Grund, hie und da auch im katholischen Deutschland Eingang gefunden hat; so ist dies eben nicht zu wundern, bei der vielfältigen Verflechtung, in welcher die Katholiken und Protestanten in der deutschen Nation miteinander stehen und untereinander leben; wie ja auch jenes tote Vernunftchristentum ohne Liebe und ohne eigentlichen Glauben, welches die entgegengesetzte Abart von jenem ersterwähnten Auswuchse bildet, nachdem es die Protestanten mehrenteils schon beseitigt und hinter sich geworfen haben, nun unter den Katholiken noch vielfältig fortgrassiert.

Nachdem wir die Epoche der moralischen Auflösung und laxen Gesinnung als das erste Stadium des revolutionären Übels in seinen weitern Wirkungen für Deutschland besonders, bis auf die spätere und jetzige Zeit verfolgt haben; treten wir jetzt den schon entschieden anorgischen Bestrebungen und Verirrungen näher, und gehen zur Charakteristik der zweiten Generation oder eigentlichen Revolutionszeit über; bei der wir uns gerade am kürzesten fassen können, da die Erinnerung davon jedem noch in großen historischen Zügen vor Augen steht; so daß es vorzüglich nur auf eine schärfere Bestimmung und reine Auffassung desjenigen ankommt, was im allgemeinen als Geschichte genommen, als hinreichend bekannt vorausgesetzt werden kann, da es mehr oder minder auch der Inhalt unsres eigenen Lebens war. Den Hauptcharakter dieser ganzen Epoche kann ich vorzüglich nur in das kriegerisch aufgeregte, und über alle Grenzen wie eine alles daniederreißende Flut, hinauswogende Nationalgefühl setzen; und eben darum muß ich auch für diese Epoche den ganzen Zeitraum von 1789, oder 1792 bis 1814 oder 1815 in Anspruch nehmen, und es war dieser Akt nicht eher geschlossen, als bis die Revolution die von einer Nation und von unten ausgegangen, dann schnell in eine große Despotie und Revolution von oben übergegangen war, alle ihre Stufen bis zur allgemeinen Gegenrevolution aller Völker von Europa durchlaufen hatte. Wie jede chaotische Flut, in der Natur sowie in dem menschlichen Leben, eine Ebbe zur Folge hat, oder eine nicht minder gewaltige Gegenflut hervorruft, so ward auch diese vom Kriegsdämon gelenkte Revolutionsflut erst durch die unvollkommenen oder mißlungenen Reaktionen von 1808 und 1809 in ihrem Lauf hartnäkkig gehemmt, oder auch durch den mühsamen und halben Sieg selbst gebunden, und erst dann als sie im Jahre 1813 und 1814 durch die große Reaktion aller legitimen Regierungen, bewaffnet durch die aufgeregte Nationalkraft von ganz Europa, in ihre Quelle zurückgedrängt und mit der Rückkehr der Bourbons der alte Thron auf dem frischen Lavaboden wieder aufgerichtet war, kann man diesen Zeitraum als geschlossen ansehen. Die republikanischen Ansichten und Verfassungsversuche, an welche sich dieses *revolutionär gewordene Nationalgefühl* zuerst anknüpfte, sind nicht wesentlich eins damit, oder notwendig daran gebunden; es gedeihen vielmehr die revolutionären Zerstörungsgrundsätze noch ungleich besser unter dem Schirm der Despotie und militärischen Allgewalt, als in einem republikanischen Zeitraum, wo die anarchischen Aufwallungen sich gegenseitig untereinander bekämpfen und neutralisieren, und sobald sie ins Große gehen, ohnehin sehr schnell zur Despotie führen. Auch hat die »Revolution von oben« viel tiefer noch in das europäische Fleisch eingeschnitten, mehr geschadet und verwüstet, als die erste anarchische Bewegung, weil sie die Anarchie selbst erst in eine gewisse Ordnung gebracht, und dauerhaft gemacht hatte. Es kann aber auch die höchste kriegerische Nationalbewegung weit entfernt von anarchischen Neuerungen, zunächst gerade auf die Verteidigung der alten legitimen Ordnung gerichtet, und für diese entflammt, dem Revolutionswesen also gerade entgegenwirkend sein, wie dieses mit den großen Entwicklungen der Nationalkraft im Jahre 1808, dann 1809 und 1812 bis zum Schluß dieses Zeitraums der Fall war; in welchem zuletzt die vaterländische Begeisterung ebensosehr gegen die neue Anarchie und Despotie gestritten und sich hingeopfert hat, als anfangs für dieselbe. Wollte man dagegen einwenden, daß man bei diesen zur Reaktion geführten Nationalkriegen, sich nicht selten selbst in die anarchischen Grundsätze verirrt habe, und in ein wahrhaft revolutionäres Verfahren verfallen sei; so ist dieses doch nicht ganz allgemein gewesen, und gilt vorzüglich nur von der in ihrem ersten Anfang so bewunderungswürdigen Explosion vom Jahre 1808, oder von einzelnen Exzessen der spätern Ereignisse, deren Direktion im ganzen immer doch für das alte Recht, und gegen das neue Unrecht, die bleibende gewesen ist. Übrigens aber ist es unvermeidlich, und ein historisch bewährter Grundsatz, daß man jeden Feind nur mit seinen eignen oder den ganz ähnlichen Waffen schlagen kann; und darauf reduziert sich das

Wahre in jener Bemerkung. Will man das, was eigentlich Theorie ist, in den revolutionären Grundsätzen rein auffassen, so muß man von allem Persönlichen, Unrechtmäßigen und Kriminellen in der Anwendung ganz abstrahieren; und dann findet sich als das Wesentliche dieser Grundsätze, das System einer rein mathematischen, bloß mechanischen und maschinistischen, oder aufs höchste genommen, doch nur dynamischen Staatsansicht, Staatsbehandlung und Staatsverwaltung, die keineswegs auf jenen Zeitraum des europäischen Nationalkrieges (von 1792–1815) beschränkt, sondern schon ein oder mehrere Jahrzehnte früher im Gange war, ja auch jetzt noch häufig und mehrenteils herrschend ist; nach welcher selbst die legitimsten Regierungen in den Verwaltungs-Prozeduren der neuen Zeit verfahren haben; wie schon von vielen andern bemerkt, und auch oben vorübergehend erinnert worden ist. Freilich bleibt dabei ein sehr großer Unterschied. Da nämlich jede legitime Regierung an feste positive Schranken gebunden ist, die nicht übersehen werden dürfen, ohne die eigene Lebenskraft und sichere Fortdauer für die Zukunft zu untergraben; so kann selbst die falsche Theorie, welche auf die Vernichtung des Persönlichen, Lokalen, und aller selbständigen Korporationen, und auf eine mathematische Gleichheit in der Behandlung der ganzen Staatsmasse ausgeht, ohne dabei weder das Heiligtum des christlichen Privat- und Familienlebens, noch die von Gott verliehenen Freiheitsrechte der Kirche zu verschonen, doch nie mit der zerstörenden Konsequenz wirken. Es bleibt bei einem systematischen Streben in langsam progressiver Annäherung, wodurch das Übel schon sehr gemindert und gemildert wird. Jenes dynamische Verfahren in Masse, und Experimentieren mit Menschen, Provinzen, einzelnen Ständen und ganzen Nationen und Ländern, wie wir es erlebt haben, konnte nur von Staaten ausgehen, die nicht bloß eine falsche, verderbliche Theorie in sich aufgenommen hatten, sondern selbst durch und durch revolutionär geworden waren; wenn es gleich wissenschaftlich betrachtet, auch in der historischen Erscheinung vielleicht ein und dasselbe Prinzip ist, was das chronische Übel erzeugt, oder der akuten Erkrankung zum Grunde liegt.

So viel zur genauern Bestimmung des richtigen Begriffs der uns zunächst liegenden großen historischen Erfahrung, soweit sie die politische Seite dieses Zeitraums betrifft. Wir wenden nun den Blick auf die andere nicht minder wichtige, intellektuelle Seite derselben Epoche, welche für Deutschland besonders durch jene große wissenschaftliche Revolution ausgezeichnet gewesen ist, deren ganze Wichtigkeit und eigentliche Bedeutung erst eine spätere Nachwelt in ihren unermeßlich reichhaltigen Folgen übersehen und nach ihrem wahren Gehalt beurteilen wird. Es war auch hier wie im Moralischen eine fast allgemeine intellektuelle Auflösung und Erschlaffung, besonders aber eine uralte intellektuelle Seichtigkeit und vollkommne innere Nichtigkeit vorausgegangen. Die Wendung aber, welche das absolute Streben nach Einheit und Freiheit bei dieser durchaus spekulativen Richtung des deutschen Geistes nahm, war ganz verschieden von dem Gange der materiellen äußern Revolution; hier in dem freien Raume der Theorie konnte die absolute Vernunft ungehindert sogleich ans Ziel kommen, und alle Extreme erschöpfen, und also auch desto eher zu einer besonnenen Rückkehr und freien Selbstbegrenzung gelangen. Ja es war überhaupt eigentlich nicht der Charakter dieser neuen deutschen Philosophie, den halben Unglauben und rege werdenden Zweifel der früher herrschenden sogenannten Aufklärung und Halbphilosophie, zum absoluten Unglauben und Irrtum zu vollenden; vielmehr war gleich von Anfang an ein Suchen nach dem Festen und Gewissen, und nach dem göttlichen Glauben, im Einklang mit der Vernunft oder in Erhebung über dieselbe, mit diesem ganzen Streben verbunden gewesen. Wie unvollkommen auch dieses erste wissenschaftliche Streben und Suchen nach dem Glauben gewesen, wie oft auch dabei ein neuer oder noch tieferer Rückfall in den alten Abgrund des Irrtums eingetreten sein mag; so ward doch der Weg zur Rückkehr bald, wenigstens für die einzelnen glücklich gefunden, und selbst da wo dies noch nicht ganz vollständig gelungen ist, muß man wenigstens den hohen Ernst der wissenschaftlichen Gesinnung ehren, und die würdevolle Charakterkraft die sich in diesem großen Kampf um Wahrheit kundgab, der so geführt sein Ziel nicht lange verfehlen konnte. Und schon von dieser Seite bildet diese neue Entwicklung der tiefsten Philosophie eine der erfreulicheren Erscheinungen in einem Zeitalter, welches an innerer und äußerer Elendigkeit jeder Art so ausgezeichnet reichhaltig gewesen ist. Freilich kann alles dieses Rühmliche und zu Rühmende nur von einer kleinen Minorität gelten; aber der Maßstab der welthistorischen Beurteilung ist auf die intensive Kraft und Wichtigkeit gerichtet, während der frivole Zeitgeist nur Massen sieht und beachtet. Wohl bleibt es daher für jene ein wichtiges Phänomen im Zeitalter, wie die hervorragendsten Individuen, unter denen ich nicht so sehr die äußerlich glänzenden als die innerlich starken verstehe, ein jeder auf seine Weise und auf individuellem Wege, aus jenem schweren Kampf der Wissenschaft sich eine Bahn der Rückkehr brachen und fanden, zur Erkenntnis und Anerkenntnis des lebendigen Gottes in seiner Offenbarung. Das Zeitalter im ganzen ist auch, und zwar unmittelbar durch die Ereignisse und Wendung der Begebenheiten selbst, mächtig zur Religion zurückgelenkt worden; aber hier in der deutschen Wissenschaft sehen wir zugleich auch den ganzen Gedankengang jener großen Rückkehr, in der vollständigen Verkettung ihrer Lichtprinzipien als besonnenen Grundsatz in der belehrendsten Mannigfaltigkeit der individuellen Wege und Methoden dargelegt. Und wenn auch nur wenige ganz durchgedrungen sind, wenn auch manches anfangs noch unvollkommen geblieben ist, und viele aus dem Labyrinth der Spekulation die Rückkehr nicht unmittelbar zu der göttlichen Offenbarung genommen, sondern zunächst sich an die Offenbarung der Natur gehalten, und an dem reichen Lebensquell, der da unter dem atomistischen Staub der falschen ungöttlichen Wissenschaft versteckt lag, zunächst wieder geschöpft haben; so ist doch das Resultat des Ganzen schon für jetzt größtenteils ein erfreuliches zu nennen, da ohnehin eine geistige Erkenntnis der Natur und ihrer Offenbarung, wenn diese lebendig und mehr als dynamisch erfaßt wird, bei gründlichen wissenschaftlichen Charakteren früher oder später zu Gott und zur glaubensvollen Anerkenntnis der göttlichen Geheimnisse führt und führen muß.

Wenn wir aber jenen Ersten, welche den großen Kampf der Wahrheit und Wissenschaft zuerst in sich selbst durchgekämpft, oder auch fernerhin den rechten Ausgang mit redlicher Kraft gesucht haben, diese ehrenvolle Unterscheidung, der Wahrheit gemäß, durchaus schuldig waren; so kann doch nicht das Gleiche von der großen Masse der Nachfolgenden gelten, wie es überhaupt die Weise der Schüler ist, daß sie leicht aus der Art schlagen, da auch das, was selbst noch im Werden begriffen ist, und im ersten halbentschiedenen Kampfe steht, durchaus nicht geeignet sein kann, eine wahre Schule auf die Dauer zu gründen, oder die Masse zu bilden und zu lenken. Wenn Deutschland, welches so oft das Herz von Europa genannt worden ist, während dieser ganzen Epoche noch weit mehr, und fast ausschließend die Funktionen des Gehirns redlich durchgearbeitet hat; so ist es dabei ergangen wie immer, wenn das Blut und die ganze Lebenskraft zu sehr zu Kopfe steigen; und darf es uns nicht Wunder nehmen, wenn ein allgemeiner ideeller Schwindelgeist und manches andere Übel die Folge gewesen. Nachdem der lebendige Quell des tieferen Denkens einmal geöffnet worden, sprudelte eine nie versiegende Fülle von wechselnden Systemen und chaotischen Ideenfluten aus dem früher verschlossen gewesenen Born unaufhaltsam hervor. Das dynamische Denken und Gedankenkonstruieren ward ein Zeitvertreib und Würfelspiel einer leichtsinnigen neuen Schülerjugend, die sich darin genialisch dünkte; und die babylonische Sprachverwirrung, welche von der unreifen Philosophie ausgegangen war, ward nur noch verworrner, nachdem auch die ganze Schar der poetischen Kunstjünger, ohne poetische Kraft und ohne künstlerische Einsicht hinzutrat, und nun auch dieses fantastische Element noch in den allgemeinen Teig des gesamten deutschen Ideenchaos mit zergangen und aufgelöst war. Zwar ist es nicht so gefährlich mit Gedankenwelten ein dynamisches Spiel zu treiben, als mit Menschen; und minder schädlich alle Begriffe auf den Kopf zu stellen, als die Völker; und es hat sich auch in dieser Epoche die alte Gutmütigkeit, oder das Gemütliche des deutschen Charakters, selbst in jenen spekulativen Verirrungen und Spielen der Fantasie nicht ganz verleugnet. Von einer Seite jedoch erscheint das Phänomen ernsthafter, und beinah noch widerwärtiger, wenn auch weniger verderblich, als die gleiche Erscheinung in der praktischen Welt. Jenes der gesamten unberufenen Schülerschar so ganz eigentümliche und oft bis ans Unglaubliche gehende Talent, jedes alte oder neue Meisterwort, oder was irgend als ein solches gilt, frischweg so wie es aus dem Munde kommt, umzudrehen und in sein völliges Gegenteil oder irgendein ganz fremdartiges Fantasma zu verkehren, stellt uns einen besonders verwerflichen Charakterzug unsers Zeitalters aufs deutlichste vor Augen, der auch im praktischen Leben der Revolutionszeit, obwohl in ganz anderer furchtbarer Gestalt, aufgetreten ist. Ich meine jenes *Genie der Unwahrheit,* welches nie so allgemein verbreitet war als jetzt; die zur andern Natur gewordene Lüge, als furchtbar geistige Handhabe an dem zweischneidigen Mordschwert aller Parteigewalt, sie mag despotischer oder anarchicher Art sein; diese gänzliche Abstumpfung des innern Wahrheitssinns, und innere Aushöhlung des ehedem so fest geltenden und machtvoll wirkenden Worts, von dem plötzlich alle Lebenskraft gewichen, und das in dem endlosen Gewirre der Willkür mit einemmal schal, und ein eitler Dunst geworden scheint. Eben darum ist auch unser Zeitalter ein Zeitalter der Phrasen; denn nachdem das rechte Wort für die große Majorität und allgemeine Masse wenigstens, in Verlust geraten, so sollen nun Phrasen und leere Formeln die Stelle vertreten; da aber diese, wie meistens alle Surrogate, kein Genüge leisten, so müssen sie immer wieder durch neue ersetzt werden, und unaufhaltsam ergießt sich die Flut der hohlen Worte im politischen wie im intellektuellen Gewirre der Parteien. Es ist sogar schwer, dieses elementarische Zerfallen der Wahrheit, diese innere Auflösung des Worts, als ihres geistigen Trägers, mit Worten zu schildern; und man würde diese Verworrenheit, von der hier die Rede ist, kaum verstehen, wenn man nicht täglich so viele Gelegenheit hätte, selbst die Erfahrung davon zu machen. Auch in Frankreich, wo die Sprache selbst, mit Aufopferung vieler andern geistigen Vorzüge, fast ausschließend zur allen verständlichen Klarheit, und deutlichsten Bestimmtheit von altersher eingerichtet, oder abgerichtet war, fängt man jetzt an über Sprachverwirrung ziemlich allgemeine Klage zu führen, je mehr die politische Meinung und Leidenschaft sich dort ins Absolute steigert und in gegenseitiger Erbitterung die Parteien, die mehr und mehr sämtlich Ultra geworden sind, sich wirklich und im vollen Ernst einander zu verstehen aufhören. Wenn das aber jetzt im praktischen

Gebiet geschieht, so ist es wohl begreiflich, daß auf dem freien intellektuellen Tummelplatz der deutschen Fantasie und Wissenschaft, Gedanken und Reden sich noch viel babylonischer verworren haben.

Indessen hat der geschilderte Zustand des dynamischen Gedankenspielens, und schrankenlosen dichterischen und wissenschaftlichen Fantasierens, wie er sich aus der großen Krisis der tiefern deutschen Philosophie und geistigen Revolution zunächst und als unmittelbare Folge entwickelte, bald genug eine andere Wendung genommen. Diese Epoche ist jetzt schon vorüber und hat einer neuen, ganz anders gesinnten Generation Platz gemacht. Je mehr nämlich die Not und das Unheil, jene gepriesene »Revolution von oben«, zerstörend in das deutsche Gebiet eindrang; je mehr ward auch die Jugend auf den Ernst gerichtet, zum Kampf und zur Tat in hartem Druck bereit gesinnt, zu jeder auch der schwersten Aufopferung, sich darbietend und selbst gewöhnend. Ein hoher Ernst und eine seltene Sittenstrenge, stach auffallend ab gegen den frühern Leichtsinn. Überhaupt ist der Sinn der deutschen Nation seit dieser Zeit nicht mehr so ganz ausschließend auf das Spekulative gerichtet, und ist ungleich praktischer geworden, wie man es so oft beklagt hat, daß er es zu wenig wäre; und darin verdanken wir jenem absolutem Manne des Zeitalters nicht wenig, wegen dessen was er obwohl unwillkürlich und gegen seine Absicht zu unsrer Nationalerziehung beigetragen hat, da die Not doch nicht allein nach dem alten Sprichworte beten, (wozu ohnehin noch etwas anderes und höheres als die bloße Not erfordert wird), sondern nach Gelegenheit auch wohl arbeiten und handeln lehrt. Das Absolute ist mehr und mehr ins Leben getreten; und darin liegt allerdings eine neue und nicht geringe Gefahr, in der wir gerade jetzt stehen, da sie eben in dem Charakter der jüngern, jetzt aufstrebenden Generation liegt, über die so sehr verschiedenartige Urteile gefällt werden. Der absolute Sinn ist das, was sie im allgemeinen vorzüglich charakterisiert; die Urteile aber sind so verschieden, weil man nicht auf das Wesentliche jener eigentümlichen Charakterbeschaffenheit sieht; sondern nach der Vorliebe oder Abneigung für den Gegenstand urteilt, auf den sich dieser absolute Sinn gerade wirft. Bleibt es ganz in dem intellektuellen Spielraum der Wissenschaft und Fantasie beschlossen, so findet man das mehrenteils ganz unbedenklich, und spottet höchstens über die einzelnen Verirrungen und wunderlichen Gedankenphantome, die dabei wohl zum Vorschein kommen, als eine unschädliche Ideennarrheit. Ist jener absolute Sinn mit dem kriegerisch aufgereizten Nationalgefühl verwebt, oder gar zu republikanischen Freiheitsideen neigend; so ahndet man, nachdem der Augenblick vorüber ist, wo diese Stimmung gebraucht ward, darin die höchsten Gefahren; wie denn auch unstreitig die unbestimmten Freiheitsideen am meisten geeignet sind, von aller Jugend, geschweige denn von der jetzigen, sehr voreilig angewandt, und übel mißdeutet zu werden. Wirft sich derselbe absolute Sinn aber auf das höchste Ziel, alle Kraft und das Leben selbst der Religion widmend, so findet man eine solche innere Aufopferung von viel höherer Art als jene erste kriegerische der irdischen Existenz, mit vollem Recht bewundernswert, und gründet die allerhöchsten Hoffnungen einer ganz neuen bessern Zukunft auf eine solche Jugend; und wer möchte nicht geneigt sein, jene gerechte Bewunderung, und auch diese herrliche Hoffnung gern zu teilen? Indessen aber bleibt doch der Gegenstand, und dessen hohe Wichtigkeit und innerer Wert, eine Sache für sich; und etwas andres wieder ist jene absolute Sinnes- und Behandlungsweise, welche dieselbe und gleiche ist, und unsere jüngere Generation jetzt durchaus charakterisiert, der Gegenstand und die Denkart mag sein welche sie will. Denn dieser absolute Sinn hat an und für sich, seine eigentümliche Nachteile und Gefahren, wenn auch der Gegenstand selbst der allerhöchste, und die Gesinnung durchaus redlich und ernst, und ganz die rechte ist. Alles was absolut ist, wirkt seiner Natur nach anorgisch, die Elemente entbindend und zerstörend. Und insofern darf man wohl sagen, das Absolute ist der eigentliche Feind des Menschengeschlechts, wie überhaupt in allen Zeiten, so auch insbesondere in der jetzigen; und hier trifft das revolutionäre Streben und die ihm entgegengesetzte Ultragesinnung in diesem einen gemeinsamen Zerstörungsprinzip, obwohl wider Willen in verstärkender Zentralwirkung völlig zusammen. Ist Ziel und Gegenstand des Strebens noch obendrein verwerflich, so spricht sich die Sache selbst ihr Urteil, und es ist überflüssig, noch weiter davon zu reden; aber gerade wenn der Gegenstand der heiligste, und wenn auch die Absicht durchaus wohlgemeint und löblich, und die innere Denkart selbst im Wesentlichen die rechte ist, muß es uns mit dem tiefsten Bedauern erfüllen, wenn wir jenen absoluten Sinn vorwalten, und das zerstörende Prinzip auf solche Weise in das letzte Sanktuarium der Rettung mit übertragen, und sogar die Religion, das Licht Gottes, den letzten Gnadenstrahl der Hoffnung, als eine gemeine irdische Parteiangelegenheit behandeln und herabwürdigen sehen. Ich möchte fast sagen, in der Religion und in der Kirche sind die Unbedingten, und der absolute Sinn am meisten zu fürchten; denn bei der andern Jugend, in dem Gewirre der weltlichen Leidenschaften, werden sie kein großes Unheil stiften können, außer für sich selbst; und nichts Wesentliches oder irgend Bedeutendes zerstören, was ferner noch wirklich haltbar, oder eines ernsten Bedauerns würdig gewesen wäre. Ich habe früherhin selbst von einer Partei, die wohl die gute und rechtgesinnte genannt werden könnte, geredet, mich dem schon zur Gewohnheit gewordenen, eigentlich aber und in Wahrheit furchtbaren Redegebrauch bequemend; da ich selbst wohl die Gesinnungen jener Partei als die rechten und guten ganz anerkenne und teile, nur aber nicht die Partei als Partei gelten lassen, oder als solche irgendeinen Anteil daran nehmen kann. Könnte man nur die Worte finden, um jene innere Beklemmung und Scham, das ängstliche Vorgefühl und innere Widerstreben zu schildern, das jeden ergreifen muß, der auf den innern Grund der Dinge sieht, wenn er ganz unbefangen, und als ob es nur so sein müßte, von einer gutgesinnten, oder gar von einer religiösen, christlichen, katholischen Partei reden hört; die Menschen würden im Innersten ergriffen sein und es auch wohl verstehen, was es eigentlich, und im rechten Ernste heißt, wie wir oben ganz historisch kalt, abstrahierend von allem Gefühl, bemerkten: das *Absolute* sei nun ins Leben getreten. Wir sollen zwar Partei *nehmen* für das Gute und Göttliche, wenn nicht dieser Ausdruck auch schon zu viel sagt, und nachgibt für die so leicht mögliche und schon in Bereitschaft stehende Mißdeutung; d. h. wir sollen dasselbe klar und offen bekennen und standhaft sein, was wir sind und sein sollen; niemals aber sollen wir

Partei *sein,* oder Gott und seine Sache zur Partei *machen,* denn das wäre eine große und frevelhafte Entheiligung, wenn auf solche Weise auch das letzte Heilmittel der göttlichen Gnade und Rettung in irdisches Gift verwandelt würde.

Könnte wohl etwas an und für sich Furchtbares und völlig Trostloseres gefunden werden als dieser Zustand, den man oft noch als einen glücklichen preisen hört; den Zustand einer sich auf alles erstreckenden, und selbst das Gute und Göttliche ergreifenden und mit fortreißenden Parteiwut, wenn es ein allgemein herrschender werden sollte? So wären wir also dem Absoluten, dem eigentlichen zerstörenden Prinzip, ganz zum Raube dahingegeben, ohne daß unsere Jugend einmal die Gefahren ahnet, denen sie mit dem besten Willen entgegengeht. Unsere Väter, die Männer der ältern, uns vorangegangenen Generation, haben die reiche Aussaat der Verwirrung über die Welt ausgeschüttet; wir selber haben inmitten der Verwüstung ein zerrüttetes Leben durchhin gekämpft; und siehe da, die jüngere Generation, auf die wir schon die Blicke unsrer Hoffnung warfen, ist eben wieder und mehr noch als die vorigen Geschlechter mit Unheil bezeichnet, und trägt auch schon den Stempel der Zerstörung an der Stirne! Von solchen niederschlagenden Betrachtungen und untröstlichen Erwartungen könnte man wohl ergriffen werden, wenn man nicht hoffen dürfte, so wie man es wünschen muß, daß wenn es gelingen sollte, die jüngere Generation wieder zu den ewigen und eben daher auch beruhigenden Ideen in Religion und Wissenschaft, mehr und mehr zurückzulenken, sie dann auch im praktischen Leben milder auftreten werde; nicht bloß äußerlich geordnet, sondern auch innerlich besänftigt. Ist aber die Hoffnung wohl schon ganz nahe, daß dieses für die große Majorität und ganze Masse der jüngern deutschen Generation gelingen wird, sie auf die Unterwerfung und Hingebung unter das Göttliche hinzuführen; und bleibt nicht selbst da, wo das edelste Streben vorwaltet, und das Ziel selber das höchste ist, noch eine störende und gefährliche Beimischung von eben jenem absoluten Sinne zu besiegen übrig, der nach dem Ultrageiste unsers Zeitalters selbst die Bessern noch unbemerkt beherrscht und ergreift? – Doch von den Mitteln der Gegenwehr und Heilung kann erst später die Rede sein;

hier wollen wir nur das Übel selbst, jenes Ultrawesen nämlich, oder den auch der guten und gerechten Sache noch beigemischten Parteigeist erst ganz genau zu charakterisieren suchen. Denn daran ist doch am meisten gelegen, die kleine Minorität der Edelsten und Besten vor allem Störenden zu bewahren und von jedem Flecken rein zu erhalten; auf die Masse der Schlechtgesinnten kann erst von jenem neu gewonnenen Mittelpunkte aus, zum Bessern gewirkt werden. Es ist also hier nicht etwa davon die Rede, daß manche Jüngere und Ältere, welche die Religion als das Höchste und das eigentliche Rettungsmittel für das Zeitalter mit vollem Rechte anerkennen, der frühern Schülerart und dem oberflächlichen Schein- und Zeitgeiste gemäß, die Sache, die gewiß durchaus die gute und rechte ist, zu sehr ganz äußerlich nehmen, und mit einigen üblichen Demutsphrasen und hergebrachten Gehorsamsformeln, das katholische Christentum genügend abgetan, und gründlich abgehandelt glauben; ja wohl oft in weitläufigen Schriften und Reden, ohne alle innere Tiefe, und ohne irgend das Geheimnis der Liebe und des Lebens zu ahnen, nach ihrer Weise die Sache des Evangeliums, wie es der katholischen Kirche als ein Heiligtum Gottes anvertrauet worden, so höchst pragmatisch führen, daß alles das mit geringer Modifikation auch von der Religion des Dalai Lama gelten und gesagt werden könnte. Auch diejenigen meine ich, und diese vorzüglich, welchen es ganz ernst ist, die ihr Leben daran setzen und Gott widmen, und die wohl in die Tiefe einzudringen fähig sind; aber nur den absoluten Sinn fürchte ich, und das Unbedingte; denn dieser den organischen Zusammenhang zerreißend, wirkt immer zerstörend und verderblich, und kann nur für fanatisch begeisterte Wechabiten taugen, die unsrer Kirche fremd sind und bleiben mögen; nicht aber für die christlichen Diener des Friedens und der seligen Geheimnisse. So erfüllt es mich, um doch etwas einzelnes und ganz Bestimmtes anzuführen, jederzeit mit bangem Vorgefühl und schmerzlichem Bedauern, wenn ich in solchem absoluten Sinne isolierender Zerreißung, den brennenden Eifer für die Religion des Glaubens mit einer schnöden Verachtung der Wissenschaft gepaart, und zugleich auftreten sehe; als ob nicht dieses Licht nur ein Strahl wäre von jener Sonne, als ob die Sonne aber, selbst der Quell und Schoß des Lichts, diesem je feind und entgegen sein könnte! Doch diese traurige Verirrung wird in Deutschland glücklicherweise wohl nie sehr weit um sich greifen können, während sie in Frankreich schon als die allgemeine Denkart der einen von diesen zwei halben Nationen hervortritt. In Frankreich, wo überhaupt das Ultrawesen vom Nationalcharakter begünstigt, schon völlig einheimisch, und allen Parteien fast in gleichem Grade eigen geworden ist, und auch selbst die beste *Partei,* nämlich die der Verteidiger der Religion größtenteils mit ergriffen hat; so daß das altkatholische Christentum selbst, immer nur in der ermüdenden Opposition gegen das Schattengebilde des Atheismus, und die Greuel einer brutalen Sinnlichkeit, leidenschaftlich negativ, und ganz äußerlich ergriffen und hingestellt, ohne alle Tiefe theologischer Einsicht und christlicher Liebeskraft, fast in eine Art von Buchstabendienst und starrer Gesetzesreligion eines neuen katholischen Judentums überzugehen droht. Für Deutschland ist es vielleicht nur noch eine entfernte Gefahr, die uns bedroht, und von der wir wünschen, daß sie uns immer fern bleiben möge. In Frankreich sehen wir das Übel dieses Ultra- und allgemeinen Parteiwesens zu seiner vollen Riesengröße angewachsen; zur warnenden Belehrung auch für uns, wenn wir den Blick dahin richten wollen. Was ist denn nun aber das eigentliche innere Wesen jenes Ultrageistes, welcher unsere ganze neueste Epoche überhaupt so auffallend charakterisiert, und auch in Frankreich, wo er am meisten vorherrscht, nicht bloß auf die Jugend beschränkt, sondern sogar zunächst, wie es die besondern Umstände jenes Landes mit sich brachten, von der ältern Genration ausgegangen ist? Das *böse Prinzip* des Zeitalters haben wir im allgemeinen gefunden, und als das Absolute, so wie dieses in das Leben tritt, wo es jederzeit zerstörend wirkt, bezeichnet; denn darin treffen alle irrigen Tendenzen, und verderblichen Bestrebungen des Zeitalters zusammen; doch bedarf diese allgemeine Andeutung einer noch viel genauern Bestimmung im Einzelnen, bei der wir nichts übergehen werden. Um aber jene besondere Abart des zerstörenden Prinzips, welche jetzt als Ultrageist bezeichnet und charakterisiert wurde, in ihrem Ursprunge und innern Wesen zu verstehen, müssen wir zuvor auch das *gute Prinzip* im Zeitalter, Schritt vor Schritt nachzuweisen versuchen, um dann aus dem Gegensatz weiter folgern zu können.

Wir wollen dieses gute Prinzip zuerst auch nur im ganz allgemeinen Umriß auffassen und bezeichnen, als *das lebendig Positive;* denn dieses ist in allen Dingen des Lebens und in allen Verhältnissen der Gesellschaft, das *innerlich und äußerlich Feste,* das *dauernd Gewisse, das wirksam Reelle;* dagegen das Absolute, gleich der blinden Elementarkraft in der Natur, den organischen Zusammenhang zerschneidend, geradeaus, oder «Rücksichtslos«, wie man im praktischen Leben sagt, schrankenlos und isoliert herausgerissen, aller Ruhe feind ist, und doch sein Ziel nie erreichen kann, mithin durch und durch zerstörend wirkt. Finde man jenen Ausdruck des lebendig Positiven vorderhand noch nicht genügend, unbequem oder sonderbar; die Folge wird alles vollständig entwickeln und aufs deutlichste im einzelnen bestimmen. Lasse man mir nur fürs erste und als bloße Voraussetzung, jene Bezeichnung des guten Prinzips im Zeitalter gelten; und vergleichen wir jetzt jene Idee mit allen früher geschilderten, üblen, gefährlichen, oder krankhaften Zuständen und Erscheinungen der jetzigen so wie der frühern Epoche, und es wird schon durch diese Zusammenstellung, jener mit gutem Bedacht gewählte Ausdruck, nach seinem vollen Sinn, viel deutlicher erscheinen und sich entwickeln. Erinnern wir uns zuerst an die moralische Auflösung und laxe Gesinnung der frühern Epoche und ältern Generation, welche den ersten Grund zu dem nachfolgenden revolutionären Übel gelegt hat; so ist wohl einleuchtend, wie diese dem lebendig Positiven entgegensteht, und daß jenes Übel eben aus nichts anderm hervorging, und selbst nichts anderes war, als ein Mangel an innerer positiver Festigkeit in der Gesinnung und im Glauben, und ein Ermatten und Erkranken, der allein aus dieser positiven innern Festigkeit hervorgehenden moralischen Lebenskraft; wo denn, wenn auch die alten Maximen und Grundsätze noch aus Gewohnheit wiederholt, und mechanisch aufrechterhalten werden, hierin zwar noch ein Schein des Positiven gefunden wird, dem aber die wirkliche Kraft abgeht, weil kein wahres Leben mehr da, und dieses schon erloschen ist. Das flutende Nationalgefühl, als das Hauptphänomen des zweiten Stadiums, ist zwar ein Lebendiges;

wenn es aber in kriegerische Ruhmsucht chaotisch aufgereizt, über alle legitimen Schranken hinausgetrieben, und von seiner faktischen Begründung und bestimmten historischen Bedeutung und Wahrheit weit entfernt, ins Unbestimmte losgerissen, absolut und revolutionär geworden ist; so fehlt ihm die *positive* Begrenzung, und damit auch jene ausdauernd ruhige und nachhaltige Wirkung, die das Heil begründet, und damit auch die Bedingung, unter welcher diese Triebfeder allein sich wohltätig äußern kann; da jenes hingegen für den notgedrungenen Moment wohl scheinbar rettend, für die Dauer aber immer zerstörend wirkt. So ist auch jenes bloß innerliche, ganz formlos im Unbestimmten schwebende Christentum, dessen wir als eines ganz eignen Phänomens in der deutschen Religionsentwicklung erwähnten, allerdings wohl ein Lebendiges; aber es fehlt ihm die *positive* Gestalt und feste Form, und eben damit auch der Grund und Boden zum kräftigen Wachstum und lebendigen Gedeihen. Auch in dem intellektuellen Gebiete sind alle Verirrungen der Philosophie und der Schule daher gekommen, daß man das lebendige Positive im Denken, Wissen und Glauben, in der Religion wie in der Naturwissenschaft und Philosophie verloren hatte, und nicht beachten wollte, oder überspringen zu müssen glaubte, um nur desto schneller und ganz ungehindert in den Abgrund des leeren Absoluten zu stürzen. Es ist hier nicht der Ort, um zu zeigen, wie die Idee des lebendigen Positiven, wenn anders das göttliche Faktum der Offenbarung noch Idee genannt werden kann, auch in allem Spekulativen das Zentrum der Gewißheit, und den unvergänglichen Quell der Wahrheit und lebendigen Wissenschaft bildet; da diese Betrachtung doch zunächst auf das praktische Leben gerichtet ist und sein soll; nur da wo wir die höchste Sphäre des gesellschaftlichen Lebens berühren, wird zugleich von selbst ein Licht fallen auf die Stelle, wo sich der Übergang in das Gebiet der wahren, göttlichen Spekulation öffnet.

Daß der absolute Sinn, welcher in der noch unreif umherirrenden Philosophie vorherrschend war, auch im praktischen Gebiete dem lebendigen Positiven gerade entgegensteht und entgegenwirkt, ist von selbst einleuchtend, da er überall anorgisch wirkt, oder zum Anorgischen führt. Aber auch jene rein mathematische und mechanische Staatsansicht und Staatsbehandlung, von welcher wir bemerkten, daß sie nicht bloß den Revolutionären allein eigen sei, sondern auch wohl in manchen neuern administrativen Prozeduren der legitimsten Regierungen derselbe Zeitgeist sich rege, ist im Politischen der feindliche Gegensatz gegen das lebendig Positive; denn dieses geht allemal von einer historischen Begründung aus, und nicht von allgemeinen Theorien und leeren Abstraktionen, durch welche man immer über die legitimen Schranken und die faktische Wahrheit so leicht hinausgerissen wird. Es ist der Grundsatz des lebendigen Positiven keine unbestimmte Idee, wie es gerade hier im politischen Verhältnis am deutlichsten hervortritt; ich schließe mich vielmehr damit ganz entschieden an diejenigen an, welche in der Erhaltung und Entwicklung der *selbständigen Korporationen* und der korporativen Grundsätze, die eigentliche Heilkraft und das Rettungsmittel gegen die politischen Gebrechen des Zeitalters finden und suchen; wie jene aus *Mösers* reichem geistigen Nachlaß erst später erstandene Schule westfälischer Landwirtschaft, oder vielmehr altsächsischer Staatseinrichtung; und alle diejenigen, welche im Gegensatz der allgemeinen Theorien und abstrakter Begriffe von repräsentativen Verfassungen, den einheimisch lokalen und historisch begründeten ständischen Instituten das Wort reden. Nur, daß jene Verteidiger der korporativen Grundsätze, für die sich nachgerade auch in Frankreich, wo am meisten dagegen gehandelt worden, einige einzelne bessere Stimmen zu erheben anfangen, nicht allemal bis auf das innere Wesen und wissenschaftliche Prinzip dieser großen Lehre durchdringen, und sie immer noch in einem viel zu beschränkten Umfange nehmen. Was ist das *erste* lebendige Positive in der menschlichen Gesellschaft und ihrer praktischen Wirksamkeit? Die kleinste und einfachste, nicht mehr teilbare Korporation ist es, welche allen andern zum Grunde liegt; das Heiligtum der *Familie,* das Sakrament der Ehe, das moralisch geordnete, und christlich befestigte Privatleben; und dieses ist auch der unverletzliche und geweihte Boden aller rechtlichen Sitte und des frommen Gefühls, auf dessen uraltem Fundament das ganze übrige Korporations- und Staatsgebäude ruht, und ruhen muß. Das *höchste* lebendige Positive aber ist Christus in seiner *Kirche;* jene große und göttliche Korporation, welche alle andren gesellschaftlichen Verhältnisse umfaßt, und unter ihrem Gewölbe schirmt, ihnen erst die Krone aufsetzt, und die Kraft der eignen Weihe liebevoll mitteilt. Nicht bloß ein Surrogat zur Ergänzung oder Unterstützung und Ausbesserung der andern gesellschaftlichen Institute und Korporationen ist sie, sondern selbst eine eigentümliche und eigne, durch alle Staaten hindurch und in ihrem Ziel über sie hinausgehende freie Korporation, und positive Verbindung und Gesellschaft mit Gott, welche ihre erhaltende Kraft auch zunächst in ihm, und in sich selbst hat. Weit entfernt bloß ein Werkzeug und eine Anstalt der andern gesellschaftlichen Institute zu sein, würde sie im Notfalle die meisten derselben, die nur auf menschlicher Stiftung beruhen, leicht überdauern können. Dieses ist denn auch der Punkt, wo sich diese unsere Theorie trotz der scheinbaren Ähnlichkeit von *Hallers* schon oben erwähntem System gänzlich scheidet. Zwar bin ich insoweit ganz mit ihm einverstanden, wenn er alles Privat- und Staatsrecht durchaus nur als ein *positives* nimmt und anerkennt, historisch begründet und aufstellt. Nachdem ihm aber das *höchste* lebendige Positive, Christus in seiner allgemeinen Kirche, abgeht, so fehlt damit auch dem ganzen Werke der zusammenhaltende Schlußstein, oder das ordnende ewige Wort des Lebens; es bleibt also nach Abzug des göttlichen Geistes nur das roh faktische und grob materielle Positive übrig, welches erst durch jenes höhere, in Wahrheit ein solches, und das rechte wird, und ist das ganze System dieser neuen Staatsansicht, bis jetzt nicht weniger atomistisch, als die Irrtümer, welche es widerlegen soll, und auch zur Genüge widerlegt hat, so weit dieses, ohne die Wahrheit zu kennen, möglich ist.

Zwischen diesen beiden Korporationen, jener einfachsten und ersten, der Familie, als dem festen Grunde in der Tiefe, und dieser andern größten weltumfassenden, der Kirche, als dem erhellenden Himmel in der Höhe, steht nun der Staat, alle andern Stände, gesellschaftlichen Institute, alte und neue, wesentliche und ewige, oder bloß zufällige und vorübergehende Korporationen umfassend, belebend und tragend, leitend und lenkend, in der Mitte. Sein ganzes Sein und Wirken ist an diese Korporationen, wie an seine natürlichen Organe gebunden, er lebt und webt in ihnen, indem er selbst seinem innern Wesen nach, auch nur eine bewaffnete Korporation, und großes Friedensinstitut ist; und so wie er diese Sphäre, als seine eigentliche Lebensluft verläßt, und sich als absolute Allgewalt, als Militärkraft, Despotismus oder Anarchie aus diesen legitimen Schranken, an die sein Wesen und seine glückliche Fortdauer gebunden sind, herausreißt, so untergräbt er seine eigne Lebenswurzel, und bereitet unvermeidlich sich selbst, früher oder später den Untergang.

Für den ersten Begriff wird jene Idee des lebendigen Positiven, als des guten Prinzips im Zeitalter, nun schon hinreichend bestimmt, und dadurch die nächstfolgende Betrachtung über den Kampf dieser erhaltenden Kraft gegen das Streben nach absoluter Freiheit und absoluter Einheit, als den zerstörenden Elementen der Zeit, zugleich vorbereitet und eingeleitet sein, zu der wir demnächst übergehen wollen.

Sehen wir aber zurück auf die Frage, deren Beantwortung wir hier zunächst im Auge hatten, so ist nun wohl klar, was dieser besondre Ultrageist unserer neuesten Zeit denn eigentlich ist, und daß sein Wesen eben darin besteht, statt des lebendigen Positiven, es sei in welchem Gebiete es wolle, ein *leidenschaftlich aufgefaßtes Negatives* hinzustellen, und gewaltsam durchsetzen zu wollen. Diese Erklärung dürfte sich in der Anwendung so befriedigend und zureichend bewähren, daß es kaum nötig sein wird, zur Erläuterung noch etwas hinzuzufügen als das eine: daß auch das wahrhafte und rechte lebendige Positive in jeder Art und in jedem Verhältnis, durch eine absolute Auffassungs- und Behandlungsweise in ein leidenschaftliches Negatives verwandelt werden kann, indem alsdann alles in ein rein polemisches Wesen übergeht, wobei es nie zu einer organischen Gestaltung kommt, sondern das Gute und Böse, vermischt und zusammen in den gemeinsamen chaotischen Kampf mit versinkt.

Wenden wir nun den Blick auf die zweite politische Hauptpartei der jetzigen Zeit, so scheint bei ihr eine jener andern gerade entgegengesetzte Täuschung stattzufinden, indem die sogenannten Liberalen etwas als das positive Ziel ihrer heißesten Wünsche, ja überhaupt aller menschlichen Bestrebungen aufstellen, was genau betrachtet, doch wohl nur ein rein Negatives sein dürfte. Wenn der gutgesinnte Deutsche nicht etwa seit heute und gestern, sondern von seit langer Zeit über die politische Zerteilung klagt, durch welche der mächtigste europäische Staatskörper oft gegen das feindliche Ausland wehrlos ward, mit welcher Zerteilung aber doch auch unsere größten und eigentümlichsten intellektuellen Vorzüge, wie wir nicht vergessen dürfen, ganz wesentlich zusammenhängen; so läßt sich eine solche historisch begründete Erwägung, als solche, wohl nicht geradezu zurückweisen, noch irgend tadelnswert finden. Wenn also die Erinnerung an das ehemalige Kaisertum und seine Größe in vielen deutschen Gemütern unverlöschlich bleibt; so kann man dieses historisch tiefe Gefühl der Vergangenheit gern teilen, da vielleicht nie im ganzen Lauf der Weltgeschichte, eine größere, organisch reichhaltigere und so lebendig freie Idee im politischen Leben wirklich geworden ist, als diese Idee des altdeutschen christkatholischen Kaisertums, so wie es von König *Konrad dem Ersten* bis auf *Karl den V.*, vor der entschiedenen religiösen Teilung der Nation, zwar vielfach abwechselnd, aber immer herrlich und fruchtbar an neuem Leben, bestanden hat; welches Gefühl übrigens den eigentlich liberalen Ansichten und Grundsätzen ganz fremd ist, und weit über den Bereich derselben hinausgeht. Ebenso auch, wenn eine andere Nation, eine durchaus unglückliche Geschichte gehabt hat; wenn dieses edle Volk, nachdem es seine erste Jugendkraft in heldenmütigem Leichtsinn verschwendet hatte, und nun noch ehe es zur Reife gelangt war, obgleich nicht ohne eigene Verschuldung, in tiefes Unglück geraten, von allen Seiten feindlich behandelt ward und seine Existenz verlor; so kann man den fortdauernden Schmerz darüber wohl nicht anders als gerecht finden, denn es liegt ihm, sowie jenem Rückblick auf die kaiserliche Vorzeit, etwas sehr Reelles zum Grunde. Was liegt aber wohl eigentlich in zwei Kammern mit schwarzen und weißen Kugeln, mit Volksrepräsentanten, die immer nur eine Partei, oder im glücklichsten Falle, wenn sie selbst Chrakter haben, und eine wahrhaft eigene Meinung, doch nur sich selbst repräsentieren; dann mit erblichen Pairs, mit geheimen Kommittees, öffentlichen Debatten, und einem schließlichen Veto, für ein geheimer magischer Zauber verborgen, daß dieses neue Wesen, diese englische Erfindung oder englische

Krankheit, alle Politiker und liberalen Staatsphilosophen schwindeln macht, die Völker wie ein epidemisches Fieber, eines nach dem andern ergreift, und als ein eigentümliches Miasma dieser Zeit, schnell wie ein Lauffeuer, über und durch alle bewohnten und zivilisierten Weltteile dahingeht? – Freilich hat sich dabei die auffallende Erscheinung gezeigt, daß das eigentliche Volk selbst an den neuen Konstitutionen, auch da wo sie wirklich eingeführt sind, oft nur sehr wenig oder gar keinen Anteil nimmt; denn das Volk hat, solange es nicht von dem Parteigeist der höhern und gebildeten Stände aufgereizt und irregeleitet ist, mehrenteils eine viel gesundere Beurteilung, und verlangt einen reellen Vorteil und persönliches Wohlsein, was mehr sagen will, als einige abstrakte Freiheitsbestimmungen, wie sie im allgemeinen auf dem Papier geschrieben stehen, wo erst die praktische Anwendung und Ausführung alles entscheiden muß. Eine Konstitution in diesem neuen Sinne des jetzigen Zeitgeistes, weder historisch erwachsen, noch lebendig begründet, noch wahrhaft organisch gegliedert, ist eben, wie es sehr gut heißt, eine Charte; d. h. ein Stück Papier, was an sich nicht viel sagen will, und wobei alles auf den Gebrauch ankommt, der davon gemacht wird; bestehend mehrenteils aus einigen Abstraktionen und vielerlei Formen und Formalitäten, wie ein jeder leicht in einer müßigen Stunde das geduldige Papier ebensogut oder noch besser voll schreiben könnte, wie denn auch viele dieser Konstitutionen wirklich geradeso entstanden, und in einer halben Stunde hingeworfen sind. Oder es ist auch in noch buchstäblicherem Sinne eine Charte, die erst im Spiel ihre Bedeutung erhält, je nachdem sie so oder anders, von dieser oder jener Partei ausgespielt wird; wobei mehrenteils nur derjenige zu beklagen sein dürfte, auf dessen Unkosten es geht, und der die Spielmarken dazu herbeischaffen muß. Nicht in der Sache selbst, nicht in dem Papier und den geschriebenen Konstitutionen, also kann die magische Kraft und der wahre Grund zu der epidemischen Sehnsucht und dem allgemeinen Verlangen darnach, liegen, sondern nur aus solchen Umständen, die im Stillen wirkend, mehrenteils gar nicht einmal öffentlich zur Sprache kommen, aus den weitern Absichten und Aussichten für die ferne Zukunft, die dabei im Hintergrunde liegen, und überhaupt nur aus der ganzen historischen Lage und Beschaffenheit der jetzigen politischen Welt, läßt sich das Phänomen genügend erklären. Ich muß mich dabei jedoch verwahren, daß ich hier nur die eigentlichen Liberalen im Sinne und im Auge habe, keineswegs aber die jetzt, seit auch jene Partei mehr und mehr Ultra geworden, aus derselben schon sehr deutlich und bald vielleicht noch mächtiger hervortretende neue Partei der ganz eigentlich und entschieden, obwohl noch nicht öffentlich Republikanischgesinnten; denn diese wissen sehr bestimmt, was sie wollen, indem sie die Konstitutionen nur als eine provisorische Stufe des Übergangs und als Mittel zum Ziel, betrachten und haben wollen. Von dieser neuen Tendenz kann erst weiter unten die Rede sein, wo das Grundphänomen des Zeitalters, das Streben nach absoluter Freiheit und absoluter Einheit, zur Erörterung kommen wird. Selbst die Konstitution der spanischen Cortes setze ich hier beiseite, weil auch diese schon ungleich republikanischer ist, als die französische Charte; und eben darum, so viel einzelnes darin auch dem Französischen nachgemodelt sein mag, doch ein ganz anderes und eignes Wesen ist, und jene Charte an gefahrvoller Konsequenz auf dem gleichen verderblichen Wege bei weitem übertrifft. Unter den eigentlichen Liberalen aber verstehe ich zunächst diejenigen, welche nicht eine zukünftige Republik im Sinne haben, sondern die gemäßigte Monarchie aufrichtig und im Ernste wollen, diese für die glücklichste Verfassung, aber nur auf diese eine Weise durch zwei Kammern, mit Volksrepräsentanten und erblichen Pairs, nach englischer Art, für möglich und erreichbar halten. Statt des höchst unbestimmten und vieldeutigen Begriffs von einer gemäßigten Monarchie, würde ich freilich die Idee einer organisch geordneten und lebendig gegliederten Monarchie bei weitem vorziehen, wie uns die ältern Historien des christlichen Abendlandes, zu der Zeit als nebst den andern freien Korporationen die Kirche noch für das praktische Leben ungleich wirksamer, und auch im Politischen ein mächtiges Organ war, so vielerlei verschiedenartige und vielfältige Beispiele davon darbietet, lange vor dem Entstehen dieser neuen Begriffe und der dynamisch künstlichen Abweisung politischer Gewalten und Gegengewichte. Ich will zugeben, daß auch in jenem anderen Auswege eine Garantie für den gemäßigten Gebrauch der absoluten Staatsgewalt erreicht werden kann, besonders wo es einmal dahin gekommen ist, daß diese nicht mehr wie vor alters ganz persönlich verwaltet wird, sondern auf mechanische Weise, durch ein alldirigierendes und eigentlich regierendes Ministerium gehandhabt wird; und wir haben selbst in unsrer Zeit die Fälle ganz in der Nähe erlebt, wo das einseitige Verfahren eines übertrieben liberalen Ministeriums durch die mehr monarchischgesinnten Kammern heilsam beschränkt und modifiziert wurde; aber die wahre Garantie lag doch auch hier in der Gesinnung und nicht zunächst in der äußern Form. Und sollte denn unser Zeitalter wirklich so arm an Erfindung sein, und ist die ganze reiche Welthistorie mit einem Male so völlig vergessen, daß alle jene andren ungleich festeren und größer gedachten Garantien der frühern Zeit nichts mehr sein, und nur diese in England so höchst lokal entstandene Verfassungsform als die einzig mögliche fernerhin gelten soll? In jedem Falle aber würde eine solche Garantie, wenn sie auch wirklich in allen Fällen so schlechthin notwendig wäre, und allein auf diesem Wege mit Sicherheit gefunden werden könnte, doch nur ein ganz negatives Gut und Wesen sein, wie gleich zu Anfange bemerkt wurde; und also ganz übertrieben und irrig die Ansicht, welche dieses Trugbild einer vermeinten politischen Freiheit, welche die Parteien begeistert, und von welcher der friedliche Staatsbürger so wenig Reelles zu genießen bekommt, gar als das höchste positive Ziel des gesamten Staats-Körpers, wo nicht überhaupt des menschlichen Lebens, darstellen will. Wenn in den neuen Konstitutionen der deutschen Bundesstaaten das System der zwei Kammern ebenfalls angenommen worden, so muß dabei erstlich bemerkt werden, daß in der Vermischung mit altdeutschen Einrichtungen und eigentlich ständischen Instituten etwas total andres daraus geworden ist, als in England und Frankreich, die wir hier zunächst im Auge haben, weil da jenes System in seiner Reinheit sich darstellt. Übrigens aber dürfte, von Seite der Theorie erwogen, jenes Element doch immer als ein fremdartiges und eigentlich undeutsches erfunden werden. Wenn man aber eine solche Konstitution als das betrachtet, was sie eigentlich in der Wirklichkeit ist, eine glückliche Ausgleichung nämlich zwischen den Parteien und streitenden Elementen, ja zwischen dem Regenten selbst, und dem allgemeinen Verlangen oder dem Volke; so fällt alle aus der Theorie hergenommene Kritik von selbst weg. Man verlangt von einem Friedensschluß nichts weiter, wenn nur beide Parteien damit völlig zufrieden sind, mag er auch übrigens manche wesentliche Inkonsequenz enthalten. Sonst würde selbst der größte von allen Frieden, der westfälische, die Prüfung schlecht bestehen, wenn man statt das glückliche Ende eines langen und unauflöslich scheinenden Krieges, die strengste Konsequenz der staatsrechtlichen Grundsätze, wie in einem wissenschaftlichen System, darin suchen wollte. Nur soll man desfalls die Theorie nicht selbst entstellen und verkennen; noch bei jener wohlbegründeten und behutsamen Billigkeit des Urteils, die ephemeren Theater- und Schaugerüste unserer Zeit für ein Gebäude auf die Ewigkeit halten; denn das würde eine allzustarke Täuschung sein. In England aber ist jenes System der zwei Kammern, und alles was daran hängt, ganz natürlich und höchst lokal, aus der eigentümlichen Geschichte dieses Staats entstanden und hervorgegangen; selbst in Nordamerika ist schon ganz etwas andres daraus geworden, obwohl Nordamerika das Gepräge seines Ursprungs, als englische Kolonie, in so starken Zügen an sich trägt, und trotz des neuen Hasses gegen das alte Mutterland, noch sobald nicht wird verleugnen können. Die wahre Größe und innere Kraft von Großbritannien liegt vorzüglich und ungleich mehr in den hier besser als in irgendeinem andern Lande, wirksam und frei erhaltenen Korporationen, wie jetzt von den tieferen Staatsbeobachtern laut und fast allgemein anerkannt wird, als in jener bewunderten Verfassung, über deren tiefe Gebrechen und innere Hinfälligkeit uns vielleicht bald auf dem historischen Wege die Augen aufgehen werden. Wenn man aber gleichwohl unter allen Produkten und beliebten Waren des englischen Kunstfleißes, vorzüglich dieses eigentümliche britische Konstitutionserzeugnis, ohne weiters in alle vier Weltteile zu verbreiten, und in jedes andre Klima und Lokale mit glücklichem Erfolg verpflanzen zu können glaubte; so liegt der Grund wohl darin, daß es sich bis zur glattesten Abrundung ausgebildet, mehr als jede andere Verfassung so leicht in einige allgemeine und bequeme Formen fassen läßt, gerade wie es der jetzige Zeitgeist wünscht und verlangt. Das ganze dynamische Kunststück beruht übrigens auf einer vielfachen Teilung der Gewalt, wovon die zwischen der gesetzgebenden und der ausübenden Macht nicht die erste und wichtigste ist, sondern vielmehr die der ausübenden und obersten Staatsgewalt selbst in einen ideellen und reellen Bestandteil; indem nämlich der Regent von seinen Ministern getrennt, und um wenigstens die Idee des Königtums im vollen Glanz uralter Würde unberührt zu erhalten, die Person des Monarchen zwar als unverletzlich und heilig aufgestellt wird; während die Minister, obwohl den rohesten Angriffen der Verantwortlichkeit preisgegeben, alle reelle Kraft der Regierung in sich vereinigen; so daß der Monarch sie in der Wirklichkeit auch nicht einmal individuell nach eigner Einsicht und persönlichem Vertrauen auswählen kann, sondern den gesamten Ausschuß der einen oder der andern Fraktion in Masse aufnehmen oder von sich lassen muß. Dann kommt die abermalige Spaltung des zuvörderst im allgemeinen von der exekutiven Macht, oder dem Regenten und Ministerium abgesonderten, gesetzgebenden Körpers in seine zwei Kammern und entgegenstehende Elemente, das hemmende, erhaltene, und am Alten haltende Prinzip der Schwere in den erblichen Pairs und der hohen Geistlichkeit, und dem andern immer beweglichen, zum Neuen geneigten Prinzip der Unruhe in den Volksrepräsentanten, welche ein preußischer Schriftsteller über diesen Gegenstand, um für jene anstößige Benennung doch einen anständigeren Titel zu finden, recht charakteristisch Neuerungsräte zu nennen vorschlägt. Endlich wird auch der Akt des Gesetzproduzierens selbst, als die eigentliche Lebensfunktion in dieser allesregierenden Gesetzesmaschine, und Verordnungsfabrik, als welche man den Staat betrachtet, in seine verschiedene Momente zerlegt und unter die schon gesonderten Gewalten von neuem verteilt; zuerst kommt die vorbereitende Erregung, oder Initiative, dann die Diskussion und Debatten, als der eigentliche Gebärungsprozeß der neuen Gesetzesfrucht, und endlich die Geburt selbst, oder die letzte Sanktion, oder falls die Initiative von der andern Seite gekommen und es eine Mißgeburt gewesen, das schließliche Veto. Dieses ganze Verfahren aber beruht auf einer Voraussetzung, die gewiß nicht überall und allgemein als richtig und gültig angenommen werden kann; ja wenn sie auch jemals wirklich allgemein werden sollte, und als solche gelten müßte, es wenigstens nicht ursprünglich gewesen ist, und welche selbst schon die allerhöchste Erkrankung des gesamten Staatskörpers in sich schließt. Es wird nämlich in der Ansicht, welche die Entstehung und Hervorbringung einer solchen Konstitution oder auch ihr Bedürfnis und das allgemeine Verlangen darnach begründet, offenbar die absolut gewordene Staatsgewalt als etwas durchaus Widerwärtiges, überall Drückendes und immer Gefahrvolles, ja beinah als ein reines, obwohl unvermeidliches Übel betrachtet. Mit einem unbegrenzten und völlig gleichem Mißtrauen gegen alle Elemente eines künstlich ausgebildeten Staatskörpers, gegen den Regenten und die Minister, wie gegen die Magnaten, und die Unruhe des dritten Standes, wird jedem derselben ein hemmendes Gegengewicht angehängt und zur Seite gestellt; in welcher Voraussetzung das ganze Verfahren übrigens dynamisch richtig ist, und auch in der Physik und Heilkunde ein ganz gleiches oft mit gutem Erfolg angewandt wird, um ein großes und auf dem direkten Wege nicht mehr heilbares Übel durch die Zerteilung wenigstens zu mildern, zu binden und indirekt unschädlich zu machen. Und ganz so ist auch die Sache in England entstanden; denn nachdem nicht erst seit der Entthronung *Karls des Ersten,* sondern schon seit *Heinrich VIII.* persönlicher Grausamkeit, und zwiefach intolerantem anglikanisch weltlichem Papsttum, und so manchen andern oft erneuerten blutigen Katastrophen und gewaltsamen Thronveränderungen, abwechselnd die härteste Tyrannei und die wildeste Volksanarchie, in fortwährenden fanatischen Religions- und Bürgerkriegen fast zwei Jahrhunderte hindurch in jenem Lande der Freiheit gewaltet hatte; so konnte es freilich als ein glückliches Ereignis für die Nation erscheinen, als in jener Epoche, welche die Engländer mit dem eigentlichen Namen, der allein bei ihnen eine gute Nebenbedeutung hat, die Revolution nennen, endlich die angemessene Formel der Auflösung für das schwere Problem des innern Friedens, und ein glückliches Gleichgewicht unter den aufgereizten Parteien, und feindlichen Elementen des ganzen Staatskörpers gefunden und gelungen war; obwohl in viel späterer Zeit und auch jetzt dieselben alten Keime zur Anarchie und zum Bürgerkrieg noch keineswegs ganz erloschen sind, sondern nur einstweilen beschwichtigt, unter der Asche fortglimmen. Ja es ist jene so kunstreich dynamisch abgewogene Verfassung selbst nichts anders als eine immerwährend am Ausbruche verhinderte Revolution, eine fixierte Unruhe, die vom wahren politischen Leben noch sehr weit verschieden ist; so wie einige Physiologen das Gehen als ein fortgesetztes aber unterbrochnes und gehemmtes Fallen und Niederstürzen, ja das Leben selbst als ein angehaltenes und fortwährend verhindertes Sterben in ähnlicher dynamischer Weise betrachtet haben. Es ist mit einem Worte in dieser Regierungsform die entschiedene Opposition gegen die Regierung, weil sie einmal allgemein vorhanden und unvertilgbar war, selbst mit als ein anerkanntes Element in die Verfassung aufgenommen und eben dadurch in legitime Schranken eingeschlossen und weniger schädlich gemacht; ganz so wie man in der Heilkunde ein epidemisches Übel, wenn es als unvermeidlich erkannt wird, freiwillig in die Organisation aufnimmt, und inokuliert, um es so in die Gewalt zu bekommen, und indirekt durch die heilende Kunst zu bändigen und zu besänftigen. Und aus diesem Standpunkt betrachtet, wo der gleiche Umstand wirklich eintritt und dieselbe Lage stattfindet, ließe sich das moderne Konstitutionswesen noch am gründlichsten verteidigen oder wenigstens erklären, als eine Art von politischer Schutzpocken und freiwilliger Staats- und Völkervaccine, wo nämlich die Erkrankung schon so weit gediehen und wirklich epidemisch geworden wäre; da es ohnehin doch nichts nützt, mit dem Schwert in ein geistiges Miasma, wenn es einmal vorhanden ist, dreinzuschlagen. Und auf ähnliche Weise scheint es wohl, daß hie und da manche dirigierende Staatsmänner und selbst Regenten die Sache wirklich ansehen, ohne daß sie darum die liberalen Grundsätze an sich geradezu billigen oder teilen, wie man ihre vielleicht sehr weise Milde und besonnene Nachgiebigkeit oft ganz falsch ausdeutet. Wo aber zu dieser dynamischen innern Beschwichtigung und Verfassung nicht das wahre Bedürfnis ebenso lokal wie in England vorhanden ist, sondern die unauslöschliche Sehnsucht nach den zwei Kammern, als dem höchsten Ziele menschlicher Glückseligkeit, mehr aus der Theorie und chimärischer Nachahmungssucht hervorgeht; da ist es gleichwohl vorzüglich das reine Vergnügen an dem frei geäußerten Oppositionsgefühl, wozu der Hang dem Menschen ganz natürlich und eingeboren ist, sowie es in jener Verfassungsform mit aufgenommen und gestattet wird, was bei der großen Mehrzahl der Lobredner, bei denen es die Theorie allein wohl nicht tun würde, das wirkliche Interesse und den Enthusiasmus erzeugt. Nun ist aber dieser in dem errungenen freien Oppositionsgefühl gehoffte und erwünschte neue Lebensgenuß, doch durchaus kein reeller und positiver, sondern nur etwas rein Negatives, wie jene dynamische Verfassung selbst auf lauter Negationen beruht. Es bestätigt sich mithin auch von dieser Seite, daß die Liberalen uns etwas bloß Negatives als das positive und höchste Ziel des Staatskörpers aufstellen, und das organisch Lebendige und Positive überhaupt, und selbst im politischen Gebiet nicht erkennen; während die Ultras zwar von dem Positiven ausgehn und an diesem festhalten, es aber durch die absolute und leidenschaftliche Behandlung in ein bloß Polemisches und ebenfalls nur Negatives verwandeln.

Zweiter Teil

Das eigentliche Problem des Zeitalters, sein Ziel und Beruf, die Aufgabe und Bestimmung, die es lösen und erreichen soll, dürften wohl noch in einer ganz andern Sphäre liegen, als in den politischen Unruhen, Parteiungen und Kämpfen der Gegenwart; und werden wir daher auch am Schluß dieser Betrachtung leicht auf ganz andere Gegenstände, als auf diese politische allein, unsern Blick zu richten haben. Weil aber jene großen äußern Begebenheiten den Gang des Ganzen vorzüglich bestimmen, ihn oft unaufhaltsam mit sich fortreißen, wie sie denn jeden vielfach anregend oder störend berühren, und fast in alles verwebt sind; so muß man sich doch erst durch jene politischen Erscheinungen unsrer Zeit, und die ganze historische Gegenwart durchgearbeitet, sie erst beseitigt haben, ehe man zu jenen höhern Resultaten vordringen kann. Wir fahren daher fort in der bisherigen Betrachtungsweise desjenigen, was die Zeit zunächst und im allgemeinen am eindringlichsten beschäftigt.

Was seither wirklich *geschehen ist,* während der letzten Epoche, um diese Zeit der Revolutionen vorzubereiten, herbeizuführen und zur vollen Reife zu bringen, und wie sich die Parteien und zerstörenden Elemente von Stufe zu Stufe, von einer Generation zur andern, immer leidenschaftlicher und heftiger, immer absoluter und verderblicher entwickelten, das haben wir zur Genüge gesehen. So ist es denn endlich dahin gekommen, daß nachdem erst die Revolution von unten, dann die Revolution von oben, ihre volle Zeitperiode hindurch ausgewütet hatten, nun noch ein neues politisches Unheilsphänomen, als erstes eigentümliches Kennzeichen der neuesten, eben jetzt beginnenden Epoche hervorbricht. Ich möchte es die Revolution *aus der Mitte heraus* nennen; denn so könnte man wohl diese plötzliche Staatsauflösung und Anarchie am schicklichsten bezeichnen, die nicht etwa bloß in einem einzelnen Akte der Empörung und rebellischer Gewalt sich kundgibt, sondern von allen Seiten, und wie aus allen Gliedern und Teilen des ganzen Staatskörpers zugleich losbricht, die ganze Monarchien mit einem Schlage epidemisch ergreift, schnell wie eine Flamme wachsend, über ferne Länder sich ausbreitet, und Europa, seit dem Anbeginn dieses 1820ten Jahres, mit einer neuen furchtbaren Krisis und allgemeinen Erschütterung bedroht.

Wir haben es hier mit den Prinzipien dieser Erscheinungen allein zu tun, nicht mit den Erscheinungen selbst; wir halten uns streng in dem Gebiet der Theorie und der historischen Betrachtung, und sobald dieses Übel der jetzigen Anarchie als eine politische Macht auftritt, und über die Grenzen des bisherigen Friedenszustandes dahinschreitend, eine Weltbegebenheit zu werden droht, überlassen wir den Gegenstand von seiner praktischen Seite einer andern und höheren politischen Erörterung, und wollen dem Laufe der sich neu entwickelnden Begebenheiten nicht vorgreifen; wenngleich auch unsre bloß intellektuelle Ansicht vielleicht nicht ohne alles Interesse sein kann, für den das Ganze umfassenden praktischen Blick. Historisch genommen aber, drängt sich hier zuerst gleich die Betrachtung auf, wie jene plötzliche Anarchie und unerwartete

Revolution aus der Mitte heraus, und alle drohende Phänomene der gleichen Art, vorzüglich nur in solchen Ländern und Reichen sich kundgegeben haben, in welchen durch ihre vorherige Lage, durch die während des früheren Revolutionskrieges gemachten Anregungen, Experimente und dahin verpflanzten Formen, oder auch durch die dort am meisten verbreiteten Theorien und Lehren, alles sich zu der sogenannten repräsentativen Verfassung neigt, und die Idee und der Wunsch einer solchen vorherrschend geworden war. Wie nun dieses Repräsentativsystem und das ganze Konstitutionswesen, in dem modernen Sinne des Worts, seinem innern Wesen, und selbst seinem geschichtlichen Ursprunge nach, nichts anderes ist, als die angehaltene Mitte zwischen Republik und Monarchie, so zeigt es sich vorzüglich jetzt auch als ein konvulsivischer Übergang von der monarchischen zur republikanischen Verfassung, oder als ein gefahrvolles Schwanken zwischen beiden. Die *ständischen Einrichtungen* dagegen, in welchen das Neue, was wahrhaft zum Bedürfnis geworden, sich überall an das historisch Begründete, und eigentümlich Lokale, an das noch vorhandne Feste anschließt, bewähren sich in dem gleichen Maße, als die beste Stütze der monarchischen Ordnung, und als ein sicheres Befestigungsmittel der bürgerlichen Ruhe. Wie ist nicht der Zustand von Deutschland, der noch vor wenigen Jahren manchen so besorglich erschien, ganz sichtbar beruhigt und befestigt worden, seitdem die meisten Regierungen mit Ernst dazu taten, jene altständischen Einrichtungen nach deutscher Art wiederherzustellen, oder neu zu beleben; besonders, wenn wir den Zustand anderer Länder damit vergleichen. Vorzüglich wohltätig und heilsam, um die Ruhe zu erhalten, zeigt sich auch in dieser Beziehung, und unter solcher Vergleichung, eine *föderative Verbindung* unter mittlern, größeren und kleineren Staaten, besonders wo eine Nation, die historisch eine solche ist, und sich als eine solche fühlt, in eine Mehrheit verschiedenartiger Staaten zerteilt wurde. Wenngleich nun durch einen solchen Staatenbund nicht eben alle Nationalwünsche, selbst diejenigen, welche nicht auf Einbildung, sondern auf wahrem Bedürfnis beruhen, sogleich befriedigt werden können; so ist doch schon viel gewonnen für die Beruhigung der Gemüter und Erhaltung der friedlichen Ordnung, wenn auch vors erste nur ein legitimer Weg eröffnet ist, wo alle jene Nationalwünsche und gemeinschaftlichen Interessen sich äußern dürfen und anknüpfen können, welche gewaltsam zurückgedrängt, sonst nur wie ein Feuer gefährlich unter der Asche glimmen. Italien und Deutschland, so viele Jahrhunderte hindurch auf das engste verknüpft, haben in ihrer ganzen Lage und innern Beschaffenheit immer noch so viel Verwandtschaft, um wohl dem Gedanken Raum zu geben, daß auch die möglichst beste Ausgleichung und Auflösung ihres besondern, innern Problems auf einem ähnlichen und gleichen Wege erreicht werden könnte. Für jene willkürlichen Ausgeburten einer einseitigen Theorie überhaupt aber, welche mit der Verwerfung und Vernichtung alles historisch Begründeten beginnen, alles eigentümlich Lokale in Sitten und Provinzialeinrichtungen verschmelzen, sowie die geschichtlich, faktisch und rechtlich begründeten Stände und Korporationen aufheben wollen, und nichts Bestehendes zu achten wissen, indem sie den ganzen Körper der bürgerlichen Gesellschaft erst in seine einzelnen Staatsatome oder Individuen zerschlagen, und diese Atome dann in Masse bald nach dieser, bald nach jener Richtung in Bewegung setzen, und die eben darum revolutionär genannt werden und auch wirklich sind; selbst für diese neuen Gedankenkonstitutionen und Repräsentativschöpfungen wird es, insofern noch eine einigermaßen redliche Gesinnung dabei obwaltet, keinen andern gütlichen, friedlichen und leidentlich rechtlichen Ausweg der Rettung und Rückkehr zu irgendeinem dauernden Bestande aus dem Revolutionsstrudel geben, als wenn man sich wieder mehr und mehr anschließt an das Lokale und historisch vorhandne und begründete Positive, an die Stände und wesentlichen Korporationen, welche uns allein, statt der einzelnen Atome und losgebundenen Elemente des aufgelösten Staats, die gesunden organischen Glieder des gesellschaftlichen Körpers und seiner zusammenwirkenden Lebensfunktionen darstellen können, und in sich enthalten. Wo aber immer eine solche politische Idealflut und Konstitutionstaumel zum Ausbruch kommt, da liegt die erste veranlassende Ursache dazu immer in einer schon *viel früher* vorangegangenen Vernachlässigung, Verwerfung oder Nicht-Achtung des historisch Gegebenen, faktisch und rechtlich von altersher Begründeten. Denn nur aus dem Leben kann das Leben kommen, in der moralischen Welt wie in der Natur, und nur an das frühere Lebendige kann sich das werdende Lebendige anschließen; nur aus dem wahren Alten soll das wahre Neue hervorgehen. Wenn man aber das Alte ersterben läßt, oder wenn diejenigen, welche den Beruf haben, es lebendig zu erhalten, es selbst auf die Seite schieben, dann bleibt auch der Drang zum Neuen ohne Anhaltspunkt und organisch bildende und gestaltende Kraft. Es kann nichts wahrhaft Neues und dauerhaft Lebendiges aus dem Leeren hervorgehen; und wenn der Zusammenhang der organischen Entwicklung einmal unterbrochen ward, so bleibt, wo noch Kraft und Leben vorhanden ist, nur die revolutionäre Unruhe zurück, deren falsche Geburtswehen nichts Dauerndes ans Licht zu bringen vermögen, sondern nur zum moralischen Tode, und zu einer chaotischen Auflösung und allgemeinen Zerstörung alles früher Bestandenen und nicht mehr lebendig Bestehenden führen; wodurch zwar wohl, wenn der Lauf der Zeiten so weit gediehen ist, der Grund und Boden für eine neue Ordnung der Dinge vorbereitet werden kann, keineswegs aber der Anfang zu dieser selbst gegeben ist, wie die fanatischen Anhänger solcher Neuerungen fälschlich wähnen, welche in der Tat weder etwas wahrhaft Neues hervorbringen können, noch selbst irgend neu sind, sondern nichts anderes als die gewohnten Werkzeuge und alten Elemente der Zerstörung, die immer und jederzeit wieder hervorbricht, so oft die Lebenskraft des Positiven erlischt. Der Grundsatz der beständigen Anschließung an das historisch Gegebene und Begründete, und der lebendigen Entwicklung alles Neuen, was etwa Not ist, aus diesem, besonders aber die Achtung vor allem Positiven; das sind die Maximen, welche den Staatskörper stark und fest geordnet erhalten, und Revolutionen zu verhüten am besten geeignet sind. Wenn aber der Faden der Vergangenheit einmal abgerissen ist, so wird die Gegenwart, jenes sichern Anhalts beraubt, unvermeidlich einer stürmenden Zukunft entgegengeführt, und rettungslos dahingegeben. Wären in Spanien die alten, wahren Cortes, nicht von der neuen, Spanien ursprünglich fremden, Dynastie so ganz vernachlässigt worden, wären sie im Gegenteil noch lebendig erhalten, und wirksam und gegenwärtig im

Andenken aller bestanden gewesen, so hätte die Versammlung in Cadix sich nicht so weit von ihrem wahren Ziele in willkürliche Theorien und halbrepublikanische Neuerungen verirren können, und würde für die Folgezeit einen minder gefahrvollen Anknüpfungspunkt hinterlassen haben.

Die Untersuchung über den gesamten Zustand des Zeitalters, und das ganze Phänomen seines Revolutions-Kampfes, und was seither darin wirklich geschehen, ist nun auf den Punkt vorgerückt, wo die Frage nach dem, *was nun fernerhin geschehen wird, und geschehen sollte,* sich nicht länger abweisen noch umgehen läßt. Wir nehmen also den Gegenstand jetzt auch von dieser Seite auf, wie solches nötig ist, schon um dem Bedürfnis und der Gedankenrichtung derjenigen entgegenzukommen und zu entsprechen, die bis hieher unsrer Entwicklung in teilnehmendem Mitdenken gefolgt sind. Nur wolle man nichts von dem, was hier etwa folgen wird, aus dem Zusammenhange seines intellektuellen Sinnes reißen, und als einen eigentlich praktischen Vorschlag für einen einzelnen Fall mißdeuten; da uns eine solche Anmaßung und Absicht, vor den Augen des Publikums, durchaus fremd, und es uns eben nur um jenen Zusammenhang des Ganzen und eine rein intellektuelle Erörterung und Erklärung des Zeitalters zu tun ist. Diesem unserm eigenen Gedankengange gemäß, hat die Frage von dem, was geschehen soll, nun keinen andern Sinn, und ist nichts anders damit gemeint, als eine nähere und mehr ins einzelne gehende Entwicklung des guten Prinzips nach seinem ganzen Verhältnis in dem Kampfe des Zeitalters. Als das gute Prinzip im Kampfe des Zeitalters aber wurde im allgemeinen das lebendige Positive aufgestellt; dahin gehören im politischen Gebiet die historisch begründeten Stände und wesentlichen Korporationen, als eben auf jenem Positiven beruhend, und demnächst das ganze System der korporativen Grundsätze. Zu dieser nähern Entwicklung gehört ferner vor allem auch die Untersuchung, was denn *positiv* genommen, der eigentliche Zweck und das innere Wesen der ganzen Staatsanstalt sei, da mehrenteils, und zwar nicht bloß von einer, sondern von allen Parteien ein *bloß negativer* Begriff für den Staatszweck aufgestellt wird, worin mit ein Hauptquell sehr vieler politischer Verwirrung liegt. Vorzüglich aber gehört zu dieser weitern Entwicklung, die nähere Betrachtung von dem ganzen Verhältnis und organischen Zusammenhange des Staats mit allen andern Formen und Sphären menschlicher Gesellschaftsvereine, und durch alle Zeiten hindurchgehenden wesentlichen Korporationen; sein Verhältnis also zur *Familie* und zur *Kirche,* als der kleinsten und der größten aller organischen Menschenverbindungen oder Korporationen; dann zur *Gilde,* wenn es anders erlaubt ist, alle Arten von Gewerbe, Verkehr und Handel, die an dem Faden des Geldes, und durch die Bande des Kredits durch alle Weltteile und einzelne Staaten hindurch zusammenhängen, mit diesem gemeinsamen Ausdrucke zu bezeichnen; endlich auch zur *Schule,* worunter wir den Inbegriff des gesamten intellektuellen Lebens, und nicht bloß die gegenwärtige Gelehrten-Republik verstehen, sondern auch den Stufengang der wissenschaftlichen Überlieferung von der Vorwelt aus in die Nachwelt hinüber.

Diese Theorie der ewigen und wesentlichen, ursprünglichen Korporationen, der Kirche und Schule, der Familie und Gilde wirft das beste, ja allein erst das rechte Licht auf das Wesen und den Zweck des Staats, sobald diese positiv genommen und erfaßt werden sollen. Dem wesentlichen Ziele und Inhalte nach ist das lebendige Positive als das gute Prinzip im Kampf des Zeitalters aufgestellt und erkannt worden; als die richtige Verfahrungsweise aber haben wir die *organische* bezeichnet, wozu die gegenseitige Beziehung aller jener wesentlichen Lebens-Glieder des ganzen menschlichen Gesellschaftsvereins und der darin zusammenwirkenden Korporationen schon einen festen Grund und sichere Richtschnur abgibt, wenn man dabei nur von der Ansicht ausgeht, daß sich jene verschiedene Gesellschaftsformen und Arten, oder Abteilungen und Sphären des Menschenvereins, wie die Glieder und Organe des menschlichen Körpers, gegenseitig nicht hemmen und stören, sondern zusammenwirkend unterstützen, und wechselseitig heben und tragen sollen, wenngleich ein Glied dem andern untergeordnet, oder über die andern gesetzt sein kann und soll. Organisch aber ist im allgemeinen das lebendig Gegliederte; ein organisches Wirken und Verfahren also ein solches, welches in dem gegliederten Zusammenhange und Einklange des Lebens sich bewegt, entwickelt und fortschreitet; es steht entgegen einesteils dem atomistischen Zustande, und andrerseits allem Wirken und Verfahren in Masse. Das ist ja aber auch im Politischen das Wesen alles revolutionären Beginnens, erst den Staatskörper in seine einzelne Atome zu zerschlagen, in seine Elemente aufzulösen, und dann mit diesen aufgelösten Elementen, mit diesen einzelnen Atomen in Masse dynamisch, d. h. nach einem bloßen Gegengewicht der Kräfte zu wirken. Das organische Verfahren beruht auf der rechten lebendigen Erkenntnis desselben, und eben an diesem organischen Verstande fehlt es unserm Zeitalter, obgleich dasselbe alle andre Arten von Verstand und Sophisterei, von kritischen Verstandessubtilitäten und diplomatischer Feinheit und Schlauigkeit im Überfluß besitzen mag, und wirklich besitzt. Es fehlt an diesem organischen Verstande, der doch allein das Rechte trifft und bewirkt, und allein produktiv ist, und das Leben auf die Dauer bilden und gestalten, ordnen und begründen kann; nicht bloß im Leben, sondern selbst in der Wissenschaft, so sehr wir auch den Tiefsinn und den Scharfsinn aller Zeiten in unserm Geiste anzuhäufen suchen, und wirklich angehäuft haben; daher denn auch jede große und klare Idee in der Wissenschaft, wo sie irgend aufsteigt, wie ein Licht im Nebel, sogleich von einer ganzen scholastischen Wolkenschar wieder umdunkelt wird.

Sehen wir nun, mit Beziehung auf diese Idee, im ganzen auf das Verfahren und Wirken derjenigen, welche das Gute beabsichtigen, sowie sie es erkennen und verstehen, und der Welt allerdings wohl helfen möchten, so ist es mehrenteils nicht ein solches Wirken, was organisch genannt werden, und einen reellen Erfolg haben könnte. Der krankhafte Zustand des Zeitalters ist so allgemein fühlbar, daß jeder leicht auf mancherlei Gedanken kommt, wie dem Übel abgeholfen werden sollte, und solchergestalt wohl auch bei manchen die Lust erregt wird, die Welt zu erretten, welche keineswegs den Beruf dazu haben, noch auch eine hinreichende Kraft. Diese selbstberufenen Weltverbesserer und Retter des Zeitalters teilen sich im ganzen genommen vorzüglich in zwei Klassen. Die einen, unzufrieden mit allem, was sie vor Augen sehen, möchten die ganze Welt anders einrichten, und in Gedanken von Grund aus neu erbauen; dahin gehören vorzüglich die Anhänger der Revolution, welche durch diese eine neue Zeit hoffen, und selbst herbeiführen oder machen wollen; da doch eine Revolution nur zerstören, und selbst gar nichts hervorbringen kann, viel weniger eine neue Zeit, die wenn es einmal beschlossen ist, daß sie kommen soll, gewiß ganz woanders herkommen und sich auftun wird, als aus jenem Abgrunde nichtiger Unruhe und Zerstörungssucht. Indessen gibt es wohl auch unter den Gegnern der Revolution, welche die Staaten und die Welt überhaupt, nach alter Weise wieder fester gründen möchten auf Religion und ehererbietigen Gehorsam gegen die rechtmäßige Autorität in Staat und Kirche, im Hause und in der Schule, einzelne solche, die dem so natürlichen Hange ebenfalls nicht widerstehen können, sich eine Welt, wie sie sein sollte, in Gedanken nach ihrem Sinne zu entwerfen, (wie etwa Philosophen sich die Natur mehr nach einem wissenschaftlichen Fantasieren, als nach wirklicher klarer Anschauung in ihren Büchern konstruieren), und die sich dann mit ganzer Leidenschaft für dieses Ideal von Einrichtung der menschlichen Dinge ereifern und entzünden. Mehrenteils aber sind es nicht die Gedankenbaumeister einer neuen Welt und neuen Zeit, welche zu dieser Klasse der eifrigen Revolutionsgegner gehören, sondern es ist noch eine andere Art von unberufenem Wirkenwollen und nichtiger Tätigkeit ins Unbestimmte, die aus dieser Gesinnung, wo es an dem organischen Verstande fehlt, häufig hervorgeht. Dieses ist das reine, unbedingte Kämpfen gegen alles Schlechte, ohne daß man selbst oft noch überlegt hat, ob auch das Gute durch solchen eitlen Wortkampf wahrhaft gefördert werden kann, und ob nicht vielleicht das Falsche in dem man selbst noch so oft befangen ist, seinen reichlichen Anteil hat an allen verderblichen Folgen, welche oft dem Schlechten allein zugeschrieben werden. Wahr ist es und vollkommen richtig als faktische Bemerkung, die Macht der Religion, die Ehrfurcht vor der rechtmäßigen Autorität, und der feste Gehorsam sind das, was jetzt überall fehlt, und der Welt wie den Staaten ihren Grund und Boden entzieht. Läßt sich aber Gehorsam mit Worten machen, und vollends mit leidenschaftlichen, läßt sich die Gesinnung dazu erzwingen? Und auf diese allein kommt es doch an; denn es gibt keinen Gehorsam, der ganz und gar auf Zwang beruhte, und auf die Dauer beruhen könnte, der nicht in letzter Instanz an irgendeinem Faden sich an einen positiven Glauben knüpfte, der wiederum auf einer positiven Liebe beruht. Glauben und Liebe aber werden auch nur durch Glauben und Liebe erweckt und erhalten, oder fortgepflanzt; wo denn die Gesinnung des Ungehorsams von selbst verschwindet, ohne daß es dazu eines hitzigen Wortgefechtes bedürfte. Freilich, wenn Ungehorsam und Anarchie zu einem allgemeinen Ausbruch kommen, und die Schranken des äußern Friedens verletzen und gewaltsam überschreiten, so fallen sie einem andern Tribunale anheim, und es ist durch die Natur des Angriffs und der Sache selbst schon zur Genüge gegeben und angezeigt, mit welchen Waffen man ihnen entgegentreten soll. Ist aber noch bloß von Gesinnungen und Grundsätzen die Rede, so lassen sich diese allein durch die Kraft des Glaubens und der Liebe besiegen, von allen Schlacken reinigen, oder zur vollendeten Klarheit läutern; nicht aber durch einen Parteikampf mit Worten vernichten und umwandeln. Bei Schlechtgesinnten nutzt das Reden ohnehin nichts; die irrenden Gutgesinnten aber können nur durch Ruhe und Klarheit eines Bessern belehrt werden; durch Leidenschaft werden sie nur noch mehr verwirrt und endlich erbittert. Und wer sind oft diese Kämpfer, welche für die ganze Welt gegen alles Unrecht nach allen vier Weltgegenden hin in die Schranken treten, und wo ist ihr Beruf und der wirkliche Erfolg ihrer Bemühung? Wissen sie auch schon recht, wofür sie kämpfen oder wogegen, und haben sie vielleicht auch den Kampf gegen das Schlechte in allen seinen Elementen, zuerst und zunächst *in sich selbst* durchzukämpfen versucht? Das ist der eigentliche Punkt worauf es ankommt; so wie der erste Mensch nach göttlichem Gebot, den Wohnort, in welchem er eingesetzt wurde, zu »bauen und zu bewahren« angewiesen war; so ist auch noch jetzt allerdings ein jeder berufen, zu »bauen«, nicht eben Gebäude der Willkür, sondern den lebendigen *Boden,* auf dem er steht, zur künftigen Frucht und Ernte; und diesen zu »bewahren« und zu verteidigen gegen alle feindlichen Einflüsse und friedensstörende Gewaltsamkeit: aber wohl zu merken, nur den *eignen* Boden, so daß ein jeder also nur an seinem eigenen bescheidenen Teile mitwirken soll, nicht aber sich sofort der Welt im allgemeinen, oder des ganzen Zeitalters annehmen, als ob er gerade sie besser machen oder retten müßte. Dieser besondere Boden zur Bearbeitung und Bewachung ist auch jedem in seinem besondern Beruf zugeteilt; dem Staatsmann und dem Privatmann, dem Gelehrten und dem Geistlichen, dem Bürger und Beamten, einem jeden nach Stand und Würde der seinige. Außer diesen Schranken aber ist der Kampf ins Blaue und in alle vier Weltgegenden hinaus, nach einem unbestimmten allgemeinen Parteibegriff, von dem was Schlecht und Unrecht ist, ein ebenso nichtiges Treiben und leere Tätigkeit, als jene andre falsche Tendenz, eingebildete Welten und Gedankenstaaten in die Luft zu bauen.

So sind wir dennoch auf einem andern Wege wieder zu demselben Gegensatze jener zwei Parteien angelangt, welche wir früherhin unter dem Namen der Ultras und der Liberalen angemerkt und geschildert haben, wie sie vorzüglich in Frankreich in geschloßnen Massen so schneidend und schlagfertig gegeneinander stehen, in Deutschland aber in etwas verändertem Charakter und Farbe als leidenschaftliche Verkündiger des Neuen oder ungeschichtliche Weltbaumeister, und von der andern Seite als unbedingte Prediger des Alten, und oft eben so unberufene rüstige Zeitgeist-Bekämpfer hervortreten. – Wie übel und schwierig die Lage einer Regierung werden muß, welche als ob sie selbst *nur eine dritte gemäßigte Partei* wäre, die ganz falsche Stellung in der Mitte zwischen jenen Parteien nimmt, und diese bloß durch ein Abdingen oder Nachgeben bald von dieser, bald von jener Seite einander zu nähern, und endlich in Frieden zusammenzubringen und zu verschmelzen wähnt, davon gibt besonders Frankreich, wo diese Parteien sich am mächtigsten entwickelt haben, und auch am entschiedensten gegeneinander stehen, in der letzten Epoche ein sehr anschauliches und belehrendes Beispiel. Eine so genommene *Mitte* ist schon ohnehin eine *bloß passive,* und diese ganz falsche Stellung, als ob man selbst Nichts wäre, und eigentlich indifferent bei dem Streit bleiben müßte, kann nur ein unentschiedenes inkonsequentes Schwanken und eine außerordentliche Schwäche zur Folge haben, die immer mehr zunehmen muß, je länger man in dem falschen System fortschreitet, und vielleicht nur noch mehr zum Extrem steigen, und ganz offenbar werden würde, wenn man des ewigen Hin- und Herneigens und

Wechselns müde, sich endlich ganz auf eine Seite und Partei werfen wollte; wo denn die Regierung selbst nach ihren eignen früher behaupteten und in Gang gebrachten Grundsätzen zur Partei herabsinken und allen Gefahren einer allgemeinen Reaktion anheimfallen würde, wohin die Tendenz der unbedingt alten Partei in Frankreich wohl unvermeidlich führen müßte, sobald sie einmal alleinherrschend geworden wäre. Eine Regierung soll überaupt nicht Partei sein, weder der einen noch der andern beitreten, noch auch neutral zwischen den beiden andern Parteien, als Extrem der Schwäche in der Mitte stehen: wenigstens müßte es doch eine *aktive* Mitte sein, welche eine Regierung in solchem Zustand eines allgemeinen Parteienkampfes ergreifen und durchführen wollte. Sobald aber eine Regierung nur *positiv* handeln, wirken, und selbsttätig tun wollte, was ihres Orts und Amtes ist, so würde dieser aktive Standpunkt von selbst gewonnen werden, ja es könnte überhaupt von keiner Mitte zwischen den Parteien mehr die Rede sein, da selbst die aktive Parteien-Mitte nicht die rechte Stellung für eine Regierung ist, sobald die letigime Macht frei auf den eignen Füßen steht. Ein positives Wirken aber ist dazu unumgänglich erforderlich; daher gelang es selbst dem Napoleon besser, die feindlichen Parteien, wie sie die Revolution zurückgelassen hatte, zu zermalmen, und mit eisernem Arm zusammenzudrücken, weil er selbst doch etwas anderes und eigenes wollte, nämlich sich selbst und seine Allgewalt. Sollte denn aber ein zum Ziel treffender praktischer Verstand und kraftvolle Tätigkeit immer nur ein Eigentum der Tyrannei sein, und ist nicht auch einer jeden rechtmäßigen, rechtlichen und friedliebenden Regierung, ein weites und eigentlich so leichtes Feld zu der schönsten positiven Wirksamkeit eröffnet? Betrachten wir nur die Staatskraft in ihrem Einfluß und Verhältnis zu jenen andern Sphären der menschlichen Gesellschaft, zu den schon oben bezeichneten Korporationen, welche der Staat, als gemeinsamer Träger, in sich umfaßt. Eine Regierung, welche das moralisch geordnete Privatleben auf jede Weise ehrt und schont, welche die Familie und Ehe, das Hausrecht des Bürgers und rechtlichen Eigentümers heilig hält; welche der Kirche in ihrer inneren Verwaltung und Entwicklung, wie dem Gewissen in Glaubenssachen, volle Freiheit gestattet, und alle rechtmäßig bestehenden geistlichen Korporationen in ihrem nützlichen Wirken auf keine Weise hemmt; eine solche Regierung, wenn sie dabei noch Achtung vor der Wissenschaft an den Tag legt, und der Gelehrtenrepublik durch würdige Institute, die dem Staate eigentlich verhältnismäßig so wenig kosten, zu Hilfe kommt; wenn sie Handel und Gewerbe, nach dem alten Sprichworte, nur gewähren läßt, soweit es das Interesse der andern Stände gestattet; eine solche Regierung wird gewiß nie etwas von Revolutionen zu fürchten haben, wenn auch rings um sie her alles in Anarchie zerfiele. Daß bei einem solchen System, wenn zugleich die äußern diplomatischen Verhältnisse durchaus friedlich, und mit ganzer Kraft und Weisheit auf Erhaltung der Ruhe gerichtet, die stehende Armee nicht über alles Verhältnis der wirklichen Kräfte ausgedehnt, Abgaben und Kredit geordnet wären, bei aller Last, welche die Not der Zeit unvermeidlich mit sich führen mag, keine allgemeine Unzufriedenheit aufkommen und stattfinden könnte, ist wohl von selbst einleuchtend. Die Parteien aber, wenn anders unter solchen Verhältnissen dergleichen entstehen, oder drohend werden könnten, soll der Staat freilich mit Kraft zurückdrücken, sobald sie den Frieden rechtswidrig stören oder verletzen; außerdem aber wäre es gewiß am besten, sie als solche, als bloße Meinungsparteien durchaus nicht zu beachten, sondern sie ihrer eigenen Nichtigkeit zu überlassen, und als gar nicht vorhanden zu betrachten; da beide Parteien ohnehin auf dem gegenwärtigen Standpunkte der erregten Erbitterung weder versöhnt, noch jemals nach ihrer unbedingten Sinnesart wahrhaft befriedigt werden können, so wenig als das Faß der Danaiden je angefüllt wird. Da zeigt sich die Kraft des Staats in ihrer ganzen Stärke, wo derselbe unbekümmert um alle Parteimeinungen seinen eignen Gang positiver Tätigkeit ruhig fortgeht, und nur alle wirklichen Interessen, und alles Positive und lebendig Vorhandene sorgfältig beachtend und anerkennend, sowohl untereinander, als mit sich selbst, friedlich auszugleichen bemüht ist. Und so wäre jenes in manchen Ländern, wie in Frankreich, so schwierig erscheinende Problem, zwischen den Parteien durchzukommen, wohl am leichtesten zu lösen, wo dies die äußern Bedingungen erlauben, wenn man es ganz zur Seite liegen läßt, und geradezu darüber hinausgeht; besser als wenn man sich mit unter die Parteien und in ihren Streit einmischt. Wohl mit Recht hat ein geistreicher Mann gesagt: wenn die Menschen wüßten, was zu fürchten wäre, so würden sie vor allem den Unverstand fürchten; furchtbarer aber noch als der Unverstand allein und einzeln für sich genommen, *ist der Kampf zwischen Unverstand und Unverstand,* wie es, mehrenteils im Parteienstreit der Fall ist. Sobald aber der rechte Verstand aus der rechten Gesinnung hervorgeht, und mit Kraft dazwischentritt, so verschwindet das ganze Phantom alsbald in sein Nichts.

In Deutschland zeigen sich die Parteien, wie schon oben bemerkt wurde, ganz anders gestaltet. Eigentliche Servile gibt es hier wohl nicht, wenigstens nicht in solcher überwiegender Menge, oder wenn auch einzelne Theoretiker und Staatsbeamte sich zu einer einseitigen Ansicht dieser Art neigen, so bilden sie doch noch keine Partei im strengen Sinne des Worts. Die Liberalen dagegen, oder wie sie sich selbst ins Deutsche übersetzt haben, die »Freisinnigen«, bilden allerdings eine Partei; sie sind leicht zu erkennen an einem tief eingewurzelten Haß gegen alles Positive und Kirchliche in der Religion, an der Unkenntnis oder Verkennung der eignen deutschen Geschichte und altdeutschen Verfassung, und an der ausländischen Oberflächlichkeit ihrer Ideen, die mehrenteils aus französischen Modeschriften, oder aus dem englischen Konstitutionswesen entlehnt sind; und eben daher sind sie auch ihrer ganzen Geistesrichtung, und selbst ihrem Ursprunge nach, als eine mehrenteils undeutsche Partei zu betrachten, von der ich deshalb auch nicht glauben kann, daß sie jemals wirklich national und volksmäßig unter uns werden könnte. Vielfach sind dagegen unter uns die Abstufungen des beigemischten Irrtums auch bei den Gutgesinnten. Nicht klein ist die Anzahl derjenigen, welche zu sehr und zu ausschließend nicht sowohl am Alten, als am Gewohnten ohne Untersuchung festhalten; denn das rechte Alte, wenn sie es wirklich kennten und ergründet hätten, würde ihnen auch das Neue und selbst das herannahende Zukünftige, verständlich machen, und sie vor aller stumpfen Abschränkung, und negativen Starrheit bewahren. Noch größer ist die Anzahl derjenigen, welche bei den rechtlichsten Gesinnungen einen großen Teil der Irrtümer der Gegenpartei angenommen haben, indem sie alles zu zentralisieren streben, und die Korporationen, wenn es anginge, ganz verschmelzen und aufheben möchten, wodurch doch ganz gegen ihre Absicht die eigentlichen Grundfesten des Staats im Innersten erschüttert werden würden. Noch ist die Anzahl derjenigen klein, welche die korporativen Grundsätze und die wahre ständische Theorie kennen und anerkennen; es ist erst ein Anfang, der aber im Steigen ist, und mehrenteils werden diese Grundsätze noch in einem zu engen Umkreise, bloß nach dem Herkommen und der ältern Lokal- und Nationalgeschichte aufgefaßt, nicht aber nach ihrem ganzen *welt*historischen Umfange, wie es das Bedürfnis unsrer Zeit erfordert. Überall aber, fast bei allem Klassen, und nicht bloß bei den Theoretikern, herrscht unter uns die Neigung zu jenem oben erwähnten Übel, ich meine das »Bauen in die Luft«, und das »Kämpfen und Streiten ins Blaue«. Da nun aber kein Erfolg und keine reelle Wirksamkeit zu hoffen ist, außer von dem, was faktisch begründet und angeknüpft ist, und wirklich organisch eingreift; da auch die falsche Wissenschaft, welche jetzt in alle Staatstheorie und Praxis so mächtig und alleinherrschend eingedrungen ist, überall nur durch die wahre Wissenschaft besiegt und geheilt, und was jene Irriges und Übles gestiftet, nur auf diesem Wege wieder gut gemacht werden kann; so ist notwendiger als je, die auf einleuchtende Fakta gegründete richtige Idee und organische Erkenntnis von dem *positiven* Zweck und Wesen der bürgerlichen Gesellschaft (die mehrenteils nur ganz negativ aufgefaßt werden) klar aufzustellen, und sich dadurch aus der schädlichen Verwirrung täuschender Abstraktionen zu retten.

Vielleicht wird es am besten gelingen, hier wenigstens den ersten Grund zu einer solchen richtigern Erkenntnis nachzuweisen; wenn wir dabei von dem Irrtum und falschen Begriff ausgehen, der beiden Hauptparteien, in welche sich die Welt jetzt teilt, gemeinschaftlich ist, und mithin recht eigentlich unsrer gesamten Zeit anzugehören scheint. Denn beide, die Gegner wie die Anhänger der Revolution, die auf der rechtmäßigen alten Herrschaft bestehen, und die, welche die neue Freiheit fordern, haben größtenteils, wie schon oben bei mehr als einer Gelegenheit bemerkt und erwähnt wurde, ganz denselben und gleichen Begriff vom Staat und seinem Zwecke, als sei er eine alles dirigierende, und alles regierende Gesetzesmaschine, deren souveräne Gewalt alles Göttliche und Menschliche unter sich beugen, an sich und in sich ziehen, in ihrem absoluten Mittelpunkt vereinigen und verschmelzen, und von da aus wieder bestimmen, leiten, führen und lenken soll; und die umso vollkommner sei, je mehr alles Leben numerisch verzeichnet, alle Menschenkraft tabellarisch geordnet und eingetragen, nach dem gleichen Takt kunstreicher Zentralverwaltung sich ununterbrochen fortbewege. Daß dieses Ideal einer nie stillstehenden Gesetzesmaschine nun, streng genommen, ganz unerreichbar bleiben muß, mithin schon in dieser Hinsicht ein falsches zu nennen ist, wird kaum zu erörtern nötig sein, da es wohl einleuchtend ist, daß eine allzu künstlich komplizierte Maschine endlich auf den Punkt gelangt, wo sie sich weder vorwärts noch rückwärts bewegen kann, und das Leben völlig gehemmt wird. Ich überlasse es andern Männern, aus der praktischen Erfahrung des politischen Lebens und selbst der Geschichte, anschaulich zu machen, ob nicht vielleicht weiser und zweckdienlicher sein dürfte, so wenig als möglich zu regieren, dieses wenige aber dann recht stark. Hier ist es uns nur um den falschen und eigentlich ganz negativen Begriff zu tun, welcher in dieser verkünstelten, jetzt aber allgemein herrschend und zur Gewohnheit gewordenen Ansicht vom Staate zu Grunde liegt. Eine ganz andere und viel einfachere Idee ergibt sich, wenn wir das Faktum des Staats und seines Ursprungs rein historisch in der ersten Geschichte auffassen; und nach dieser ist der Staat nichts anders als eine *bewaffnete Friedens-Korporation*. Dieser erste klare Anfangspunkt wird in der weitern Entwicklung schon noch mehr Licht gewinnen. Wir müssen aber die richtige Idee vom wahren Staat, nicht allein von dem falschen bloß negativen Begriff vom Staate, sondern auch von dem falschen Staate oder dem Anti-Staate selbst unterscheiden. Denn sehr weit verbreitet ist allerdings auch jene andere Meinung über den Staat und seinen Ursprung, daß derselbe keineswegs von dem Wunsch und Zweck des Friedens, sondern vielmehr von Krieg und Gewalt ausgegangen sei; wie ein witziger Dichter des Jahrhunderts es in dem bekannten Verse mit allgemeinem Beifalle ausgedrückt hat:

»Der erste König war ein glücklicher Soldat.«

Angewandt auf die so bedeutenden Namen, welche uns wie leitende Spuren aus der ältesten Urgeschichte entgegentreten, müßte man also wohl sagen: der Staat sei eine Erfindung des Nimrod. Wenn er das wirklich, und weiter Nichts wäre, so müßte man ihn für ein reines Übel halten, als jenen bekannten alles Leben, Glück und Eigentum der Individuen verschlingenden Leviathan, welcher wie das feindliche Schicksal oder ein böser Dämon durch das Drama der Weltgeschichte hinzieht, und wenigstens im Hintergrund derselben immer sichtbar bleibt, obwohl er nur dann herrschend und anmaßend in den Vordergrund treten kann, wenn erst der bessere Weltgeist und wahre Friedenskönig von dannen gewichen ist. Weit entfernt aber jener Meinung beistimmen zu können, muß ich vielmehr an der Behauptung festhalten, daß der wahre Staat nichts anders ist, als die erste *Gegenanstalt* gegen den Nimrod, oder wie sonst immer jener »glückliche Soldat«, in der ältesten Geschichte und Sage einer jeden Nation heißen mag. Und so ist es der Gang der Dinge auch wirklich und geschichtlich gewesen. Voltaires glücklicher Soldat oder der Staat des Nimrod selbst, das alte Babel, wäre vielmehr der Anti-Staat zu nennen; und obgleich jener immer hungrige und alles verschlingende Leviathan, wie gesagt, gleich einem schwarzen Faden sich mehrenteils durch alle großen Staaten der Weltgeschichte hindurchzieht, wie das Gift der Krankheit in der gesunden Organisation versteckt ist, wie die falsche Sophistenschule jederzeit der wahren Wissenschaft, die Sekten des Irrtums der wahren Kirche sich beizugesellen, oder in ihr selbst einzunisten trachten; so ist dieses doch nur der böse Staat, oder das böse Prinzip im Staate, was der wahre Staat eben überwinden und besiegen soll. Wäre der wahre, organisch geordnete Staat aber dazu gar nicht geeignet, oder überhaupt nicht imstande; so würde jeder Vernünftige wohl den Naturzustand vorziehen, nicht wie ihn die Dichter schildern, oder Theoretiker sich einbilden, sondern so wie ihn die Geschichte uns kennen lehrt; nämlich das freie Leben der Nomaden und bewaffneter Hirtenstämme unter Familienhäuptern und Stammfürsten, wie es etwa zu Abrahams Zeiten uns vorgestellt, und zum Teil noch in Arabien so gefunden wird; und würde man dann gern die armseligen Flittern unsrer Kultur hingeben gegen die Fülle dieses Naturgefühls. So schlimm steht es aber doch noch nicht mit der Sache des Staats, und wer möchte wohl behaupten, daß das Schlechte in der Kultur und im zivilisierten Staat so ganz das Übergewicht habe gegen das Gute, was nur auf diesem Wege gewonnen werden kann? Die Patrimonialherrschaft, von der allerdings alles ausgegangen ist, so wie sie in der ältesten patriarchalischen Zeit beschaffen war, kann man übrigens noch nicht als Staat im eigentlichen Sinne betrachten; es ist noch ganz Natur, der Staat ist hier noch in seine Grundlage und Basis, die Familie, versenkt, die anfangs zugleich auch Staat ist, bis dieser sich später von jener Basis als ein eigentümliches Institut loswickelt. Die Veranlassung dazu ist die erste Gewalttat, der Anti-Staat, mag nun der Heerführer einer fremden Raubschar der Nimrod sein, oder einer der ursprünglichen Stammfürsten selbst so weit entarten und sich dazu aufwerfen. Der Ursprung des wahren Staats nun ist die Verteidigung und Gegenwehr gegen diese erste und uranfängliche Unbill, die Form mag sein, welche sie will. Ist der, welcher sich an die Spitze der Verteidigung stellt, einer der Patrimonialherrn, freien Dynasten und Stammfürsten, welcher vorzüglich mächtig ist, an den sich die Minderstarken anschließen, und der sie in seinen Schutz und Schirm nimmt, so wird der erste Staat als Monarchie entstehen; sind es mehrere von ungefähr gleicher Macht, so wird es eine Republik sein, aber wie sich in jener ältesten Zeit von selbst versteht, eine Aristokratie, wie dann auch der monarchische Staatsverein zu Anfang nie ohne eine starke Beimischung von Aristokratie sein wird. Was Gewerbe, Städte und Handel Demokratisches hinzufügen, ist ein viel älteres Element; das erste Element aber und die ursprüngliche Anfangs-Basis des Staats bleibt immer die auf den Grund und Boden befestigte Patrimonialgewalt der Familienhäupter und Stammesobern.

Der eigentümliche Charakter und die wesentliche Bestimmung des wahren Staates als einer bewaffneten Friedenskorporation, wird sich heller entfalten durch Vergleichung mit den andern ewigen und wesentlichen Korporationen, und ihren besondern Zwecken, deren verschiedene Sphären den ganzen Raum der menschlichen Gesellschaft und des menschlichen Daseins ausfüllen. Der Staat strebt nach dem Frieden, und dieses ist sein positiver Zweck; zunächst aber ist es nur der äußere, oder richtiger der materielle Frieden, um das, was in Beziehung auf den Staat äußerer Frieden heißt, im Verhältnis zu andern Staaten, und den innern Staats-Frieden, welcher in der gesicherten Ruhe und gerechten Ordnung unter den eignen Mitgliedern besteht, unter einem gemeinschaftlichen Namen zu umfassen. Was aber für den Staat innerer Frieden genannt wird, gehört für die Kirche noch zu dem äußern; denn der eigentliche innere und geistige Frieden kann nur durch die Religion in die Gemüter der Menschen kommen, und die Kirche ist eben die zur Hervorbringung, Aufrechterhaltung und immer höhern Befestigung und Ausbreitung dieses innern Friedens von dem obersten Monarchen eingesetzte und angeordnete Korporation. Eben daher sind auch diese beiden auf den innern und äußern, den göttlichen und menschlichen Frieden gerichteten Institute, eines Teils so ganz verschieden, daß sie nie ohne Gefahr für beide Zwecke verwechselt und vermischt werden dürfen, andrerseits aber so nah verwandt und innig verbunden, daß sie eines das andere bedürfen, und einander kaum entbehren können. Denn wie sollte wohl der äußere und materielle Staatsfrieden irgend fest auf die Dauer bestehen, wenn nicht für den innern Seelen- und Gewissens-Frieden gesorgt ist, und wenn der göttliche Glauben hinweggenommen würde, auf dem im letzten Grunde aller andre Glaube, Vertrauen, Ordnung und Gerechtigkeit beruht? Auf der andern Seite erheischt aber auch die allgemeine Verbreitung dieses geistigen Friedens, als des höchsten innern Seelengutes, die schützende Umgebung und Sicherung, und selbst die mannigfaltigen Kulturmittel der zivilisierten Staaten; und wenn diese sehr viele und große physische und sittliche Übel unvermeidlich mit sich führen, so werden sie wohl alle durch diese eine Wohltat reichlich ersetzt und vergolten, welche dieselben, obwohl mehrenteils unbewußt und nicht selten gegen die eigne Absicht, der Religion und ihrer Verbreitung nach dem Plane der göttlichen Vorsehung als treue Diener oder als blinde Werkzeuge zu leisten berufen sind. Noch wollen wir, um den Gegensatz zwischen den beiden Friedens-Instituten, dem göttlichen und menschlichen, zu vollenden, hinzufügen: daß die auf den innern geistigen Menschen gerichtete Korporation niemals eine im gemeinen Sinne bewaffnete Korporation, gleich dem Staate, sein kann und sein soll; und daß sie überhaupt keine andere Waffe hat, als die Entziehung jenes innern Guts und Segens, zu welchem ihr Gott die Kraft und die Weihe gegeben hat, oder die Ausschließung davon. Erstreckt sich die Weihe der Religion aber auch auf die Ehe, so ist dann die Familie nicht mehr bloß ein natürliches und menschliches, sondern zugleich als ein göttlich-menschliches Institut zu betrachten, was insofern den Charakter jener beiden andern in sich vereinigt, als die Grundlage und Wurzel derselben. Wenn wir nun hier nicht weiter darauf einzugehen brauchen, wie zu Anfang und in der ersten alten Zeit selbst das Unterpfand der Religion und das natürliche Priestertum den Stammvätern und Patriarchen anvertraut und übertragen war; so muß es dagegen immer gegenwärtig in der Erinnerung erhalten werden, daß der Staat ebenfalls auf die Familiengewalt sich gründet, und ganz aus ihr hervorgegangen ist, damit er nicht undankbar des Bodens vergesse, dem er selbst entsprossen ist, und jenes Familienband immer heilig halte, welches der Inbegriff und die Blüte von allem, was das Leben köstlich macht und ihm einen Wert gibt, in sich faßt, so wie die Schule das intellektuelle Leben der Menschheit entfalten soll, und wie die Gilde alle Mittel zur Bereicherung und Verschönerung des materiellen Lebens herbeiführt. Alle diese moralischen, intellektuellen und materiellen Güter des Lebens aber würden keinen Wert haben ohne den innern Frieden, welchen die Religion gewährt, und die Kirche erhält und verbreitet; und sie würden, wenngleich nicht ganz wertlos, doch immer wieder zerstreut, gestört und unterbrochen werden, ohne den äußern Frieden über welchem der Staat mit dem Schwerte der Gerechtigkeit waltet. Diesen ganzen Reichtum also von geistiger Entwicklung und von materiellem Leben umschirmt der wahre Staat, nach der lebendigen Idee desselben, unter seiner Obhut. Der falsche Staat dagegen, oder der Anti-Staat trachtet einzig und allein nach der größten Anhäufung und Erweiterung der materiellen Kraft, oder nach der höchsten Steigerung der absoluten Gewalt; ja selbst die moralischen und intellektuellen Güter und Kräfte, soweit er sie erfassen kann, verwandelt er in bloß materielle Werkzeuge, indem er sie für seine materiellen Zwecke verwendet; Tyrannei und Habsucht ist im Innern, Eroberungssucht aber äußerlich sein unterscheidender Charakter. So leicht es nun ist, dieses Übel in seinem Extrem als ein solches zu erkennen, so schwer hält es doch oft, sich gegen die ersten Anfänge davon zu hüten. Es liegt etwas Ansteckendes in der Kriegslust, die sich an den Flammen der Ruhmbegierde entzündet, und die Habsucht als Bodensatz zurückläßt; und jener erste Nimrod der Urgeschichte hat sich durch alle Weltperioden fortgepflanzt bis auf unsre Tage, wie eine politische Erbsünde. Zuerst verteidigt man sich ruhmwürdig gegen den ungerechten Eroberer, man besiegt ihn, man behauptet seinen Vorteil, man sichert sich für die Zukunft, und endlich regt sich ganz unbemerkt und leise der gleiche Appetit nach dem ungerechten Gut, und nach der endlosen Vermehrung der materiellen Kraft; und so pflanzt sich Habsucht und falsche Ruhmbegier, wie jedes andre sündliche Contagium, fort von Anbeginn bis an das Ende. Darin aber hat die Menschheit von jeher ein sehr richtiger Instinkt geleitet, und so tief ist die Überzeugung, daß der positive Zweck des Staats der Frieden sei, trotz aller entgegenstehenden falschen Theorien, und verwirrenden Abstraktionen eingewurzelt, daß sobald augenscheinlich gewiß, und offenbar erwiesen wird, daß eine Macht absolut auf den Krieg gerichtet sei, sie sofort in der Meinung der Menschheit verfallen und ausgeschlossen ist, und alle gutgesinnten Staaten und Nationen gegen sie als einen allgemeinen Feind zusammentreten. Und das von Rechts wegen; denn wenn es überhaupt irgendeinen ersten Grundsatz des Völkerrechts gibt und geben soll, so ist es wohl dieser, da alle Staaten dabei interessiert sind, daß nicht das Wesen des Staats selbst in das völlige Gegenteil seiner ersten friedlichen Bestimmung verkehrt wird. Der Beispiele gibt es in Menge aus der Weltgeschichte; und auch in unsern Tagen haben wir ein neues, großes und denkwürdiges Beispiel davon gesehen, auf welches ich aber hier mich weiter nicht berufen will; denn obschon die tyrannische Gewalt, gegen welche sich zuletzt ganz Europa verbündete, nicht eigentlich als völlig usurpiert gelten konnte, während sie von fast allen Staaten anerkannt war, so hatte ihr doch von Anfang an die sichere Grundlage des angeerbten Rechts gefehlt.

Weit passender, um zu zeigen, daß auch über den legitimsten Herrscher in gleich entscheidendem Falle das gleiche Gericht ergeht, wird das Beispiel Ludwig XIV. sein. Dieser Regent, welchen jetzt manche französiche Ultra-Schriftsteller als ein wahres Modell einer vortrefflichen und herrlichen legitimen Herrschaft im Munde zu führen pflegen, dessen moralische Eigenschaften aber auf der Waage der Gerechtigkeit vielmehr einen Inbegriff vollendeter Charakterschlechtigkeit bilden, hatte schon durch seine Reunionen, vielerlei Unbilden, und ungerechten Kriege gegen Deutschland, alles Völkerrecht mit Füßen getreten; und hat er sich besonders auch gegen die christliche Religion schwer vergangen; denn indem er den wehrlosen Papst in seiner Hauptstadt insultierte, und den Grund zu dem heimlichen Schisma legte, an dessen unseligen Folgen Frankreich bis auf unsere Tage schwer zu büßen gehabt hat, glaubte er sich berufen, die von der Kirche getrennten Protestanten gegen das Wort seines bessern Ahnherrn durch Dragonaden zu bekehren. Als seine Herrschsucht nun keine Grenzen mehr kannte, und er keinen Frieden redlich halten wollte, da traten alle gut und christlich gesinnten Staaten gegen diesen allgemeinen Feind der Christenheit zusammen und demütigten und züchtigten ihn, nachdem er im Unrecht ergraut war, noch am Ende seiner Tage, obwohl bei weitem nicht hinreichend. Wenn die jetzigen Verteidiger der legitimen Grundsätze gerade diesen Regenten wie zum Stichwort und Merkzeichen ihrer Partei wählen, als könne man nicht gegen ihn sein, ohne zugleich die Sache der Monarchie und der Religion zu beleidigen, so ist dies auch ein merkwürdiges Beispiel von der jetzt herrschenden Unklarheit und Konfusion der Begriffe, vermöge deren die Parteien alles vermengen, und die Sache der Gerechtigkeit selbst mit dem Beispiele des Lasters belegen.

Wenn nun die Frage entsteht, wer darüber entscheiden soll, ob bei einem einzelnen Regenten oder in einem ganzen Staat, der Charakter der Eroberungssucht oder die Prinzipien des Unfriedens dermaßen überwiegend geworden sind, daß alle andern Staaten gegen ihn zusammentreten sollen, und wer das Recht hat, das entscheidende

Urteil über ihn zu fällen; so ist die Antwort darauf schon durch die Natur der Sache gegeben, indem wenn die Not es durchaus erfordert, auch der Entschluß zu einem solchen Zusammentritt bei den andern Staaten zur Reife kommen wird, welche dann ihre friedliche Fortdauer durch dasselbe Mittel gemeinsamer Verteidigung zu erhalten suchen, wie auch die einzelnen Staaten von Anfang durch einen ähnlichen Zusammentritt zuerst entstanden sind.

Will man mit Rücksicht auf frühere Zeiten hierüber bemerken, daß die geistliche Macht, sowie sie im Mittelalter überhaupt eine Art von gesetzlicher Kontrolle, oder negativ bedingende und einschränkende Zensur gegen die weltlichen Staaten ausübte, hierbei nicht selten die Funktion einer schiedsrichterlichen Vermittlung, oder auch förmlichen Entscheidung versehen habe, noch bis ins 16te Jahrhundert hinab; so ist dies allerdings an sich bemerkenswert für das richtige Verständnis jener Zeiten, wie überhaupt für die Theorie von dem ganzen gegenseitigen Verhältnis der geistlichen und weltlichen Macht, nach allen denkbaren Verwicklungen derselben. Es wird auch dieser Einfluß jetzt wieder richtiger beurteilt, und wohl anerkannt, wie wohltätig er für die damalige Zeit im ganzen gewesen; obwohl das für unsre Zeit nicht mehr anwendbar ist, und ein ähnliches Verhältnis in der gleichen Weise nie wiederkehren kann, nachdem sich schon früher und vorzüglich seit der Reformation, alle Staaten jener Kontrolle Stufe für Stufe ganz entzogen und vielmehr mehrere unter ihnen hie und da nach einem entgegengesetzten Extrem gestrebt haben, der geistlichen Macht ihren weltlichen Territorialgrund und Boden zu entziehen, oder auch selbst die geistliche Obergewalt mit an sich zu nehmen.

Die Eroberungssucht des falschen oder Anti-Staates ist übrigens nicht bloß auf den Angriff gegen andere Neben-Staaten beschränkt, sondern kann sich ebensogut auch ganz nach innen richten, indem sie alle materielle, ja soviel als möglich auch alle moralische und intellektuelle Kraft an sich zu reißen, und in den Mittelpunkt ihrer absoluten Allgewalt zu zentralisieren sucht, nach dem Ideal jener oben schon hinreichend geschilderten Gesetzesmaschine. Beides, die Eroberungssucht nach innen und die nach außen, gehen oft genug und fast immer Hand in Hand zusammen, weil durch die erste im innern, erst die zureichende Kraft und die Materialien für die Pläne nach außen herbeigeschafft werden müssen. Nicht ohne Grund wurde daher in der Erklärung des wahren Staates, derselbe eine *Korporation* genannt, wodurch keineswegs die Form der Verfassung bestimmt werden sollte, da diese Beschaffenheit auch ebensogut in der monarchischen, ja ganz vorzüglich in ihr stattfinden kann und soll; sondern nur die Eigenschaft eines aus mehreren Gliedern organisch geordneten Ganzen, als jener Eroberungssucht nach innen am meisten und geradezu entgegengesetzt. Dieses aber ist ein wesentliches und notwendiges Attribut des wahren und wohlgeordneten Staates, daß darin neben dem großen Hauptmittelpunkte auch noch andere untergeordnete Mittelpunkte des innern politischen Lebens als ebensoviele organische Glieder des Ganzen geduldet und aufrecht erhalten werden, d. h. mit andern Worten, daß eine wohlgeordnete Monarchie nicht ohne *Stände,* und eine rechtliche Absonderung in Abstufung derselben zu denken ist; und das ist es eben, was wir Korporation nennen. Bietet hingegen der gesamte Staat nichts dar, als eine völlig gleich und flach gebahnte Ebene, mit einem einzigen Mittelpunkte, von dem alle Radien ausgehen und wieder dahin zurückkehren, so ist eine solche anorgische Beschaffenheit und das absolute Streben nach der reinen Macht, was dabei zum Grunde liegt, nicht mehr der lebendigen Idee des wahren Staates entsprechend.

Dritter Teil:

Durch materielle Kräfte und Mittel allein, kann und wird der Kampf und das Problem des Zeitalters nicht gelöst werden. Es bedarf einer höhern Lösung von oben, einer Hand und Macht, die nie fehlen kann, um den Gordischen Knoten zu lösen. Vergeblich hatte es ein Emporsprößling des Tages, gleich dem alten Alexander versucht, diesen Knoten mit dem Schwert der Eroberung zu zerhauen; Europa hat dieses trügliche Phantom falscher Größe von sich gestoßen, nachdem die kurze Täuschung verschwunden, und die Welt aus ihrer magischen Betäubung wieder erwacht war. In

Wahrheit aber wäre, um den Sturm zu beschwichtigen, wie ehemals im Fehdengedränge des Mittelalters, ein neuer Gottesfrieden vonnöten, den man nicht wie irgendein anders schlechtes Surrogat mit Menschenwitz erfinden kann, noch auch abwarten soll, bis man ihn von ungefähr findet, den man aber wohl wieder finden könnte, als ein neues Heilmittel aus alter Quelle, wenn man ernstlich nach der Fundgrube suchen wollte. Bis aber ein solcher neuer Gottesfrieden durch den, der es vielleicht vermag, aufgestellt, und das Wort dieses Friedens, wie ein Gesetz des Lichts, in der chaotischen Finsternis für ganz Europa wiedergefunden, und ausgesprochen ist; soll sich unser Deutschland, wenigstens in geistiger Hinsicht, als das Herz von Europa, wie man es so oft genannt hat, bewähren, und besonders auch an seinem Teile im intellektuellen Wirken sich vorbereiten, damit es den guten Samen, aus welchem jenes göttliche Wort des Friedens einer glücklicheren Zukunft aufblühen soll, fruchtbringend in seinen Boden aufnehmen, und in gedeihlichem Wachstum weit umher verbreiten könne.

Wenn auch noch gar kein fester Stützpunkt der Hoffnung, an den man sich freudig anschließen könnte, gegeben ist, wenn kein göttlicher Funken mehr in der ganzen Masse der äußern Ereignisse und Verhandlungen sichtbar, und kaum noch etwas darin zu finden ist, wofür man mit reinem Ernst Anteil nehmen könnte; so soll man darum nicht die zuversichtliche Überzeugung fahren lassen, daß die Vorsehung aus dem Üblen, was menschliche Verkehrtheit und Kurzsichtigkeit verüben, auch hier wieder ein göttlich Gutes hervorrufen, daß sie alles zum möglichst Besten leiten und lenken, und daß die rechte gute Sache, oder die Sache Gottes, wenn auch nicht grade auf die Weise, und in dem Sinne, wie wir es in unserer engen Beschränktheit nehmen und verstehen, sondern in anderer höherer Art, die wir selten oder nie im voraus fassen, und in seinen wundervollen Wegen, doch am Ende siegen und triumphieren werde. Man darf um so weniger durch den trüben Anschien des jetzigen Zustandes der Welt mutlos werden, das Gute, wenn auch nur ganz im Kleinen und einzelnen, und wie im schwachen Keime, zu wirken und zu befördern; da es gewiß ist, daß alles wahrhaft Gute im Kampf bestehen, und ihn überleben, und in eine neue glücklichere Epoche, als die erste Grundlage derselben, hinüberdauern muß. Fahren wir also immer fort, wenn nicht zur gelungenen Behandlung, so doch zur richtigern Beurteilung der großen Aufgabe des Zeitalters, ein geringes Schärflein beizutragen, indem wir diese lange im Stillen gehegten Gedanken öffentlich hingeben. Die Unklarheit der Begriffe über das wahre Wesen, und den eigentlichen Zweck des Staats, ist eine Hauptquelle der jetzt herrschenden streitigen Meinungen und verworrnen Urteile. Nach dem falschen und bloß negativen Begriff vom Staate, besteht der Zweck desselben in der Sicherung des Eigentums und der Personen; wie diese Definition, die aber nicht eine bloße Schuldefinition, sondern eine auch praktisch für alle andern politischen Grundsätze und Meinungen entscheidende und höchst wirksame Ansicht ist, in unzählig vielen Lehrbüchern zu finden ist, und überall ins Leben verbreitet wird. Das Gute aber beruht, wie in allen andern Sphären des Wirkens und Daseins, so auch im Staate, auf einem *göttlich Positiven,* auf dessen Anerkennung, Feststellung und treuen Bewahrung; welches durch eine wohlgeordnete organische Einrichtung und Zusammenfügung am besten begründet und gesichert wird. Diese organische Einrichtung beruht nun in den politischen Verhältnissen auf den Korporationen, als den wesentlichen Lebensorganen des christlichen Staates.

Das Wichtigste dabei ist die richtige Auffassung jener großen und ewigen Korporationen, des Staats und der Kirche, der Schule und der Gilde, in ihrem gegenseitigen Verhältnis untereinander und zum christlich begründeten Privatleben, wie es auf dem Heiligtum der Ehe beruht, und in der Familie uns den Anfang und gemeinsamen Urgrund aller andern gesellschaftlichen Vereine und Verbindungsformen darbietet. Denn nur in diesem gegenseitigen Verhältnisse jener großen Hauptorgane der menschlichen Gesellschaft, welche keines derselben entbehren, und so wenig ohne Kirche und Schule, ohne Religion und Lehre, als ohne den Staat und die Gilde, ohne Schwert und Gold bestehen mag, kann auch die eigentümliche Natur und der wahre Zweck und Begriff, mit einem Wort, das Positive einer jeden von diesen zu einem politischen Leben so mannigfach und eng verflochtenen vier Systemen und

Sphären des gesellschaftlichen Vereins, einzeln richtig verstanden werden.

Fassen wir nun die Resultate der bisherigen Betrachtungen in einige wenige feste Anhaltspunkte zusammen, um auch die weitere Ausmittelung der im Zeitalter vorliegenden Probleme daran reihen zu können.

Der Parteienkampf beruht in dem ganz negativ aufgefaßten Wesen des Staats, nach einem bloß abstrakten Begriff desselben; und dieser Streit wird um so unauflöslicher und verworrner, je mehr dieser falsche und irrige Begriff in einer absoluten Denkart und Gesinnung durchgeführt, und selbst als etwas Absolutes aufgefaßt wird.

Ein genialischer Schriftsteller, welcher das Phänomen des Zeitalters so treffend als reich und mannigfaltig zu charakterisieren weiß, dem es aber in den Prinzipien in einigen Punkten mit der Klarheit zugleich noch an Festigkeit mangelt, sucht die streitenden Elemente der kämpfenden Zeit durch die verschiedenen Sphären des Raums, der Zeit, und dann des absoluten Rechtsgebietes bis zu dem höhern geistigen Religionsgebiet hindurch zu führen, und in seiner Weise lebhaft zu schildern, indem er die Parteien in dreifachen Paaren, wie die alten Horatier und Curiatier der römischen Vorzeit und Fabelgeschichte, gegeneinander stellt. Es sind aber nur verschiedene Stadien, einer und derselben Krankheit, und gegen die ganze Einteilung und Konstruktion ist noch manches Wesentliche zu erinnern; insofern sie als wesentlich notwendige Glieder und Stufen betrachtet werden sollen, was mehrere von ihnen nicht sind, wie denn auch die gegenseitige Stellung und Unterordnung eine andre ist, als die von Görres angegebene. Am einfachsten zwar stellen sich die Parteien in dem ersten Verhältnis gegeneinander, welches auf dem Gegensatz von beharrlichem Grundbesitz und dem beweglicheren Geldinteresse beruht, und also allerdings vorzüglich im Raume obwaltet; in welcher Beziehung eigentlich die gewöhnlichen Benennungen von Ultras und Liberalen genommen werden, in dem bessern, ja in dem besten Sinne, der ihnen als gegeneinanderstehenden Parteien irgend beigelegt werden kann. In diesem Sinne versteht man unter den Ultras nicht etwa die absoluten Feinde, Hasser und Verfolger alles Neuen, sondern solche Anhänger und ehrenwerte Verfechter der wohlgeordneten Monarchie in den alten Formen, denen es zunächst nicht um die Person oder den einzelnen Akt der Willkür und absoluten Gewalt, sondern um die Grundsätze des wahren politischen Lebens und deren Aufrechterhaltung zu tun ist. Es ist aber nicht nur der Billigkeit gemäß, sondern zur richtigen Auffassung des Ganzen erforderlich, daß wir auch von der andern Seite eine gemäßigte und bessere Auffassung als denkbar und möglich annehmen, und wenigstens als Idee aufstellen und gelten lassen, wenngleich die Liberalen in der Wirklichkeit sich immer weiter von dieser Grenze der Mäßigung entfernen. In diesem bessern und gemäßigtern Sinne würden wir unter der Partei der Liberalen solche verstehen, welche nicht etwa die religiösen Grundfesten alles moralischen Vereins und Lebens anfeinden und untergraben, welche auch nicht die alten Gerechtsame und Formen schon an sich und bloß als solche, hassen und anfeinden; sondern nur die, welche die neuen Interessen, insofern sie wirklich vorhanden, und wesentlich in den veränderten Verhältnissen der Zeit, des Eigentums und des Lebens begründet sind, vertreten, und mit jenen alten Rechten und Formen im gesetzlichen Wege vereinbaren möchten. So genommen reduziert sich der ganze Gegensatz auf den zwischen dem beharrlichen Grundbesitz, und dem beweglichen Geldeigentum obwaltenden, der in den meisten großen und entwickelten Staaten vorhanden, und öffentlich oder stillschweigend anerkannt, und mit in die organische Ordnung des Staats aufgenommen ist, ohne daß die Existenz desselben durch einen Zwiespalt der Interessen gefährdet würde, welcher vielmehr nur den Umschwung seines Lebens befördert. Dieses ist der Punkt, von welchem die Parteien ausgehen, und hier ist der Scheideweg, von wo aus sie ihre fernere Richtung nehmen, entweder zur patriotischen Eintracht und einem wohlgeordneten organischen Zusammenwirken, oder auf der andern Seite zur unauflöslichen Erbitterung und einer höheren Steigerung des Streits, welche endlich zum Verderben führt; über welchen zwiefach möglichen Ausgang dann das nächste Stadium der Krankheit entscheidet. Denn als eine politische Krankheit müssen wir den Parteienkampf zwischen den Ultras und Liberalen betrachten; so wie er nämlich in der Wirklichkeit vorliegt, welche sich immer weiter von jener gemäßigtern Idee wegbewegt, nach welcher er kein Übel mehr sein würde. Tritt nun der Streit aus den Schranken des Raumes hinüber in die Sphäre der Zeit, wie es Görres nennt, oder in das historische Gebiet, so ist damit der erste Schritt geschehen zur aussöhnenden Annäherung der Parteien und möglichen Ausgleichung und Heilung des Übels, die um so leichter vonstatten gehen, und um so vollständiger erfolgen, je reichere historische Anhaltspunkte in der Lokalverfassung und dem ganzen Lebenszustande noch vorhanden und gegeben sind; je organischer man sich an diese anschließt, und je mehr eine umfassende historische Erkenntnis und Gesinnung von beiden Seiten bei den Vertretern des Alten, wie bei denen des Neuen vorwaltet. Denn sobald sie auf das Positive zurückgehen, wie sie es nach diesem geschichtlichen Standpunkte nicht umhin können zu tun, so werden sie auch immer mehr in die begründeten Ansprüche und in die ganze Idee und Stellung der andern Partei eingehen müssen, die ja auf derselben faktischen Wahrheit beruht, und bereit sein, sie anzuerkennen, und ihr Gerechtigkeit widerfahren zu lassen, so daß es dann kaum noch Parteien zu nennen sind, sondern obwohl getrennte und verschiedene, doch zusammenwirkende Kräfte und Elemente eines gemeinsamen und gesunden politischen Lebens.

Das Positive allein, wie es das Fundament des friedlich geordneten Staats ist, so ist es auch das einzige Mittel zur friedlichen Ausgleichung der Parteien.

Es haben viele lobenswerte Bestrebungen, besonders in Deutschland stattgefunden, um den Streit der Parteien und den Kampf der Zeit in das historische Gebiet hinüberzuführen, und dort zu schlichten; und diese Bestrebungen, deren Verdienste wir hier bei weitem nicht alle im einzelnen würdigen können, haben unstreitig schon hier und da sichtbar viele gute Früchte getragen. Wenn aber gleichwohl im ganzen genommen, und in vielen Teilen von Europa, die Parteien feindlicher als je gegeneinander stehen, die schlechtesten nicht selten die Oberhand gewinnen; so liegt ein Hauptgrund davon darin, daß jene historische Ausgleichung, welche den Anfang der Heilung und den Weg zum Frieden darbietet, gar nicht überall eingeschlagen worden, sondern daß der Streit mehrenteils in ein anderes Gebiet hinübergetreten ist, welches als ein zweites bösartigeres Krankheitsstadium durchaus nicht mehr zur Besserung, sondern nur unaufhaltsam zum Verderben führt. Dieses ist jene Sphäre, welche Görres nicht genügend, als die geistige, ja als das Rechtsgebiet bezeichnet. Wenn aber ein Geist hier waltet, so ist es nur der böse Geist einer unbeugsamen Ichheit; das Recht aber, von dem hier die Rede ist, und um welches der endlose Streit geführt wird, ist nicht das wahre, dauernde, lebendige Friedensrecht nach christlicher Sitte und Billigkeit, sondern es ist das tote, abstrakte, strenge, Vernunft- und Buchstabenrecht, welches jedem absoluten und mithin verderblichen Wollen von allen Seiten zum umhüllenden Gewande gegeben wird, und zur anmaßenden Überschrift dient; und dieses ist, wie der Buchstabe überall tötet, das eigentlich zerstörende Element des politischen Lebens. Es ist das Gebiet eines sich nicht bloß entgegenstehenden, sondern sich doppelt und mehrfach durchkreuzenden, in sich aber, gleich absoluten und zerstörenden Wollens. In diesem Stadium der Krankheit ist keine Besserung mehr zu hoffen; ganz vergeblich ist es da, die Parteien aussöhnen oder vermitteln zu wollen, wenn aus den Liberalen einmal Radikale geworden sind, die nicht mehr eine partielle Erweiterung des alten Systems, sondern den gänzlichen Umsturz desselben bezwecken; so wie die Servilen nicht mehr die wesentlichen Grundsätze der monarchischen Ordnung auf Jahrhunderte zu befestigen, sondern nur den einzelnen Moment der absoluten Gewalt unbedingt durchzusetzen, im Auge und im Sinne haben. Da bleibt denn nichts übrig, als ein Kampf auf Tod und Leben, und diese Stufe des Zeitalters haben wir früher mit dem unheilschwangern Ausdrucke bezeichnet: das Absolute sei jetzt in die Geschichte eingetreten. Der Geist des Absoluten aber in der Denkart und in den Grundsätzen, wie in dem Ziel der Bestrebungen, ist ein Übel von ansteckender Art; und darin liegt die Gefahr, daß auch das gute Prinzip in dem Kampf gegen das böse, und in einer gesteigerten Erbitterung, sein eigenes rechtes Maß verlieren und mit vergiftet, mit absolut und böse werden kann. Jede Übertreibung legt den Grund zu einer Reaktion, und dieses ist eine alte und trivial gewordene Bemerkung, wie denn auch das schon eine alte Bemerkung ist, daß alle Lehren der Weltgeschichte für diejenigen verloren bleiben, die einmal absolut denken, oder in ihrem ganzen Wesen und Wollen absolut geworden sind. Die erwähnte und zu fürchtende Reaktion aber braucht nicht bloß eine zukünftige in der Zeit zu sein, sondern nachdem Europa solidarisch eins geworden, kann sie auch unmittelbar aber in die Ferne des Raums hinwirken, und am entgegenstehenden Ende oder Gliede des gesellschaftlichen Körpers hervortreten oder ausbrechen; wie dieses dem beobachtenden Blicke eben nicht befremdend ist. Wenn man Frieden, Ordnung und Recht erhalten will, so muß man vor allem zu den Quellen zurückführen, und selbst zurückgehen, aus denen allein zuerst und zuletzt, von Anfang und auf die Dauer, Friede, Recht und Ordnung hervorgeht und herstammt. Ich weiß es wohl, wie solche Anmahnung, so oft man diese Saite berührt, in der Welt pflegt aufgenommen zu werden; scheinbar sehr gut, und mit der besten Manier, im Grunde aber ohne alles Gefühl für den Ernst der tieferen Wahrheit. Da heißt es denn mehrenteils: ja, man müsse nur erst mit allen den Äußerungen von Anarchie fertig sein, und jede Aufregung derselben wieder zurückgedrängt oder beschwichtigt haben, dann würde sich wohl auch Zeit und Gelegenheit finden, die Religion wiederherzustellen, so wie man im Kriege vor allen Dingen die Schlachten gewinnen muß, und dann nachgehends, wenn erst der Sieg gewonnen ist, wohl daran denken mag, in der Sicherheit des Friedens, auch die Künste und Wissenschaften zu begünstigen und in Flor zu bringen. Aber dem ist nicht also; denn gerade der Krieg selbst ist hier ein innerer, geistiger, moralischer, in welchem der Sieg zuerst und vor allem andern gewonnen werden soll. Und wenn jedes antichristliche Streben, welches als materielle Macht auftritt, auch äußerlich bekämpft werden, und durch die größere Macht und den noch umfassendern Verstand gegen den falschen und mißbrauchten niedergeschlagen werden muß; so muß doch mit jenem Kampfe selbst auch die positive Begründung und neue Belebung einer christlichen Lebens- und Staatsordnung zugleich und Hand in Hand vorwärts schreiten. Denn wie könnte man wohl je zu Ende kommen, wenn man immerfort das Werk nur auf die Zukunft hinausweisen und aufschieben wollte, ohne irgendeinmal mit dem Anfang selbst wirklich anzufangen? Es steht auch sehr zu besorgen, daß bei jener Maxime der Zögerung eine ganze falsche Zeitberechnung der jetzigen Welthistorie zum Grunde liegen, und wohl nicht so gar viele überflüssige Zeit zu verlieren sein dürfte. Es ist keine bloße Redensart mehr, daß Religion und Gottesfurcht die einzigen festen Grundlagen des Lebens und der Staaten sind; sondern es ist bitterer Ernst, und fängt wohl an, sich je mehr und mehr als Ernst zu bewähren, je klarer es in der Weltgeschichte einleuchtet, daß alles andre, ohne dieses eine, was Not ist, nichts helfen und fruchten will. Wir dürfen auch nicht verschweigen, daß die historische Verständigung und Begründung der Parteien zwar wohl manches klarmacht und aufhellt, und manchen Stein des Anstoßes aus dem Wege räumt; aber doch ist es nur ein Anfang der Ausgleichung, ein Weg zur friedlichen Auflösung, noch nicht diese ganz vollständig selbst. Diese kann nur in jener Region gefunden werden, welche Görres als die vierte und höchste bezeichnet, und die wohl mit Recht die geistige genannt wird, da sie das Wissen samt dem Glauben umfaßt. Hier, wo die Wunde zuerst geschlagen ist, muß auch die Heilung ihren Anfang nehmen; und der Verfasser hat sich ein großes Verdienst dadurch erworben, daß er den Charakter und den Mut gehabt, diese an sich so einfache Wahrheit öffentlich auszusprechen, daß ein neuer, höherer Religionsfrieden dasjenige ist, was das Zeitalter vor allem bedarf, und was allein die Zukunft sicherstellen, und die alte Grundlage neu befestigen kann. Dahin leitet und deutet uns auch der ganze jetzige Wendepunkt der Weltgeschichte, und hier in diesem Schlußgedanken des Verfassers liegt die wahre *Orientierung* seines Werkes, welche in dem mythologischen Bilderdunkel der Einleitung vergeblich gesucht wird. Es muß getadelt werden, und ist mit ein Grund, warum seine welthistorische Ansicht, so hell und scharf er auch den gegenwärtigen Moment erfaßt, im Ganzen doch nicht zur Klarheit gelangen konnte, weil er den Mittelpunkt nicht fest genug gehalten hat; indem er den Zwiespalt auch in diese höhere Region noch mit hinüberführen will, aus welcher allein der wahre Friede kommen kann, und die er selbst so vollständig anerkannt hat. Der feindliche Gegensatz zwischen dem Glauben und dem Wissen ist eben keineswegs ein an sich gültiger und natürlicher, den man als solchen anerkennen müßte, sondern es ist eine durchaus protestantische Trennung, welche dem bessern Altertum in dieser Art durchaus unbekannt war, und erst mit dieser neuen Epoche begonnen hat: wo aus der Schlechtigkeit und Seichtigkeit des Wissens, welches sich vom Glauben abgetrennt, zuerst die Spaltung des Glaubens selbst entsprungen ist, woraus dann die feindlich gegen das schlechtgewordene Wissen gestellte Abschließung, und endlich die innere Lebenserkaltung des Glaubens hintennach folgte, wobei auch das Verderbliche des Wissens in seiner falschen antireligiösen Richtung immer höher stieg. Wenn das göttliche Prinzip im Menschen die höchsten Kräfte gegeneinander richtet, wenn der innerste Lebensgeist des gesellschaftlichen Körpers in seinen Elementen sich selbst zerstört, wie sollte der Körper selbst wohl in guter Ordnung und im organischen Wohlsein bestehen können? Wohl mag diese Untersuchung manchem demungeachtet sehr weit entfernt zu sein scheinen von dem Problem des Friedens, wie es im Phänomen des Zeitalters und seiner Zerstörung zunächst vorliegt. Es ist überhaupt sehr schwer über das Zeitalter mit denjenigen, die darin befangen sind, sich zu verständigen. Das Alte, besonders das rechte Alte, wollen sie einmal nicht, und mögen nicht davon hören, und darin sind sie mehrenteils alle einverstanden; irgendetwas wahrhaft Neues hervorzubringen, fühlen sie selbst ihr gänzliches Unvermögen; das Ewige aber ist ihnen abhanden gekommen. – Und doch läßt sich nur aus diesem mit Klarheit reden und zur Klarheit und Eintracht gelangen, in dem Zwiespalt zwischen dem Alten und Neuen.

Das Positive aber, der Friede und die innere Festigkeit und Einheit des Staats, läßt sich nur in dem organischen Zusammenhange und Verhältnis zur Kirche und Schule im Einklange mit dem Positiven des Glaubens und des Wissens verstehen. Dieses ist das Prinzip, von dem wir überall ausgehen, und wohin uns auch alles zurückführt. Das sollte aber wohl aus der Geschichte und Erfahrung einleuchtend sein, daß wenn jener innere Lebensgeist dem gesellschaftlichen Körper entzogen wird, nichts als die tote Schlacke übrigbleiben kann. Es wollen die starren Elemente innerlich nicht mehr zusammengehen, wenn auch äußerlich gar kein Anlaß und kein Anschein von Streit oder Krieg da ist, und dieses Gefühl ist es wohl, was sich jedem aus dem Leben und der Beobachtung zunächst jetzt am entscheidendsten und unwiderstehlichsten aufdringt. Es ist die alte fatale Mischung, wie der Prophet sie an den Fußzehen seines welthistorischen Traumbildes beschreibt; sprödes hartes Eisen, und dürre Scherben bilden die widerwärtige Zusammensetzung, die nie in eins verschmelzen will; rohe Militärgewalt und der trockne repräsentative Schein, oder irgendein andres gleich unersprießliches und leeres Formel- oder bloßes Denkwesen; das sind im allgemeinen die unerfreulichen Elemente des jetzigen Lebens, nachdem die Weltgeschichte einmal an das Fußgestell des Völker-Riesen angelangt ist.

Ehe wir aber die Lehre von dem Positiven, sowohl dem geschichtlichen als dem göttlichen, worauf der Staat in Frieden und Recht beruht, weiter für das Bedürfnis und Problem der Zeit entfalten und wenigstens die nahegelegensten praktischen Anwendungen aus diesem fruchtbaren Prinzip hervorheben, erfordert es die Gerechtigkeit, daß wir einen Blick zurückwerfen auf diejenigen, welche die Wahrheit gegen den revolutionären Strudel und Andrang der Zeit aufrechterhalten, und besonders auch in Deutschland eine Schule der bessern politischen Denkart und Erkenntnis begründet haben.

Ausgegangen ist diese bessere Schule der Politik von dem großen Engländer *Burke,* der allen einseitigen Systemen fremd, und den leeren Theorien feind, aber angefüllt mit aller Kraft der lebendigsten politischen Erfahrung, und alles geschichtliche und göttliche Positive der europäischen Staatseinrichtung mit großem Geist und im angestammten Gefühl umfassend, wie ein starker Damm von der Vorsehung gegen die revolutionären Irrtümer mit seinen charaktervollen Schriften, in bewundernswerter Beredsamkeit hingepflanzt worden. Von diesem Anhaltspunkte ausgehend, hat *Gentz* in Deutschland den Kampf weiter fortgeführt, klassisch für die ganze Epoche von 1792 bis 1806; deren historische Grundzüge und Umrisse für die Zukunft in reichhaltiger Gründlichkeit in der Reihe seiner Schriften vorgearbeitet und niedergelegt sind. Das Positive, was er zum Grunde legt, worauf er überall baut und hinführt, ist grade dasjenige, welches dem Eroberungsgeiste und den Usurpationen jenes Zeitraums entgegengesetzt werden mußte; es sind die friedlichen Grundsätze des diplomatischen Völkerrechts, wie solches durch die großen Friedensschlüsse des achtzehnten Jahrhunderts, in der Blüte der modernen europäischen Geisteskultur war ausgebildet worden; indem uns der meisterhafte Stil seiner korrekten Beredsamkeit, in geistreicher Klarheit des Verstandes, von eben dieser vielseitigen Geisteskultur des achtzehnten Jahrhunderts ein Abbild gewährt, was umso wohltuender wirkt, je seltner es zu werden anfängt. Unter den Franzosen hatte *Bonald* die Idee des christlichen Staates in monarchischer Verfassung aufgestellt; zwar aus der Theorie, aber aus einer religiös und geschichtlich sehr tief und wohl begründeten Theorie, in der trüben Zeit anfangs wenig verstanden, und auch nur von Wenigen gekannt. Dieser Idee hat *Adam Müller,* auf eigentümlichem Wege scheinbarer Paradoxie mit glänzendem dialektischen Talent, die reichhaltigste weitere Entfaltung gegeben; wobei nur etwa vermißt werden kann, daß besonders in den frühern Schriften dem dynamischen Spiel der Gegensätze und Gegengewichte in der Organisation des Staats noch zu viel Raum gegeben, dagegen dann die historische Grundlegung und das geschichtlich Positive in der Entwicklung der christlichen Staaten weniger zureichend berücksichtigt worden ist. Auf dieses geschichtlich Positive in allen Staatsverhältnissen, in Gegensatz der leeren Theorien des modernen Naturrechts, oder des absoluten Vernunftrechts unsrer Zeiten, ist *Hallers* Bestreben in seinem gründlichen Restaurationswerke bis jetzt ausschließend gerichtet gewesen. Er nahm dieses Positive überall ganz fest historisch, und rein faktisch, und anfangs völlig gleich, ohne Unterscheidung des Großen und Kleinen, der Republik oder der monarchischen Verfassung, wie ihm sein Vaterland selbst, als Schweizer, die bunteste Mannigfaltigkeit verschiedener Rechtsformen in seinem kleinen Staatensysteme darbot. Nachdem er aber in seiner umfassenden Durcharbeitung des ganzen Gegenstandes an dasjenige Kapitel und Faktum von höherer Art, an das Institut der Kirche, welches die Grundlage und den Mittelpunkt aller übrigen gesellschaftlichen Institute enthält und bildet, gelangt war; so ist ihm nach seinem graden Verstande und gesunden Urteil, von einem redlichen Willen und starken Charakter geleitet, damit auch die Erkenntnis des göttlichen Positiven in dem menschlichen Gesellschaftsvereine zuteil geworden, und so durch die Tat ergänzt, was an der frühern Ansicht noch mangelhaft scheinen konnte.

Der Schriftsteller, welchen wir schon mit bedingtem Lobe angeführt und anerkannt haben, wie es die Gerechtigkeit erforderte, *Görres,* schwankt in der Theorie zwischen den korporativen Grundsätzen, über die er vieles Vortreffliche enthält, und zwischen dem gewöhnlichen repräsentativen Schein, dem er immer noch zu sehr anhängt. Meisterhaft aber bleibt er in der charakteristischen Auffassung und lebendigen Schilderung der neuesten, viel bewegten Zeit von 1810 bis 1820, für welche er den reichsten Stoff künftiger historischer Umrisse liefert. Das Positive in seiner Ansicht ist die welthistorische Bedeutung des gegenwärtigen Moments, wie er sie in religiöser Beziehung aufgefaßt hat, und weil er dieses so klar ausgesprochen, müssen wir ihn, auf seinem besondern Standpunkte, als den umfassendsten und geistvollsten unter den Deutschen Doktrinärs, den Verteidigern der christlichen Staatstheorie im Ganzen beizählen, wie viel Inkorrektes auch in seinen Meinungen im einzelnen noch gefunden werden mag.

Unter allen diesen Wiederherstellern des christlichen Staatsbegriffs würde der *Graf Maistre* vielleicht die erste Stelle einnehmen, insofern wenigstens die Idee der geistlichen Macht und der religiösen Grundlage des monarchischen Staats von keinem andern mit dieser Klarheit und Gründlichkeit dargestellt worden ist; wenn nur nicht die historische Begründung und Ausführung jener an sich richtigen Idee dabei so äußerst fehlerhaft von ihm behandelt worden wäre. Denn nachdem er die christliche Vergangenheit ganz einseitig und durchaus falsch auffaßt und beurteilt, weil er das andre Element in der Geschichte des Mittelalters, die Idee des deutschen Kaisertums nämlich, gar nicht erkannt und verstanden hat, und ganz unbeachtet beiseite liegen läßt; während er auch die katholische Wissenschaft, obwohl er sie etwas mehr versteht und besser erkennt, doch viel zu furchtsam anfaßt, als daß er daraus für die christliche Zukunft eine genügende Auskunft gewinnen könnte; so mußte natürlich auch seine Ansicht von der Gegenwart sehr unbefriedigend ausfallen, und statt der nötigen praktisch heilsamen Belehrungen, gibt uns seine neue Metaphysik aller Kriminalstrafen und Schrecknisse, nur sehr sinnreiche und glänzende, aber eigentlich unbrauchbare und nicht zum Zweck führende Ultragedanken.

Sollte nun angegeben werden, und Nachfrage geschehen, worin die eigne Theorie bestehe, welche allerdings diesen freien Betrachtungen sehr bestimmt zum Grunde liegt; so kann ich das Unterscheidende derselben in der Kürze wohl am besten dadurch bezeichnen und erklären, wenn ich sage, daß, nachdem einmal das abstrakte Recht, und die absoluten Vernunft-Grundsätze als eine durchaus nichtige und illusorische Grundlage für den Staat anerkannt worden, dessen Wesen ganz auf dem Positiven beruht, mein Bestreben bei einer weitern Ausführung dahin gerichtet sein würde, zu zeigen, wie überall das geschichtliche und das göttliche Positive verbunden und vereint erst den festen Grund des Lebens und der Gesellschaft gewähren. Eine solche *historische Begründung des christlichen Staats* läßt sich nicht aufstellen und entwickeln, ohne zugleich die Kirche und die Schule mit in die Betrachtung zu ziehen; indem der positive Zweck, Begriff und Grund von allen jenen ewigen Korporationen und großen Hauptorganen des gesellschaftlichen Daseins nur in ihrem gegenseitigen Verhältnis und organischen Zusammenhang richtig erkannt und verstanden werden kann. Darin fehlt es aber bis jetzt am meisten in der Staatstheorie; indem in den politischen Schriften, von der Kirche und dem intellektuellen Leben, oder der Schule, entweder gar keine Notiz genommen, und gar kein Begriff davon gefunden wird, oder die allerirrigsten und oberflächlichsten Ansichten darüber herrschen; da doch gerade hier die verwickeltsten Fragen über die eigentlichen Probleme unserer Zeit zusammentreffen, und nur in einer tiefern, und vollständigen Auffassung jener Grundverhältnisse, ihre Beantwortung und Auflösung finden können.

Es gehört schon unter die glücklichen Ausnahmen, wenn in den jetzigen Staatstheorien auch nur die Gilde, das heißt der Welthandel und das Geldverhältnis, nach dem ganzen Umfange ihres Einflusses, genügend mit in die Betrachtung gezogen sind. Indessen wird dieses doch noch eher gefunden, und hier und da wohl ein befriedigender Aufschluß darüber gegeben. Um so eher mag sich diese gegenwärtige Betrachtung auf die drei andern Grundinstitute des gesellschaftlichen Daseins, Staat, Kirche und Schule beschränken, um zu zeigen, wie die richtige Theorie derselben, in dem Grundsatz des irdischen, göttlichen und geistigen, oder intellektuellen Friedens auf das Innigste zusammenhängt. Zwar leiden wir eigentlich an einem doppelten Zwiespalt in dem Zustande des Zeitalters, solange der Staat und die Gilde in ihren Zwecken, Bedürfnissen, und wesentlichen Bestrebungen nicht zusammenstimmen, Kirche und Schule, beide auch in sich selbst hinreichend zerspalten, durchaus feindlich gegeneinander arbeiten; und insofern müßte auch jener ganze Zusammenhang des Handels und des Geldes mit in die Betrachtung gezogen werden. Indessen aber muß ich mich beschränken, nur episodisch die Stelle zu bezeichnen, wo dieses Element hingehört und eingreift, da es mir an den positiven Hilfskenntnissen für das nähere Einzelne fehlen würde, was auch andere schon zureichend erörtert haben. Der Zwiespalt zwischen diesem Element oder der in unserm Zeitalter mehr als jemals zu einer selbständigen Macht erwachsenen Gilde, mit ihrem alle Adern des gesellschaftlichen Lebens durchdringenden Einfluß, und dem alten, auf Ackerbau und Adel gegründeten monarchischen Staat, ist ohnedies von der Art, daß keine noch so gründliche Theorie ihn ausgleichen wird, sondern nur der Lauf der Begebenheiten selbst, im Gange ihrer welthistorischen Entwicklung, ihn zu schlichten und zu entscheiden vermag. Wenden wir den Blick daher lieber auf die andere intellektuelle Seite, ob sich vielleicht da eher eine Aussicht öffnet, aus dem zwiefach gespaltnen, und eigentlich gevierteilten Zustande der Zeit herauszukommen, in eine friedliche Lebensordnung, beruhend auf der dreifachen Gewalt und Wirkung einer wohlgeordneten und billigen Staatsgerechtigkeit, eines unerschütterlichen, allgemeinen religiösen Friedens und einer mit diesen harmonisch zusammenwirkenden intellektuellen Bildung.

Wenn wir nun den lebendigen Begriff und die wahre Idee des christlichen Staats nach seinen innern Kennzeichen und chrakteristischen Eigenschaften richtig auffassen und nach der welthistorischen Wahrheit darstellen und erklären wollen; so versteht es sich von selbst, daß dabei nicht ausschließend auf den Umstand gesehen und allein darnach geurteilt werden darf, ob das Christentum, entweder nach der altkatholischen Kirche, oder nach irgendeiner der bekannten und anerkannten neuern Konfessionen, in einem Lande und Staate eingeführt, und entweder mit Ausschließung jedes andern Glaubens auf selbigem Gebiete allein gültig sei, oder aber doch als herrschende Staatsreligion vor allen übrigen den Vorzug habe. Es kommt vielmehr nur darauf an, ob die vorwaltenden Maximen, Verfahrungsweisen, Grundsätze und herrschenden Prinzipien des Staats selbst, in seiner eigenen Sphäre, ganz unabhängig von der äußern kirchlichen Konfession, ihrem innern Geiste nach, mit dem Christentume übereinstimmen, und also wesentlich christlich sind, oder nicht. Hier läßt sich nun wohl der Fall denken, daß auf der einen Seite, selbst ein weise eingerichteter heidnischer Staat, sittlich geordnet und in rechtlichem Frieden beharrend, manche Eigenschaften darbieten könnte, welche in Hinsicht auf diesen guten Geist, welcher den ganzen Staatskörper beseelt, in Wahrheit christlich genannt zu werden verdienten. Auf der andern Seite aber bietet uns auch die welthistorische Erfahrung von achtzehn Jahrhunderten üble Beispiele genug dar von solchen christlichen Staaten, die in Wahrheit wohl von einem bösen, von Grund aus unfriedlichen und zerstörenden Geiste beseelt waren, und deren Verfahrungsweise keineswegs mit den Lehren und Grundsätzen des Christentums übereinstimmte. Auf den immer nur wandelbaren und vorübergehenden guten oder bösen Charakter der Regenten, und derer, welche sonst das Staatsruder führen, darf man indessen dabei nicht allein sehen; sondern nur auf die herrschenden Prinzipien und als gültig aufgestellten und anerkannten Grundsätze. Es würden sich aber allerdings aus jenem reichen welthistorischen Vorrat der gesamten neuern Geschichte auch Beispiele genug von einzelnen zur Christenheit gehörigen Staaten auffinden lassen, wo auch solche Grundsätze und Begriffe mit in das herrschende Staatssystem aufgenommen waren, welche bei genauer Prüfung wohl als durchaus unchristlich befunden werden dürften; wie denn überhaupt die Wirklichkeit hinter der Idee mehrenteils weit zurückbleibt, so daß man fast nur einen trivial gewordenen Gemeinplatz zwecklos wiederholen würde, wenn man noch ausdrücklich bemerken wollte, daß vielleicht noch nie ein wirklich bestehender, und historisch bekannter Staat, der Idee eines christlichen Gemeinwesens oder Reiches, nach innen und außen, ganz vollkommen entsprochen habe. Dazu kommt noch, daß, wo immer eine geistige und göttliche Idee ausgeführt, und wirklich gemacht werden soll, die Art und Weise der Ausführung immer nach Zeit und Umständen, und zwar nach der innersten Lokalbeschaffenheit derselben, mit bestimmt, und wesentlich modifiziert wird; so daß uns z. B. manches in den Verfassungen und eigentümlichen Instituten des Mittelalters, welche wirklich auf der Idee eines christlichen Gemeinwesens beruhten und aus dem Streben darnach hervorgingen, jetzt als tadelnswert oder sehr unvollkommen erscheint, weil wir es mehr nach den Begriffen unsrer Zeit und Theorie, als nach dem historischen Zusammenhange und dem Weltcharakter jener ältern Epoche in der Entwicklung des christlichen Abendlandes beurteilen.

Soll nun der Begriff des christlichen Staates historisch begründet werden, so müßte man den Blick von allem Zufälligen, und von den bloß vorübergehenden Phänomenen entfernt halten, und zuerst nur wie von außen die unterscheidenden Kriterien und vorzüglich charakteristischen Eigenschaften des christlichen Staats in großen historischen Zügen entwerfen, zugleich aber immer tiefer in den wahren Grund dieser an sich so deutlich hervortretenden, geschichtlichen Merkmale einzudringen streben, um so das eigentümliche Wesen der gesuchten Idee desto sicherer zu erfassen. Versuchen wir also dieses Ziel, durch eine fortgehende Stufenleiter von immer wesentlicher eindringenden historischen Bestimmungen und Annäherungen zu erreichen, indem wir zuerst nur von den gleich und überall sichtbaren und äußerlich auffallendsten Phänomenen ausgehen. Wenngleich nun die nachfolgende erste historische Bestimmung nichts als das Allerbekannteste enthalten kann, so wird doch schon die nähere Erörterung auf manchen nicht sogleich zu entscheidenden Zweifelspunkt, sowie die Auflösung desselben wieder schon näher an das innere Wesen des zu bestimmenden christlichen Staatsbegriffs führen.

I. *Der christliche Staat ist ein Staat ohne Sklaven, und wo die Ehe als etwas Heiliges betrachtet und behandelt wird.*

Es muß zuerst bemerkt werden, daß wir hier keine Art von Dienstpflicht, Abhängigkeit der Untertanen, oder altgermanische Hörigkeit, mit zur eigentlichen Sklaverei zählen, oder mit dieser verwechseln dürfen, unter der wir nur das Kaufen und Verkaufen von Menschen, die Einfuhr und Ausfuhr derselben, als einer Handelsware, zu verstehen haben, so wie solches im Negerhandel noch gegenwärtig in einigen Kolonialstaaten besteht.

Die Abhängigkeit und Hörigkeit aber sind nicht gegen das Christentum, welches vielmehr das menschliche Gemeinwesen auf Gehorsam gründet, und durchaus in gegenseitiger Dienstabhängigkeit bestehen läßt. Ob nicht die untersten und drückendsten Grade der Hörigkeit, nach dem Geiste des Christentums noch ferner einer beständigen Milderung bedürfen, wie sie solche durch den Einfluß desselben früherhin schon oft erfahren haben; das ist eine Frage, die sich durchaus nicht im allgemeinen, sondern immer nur im einzelnen nach der genauesten Lokalkenntnis entscheiden läßt, und die wir daher hier ganz bei Seite setzen, wo es uns bloß um die Prinzipien selbst und um die allgemeinen Merkmale jenes wesentlichen Staatsbegriffs zu tun ist.

Ebensowenig wird es nötig sein, ausführlich darzulegen, wie durch das Christentum in dem europäischen Abendlande die Sklaverei allmählich aufgehoben, erst gemildert, und durch die Milderung schon wesentlich ganz verändert, mehr und mehr zurückgedrängt, und endlich überall verschwunden sei; und zwar nicht bloß durch den stillen, unsichtbaren Einfluß desselben, sondern zugleich auch durch ausdrückliche Lehren und bestimmte kirchliche und päpstliche Verordnungen; da das große Faktum selbst klar genug in der Weltgeschichte dasteht, und schon oft hinreichend erörtert worden ist. Wenn aber noch gegenwärtig einige europäische Staaten, ihrer Kolonien wegen, sowie einige der in der neuen Welt selbständig gewordenen Kolonialstaaten, des Sklavenhandels nicht entraten können; so beweist dieses nichts gegen das aufgestellte Kriterium im allgemeinen, vielmehr spricht die Ausnahme selbst in diesem Falle um so mehr für die Regel, da der Negerhandel von der großen Mehrzahl der christlich europäischen, ja auch der amerikanischen Staaten, als ein Übel und Unrecht schon anerkannt, und die

Abschaffung desselben in näher oder entfernter bestimmten Terminen beschlossen worden ist. Und wenn einige von jenen neuen amerikanischen Kolonialstaaten auch noch länger an der bösen Gewohnheit festhalten sollten; so dürften sie wohl überhaupt in ihrer christlichen Eigenschaft eben nicht als ein Muster und ausgezeichnetes Urbild der Vollkommenheit in dieser Hinsicht gelten. Auf der andern Seite müssen wir auch, der Billigkeit gemäß, bemerken, daß die plötzliche Abschaffung eines alten Übels und festgewachsnen Unrechts mehrenteils seine eignen Gefahren herbeiführt und nicht selten ein neues Unrecht von der entgegengesetzten Art veranlassen kann.

An und für sich aber ist die Sklaverei mit dem Christentum unvereinbar. Nicht etwa bloß wegen des unbequemen Zustandes, wegen der materiellen Leiden und des unbedingten strengen Gehorsams, und als ob dieses über eine ganze zahlreiche Menschenklasse dauernd zu verfügen, gegen die christliche Liebe streite; denn alle jene Leiden und Härten können auch in dem Zustande der Freien, nach den mannigfachen menschlichen Verhältnissen, vielfältig stattfinden, und dienen oftmals zur notwendigen und heilsamen Lebensprüfung, grade nach dem christlichen Begriff derselben, ohne daß die Menschenliebe solches allemal hindern kann oder soll. Wohl aber ist die Knechtschaft streitend mit der christlichen Würde des Menschen; denn das ist eine Grundlehre des Christentums, daß der Mensch das Ebenbild Gottes an sich trage, und in sich behaupten soll. Dieses göttliche Ebenbild im Menschen ist es, was der christliche Staat unter allen Verhältnissen in Ehren halten wird, und weshalb er dem Sklaven-Institut entgegen ist. Wie ließe sich auch nach diesem Grundsatze wohl als denkbar annehmen, daß der Mensch, für den Gott selbst das höchste Opfer dargebracht hat, um ihn aus den Banden der ältesten und härtesten Knechtschaft zu erlösen, und von dem Erbfeinde, welchem er verfallen war, freizukaufen, für einige Geldstücke von neuem erstanden, den Meistbietenden feilgestellt, oder als Ware auf Schiffe verpackt und in ferne Weltteile versendet werden solle? Dieses ist schon dem ersten Grundbegriff nach in sich widersprechend. Nicht aber sind die verschiedenen Arten von Dienstpflichtigkeit, welche keineswegs mit der eigentlichen Sklaverei verwechselt werden darf, schon an sich mit jener Grundidee streitend; wie sie aber nach der christlichen Gerechtigkeit einzurichten seien, das würde sich nur im einzelnen für jeden Lokalfall insbesondere mit weiser Schonung bestimmen, niemals aber in abstrakter Allgemeinheit, überall nach dem gleichen Leisten kategorisch entscheiden lassen.

Wollten wir nun unsern Blick historisch noch weiter ausdehnen, und die Frage aufwerfen, ob der ehedem, im Vorgrund der Weltgeschichte, in so vielen Ländern herrschend gewesene, und noch in Englands Indien bestehende asiatische Kastenstaat auch wohl mit dem Christentum vereinbar sei, oder nicht; so ist zuerst zu bemerken, daß diese uralte Staatseinrichtung noch ganz von dem eigentlichen Sklaven-Institut und Sklaven-Staat abgesondert betrachtet werden muß; indem nichts verschiedener sein kann, als selbst der Zustand der von allen Kasten ausgestoßenen Parias, mit einem ordentlichen anerkannten, und in das Leben der Familien mit verflochtenen Sklavenstande, wie er in den Republiken des Altertums war. Außerdem aber scheint in dem Kasten-Staat die erbliche Priesterwürde wohl allerdings unvereinbar zu sein mit der wahren christlichen Freiheit, und dem christlichen Begriff von einer göttlichen Berufung zu dem Priestertume, ohne allen Unterschied des Standes; so wie auch die forterbende Verwerfung ganzer exkommunizierter und von allen Vorteilen und Rechten des Gottesdienstes auf ewig ausgeschlossenen Geschlechter, die einem nie zu lösenden Bann und Fluch des Interdikts unterliegen, oder das Dasein der Parias nach den Begriffen von christlicher Liebe und Gerechtigkeit nicht zu rechtfertigen ist; da man in christlichen Staaten vielmehr die wahrscheinlichen Sprößlinge jener Unglücklichen, oder sonst verwilderte Zigeunerhorden, durch alle Mittel in die bürgerliche Ordnung und gesittete Menschengemeinschaft wieder einzuimpfen bemüht war. Die Erblichkeit der Krieger- und Adels-Kaste, sowie der sämtlichen Gewerbe, Zünfte und Handwerke, kann dagegen, wenn die unbedingte Ausschließung vom Priestertum weggenommen wird, ganz unbedenklich und als indifferent für das Christentum zugegeben werden. So entfernt diese Parallelen auch erscheinen mögen, können sie doch dazu dienen, das Urteil über die ganze

Sklavenfrage desto mannigfaltiger und geschichtlicher zu bestimmen; und insofern haben wir sie vorübergehend mit erwähnen wollen.

Es liegt übrigens in jenem scheinbar fast zufälligen und ganz nur von der Oberfläche der historischen Erscheinung entnommenen Merkmale des christlichen Staats, daß er nicht vereinbar sei mit der Sklaverei, eine sehr tiefe und wesentliche Charaktereigenschaft desselben; nämlich die, daß der christliche Staat ein solcher ist, welcher die Würde des Menschen, und das Göttliche in seiner Bestimmung, in allen gesetzlichen Einrichtungen berücksichtigt, und jede wesentliche Verletzung dieses sittlichen Grundbegriffs meidet. Aus dieser Ursache wurde auch das andre Merkmal von der Heilighaltung der Ehe in dem christlichen Staate, in dieser ersten Charakterbestimmung, mit dem von der Verwerfung der Sklaverei zusammengenommen, weil beide auf einem und demselben Grunde beruhen. Denn indem die Polygamie das andre Geschlecht um seine gebührende Stelle im Leben, und um seine Würde in der Gesellschaft bringt, und das häusliche Privatleben vernichtet, welches nur auf einem frei und würdig geordneten Zusammenwirken aller Familienglieder beruhen und daraus hervorgehen kann, vergiftet sie demnächst auch die Erziehung und treibt das despotisch alleinherrschende Männergeschlecht ebenfalls in eine rettungslose moralische Verwilderung; wie denn auch diese brutale Sitte mehrenteils mit dem Sklavenhandel in Verbindung angetroffen wird, und auf dem gleichen Grunde der Nicht-Anerkennung der wahren menschlichen Bestimmung und Würde beruht, über welche das Christentum allein das Menschengeschlecht zureichend belehrt hat. Das häusliche Privatleben, und die sittliche Familienordnung zu ehren, nach Recht und Billigkeit in allem Guten zu befördern, oder nach alter Sitte frei gewähren zu lassen, das ist dem christlichen Staate wesentlich; dagegen sich häusliche Tugend und bürgerliche Sitte und Ordnung, mit der Polygamie überall unvereinbar zeigen, und von dieser Seite tragen die mahomedanischen Staaten am meisten das unchristliche Gepräge und den Fluch der Barbarei, d. h. einer von Grund aus fehlerhaften und unverbesserlich unsittlichen Lebenseinrichtung.

In den Staaten des Altertums ward das Eheverhältnis in seiner sittlichen Würde, im ganzen genommen, ungleich reiner geehrt und höher gehalten, als man nach dem vorwaltenden heidnischen Naturglauben vermuten sollte. Ungeachtet das Konkubinat erlaubt war, die Ehe auch in den spätern gebildeten Zeiten nur als ein Zivilvertrag galt und gelten konnte, da ohnehin eine vollgenügende religiöse Weihe für dieses erste Lebensverhältnis, auch in der alten ernstern Zeit, aus einer solchen bloßen Natursage und Götterlehre nicht zu entnehmen war, und obgleich die Leichtigkeit einer schnellen Ehescheidung in den sittenlosen Zeiten besonders zu Rom oft bis ins Unglaubliche stieg; so finden sich doch auch Sittenzüge und vortreffliche Gesetze über die Ehe genug bei den Alten, welche für das Gegenteil, und für jene bessere Behandlung und sittlichere Ansicht von dem innern Familienverhältnis Zeugnis geben, durch welche die Staaten der Griechen und Römer sich, wenn auch nicht gegen die christlichen gehalten, so doch im Vergleich mit den mahomedanischen, immer noch sehr vorteilhaft auszeichnen; wie sie denn einen großen Teil ihrer höhern moralischen Bildung unstreitig dieser bessern Eheverfassung zu danken haben, welche einiger Regellosigkeiten ungeachtet, doch von der aisatischen Sitte herrschender Polygamie immer so ganz ferngeblieben ist. Der Idee nach wird die Ehe am strengsten heilig gehalten in der katholischen Kirche, wo sie als ein Sakrament betrachtet wird und darum auch für wesentlich unauflöslich gilt. Wir haben aber jenen dogmatischen Ausdruck in der Definition selbst vermieden, um nicht an die kirchliche Trennung zu erinnern; da wir auch nicht in Abrede stellen wollen, daß auch bei den Protestanten, in der praktischen Ansicht, noch der christliche Begriff von der sittlichen Würde und Heiligkeit des ehelichen Verhältnisses zum Grunde liegt, wenngleich sie die Idee einer göttlichen Weihe derselben nicht in der gleichen Strenge und Konsequenz festgehalten haben. Selbst dadurch daß sie die Ehescheidung in noch ausgedehnterem Maße gestatten, als die griechische Kirche, so wichtig diese Frage an sich für die christliche Gesetzgebung sein mag, wird die allgemeine Wahrheit jener historischen Bemerkung von der religiösen Achtung und Heilighaltung der Ehe bei allen christlichen Völkern nicht aufgehoben, so lange jene Erlaubnis eine praktisch genommen immer ziemlich seltne Ausnahme von der herrschenden Regel bleibt.

Wir können hier noch eine andre Bemerkung nicht umgehen, welche von manchen Ultraschriftstellern oft übersehen wird, die nicht zufrieden mit der wahren christlichen Lehre vom bürgerlichen Gehorsam, den Thron ganz und gar an den Altar heranziehen und endlich völlig mit ihm verschmelzen möchten. Diese einfache aber folgenreiche Bemerkung besteht darin, daß nach dem Christentume, so wie solches in dem katholischen Glauben rein und vollständig erhalten bewahrt wird, zwar allerdings und ohne allen Zweifel die Ehe ein Sakrament sei; niemals aber ist gelehrt worden, daß auch der Staat ein Sakrament sei, ungeachtet die christlichen Könige und Kaiser nach alter Sitte gesalbt wurden; sondern das Evangelium begnügt sich damit, festzustellen, daß alle Obrigkeit von Gott sei, selbst die ungerechte. Es ist das ein wichtiger und wohl zu bedenkender Unterschied. Von Gott also ist der Staat, oder doch die Obrigkeit im Staate; an sich selbst heilig aber, für diese und jene Welt, ist die Ehe, als Ebenbild der göttlichen und Grundfeste aller menschlichen Liebe und Ordnung.

Die gleiche schonende Achtung, welche den christlichen Staat in seinem Verfahren gegen den Menschen, als Individuum, gegen die Ehe und das sittlich geordnete Privatleben auszeichnet, charakterisiert ihn auch in seinem Verhältnis zu den in der gleichen Kategorie neben ihm stehenden Mitstaaten, sowie gegen jene andern gesellschaftlichen Institute und geistigen Korporationen, welche obwohl an materieller Macht ohne alle Waffen gegen den Staat, für die intellektuelle Begründung und Erhaltung seiner Zwecke und Interessen, von entscheidendem Gewicht, und deshalb auch aufs innigste mit seinem Wohlsein verwebt sind, eigentlich aber doch ihrer geistigen Natur nach, entweder ganz oder zum Teil außer seiner Sphäre liegen, wie die Kirche und die Schule. Unter allen diesen mit dem Staat verwebten, aber doch von ihm unterschiedenen Gesellschafts-Instituten ist die Familie an Umfang und materieller Kraft das unbedeutendste; als Wurzel und Basis aller übrigen aber nichtsdestoweniger von der höchsten Wichtigkeit, wie dies auch von allen gründlichen Staatsdenkern vollkommen anerkannt wird. Ebendarum haben wir mit der Beschaffenheit der christlichen Familien-Behandlung den Anfang gemacht, und gehen nun über zu dem Verhältnis des christlichen Staats gegen seine Mitstaaten.

II. *Der christliche Staat hat vermöge seiner positiven Natur eine entschieden friedliche Tendenz; und die christliche Gerechtigkeit ist jederzeit zugleich auch auf ein System der Billigkeit gegründet.*

Der Unterschied zwischen dem strengen Recht und dem milden Recht der Billigkeit, ist so alt, wie die wissenschaftliche Jurisprudenz, und ist besonders in der römischen mit Scharfsinn von den Meistern der Rechtswissenschaft entwickelt worden, die sich darüber in der alten und neuen Zeit in Sekten geteilt haben. Es beruht aber dieses Recht der Billigkeit nicht allein auf einer schlaffen Nachgiebigkeit, und auf einem bloßen Nachlassen vom wahren Recht, oder gar auf einem willkürlichen Umbeugen desselben; sondern es ist das Recht der Billigkeit nur eine andre und eigentümliche höhere Art von Recht, welches ebenfalls nicht bloß auf einem weichern Gefühl, sondern auf einem klar gedachten und bestimmt gefaßten Gesellschaftsprinzip und Friedensgrundsatz beruht. Denn so wenig der Zweck die Mittel heiligt, ebensowenig darf auch das, was bloß Bedingung und Basis, oder Mittel zum Zweck ist, über die Grenze hinaus verfolgt werden, wo der Zweck, und die Möglichkeit, ihn zu erreichen, ganz aufhören würde. Zweck des Staats ist der innere und äußere materielle Frieden; wie wir den Staat selbst als bewaffnete Friedens-Korporation erklärt haben, die insofern freilich gegen alles Unrecht gerichtet ist. Die Gerechtigkeit ist die wesentliche Grundlage und die unentbehrliche Bedingung des Friedens und seiner Dauer; also Mittel zum Zweck, nicht dieser selbst. Wir reden hier von der menschlichen unvollkommenen Gerechtigeit, wie sie wirklich ist; denn in die göttliche Gerechtigkeit, welche man sich allenfalls eher als Zweck an sich denken könnte, eingreifen, oder ihre Stelle vertreten zu wollen, wäre der gefährlichste Mißgriff in der Staatstheorie, und für ihre nächsten Bedürfnisse. Es hat die göttliche Gerechtigkeit einen ganz andern Gang, und muß nach einem viel höhern Maßstabe gemessen werden, als der alltägliche Prozeß über das Mein und Dein, der im menschlichen Leben nie ein Ende nimmt, und demselben wie ein alter Familien-Fluch, oder wie ein erblicher

Krankheitsstoff, unauflöslich einverwebt zu sein scheint. Der herrschende abstrakte Begriff aber vom Staat und seinem Zweck, führt auf diese Idee des strengen oder absoluten Rechts, welches auf dem Buchstaben des Gesetzes beruht, und welches auf die großen Weltverhältnisse angewandt, nur eine allgemeine Zerstörung, oder einen ewigen Krieg aller gegen alle herbeiführen würde. Und zwar würde nach dem absoluten Rechtsbegriff jeder Krieg notwendig ein Krieg auf Tod und Leben sein, der nur mit der Vernichtung oder Einverleibung und Eroberung des einen Teils enden könnte. Denn keine auf der fortdauernden Selbständigkeit beruhende Friedensform, oder in den diplomatischen Verhandlungen der christlich gesitteten Staaten übliche Friedensbasis, es sei nun das *Uti possidetis*, oder der *Status quo*, oder auch das zur Entscheidung angenommene Normaljahr, ist ohne ein gegenseitiges Nachlassen von der absoluten Rechtsforderung denkbar. Es ist die eine wie die andre dieser Friedensformen eine faktische Entscheidung, sie mag nun den neu eingetretenen Zustand positiv festhalten, oder auf den früher vorhanden gewesenen historisch zurückkehren, wodurch der ganze Krieg oder bewaffnete Rechtsprozeß gleichsam für null und nichtig erklärt und kassiert wird; und dasselbe was von der einen wie der andern solchen Friedensbasis, gilt natürlich auch von solchen Friedensschlüssen, welche aus beiden oder nach andern ähnlichen mit Modifikationen zusammengesetzt sind. Eine faktische Entscheidung also ist jeder nach diesen herkömmlichen diplomatischen Grundlagen abgefaßte Frieden; nicht auf dem strengen Recht, sondern auf dem dringenden Bedürfnis und der billigen Ausgleichung beruhend: nach dem Standpunkte des absoluten Rechts kann vielmehr dieses alles nur als die höchste Inkonsequenz und bloße Willkür und mithin als ganz verwerflich betrachtet werden. So bestätigt es sich auch in der Geschichte, indem jeder von einem absoluten Geiste beseelte Staat nur auf Krieg und Zerstörung ausgeht, und eigentlich nie von einem wahren Frieden weiß. Nach außen geht sein Streben auf Eroberung, zu der es ihm nie an einem scheinbaren Rechtsvorwande fehlen wird, nach innen aber auf eine revolutionäre Gleichheit, und alles individuelle Leben vernichtende Einheit. Der dynamische Staat ist nichts anders, als der in seinem revolutionären Zerstörungslaufe künstlich angehaltne und durch allerlei Gegengewichte irgendeiner Konstitution gebundne absolute Staat. Das innere Wesen bleibt dasselbe, und nur vorübergehend, durch zufällige Nebenumstände veranlaßt, oder auch bloß scheinbar, kann der in solcher dynamischen Weise konstitutierte Staat eine friedliche Tendenz haben; in seinem Wesen und Charakter liegt sie nicht. Man könnte einwenden, daß ein Staat, der in seinem Innern immer in Bewegung und mit sich selbst beschäftigt ist, um so weniger auf Krieg nach außen sinnen wird. Allein dieses Argument ist nicht zureichend; denn wenn es auch zuzeiten so ist, so tritt oft und noch viel öfter der Fall ein, daß grade in solchen Staaten der Krieg als heilsamer Ableiter und Ausweg für den Zwiespalt der innern Bewegung, absichtlich gesucht, und ohne alle andre von außen gegebne Ursache begonnen wird. Das gleiche gilt auch von dem rein negativen Staat, der ebenfalls wie der dynamische, nur eine Art und Form des in Schranken gehaltnen absoluten Staates ist, und mehrenteils gleich in diesen übergeht, so wie ihm die Macht wächst, und eine günstige Gelegenheit gegeben ist. – Nur der ganz auf dem Positiven, dem göttlichen und dem geschichtlichen, ruhende christliche Staat hat, schon seinem innern Wesen und Charakter nach, eine friedliche Tendenz. Und eben dieses wurde durch den Zusatz, daß er diese vermöge seiner positiven Natur habe, ausgedrückt, worin der eigentliche Sinn und bestimmte Gehalt des obigen Satzes enthalten ist; denn sonst würde der Satz, daß der christliche Staat friedlich sei, wenn man dabei bloß auf den Einfluß der evangelischen Sittenlehre zur Herbeiführung einer milden Gesinnung sehen wollte, ein sehr schwankender, und oft auch der Geschichte nach überdem ganz unwahrer Gemeinplatz sein. Wie zahlreich aber auch die aus der neuern Welthistorie entnommenen Beispiele von christlichen Staaten sein mögen, welche dieser Idee sehr schlecht und unvollkommen entsprechen; der Grundsatz selbst bleibt darum doch unwandelbar derselbe, daß nach christlichen Begriffen derjenige Staat und politische Zustand als wohlgeordnet zu preisen ist, »wo Friede und Gerechtigkeit sich umarmen«[1], wie es in der Schrift heißt. Ein

1 Ps. 84, II. pax et justitia osculatae sunt.

rechtlicher Friedensstand und eine friedliche Gerechtigkeit sind die Elemente aller politischen Wohlfahrt, oder alles dessen, was in politischer Hinsicht gut und lobenswert genannt werden kann. Friede bildet das Ziel, Gerechtigkeit die Grundlage; Friede ist das Wesen, Gerechtigkeit die wesentliche Form des Staats überhaupt, und ganz besonders des christlichen.

Es ist aber dieser Grundsatz von der friedlichen Tendenz des christlichen Staates nicht so zu verstehen, als sollte eine unbedingte Nachgiebigkeit und mutlose Untätigkeit gegen den Feind und das Unrecht im innern oder nach außen empfohlen, und als die höchste Staatsweisheit in der Verwicklung des Zeitalters angepriesen werden. Wem ist es unbekannt, daß man sehr oft Krieg führen muß, um den Frieden zu gewinnen und auf die Dauer zu sichern, und daß der wahre und gerechte Krieg niemals einen andern Zweck hat? Aber auch nach innen, wie gegen außen, soll der Staat jedes zerstörende und antichristliche Beginnen, innerhalb seines Umkreises, mit dem Schwerte der Gerechtigkeit, und mit der vollen Energie seiner Macht bekämpfen, und besonders auch jede im Finstern schleichende, antichristliche Verbündung mit dem ganzen Ernst seiner Strenge auflösen und vernichten. Und wo etwa zwei gleich anarchische und antichristliche Gewalten miteinander im Kampf sind, da würde die christliche Macht, in deren Sphäre und Umgebung diese vorginge, darin zwar keinen Anlaß finden, von dem bewährten Friedenssystem abzuweichen, oder gar auf den eignen Vorteil und mögliche Erweiterung zu denken; wohl aber würde sie, wenn die Not es erheischte, und das Übel von selbst kein Ende nehmen wollte, in den Fall kommen, beiden Parteien den Frieden erklären zu müssen, und diesen auch nach der alten Idee einer bewaffneten Neutralität, aber in aktiver Stellung und Kraftentwicklung, mit zureichender Heeresmacht zu handhaben und aufrecht zu erhalten, oder wiederherzustellen.

Es fehlt in unserm Zeitalter eigentlich an beiden, an der rechten Nachgiebigkeit und an dem wahren Ernst einer gerechten Strenge. Das aufgestellte System der Billigkeit soll keineswegs einer falschen und schlaffen Nachgiebigkeit das Wort reden. Denn weder in dieser, noch in dem entgegenstehenden Extrem des bloßen Starrsinns einer verstandlosen Härte und leidenschaftlichen Ultragesinnung liegt das Heil für unsre Zeit; noch auch in der neutralen Mäßigung, welche eine passive, oder ewig schwankende, und ängstlich beunruhigte Mitte zwischen jenen Parteien und kriegführenden Elementen halten und einnehmen soll. *Nicht* an den *Enden* und Extremen, und *nicht in der Mitte* liegt die Lösung des großen Problems, sondern einzig und allein in der *Tiefe,* und in *der Höhe:* in der Tiefe nämlich der positiven Begründung des Staats, und aller mit dem Staat verwebten gesellschaftlichen Institute, und ewigen Korporation, sowie in der allgemein verbreiteten richtigen Erkenntnis dieser positiven Grundlagen des gesellschaftlichen Lebens; und in der Höhe, oder in dem Licht des Glaubens, aus welchem uns allein das göttliche Element eines neuen allumfassenden religiösen Friedens kommen und der Erde wiedergegeben werden kann; jenes höhern Friedens, der nicht von dieser Welt ist, aber allen andern politischen, häuslichen, intellektuellen, äußern und innern Frieden auf der Welt begründet und erhält.

Die Behauptung aber, daß der christliche Staat seiner Natur nach positiv sei, folgt schon ganz einfach aus dem evangelischen Gesetz des Gehorsams gegen die bestehende Obrigkeit, als welche überall von Gott angeordnet sei; jedoch mit der Einschränkung, wenn solches nicht dem göttlichen Gebot zuwiderlaufe, indem man, alsdann Gott mehr gehorchen müsse, als den Menschen; wobei auch nach jenem vielfach kommentierten Ausspruch der ewigen Weisheit sorgfältig unterschieden werden soll, daß man Gott gebe was Gottes, dem Kaiser aber was des Kaisers ist. Hierin liegt nun zweierlei: erstens geht das Christentum in der Lehre von dem bürgerlichen Leben, nicht etwa wie ein System der Philosophie von irgendeinem selbsterdachten Begriff des Staats aus, sondern von der faktisch bestehenden Obrigkeit, und von dem notwendigen Gehorsam gegen dieselbe; wobei keine Rücksicht genommen wird auf die spezielle Beschaffenheit des Staats, ja nicht einmal auf den Unterschied der monarchischen oder republikanischen Verfassung [1]. Auch

1 In der gesamten christlichen Staatengeschichte, seit anderthalb Jahrtausenden, zeigt sich ein so entschiedenes Übergewicht der monarchischen Verfassung, daß die Republi-

ist keine Ausnahme aufgestellt oder angedeutet für den Fall, wo die obrigkeitliche Macht mit Härte und Ungerechtigkeit verwaltet würde, oder als ob der legitime Ursprung der faktisch bestehenden Staatsgewalt erst weiter untersucht, und nach allgemeinen Rechtsbegriffen geprüft werden müsse. Wurden ja doch jene evangelischen Lehren zur Zeit der römischen Weltherrschaft über Asien gegeben, wo dieselbe in Palästina und den andern Provinzen des Morgenlandes doch nur auf das faktische Recht der Eroberung gegründet war, und die von Rom abhängigen Könige und eingesetzten Präfekten eben jene bestehende Obrigkeit bildeten. Daß damit die Befugnis zu einem rechtmäßigen Kampf für die Unabhängigkeit des Staates oder der Nation gegen einen Eroberer nicht abgeschnitten werde, versteht sich von selbst und wird keiner weitern Erinnerung bedürfen. Nur soll gegen die einmal bestehende Staatsgewalt nicht immer von neuem wieder untersucht werden, inwiefern sie nach dem ganzen Umfang ihres gegenwärtigen Besitzes, ehedem und ursprünglich auch wohl rechtmäßig erworben sein möge, oder nicht; nach einem ganz ähnlichen Grundsatz, wie man auch im Gebiet des bürgerlichen Privatrechts nicht will, daß ein Gesetz, wie gerecht und weise, oder dringend notwendig es übrigens sein mag, eine rückwirkende Kraft haben soll. Wenn Friede und Gehorsam im Staate selbst, und in dem

ken fast nur als Ausnahme erscheinen. Es mag wohl auch mit Recht behauptet werden, daß die monarchische Verfassung dem christlichen Staat vorzüglich angemessen sei, schon aus dem Grunde, weil das organische Zusammenwirken der Korporationen, wovon weiter unten die Rede sein wird, in einem großen Staate wenigstens, fast nur unter der monarchischen Verfassung vollständig gedeihen kann, in jedem Falle leichter und besser als in Republiken. Weiter aber darf man nicht gehen; und wenn einige französische Ultraschriftsteller die Frage so stellen, als ob die monarchische Verfassung und der christliche Staat völlig eins wären, und die republikanische Staatseinrichtung mit dem christlichen Rechtsbegriff schon an sich streitend sei, so ist dadurch offenbar die Grenze überschritten, und ist dieses nur aus der besondern Stellung jener Schriftsteller im Kampf gegen die revolutionären Grundsätze des Zeitgeistes herzuleiten, welche aber eigentlich ebensowenig echt und altrepublikanisch, als sie unstreitig für die Monarchie zerstörend sind. Auf dem welthistorischen Standpunkt dürfen wir nicht so weit in jene polemische Ansicht der neuern Royalisten hineingehen; da wir weder der Schweizer-Republik und andern ähnlichen eine christliche Verfassung absprechen, noch auch die Protestanten und zahlreichen Katholiken in Nordamerika von dem Umkreise der Christenheit ausschließen dürfen.

gegenseitigen Verhältnis mehrerer Staaten untereinander, von jener zurückgehenden, den Streit und Widerstand immer wieder erneuernden Untersuchung abhängig gemacht werden sollten, so wäre überhaupt gar keine bürgerliche und politische Ordnung von irgend einiger festen Dauer unter den Menschen denkbar, und müßte alles in endloser Anarchie durcheinandergehen. Das evangelische Gesetz will überhaupt einem jeden das Seinige lassen und geben, ehrt den Besitzstand, und neigt sich auch hierin mehr zu dem Recht der Billigkeit, welches alles faktisch Bestehende so nimmt, wie es gegeben ist, und nur unter sich in eine friedliche Ausgleichung zu bringen sucht; dagegen das strenge Recht, nach seinem starren abstrakten Begriff davon, ohne Rücksicht auf das wirklich Bestehende, eigentlich nach keinem Besitz fragt, und von keiner Verjährung weiß, nach jenem bekannten Weltspruch: Tausend Jahre Unrecht ist keine Stunde Recht; welcher Grundsatz, auf die Staaten und ihr Verhältnis unter sich angewandt, jede Möglichkeit eines Friedens aufheben und für immer vernichten würde. Und doch kann nach dem System des strengen Rechts, im politischen wie im bürgerlichen Leben, eine Verjährung nur durch die größte Inkonsequenz gegen die eignen Grundsätze angenommen werden; und es bestätigt sich hierin von Neuem, wie der Begriff des strengen Rechts von allen Seiten nur zum Kriege führt, und ganz unvereinbar ist mit einem Systeme friedlicher Ordnung. Das evangelische Gesetz von dem bürgerlichen Gehorsam gegen die von Gott angeordnete Obrigkeit, enthält zugleich auch die Unterordnung desselben unter den höhern Gehorsam gegen den obersten Gesetzgeber, von welchem alle Obrigkeit herkommt und ihre Macht hat. Als jene Vorschriften zuerst ausgesprochen und gegeben wurden, hatte man dabei freilich vorzüglich den einzelnen im Auge, wie er teils der jüdischen, teils der römischen Staatsgewalt gegenüberstand, und ihr in allem untertänig war und sein sollte, den Glauben und das göttliche Gebot allein ausgenommen. Seitdem nun das Christentum herrschende Religion, und der Staat selbst christlich geworden ist, liegt darin bloß die Anerkennung des Höhern außer ihm und über ihm, für den Staat. So wie wir es früher als charakteristische Eigenschaft des christlichen Staates bemerkt haben, daß er dieses

Höhere und Göttliche auch in der Ehegesellschaft und Familie, welche in jeder andern Beziehung, und der materiellen Macht nach, ganz unter ihm steht, und in seinem Umkreise mitbegriffen ist, schonend ehrt, wie er nach demselben Grundsatz auch die neben ihm stehenden unabhängigen Mitstaaten, als von gleichem Recht, und gleicher Würde mit ihm anerkennt; so läßt er nun auch, nach jenem höhern *Suum cuique,* welches die verschiedenen Sphären des gesellschaftlichen Daseins gesondert, und einer jeden das ihrige läßt, und also auch Gott gibt, was Gottes ist, die Gewissen, d. h. den Gehorsam gegen Gott frei, erkennt also eine geistliche Gewalt als unabhängig und geschieden von der weltlichen, und will nicht zugleich Staat und Kirche sein. Sollte es aber der Willkür oder Phantasie eines jeden einzelnen überlassen bleiben, zu entscheiden, wo der Fall eintritt, daß man Gott mehr gehorchen müsse, als den Menschen; so würde daraus nur eine endlose Verwirrung und Anarchie erfolgen können. Aber so ist es auch gar nicht gemeint; nicht die Willkür kann hier entscheiden, sondern nur ein andrer höherer Gehorsam, kann dem bürgerlichen seine Grenze bestimmen. Dieser Sinn spricht sich in den evangelischen Vorschriften überall unverkennbar aus, und wenn einerseits der Erlöser selbst das höchste Beispiel von Gehorsam bis zum Tode gegeben, so fordern auf der andern Seite die sonst so demütigen Apostel ausdrücklich Gehorsam von ihren Gemeinden in allen geistigen Dingen. Ein solcher Gehorsam aber setzt eine geistliche Gewalt und Obrigkeit voraus, welche dazu wirklich befugt ist, und diese Befugnis von der obersten Quelle aller Gewalt, nämlich von Gott, für das geistliche Gebiet erhalten hat, mithin eine von Gott eingesetzte, und von Gott fortwährend erleuchtete und als solche auch allgemein anerkannte Kirche. Es kann daher auch das evangelische Gesetz von dem zwiefachen Gehorsam gegen die von Gott eingesetzte Obrigkeit und gegen Gott selbst, ohne irgendeine bestehende Kirchengewalt der Art, im altkatholischen Sinne, gar nicht zur vollständigen Ausführung und Ausführbarkeit gelangen.

Als positiv gibt sich der christliche Staat aber nach allem bisher Gesagten in zwiefacher Hinsicht zu erkennen: erstens weil er ganz auf dem faktischen Grunde und Bestande ruht; und dann weil er das

Höhere außerhalb seines Umkreises anerkennend neben sich bestehen läßt; so ist er eben damit auch auf seinem bestimmten Zweck und eigentümliche Sphäre durch seine Natur und das richtige Verstehen derselben angewiesen, und eingeschränkt, also positiv begrenzt, ohne sich in das Unbestimmte und Absolute verlieren zu können, wie es wohl sonst sehr leicht geschieht, wenn man alle mögliche Zwecke vermischend, in den des Staats mit aufnimmt, und alle geistliche und weltliche Macht in einen Mittelpunkt übereinander häufen und zusammendrängen will.

Ich erwarte nicht, daß man die Religionskriege aus den verschiedenen Epochen der neuern Geschichte, wie Karls des Großen Kriege gegen die Sachsen, die Kreuzzüge, oder die deutschen Bürgerkriege seit der Reformation, als einen Einwurf gegen die friedliche Tendenz des christlichen Staates würde geltend machen wollen; denn alle diese Weltbegebenheiten sind in der letzten Zeit historisch so gründlich beleuchtet worden, daß es kaum noch einer weitern Erörterung bedarf, um das Christentum desfalls von allem Vorwurfe freizusprechen. Indessen wollen wir in der Kürze noch einiges darüber bemerken; mehr zur Erinnerung und Bestätigung, als zur ausführlichen Berichtigung, die kaum noch erfordert werden dürfte. Karls des Großen Kampf gegen die Sachsen, war eigentlich ein Nationalkrieg, wie oft zwischen zwei nah verwandten Stämmen, welche so lange miteinander Krieg führen, bis einer von beiden vernichtet wird, oder bis beide zu einer Nation verschmolzen sind, wie es etwa in einer uns näherliegenden Epoche mit den Schotten und Engländern erging. Wenn nun Karl einsah, daß die beabsichtigte Vereinigung nie auf die Dauer zustandekommen würde, wenn nicht die Sachsen Christen würden, so hat er darin mit dem gewohnten Verstande sehr richtig geurteilt; daß er es aber mit Gewalt herbeiführen wollen, kann demungeachtet nicht vollkommen entschuldigt, oder gar gerechtfertigt, noch weniger aber kann es als eine christliche Maßregel betrachtet, und der Religion selbst die Schuld davon beigemessen werden; da eine Ausnahme von der Regel, welche hier wie überall durch persönliche Absichten oder besondre in dem Lokalverhältnis liegende Motive bewirkt wurde, die Regel selbst nicht umwirft, sondern sie vielmehr als das vorwaltende historische Gesetz nur desto deutlicher hervortreten läßt. Der Kampf des christlichen Mittelalters gegen die Sarazenen aber, ist eigentlich als ein einziger ununterbrochen fortgehender Krieg zu betrachten, von dem ersten Einbruch der Araber in die Provinzen des byzantinischen Reichs und auf der pyrenäischen Halbinsel, bis zur Festsetzung der Türken in Europa, oder wenn man will bis zur Belagerung von Wien durch dieselben, als dem letzten großen Eroberungsversuch der mahomedanischen Macht gegen Europa. Als ein solcher fortwährender Kriegszustand muß diese ganze Reihe von Begebenheiten um so mehr angesehen werden, da es in der frühern Zeit dieses tausendjährigen Kampfes, nach dem ältern christlichen Völkerrecht, sogar Grundsatz war, mit diesen Erbfeinden der Christenheit, wie man sie damals nannte, nur Waffenstillstand zu schließen, aber nicht eigentlich Frieden, bis in der neuern Zeit die türkische Macht auf dem europäischen Boden allmählich eine friedlichere Stellung gewann, und endlich durch Traktate und Bündnisse förmlich in das christliche Staatensystem eingereiht wurde. Betrachten wir aber jene ganze welthistorische Entwicklung im Kampfe des Orients mit den europäischen Mächten, von Anfang bis zu Ende, nach dem wahren Verhältnis, halten wir die Absichten, die Verfahrungsweise und Streitkräfte beider kriegführenden Mächte gegeneinander; so ist einleuchtend, daß das christliche Abendland sich dabei, auch selbst in den Kreuzzügen, nur in dem Fall eines unvermeidlichen Verteidigungskrieges befand; um so mehr, da bei den Arabern das zerstörende Eroberungsprinzip schon in der Religion selbst, und in dem Fanatismus ihres herrschsüchtigen Glaubens begründet war. Daß man bei Verteidigungskriegen, welche es den Veranlassungen und allen Beweggründen zufolge auch wirklich sind, dennoch häufig in den Fall kommt, an einem einzelnen Punkt, welcher gerade der zweckmäßigste ist, die Offensive ergreifen zu müssen, ist schon oft bemerkt worden. Es kann also auch die notgedrungene, und durch so viele Unbilden gerechtfertigte und herbeigeführte Eroberung von Jerusalem und des übrigen heiligen Landes, den Kreuzzügen diesen Charakter eines Verteidigungs-Krieges nicht benehmen, welcher selbst nach dem friedlichen System der christlichen Grundsätze in der welthistorischen Beurteilung als notwendig und gerecht erkannt werden muß. Die neuern Religions- und deutschen Bürgerkriege seit der Reformation aber, sind nicht sowohl aus der christlichen Lebenseinrichtung und Staatsverfassung entsprungen, als aus dem gleich damals wohl bemerkten und allgemein bejammerten tiefen Verfall derselben; durch welchen Verfall, der Zwiespalt und die Anarchie zuerst in die Sitten und das Leben eingedrungen sind, sodann den Glauben und die Denkart zerspaltet haben, bis sie endlich auch die Staaten ergriffen, und zu allgemeinem Krieg gegen und durcheinander trieben. Wenn aber auch der dreißigjährige Krieg, wie ähnliche Ereignisse in andern Ländern, dem Auge in mancher Hinsicht ein sehr unchristliches Trauerspiel darbietet; so wollen wir es auf der andern Seite nicht verkennen, daß in dem Westfälischen Frieden, welcher die blutige Verwicklung endlich löste, und das wankende Europa noch anderthalb Jahrhunderte zusammengehalten hat, sich unter den allerschwierigsten Umständen ein Geist und eine Gesinnung, tiefdurchdachte Grundsätze friedlicher Erhaltung und Ausgleichung ausgesprochen, und fortdauernd bewährt und begründet haben, die wohl als ein heller Moment in der Entwicklungsgeschichte der christlichen Staatskunst betrachtet werden dürfen.

Wir nehmen den Faden wieder auf, und verweilen jetzt nur noch einen Augenblick bei dem auf unserm Wege hier mitberührten Gegensatz zwischen dem strengen Recht und dem Recht der Billigkeit; welcher eigentlich das wichtigste Problem in der gesamten Wissenschaft der Jurisprudenz bildet, und die innere Grundidee derselben betrifft. Am klarsten mag man sich die Sache vielleicht so denken und anschaulich machen. Das strenge Recht ist das abstrakte, aus dem Begriff konsequent, und ohne alle Rücksicht auf was immer für Nebenumstände hergeleitete, daher auch unerbittlich absolute Recht. Das Recht der Billigkeit dagegen nimmt auf alle Nebenumstände, auf die ganze Lage der Dinge, und das eigentümliche Verhältnis, die sorgfältigste Rücksicht, ohne darum die gerechte Gesinnung und rechtliche Ansicht und Denkart aufzugeben; indem es vielmehr alle jene besondern Umstände und Verhältnisse nicht etwa nach einem bloßen Gefühlseindruck menschlicher Teilnahme, oder sonstigen Mitleidens, sondern vielmehr nach eben jener rechtlichen Gesinnung, welche aber weit mehr umfaßt, als der bloße enge Begriff des Rechts, und der starre Buchstabe des Gesetzes, mit in Betracht nimmt und in vielseitige Erwägung zieht, bevor es zur reifen, aber dauerhaften friedlich rechtlichen Entscheidung kommt. Es ist mit einem Worte das Recht der Billigkeit kein Abbruch oder Einbug in oder gegen das wahre Recht, sondern vielmehr selbst der bessere Teil und der eigentliche Geist desselben; denn es ist das *historische,* auf dem faktischen Bestand, den eigentümlichen Sitten und Lokalverhältnissen, positiv beruhende, und geschichtlich daraus hervorgegangene *Recht;* während das strenge Recht als konsequente Entwicklung des abstrakten Begriffs der Gerechtigkeit, nur den negativen Bestandteil, im Gegensatz gegen jenen höhern historischen und geschichtlich positiven, und als solcher zwar wohl die wesentliche Form des Ganzen bildet, aber nicht das Wesen und die innere Lebenskraft des Rechts selbst, welche wir vielmehr auf jener andren Seite zu suchen haben.

Es ist hier ergangen, wie überhaupt oft geschieht, daß man grade das Höhere und Wesentlichste unten hinstellt, oder ganz zur Seite liegen, und höchstens nur als zufällige Ausnahme gelten läßt. Es ist aber auch in diesem Falle grade umgekehrt; die Billigkeit, oder die wesentliche Liebe ist ewig, alle Rechte und Gesetze aber, die der Menschen nämlich, sind vergänglich. In Gott selbst ist die Gnade noch wesentlicher, wenn man es so ausdrücken darf, als die Gerechtigkeit. Denn die erste folgt unmittelbar aus der Allmacht seiner Liebe, welches sein inneres Wesen und Er selbst ist. Die göttliche Gerechtigkeit aber würde, wenn kein Unrecht vorhanden, wenn nie eine Sünde oder Abfall in der Schöpfung geschehen wäre, keinen Gegenstand finden, gegen den sie sich wenden, und an dem sie sich offenbaren könnte. »Gebt jedem das Seine«; – sagt das Evangelium; nirgend aber heißt es: »Fordert von jedem das Eure«; wie es doch nach dem strengen Recht heißen müßte. Vielmehr ist das Evangelium voll von Vorschriften und Ermahnungen, daß man in christlicher Gesinnung nicht unbedingt und starr auf seinem Rechte bestehen soll. Man braucht darum keineswegs *mit dem* Schlechten zu kapitulieren, was in eine ganz andre Rubrik gehört, daß man nämlich den Geist und die Gesinnung der Wahrheit nie verleugnen soll; obwohl man *gegen die* Schlechten, insofern sie von Ursprung aus, doch als Irrende zu betrachten sind, immer und unermüdlich Geduld üben und Milde zeigen soll.

Es ist noch ein Punkt zu berühren übrig, der für die historische Ansicht der neuern Zeit besonders fruchtbar ist. Auch das *germanische* Recht ist seinem Ursprunge und vorherrschenden Geiste nach, größtenteils und fast ganz ein solches geschichtlich positives und historisches Recht des Herkommens gewesen; daher es leicht zu begreifen ist, daß der christliche Staat sich auf germanischem Grund und Boden so vorzüglich entwickelt hat, da er hier ein schon von Natur gleichartiges und verwandtes Element, als materielle Grundlage und äußern Träger vor sich fand, indem auch die christliche Rechtsansicht jederzeit zu dem System der Billigkeit und friedlichen Ausgleichung überwiegend hinneigte. In der römischen Gesetzgebung ist dagegen der Geist des strengen Rechts vorwaltend, wohin nebst dem Charakter der Nation selbst, auch die kunstgerechte, abstrakte Behandlung des Rechts, als einer vom Leben abgesonderten Wissenschaft, immer mehr führen mußte. Daher ist auch mit der Einführung jenes unermeßlichen byzantinischen Rechtskorpus, gegen welche alle altchristlich und gut deutsch Gesinnten gleich damals mit dem tiefsten und höchst richtigen Schmerzgefühle so lange und oft wiederholt, obwohl vergeblich protestiert haben, ein neuer, herber, streitsüchtiger, und in mancher Beziehung wohl heidnischer Geist, im bürgerlichen wie im politischen Verhältnis, rege geworden; und jene zahlreichen, von den Juristen so sehr gepriesenen, und mit den Ballen ihrer Spitzfindigkeit und abstrakten Spinnewebe beladenen Kamele des Kaiser Justinian, haben dem neuern Europa kein sonderliches Heil gebracht, sondern nur eine Flut von Prozessen und Sachwaltern, Formeln, Weitläufigkeiten und oft empörenden Härten, statt der alten schlichten germanischen Sitte, über dasselbe ausgegossen. Das germanische Recht ist, wie schon dem innern Wesen, so auch seinem geschichtlichen Ursprunge nach, sichtbar aus einer fortgehenden Reihe von friedlichen Ausgleichungen und schiedsrichterlichen Aussprüchen hervorgegangen; so daß selbst das einzelne Gesetz auf gewisse Art wie ein Friedensschluß erscheint, als Befriedigung der Parteien, zur Abwendung aller Privatrache und Selbsthilfe durch die höhere schiedsrichterliche Dazwischenkunft, und den oberherrlichen Schutz der Staatsgewalt herbeigeführt und vermittelt. Und so verhält es sich auch in der Wahrheit, und ist also auf die Natur der Sache gegründet: wie jeder wahre und dauerhafte Friedensschluß, jede neue politische Stiftung, ein solcher Verein von Gerechtigkeit und Billigkeit ist, »wo der Friede und das Recht sich umarmen«; so ist auch jedes neue, große, geschichtlich eingreifende Gesetz des Privatrechts, eine zu seiner Zeit originelle Friedenserfindung gewesen, und beurkundet sich seinem Ursprunge nach für die geschichtliche Forschung leicht als eine solche. Diesen rechten glücklichen Friedenspunkt zu treffen, das ist eigentlich die Hauptsache im politischen wie im zivilgesetzlichen Verhältnis. Es ist der Mittelpunkt und die Grundidee in der ganzen Rechtssphäre, und das Ziel und Werk, in dessen Hervorbringung sich das wahre politische Genie bewährt, zu dessen lebendiger Wirksamkeit zwei ganz verschiedene Elemente wesentlich gehören, und glücklich vereint zusammentreffen müssen; die Gründlichkeit und Tiefe der juristischen Einsicht, und die Klarheit des diplomatischen Verstandes; welche aber mehrenteils auch, wie alles andre in diesem Zeitalter der elementarischen Auflösung, nur noch in chemischer Zersetzung und vereinzelt angetroffen worden; wo denn nichts als die gewöhnliche Rechts-Rhetorik, im fruchtlosen Parteienkampf, auf der einen Seite herauskommt, und auf der andern jene souveräne Verneinung, welche dem durchaus positiven Zweck und Charakter des christlichen Staats, niemals genügend entsprechen kann.

Die zuletzt bemerkte Verwandtschaft zwischen dem germanischen Recht und dem christlichen Staat bahnt uns den Übergang zu dem dritten Grundsatz und Kennzeichen des christlichen Staats, da auch die ganze germanische Verfassung auf das innigste mit den Korporationen verwebt ist, so daß diese als ihr eigentümlichstes Produkt erscheinen; auf deren Verhältnis zu der Grundidee wir jetzt übergehen, wie es an das bisher entwickelte nun zunächst sich anschließt.

III. *Der christliche Staat, erkennt das rechtliche Dasein der Korporationen an, und beruht selbst auf ihrem organischen Zusammenwirken.*

Wegen einer oberflächlichen Ähnlichkeit werden oft Grundsätze und Institute miteinander verwechselt, welche sich, genauer betrachtet, gerade entgegenstehen, und wie vollkommne Gegensätze zueinander verhalten. Dieses gilt besonders buch von der ständischen Einrichtung, welche auf den ewigen, und wesentlich, oder doch geschichtlich begründeten und rechtlich bestehenden Korporationen beruht, und von der repräsentativen Verfassung, welche nichts ist, als die fixierte Unruhe, die angehaltne Revolution, der gebundne absolute Staat; im besten Falle eine Stufe des Übergangs aus diesem in einen andern fester begründeten und mehr organischen Zustand, im schlimmern Falle, die unentschieden schwankende Mitte zwischen der absoluten Gewalt und einem rohen anarchischen Anfang von Republik. Ein solcher dynamischer Zustand der bloßen Gebundenheit des absoluten Staats, ohne wahre innre organische Ordnung und Eintracht, ist eigentlich das wahre Gegenteil der ständischen Verfassung; jener organischen Gliederung und Zusammenwirkung aller wesentlichen und geschichtlich begründeten Korporationen, welcher aus der weitern Entwicklung des christlichen Staats von selbst hervorgeht, und selbst nichts anders ist als diese höhere Entfaltungsstufe des christlichen Staatsprinzips. Zwar wird dieses, wo es, zur Herrschaft gelangt, noch keine Stände und Korporationen vorfindet, wie in dem altchristlichen Kaisertum von Konstantin, sie nicht sogleich aus Nichts hervorrufen und erschaffen können. Nachdem es aber unabänderlich dauernder christlicher Staatsgrundsatz ist, das Höhere und göttlich Positive in der Kirche, als einer ewigen und wesentlichen Korporation, und wo es sich sonst findet, wie in dem Eheverhältnis des Privatlebens, anerkennend zu ehren, und im übrigen alles faktisch Begründete, und schon Bestehende in seinem rechtlichen Besitz ferner ruhig stehen zu lassen; so mußte seit der neuen Begründung des Okzidents durch die germanische Einrichtung, welche ganz auf den Ständen beruhte, der Fortbestand und die geschichtliche Entwicklung derselben, im stets erweitertem organischen Zusammenwirken aller Korporationen, von selbst erfolgen; welche Entfaltung eigentlich den ganzen politisch so höchst fruchtbaren Inhalt der gesamten christlichen Staatengeschichte bis auf die neuern Revolutionszeiten bildet.

Die ganze Ähnlichkeit zwischen beiden Systemen, der ständischen Einrichtung und der repräsentativen Verfassung, beschränkt sich eigentlich darauf, daß in dem einen wie in dem andern Falle, Versammlungen und Beratungen von Deputierten stattfinden, Petitionen oder Vorschläge von Seiten des Landes und seiner Wortführer, zu dem Thron gelangen; der Geist aber und das Wesen von beiden Verfahrungsmethoden, ist gerade im Verhältnis zum Begriff der Monarchie total verschieden.

Die repräsentative Verfassung hat es eigentlich nur mit dem Begriff der exekutiven Macht zu tun, keineswegs aber beruht sie auf der Würde eines wirklichen Königs. Sowie nun die gesetzgebende Macht in zwei Hälften oder Organe und Bestandteile zerlegt worden, einen beweglich fortschreitenden und anregenden, und einen retardierend erhaltenden, in der Pairskammer oder dem Senat; so wird ferner das nie rastende Prinzip der Teilung auch auf die exekutive Macht angewandt, und von dieser die materielle Kraft und Wirkung nebst aller Verantwortlichkeit den Ministern zugeteilt, wo denn für den Souverän, nachdem die Minister nicht ihm, sondern jenen zwei Kammern verantwortlich sind, nur eine bloß formelle Würde übrigbleibt, vermöge deren er von allen Seiten zwar unverletzlich und außer aller Berührung dasteht, für die wirkliche Regierung aber, in welche sich die Minister und die Kammern teilen, nur die geheiligte Form der obersten Einheit hinzufügt. Eigentlich aber ist dieser Überrest der monarchischen Gewalt, oder des königlichen Namens, in diesem System nur ein leerer Zierrat und überflüssige Eleganz, welche der alten Form zu Ehren schonend beibehalten wird; indem dieser Gipfel der Einheit an der Spitze der repräsentativen Verfassung ebensogut durch einen gewählten Präsidenten, wie in dem nordamerikanischen Staate, welches man an diesem Beispiel deutlich sieht, ausgefüllt werden kann, als durch einen erblichen Monarchen.

Ganz anders aber ist es mit der wahren Stände-Verfassung, und dem auf den Korporationen beruhenden Staate, da in diesem vielmehr die monarchische Gewalt, und zwar ein König, der es wirklich ist, und nicht bloß der Schatten seines Namens, und kraftlose Repräsentant einer leeren Würde, als erster und oberster

Patrimonial und Erbherr des ganzen Landes, obwohl er als solcher nicht bloß Rechte, sondern auch Pflichten gegen andre faktisch begründete Gerechtsame hat, gerade den Grundpfeiler, festen Mittelpunkt und Schlußstein des Ganzen bildet, welcher die Macht der einzelnen Korporationen auseinander, und gegeneinander aufrecht, und nicht in einem toten Gleichgewicht, sondern in lebendigem Einklang und Zusammenwirken erhält. Ohne dieses innere Band der Einheit in der Gewalt des wirklichen Monarchen, als Träger für das ganze Gebäude, würde sonst unvermeidlich eine oder die andre Korporation herrschend hervortreten, und eine einseitig drückende Adelsaristokratie entstehen, oder es würde die geistliche Macht zugleich im Weltlichen herrschend werden, oder ein republikanisches Städteregiment, durch das Übergewicht des dritten Standes emporkommen. In manchen Fällen könnte, wo die Kraft im Mittelpunkte fehlt, alles dieses zugleich geschehen, und eine allgemeine Auflösung des Ganzen in dieser dreifachen Richtung eintreten; so wie in dem deutschen Kaisertum, nachdem die monarchische Gewalt zu sehr geschwächt worden war, nun geistliche Fürstentümer, und nebst den Herzogen und Grafen, auch freie Städte immer unabhängiger, und endlich souverän hervortraten.

Für die gegenwärtige Zeit aber bleibt, mit besonderer Rücksicht auf die deutsche Stände-Verfassung, wo man dieselbe wiederherzustellen, oder neu zu beleben, das Bedürfnis fühlt, um den korporativen Grundsätzen treu zu bleiben, und den repräsentativen Abweg zu vermeiden, vorzüglich zweierlei zu beachten und festzuhalten. Erstens daß die Einteilung in zwei Kammern, ausschließend und wesentlich der repräsentativen Verfassung angehört, dem Stände-Verein nach korporativen Grundsätzen aber völlig fremd und demselben eigentlich widerstreitend ist. Zweitens, daß in den Ständen keineswegs bloß das Steuer bezahlende Eigentum, es sei nun das bewegliche des Geldes, oder das erblich feste des wahren Grundeigentums, repräsentiert werden soll, als worin eben das Eigentümliche und Charakteristische der repräsentativen Verfassung besteht; sondern die Stände selbst, als anerkannte und zu Recht bestehende und selbständig geschlossene Korporationen, von denen mithin keine von dem Ständeverein ausgeschlossen sein darf, am wenigsten der geistliche Stand, und zwar eben als solcher, sowie auch, was damit zusammenhängt, die altbegründeten Institute des gelehrten Standes; gesetzt auch, daß beide nicht auf ein zureichendes Grundeigentum fundiert sein, oder ihrer ehemaligen Fundierung im Laufe der Zeiten beraubt sein möchten. Denn sonst gerät man eben wieder in das Prinzip des beweglichen und unbeweglichen Eigentums, als Grundlage alles dessen, was repräsentiert werden soll, und dann muß man nur gleich die ganze repräsentative Verfassung, die einzig auf diesem Grundsatz beruht, zugeben und annehmen, und jeden Gedanken an echte deutsche Stände und altbestehende Korporationen fahren lassen. Die repräsentative Verfassung nimmt eigentlich den Staat ganz materiell, und eben darum wird alles auf diesen materiellen Grundsatz von zwiefachen Eigentum reduziert; von dem christlichen Staat aber kann das intellektuelle Leben, die Macht des Geistes und der Lehre, und können die geistlichen Korporationen, wenn sie auch gar kein Eigentum hätten, nicht ausgeschlossen sein, sie bilden vielmehr wesentliche und integrante Bestandteile desselben. So unumstößlich aber auch diese Grundsätze an und für sich sind, daß alle Korporationen und Stände in den vollständigen Verein derselben aufgenommen werden, und nur ein Ganzes bilden müssen; indem die altherkömmliche deutsche Abteilung in die verschiedenen Bänke des adligen, geistlichen, oder gelehrten Standes usw., die Einheit der Versammlung nicht aufheben soll, und mit dem dynamischen Gegensatz der zwei Kammern gar nichts gemein hat; so liegt es doch gar nicht in unsrer Absicht ungünstige Folgerungen daraus ziehen, und auf die neuern ständischen Einrichtungen einiger deutscher Staaten, wo diese Grundsätze nicht überall durchaus sind beobachtet worden, in voreilige Anwendung bringen zu wollen. Es kommt auch hier wie überall am meisten auf das Wesen an, und die richtige Form ist erst das zweite Erfordernis eines vollkommnen Gelingens. Wo ein guter Geist alle Glieder des Staates beseelt, da kann der wesentliche Zweck und Vorteil einer ständischen Beratung vielleicht auch bei fehlerhaften Formen zum Teil erreicht werden. Zudem belehrt uns auch die geschichtliche Erfahrung, daß neue organische Staatseinrichtungen fast nie in dem Buchstaben der ersten Abfassung stehenbleiben, sondern einiger

Zeit bedürfen, ehe sie sich fest ersetzen und ordnen und auf die Dauer bleibend gestalten. Dieser heilsamen innern Selbstentwicklung muß man ihre geschichtliche Zeit lassen, und ihr nicht durch unzeitige Endurteile vorgreifen wollen.

Wie der christliche Staat aber mit den Korporationen zusammenhängt, ist von zwei Seiten her leicht klar zu machen. Daß er sie anerkennt und bestehen läßt, wo sie dann natürlich auch wieder auf ihn einwirken, folgt schon aus jenem ihm unwandelbar eingepflanzten *Suum cuique,* oder dem christlichen Grundsatz, jedes faktische Recht in seinem Besitz und den angewiesenen Schranken, ungestört gewähren und fortdauern zu lassen. Nachdem nun auch unmittelbar aus dem Wesen des Christentums und des christlichen Staates, die Idee einer geistlichen Macht und Obrigkeit, oder das Institut der Kirche, als einer auf göttliche Autorität gegründeten selbständigen geistlichen Korporation deutlich und unvermeidlich hervorgeht; so sind mit dieser ersten und wichtigsten aller ewigen oder auch bloß zeitlich und geschichtlich begründeten Korporationen, ohnehin alle diese, insofern sie wirklich wesentlich und ewig, oder doch geschichtlich und rechtlich begründet sind, in ihrem wirksamen und organisch begrenzten Dasein mit anerkannt und gesichert; indem es jetzt, nach diesem eigentümlich christlichen Begriff einer von der weltlichen Macht unabhängigen kirchlichen Verbindung und geistlichen Macht, nun das wichtigste Problem des christlichen Staates wird, sich selbst und seine eigne Gewalt und Wirksamkeit, mit allen jenen ihm beigeordneten, abgesondert von ihm vorhandenen, aber doch mit dem vielfachsten Einfluß in seine ganze organische Einrichtung eingefügten moralischen Gewalten, und Lebensorganen des gesellschaftlichen Daseins, in ein richtiges Verhältnis gegenseitiger Wechselwirkung und dauernder Begründung zu setzen.

Die weitere Entwicklung und nähere Betrachtung über das Verhältnis der einzelnen zufälligen und untergeordneten Korporationen im christlichen Staat, liegen hier außer unserm Kreise, weil sie doch überall eine ganz lokale Beschaffenheit annehmen, sowie sich die besondern Stände bei jeder Nation historisch eigentümlich gestalten, und gegenseitig aneinander entwickeln. Nur bei dem eigentümlichen Verhältnis der allgemeinen, durch alle Staaten und

Völker hindurch gehenden wesentlichen und ewigen Korporationen, unter welchen die Kirche die erste Stelle einnimmt, so wie das Wesen dieses Verhältnisses nach dem christlichen Staatsbegriff bestimmt ist, wollen wir noch etwas verweilen, um den Hauptgrundsatz selbst desto heller ins Licht zu setzen; wozu die großen welthistorischen Beispiele am besten dienen können, an denen der Gegensatz der unchristlichen Staatseinrichtung mit dem christlichen Staat in den stärksten Zügen am auffallendsten hervortritt.

Wenn nun zwar nicht jene unnatürliche, und das innere Leben des Staats selbst zerlegende und chemisch auflösende Teilung in die exekutive und gesetzgebende Gewalt, wohl aber die ewige Scheidung und Unterscheidung der weltlichen und der geistlichen Macht, das eigentümliche Fundament und charakteristische Merkmal des christlichen Staatsbegriffs bildet; so gibt es wohl keinen gewaltigeren Gegensatz für diesen in dem ganzen welthistorischen Gebiet, als die Erscheinung des *Chalifats,* wo eine dem ersten Ursprunge nach geistliche Macht, die aber zugleich eine kriegerische und erobernde war, schnell zur ungeheuersten Weltherrschaft angewachsen ist. Der frühere Kulturglanz dieses furchtbaren Phänomens kann uns über die innere Beschaffenheit desselben nicht täuschen, und gerade hier zeigt es sich unverkennbar, wie die Verschmelzung der weltlichen und geistlichen Macht in Einem gemeinsamen Oberhaupt der Kirche und des Staats, das eigentliche Wesen der vollendeten Despotie, und einer wahrhaft antichristlichen Herrschaft bildet. Mehr oder minder tragen auch die spätern mahomedanischen Staaten noch das Gepräge und den Charakter dieser fehlerhaften und despotischen Staatsverfassung an sich, wenn sie historisch auch gar nicht mehr oder nur sehr entfernt und schwach mit dem Chalifat zusammenhängen; und dieses ist nebst der Polygamie der zweite Fluch der Barbarei, welcher auf diesen Völkern lastet. – Durch die Vergleichung mit dem Chalifat, wie es wirklich war, ergibt sich auch am besten der Ungrund so mancher Vorwürfe, welche dem Papsttum des Mittelalters von einigen Gegnern desselben gemacht werden, wenn sie es, wegen der Feudalabhängigkeit, in welcher einige Länder nach damaliger Art gegen den römischen Stuhl gestanden sind, wie eine Art von christlichen Chalifat darstellen wollen. Nach der geschichtlichen Wahrheit aber war der im Mittelalter sehr schwankende Territorialbesitz der Päpste kaum hinreichend, um ihnen nur eben die Unabhängigkeit zu sichern; jene Feudalverhältnisse aber, welche in Hinsicht auf das Ganze nicht sonderlich bedeutend, und weder im Raum noch in der Zeit sehr ausgedehnt gewesen sind, waren bloß in den Lokalverhältnissen jener Epoche gegründet. Die wirkliche moralische Macht, welche der Papst im Mittelalter über die katholischen Staaten ausübte, läßt sich am treffendsten mit den republikanischen Ausdrücken und Freiheitsformen des alten Römerstaates schildern, wo der Begriff aller dieser, die Volksrechte schützenden Gewalten mit so eigentümlichen Scharfsinn aufgefaßt erscheint, und sich historisch rein entwickelt hat. Denn der politische Einfluß der Päpste ist ja bekanntlich auch nur ein negativ beschränkender und beschützender, für die Aufrechterhaltung der rechten Grundsätze oder für die Sache des Volks und aller Mindermächtigen gewesen. In der Idee des Papstes, wenn wir jenen Einfluß auch in seiner höchsten Ausdehnung nehmen, lag nur, daß er ein milder, friedestiftender Prätor und Schiedsrichter, nach dem Rechte der Billigkeit, in allen unnützen Fehden und endlosen Kriegen jener Zeit sein sollte, oder ein strenger sittlicher Zensor gegen alles Unrecht und die Gewalttaten der Übermächtigen, am meisten aber ein stets wachsamer Volkstribun der ganzen Christenheit, zugunsten aller Unterdrückten und Beeinträchtigten. Kaum darf man es noch sagen, obwohl es geschichtlich ganz wahr ist, daß die Welfen, den Papst an ihrer Spitze, die besseren Liberalen des Mittelalters gewesen sind, weil sie die Kirche und die Religion auf ihrer Seite hatten, womit freilich auch der ganze Stand der Sache verändert erscheint; so tief sind die Liberalen der jetzigen Zeit in ihrer Entartung unter der Würde eines solchen Vergleichs herabgesunken. Die Ghibellinen dagegen, weil sie sich mit der Kirche und dem religiösen Gefühl in Opposition gesetzt, haben zugleich auch alle sittliche Milde eingebüßt, und stehen selbst im einzelnen an Großheit des Charakters den Helden der andern Partei überall nach. –

Wie nun auf der einen Seite der politische Einfluß der Päpste genau bestimmt und beschränkt war, auf die bloß indirekte Macht und negative Befugnis eines allgemeinen sittlichen Zensors, eines schiedsrichterlichen Prätors, oder schützenden Volkstribuns der ganzen Christenheit; so lag auch auf der andern Seite in der Advokatie und Würde eines Schirmvogtes der Kirche, sowie die Kaiser solche handhabten, und in Vollziehung zu setzen hatten, wohl mancher Anspruch, über den sie mit der geistlichen Macht und dem Oberhaupte derselben in Streit und Kollision geraten konnten, niemals aber doch die Anmaßung im kirchlichen Gebiet selbst herrschen, und in letzter Instanz entscheiden zu wollen, wie etwa nach dem monströsen Begriff der anglikanischen Verfassung, wo der Staat selbst zugleich Oberhaupt der Kirche ist. Wollte man unsrer Theorie nun die Behauptung und den Sinn unterlegen, oder daraus die Folgerung herleiten, daß es also vorzüglich nur der katholische Staat sei, welcher sich auf die Korporationen gründe, so könnten wir nicht in Abrede stellen, daß nach den hier aufgestellten Grundsätzen, dieses in den katholischen Staaten wenigstens auf eine vollständigere Weise stattfinden kann und muß; indem das kirchliche Element, und eben damit auch die erste und wesentlichste Korporation in den protestantischen Staaten fehlt, oder doch zu schwach entwickelt ist. Die anglikanische Kirchenverfassung ist nur eine widernatürliche und mit dem ersten Grundsatz des christlichen Staatsbegriffs streitende Ausnahme, und ganz gegen den Geist des Protestantismus, dessen Wesen und erster Grundsatz einmal unabänderlich in einer vollkommen unbeschränkten Glaubensfreiheit besteht. Wir werden daher auch, zum mindesten für Deutschland, wo der Protestantismus seinen Ursprung genommen, und der Geist desselben sich am vollständigsten entfaltet, und ausgesprochen hat, kaum einen Widerspruch zu besorgen haben, wenn wir das Wesen desselben dahin erklären: der Protestantismus sei das freie innere Christentum, ohne ein positives Gesetz des Glaubens, und ohne eine eigentlich kirchliche Gewalt, die ein solches Gesetz begründen könnte, wenn auch nicht eben ohne alle kirchliche Form, wie man es oft zu weit ausdehnt.

Wenn nun im allgemeinen betrachtet, und nach der Idee derselben, den katholischen Staaten der Vorzug für die korporativen Einrichtungen und Grundsätze gebührt, wegen der höhern Kraft der kirchlichen Institute, wo diese nämlich noch aufrecht erhalten sind; so kann es nicht als Einwurf dagegen geltend gemacht werden, daß in der letzten Zeit die furchtbarsten Revolutions-Ausbrüche, grade in katholischen Ländern stattgefunden haben. Denn offenbar ist ja dieses nicht geschehen, weil jene Länder katholisch waren, sondern weil sie, wenn auch nicht sogleich im dogmatisch kirchlichen, doch aber im sittlich politischen Sinne in so hohem Maße aufgehört hatten, es zu sein, weil die kirchlichen Institute und Sitten verfallen und entartet waren, und weil man die katholischen Grundsätze bei zunehmender falschen Aufklärung und der allgemeinen intellektuellen Verwirrung und Verwilderung mehr und mehr verlassen, und endlich verloren hatte. Je höher und reiner die Stufe in der moralischen Ordnung der Dinge gewesen, auf welcher man gestanden war, je tiefer ist der Abfall, je grauenvoller die Entartung. Selbst im gemeinen Leben ist es eine moralische Erfahrung, die sich bei den Volksklassen wie bei den höhern bewährt, daß ein Katholik, der ein schlechter Mensch geworden ist, dies noch in einem höheren Grad zu sein pflegt als ein Nichtkatholik, weil was in seiner Art vollkommner ist, sich entartet, auch im Schlechten entschiedner zeigt. Wenn aber auf der andern Seite protestantische Staaten im ernsten und richtigen Streben durch die korporativen Einrichtungen und Grundsätze, ihre moralische Stärke neu zu beleben und dauernd zu begründen suchen, und zu diesem Behuf auch den kirchlichen Instituten gern ihre alte Kraft wiedergeben möchten; so wollen wir dieses als eine Annäherung an die katholische Gediegenheit und gründliche Lebenseinrichtung wenigstens in den richtigen Staatsgrundsätzen anerkennen und ehren. Es ist überhaupt nicht mehr an der Zeit, uns immer nur dogmatisch in den Gegensatz zu stellen, und alles in der Form des alten kirchlichen Zwiespalts aufzufassen; da welthistorisch genommen, wohl der Augenblick sehr nahe heranrückt, wo wieder zur Einheit gebracht werden muß, was nie hätte losgerissen werden sollen. Eine halbspielende Annäherung aber an die äußerlichen Formen der Kirche, eine bloß historische Anerkennung von dem Wert ihrer Institute, kann nicht genügen, und wird allein nur wenig fruchten. Man muß vor allem die Grundsätze erkennen und in festem Glauben praktisch ergreifen, auf denen die wahre christliche Lebensordnung und Staatseinrichtung beruht. Von beiden Seiten muß der *Ernst einer guten Gesinnung* dazu beitragen, um das große Werk mit fördern zu helfen. Dieses ist es, was jetzt Not ist, und worin allein die Kraft liegt, um das große Problem des äußern und materiellen, wie des innern und intellektuellen Friedens für das Zeitalter zu lösen. Wie sollte Frieden und Ruhe im Staat und im Leben sein, solange die Einheit in der Kirche nicht wiederhergestellt, und nichts Positives mehr im christlichen Glauben als fest bestehend allgemein anerkannt wird? Jetzt ernten wir die Früchte der kirchlichen Zerstörung; wann aber das Übel am höchsten gestiegen, dann ist die Hilfe nicht mehr fern.

Die historische Vermittlung hat wenig oder nichts vermocht, weil die Gemüter zu erhitzt, die Parteien zu erbittert waren, die Geister sich zu fern gestanden sind, indem es auch zu sehr an der guten Gesinnung und dem ernsten Willen dazu fehlte, als daß hier eine wahre Berührung und Versöhnung hätte stattfinden mögen. Auch die *souveräne Verneinung* hat ihr Ziel nicht erreichen mögen, wie man wohl allgemein zu fühlen anfängt, und die Bösartigkeit des revolutionären Übels ist in zu schneller Progression angewachsen, um nicht endlich auch den hartnäckigsten passiven Eigensinn, seiner negativen Verschlossenheit und Unbeweglichkeit zu entreißen. So will sich alles mehr und mehr zu dem positiven Verfahren einer *religiösen Entscheidung* hinneigen, um das Zeitalter aus diesem schweren Kampf und allgemeinen Chaos zu retten, und demselben eine neue katholische Befestigung zu geben, für welche der gleich anfangs erwähnte höhere Religionsfrieden als der erste Grundstein betrachtet werden muß.

Für die protestantischen Staaten ist nun das Resultat der bisherigen Bemerkungen über die Kirche, als Mittelpunkt aller andern Korporationen, nachfolgendes. So wie ein Glied und Teil in diesem korporativen Ganzen fehlt, oder mangelhaft konstituiert ist, wird die nachteilige Wirkung sogleich auch in den übrigen organischen Gliedern mitempfunden. Wo daher das kirchliche Element abgeht, oder doch nicht seine gebührende Stelle behaupten kann, wie in den protestantischen Staaten, entsteht daraus ganz natürlich, in Deutschland wenigstens, den übrigen gegebenen Beschaffenheiten gemäß, jener ihnen eigentümliche, überwiegende Hang zu einer höchst einseitigen und beschränkten, für die wahre bürgerliche Gesinnung niederdrückenden Adelsaristokratie, indem dieses an sich, und in seinen rechten Schranken allerdings auch wesentliche und altgermanische Element des politischen Lebens, in Ermanglung der andern noch höheren Organe, nun stärker als es sollte, hervortritt. Als Gegensatz und Reaktion gegen dieses Übermaß wird dadurch leicht ein neues Zeitübel veranlaßt und rege gemacht, das verworren demokratische Volkstum, in unklarer Nationalgesinnung; wo die seinsollende revolutionäre Abhilfe fast noch schlimmer ist als die alte Krankheit selbst. Das wahre Heilmittel gegen das eine wie gegen das andre Übel aber würde nur in der Verstärkung der kirchlichen Institute liegen, und kann nicht anders gefunden werden, als durch eine aufrichtige Annäherung, oder entschiedne Rückkehr zu den katholischen Staatsgrundsätzen, welche wie das Wesen des Protestantismus in der Freiheit des Glaubens besteht, ganz einfach auf der Idee der Freiheit und selbständigen Macht und Existenz der Kirche beruhen.

Wie uns nun an dem Beispiel des Chalifats, die Verschmelzung der geistlichen und weltlichen Macht, nach ihren verderblichen Folgen, als Grundprinzip und Wesen der eigentlichen Despotie, und bei den geringern Graden einer zwar nicht totalen Verschmelzung, aber doch unzureichenden Absonderung und inkonsequenten Stellung, als zerstörend für die christliche Staatsharmonie erschienen, und klar geworden ist; so werden wir auch für die andern wesentlichen Korporationen den Grundsatz der Selbständigkeit der einzelnen, sowie der organischen Zusammenwirkung aller, durch den Gegensatz am besten erläutern können; nämlich nicht durch den unfruchtbaren Gegensatz des leeren Begriffs, sondern durch welthistorische Beispiele und Tatsachen, wo sich die praktischen Folgen in großen Zügen lebendig und deutlich vor Augen stellen. England bietet uns das merkwürdige Beispiel eines Staates dar, der zugleich ganz und gar Gilde, wo das Eigentum, der Handel, Geld und Kredit alles in allem ist; wo beide, *Staat und Gilde,* sozusagen, ganz ineinander aufgegangen sind, und die Gilde selbst in einigen ganz paradoxen Verhältnissen fast souverän geworden ist. Denn das ist schon an sich sehr merkwürdig und wenigstens bis jetzt in der Weltgeschichte noch nichts Ähnliches vorgekommen, wie eine Gesellschaft von Kaufleuten von der britischen Insel aus, an der andern Seite der Erdkugel ein Reich beherrscht, dessen sechzig Millionen die Bevölkerung des Mutterlandes um das Vierfache übersteigen. Wenn wir uns aber nicht an Formen und Namen halten, sondern auf die wirkliche Beschaffenheit der Dinge sehen wollen; so ist wohl klar, daß die ostindische Compagnie und die Bankdirektoren ebenso wesentlich in das Interesse und in das ganze politische Leben von Groß-Britannien eingreifen, als die beiden Parlamente, samt allem hergebrachten Ministerwechsel und den ewigen Oppositionswiederholungen. Bei einer näheren Erörterung dieses Gegenstandes nach der angedeuteten Idee, würde sich vielleicht ergeben, daß wie die Verschmelzung von Kirche und Staat die Despotie erzeugt, die Verschmelzung des Staats mit der Gilde recht eigentlich das Wesen der Republik begründet; nämlich der neuern Geld-Republik unsres auf bloßen Kredit gegründeten Zeitalters; denn auf die kleinen Volksrepubliken des Altertums, oder wie es sich noch in der Schweiz findet, ist es nicht anwendbar. Als das Merkwürdigste bei der Betrachtung der englischen Geschichte aber würde vielleicht das erscheinen, durch welche fast unglaubliche Staatskunst, und durch welche seltne Zusammenwirkung von Umständen, England dennoch verhindert worden, ganz Republik zu werden. – Doch diese ganze Seite des Gegenstandes liegt, wie schon oben bemerkt ist, entfernter von unserm Wege; wir begnügen uns daher mit dieser Andeutung und wenden uns wieder auf die andre intellektuelle Seite, welche für den Zweck dieser ganzen Betrachtung die wichtigste bleibt, und wo uns ein merkwürdiges Beispiel an der andern Hemisphäre, ein sehr paradoxes, aber eben dadurch belehrendes Verhältnis der Schule zum Staat darbietet.

Die Geistes-Kultur der Chinesen selbst mögen wir äußerst beschränkt, und im ganzen wenig bedeutend finden; aber darin ist das Beispiel von *China einzig* in der Weltgeschichte, daß nirgends die wirklich vorhandene wissenschaftliche Bildung so allgemein und gleichförmig verbreitet, bis in das Kleinste von obenher fest geregelt, so ganz in das öffentliche Leben und in das Wesen des Staates selbst mit aufgenommen erscheint, als eben hier; indem die Mandarinen, welche eigentlich im Großen wie im Kleinen alles, was zur Regierung gehört, leiten und verwalten, in künstlich abgeteiltem Dienst- und Erziehungssystem über das Ganze verbreitet, nicht bloß eine Hierarchie von herrschenden Beamten, sondern auch von eigentlichen Staatsgelehrten bilden, so daß der Staat hier mit der Schule völlig eins geworden ist. Die Mehrheit der im chinesischen Reiche eingeführten Religionen hatte schon frühe den Grundsatz der Toleranz emporgebracht; mehrere von jenen Religionen, besonders die einheimischen, waren fast bloß von einer vernünftigen Moral ausgegangen, eine indische Kasteneinrichtung stand auch nicht im Wege, und so fiel die ganze Erziehung und Staatsverwaltung den öffentlichen Staatsgelehrten oder Mandarinen anheim, die jedoch selbst einer strengen Dienst- und Lehrordnung unterworfen waren, so daß ihnen irgend andere als chinesische Gedanken zu fassen, nicht wohl möglich sein würde, und China nicht bloß als geschlossener Handelsstaat, sondern auch in Hinsicht auf Bildung und Geisteskultur, als Gelehrtenstaat streng geschlossen, und von der ganzen übrigen Welt so vollkommen isoliert ist, wie sich in einem solchen Grade wohl nirgends sonst ein Beispiel davon findet, und wie man es in der Theorie kaum für möglich halten sollte.

Diese Einförmigkeit der chinesischen Staatserziehung und Geistesbildung, so bequem sie von der einen Seite gefunden werden mag, wird einem europäischen Sinn niemals wünschenswert erscheinen können; indem uns das gebildete Europa vielmehr das gerade Gegenteil von jenem chinesischen Zustande darbietet, wo der Gelehrten-Stand oder die Schule, schon von den Griechen bis auf unsere neueste Zeiten, stets in mannigfachem Wechsel, oder auch im anarchischen Schwanken, das Verhältnis gegen Staat und Kirche, gegen die Nation und die Welt, im Privatleben und im öffentlichen Wirken, so häufig ganz verändert ward, und niemals ohne innern Zwiespalt und vielfältig regen Oppositionsgeist bestanden hat. Zwar in der frühern Epoche des katholischen Mittelalters ist das Verhältnis sehr einfach und in seiner Art groß gewesen; da war die Wissenschaft fast wie bei den Ägyptern, noch ganz an das Priestertum angeschlossen, und ist einige Jahrhunderte hindurch mehrenteils ein Eigentum des geistlichen Standes geblieben. Der Orden der Benediktiner bildete eine große Schule aller vorhandenen Wissenschaft, Kultur und Kunst für das ganze christliche Abendland; und die größten Denker und Gelehrten jener Zeit sind aus den Klosterschulen derselben hervorgegangen. Bei größerem Anwachs der Wissenschaften hat dieses Verhältnis freilich nicht bleibend fortdauern mögen; an die Stelle der alten Klosterschulen traten nun die Universitäten, welche sich, obwohl wenn man so sagen darf, noch auf kirchlichem Grund und Boden erwachsen, dennoch schon gleich zu Anfang und in der Folgezeit je mehr und mehr von dem mütterlichen Boden und der Kirche losgerissen haben, ohne daß der Staat sie darum hätte ganz an sich ziehen, und unter seine alleinige Leitung bringen können, so wie sie auch ebensowenig eine wirklich organisch geordnete und vollkommene Selbständigkeit, als eigner Stand, als Schule und Gelehrtenrepublik, oder als Mittelpunkte einer allumfassenden Korporation der Wissenschaft jemals haben erreichen mögen. So hat sich nun gleich von Anbeginn der neuern Geisteskultur jener unorganische Zustand entwickelt, in welchem die Schule, zum Teil noch an kirchliche Institute angeknüpft, hier und da unter den Staat gestellt, zum Teil aber auch, obwohl in sehr unvollkommner Weise, selbständig fundiert, nirgend aber vollständig konstruiert und organisch gestaltet, noch gegenwärtig verharrt; und die Unbequemlichkeit in diesem eigentlich barbarischen Mißverhältnis, ist mit jedem Jahrhundert und Jahrzehend nur umso fühlbarer geworden, je größer die Menge, und je mannigfaltiger der Reichtum der intellektuellen Kräfte war, welche sich in einem so chaotischen Zustande entwickelt haben. Die noch größere Wichtigkeit und Macht der gelehrten Korporation in dem protestantischen Deutschland, wo die oberste Influenz in Glaubenssachen, und die entscheidende Stimme in der sonst herrenlosen Kirche am Ende doch nur von der Schule ausgehen kann, hat sie in der organischen Gestaltung um nichts weitergebracht; und diese für Staat und Kirche gleich wichtige Korporation, die wir so nennen, weil sie es der Idee und dem Wesen nach wirklich ist und sein sollte, und weil sie ein wesentliches Glied in dem System der übrigen großen und ewigen Korporationen bildet, ist der äußern Form nach, im ganzen noch niemals zu einer solchen konstituiert und weise geordnet worden. Ein vorübergehender Gedanke von *Leibniz,* dieses zu bewirken, und die Schule selbständig zu fundieren, hat zu wenig Folge gehabt, als daß er der Nachwelt noch recht bemerklich geblieben sein könnte; denn mehrenteils haben die gelehrten Akademien, als bloße Hofanstalten des wissenschaftlichen Luxus, eine noch mattere Lebenskraft gezeigt, als die veralteten und abgestorbenen Universitäten. Durch den Buchhandel, und die merkantilische Schriftstellerei, und wissenschaftliche Industrie auf der einen, durch die zunehmende Privaterziehung, das Theater, das politische Zeitungsbedürfnis, und den mannigfachen geistigen Luxus aller Art, auf der andern Seite, ist eine Abhängigkeit des gelehrten Standes von einem Geldinteresse und Handelsprinzip, von der öffentlichen Meinung und dem Publikum, oder den wechselnden Launen der Mode hervorgegangen, deren demokratischer Einfluß auf die Schule noch nachteiliger empfunden wird, als der frühere unbestimmte und halbe Zustand zwischen einer höheren aber nicht organisch geordneten Abhängigkeit, und einer nirgends hinreichend fundierten eignen Selbständigkeit.

Wie wichtig und folgenreich dieser anarchische Zustand des intellektuellen Lebens sei, das erkennt man jetzt wohl; und wie ließe es sich auch verkennen, nachdem die alte Streitsucht jener ersten Universitäten nicht bloß die zufällige Veranlassung, sondern das vollständige Brandmaterial zu dem lutherischen Schisma hergegeben hat; die französische Revolution aus dem Mißbrauch und Einfluß der verwilderten Schriftstellerei und der Freimaurerei hervorgegangen ist, und noch jetzt die Preßvergehen in dem neu wiederhergestellten Europa eines der schwierigsten Probleme der Gesetzgebung bilden?

Wie soll man nun aber das Problem, nicht bloß für diesen einzelnen Fall, sondern im ganzen befriedigend lösen; das größere Problem nämlich, jenen anarchischen Zustand überhaupt zu beenden, und alles intellektuelle Leben, dessen Bearbeitung und Verteilung die Profession des gesamten gelehrten Standes bildet, in eine wahrhafte und große Korporation zu verbinden, organisch zu ordnen und gegen den Staat und die Kirche, für die Erziehung und das Leben, richtigzustellen? – Wo man vorausstzen dürfte, daß hinreichende Elemente des Guten, wenigstens einzeln und als Atome einer bessern Zukunft vorhanden seien, und es nur an der organischen Verbindung fehlte; da würde es wohl am besten sein, den Gedanken von Leibniz wieder aufzunehmen, und die Schule als eigne Korporation soviel als möglich selbständig zu fundieren. Dazu wäre aber erforderlich, jene schon lange unbrauchbar und anarchisch gewordenen veralteten Lehrinstitute ganz aufzuheben, und alles fest und neu zu gestalten, in richtiger organischer Ordnung. Der rechte Moment dazu ist aber für Deutschland wohl schon versäumt worden; daher denn auch für dieses Problem des intellektuellen Zustandes unsrer Zeit, die Lösung von einem andern und höhern Punkte wird ausgehen müssen.

ANHANG

ANMERKUNGEN

DICHTUNGEN (S. 7)

LUCINDE (S. 9)

Erstdruck: Berlin 1799. – *Satzvorlage:* Behler* V, 1–82.

11 *Boccaz:* Gemeint ist der italienische Dichter Giovanni Boccaccio (1313–1375).

30 *Diderot:* Denis Diderot, französischer Philosoph und Schriftsteller (1713–1784). Sein Roman »Jacques le fataliste et son maître«, geschrieben 1773, wurde posthum 1796 veröffentlicht.

32 *Linné:* Carl von Linné, schwedischer Botaniker (1707–1778), Schöpfer des berühmten Systems zur Pflanzenbestimmung.

46 *Buffo:* komische Figur der italienischen Oper.

74 *Amphrysos:* kleiner Fluß in Thessalien, an dessen Ufer Apollon nach dem Mythos im Dienste des Admetos dessen Herden hütete.

75 *Diotima:* griechische Priesterin, die in Platons »Gastmahl« die große Rede über die Liebe vorträgt. *Anadyomene:* (griech. ›die Auftauchende‹), Beiname der Aphrodite, nach ihrem Emporsteigen aus dem Meer.

LUCINDE, BRUCHSTÜCKE AUS DEM NACHLASS (S. 101)

Erstdruck und Satzvorlage: Behler V, S. 83–92.

ALARCOS (S. 113)

Erstdruck: Berlin 1802. – *Satzvorlage:* Behler V, 221–262.

* Kritische Friedrich-Schlegel-Ausgabe. Hg. von Ernst Behler unter Mitwirkung von Jean-Jacques Anstett und Hans Eichner. München, Paderborn, Wien, Zürich 1958 ff. Geplant auf 35 Bände.

GEDICHTE (S. 159)

Gedichte zur Fortsetzung der »Lucinde« (S. 161)

An Heliodora (S. 161)

Erstdruck: Athenäum. Dritten Bandes Erstes Stück, 1800. – *Satzvorlage:* Behler V, 152f.

Rückkehr zum Licht (S. 163)

Erstdruck: Musenalmanach für das Jahr 1802. Hg. von A. W. Schlegel und L. Tieck, Tübingen 1802. – *Satzvorlage:* Behler V, 154–156.

Lob der Frauen (S. 164).

Erstdruck: Vermehrens Musenalmanach, Jena 1803. – *Satzvorlage:* Behler V, 162–164.

Stanzen: Zur Einleitung eines Märchens (S. 167).

Erstdruck: Europa. Eine Zeitschrift. Ersten Bandes Erstes Stück. Hg. von Friedrich Schlegel, Frankfurt a. M. 1803. – *Satzvorlage:* Behler V, 164f.

Spruch, Tändeleien, Die Verhältnisse, Bündnis (S. 167ff.)

Erstdruck: Vermehrens Musenalmanach. Jena 1803. – *Satzvorlage:* Behler V, 165f., 169f.

Abendröte (S. 171)

Erstdruck: Musenalmanach für das Jahr 1802. Hg. von A. W. Schlegel und L. Tieck, Tübingen 1802. – *Satzvorlage:* Behler V, 179–191.

Stimmen der Liebe (S. 187)

Erstdruck: Als Zyklus: Friedrich Schlegels Gedichte, Berlin 1809. – *Satzvorlage:* Behler V, 193–219.

Vorherige Einzelveröffentlichungen:

Lied

Erstdruck: Europa. Eine Zeitschrift. Hg. von Friedrich Schlegel, Frankfurt a. M. 1803. Ersten Bandes Erstes Stück

Kränze

Erstdruck: Vermehrens Musenalmanach, Jena 1803.
(1.–3. Kranz) – Europa. Eine Zeitschrift. Hg. von Friedrich Schlegel, Frankfurt a. M. 1803. Ersten Bandes Erstes Stück. (4. Kranz)

Der Verlassene

Erstdruck: Vermehrens Musenalmanach, Jena 1803.

Die Freudige

Erstdruck: Dichter-Garten. Erster Gang. Violen. Hg. von Rostorf, Würzburg 1807.

Bekenntnisse

Die ersten vier der neun unter diesem Titel zusammengefaßten Stücke sind erschienen in: Poetisches Taschenbuch für das Jahr 1806, hg. von Friedrich Schlegel, Berlin 1806.

Der Zürnende

Erstdruck: Vermehrens Musenalmanach, Jena 1803.

Wahnsinn

Erstdruck: ebda., Jena 1803.

An die Jungfrau

Erstdruck: ebda., Jena 1803.

Klaggesang am Grabe eines Jünglings

Erstdruck: Poetisches Taschenbuch für das Jahr 1806, hg. von Friedrich Schlegel, Berlin 1806.

Gedichte zur Lucinde. Aus dem Nachlaß (S. 217)

Erstdruck und Satzvorlage: Behler V, 508–511.

Einzelne Gedichte (S. 223)

Weise des Dichters (S. 223)

Erstdruck: Friedrich Schlegels Gedichte, Berlin 1809. – *Satzvorlage:* Behler V, 151.

Lied (S. 223)

Erstdruck: Musenalmanach für das Jahr 1803. Hg. von A. W. Schlegel und L. Tieck, Tübingen 1803 – *Satzvorlage:* Behler V, 154.

Der welke Kranz (S. 224)

Erstdruck: Taschenbuch für Damen auf das Jahr 1809. Mit Beiträgen von Goethe, Lafontaine, Pfeffel, Jean Paul und anderen. Mit Kupfern. Tübingen 1809. – *Satzvorlage:* Behler V, 160f.

An viele (S. 225)

Erstdruck: Dichter-Garten. Erster Gang. Violen. Hg. von Rostorf, Würzburg 1807. – *Satzvorlage:* Behler V, 297.

Calderon (S. 226)

Erstdruck: ebda., Würzburg 1807. – *Satzvorlage:* Behler V, 310f.

Adels Sitte (S. 226)

Erstdruck: ebda., Würzburg 1807. – *Satzvorlage:* Behler V, S. 339f.

Im Walde (S. 227)

Erstdruck: ebda., Würzburg 1807. – *Satzvorlage:* Behler V, 351f.

Eintritt in die deutsche Schweiz (S. 228)

Erstdruck: ebda., Würzburg 1807. – *Satzvorlage:* Behler V, 365.

Fülle der Liebe (S. 229)

Erstdruck: Friedrich Schlegels sämtliche Werke, Bd. IX, Wien 1823. – *Satzvorlage:* Behler V, 369f.

Auf dem Feldberge (S. 231)

Erstdruck: Dichter-Garten. Erster Gang. Violen. Hg. von Rostorf, Würzburg 1807. – *Satzvorlage:* Behler V, 377f.

Rückkehr des Gefangenen (S. 232)

Erstdruck: Prometheus. Eine Zeitschrift. Hg. von Leo von Seckendorf und Josef Ludwig Stoll, Wien 1808. 3. Heft. – *Satzvorlage:* Behler V, 392–397.

AUFSÄTZE (S. 239)

ZUR ANTIKEN KULTUR (S. 241)

VON DEN SCHULEN DER GRIECHISCHEN POESIE (S. 243)

Erstdruck: Berlinische Monatsschrift. 24. Band, Dessau 1794, Nr. 3. – *Satzvorlage:* Behler I, 3–18.

245 *Hesiodus:* der griechische epische Dichter Hesiod (um 700 v. Chr.).

246 *Theognis:* griechischer Lyriker, Elegiker (um 500 v. Chr.). – *Phocylides:* der griechische Philosoph und Dichter Phocylides (490–430 v. Chr.). – *Empedokles:* griechischer Naturphilosoph und Dichter (um 500–430 v. Chr.). – *Xenophanes:* griechischer Philosoph und Dichter (um 565–470 v. Chr.). – *Parmenides:* griechischer Philosoph (um 500 v. Chr.).

247 *Alcäus:* der griechische Lyriker Alkaios (um 600 v. Chr.).

248 *Sappho:* berühmte lyrische Dichterin aus Lesbos (um 600 v. Chr.). – *Anakreon:* griechischer Lyriker (um 580 v. Chr.). – *Leonidas:* griechischer Dichter (3. Jh. v. Chr.). – *Theokrit:* der griechische Dichter Theokritos (um 310–250 v. Chr.), Begründer der bukolischen Dichtung. – *Mimnermus:* der griechische Elegiendichter Mimnermos (um 600 v. Chr.). – *Tyrtäus:* der griechische Lyriker Tyrtaios (7. Jh. v. Chr.). – *Stesichorus:* der griechische Lyriker Stesichoros (6. Jh. v. Chr.). – *Archilochus:* der griechische Lyriker Archilochos (7. Jh. v. Chr.). – *Simonides:* der griechische Chorlyriker (um 556–468 v. Chr.). – *Solon:* athenischer Staatsmann, Gesetzgeber und politischer Dichter (ca. 640–560 v. Chr.). – *Epicharm:* der griechische Komödiendichter Epicharmos (um 550–um 460 v. Chr.). – *Bakchylides:* der griechische

Chorlyriker Bakchylides (um 524–450 v. Chr.) – *Ibykus:* griechischer Lyriker des 6. Jh. v. Chr. – *Korinna:* griechische Dichterin (6. Jh. v. Chr.). – *Thucydides:* griechischer Geschichtsschreiber (um 460–nach 400 v. Chr.).

249 *Eunomie:* Rechtlichkeit, Gesetzestreue.

250 *Menander:* der griechische Komödiendichter Menandros (um 342–um 293 v. Chr.). – *Apollodor:* der griechische Komödiendichter Apollodoros (2. Hälfte des 2. Jh. v. Chr.). – *Philemon:* griechischer Komödiendichter (um 365–263 v. Chr.). – *Demophilus:* der griechische Komödiendichter Demophilos (3. Jh. v. Chr.). – *Diphilus:* der griechische Komödiendichter Diphilos (um 350–298 v. Chr.).

253 *Apollonius:* der griechische Epiker Apollonios Rhodios (3. Jh. v. Chr.). – *Kallimachus:* der griechische Lyriker Kallimachos (um 305–240 v. Chr.). – *Lykophron:* griechischer Dichter (Mitte des 3. Jh. v. Chr.). – *Aratus:* der griechische Dichter Aratos (um 315–240 v. Chr.). – *Nikander:* der griechische Grammatiker und Dichter Nikandros (2. Jh. v. Chr.).

254 *Oppian:* der griechische Dichter Oppianos (2. Jh. v. Chr.), Verfasser eines Lehrgedichtes über Fische.

VOM ÄSTHETISCHEN WERTE DER GRIECHISCHEN KOMÖDIE (S. 256)

Erstdruck: Berlinische Monatsschrift. 24. Band, Dessau 1794, Nr. 3. – *Satzvorlage:* Behler I, 19–33.

264 *Parekbase:* Synonym für ›Parabase‹; ein Teil des Chorgesangs in der attischen Komödie, mit der Wendung zum Publikum.

ÜBER DIE GRENZEN DES SCHÖNEN (S. 268)

Erstdruck: Der neue Teutsche Merkur vom Jahre 1795. 5. Stück, Mai, Nr. 5. – *Satzvorlage:* Behler I, 34–44.

273 *Aspasia:* berühmte Hetäre in Athen, Freundin des Perikles. – *Regulus:* römischer Feldherr (2. Jh. v. Chr.). – *Decius:* römischer Kaiser (2. Jh. n. Chr.). – *Bulis und Sperthias:* junge Spartaner, die zur Sühne der von Spartanern getöteten persischen Gesandten an Xerxes geschickt wurden. – *Leonidas:* König von Sparta, der 480 v. Chr. bei der Verteidigung der Thermophylen gegen die Perser den Tod fand.

274 *Brasidas:* spartanischer Feldherr (4. Jh. v. Chr.) während des 1. Peleponnesischen Krieges.

ÜBER DIE DIOTIMA (S. 277)

Erstdruck: Berlinische Monatsschrift. 26. Band (Julius bis Dezember 1795), Dessau. – *Satzvorlage:* Behler I, 70–115.

277 *Diotima:* vgl. Anm. zu S. 75.

278 *Hemsterhuys:* der niederländische Philosoph Franz Hemsterhuis (1721–1790), Verfasser des Dialogs »Simon ou les facultés de l'âme« (1790).

279 *Oligarchien:* eine aristokratische Herrschaftsform, die die Macht auf wenige Geschlechter beschränkt. – *Solon:* Vgl. zu S. 248.

280 *Venus Pandemos:* die für das ganze Volk und die niedere Form der Liebe zuständige Göttin Aphrodite, im Gegensatz zur Aphrodite Urania, der himmlischen Aphrodite. – *Philemon:* Vgl. zu S. 250.

281 *Meander:* Vgl. zu S. 250.

282 *Menexenus:*Platons Schrift »Menexenos« mit der Grabrede auf gefallene griechische Krieger. – *Perikles:* athenischer Staatsmann (nach 500–429 v. Chr.); Plutarch verfaßte seine Biographie. – *Lais:* die Hetäre Lais aus Korinth. – *Thais:* athenische Hetäre im Gefolge Alexanders d. Gr. – *Luzian:* der griechische Schriftsteller Lukianos (um 120–180 n. Chr.).

283 *Xenophon:* griechischer Schriftsteller (um 430–354 v. Chr.). – *Alcibiades:* athenischer Staatsmann und Feldherr (450 – um 404 v. Chr.); Schüler des Sokrates. – *Theodote:* athenische Hetäre. – *Diogenes:* der griechische Philosoph Diogenes von Sinope (gest. 323 v. Chr.), der bekannteste Vertreter des Kynismus, der Lehre von der Bedürfnislosigkeit.

285 *Proklus:* der griechische Schriftsteller Proklos (um 411–485 v. Chr.), Verfasser von Kommentaren zu Platons Dialogen. – *Theano und Mycha:* weibliche Mitglieder der weit verbreiteten Sekte der Pythagoräer, der Anhänger des Philosophen Pythagoras. – *Pythagoras:* griechischer Philosoph aus Samos (6. Jh. v. Chr.). – *Philochorus:* griechischer Geschichtsschreiber (3. Jh. v. Chr.). – *Jamblichus:* der griechische Schriftsteller Jamblichos (2. Jh. v. Chr.).

286 *Hermesianax:* griechischer Dichter (um 300 v. Chr.). – *Stobäus:* der griechische Schriftsteller Joannes Stobaios (5. Jh. v. Chr.). – *Dikäarchus:* der griechische Schriftsteller Dikaiarchos (4. Jh. v. Chr.), Schüler des Aristoteles.

287 *Athenäus:* der griechische Schriftsteller Athenaios (um 200 n. Chr.). – *Kratinus:* der griechische Komödiendichter Kratinos (um 484–419 v. Chr.); neben Aristophanes und Eupolis der Hauptvertreter der Alten Komödie. – *Alexis:* griechischer Komödiendichter (um 372–270 v. Chr.). – *Ägide:* (nach dem Schild ›Ägis‹ des Zeus und der Athene)

Schutz, Obhut. – *Ochlokratie:* die Massen- oder Pöbelherrschaft als entartete Form der Demokratie.

288 *Geronten:* (gr. Gerontes) Älteste, die dem König als Adelsrat zur Seite standen und Recht sprachen. – *Herodot:* der griechische Geschichtsschreiber Herodotos (um 485–425 v. Chr.). – *Strabo:* der griechische Schriftsteller, Geograph und Geschichtsschreiber Strabon (um 63 v. Chr.–19 n. Chr.). – *Sybaris:* Stadt am Tarentinischen Golf. – *Telys:* König von Sybaris. – *Kroton:* griechische Kolonie in Unteritalien; bis 460 v. Chr. Sitz der Pythagoreischen Philosophenschule. – *Lakonische Kolonie:* spartanisch.

289 *Zeno:* Begründer der stoischen Schule (335–263 v. Chr.). – *Chrysippus:* der griechische Philosoph Chrysippos, Stoiker (280–207 v. Chr.). – *Kleanthes:* stoischer Philosoph aus Assos, Schüler und Nachfolger Zenons (gest. 250).

291 *Plutarch:* der griechische Historiker und philosophische Schriftsteller Plutarchos (um 46–120 n. Chr.).

292 *Der römische Kallimachus:* Gemeint ist der römische Elegiendichter Properz (47–15 v. Chr.), den Schlegel hier mit dem griechischen Dichter Kallimachos (vgl. zu S. 253) vergleicht. – *Eupolis:* griechischer Komödiendichter (446–410 v. Chr.).

294 *Olympias:* die Frau Philipp des II. von Makedonien, Mutter Alexander d. Gr. – *Sappho:* Vgl. zu S. 248. – *Erinna:* griechische Dichterin (4. Jh. v. Chr.). – *Alcäus:* Vgl. zu S. 247. – *Korinna:* Vgl. zu S. 248.

295 *Strabo:* Vgl. zu S. 288. – *Phaon:* der Geliebte der Sappho.

296 *Diphilus:* Vgl. zu S. 250. – *Archilochus:* Vgl. zu S. 248. – *Hipponax:* griechischer Dichter (6. Jh. v. Chr.) aus Ephesos. – *Hermesianax:* Vgl. zu S. 286.

296 *Anakreon:* Vgl. zu S. 248. – *Antiphanes:* Dichter der mittleren Komödie (4. Jh. v. Chr.). – *Ephippus:* athenischer Dichter (um 340 v. Chr.). – *Timokles:* Dichter der mittleren Komödie (4. Jh. v. Chr.)

300 *Isokrates:* griechischer Redner und Schriftsteller (436–338 v. Chr.). – *Strabo:* Vgl. zu S. 288.

301 *Xenophon:* Vgl. zu S. 283.

302 *Krates:* der griechische Kyniker Krates von Theben (um 328 v. Chr.), Schüler des Diogenes von Sinope (vgl. zu S. 283). – *Otaheiti:* die Südseeinsel Tahiti, bereits 1606 entdeckt, erstmals genauer untersucht 1769 von James Cook (1728–1779) auf seiner Weltreise und beschrieben von Georg Forster (1754–1794) in seiner »Reise um die Welt« (engl. 1777, dt. 1778). – *Diogen. Laert.:* Diogenes Laertius, Verfasser einer Geschichte der Philosophen (3. Jh. v. Chr.).

305 *Solon:* Vgl. zu S. 248. – *Philippides:* athenischer Bürger und Politiker (3. Jh. v. Chr.).

306 *Γυναικοκοσμος:* Gynaikokosmos (griechisch) = Frauenordnung. – *Γυναικονομος:* Gynaikonomos (griechisch) = Frauengesetz. – *Lykurgus:* der griechische Redner und Staatsmann Lykurgos (um 390–324 v. Chr.). – *Lycidas:* der athenische Bürger Lykidas (4. Jh. v. Chr.). – *Fakzion:* (lat. factio) eine Partei. – *ochlokratisch:* Vgl. zu S. 287. – *Thucydides:* Vgl. zu S. 248.

307 *Palliative:* Mittel zur Hinhaltung, Verzögerung.

308 *Philippides:* Vgl. zu S. 305. – *Drako:* der athenische Gesetzgeber Drakon (6. Jh. v. Chr.).

309 *Demosthenes:* griechischer Redner (384–322 v. Chr.). – *Epikleros:* (griechisch) Erbtochter.

310 *Faktionen:* Parteien.

ZU LITERATUR UND KUNST (S. 313)

VOM RAFFAEL (S. 315)

Erstdruck: Europa. Eine Zeitschrift. Hg. von Friedrich Schlegel. Erster Band, 2. Stück, Nr. I, Frankfurt a. M. 1803. – *Satzvorlage:* Behler IV, 48–60.

315 *Raffael:* Raffaello Santi (1483–1520). – *Museum:* des Louvre in Paris. – *Transfiguration:* die Darstellung des zwischen Moses und Elias schwebenden Christus, nach Matthäus 17,2. – *Perugino:* der italienische Maler Pietro Perugino (1450(?)–1523), der Lehrer Raffaels.

317 *Caraccis:* der Maler und Kupferstecher Agostino Caracci (1557–1602), sein Bruder Annibale (1560–1609) und ihr Vetter Ludovico Caracci (1555–1619), berühmte Bologneser Künstlergruppe. – *Poussin:* der französische Maler Nicolas Poussin (1594–1665). – *Mengs:* der deutsche Maler Anton Raphael Mengs (1728–1779).

318 *Donatarius:* lat. ›Stifter‹, der Spender, Auftraggeber eines Bildes.

319 *Tizian:* der venezianische Maler Tiziano Vecellio (1477–1576). – *Michel Angelo:* der italienische Bildhauer, Maler, Architekt und Dichter Michelangelo Buonarroti (1475–1564).

320 *Correggio:* der italienische Maler Antonio Allegri, gen. Correggio (ca. 1494–1534). – *Mengs:* Vgl. zu S. 317.

322 *Julio Romano:* Giulio Pippi, genannt Romano, italienischer Maler und Baumeister (1499–1546), Schüler Raffaels.

323 *Mantegna:* Andrea Mantegna (1431–1506), italienischer Maler und Kup-

ferstecher. – *Bellin:* der venezianische Maler Giovanni Bellini (um 1430–1516). – *Masaccio:* Tommaso di Giovanni di Simone Guidi, genannt Masaccio (1401–1428), italienischer Maler. – *Tasso:* der italienische Dichter Torquato Tasso (1544–1595), Verfasser des Epos »La Gerusalemme liberata« (1575). – *Guarini:* Giovanni Battista Guarini (1538–1595), italienischer Dichter, Verfasser des Schäferdramas »Il Pastor fido« (1590).

326 *Jakob Böhme:* der Mystiker und Naturphilosoph Jakob Böhme aus Görlitz (1575–1624); hier ebenso wie Shakespeare, mit Dürer verglichen.

DRITTER NACHTRAG ALTER GEMÄLDE (S. 327)

Erstdruck: Europa. Eine Zeitschrift. Hg. von Friedrich Schlegel. Zweiter Band, 2. Stück, Frankfurt a. M. 1895, Nr. VI. – *Satzvorlage:* Behler IV, 116–152.

327 *van Eyck:* der niederländische Maler Jan van Eyck (um 1390–1441).

328 *Donatarius:* Vgl. zu S. 318. – *Holbein:* der Maler Hans Holbein d. J. (1497/98–1543).

329 *Altdorfer:* der Maler Albrecht Altdorfer (um 1480–1538); das von Schlegel hier beschriebene Bild ist das berühmte Gemälde »Die Alexanderschlacht« (1529), jetzt in der Münchner Alten Pinakothek.

330 *Bucephalus:* das Lieblingspferd Alexanders d. Gr.

331 *Martin Fezele:* Schlegel meint wohl Melchior Feselen (gest. 1538), Maler in Ingolstadt. Das Gemälde stellt die »Belagerung Roms durch Porsenna« (1529) dar.

333 *Lukas van Leyden:* der holländische Maler und Graphiker Lukas van Leyden (1494–1533).

334 *Hemmelink:* Schlegel meint vielleicht den in Brügge tätigen Maler Hans Memling (1435–1494). – *Wilhelm von Köln:* Meister Wilhelm von Köln (nachweisbar 1358–1372); Schlegel hielt ihn noch für den Maler des berühmten Kölner Dombildes »Die Heiligen Drei Könige«, das von Stefan Lochner (um 1410–1451) stammt.

AN DEN HERAUSGEBER DEUTSCHLANDS, SCHILLERS MUSENALMANACH BETREFFEND (S. 336)

Erstdruck: Deutschland. Zweiter Band, Berlin 1796. Sechstes Stück, Nr. III. – *Satzvorlage:* Behler II, 3–9.

336 *König Ahasverus:* Schlegel zitiert hier – nicht ganz korrekt – einen Vers (V. 401) aus den zwei Szenen eines Esther-Spiels, die Goethe seinem Schönbartspiel »Das Jahrmarktsfest zu Plundersweilern« (1774) als Einlage eingefügt hat. Der Perserkönig Ahasverus – der hebräische Name für Xerxes – sagt hier: »Beschlossen hab' ich es, nun geht's mich nicht mehr an.« – *Neuffer:* Ludwig Neuffer (1769–1839), Lyriker und Herausgeber verschiedener Taschenbücher, ein Freund Hölderlins.

337 *Conz:* Karl Philipp Conz (1762–1827), lyrischer Dichter und Mitarbeiter an Schillers »Neuer Thalia« (1792) und Musenalmanachen, Freund Hölderlins. – *Kosegarten:* der Lyriker und Dramatiker Gotthard Ludwig Theobul Kosegarten (1758–1818), Verfasser der episch-idyllischen Dichtungen »Die Inselfahrt« (1805) und »Jucunde« (1790–1793). – *Bürger:* der Dichter Gottfried August Bürger (1747–1794).

338 *Herder:* Johann Gottfried von Herder (1744–1803).

339 *Langbein:* der Lyriker und Erzähler August Friedrich Ernst Langbein (1757–1835), Mitarbeiter an Bürgers »Musenalmanach«. – *Vogler:* der Abt und Musiker Georg Joseph Vogler (1749–1814).

340 *Sophie Mereau:* die Schriftstellerin Sophie Mereau (1770–1806), verheiratet mit Clemens Brentano. – *Lappe:* der pommerische Lyriker Karl Lappe (1773–1843).

341 *Woltmann:* der Historiker, Dichter und Übersetzer Karl Ludwig von Woltmann (1770–1817), Herausgeber der »Deutschen Blätter«. – *Martial:* Marius Valerius Martialis (um 40–101 n. Chr.), Dichter berühmter lateinischer Epigramme.

NACHRICHT VON DEN POETISCHEN WERKEN DES JOHANNES BOCCACCIO (S. 343)

Erstdruck: Charakteristiken und Kritiken. Von August Wilhelm Schlegel und Friedrich Schlegel. Zweiter Band, Königsberg 1801, Nr. IV. – *Satzvorlage:* Behler II, 373–396.

343 *Decamerone:* »Il Decamerone«, geschrieben zwischen 1348 und 1353, Erstdruck wahrscheinlich 1470.

344 *Teseide:* »Il Teseide«, entstanden 1336–1340, Erstdruck Ferrara 1475. – *Manni:* Der italienische Gelehrte und Druckereibesitzer Domenico

Maria Manni (1690–1788); Verfasser einer »Istoria del Decamerone di Giovanni Boccaccio« (Florenz 1742). – *Amorosa Visione:* »L'Amorosa Visione«, Entstehung 1342, Erstdruck Mailand, 1521.

345 *Numantia:* Trauerspiel von Cervantes, gedruckt 1584.

346 *Fiammetta:* Maria, Gattin des Grafen von Aquino, eine natürliche Tochter König Roberts von Anjou. – *König Robert von Neapel:* Robert, der Weise, von Anjou (1278–1342) war König von 1309 bis 1342, Haupt der Guelfen und Gegner Kaiser Heinrichs VII. – *Königin Johanna:* Enkelin und Nachfolgerin Roberts I. (um 1326–1382). – *Filostrato:* »Il Filostrato«, Entstehungszeit 1336–1340, Erstdruck Venedig, 1480.

347 *ottave rime:* die Strophenform der achtzeiligen Stanze. – *bekannten Drama:* Shakespeares Drama »Troilus und Cressida« (um 1602). – *Pandarus:* der Oheim der Cressida. – *Tasso:* Vgl. zu S. 323. – *Ariosto:* Ludovico Ariosto (1474–1533), italienischer Dichter, Verfasser, des Stanzenepos »Orlando furioso« (1516–1521, erweitert 1532).

348 *Bojardo:* der italienische Dichter Matteo Maria Boiardo (um 1440–1494). – *Pulci:* der Florentiner Dichter Luigi Pulci (1432–1484), Verfasser von »Il Morgante« (1481–1483).

349 *Granucci:* der italienische Dichter Nicolo Granucci (1530–1600), Herausgeber des »Urbano« von G. Boccaccio (Lucca 1562) und Autor einer Prosafassung der »Teseide« (Lucca 1579). – *Chaucer:* der englische Dichter Geoffrey Chaucer (um 1340–1400), Verfasser der »Canterbury Tales« (begonnen 1387); angespielt ist hier auf Chaucers epische Dichtung Knight's Tale, die nach dem Muster von Boccaccios »Teseide« erzählte Geschichte von Palamon und Acite.

350 *Guarini:* Vgl. zu S. 323; »Il Pastor fido« (1590). – *Florio und Biancafiore:* Vgl. zu S. 351. – *Ameto:* Ninfiale d'Admeto (1341–1342). – *Livius:* der römische Geschichtsschreiber Titus Livius (um 59 v. Chr.–17 n. Chr.).

351 *Herr Flecke:* Gemeint ist Konrad Fleck, der um 1220 die Sage von »Floire und Blancheflûr« nach der französischen Vorlage von Ruopreht von Orlent – Robert von Orléans – im höfischen Stil in einer deutschen Version bearbeitet hat. Konrad Fleck wird in Wolframs von Eschenbach »Willehalm« als der »gute Konrad« bezeichnet. Schlegel las den Text in Chr. H. Myllers »Sammlung deutscher Gedichte aus dem 12., 13. und 14. Jahrhundert«, II, 1784.

355 *Amorosa Visione:* Vgl. zu S. 344. – *Trionfi:* das allegorisch-moralische Gedicht Petrarcas in Gestalt einer Vision »I Trionfi« (entstanden seit 1352; erschienen 1470). – *Urbano:* Vgl. zu S. 344.

356 *Ninfale Fiesolano:* Boccaccios Werk »Il Ninfale Fiesolane«, entstanden 1344, Erstdruck Venedig 1477. – *Manni:* Vgl. zu S. 344. – *Poliziano:* der italienische Humanist und Dichter Angelo Ambrogini, gen. Poliziano (1454–1494). – *Laberinto d'amore:* »Il Cornaccio o Labirinto d'amore«, Entstehungszeit zwischen 1354–1355, Erstdruck Florenz, 1487.

357 *Vita di Dante:* entstanden 1360, Erstdruck Bologna 1499.

358 *Fiammetta:* Vgl. zu S. 346; »L'Elegia di Madonna Fiammetta«, 1343 entstanden, Erstdruck Florenz 1472.

368 *Curioso Impertinente, Romeo, Liunciado Vidriera:* Novellen von Cervantes, gedruckt in der Sammlung Novelas ejemplares (1613).

LITERATUR (S. 366)

Erstdruck: Europa. Eine Zeitschrift. Herausgegeben von Friedrich Schlegel. Erster Band (Erstes Heft.) Frankfurt a. M. 1803. – *Satzvorlage:* Behler III, 3–16.

367 *Ion:* das Drama »Ion« (1803) von August Wilhelm Schlegel. – *Alarkos:* »Alarkos. Ein Trauerspiel.« (Berlin 1802) von Friedrich Schlegel.

368 *Winckelmanns Enthusiasmus:* Das Hauptwerk Johann Joachim Winckelmanns (1719–1768) ist die »Geschichte der Kunst des Altertums« (1764).

369 *Theorie des Himmels:* Kants Schrift »Allgemeine Naturgeschichte und Theorie des Himmels« erschien 1755. – *Anfangsgründen der Naturwissenschaft:* Kants Schrift »Metaphysische Anfangsgründe der Naturwissenschaft« (1786).

371 *Jakob Böhme:* Vgl. zu S. 326. – *Schleiermacher:* der evangelische Theologe und Philosoph Friedrich Ernst Daniel Schleiermacher (1768–1834), Freund Friedrich Schlegels; seine Schrift »Über die Religion, Reden an die Gebildeten unter ihren Verächtern« erschien anonym 1799.

372 *Schellings Darstellung seines Systems:* Gemeint ist die Schrift Friedrich Schellings »Erster Entwurf eines Systems der Naturphilosophie« (1799). – *Baader:* der katholische Philosoph Franz Xaver von Baader (1765–1841). – *Hülsen:* August Ludwig Hülsen (1765–1809), Freund von A. W. Schlegel und Fichte, Verfasser philosophischer Abhandlungen. – *Fichtes Naturrecht:* »Grundlage des Naturrechts nach Prinzipien der Wissenschaftslehre« (1796). – *Seine Schrift:* Fichtes politische Schrift »Der geschlossene Handelsstaat« (1800). – *Ritter:* der romantische Physiker Johann Wilhelm Ritter (1776–1810).

373 *Steffens:* der romantische Naturphilosoph Heinrich Steffens (1773–1845); seine Schrift »Beiträge zur inneren Naturgeschichte der Erde« erschien 1801). – *Werner:* der Mineraloge Abraham Gottlob Werner (1750–1817), Lehrer von Novalis, Steffens und Baader. – *Geognostische Theorie:* Werner begründete seine Erkenntnis von der Bildung der Erde (Geognosie) auf exakte Beobachtung. – *Athenäum:* die 1798–1800 in Berlin erscheinende, von den Brüdern Schlegel geleitete und größtenteils von ihnen verfaßte Zeitschrift Athenäum. – *Propyläen:* Titel einer von Goethe 1798–1800 herausgegebenen Zeitschrift. – *Horen:* von Schiller 1795–1797 herausgegebene Zeitschrift.

374 *Ideen:* eine Reihe von Fragmenten Friedrich Schlegels, die zuerst im Ersten Stück des 3. Bandes der Zeitschrift Athenäum erschienen sind (cf. in dem Band »Friedrich Schlegel. Kritische Schriften«. München 1956). – *Voß:* Johann Heinrich Voß (1751–1826), Dichter, Philologe und Übersetzer der Werke Homers u. a. – *A. W. Schlegels Übersetzung:* sie erschien 1798–1801. – *Tiecks Zerbino:* das satirische, gegen die Aufklärung gerichtete Drama »Prinz Zerbino oder die Reise nach dem guten Geschmack« (1799). – *Ehrenpforte für Kotzebue:* A. W. Schlegels satirisches Werk »Ehrenpforte und Triumphbogen für den Theaterpräsidenten von Kotzebue bei seiner gehofften Rückkehr ins Vaterland« (1801). Diese Sammlung burlesker und parodistischer Texte dient der Verspottung des Autors August von Kotzebue (1761–1817), des erfolgreichen Verfassers bühnenwirksamer, oft trivialer Theaterstücke.

375 *Leben Nicolais:* Fichtes witzige, satirische Schrift »Friedrich Nicolais Leben und sonderbare Meinungen« (1801). Der Buchhändler und erfolgreiche Schriftsteller Friedrich Nicolai (1733–1819), Vertreter von Denkweisen der Aufklärung, wird von Fichte als »wirklich existierender Repräsentant der platten Denkart« verspottet. – *Briefe über die Lucinde:* die von Friedrich Schleiermacher geschriebenen, 1800 anonym veröffentlichten »Vertrauten Briefe über die Lucinde« sind eine entschiedene Verteidigung des Romans, besonders gegenüber den moralischen Einwänden prüder Beurteiler. – *Sonnenklarer Bericht:* Fichtes Schrift »Sonnenklarer Bericht an das Publikum über das eigentliche Wesen der neuesten Philosophie, ein Versuch, die Leser zum Verständnis zu zwingen« (1801). – *seit Wolfs unsterblicher Prüfung:* der klassische Philolologe Friedrich August Wolf (1759–1824), Verfasser der »Prolegomena ad Homerum« (1793).

376 *Heinrich von Ofterdingen:* der Fragment gebliebene Roman des Novalis (Friedrich von Hardenberg, 1772–1801) wurde 1802 von Tieck veröffentlicht.

377 *Schellings Bruno:* Schellings Schrift »Bruno oder über das natürliche und göttliche Prinzip der Dinge« (1802). – *Jordano Bruno:* der italienische Philosoph Giordano Filippo Bruno (1548–1600). – *die allegorischen Elegien von Schiller:* Schlegel meint wohl Schillers Gedicht »Klage der Ceres« von 1796.

378 *Genoveva:* L. Tiecks Drama »Leben und Tod der heiligen Genoveva«, 1800. – *Sophie Bernhardi:* die Dichterin Sophie Bernhardi (1775–1833), Schwester von Ludwig Tieck.

379 *Ion:* Vgl. zu S. 367.

380 *Chamfort:* der französische Schriftsteller und Moralist Sébastian Roch Nicolas Chamfort (1741–1794). – *Destutt Tracy:* der französische Politiker und Philosoph Antoine Louis Claude Graf Destutt de Tracy (1754–1836), Verfasser des fünfbändigen Werkes »Eléments d'idéologie« (1801–1815).

PROBE EINER METRISCHEN ÜBERSETZUNG DES RACINE (S. 382)

Erstdruck: Europa. Eine Zeitschrift. Herausgegeben von Friedrich Schlegel. Zweiter Band (Erstes Heft). Frankfurt a. M. 1803. Nr. III. – *Satzvorlage:* Behler III, 38–41.

384 *Lope de Vega:* der spanische Dramatiker Felix Lope de Vega Carpio (1562–1635).

384 *Appollonius Rhodius:* Vgl. zu S. 253.

VERÖFFENTLICHUNGEN IM ›ÖSTERREICHISCHEN BEOBACHTER‹ (S. 386)

Theater (S. 386)

Erstdruck: Österreichischer Beobachter, 1810. Beilage 3. – *Satzvorlage:* Behler III, 168–170.

386 *Ferdinand von Pàlffy:* Graf Ferdinand Pàlffy war von 1806 bis 1817 Pächter des Wiener Burgtheaters.

388 *Werner:* der Dichter Zacharias Werner (1768–1823). Verfasser der Tragödie »Attila, König der Hunnen« (1808). – *Fesslers:* der Schriftsteller Ignaz Aurelius Fessler (1756–1839), Verfasser historischer Romane, u. a. »Attila, König der Hunnen«, 1794.

Über Liebe und Ehe in Beziehung auf Goethes »Wahlverwandtschaften« (S. 390)

Erstdruck: Österreichischer Beobachter, 1810. Beilage 11. – *Satzvorlage:* Behler III, 176f.

Theater (S. 392)

Erstdruck: Österreichischer Beobachter, 1810. Beilage 15. – *Satzvorlage:* Behler III, 184–186.

392 *Herr Grüner:* der Schauspieler Franz Grüner, der von Goethe in Weimar unterrichtet worden war, spielte später in Wien.

VERÖFFENTLICHUNGEN IM ›DEUTSCHEN MUSEUM‹ (S. 395)

Über die deutsche Literatur. Antwort des Herausgebers (S. 395)

Erstdruck: Deutsches Museum. Herausgegeben von Friedrich Schlegel. Zweiter Band. Wien 1812. Neuntes Heft. – *Satzvorlage:* Behler III, 258–273

395 *einen Gegenstand:* Im ersten Band des Deutschen Museums, März 1812, war ein Aufsatz mit dem Titel »Ein Wort über deutsche Literatur und deutsche Sprache« von August Freiherr von Steigentesch erschienen. Steigentesch klagt hier über die »zurückstoßende Härte« der deutschen Sprache und über den gesunkenen Geschmack in Deutschland. Er vermißt Witz und Klarheit der französischen Literatur. Im zweiten Band des Deutschen Museums (September 1812) weist Christian Gottfried Körner den Angriff zurück, der einen überholten Standpunkt vertrete. Der Titel von Körners Beitrag lautet: »Über die deutsche Literatur. Aus einem Brief an den Herausgeber des Deutschen Museums.« Körner fragt, ob Schlegel nicht die deutsche Literatur verteidigen wolle. Daraufhin hat dann Schlegel seine »Antwort des Herausgebers« veröffentlicht. Die Antwort ist aber nicht an Steigentesch, sondern an Körner gerichtet. Die Handschrift von Schlegels Beitrag ist versehen mit dem Zusatz: »An den Herrn Apellationsrat Körner in Dresden.«

405 *Alzire:* Voltaires Tragödie »Alzire« von 1736.

406 *berühmter Dichter:* gemeint ist Goethe, aus dessen Gedicht »Eis-Lebens-Lied« (späterer Titel »Mut«) Schlegel die beiden vorletzten Zeilen zitiert. Sie sind nicht verständlich ohne ihren Zusammenhang in dem ganzen, den Eislauf preisenden Gedicht:

Sorglos über die Fläche weg
Wo vom kühnsten Wager die Bahn
Dir nicht vorgegraben du siehst,
Mache dir selber Bahn!
Stille, Liebchen, mein Herz,
Kracht's gleich, bricht's doch nicht!
Bricht's gleich, bricht's nicht mit dir!

407 *Johann Müller:* der Schweizer Politiker und Historiker Johannes von Müller (1752–1809) schrieb die »Geschichte der Schweizerischen Eidgenossenschaft« in fünf Bänden (1786–1808). – *Spittler:* der Historiker Ludwig Timotheus Freiherr von Spittler (1752–1810). – *Helvetius:* der französische Philosoph Claude Adrien Helvétius (1715–1771), Verfasser von »De l'esprit« (1758). – *Condillac:* Etienne Bonnot de Condillac (1715–1780), französischer Philosoph.

408 *Hemsterhuis:* Vgl. zu S. 278. – *St. Martin:* der französische Mystiker Louis Claude Marquis de Saint-Martin (1743–1803). – *Bonald:* der französische Staatstheoretiker und Philosoph Louis Gabriel Ambroise Vicomte de Bonald (1753–1841). – *Malebranche:* der französische Philosoph Nicole Malebranche (1638–1715); sein Hauptwerk »De la recherche de la vérité« erschien 1675. – *Chateaubriand:* der französische Dichter und Staatsmann François René Vicomte de Chateaubriand (1768–1848), Verfasser des Werks »Le Genie du Christianisme« (1802).

ZUR PHILOSOPHIE (S. 411)

REZENSION DER ERSTEN VIER BÄNDE VON F. I. NIETHAMMERS ›PHILOSOPHISCHEM JOURNAL‹ 1797 (S. 413)

Erstdruck: Allgemeine Literatur-Zeitung I, 1797. Nr. 90, 91, 92. – *Satzvorlage:* Behler VIII, 12–32.

413 *Niethammer:* Friedrich Immanuel Niethammer (1766–1848), Philosoph und Pädagoge; zusammen mit J. G. Fichte Herausgeber des »Philosophischen Journals einer Gesellschaft Teutscher Gelehrten« (1795–1800).

415 *Religion als Wissenschaft:* F. I. Niethammer, »Über Religion als Wissenschaft« (1795).

416 *Neologen:* Die Neologie ist eine aufklärerische Strömung in der deutschen evangelischen Theologie zwischen 1740 und 1786.

417 *Kant:* »Einleitung zu den metaphysischen Anfangsgründen der Rechtslehre« (1797).

420 *Weißhuhn:* Friedrich August Weißhuhn (1758–1795), ein Anhänger Fichtes.

421 *Erhard:* der Mediziner und Philosoph Johann Benjamin Erhard (1766–1827). – *Maimon:* der jüdische Philosoph Salomon Maimon (1754–1800), Freund Mendelssohns.

423 *Schaumann:* der Philosoph und Pädagoge Johann Christian Gottlieb Schaumann (1768–1821).

424 *Kant:* »Zum ewigen Frieden« (1795).

425 *Städlin:* der Theologe Karl-Friedrich Stäudlin (1761–1826), Verfasser des zweibändigen Werkes »Geschichte und Geist des Skeptizismus, vorzüglich in Rücksicht auf Moral und Religion« (1794).

426 *Jakobi:* Friedrich Heinrich Jakobi (1743–1819), Schriftsteller und Philosoph, Freund Goethes und Verfasser der Schrift »Über die Lehre des Spinoza, in Briefen an Moses Mendelssohn« (1785).

427 *Schmid:* der Philosoph Karl Christian Erhard Schmid (1761–1812), ein Anhänger Kants; Verfasser eines »Wörterbuchs zum besseren Gebrauch der Kantischen Philosophie« (1786). – *Wissenschaftslehre:* Fichtes »Grundlagen der gesamten Wissenschaftslehre« (1794).

430 *Prolegomena:* einleitende Bemerkungen, Einführung.

432 *Kant schon 1783 (Prol. Vorr. S. 5):* Kants Schrift »Prolegomena zu einer jeden künftigen Metaphysik, die als Wissenschaft wird auftreten können«, 1783.

REZENSION VON J. G. SCHLOSSERS ›SCHREIBEN AN EINEN JUNGEN MANN, DER DIE KRITISCHE PHILOSOPHIE STUDIEREN WOLLTE‹ (S. 435)

Erstdruck: Philosophisches Journal einer Gesellschaft Teutscher Gelehrten. Herausgegeben von J. G. Fichte und F. I. Niethammer. Fünfter Band. Jena und Leipzig 1797. – *Satzvorlage:* Behler VIII, 33–37.

435 *Schlosser:* der philosophische Schriftsteller Johann Georg Schlosser (1739–1799); er war verheiratet mit Goethes Schwester Cornelia. – *Kl. Schr.:* Kleine Schriften.

436 *Janhagel:* niederländ. ›Pöbel‹. – *Platonischen Briefen:* »Plato's Briefe über die Syrakusanische Staatsrevolution, aus dem Griechischen übersetzt« in: »Schmid's und Snell's philosophischem Journal für Moralität und Religion«, Bd. 1. Hft 1, 2, 3, 4, 6, 1793. – *Paroxysmus:* ›übersteigerter

Krankheitszustand‹. – *Züchtigung:* Anspielung auf den gegen die ebengenannte Schrift Schlossers gerichteten Aufsatz von Kant »Von einem neuerdings erhobenen vornehmen Tone in der Philosophie«, Berlinische Monatsschrift 1796. Schlosser erwiderte darauf mit dem »Schreiben an einen jungen Mann...«; gegen diese Schrift wiederum wendet sich Kant mit der »Verkündigung des nahen Abschlusses eines Traktates zum ewigen Frieden in der Philosophie«, Berlininsche Monatsschrift, 1796. – *Kant, Kr. D. Pr. V.:* Kants Werk »Kritik der praktischen Vernunft« (1788).

437 *Pythagoras:* Vgl. zu S. 285.

439 *Nicolai:* der Schriftsteller und Buchhändler Friedrich Nicolai (1733–1811).

440 *Herkules in den Domänen des Augias:* Anspielung auf eine der Taten des Herkules, die Reinigung des Augias-Stalles an einem Tag durch das Hindurchleiten eines Flusses.

REZENSION DER ›AUSERLESENEN GESPRÄCHE DES PLATON, ÜBERSETZT VON FRIEDRICH LEOPOLD GRAFEN ZU STOLBERG‹ (S. 441)

Erstdruck: Philosophisches Journal einer Gesellschaft Teutscher Gelehrten. Herausgegeben von J. G. Fichte und F. I. Niethammer. Fünfter Band. Jena und Leipzig 1797. – *Satzvorlage:* Behler VIII, 38–40.

441 *Stolberg:* der Dichter und Übersetzer Friedrich Leopold Graf zu Stolberg-Stolberg (1750–1819). – *Micha:* einer der zwölf kleinen Propheten des Alten Testaments. – *Perikles:* Vgl. zu S. 282. – *Hosea:* alttestamentarischer Prophet. – *Diotima:* Vgl. zu S. 75. – *Hesekiel:* israelitischer Prophet, der 597 v. Chr. nach Babylonien verbannt wurde. – *Kabbala:* jüdische Mystik.

442 *Schlözer:* der Historiker August Ludwig Schlözer (1735–1809). – *Zenon:* Vgl. zu S. 289. – *2135 Rthlr. 10 ggr. Lehrgeld:* 2135 Reichsthaler 10 Gute Groschen (= 1/30 Thaler).

443 *Ostrakismos:* griech. ›Scherbengericht‹; eine in Athen durch Kleisthenes eingeführte, zuerst 487 v. Chr. angewandte Maßregel, durch die das Volk die Verbannung einzelner Bürger auf zehn Jahre aussprechen konnte.

ÜBER DIE PHILOSOPHIE. AN DOROTHEA (S. 444)

Erstdruck: Athenäum. Eine Zeitschrift von August Wilhelm und Friedrich Schlegel. Zweiten Bandes Erstes Stück. Berlin 1799. – *Satzvorlage:* Behler VIII, 41–62.

444 *Dorothea:* Dorothea Schlegel (1763–1839), älteste Tochter Moses Mendelssohns, in zweiter Ehe mit Friedrich Schlegel verheiratet; Verfasserin eines unvollendeten Romans »Florentin« (1801). – *Hemsterhuys:* Vgl. zu S. 278.

445 *unsers H.:* Schlegel meint hier seinen Freund Friedrich von Hardenberg, genannt Novalis.

447 *Anadyomene:* Aphrodite Anadyomene, die schaumgeborene, aus dem Meer emportauchende Liebesgöttin.

448 *antiken Onkel:* Anspielung auf die Gestalt des Oheims, von dem die »schöne Seele« im 6. Buch von Goethes Roman »Wilhelm Meisters Lehrjahre« erzählt und dessen Anschauungen sie mitteilt. So sagt der Oheim z. B., »daß derjenige, dessen Geist nach einer moralischen Kultur strebt, alle Ursache hat, seine feinere Sinnlichkeit zugleich mit auszubilden.« – *der alte Italiäner:* Schlegel verweist hier auf eine im 8. Buch des »Wilhelm Meister« erscheinende Gestalt, den Marchese, der von seinem Vater berichtet, dieser habe ihn, der lebhaft und feurig war, zum Geistlichen bestimmt und seinen stillen, musischen Bruder zum Soldaten.

449 *nach einer alten Sage:* Anspielung auf die von Diotima in Platons »Gastmahl« erzählte Sage, daß es in der Urzeit keine Trennung der Geschlechter gab, sondern nur männlich-weibliche Wesen. – *Sophie:* In Goethes frühem Lustspiel »Die Mitschuldigen«, entstanden 1769, sagt Sophie (I, 5): »Es ist ein schlechter Mensch, allein er ist ein Mann.« – *Fontenelle:* der französische philosophische Schriftsteller Bernard Le Bovier de Fontenelle (1657–1757), Verfasser der »Dialogues des morts« (1683) und der »Entretiens sur la pluralité des mondes« (1686). – *Algarotti:* Francesco Algarotti (1712–1764), italienischer Schriftsteller, Verfasser des »Newtonianismo per le dame« (1736).

451 *L'hombretisch:* Spieltisch, an dem das aus Spanien stammende Kartenspiel ›L'hombre‹ gespielt wurde.

453 *Laren:* altrömische Gottheiten, Schutzgeister der Familie und der Feldflur. – *Vesta:* altitalische Göttin des Herdes und Herdfeuers, in ihrem Tempel in Rom war ein ewig brennendes Feuer, das von sechs Priesterinnen, den Vestalinnen, gehütet wurde.

455 *wie Herkules:* Herkules begegnet zwei Frauen, die die Tugend und die Wollust verkörpern. Er soll eine zur Führerin wählen und wählt die Tugend. – *oder Wilhelm Meister:* In Goethes Roman »Wilhelm Meisters Lehrjahre« (4. Buch, 19. Kap.) steht Wilhelm »abermals am Scheidewege« zwischen Kaufmannschaft und Theater.

458 *Pallas:* Beiname der Göttin Athene.

460 *Gentilhomme des Molière:* In Molières Komödie »Le Bourgois Gentilhomme« (1670) ist Monsieur Jourdain erstaunt, wenn sein Maître de philosophie ihm sagt, er schreibe Prosa, was ihm nicht bewußt ist (II, 5).

463 *Wissenschaftslehre:* Vgl. zu S. 427.

466 *Theogonie:* griech. ›Götterentstehung‹, bei den Griechen die Lehre von der Abstammung der Götter. – *Kosmogonie:* die Lehre von der Entstehung der Welt.

467 *Doryphorus:* griech. ›Speerträger‹; gemeint ist ein nur durch Marmorkopien bekanntes Bronzestandbild eines nackten Jünglings von Polyklet (um 450 v. Chr.). – *Kroton:* Vgl. zu S. 288.

FÜR FICHTE: AN DIE DEUTSCHEN (S. 469)

Erstdruck: Friedrich Schlegels philosophische Vorlesungen aus den Jahren 1804–1806. Nebst Fragmenten vorzüglich philosophisch-theologischen Inhalts. Herausgegeben von C. J. H. Windischmann, Bd. II, Bonn 1837. – *Satzvorlage:* Behler VIII, 522–525. –

Schlegel verteidigt in dieser von ihm nicht veröffentlichten fragmentarischen Schrift Fichte gegen den Vorwurf des Atheismus.

FICHTE (S. 474)

Erstdruck: Heidelbergische Jahrbücher der Literatur. Erster Jahrgang. Erste Abteilung. Theologie, Philosophie und Pädagogik. Heidelberg 1808. – *Satzvorlage:* Behler VIII, 63–85.

480 *Naturphilosophie:* Vertreter der Naturphilosophie war vor allem Schelling, z. B. in seinen Schriften »Ideen zu einer Philosophie der Natur« (1797) und »Erster Entwurf eines Systems der Naturphilosophie« (1799). – *Deutsche Physik:* Schlegel meint wohl besonders den Physiker Johann Wilhelm Ritter (vgl. zu S. 372) und dessen Schriften »Beweis, daß ein beständiger Galvanismus den Lebensprozeß im Thierreiche begleitet« (Weimar 1798) und »Das elektrische System der Körper, ein Versuch.« (Leipzig 1805).

481 *Hylozoisten:* Der Hylozoismus erklärt die Welt aus einem belebten Grundstoff, aus dem alle Einzeldinge entstehen.

485 *der Grandison:* der Roman »Sir Charles Grandison« (1753) von Samuel Richardson. – *General Wolf:* der englische General James Wolfe (1726–1759), berühmt durch seinen Heldentod, der auf einem Kupferstich von Woollet (nach einem Bilde von Benjamin West) dargestellt ist.

486 *mediceische Venus:* die kaiserzeitliche Marmorkopie eines griechischen Standbildes der Aphrodite (wohl 1. Jh. v. Chr.; Florenz, Uffizien).

489 *στερησις:* Verneinung. – *Entelechien:* Entelechie bedeutet zielgerichtete Entwicklungsfähigkeit, inneres Formprinzip. – *ὕλη:* Stoff, Materie. – *Arianer:* die Anhänger des Presbyters Arius in Alexandria (gest. 336), der in seiner Lehre die Wesensgleichheit Christi mit Gottvater verneinte.

491 *Melchisedeck:* nach 1. Mos. 14 Priesterkönig von Jerusalem z. Zt. Abrahams.

499 *πρωτον ψευδος:* erste, anfängliche Lüge; Irrlehre. – *Baco:* der englische Philosoph Francis Bacon (1561–1626) fordert, in Abwendung von der Scholastik, die Erkenntnis auf die an der Mathematik und Physik orientierte Beobachtung der Natur zu gründen, z. B. in der Schrift »Novum organon scientarum« (1620).

500 *Jacobi:* Vgl. zu S. 426.

DER PHILOSOPH HAMANN (S. 502)

Erstdruck: Deutsches Museum. Herausgegeben von Friedrich Schlegel. III. Band, Erstes Heft. Wien 1813. – Entstehungszeit: 1812. – *Satzvorlage:* Behler VIII, 459–461.

502 *Hamann:* der philosophische Schriftsteller Johann Georg Hamann (1730–1788).

503 *Lavater:* Johann Kaspar Lavater (1741–1780), philosophischer Schriftsteller; Begründer der physiognomischen Forschung.

504 *Claudius:* der volkstümliche Dichter Matthias Claudius (1740–1815); Freund von Lavater, Herder, Hamann u. a., Herausgeber des »Wandsbecker Boten« (1770–1775) unter dem Pseudonym Asmus.

ÜBER JACOBI (S. 506)

Erstdruck: Wiener Jahrbücher der Literatur, 19, 1822. – *Satzvorlage:* Behler VIII, 585–596.

506 *Jacobi:* Vgl. zu S. 426; vgl. auch Schlegels Rezension zu Jacobi's Roman »Woldemar« (1796) in dem Band »Friedrich Schlegel. Kritische Schriften.« München 1970. – *Rezension der Jacobischen Schriften:* Der Name der anonym erschienenen Rezension ist nicht zu ermitteln.

509 *Schelling ... in seiner Schrift gegen Jacobi:* »F. W. J. Schellings Denkmal der Schrift von den göttlichen Dingen des Herrn F. H. Jacobi«, 1812.

512 *La Mennais:* der französische philosophische Schriftsteller Hugues Félicité Robert de Lamennais (1782–1854), katholischer Priester, kämpfte gegen Atheismus und Deismus; Verfasser des »Essai sur l'indifférence en matière de religion« (1817–23, dt. 1821).

513 *Theosophie:* auf Erkenntnis religiöser Wahrheiten gerichtete Lehre für Eingeweihte, vertreten z. B. durch Jakob Böhme (vgl. zu S. 326).

ENTWICKLUNG DES INNERN LEBENS. I. VON DER SEELE (S. 520)

Erstdruck: Concordia. Eine Zeitschrift. Herausgegeben von Friedrich Schlegel. Wien 1823. – *Satzvorlage:* Behler VIII, 597–617.

ZU GESCHICHTE UND ZEITGESCHICHTE (S. 545)

VERSUCH ÜBER DEN BEGRIFF DES REPUBLIKANISMUS VERANLASST DURCH DIE KANTISCHE SCHRIFT ›ZUM EWIGEN FRIEDEN‹ (S. 547)

Erstdruck: Deutschland. Dritter Band. Berlin 1797. – *Satzvorlage:* Behler VII, 11–25.

547 Kants Schrift »Zum ewigen Frieden« erschien 1795.

550 *Zession:* Übertragung.

553 *nach Heraklits Ausdrucke:* Anspielung auf den griechischen Philosophen Herakleitos (um 500 v. Chr.), der in seinen Fragmenten die Lehre der ewigen Veränderung der Erscheinungswelt vertritt: Pantha rhei – alles fließt.

555 *Proximum der Allheit:* was der Allheit am nächsten kommt.

557 *Ochlokratie:* Vgl. zu S. 287. – *Sanskulottismus:* Die Rebellen der französischen Revolution wurden spöttisch ›Sanskulotten‹ genannt. – *Oligarchie:* Vgl. zu S. 279.

558 *Friedriche und Mark-Aurele:* Anspielung auf Friedrich II., den Großen

(1712–1786) und den römischen Kaiser Marcus Aurelius Antonius (121–180 n. Chr.).

560 *Polizierung:* Vorgang der Staatsbildung. – *Isonomie:* politische Gleichberechtigung.

563 *Insurrektion:* Aufstand, Volkserhebung gegen Regierung oder Verfassung. – *heel haben:* verbergen.

REISE NACH FRANKREICH (S. 565)

Erstdruck: Europa. Eine Zeitschrift. Herausgegeben von Friedrich Schlegel. Ersten Bandes Erstes Stück. Frankfurt a. M. 1803. – *Satzvorlage:* Behler VII, 56–79.

566 *Werner:* Vgl. zu S. 373. – *Alarkos:* das Trauerspiel »Alarkos« (1802) von Friedrich Schlegel; vgl. zu S. 367.

567 *Poesie:* In der 2. Hälfte des 13. Jh. fand auf der Wartburg des Landgrafen von Thüringen der berühmte Sängerkrieg statt.

570 *los fieros Alemanes:* die wilden Deutschen.

575 *die Lorraine:* Lothringen.

577 *Bluthochzeit:* die ›Pariser Bluthochzeit‹ oder ›Bartholomäusnacht‹ am 24. 8. 1572, in der, durch Katharina von Medici veranlaßt, wenige Tage nach der Hochzeit des protestantischen Heinrich von Navarra, des späteren Heinrich IV., mit der Schwester König Karls IX., Tausende von Hugenotten ermordet wurden.

580 *Poissarden:* Fischweiber, Marktfrauen. – *Traiteurs:* Garköche.

584 *Themistokles:* der athenische Feldherr und Staatsmann Themistokles (um 525–460 v. Chr.)

336 *Werner, Ritter und Steffens:* Vgl. zu S. 373.

590 *tellurisch:* die Erde betreffend, von der Erde herrührend.

SIGNATUR DES ZEITALTERS (S. 593)

Erstdruck: Concordia. Eine Zeitschrift. Herausgegeben von Friedrich Schlegel. I.–VI. Heft, 1820–1823, Wien 1823. – *Satzvorlage:* Behler VII, 483–596.

594 *den allgemeinen Feind:* Gemeint ist Napoleon, der 1813 in der Völkerschlacht bei Leipzig besiegt wurde. – *Friedenswerke:* Anspielung auf den Wiener Kongreß 1815 und die Heilige Allianz.

599 *jener Gewaltmann:* Napoleon.

600 *Anfang vom Ende:* eine Bemerkung von Talleyrand, der sich einer Formulierung Shakespeares aus »Ein Sommernachtstraum« (V, I) bediente: »That is the true beginning of our end.«

601 *Karl VIII.:* der französische König Karl VIII. (1470–1498) eroberte 1494/95 vorübergehend das Königreich Neapel. – *Franz I.:* der französische König Franz I. (1494–1547) besetzte für kurze Zeit 1515 das Herzogtum Mailand.

602 *europäische Feind:* Gemeint ist wiederum Napoleon. – *in die Ferne entrückt:* Verbannung Napoleons 1815 auf die Insel St. Helena.

604 *neuern französischen Schriftstellern:* Schlegel meint wohl u.a. den aus Savoyen stammenden Diplomaten und Schriftsteller Joseph de Maistre (1753–1821), der die Vertreter der Aufklärung als Vorbereiter der Revolution angriff; Verfasser der »Considérations sur la France« (1796).

605 *Haller:* der Schweizer Karl Ludwig von Haller (1768–1854), politischer Schriftsteller und bedeutender Staatsrechtslehrer der Restaurationszeit; Verfasser der Schrift »Was ist besser, Krieg oder Frieden mit den Franzosen« (1800).

614 *Johannes Müller:* Vgl. zu S. 407; in diesem Zusammenhang meint wohl Schlegel seine Schriften »Erwartungen Teutschlands vom Fürstenbunde« (1787) oder »Die Briefe zweier Domherrn« (1787) und seine Rede von 1797 »De la gloire de Frédéric«. Müller war von 1794–1806 preußischer Historiograph, dann Minister im napoleonischen Königreich Westfalen.

615 *Stilling:* der Schriftsteller Johann Heinrich Jung-Stilling (1740–1814), bekannt durch seine Selbstbiographie »Heinrich Stillings Jugend« (1777) und ihre Fortsetzungen. 1795 erschien von ihm die Schrift »Stimmen aus dem Geisterreiche«. – *eine Stimme:* Schlegel meint vielleicht den Pater Clemens Maria Hofbauer (1751–1820), der in der Wiener Gesellschaft und in literarischen Kreisen als »Apostel Wiens« bekannt war.

616 *Botanybay:* eine Bucht an der Südostküste von Australien, von Cook (vgl. zu S. 304) 1770 erstmals beschrieben und so benannt.

619 *jenes großen historischen Forschers:* wahrscheinlich ist Johannes Müller (vgl. zu S. 407 und 614) gemeint. – *heiligen Weissagungen:* der in der Apokalypse des Johannes erwartete Weltuntergang.

621 *wie ein Tag:* Zitat aus Psalm 90: »denn tausend Jahre sind vor Dir wie der Tag, der gestern vergangen ist, und wie eine Nachtwache.«

624 *Verschleuderung des Reichs von 1803:* 25.2.1803 Reichsdeputationshauptschluß, Aufhebung zahlreicher deutscher Kleinstaaten durch Säkulari-

sierung sämtlicher geistlicher Herrschaften unter der bestimmenden Einwirkung der napoleonischen Politik.

634 *jenem absoluten Manne:* Napoleon.

638 *Dalai Lama:* das Oberhaupt der tibetanischen Religion des Lamaismus. – *Wechabiten:* auch ›Wahabiten‹; kriegerische, mohammedanische Sekte um 1745.

642 *Möser:* Justus Möser (1720–1794), Staatsmann, politischer Schriftsteller und Geschichtsschreiber. – *Haller:* Vgl. zu S. 605.

644 *zweite politische Hauptpartei:* die Partei der Liberalen, die der Politik Metternichs entgegenwirkte.

646 *Miasma:* nach überholter Anschauung außerhalb des Körpers gebildeter Ansteckungsstoff, insbesondere giftige Ausdünstungen des Bodens.

647 *Cortes:* das spanische Parlament.

651 *Entthronung Karls des Ersten:* Der Stuart Karl I. (1600–1649) wurde von Cromwell entthront und zum Tode verurteilt. – *Heinrich VIII.:* Heinrich VIII., ein Tudor, machte sich 1534 selbst zum Oberhaupt der englischen Kirche, die sich damit vom Heiligen Stuhl trennte.

658 *Cadix:* Hauptstadt der spanischen Provinz Andalusien, wo die Cortes 1810 eine neue Verfassung beschlossen.

668 *witziger Dichter:* Voltaire.

669 *Nimrod:* biblische Figur eines Gewaltherrschers. – *Leviathan:* im Alten Testament Chaosdrache; Vorweltschlange. T. Hobbes verwendet in seiner Schrift »Leviathan« (1651) das biblische Ungeheuer als Mythisierung des Unheilstifters in der Geschichte.

673 *Contagium:* Ansteckung.

674 *Reunionen:* Angliederung von Teilen des Elsaß und Lothringens an Frankreich. – *Dragonaden:* gewaltsame Bekehrung von Protestanten mit Hilfe von Dragonern.

676 *Emporsprößling:* Napoleon.

679 *ein genialischer Schriftsteller:* Joseph Görres (1776–1848); 1814–1816 Herausgeber der ersten großen politischen Zeitung »Rheinischer Merkur«, in der er leidenschaftlich gegen Napoleon kämpfte. Verfasser der Schrift: »Teutschland und die Revolution«, 1819.

686 *Burke:* der englische Politiker und Schriftsteller Edmund Burke (1729–1797) verfaßte 1790 die an traditionsgebundenem Staatsdenken orientierte Schrift »Reflections on the revolution in France«. – *Gentz:* der politische Schriftsteller Friedrich Gentz (1764–1832), Übersetzer von Burkes Schrift (deutsch erschienen 1793): Vertrauter Metternichs und 1818 Begründer der »Wiener Jahrbücher der Literatur«, in denen er auch Schriften Schlegels herausgab.

687 *Bonald:* Vgl. zu S. 408. – *Adam Müller:* der Staats- und Gesellschaftstheoretiker Adam Müller (1779–1829), Verfasser des Werkes »Elemente der Staatskunst« (1809). – *Haller:* Vgl. zu S. 605.

688 *Graf Maistre:* Vgl. zu S. 604.

711 *Kaiser Justinian:* Justinian I. (483–565), gab als oströmischer Kaiser dem Rechtsleben eine feste Grundlage durch Aufzeichnung des römischen Rechts im »Corpus iuris«.

718 *die Erscheinung des Chalifats:* die Herrschaft des Kalifen, des an der Spitze des Islam stehenden Regenten als rechtmäßigem Nachfolger Mohammeds.

719 *Welfen:* Anspielung auf die Kämpfe der Welfen (Guelfen), die Anhänger des Papstes, gegen die Ghibellinen, die Anhänger des Kaisers, seit 1212.

NACHWORT

Die 1956 erschienene Auswahl von Friedrich Schlegels »Kritischen Schriften« wollte, wie es in meiner Nachbemerkung zur zweiten Auflage dieses Bandes heißt, »ein Teilgebiet des Schlegelschen Werkes, seine grundlegenden kritischen Arbeiten«, die lange am Buchmarkt gefehlt hatten, wieder erreichbar machen. Ich hatte hinzugefügt: »um das Gesamtwerk zu repräsentieren, bedürfte es mindestens einer zweiten Sammlung«. Diese zweite Sammlung wird nun hier vorgelegt, und ihre Notwendigkeit scheint ebenso begründet wie die Edition der »Kritischen Schriften«. Denn die große »Kritische Friedrich-Schlegel-Ausgabe«, von der bis heute 19 Bände vorliegen, hält zwar den größten Teil des Gesamtwerkes für den Leser bereit, läßt ihn aber wegen ihres Umfangs und ihrer Aufwendigkeit im wesentlichen auf ihre Benutzung in Bibliotheken angewiesen sein. Es fehlt eine von interessierten Lesern erwerbbare und griffbereite Auswahl der wichtigsten, in den »Kritischen Schriften« nicht vertretenen Veröffentlichungen Friedrich Schlegels, um das Werk eines der bedeutendsten deutschen Schriftstellers leicht zugänglich zu machen und im breiten literarischen Bewußtsein präsent zu halten.

Zunächst waren in diesen neuen Band die Dichtungen Schlegels aufzunehmen. Er war kein Dichter wie Novalis, Tieck oder Brentano, deren produktive Existenz im wesentlichen ihrem dichterischen Werk gilt, sondern ein Kritiker und Essayist, der gelegentlich einen kleinen Roman, ein Versdrama und Gedichte schrieb. Er begann mit Aufsätzen zur griechischen Literatur. Seine erste Veröffentlichung ist der Aufsatz »Von den Schulen der griechischen Poesie« von 1794, geschrieben mit 22 Jahren. Immerhin ist es bemerkenswert, daß schon in demselben Jahr Notizen zu einem geplanten Roman von

Schlegel aufgezeichnet wurden, als dessen Thema sich der »Übergang von der Jugend zur Männlichkeit« andeutete. Das scheint vorauszuweisen auf den im Herbst 1798 geplanten Roman »Lucinde«, dessen Niederschrift im Mai 1799 beendet wurde. Sein erzählerisches Mittelstück heißt »Lehrjahre der Männlichkeit«. In der erotischen Erlebnisweise des Julius spiegeln sich Erfahrungen Schlegels mit seiner Geliebten Dorothea Veit, der Tochter Moses Mendelssohns, die er 1797 in Berlin kennengelernt hatte. Sie löste ihre konventionelle Ehe auf und folgte Schlegel 1799 von Berlin nach Jena. Beide heirateten 1804.

Schon die Zeitgenossen und häufig auch spätere Leser haben immer wieder bemängelt, daß das Werk keine kontinuierliche Erzählung enthält, weil Schlegel, wie man meinte, als Erzähler versage. In Wahrheit aber ist für Schlegels Vorstellung der Roman keine rein erzählende Gattung, sondern eine Mischform, die neben den narrativen Teilen auch Gedichte, Reflexionen, Erörterungen, Skizzen und Briefe umfaßt.

Freilich galten dem Roman keineswegs nur literarisch-ästhetische Einwände; zur Zeit seines Erscheinens wurde er vor allem moralisch angegriffen und wegen seiner erotischen Freiheit als unsittlich verurteilt. Schlegels Freund Friedrich Schleiermacher hat jedoch in einer anonymen Schrift mit dem Titel »Vertraute Briefe über die Lucinde«, die im Jahr 1800 erschien, den Roman entschieden verteidigt und »die hohe Schönheit und Poesie des vortrefflichen und einzigen Werks«[1] gerühmt. Schleiermacher sah mit Recht die Bedeutung des Romans vor allem darin, daß in ihm die Liebe nicht, wie bisher, einseitig von ihrer seelischen oder ihrer sinnlichen Seite dargestellt sei, sondern als seelisch-sinnliche Einheit. Die Liebe erscheint hier »ganz und aus einem Stück, das Geistigste und das Sinnlichste nicht nur in demselben Werk und in denselben Personen nebeneinander, sondern in jeder Äußerung und in jedem Zuge aufs innigste verbunden.« Das war für Schlegel die Rechtfertigung für die ungescheute Darstellung der Sinnenlust, die nicht, wie bei Crébillon oder auch bei Wieland, auf die Lüsternheit der Leser spekulierte. Schlegel setzte die Liebe absolut, und darum ist Julius, der männlichen Hauptfigur, auch der auf Wagners »Tristan«

vorausweisende Gedanke eines gemeinsamen Liebestodes vertraut.

Bedeutsam ist der Roman auch wegen seiner emanzipatorischen Intention: Die Frau erscheint hier als durchaus selbständig, als befreit von der Abhängigkeit vom Mann. So heißt es von Lucinde: »Auch sie hatte mit kühner Entschlossenheit alle Rücksichten und alle Bande zerrissen und lebte völlig frei und unabhängig.«

Auch Schlegels Drama »Alarcos« beansprucht einen Platz in einer auswählenden Edition seiner Werke, auch wenn es nicht mehr unmittelbar lebendig und wirksam ist, wie noch die »Lucinde«, sondern als Experiment gewertet werden muß. Schlegel fand den Stoff zu seiner an Calderon orientierten Tragödie in der alten spanischen »Romance del Conde Alarcos« (um 1515), von der eine Übersetzung in Friedrich Justin Bertuchs »Magazin der spanischen und portugiesischen Literatur« (1782) erschienen war. Für Schlegel selbst sollte das Drama ein »Trauerspiel sein, im antiken Sinne des Worts, aber in romantischem Stoff und Costum«.[2] Das bedeutet also: es spielt in der mittelalterlichen Welt. Der zentrale Konflikt, der das Publikum bei der Aufführung in Weimar offensichtlich nicht zu fesseln vermochte, gibt ein extremes Beispiel des hochgespannten spanischen Ehrbegriffs. Alarcos tötet auf Weisung des Königs seine geliebte Gattin, weil er sein der Infantin gegebenes Eheversprechen nicht eingelöst und damit seine Ehre verletzt hat. Goethe führte das Stück 1802 in Weimar auf, um den Schauspielern beim Sprechen der ständig wechselnden Vers- und Strophenformen – Sonette, Stanzen, Terzinen usw. – eine Bewährungsprobe abzuverlangen. Die Zuschauer lehnten das Stück ab, lachten an der falschen Stelle, so daß Goethe eingreifen und Stille gebieten mußte. Vier spätere Aufführungen in Lauchstädt hatten mehr Erfolg.

Friedrich Schlegel war kein Lyriker von Geblüt, wie etwa Brentano oder Eichendorff, er verfügte nicht über den melodischen Klangzauber der Sprache. An seinen Gedichten hat die Reflexion meistens einen beträchtlichen Anteil. Aber das wird heute, bei gewandelter Auffassung von Lyrik, weniger störend empfunden als im 19. Jahrhundert. Als ein überaus begabter Schriftsteller, der mit der Sprache umzugehen wußte, konnte er auch Gedichte schreiben, ebenso wie das andere vorwiegend als Kritiker tätige Autoren von Lessing bis Karl Kraus gern getan haben. Ständig befaßt mit dem Aufnehmen, Verstehen, Interpretieren von Dichtung, trieb es ihn, auch selbst als Poet zu sprechen. Aber freilich folgte er dabei mehr einer poetischen Absicht als einem inneren Ausdruckszwang.

Im Januar 1800 schreibt Schlegel sein erstes Gedicht, »An Heliodora«. Im Laufe dieses Jahres entsteht eine große Reihe weiterer Gedichte, die für die geplante, aber nie zustande gekommene Fortsetzung der »Lucinde« gedacht waren. Diesen Texten ist in unserer Ausgabe eine Auswahl weiterer, verschiedenartiger Gedichte Schlegels hinzugefügt. Sie enthält Natur- und Liebeslyrik in liedhaften Formen, auch in der Romantik beliebte Sonette, spruchhaft formulierte Einsichten und Ansichten, patriotische Gesänge. Zuweilen gelingt Schlegel eine Art Vorgriff auf erst später entfaltete Themen, z. B. auf die bei Baudelaire und Stefan George ausgeformte Vorstellung der »künstlichen Paradiese«, des aus künstlichen, metallenen Bäumen und Blumen bestehenden Gartens, der in der ersten Strophe eines Sonetts, das Calderon preist, erscheint:

> Ein Zaubergarten liegt im Meeresgrunde,
> Kein Garten, nein aus künstlichen Krystallen
> Ein Wunderschloß, wo blitzend von Metallen
> Die Bäumchen sprossen aus dem lichten Grunde.

Der erste Aufsatz, den Schlegel publiziert hat, handelt »Von den Schulen der griechischen Poesie«. Er erschien 1794, und auch in den folgenden Jahren steht die griechische Literatur und Kultur im Mittelpunkt von Schlegels Interessen. Denn von den Griechen, so meint er, »ließe sich ablesen, was Schönheit sei«. Seine Vorstellung von großer Dichtung, seine Maßstäbe haben sich an der griechischen Literatur gebildet, eine Tatsache, die bei der traditionellen Auffassung von Romantik oft übersehen oder nicht ausreichend gewürdigt worden ist. Schlegels Darstellung ist immer geistvoll, reich an prägnanten Formulierungen. Der später vieldiskutierte Begriff des l'art pour l'art wird vorweggenommen, wenn Schlegel von der Literatur der alexandrinischen Spätzeit sagt: »Kunst war der Zweck der Kunst.«[3] Seine Würdigung der vorher vernachlässigten griechischen Komödie ist durchaus originell. Die große Abhandlung »Über die Diotima« möchte Einzelzüge der Lebensweise griechischer Frauen »zu einem Bilde griechischer Weiblichkeit ordnen«[4], und damit gelingt es Schlegel, »über das öffentliche und häusliche Leben der Griechen neues Licht zu verbreiten«.

Die Philologen Friedrich August Wolf und Christian Gottlob Heyne, der Schlegels Lehrer in Göttingen war, lobten seine Arbeiten zur griechischen Literatur, und noch Ulrich von Wilamowitz-Moellendorf, der berühmte und gewiß höchst anspruchsvolle Gräzist, fand sie »wirklich genial«.

In der umfangreichen Schrift »Geschichte der Poesie der Griechen und Römer« interpretiert Schlegel die frühe »mythische Poesie der Priester und Orphiker« schon im Sinne von Nietzsches Begriff des Dionysischen, er sieht in ihr die Darstellung der »Lehre von der Würde und Heiligkeit des Lebens und von der Einheit der in unendlich vielen Gestalten geheimnisvoll erscheinenden Urkraft, die alles zeuge und alles nähre...«[5]

Wenn der vorliegende Band die ganze Breite von Friedrich Schlegels Interessen und Kenntnissen, die außerordentliche Vielfalt seiner produktiven Aktivität verdeutlichen will, so dürfen Arbeiten zur literarischen Kritik nicht fehlen, obwohl ja dieser Bereich seiner Tätigkeit in der Ausgabe der »Kritischen Schriften« dominiert. Die dort mitgeteilten Arbeiten müssen ergänzt und erweitert werden. Ergänzt werden sie z.B. durch den gewichtigen Aufsatz über Boccaccio oder den glänzenden, »Literatur« betitelten Bericht über »die wichtigsten literarischen Erscheinungen sowohl im Fache der Wissenschaft als der Kunst«: eine ausgezeichnete Bilanz der Jahre um 1800, eine kritische Gesamtwürdigung ihrer Hervorbringungen. Zu erweitern waren die »Kritischen Schriften« um Zeugnisse für Schlegels überraschend intensive Hinwendung zur Malerei in den Beschreibungen von Gemälden Raffaels und anderer italienischer und auch altdeutscher Maler, und um einige Theaterkritiken aus der Wiener Zeit. Die hohe Bewertung Schillers und der französischen Literatur in den Wiener Aufsätzen kann dazu beitragen, Vorurteile gegen romantische Werturteile zu beseitigen.

Wenn man die Begegnung mit dem Philosophen Schlegel sucht,

findet man auch hier wieder zunächst den Kritiker. Er beginnt seine Arbeit im Bereich der Philosophie mit der großen Rezension des berühmten, von Fichte und Niethammer herausgegebenen »Philosophischen Journals«, eines wichtigen Mediums der Vermittlung der neuen, von Kant und Fichte inspirierten Philosophie. Schlegel begann 1795 ein intensives Studium Fichtes, mit dem er sich dann in Jena persönlich befreundete. Fichtes Philosophie war von entscheidender Bedeutung für Schlegel, dessen eigene philosophische Bemühung sowohl in den Aufsätzen, den Notizen und weitgehend auch in den Jenaer und Kölner philosophischen Vorlesungen eine ständige Auseinandersetzung mit Fichte war. Sie spiegelt sich auch in dem an Dorothea gerichteten Brief »Über die Philosophie«, der sich freilich nur zum Teil mit einzelnen philosophischen Lehren befaßt und weitgehend von der grundsätzlichen Bedeutung philosophischer Studien handelt, die Schlegel gerade für Frauen als besonders geeignet und als »den Frauen unentbehrlich« ansieht. »Die Geschlechtsunterschiedenheit«, sagt er, »ist nur eine Äußerlichkeit des menschlichen Daseins«[6], für den Geist gäbe es keine Geschlechter, und diese müßten sich einander angleichen. Er ist überzeugt, »nur sanfte Männlichkeit, nur selbständige Weiblichkeit, sei die rechte, die wahre und schöne.«[7]

Noch 1803 rühmt er die »kombinatorische Gedankenfülle« Kants »als Erregungsmittel allgemeinen Selbstdenkens«, Fichte aber als den Inaugurator der Epoche, »weil er die richtige Methode in der Philosophie ganz allein und zuerst aufgedeckt und aufgestellt, und das freie Selbstdenken zu einer Kunst organisiert hat, ein Verdienst, welches allein hinreichend wäre, ihm die Unsterblichkeit zu sichern«. Es entspricht dieser enthusiastischen Bewunderung Fichtes, daß Schlegel im sogenannten Atheismus-Streit Fichte in einem zu Lebzeiten ungedruckt gebliebenen, fragmentarischen Entwurf energisch verteidigte. Fichte hatte 1798 im »Philosophischen Journal« einen Aufsatz »Über den Grund des Glaubens an eine göttliche Weltregierung« veröffentlicht, als Einleitung zu einer Abhandlung Friedrich Karl von Forbergs mit dem Titel »Entwurf des Begriffs der Religion«. Die kursächsische Regierung konfiszierte den Aufsatz, verbot das Journal und forderte eine Bestrafung Fichtes, den sie des Atheismus beschuldigte. Die Weimarer Regierung erteilte den Herausgebern des Journals, Fichte und Niethammer, einen Verweis und entließ schließlich Fichte aus seinem Amt als Professor in Jena. Schlegel entwarf daraufhin eine Verteidigungsschrift, »Für Fichte. An die Deutschen«. Er legt hier dar, daß »die ganze Beschuldigung des Atheismus auf einem bloßen Mißverständnis«[8] beruhe, weil sich Fichtes Äußerungen auf seine vielen Lesern »unverständliche Theorie« gründeten. Es sei klar, »daß die Beschuldigung durchaus keinen Grund habe«. Im wesentlichen »stimmt Fichtes Philosophie... mit der christlichen Religion vollkommen überein«.[9] 1822 aber, in einem Aufsatz über F. H. Jacobi, bestätigt Schlegel Fichtes Atheismus. Er sagt dort von Jacobi: »Wie konnte gerade er z. B. Fichte'n sein atheistisches Denken, zugegeben, daß es ein solches war, ... vorwerfen...«[10]

Dieses krasse Veränderung seiner ursprünglichen Ansicht in ihr genaues Gegenteil ist erstaunlich. Nicht minder irritierend ist es, daß Schlegel, der die Französische Revolution zu den »größten Tendenzen des Zeitalters« gerechnet hatte, sie 1820 in der Schrift »Signatur des Zeitalters« für eines der größten Übel erklärt und hier auch die republikanische Staatsform verwirft und sogar die »gemäßigte Monarchie« der Liberalen ablehnt und für die alte absolutistische Monarchie eintritt, während er 1796 in seinem »Versuch über den Begriff des Republikanismus« geschrieben hatte: »Der Staat soll sein und soll republikanisch sein. Republikanische Staaten haben schon um deswillen einen absoluten Wert, weil sie nach dem rechten und schlechthin gebotenen Zwecke streben.«[11] Höchst befremdlich ist es auch, wenn der Verfasser der »Lucinde« mit seiner Verteidigung erotischer Freiheit und seiner Ablehnung enger Liebesmoral in einer Rezension von Goethes »Wahlverwandtschaften« sagt: »Wenn das Urteil der Welt den Geist und die innere Absicht der ›Wahlverwandtschaften‹ durchaus schlecht und unsittlich findet, so hat die Welt auch dieses Mal vollkommen recht...«[12]

Die Erklärung für die radikale Veränderung wesentlicher Überzeugungen findet sich in Schlegels 1808 vollzogenem Übertritt in die katholische Kirche und seinem Eintritt in die Dienste des Wiener Hofes. Das waren folgenreiche Schritte, in denen sich der Übergang von der Romantik zur Restauration in der Person Friedrich Schlegels ereignete.

Friedrich Schlegel trat im April 1808 in Köln zusammen mit seiner Frau zur katholischen Kirche über. Da er aus einer Familie stammte, die seit vielen Generationen, seit zweihundert Jahren, sehr angesehene protestantische Pfarrer hervorgebracht hatte, erregte seine Konversion Aufsehen und bereitete Schlegel auch große innere Schwierigkeiten. Er verschwieg seinen Übertritt zunächst und, als er durch Zeitungen öffentlich bekannt wurde, dementierte er ihn nicht gerade, aber suchte ihn doch ins Ungewisse zu rücken, indem er in einer »Berichtigung« erklärte, die Zeitungsmeldung sei »voller Unrichtigkeiten«, und eine »ausführliche Erklärung« ankündigte.

Daß die Aussicht auf eine Stellung am Wiener Hof, die Schlegels Bruder August Wilhelm vermittelt hatte, bei Schlegels Entschluß in gewissem Grade mitgewirkt haben könnte, läßt sich nicht ganz ausschließen. Auch Goethe deutet das leise an. Schlegels Bemühungen um eine Stellung in Köln und in Düsseldorf, auch seine Bewerbung um eine Professur in Würzburg waren gescheitert. Er war ohne feste Einkünfte, auf Unterstützung durch seinen Bruder angewiesen. Entscheidend aber war sicherlich eine innere Notwendigkeit, die Schlegel selbst sehr viel später, in einer rückblickenden Aufzeichnung von 1817, formuliert: »War jenes Anschließen nicht ein Suchen nach Schutz, nach einem festen Fundament?«[13] Das »freie Selbstdenken« des autonom gewordenen Individuums, ein Grundsatz der Aufklärung, war mit Fichtes Philosophie zu einem Höhepunkt gelangt und war damit, wie der übersteigerte romantische Subjektivismus überhaupt, von der Gefahr eines Rückschlags bedroht. Die Isolierung des absolut freien Ichs konnte umschlagen in ein übermäßiges Bedürfnis nach Bindung. Das ist der Fall Friedrich Schlegels. Seine geistige Isolierung in unbedingter Freiheit bedeutete zugleich die bindungslose Existenz der »freischwebenden Intelligenz«.[14] Wer wegen eines geistig-seelischen Gewinns konvertiert (»Schutz« und »Fundament«), der tut es offensichtlich nicht aus einer unmittelbaren persönlichen Ergriffenheit durch die geoffenbarten christlichen Glaubenswahrheiten. Die geistigen Vorteile, die der Glaube einbringt, nicht dieser selbst, an und für sich, bilden das

Movens für den Anschluß an die Kirche. Die Befreiung des Denkens von allen Bindungen im Sinn der Aufklärung, deren Erbe der junge Schlegel war, mündete für ihn schließlich in eine Erfahrung von der Unentbehrlichkeit von Bindungen, machte ihn geradezu bindungssüchtig, band ihn an Kirche, Staat, Vaterland, geschichtliche Vergangenheit. Von Fichte sagte Schlegel jetzt, daß er die freie Selbstdenkerei bis auf den höchsten Gipfel des Idealismus gesteigert hätte, in seinem eigenen Ich den Punkt des Archimedes gefunden zu haben glaubte, um die Welt in Bewegung zu setzen. Doch für Schlegel vermittelte der Idealismus nicht diese Gewißheit, bot ihm nicht das »Fundament« eines unbezweifelbaren Absoluten, das für ihn nur Ahnung blieb, ein Ersehntes, das gegen alles von Menschen Erdachte und Geschaffene unvollkommen blieb und nur mit Vorbehalt bejaht werden konnte. Das ist die vielberufene »romantische Ironie« Schlegels, die oft mißverstanden wurde, weil man nicht sah, daß sie sich auf Verehrung des Absoluten gründete.

In den Jenaer Vorlesungen über Transzendentalphilosophie heißt es: »Die Wahrheit ist relativ… Absolute Wahrheit kann nicht zugegeben werden, und das ist die Urkunde für die Freiheit der Gedanken und des Geistes. Wenn die absolute Wahrheit gefunden wäre, so wäre damit das Geschäft des Geistes vollendet und er müßte aufhören zu sein, da er nur in der Tätigkeit existiert.«[15] Als Schlegel später erkannt hat, daß jene Art von absoluter Wahrheit, um die es ihm jetzt zu tun war, im Denken nicht zu gewinnen ist, wohl aber im Glauben, suchte er sie hier zu erfassen und fügte sich in die katholische Kirche ein.

In Schlegels späteren Äußerungen zeigt sich nicht nur der bekannte Übereifer des Konvertiten, sondern das ständige Bestreben, in seinen Aufsätzen und Büchern sich zu bestätigen, daß sich die übermäßigen Erwartungen, die er an die Konversion geknüpft hatte, erfüllten. Er mußte sich immer wieder ihres Gewinns versichern, seinen Schritt immer aufs neue rechtfertigen.

Die geistige Unruhe und Spannung, die den jungen Schlegel produktiv gemacht hatten und die er schließlich nicht mehr ertrug, sind geschwunden. Für alle Fragen liegt die Antwort schon bereit, sie verweisen alle auf den Gott der Kirche, der alles löst. Doch dieser forcierte Katholizismus und seine Überbetonungen sind natürlich kein Zeichen größter Glaubensfestigkeit, sondern verraten im Gegenteil innere, stets verschwiegene und überspielte Unsicherheit. Friedrich Schlegel war seinem Wesen nach ein Mann der freien kritischen Intelligenz, überaus begabt für ein offenes, problembewußtes Denken ohne dogmatische Fixierungen, und es kann ihm nicht immer leicht gewesen sein, diese ursprüngliche Anlage zu verleugnen. Wenn Heine spöttisch sagte, daß die romantischen Konvertiten wieder »in den alten Geisteskerker«[16] hineindrängten, so kann man sich kaum vorstellen, daß Schlegel die Gitter nicht zuweilen bedrückend empfunden hätte. Eben deshalb mußte er in seinen Schriften so überaus häufig und deutlich auf den Kirchenglauben verweisen. Schlegel übersah, wie Heine sagte, die ganze Literatur vom »Glockenturm einer katholischen Kirche aus«, und »bei allem, was Schlegel sagt, hört man diese Glocken läuten«. Bei einem als Katholik aufgewachsenen Autor wäre das kaum zu erwarten.

Im Frühjahr 1809 trat Schlegel als Hofsekretär in die Dienste der österreichischen Regierung und wurde zunächst als Herausgeber der Armeezeitung während des Krieges zwischen Österreich und Frankreich beschäftigt. Später leitete er ein Jahr lang Teile des offiziellen Blattes der Regierung, des »Österreichischen Beobachters«, war dann im Auftrag Metternichs beim Wiener Kongreß mit Verfassungsentwürfen usw. befaßt und ging 1815 als Legationsrat mit der österreichischen Delegation zum Frankfurter Bundestag. Er beklagte sich des öfteren, daß man ihm nicht wichtige Aufgaben übertrug, und in der Tat hatte die Regierung offenkundig nicht viel Vertrauen zu ihm und ließ ihn während des Wiener Kongresses durch die Geheimpolizei überwachen. Varnhagen von Ense betont in seinen »Denkwürdigkeiten«, daß Schlegel mit Übereifer die kirchlichen Interessen vertrat. »Aber in Wien wollte man auch an die Aufrichtigkeit seiner katholischen Überzeugung wenig glauben, und der fremde Neubekehrte war seinen neuen Staats- und Glaubensgenossen vielfach verdächtig, ein bloß ehrgeiziger Heuchler zu sein.«[17] Der Polizeibericht verzeichnet z. B. die häufigen Besuche des päpstlichen Nuntius bei Schlegel, oder seine Gewohnheit, »sich öfters des Tages mit Wein zu restaurieren, und hierzu hat er verschiedene Orte.«[18] Die Wein- und Kaffeehäuser werden dann aufgezählt.

Es gibt verschiedene Hinweise, daß der späte Schlegel persönlich nicht so befriedigt von seiner Konversion war, wie es seine Schriften vermuten lassen. Ludwig Tieck berichtet August Wilhelm Schlegel 1829 über das letzte, unmittelbar vor dem Tod seines alten Freundes Friedrich mit ihm geführte Gespräch, daß er religiöse und auch pseudoreligiöse Vorstellungen in einem wirren Durcheinander geäußert habe, so daß Tieck und andere Freunde »oft eine Verstandeszerrüttung zu erkennen glaubten.... Aber genüge, wie Du wohl weißt, fand er in keiner Wissenschaft und in keinem Kunstwerk, auch im Glauben, in seinem Christentum nicht«.[19] Friedrich von Raumer meint, eine innere Distanzierung von der Kirche in den letzten Jahren Schlegels zu erkennen. In Raumers Brief an Loebell vom 12. Mai 1829 heißt es von Schlegel: »Er war zuletzt nichts weniger als Katholik im kirchlichen Sinne, sondern stand auf einer Stelle, die ihn der Kirche gegenüber als Ketzer bezeichnet hätte.« Auch Schleiermacher hatte den Eindruck, daß sein alter Freund »sich in der letzten Zeit vom Katholizismus wieder mehr abgewendet« habe. Die drei im wesentlichen übereinstimmenden Beobachtungen erweisen, wie wenig die Konversion Schlegel bis in die Wurzeln seiner Person dauerhaft verändert hatte, wie wenig auch die überhöhte Erwartung von ihrer Wirkung sich erfüllt hatte. Für Grillparzer war Schlegels Katholizismus nur »ein theoretischer Glaube« eines im Kern unverwandelten Autors, der jetzt »duselt und frömmelt«.[20] Er fand seine extreme Eßlust abstoßend, die, vielfach überliefert, vielleicht als Zeichen dafür gedeutet werden könnte, wie sehr der Widerspruch zwischen seiner Natur und seiner Rolle an ihm zehrte. Grillparzer berichtet von einem gemeinsamen Mittagsmahl mit Schlegel bei dem Kaufmann Nolte in Neapel. »Wie er fraß und soff, und, nachdem er getrunken hatte, gern mit dem Gespräch ins Sinnliche jeder Art hinüberging«, das hatte ihm einen fatalen Eindruck gemacht.

Ganz ähnlich wie Heine verstand schon Goethe Schlegels Konversion als Regression, und er hat sie in einem sehr bedeutenden Brief an Karl Reinhard vom 22. Juni 1808 scharf verurteilt.[21] Ernst Behler zitiert einige Sätze aus dem Brief, läßt aber die entscheidenden schroff ablehnenden Stellen weg. So sagt Goethe, daß von Schlegel alle von ihm behandelten Gegenstände »eigentlich nur als Vehikel gebraucht werden, um gewisse Gesinnungen nach und nach ins Publikum zu bringen und sich mit einem gewissen ehrenvollen Schein als Apostel einer veralteten Lehre darzustellen«. Goethe ist offenkundig verwundert über diese Rückwendung zur »veralterten Lehre« der Kirche bei einem »verständigen und einsichtsvollen Manne«, als den er Schlegel schätzte. Aber er habe jetzt »alles schon so vorbereitet, daß er nächstens in seinem Apostolat vor der Welt... ganz ungescheut auftreten darf. Man schreibt mir von Wien, daß er dahin kommen werde. Ich wünsche, daß er dort einigen zeitlichen Vorteil finden möge. Übrigens ist in den österreichischen Staaten jetzt ein Proselyt wenig geachtet. Die Verstandesgärung, welche Joseph der Zweite hervorgebracht, wirkt noch immer im stillen fort. Sich dem Protestantismus zu nähern ist die Tendenz aller derer, die sich vom Pöbel unterscheiden wollen...« Es ist sehr bemerkenswert, wie Goethe in diesem Brief alle Gewinne des Aufklärungsjahrhunderts festzuhalten wünscht, die josefinische Aufklärung und ihre »Verstandesgärung« durchaus bejaht.

Goethe glaubte nicht, daß die ihm unerwünschte Rekatholisierung überhandnehmen würde. An Zelter schrieb er am selben Tag, an dem der Brief an Reinhard abgefaßt wurde, über Schlegels Buch »Sprache und Weisheit der Indier«: »Man kann dieses Büchlein also auch für eine Deklaration seines Übertritts zur alleinseligmachenden Kirche ansehen. Alles dieses Hokus-pokus, es mag nun wirken wie es will, wird ihm aber doch im ganzen nichts helfen. Die echte Sinnesart ist zu weit verbreitet, und kann nicht mehr untergehen, sie mag sich auch durch Individualitäten soviel modifizieren als sie will.«[22]

Immerhin fühlte sich Goethe zur Wachsamkeit aufgerufen, wenn er Schlegels Wendung von der Romantik zur Restauration wahrnahm. Im Brief an Reinhard heißt es: »Durchaus ist aber diese Schlegelsche Konversion sehr der Mühe wert, daß man ihr Schritt vor Schritt folge, sowohl weil sie ein Zeichen der Zeit ist, als auch weil vielleicht in keiner Zeit ein so merkwürdiger Fall eintrat, daß im höchsten Lichte der Vernunft, des Verstandes, der Weltübersicht ein vorzügliches und höchstausgebildetes Talent verleitet wird sich zu verhüllen, den Popanz zu spielen, oder wenn Sie ein ander Gleichnis wollen, so viel wie möglich durch Läden und Vorhänge das Licht aus dem Gemeindehause auszuschließen, einen recht dunklen Raum hervorzubringen, um nachher durch das foramen minimum so viel Licht, als zum hocus pocus nötig ist, hereinzulassen.«

Goethe stellte sich also mit größter Entschiedenheit auf die Seite der Aufklärung, die »im Lichte der Vernunft, des Verstandes, der Weltübersicht« ihre Einsichten gewinnt, während Schlegel in die Dunkelheit zurückkehrt. In der Tat hat er in der Wiener Zeit die autonome Vernunft und den befreiten Verstand als »entartet und verderbt« bezeichnet, die Offenbarung Gottes als »das Erste und Höchste« erklärt, dem die Vernunft »untertan sein und dienen soll«.[23] Das »menschliche Denkvermögen« sei »an der Wurzel selbst erkrankt und vergiftet worden« – das ist für Schlegel das Fazit der Aufklärung, die Goethe unbedingt verteidigt. Er beendet seine Kritik an Schlegels Konversion mit der folgenden Bemerkung: »Da man über seine Absichten und seine Schleichwege nun schon deutlicher ist, so bin ich wirklich neugierig, wie er sich gebärdet, wenn er meine folgenden acht Bände rezensieren sollte, und inwiefern er abermals Gelegenheit nehmen wird, die ästhetische Kultur, den Polytheismus und Pantheismus verdächtig zu machen.« Daß Goethe eine Abwertung der »ästhetischen Kultur« durch die Konvertiten befürchtete, kennzeichnet besonders genau seinen Standort.

Die Konversion zwang Schlegel vor allem, sich von dem so leidenschaftlich bewunderten Fichte zu distanzieren. Das fiel ihm nicht leicht, und der große Aufsatz über »Fichte« von 1808 tut es mit einiger Vorsicht und Verschleierung, aber schließlich doch spürbar, wenn er sagt, daß Fichte »selbst gar sehr in dem Zeitalter befangen ist, welches er zu charakterisieren unternimmt«.[24] Diese Charakteristik aber ist negativ. An anderer Stelle heißt es: »Es wird – so scheint es – der Fichteschen Philosophie schwer, aus der absoluten Negativität herauszukommen, mit welcher sie begonnen hat.«[25]

Jedes freie Denken war für den späten Schlegel verwerflich. Das höhere Wissen ist jenes, das »überall den Glauben als seine erste Grundlage und als sein letztes Ziel voraussetzt«, so heißt es in dem Aufsatz »Über Jacobi« von 1822.[26] Dieser Glaube ist »die Bedingung, ... ohne welche das ganze Streben der Philosophie vergeblich und leer, und ein nichtiges Bemühen bleibt«.[27] Als so leer und nichtig galt ihm jetzt das Denken Kants, Fichtes, Jacobis, auch Hegels System. Das »Leben der Seele«, so heißt es, »ist das Christentum, und eben darum ist alle Philosophie eine christliche«.[28]

Damit ist die philosophische Grundposition des späten Schlegel gekennzeichnet. Sie wird verdeutlicht in der Schrift »Von der Seele«, die alles knapp zusammenfaßt, was die größeren philosophischen Werke der Spätzeit oft weitschweifig vortragen. Schlegel geht hier davon aus, daß »ein tiefer innerer Zwiespalt« das Leben »bis in die innersten Elemente« durchdringt.[29] Es ist der Widerspruch zwischen Verstand (Erkenntnis) und Willen und der zwischen Vernunft und Einbildungskraft. Nur Gott kann diesen Zwiespalt lösen. Doch wir bemerken die Zerrüttung nicht und halten »die gegenwärtige Organisation unseres Bewußtseins« für gesund.

Auch das Zeitliche und das Ewige sah Schlegel in seiner Gegenwart im Widerstreit. Dieser kann, wie die Zerrüttung unseres Bewußtseins, nicht durch eigene Kraft versöhnt und geheilt werden, weil das eigene Ich »nur das falsche Zentrum seines jetzigen verderbten Wesens bildet«. Nur Gott kann uns von dieser Zerrüttung befreien. Ursprünglich war im gottgeschaffenen Menschen Einheit, nicht Widerstreit, aber »der Geist ist abgefallen«. Die Schrift setzt also an die Stelle philosophischer Analyse schließlich die Mahnung, sich vom »Trugbilde jener falschen Ichheit« abzuwenden und Gott wiederzufinden, denn »die wahre, d.h. die christliche Philosophie ist zuvörderst ein Verstehen und Erkennen Gottes«.[30] Was Schlegel jetzt Philosophie nennt, ist die Abwendung von der Philosophie Kants, Fichtes und Hegels zugunsten einer intellektualisierten Religiosität.

Schließlich hat sich – wie schon angedeutet – Friedrich Schlegels geistige Aktivität auch im Bereich der Geschichte und Zeitgeschichte bewährt, beides greift leicht ineinander über, wie schon in dem frühen »Versuch über den Begriff des Republikanismus« von 1796. Allerdings ging es hier um eine Wesensbestimmung des demokratischen Republikanismus, der für den jungen Schlegel die einzige vernunftgemäße Staatsform war; dazu griff Schlegel auf Beispiele aus der Geschichte zurück, besonders der griechischen und römischen, schon weil wir »von den Alten« für die politische Philosophie »noch viel zu lernen haben«.

Für die Zeitgeschichte ergiebig ist der überaus reizvolle Bericht über »Die Reise nach Frankreich« von 1803, der an Ludwig Tieck gerichtet ist. Schlegel war im Januar 1802 zusammen mit Dorothea zu dieser Reise aufgebrochen. Zunächst richtet sich der Blick des von den durchfahrenen Landschaften angeregten Schlegel auf die geschichtliche Vergangenheit, die als Erklärungsgrund und Maßstab für das Verständnis und die Bewertung der Gegenwart fungiert. Denn die Geschichte der Deutschen ist für Schlegel »unglücklich«, sie ist ein Abstieg von den »großen Zeiten« des Mittelalters zur »gegenwärtigen Armseligkeit«, zur Zersplitterung Germaniens. Die Reise erweckte Schlegel die »Erinnerung an das alte deutsche Leben, das nun untergegangen ist«.

Nach Paris gelangt, zeigte er sich zwar empfänglich für die Reize des großen »Schauspiels«, das die Pariser Straßen boten, fand aber die Großstadt im ganzen doch »traurig und öde«, glaubte, »Korruption der Sitten« zu erkennen, und sah die Ansicht von der »allgemeinen europäischen Verderbtheit unseres Zeitalters« bestätigt. »Das herrschende Prinzip« des Lebens sei »Gewinn und Wucher», die Einheit der menschlichen Kräfte sei aufgelöst, der Mensch »fast zur Maschine geworden«, der Gesamtzustand »entartet« – das später so verhängnisvoll geläufige Wort findet sich bereits bei Schlegel.[31]

Eine radikale Revolution, so meint er, könne wohl nur »aus Asien kommen«. Doch es sei »nicht zu tadeln«, daß man in Frankreich »Versuche einer Revolution gemacht hat«, die zwar nicht gut ausgegangen sei, »aber es ist doch nichts Positives für die Menschheit dadurch verloren gegangen, und in der gegenwärtigen Zeit muß man schon zufrieden sein mit Bestrebungen und Tendenzen«.[32] In der Verderbnis, sagt Schlegel, »sind die Keime der höheren Bestimmung sichtbar«. Man muß sich den völligen Niedergang eingestehen, dann könne es »an dem Mut, eine neue Welt aus der Zerstörung aufzubauen und zu gründen«, nicht fehlen. Schlegel stützte seine Hoffnung einerseits auf die Erneuerungskraft der Natur, »die tellurischen Kräfte«, andererseits auf ein Grundprinzip der Aufklärung, die bei Schlegel auch jetzt noch nachwirkt, wenn er sagt: »Die ewige Vervollkommnung steht wohl dennoch fest...«[33]

Jahre nach der Konversion von 1808 schrieb Schlegel noch einmal eine große zeitgeschichtliche Analyse des gegenwärtigen Weltzustandes, die »Signatur des Zeitalters«, die 1820–23 in mehreren Heften der Zeitschrift »Concordia« erschien. Gewiß hatte sich die Zeitsituation in den knapp zwanzig Jahren, die seit der frühen Zeitanalyse vergangen waren, verändert, aber nicht dies allein verursachte den radikalen Unterschied von der »Reise nach Frankreich«. Denn Schlegel schrieb hier als maßgeblicher Vertreter der Restauration.

Die »Signatur des Zeitalters« ist ein lehrreiches Dokument der Restauration. Auch jetzt ist Schlegels Gegenwartsbild negativ. Trotz des Sieges über Napoleon herrschen überall »Unzufriedenheit«, »Unruhe«, »Spaltung«. Dafür macht Schlegel die Französische Revolution verantwortlich, als ein »Übel, das noch in seiner ganzen vollen Kraft besteht«, und in der nach seiner Meinung nur das zuerst hervorgetreten ist, was er als »das revolutionäre Übel« in ganz Europa wahrnimmt.

Das ist offensichtlich die Gegenposition zu der Schrift von 1803, in der die Revolution, wenn auch mit Vorbehalten, grundsätzlich bejaht und als Vorgang erklärt wird, durch den »nichts Positives« verlorengegangen sei. Doch nicht nur die verderblichen Wirkungen der Revolution und Napoleons haben »zu dem ganzen Konfliktzustande des Zeitalters« geführt, sondern auch die »Ohnmacht zum Guten«, das Versäumen dessen, »was wahrhaft heilbringend ist«: die Besinnung auf die »wahre Lehre« der Kirche. »Ganz unleugbar bleibt es, daß der religiöse, moralische und politische Unglauben des Zeitalters«[34] allem Übel zugrunde liegt; von der »in hohem Grade gehemmten und unterbrochenen Wirkungskraft der wahren Lehre«[35], nämlich der kirchlichen, ist der schlimme Zustand herzuleiten. Statt dieser Lehre herrscht das Streben »nach absoluter Einheit und Freiheit«, das in der Aufklärung begann und gänzlich zerstörend und verderblich ist. Ein positives Zeichen wird nur darin sichtbar, daß das Zeitalter »zur Religion zurückgebracht worden«, wenn auch »nur wenige« diese Rückkehr vollbringen. Von dem in der »Reise nach Frankreich« von 1803 gerühmten »Mut, eine neue Welt aus der Zerstörung aufzubauen und zu gründen«, ist jetzt nicht mehr die Rede. Das Heil sieht Schlegel jetzt nur noch in dem, was Goethe eine »veraltete Lehre« nannte. Diese Formel ließe sich aber auch auf die von Schlegel propagierte politische Rückwendung, die Restauration eines vergangenen Zustandes, der »rechtlichen alten Ordnung« übertragen. Wenn Schlegel jetzt die »Idee des altdeutschen christ-katholischen Kaisertums« als die beste jemals vorhandene politische Idee rühmt und gegen den englischen Parlamentarismus ausspielt, so scheint das nicht nur eine wehmütige romantische Erinnerung zu bedeuten, sondern ein noch immer gültiges Leitbild. Schlegel beteiligt sich an der in jeder Restauration enthaltenen, vielleicht unbewußten und auf Selbsttäuschung beruhenden Lüge, daß geschichtliche Ereignisse und Wandlungen rückgängig zu machen, die Folgen der Revolution aufzuheben seien, so als habe sie gar nicht stattgefunden, und daß längst vergangene Ordnungen und Formen wiederherzustellen seien. Daß das unmöglich ist, übersieht Schlegel, wenn er es gut findet, »jene altständischen Einrichtungen nach deutscher Art wiederherzustellen«.[36] Immer wieder lehnt Schlegel die parlamentarische »repräsentative Verfassung«, die von den Liberalen angestrebt wurde, scharf ab und beharrt auf der Einrichtung von Ständen und Korporationen, die aber einen Monarchen als »Kraft im Mittelpunkt« brauchen, einen machtvollen König, der alle Stände zusammenhält. Schlegel plädiert also für Monarchie als Ständestaat, in dem die Kirche »jene große und göttliche Korporation« bildet, »welche alle anderen gesellschaftlichen Verhältnisse umfaßt, und unter ihrem Gewölbe schirmt...«[37]

Metternich teilte keineswegs Schlegels Ansicht von dieser beherrschenden Stellung der Kirche. Sie verrät die besonders enge restaurative Konzeption Schlegels, von dem Gentz 1816 schrieb: »Zu praktischen Geschäften war er nie tauglich, und seit einigen Jahren hat ihn die religiöse, oder besser kirchliche Wut vollends zum Narren gemacht, woran seine Frau großen Anteil hatte.«[38]

Die Zeitschrift »Concordia«, in der die »Signatur des Zeitalters« erschien, begründete Schlegel nach seiner 1818 von Metternich verfügten Entlassung aus seiner Stellung beim Frankfurter Bundestag. Schlegels Tätigkeit dort war nicht diplomatisch, sondern im wesentlichen publizistisch, indem er in deutschen Zeitungen die Interessen Österreichs durch Aufsätze und Berichte zu vertreten hatte. Bei einer gewissen Beteiligung an den Geschäften der Delegation erwies er sich als ungeschickt, und der Gesandte von Buol-Schauenstein als Führer der Delegation, den Schlegel als dumm und widerwärtig beurteilte, wünschte ihn schon seit 1816 zu entfernen. Als Gentz den befreundeten Schlegel 1818 in Frankfurt traf, fand er ihn »abgespannt« und »gleichgültig«. Weiter schreibt er (in einem Brief an Pilat vom 8./9. September 1818): »Seit ich hier bin, begreife ich aber, wie sauer ihm das Schreiben werden muß. Seine unförmliche Korpulenz, die unglaubliche Menge von Speisen und Wein, die der Unglückliche täglich zu sich nehmen muß, seine Apathie und Unlust zu allem erklärt das hinreichend.«[39] Mit der Entlassung aus Frankfurt war seine politische Laufbahn beendet, er konnte sich, durch ein Ruhegehalt versorgt, im letzten Jahrzehnt seines Lebens ganz seinen Vorlesungen und literarischen Arbeiten widmen.

Die schwärmende Liebe zum Mittelalter, die Schlegel wie andere Romantiker vor seiner Konversion bekundet, ist strikt zu unterscheiden von der Absicht der Widerherstellung mittelalterlicher Zustände, wie sie etwa Varnhagen von Ense an Schlegel beobachtet. »Er hoffte, der Bund werde sich wieder zu einem mittelalterlichen deutschen Reich entwickeln, und in diesem sollte die katholische Kirche wieder obenan stehen...«[40] Diese Hoffnung ist nicht mehr romantisch, sondern ein Impuls der Restauration. Wenn Schlegel es 1816 in einem Aufsatz im »Hamburgischen unpartheyischen Correspondenten« tadelt, daß im Verfassungsentwurf des Großherzogtums Weimar der geistliche Stand nicht eigens vertreten ist, muß er sich von einem Verteidiger dieser Verfassung belehren lassen: »Allein das heute ist nicht vorgestern...«[41]

Schlegels letzte Lebenszeit ist überschattet vom Zerwürfnis mit seinem Bruder August Wilhelm, der in den Jahren der Romantik mit ihm »in inniger Gemeinschaft und Verbrüderung der Geister« gewirkt hatte. August Wilhelm Schlegel verurteilte die »Signatur des Zeitalters« sehr scharf und setzte sich 1827 auch öffentlich von seinem Bruder ab. Nur insofern Friedrich Schlegel trotz aller Beteuerungen in seinen Schriften doch, wie mehrfach bezeugt ist, keine wirkliche Befriedigung in den verfestigten Positionen seiner Spätzeit fand und heimlich etwas von der suchenden Unruhe und nicht auflösbaren Spannung seiner Frühzeit bewahrte, läßt sich noch ein Restbestand romantischer Züge bei ihm erkennen, den sein alter Freund Tieck in einem bereits erwähnten Brief an August Wilhelm ihm zuspricht: »Aber Genüge, wie Du wohl weißt, fand er in keiner Wissenschaft und in keinem Kunstwerk, auch im Glaube in seinem Christentum nicht.«

W. R.

1 F. D. Schleiermacher, »Vertraute Briefe über die Lucinde«, Berlin und Lübeck 1800, S. 53.

2 S. 379 des vorliegenden Bandes.

3 S. 253.

4 S. 278.

5 Behler I, S. 549.

6 S. 448.

7 S. 449.

8 S. 471.

9 S. 472.

10 S. 509.

11 S. 558f.

12 S. 392.

13 Behler VIII, S. CXXXI.

14 So bezeichnet treffend Benno von Wiese Schlegels Situation in seiner Arbeit »Friedrich Schlegel. Ein Beitrag zur Geschichte der romantischen Konversion«, Berlin 1927.

15 Zitiert nach Josef Körner, »Das Problem Friedrich Schlegel«, Germanisch-Romanische Monatsschrift 1928, S. 284.

16 Heinrich Heine, »Die Romantische Schule«, in: »Sämtliche Schriften«. München 1969ff., Band III, S. 234.
17 Varnhagen von Ense, »Denkwürdigkeiten des eignen Lebens«, IV, Leipzig 1871, S. 224f.
18 Behler VII, S. XCVIII.
19 Die Äußerungen von Tieck, Schleiermacher und Raumer sind zitiert und nachgewiesen bei Behler VII, S. CLI.
20 Grillparzers Werke, hg. von Stefan Hock, Berlin o. J., Band 13, S. 387f.
21 J. W. Goethe, Briefe der Jahre 1786–1814, Gedenkausgabe Band 19, Zürich 1949, S. 142f.
22 Goethes Briefe, Hamburger Ausgabe. Briefe der Jahre 1805–1821, Hamburg 1965, S. 76.
23 Behler VIII, S. 455, 451.
24 S. 486.
25 S. 493.
26 S. 511.
27 S. 515.
28 S. 516.
29 S. 521.
30 S. 537.
31 S. 583.
32 S. 589f.
33 S. 592.
34 S. 605.
35 S. 607.
36 S. 655.
37 S. 642f.
38 Behler VII, S. CXVIII.
39 Behler VII, S. CXVIII.
40 Behler VII, S. CXVI.
41 Behler VII, S. 431, 434.

ZU DIESER AUSGABE

Der Text der »Dichtungen und Aufsätze« Friedrich Schlegels, die die Ausgabe der »Kritischen Schriften« (München, Hanser Verlag 1971[3]) fortsetzen, folgt der großen Gesamtedition, die unter dem Titel »Kritische Friedrich-Schlegel-Ausgabe« seit 1958 im Verlag Ferdinand Schöningh erscheint und von der bis jetzt 19 Bände vorliegen. Sie wird herausgegeben von Ernst Behler »unter Mitwirkung von Jean-Jacques Anstett und Hans Eichner«, und enthält in der ersten Abteilung die gedruckten Veröffentlichungen Schlegels, in der zweiten Abteilung den in Handschriften überlieferten Nachlaß. Die Edition wird als Behler mit Band und Seitenzahl zitiert. Auch die vorsichtige Angleichung der Orthographie an das heute Übliche bei Beibehaltung der Schlegelschen Interpunktion wurde von der Kritischen Ausgabe übernommen.

Ich habe den Herausgebern für ihre editorische Arbeit zu danken, die meinem Auswahlband zustatten kommt; auch die ausführlichen Einleitungen zu den einzelnen Bänden mit ihrer Fülle von sachlichen Informationen habe ich dankbar benutzt.

Daß zu dem Band mit den kritischen Schriften im engeren Sinne ein weiterer Band mit Schlegelschen Werken tritt, rechtfertigt sich bei der großen Bedeutung dieses Schriftstellers und dem Reichtum seines Werkes von selbst. »Wir haben an Friedrich Schlegel viel gutzumachen...«, schrieb Ernst Robert Curtius schon in den zwanziger Jahren. Solche Wiedergutmachung ist inzwischen geschehen, besonders durch die monumentale Kritische Ausgabe, der nun eine Auswahl wichtigster Schriften in einem handlichen Band nachfolgt. Sie macht die Dichtungen wieder zugänglich und die aufschließenden Beiträge zur antiken und zur neuen Literatur, zur Philosophie, zur Zeitgeschichte werden in einer abgewogenen

Auswahl mitgeteilt, die auch die Schriften der Spätzeit, nach Schlegels Konversion, berücksichtigt.

Es gehört zu den Prinzipien dieser Auswahl, neben den Dichtungen nur ungekürzte Abhandlungen zu bringen, also auf den Abdruck von Teilen der Vorlesungen und Bücher zu verzichten. Bei den zahlreichen und nicht gleichwertigen Gedichten war es freilich nicht möglich, sie vollzählig aufzunehmen; eine überlegte Auswahl mußte genügen.

Die Textgestalt entspricht der jeweiligen Vorlage, d. h. sie wahrt den historischen Lautstand und die Interpunktion. Gelegentlich wurde die Orthographie (Gränzen zu: Grenzen; Verläumdung zu: Verleumdung u. ä.) in Angleichung an die Prinzipien der Hanser Klassiker-Ausgaben behutsam modernisiert.

Die Anmerkungen geben Auskunft über die von Schlegel genannten Autoren und sonstigen Personen, auch über Dichtungen und Schriften, auf die er verweist. Bei ganz allgemein bekannten Personen und Werken schienen jedoch solche Informationen überflüssig.

Für umfangreiche Hilfe bei der Erarbeitung der Anmerkungen und für die Herstellung des Registers danke ich Sabine Raabe.

W. R.

REGISTER

INHALT